TOUT SIMENON

SIMENON

ŒUVRE ROMANESQUE

2

omnibus

Note de l'éditeur

En 1945, Georges Simenon rencontre Sven Nielsen qui va devenir son éditeur et son ami. Entre 1945 et 1972 — année où le romancier prend la décision de cesser d'écrire —, paraissent aux Presses de la Cité près de 120 titres, « Maigret » et « romans » confondus, qui constituent la majeure partie de l'œuvre romanesque de Simenon. Présentés dans l'ordre de leur publication, ces romans forment les quinze premiers volumes de *Tout Simenon.*

Les dix volumes suivants regroupent les romans — et les nouvelles, dont plusieurs n'avaient pas été recueillies en volume — écrits par Georges Simenon de 1931 à 1945 et publiés à la Librairie Arthème Fayard puis aux éditions Gallimard.

Ces vingt-cinq volumes constituent l'édition complète des romans et nouvelles que Simenon signa de son nom — 25 000 pages écrites par celui en qui Gide voyait « le plus grand de tous, le plus vraiment romancier que nous ayons eu en littérature ».

© Georges Simenon Limited
ISBN 2-258-06043-5
Nº Editeur : 286
Dépôt légal : septembre 2002

Sommaire

Sommaire

Maigret et l'inspecteur Malgracieux

Nouvelle parue dans le recueil qui porte son titre
(Presses de la Cité, 1947)

Un monsieur qui n'aime pas plus la vie que la police

Le jeune homme déplaça légèrement le casque d'écoute sur ses oreilles.

— Qu'est-ce que je disais, mon oncle ?... Ah ! oui... Quand la petite est rentrée de l'école et que ma femme a vu qu'elle avait des plaques rouges sur le corps, elle a d'abord cru que c'était la scarlatine et...

Impossible de finir une phrase un peu longue ; invariablement une des petites pastilles s'éclairait dans l'immense plan de Paris qui s'étalait sur tout un pan de mur. C'était dans le XIIIᵉ arrondissement, cette fois, et Daniel, le neveu de Maigret, introduisant sa fiche dans un des trous du standard, murmurait :

— Qu'est-ce que c'est ?

Il écoutait, indifférent, répétait pour le commissaire assis sur un coin de table :

— Dispute entre deux Arabes dans un bistrot de la place d'Italie...

Il allait reprendre son récit au sujet de sa fille, mais déjà une autre pastille blanche encastrée dans la carte murale s'éclairait.

— Allô !... Comment ?... Accident d'auto boulevard de La Chapelle ?...

Derrière les grandes fenêtres sans rideaux, on voyait la pluie tomber à torrents, une pluie d'été, longue et très fluide, qui mettait des hachures claires dans la nuit. Il faisait bon, un peu lourd, dans la vaste salle de Police-Secours où Maigret était venu se réfugier.

Un peu plus tôt, il se trouvait dans son bureau du quai des Orfèvres. Il devait attendre un coup de téléphone de Londres au sujet d'un escroc international que ses inspecteurs avaient repéré dans un palace des Champs-Élysées. La communication pouvait aussi bien venir à minuit qu'à une heure du matin, et Maigret n'avait rien à faire en attendant ; il s'ennuyait, tout seul dans son bureau.

Alors il avait donné ordre au standard de lui passer toutes les communications à Police-Secours, de l'autre côté de la rue, et il était venu bavarder avec son neveu, qui était de garde cette nuit-là.

Maigret avait toujours aimé cette immense salle, calme et nette comme un laboratoire, inconnue de la plupart des Parisiens, et qui était pourtant le cœur même de Paris.

A tous les carrefours de la ville, il existe des appareils peints en rouge, avec une glace qu'il suffit de briser pour être automatiquement en rapport téléphonique avec le poste de police du quartier en même temps qu'avec le poste central.

Quelqu'un appelle-t-il au secours pour une raison ou pour une autre ? Aussitôt, une des pastilles s'allume sur le plan monumental. Et l'homme de garde entend l'appel au même instant que le brigadier du poste de police le plus proche.

En bas, dans la cour obscure et calme de la Préfecture, il y a deux cars pleins d'agents prêts à s'élancer dans les cas graves. Dans soixante postes de police, d'autres cars attendent, ainsi que des agents cyclistes.

Une lumière encore.

— Tentative de suicide au gardénal dans un meublé de la rue Blanche... répète Daniel.

Toute la journée, toute la nuit, la vie dramatique de la capitale vient ainsi s'inscrire en petites lumières sur un mur ; aucun car, aucune patrouille ne sort d'un des commissariats sans que la raison de son déplacement soit signalée au centre.

Maigret a toujours prétendu que les jeunes inspecteurs devraient être tenus de faire un stage d'un an au moins dans cette salle afin d'y apprendre la géographie criminelle de la capitale, et lui-même, à ses moments perdus, vient volontiers y passer une heure ou deux.

Un des hommes de garde est en train de manger du pain et du saucisson. Daniel reprend :

— Elle a aussitôt appelé le Dr Lambert, et quand celui-ci est arrivé, une demi-heure plus tard, les taches rouges avaient disparu... Ce n'était qu'une poussée d'urticaire... Allô !...

Une pastille vient de s'allumer dans le XVIIIe arrondissement. C'est un appel direct. Quelqu'un, à l'instant, a brisé la vitre de l'appareil de secours placé à l'angle de la rue Caulaincourt et de la rue Lamarck.

Pour un débutant, c'est assez impressionnant... On imagine le carrefour désert dans la nuit, les hachures de pluie, le pavé mouillé, avec les flaques de lumière du réverbère, des cafés éclairés au loin, et un homme ou une femme qui se précipite, qui titube peut-être, ou qui est poursuivi, quelqu'un qui a peur ou qui a besoin d'aide, s'entourant la main d'un mouchoir pour briser la vitre...

Maigret, qui regarde machinalement son neveu, voit celui-ci froncer les sourcils. Le visage du jeune homme prend une expression ahurie, puis effrayée.

— Ah ça ! mon oncle... balbutie-t-il.

Il écoute encore un instant, change sa fiche de place.

— Allô !... Le poste de la rue Damrémont ?... C'est vous, Dambois ?... Vous avez entendu l'appel ?... C'était bien un coup de feu, n'est-ce pas ?... Oui, il m'a semblé aussi... Vous dites ?... Votre car est déjà parti ?...

Autrement dit, dans moins de trois minutes, les agents seront sur les lieux, car la rue Damrémont est toute proche de la rue Caulaincourt.

— Excusez-moi, mon oncle... Mais c'est tellement inattendu !... J'ai d'abord entendu une voix qui criait dans l'appareil :

» — M... pour les flics !

» Puis, tout de suite, le bruit d'une détonation...

— Veux-tu dire au brigadier de la rue Damrémont que j'arrive et qu'on ne touche à rien en m'attendant ?

Déjà Maigret s'engage dans les couloirs déserts, descend dans la cour, saute dans une petite voiture rapide réservée aux officiers de police.

Il n'est que dix heures et quart du soir.

— Rue Caulaincourt... A toute vitesse...

A vrai dire, ce n'est pas son travail. La police du quartier est sur place, et ce n'est qu'après avoir reçu son rapport qu'on décidera si c'est une affaire pour la Police Judiciaire. Maigret obéit à la curiosité. Il y a aussi un souvenir qui lui est revenu à l'esprit alors que Daniel parlait encore.

Au début de l'hiver précédent — c'était en octobre, et il pleuvait aussi cette nuit-là —, il était dans son bureau, vers onze heures du soir, quand il avait reçu un appel téléphonique.

— Commissaire Maigret ?

— J'écoute.

— C'est bien le commissaire Maigret lui-même qui est à l'appareil ?

— Mais oui...

— Dans ce cas, je vous em... !

— Comment ?

— Je dis que je vous em... ! Je viens de descendre, en tirant par la fenêtre, les deux agents que vous avez mis en faction sur le trottoir... Inutile d'en envoyer d'autres... Ce n'est pas vous qui aurez ma peau...

Une détonation...

L'accent polonais avait déjà renseigné le commissaire.

Cela se passait, fatalement, dans un petit hôtel du coin de la rue de Birague et de la rue Saint-Antoine, où un dangereux malfaiteur polonais, qui avait attaqué plusieurs fermes dans le Nord, s'était réfugié.

Deux agents, en effet, surveillaient l'hôtel, car Maigret avait décidé de procéder en personne à l'arrestation au petit jour.

Un des inspecteurs avait été tué net ; l'autre se rétablit après cinq semaines d'hôpital. Quant au Polonais, il s'était bel et bien tiré une balle dans la tête à la fin de sa conversation avec le commissaire.

C'était cette coïncidence qui venait de frapper Maigret, dans la grande salle de Police-Secours. En vingt ans de métier et plus, il n'avait connu qu'une seule affaire de ce genre : un suicide au téléphone, avec accompagnement d'injures.

N'était-ce pas extraordinaire qu'à six mois d'intervalle le même fait, ou à peu près, se reproduisît ?

La petite auto traversait Paris, atteignait le boulevard Rochechouart aux cinémas et dancings brillamment éclairés. Puis, dès le coin de la rue Caulaincourt, à la pente assez raide, c'était le calme, presque le désert, un autobus, par-ci par-là, qui dévalait la rue, de rares passants pressés sur les trottoirs noyés de pluie.

Un petit groupe de silhouettes sombres, au coin de la rue Lamarck. Le car de la police était arrêté à quelques mètres dans cette rue. On voyait des gens aux fenêtres, des concierges sur les seuils, mais la pluie battante raréfiait les curieux.

— Bonjour, Dambois...

— Bonjour, monsieur le commissaire...

Et Dambois désignait une forme étendue sur le trottoir, à moins d'un mètre de l'appareil d'appel au secours. Un homme était agenouillé près du corps, un médecin du voisinage qu'on avait eu le temps d'alerter. Et pourtant moins de douze minutes s'étaient écoulées depuis le coup de feu.

Le docteur se redressait, reconnaissait la silhouette populaire de Maigret :

— La mort a été instantanée, dit-il en essuyant ses genoux détrempés, puis ses lunettes couvertes de gouttes de pluie. Le coup a été tiré à bout portant, dans l'oreille droite.

Maigret, machinalement, esquissait le geste de se tirer une balle dans l'oreille.

— Suicide ?

— Cela ressemble...

Et le brigadier Dambois désigna au commissaire un revolver que personne n'avait encore touché et qui se trouvait à cinquante centimètres de la main du mort.

— Vous le connaissez, Dambois ?

— Non, monsieur le commissaire... Et, pourtant, je ne sais pas pourquoi, cela m'a l'air de quelqu'un du quartier.

— Voulez-vous vous assurer délicatement s'il a un portefeuille ?

L'eau dégoulinait déjà sur le chapeau de Maigret. Le brigadier lui tendit un portefeuille assez usé qu'il venait de prendre dans le veston du mort. Une des pochettes contenait six billets de cent francs et une photographie de femme. Dans une autre, il y avait une carte d'identité au nom de Michel Goldfinger, trente-huit ans, courtier en diamants, 66 *bis*, rue Lamarck.

La photographie de la carte d'identité était bien celle de l'homme qui était toujours étendu sur le trottoir, les jambes étrangement tordues.

Dans la dernière poche du portefeuille, celle qui fermait à l'aide d'une patte, Maigret trouva du papier de soie plié menu.

— Vous voulez m'éclairer avec votre torche électrique, Dambois ?

Avec précaution, il défit le paquet, et une dizaine de petites pierres brillantes, des diamants non montés, scintillèrent dans la lumière.

— On ne pourra pas dire que le vol est le mobile du crime ! grogna le brigadier, ou que la misère est le motif du suicide... Qu'est-ce que vous en pensez, patron ?

— Vous avez fait questionner les voisins ?

— L'inspecteur Lognon est en train de s'en occuper...

De trois en trois minutes, un autobus dégringolait la pente. De trois en trois minutes, un autobus, dans l'autre sens, la gravissait en changeant ses vitesses. Deux fois, trois fois, Maigret leva la tête, parce que les moteurs avaient des ratés.

— C'est curieux... murmura-t-il pour lui-même.

— Qu'est-ce qui est curieux ?

— Que, dans n'importe quelle autre rue, nous aurions sans doute eu des renseignements sur le coup de feu... Vous verrez que Lognon n'obtiendra rien des voisins, à cause de la pente qui provoque des explosions dans les carburateurs...

Il ne se trompait pas. Lognon, que ses collègues, parce qu'il était toujours d'une humeur de chien, appelaient l'inspecteur Malgracieux, s'approchait du brigadier.

— J'ai interrogé une vingtaine de personnes... Ou bien les gens n'ont rien entendu — la plupart, à cette heure-ci, prennent la T.S.F., surtout qu'il y avait une émission de gala au Poste Parisien — ou bien on me répond qu'il y a toute la journée des bruits de ce genre... Ils y sont habitués... Il n'y a qu'une vieille femme, au sixième de la deuxième maison à droite, qui prétend qu'elle a entendu deux détonations... Seulement, j'ai dû lui répéter plusieurs fois ma question, car elle est sourde comme un pot... Sa concierge me l'a confirmé...

Maigret glissa le portefeuille dans sa poche.

— Faites photographier le corps... dit-il à Dambois. Quand les photographes auront terminé, vous le transporterez à l'Institut médico-légal et vous demanderez au Dr Paul de pratiquer l'autopsie... Quant au revolver, dès qu'on aura relevé les empreintes, vous l'enverrez chez l'expert Gastinne-Renette.

L'inspecteur Lognon, qui avait peut-être vu dans cette affaire une occasion de se distinguer, regardait farouchement le trottoir, les mains dans les poches, de la pluie sur son visage renfrogné.

— Vous venez avec moi, Lognon ? Étant donné que cela s'est produit dans votre secteur...

Et ils s'éloignèrent tous les deux. Ils suivirent le trottoir de droite de la rue Lamarck. Celle-ci était déserte, et on ne voyait que les lumières de deux petits cafés sur toute la longueur de la rue.

— Je vous demande pardon, mon vieux, de m'occuper d'une affaire qui ne me regarde pas, mais il y a quelque chose qui me tracasse... Je ne sais pas encore quoi au juste... Quelque chose ne tourne pas rond, comprenez-vous ?... Il reste bien entendu que c'est vous qui faites officiellement l'enquête.

Mais Lognon méritait trop son surnom d'inspecteur Malgracieux pour répondre aux avances du commissaire.

— Je ne sais pas si vous comprenez... Qu'un type comme Stan le Tueur, qui savait que la nuit ne se passerait pas sans qu'il fût arrêté, qui, en outre, depuis plus d'un mois, me sentait sur ses talons...

C'était bien dans le caractère du Stan de se défendre jusqu'au bout comme un fauve qu'il était et de préférer une balle dans la tête à la guillotine. Il n'avait pas voulu s'en aller tout seul, et, par une dernière bravade, dans un dernier sursaut de haine contre la société, il avait descendu les deux inspecteurs qui le guettaient.

Tout cela, c'était dans sa ligne. Même le coup de téléphone à Maigret, qui était devenu son ennemi intime, cette ultime injure, ce suprême défi...

Or, de ce coup de téléphone, la presse n'avait jamais parlé. Quelques collègues de Maigret, seuls, étaient au courant.

Et les mots hurlés ce soir dans l'appareil de Police-Secours ne cadraient pas avec le peu qu'on savait maintenant du courtier en diamants.

Autant qu'un rapide examen permettait d'en juger, c'était un homme sans envergure, un gagne-petit, voire, le commissaire l'aurait juré, un mal portant, un malchanceux. Car le commerce des diamants, comme les autres, a ses seigneurs et ses pauvres.

Maigret connaissait le centre de ce commerce, un grand café de la rue Lafayette, où messieurs les gros courtiers, assis à la table, voyaient venir à eux les modestes revendeurs à qui ils confiaient quelques pierres.

— C'est ici... dit Lognon, en s'arrêtant devant une maison pareille à toutes les maisons de la rue, un immeuble déjà vieux, de six étages, où on voyait de la lumière à quelques fenêtres.

Ils sonnèrent. La porte s'ouvrit, et ils virent que la loge de la concierge était encore éclairée. Une musique, qui provenait de la radio, filtrait de la pièce à porte vitrée, où on apercevait un lit, une femme d'un certain âge occupée à tricoter et un homme en pantoufles de tapisserie, sans faux col, la chemise ouverte sur une poitrine velue, qui lisait son journal.

— Pardon, madame... Est-ce que M. Goldfinger est ici ?

— Tu ne l'as pas vu rentrer, Désiré ?... Non... D'ailleurs, il y a à peine une demi-heure qu'il est sorti...

— Seul ?

— Oui... J'ai supposé qu'il allait faire une course dans le quartier, peut-être acheter des cigarettes...

— Il sort souvent le soir ?

— Presque jamais... Ou, alors, c'est pour aller au cinéma avec sa femme et sa belle-sœur...

— Elles sont là-haut ?

— Oui... Elles ne sont pas sorties ce soir... Vous voulez les voir... ? C'est au troisième à droite...

Il n'y avait pas d'ascenseur dans l'immeuble. Un tapis sombre escaladait les marches, et il y avait une ampoule électrique sur le palier de chaque étage, deux portes brunes, une à gauche et une à droite. La maison était propre, confortable, mais sans luxe. Les murs, peints en faux marbre, auraient eu besoin d'une bonne couche de peinture, car ils tournaient au beige, sinon au brun.

De la radio, encore... Le même air qu'on entendait partout ce soir-là, le fameux gala du Poste Parisien... On le retrouvait sur le palier du troisième...

— Je sonne ? questionnait Lognon.

On entendit un timbre qui résonnait de l'autre côté de la porte, le bruit d'une chaise que quelqu'un repousse pour se lever, une voix jeune qui lançait :

— Je viens...

Un pas rapide, léger. Le bouton de la porte tournait, l'huis s'ouvrit, la voix disait :

— Tu n'es pas...

Et on devinait que la phrase devait être :

« Tu n'es pas resté longtemps... »

Mais la personne qui ouvrait la porte s'arrêtait net devant les deux hommes qu'elle ne connaissait pas et elle balbutiait :

— Je vous demande pardon... Je croyais que c'était...

Elle était jeune, jolie, vêtue de noir, comme en deuil, avec des yeux clairs, des cheveux blonds.

— Madame Goldfinger ?

— Non, monsieur... M. Goldfinger est mon beau-frère...

Elle restait un peu interdite, et elle ne pensait pas à inviter les visiteurs à entrer. Il y avait de l'inquiétude dans son regard.

— Vous permettez ?... fit Maigret, en s'avançant.

Et une autre voix, moins jeune, comme un peu lasse, lançait du fond de l'appartement :

— Qu'est-ce que c'est, Éva ?

— Je ne sais pas...

Les deux hommes étaient entrés dans une antichambre minuscule. A gauche, au-delà d'une porte vitrée, on apercevait, dans le clair-obscur, un petit salon où on ne devait pas souvent mettre les pieds, s'il fallait en juger par l'ordre parfait qui y régnait et par le piano droit couvert de photographies et de bibelots.

La seconde pièce était éclairée, et c'était là que la radio jouait en sourdine.

Avant que le commissaire et l'inspecteur l'eussent atteinte, la jeune fille s'était précipitée, en disant :

— Vous permettez que je ferme la porte de la chambre ?... Ma sœur n'était pas bien ce soir, elle est déjà couchée...

Et sans doute la porte, entre la chambre et la salle à manger qui servait de *living-room*, était-elle grande ouverte ? Il y eut quelques chuchotements. Mme Goldfinger questionnait, probablement :

— Qui est-ce ?

Et Éva, à voix basse :

— Je ne sais pas... Ils n'ont rien dit...

— Laisse la porte entrouverte, que j'entende...

Le calme régnait ici comme dans la plupart des appartements du quartier, comme derrière toutes ces fenêtres éclairées que les deux hommes avaient aperçues, un calme lourd, un peu sirupeux, le calme des intérieurs où il ne se passe rien, où on n'imagine pas que quelque chose puisse se passer un jour.

— Je vous demande pardon... Si vous voulez vous donner la peine d'entrer...

La salle à manger était garnie de meubles rustiques comme les grands magasins d'ameublement en vendent par milliers, avec la même jardinière en cuivre sur le dressoir, les mêmes assiettes historiées, sur un fond de cretonne à carreaux rouges, dans le vaisselier.

— Asseyez-vous... Attendez...

Il y avait, sur trois chaises, des morceaux de tissu, des patrons de couturière en gros papier brun, des ciseaux sur la table, un magazine de modes et un autre morceau de tissu qu'on était en train de tailler quand la sonnerie avait retenti.

La jeune fille tournait le bouton de la radio, et le silence devenait soudain absolu.

Lognon, plus renfrogné que jamais, regardait le bout de ses souliers mouillés. Maigret, lui, jouait avec sa pipe qu'il avait laissée s'éteindre.

— Il y a longtemps que votre beau-frère est sorti ?

On voyait, au mur, un carillon Westminster, au cadran duquel la jeune fille jeta un coup d'œil machinal.

— Un peu avant dix heures... Peut-être dix heures moins dix... ? Il avait un rendez-vous à dix heures dans le quartier...

— Vous ne savez pas où ?

On remuait dans la chambre voisine plongée dans l'obscurité, et dont la porte restait entrebâillée.

— Dans un café, sans doute, mais je ne sais pas lequel... Tout près d'ici, sûrement, puisqu'il a annoncé qu'il serait rentré avant onze heures...

— Un rendez-vous d'affaires ?

— Certainement... Quel autre rendez-vous pourrait-il avoir ?

Et il sembla à Maigret qu'une légère rougeur montait aux joues de la jeune fille. Depuis quelques instants, d'ailleurs, à mesure qu'elle observait les deux hommes, elle était en proie à un malaise grandissant. Son regard contenait une interrogation muette. En même temps, on eût dit qu'elle avait peur de savoir.

— Vous connaissez mon beau-frère ?

— C'est-à-dire... Un peu... Il lui arrivait souvent d'avoir des rendez-vous le soir ?

— Non... Rarement... On pourrait dire jamais...

— On lui a sans doute téléphoné ?

Car Maigret venait d'apercevoir un appareil téléphonique sur un guéridon.

— Non... C'est à table, en dînant, qu'il a annoncé qu'il avait une course à faire à dix heures...

La voix devenait anxieuse. Et un léger bruit, dans la chambre, révélait que Mme Goldfinger venait de quitter son lit, pieds nus, et qu'elle devait se tenir debout derrière la porte pour mieux entendre.

— Votre beau-frère était bien portant ?

— Oui... C'est-à-dire qu'il n'a jamais eu beaucoup de santé... Surtout, il se frappait... Il avait un ulcère à l'estomac, et le médecin était sûr de le guérir ; mais lui était persuadé que c'était un cancer.

Du bruit. Un frôlement plutôt, et Maigret leva la tête, sûr que Mme Goldfinger allait apparaître. Il la vit dans l'encadrement de la porte, enveloppée d'un peignoir de flanelle bleue, le regard dur et fixe :

— Qu'est-il arrivé à mon mari ? questionna-t-elle. Qui êtes-vous ?

Les deux hommes se levèrent en même temps.

— Je vous demande pardon, madame, de faire ainsi irruption dans votre intimité. Votre sœur m'a annoncé que vous n'étiez pas bien ce soir...

— Cela n'a pas d'importance...

— J'ai, malheureusement, une mauvaise nouvelle à vous annoncer...

— Mon mari ? questionna-t-elle du bout des lèvres.

Mais c'était la jeune fille que Maigret regardait, et il la vit ouvrir la bouche pour un cri qu'elle n'articula pas. Elle restait là, hagarde, les yeux écarquillés.

— Votre mari, oui... Il lui est arrivé un accident.

— Un accident ? questionnait l'épouse, dure et méfiante.

— Madame, je suis désolé d'avoir à vous apprendre que M. Goldfinger est mort...

Elle ne bougea pas. Elle restait là, debout, à les fixer de ses yeux sombres. Car, si sa sœur était une blonde aux yeux bleus, Mathilde Goldfinger, elle, était une brune assez grasse, aux yeux presque noirs, aux sourcils très dessinés.

— Comment est-il mort ?

La jeune fille, qui s'était jetée contre le mur, les mains en avant, la tête dans les bras, sanglotait silencieusement.

— Avant de vous répondre, il est de mon devoir de vous poser une question. Votre mari, à votre connaissance, avait-il des raisons de se suicider ? Est-ce que l'état de ses affaires, par exemple...

Mme Goldfinger épongea d'un mouchoir ses lèvres moites, puis se passa les mains sur les tempes en relevant ses cheveux d'un geste machinal :

— Je ne sais pas... Je ne comprends pas... Ce que vous me dites est tellement...

Alors, la jeune fille, au moment où on s'y attendait le moins, se retourna d'une détente brusque, montra un visage congestionné, laqué par les larmes, des yeux où il y avait du courroux, peut-être de la rage, et cria avec une énergie inattendue :

— Jamais Michel ne se serait suicidé, si c'est cela que vous voulez dire !...

— Calme-toi, Éva... Vous permettez, messieurs ?

Et Mme Goldfinger s'assit, s'accouda d'un bras à la table rustique :

— Où est-il ?... Répondez-moi... Dites-moi comment cela est arrivé...

— Votre mari est mort, d'une balle dans la tête, à dix heures et quart exactement, devant la borne de Police-Secours du coin de la rue Caulaincourt.

Un sanglot rauque, douloureux. C'était Éva. Quant à Mme Goldfinger, elle était blême, les traits figés, et elle continuait à fixer le commissaire comme sans le voir :

— Où est-il à présent ?

— Son corps a été transporté à l'Institut médico-légal, où vous pourrez le voir dès demain matin.

— Tu entends, Mathilde ? hurla la jeune fille.

Les mots, pour elle, faisaient image. Avait-elle compris qu'on allait pratiquer l'autopsie, que le corps prendrait place ensuite dans un des nombreux tiroirs de cet immense frigorifique à cadavres que constitue l'Institut médico-légal ?

— Et tu ne dis rien ?... Tu ne protestes pas?...

La veuve haussa imperceptiblement les épaules, répéta d'une voix lasse :

— Je ne comprends pas...

— Remarquez, madame, que je n'affirme pas que votre mari s'est suicidé...

Cette fois, ce fut Lognon qui eut comme un haut-le-corps et qui regarda le commissaire avec stupeur. Mme Goldfinger, elle, fronça les sourcils et murmura :

— Je ne comprends pas... Tout à l'heure, vous avez dit...

— Que cela ressemblait à un suicide... Mais il y a parfois des crimes qui ressemblent à des suicides... Votre mari avait-il des ennemis ?...

— Non !

Un non énergique. Pourquoi les deux femmes, ensuite, échangeaient-elles un bref regard ?

— Avait-il des raisons pour attenter à ses jours ?

— Je ne sais pas... Je ne sais plus... Il faut m'excuser, messieurs... Je suis moi-même mal portante aujourd'hui... Mon mari était malade, ma sœur vous l'a dit... Il se croyait plus malade qu'il n'était réellement... Il souffrait beaucoup... Le régime très strict qu'il devait suivre l'affaiblissait... Il avait, en outre, des soucis, ces derniers temps...

— A cause de ses affaires ?

— Vous savez sans doute qu'il y a une crise, depuis près de deux ans, dans le commerce du diamant... Les gros peuvent tenir le coup... Ceux qui n'ont pas de capitaux et qui vivent pour ainsi dire au jour le jour...

— Est-ce que, ce soir, votre mari avait des pierres sur lui ?

— Sans doute... Il en avait toujours...

— Dans son portefeuille ?

— C'est là qu'il les mettait, d'habitude... Cela ne prend pas beaucoup de place, n'est-ce pas ?

— Ces diamants lui appartenaient ?

— C'est peu probable... Il en achetait rarement pour son compte, surtout les derniers temps... On les lui confiait à la commission...

C'était vraisemblable. Maigret connaissait assez le petit monde qui évolue dans les environs de la rue Lafayette et qui, tout comme le « milieu », a ses lois à lui. On voit, autour des tables, des pierres qui représentent des fortunes passer de main en main sans que le moindre reçu soit échangé. Tout le monde se connaît. Tout le monde sait que, dans la confrérie, nul n'oserait manquer à sa parole.

— On lui a volé les diamants ?

— Non, madame... Les voilà... Voici son portefeuille. Je voudrais vous poser encore une question. Votre mari vous mettait-il au courant de toutes ses affaires ?

— De toutes...

Un tressaillement d'Éva. Cela signifiait-il que sa sœur ne disait pas la vérité ?

— Votre mari, à votre connaissance, avait-il, pour les jours qui viennent, de grosses échéances ?

— On devait présenter, demain, une traite de trente mille francs.

— Il disposait de l'argent ?

— Je ne sais pas... C'est justement pour cela qu'il est sorti ce soir... Il avait rendez-vous avec un client dont il espérait tirer cette somme...

— Et s'il ne l'avait pas obtenue ?

— La traite aurait sans doute été protestée...

— C'est déjà arrivé ?

— Non... Il trouvait toujours l'argent au dernier moment...

Lognon soupira, lugubre, en homme qui juge qu'on perd son temps.

— De sorte que, si la personne que votre mari devait rencontrer ce soir ne lui avait pas remis la somme, Goldfinger, demain, aurait été en protêt... Ce qui signifie qu'il aurait été rayé automatiquement du milieu des courtiers en diamants, n'est-ce pas ?... Si je ne m'abuse, ces messieurs sont sévères pour ces sortes d'accidents ?...

— Mon Dieu ! Qu'est-ce que vous voulez que je vous dise ?

C'était elle que Maigret regardait, du moins en apparence, mais, en réalité, depuis quelques minutes, c'était la petite belle-sœur en deuil qu'il observait sans cesse à la dérobée.

Elle ne pleurait plus. Elle avait repris son sang-froid. Et le commissaire était étonné de lui voir un regard aigu, des traits si nets et si énergiques. Ce n'était plus une petite jeune fille en larmes, mais, malgré son âge, une femme qui écoute, qui observe, qui soupçonne.

Car il n'y avait pas à s'y tromper. Un détail avait dû la frapper dans les paroles échangées, et elle tendait l'oreille, ne laissait rien perdre de ce qui se disait autour d'elle.

— Vous êtes en deuil ? questionna-t-il.

Il s'était tourné vers Éva, mais c'est Mathilde qui répondit :

— Nous sommes en deuil, toutes les deux, de ma mère, qui est morte voilà six mois... C'est depuis lors que ma sœur vit avec nous...

— Vous travaillez ? demanda encore Maigret à Éva.

Et, une fois de plus, ce fut la sœur qui répondit.

— Elle est dactylographe dans une compagnie d'assurances, boulevard Haussmann.

— Une dernière question... Croyez que je suis confus... Est-ce que votre mari possédait un revolver ?

— Il en avait un, oui... Mais il ne le portait pour ainsi dire jamais... Il doit encore être dans le tiroir de sa table de nuit.

— Voulez-vous être assez aimable pour vous en assurer ?...

Elle se leva, passa dans la chambre, où elle tourna le bouton électrique. On l'entendit ouvrir un tiroir, remuer des objets. Quand elle revint, elle avait le regard plus sombre.

— Il n'y est pas, dit-elle, sans se rasseoir.

— Y a-t-il longtemps que vous l'avez vu ?

— Quelques jours au plus... Je ne pourrais pas dire au juste... Peut-être avant-hier, quand j'ai fait le grand nettoyage...

Éva ouvrit la bouche, mais, malgré le regard, encourageant du commissaire, elle se tut.

— Oui. Cela devait être avant-hier...

— Ce soir, vous étiez couchée quand votre mari est rentré pour dîner ?

— Je me suis couchée à deux heures de l'après-midi, car je me sentais lasse...

— S'il avait ouvert le tiroir pour y prendre le revolver, vous en seriez-vous aperçue ?

— Je crois que oui...

— Ce tiroir contient-il des objets dont il aurait pu avoir besoin ?

— Non... Un médicament qu'il ne prenait que la nuit, quand il souffrait trop ; de vieilles boîtes de pilules et une paire de lunettes dont un verre est cassé...

— Vous étiez dans la chambre, ce matin, lorsqu'il s'est habillé ?

— Oui... Je faisais les lits...

— De sorte que votre mari aurait dû prendre le revolver hier ou avant-hier au soir ?

Encore un geste d'intervention d'Éva. Elle ouvrait la bouche. Non. Elle se taisait.

— Il ne me reste qu'à vous remercier, madame... A propos, connaissez-vous la marque du revolver ?

— Browning, calibre 6 mm 38. Vous devez en trouver le numéro dans le portefeuille de mon mari, car il était titulaire d'un port d'armes.

Ce qui, en effet, était exact.

— Demain matin, si vous n'y voyez pas d'inconvénient, l'inspecteur Lognon, qui est chargé de l'enquête, viendra vous prendre à l'heure que vous lui fixerez pour aller reconnaître le corps...

— Quand il voudra... Dès huit heures...

— Compris, Lognon ?

Ils se retiraient, retrouvaient le palier mal éclairé, le tapis sombre de l'escalier, les murs brunis. La porte s'était refermée, et on n'entendait aucun bruit dans l'appartement. Les deux femmes se taisaient. Pas un mot n'était échangé entre elles.

Dans la rue, Maigret leva la tête vers la fenêtre éclairée et murmura :

— Maintenant que nous ne pouvons plus entendre, je parierais que ça va barder, là-haut.

Une ombre se profila sur le rideau. Bien que déformée, on reconnaissait la silhouette de la jeune fille qui traversait la salle à manger à pas pressés. Presque aussitôt, une autre fenêtre s'éclairait, et Maigret aurait parié qu'Éva venait de s'enfermer à double tour dans sa chambre, et que sa sœur essayait en vain de s'en faire ouvrir la porte.

2

Les malchances et les susceptibilités de l'inspecteur Lognon

C'était une drôle de vie. Maigret prenait un air grognon, mais, en réalité, il n'aurait pas donné sa place, à ces moments-là, pour le meilleur fauteuil de l'Opéra. Était-il possible d'être davantage chez lui, dans les vastes locaux de la Police Judiciaire, qu'au beau milieu de la nuit ? Tellement chez lui qu'il avait tombé la veste, retiré sa cravate et ouvert son col. Il avait même, après une hésitation, délacé ses souliers qui lui faisaient un peu mal.

En son absence, Scotland Yard avait téléphoné, et on avait passé la communication à son neveu Daniel, qui venait de lui en rendre compte.

L'escroc dont il s'occupait n'avait pas été signalé à Londres depuis plus de deux ans, mais, aux dernières nouvelles, il serait passé par la Hollande.

Maigret avait donc alerté Amsterdam. Il attendait maintenant des renseignements de la Sûreté néerlandaise. De temps en temps, il entrait en contact téléphonique avec ses inspecteurs qui surveillaient l'homme à la porte de son appartement du *Claridge* et dans le hall de l'hôtel.

Puis, la pipe aux dents, les cheveux hirsutes, il ouvrait la porte de son bureau et contemplait la longue perspective du couloir, où il n'y avait que deux lampes en veilleuse ; et il avait l'air, alors, d'un brave banlieusard qui, le dimanche matin, se campe sur son seuil pour contempler son bout de jardin.

Tout au fond du couloir, le vieux garçon de bureau de nuit, Jérôme, qui était dans la maison depuis plus de trente ans et qui avait les cheveux blancs comme neige, était assis devant sa petite table surmontée d'une lampe à abat-jour vert et, le nez chaussé de lunettes à monture d'acier, il lisait invariablement un gros traité de médecine, le même depuis des années. Il lisait comme les enfants, en remuant les lèvres, en épelant les syllabes.

Puis le commissaire faisait quelques pas, les mains dans les poches, entrait dans le bureau des inspecteurs, où les deux hommes de garde, en manches de chemise, eux aussi, jouaient aux cartes et fumaient des cigarettes.

Il allait, il venait. Derrière son bureau, dans un étroit cagibi, il y avait un lit de camp sur lequel il lui arriva deux ou trois fois de s'étendre sans parvenir à s'assoupir. Il faisait chaud, malgré la pluie qui tombait de plus belle, car le soleil avait tapé dur sur les bureaux pendant toute la journée.

Une première fois, Maigret marcha jusqu'à son téléphone, mais, à l'instant de décrocher, sa main s'arrêta. Il déambula encore, retourna chez les inspecteurs, suivit la partie de cartes pendant un bout de temps et revint une seconde fois jusqu'à l'appareil.

Il était comme un enfant qui ne peut pas se décider à renoncer à une envie. Si encore Lognon avait été moins malchanceux ! Lognon ou pas Lognon, Maigret avait le droit, bien entendu, de prendre en main l'affaire de la rue Lamarck, comme il brûlait du désir de le faire.

Non pas parce qu'il la jugeait particulièrement sensationnelle. L'arrestation de l'escroc, par exemple, à laquelle il ne parvenait pas à s'intéresser, lui vaudrait davantage de renommée. Mais, il avait beau faire, il revoyait sans cesse la borne de Police-Secours, dans la pluie, le petit courtier en diamants à la silhouette étriquée et malingre, puis les deux sœurs, dans leur appartement.

Comment dire ? C'était une de ces affaires dont l'odeur lui plaisait, qu'il aurait aimé renifler à loisir jusqu'au moment où il en serait si bien imprégné que la vérité lui apparaîtrait d'elle-même.

Et il tombait justement sur le pauvre Lognon, le meilleur des hommes, au fond, le plus consciencieux des inspecteurs, consciencieux au point d'en être imbuvable, Lognon sur qui la malchance s'acharnait avec tant d'insistance qu'il en était arrivé à avoir la hargne d'un chien galeux.

Chaque fois que Lognon s'était occupé d'une affaire, il avait eu des malheurs. Ou bien, au moment où il allait opérer une arrestation, on s'apercevait que le coupable avait de hautes protections et qu'il fallait le laisser tranquille, ou bien l'inspecteur tombait malade et devait passer son dossier à un collègue, ou bien encore un juge d'instruction en mal d'avancement prenait pour lui le bénéfice de la réussite.

Est-ce que Maigret, cette fois encore, allait lui ôter le pain de la bouche ? Lognon, par-dessus le marché, habitait le quartier, place Constantin-Pecqueur, à cent cinquante mètres de la borne devant laquelle Goldfinger était mort, à trois cents mètres de l'appartement du courtier.

— C'est Amsterdam ?...

Maigret notait les renseignements qu'on lui transmettait. Comme, en quittant La Haye, l'escroc avait pris l'avion pour Bâle, le commissaire alertait ensuite la police suisse, mais c'était toujours au petit courtier, à sa femme et à sa belle-sœur qu'il pensait. Et, chaque fois qu'il se couchait sur son lit de camp et qu'il essayait de s'endormir, il les évoquait tous les trois avec une acuité accrue.

Alors il allait boire une gorgée de bière dans son bureau. Car, en arrivant, il avait fait monter trois demis et une pile de sandwiches de la *Brasserie Dauphine*. Tiens ! il y avait de la lumière sous une porte : celle du commissaire de la Section financière. Celui-là, on ne le dérangeait pas. C'était un monsieur raide comme un parapluie, toujours tiré à quatre épingles, qui se contentait de saluer cérémonieusement ses collègues. S'il passait la nuit à la P.J., il y aurait du bruit à la Bourse le lendemain.

Au fait, on avait donné, le soir, un gala de centième au théâtre de la Madeleine, suivi d'un souper. Le Dr Paul, le plus parisien des médecins, l'ami des vedettes, y était sûrement allé : on ne l'attendait pas chez lui avant deux heures. Le temps de se changer — bien qu'il lui fût arrivé de se rendre en habit à la morgue, — et il devait être arrivé depuis un quart d'heure tout au plus à l'Institut médico-légal.

Maigret n'y tint plus, décrocha.

— Donnez-moi l'Institut médico-légal, s'il vous plaît... Allô !... Ici, Maigret... Voulez-vous demander au Dr Paul de venir un instant à l'appareil ?... Vous dites ?... Il ne peut pas se déranger ?... Il a commencé l'autopsie ?... Qui est à l'appareil ?... Le préparateur ?... Bonsoir, Jean... Voulez-vous demander de ma part au docteur de bien vouloir analyser le contenu de l'estomac du mort... Oui... Soigneusement... Je voudrais savoir, en particulier, s'il a ingurgité quelque chose : aliment ou boisson, depuis son repas du soir, qu'il a dû prendre vers sept heures et demie... Merci... Oui, qu'il m'appelle ici... J'y serai toute la nuit...

Il raccrocha, demanda la table d'écoute, au Central téléphonique.

— Allô !... Ici, commissaire Maigret... Je voudrais que vous enregistriez toutes les communications que l'on pourrait donner ou recevoir de l'appartement d'un certain Goldfinger, 66 *bis,* rue Lamarck. Dès maintenant, oui...

Tant pis si Lognon y avait pensé. D'ailleurs, il lui téléphonait aussi, à son domicile de la place Constantin-Pecqueur. Et on répondait aussitôt, ce qui indiquait que l'inspecteur n'était pas couché...

— C'est vous, Lognon ?... Ici, Maigret... Je vous demande pardon de vous déranger...

C'était bien là l'inspecteur Malgracieux ! Au lieu de dormir, il était déjà occupé à rédiger son rapport. Sa voix était inquiète, maussade :

— Je suppose, monsieur le commissaire, que vous me déchargez de l'affaire ?

— Mais non, mon vieux !... C'est vous qui l'avez commencée et vous la continuerez jusqu'au bout... Je vous demanderai seulement, à titre purement personnel, de me tenir au courant...

— Dois-je vous envoyer copie des rapports ?

C'était tout Lognon !

— Ce n'est pas la peine...

— Parce que je comptais les envoyer à mon chef direct, le commissaire d'arrondissement...

— Mais oui, mais oui... A propos, j'ai pensé à deux ou trois petites choses... Je suis persuadé que vous y avez pensé aussi... Par exemple, ne croyez-vous pas qu'il serait utile de faire surveiller la maison par deux inspecteurs ?... Si une des deux femmes sortait, ou si elles sortaient toutes les deux séparément, ils pourraient ainsi les suivre dans toutes leurs allées et venues...

— J'avais déjà mis un homme en faction... Je vais en envoyer un second... Je suppose que, si on me fait le reproche de mobiliser trop de monde...

— On ne vous adressera aucun reproche... Avez-vous déjà des nouvelles de l'Identité judiciaire au sujet des empreintes sur le revolver ?

Les locaux de l'Identité et les laboratoires se trouvaient juste au-dessus de la tête de Maigret, dans les combles du Palais de Justice, mais le commissaire ménageait jusqu'au bout la susceptibilité de l'inspecteur.

— Ils viennent de me téléphoner... Il y a beaucoup d'empreintes, mais trop confuses pour nous être utiles... Il semble que l'arme ait été essuyée, c'est difficile à affirmer, à cause de la pluie...

— Vous avez fait envoyer le revolver à Gastinne-Renette ?

— Oui. Il a promis d'être à son laboratoire dès huit heures et d'examiner l'arme aussitôt...

Il y avait d'autres conseils que Maigret aurait voulu lui donner. Il brûlait de se plonger dans l'affaire jusqu'au cou. C'était un véritable supplice. Mais rien que d'entendre au bout du fil la voix lamentable de l'inspecteur Malgracieux lui faisait pitié.

— Allons... Je vous laisse travailler...

— Vous ne voulez vraiment pas prendre le dossier en main ?

— Non, mon vieux... Allez-y !... Et bonne chance !...

— Je vous remercie...

La nuit se traîna ainsi, dans l'intimité chaude de ces vastes locaux que l'obscurité semblait rétrécir et où ils n'étaient que cinq à travailler ou à errer. Un coup de téléphone, de temps en temps. Bâle qui rappelait. Puis le *Claridge*.

— Écoutez, mes enfants, s'il dort, laissez-le dormir... Quand il sonnera pour son petit déjeuner seulement, pénétrez dans sa chambre, gentiment, et demandez-lui de venir faire un tour au quai des Orfèvres... Surtout, pas d'esclandre... Le directeur du *Claridge* n'aime pas ça...

Il rentra chez lui à huit heures, et il pensait tout le long du chemin qu'au même moment ce sacré Lognon embarquait Mathilde et Éva dans un taxi, rue Lamarck, pour les conduire à l'Institut médico-légal.

Le ménage était déjà fait, boulevard Richard-Lenoir. Mme Maigret était toute fraîche, et le petit déjeuner attendait sur la table.

— Le Dr Paul vient de t'appeler.

— Il y a mis le temps...

L'estomac de l'infortuné Goldfinger ne contenait que des aliments plus qu'à moitié digérés, de la soupe aux légumes, des pâtes et du jambon blanc. Depuis huit heures du soir, le courtier en diamants n'avait rien ingéré.

— Pas même un verre d'eau minérale ? insista Maigret.

— En tout cas, pas pendant la demi-heure qui a précédé la mort...

— Avez-vous remarqué un ulcère à l'estomac ?

— Au duodénum, plus exactement...

— Pas de cancer ?

— Sûrement pas...

— De sorte qu'il pouvait encore vivre longtemps ?

— Très longtemps. Et même guérir...

— Je vous remercie, docteur... Soyez assez gentil pour envoyer votre rapport à l'inspecteur Lognon... Comment ?... Oui, l'inspecteur Malgracieux... Bonne journée !...

Et Mme Maigret d'intervenir, en voyant son mari se diriger vers la salle de bains :

— Tu vas te coucher, j'espère ?

— Je ne sais pas encore... J'ai un peu dormi, cette nuit...

Il prit un bain, suivi d'une douche glacée, mangea de bon appétit en regardant la pluie qui tombait toujours comme un matin de Toussaint. A neuf heures, il avait le célèbre armurier au bout du fil.

— Allô ! Dites-moi, Maigret, il y a un détail qui me chiffonne dans cette histoire... Il s'agit de gangsters, n'est-ce pas ?

— Pourquoi dites-vous ça ?

— Voilà... C'est bien le revolver qui m'a été remis pour expertise qui a tiré la balle retrouvée dans la boîte crânienne du mort...

Maigret cita le numéro de l'arme, qui correspondait au numéro du browning appartenant à Goldfinger. L'expert, lui, ne savait rien des circonstances du drame. Il jugeait sur pièces, uniquement.

— Qu'est-ce qui vous chiffonne ?

— En examinant le canon du revolver, j'ai remarqué de petites stries luisantes extérieurement, à l'extrémité du canon. J'ai fait l'expérience sur d'autres armes du même calibre... Or j'ai obtenu un résultat identique en adaptant sur le canon un silencieux de modèle américain.

— Vous êtes sûr de cela ?

— J'affirme qu'il n'y a pas très longtemps, deux jours au maximum, probablement moins, car les stries se seraient ternies, un silencieux a été adapté sur le revolver qui m'a été soumis.

— Voulez-vous avoir l'obligeance d'envoyer le rapport écrit à l'inspecteur Lognon, qui a la direction de l'enquête ?

Et Gastinne-Renette, tout comme le Dr Paul l'avait fait, de s'exclamer :

— L'inspecteur Malgracieux ?

Mme Maigret soupirait :

— Tu t'en vas ?... Prends au moins ton parapluie...

Il s'en allait, oui, mais il n'allait pas où il avait envie d'aller, à cause de cet animal d'inspecteur et de sa malchance. S'il s'était écouté, il se serait fait conduire en taxi au coin de la rue Caulaincourt et de la rue Lamarck. Pour quoi faire ? Rien de bien précis. Pour reprendre l'air de la rue, pour fureter dans les coins, entrer dans les bistrots du quartier, écouter les gens qui, depuis la mise en vente des journaux du matin, étaient au courant.

Goldfinger avait annoncé, en partant de chez lui, qu'il avait un rendez-vous dans le quartier. S'il s'était suicidé, le rendez-vous pouvait être imaginaire. Mais alors, que venait faire ce silencieux ? Comment concilier cet appareil, d'usage au surplus peu courant et difficile à trouver, avec la détonation qui avait ébranlé l'appareil de Police-Secours ?

Si le courtier avait vraiment un rendez-vous... Généralement, les rendez-vous ne se donnent pas dans la rue, surtout à dix heures du soir, par une pluie battante. Plutôt dans un café, dans un bar... Or le courtier en diamants n'avait rien ingurgité, pas même un verre d'eau, passé le moment où il était sorti de chez lui.

Maigret aurait aimé refaire le chemin qu'il avait fait, s'arrêter devant la borne de Police-Secours.

Non ! Il y avait quelque chose qui ne tournait pas rond, il le sentait depuis le début. Un homme comme Stan le Tueur peut avoir l'idée d'injurier la police, de la défier une dernière fois avant de se faire sauter le caisson. Pas un petit serre-fesses comme Goldfinger !

Maigret avait pris l'autobus, et il restait debout sur la plate-forme, à contempler vaguement le Paris matinal, les poubelles dans les hachures de pluie, tout un petit peuple gravitant comme des fourmis en direction des bureaux et des magasins.

... Deux hommes, à six mois de distance, n'ont pas la même inspiration... Surtout quand il s'agit d'une idée aussi baroque que celle qui consiste à alerter la police pour la faire en quelque sorte assister de loin à son propre suicide...

... On *imite*... On ne *réinvente* pas... C'est si vrai que si un homme, par exemple, se donne la mort en se jetant du troisième étage de la Tour Eiffel et si les journaux ont l'imprudence d'en parler, on aura une épidémie de suicides identiques ; quinze, vingt personnes, dans les mois qui suivent, se jetteront du haut de la Tour...

Or on n'avait jamais parlé des derniers moments de Stan... sauf à la P.J... C'était cela qui, depuis le début, depuis qu'il avait quitté Daniel pour se rendre rue Caulaincourt, tracassait Maigret.

— On vous a demandé du *Claridge,* monsieur le commissaire...

Ses deux inspecteurs... L'escroc, qu'on appelait le Commodore, venait de sonner pour réclamer son petit déjeuner.

— On y va, patron ?

— Allez-y, mes enfants...

Il envoyait son escroc international à tous les diables et y envoyait mentalement Lognon par surcroît.

— Allô !... C'est vous, monsieur le commissaire ?... Ici, Lognon...

Parbleu ! Comme s'il n'avait pas reconnu la voix lugubre de l'inspecteur Malgracieux !

— Je reviens de l'Institut médico-légal... Mme Goldfinger n'a pas pu nous accompagner...

— Hein ?

— Elle était, ce matin, dans un tel état de prostration nerveuse qu'elle m'a demandé la permission de rester au lit... Son médecin était à son chevet quand je suis arrivé... C'est un médecin du quartier, le Dr Langevin... Il m'a confirmé que sa patiente avait passé une très mauvaise nuit, bien qu'elle eût usé un peu trop largement de somnifère...

— C'est la jeune sœur qui vous a accompagné ?

— Oui... Elle a reconnu le cadavre... Elle n'a pas prononcé un mot tout le long du chemin... Elle n'est plus tout à fait la même qu'hier... Elle a un petit air dur et décidé qui m'a frappé...

— Elle a pleuré ?

— Non... Elle est restée très raide devant le corps...

— Où est-elle en ce moment ?

— Je l'ai reconduite chez elle... Elle a eu un entretien avec sa sœur, puis elle est ressortie pour aller à la maison de Borniol afin de s'occuper des obsèques...

— Vous avez mis un agent derrière elle ?

— Oui... Un autre est resté à la porte... Personne n'est sorti pendant la nuit... Il n'y a pas eu d'appels téléphoniques...

— Vous aviez alerté la table d'écoute ?

— Oui...

Et Lognon, après une hésitation, prononça, comme un homme qui avale sa salive avant de dire une chose déplaisante :

— Un sténographe prend note du rapport verbal que je vous fais en ce moment et dont je vous enverrai copie par messager avant midi, ainsi qu'à mon chef hiérarchique, afin que tout soit régulier...

Maigret grommela pour lui-même :

— Va au diable !

Ce formalisme administratif, c'était tout Lognon, tellement habitué à voir ses meilleures initiatives se retourner contre lui qu'il en arrivait à se rendre insupportable par ses précautions ridicules.

— Où êtes-vous, mon vieux ?

— Chez *Manière*...

Une brasserie de la rue Caulaincourt, non loin de l'endroit où Goldfinger était mort.

— Je viens de faire tous les bistrots du quartier... J'ai montré la photo du courtier, celle qui est sur la carte d'identité... Elle est récente, car la carte a été renouvelée il y a moins d'un an... Personne n'a vu Goldfinger hier soir vers dix heures... D'ailleurs, on ne le connaît pas, sauf dans un petit bar tenu par un Auvergnat, à cinquante mètres de chez lui, où il allait souvent téléphoner avant qu'on installe le téléphone chez lui, il y a deux ans...

— Le mariage remonte à...

— Huit ans... Maintenant, je me rends rue Lafayette... S'il y a eu rendez-vous, c'est presque sûrement là qu'il a été pris... Comme tout le monde se connaît dans le milieu des courtiers en diamants...

Maigret était vexé comme une punaise de ne pouvoir faire tout ça lui-même, se frotter aux gens qui avaient connu Goldfinger, compléter peu à peu, par petites touches, l'image qu'il se faisait de celui-ci.

— Allez-y, vieux... Tenez-moi au courant...

— Vous allez recevoir le rapport...

Mais cette pluie, qui tombait maintenant toute fine, avec l'air de ne jamais vouloir s'arrêter, lui donnait envie d'être dehors. Et il était forcé de s'occuper d'un personnage aussi banal qu'un escroc international spécialisé dans le lavage des chèques et des titres au porteur, un monsieur qui allait le prendre de haut pendant un temps plus ou moins long et qui finirait par manger le morceau.

On le lui amenait justement. C'était un bel homme d'une cinquantaine d'années, l'air aussi distingué que le plus racé des clubmen, qui feignait l'étonnement.

— Vous vous mettez à table ?

— Pardon ? disait l'autre en jouant avec son monocle. Je ne comprends pas. Il doit y avoir erreur sur la personne.

— Chante, fifi...

— Vous dites ?

— Je dis : *chante, fifi !*... Écoutez, je n'ai pas la patience, aujourd'hui, de passer des heures à vous mijoter un interrogatoire à la chansonnette... Vous voyez ce bureau, n'est-ce pas ?... Dites-vous que vous n'en sortirez que quand vous aurez mangé le morceau... Janvier !... Lucas !... Retirez-lui sa cravate et ses lacets de souliers... Passez-lui les menottes... Surveillez-le et empêchez-le de bouger d'une patte... A tout à l'heure, mes enfants...

Tant pis pour Lognon qui avait la chance, lui, de prendre le vent rue Lafayette. Il sauta dans un taxi.

— Rue Caulaincourt. Je vous arrêterai...

Et cela lui faisait déjà plaisir de retrouver la rue où Goldfinger avait été tué, où il était mort, en tout cas, devant le poteau peint en rouge de Police-Secours.

Il prit, à pied, la rue Lamarck, le col du veston relevé, car, en dépit de Mme Maigret et de ses recommandations maternelles, il avait laissé son parapluie quai des Orfèvres...

A quelques pas du 66 *bis,* il reconnut un inspecteur qu'il lui était arrivé de rencontrer et qui, bien que connaissant le fameux commissaire, crut discret de feindre de ne pas le voir.

— Viens ici... Personne n'est sorti ?... Personne n'est monté au troisième étage ?...

— Personne, monsieur Maigret... J'ai suivi dans l'escalier tous ceux qui entraient... Peu de monde... Rien que des livreurs...

— Mme Goldfinger est toujours couchée ?

— Probablement... Quant à la jeune sœur, elle est sortie et mon collègue Marsac est sur ses talons...

— Elle a pris un taxi ?

— Elle a attendu l'autobus au coin de la rue.

Maigret entra dans la maison, passa devant la loge sans s'arrêter, monta au troisième étage et sonna à la porte de droite. Le timbre résonna. Il tendit l'oreille, la colla à la porte, mais n'entendit aucun bruit. Il sonna une seconde fois, une troisième. Il annonça à mi-voix :

— Police !...

Certes, il savait que Mme Goldfinger était couchée, mais elle n'était pas malade au point de ne pouvoir se lever et répondre, fût-ce à travers l'huis.

Il descendit rapidement dans la loge.

— Mme Goldfinger n'est pâs sortie, n'est-ce pas ?

— Non, monsieur... Elle est malade... Le docteur est venu ce matin... Sa sœur, elle, est sortie...

— Vous avez le téléphone ?

— Non... Vous en trouverez un chez l'Auvergnat, à quelques pas d'ici...

Il s'y précipita, demanda le numéro de l'appartement, et la sonnerie d'appel résonna longuement dans le vide.

Le visage de Maigret, ce moment, exprimait l'ahurissement le plus complet. Il demanda la table d'écoute.

— Vous n'avez eu aucun appel pour l'appartement de Goldfinger ?

— Aucun... Pas une seule communication depuis que vous nous avez alertés cette nuit... A propos, l'inspecteur Lognon, lui aussi...

— Je sais...

Il était furieux. Ce silence ne correspondait à rien de ce qu'il avait imaginé. Il revint au 66 *bis.*

— Tu es sûr, demanda-t-il à l'inspecteur en faction, qu'il n'est monté personne au troisième ?

— Je vous le jure... J'ai suivi tous ceux qui ont pénétré dans la maison... J'en ai même fait une liste, comme l'inspecteur Lognon me l'avait recommandé...

Toujours le Lognon tatillon !

— Viens avec moi... S'il le faut, tu descendras chercher un serrurier... On doit en trouver un dans le quartier...

Ils gravirent les trois étages. Maigret sonna à nouveau. Silence, d'abord. Puis il lui sembla que quelqu'un s'agitait au fond de l'appartement. Il répéta :

— Police !

Et, une voix lointaine :

— Un instant...

Un instant qui dura plus de trois minutes. Fallait-il trois minutes pour passer un peignoir et des pantoufles, voire, à la rigueur, pour se rafraîchir le visage ?

— C'est vous, monsieur le commissaire ?

— C'est moi... Maigret...

Le déclic d'un verrou que l'on tire, d'une clef dans la serrure.

— Je vous demande pardon... Je vous ai fait attendre longtemps, n'est-ce pas ?

Et lui, soupçonneux, agressif :

— Que voulez-vous dire ?

S'aperçut-elle qu'elle venait de gaffer ? Elle balbutia, d'une voix ensommeillée, trop ensommeillée au gré du commissaire :

— Je ne sais pas... Je dormais... J'avais pris une drogue pour dormir... Il me semble que, dans mon sommeil, j'ai entendu la sonnerie.

— Quelle sonnerie ?

— Je ne pourrais pas vous dire... Cela se mélangeait à mon rêve... Entrez, je vous prie... Je n'étais pas en état, ce matin, d'accompagner votre inspecteur... Mon médecin était ici...

— Je sais...

Et Maigret, qui avait refermé la porte, laissant le jeune agent sur le palier, regardait autour de lui d'un air maussade.

Mathilde portait le même peignoir bleu que la veille au soir. Elle lui disait :

— Vous permettez que je me recouche ?

— Je vous en prie...

Il y avait encore, sur la table de la salle à manger, une tasse qui contenait un peu de café au lait, du pain et du beurre, les restes, sans doute, du petit déjeuner d'Éva. Dans la chambre en désordre, Mme Goldfinger se recouchait en poussant un soupir douloureux.

Qu'est-ce qu'il y avait qui n'allait pas ? Il remarqua que la jeune femme s'était couchée avec son peignoir. Cela pouvait évidemment être un signe de pudeur.

— Vous étiez sur le palier depuis longtemps ?

— Non...

— Vous n'avez pas téléphoné ?

— Non...

— C'est étrange... Dans mon rêve, il y avait une sonnerie de téléphone qui n'arrêtait pas...

— Vraiment ?

Bon. Il se rendait compte, maintenant, de ce qui le choquait. Cette femme, qu'il était censé tirer du plus profond sommeil, d'un sommeil encore alourdi par un narcotique, cette femme qui, trois heures plus tôt, au dire de son médecin, souffrait de dépression nerveuse, avait la coiffure aussi nette qu'une dame en visite.

Il y avait autre chose, un bas, un bas de soie qui dépassait un peu de dessous le lit. Fallait-il croire qu'il était là depuis la veille ? Maigret laissa tomber sa pipe et se baissa pour la ramasser, ce qui lui permit de voir que, sous le lit, *il n'y avait pas de second bas.*

— Vous m'apportez des nouvelles ?

— Tout au plus viens-je vous poser quelques questions... Un instant... Où est votre poudre ?

— Quelle poudre ?

— Votre poudre de riz...

Car elle était fraîchement poudrée et le commissaire n'apercevait aucune boîte à poudre dans la chambre.

— Sur la tablette du cabinet de toilette... Vous dites cela parce que je vous ai fait attendre ? C'est machinalement, je vous jure, que, quand j'ai entendu sonner, j'ai fait un brin de toilette...

Et Maigret avait envie de laisser tomber :

— Non...

A voix haute, il disait :

— Votre mari était assuré sur la vie ?

— Il a pris une assurance de trois cent mille francs l'année de notre mariage... Puis, plus tard, il en a souscrit une seconde afin que cela fasse le million...

— Il y a longtemps ?

— Vous trouverez les polices dans le secrétaire, derrière vous... Vous pouvez l'ouvrir... Il n'est pas fermé à clef... Elles sont dans le tiroir de gauche...

Deux polices, à la même compagnie. La première remontait à huit ans. Maigret tourna tout de suite la page, cherchant une clause qu'il était presque sûr de trouver.

En cas de suicide...

Quelques compagnies seulement couvrent le risque en cas de suicide. C'était le cas, avec une restriction cependant : la prime n'était payable, en cas de suicide, que si celui-ci survenait un an au moins après la signature de la police.

La seconde assurance, de sept cent mille francs, comportait la même clause. Maigret alla droit à la dernière page, afin de voir la date. La police avait été signée treize mois plus tôt, exactement.

— Votre mari, pourtant, à cette époque, ne faisait pas de brillantes affaires...

— Je sais... Je ne voulais pas qu'il prenne une aussi grosse assurance, mais il était persuadé que sa maladie était grave, et il tenait à me mettre à l'abri...

— Je vois qu'il a payé toutes les échéances, ce qui n'a pas dû être facile...

On sonnait. Mme Goldfinger esquissait un mouvement pour se lever, mais le commissaire allait ouvrir, se trouvait face à face avec un Lognon dont tout le sang paraissait quitter le visage et qui balbutiait, les lèvres tendues, comme un gosse qui va pleurer :

— Je vous demande pardon.

— Au contraire... C'est moi qui m'excuse... Entrez, mon vieux...

Maigret avait les polices à la main, et l'autre les avait vues, il les désignait du doigt.

— Ce n'est plus la peine... C'était justement pour cela que je venais...

— Dans ce cas, nous allons descendre ensemble.

— Il me semble, puisque vous êtes là, que je n'ai plus rien à faire et que je peux rentrer chez moi... Ma femme, justement, n'est pas bien...

Car Lognon, pour comble d'infortune, avait la femme la plus acariâtre du monde, qui se portait malade la moitié du temps, de sorte que c'était l'inspecteur qui devait faire le ménage en rentrant chez lui.

— Nous descendrons ensemble, vieux... Le temps de prendre mon chapeau...

Et Maigret était confus, prêt à balbutier des excuses. Il s'en voulait de faire de la peine à un pauvre bougre plein de bonne volonté. On montait l'escalier. C'était Éva qui regardait les deux hommes d'un œil froid et dont le regard allait tout de suite aux polices d'assurances. Elle passait devant eux avec un salut sec.

— Venez, Lognon. Je crois que nous n'avons rien à découvrir ici pour le moment... Dites-moi, mademoiselle, quand ont lieu les obsèques...

— Après-demain... On va ramener le corps cet après-midi...

— Je vous remercie...

Drôle de fille. C'était elle qui avait les nerfs si tendus qu'on aurait dû la mettre au lit avec une bonne dose de barbiturique.

— Écoutez, mon vieux Lognon...

Les deux hommes descendaient l'escalier l'un derrière l'autre, et Lognon soupirait en hochant la tête :

— J'ai compris... Depuis la première minute...

— Qu'est-ce que vous avez compris ?

— Que ce n'est pas une affaire pour moi... Je vais vous faire mon dernier rapport...

— Mais non, mon vieux...

Ils passaient devant la loge de la concierge.

— Un instant... Une question à poser à cette brave femme... Dites-moi, madame, est-ce que Mme Goldfinger sort beaucoup ?

— Le matin, pour faire son marché... Parfois, l'après-midi, pour aller dans les grands magasins, mais pas souvent...

— Elle reçoit des visites ?

— Pour ainsi dire jamais... Ce sont des gens très calmes...

— Il y a longtemps qu'ils sont dans la maison ?

— Six ans... Si tous les locataires leur ressemblaient...

Et Lognon, lugubre, tête basse, feignait de ne prendre aucune part à cette conversation qui ne le regardait plus, puisqu'un grand chef du quai des Orfèvres lui coupait l'herbe sous le pied.

— Elle n'est jamais sortie davantage ?

— Si on peut dire... Cet hiver, à un moment donné... Il y a eu un moment où elle passait presque tous ses après-midi dehors... Elle m'a dit qu'elle allait tenir compagnie à une amie qui attendait un bébé...

— Et vous avez vu cette amie ?

— Non. Sans doute qu'elles se sont brouillées ensuite...

— Je vous remercie... C'était avant l'arrivée de Mlle Éva, n'est-ce pas ?...

— C'est à peu près vers ce moment-là que Mme Goldfinger a cessé de sortir, oui...

— Et rien ne vous a frappée ?...

La concierge dut penser à quelque chose. Un instant, son regard devint plus fixe, mais, presque aussitôt, elle hocha la tête.

— Non... Rien d'important...

— Je vous remercie.

Les deux inspecteurs, dans la rue, faisaient semblant de ne pas se connaître.

— Venez avec moi jusque chez *Manière,* inspecteur... Un coup de téléphone à donner, et je suis à vous.

— A votre disposition... soupirait Lognon de plus en plus lugubre.

Ils prirent l'apéritif dans un coin. Le commissaire pénétra dans la cabine pour téléphoner.

— Allô ! Lucas ?... Notre Commodore ?

— Il mijote...

— Toujours aussi fier ?

— Il commence à avoir soif et à saliver... Je crois qu'il donnerait cher pour un demi ou pour un cocktail...

— Il aura ça quand il se sera mis à table... A tout à l'heure...

Et il retrouva Lognon qui, sur la table de marbre du café, sur du papier à en-tête de chez *Manière,* commençait à écrire sa démission d'une belle écriture moulée de sergent-major.

3

Une locataire trop tranquille et un monsieur pas né d'hier

L'interrogatoire du Commodore dura dix-huit heures, entrecoupé de coups de téléphone à Scotland Yard, à Amsterdam, à Bâle et même à

Vienne. Le bureau de Maigret, à la fin, ressemblait à un corps de garde, avec des verres vides, des assiettes de sandwiches sur la table, des cendres de pipe un peu partout sur le plancher et des papiers épars. Et le commissaire, encore qu'il eût tombé la veste dès le début, avait de larges demi-cercles de sueur à sa chemise, sous les aisselles.

Il avait commencé par traiter en monsieur son prestigieux client. A la fin, il le tutoyait comme un vulgaire voleur à la tire ou comme un gars du milieu.

— Écoute, mon vieux... Entre nous, tu sais bien que...

Il ne s'intéressait pas du tout à ce qu'il faisait. C'est peut-être, en définitive, à cause de cela qu'il vint à bout d'un des escrocs les plus coriaces. L'autre n'y comprenait rien, voyait le commissaire donner ou recevoir passionnément des coups de téléphone qui ne le concernaient pas toujours.

Pendant ce temps-là, c'était Lognon qui s'occupait de ce qui tenait tant à cœur à Maigret.

— Vous comprenez, mon vieux, lui avait-il dit chez *Manière*, il n'y a que quelqu'un du quartier, comme vous, pour s'y retrouver dans cette histoire... Vous connaissez mieux le coin et tous ces gens-là que n'importe qui... Si je me suis permis...

Du baume. De la pommade. Beaucoup de pommade pour adoucir les blessures d'amour-propre de l'inspecteur Malgracieux.

— Goldfinger a été tué, n'est-ce pas ?

— Puisque vous le dites...

— Vous le pensez, vous aussi... Et c'est un des plus beaux crimes que j'aie vus pendant ma carrière... Avec la police elle-même comme témoin du suicide... Ça, mon vieux, c'est fortiche, et j'ai bien vu que cela vous frappait dès le premier moment... Police-Secours qui assiste en quelque sorte au suicide... Seulement, il y a la trace du silencieux... Vous y avez pensé dès que Gastinne-Renette vous a fait son rapport... Une seule balle a été tirée avec le revolver de Goldfinger, et ce revolver, à ce moment-là, était muni d'un silencieux. Autrement dit, c'est un autre coup de feu, un *deuxième* coup de feu, tiré avec une *seconde* arme, que nous avons entendu...

» Vous connaissez cela aussi bien que moi...

» Goldfinger était un pauvre type, voué un jour ou l'autre à la faillite...

Un pauvre type, en effet. Lognon en avait la preuve. Rue Lafayette, on lui avait parlé du mort avec sympathie, mais aussi avec un certain mépris.

Car, là-bas, on n'a aucune pitié pour les gens qui se laissent rouler. Et il s'était laissé rouler ! Il avait vendu des pierres, avec paiement à trois mois, à un bijoutier de Bécon-les-Bruyères à qui on aurait donné le bon Dieu sans confession, un homme d'âge, père de famille, qui, emballé sur le tard pour une gamine pas même jolie, avait fait de la carambouille et avait fini par passer la frontière en compagnie de sa maîtresse.

Un trou de cent mille francs dans la caisse de Goldfinger, qui s'évertuait en vain à le boucher depuis un an.

— Un pauvre bougre, vous verrez, Lognon... Un pauvre bougre qui ne s'est pas suicidé... L'histoire du silencieux le prouve... Mais qui a été assassiné salement, descendu par une crapule... C'est votre avis, n'est-ce pas ?... Et c'est sa femme qui va toucher un million...

» Je n'ai pas de conseils à vous donner, car vous êtes aussi averti que moi...

» Supposez que Mme Goldfinger ait été de mèche avec l'assassin, pour tout dire, à qui quelqu'un a bien dû passer l'arme qui était dans le tiroir... Après le coup, on a envie de communiquer, n'est-il pas vrai, ne fût-ce que pour se rassurer l'un l'autre ?...

» Or elle n'est pas sortie de l'immeuble... Elle n'a pas reçu de coup de téléphone...

» Vous comprenez ?... Je suis sûr, Lognon, que vous me comprenez... Deux inspecteurs sur le trottoir... La table d'écoute en permanence... Je vous félicite d'y avoir pensé...

» Et la police d'assurance ?... Et le fait qu'il n'y avait qu'un mois que la somme était payable en cas de suicide ?

» Je vous laisse faire, mon vieux... J'ai une autre histoire qui me réclame, et nul n'est mieux qualifié que vous pour mener celle-ci à bonne fin...

Voilà comment il avait eu Lognon.

Lognon qui soupirait encore :

— Je continuerai à vous adresser mes rapports en même temps qu'à mes chefs hiérarchiques...

Maigret était pour ainsi dire prisonnier dans son bureau, autant ou presque que le Commodore. Il n'y avait que le téléphone pour le relier à l'affaire de la rue Lamarck, qui seule l'intéressait. De temps en temps Lognon lui téléphonait, dans le plus pur style administratif :

— J'ai l'honneur de vous faire savoir que...

Il y avait eu, entre les deux sœurs, une scène, dont on avait entendu les échos dans l'escalier. Puis, le soir, Éva avait décidé d'aller coucher à l'*Hôtel Alsina* au coin de la place Constantin-Pecqueur.

— On dirait qu'elles se détestent...

— Parbleu !

Et Maigret ajoutait, en surveillant de l'œil son Commodore ahuri :

— Parce qu'il y a une des deux sœurs qui était amoureuse de Goldfinger, et c'était la plus jeune... Vous pouvez être sûr, Lognon, que celle-là a tout compris... Ce qui reste à savoir, c'est comment l'assassin communiquait avec Mme Goldfinger... Pas par téléphone, nous en avons la certitude, grâce à la table d'écoute... Et elle ne le voyait pas non plus en dehors de la maison...

Mme Maigret lui téléphonait :

— Quand est-ce que tu rentres ?... Tu oublies qu'il y a vingt-quatre heures que tu n'as pas dormi dans un lit...

Il répondait :

— Tout à l'heure...

Puis il reprenait une vingtième, une trentième fois l'interrogatoire du Commodore, qui finit, par lassitude, par se dégonfler.

— Emmenez-le, mes enfants, dit-il à Lucas et à Janvier... Un instant... Passez d'abord par le bureau des inspecteurs...

Ils étaient là sept ou huit devant Maigret, qui commençait à être à bout de fatigue.

— Écoutez, mes enfants... Vous vous souvenez de la mort de Stan, rue Saint-Antoine... Eh bien ! Il y a quelque chose qui m'échappe... Un nom que j'ai sur le bout de la langue... Un souvenir qu'un effort suffirait à raviver...

Ils cherchaient tous, impressionnés, parce que Maigret, à ces moments-là, après des heures de tension nerveuse, les écrasait toujours un peu. Seul Janvier, comme un écolier, fit le geste de lever le doigt.

— Il y avait Mariani... dit-il.

— Il était avec nous au moment de l'affaire de Stan le Tueur ?

— C'est la dernière affaire à laquelle il a été mêlé...

Et Maigret sortit en claquant la porte. Il avait trouvé. Dix mois plus tôt, on lui avait flanqué un candidat inspecteur qui était pistonné par un ministre quelconque. C'était un bellâtre — un maquereau, disait le commissaire — qu'il avait supporté pendant quelques semaines dans son service et qu'il avait été obligé de flanquer à la porte.

Le reste regardait Lognon. Et Lognon fit ce qu'il y avait à faire, patiemment, sans génie, mais avec sa minutie habituelle.

Dix jours, douze jours durant, la maison des Goldfinger fut l'objet de la surveillance la plus étroite. Pendant tout ce temps-là, on ne découvrit rien, sinon que la jeune Éva épiait sa sœur, elle aussi.

Le treizième jour, on frappa à la porte de l'appartement où la veuve du courtier en diamants aurait dû se trouver, et on constata qu'il était vide.

Mme Goldfinger n'était pas sortie et on la retrouva dans l'appartement situé juste au-dessus du sien, loué au nom d'un sieur Mariani.

Un monsieur qui, depuis qu'il avait été expulsé de la P.J., vivait surtout d'expédients...

... Qui avait de gros appétits et une certaine séduction, au moins aux yeux d'une Mme Goldfinger dont le mari était malade...

Ils n'avaient besoin ni de se téléphoner ni de se rencontrer dehors...

Et il y avait une belle prime d'un million à la clef si le pauvre type de courtier se suicidait plus d'un an après avoir signé sa police d'assurance...

Un coup de feu, avec le silencieux placé sur le propre revolver du mort fourni par l'épouse...

Puis un second coup de feu, avec une autre arme, devant la borne de Police-Secours, un coup de feu, qui, celui-ci, devait établir péremptoirement le suicide et empêcher que la police recherchât un assassin...

— Vous avez été un as, Lognon.

— Monsieur le commissaire...

— Est-ce vous ou moi qui les avez surpris dans leur garçonnière du quatrième étage ?... Est-ce vous qui avez entendu les signaux qu'ils se faisaient à travers le plancher ?...

— Mon rapport dira...

— Je me fiche de votre rapport, Lognon... Vous avez gagné la partie... Et contre des gens rudement forts... Si vous me permettez de vous inviter à dîner ce soir chez *Manière*...

— C'est que...

— Que quoi ?

— Que ma femme est à nouveau mal portante et que...

Que faire pour des gens comme ça, qui sont obligés de vous quitter pour rentrer chez eux laver la vaisselle et peut-être astiquer les parquets ?

Et pourtant c'était à cause de lui, à cause des susceptibilités de l'inspecteur Malgracieux, que Maigret s'était privé des joies d'une des enquêtes qui lui tenaient le plus à cœur.

5 mai 1946.

Le témoignage de l'enfant de chœur

Nouvelle parue dans le recueil intitulé
Maigret et l'inspecteur Malgracieux
(Presses de la Cité, 1947)

1

Les deux coups de la messe de six heures

Il pleuvait tout fin, et la pluie était froide. Il faisait noir. Vers le bout de la rue seulement, du côté de la caserne où, à cinq heures et demie, on avait entendu des sonneries de trompettes et d'où parvenaient des bruits de chevaux que l'on mène à l'abreuvoir, on apercevait le rectangle faiblement éclairé d'une fenêtre : quelqu'un qui se levait de bonne heure, ou peut-être un malade qui avait veillé toute la nuit.

Le reste de la rue dormait. Une rue calme, large, presque neuve, aux maisons à peu près pareilles, à un étage, à deux étages au maximum, comme on en trouve dans les faubourgs de la plupart des grandes villes de province.

Tout le quartier était neuf, sans mystère, habité par des gens calmes et modestes, des employés, des voyageurs de commerce, des petits rentiers, des veuves paisibles.

Maigret, le col du pardessus relevé, s'était collé dans l'encoignure d'une porte cochère, celle de l'école des garçons, et il attendait, sa montre à la main, en fumant sa pipe.

A six heures moins le quart exactement, des cloches sonnèrent derrière lui à l'église de la paroisse, et il savait que, comme disait le gamin, c'était le « premier coup » de la messe de six heures.

Le bruit des cloches vibrait encore dans l'air mouillé qu'il percevait, qu'il devinait plutôt, dans la maison d'en face, l'éclatement énervant d'un réveille-matin. Cela ne dura que quelques secondes. La main de l'enfant, dans l'obscurité, avait déjà dû se tendre hors de la moiteur du lit et atteindre en tâtonnant le cran d'arrêt du réveil. Quelques instants plus tard, la fenêtre mansardée du deuxième étage s'éclairait.

Cela se passait exactement comme le gamin l'avait dit. Il se levait le premier, sans bruit, dans la maison encore endormie. Maintenant, il devait attraper ses vêtements, ses chaussettes, se passer de l'eau sur le visage et les mains, se donner un coup de peigne. Quant à ses souliers, il avait affirmé :

— Je les tiens à la main jusqu'en bas, et je les mets sur la dernière marche de l'escalier afin de ne pas éveiller mes parents.

Il en était de même tous les jours, hiver comme été, depuis près de deux ans, depuis que Justin avait commencé à servir la messe de six heures à l'hôpital.

Il avait déclaré aussi :

— L'horloge de l'hôpital retarde toujours de trois ou quatre minutes sur celle de la paroisse.

Et le commissaire en avait la preuve. Ses inspecteurs, la veille, à la brigade mobile où il était détaché depuis quelques mois, avaient haussé les épaules devant ces histoires minutieuses de cloches, de « premier coup » et de « second coup ».

Est-ce parce que Maigret avait été longtemps enfant de chœur, lui aussi, qu'il n'avait pas souri ?

Les cloches de la paroisse d'abord, à six heures moins le quart. Puis le réveille-matin de Justin, dans la mansarde où couchait le gamin. Puis, à quelques instants d'intervalle, les cloches plus grêles, plus argentines de la chapelle de l'hôpital, qui faisaient penser aux cloches d'un couvent.

Il avait toujours sa montre à la main. L'enfant mit à peine un peu plus de quatre minutes pour s'habiller. La lumière s'éteignit. Il devait descendre l'escalier à tâtons, toujours pour ne pas réveiller ses parents, s'asseoir sur la dernière marche et mettre ses chaussures, décrocher son pardessus et sa casquette au portemanteau de bambou qu'il y avait à droite dans le corridor.

La porte s'ouvrit. Le gamin la referma sans bruit, regarda des deux côtés de la rue avec anxiété, vit la lourde silhouette du commissaire qui s'approchait.

— J'avais peur que vous ne soyez pas là.

Et il se mettait à marcher vite. C'était un petit bonhomme de douze ans, blond, maigre, déjà volontaire.

— Vous voulez que je fasse juste la même chose que les autres jours, n'est-ce pas ? Je marche toujours vite, d'abord parce que j'ai fini par calculer les minutes qu'il me faut, ensuite parce que, l'hiver, quand il fait noir, j'ai peur. Dans un mois, à cette heure-ci, il commencera à faire jour.

Il prenait la première rue à droite, une rue calme encore, plus courte, qui débouchait sur une place ronde plantée d'ormes et que des voies de tramways traversaient en diagonale.

Et Maigret remarquait de minuscules détails qui lui rappelaient son enfance. D'abord que le gosse ne marchait pas le long des maisons, sans doute parce qu'il avait peur de voir soudain surgir quelqu'un de l'ombre d'un seuil. Puis que, pour traverser la place, il évitait de même les arbres, derrière le tronc desquels un homme aurait pu se cacher.

Il était brave, en somme, puisque, pendant deux hivers, par tous les temps, parfois dans un brouillard épais ou dans le noir presque absolu des nuits sans lune, il avait parcouru, chaque matin, tout seul, le même chemin.

— Quand nous arriverons au milieu de la rue Sainte-Catherine, vous entendrez le second coup de la messe à l'église de la paroisse...

— A quelle heure passe le premier tram ?

— A six heures. Je ne l'ai vu que deux ou trois fois, lorsque j'étais en retard... Une fois parce que mon réveil n'avait pas sonné... Une autre fois parce que je m'étais rendormi. C'est pour cela que je saute tout de suite du lit quand il sonne.

Un petit visage pâlot dans la nuit pluvieuse, des yeux qui gardaient un peu de la fixité du sommeil, une expression réfléchie, avec seulement un tout petit rien d'anxiété.

— Je ne continuerai pas à servir la messe. C'est parce que vous avez insisté que je suis venu aujourd'hui...

Ils prenaient, à gauche, la rue Sainte-Catherine où, comme dans les autres rues du quartier, il y avait un réverbère tous les cinquante mètres. Une flaque de lumière, chaque fois. Et l'enfant marchait plus vite, inconsciemment, entre ces flaques que quand il traversait leur zone rassurante.

On entendait toujours la rumeur lointaine de la caserne. Quelques fenêtres s'éclairaient. Quelqu'un marchait, quelque part, dans une rue transversale, sans doute un ouvrier qui se rendait à son travail.

— Quand vous êtes arrivé au coin de la rue, vous n'avez rien vu ?

C'était le point le plus délicat, car la rue Sainte-Catherine était bien droite, déserte, avec ses trottoirs tirés au cordeau, ses réverbères régulièrement plantés, qui ne laissaient pas assez d'ombre entre eux pour qu'on n'aperçoive pas, fût-ce à cent mètres, deux hommes en train de se disputer.

— Peut-être que je ne regardais pas devant moi. Je parlais tout seul, je m'en souviens... Il m'arrive... souvent, le matin, quand je fais le chemin, de parler tout seul, à mi-voix... Je voulais demander quelque chose à ma mère, en rentrant, et je me répétais ce que j'allais lui dire...

— Qu'est-ce que vous vouliez lui dire ?

— Il y a longtemps que j'ai envie d'un vélo... J'ai déjà économisé trois cents francs sur les messes.

Était-ce une impression ? Il sembla à Maigret que l'enfant s'écartait davantage des maisons. Il descendait même du trottoir, pour y remonter un peu plus loin.

— C'est ici... Tenez... Voilà le second coup qui sonne à la paroisse...

Et Maigret s'efforçait, sans souci du ridicule, de pénétrer dans cet univers qui était chaque matin l'univers du gosse.

— J'ai dû relever la tête... Vous savez, comme quand on court sans regarder devant soi et qu'on se trouve devant un mur... C'était à cet endroit exactement...

Il désignait sur le trottoir la ligne séparant l'ombre de la lumière d'un réverbère, dans laquelle la pluie fine mettait une poussière lumineuse.

— J'ai d'abord vu qu'il y avait un homme couché de tout son long et il m'a paru si grand que j'aurais juré qu'il occupait toute la largeur du trottoir.

C'était impossible, car le trottoir avait au moins deux mètres cinquante de large.

— Je ne sais pas ce que j'ai fait au juste... J'ai dû faire un écart... Je ne me suis pas sauvé tout de suite, puisque j'ai vu le couteau dans sa poitrine, avec un gros manche en corne brune... Je l'ai remarqué parce que mon oncle Henri a un couteau presque pareil et qu'il m'a dit que c'était de la corne de cerf... Je suis sûr que l'homme était mort...

— Pourquoi ?

— Je ne sais pas... Il avait l'air d'un mort...

— Ses yeux étaient fermés ?

— Je n'ai pas remarqué ses yeux... Je ne sais plus... Mais j'ai eu la sensation qu'il était mort... Cela s'est passé très vite, comme je vous l'ai dit hier dans votre bureau... On m'a tant de fois fait répéter la même chose pendant la journée d'hier que je ne m'y retrouve plus... Surtout quand je sens qu'on ne me croit pas...

— Et l'autre homme ?

— Quand j'ai relevé la tête, j'ai vu qu'il y avait quelqu'un un peu plus loin, peut-être à cinq mètres, quelqu'un qui avait des yeux très clairs, qui m'a regardé une seconde et qui s'est mis à courir. C'était l'assassin...

— Comment le savez-vous ?

— Parce qu'il s'est enfui à toutes jambes.

— Dans quelle direction ?

— Tout droit par là...

— C'est-à-dire du côté de la caserne ?

— Oui...

C'était vrai que Justin avait été questionné au moins dix fois la veille. Avant l'arrivée de Maigret au bureau, les inspecteurs en avaient même fait une sorte de jeu. Or, pas une seule fois il n'avait varié du moindre détail.

— Et qu'est-ce que vous avez fait ?

— Je me suis mis à courir aussi... C'est difficile à expliquer... Je crois que c'est au moment où j'ai vu l'homme qui s'enfuyait que j'ai eu peur... Et alors j'ai couru de toutes mes forces...

— Dans la direction contraire ?

— Oui.

— Vous n'avez pas eu l'idée d'appeler au secours ?

— Non... j'avais trop peur... J'avais surtout peur que mes jambes mollissent tout à coup, car je ne les sentais pour ainsi dire plus... J'ai fait demi-tour jusqu'à la place du Congrès... J'ai pris l'autre rue, qui conduit elle aussi à l'hôpital, mais en faisant un crochet.

— Marchons.

Des cloches à nouveau, des cloches grêles, celles de la chapelle. Après avoir parcouru une cinquantaine de mètres, on arrivait à un carrefour, et on trouvait à gauche les murs percés de meurtrières de la caserne, à droite un immense portail faiblement éclairé, surmonté du cadran glauque d'une horloge.

Il était six heures moins trois minutes.

— Je suis d'une minute en retard... Hier, je suis arrivé à temps quand même, parce que j'ai couru...

Sur la porte de chêne plein, il y avait un lourd marteau, que l'enfant souleva et dont le vacarme retentit dans le porche. Un portier en pantoufles vint ouvrir, laissa passer Justin, se plaça en travers du chemin de Maigret, qu'il regarda avec méfiance.

— Qu'est-ce que c'est ?

— Police.

— Vous avez une carte ?

On franchissait un porche, où l'on percevait les premières odeurs d'hôpital, puis, après une seconde porte, on se trouvait dans une vaste cour où se dressaient les pavillons. De loin, dans l'obscurité, on devinait les cornettes blanches des bonnes sœurs qui se dirigeaient vers la chapelle.

— Pourquoi, hier, n'avez-vous rien dit au portier ?

— Je ne sais pas... J'avais hâte d'être arrivé...

Maigret comprenait cela. Le havre, ce n'était pas le porche administratif, avec son portier méfiant et revêche, ni cette cour froide où passaient de silencieuses civières : c'était la sacristie chaude, près de la chapelle où une bonne sœur allumait les cierges de l'autel.

En somme, il y avait deux pôles entre lesquels, chaque matin, le gamin se précipitait avec une sorte de vertige : sa chambre, sous le toit, dont le tirait la sonnerie du réveille-matin, puis, à l'autre bout d'une sorte de vide que des cloches étaient seules à animer, la sacristie de la chapelle.

— Vous entrez avec moi ?

— Oui.

Justin parut contrarié, choqué plutôt, sans doute à l'idée que ce commissaire, qui était peut-être un mécréant, allait pénétrer dans son univers sacré.

Et cela aussi fit comprendre à Maigret pourquoi, chaque matin, l'enfant avait le courage de se lever de si bonne heure et de surmonter ses frayeurs.

La chapelle était chaude et intime. Déjà les malades en uniforme gris-bleu, certains avec des pansements autour de la tête, des bras en écharpe, des béquilles, étaient alignés sur les bancs de la nef.

Dans la galerie, les bonnes sœurs formaient comme un troupeau uniforme, et toutes les cornettes blanches s'abaissaient à la fois dans une adoration mystique.

— Suivez-moi.

Il fallait monter quelques marches, passer près de l'autel, où les cierges brûlaient déjà. A droite, il y avait une sacristie aux boiseries sombres, un prêtre très grand et décharné qui achevait de revêtir ses vêtements sacerdotaux, un surplis aux fines dentelles qui attendait l'enfant de chœur et une bonne sœur occupée à remplir les burettes.

C'était ici seulement que, la veille, haletant, le souffle brûlant, les jambes vacillantes, Justin avait fait halte. C'était ici qu'il s'était écrié :

— On vient de tuer un homme rue Sainte-Catherine...

Une petite horloge encastrée dans la boiserie marquait six heures exactement. Des cloches sonnaient à nouveau, qu'on entendait moins distinctement du dedans que du dehors. Justin disait à la bonne sœur qui lui passait son surplis :

— C'est le commissaire de police...

Et Maigret restait là, cependant que l'enfant, précédant l'aumônier, agitant en marchant les plis de sa soutane rouge, se précipitait vers les marches de l'autel.

La sœur sacristine avait dit :

— Justin est un bon petit garçon très pieux, qui ne nous a jamais menti... Il lui est arrivé parfois de ne pas venir servir la messe... Il aurait pu prétendre qu'il avait été malade... Eh bien ! non... Il avouait franchement qu'il n'avait pas eu le courage de se lever parce qu'il faisait trop froid ou parce qu'il avait eu des cauchemars pendant la nuit et qu'il se sentait fatigué...

Et l'aumônier, la messe dite, avait regardé le commissaire de ses yeux clairs de saint de vitrail.

— Pourquoi voudriez-vous que cet enfant ait inventé pareille histoire ?

Maigret savait maintenant comment les choses s'étaient passées la veille à la chapelle de l'hôpital. Justin, qui claquait des dents, qui, au bout de son rouleau, piquait enfin une vraie crise de nerfs. La messe qu'on ne pouvait pas retarder. La sœur sacristine qui prévenait la supérieure et qui servait la messe à la place de l'enfant, auquel, pendant ce temps-là, dans la sacristie, on prodiguait des soins.

C'était après dix minutes seulement que la sœur supérieure avait eu l'idée d'alerter la police. Il fallait traverser la chapelle. Tout le monde sentait qu'il se passait quelque chose.

Au commissariat du quartier, le brigadier de garde ne comprenait pas.

— Comment ?... La sœur supérieure ?... Supérieure de quoi ?...

Et on lui répétait à voix basse, comme on parle dans les couvents, qu'il y avait eu un crime rue Sainte-Catherine, et les agents n'avaient rien trouvé, ni victime, ni, bien entendu, assassin...

Comme les autres jours, comme si rien ne s'était passé, Justin était allé à l'école, à huit heures et demie, et c'était dans sa classe que l'inspecteur Besson, un petit râblé, qui avait l'air d'un boxeur et qui jouait les durs, l'avait rejoint à neuf heures et demie, quand le rapport était arrivé à la brigade mobile.

Pauvre gosse ! Pendant deux bonnes heures, dans un bureau morne qui sentait la pipe et le poêle qui ne tirait pas, on l'avait interrogé, non comme un témoin, mais comme un coupable.

Tour à tour, les trois inspecteurs, Besson, Thiberge et Vallin avaient essayé de le mettre dedans, de le faire varier dans sa déposition.

Et, par-dessus le marché, la maman avait suivi son fils. Elle se tenait dans l'antichambre, en larmes ou à renifler, à répéter à tout le monde :
— Nous sommes des gens honnêtes qui n'avons jamais eu affaire à la police.

Maigret, qui avait travaillé tard la veille, car il était sur une affaire de stupéfiants, n'était arrivé à son bureau que vers onze heures.
— Qu'est-ce que c'est ? avait-il questionné en voyant le gosse, sans une larme, dressé sur ses jambes maigres comme sur des ergots.
— Un môme qui est en train de se payer notre tête... Il prétend avoir vu un cadavre, dans la rue, et même un assassin qui s'est enfui à son approche. Or un tramway passait dans la même rue quatre minutes plus tard, et le conducteur n'a rien vu... La rue est calme et personne n'a rien entendu... Enfin, quand la police a été alertée, un quart d'heure après, par je ne sais quelle bonne sœur, il n'y avait absolument rien sur le trottoir, pas la moindre tache de sang...
— Venez dans mon bureau, mon petit.

Et Maigret, le premier, ce jour-là, n'avait pas tutoyé Justin. Le premier, il l'avait traité non comme un gamin imaginatif ou vicieux, mais comme un petit homme.

Il s'était fait répéter l'histoire, simplement, tranquillement, sans interrompre, sans prendre de notes.
— Vous allez continuer à servir la messe à l'hôpital ?
— Non. Je ne veux plus y aller. J'ai trop peur.

C'était pourtant un gros sacrifice. Certes, l'enfant était pieux. Certes, il goûtait profondément la poésie de cette première messe dans l'atmosphère chaude et un peu mystérieuse de la chapelle.

Mais, en outre, ces messes lui étaient payées, très peu de chose, assez pourtant pour lui permettre de se constituer un petit pécule. Et il avait tellement envie d'une bicyclette que ses parents ne pouvaient pas lui offrir !
— Je vous demanderai d'y aller encore une fois, une seule, demain matin.
— Je n'oserai pas faire la route.
— Je la ferai avec vous... Je vous attendrai devant votre maison. Vous vous comporterez exactement comme les autres jours...

C'est ce qui venait de se passer, et Maigret, à sept heures du matin, se retrouvait tout seul à la porte de l'hôpital, dans un quartier que, la veille, il ne connaissait que pour l'avoir traversé en tramway ou en auto.

Il tombait toujours, d'un ciel maintenant glauque, un crachin glacé qui finissait par coller aux épaules du commissaire, et il lui arriva deux fois d'éternuer. Quelques passants allaient le long des maisons, le col du pardessus relevé, les mains dans les poches, et on voyait les bouchers, les épiciers, lever le volet de leur devanture.

C'était le quartier le plus banalement paisible qu'il fût possible d'imaginer. Que deux hommes, deux ivrognes, par exemple, se fussent disputés, à six heures moins cinq du matin, sur le trottoir de la rue Sainte-Catherine, cela pouvait se concevoir à la rigueur.

A la rigueur aussi, on pouvait admettre qu'un vagabond, un mauvais garçon quelconque, eût attaqué un passant matinal pour le dévaliser et lui eût donné un coup de couteau.

Seulement, il y avait la suite. Au dire du gamin, l'assassin s'était enfui à son approche et il était à ce moment six heures moins cinq minutes.

Or, à six heures, le premier tramway passait, et le conducteur affirmait n'avoir rien vu.

Il pouvait être distrait, avoir regardé dans la direction opposée.

Mais, à six heures cinq, deux agents de police, qui achevaient leur ronde passaient sur le même trottoir. Et ils n'avaient rien vu !

A six heures sept ou six heures huit, un capitaine de cavalerie qui habitait à trois maisons de l'endroit désigné par Justin était sorti de chez lui, comme chaque matin, pour se rendre à la caserne.

Il n'avait rien vu non plus !

Enfin, à six heures vingt, les agents cyclistes envoyés par le commissariat du quartier ne trouvaient pas davantage trace de la victime.

Était-on venu, entre-temps, enlever le corps en auto ou en camionnette ? Maigret, posément, sans se frapper, avait tenu à envisager toutes les hypothèses, et celle-ci s'était trouvée aussi fausse que les autres. Il y avait une femme malade, au quarante-deux de la rue. Son mari l'avait veillée toute la nuit. Il était affirmatif.

— Nous entendons tous les bruits du dehors. J'y suis d'autant plus attentif que ma femme, qui souffre beaucoup, tressaille douloureusement au moindre bruit. Tenez... C'est le tram qui l'a réveillée, alors qu'elle venait à peine de s'endormir... J'affirme qu'il n'est passé aucune voiture avant sept heures du matin... La première à passer a été celle qui ramasse les poubelles.

— Et vous n'avez rien entendu d'autre ?

— On a couru, à un moment donné...

— Avant le tramway ?

— Oui, car ma femme dormait... J'étais en train de me préparer du café sur le réchaud.

— Une personne qui courait ?

— Plutôt deux...

— Vous ne savez pas dans quelle direction ?

— Le store était baissé... Comme il grince quand on le lève, je n'ai pas regardé...

C'était le seul témoignage en faveur de Justin. Il y avait un pont, à deux cents mètres de là. Et l'agent en faction n'avait vu passer aucune auto.

Fallait-il supposer que, quelques minutes à peine après s'être enfui, l'assassin fût venu charger sa victime sur ses épaules pour l'emporter Dieu sait où sans attirer l'attention ?

Il y avait pire encore, il y avait un témoignage qui faisait hausser les épaules quand on parlait de l'histoire du gamin. L'endroit qu'il avait désigné était situé en face du soixante et un. L'inspecteur Thiberge s'y était présenté la veille, et Maigret, qui ne laissait rien au hasard, y sonnait maintenant à son tour.

C'était une maison presque neuve, en briques roses, avec un seuil de trois marches et une porte en pitchpin verni, sur laquelle brillait le cuivre poli de la boîte aux lettres.

Il n'était que sept heures et quart du matin, mais d'après ce qu'on lui avait dit, le commissaire pouvait se présenter à cette heure.

Une vieille femme, sèche et moustachue, ouvrit d'abord un judas et parlementa avant de lui donner accès au vestibule qui sentait bon le café frais.

— Je vais voir si M. le juge veut bien vous recevoir...

Car la maison était habitée par un juge de paix en retraite, qui passait pour avoir des rentes et qui vivait seul avec sa servante.

On chuchota dans la pièce de devant, qui aurait normalement dû être le salon. Puis la vieille vint dire méchamment :

— Entrez... Essuyez vos pieds, s'il vous plaît... Vous n'êtes pas dans une écurie.

Ce n'était pas un salon, ni rien de ce qu'on a l'habitude d'imaginer. La pièce, assez vaste, tenait de la chambre à coucher, du cabinet de travail, de la bibliothèque et même du grenier, car les objets les plus inattendus y étaient entassés.

— Vous venez chercher le cadavre ? ricana une voix qui fit sursauter le commissaire.

Comme il y avait un lit, il avait tout naturellement regardé dans sa direction, mais il était vide. La voix venait du coin de la cheminée, où un vieillard maigre était enfoui au fond d'un fauteuil, un plaid autour des jambes.

— Enlevez votre pardessus, car j'adore la chaleur, et vous ne tiendrez pas longtemps ici.

C'était vrai. Le vieillard, qui avait des pinces à portée de la main, s'ingéniait à tirer les plus hautes flammes possible d'un feu de bûches.

— Je croyais que, depuis mon temps, la police avait fait quelques progrès et qu'elle avait appris à se méfier du témoignage des enfants. Les enfants et les jeunes filles, voilà les témoins les plus dangereux, et quand j'étais juge...

Il était vêtu d'une robe de chambre épaisse et, malgré la température de la pièce, il portait en outre, autour du cou, une écharpe aussi large qu'un châle.

— Donc, c'est en face de chez moi que le crime aurait été commis, n'est-ce pas ?... Et vous êtes, si je ne me trompe, le fameux commissaire Maigret, qu'on a daigné envoyer en notre ville pour y réorganiser la brigade mobile ?...

Sa voix grinçait. C'était le vieillard mauvais, agressif, à l'ironie féroce.

— Eh bien ! mon cher commissaire, à moins que vous m'accusiez d'être de mèche avec l'assassin en personne, j'ai le regret de vous apprendre, comme je l'ai déjà dit hier à votre jeune inspecteur, que vous faites fausse route.

» On vous a sans doute dit que les vieillards ont besoin de fort peu de sommeil... Il y a aussi des gens qui, pendant toute leur vie, dorment très peu... Cela a été le cas d'Érasme, par exemple, et aussi d'un monsieur connu sous le nom de Voltaire.

Son regard allait avec satisfaction aux rayons de la bibliothèque, où des livres étaient empilés jusqu'au plafond.

— Ce fut le cas de bien d'autres que vous ne devez pas connaître davantage... Bref, c'est le mien, et je me targue de n'avoir pas dormi plus de trois heures par nuit pendant les quinze dernières années... Comme, depuis dix ans, mes jambes se refusent à me porter, comme, d'ailleurs, je n'ai nulle curiosité des endroits où elles pourraient me conduire, je vis jour et nuit dans cette pièce qui, vous pouvez vous en rendre compte, donne directement sur la rue...

» Dès quatre heures du matin, je suis dans ce fauteuil, l'esprit lucide, croyez-le... Je pourrais vous montrer le livre dans lequel je me trouvais plongé hier matin, mais il s'agit d'un philosophe grec et je suppose que cela ne vous intéresse pas.

» Toujours est-il que, si un événement dans le genre de celui que votre garçon à l'imagination trop vive raconte s'était produit sous ma fenêtre, je puis vous affirmer que je m'en serais aperçu... Les jambes sont devenues faibles, je vous l'ai dit... Mais l'ouïe demeure bonne...

» Enfin, je suis resté assez curieux par nature pour m'intéresser à tout ce qui se passe dans la rue et, si cela vous amuse, je puis vous dire à quelle heure chaque ménagère du quartier passe devant ma fenêtre pour aller faire son marché.

Il regardait Maigret avec un sourire triomphant.

— Vous aviez donc l'habitude d'entendre le jeune Justin passer devant chez vous ? questionnait le commissaire avec une douceur évangélique.

— Naturellement.

— De l'entendre et de le voir ?

— Je ne comprends pas.

— Pendant plus de la moitié, près des deux tiers de l'année, il fait grand jour à six heures du matin... Or l'enfant servait la messe de six heures, été comme hiver.

— Je le voyais passer.

— Étant donné qu'il s'agissait d'un événement aussi quotidien et aussi régulier que le premier tram, vous deviez y être attentif...

— Que voulez-vous dire ?

— Que, par exemple, quand une sirène d'usine fonctionne chaque jour à la même heure dans un quartier, quand une personne passe devant vos fenêtres avec une régularité de pendule, vous vous dites tout naturellement :

» — Tiens ! il est telle heure.

» Et si, un jour, la sirène ne retentit pas, vous remarquez :

» — Nous sommes donc dimanche...

» Si la personne ne passe pas, vous vous demandez :

» — Qu'a-t-il pu lui arriver ?... Est-elle malade ?...

Le juge regardait Maigret avec de petits yeux vifs et comme perfides. Il avait l'air de lui en vouloir de lui donner une leçon.

— Je sais tout ça... grommela-t-il en faisant craquer ses doigts secs. J'ai été juge avant que vous soyez de la police.

— Lorsque l'enfant de chœur passait...

— Je l'entendais, si c'est cela que vous voulez me faire admettre !

— Et s'il ne passait pas ?

— Il aurait pu m'arriver de m'en apercevoir. Mais il aurait pu m'arriver de ne pas le remarquer. Comme pour la sirène dont vous parliez tout à l'heure. On n'est pas frappé tous les dimanches par l'absence de la sirène...

— Et hier ?

Est-ce que Maigret se trompait ? Il avait l'impression que le vieux juge se renfrognait, qu'il y avait quelque chose de boudeur, de farouchement hermétique dans sa physionomie. Est-ce que les vieillards ne boudent pas comme les enfants ? N'ont-ils pas souvent les mêmes obstinations puériles ?

— Hier ?

— Oui, hier...

Pourquoi répéter la question, sinon pour se donner le temps de prendre une décision ?

— Je n'ai rien remarqué.

— Ni qu'il était passé...

— Non...

— Ni qu'il n'était pas passé...

— Non...

Il mentait une des deux fois, Maigret en avait la certitude. Il tenait à continuer l'épreuve, et il continuait de questionner :

— On n'a pas couru sous vos fenêtres ?

— Non.

Cette fois, le non était direct et le vieillard ne devait pas mentir.

— Vous n'avez entendu aucun bruit anormal ?

— Non.

Toujours le même « non » franc et comme triomphant.

— Pas de piétinement, de choc de corps qui tombe, de râles ?

— Rien du tout...

— Je vous remercie.

— Il n'y a pas de quoi.

— Étant donné que vous avez été magistrat, je ne vous demande évidemment pas si vous êtes prêt à réitérer vos déclarations sous la foi du serment.

— Quand vous voudrez...

Et le vieillard disait cela avec une sorte d'impatience joyeuse.

— Je m'excuse de vous avoir dérangé, monsieur le juge.

— Je vous souhaite bien du succès dans votre enquête, monsieur le commissaire.

La vieille bonne devait être restée derrière la porte, car elle se trouva sur le seuil à point donné pour reconduire le commissaire et refermer l'huis derrière lui.

C'était une drôle de sensation que celle de Maigret, à ce moment-là, tandis qu'il reprenait pied dans la vie de tous les jours, dans cette calme rue du faubourg où les ménagères commençaient à se diriger vers les boutiques et où on voyait des enfants se rendre à l'école.

Il lui semblait qu'il venait d'être mystifié, et pourtant il aurait juré que le juge n'avait pas menti, sinon une fois, par omission. Il avait l'impression aussi qu'à certain moment il avait été sur le point de découvrir quelque chose de très drôle, de très subtil, de très inattendu ; qu'à ce moment-là il n'y aurait eu qu'un petit effort à accomplir, mais qu'il en avait été incapable.

Il revoyait le gosse ; il revoyait le vieillard. Il cherchait un lien.

Il bourra lentement sa pipe debout au bord du trottoir. Puis, comme il n'avait pas encore pris son petit déjeuner, comme il n'avait même pas bu une tasse de café en se levant et que son pardessus mouillé lui collait aux épaules, il alla attendre le tram au coin de la place du Congrès pour rentrer chez lui.

2

La tisane de Mme Maigret et les pipes du commissaire

La masse des draps et des couvertures se souleva comme une houle, un bras émergea, on aperçut sur l'oreiller un visage rouge et luisant de sueur ; une voix maussade, enfin, grommela :

— Passe-moi le thermomètre.

Et Mme Maigret, qui cousait près de la fenêtre dont elle avait tiré le rideau de guipure pour y voir malgré le crépuscule, se leva en soupirant, tourna le commutateur électrique.

— Je croyais que tu dormais. Il n'y a pas une demi-heure que tu as pris ta température.

Résignée, sachant par expérience qu'il était inutile de contrarier son gros homme de mari, elle secoua le thermomètre pour en faire descendre le mercure, puis elle lui en glissa le bout entre ses lèvres.

Il prit encore le temps de questionner :

— Il n'est venu personne ?

— Tu le saurais, puisque tu n'as pas dormi.

Il avait dû s'assoupir, pourtant, ne fût-ce que quelques minutes. Mais c'était ce sacré carillon qui l'arrachait sans cesse à sa torpeur pour le ramener à la surface.

Ils n'étaient pas chez eux. Comme sa mission dans cette ville de province devait durer six mois environ, comme Mme Maigret ne pouvait supporter la pensée de voir son mari manger au restaurant pendant si longtemps, elle l'avait suivi, et ils avaient loué, dans le haut de la ville, un appartement meublé.

C'était trop clair, avec des papiers peints à fleurs, des meubles de bazar, un lit qui gémissait sous le poids du commissaire. Du moins avaient-ils choisi une rue calme où, disait la propriétaire, Mme Danse, il ne passait pas un chat.

Ce que la propriétaire n'avait pas ajouté, c'est que, le rez-de-chaussée étant occupé par une crémerie, une fade odeur de fromage régnait dans toute la maison.

Ce qu'elle n'avait pas dit non plus et ce que Maigret venait de découvrir, car c'était la première fois qu'il se couchait pendant la journée, c'est que la porte de cette crémerie était munie non d'une sonnette ou d'un timbre, mais d'un étrange appareil fait de tubes métalliques qui, chaque fois qu'une cliente entrait, s'entrechoquaient longuement en émettant un bruit de carillon.

— Combien ?

— Trente-huit cinq...

— Tout à l'heure, tu avais trente-huit huit.

— Et ce soir, j'aurai passé trente-neuf.

Il était furieux. Il était toujours de méchante humeur quand il était malade, et il regardait Mme Maigret d'un œil noir de rancune, car elle s'obstinait à ne pas sortir, alors qu'il aurait tant voulu bourrer une pipe.

Il pleuvait toujours, toujours la même pluie fine qui collait aux vitres, qui tombait, silencieuse et morne, et qui donnait l'impression qu'on vivait dans un aquarium. La lumière tombait, trop crue, de l'ampoule électrique qui pendait, sans abat-jour, au bout de son fil. Et on imaginait des rues et des rues pareillement vides, des fenêtres qui s'éclairaient les unes après les autres, des gens qui allaient et venaient dans leur cage, comme des poissons dans leur bocal.

— Tu vas encore boire une tasse de tisane.

C'était peut-être la dixième depuis midi, et il lui fallait suer ensuite toute cette eau tiédasse dans ses draps, qui finissaient par se transformer en compresses.

Il avait dû attraper la grippe, ou une angine, alors qu'il attendait le gamin, dans la pluie froide du matin sur le seuil de l'école des garçons, ou bien après, tandis qu'il errait dans les rues. À peine rentré, vers dix heures, dans son bureau de la brigade mobile, et alors qu'il tisonnait le poêle d'un geste qui était devenu quasi rituel, il avait été pris de frissons. Puis il avait eu trop chaud. Ses paupières picotaient et, quand il s'était regardé dans le morceau de miroir de la toilette, il s'était vu de gros yeux luisants.

D'ailleurs, sa pipe n'avait pas le même goût que d'habitude, et c'était le signe.

— Dites-moi, Besson : si, par hasard, je ne venais pas cet après-midi, vous continueriez l'enquête sur cette affaire de l'enfant de chœur.

Et Besson, qui se croyait toujours plus malin que les autres :

— Vous pensez vraiment, patron, qu'il y a une affaire de l'enfant de chœur et qu'une bonne fessée n'y mettrait pas le point final ?

— Vous ferez néanmoins surveiller la rue Sainte-Catherine par un de vos collègues ; par Vallin, par exemple...

— Pour le cas où le cadavre reviendrait se coucher devant la maison du juge ?

Maigret était trop engourdi par sa fièvre naissante pour le suivre sur ce terrain-là. Il avait continué à donner lourdement ses instructions.

— Vous m'établirez une liste de tous les habitants de la rue. Comme elle n'est pas longue, ce ne sera pas un gros travail.

— J'interroge à nouveau le gamin ?

— Non...

Et, depuis lors, il avait chaud ; il sentait les gouttes de sueur affleurer les unes après les autres à sa peau ; il avait un goût fade dans la bouche, il espérait à chaque instant sombrer dans le sommeil, mais c'était pour entendre aussitôt le carillon ridicule des tubes de cuivre de la crémerie.

Il avait horreur d'être malade parce que cela l'humiliait et aussi parce que Mme Maigret veillait férocement autour de lui pour l'empêcher de fumer sa pipe. Si seulement elle avait eu quelque chose à aller acheter à la pharmacie ! Mais elle avait soin d'emporter toujours une pleine boîte de médicaments avec elle.

Il avait horreur d'être malade et pourtant il y avait des moments où c'était presque voluptueux, des moments où, fermant les yeux, il n'avait plus d'âge, parce qu'il retrouvait des sensations de son enfance.

Alors il retrouvait aussi le jeune Justin au visage pâle et déjà énergique. Toutes les images du matin qui revenaient à la mémoire, non plus avec la précision de la réalité de chaque jour, non plus avec la sécheresse des choses que l'on voit, mais avec cette intensité particulière des choses que l'on sent.

Par exemple, il aurait pu décrire, presque dans le détail, cette mansarde qu'il n'avait pas visitée, le lit de fer sans doute, le réveil sur la table de nuit, l'enfant qui tendait un bras, qui s'habillait sans bruit, avec des gestes toujours les mêmes...

Toujours les mêmes, voilà ! Cela lui apparaissait comme une évidence, comme une vérité importante. Quand, pendant deux ans, on sert la messe, à heure fixe, les gestes arrivent à un automatisme quasi absolu...

Le premier coup de cloche à six heures moins le quart... Le réveil... Les cloches plus grêles de la chapelle... Les souliers au bas de l'escalier et la porte que l'enfant entrouvre sur l'haleine froide de la ville matinale.

— Tu sais, madame Maigret, il n'a jamais lu de romans policiers.

Depuis toujours, peut-être parce qu'une fois ils l'avaient fait en riant, ils s'appelaient Maigret et Mme Maigret, et ils en étaient presque arrivés à oublier qu'ils avaient un prénom, comme tout le monde.

— Il ne lit pas les journaux non plus...

— Tu ferais mieux de dormir...

Il fermait les yeux, après un regard douloureux à sa pipe posée sur le marbre noir de la cheminée.

— J'ai longuement interrogé sa mère, qui est une brave femme, mais que la police impressionne au plus haut point...

— Dors...

Il se taisait un bon moment. Sa respiration devenait plus forte. On pouvait croire qu'il s'assoupissait enfin.

— Elle m'a affirmé qu'il n'a jamais vu de morts...

» C'est un spectacle qu'on évite de donner aux enfants.

— Quelle importance cela a-t-il ?

— Il m'a dit que le cadavre était si grand qu'il semblait barrer le trottoir... Or c'est l'impression que donne un mort couché par terre... Un mort a toujours l'air plus grand qu'un homme vivant... Tu comprends ?

— Je ne vois pas pourquoi tu te tracasses, puisque Besson s'en occupe.

— Besson n'y croit pas.

— A quoi ?

— Au mort...

— Tu veux que j'éteigne la lampe ?

Malgré ses protestations, elle monta sur une chaise pour entourer l'ampoule d'un papier huilé, afin d'atténuer la lumière.

— Essaie de dormir une heure, et je te donnerai une nouvelle tasse de tisane. Tu ne transpires pas assez...

— Tu crois que si je fumais une toute petite bouffée de pipe...

— Tu es fou ?

Elle entrait dans la cuisine pour surveiller le bouillon de légumes, et il l'entendait aller et venir à pas feutrés ; il revoyait toujours ce même morceau de la rue Sainte-Catherine, avec les réverbères tous les cinquante mètres.

— Le juge prétend qu'il n'a rien entendu...

— Qu'est-ce que tu dis ?

— Je te parie qu'ils se détestent...

Et la voix venant du fond de la cuisine :

— De qui parles-tu ? Tu vois bien que je suis occupée.

— Du juge et de l'enfant de chœur... Ils ne se sont jamais parlé, mais je jurerais qu'ils se détestent... Tu sais, les très vieilles personnes, surtout les vieilles personnes qui vivent seules, arrivent à devenir comme des enfants... Justin passait tous les matins, et tous les matins le vieux juge était derrière sa fenêtre... Il a l'air d'une chouette...

— Je ne comprends pas ce que tu veux dire...

Elle s'encadrait dans la porte, une louche fumante à la main.

— Essaie de me suivre... Le juge prétend qu'il n'a rien entendu, et c'est trop grave pour que je le soupçonne de mentir.

— Tu vois bien !... Essaie de ne plus penser à cela...

— Seulement, il n'ose pas affirmer qu'il a ou qu'il n'a pas entendu passer Justin hier matin.

— Peut-être s'était-il rendormi.

— Non... Il n'ose pas mentir, et il le fait exprès d'être imprécis. Et le mari du quarante-deux, qui veillait sa femme malade, a entendu courir dans la rue.

Il en revenait toujours là. Sa pensée tournait en rond, aiguisée par la fièvre.

— Qu'est-ce que le cadavre serait devenu ? objectait Mme Maigret avec son bon sens de femme mûre. Ne pense plus à cela, va ! Besson connaît son métier ; tu l'as souvent dit toi-même...

Il s'enfonçait dans les couvertures, découragé, faisant de réels efforts pour s'endormir, mais il ne tardait pas à retrouver le visage de l'enfant de chœur, ses jambes pâles au-dessus des chaussettes noires.

— Il y a quelque chose qui ne va pas...

— Qu'est-ce que tu dis ? Cela ne va pas ? Tu te sens plus mal ? Tu veux que j'appelle le docteur ?

Mais non. Il reprenait à zéro, obstinément, repartait du seuil de l'école des garçons, traversait la place du Congrès.

— Voilà. C'est ici qu'il y a quelque chose qui cloche...

D'abord, parce que le juge n'avait rien entendu. A moins de l'accuser de faux témoignage, il était difficile d'admettre qu'on s'était battu sous sa fenêtre, à quelques mètres de lui, qu'un homme s'était mis à courir dans la direction de la caserne, tandis que l'enfant de chœur s'était élancé dans l'autre direction.

— Dis donc, madame Maigret...

— Qu'est-ce que tu veux encore ?

— S'ils s'étaient mis à courir tous les deux dans la même direction ?

Mme Maigret soupirait, reprenait son travail de couture, écoutait par devoir ce monologue haché par la respiration rauque de son mari.

— D'abord, c'est plus logique...

— Qu'est-ce qui est plus logique ?

— Qu'ils courent tous les deux dans la même direction... Seulement, dans ce cas, ce n'était pas dans la direction de la caserne.

— Le gamin aurait poursuivi l'assassin ?

— Non. C'est l'assassin qui aurait poursuivi le gamin...

— Pour quoi faire, puisqu'il ne l'a pas tué ?

— Pour le faire taire, par exemple.

— Il ne l'a pas fait taire, puisque l'enfant a parlé...

— Ou pour l'empêcher de dire quelque chose, de donner un détail précis... Écoute, madame Maigret.

— Qu'est-ce que tu veux ?

— Je sais bien que tu vas d'abord refuser, mais c'est indispensable... Passe-moi ma pipe et mon tabac... Juste quelques bouffées... J'ai l'impression que je vais tout comprendre, que, dans quelques minutes, si je ne lâche pas le fil...

Elle alla chercher la pipe sur la cheminée et la lui tendit, résignée, en soupirant :

— Je savais bien que tu trouverais une bonne raison... En tout cas, ce soir, que tu le veuilles ou non, je te ferai un cataplasme...

Encore une chance que le téléphone n'ait pas été installé dans le logement. Il fallait descendre à la crémerie, où l'appareil se trouvait derrière le comptoir.

— Tu vas descendre, madame Maigret, et tu demanderas Besson au bout du fil. Il est sept heures. Peut-être est-il encore au bureau ? Sinon, appelle le *Café du Centre*, où il sera à faire un billard avec Thiberge.

— Je dois lui demander de venir ?

— De m'apporter le plus vite possible, non pas la liste de tous les habitants de la rue, mais celle des locataires des maisons de gauche, et seulement entre la place du Congrès et la maison du juge.

— Essaie au moins de ne pas te découvrir...

Elle était à peine engagée dans l'escalier qu'il sortait les deux jambes du lit, se précipitait, pieds nus, vers sa blague à tabac pour bourrer une nouvelle pipe, puis reprenait une pose innocente entre les draps.

A travers le plancher mince, il entendait un murmure de voix, la voix de Mme Maigret au téléphone, et il fumait à petites bouffées gourmandes, bien que sa gorge lui fît très mal. Des gouttes d'eau, devant lui, glissaient lentement sur les vitres noires, et cela lui rappelait à nouveau son enfance, les grippes de son enfance, quand sa mère lui apportait au lit de la crème au caramel.

Mme Maigret remontait en soufflant un peu, jetait un coup d'œil dans la chambre, comme pour y chercher quelque chose d'anormal, mais ne pensait pas à la pipe.

— Il sera ici dans une heure environ.

— Je dois encore te demander un service, madame Maigret... Tu vas t'habiller...

Elle lui lança un regard méfiant.

— Tu iras chez le jeune Justin et tu demanderas à ses parents la permission de me l'amener... Sois gentille avec lui... Si j'envoyais un des inspecteurs, il ne manquerait pas de l'effrayer, et le gosse a déjà assez tendance à se raidir... Tu lui diras simplement que j'aimerais bavarder quelques minutes avec lui...

— Et si sa mère veut l'accompagner ?

— Tire ton plan, mais je ne veux pas de la mère.

Il était tout seul, tout chaud, tout mouillé, au plus profond du lit, avec sa pipe qui dépassait des draps et d'où montait un léger nuage de fumée. Il fermait les yeux et toujours il revoyait le coin de la rue Sainte-Catherine ; il n'était plus Maigret le commissaire, il était l'enfant de chœur qui marchait vite, qui parcourait tous les matins le même chemin à la même heure et qui, pour se donner du courage, parlait tout seul à mi-voix.

Il tournait le coin de la rue Sainte-Catherine...

— Maman, je voudrais que tu m'achètes un vélo...

Car le gamin répétait la scène qu'il jouerait à sa mère quand il rentrerait de l'hôpital. Cela devait être plus compliqué. L'enfant avait dû imaginer des approches plus subtiles.

— Tu sais, maman, si j'avais un vélo, je pourrais...

Ou bien :

— J'ai déjà trois cents francs d'économies... Si tu me prêtais le reste, que je te promets de te rendre sur les messes, je pourrais...

Le coin de la rue Sainte-Catherine... Quelques instants avant que les cloches de la paroisse sonnent le second coup... Et il n'y avait plus que cent cinquante mètres de rue déserte et noire à franchir pour toucher du doigt la porte rassurante de l'hôpital... Quelques bonds entre les flaques claires des réverbères...

Le gosse dira :

— J'ai levé la tête, et j'ai vu...

Tout le problème était là. Le juge habitait à peu près au milieu de la rue, à mi-chemin entre la place du Congrès et l'angle de la caserne, et il n'avait rien vu, rien entendu.

Le mari de la femme malade, lui, l'homme du quarante-deux, habitait plus près de la place du Congrès, sur le côté droit de la rue, et il avait entendu les pas précipités d'un homme qui court.

Or, cinq minutes plus tard, il n'y avait ni cadavre ni blessé sur le trottoir. Et il n'était passé ni auto, ni camionnette. L'agent en faction au pont, les autres agents du quartier qui faisaient leur ronde à divers endroits n'avaient rien vu d'anormal, comme, par exemple, un homme qui en porte un autre sur son dos.

La fièvre devait monter, mais Maigret n'avait plus l'idée de consulter le thermomètre. C'était très bien ainsi. C'était mieux. Les mots créaient des images, et les images prenaient une netteté inattendue.

C'était comme quand il était petit, qu'il était malade et qu'il lui semblait que sa mère, penchée sur lui, devenait tellement grande qu'elle débordait les limites de la maison.

Il y avait ce corps en travers du trottoir, ce corps si long, parce que c'était un mort, avec un couteau à manche brun dans la poitrine.

Et un homme debout derrière, à quelques mètres, un homme aux yeux très clairs, qui s'était mis à courir...

A courir dans la direction de la caserne, tandis que Justin prenait ses jambes à son cou et s'élançait dans la direction contraire.

— Voilà !

Voilà quoi ? Maigret avait prononcé le mot à voix haute, comme s'il eût contenu la solution du problème, comme s'il eût été la solution même du problème, et il souriait d'un air satisfait en tirant sur sa pipe de petites bouffées voluptueuses.

Les ivrognes sont comme ça. Des vérités leur paraissent soudain évidentes, qu'ils sont incapables d'expliquer et qui se diluent dans le vague dès qu'ils recouvrent leur sang-froid.

Il y avait quelque chose de faux, voilà ! Et, dans sa fièvre, c'était à ce point précis que Maigret plaçait le détail grinçant.

— Justin n'a pas inventé...

Sa peur, sa panique, quand il était arrivé à l'hôpital, n'étaient pas feintes. Il n'avait pas inventé non plus le corps trop long sur le trottoir. Et il y avait au moins une personne dans la rue qui avait entendu courir.

Qu'est-ce que le juge au sourire grinçant avait donc dit à ce propos ?

— Vous en êtes encore à vous fier au témoignage des enfants ?...

En tout cas, quelque chose d'approchant. Or c'était le juge qui avait tort. Les enfants sont incapables d'inventer, parce qu'on né bâtit pas des vérités avec rien du tout. Il faut des matériaux. Les enfants transposent peut-être, mais ils n'inventent pas.

Voilà ! Encore ce « voilà » satisfait que Maigret se répétait à chaque étape, comme pour se congratuler...

Il y avait eu un corps sur le trottoir...

Et, sans doute, y avait-il eu un homme à proximité. Avait-il les yeux clairs ? C'était possible.

Et on avait couru.

Et le vieux juge, Maigret l'aurait juré, n'était pas un homme à mentir de propos délibéré.

Il avait chaud. Il était en nage, mais il sortit néanmoins des draps pour aller bourrer une dernière pipe avant l'arrivée de Mme Maigret. Puisqu'il était debout, il en profita pour ouvrir le placard et pour boire, à même la bouteille, une large rasade de rhum. Tant pis s'il avait un peu plus de fièvre cette nuit, puisque tout serait fini !

Et ce serait une très jolie chose, une enquête pas banale, menée du fond de son lit. Cela, Mme Maigret était incapable de l'apprécier.

Le juge n'avait pas menti, et pourtant il avait dû s'efforcer de faire une niche au gamin qu'il détestait, comme deux enfants du même âge peuvent se détester.

Tiens ! les clients devenaient plus rares, en bas, car on entendait moins souvent le carillon saugrenu de la porte. Sans doute le crémier, la crémière et leur fille, rose comme un jambon, étaient-ils à dîner dans leur arrière-boutique ?

On marchait sur le trottoir. On montait l'escalier. Des pieds butaient, des petits pieds d'enfant. Mme Maigret ouvrait la porte et poussait devant elle le jeune Justin, dont le caban de grosse laine marine était scintillant de perles de pluie. Il sentait le chien mouillé.

— Attends, mon petit, je vais t'enlever ton caban.

— Je le ferai bien moi-même.

Encore un coup d'œil méfiant de Mme Maigret. Évidemment, elle ne pouvait pas s'imaginer que c'était la même pipe qui durait toujours. Qui sait si elle ne soupçonnait pas le coup de rhum ?

— Asseyez-vous, Justin, disait le commissaire en désignant une chaise.

— Merci. Je ne suis pas fatigué.

— Je vous ai fait venir pour que nous bavardions tous les deux, en amis, pendant quelques minutes. Qu'est-ce que vous étiez en train de faire ?

— Mon devoir de calcul...

— Car, malgré les émotions que vous avez eues, vous êtes allé à l'école ?

— Pourquoi est-ce que je n'y serais pas allé ?

Il était fier, le gosse. Il était tendu une fois de plus sur ses ergots. Peut-être, en voyant le commissaire couché, le trouvait-il aussi plus gros et plus long ?

— Madame Maigret, tu serais gentille d'aller surveiller le bouillon de légumes dans la cuisine et de fermer la porte.

Quand ce fut fait, il cligna de l'œil à l'adresse de l'enfant.

— Passez-moi ma blague à tabac qui est sur la cheminée... Et la pipe qui doit se trouver dans la poche de mon pardessus... Oui, celui qui est pendu derrière la porte... Merci, mon petit... Tu as eu peur quand ma femme est venue te chercher ?

— Non.

Et il disait cela avec orgueil.

— Tu as été ennuyé ?

— Parce que tout le monde répète que j'invente.

— Et tu n'inventes pas, n'est-ce pas ?

— Il y avait un homme mort sur le trottoir et un autre qui...

— Chut !

— Quoi ?

— Pas si vite... Assieds-toi...

— Je ne suis pas fatigué.

— Tu l'as déjà dit, mais, moi, cela me fatigue de te voir debout...

Il s'assit sur la chaise, tout au bord, et ses pieds ne touchaient pas terre, ses jambes se balançaient, ses genoux saillaient, nus entre la culotte courte et les chaussettes.

— Quelle niche as-tu faite au juge ?

Une révolte rapide, instinctive.

— Je ne lui ai jamais rien fait...

— Tu sais de quel juge je veux parler ?

— Celui qui est toujours derrière sa fenêtre et qui a l'air d'un hibou.

— Moi, j'avais dit une chouette... Qu'est-ce qu'il y a eu entre vous ?

— Je ne lui ai jamais parlé...

— Qu'est-ce qu'il y a eu entre vous ?

— L'hiver, je ne le voyais pas, parce que ses rideaux étaient fermés lorsque je passais.

— Mais l'été ?...

— Je lui ai tiré la langue.

— Pourquoi ?

— Parce qu'il me regardait avec l'air de se moquer de moi ; il se mettait à ricaner tout seul en me regardant...

— Tu lui as souvent tiré la langue ?

— Chaque fois que je le voyais...

— Et lui ?

— Il éclatait d'un rire méchant... J'ai cru que c'était parce que je servais la messe et que c'est un mécréant...

— De sorte que c'est lui qui a menti.

— Qu'est-ce qu'il a dit ?

— Qu'il ne s'est rien passé hier matin devant chez lui, car il s'en serait aperçu.

Le gosse fixa Maigret avec intensité, puis baissa la tête.

— Il a menti, n'est-ce pas ?

— Il y avait un cadavre avec un couteau dans la poitrine sur le trottoir.

— Je sais...

— Comment le savez-vous ?

— Je le sais, parce que c'est la vérité... répétait Maigret d'une voix douce. Passe-moi les allumettes... J'ai laissé éteindre ma pipe.

— Vous avez chaud ?

— Ce n'est rien... La grippe...

— Vous l'avez attrapée ce matin ?

— C'est possible... Assieds-toi...

Il tendit l'oreille, appela :

— Madame Maigret !... Veux-tu descendre ?... Je crois que c'est Besson qui vient d'arriver, et je ne veux pas qu'il monte avant que j'aie fini... Tu lui tiendras compagnie en bas... Mon ami Justin vous appellera...

Il dit une fois de plus à son jeune compagnon :

— Assieds-toi... C'est vrai aussi que vous avez couru tous les deux...

— Je vous ai dit que c'était vrai...

— Et j'en suis sûr... Va t'assurer qu'il n'y a personne derrière la porte et que celle-ci est bien fermée...

Le gosse y alla, sans comprendre, imbu pourtant de l'importance soudaine de ses faits et gestes.

— Vois-tu, Justin, tu es un brave petit bonhomme.

— Pourquoi me dites-vous ça ?

— Le cadavre, c'est vrai... L'homme qui a couru, c'est vrai...

L'enfant redressa une dernière fois la tête, et Maigret vit sa lèvre qui tremblait.

— Et le juge, qui n'a pas menti, car un juge n'oserait pas mentir, n'a pas dit toute la vérité...

La chambre sentait la grippe, le rhum, le tabac. Des bouffées de bouillon de légumes filtraient sous la porte de la cuisine, et il pleuvait toujours des larmes d'argent sur la vitre noire au-delà de laquelle la rue était déserte. Étaient-ce encore un homme et un enfant qui se trouvaient face à face ? Ou deux hommes ? Ou deux enfants ?

Maigret avait la tête lourde, les yeux luisants. Sa pipe avait un étrange goût de maladie qui n'était pas sans saveur, et il se souvenait des odeurs de l'hôpital, de la chapelle, de la sacristie.

— Le juge n'a pas dit toute la vérité parce qu'il a voulu te faire endêver... Et toi, tu n'as pas dit toute la vérité non plus... Surtout, je te défends de pleurer... Ce n'est pas la peine que tout le monde sache ce qui se passe en ce moment entre nous... Tu comprends, Justin ?

Le gamin fit oui de la tête.

— Si ce que tu as raconté ne s'était pas passé du tout, le mari du quarante-deux n'aurait pas entendu courir...

— Je n'ai pas inventé.

— Justement ! Mais, si cela s'était passé comme tu l'as dit, le juge n'aurait pas pu affirmer qu'il n'avait rien entendu... Et, si l'assassin avait couru dans la direction de la caserne, le vieux n'aurait pas juré que personne n'était passé devant chez lui en courant.

L'enfant ne bougeait pas et regardait fixement le bout de ses pieds, qui se balançaient dans le vide.

— Le juge a été honnête, au fond, en n'osant pas affirmer que tu étais passé devant chez lui hier matin... Mais il aurait pu, peut-être, affirmer que tu n'étais pas passé... C'est la vérité, puisque tu t'es enfui en sens inverse... Sans doute a-t-il été véridique aussi en prétendant qu'aucun homme n'était passé sur le trottoir, sous sa fenêtre, en courant... Car l'homme n'est pas parti dans cette direction-là...

— Qu'en savez-vous ?

Il était tout raide, les yeux écarquillés, à fixer Maigret comme, la veille, il avait dû fixer l'assassin ou la victime.

— Parce que l'homme, fatalement, s'est élancé dans la même direction que toi, ce qui explique que le mari du quarante-deux l'ait entendu passer... Parce que, sachant que tu l'avais vu, que tu avais vu le cadavre, que tu pouvais le faire prendre, il a couru *après toi...*

— Si vous le dites à ma mère, je...

— Chut !... Je n'ai aucune envie de dire quoi que ce soit à ta mère ni à personne... Vois-tu, mon petit Justin, je vais te parler comme à un homme... Un assassin assez intelligent, avec assez de sang-froid pour faire disparaître un cadavre en quelques minutes sans laisser la moindre trace, n'aurait pas commis la bêtise de te laisser fuir après ce que tu avais vu.

— Je ne sais pas.

— Moi, je sais... C'est mon métier de savoir... La chose la plus difficile, ce n'est pas de tuer un homme : c'est de le faire disparaître ensuite, et celui-ci a magnifiquement disparu... Il a disparu, bien que tu l'aies vu et que tu aies vu l'assassin... Autrement dit, ce dernier est quelqu'un de très fort... Et quelqu'un de très fort, jouant sa tête, ne t'aurait pas laissé partir comme cela...

— Je ne savais pas...

— Qu'est-ce que tu ne savais pas ?

— Je ne savais pas que c'était si grave.

— Ce n'est pas grave du tout, puisque, maintenant tout le mal est réparé.

— Vous l'avez arrêté ?

Il y avait un immense espoir dans la façon dont ces mots étaient prononcés.

— Il sera sans doute arrêté tout à l'heure... Reste assis... Ne balance pas tes jambes...

— Je ne bougerai plus.

— D'abord, si la scène s'était passée devant chez le juge, c'est-à-dire au milieu de la rue, tu t'en serais rendu compte de plus loin, et tu aurais eu le temps de t'enfuir... Voilà la seule faute que l'assassin ait commise, si malin qu'il soit...

— Comment avez-vous deviné ?

— Je n'ai pas deviné, mais j'ai été enfant de chœur, et j'ai servi, moi aussi, la messe de six heures... Tu n'aurais pas parcouru près de cent mètres dans la rue sans regarder devant toi... Donc, le cadavre, c'était plus près, beaucoup plus près, tout de suite après le coin de la rue.

— Cinq maisons plus loin...

— Tu pensais à autre chose, à ton vélo, et tu as peut-être marché vingt mètres sans rien voir.

— Ce n'est pas possible que vous sachiez...

— Et quand tu as vu, tu as couru vers la place du Congrès pour gagner l'hôpital par l'autre rue... L'homme a couru derrière toi...

— Je croyais que j'allais mourir de peur.

— Il t'a mis la main sur l'épaule ?

— Il m'a saisi les épaules à deux mains... Je me figurais qu'il allait m'étrangler...

— Il t'a demandé de dire...

L'enfant pleurait, mais sans sanglots. Il était blême, avec des larmes qui roulaient lentement sur ses joues.

— Si vous le dites à ma mère, elle me le reprochera toute ma vie. Elle me fait toujours des reproches.

— Il t'a ordonné de dire que la scène s'était passée plus loin.

— Oui.

— Devant chez le juge ?

— C'est moi qui ai pensé à la maison du juge, à cause des langues que je lui tirais... Il m'a seulement dit vers l'autre bout de la rue... Et qu'il s'était enfui dans la direction de la caserne...

— Ce qui a bien failli faire un crime parfait, car personne ne t'a cru, étant donné qu'il n'y avait ni assassin, ni cadavre, ni traces d'aucune sorte, et que tout paraissait impossible...

— Mais vous ?

— Moi, je ne compte pas. C'est un hasard que j'aie été enfant de chœur, puis que j'aie eu la fièvre aujourd'hui... Qu'est-ce qu'il t'a promis ?

— Il m'a dit que, si je ne disais pas ce qu'il voulait, il me retrouverait toujours, où que j'aille, en dépit de la police, et qu'il m'égorgerait comme un poulet.

— Ensuite ?

— Il m'a demandé ce que j'aimerais avoir...

— Et tu as répondu : « Un vélo... »

— Comment le savez-vous ?

— Je te le répète, j'ai été enfant de chœur, moi aussi...

— Et vous aviez envie d'un vélo ?

— De cela et de beaucoup de choses que je n'ai jamais eues... Pourquoi as-tu déclaré qu'il avait les yeux clairs ?

— Je ne sais pas... Je n'ai pas vu ses yeux. Il portait de grosses lunettes. Mais je ne voulais pas qu'on le retrouve...

— A cause du vélo...

— Peut-être... Vous allez le dire à ma mère, n'est-ce pas ?

— Ni à ta mère, ni à quiconque... Est-ce que nous ne sommes pas copains, tous les deux ?... Tiens ! passe-moi encore une fois mon tabac et ne dis pas à Mme Maigret que j'ai fumé trois pipes depuis que nous sommes là... Tu vois que les grandes personnes n'avouent pas non plus toujours la vérité entière... C'était devant quelle porte, Justin ?

— La maison jaune, à côté de la charcuterie.

— Va chercher ma femme.

— Où ça ?

— En bas... Elle est avec l'inspecteur Besson, qui a été si méchant avec toi.

— Et qui va m'arrêter ?

— Ouvre le placard...

— Ça y est...

— Il y a un pantalon qui pend...

— Qu'est-ce que je dois en faire ?

— Dans la poche de gauche, tu trouveras un portefeuille.

— Je l'ai.

— Dans le portefeuille, il y a des cartes de visite.
— Vous les voulez ?
— Donne-m'en une... Et aussi le stylo qui est sur la table...
A l'aide de quoi, Maigret traça sur une carte à son nom :

Bon pour un vélo

3

Le locataire de la maison jaune

— Entrez, Besson.

Mme Maigret lança un regard au nuage opaque de fumée qui entourait la lampe voilée de papier huilé et se précipita vers la cuisine, d'où s'échappait une odeur de brûlé.

Quant à Besson, prenant la chaise que le gamin venait de quitter et n'accordant à celui-ci qu'une attention dédaigneuse, il prononçait :

— J'ai la liste que vous m'avez demandé de dresser... Je dois vous dire tout de suite...

— Qu'elle est inutile... Qui habite le quatorze ?

— Un instant...

Il consultait ses notes.

— Attendez... Quatorze... La maison n'a qu'un seul locataire...

— Je m'en doutais.

— Ah ?

Un petit coup d'œil inquiet à l'enfant.

— Un étranger, un courtier en bijoux... Un nommé Frankelstein...

Et la voix de Maigret, qui s'était laissé couler au fond des oreillers, murmura, comme indifférente :

— Receleur...

— Vous dites, patron ?

— Receleur... Peut-être, par surcroît, chef de bande.

— Je ne comprends pas.

— Cela n'a pas d'importance... Soyez gentil, Besson, passez-moi la bouteille de rhum qui est dans le placard... Faites vite avant que Mme Maigret arrive... Je parie que je fais dans les trente-neuf cinq et qu'on va être obligé de me changer deux fois de draps cette nuit... Frankelstein. Demandez un mandat de perquisition au juge d'instruction... Non !... A cette heure-ci, cela va prendre du temps, car il est sûrement à faire un bridge quelque part... Vous avez dîné, vous ?... Moi, j'attends mon bouillon de légumes. Il y a des mandats en blanc dans mon bureau... Dans le tiroir de gauche... Remplissez-en un... Perquisitionnez... Vous trouverez sûrement le cadavre, même s'il faut démolir un mur de la cave.

Le pauvre Besson regardait son patron, avec inquiétude, puis l'enfant, qui attendait sagement dans un coin.

— Faites vite, mon vieux... S'il sait que le gosse est venu ici ce soir, vous ne le trouverez plus au nid... C'est un type *fortiche*, vous verrez !

Et c'était un type *fortiche*, en effet. Au moment où la brigade mobile sonnait chez lui, il essayait de fuir par les cours, en escaladant les murs. Il fallut toute une nuit pour mettre la main dessus — on l'eut finalement sur les toits — tandis que d'autres policiers fouillaient la maison pendant des heures avant de découvrir le cadavre décomposé dans un bain de chaux.

Règlement de comptes, évidemment. Un type qui n'était pas content du patron, qui se jugeait frustré, qui l'avait relancé chez lui, aux petites heures du matin, et que Frankelstein avait descendu sur son seuil, sans se douter qu'un enfant de chœur, au même instant, tournait le coin de la rue.

— Combien ?

Maigret n'avait plus le courage de regarder lui-même le thermomètre.

— Trente-neuf trois...

— Tu ne triches pas ?

Il savait qu'elle trichait, qu'il avait davantage de température, mais cela lui était égal ; c'était voluptueux, c'était bon de sombrer ainsi dans l'inconscient, de se laisser glisser à une vitesse vertigineuse dans un monde flou et pourtant terriblement réel, où un enfant de chœur, qui ressemblait au jeune Maigret d'autrefois, courait éperdument dans la rue en pensant qu'il allait mourir étranglé ou qu'il allait gagner une bicyclette au cadre nickelé.

— Qu'est-ce que tu dis ? questionnait Mme Maigret, qui tenait entre ses mains boudinées un cataplasme brûlant en attendant de le passer au cou de son mari.

Et il balbutiait des choses vagues, comme un enfant qui a la fièvre, parlait du « premier coup » et du « second coup »...

— Je vais être en retard...

— En retard pour quoi ?

— Pour la messe... La sœur... La sœur...

Il ne parvenait pas à prononcer le mot « sacristine ».

— La sœur...

Il s'endormit enfin, le cou entouré d'une large compresse, en rêvant des messes de son village, de l'auberge de Marie Titin, devant laquelle il passait en courant parce qu'il avait peur.

Peur de quoi ?...

— Je l'ai quand même eu...

— Qui ?

— Le juge.

— Quel juge ?

C'était compliqué à expliquer. Le juge ressemblait à quelqu'un de son village à qui il tirait la langue... Le forgeron ?... Non... C'était le beau-père de la boulangère... Cela n'avait pas d'importance. Quelqu'un qu'il n'aimait pas...

Et c'était le juge qui avait tout truqué, pour se venger de l'enfant de chœur, pour faire enrager les gens... Il avait dit qu'il n'avait pas entendu de pas *devant chez lui...*

Mais il n'avait pas dit qu'il avait entendu un bruit de poursuite dans l'autre direction...

Les vieillards redeviennent des enfants... Et se chamaillent avec les enfants... Comme des enfants...

Maigret était bien content, malgré tout. Il avait triché de trois pipes, de quatre pipes... Il avait un bon goût de tabac plein la bouche, et il pouvait se laisser sombrer...

Et demain, puisqu'il avait la grippe, Mme Maigret lui ferait de la crème au caramel.

Avril 1946.

Le client le plus obstiné du monde

Nouvelle parue dans le recueil intitulé
Maigret et l'inspecteur Malgracieux
(Presses de la Cité, 1947)

1

Le « Café des Ministères » ou le royaume de Joseph

Jamais personne, dans les annales de la police, ne mit autant d'acharnement ou de coquetterie à se montrer sous toutes ses faces, à poser en quelque sorte des heures durant, seize heures d'affilée exactement, à attirer, volontairement ou non, l'attention de dizaines de personnes, à telle' enseigne que l'inspecteur Janvier, alerté, alla regarder l'homme sous le nez. Et pourtant, quand il fallut reconstituer son signalement, on devait se trouver devant l'image la plus imprécise, la plus floue qu'il soit possible d'imaginer.

Au point que pour certains — qui n'étaient pas particulièrement des imaginatifs — cette ostentation de l'inconnu apparut comme la plus habile et la plus inédite des ruses.

Mais c'est heure par heure qu'il faut prendre cette journée du 3 mai, une journée tiède, ensoleillée, avec, dans l'air, cette vibration particulière au printemps parisien et, du matin au soir, entrant par bouffées dans la salle fraîche du café, le parfum légèrement sucré des marronniers du boulevard Saint-Germain.

C'est à huit heures, comme les autres jours, que Joseph ouvrit les portes du café. Il était en gilet et en manche de chemise. Il y avait, sur le sol, la sciure de bois qu'il avait étendue la veille au moment de la fermeture, et les chaises s'empilaient, très haut, sur les tables de marbre.

Car le *Café des Ministères,* au coin du boulevard Saint-Germain et de la rue des Saints-Pères, est un des rares cafés à l'ancienne mode qui subsistent à Paris. Il n'a pas sacrifié à la manie des comptoirs où viennent s'accouder des gens qui ne font qu'entrer et sortir. Il n'a pas sacrifié non plus au goût du jour, aux dorures, à l'éclairage indirect, aux colonnes recouvertes de miroirs et aux guéridons en matière plastique.

C'est le café type d'habitués, où les clients ont leur table, leur coin, leur jeu de cartes ou d'échecs, et où Joseph, le garçon, connaît chacun par son nom : des chefs de bureau, des rédacteurs des ministères voisins pour la plupart.

Et Joseph lui-même est une manière de personnage. Il y a trente ans qu'il est garçon de café, et on ne l'imagine pas en complet veston comme tout le monde ; peut-être ne le reconnaîtrait-on pas dans la rue si on le rencontrait en banlieue, où il s'est fait construire un pavillon.

A huit heures, c'est l'heure du « mastic », c'est-à-dire du nettoyage, ou encore, comme on dit dans le métier, de la mise en place. La double porte, qui donne sur le boulevard Saint-Germain, est large ouverte. Il y a déjà du soleil sur une partie du trottoir, mais à l'intérieur, règne une ombre fraîche et bleutée.

Joseph fume une cigarette. C'est le seul moment de la journée où il se permette de fumer dans l'établissement. Il allume le gaz du percolateur, qu'il astique ensuite jusqu'à ce qu'il luise comme un miroir. Il y a toute une série de gestes, de rites, presque, qui se succèdent dans un ordre régulier : les bouteilles d'apéritifs et d'alcools à aligner sur l'étagère, puis le balayage de la sciure, puis les chaises à ranger autour des tables...

Or, à huit heures dix, exactement, l'homme est arrivé. Joseph, penché sur son percolateur, ne l'a pas vu entrer et il le regrettera par la suite. Est-il entré en coup de vent, comme quelqu'un qui se sent poursuivi ? Pourquoi a-t-il choisi le *Café des Ministères,* alors qu'il y a en face, de l'autre côté de la rue, un café-comptoir où l'on peut trouver à cette heure des croissants, des petits pains et une atmosphère déjà grouillante ?

Joseph dira :

— Je me suis retourné et j'ai vu quelqu'un au milieu du café, un homme coiffé d'un chapeau gris et qui tenait une petite valise à la main.

En réalité, l'établissement était ouvert sans l'être. Il était ouvert, puisque la porte l'était, mais il ne l'était pas en ce sens qu'il ne venait jamais personne à cette heure, que le café n'était pas préparé, que l'eau commençait à peine à tiédir dans le percolateur et que les chaises étaient encore empilées sur les tables.

— Je ne pourrai rien vous servir avant une bonne demi-heure, a dit Joseph.

Il croyait en être quitte. Mais l'homme, sans lâcher sa valise, a pris une chaise sur une des tables et s'est assis. Il s'est assis simplement, calmement, comme quelqu'un qu'on ne fait pas changer d'idée, et il a murmuré :

— Cela n'a pas d'importance.

Ce qui a suffi à mettre Joseph de mauvaise humeur. Il est comme ces ménagères qui ont horreur d'avoir quelqu'un dans les jambes quand elles font le grand nettoyage. L'heure du « mastic », c'est son heure à lui. Et il a grommelé entre ses dents :

— Tu l'attendras longtemps, ton café !

Jusqu'à neuf heures il a accompli son travail quotidien en lançant de temps à autre un coup d'œil furtif à son client. Dix fois, vingt fois il est passé tout près de lui, l'a frôlé, l'a même bousculé quelque peu, tantôt en balayant la sciure, tantôt en prenant les chaises sur les tables.

Puis, à neuf heures deux ou trois minutes, il s'est résigné à lui servir une tasse de café brûlant flanqué d'un petit pot de lait et de deux morceaux de sucre sur une soucoupe.

— Vous n'avez pas de croissants ?

— Vous pourrez en trouver en face.

— Cela n'a pas d'importance.

C'est curieux : il y a, chez ce client obstiné, qui doit bien se rendre compte qu'il gêne, qu'il n'est pas à sa place, que ce n'est pas l'heure de s'installer au *Café des Ministères,* une certaine humilité qui n'est pas sans le rendre sympathique.

Il y a autre chose aussi, que Joseph commence à apprécier, lui qui a l'habitude des gens qui viennent s'asseoir sur ses banquettes. Depuis une heure qu'il est là, l'homme n'a pas tiré de journal de sa poche, il n'en a pas réclamé, il n'a pas cru nécessaire de consulter le Bottin ou l'Annuaire des téléphones. Il n'a pas non plus essayé de lier la conversation avec le garçon. Il ne croise pas et ne décroise pas les jambes. Il ne fume pas.

C'est rarissime, les gens capables de rester assis pendant une heure dans un café sans bouger, sans regarder l'heure à chaque instant, sans manifester leur impatience d'une façon ou d'une autre. S'il attend quelqu'un, il l'attend avec une placidité remarquable.

A dix heures, le « mastic » fini, il est toujours là. Un autre détail curieux, c'est qu'il n'a pas pris place près des fenêtres, mais dans le fond de la salle, près de l'escalier d'acajou qui descend aux lavabos. Joseph doit y descendre, d'ailleurs, pour aller faire sa toilette. Il a déjà déployé, en tournant la manivelle, le vélum orange qui colore légèrement l'ombre du café.

Avant de descendre, il fait sonner de la monnaie dans la poche de son gilet, espérant que son client comprendra, se décidera à payer et à s'en aller.

Il n'en est rien, et Joseph s'en va, le laisse seul, change de plastron, de faux-col, se donne un coup de peigne et endosse sa petite veste d'alpaga.

Quand il remonte, l'homme est toujours là, devant sa tasse vide. La caissière, Mlle Berthe, arrive et s'installe à sa caisse, sort quelques objets de son sac à main, commence à ranger les jetons en piles régulières.

Mlle Berthe et Joseph ont échangé un clin d'œil et Mlle Berthe, qui est grasse, molle, rose et placide, avec des cheveux oxygénés, observe le client du haut de son espèce de trône.

— Il m'a fait l'effet de quelqu'un de très doux, de très convenable, et pourtant j'ai eu l'impression que sa moustache était teinte comme celle du colonel.

Car l'homme a de courtes moustaches retroussées, sans doute au petit fer, d'un noir bleuté qui fait penser à la teinture.

On livre la glace, un autre rite de tous les matins. Un colosse, avec une toile à sac sur l'épaule, transporte les blocs opalins, d'où tombent quelques gouttes d'eau limpide, et les range dans le comptoir-glacière.

Le colosse dira, car il a remarqué, lui aussi, le client unique :

— Il m'a fait l'effet d'un phoque.

Pourquoi d'un phoque ? Le livreur restera incapable de le préciser. Quant à Joseph, toujours suivant un horaire invariable, il retire les journaux de la veille des longs manches sur lesquels on les fixe, et met à leur place les journaux du soir.

— Cela ne vous dérangerait pas de m'en donner un ?

Tiens ! Le client a parlé ! D'une voix douce, comme timide.

— Lequel voulez-vous ? *Le Temps ? Le Figaro ? Les Débats ?*

— Cela n'a pas d'importance.

Ce qui donne à penser à Joseph que l'homme n'est sans doute pas de Paris. Cela ne doit pas être un étranger non plus, car il n'a pas d'accent. Plutôt quelqu'un qui débarque de la province. Mais il n'y a pas de gare à proximité. Descendant d'un train avant huit heures du matin, pourquoi aurait-il traversé plusieurs quartiers de Paris avec sa valise pour venir s'installer dans un café qu'il ne connaît pas ? Car Joseph, qui a la mémoire des physionomies, est sûr de ne l'avoir jamais vu. Les inconnus qui entrent par hasard au *Café des Ministères* sentent tout de suite qu'ils ne sont pas chez eux et s'en vont.

Onze heures. L'heure du patron, M. Monnet, qui descend de son appartement, rasé de frais, le teint clair, ses cheveux gris bien lissés, vêtu de gris, chaussé de ses éternels souliers vernis. Il y a longtemps qu'il aurait pu se retirer des affaires. Il a monté des cafés en province pour chacun de ses enfants. S'il reste ici, c'est parce que ce coin du boulevard Saint-Germain est le seul endroit du monde où il puisse vivre et que ses clients sont ses amis.

— Ça va, Joseph ?

Il a tout de suite repéré le client et sa tasse de café. Son œil devient interrogateur. Et le garçon lui souffle tout bas, derrière le comptoir :

— Il est là depuis huit heures du matin...

M. Monnet passe et repasse devant l'inconnu en se frottant les mains, ce qui est comme une invitation à engager la conversation. M. Monnet bavarde avec tous ses clients, joue aux cartes ou aux dominos avec eux, connaît leurs affaires de famille et leurs petites histoires de bureau.

L'homme ne bronche pas.

— Il m'a paru très fatigué, comme quelqu'un qui a passé la nuit dans le train sans dormir, déposera-t-il.

A tous les trois, à Joseph, à Mlle Berthe, à M. Monnet, Maigret demandera plus tard :

— Avait-il l'air de guetter quelqu'un dans la rue ?

Et les réponses seront fort différentes.

— *Non,* pour M. Monnet.

La caissière :

— J'ai eu l'impression qu'il attendait une femme.

Joseph, enfin :

— Plusieurs fois, je l'ai surpris qui regardait dans la direction du bar d'en face, mais il baissait les yeux aussitôt.

A onze heures vingt, il a commandé un quart Vichy. Il y a quelques clients qui boivent de l'eau minérale ; on les connaît, on sait pourquoi : ce sont des gens, comme M. Blanc, du ministère de la Guerre, qui suivent un régime. Joseph note machinalement que le bonhomme ne fume pas et ne boit pas, ce qui est assez rare.

Puis, pendant près de deux heures, on cesse de s'occuper de lui, car c'est l'heure de l'apéritif ; les habitués commencent à affluer, le garçon sait d'avance ce qu'il doit servir à chacun, à quelles tables il faut donner des cartes.

— Garçon...

Il est une heure. L'homme est toujours là, sa valise glissée sous la banquette de velours rouge. Joseph feint de croire qu'on lui demande l'addition et il calcule à mi-voix, annonce :

— Huit francs cinquante.

— Est-ce que vous pourriez me servir un sandwich ?

— Je regrette. Nous n'en avons pas.

— Vous n'avez pas non plus de petits pains ?

— Nous ne servons aucune nourriture.

C'est vrai et c'est faux. Il arrive que, le soir, on serve un sandwich au jambon à des joueurs de bridge qui n'ont pas eu le temps de dîner. Mais cela reste une exception.

L'homme hoche la tête et murmure :

— Cela n'a pas d'importance.

Cette fois, Joseph est frappé par un frémissement de la lèvre, par l'expression résignée, douloureuse, du visage.

— Je vous sers quelque chose ?

— Un autre café, avec beaucoup de lait.

Parce qu'il a faim, en somme, et qu'il compte sur le lait pour le nourrir un tant soit peu. Il n'a pas réclamé d'autres journaux. Il a eu le temps de lire le sien de la première à la dernière ligne, petites annonces comprises.

Le colonel est venu et n'a pas été content parce que l'inconnu occupait sa place ; car le colonel, qui craint le moindre courant d'air — et il prétend que les courants d'air de printemps sont les plus traîtres — s'installe toujours au fond de la salle.

Jules, le second garçon, qui n'est dans le métier que depuis trois ans et qui n'aura jamais l'air d'un vrai garçon de café, vient prendre son service à une heure et demie, et Joseph, passant derrière la cloison vitrée, va manger le déjeuner qu'on lui descend du premier étage.

Pourquoi Jules trouve-t-il que l'inconnu a l'air d'un marchand de tapis et de cacahuètes ?

— Il ne m'a pas fait l'impression d'être franc. Je n'aime pas sa façon de regarder en dessous, avec quelque chose de trop doux, de visqueux dans la physionomie. Si ça n'avait été que de moi, je l'aurais balancé en lui disant qu'il s'était trompé de crémerie.

D'autres, des clients, ont remarqué l'homme et vont le remarquer davantage le soir, en le retrouvant à la même place.

Tout cela, ce ne sont, en quelque sorte, que des témoignages d'amateurs. Mais, par suite d'un hasard, on va avoir un témoignage de professionnel, et ce témoignage se trouvera aussi peu consistant que les autres.

Pendant près de dix ans, à ses débuts, Joseph a été garçon à la *Brasserie Dauphine,* à quelques pas du quai des Orfèvres, où fréquentent la plupart des commissaires et des inspecteurs de la Police Judiciaire. Il s'y est lié avec un des meilleurs collaborateurs de Maigret, l'inspecteur Janvier, dont il a épousé la belle-sœur, de sorte qu'ils sont un peu parents.

A trois heures de l'après-midi, voyant son client toujours à la même place, Joseph a commencé à s'irriter pour de bon. Il a échafaudé des hypothèses, s'est dit que, si le bonhomme s'obstinait de la sorte, ce n'est pas par amour pour l'atmosphère du *Café des Ministères,* mais parce qu'il a de bonnes raisons pour ne pas en sortir.

En descendant du train, raisonne-t-il, il a dû se sentir filé et il est rentré ici à tout hasard pour échapper à la police...

Joseph téléphone donc à la P.J. et demande Janvier au bout du fil.

— J'ai ici un drôle de client qui est installé dans son coin depuis huit heures du matin et qui semble résolu à n'en pas bouger. Il n'a rien mangé. Vous ne croyez pas que vous feriez bien de venir jeter un coup d'œil ?

Janvier, l'homme méticuleux, a emporté les derniers bulletins contenant la photographie et le signalement des personnes recherchées et s'est dirigé vers le boulevard Saint-Germain.

Hasard curieux : au moment où il pénétrait dans le café, celui-ci était vide.

— Envolé ? demande-t-il à Joseph.

Mais celui-ci désigne le sous-sol.

— Il vient de réclamer un jeton et de descendre au téléphone.

Dommage ! Quelques instants plus tôt, et on aurait pu, en alertant la table d'écoute, savoir à qui et pourquoi il téléphonait. Janvier s'assied et commande un calvados. L'homme remonte et va reprendre sa place, toujours calme, peut-être soucieux, mais sans nervosité. Il semble même à Joseph, qui commence à le connaître, qu'il est plutôt détendu.

Vingt minutes durant, Janvier l'observe des pieds à la tête. Il a tout le temps de comparer le visage un peu gras, un peu flou, à toutes les photographies des types recherchés. A la fin, il hausse les épaules.

— Il n'est pas sur nos listes, dit-il à Joseph. Il me fait l'effet d'un pauvre bougre à qui une femme a posé un lapin. Il doit être agent d'assurances, ou quelque chose dans ce genre-là.

Janvier plaisante même :

— Je ne serais pas étonné qu'il voyage pour une entreprise de pompes funèbres... En tout cas, je n'ai pas le droit de l'interpeller pour lui demander ses papiers. Aucun règlement ne lui interdit de rester dans le café aussi longtemps qu'il lui plaît et de se passer de déjeuner.

Ils bavardèrent encore un peu, Joseph et lui, puis Janvier rentra au Quai des Orfèvres, eut une conférence avec Maigret au sujet d'une affaire de jeux clandestins et omit de lui parler du bonhomme du boulevard Saint-Germain.

Malgré le vélum tendu devant les baies vitrées, des rayons obliques de soleil commençaient à s'infiltrer dans le café. Trois tables étaient occupées, à cinq heures, par des amateurs de belote. Le patron jouait à une des tables, juste en face de l'inconnu, à qui il lançait parfois un regard.

A six heures, c'était plein. Joseph et Jules allaient de table en table avec leur plateau chargé de bouteilles et de verres et l'odeur du pernod commençait à combattre celle, trop douce, des marronniers du boulevard.

Chacun des deux garçons, à cette heure-là, avait son secteur. Il se fit que la table de l'homme tombait dans le secteur de Jules, qui était moins observateur que son collègue. En outre, Jules passait de temps en temps derrière le comptoir pour s'envoyer un verre de vin blanc, de sorte que, dès le commencement de la soirée, il avait tendance à embrouiller les choses.

Tout ce qu'il put dire, c'est qu'une femme était venue.

— Une brune, gentiment habillée, l'air convenable, pas une de ces femmes qui viennent dans un café pour lier la conversation avec les clients.

Une de ces femmes, en somme, toujours selon Jules, qui n'entrent dans un endroit public que parce qu'elles y ont rendez-vous avec leur mari. Il y avait encore trois ou quatre tables disponibles. Elle s'était assise à la table voisine de celle de l'inconnu.

— Je suis sûr qu'ils ne se sont pas parlé. Elle m'a commandé un porto. Je crois me souvenir qu'outre son sac en cuir brun ou noir, elle avait un petit paquet ficelé à la main. Je l'ai aperçu au début sur la table. Quand j'ai servi le porto, il n'y était plus ; sans doute l'avait-elle posé sur la banquette.

Dommage ! Joseph aurait bien voulu la voir. Mlle Berthe l'avait remarquée, elle aussi, du haut de sa caisse.

— Une personne plutôt bien, presque pas maquillée, en tailleur bleu avec un corsage blanc, mais, je ne sais pas pourquoi, je ne crois pas que ce soit une femme mariée.

Jusqu'à huit heures du soir, c'est-à-dire jusqu'à l'heure du dîner, le va-et-vient a été incessant. Puis il y a eu quelques vides dans la salle. A neuf heures, six tables seulement étaient occupées, dont quatre par des joueurs d'échecs, deux par des joueurs de bridge qui font invariablement leur partie tous les jours.

— Ce qu'il y a de certain, dira Joseph, c'est que mon homme connaît le bridge et les échecs. Je jurerais même qu'il y est très fort.

J'ai compris cela aux regards qu'il lançait à ses voisins, à sa façon de suivre les parties.

Il avait donc l'esprit assez libre, ou bien était-ce Joseph qui se trompait ?

A dix heures, plus que trois tables. Les gens des ministères se couchent tôt. A dix heures et demie, Jules s'en allait, car sa femme attendait un bébé, et il s'était arrangé avec son collègue pour être libre de bonne heure.

L'homme était toujours là. Il avait consommé, depuis huit heures dix du matin, trois cafés, un quart vichy et une limonade. Il n'avait pas fumé. Il n'avait pas bu d'alcool. Le matin, il avait lu *Le Temps*. L'après-midi, il avait acheté un journal du soir à un camelot qui passait entre les tables.

A onze heures, comme d'habitude, Joseph commença, bien qu'il restât deux tables de joueurs, à empiler les chaises sur les tables et à répandre de la sciure de bois sur le plancher.

Un peu plus tard, sa partie étant finie, M. Monnet serra la main de ses partenaires — dont le colonel — et, emportant la caisse dans un sac de toile où Mlle Berthe avait rangé les billets de banque et la monnaie, monta se coucher.

Au moment de sortir, il eut un coup d'œil au client obstiné dont la plupart des habitués avaient parlé pendant la soirée, et il avait dit à Joseph :

— S'il vous causait des ennuis, n'hésitez pas à sonner...

Car il y a derrière le comptoir un bouton électrique qui déclenche une sonnerie dans son appartement privé.

C'était tout, en somme. Quand, le lendemain, Maigret fit son enquête, il ne devait guère obtenir d'autres renseignements.

Mlle Berthe partait à onze heures moins dix pour prendre son dernier autobus, car elle habitait Épinay. Elle aussi regarda une dernière fois l'homme avec attention.

— Je ne peux pas dire qu'il m'ait paru nerveux. Mais il n'était pas calme non plus. Si je l'avais rencontré dans la rue, par exemple, il m'aurait fait peur, comprenez-vous ? Et, s'il était descendu de l'autobus en même temps que moi, à Épinay, je n'aurais pas osé rentrer toute seule.

— Pourquoi ?

— Il avait un regard « en dedans »...

— Qu'entendez-vous par là ?

— Que tout ce qui se passait autour de lui semblait lui être indifférent.

— Est-ce que les volets étaient fermés ?

— Non, Joseph ne les ferme qu'à la dernière minute.

— De votre place, vous aperceviez le coin de la rue et le café-bar d'en face... N'avez-vous pas remarqué d'allées et venues suspectes ?... Est-ce que quelqu'un ne semblait pas guetter votre client ?

— Je ne m'en serais pas aperçue... Autant, du côté du boulevard Saint-Germain, c'est calme, autant, dans la rue des Saints-Pères, il y a un va-et-vient perpétuel... Et, dans le café-bar, les gens entrent et sortent sans arrêt.

— Vous n'avez vu personne en sortant ?

— Personne... Ah si ! Il y avait un agent de police au coin de la rue...

C'était exact, le commissaire du quartier le confirma. Malheureusement, l'agent devait quitter sa faction un peu plus tard.

Deux tables... Un couple qui prenait un verre après le cinéma, des gens qu'on connaissait, un médecin et sa femme, qui habitaient trois maisons plus loin et qui avaient l'habitude de s'arrêter un moment au *Café des Ministères* avant de rentrer chez eux. Ils payaient déjà, sortaient.

Le médecin remarquera :

— Nous étions assis juste en face de lui, et j'ai noté qu'il avait l'air malade.

— Quelle maladie, à votre avis ?

— Une maladie de foie, sans aucun doute...

— Quel âge lui donnez-vous ?

— C'est difficile à dire, car je n'y ai pas prêté autant d'attention que je le voudrais maintenant. A mon avis, c'est un de ces hommes qui paraissent plus vieux que leur âge... Les uns diront peut-être quarante-cinq ans ou davantage, à cause de la teinture de ses moustaches.

— Car elles étaient teintes ?

— Je le suppose... Mais j'ai eu des clients de trente-cinq ans qui avaient déjà cette chair molle et incolore, cet air éteint...

— N'avait-il pas cet air éteint parce qu'il n'avait pas mangé depuis le matin ?

— C'est possible... Mon diagnostic n'en reste pas moins : mauvais estomac, mauvais foie, et j'ajouterai mauvais intestins...

Le bridge n'en finissait pas, à la dernière table. Trois fois, la partie faillit se terminer, et trois fois le demandeur chuta.

Un cinq trèfle contré et miraculeusement réussi, grâce à l'énervement d'un des joueurs qui affranchit la couleur longue du mort, y mit fin alors qu'il était minuit moins dix.

— Messieurs, on ferme, dit poliment Joseph en calant les dernières chaises sur les tables.

Il encaissa à la table des joueurs, et l'homme ne bougeait toujours pas. A ce moment, il l'avoua plus tard, le garçon de café eut peur. Il faillit demander aux habitués de rester quelques minutes de plus, le temps de mettre l'inconnu à la porte.

Il n'osa pas, car les quatre joueurs sortaient en commentant encore la partie, s'arrêtaient un moment pour bavarder au coin du boulevard avant de se séparer.

— Dix-huit francs soixante-quinze.

Ils n'étaient plus qu'eux deux dans le café où Joseph avait déjà éteint la moitié des lampes.

— J'avais repéré, confessera-t-il à Maigret, un siphon sur le coin du comptoir et, s'il avait bougé, je le lui aurais brisé sur la tête...

— Vous aviez placé le siphon là exprès, n'est-il pas vrai ?

C'était évident. Seize heures en compagnie de ce client énigmatique avaient mis les nerfs de Joseph en pelote. L'homme était devenu quelque chose comme son ennemi intime. Il n'était pas loin de penser qu'il n'était là que pour lui, qu'afin de lui jouer un mauvais tour, de l'attaquer quand ils seraient seuls et de le dévaliser.

Et pourtant Joseph avait commis une faute. Comme son client mettait du temps à chercher la monnaie dans ses poches, restant toujours assis à sa place, le garçon de café, qui craignait de rater son autobus, s'était dirigé vers les manivelles servant à baisser les volets, et il avait fait descendre ceux-ci. Il est vrai que la porte restait grande ouverte sur la fraîcheur de la nuit et qu'à ce moment il y avait encore un certain nombre de passants sur le trottoir du boulevard Saint-Germain.

— Voici, garçon...

Vingt et un francs. Deux francs vingt-cinq de pourboire pour une journée entière ! Le garçon faillit jeter la monnaie sur la table, de rage, et sa vieille conscience professionnelle seule l'en empêcha.

— Peut-être aussi aviez-vous un peu peur de lui, insinua Maigret.

— Je n'en sais rien. J'avais hâte, en tout cas, d'en être débarrassé... Jamais, de ma vie, un client ne m'a fait autant enrager que celui-là... Si j'avais pu prévoir, le matin, qu'il resterait là toute la journée !...

— Où étiez-vous exactement au moment où il sortait ?

— Attendez... D'abord, j'ai dû lui rappeler qu'il avait une valise sous la banquette, car il était sur le point de l'oublier.

— Il a paru contrarié que vous le lui rappeliez ?

— Non...

— Soulagé ?

— Non plus... Indifférent... Pour un type calme, je vous jure que c'est un type calme... J'ai connu des consommateurs de toutes les sortes, mais, pour rester assis pendant seize heures devant une table de marbre sans se sentir des fourmis dans les jambes !...

— Vous étiez donc...

— Près de la caisse... Je « piquais » les dix-huit francs soixante-quinze à la caisse enregistreuse... Vous avez remarqué qu'il y a deux portes, une grande à deux battants, qui donne sur le boulevard, et une petite, qui donne sur la rue des Saints-Pères... J'ai failli lui dire qu'il se trompait en le voyant se diriger vers la petite porte, puis j'ai haussé les épaules, car, en somme, cela m'était égal... Je n'avais plus qu'à me changer et à fermer.

— Il tenait sa valise de quelle main ?

— Je n'ai pas fait attention...

— Vous n'avez pas remarqué non plus s'il avait une main dans sa poche ?

— Je ne sais pas... Il n'avait pas de pardessus... Les tables surchargées de chaises me l'ont caché... Il est sorti...

— Vous étiez toujours à la même place ?

— Oui... Ici, exactement... Je retirais le ticket de la caisse enregistreuse... De l'autre main, je sortais les derniers jetons de ma poche... J'ai entendu une détonation... A peine plus forte que celles qu'on entend toute la journée, quand les moteurs ont des ratés... Mais j'ai tout de suite compris que ce n'était pas une auto... Je me suis dit :

» — Tiens ! Il s'est quand même fait descendre... »

» On pense très vite, dans ces occasions-là... Il m'est arrivé plusieurs fois dans ma vie d'assister à des bagarres sérieuses. C'est le métier qui veut ça... J'ai toujours été étonné de voir comme on pense vite...

» Je m'en suis voulu... Car, en somme, ce n'était plus qu'un pauvre type qui s'était réfugié ici parce qu'il savait qu'il se ferait abattre dès qu'il mettrait le nez dehors...

» J'avais des remords... Il n'avait rien mangé... Peut-être qu'il n'avait pas d'argent pour faire venir un taxi et y sauter avant d'être visé par le type qui le guettait...

— Vous ne vous êtes pas précipité ?

— Eh bien ! à vrai dire...

Joseph était embarrassé.

— Je crois que je suis resté quelques instants à réfléchir... J'ai une femme et trois enfants, vous comprenez ?... J'ai d'abord poussé sur le bouton électrique qui communique avec la chambre du patron... J'ai entendu, dehors, des gens qui pressaient le pas, des voix, dont une voix de femme, qui disait :

» — Ne t'en mêle pas, Gaston...

» Puis le sifflet d'un agent...

» Je suis sorti... Il y avait déjà trois personnes debout, dans la rue des Saints-Pères, à quelques mètres de la porte.

— A huit mètres, devait préciser Maigret en consultant le rapport.

— C'est possible... Je n'ai pas mesuré... Un homme était accroupi près d'une forme étendue... Je n'ai su qu'après que c'était un médecin qui revenait justement du théâtre et, comme par hasard, un client à nous aussi... Nous avons beaucoup de clients parmi les docteurs...

» Il s'est relevé en disant :

» — Il a son compte... La balle est entrée par la nuque et est sortie par l'œil gauche.

» L'agent de police arrivait. Je savais bien que j'allais être questionné.

» Vous me croirez si vous voulez, mais je n'osais pas regarder par terre... Cette histoire de l'œil gauche, surtout, me donnait mal au ventre... Je ne tenais pas à revoir mon client dans cet état, avec l'œil hors de la tête...

» Je me disais que c'était un peu ma faute, que j'aurais dû. Mais qu'est-ce que j'aurais pu faire au juste ?

» J'entends encore la voix de l'agent qui questionne, son calepin à la main :

» — Personne ne le connaît ?

» Et je dis machinalement :

» — Moi... Enfin, je crois que...

» Je finis quand même par me pencher, je regarde et je vous jure, monsieur Maigret, à vous qui me connaissez depuis longtemps, vu que je vous ai servi des milliers et des milliers de verres de bière et de calvados à la *Brasserie Dauphine,* je vous jure que je n'ai jamais eu une pareille émotion de ma vie.

» *Ce n'était pas lui !...*

» C'était un type que je ne connaissais pas, que je n'avais jamais vu, un grand maigre, qui, par une belle journée comme celle-là, par une nuit douce à dormir dehors, portait un imperméable beige.

» Cela m'a soulagé... C'est peut-être bête, mais j'ai été bien content de ne pas m'être trompé... Si mon client avait été la victime au lieu d'être l'assassin, je me le serais reproché toute ma vie...

» Depuis le matin, voyez-vous, je sentais que ce type-là n'était pas très catholique... J'en aurais mis ma main au feu... Ce n'est pas pour rien que j'ai téléphoné à Janvier... Seulement Janvier, bien qu'il soit presque mon beau-frère, ne voit que le règlement... Supposez que, quand je l'ai fait venir, il ait demandé ses papiers au client... Sûrement qu'ils n'étaient pas en règle.

» Ce n'est pas le premier honnête homme venu qui reste toute une journée dans un café pour finir par tuer quelqu'un sur le trottoir à minuit...

» Il n'a pas mis de temps à s'envoler, remarquez-le... Personne ne l'a vu après le coup de feu.

» Si ce n'est pas lui qui a tiré, il serait resté là... Il n'avait pas encore eu le temps de parcourir dix mètres quand j'ai entendu la détonation...

» Ce que je me demande, c'est ce que la femme que Jules a servie — celle qui a bu un porto — est venue faire. Car je ne doute pas qu'elle soit venue pour le type... Il n'entre pas tellement de femmes seules chez nous... Ce n'est pas une maison à ça.

— Je croyais, objecta Maigret, qu'ils ne s'étaient pas parlé...

— Comme si c'était nécessaire de parler !... Elle avait un petit paquet en arrivant, n'est-ce pas ? Jules l'a remarqué, et Jules n'est pas un menteur... Il l'a vu sur la table, puis il ne l'a plus vu, et il a supposé qu'elle l'avait posé sur la banquette... et Mlle Berthe, quand la dame est partie, l'a suivie des yeux, à cause de son sac à main qu'elle admirait et dont elle aurait voulu le pareil. Or Mlle Berthe ne s'est pas aperçue qu'elle portait un paquet.

» Avouez que ce sont des choses qui n'échappent pas aux femmes.

» Vous direz ce que je voudrez, je continue à penser que j'ai passé toute la journée avec un assassin et que je l'ai sans doute échappé belle...

2

L'amateur de petit vin blanc et la dame aux escargots

Paris fut favorisé, le lendemain, d'une de ces journées comme le printemps n'en réussit que trois ou quatre chaque année — quand il daigne y mettre du sien —, une de ces journées qu'il faudrait savourer sans rien faire d'autre, comme on déguste un sorbet, une vraie journée de souvenirs d'enfant. Tout était bon, léger, capiteux, d'une qualité rare : le bleu du ciel, le flou moelleux de quelques nuages, la brise qui vous caressait soudain au tournant d'une rue et qui faisait frémir juste assez les marronniers pour vous forcer à lever la tête vers leurs grappes de fleurs sucrées. Un chat sur l'appui d'une fenêtre, un chien étendu sur le trottoir, un cordonnier en tablier de cuir sur son seuil, un vulgaire autobus vert et jaune qui passait, tout était précieux ce jour-là, tout vous mettait de la gaieté dans l'âme, et c'est pour cela sans doute que Maigret garda toute sa vie un délicieux souvenir du carrefour du boulevard Saint-Germain et de la rue des Saints-Pères, c'est pourquoi, aussi, plus tard, il devait lui arriver souvent de faire halte dans certain café pour y boire, à l'ombre, un verre de bière qui n'avait malheureusement plus le même goût.

Quant à l'affaire, contre toute attente, elle devait devenir célèbre, moins par l'inexplicable obstination du client des *Ministères* et par le coup de feu de minuit que par le mobile du crime.

A huit heures du matin, le commissaire était dans son bureau, toutes fenêtres ouvertes sur le panorama bleu et or de la Seine, et il prenait connaissance des rapports en fumant sa pipe à petites bouffées gourmandes. C'est ainsi qu'il eut son premier contact avec l'homme du *Café des Ministères* et avec le mort de la rue des Saints-Pères.

Le commissaire du quartier avait fait, pendant la nuit, du bon travail. Le médecin légiste, le Dr Paul, avait pratiqué l'autopsie dès six heures du matin. La balle, qu'on avait retrouvée sur le trottoir — on avait retrouvé la douille aussi, presque à l'angle du boulevard Saint-Germain, contre le mur — avait déjà été soumise à l'expert Gastinne-Renette.

Enfin, sur le bureau de Maigret, il y avait les vêtements du mort, le contenu des poches et un certain nombre de photographies qui avaient été prises sur les lieux par l'Identité judiciaire.

— Vous voulez venir dans mon bureau, Janvier ? Je vois, d'après le rapport, que vous êtes quelque peu mêlé à cette affaire.

Et voilà comment Maigret et Janvier devaient, ce jour-là, être, une fois de plus, inséparables.

Les vêtements de la victime, d'abord ; ils étaient de bonne qualité, moins usés qu'ils ne paraissaient tout d'abord, mais dans un état étonnant de mauvais entretien. Les vêtements d'un homme sans femme, qui porte tous les jours le même complet, sans jamais se donner un coup de brosse, et, avait-on envie d'ajouter, à qui il arrive de dormir tout habillé. La chemise, qui était neuve, qui n'était pas encore allée au blanchissage, avait été portée une huitaine de jours au moins, et les chaussettes ne valaient guère mieux.

Dans les poches, aucun papier d'identité, aucune lettre, aucun document permettant d'identifier l'inconnu, mais, par contre, des objets hétéroclites : un canif à nombreuses lames, un tire-bouchon, un mouchoir sale et un bouton qui manquait au veston ; une clef, une pipe très culottée et une blague à tabac ; un portefeuille qui contenait deux mille trois cent cinquante francs et une photographie représentant une hutte indigène en Afrique, avec une demi-douzaine de négresses aux seins nus qui regardaient fixement l'appareil ; des morceaux de ficelle, un billet de chemin de fer (troisième classe) de Juvisy à Paris, portant la date de la veille.

Enfin, un de ces petits tampons à imprimer, comme il y en a dans les boîtes pour enfants, où l'on range des lettres en caoutchouc afin d'en faire un timbre humide.

Les lettres en caoutchouc formaient les mots : *J'aurai ta peau.*

Le rapport du médecin légiste contenait des détails intéressants. Quant au crime, d'abord. Le coup avait été tiré par derrière, à trois mètres à peine, et la mort avait été instantanée.

Le mort portait de nombreuses cicatrices, entre autres, aux pieds, des cicatrices de « chiques », sortes de tiques qui, dans le Centre africain, s'incrustent dans les orteils et qu'il faut extraire avec un couteau. Le foie était dans un état lamentable, un foie d'ivrogne, et enfin il était avéré que l'homme tué rue des Saints-Pères était atteint de paludisme.

— Et voilà !... fit Maigret en cherchant son chapeau. En route, mon vieux Janvier !...

Ils gagnèrent à pied le carrefour du boulevard Saint-Germain et, à travers les vitres, ils virent Joseph occupé à faire son « mastic ».

Mais c'est en face que le commissaire entra tout d'abord. Les deux cafés qui se faisaient vis-à-vis chacun à un angle de la rue, étaient aussi différents l'un de l'autre que possible. Autant le domaine de Joseph était vieillot et discret, autant l'autre, dont l'enseigne portait les mots *Chez Léon*, était agressivement, vulgairement moderne.

Il comportait, bien entendu, un long comptoir où deux garçons en manche de chemise suffisaient à peine à servir les cafés crème, les petits vins blancs et, plus tard, les coups de rouge et les apéritifs anisés.

Des pyramides de croissants, de sandwiches, d'œufs durs... Le bureau de tabac, au bout du comptoir, où se relayaient le patron et la patronne, puis la « salle », avec ses colonnes, en mosaïque rouge et or, avec ses guéridons d'une matière indéterminée, où s'irisaient des couleurs invraisemblables et ses sièges recouverts de velours gaufré, du rouge le plus grinçant.

Ici, c'était, toutes baies ouvertes sur la rue, la bousculade du matin au soir. Des gens entraient et sortaient, des maçons en blouse poudreuse, des livreurs qui laissaient un instant leur triporteur au bord du trottoir, des employés, des dactylos, des gens qui avaient soif et d'autres qui avaient à donner un coup de téléphone.

— Verse pour un !... Deux beaujolais !... Trois bocks !...

La caisse enregistreuse fonctionnait sans arrêt, et il y avait de la sueur sur le front des garçons qui s'épongeaient parfois avec le même torchon qui servait à essuyer le comptoir. On plongeait un instant, dans l'eau trouble des bassins d'étain, les verres qu'on ne se donnait pas la peine de sécher ensuite et dans lesquels on versait à nouveau vin rouge ou vin blanc.

— Deux petits blancs secs... commanda Maigret, qui savourait tout ce brouhaha matinal.

Et le vin blanc avait un arrière-goût canaille qu'on ne savoure que dans les bistrots de cette sorte.

— Dites-moi, garçon... Vous vous souvenez de ce type-ci ?...

L'Identité judiciaire avait bien travaillé. C'est une besogne ignoble, mais nécessaire et rudement délicate. La photographie d'un mort est toujours difficile à reconnaître, surtout si le visage a été quelque peu abîmé. Alors, messieurs les photographes de l'Identité vous maquillent le cadavre et vous retouchent l'épreuve de telle sorte qu'ils en font le portrait d'un vivant.

— C'est bien lui, dis donc, Louis ?

Et l'autre garçon, son torchon à la main, venait jeter un coup d'œil par-dessus l'épaule de son camarade.

— C'est lui !... Il nous a assez em...bêtés hier toute la journée pour qu'on le reconnaisse.

— Vous savez à quelle heure il est entré ici pour la première fois ?

— Ça, c'est plus difficile à dire... On ne remarque guère les clients qui ne font que passer... Mais je me souviens que, vers dix heures du matin, ce type-là était rudement excité... Il ne tenait pas en place... Il venait au bar... Il commandait un coup de blanc... Il payait, après l'avoir avalé d'un trait... Puis il s'en allait dehors... On s'en croyait débarrassé et, dix minutes plus tard, on le retrouvait assis dans la salle en train d'appeler le garçon et de commander un nouveau coup de blanc...

— Il a passé ainsi toute la journée ?

— Je crois bien que oui... En tout cas, je l'ai vu au moins dix ou quinze fois... Toujours plus trépidant, avec une drôle de façon de vous regarder, et des doigts qui tremblaient comme ceux d'une vieille femme quand il vous tendait la monnaie... Est-ce qu'il ne t'a pas cassé un verre, Louis ?

— Oui... Et il s'est obstiné à en ramasser tous les morceaux dans la sciure en répétant :

» — C'est du verre blanc !... Ça porte bonheur, mon vieux ! Et, vois-tu, aujourd'hui surtout, j'ai besoin que quelque chose me porte bonheur... Es-tu jamais allé au Gabon, fiston ?

— A moi aussi, intervint l'autre garçon, il m'a parlé de Gabon, je ne sais plus à propos de quoi... Ah ! oui, quand il s'est mis à manger des œufs durs... Il en a mangé douze ou treize à la file... J'avais peur de le voir s'étouffer, surtout qu'il avait déjà pas mal bu...

» — Aie pas peur, fiston, qu'il m'a dit. Une fois, au Gabon, j'ai fait le pari d'en avaler trente-six, avec autant de verres de bière, et j'ai gagné...

— Il paraissait préoccupé ?

— Cela dépend de ce que vous entendez par là. Il entrait et il sortait tout le temps. J'ai d'abord pensé qu'il attendait quelqu'un. Il lui arrivait de ricaner tout seul, comme quelqu'un qui se raconte des histoires. Il s'est raccroché longtemps à un bon vieux qui vient chaque après-midi boire ses deux ou trois verres de rouge, et il le tenait par le revers de son veston...

— Vous saviez qu'il était armé ?

— Comment aurais-je pu le deviner ?

— Parce qu'un homme de cet acabit-là est bien capable de montrer son revolver à tout le monde !

Or il en avait un, qu'on avait retrouvé sur le trottoir à côté de lui, un gros revolver à barillet dont aucune balle n'avait été tirée.

— Remettez-nous deux vins blancs.

Et Maigret était d'humeur si enjouée qu'il ne put résister aux instances d'une petite marchande de fleurs qui marchait pieds nus, une gamine maigre et sale qui possédait les plus beaux yeux de la terre. Il lui acheta un bouquet de violettes et, ensuite, ne sachant qu'en faire, il le fourra dans la poche de son veston.

Ce fut, il faut bien le dire, la journée des petits verres. Car, ensuite, le commissaire et Janvier durent traverser la rue et pénétrer dans l'ombre si savoureuse du *Café des Ministères*, où Joseph se précipita au-devant d'eux.

Ici, c'était à l'image de plus en plus floue de l'homme à la petite valise et à la moustache bleutée qu'on s'attaquait. Ou plutôt le mot *flou* était inexact. Cela donnait plutôt l'impression d'une photo bougée. Plus exactement encore d'une de ces pellicules sur laquelle on a pris plusieurs poses.

Personne n'était d'accord. Chacun voyait le client d'une façon différente et, maintenant, il y avait même quelqu'un, le colonel, pour jurer qu'il lui avait fait l'impression d'un homme qui prépare un mauvais coup.

Les uns le voyaient agité et les autres étonnamment placide. Maigret écoutait, hochait la tête, bourrait sa pipe d'un index méticuleux, l'allumait en tirant de petites bouffées et faisait de petits yeux, les petits yeux d'un homme qui savoure une merveilleuse journée dont le ciel, en un jour de bonne humeur, se décide à faire cadeau aux hommes.

— La femme...

— Vous voulez dire la jeune fille ?

Car pour Joseph, qui l'avait à peine vue, c'était une jeune fille, jolie, distinguée, une jeune fille de bonne famille.

— Je parierais qu'elle ne travaille pas.

Il la voyait plutôt faire de la pâtisserie et des entremets dans une maison douillettement bourgeoise, tandis que Mlle Berthe, la caissière, émettait de petits doutes et disait :

— Je ne lui donnerais pas si vite le bon Dieu sans confession... Cependant il est certain qu'elle est mieux que lui...

Il y avait des moments où Maigret avait envie de s'étirer, comme à la campagne quand on a la peau profondément imprégnée de soleil, et tout, dans la vie du carrefour, ce matin-là, l'enchantait ; les autobus qui s'arrêtaient et repartaient, le geste rituel du receveur qui tendait la main vers sa sonnette, dès que les voyageurs étaient montés, le grincement, l'embrayage, l'ombre mouvante des feuilles de marronniers sur l'asphalte du trottoir.

— Je parie qu'elle n'est pas allée loin !... grommela-t-il à l'adresse de Janvier, qui était vexé de ne pouvoir donner un signalement plus précis de l'homme, qu'il avait pourtant regardé sous le nez.

Et ils restaient debout un bon moment au bord du trottoir. Les deux cafés, plantés chacun à un coin de rue... Un homme dans l'un et un homme dans l'autre...

On aurait dit que le hasard les avait placés chacun dans l'ambiance voulue. Ici, le petit monsieur moustachu qui n'avait pas bougé de toute la journée, sinon pour aller donner un coup de téléphone, et qui s'était contenté de boire du café, un quart vichy et une limonade, qui n'avait même pas protesté quand Joseph lui avait annoncé qu'il n'y avait rien à manger.

En face, dans le va-et-vient bruyant des ouvriers, des livreurs, des employés, de tout un petit peuple pressé, l'énergumène aux verres de vin blanc, aux œufs durs, qui entrait, sortait, se raccrochait aux uns et aux autres pour leur parler du Gabon.

— Je parie qu'il y a un troisième café, dit Maigret en regardant de l'autre côté du boulevard.

En quoi il se trompait. Sur l'autre trottoir, juste en face de la rue des Saints-Pères, à un endroit d'où on apercevait donc les deux coins de rue, il n'y avait pas de café, ni de bar, mais un restaurant à vitrine étroite, une salle basse et longue, toute en profondeur, où l'on pénétrait en descendant deux marches.

Cela s'intitulait *A l'Escargot*, et cela sentait le restaurant d'habitués, avec, au mur, un casier en bois clair dans lequel les clients rangeaient leur serviette. Il y régnait une odeur de bonne cuisine à l'ail, et ce fut la patronne en personne, à cette heure creuse, qui vint du fond de sa cuisine pour accueillir Maigret et Janvier.

— Qu'est-ce que c'est, messieurs ?

Le commissaire se nomma.

— Je voudrais savoir si hier, dans la soirée, vous n'avez pas eu une cliente qui est restée plus longtemps que de coutume dans votre établissement...

La salle était vide. Les couverts étaient déjà dressés sur les tables, flanqués de minuscules carafes de vin rouge ou blanc.

— C'est mon mari qui tient la caisse, et il est sorti pour acheter des fruits. Quant à Jean, notre garçon, il sera ici dans quelques minutes, car il prend son service à onze heures... Si vous voulez que je vous serve quelque chose en attendant ?... Nous avons un petit vin corse que mon mari fait venir et qui n'est pas désagréable...

Tout le monde était charmant, ce jour-là. Le petit vin corse l'était aussi. Délicieuse, cette salle basse où les deux hommes attendaient Jean, tout en regardant défiler les passants sur le trottoir et en apercevant les deux cafés de l'autre côté du boulevard !

— Vous avez une idée, patron ?

— J'en ai plusieurs... Seulement, il n'y en a qu'une de bonne, n'est-ce pas ?

Jean arriva. C'était un vieux tout chenu, qu'on aurait reconnu n'importe où pour un garçon de restaurant. Il pénétra à moitié dans un placard pour se changer.

— Dites-moi, garçon... Vous souvenez-vous d'avoir eu, hier au soir, une cliente qui ne s'est pas comportée comme tout le monde ?... Une demoiselle aux cheveux bruns...

— Une dame, rectifia Jean. En tout cas, je suis sûr qu'elle portait une alliance, et même une alliance en or rouge. Je l'ai remarqué parce que, ma femme et moi, avons des alliances en or rouge aussi. Regardez...

— Jeune ?

— Pour ma part, je lui donnerais trente ans... Une personne bien convenable, pas maquillée ou à peine, parlant aux gens très poliment...

— A quelle heure est-elle arrivée ?

— Justement ! Elle est arrivée vers six heures et quart, alors que je finissais la mise en place pour le dîner. Les clients, qui sont presque tous des habitués (coup d'œil au casier à serviettes), n'arrivent guère avant sept heures... Elle a paru surprise en entrant dans la salle vide, et elle a eu un mouvement de recul.

» — C'est pour dîner ? lui ai-je demandé.

» Parce qu'il y a parfois des gens qui se trompent, qui croient venir dans un café.

» — Entrez... Je peux vous servir d'ici un quart d'heure... Si vous voulez prendre quelque chose en attendant ?

» Elle a commandé un porto...

Maigret et Janvier échangèrent un regard satisfait.

— Elle s'est assise près de la fenêtre. J'ai dû la faire changer de place, parce qu'elle avait pris la table de ces messieurs de l'Enregistrement, qui viennent ici depuis dix ans et qui tiennent à leur table.

» En réalité, elle a dû attendre près d'une demi-heure, car les escargots n'étaient pas prêts... Elle ne s'est pas impatientée... Je lui ai apporté un journal et elle ne l'a pas lu ; elle se contentait de regarder tranquillement dehors...

Comme le monsieur aux moustaches bleutées, en somme ! Un homme calme, une dame calme et, à l'autre coin de rue, une sorte d'hurluberlu aux nerfs tendus. Or, jusqu'ici, c'était l'hurluberlu qui était armé. C'était lui qui avait dans sa poche un méchant timbre en caoutchouc qui menaçait : « J'aurai ta peau. »

Et c'était lui qui était mort, sans s'être servi de son revolver.

— Une dame très douce. J'ai pensé que c'était une personne du quartier qui avait oublié sa clef et qui attendait le retour de son mari pour rentrer chez elle. Cela arrive plus souvent qu'on ne croit, vous savez...

— Elle a mangé avec appétit ?

— Attendez... Une douzaine d'escargots... Puis du ris de veau, du fromage et des fraises à la crème... Je m'en souviens parce que ce sont des plats avec supplément... Elle a bu une petite carafe de vin blanc et un café...

» Elle est restée très tard. C'est ce qui m'a fait penser qu'elle attendait quelqu'un... Elle n'est pas partie tout à fait la dernière, mais il ne restait que deux personnes quand elle a demandé l'addition... Il devait être un peu plus de dix heures... La plupart du temps, nous fermons à dix heures et demie...

— Vous ne savez pas dans quelle direction elle est allée ?

— J'espère que vous ne lui voulez pas de mal ? s'informa le vieux Jean, qui semblait avoir un petit béguin pour sa cliente d'un soir. Alors, je peux bien vous dire que, quand je suis sorti, à onze heures moins le quart, et que j'ai traversé le terre-plein, j'ai été étonné de l'apercevoir debout près d'un arbre... Tenez, le second arbre à gauche du bec de gaz...

— Elle semblait toujours attendre quelqu'un ?

— Je le suppose... Ce n'est pas une personne à faire le métier que vous pensez... Quand elle m'a aperçu, elle a détourné la tête, comme si elle était gênée.

— Dites-moi, garçon, elle avait un sac à main ?

— Mais... bien entendu...

— Il était grand ?... Petit ?... Elle l'a ouvert devant vous ?

— Attendez... Non, elle ne l'a pas ouvert devant moi... Elle l'avait posé sur l'appui de la fenêtre, vu que sa table touchait à la fenêtre... Il était sombre, en cuir, assez grand, rectangulaire... Il y avait une lettre en argent ou en autre métal dessus... Un M, je crois.

— Eh bien ! mon vieux Janvier ?

— Eh bien ! patron ?

S'ils continuaient à boire des petits verres un peu partout, ils finiraient, par cette sacrée journée de printemps, par se conduire comme des écoliers en vacances.

— Vous croyez que c'est elle qui a tué le type ?

— Nous savons qu'il a été tué par derrière, à trois mètres environ.

— Mais le bonhomme du *Café des Ministères* aurait pu...

— Un instant, Janvier... Lequel des deux types, à notre connaissance, guettait l'autre ?

— Le mort...

— Qui n'était pas encore mort... Donc, c'était lui qui guettait... C'était lui qui était *sûrement* armé... C'était lui qui menaçait... Dans ces conditions, à moins de croire qu'à minuit il était fin saoul, il est probable que l'autre, qui sortait des *Ministères*, n'a pas pu le surprendre et lui tirer dessus par derrière, surtout à si courte distance... Tandis que la femme...

— Qu'est-ce que nous faisons ?

A vrai dire, si Maigret s'était écouté, il aurait encore traîné dans le quartier, tant lui plaisait soudain l'atmosphère du carrefour. Retourner chez Joseph. Puis au bar d'en face. Renifler. Boire des petits verres. Reprendre toujours, sur des tons différents, le même thème : un homme ici, avec des moustaches cirées ; un autre en face, pourri de fièvre et d'alcool ; une femme enfin, si convenable qu'elle avait séduit le vieux Jean, mangeant des escargots, du ris de veau et des fraises à la crème.

— Je parie qu'elle est habituée à une cuisine très simple, à ce qu'on appelle la cuisine bourgeoise ou la cuisine des familles, et qu'elle mange rarement au restaurant.

— Comment le savez-vous ?

— Parce que les gens qui mangent souvent au restaurant ne prennent pas, au même repas, trois plats avec supplément, dont deux plats qu'on fait rarement chez soi : des escargots et du ris de veau... Deux plats qui ne vont pas ensemble et qui indiquent la gourmandise.

— Et vous croyez qu'une femme qui va tuer quelqu'un se préoccupe de ce qu'elle mange ?

— D'abord, mon petit Janvier, rien ne prouve qu'elle était *sûre de tuer* quelqu'un ce soir-là...

— Si c'est elle qui a tiré, elle était armée... J'ai bien compris le sens de vos questions au sujet du sac à main... Je m'attendais à ce que vous demandiez au garçon si celui-ci paraissait lourd.

— Ensuite, continuait Maigret imperturbable, les pires drames n'empêchent pas la majorité des humains d'être sensibles à ce qu'ils mangent... Tu as dû voir ça comme moi... Quelqu'un vient de mourir... La maison est sens dessus dessous... On pleure, on gémit dans tous les coins... On se figure que la vie ne reprendra jamais plus son rythme normal... Une voisine, une tante ou une vieille bonne n'en prépare pas moins le dîner...

» — Je suis incapable d'avaler une bouchée... jure la veuve.

» On l'encourage. On la force à se mettre à table. Toute la famille finit par s'y asseoir et par laisser le mort seul ; et toute la famille, après quelques minutes, mange avec appétit ; et c'est la veuve qui réclame le sel et le poivre parce qu'elle trouve le ragoût fade...

» En route, mon petit Janvier...

— Où allons-nous ?

— A Juvisy...

Ils auraient dû, pour bien faire, aller prendre le train à la gare de Lyon. Mais de pénétrer dans la cohue, d'attendre au guichet, puis sur les quais, de voyager peut-être debout dans un couloir ou dans un compartiment de non-fumeurs, n'était-ce pas gâcher une trop belle journée ?

Tant pis si le caissier de la P.J. faisait des difficultés ! Maigret choisit un taxi découvert, une belle voiture presque neuve, et se cala sur les coussins.

— À Juvisy... Vous nous arrêterez en face de la gare...

Et il somnola voluptueusement tout le long du trajet, les yeux mi-clos, un filet de fumée filtrant de ses lèvres qui entouraient le tuyau de sa pipe.

3

L'extravagante histoire de la morte qui n'était peut-être pas la morte

Cent fois, quand on lui demandait le récit d'une des affaires dont il s'était occupé, Maigret aurait eu l'occasion de raconter des enquêtes où il avait joué un rôle brillant, forçant littéralement, par son obstination, par son intuition aussi, par son sens de l'humain, la vérité à se faire jour.

Or l'histoire qu'il devait raconter le plus volontiers par la suite, c'était celle des deux cafés du boulevard Saint-Germain, une des affaires, pourtant, dans laquelle son mérite fut le plus mince, mais qu'il ne pouvait s'empêcher d'évoquer avec un sourire gourmand et satisfait.

Encore ajoutait-il, quand on lui demandait :

— Mais la vérité ?

— C'est à vous de choisir celle qui vous plaira le mieux...

Car, sur un point tout au moins, ni lui ni personne ne découvrit jamais la vérité entière.

Il était midi et demi quand le taxi les déposa en face de la gare de Juvisy, dans la grande banlieue, et ils pénétrèrent tout d'abord, Janvier et lui, au *Restaurant du Triage,* un restaurant banal, avec une terrasse qu'entouraient des lauriers plantés dans des tonneaux peints en vert.

Est-ce qu'on peut entrer dans un café sans rien boire ? Ils s'interrogèrent du regard. Allons ! Puisqu'ils étaient voués depuis le matin au vin blanc, comme le mort de la rue des Saints-Pères, autant continuer.

— Dites-moi, patron, vous ne connaissez pas ce type-là ?

Et l'espèce de boxeur en manche de chemise qui opérait derrière le comptoir de zinc examinait la photographie truquée du mort, l'éloignait de ses yeux qui devaient être mauvais, appelait :

— Julie !... Viens ici un instant... C'est le type d'à côté, n'est-ce pas ?

Sa femme s'essuyait les mains à son tablier de toile bleue, saisissait avec précaution la photographie.

— Bien sûr que c'est lui !... Mais il a une drôle d'expression, sur cette photo-là...

Et, tournée vers le commissaire :

— Hier encore, il nous a tenus jusqu'à onze heures à boire des petits verres.

— Hier ?

Maigret avait eu un choc dans la poitrine.

— Attendez... Non... Je veux dire avant-hier... Hier, d'ailleurs, je faisais ma lessive et, le soir, je suis allée au cinéma.

— On peut manger, chez vous ?

— Naturellement, qu'on peut manger... Qu'est-ce que vous voulez ?... Du fricandeau ?... Du rôti de porc avec des lentilles ?... Il y a du bon pâté de campagne pour commencer.

Ils déjeunèrent à la terrasse, à la table voisine du chauffeur qu'ils avaient gardé. De temps en temps, le patron venait faire un brin de conversation avec eux.

— On vous renseignera mieux chez mon collègue, qui a des chambres... Nous, nous ne faisons pas hôtel... Il doit y avoir un mois ou deux que votre type est descendu chez lui... Seulement, pour ce qui est de boire, il va un peu partout... Tenez, hier matin...

— Vous êtes sûr que c'était hier ?

— Sûr et certain... Il est rentré à six heures et demie au moment où j'ouvrais les volets, et il s'est tassé deux ou trois vins blancs pour « tuer le ver »... Puis soudain, au moment où le train de Paris allait partir, il s'est précipité en courant vers la gare.

Le patron ne savait rien de lui, sinon qu'il buvait du matin au soir, qu'il parlait volontiers du Gabon, qu'il méprisait intensément tous ceux qui n'avaient pas vécu en Afrique et qu'il en voulait à quelqu'un.

— Il y a des gens qui se croient malins, répétait l'homme à l'imperméable. C'est quand même moi qui finirai par les avoir. On peut être salaud, c'est entendu. Seulement, il y a des limites à la saloperie.

Une demi-heure plus tard, Maigret, toujours flanqué de Janvier, pénétrait à l'*Hôtel du Chemin de fer,* qui comportait un restaurant tout pareil à celui qu'ils venaient de quitter, sauf que la terrasse n'était pas encadrée de lauriers et que les chaises en fer étaient peintes en rouge au lieu d'être peintes en vert.

Le patron, à son comptoir, était en train de lire à haute voix un article de journal à sa femme et à son garçon de café. Maigret comprit tout de suite, en voyant la photo du mort qui s'étalait en première page : les journaux de midi venaient d'arriver à Juvisy et c'était le commissaire lui-même qui avait envoyé les photographies à la presse.

— C'est votre locataire ?

Un coup d'œil méfiant.

— Oui... Et après ?

— Rien... Je voulais savoir si c'était votre locataire...

— Bon débarras, en tout cas !

Il fallait encore une fois commander quelque chose et on ne pouvait pas boire du vin blanc après déjeuner.

— Deux calvados.

— Vous êtes de la police ?

— Oui...

Il me semblait bien... Votre tête me dit quelque chose... Alors ?...

— C'est moi qui vous demande ce que vous en pensez...

— J'en pense que c'est plutôt lui qui aurait descendu quelqu'un... Ou qui se serait fait casser la gueule d'un coup de poing... Parce que, quand il était saoul, et il l'était tous les soirs, il devenait impossible.

— Vous avez sa fiche ?

Très digne, pour montrer qu'il n'avait rien à cacher, le patron alla chercher son registre qu'il tendait au commissaire avec un rien de dédain.

Ernest Combarieu, quarante-sept ans, né à Marsilly, par La Rochelle (Charente-Maritime), coupeur de bois, venant de Libreville, Gabon.

— Il est resté six semaines chez vous ?

— Six semaines de trop !

— Il ne payait pas ?

— Il payait régulièrement, chaque semaine... Mais c'était un excité... Il restait des deux ou trois jours au lit, avec la fièvre, faisant monter du rhum pour se soigner, du rhum qu'il buvait à pleines bouteilles, puis il descendait et, pendant quelques jours, il faisait la tournée de tous les bistrots du pays, oubliant parfois de rentrer ou bien nous éveillant à des trois heures du matin... Des fois, on était obligé de le déshabiller... Il vomissait sur le tapis de l'escalier ou sur sa carpette...

— Il avait de la famille dans le pays ?

Le patron et la patronne se regardèrent.

— Il connaissait sûrement quelqu'un, mais il n'a jamais voulu dire qui. Si c'est de la famille, je puis vous garantir qu'il ne l'aimait pas, car il disait volontiers :

» — Un jour, vous entendrez parler de moi et d'un salaud que tout le monde prend pour un honnête homme, un sale hypocrite qui est le voleur le plus voleur du monde...

— Vous n'avez jamais su de qui il parlait ?

— Tout ce que je sais, c'est qu'il était insupportable et qu'il avait la manie, quand il était ivre, de sortir un gros revolver à barillet de sa poche, de le braquer sur un point imaginaire, et de s'écrier :

» — Pan ! Pan !...

» Alors quoi, il éclatait de rire et réclamait à boire.

— Vous prendrez bien un petit verre avec nous ?... Encore une question... Connaissez-vous, à Juvisy, un monsieur de taille moyenne, assez gras sans être gros, avec des moustaches troussées, d'un beau noir, qui se promène parfois avec une petite valise à la main...

— Tu vois ça, bobonne ? demanda le patron à sa femme...

Et celle-ci cherchait dans sa mémoire.

— Non... A moins... Mais il est plutôt plus petit que la moyenne et je ne le trouve pas gras...

— De qui parlez-vous ?

— De M. Auger, qui habite un pavillon dans le lotissement.

— Il est marié ?

— Bien sûr... Mme Auger est une jolie femme, très convenable, très douce, qui ne quitte pour ainsi dire jamais Juvisy... Tiens !... A ce propos...

Les trois hommes la regardaient, restaient dans l'attente.

— Cela me rappelle qu'hier, comme je faisais ma lessive dans la cour, je l'ai vue qui se dirigeait vers la gare... J'ai pensé qu'elle allait prendre le train de quatre heures trente-sept.

— Elle est brune, n'est-ce pas ?... Avec un sac à main en cuir noir ?

— Je ne sais pas de quelle couleur était son sac à main, mais elle portait un tailleur bleu sur une blouse blanche.

— Quelle est la profession de M. Auger ?

Cette fois, la patronne se tourna vers son mari.

— Il vend des timbres... Il y a son nom dans les journaux, aux petites annonces... *Timbres pour collections...* Des enveloppes de mille timbres pour dix francs... Des enveloppes de cinq cents timbres... Tout cela par la poste, contre remboursement...

— Il voyage beaucoup...

— Il va de temps en temps à Paris, sans doute pour ses timbres, et il emporte toujours sa petite valise... Deux ou trois fois, il s'est arrêté ici, quand le train avait du retard... Il buvait un café crème ou un quart vichy...

C'était trop facile. Ce n'était plus une enquête, mais une promenade, une promenade égayée par le plus guilleret des soleils et par un nombre toujours croissant de petits verres. Et pourtant les yeux de Maigret pétillaient comme s'il eût deviné qu'il y avait derrière cette affaire si banale un des plus extraordinaires mystères humains qu'il eût rencontrés au cours de sa carrière.

On lui avait donné l'adresse du pavillon des Auger. C'était assez loin, dans la plaine, le long de la Seine, où s'élevaient, entourés de petits jardins, des centaines, des milliers de pavillons, les uns en pierre, les autres en brique rose, les autres, enfin, recouverts de ciment bleu ou jaune.

On lui avait dit que le pavillon s'intitulait *Mon Repos*. Il fallut rouler longtemps dans des rues trop neuves, aux trottoirs à peine dessinés, où l'on venait seulement de planter des arbres anémiques, maigres comme des squelettes, et où des terrains vagues s'étendaient entre les maisons.

On se renseignait par-ci par-là. On leur donnait de fausses adresses. Enfin, ils touchèrent au but, un rideau bougea, à la fenêtre d'angle d'un pavillon rose recouvert d'un toit rouge sang.

Encore fallait-il trouver la sonnette.

— Je reste dehors patron ?

— C'est peut-être plus prudent... Cependant, je crois que cela va aller tout seul... *Du moment qu'il y a quelqu'un dans la maison...*

Il ne se trompait pas. Il trouva enfin un minuscule bouton électrique dans la porte trop neuve. Il sonna. Il entendit des bruits, des chuchotements. La porte s'ouvrit, et il eut devant lui, portant sans doute la même jupe et le même corsage que la veille, la jeune femme du *Café des Ministères* et de *L'Escargot*.

— Commissaire Maigret, de la Police Judiciaire, annonça-t-il.

— Je me doutais bien que c'était la police... Entrez...

On montait quelques marches. L'escalier avait l'air de sortir de l'atelier du menuisier, comme toutes les boiseries, et le plâtre des murs était bien juste sec.

— Donnez-vous la peine...

Elle se tourna vers une porte entrouverte et adressa un signe à quelqu'un que Maigret ne pouvait voir.

La pièce d'angle dans laquelle le commissaire avait été introduit était un *living-room,* avec un divan, des livres, des bibelots, des coussins de soie multicolore. Sur un guéridon, il y avait le journal de midi avec la photographie du mort.

— Asseyez-vous... Je ne sais pas si je peux vous offrir quelque chose ?

— Merci.

— J'aurai dû me douter que cela ne se fait pas... Mon mari va venir tout de suite... N'ayez pas peur... Il n'essaiera pas de s'enfuir et, d'ailleurs, il n'a rien à se reprocher... Seulement, il a été malade, ce matin... Nous sommes rentrés par le premier train... Il n'a pas le cœur très solide... Il a eu une crise, en arrivant... Il est en train de se raser et de s'habiller.

Et, en effet, on entendait des bruits d'eau dans la salle de bains, car les cloisons du pavillon étaient minces.

La jeune femme était presque calme. Elle était assez jolie, d'une joliesse sage de petite bourgeoise.

— C'est moi, vous devez vous en douter, qui ai tué mon beau-frère.

Il était temps, car, si je ne l'avais pas fait, c'est mon mari qui serait mort, et Raymond vaut tout de même mieux que lui...

— Raymond, c'est votre mari ?

— Depuis huit ans... Nous n'avons rien à cacher, monsieur le commissaire... Nous aurions peut-être dû, hier au soir, aller tout raconter à la police... Raymond voulait le faire, mais, moi, sachant son cœur faible, j'ai préféré lui donner le temps de se remettre... Je savais bien que vous viendriez...

— Vous avez parlé tout à l'heure de votre beau-frère ?

— Combarieu était le mari de ma sœur Marthe... Je crois que c'était un brave garçon, un peu fou...

— Un instant... Vous permettez que je fume ?

— Je vous en prie... Mon mari ne fume pas à cause de son cœur, mais la fumée ne m'incommode pas...

— Vous êtes née où ?

— A Melun... Nous étions deux sœurs, deux jumelles... Marthe et moi... Mon prénom est Isabelle... Nous nous ressemblions tellement que, quand nous étions petites, nos parents — ils sont morts depuis — nous mettaient un ruban de couleur différente dans les cheveux pour nous reconnaître... Et, parfois, nous nous amusions à changer de ruban...

— Laquelle s'est mariée la première ?

— Nous nous sommes mariées le même jour... Combarieu était employé à la préfecture de Melun... Auger était courtier en assurances... Ils se connaissaient parce que, célibataires, ils mangeaient au même restaurant... Nous les avons rencontrés ensemble, ma sœur et moi... Mariées, nous avons vécu plusieurs années à Melun, dans la même rue...

— Combarieu travaillant toujours à la préfecture et votre mari travaillant dans les assurances ?

— Oui... Mais Auger commençait déjà à avoir l'idée du commerce des timbres... Il avait commencé une collection pour son plaisir... Il s'était rendu compte de ce que cela pouvait rapporter.

— Et Combarieu ?

— Il était ambitieux, impatient... Il avait toujours besoin d'argent... Il a fait la connaissance d'un homme qui revenait des colonies et qui lui a mis en tête l'idée d'y aller... Il a d'abord voulu que ma sœur l'accompagne, mais elle a refusé, à cause de ce qu'on lui avait dit du climat et de ses répercussions sur la santé des femmes...

— Il est parti seul ?

— Oui... Il est resté deux ans absent, et il est revenu avec de l'argent plein les poches... Il l'a dépensé plus vite qu'il ne l'avait gagné... Il avait déjà pris l'habitude de boire... Il prétendait que mon mari était une larve et non un homme, qu'un homme avait autre chose à faire dans la vie que placer des assurances et vendre des timbres-poste.

— Il est reparti ?

— Et il a moins bien réussi. Nous le sentions à ses lettres, quoiqu'il ait toujours eu l'habitude de se vanter... Ma sœur Marthe, il y a deux hivers, a attrapé une pneumonie dont elle est morte... Nous l'avons écrit à son mari... Il s'est mis, paraît-il, à boire davantage... Quant à nous, nous sommes venus pour nous installer ici, car il y avait longtemps que nous avions envie de faire bâtir et de nous rapprocher de Paris. Mon mari avait abandonné les assurances, et les timbres rapportaient bien...

Elle parlait lentement, calmement, en pesant ses mots, restant attentive aux bruits qui parvenaient de la salle de bains.

— Il y a cinq mois maintenant que mon beau-frère est revenu, sans crier gare, sans annoncer sa visite... Il a sonné chez nous un soir qu'il était ivre... Il m'a regardée d'une drôle de façon et les premiers mots qu'il a prononcés en ricanant, ç'a été :

» — Je m'en doutais !

» Je ne savais pas encore quelle idée il s'était mis en tête. Il paraissait moins brillant qu'à son premier retour... Sa santé était mauvaise... Il buvait beaucoup plus et, enfin, s'il avait encore des moyens, il ne devait plus être très riche...

» Il s'est mis à nous tenir des propos incohérents. Il regardait mon mari et lui lui lançait tout à coup des phrases comme :

» — Avoue que tu es le roi des salauds !

» Il est reparti... Nous ne savons pas où il est allé. Puis il a surgi à nouveau, et toujours ivre. Il m'a dit en me saluant :

» — Alors, ma petite Marthe...

» — Vous savez bien que je ne suis pas Marthe, mais Isabelle...

» Il ricanait de plus belle.

» — Nous verrons ça un jour, n'est-ce pas ? Quant à ton salaud de mari qui vend des timbres...

» Je ne sais pas si vous comprenez ce qui s'est passé... On ne peut pas dire qu'il était fou... Il buvait trop... Il avait une idée fixe, que nous avons mis longtemps à deviner... Nous ne comprenions rien, au début, à ses airs menaçants, aux insinuations qu'il faisait avec un sourire sardonique, ni enfin aux billets que mon mari commença à recevoir par la poste : « J'aurai ta peau. »

— En somme, intervint calmement Maigret, votre beau-frère Combarieu s'est mis dans la tête, pour une raison ou pour une autre, que ce n'était pas sa femme qui était morte, mais la femme d'Auger.

Et Maigret restait stupéfait. Deux sœurs jumelles, si semblables que leurs parents devaient les habiller différemment pour les reconnaître. Combarieu au loin, apprenant que sa femme était morte...

Et s'imaginant, à son retour, à tort ou à raison, qu'il y avait eu substitution, que c'était Isabelle qui était morte, que c'était sa femme à lui, Marthe, qui, en son absence, avait pris la place de sa sœur auprès d'Auger.

Son regard devenait plus lourd. Il tirait plus lentement sur sa pipe.

— Nous vivons, depuis des mois, une vie impossible... Les lettres de menaces se succèdent... Parfois Combarieu entre ici, à n'importe quelle heure, sort son revolver, le braque sur mon mari et ricane :

» — Non, pas encore, ce serait trop beau !

» Il s'est installé dans le pays pour nous harceler.

» Il est malin comme un singe... Même saoul, il sait fort bien ce qu'il fait...

— Il savait... corrigea Maigret.

— Je vous demande pardon... (Elle rougit légèrement...) Il savait, vous avez raison... Et je ne crois pas qu'il ait eu envie de se faire prendre... C'est pourquoi, ici, nous n'avions pas trop peur, parce que, s'il avait tué Auger à Juvisy, tout le monde l'aurait désigné du doigt comme l'assassin...

» Mon mari n'osait plus s'éloigner... Hier, il était absolument obligé de se rendre à Paris pour ses affaires. J'ai voulu l'accompagner, mais il a refusé... Il a pris le premier train, exprès, espérant que Combarieu serait encore à cuver son vin et qu'il ne s'apercevrait pas de son départ.

» Il s'est trompé, puisqu'il m'a téléphoné dans l'après-midi pour me demander de venir dans un café du boulevard Saint-Germain et de lui apporter un revolver.

» J'ai compris qu'il était à bout, qu'il voulait en finir... Je lui ai porté son browning... Il m'avait annoncé au téléphone qu'il ne quitterait pas le café avant la fermeture de l'établissement.

» J'ai acheté un second revolver, pour moi... Vous devez me comprendre, monsieur le commissaire.

— En somme, vous étiez décidée à tirer avant que votre mari soit abattu...

— Je vous jure que, quand j'ai pressé la gâchette, Combarieu était en train de lever son arme.

» C'est tout ce que j'ai à dire. Je répondrai aux questions que vous voudrez bien me poser...

— Comment se fait-il que votre sac à main soit encore marqué de la lettre M ?

— Parce que c'est un sac à main de ma sœur... Si Combarieu avait raison, s'il y avait eu la substitution dont il a tant parlé, je suppose que j'aurais pris soin de changer d'initiale...

— En somme, vous aimez assez un homme pour...

— J'aime mon mari...

— Je dis : vous aimez assez un homme, qu'il soit votre mari ou non...

— C'est mon mari...

— Vous aimez assez cet homme, c'est-à-dire Auger, pour vous être décidée à tuer pour le sauver ou pour l'empêcher de tuer lui-même...

Elle répondit simplement :

— *Oui.*

Et on entendit du bruit à la porte.

— Entre... dit-elle.

Maigret vit enfin celui dont on lui avait donné des signalements si divers, le client aux moustaches bleutées qui lui apparut, dans son cadre, et surtout après la déclaration d'amour que la jeune femme venait de faire, d'une banalité désespérante, d'une médiocrité absolue. Il regardait, inquiet, autour de lui. Elle lui souriait. Elle lui disait :

— Assieds-toi... J'ai tout raconté au commissaire... *Ton cœur ?*

Il tâta vaguement sa poitrine et murmura :

— Ça va...

Les jurés de la Seine acquittèrent Mme Auger comme ayant agi en état de légitime défense.

Et, chaque fois que Maigret racontait l'histoire, il concluait par un ironique :

— *C'est tout ?*

— Cela veut-il dire que vous ayez une arrière-pensée ?

— Cela ne veut rien dire... Sinon qu'un homme banal au possible peut inspirer un grand amour, une passion héroïque... Même s'il est marchand de timbres-poste et s'il a le cœur faible...

— Mais Combarieu ?

— Quoi ?

— Était-il fou quand il s'est imaginé que sa femme n'était pas la morte, mais celle qui se faisait passer pour Isabelle ?

Maigret haussait les épaules, répétait sur un ton de parodie :

— *Un grand amour !... Une grande passion !...*

Il lui arrivait, quand il était de bonne humeur et qu'il venait de boire un vieux calvados, réchauffé dans le creux de sa main, d'ajouter :

— Un grand amour !... Une grande passion !... Ce n'est pas toujours le mari qui l'inspire, n'est-ce pas ?... Et les sœurs, dans la plupart des familles, ont la fâcheuse manie de s'enflammer pour le même homme... Combarieu était bien loin...

Il achevait en tirant de grosses bouffées de sa pipe :

— Allez vous y retrouver avec des jumelles que leurs parents eux-mêmes ne reconnaissaient pas, des parents qu'on n'a pas pu interroger parce qu'ils étaient morts... N'empêche qu'il n'a jamais fait si beau que ce jour-là... Et je crois bien n'avoir jamais tant bu... Janvier, s'il était indiscret, vous dirait peut-être que nous nous sommes surpris à chanter en chœur, dans le taxi qui nous ramenait à Paris, et Mme Maigret s'est demandé pourquoi j'avais, en rentrant, un bouquet de violettes dans ma poche... Sacrée Marthe !... Pardon... Je veux dire : sacrée Isabelle !

2 mai 1946.

On ne tue pas les pauvres types

Nouvelle parue dans le recueil intitulé
Maigret et l'inspecteur Malgracieux
(Presses de la Cité, 1947)

1

L'assassinat de l'homme en chemise

— On ne tue pas les pauvres types...

Dix fois, vingt fois en l'espace de deux heures cette phrase stupide revint à l'esprit de Maigret, comme la ritournelle d'une chanson qu'on a entendue on ne sait où et qui vous poursuit sans raison. Cela tournait à l'obsession, et il lui arrivait de murmurer la phrase à mi-voix ; il lui arriva aussi d'y apporter une variante :

— On n'assassine pas un homme en chemise...

Il faisait chaud dès neuf heures du matin. Le Paris d'août sentait les vacances. La P.J. était presque vide, toutes fenêtres ouvertes sur les quais, et Maigret était déjà en manche de chemise quand il avait reçu le coup de téléphone du juge Coméliau.

— Vous devriez faire un saut jusqu'à la rue des Dames. Il y a eu un crime, cette nuit. Le commissaire de police du quartier m'a raconté une longue histoire compliquée. Il est encore sur les lieux. Le Parquet ne pourra guère s'y rendre avant onze heures du matin.

C'est toujours comme ça que les tuiles vous tombent sur la tête. On s'apprêtait à passer une journée bien paisible à l'ombre, et puis, crac ! — Tu viens, Lucas ?

Et, comme toujours, la petite auto de la brigade criminelle n'était pas libre. Les deux hommes avaient pris le métro, qui sentait l'eau de Javel et où Maigret avait dû éteindre sa pipe.

Dans le bas de la rue des Dames, vers la rue des Batignolles, cela grouillait dans le soleil ; ça croulait de légumes, de fruits, de poissons sur les petites charrettes rangées le long des trottoirs et qu'assaillait la masse compacte des ménagères. Naturellement, avec une nuée de gamins qui en profitaient pour se livrer à leurs jeux les plus bruyants.

Une maison banale, six étages de logements pour bourses très moyennes avec, au rez-de-chaussée, la boutique d'une blanchisseuse et le débit d'un marchand de charbons. Un flic à la porte.

— Le commissaire de police vous attend là-haut, monsieur Maigret... C'est au troisième... Allons, circulez, vous autres... Il n'y a rien à voir... Laissez au moins le passage libre.

Plein de commères chez la concierge, comme toujours. Des portes qui s'ouvraient sans bruit à chaque étage, des visages curieux qui se profilaient dans l'entrebâillement.

Quel genre de crime pouvait avoir été commis dans une maison pareille, habitée par de petites gens, qui sont ordinairement de braves gens ? Un drame de l'amour et de la jalousie ? Même pour cela, le cadre n'y était pas.

Une porte large ouverte sur une cuisine, au troisième. Trois ou quatre enfants qui faisaient du bruit, des enfants déjà grands, de douze à seize ans, et une voix de femme dans une autre pièce :

— Gérard, si tu ne laisses pas ta sœur tranquille...

Une de ces voix à la fois criardes et lasses de certaines femmes qui passent leur vie à se débattre contre de menus tracas. C'était la femme de la victime. Une porte s'ouvrit, et Maigret se trouva en face d'elle et du commissaire de police du quartier, à qui il serra la main.

La femme le regarda et soupira avec l'air de dire :

« Encore un !... »

— C'est le commissaire Maigret, expliquait le policier du quartier, qui va diriger l'enquête...

— Alors, il faut que je recommence à lui raconter ?

Une pièce qui était à la fois salle à manger et salon, avec une machine à coudre dans un coin et un appareil de T.S.F. dans un autre. La fenêtre ouverte laissait entrer les bruits de la rue. La porte de la cuisine était ouverte aussi, d'où venait le piaillement des enfants, mais la femme alla la refermer, et les voix se turent comme quand on coupe la radio.

— Ce sont des choses qui n'arrivent qu'à moi... soupira-t-elle. Asseyez-vous, messieurs...

— Racontez-moi aussi simplement que possible ce qui s'est passé...

— Comment voulez-vous que je fasse, puisque je n'ai rien vu ? C'est un peu comme s'il ne s'était rien passé... Il est rentré à six heures et demie comme les autres jours... Il a toujours été à l'heure... Il faut même que je bouscule les enfants, parce qu'il tient à se mettre à table dès qu'il arrive......

Elle parlait de son mari dont il y avait au mur un agrandissement photographique, qui faisait pendant à son propre portrait. Et ce n'était pas à cause du drame que la femme avait cet air navré. Déjà, sur le portrait, on lui voyait la mine à la fois accablée et résignée de quelqu'un qui porte sur les épaules tout le poids du monde.

Quant à l'homme, qui, sur la photographie, avait des moustaches et un faux col raide, il était l'image de la sérénité même ; il était si neutre, si banal qu'on aurait pu le rencontrer cent fois sans le remarquer.

— Il est rentré à six heures et demie et il a retiré son veston, qu'il a accroché dans la garde-robe, car il faut lui reconnaître qu'il a toujours été soigneux de ses effets... Nous avons dîné... J'ai envoyé les deux plus jeunes jouer dehors... Francine, qui travaille, est rentrée à huit heures, et je lui avais laissé son dîner sur le coin de la table...

Elle avait déjà dû raconter tout cela au commissaire de police, mais on sentait qu'elle le répéterait, de la même voix lamentable, autant de fois qu'il le faudrait, avec ce regard anxieux de quelqu'un qui a peur d'oublier quelque chose.

Elle pouvait avoir quarante-cinq ans et sans doute avait-elle été jolie ; mais il y avait tant d'années, qu'elle se battait du matin au soir avec les soucis du ménage !...

— Maurice s'est assis dans son coin, près de la fenêtre... Tenez, vous êtes justement assis dans son fauteuil... Il a lu un livre, en se levant de temps en temps pour tourner les boutons de la radio...

A la même heure, dans les maisons de la rue des Dames, il y avait sans doute une bonne centaine d'hommes dans le même cas, d'hommes qui avaient travaillé toute la journée dans un bureau ou dans un magasin et qui se détendaient, fenêtre ouverte, en lisant un livre ou le journal du soir.

— Il ne sortait jamais, voyez-vous. Jamais seul. Une fois par semaine, nous allions au cinéma tous ensemble... Le dimanche...

De temps en temps, elle perdait le fil, parce qu'elle écoutait les bruits amortis de la cuisine, qu'elle était inquiète, qu'elle se demandait si les enfants n'étaient pas en train de se battre ou si quelque chose ne brûlait pas sur le feu.

— Où en étais-je ? Ah ! oui... Francine, qui a dix-sept ans, est sortie et est rentrée vers dix heures et demie... Les autres étaient déjà au lit... Moi, je préparais ma soupe pour aujourd'hui, afin de faire de l'avance, parce que je devais aller ce matin chez la couturière... Mon Dieu ! et je ne l'ai même pas prévenue que je n'irai pas... Elle doit m'attendre.

Cela lui faisait un drame de plus...

— Nous nous sommes couchés... C'est-à-dire que nous sommes entrés dans la chambre et que je me suis mise au lit... Maurice prenait toujours plus de temps à se déshabiller... La fenêtre était ouverte... On n'avait pas fermé les persiennes, à cause de la chaleur... Il n'y avait personne en face pour nous regarder... C'est un hôtel... Les gens entrent et se couchent tout de suite... C'est rare qu'ils traînent à leur fenêtre...

Lucas se demandait si le patron n'était pas en train de s'endormir, tant il était lourd et calme. Mais, de temps en temps, on voyait un peu de fumée s'échapper de ses lèvres serrées autour du tuyau de la pipe.

— Qu'est-ce que vous voulez que je vous dise, moi ? Cela ne pouvait arriver qu'à moi... Il parlait... Je ne sais plus de quoi il parlait, tout en pliant son pantalon qu'il venait d'enlever. Il était en chemise... Il s'est assis au bord du lit... Il a retiré ses chaussettes, et il était en train de se frotter les pieds qu'il avait sensibles... J'ai entendu un bruit, dehors... Comme... comme quand une auto a des ratés... même pas... Cela a fait *pchouittt*... Oui, *pchouittt !*... Un peu comme un robinet qui a trop d'air... Je me suis demandé pourquoi Maurice cessait de parler au beau milieu d'une phrase. Il faut vous dire que je commençais à m'assoupir, car j'avais eu une journée fatigante... Il y a eu un silence, puis il a dit, doucement, d'une drôle de voix :

» — Merde...

» Cela m'a étonnée, parce qu'il n'employait pas souvent des gros mots... Ce n'était pas son genre... J'ai questionné :

» — Qu'est-ce que tu as ?

» Et c'est alors que j'ai ouvert les yeux, que j'avais tenus fermés jusque-là, et que je l'ai vu qui basculait en avant.

» — Maurice ! lui ai-je crié.

» Un homme qui ne s'est jamais évanoui de sa vie, vous comprenez ?... Il n'avait peut-être pas beaucoup de santé, mais il n'était jamais malade...

» Je me suis levée... Je lui parlais toujours... Il avait le visage sur la carpette... J'ai essayé de le redresser, et j'ai vu du sang sur sa chemise...

» J'ai appelé Francine, qui est l'aînée. Et savez-vous ce que Francine m'a dit, après avoir regardé son père ?

» — Qu'est-ce que tu as fait, maman ?

» Puis elle est descendue pour téléphoner... Elle a dû réveiller le marchand de charbons...

— Où est Francine ? questionna Maigret.

— Dans sa chambre... Elle s'habille... Parce que, de toute la nuit, nous n'avons même pas pensé à nous habiller... Vous voyez comme je suis... Le docteur est venu, puis des agents, puis monsieur...

— Voulez-vous nous laisser ?

Elle ne comprit pas tout de suite, répéta :

— Laisser quoi ?

Puis elle disparut dans la cuisine, où on l'entendit qui grondait les enfants d'une voix monotone.

— Un quart d'heure de plus et je devenais fou... soupira Maigret en allant respirer un grand coup à la fenêtre.

On n'aurait pas pu dire pourquoi, au juste. Il se dégageait de cette femme, qui était peut-être une fort brave femme, quelque chose de décourageant qui parvenait à rendre terne, quasi lugubre, jusqu'au soleil qui pénétrait par la fenêtre. La vie, autour d'elle, devenait tellement morne, tellement inutile et monotone qu'on se demandait si la rue était vraiment là, à portée de la main en quelque sorte, grouillante de vie, de lumière, de couleurs, de sons et d'odeurs.

— Pauvre type...

Pas parce qu'il était mort, mais parce qu'il avait vécu !

— Au fait, comment s'appelait-il ?

— Tremblet... Maurice Tremblet... Quarante-huit ans... A ce que sa femme m'a dit, il était caissier dans une maison du Sentier... Attendez ! j'ai noté l'adresse : Couvreur et Bellechasse, passementerie.

» Et dans la passementerie par-dessus le marché !

— Vous savez, expliquait le commissaire de police, j'ai d'abord cru que c'était elle qui l'avait tué... Je venais d'être arraché à mon premier sommeil... Dans le désordre qui régnait ici, avec les enfants qui parlaient tous à la fois et elle qui leur criait de se taire, puis qui me répétait cent fois la même chose — à peu près ce que vous avez entendu — je l'ai d'abord prise pour une folle ou pour une demi-folle... Surtout que mon brigadier avait commencé à la questionner « dans le nez »...

» — Je ne vous demande pas tout ça, lui disait-il. Je vous demande pourquoi vous l'avez tué !...

» Elle répondait :

» — Pourquoi, avec quoi est-ce que je l'aurais tué ?

» Il y avait des voisins dans l'escalier... C'est le docteur du quartier, qui va m'adresser son rapport, qui m'a affirmé que la balle avait été tirée de loin, sans doute d'une des fenêtres d'en face... Alors, j'ai envoyé mes hommes à l'*Hôtel Excelsior*...

Toujours la petite phrase qui revenait à l'esprit de Maigret :

— On ne tue pas les pauvres types...

A plus forte raison, un pauvre type en chemise, assis au bord du lit conjugal et en train de se frotter la plante des pieds.

— Vous avez découvert quelque chose, en face ?

Maigret examinait les fenêtres de l'hôtel, qui était plutôt une maison meublée. Une plaque de marmorite noire annonçait : « Chambres au mois, à la semaine et à la journée ; eau courante chaude et froide. »

C'était pauvre aussi. Mais, comme la maison, comme l'appartement, cela n'appartenait pas à cette classe de pauvreté qui s'harmonise avec le drame. C'était la pauvreté décente, la médiocrité propre et convenable.

— J'ai commencé par m'occuper du troisième étage où les agents ont trouvé les locataires dans leur lit. Ça rouspétait ferme, vous vous en doutez. Le patron était furieux et menaçait de se plaindre. Puis j'ai eu l'idée de monter au quatrième. Et là, j'ai trouvé vide, juste en face de la bonne fenêtre, si je puis dire, une chambre qui aurait dû être occupée ; la chambre d'un certain Jules Dartoin qui l'a louée voici une semaine. J'ai interrogé le gardien de nuit. Il s'est souvenu qu'il avait tiré le cordon pour quelqu'un qui était sorti un peu avant minuit, mais il ne savait pas qui...

Maigret se décidait enfin à ouvrir la porte de la chambre à coucher, où le corps de la victime se trouvait toujours, partie sur la carpette, partie sur le plancher, au pied du lit.

— Il paraît que le cœur a été atteint et que la mort a été presque instantanée... J'ai préféré attendre le médecin légiste pour l'extraction de la balle... Il paraît qu'il doit venir d'un moment à l'autre, avec ces messieurs du Parquet...

— Vers onze heures... dit Maigret distraitement.

Il était dix heures et quart. Les ménagères, dans la rue, continuaient à faire leur marché autour des petites charrettes, et une bonne odeur de fruits et de légumes montait dans l'air chaud.

« *On ne tue pas les...* »

— Vous avez fouillé les poches de ses vêtements ?

Sans doute, car ceux-ci étaient en tas sur la table, alors que Tremblet, d'après sa femme, les avait rangés soigneusement avant de se coucher.

— Tout est ici... Un porte-monnaie... Des cigarettes... Un briquet...
Des clefs... Un portefeuille qui contient une centaine de francs et des
photographies de ses enfants...

— Les voisins ?

— Mes hommes ont interrogé tout le monde dans la maison... Il y
a vingt ans que les Tremblet occupent leur logement... Ils ont obtenu
deux pièces de plus quand la famille s'est agrandie... Il n'y a rien à
dire sur eux... Une vie réglée... Aucun imprévu... Quinze jours de
vacances chaque année dans le Cantal, d'où Tremblet était originaire...
Ils ne recevaient personne, sinon, de temps en temps, une sœur de
Mme Tremblet, qui est née Lapointe et qui est du Cantal, elle aussi...
Son mari sortait à heure fixe pour se rendre à son bureau, prenait le
métro à la station Villiers... Il rentrait à midi et demi, repartait une
heure plus tard pour rentrer définitivement à six heures et demie...

— C'est idiot...

C'était Maigret qui avait dit ça comme sans le savoir. Parce que
c'était idiot. Parce qu'on n'a pas idée d'un crime comme celui-là...

Il y a cent raisons de tuer les gens, mais encore ces raisons-là sont-
elles en quelque sorte cataloguées. Quand on a trente ans de police,
on comprend tout de suite à quel genre de crime on a affaire.

On tue une vieille femme, une mercière, une débitante, pour dévaliser
sa caisse ou pour chercher ses économies dans son matelas. On tue
par jalousie, par...

— Il ne faisait pas de politique ?

Maigret alla chercher, dans la pièce voisine, le livre que l'homme
avait lu la veille au soir. C'était un roman de cape et d'épée à
couverture bariolée.

On n'avait rien volé. On n'avait rien tenté de voler. Et ce n'était
pas non plus un crime fortuit. Il avait dû être minutieusement préparé,
au contraire, puisqu'il avait fallu louer une chambre dans l'hôtel d'en
face, se procurer une carabine — probablement une carabine à air
comprimé.

Ce n'est pas n'importe qui, qui fait ça. Et on ne fait pas ça pour
n'importe qui. Or Tremblet aurait pu s'appeler Monsieur N'Importe-
Qui !

— Vous n'attendez pas le Parquet ?

— Je reviendrai sans doute quand ces messieurs seront encore ici.
Ayez la gentillesse de rester pour les mettre au courant.

Et cela remuait bruyamment à côté ; on devinait que Mme Tremblet,
née Lapointe, était aux prises avec ses enfants.

— Au fait, combien en a-t-elle ?

— Cinq... Trois garçons et deux filles... Un des fils, qui a eu une
pleurésie cet hiver, est chez ses grands-parents à la campagne... Il a
treize ans et demi...

— Tu viens, Lucas ?

Maigret n'avait pas envie de revoir tout de suite Mme Tremblet ni
d'entendre son « *Ce sont des choses qui n'arrivent qu'à moi...* »

Il descendit pesamment l'escalier, où des portes s'ouvrirent derechef, derrière lesquelles on chuchotait. Il fallait entrer dans le débit du marchand de charbons pour boire un coup de blanc, mais c'était plein de curieux qui attendaient l'arrivée du Parquet, et il préféra gagner la rue des Batignolles où on ne savait rien du drame.

— Qu'est-ce que tu bois ?

— La même chose que vous, patron...

Maigret s'épongeait en se regardant machinalement dans la glace.

— Qu'est-ce que tu en penses, toi ?

— Que si j'avais eu une femme comme celle-là...

Lucas se tut.

— Occupe-toi du type de l'*Hôtel Excelsior*... Tu ne trouveras sans doute pas grand-chose, parce qu'un homme qui s'y est pris comme il s'y est pris... Hep ! Taxi...

Tant pis pour la note de frais ! Il faisait trop chaud pour s'enfourner dans le métro ou pour attendre un autobus au coin de la rue.

— Je te retrouverai rue des Dames... Sinon, au Quai, cet après-midi...

On ne tue pas les pauvres types, sacrebleu ! Ou alors on les tue en série, on organise une guerre ou une révolution. Et, s'il arrive que les pauvres types se tuent eux-mêmes, il leur est difficile de le faire avec une carabine à air comprimé au moment où ils sont occupés à se gratter les pieds.

Si encore Tremblet avait eu un nom à consonance étrangère au lieu d'être bêtement du Cantal ! On aurait pu croire qu'il appartenait à Dieu sait quelle société secrète de son pays.

Il n'avait pas une tête à être assassiné, voilà ! Si bien que c'était cela qui devenait angoissant. Le logement, la femme, les gosses, le mari en chemise et cette balle qui avait fait *pchouittt*...

Maigret, dans son taxi découvert, tirait sur sa pipe et haussait les épaules. Un instant, il pensa à Mme Maigret qui ne manquerait pas de soupirer :

— Pauvre femme !...

Parce que ce sont toujours les femmes que les femmes plaignent quand un homme est mort.

— Non, je ne connais pas le numéro... Rue du Sentier, oui... Couvreur et Bellechasse... Cela doit être important... Sans doute une maison fondée en 1800... et quelque chose...

Il enrageait. Il enrageait parce qu'il ne comprenait pas et qu'il avait horreur de ne pas comprendre. La rue du Sentier était encombrée. Le chauffeur s'arrêtait pour se renseigner et, au moment où il interpellait un passant, Maigret lisait les mots : Couvreur et Bellechasse, en belles lettres dorées sur une façade.

— Attendez-moi... Je n'en ai pas pour longtemps.

Il n'en savait rien, mais la chaleur le rendait paresseux. Surtout quand la plupart de ses collègues et de ses inspecteurs étaient en vacances. Surtout quand il s'était promis une bonne journée de flemme dans son bureau.

Premier étage à gauche. Une enfilade de pièces sombres qui faisaient penser à une sacristie.

— M. Couvreur, s'il vous plaît ?

— C'est personnel ?

— Tout ce qu'il y a de plus personnel.

— Je regrette, car M. Couvreur est mort il y a cinq ans.

— Et M. Bellechasse ?

— M. Bellechasse est en Normandie. Si vous voulez parler à M. Mauvre...

— Qui est-ce ?

— Le fondé de pouvoirs... Il est à la banque en ce moment, mais il ne tardera pas à rentrer...

— M. Tremblet n'est pas ici ?

Une idée en l'air.

— Pardon. Quel nom avez-vous dit ?

— M. Tremblet... Maurice Tremblet...

— Je ne connais pas...

— Votre caissier...

— Notre caissier s'appelle Magine, Gaston Magine...

Maigret, ce jour-là, avait décidément la manie des phrases toutes faites, car celle qui lui vint à la pensée fut :

« C'est plus fort que de jouer au bouchon ! »

— Vous attendez M. Mauvre ?

— Je l'attends, oui.

Dans une fade odeur de passementerie et de cartonnages. Heureusement que ce ne fut pas trop long. M. Mauvre était un homme de soixante ans, strictement vêtu de noir des pieds à la tête.

— C'est vous qui désirez me parler ?

— Commissaire Maigret, de la Police Judiciaire.

S'il avait compté épater M. Mauvre, il se trompait.

— Qu'est-ce qui me vaut l'honneur ?...

— Vous avez ici un caissier qui s'appelle Tremblet, je suppose ?

— Nous avions... Il y a bien longtemps... Attendez... C'était l'année ou notre succursale de Cambrai a été modernisée... Sept ans... Oui.. Un peu moins, car il nous a quittés au milieu du printemps.

Et, rajustant son lorgnon :

— Il y a sept ans que M. Tremblet n'est plus à notre service.

— Vous ne l'avez jamais revu ?

— Personnellement, non.

— Vous avez eu à vous plaindre de lui ?

— Nullement. Je l'ai fort bien connu, car il est entré dans la maison quelques années seulement après moi... C'était un employé consciencieux, ponctuel. Il nous a remis sa démission le plus régulièrement du monde, pour raison de famille, je pense... Oui, il nous a annoncé qu'il allait se fixer dans son pays, l'Auvergne ou le Cantal, je ne sais plus...

— Vous n'avez jamais découvert d'irrégularités dans ses comptes ?

M. Mauvre eut un haut-le-corps, comme si on l'eût personnellement accusé.

— Non, monsieur. *Ces choses-là ne se passent pas chez nous.*

— Vous n'avez jamais entendu dire que M. Tremblet avait une liaison, un vice quelconque ?

— Non, monsieur. Jamais. Et je suis sûr qu'il n'en avait pas.

Tout sec. Si Maigret ne comprenait pas qu'il allait trop loin, tout commissaire de la Police Judiciaire qu'il était...

Il continuait néanmoins :

— C'est curieux parce que, depuis sept ans et jusqu'à hier, M. Tremblet quittait chaque jour son domicile pour se rendre à ce bureau et que, chaque mois, il remettait sa paie à sa femme...

— Je vous demande pardon, mais c'est impossible !

On lui laissait entendre que la porte était derrière lui.

— En somme, c'était un employé modèle ?

— Un excellent employé.

— Et rien, dans son comportement...

— Non, monsieur, rien. Vous m'excuserez, mais deux gros clients de province m'attendent et...

Ouf ! c'était presque aussi étouffant que le logement de la rue des Dames. Cela faisait plaisir de retrouver la rue, le taxi, le chauffeur qui avait eu le temps d'aller prendre un blanc vichy au plus proche bistrot et qui s'essuyait les moustaches.

— Où allons-nous, maintenant, monsieur Maigret ?...

Car tous les chauffeurs le connaissaient, et cela aussi faisait quand même plaisir.

— Rue des Dames, mon vieux...

Ainsi, pendant sept ans, le dénommé Maurice Tremblet était parti de chez lui à heure fixe pour se rendre à son bureau, pendant sept ans il...

— Tu m'arrêteras quelque part en chemin pour boire un coup sur le zinc.

Avant d'affronter Mme Tremblet et tous ces messieurs du Parquet qui devaient s'entre-choquer dans le logement de la rue des Dames.

« *On ne tue pas les...* »

Seulement, voilà, est-ce que c'était vraiment un si pauvre type que ça ?

2

L'assassin au foie malade et l'amateur de canaris

— Qu'est-ce que tu as, Maigret ? Tu ne dors pas !

Il devait être deux heures et demie du matin et, malgré les deux fenêtres larges ouvertes, sur le boulevard Richard-Lenoir, Maigret, en nage, passait son temps à se retourner dans le lit conjugal. Il avait failli s'endormir. Mais, à peine le souffle de sa femme, à côté de lui, devenait-il régulier qu'il se mettait à penser sans le vouloir et, bien entendu, à penser à son pauvre type, comme il l'appelait en lui-même.

C'était vague. C'était flou. Cela tenait un peu du cauchemar. Il en revenait toujours au même point de départ. Rue des Dames. Huit heures et demie du matin. Maurice Tremblet, qui achevait de s'habiller dans l'appartement où la triste Mme Tremblet — il savait maintenant qu'elle s'appelait Juliette, un prénom qui lui allait aussi mal que possible — dans l'appartement où Juliette, donc, les cheveux sur des bigoudis, le regard navré, s'y prenait de telle manière pour faire taire les enfants qu'elle déclenchait au contraire des vacarmes.

« Il avait horreur du bruit, monsieur le commissaire. »

Pourquoi, de tout ce qu'on lui avait raconté, était-ce ce détail-là qui avait le plus frappé Maigret et qui lui revenait dans son demi-sommeil ? Avoir horreur du bruit et habiter rue des Dames, une rue étroite, à la fois populeuse et commerçante, avec cinq enfants toujours à se chicaner et une Juliette incapable de leur imposer le calme...

— Il s'habille, bon... Il se rase une fois tous les deux jours (témoignage de Juliette)... Il boit son café au lait et mange deux croissants... Il descend et se dirige vers le boulevard des Batignolles pour prendre son métro à la station Villiers...

Maigret avait passé la plus grande partie de l'après-midi dans son bureau, à s'occuper d'affaires en cours. Pendant ce temps-là, les journaux du soir publiaient en première page, sur la demande de la police, différentes photographies de Maurice Tremblet.

Quant au brigadier Lucas, il se rendait à l'*Hôtel Excelsior* avec un tas de photographies : celles de tous les repris de justice et de tous les mauvais garçons dont l'apparence correspondait peu ou prou au signalement du soi-disant Jules Dartoin, autrement dit de l'assassin.

Le patron de l'hôtel, un Auvergnat, les examinait toutes en hochant la tête.

— Ce n'est pas que je l'aie beaucoup vu, mais ce n'était pas un *type comme ça...*

Il fallait de la patience à Lucas pour comprendre ce qu'il voulait dire : le locataire à la carabine n'était pas un dur ; ce n'était pas un homme dont on se méfie.

— Tenez, quand il s'est présenté pour louer la chambre à la semaine, j'aurais plutôt pensé que c'était un gardien de nuit.

» Un homme assez terne, entre deux âges. On l'avait d'autant moins vu qu'il ne rentrait dans sa chambre que pour dormir et qu'il partait le matin de très bonne heure.

— Avait-il des bagages ?

— Une petite mallette, comme celle que les joueurs de football emportent pour mettre leur équipement.

Et des moustaches.

Le patron disait rousses. Le gardien de nuit disait grises. Il est vrai qu'ils ne les voyaient pas dans la même lumière.

— Il était plutôt râpé. Pas sale, mais râpé. Je lui ai fait payer la semaine d'avance. Il a tiré des billets de banque d'un très vieux portefeuille où il n'y en avait pas beaucoup...

Témoignage de la fille d'étage.

— Je n'ai jamais eu l'occasion de le rencontrer, car je ne faisais sa chambre qu'au milieu de la matinée, après le 42 et le 43, mais je peux vous dire que *cela sentait le célibataire.*

Cette chambre, Lucas l'avait fouillée avec un soin minutieux, secteur par secteur. Sur l'oreiller, il avait trouvé deux cheveux et un poil de moustache. Dans la toilette d'émail, une savonnette à l'eau de Cologne presque usée et, sur la tablette, un vieux peigne, dont plusieurs dents manquaient.

C'était tout. Ce n'était pas riche comme butin. Et pourtant le laboratoire en avait tiré des conclusions. L'homme, selon les experts qui avaient travaillé sur les cheveux et sur le peigne pendant plusieurs heures, était âgé de quarante-six ans à quarante-huit ans. Il était roux, mais grisonnant. Il avait un commencement de calvitie, un tempérament lymphatique, et son foie fonctionnait mal.

Mais ce n'était pas à tout cela que Maigret avait pensé dans son lit. Il pensait à l'assassiné.

— *Il s'habille, il mange, il met son chapeau et il sort... Il se dirige vers le métro du boulevard des Batignolles...*

Pas pour se rendre à son bureau de la rue du Sentier, bien entendu, chez MM. Couvreur et Bellechasse, où il n'avait plus mis les pieds depuis sept ans, mais pour aller Dieu sait où.

Pourquoi Maigret pensa-t-il qu'au temps où Tremblet était encore caissier rue du Sentier le métro était bien pratique pour lui ? La ligne Porte de Champerret-Porte des Lilas est directe. Tremblet n'avait qu'à descendre à la station Sentier.

Et voilà qu'il se souvenait que Francine, sa fille, qu'il avait à peine entrevue, travaillait depuis près d'un an dans un *Prisunic* de la rue Réaumur. La rue Réaumur se trouve à côté de la rue du Sentier. Sur la même ligne de métro.

— Tu ne dors pas ? questionnait Mme Maigret.

Et lui :

— Tu vas peut-être pouvoir me donner un renseignement. Je suppose que tous les *Prisunic* appartiennent à une même compagnie et suivent les mêmes règles. Tu es déjà allée à celui de la République...

— Où veux-tu en venir ?

— Sais-tu à quelle heure ces magasins-là ouvrent leurs portes ?

— A neuf heures...

— Tu es sûre ?

Et cela parut lui faire tellement de plaisir qu'il chantonna avant de s'endormir enfin.

— Sa mère n'a rien dit ?

Maigret était dans son bureau, à neuf heures et quart du matin, en compagnie de Lucas qui rentrait et qui avait encore son chapeau de paille sur la tête.

— Je lui ai expliqué que vous aviez quelques renseignements à demander et que, comme vous ne vouliez pas la troubler dans sa douleur, vous préfériez déranger sa fille.

— Et la demoiselle ?

— Nous sommes venus en autobus, comme vous me l'aviez dit. Je crois qu'elle est un peu nerveuse. Elle a essayé de savoir ce que vous lui vouliez.

— Fais-la entrer.

— Il y a un vieux monsieur qui demande à vous voir.

— Après... Qu'il attende... Qu'est-ce que c'est ?

— Un commerçant du quai du Louvre... Il tient à vous faire sa communication en personne...

L'air était aussi chaud que la veille, avec une légère buée, comme une vapeur brillante, au-dessus de la Seine où passaient les trains de bateaux.

Francine entra, vêtue d'un tailleur correct, bleu marine, sous lequel elle portait un chemisier de toile blanche. Très nette, en somme, très jeune fille, avec des cheveux blonds frisés qu'un drôle de petit chapeau rouge mettait en valeur, une poitrine rebondie et haut placée. Elle n'avait évidemment pas eu le temps, depuis la veille, de s'acheter des vêtements de deuil.

— Asseyez-vous mademoiselle... Et, si vous avez trop chaud, je vous permets bien volontiers de retirer votre jaquette.

Car elle avait déjà des perles humides sur la lèvre supérieure.

— Votre maman m'a dit hier que vous travailliez comme vendeuse au *Prisunic* de la rue Réaumur... Si je me souviens bien, c'est tout de suite avant le boulevard Sébastopol, à gauche, n'est-ce pas ?

— Oui, monsieur...

Sa lèvre frémissait, et Maigret eut l'impression qu'elle hésitait à lui confier quelque chose.

— Comme le magasin ouvre à neuf heures, comme il est situé à deux pas de la rue du Sentier où votre père était censé se rendre chaque matin, je suppose qu'il vous arrivait de faire route ensemble.

— Quelquefois...

— Vous en êtes sûre ?

— Cela arrivait...

— Et vous le quittiez près de son bureau ?

— Pas loin... Au coin de la rue...

— De sorte que vous n'avez jamais eu de soupçons ?

Il fumait sa pipe à petites bouffées, l'air bonhomme, en observant ce visage juvénile que brouillait l'inquiétude.

— Je suis persuadé qu'une jeune personne comme vous ne se permettrait pas de mentir à la police... Vous vous rendez compte que ce serait grave, surtout au moment où nous faisons tous nos efforts pour mettre la main sur le meurtrier de votre père.

— Oui, monsieur.

De son sac, elle avait tiré un mouchoir et elle se tamponnait les yeux, reniflait, prête à pleurer pour de bon.

— Vous avez de jolies boucles d'oreilles.

— Oh ! monsieur...

— Mais si. Elles sont fort jolies. Vous permettez ? Cela pourrait me donner à penser que vous avez déjà un amoureux.

— Oh ! non, monsieur.

— C'est de l'or et les deux grenats sont véritables.

— Non, monsieur... Maman le croyait aussi, mais...

— Mais ?

— ... je lui ai dit que non...

— Parce que c'est vous qui avez acheté ces boucles d'oreilles ?

— Oui, monsieur.

— Vous ne rendiez donc pas votre salaire à vos parents ?

— Si, monsieur. Mais il était convenu que je gardais pour moi la paie des heures supplémentaires.

— C'est vous aussi qui avez acheté votre sac à main ?

— Oui, monsieur.

— Dites-moi, mon petit...

Elle leva la tête, intriguée, et Maigret se mit à rire.

— Vous avez fini ?

— Quoi, monsieur ?

— De vous payer ma tête.

— Je vous jure...

— Un instant, voulez-vous ?... Allô !... Le standard ?... Passez-moi le *Prisunic* de la rue Réaumur... Oui...

— Écoutez, monsieur...

Il lui fit signe de se taire et elle fondit en larmes.

— Allô... *Prisunic* ?... Voulez-vous me mettre en communication avec le gérant ?... C'est lui-même ?... Ici, Police Judiciaire... Un renseignement, s'il vous plaît... C'est au sujet d'une de vos vendeuses, Mlle Francine Tremblet... Oui... Comment ?... Depuis trois mois ?... Je vous remercie... Je passerai peut-être vous voir dans la journée...

Et, se tournant vers la jeune fille :

— Et voilà, mademoiselle !

— Je vous l'aurais avoué quand même...

— Quand ?

— J'attendais d'en avoir le courage...

— Comment est-ce arrivé ?

— Vous ne le direz pas à ma mère ?... C'est à cause d'elle que je n'ai pas parlé tout de suite... Ça va encore être des crises de larmes, des lamentations... Si vous connaissiez maman !... Il m'arrivait, comme je vous l'ai dit, de faire la route en métro avec papa... D'abord, il ne voulait pas que je travaille, ni surtout que j'accepte cette place... Vous comprenez ?... Mais maman a répliqué que nous n'étions pas riches, qu'elle avait déjà assez de mal à nouer les deux bouts, que c'était une chance inespérée... C'est elle qui m'a présentée au gérant... Alors, un matin, il y a environ trois mois, après que j'eus quitté mon père au coin de la rue du Sentier, je me suis aperçue que j'étais partie sans argent... Ma mère m'avait chargée de plusieurs courses dans le quartier... J'ai couru après papa. J'ai vu qu'il ne s'arrêtait pas chez Couvreur et Bellechasse, mais qu'il continuait son chemin dans la foule...

» Je me suis dit qu'il devait peut-être acheter des cigarettes ou autre chose... J'étais pressée... Je suis allée au magasin... Puis j'ai eu un moment de libre pendant la journée, et j'ai voulu me rendre au bureau de papa... C'est là qu'on m'a répondu qu'il n'y travaillait plus depuis longtemps.

— Vous lui avez parlé le soir même ?

— Non... Le lendemain, je l'ai suivi... Il s'est dirigé vers les quais et, à un moment donné, il s'est retourné et il m'a vue... Alors, il a dit :

» — Tant mieux !...

— Pourquoi *Tant mieux* ?

— Parce qu'il n'aimait pas que je travaille dans un magasin. Il m'a expliqué que depuis longtemps il avait envie de m'en retirer... Il m'a raconté qu'il avait changé de place, qu'il en avait une bien meilleure, où il n'avait pas besoin d'être enfermé toute la journée. C'est ce jour-là qu'il m'a poussée dans un magasin et qu'il m'a offert ces boucles d'oreilles.

» — Si ta mère te demande où tu les as eues, dis-lui que c'est du faux...

— Et depuis lors ?

— Je ne travaillais plus, mais je ne le disais pas à maman. Papa me donnait l'argent de mon traitement. De temps en temps, nous prenions rendez-vous en ville, et nous allions ensemble au cinéma, ou bien au Jardin des Plantes.

— Vous ne savez pas ce que votre père faisait de toutes ses journées ?

— Non... Mais je comprenais bien pourquoi il ne disait rien à maman... S'il lui avait remis plus d'argent, cela n'aurait rien changé... Il y aurait toujours eu autant de désordre dans la maison... C'est difficile à expliquer à quelqu'un qui n'a pas vécu chez nous... Maman est une brave femme, mais...

— Je vous remercie, mademoiselle.

— Vous allez en parler ?.

— Je ne sais pas encore... Dites-moi, vous n'avez jamais rencontré votre père en compagnie de quelqu'un ?

— Non.

— Il ne vous a jamais donné une adresse quelconque ?

— Tous nos rendez-vous étaient sur les bords de la Seine, près du Pont-Neuf ou du Pont des Arts...

— Dernière question : quand vous le rencontriez de la sorte, était-il toujours habillé comme vous aviez l'habitude de le voir, c'est-à-dire avec les vêtements qu'il portait rue des Dames ?

— Une fois, une seule, il y a deux semaines, il avait un costume gris que je ne lui connaissais pas et qu'il n'a jamais mis chez nous.

— Je vous remercie... Bien entendu, vous n'avez parlé de tout ceci à personne ?

— A personne.

— Pas de petit ami dans le circuit ?

— Je le jure.

Il était de bonne humeur, sans raison, car le problème se compliquait au lieu de se simplifier. Peut-être était-il content de voir que son intuition de la nuit ne l'avait pas trompé ? Peut-être aussi commençait-il à se passionner pour ce pauvre type de Tremblet qui avait passé des années de sa vie à faire des cachotteries et à berner la lugubre Juliette ?

— Fais entrer le monsieur, Lucas...

— Théodore Jussiaume, marchand d'oiseaux, quai du Louvre, à Paris. C'est à cause de la photographie...

— C'est à cause de la photographie...

— Vous avez reconnu la victime ?

— Je crois bien, monsieur ! C'était un de mes meilleurs clients...

Et voilà que se dévoilait une nouvelle face de Maurice Tremblet. Une fois par semaine, au moins, il passait un bon moment dans le magasin plein de chants d'oiseaux de Théodore Jussiaume. Il se passionnait pour les canaris. Il en achetait beaucoup.

— Je lui ai vendu au moins trois volières de grand modèle.

— Que vous avez livrées à domicile ?

— Non, monsieur. Il les emportait lui-même en taxi...

— Vous ne connaissez pas son adresse ?

— Pas même son nom. Un jour, comme ça, il m'a dit qu'il s'appelait M. Charles, et ma femme et moi, de même que les commis, l'avons toujours appelé comme cela. C'était un connaisseur, un vrai. Je me suis souvent demandé pourquoi il ne faisait pas chanter ses canaris dans les concours, car il en possédait qui auraient gagné des prix et sans doute les premiers prix.

— Il vous paraissait riche ?

— Non, monsieur... A son aise... Il n'était pas radin, mais il comptait.

— En somme, un brave homme ?

— Un excellent homme et un client comme je n'en ai pas beaucoup.

— Il n'est jamais venu chez vous en compagnie d'autres personnes ?

— Jamais...

— Je vous remercie, monsieur Jussiaume.

Mais M. Jussiaume ne partait pas encore.

— Il y a une chose qui m'intrigue et qui m'inquiète un peu... Pour autant que les journaux disent la vérité, il n'y avait pas d'oiseaux dans l'appartement de la rue des Dames... Si tous les canaris qu'il m'a achetés s'y trouvaient on en aurait sûrement fait mention, vous comprenez ? Parce qu'il devait en avoir dans les deux cents et que ce n'est pas tous les jours que...

— Autrement dit, vous vous demandez si ces oiseaux...

— Ne sont pas quelque part sans personne pour les soigner, maintenant que M. Charles est mort...

— Eh bien ! monsieur Jussiaume, je vous promets que, si nous retrouvons les canaris, nous vous ferons signe, afin que vous puissiez leur donner les soins appropriés, pour autant qu'il en soit encore temps.

— Je vous remercie... C'est surtout ma femme qui se tourmente.

— Bien le bonjour, monsieur Jussiaume.

Et, la porte refermée :

— Qu'est-ce que tu en penses, mon vieux Lucas ? Tu as les rapports ?

— On vient de les descendre.

Rapport du médecin légiste, d'abord. Le Dr Paul, dans ses conclusions, laissait entendre que Maurice Tremblet, en somme, était mort par malchance.

Quarante lignes de considérations techniques dans lesquelles le commissaire ne comprenait rien.

— Allô ! le Dr Paul ?... Voulez-vous avoir la gentillesse de m'expliquer ce que vous avez voulu dire ?

Que la balle n'aurait-pas dû pénétrer dans la cage thoracique de Maurice Tremblet, qu'elle avait assez peu de force et que si, par miracle, elle n'avait pas touché un endroit sensible, entre deux côtes, elle n'aurait jamais atteint le cœur, produisant seulement une blessure sans gravité sérieuse.

— Un malchanceux, quoi ! concluait le docteur à la barbe soyeuse. Il a fallu un certain angle de tir... Et qu'il soit justement dans telle position...

— Vous croyez que l'assassin savait tout cela et qu'il a tiré en conséquence ?

— Je crois que l'assassin est un imbécile... Un imbécile qui ne tire pas trop mal, puisqu'il a atteint notre homme, mais qui aurait été incapable de viser de façon que la balle atteigne sûrement le cœur... A mon avis, il n'a qu'une connaissance assez imprécise des armes à feu.

Or ce rapport était confirmé par celui de l'expert-armurier Gastinne-Renette. La balle, selon celui-ci, une balle en plomb de calibre douze millimètres, avait été tirée à l'aide d'un fusil à air comprimé, dans le genre de ceux dont on se sert dans les foires.

Détail curieux : l'assassin avait soigneusement limé le bout de la balle afin de la rendre plus pointue.

A une question de Maigret, l'expert répondait :

— Mais non ! En agissant de la sorte, il ne la rendait nullement plus meurtrière, au contraire ! Car une balle arrondie fait plus de dégâts dans les chairs qu'une balle pointue. L'homme qui a agi ainsi se croyait sans doute malin, mais n'y connaissait rien en armes à feu.

— En somme, un amateur ?

— Un amateur qui a lu quelque part, peut-être dans un roman policier, des choses qu'il a comprises de travers.

Voilà où on en était, à onze heures du matin, le lendemain de la mort de Maurice Tremblet.

Rue des Dames, Juliette se débattait avec tous ses soucis quotidiens, aggravés de ceux qu'apporte la mort du chef de famille, surtout quand celle-ci se complique d'un assassinat. Les journalistes, par surcroît, l'assaillaient du matin au soir, et il y avait des photographes embusqués dans l'escalier.

— Qu'est-ce qu'il voulait savoir, le commissaire ?

— Rien, maman.

— Tu ne me dis pas la vérité... Personne ne me dit jamais la vérité. Même ton père qui me mentait, qui m'a menti pendant des années.

Ses larmes coulaient ; elle reniflait tout en parlant, en faisant son ménage, en bousculant les enfants, qu'il fallait habiller de noir des pieds à la tête pour le lendemain, jour des obsèques.

Quelque part, deux cents canaris attendaient qu'on vînt leur donner leur pâture quotidienne.

Et Maigret soupirait à l'adresse de Lucas :

— Il n'y a qu'à attendre.

Que la publication des photographies produise son effet, que des gens reconnaissent Maurice Tremblet ou M. Charles.

Pendant sept ans, celui-ci avait bien dû se montrer quelque part ! S'il changeait de costume en dehors de chez lui, s'il achetait des oiseaux et des volières de grande dimension, il possédait un abri quelque part, une chambre, un appartement, une maison ? Il avait sans doute un propriétaire, une concierge, une femme de ménage ? Peut-être des amis ? Peut-être même une liaison ?

C'était un peu loufoque, et pourtant Maigret ne suivait pas cette affaire-là sans une certaine émotion qu'il n'aurait pas aimé s'avouer.

« *On ne tue pas les pauvres types.* »

Et voilà qu'il s'attachait à celui-ci, si terne au début, à cet homme qu'il n'avait jamais vu, qu'il ne connaissait ni d'Ève ni d'Adam et qui était mort si bêtement au bord de son lit, près de la triste Juliette, une balle qui n'aurait même pas dû le tuer.

Un fusil de foire !... Comme pour tirer les pipes ou la petite boule qui danse au bout du jet d'eau.

Et le meurtrier avait tout l'air, lui aussi, d'un pauvre type qui limait patiemment la balle de plomb en croyant la rendre plus meurtrière et qui ne laissait traîner derrière lui, dans sa chambre de l'*Hôtel Excelsior*, qu'un peigne sale auquel il manquait des dents.

L'assassin avait une maladie de foie. C'était à peu près tout ce qu'on savait de lui.

Lucas était reparti en chasse. Du travail banal et sans gloire. Tous les armuriers de Paris à visiter. Puis les propriétaires de tirs forains, car l'homme avait pu acheter son fusil à l'un de ceux-ci. L'inspecteur Janvier, lui, interrogeait les commerçants du quai de la Mégisserie et du quai du Louvre, les bistrots des environs du Pont-Neuf et du Pont des Arts, où Tremblet donnait ses rendez-vous à sa fille et où il lui était peut-être arrivé d'avoir envie de boire un coup.

Enfin, Torrence, le gros Torrence, s'occupait des chauffeurs de taxis, car ce n'est pas tous les jours que les clients transportent des volières grand format.

Maigret, lui, était tout bonnement assis à la terrasse de la *Brasserie Dauphine*, à l'ombre du vélum rayé de rouge et de jaune, devant un demi bien tiré. Il fumait béatement sa pipe en attendant l'heure d'aller déjeuner et, de temps en temps, son front se plissait l'espace d'une seconde.

Il y avait quelque chose qui le tracassait, mais il ne parvenait pas à savoir quoi. Qu'est-ce qu'on lui avait dit, le matin ou la veille, qui l'avait frappé, qui devait avoir de l'importance et qu'il avait oublié ?

Une petite phrase de rien du tout. Et pourtant il l'avait enregistrée, il en était sûr. Il avait même pensé qu'elle contenait peut-être la clef du mystère.

Voyons... Était-ce pendant l'interrogatoire de la jeune fille aux seins haut placés et au chapeau rouge ?... Il repassait en revue tout ce qu'elle lui avait dit... Il évoquait la scène de la rue du Sentier, quand elle avait couru après son père qui n'allait pas à son bureau...

Les boucles d'oreilles ?... Non... il arrivait au père et à la fille d'aller au cinéma en cachette... En somme, Francine était la préférée de Tremblet. Il devait être tout fier de sortir avec elle, de lui acheter en fraude des choses assez coûteuses...

Mais ce n'était pas cela... La petite phrase, c'était ailleurs qu'elle se situait... Voyons... Il était dans un rayon de soleil oblique, et il y avait cette fine poussière dorée qui traîne longtemps dans une chambre où on vient de faire des lits.

C'était rue des Dames... La porte était ouverte sur la cuisine... C'était Juliette qui parlait... Qu'est-ce qu'elle avait pu lui dire qui lui avait donné un instant l'impression qu'il était sur le point de tout comprendre ?

— Joseph ! qu'est-ce que je vous dois ?

— Quatre francs, monsieur le commissaire.

Tout le long du chemin, il essaya de retrouver la petite phrase. Il la chercha encore pendant qu'il mangeait, les coudes sur la table, en manche de chemise, et Mme Maigret, qui le voyait préoccupé, finit par se taire.

Elle ne put pourtant s'empêcher de murmurer, en servant les fruits :

— Tu ne trouves pas ça révoltant, toi, un homme qui...

Évidemment ! Mais Mme Maigret ne connaissait pas Juliette. Elle ne connaissait pas le logement de la rue des Dames.

Il avait presque la petite phrase sur le bout de la langue. Donc, c'était sa femme qui venait, sans le vouloir, de l'aider.

— Tu ne trouves pas révoltant, toi...

Un tout petit effort. Il n'aurait fallu qu'un tout petit effort, mais l'éclair ne se produisit pas, et il jeta sa serviette sur la table, bourra sa pipe, se servit un verre de calvados et s'accouda à la fenêtre en attendant l'heure de regagner le Quai des Orfèvres.

3

La piste du pêcheur à la ligne

A six heures du soir, le même jour, Maigret et Lucas descendaient de taxi, quai de la Gare, au-delà du pont d'Austerlitz, en compagnie d'un petit homme hirsute, qui boitait et qui avait l'air d'un clochard.

Et c'est alors, tout à coup, que Maigret eut une illumination, que la petite phrase qu'il avait tant cherchée lui revint à la mémoire :

« *Il avait horreur du bruit...* »

Tremblet, le pauvre type qu'on avait tué, en chemise, alors qu'il se grattait les pieds au bord de son lit, Tremblet qui habitait rue des Dames et qui avait cinq enfants plus espiègles les uns que les autres et une femme qui passait ses journées à se lamenter, *Tremblet avait horreur du bruit.*

Il existe des gens qui ont horreur de certaines odeurs, d'autres qui craignent le froid ou la chaleur. Maigret se souvenait d'un procès en divorce où le mari, après vingt-six ou vingt-sept ans de vie conjugale, invoquait pour réclamer la séparation :

— Je n'ai jamais pu m'habituer à l'odeur de ma femme.

Tremblet avait horreur du bruit. Et Tremblet, quand il avait pu, à la suite de circonstances encore mystérieuses, quitter les bureaux de MM. Couvreur et Bellechasse — dans la *bruyante rue du Sentier* — s'était réfugié sur ce quai, l'un des plus déserts de Paris.

Un quai large, au bord duquel plusieurs rangs de péniches reposaient paresseusement. Un quai qui sentait encore la province, le long de la Seine, avec des maisons à un seul étage, entre quelques immeubles de rapport, des bistrots où il semblait que n'entrait jamais personne et des cours où l'on était tout étonné de voir des poules picorer le fumier.

C'était le père La Cerise, le boiteux haillonneux, qui avait découvert ça, le père La Cerise qui, comme il le déclarait avec emphase, avait son domicile sous le pont le plus proche, et qui était arrivé le premier à la P.J.

Le temps qu'il attendait, il en était venu trois autres, de calibres différents, mais tous des va-comme-je-te-pousse, tous appartenant à cette faune qu'on ne rencontre plus que sur les quais de Paris.

— Je suis le premier, n'est-ce pas, commissaire ?... Il y a une demi-heure que j'attends... Les autres n'étaient pas encore là... Donc, pour la récompense...

— Quelle récompense ?

— Il n'y a pas de récompense ?

Cela aurait été trop injuste. Le bonhomme en était indigné d'avance.

— Il y a toujours une récompense, même pour un clebs perdu... Et moi, je viens vous dire où habitait le pauvre type qu'on a tué...

— On verra à te donner quelque chose si le renseignement en vaut la peine.

Et on avait discuté, marchandé : cent francs, cinquante francs, vingt francs, dernier prix. On l'avait emmené. Maintenant, ils se trouvaient en face d'une petite maison à un étage, blanchie à la chaux, dont les volets étaient fermés.

— Presque tous les matins je le voyais pêcher à la ligne, ici, tenez, où il y a un remorqueur... C'est comme ça que nous avons lié connaissance... Au début, il ne s'y connaissait pas très bien, mais je lui ai donné des conseils... Et il lui est arrivé, grâce à moi, de prendre au chènevis de belles fritures de gardons... A onze heures tapant, il repliait ses lignes, attachait ses cannes et rentrait chez lui... C'est comme ça que j'ai su où il habitait...

Maigret sonna, à tout hasard, et une sonnette vieillotte fit entendre un drôle de bruit dans le vide de la maison. Lucas essaya ses passe-partout, finit par faire jouer la serrure.

— Je reste dans le secteur, disait La Cerise, des fois que vous ayez besoin de moi.

C'était presque impressionnant, cette maison qui sentait littéralement le vide et où on entendait cependant du bruit. Il fallait un moment pour se rendre compte que c'était celui causé par le vol des oiseaux.

Car il y avait des volières dans les deux pièces du rez-de-chaussée, et ces pièces elles-mêmes étaient presque hallucinantes parce qu'en dehors des cages elles ne contenaient presque aucun meuble.

Les voix résonnaient. Maigret et Lucas allaient et venaient, ouvraient les portes, créant sans le vouloir des courants d'air qui gonflaient les rideaux de la seule pièce, sur le devant, où il y en eût aux fenêtres.

Depuis combien d'années les papiers peints des murs n'avaient-ils été remplacés ? Ils avaient pris une teinte indéfinissable et ils portaient la trace de tous les meubles qui avaient passé par là, de tous les locataires qui s'étaient succédé jadis.

Lucas était surpris de voir le commissaire, avant toutes choses, remplacer l'eau dans les cages et remplir les mangeoires de petites graines d'un jaune brillant.

— Tu comprends, mon vieux ? Ici, au moins, il était à l'abri du bruit...

Il y avait un fauteuil d'osier d'ancien modèle près d'une des fenêtres, une table, deux ou trois chaises dépareillées et, sur des rayonnages, une collection de romans de cape et d'épée et de romans historiques.

Au premier étage, un lit, un lit en cuivre recouvert d'un bel édredon en satin rouge qui aurait fait le bonheur d'une fermière cossue, car la lumière lui donnait des tons irisés.

Une cuisine. Des assiettes, une poêle à frire. Et Maigret, qui reniflait la poêle, reconnaissait une forte odeur de poisson. D'ailleurs, il y avait encore des arêtes et des écailles dans la poubelle qui n'avait pas été vidée depuis quelques jours. Il y avait aussi, dans un cagibi tout un lot de cannes à pêche, rangées avec soin.

— Vous ne trouvez pas que c'est une drôle d'idée, vous ?

Évidemment, Tremblet comprenait le bonheur à sa façon. Le calme d'une maison où n'entrait personne que lui-même. La pêche à la ligne sur les quais de la Seine. Il possédait deux chaises pliantes, dont une d'un modèle perfectionné et probablement très coûteux. Des oiseaux dans de belles cages. Et des livres, des tas de livres à couvertures bariolées, qu'il pouvait savourer en paix.

Le plus curieux, c'était le contraste entre certains objets et la pauvreté du décor. Il y avait entre autres choses une canne à pêche d'importation anglaise qui avait dû coûter plusieurs milliers de francs. Il y avait, dans un tiroir de l'unique commode de la maison, un briquet en or marqué aux initiales « M.T. » et un étui à cigarettes de grand luxe.

— Vous comprenez, vous, patron ?

Oui, Maigret avait l'impression de comprendre. Surtout quand il découvrait des objets parfaitement inutiles, comme par exemple un somptueux train électrique.

— Vois-tu, il a eu envie de ces choses-là pendant tant d'années...

— Vous croyez qu'il jouait avec le train électrique ?

— Je ne jurerais pas le contraire... Il ne t'est jamais arrivé, à toi, de te payer des choses auxquelles tu avais rêvé pendant toute ton enfance ?

En somme, Tremblet venait ici le matin, comme d'autres se rendent à leur bureau. Il allait pêcher en face de sa maison. Il rentrait déjeuner rue des Dames, parfois peut-être après avoir mangé les poissons de sa pêche.

Il soignait ses oiseaux. Il lisait. Il devait lire pendant des heures entières, dans son fauteuil d'osier, près de la fenêtre, sans personne pour le déranger, sans cris autour de lui.

Certains jours il allait au cinéma, à l'occasion avec sa fille. Et il avait acheté à celle-ci des boucles d'oreilles en or.

— Vous croyez qu'il a fait un héritage ou qu'il a volé l'argent qu'il dépensait de la sorte ?

Maigret ne répondait pas. Il allait et venait toujours à travers la maison devant laquelle le père La Cerise montait la garde.

— Tu vas retourner au Quai des Orfèvres. Tu feras envoyer des circulaires à toutes les banques de Paris pour savoir si Tremblet y avait un compte. Qu'on s'adresse aux notaires, aux avoués...

Cependant, il n'y croyait pas. L'homme était trop prudent, d'une vieille prudence paysanne, pour déposer son argent là où il était possible de le repérer.

— Vous resterez ici ?

— Je crois que j'y passerai la nuit... Écoute... Apporte-moi des sandwiches et quelques bouteilles de bière... Téléphone à ma femme pour lui annoncer que je ne rentrerai probablement pas... Veille à ce que les journaux ne publient encore rien sur cette maison.

— Vous ne voulez pas que je vienne vous tenir compagnie ou que je vous envoie un inspecteur ?

— C'est n'est pas la peine.

Il n'était même pas armé. A quoi bon ?

Et les heures qui suivirent ressemblèrent assez aux heures que Tremblet devait passer dans la maison. Il arriva à Maigret de feuilleter plusieurs livres de l'étrange bibliothèque, et ces livres, pour la plupart, avaient été lus plusieurs fois.

Il tripota longtemps les cannes à pêche, car il s'était demandé si, pour un homme comme Tremblet, elles ne représentaient pas la cachette idéale.

— A deux mille francs par mois pendant sept ans.

Cela représentait un capital. Sans compter les dépenses que l'homme faisait en dehors de son ménage. Le magot était fatalement quelque part.

A huit heures, un taxi s'arrêta devant la porte, alors que Maigret était en train d'examiner les cages qui auraient pu comporter une cachette.

C'était Lucas, en compagnie d'une jeune fille qui paraissait de mauvaise humeur.

— Comme je ne pouvais pas vous téléphoner, je ne savais que faire, disait le brigadier embarrassé. A la fin, j'ai pensé que le mieux était de vous l'amener. C'est sa maîtresse...

Une grande brune au visage blafard, aux traits durs, qui regardait le commissaire avec méfiance et laissait tomber :

— J'espère qu'on ne va pas m'accuser de l'avoir tué ?

— Entrez, entrez, murmurait Maigret. Vous devez connaître la maison mieux que moi.

— Moi ?... Je n'y ai jamais mis les pieds, dans cette sale bicoque... Je ne savais même pas, il y a cinq minutes, qu'elle existait... Sans compter que ça ne sent pas bon, ici...

Ce n'était pas les tympans, elle, qu'elle avait sensibles : c'était le nez. Et elle commençait par essuyer la chaise sur laquelle on la priait de s'asseoir.

4

La quatrième vie de Maurice Tremblet

— Olga-Jeanne-Marie Poissonneau, vingt-neuf ans, née à Saint-Joris-sur-Isère, sans profession, demeurant *Hôtel Beauséjour*, rue Lepic, Paris (XVIIIe).

Et la grande fille, à face lunaire, s'empressait d'ajouter :

— Vous remarquerez, monsieur le Commissaire, que je me suis présentée spontanément. Dès que j'ai vu sa photo dans les journaux, et malgré les ennuis que cela pouvait m'occasionner, je me suis dit...

— Tremblet allait vous voir à votre hôtel ?

— Deux fois par semaine...

— De sorte que le patron et le personnel l'y ont aperçu ?

— Oh ! ils le connaissaient bien. Depuis cinq ans que ça dure...

— Et ils ont vu la photographie aussi...

— Que voulez-vous dire ?

Elle se mordit la lèvre, car elle avait enfin compris.

— Il y a juste le patron qui m'a demandé comme ça si la photo n'était pas celle de M. Charles... Je serais venue quand même...

— Je n'en doutais pas. Vous le connaissiez donc sous le nom de M. Charles ?

— Je l'avais rencontré, par hasard, à la sortie d'un cinéma, boulevard Rochechouart... A ce moment-là, j'étais serveuse dans un restaurant de la place Clichy, un prix fixe... Il m'a suivie... Il m'a dit qu'il ne venait à Paris que de temps en temps.

— Deux fois par semaine...

— Oui... La deuxième ou la troisième fois que je l'ai rencontré, il m'a reconduite à l'hôtel, et il est monté... Voilà comment ça a commencé... C'est lui qui a insisté pour que je quitte ma place...

Pourquoi Tremblet l'avait-il choisie ? Sans doute parce que Juliette était petite, maigre et blondasse, tandis que celle-ci était grande, brune et molle. Molle surtout. Vraisemblablement avait-il cru que son visage lunaire était un signe de mollesse, peut-être de sentimentalité ?

— Je me suis vite rendu compte que c'était un piqué.

— Un piqué ?

— Un maniaque, en tout cas... Il ne parlait que de m'emmener à la campagne... C'était son rêve... Quand il venait me voir, c'était pour aller nous promener dans un square et nous asseoir sur un banc... Pendant des mois, il m'a bassinée avec cette fameuse campagne où il voulait passer au moins deux jours avec moi, et il a fini par y parvenir... Pour ce qui est d'être gai, je vous jure que ça n'a pas été gai...

— Il vous entretenait ?

— Il me passait juste de quoi vivre... Il fallait que je lui laisse croire que je faisais mes robes moi-même... Il aurait aimé que je passe mes journées à coudre et à raccommoder... Vous parlez d'un comique !... Cent fois j'ai essayé de le balancer et je lui ai dit ses quatre vérités, mais il se raccrochait, il revenait avec des cadeaux, m'écrivait de longues lettres... Qu'est-ce qui vous fait rigoler ?

— Rien...

Pauvre Tremblet qui, pour se reposer d'une Juliette, était tombé sur une Olga !

— En somme, vous deviez passer une bonne partie de votre temps à vous disputer...

— Une partie, oui...

— Et vous n'avez jamais eu la curiosité de le suivre pour savoir où il habitait ?

— Il m'avait dit que c'était du côté d'Orléans, et je l'ai cru... D'ailleurs, je m'en balançais...

— Vous aviez un autre ami, évidemment.

— J'avais des amis, comme ça... Mais rien de sérieux...

— Et vous les avez mis au courant ?

— Si vous croyez que j'étais fière de lui ! Il avait l'air d'un sacristain de paroisse pauvre.

— Vous ne l'avez jamais vu en compagnie d'autres personnes ?

— Jamais... Je vous répète que son plaisir était de s'asseoir avec moi sur les bancs des squares... C'est vrai qu'il était très riche ?

— Qui vous a dit ça ?

— J'ai lu dans les journaux qu'il avait sans doute fait un gros héritage... Et moi qui vais rester sans un sou !... *Avouez que c'est bien ma chance...*

Tiens ! Le même mot que Juliette !

— Vous croyez qu'on va me faire des ennuis ?

— Mais non. On vérifiera simplement votre témoignage. Compris, Lucas ?

Et le témoignage se révéla exact, y compris les scènes qu'Olga faisait à son amant à chacune de ses visites, car elle avait un caractère de chien.

Maigret avait passé la nuit et une partie de la journée du lendemain à fouiller dans ses moindres recoins la maison du quai de la Gare, et il n'avait rien trouvé.

Il l'avait quittée à regret cette maison où il avait fini par vivre en quelque sorte dans l'intimité de son pauvre type, et il l'avait fait surveiller discrètement jour et nuit par des inspecteurs postés dans les environs.

— Cela donnera ce que cela donnera, avait-il dit au chef de la P.J.

Cela risque de durer longtemps, mais je pense que cela finira par procurer des résultats.

On cherchait du côté de Francine, qui aurait pu avoir un amoureux. On continuait à observer les allées et venues d'Olga. On avait l'œil sur les miteux du quai de la Gare.

Les banques ne donnaient rien, les notaires pas davantage. On avait télégraphié dans le Cantal, et il paraissait certain que Tremblet n'avait fait aucun héritage.

Le temps était toujours chaud. Tremblet était enterré. Sa femme et ses enfants s'apprêtaient à partir pour la province, car leurs ressources ne leur permettaient pas de continuer à habiter Paris.

On connaissait la vie de Tremblet rue des Dames, sa vie quai de la Gare, sa vie avec Olga... On connaissait l'amateur de pêche, de canaris et de romans de cape et d'épée...

Ce fut un garçon de café qui révéla ce qu'on pourrait appeler la quatrième vie du mort. Il se présenta un matin quai des Orfèvres et demanda à parler à Maigret.

— Je m'excuse de ne pas être venu plus tôt, mais je travaillais aux Sables-d'Olonne pour la saison... J'ai vu la photo dans le journal, et j'ai failli vous écrire, puis cela m'est sorti de la tête... Je suis à peu près sûr que c'est ce type-là qui est venu pendant des années jouer au billard dans la brasserie où je travaillais, au coin du boulevard Saint-Germain et de la rue de Seine.

— Il ne jouait pas au billard tout seul ?

— Évidemment non... Il y avait avec lui un grand maigre, roux, avec des moustaches... L'autre, celui qui a été assassiné, l'appelait Théodore, et ils se tutoyaient... Ils arrivaient tous les jours à la même heure, vers quatre heures, repartaient quelques minutes avant six heures... Théodore buvait des apéritifs, mais l'autre ne prenait jamais d'alcool.

Ainsi, dans une grande ville, les gens vont et viennent dont on retrouve la trace par-ci par-là. On avait retrouvé celle de Tremblet chez les marchands d'oiseaux du quai du Louvre et dans un hôtel presque borgne de la rue Lepic.

Voilà maintenant qu'il avait fréquenté pendant des années une brasserie paisible, boulevard Saint-Germain, en compagnie d'un grand gaillard à cheveux roux.

— Il y a longtemps que vous les avez vus ?

— Voilà plus d'un an que j'ai quitté la place.

Torrence, Janvier, Lucas, d'autres inspecteurs se mirent alors à courir tous les cafés, toutes les brasseries de Paris où l'on joue au billard, et l'on retrouva la piste des deux hommes non loin du Pont-Neuf, où ils avaient fait des parties de billard pendant plusieurs mois.

Seulement, nul n'en savait davantage sur Théodore, sinon qu'il buvait ferme et qu'il avait le tic de retrousser ses moustaches du revers de la main après chaque gorgée.

— Un homme de situation modeste, plutôt mal habillé...

C'était invariablement Tremblet qui payait.

Pendant des semaines, la police chercha Théodore partout, et Théodore restait introuvable, jusqu'à ce qu'un jour Maigret, par hasard, eut l'idée d'aller jeter un coup d'œil chez MM. Couvreur et Bellechasse.

Ce fut M. Mauvre qui le reçut.

— Théodore ? Mais nous avons eu un employé de ce nom, il y a très longtemps... Attendez... Il y a plus de douze ans qu'il a quitté la maison... Bien sûr, qu'il y a connu M. Tremblet... Ce Théodore — je pourrais retrouver son nom de famille dans nos registres — faisait les courses, et nous avons dû le mettre à la porte parce qu'il était constamment ivre et qu'il se permettait alors d'intolérables familiarités.

On retrouva son nom. Ballard. Théodore Ballard. Mais c'est en vain qu'on chercha un Théodore Ballard dans les meublés de Paris et de la banlieue.

Une piste, mais vague : un Théodore Ballard avait, cinq ans plus tôt, travaillé, pendant quelques semaines, à la foire de Montmartre, sur un manège de chevaux de bois. Il s'était cassé un bras, un soir qu'il était ivre, et on ne l'avait jamais revu.

C'était, évidemment, l'homme de l'*Hôtel Excelsior*, l'homme à la carabine à air comprimé.

Par quel hasard avait-il retrouvé le caissier de la maison où il avait lui-même fait les courses ? Les deux hommes, en tout cas, avaient pris l'habitude de se rencontrer et de jouer ensemble au billard.

Théodore avait-il découvert le secret de son ami ? Avait-il flairé un magot dans la maison du quai de la Gare ? Ou bien les deux amis s'étaient-ils disputés ?

— Qu'on continue à surveiller le quai...

Et l'on continuait. Cela devenait une rengaine à la P.J.

— Qu'est-ce que tu fais, ce soir ?

— De service aux canaris...

C'est pourtant ce qui donna, en fin de compte, un résultat positif, car une nuit un type long et maigre, aux moustaches roussâtres, qui traînait la patte comme un mendiant, s'introduisit bel et bien dans la maison.

Le gros Torrence lui sauta dessus, tandis que l'autre le suppliait de ne pas lui faire de mal.

A victime miteuse, assassin miteux. Théodore était pitoyable. Il devait y avoir plusieurs jours qu'il n'avait pas mangé, qu'il rôdait dans les rues et le long des quais.

Sans doute soupçonnait-il que la maison était surveillée, puisqu'il avait attendu si longtemps avant de s'y glisser. En fin de compte, il n'y avait plus tenu.

— Tant pis ! soupira-t-il. J'aime encore mieux comme ça... J'ai trop faim.

A deux heures du matin, il était encore dans le bureau de Maigret, devant des sandwiches et de la bière, à répondre à toutes les questions qu'on voulait.

— Je sais bien que je suis un sale type, mais, ce que vous ne savez pas, c'est que lui, Maurice, était un sournois... Ainsi, il ne m'avait jamais dit qu'il avait une maison sur le quai... Il se méfiait... Il voulait bien jouer au billard avec moi, mais, pour le reste, il avait son quant-à-soi... Comprenez-vous ?... Je lui empruntais parfois de petites sommes, et il ne les lâchait qu'avec un élastique...

» C'est possible que j'aie exagéré... J'étais sans un sou. Je devais de l'argent à ma logeuse : alors, il m'a déclaré que c'était la dernière fois, qu'il en avait assez d'être poire et que, d'ailleurs, le billard ne l'amusait plus...

» En somme, il me mettait à la porte comme un domestique...

» Et c'est alors que je l'ai suivi, que j'ai compris quelle vie il menait et que je me suis dit qu'il devait y avoir de l'argent dans la maison...

— Vous avez commencé par le tuer... grommela Maigret en tirant sur sa pipe.

— Ce qui prouve que je ne suis pas intéressé, que c'était plutôt la vexation qui me poussait... Sinon, je serais allé d'abord quai de la Gare quand je savais qu'il n'y était pas.

Dix fois encore, cette fameuse maison fut fouillée par les experts les plus avertis, et ce ne fut qu'un an plus tard, alors qu'elle avait été vendue et que personne ne pensait plus à l'affaire, qu'on découvrit le magot.

Il n'était ni dans les murs ni sous les lames du parquet, mais bel et bien enfoncé dans un cabinet du premier étage qui ne servait pas.

C'était un assez gros paquet de toile cirée qui contenait pour deux millions et quelques centaines de milliers de francs de billets de banque.

Quand Maigret entendit énoncer le chiffre, il fit un rapide calcul et comprit, sauta dans un taxi, d'où il descendit en face du Pavillon de Flore.

— Avez-vous la liste de tous les gagnants de la Loterie Nationale ?

— La liste complète, non, car certains gagnants désirent garder l'anonymat, et la loi leur en donne le droit. Tenez, il y a sept ans...

C'était Tremblet, Tremblet qui avait gagné les trois millions et qui les avait emportés sous son bras, en billets. Tremblet qui n'en avait jamais soufflé mot à personne, Tremblet qui avait horreur du bruit et qui, dès lors, s'était offert les petites joies dont il avait eu tant envie.

« *On ne tue pas les pauvres types.* »

Et pourtant c'était un pauvre type, en vérité, qui était mort, en chemise, assis au bord de son lit, où il se grattait les pieds avant de se glisser dans les draps.

Saint Andrews (N.B.), Canada, 15 avril 1946.

Le passager clandestin

Première édition : La Jeune Parque, 1947

Un bateau italien qui venait de San Francisco était accosté au pier, devant les bâtiments de la douane. De ce côté-là, on avait allumé toutes les lampes, d'énormes ampoules électriques à la lumière blanche et crue qui pendaient à des fils un peu partout, de sorte que de loin cela donnait l'impression d'un plateau de cinéma, avec des ombres s'agitant en tous sens, les coups de sifflet commandant le vacarme métallique des grues et des palans, les couleurs mangées par les projecteurs, le vert et le rouge du pavillon, par exemple, tout pâles, tranchant à peine sur le blanc.

Le ciel sans lune, par contraste, était d'un noir de velours, sans nuages, car on y voyait scintiller toutes les étoiles.

Du même noir somptueux était la surface de l'eau qui respirait paisiblement et venait clapoter contre les pilotis. Avec quelques étoiles aussi, là-bas, à des distances difficiles à évaluer, mais des étoiles, celles-ci, qui avaient été allumées par les hommes. Parmi les feux d'un blanc jaunâtre, on reconnaissait les lumières vertes des feux de position ; aussi deux guirlandes de lumières rondes, bien alignées : les hublots de deux paquebots avec des étoiles plus petites, mais plus scintillantes à la tête de leurs mâts.

Encore, au ras de l'eau, des lucioles mouvantes : celles des vedettes et des canots invisibles d'où, parfois, montaient des voix.

Enfin, dernières étoiles, puisque tout feu dans la nuit devient étoile, il y avait celles que les deux hommes promenaient avec eux, dans le noir absolu, au bout d'une jetée en planches.

Ils ne connaissaient l'un de l'autre que cette petite pastille rougeâtre qui brillait un peu plus fort à chaque aspiration. A leurs pieds, au bas des pilotis, une vedette se balançait, où remuait un matelot.

La ville, Panama, était loin, au-delà des docks et de la zone obscure qui les cernait. On n'en percevait pas la rumeur : seulement, de temps en temps, le klaxon d'une auto qui se rapprochait ; mais un fin brouillard lumineux rosissait ce secteur du ciel.

Les deux hommes marchaient. A intervalles à peu près réguliers, le disque rouge d'une cigarette et celui d'un cigare se croisaient. Tous les deux attendaient quelque chose qui devait venir de la ville, tous les deux étaient retenus par un lien invisible à la vedette assoupie sur laquelle chacun se penchait à son tour.

Il était une heure du matin. Les premiers feux qu'on distinguait dans la rade, un des deux hommes au moins le savait, étaient ceux de l'*Aramis,* qui avait franchi le canal dans la soirée et qui allait entrer dans les eaux du Pacifique. On ne pouvait pas voir sa silhouette, juger de sa grandeur. Tout au plus, au petit nombre de hublots lumineux, jugeait-on que ce n'était pas un géant des mers, mais un modeste cargo mixte.

— Vous embarquez sur l'*Aramis* ?

Un des deux hommes s'était arrêté au moment où les feux de la cigarette et du cigare se croisaient une fois de plus. Sa voix était naturelle et cordiale.

L'autre marqua un temps d'arrêt, essaya de distinguer les traits de son interlocuteur et resta un bon moment sans répondre.

— Cela paraît... laissa-t-il enfin tomber sur un ton peu engageant.

Et déjà, sans s'être vus, les deux hommes en savaient beaucoup l'un sur l'autre. Le premier avait une pointe d'accent anglais, juste une pointe, comme les Anglais qui ont vécu de longues années à Paris ou sur la Côte d'Azur. Il y avait chez lui une certaine réserve qui n'allait pas sans distinction.

— J'attends le capitaine, moi aussi ! poursuivit-il. Major Owen...

Il sentit qu'on essayait de le dévisager. Son compagnon, lui, avait parlé d'une voix traînante, un peu sourde, un peu hargneuse, en homme habitué à se tenir sur la défensive.

D'ailleurs, au lieu de répondre à cette présentation en se présentant à son tour, il fit volte-face et recommença à marcher de long en large.

Dix fois, vingt fois, il se tourna vers la ville. Sa démarche trahissait sa nervosité. Comme cela lui était déjà arrivé quand un taxi l'avait débarqué au bout de la jetée, il alla se pencher au-dessus de la vedette.

— Tu es sûr que tu n'as pas le droit de me conduire à bord ?

— Oui, monsieur.

— Et je n'ai pas le droit, moi, de m'y rendre avec un autre canot ?

— Si vous en trouvez un...

Le commandant était à terre, dans les bureaux du port, probablement. Peut-être était-il allé jusqu'en ville boire un verre avec des amis ?

L'homme s'éloigna vers un endroit des quais où on entendait des voix. Il marchait prudemment, avec l'air de tâter l'ombre avant de s'y aventurer, s'immobilisant parfois pour écouter.

— Il est pressé, celui-là ! soupira le matelot en s'étendant sur le roof.

Il faisait très chaud, malgré la nuit. A bord du paquebot qui montrait le plus de hublots et qui ne tarderait pas à s'engager dans le canal, on dansait. En dépit du vacarme des grues, on recevait parfois, jusqu'à terre, une sourde bouffée de musique.

On dansait à Panama aussi, dans tous les cabarets, et à Colon, à l'autre bout du canal.

A bord de l'*Aramis,* certains passagers étaient déjà couchés, leur porte ouverte tendue d'un rideau qui se gonflait au souffle des ventilateurs électriques ; d'autres jouaient aux cartes en attendant qu'on levât l'ancre.

Des avirons firent clapoter l'eau. L'homme pressé avait dû trouver un canot qui, sans lumière, glissait lentement vers l'*Aramis*.

Et, quelques instants plus tard, des pas rapides se rapprochaient ; on devinait la silhouette blanche du commandant qui portait une serviette sous le bras.

— Nous partons, major Owen...

Il regarda autour de lui, se pencha vers l'embarcation.

— Où est l'autre ?

— Il s'est fait conduire à bord par un canot indigène...

Ils descendirent l'échelle de fer l'un derrière l'autre. Le matelot déborda la vedette à la gaffe. Le moteur ronronna. Et, tandis qu'un sillage blanc lumineux se dessinait sur le velours sombre de l'eau, l'*Aramis,* peu à peu, devenait une réalité. C'était d'abord un petit bateau comme les enfants en dessinent, un bateau si simple de ligne, avec son unique cheminée, qu'il avait l'air d'un jouet.

Puis on distinguait la pâleur des mâts et des haubans, enfin les hommes accoudés au bastingage.

Les malles qui encombraient la vedette furent hissées à l'aide d'un palan. Le commissaire de bord, au-dessus de l'échelle, attendait le major Owen.

— Vous avez pu me trouver une bonne cabine ?

— Vous aurez la meilleure, le numéro 1. Si vous voulez me suivre...

Ils ne se connaissaient pas encore. On ne se connaît jamais au début d'une traversée. Par contre, les autres passagers se connaissaient, car il y avait vingt-deux jours qu'ils avaient quitté Marseille ensemble.

C'était l'hiver, là-bas, février et ses averses froides, quand ils étaient partis, et pendant quatre jours le petit bateau s'était frayé durement un passage dans les houles grises. Les hommes, pour venir respirer sur le pont, endossaient des pardessus et enfonçaient les mains dans leurs poches.

Les officiers, l'équipage, les habitués de la ligne savaient à quel moment exact cela finirait. Et cela se passa où cela devait se passer, un peu au large des Açores. Le matin du cinquième jour, les passagers s'étaient réveillés dans un calme irréel, sans le heurt scandé des lames sur la coque, sans le choc des machines à chaque houle, sans les craquements des cloisons travaillées par le roulis et le tangage.

On aurait dit que le petit navire s'était immobilisé dans l'espace, dans un monde de paix et de silence, et du pont on découvrait maintenant une étendue d'un bleu scintillant, encore un peu pâle, où ciel et mer se confondaient.

Certains, aux jumelles, purent apercevoir les pentes vertes des îles. Et déjà, deux jours après, robes blanches et complets de toile faisaient leur apparition.

Parce que c'était un vieux bateau, l'*Aramis* traçait lentement à travers l'océan son sillon vite effacé.

On apprenait le nom du monsieur maigre et soucieux qui occupait la cabine officielle, à côté du salon des premières : M. Frère, inspecteur des colonies, qui allait en tournée dans les possessions françaises du Pacifique.

Les parties de bridge, entre les Justin et les Lousteau, devenaient un rite, comme aussi les apéritifs de midi et du soir. On connaissait le commandant par son nom, les particularités de chaque officier.

Et, à l'escale de Pointe-à-Pitre, tout le monde se retrouvait au bal Doudou, y compris le missionnaire des secondes classes.

A l'arrivée à Cristobal, un paquebot suédois précédait l'*Aramis,* et partout on rencontrait des Suédois, dans les rues et dans les bars, dans les bazars et dans les cabarets.

Maintenant, le cargo mixte avait franchi le canal, de nuit, en partie. De temps en temps, un des joueurs de bridge, qui faisait le mort, passait sur le pont, scrutait l'obscurité des yeux et revenait annoncer :

— Troisième écluse...

Quatrième... cinquième...

C'étaient presque tous des habitués, qui ne se dérangeaient plus pour contempler les écluses géantes.

— On restera longtemps à Panama ?

— Le plus souvent, on mouille en rade... Sauf s'il y a un chargement à prendre... Le commandant n'en prévoit pas...

On avait jeté l'ancre en rade.

On n'en avait pas moins embarqué deux nouveaux. Quelqu'un vint l'annoncer, au salon. C'était un salon minuscule, avec seulement six tables de jeu et quelques fauteuils, une sorte de guichet, qu'on fermait à l'aide d'un volet, qui servait de bar.

— Qui est-ce, monsieur Jamblan ?

Le bateau n'était pas assez important pour emmener un nombreux personnel et M. Jamblan remplissait à la fois les fonctions de maître d'hôtel et de commissaire de bord.

— Un major anglais, M. Philip Owen, et un Français, qui habite Panama depuis longtemps...

— Je parie qu'on a donné la cabine n° 1 à l'Anglais.

Tout le monde avait réclamé cette cabine, parce qu'elle faisait face à la marche et qu'elle formait l'angle à bâbord, du côté opposé au soleil.

M. Jamblan s'excusait.

— Pas avant Panama, monsieur Justin... Nous avons pour instructions de la réserver, dans toute la mesure du possible, pour le cas où un personnage important monterait à Panama...

Est-ce que M. Justin, administrateur de colonies depuis vingt ans, qui en était à son huitième voyage sur la ligne et qui allait jusqu'au bout, jusqu'à Port-Vila, dans les Nouvelles-Hébrides, n'était pas un personnage important ? Sans la présence à bord — et c'était bien un hasard — de l'inspecteur des colonies, il aurait eu le droit de partager la table du commandant.

Ce fut Mme Justin qui alla s'assurer qu'on donnait bien la fameuse cabine n° 1 à l'Anglais.

— C'est un homme d'un certain âge, vint-elle annoncer. Il a l'air très bien.

Les portes étaient ouvertes, on traînait les malles sur le tapis rouge ; l'autre passager avait la cabine n° 6, à droite de l'escalier, une des deux qui ne donnaient pas sur l'avant et qui étaient torrides.

— Qui est-ce, commandant ?

Et le commandant d'esquisser un geste vague, comme pour dire que l'homme ne valait pas grand-chose.

— Nouméa ?

— Tahiti...

— Et l'Anglais ?

— Tahiti...

Tant mieux. Après Tahiti — il resterait encore onze jours de traversée aux Justin et à quelques autres — la cabine n° 1 serait libre. A ce moment-là, d'ailleurs, on n'était jamais qu'une dizaine de passagers à bord, et la bonne vie commençait.

Le barman savait ce qu'il devait servir à chacun. Ils n'avaient qu'un signe à faire. C'était l'ultime tournée. On entendait virer l'ancre.

— Un dernier trick ?

Ils le jouaient pendant que le bateau, libéré, oscillait avant de prendre son cap. Le Français entra dans le salon et se dirigea tout de suite vers le bar.

— Double fine...

En guise de bonjour, il avait touché sa tempe du bout des doigts et, maintenant, il observait le petit groupe en buvant son cognac. Deux fois, il sortit pour s'assurer que l'*Aramis* s'éloignait du port. Deux fois, il fit remplir son verre et, s'il lui arriva de suivre la partie de cartes, il n'adressa la parole à personne.

Quant au major Owen, on le vit passer sur le pont, mais il n'entra pas immédiatement au salon. On avait entrevu une silhouette un peu empâtée, d'une remarquable distinction, un complet croisé en soie blanche, des cheveux argentés couronnant un visage coloré.

C'était un peu comme à l'école, quand des nouveaux entrent en cours d'année. On s'épiait de part et d'autre ; de part et d'autre aussi on prenait un air dégagé, surtout les nouveaux, qui se sentaient jugés sans indulgence.

— L'Américain, monsieur Jamblan ?

— Il dort...

Il s'agissait encore d'un nouveau, un peu moins nouveau que les deux derniers, puisqu'il avait embarqué la veille à Cristobal, à l'autre bout du canal. Plus exactement, on l'avait embarqué, comme un colis, car il était ivre au point de ne pas tenir debout. On l'avait littéralement transporté dans sa cabine, la 5, qui, de l'autre côté de l'escalier, faisait pendant à celle du Français.

Depuis, on ne l'avait pas vu, sauf M. Jamblan, qui s'était glissé chez lui et l'avait chaque fois trouvé endormi.

Le commandant était là-haut près du timonier rigide. Sur le pont des embarcations, la porte de sa cabine toujours ouverte, le télégraphiste, en manches de chemise, manœuvrait ses appareils.

En contrebas des premières classes, sur le pont avant, quelques passagers des secondes prenaient le frais, malgré l'heure, en marchant à petits pas comme dans un square, car ceux-ci vivaient à six ou huit dans des cabines où régnait une chaleur étouffante.

L'*Aramis* avait quitté Marseille vingt-deux jours plus tôt ; dans dix-huit jours, il atteindrait Tahiti ; puis, onze jours plus tard encore, son terminus, aux Nouvelles-Hébrides. Là, il ferait demi-tour et reprendrait sa route en sens inverse, pour la soixantième fois, car il en était à son soixantième voyage.

Chaque fois, il y avait un ou plusieurs administrateurs coloniaux en première classe, des gendarmes, des instituteurs, un ou deux missionnaires en seconde. Chaque fois, il y avait au moins un Anglais ou un Américain, un passager ou une passagère susceptible d'éveiller la curiosité et d'alimenter les conversations. Chaque fois, la cabine n° 1 était convoitée et donnait lieu sinon à des incidents, tout au moins à des mauvaises humeurs.

M. Jamblan, si aimé à présent, ne savait-il pas que, dans sept ou huit jours, quand les provisions de vivres fraîches seraient épuisées et que, faute d'escales, on ne pourrait les renouveler, on commencerait à se plaindre de la nourriture ?

Que des passagers — des passagères surtout — qui s'entendaient si bien aujourd'hui en viendraient à se détester et qu'on aurait de la difficulté à réunir quatre personnes pour le bridge ?

Le bateau, peu à peu, prenait son allure normale. Les joueurs bavardaient encore un peu, en buvant le dernier verre, et le barman bâillait en attendant le moment d'aller se coucher.

Sur le pont, le major Owen et le Français de Panama se croisèrent plusieurs fois et s'examinèrent sans s'adresser la parole.

Est-ce que chacun avait deviné l'autre ? On aurait pu le croire. Ils avaient, pour se mesurer, les mêmes regards aigus d'hommes qui connaissent les hommes.

Sur la cloison, à droite de l'escalier, était suspendu un tableau où M. Jamblan tenait à jour la liste des passagers.

Or les deux hommes, chacun venant d'un bord, s'y trouvèrent ensemble dès que le maître d'hôtel se fut éloigné.

Ils ne se cédèrent la place ni l'un ni l'autre, restèrent debout côte à côte. Pour lire, l'Anglais mit des lunettes à monture d'écaille.

« Alfred Mougins, de Panama... »

Son compagnon lisait au même instant :

« Major Philip Owen, de Londres... »

Quand ils se regardèrent à nouveau, Mougins avait un léger retroussis des lèvres, quelque chose comme un sourire, mais sans bienveillance.

« Vraiment ! » semblait-il dire avec ironie.

Et le major, d'un coup d'œil, n'en avait-il pas appris davantage sur l'homme de Panama ?

Il y avait un haut fonctionnaire à bord, qu'on attendait avec angoisse dans tous les archipels dépendant de la France, car il venait pour éplucher les comptes, et cent carrières dépendraient de son rapport.

Il y avait en première classe un administrateur des colonies et un gros négociant de Nouméa, deux dames, une jeune et une vieille, qui paraissaient voyager pour leur plaisir ; en seconde classe, un instituteur, deux institutrices, un prêtre, trois gendarmes et un Danois qui allait tenter sa chance dans les îles.

Il y avait les officiers et l'équipage. Il y avait le télégraphiste qui, de sa cabine ouverte sur le pont supérieur, retrouvait au bout de ses antennes des bateaux amis, des télégraphistes avec qui il échangeait des messages. Pendant la première partie de la traversée, il avait joué ainsi des parties d'échecs avec son confrère d'un bateau qui faisait la même route, à quelque cinquante milles au sud.

Il y avait enfin deux hommes en plus : un Anglais et un Français.

Demain — c'était traditionnel —, on installerait sur le pont arrière une piscine de fortune, faite d'épars et d'une bâche, trois mètres sur trois environ, avec l'eau pompée directement à la mer, dans laquelle chacun viendrait se tremper.

Puis — dans cinq jours — ce seraient les Galapagos qu'on apercevrait de loin sur la gauche.

Il y aurait les poissons volants... Le passage de l'équateur...

Et, sur la carte, près du salon des premières, les chiffres inscrits chaque jour à midi, aussitôt après le point : 235... 241... 260 milles...

Et le typhon qui sévissait toujours quelque part et qu'on ne voyait jamais.

— Nous en avons tout juste eu la queue...

Depuis vingt-quatre ans, l'*Aramis* prenait ainsi, invariablement, la queue des typhons.

Une lumière blanche au bout d'un mât, scintillante comme une planète, deux lumières plus sourdes, une verte et une rouge, puis les hublots couleur de lune rousse qui s'éteignaient les uns après les autres, des millions d'étoiles dans un ciel très haut, la côte, derrière, où se croisaient des phares dont on ne verrait bientôt plus qu'un halo.

En bas, des nègres nus, embarqués à la Martinique, s'agitaient devant la gueule rouge des chaudières et ne voyaient le noir du ciel qu'au bout d'une cheminée, à travers une grille. Le chef mécanicien, sur sa couchette, écoutait la radio : une voix qui venait de Paris, où il était déjà dix heures du matin.

Des femmes remuaient les lèvres en dormant, des hommes ronflaient, les rideaux de toutes les cabines se gonflaient et, derrière le sien, Alfred Mougins se déshabillait en se souriant légèrement dans la glace.

Le major Owen était resté le dernier sur le pont. Il avait l'habitude des bateaux et, chaque fois qu'il s'embarquait, il faisait ainsi le tour de son domaine provisoire, lentement, méthodiquement, comme on prend possession d'un nouvel appartement.

En se penchant sur la rambarde, il découvrait le pont des secondes classes, où il n'y avait plus maintenant qu'un couple enlacé dans l'ombre. Il le reconnaîtrait quand même le lendemain, parce que la femme était rousse, d'un roux ardent.

Il monta plus haut, sur le pont des embarcations. Dans la faible lumière de la chambre de veille, on devinait les deux mains du timonier immobiles sur la roue du gouvernail, et les hublots du commandant étaient obscurs.

Le télégraphiste, seul, était toujours assis dans sa cabine, le casque d'écoute sur la tête, sa porte ouverte dessinant un rectangle de lumière crue dans laquelle le crépitement du morse mettait comme des chants de grillons.

L'officier vit passer Owen et lui souhaita le bonsoir. L'Anglais marcha encore un peu, tout seul, dans l'ombre, puis, trouvant dans un coin un fauteuil transatlantique, il s'y installa et alluma un cigare.

Le ronron de la machine, un léger clapotis, un froissement soyeux du côté de l'étrave, les grillons du morse, c'est tout ce qu'on entendait maintenant sous les étoiles parmi lesquelles se balançait à un rythme lent et doux l'étoile plus scintillante de la tête de mât.

Le rectangle lumineux s'éteignit à son tour quand le télégraphiste se coucha, laissant sa porte ouverte.

Les minutes, les heures devaient passer, mais elles étaient si fluides qu'on n'en avait pas conscience. La cendre blanche du cigare s'allongeait. Des centaines d'autres bateaux gravitaient ainsi dans la nuit des océans, avec leur chargement d'humains qui allaient quelque part où les appelait leur destin.

Parfois Owen fermait les yeux, puis les ouvrait à moitié seulement, et, une fois que ses paupières s'écartaient de la sorte, il devint plus immobile, oubliant de tirer sur son cigare.

Quelque chose avait bougé, à sa droite. Quelque chose remuait encore, à moins de trois mètres de lui, et c'était si insensible, si inattendu qu'il fut un bon moment à se rendre compte que c'était la bâche d'un des canots qui se soulevait. Il y avait six canots sur le pont, calés dans leur berceau, sans compter la grande baleinière. Chacun était recouvert d'une bâche en grosse toile grise qui formait tente.

Une de ces bâches remuait, un vide se dessinait entre elle et le plat-bord, et l'on aurait pu penser à la présence de quelque animal si l'on n'avait distingué des doigts humains.

L'immobilité d'Owen devint totale, et la bâche bougeait toujours ; l'écartement, maintenant, atteignait plusieurs centimètres ; sans doute, derrière, y avait-il un visage, des yeux anxieux.

Du canot, on pouvait le voir. Il eut l'intuition qu'on le découvrait, car la bâche cessa de bouger. Elle ne se rabattit pas tout de suite. Après de longues minutes, seulement, elle se mit à descendre insensiblement jusqu'à se refermer tout à fait.

Il y avait quelqu'un dans le canot, quelqu'un qui l'avait vu, quelqu'un qui avait peur. Et parce qu'il avait connu la peur, lui aussi, parce qu'il ne voulait pas l'infliger à autrui, il en arrivait à retenir sa respiration. Son cigare, qui s'éteignait, changeait de goût, devenait plus amer. Il avait envie de se gratter la jambe et n'osait pas.

La bâche bougerait-elle encore ?

Que pouvait-il pour rassurer l'homme qui se cachait de la sorte ?

La porte de la cabine du télégraphiste était toujours ouverte. Il ne fallait pas faire de bruit.

Longtemps, il resta figé, les yeux fixés sur le même point. Puis, très doucement, il se mit à siffloter. Il lui semblait que, pour *l'autre,* ce serait un apaisement de l'entendre. Il avait choisi un air simple et tendre. Il se levait, s'approchait du canot auquel il s'appuyait légèrement.

Alors il balbutiait très vite, très bas :

— N'ayez pas peur...

Une seconde de réflexion. Qui sait si l'inconnu comprenait le français ? Il répéta sa phrase en anglais, puis en espagnol, se remit à siffloter et s'éloigna d'un pas normal, rassurant, s'engagea enfin dans l'escalier de fer.

Ainsi, en plus de sa cargaison normale, l'*Aramis* emportait un inconnu vers les mers du Sud. Le bar, le salon étaient fermés. Dans les escaliers et dans les coursives, il n'y avait que deux lampes en veilleuse et, sur le noir des cabines, toujours ces rideaux qui se gonflaient, toujours ce frémissement dû aux ventilateurs.

Une seule cabine avait encore de la lumière, celle d'Alfred Mougins, et d'après les bruits on pouvait déduire que celui-ci était occupé à ranger le contenu de ses malles.

Il écarta son rideau pour voir qui passait, reconnut l'Anglais.

— Bonne nuit... prononça celui-ci.

Il reçut en échange un regard dur, puis, en fin de compte, un ironique :

— Bonne nuit !

Est-ce que les amoureux étaient toujours enlacés, à l'avant ? Est-ce que l'homme du canot osait enfin soulever sa bâche pour aspirer un peu de l'air de la nuit ?

Owen, à moitié dévêtu, se regardait dans la glace, tâtait ses joues molles, marquées de couperose, son menton épaissi, s'attardait aux poches qui soulignaient ses yeux clairs comme des yeux d'enfant et soupirait en commençant sa toilette.

Quand sa lumière s'éteignit, Alfred Mougins s'était couché, lui aussi, et, dans une cabine voisine, une femme, peut-être Mme Justin, peut-être Mme Lousteau — à moins que ce fût la tante ou la nièce ? — prononçait dans son sommeil des mots indistincts.

2

Il y eut un incident, le premier matin après le départ de Panama. Cela se passa aux environs de dix heures.

Dès six heures, Owen avait été réveillé une première fois par les matelots qui briquaient le pont sous ses hublots. L'air, la lumière, à ce moment-là, étaient d'une qualité telle qu'il était sorti de son lit. L'*Aramis*, sans autre bruit qu'un bourdonnement qu'on finissait par ne plus entendre, que le froissement de l'eau sur l'étrave, continuait sa route, avec une paisible obstination d'insecte, dans un univers bleu et or, lavé de frais, nacré, irisé, qui ressemblait à un gigantesque coquillage.

Des matelots, sur le gaillard d'avant, lavaient aussi le pont à grande eau, et, près du cabestan, le missionnaire, long et maigre, barbu — il avait le poil roussâtre, la barbe très longue —, profitait de ce que les passagers dormaient encore pour se livrer, en culottes courtes, à des exercices d'assouplissement.

Owen se recoucha, se rendormit, se réveilla plusieurs fois encore ; à vrai dire, son sommeil fut plutôt un demi-sommeil dans lequel la réalité et le rêve finissaient par se confondre. Par exemple, il avait l'impression de voir de l'extérieur, de très loin et de très haut, le petit navire noir et blanc qui traçait sa route à travers la solitude de l'océan. Il en était attendri. C'était la première fois qu'il voyageait sur un bateau si petit, si modeste, à bord duquel la vie avait quelque chose de familial.

Il devait être aux environs de huit heures quand les deux femmes, la tante et la nièce, qui étaient ses voisines immédiates, commencèrent à se disputer derrière la cloison. S'il ne saisissait pas les mots, il eut l'impression très nette que c'était la jeune qui haussait le ton et qui engueulait sa tante. L'une d'elles devait être encore couchée. L'autre allait et venait. Elle sonna le steward, sans doute pour commander le petit déjeuner.

Il y eut d'autres sonneries, des allées et venues dans lesquelles l'Anglais fut assez long à se reconnaître. C'est pourquoi il se leva une seconde fois et alla regarder à la porte.

Il apprécia alors le privilège d'occuper la cabine n° 1, la seule, avec la cabine officielle de M. Frère, à avoir une salle de bains particulière. Les autres passagers de première classe étaient obligés d'aller faire tour à tour leur toilette dans un cabinet qui se trouvait juste à côté d'Alfred Mougins, sous l'escalier.

Les hommes circulaient en pyjama, les cheveux en désordre, jetaient un coup d'œil dehors, fumaient une cigarette en faisant les cent pas sur le pont. On voyait aussi des femmes en peignoir. Mme Justin, qui avait cinquante ans et qui était noiraude, petite de tête, étroite d'épaules, mais large de fesses, avait acheté, à Colon sans doute, chez les Chinois ou dans un bazar, un kimono oriental en soie jaune brodé d'un énorme soleil dans le dos.

— Allez-y toujours... Je ne suis pas pressée... Il faut que je me repasse une robe...

Chacune, en somme, faisait son petit ménage, cachant ses bigoudis sous un foulard.

A neuf heures, sur le pont des secondes classes, à l'avant, des gens jouaient déjà au palet.

La voix de M. Lousteau, le négociant de Nouméa :

— Dites donc, Justin, ils sont en train de monter la piscine... Il paraît qu'on pourra se baigner dès onze heures...

Owen sonna le steward, commanda des œufs au bacon et fut près d'une heure à sa toilette, à laquelle il procédait avec une minutie de coquette. De sorte que, quand, à dix heures, l'incident éclata, il était impeccable, les joues rasées de si près que sa peau était aussi lisse qu'une peau de femme, les cheveux lustrés, le corps à l'aise dans un complet de fine toile blanche, d'une coupe parfaite.

Cela commença par une sonnerie prolongée. Quelqu'un, dans une des cabines, sonnait sans répit, rageusement, et le steward, qui était en bas, aux cuisines, arriva en courant, frappa à la porte de l'Américain et entra.

Quand il sortit, après avoir essuyé une bordée d'injures inintelligibles, il alla parler à M. Jamblan, qui se trouvait justement dans l'escalier.

Après quoi il y eut un court répit. Le steward était un petit Annamite toujours souriant qu'on appelait Li. Il revint avec un plateau, frappa, entra dans la cabine dont il referma la porte derrière lui ; quelques instants plus tard, on entendait un fracas de porcelaine brisée, et le steward sortait précipitamment en épongeant sa veste blanche.

C'est alors que Philip Owen, comme les autres passagers, sortit de chez lui. Ce qui s'était passé avant, il le reconstitua par la suite. Mme Justin était là, toujours en kimono ; Alfred Mougins s'approcha aussi, venant du pont, et d'autres surgirent successivement.

M. Jamblan aurait bien voulu éviter un esclandre, mais l'Annamite, sans se soucier de la présence des passagers, expliquait d'une voix aiguë ce qui venait d'arriver.

Il avait porté une tasse de café noir à l'Américain — il s'appelait Wilton C. Wiggins — et s'était gentiment penché sur celui-ci, encore couché, pour le faire boire.

L'autre, devenu furieux à la vue du café, avait renversé le plateau d'un mouvement rageur, puis, ramassant la tasse et la cafetière de porcelaine, les avait lancées de toutes ses forces dans la direction du steward. La tasse s'était brisée sur la main de celui-ci, qui portait une coupure à l'index.

Alfred Mougins écouta, les sourcils froncés. Puis, lentement, calmement, en homme qui a l'habitude des bagarres, il se dirigea vers la porte restée entrouverte, en prononçant :

— Je vais lui apprendre les bonnes manières, à ce sauvage...

M. Jamblan s'interposa.

— Laissez, monsieur Mougins... Il vaut mieux que ce soit le commandant qui s'en occupe...

Tout de suite l'incident prenait des proportions comiques ; cela devenait presque, parce que l'ivrogne était américain, une affaire de patriotisme.

— Ces gens-là se croient tout permis...

— Monsieur Mougins, je vous en prie...

— Je vais lui casser la gueule...

Les femmes, qui prenaient des airs effrayés, étaient les plus excitées.

— Tenez !... Voici justement le commandant...

Le commandant Magre, en effet, qui avait entendu du bruit, descendait l'escalier.

— Qu'est-ce que c'est, Jamblan ?

— Le 5 avait sonné pour réclamer une bouteille de whisky... Sur mon ordre, on lui a porté du café et alors...

Le commandant entra et ferma la porte derrière lui. Au fond, la plupart de ceux qui étaient là souhaitaient entendre un nouveau fracas. Mais on n'entendait qu'un bourdonnement de voix. Cela dura longtemps. Le commandant sortit, chercha quelqu'un des yeux, aperçut M. Owen et l'entraîna sur le pont.

— Puis-je vous demander de lui parler ? Je n'arrive pas plus à comprendre son anglais qu'il ne comprend le mien...

C'est ainsi que Philip Owen, dès le premier jour de la traversée, joua à bord de l'*Aramis* un rôle quasi officiel.

Quand il sortit de la cabine à son tour, il rencontra le regard ironique d'Alfred, qui fumait une cigarette sur le pont. Il monta directement sur la passerelle supérieure où une porte s'ouvrit.

— Entrez ! invita le commandant en faisant les honneurs de son petit salon.

C'était très coquet, avec beaucoup d'aquarelles sur les cloisons, œuvres du commandant qui peignait pendant ses heures de loisir. Comme il n'avait que la mer devant lui, il copiait patiemment des cartes postales, des fleurs, des gitanes, des paysages de neige, des couchers de soleil sur la montagne.

— Un cigare ?

— Merci... Je crois que le mieux à faire est de lui porter la bouteille qu'il réclame... Il m'a tout expliqué, presque calmement, dès qu'il a vu que je comprenais... C'est un important entrepreneur de La Nouvelle-Orléans... Cela lui prend environ une fois par an...

Owen avait, quand il parlait, un sourire très fin, très bienveillant aussi, qui était son plus grand charme. Sans grands gestes, il jouait cependant avec ses mains, qui étaient blanches et dodues, d'un modelé délicat.

— Vous avez peut-être navigué en Malaisie, commandant ? Vous savez donc ce que les indigènes de là-bas appellent l'amok... Un homme, calme et modeste jusqu'alors, se met tout à coup en transe, s'arme d'un kriss et se précipite hors de chez lui, va droit son chemin, l'œil fixe et la bave à la bouche, tuant tout ce qu'il trouve sur son passage... Eh bien ! Wilton C. Wiggins est une sorte d'amok, en moins dangereux... J'en ai connu d'autres comme lui, qui n'étaient pas tous Américains...

Il jouait négligemment avec son cigare d'où montait un mince filet de fumée bleue. En même temps, il observait le commandant et déjà il en avait fait le tour. Un brave homme, certainement, dont le rêve était de présider non aux destinées d'un petit bateau de fonctionnaires comme l'*Aramis*, mais à celles d'un somptueux transatlantique. C'était un homme qui s'observait, calculait ses mouvements, jetait parfois un coup d'œil dans la glace pour s'assurer qu'il ressemblait bien à l'image qu'il se faisait de lui-même. Il devait admirer l'aisance d'Owen et peut-être, tout à l'heure, une fois seul, s'essayerait-il à copier les gestes de celui-ci ?

— Comme vous dites, je crois, en français, il tire une bordée... Il s'en va de chez lui, se met à boire, s'embarque pour un pays quelconque et continue à boire pendant dix jours, vingt jours, du soir au matin et du matin au soir. Après quoi, soudain, il se réveille avec le vif désir de retrouver sa maison, sa famille et son existence bien réglée. Si vous lui refusez du whisky, il cassera tout. Si vous lui donnez ce qu'il demande, cela m'étonnerait qu'il sorte seulement de sa cabine...

De sorte que le commandant sonna le steward, lui donna l'ordre de porter au passager la bouteille de whisky demandée.

Après quoi, les deux hommes bavardèrent encore un peu. Le commandant Magre, en rougissant, montra ses aquarelles, ainsi que la photographie de sa fille qui étudiait le chant à Bordeaux.

— C'est la première fois que vous allez à Tahiti, major Owen ? Vous comptez y rester longtemps ?... Je souhaite que vous ne soyez pas déçu... C'est très différent de ce qu'on s'attend à trouver... Pas le décor, qui est unique au monde, ni le climat, qui est parfait... Mais les gens, leur genre de vie, les rapports des êtres entre eux... Vous verrez !

Il ajouta, trahissant en quelque sorte les siens :

— Vous pouvez déjà, à bord, vous faire une petite idée de ce qui vous attend là-bas...

Ce qui signifiait :

« Nous nous sommes compris, n'est-ce pas ? Vous et moi appartenons à un autre monde. Ces petits fonctionnaires, ces commerçants sont de braves gens, certes, mais manquent de véritable éducation... »

Ils parlèrent d'endroits qu'ils connaissaient l'un et l'autre, ou plutôt le commandant en parla, de Gênes, de Naples, de Port-Saïd, de Colombo, Saigon...

— Montez me voir quand bon vous semblera, sans façons... Si vous aimez le cognac, j'ai encore deux ou trois vieilles bouteilles qui viennent directement de la propriété... Car je suis charentais, par ma femme...

Au déjeuner, le major se trouva assis à sa table en compagnie de l'inspecteur des colonies, M. Frère. Et pendant tout le repas il sentit le regard à la fois dur et ironique d'Alfred braqué sur lui. Alfred Mougins mangeait en compagnie du second officier, et la chaise libre aurait dû être occupée par l'Américain, qui n'était toujours pas sorti de sa cabine.

Quand, vers quatre heures, Owen pénétra dans le salon, les Justin et les Lousteau jouaient au bridge. Il suivait machinalement la partie, et Mme Lousteau lui proposa gentiment :

— Vous ne voulez pas prendre ma place, monsieur le major ? Vous savez, cela me ferait plaisir. Je joue tellement mal ! Mon mari est tout le temps à me faire de gros yeux. J'aimerais bien mieux tricoter dans un fauteuil...

Et comme il remerciait :

— Vous ne jouez pas au bridge ?

Il hésita, un drôle de sourire au coin des lèvres.

— Non... Très peu... Vous êtes trop aimable...

Pourquoi Alfred, qui suivait la partie, lui aussi, éprouva-t-il le besoin de se mettre à rire d'un rire silencieux ?

La vie suivait son cours quotidien. Quelques-uns, vers cinq heures, profitèrent de la piscine installée sur la plage arrière, et l'on entendit des cris joyeux. Puis ce fut l'apéritif. Les hommes allèrent passer un veston, une cravate, car on ne se mettait pas en smoking.

Dans sa cabine, après le repas, Owen rédigea un court billet.

N'ayez pas peur. Je ne demande qu'à vous aider. Si vous avez besoin de quelque chose, je serai cette nuit près du canot. Vous n'aurez qu'à soulever la toile quand vous m'entendrez toussoter. Vous pourrez me parler ou me passer un billet. Attention au télégraphiste dont la cabine reste toujours ouverte.

Il avait eu le temps de parcourir le bateau en tous sens. Il avait vu la fille rousse de la nuit alors qu'elle prenait son bain dans la piscine. C'était une femme bien en chair, à la peau laiteuse, piquetée de taches de son ; elle souriait sans cesse de ses lèvres rouges et charnues, découvrait à tout propos, dans un éclat de rire, des dents éblouissantes, tandis que son abondante poitrine semblait se gonfler de vie.

Son compagnon de la nuit, qui l'étreignait dans l'ombre du pont, était-il ce jeune homme maigre, au front têtu, aux cheveux coupés en brosse ? « Ce serait dommage », pensa Owen en le regardant, peau blême et genoux cagneux, dans le maillot de bain noir trop large pour lui qui flottait autour de ses cuisses.

Le télégraphiste, lui, était blond, très jeune, vingt-deux ans à peine ; on le voyait rarement hors de sa cabine, il ne paraissait sur le pont que pour l'arpenter à grands pas en une promenade hygiénique qu'il effectuait de préférence lorsque les passagers étaient à table.

Le bridge reprit après dîner, et Alfred Mougins remplaçait Mme Lousteau. M. Frère, dans un coin, compulsait des documents administratifs et prenait des notes.

Vers minuit, Owen se crut seul sur le pont, mais ne tarda pas à apercevoir Alfred accoudé à la rambarde à quelques pas de lui. Alors, pour s'en débarrasser, il gagna sa cabine. Vers une heure du matin, enfin, il put s'approcher des embarcations et glisser son billet dans le canot, ainsi qu'un crayon et un bloc-notes. Il avait eu l'idée d'ajouter un paquet de cigarettes, mais le passager clandestin ne se trahirait-il pas en fumant ?

Il ne se passa rien cette nuit-là. Il est vrai que le télégraphiste ne tarda pas à venir prendre le frais à son tour.

Le lendemain ressembla au jour précédent, et il allait en être ainsi de chaque jour ; il en était ainsi, pour les autres, depuis le début de la traversée, les gens, sans s'en rendre compte, faisant les mêmes gestes aux mêmes heures.

Par exemple, quelques minutes avant onze heures, on pouvait voir M. Justin se promener sur le pont, regarder de temps en temps dans l'escalier, pénétrer une fois ou deux dans le salon. Alfred ne tarda pas à en faire autant, et Owen s'habitua à se tenir à ce moment-là dans les mêmes parages, guettant l'ouverture du bar. Bob, le barman, finissait par paraître, saluait chacun, entrait dans son cagibi dont il levait le volet.

Un Pernod, invariablement, pour M. Justin, dont les petites moustaches brunes, toute la journée, sentaient l'anis. Un Picon pour Alfred, qui en buvait quatre ou cinq avant le déjeuner. Whisky pour Owen.

— Sans glace, n'est-ce pas ? disait rituellement Bob.

On se chuchotait — surtout les femmes — le nombre de bouteilles que l'Américain se faisait apporter dans sa cabine.

— Il ne mange pour ainsi dire pas. Il se lève à peine. Hier, pour toute la journée, il a mangé un hareng mariné...

On s'observait toujours les uns les autres. Cent fois par jour, Owen rencontrait le regard d'Alfred braqué sur lui, et l'homme de Panama ne détournait pas les yeux.

— Je n'aime pas beaucoup avoir des gens comme lui à mon bord, avait confié le commandant, qui s'empressait d'ouvrir la porte de son salon dès qu'il apercevait l'Anglais. Entre Marseille et Panama, cela nous arrive souvent. Souvent aussi accompagnés de femmes. Certains font le voyage chaque année pour aller se retaper le foie à Vichy. C'est rare qu'ils s'aventurent dans le Pacifique, sur cette partie de la ligne. Qu'iraient-ils faire dans les îles, où ils sont tout de suite repérés ? Remarquez qu'ils ne sont pas dangereux...

L'ineffable sourire de M. Owen !

— Ils sont assez nombreux à Colon et à Panama, une bonne vingtaine parmi lesquels on compte au moins cinq évadés du bagne. Ils forment une sorte de gang, comme disent les Américains. Ils brassent de grosses affaires. Ils sont riches. Ils vivent comme de bons bourgeois. Tenez, si vous repassez par Panama, je vous signalerai un café où vous les rencontrerez chaque jour à l'heure de la belote.

» De temps en temps, ils ont une explication entre eux, et on en retrouve un, qui a été trop gourmand ou qui ne s'est pas montré régulier, avec un couteau dans le dos ou une balle dans la tête...

» Tenez !... La façon dont ce Mougins s'est embarqué... Je me suis renseigné à notre agence de Panama... Le matin de notre départ, il n'avait pas encore retenu sa place... Donc il n'était pas sûr de partir, ou alors il ne voulait pas que ça se sache...

» Vous comprenez ce que je veux dire ? C'est au dernier moment qu'il a téléphoné, en demandant s'il pourrait se rendre à bord dès que le bateau arriverait en rade...

— Je l'ai vu, dit M. Owen. Il était nerveux.

— Supposez qu'il ait joué un sale tour aux autres, qu'ils aient juré de le descendre... En France ou ailleurs, il sait qu'ils finiront par l'avoir... Dans les îles, au contraire, où ne passe qu'un bateau toutes les six semaines, il a le temps de voir venir... Je serais curieux de savoir ce que contient sa malle verte, celle qui n'est pas plus grande qu'une malle ordinaire et que deux hommes peuvent à peine transporter...

Ainsi passaient les heures. Et c'était à nouveau la nuit, l'obscurité sur l'océan, les étoiles, l'étoile plus scintillante qui se balançait à la tête du mât, la porte ouverte et le rectangle lumineux de la cabine du télégraphiste.

Owen avait tiré son fauteuil transatlantique tout contre le canot. Quand le télégraphiste eut éteint, seulement, il toussota, le regard fixé à l'endroit où, la première nuit, il avait vu la bâche se soulever. Il dut attendre plusieurs minutes, toussoter encore, trois fois, quatre fois, avant de percevoir un léger bruit lui révélant qu'il y avait encore de la vie dans le canot.

Très bas, tout en mâchonnant son cigare, il souffla :

— Vous m'avez écrit un billet ?

Et une autre voix, très près de lui, se contenta de prononcer :

— Non...

— Vous avez besoin de quelque chose ?... Vous avez à boire ?...

— Non...

— Vous voulez du vin ?

— De l'eau...

— Tout de suite ?

— Si c'est possible...

— Vous avez à manger ?

— Oui...

— Il n'y a rien que vous aimeriez que je vous apporte ?

— Un fruit...

Les lèvres d'Owen remuaient à peine. Il gardait le regard fixé sur la cabine du télégraphiste.

— Je vous apporterai à boire et à manger chaque jour...

— Oui...

— Voulez-vous que je vous monte un oreiller ?

— C'est trop dangereux...

Mais, justement parce que c'était dangereux, cela l'amusait.

— Peut-être demain...

— Si vous pouvez...

— Attendez-moi... Je reviens...

Il descendit dans sa cabine pour y prendre la carafe d'eau fraîche. Puis il pensa que le steward s'apercevrait le lendemain qu'elle avait disparu et il alla chercher celle de la salle de bains commune. Il avait des fruits sur sa table de nuit, car il lui arrivait d'en manger la nuit, et il mit une pomme et deux bananes dans sa poche.

— Attention... Je vous passe la carafe... Soulevez la bâche...

Il avait espéré apercevoir le visage de l'inconnu, mais il ne fit qu'entrevoir la tache laiteuse d'une main.

— Vous la buvez tout de suite ?

— J'aimerais mieux en garder pour la journée...

— Voici des fruits... Demain, je vous apporterai de quoi manger... Vous allez à Tahiti ?...

Cette question n'obtint pas de réponse.

— Vous êtes monté à bord à Cristobal ?

Pas de réponse non plus, mais c'était l'évidence même, car l'homme ne pouvait être resté enfermé dans le canot de sauvetage depuis Marseille, soit pendant vingt-deux jours.

— Vous n'avez rien à me dire ?

— Non... Merci...

Une voix sourde, comme on entend parfois en rêve.

— Vous n'êtes pas trop mal ?

— Ça va...

Une question le tracassa le lendemain. Plus exactement, il y pensa au milieu de la nuit et il eut toutes les peines du monde à se rendormir. Quand le steward lui apporta ses œufs au bacon, il lui demanda :

— On ne fait pas les manœuvres d'alarme ?

A bord de tous les bateaux, le deuxième jour en général, le signal d'alarme est donné, chaque passager doit prendre place au poste qui lui est assigné, près des embarcations, et celles-ci sont retirées des berceaux, hissées sur les palans, descendues de quelques mètres vers la mer pour s'assurer que tout fonctionne correctement.

— Cela a été fait dans l'Atlantique, et il est rare qu'on recommence ici... Comme il ne monte jamais que deux ou trois nouveaux passagers à Panama, cela ne vaudrait pas la peine...

Owen circulait beaucoup, adressait la parole aux uns et aux autres, surtout dans les secondes classes où on commençait à le connaître. Le missionnaire était attachant. Il vivait depuis deux ans dans un atoll des Paumotu, où il était le seul Blanc et où une goélette le ravitaillait une fois par an. Il revenait de son premier congé en France. Encore avait-il fallu pour le décider à ce voyage la mort de son père, qui laissait une succession compliquée.

Quant à la belle fille rousse, c'était bien le jeune homme maigre et tordu qu'elle aimait et qu'elle couvait du matin au soir de regards amoureux.

Le cinquième jour, on annonça une terre au loin, sur la gauche. Tout le monde se rendit sur le pont pour regarder, bien qu'on ne vît qu'une ligne sombre à l'horizon : on dépassait les Galapagos.

Il y eut le petit mystère des carafes. Deux fois, Owen avait pris la carafe de la salle de bains commune. Les deux fois, il avait oublié de redemander la carafe de la veille à son passager clandestin, de sorte que Li, intrigué, épiait ses passagers.

Peut-être trouvait-il aussi que le major Owen adoptait de curieuses habitudes ? Le matin, au lieu des œufs au bacon, il se faisait monter plusieurs tranches de jambon et des œufs durs. Or, quand Li revenait chercher le plateau, il n'y avait pas de coquilles d'œufs sur l'assiette.

Le soir, l'Anglais réclamait des sandwiches. On en servait au bar, où il lui aurait été facile d'en manger. Il les voulait dans sa cabine, pour la nuit, disait-il, avec des fruits, beaucoup de fruits, surtout des pommes.

Car le passager clandestin aimait les pommes.

Les choses se passaient toujours de la même façon. Il attendait que tout le monde fût couché. Alfred Mougins l'obligeait souvent à attendre longtemps, car il avait la manie de fumer des cigarettes, accoudé à la rambarde, jusque très tard dans la nuit.

Owen remplissait ses poches, cachait tant bien que mal la carafe sous le pan de son veston. Cela faillit faire tout découvrir, car, la sixième nuit, il rencontra le commandant dans l'escalier.

— Pas encore couché ?

— Je vais prendre l'air là-haut...

Et il marcha si vite ensuite qu'il fit jaillir des gouttes d'eau sur les marches. C'est pourquoi, le lendemain, il emporta avec lui une bouteille à whisky et un verre. Ce qui lui valut la réputation d'aller boire tout seul, la nuit, sur le pont supérieur.

L'inconnu ne devenait pas plus loquace un jour que l'autre. A toutes les questions, il répondait, la plupart du temps, par monosyllabes.

— Vous êtes déjà allé à Tahiti ?

— Non...

— Vous avez une idée de la façon dont vous descendrez à terre ?

— Non...

— Vous êtes français ?

— Oui...

— C'est déjà plus facile... Mais pas tellement... J'ai bavardé avec le commandant...

Le télégraphiste était exaspérant. A croire qu'il ne dormait jamais plus d'une heure d'affilée. Il se réveillait soudain, allumait, s'asseyait, en pyjama, devant ses appareils, et Owen le soupçonnait d'écouter ainsi des conversations qui ne le regardaient pas. Il n'avait aucun contact, sinon les contacts strictement professionnels, avec les autres officiers. Il était le seul à bord, en somme, à ne pas vivre la vie du bateau, à s'échapper sans cesse sur les ondes, à s'entretenir de Dieu sait quoi avec d'autres télégraphistes perdus comme lui dans l'espace.

— Si l'on vous découvre à bord, même pendant l'escale, on ne vous laissera pas débarquer, à moins que vous justifiiez d'une certaine somme vous permettant de vivre à Tahiti...

— Je n'ai pas d'argent...

Owen sourit. Comme si quelqu'un possédant de l'argent accepterait de vivre, ne fût-ce que trois jours, couché sous la bâche d'un canot de sauvetage, en plein soleil des mers du Sud !

Il lui arrivait souvent, pendant la journée, de penser à l'inconnu. Il y avait des heures où, sur le pont, la chaleur était telle que le bateau tout entier semblait vide, chacun étendu sur la couchette, sous son ventilateur, sauf les hommes des machines, en bas, l'officier de quart et le timonier.

L'appétissante fille rousse passait au moins deux heures à se tremper dans la piscine minuscule où elle faisait la planche, ses gros seins flottant à la surface.

Et cela aussi faillit créer un incident, parce que la piscine, à certaines heures, était réservée aux passagers de première classe, les autres n'en disposant qu'aux mauvais moments de la journée, tôt le matin ou tard dans l'après-midi.

La fille rousse exagérait, faisait trempette n'importe quand. Mme Justin le fit aigrement remarquer à M. Jamblan, qui lui promit d'adresser les observations nécessaires.

— Il paraît, expliquait M. Owen à la bâche — car il n'avait jamais qu'une bâche devant lui ! — que les autorités de Tahiti en ont assez de ce qu'on appelle là-bas les touristes de bananes...

Il craignit d'avoir vexé son interlocuteur.

— Excusez-moi... Mais il vaut mieux que vous sachiez... Ils appellent ainsi ceux qui vont là-bas sans argent, pour vivre comme des indigènes, dans une hutte au bord de la mer, en se nourrissant de fruits et de poissons... La plupart tombent malades après quelques mois, et c'est l'administration qui en supporte la charge... Il faut que vous débarquiez sans être vu, que vous quittiez Papeete immédiatement et que vous vous enfonciez dans l'île... Une fois là...

C'était une somme de dix mille francs que chaque passager devait montrer pour descendre à terre, de quoi payer son rapatriement en cas de nécessité. Or — et c'est ce qui le faisait sourire — M. Owen ne les avait pas non plus. Le matin encore, il avait vidé son portefeuille. Il lui restait exactement une belle banknote de cinq livres sterling, au papier blanc et soyeux, fin comme une pelure d'oignon, huit billets de dix dollars, longs, étroits, épais et lisses, ainsi que des coupures françaises et un peu de monnaie panaméenne.

Pour lui, cela n'avait pas d'importance. Il montrerait son passeport, il se montrerait lui-même, et on ne lui poserait aucune question. N'était-il pas déjà devenu l'ami presque intime du commandant qui le faisait chercher chaque midi pour l'apéritif ?

— Le mieux est que vous restiez à bord pendant quelques heures. D'habitude, le bateau arrive vers deux heures de l'après-midi et ne repart que le lendemain matin. Je descendrai à terre. Je me renseignerai. Je reviendrai vous mettre au courant sous prétexte de chercher mes bagages...

— Merci...

C'était un peu décourageant, non seulement ce mutisme, mais le manque de chaleur qu'on sentait chez l'inconnu. A croire, certaines nuits, que la présence d'Owen l'ennuyait.

— Ne vous étonnez pas si, pendant la journée, vous entendez tambouriner sur la bâche... Vous saurez désormais que c'est moi... Je vous demande de me répondre de la même façon... Cela signifiera que tout va bien...

Car l'idée lui était venue que le passager pourrait fort bien succomber dans cette sorte de cercueil torride.

Il fit l'expérience une fois, deux fois. En sortant de chez le commandant, un peu après midi, alors que le télégraphiste déjeunait et que le pont des embarcations, sous le soleil qui tombait d'aplomb, était désert, il tapota la bâche de ses doigts.

On ne répondit pas tout de suite, et il eut peur. Il recommença, et il y eut enfin un grattement sous la toile.

— A ce soir... prononça-t-il à mi-voix.

Il prit l'habitude de faire de même chaque jour, voire plusieurs fois par jour, et le passager répondait docilement, mais mollement, comme à regret.

— Vous ne voulez vraiment pas de vin ?

— Merci.

— Pas d'alcool ?

— Merci...

Les jours où l'on servait des gâteaux secs au dessert, il en mettait dans sa poche pour son protégé.

— Vous êtes recherché ?

— Non...

— Vous n'avez rien à craindre de la police ?

— Non...

— N'ayez pas peur de me le dire...

— Non...

— En somme, c'est seulement par manque d'argent que vous voyagez de cette façon ?

— Oui...

— Vous connaissez quelqu'un à Tahiti ?

Pas de réponse.

Et voilà que le treizième jour, alors que la mer devenait houleuse et grise à cause d'un typhon qui sévissait quelque part dans les parages, le passager, après l'apéritif du commandant, ne répondit pas.

Trois fois, quatre fois, Owen tambourinait sur la bâche. Il s'enhardissait à parler.

— Vous êtes là ?

Rien. Le silence. Il parlait encore d'une voix plus anxieuse. Puis il était obligé de se taire et de s'éloigner parce que le télégraphiste surgissait.

Il recommençait à deux heures, tout de suite en se levant de table. Le télégraphiste était dans sa cabine, mais Owen prenait un air détaché.

Pas de réponse.

A quatre heures pourtant, alors qu'il se demandait s'il ne devait pas avertir le commandant, en lui demandant le secret, il y avait un léger grattement sous la bâche. Il n'osa pas parler, à cause d'un matelot occupé à astiquer les cuivres des manches à air.

A une heure du matin enfin, alors que le vent sifflait dans les haubans, il put être à son poste.

— Vous êtes là ?

— Oui...

— Pourquoi ne m'avez-vous pas répondu pendant la journée ?

Silence.

— Je vous ai appelé trois fois...

— Je dormais...

Les deux femmes Mancelle, la tante et la nièce, avaient le mal de mer, et on ne les voyait plus jouer au rami pendant des heures dans leur coin du salon. Il y avait des années qu'elles vivaient à Tahiti, dans une maison isolée, au bord du lagon, et elles s'y montraient aussi peu civiles qu'à bord, où elles ne parlaient à personne.

Aurait-on le typhon ? Ne l'aurait-on pas ? Le bateau, au lieu de suivre sa route droite, décrivait un arc de cercle. La radio annonçait qu'une île des Marquises avait été balayée par l'ouragan et qu'on y comptait plusieurs morts. Une goélette devait se trouver au centre du cataclysme, et on n'en avait aucune nouvelle, car elle ne possédait pas d'appareil émetteur.

Le bridge, quand même. Les apéritifs, le café, le pousse-café. La mer qui se calmait. Les jours qui passaient énormément vite, parce qu'ils ressemblaient exactement les uns aux autres.

Les carafes d'eau, les fruits, les tranches de jambon, les œufs durs et les sandwiches, sans compter les petits gâteaux secs.

Deux heures du matin. Seizième jour.

Les doigts d'Owen sur la bâche. Le silence. Ses doigts encore. Sa voix.

Et personne ne répondait. Angoissé, il appelait à nouveau, élevait la voix sans le vouloir.

Parce qu'il entendait des pas, il s'éloignait, revenait une demi-heure plus tard, les poches toujours bourrées de victuailles.

— Vous êtes là ?

Rien. Rien encore à trois heures du matin. Le sommeil le plus profond n'aurait pu expliquer ce silence.

Alors il se mit à défaire les nœuds pour soulever la bâche, descendit chez lui chercher une torche électrique.

Quand il la glissa par la fente, quand il colla son œil à l'ouverture, il ne découvrit que deux carafes vides, des morceaux de pain, un oreiller sale et des couvertures froissées.

Certains, comme Alfred Mougins, bouclaient déjà leurs malles. On avait aperçu au loin une terre très basse, un atoll, avant-garde des Iles de la Société.

Le commandant ne faisait aucune allusion, ce qui laissait supposer que le passager clandestin n'avait pas été découvert.

Owen épiait les passagers, les officiers, sans rien remarquer d'anormal et la nuit suivante, quand il frappait à tout hasard sur la bâche, un grattement lui répondait à nouveau.

— Où étiez-vous la nuit dernière ?

Silence.

— Vous n'étiez pas ici ?...

Silence.

— Quelqu'un d'autre que moi est-il au courant de votre présence ?

Silence toujours.

— Je vous ennuie ?

— Non...

— Vous n'avez pas confiance en moi ?

— Si...

— Vous voulez toujours descendre à Tahiti ?

— Oui...

— Et cela vous arrange que je vous aide ?

— Si vous voulez...

— Nous arriverons après-demain...

— Oui...

— Vous resterez où vous êtes jusqu'à ce que je vienne vous chercher ou vous donner des instructions...

— Oui...

C'était décourageant. Il avait l'impression que son aide était accueillie avec de moins en moins d'empressement.

Est-ce que Mougins le regardait avec plus d'ironie que précédemment ? Il en arrivait à se le demander, à soupçonner tout le monde, y compris le commandant.

L'avant-dernier jour. Les malles qu'on sortait des cales s'alignaient sur le pont. On commençait à discuter des pourboires à donner.

Deux fois, ce jour-là, deux fois sur quatre, l'homme du canot ne répondit pas. Était-il possible d'imaginer qu'il se promenait tout seul dans le bateau sans être vu de personne ?

La nuit. Le fauteuil transatlantique. Le cigare.

— Vous êtes là ?

A une heure et demie, il n'y avait personne dans le canot. A cinq heures du matin, quand Owen monta sur le pont, son interlocuteur répondait par son grattement habituel.

— Vous étiez encore sorti ?...

Silence.

— Comme vous voudrez ! Si vous n'avez pas besoin de moi, dites-le...

— Je n'ai pas dit ça...

C'était une de ses plus longues phrases.

— Demain, je descendrai à terre un des premiers et je reviendrai quelques heures après, car je laisserai exprès mes bagages à bord...

— Oui...

— Vous n'avez besoin de rien ?

— Non...

— Vous n'êtes pas malade ?

— Non... Merci...

Il se coucha de mauvaise humeur et vit de la lumière dans la cabine de Mougins. Il s'endormit quand même, fut éveillé par le branle-bas de l'arrivée. On apercevait au loin, en forme de pain de sucre, le pic central de Tahiti.

Tout le monde était sur le pont, et ceux qui continueraient jusqu'à Nouméa ou jusqu'aux Nouvelles-Hébrides, les Justin et les Lousteau, échangeaient des sourires complices.

Quelques heures encore et le bateau serait à eux.

                                    3

Quand le major Owen, le premier, s'engagea sur la passerelle, on aurait pu croire que c'était pour lui et pour lui seul qu'une foule bariolée était massée sur le quai, entre les hangars et le bateau, le nez en l'air, que c'était pour lui aussi que des drapeaux flottaient au bout des mâts blancs, que c'était lui enfin que la fanfare saluait de ses cuivres étincelants.

La vérité, c'est que le gouverneur était venu à la rencontre de l'*Aramis,* à bord du bateau-pilote, et que, depuis près d'une heure déjà, il était en grande conversation dans le salon du commandant Magre, avec M. Frère, l'inspecteur des colonies.

Owen avait été appelé le premier dans le salon des premières pour les formalités de police et de la santé. Il n'avait pas sollicité cette faveur. Il ne se tenait pas près de la porte, où les autres passagers se serreraient dans l'espoir de passer plus vite.

Discret, au contraire, il se promenait à l'écart en souriant vaguement de ce sourire qui avait séduit aussi bien le commandant que Mme Justin et que le steward annamite. Ce n'était presque rien, un pétillement des prunelles claires plutôt qu'un mouvement des lèvres. Or chacun qui recevait ce sourire avait l'impression qu'il lui était personnellement destiné, que c'était un contact voulu, qui marquait un choix.

Owen semblait dire :

« Je vous connais, vous voyez... Je sais ce que vous êtes... Et, au fond, malgré vos petits travers, vous valez mieux que vous ne pensez... Mais si !... La preuve, c'est que je vous donne toute ma sympathie... »

Une certaine onction aussi dans son attitude, qui faisait penser à un prélat raffiné. Lorsqu'il demandait quelque chose, que ce soit à Li, au barman, au maître d'hôtel, à n'importe qui, c'était de telle façon qu'ils auraient remué ciel et terre pour le contenter et qu'ils gardaient ensuite l'impression d'être en reste.

Derrière lui, on se serrait encore les mains, on se disait adieu, des gens couraient, s'affairaient, rassemblaient leurs bagages.

Seul, les mains libres, le corps à l'aise dans un complet crème, un panama sur la tête, un cigare aux lèvres, il débarquait comme dans une apothéose.

C'était très beau, très coloré. Tous les Blancs qui touchaient de près ou de loin à l'Administration étaient là, à cause de M. Frère, en vêtements de toile. Beaucoup de jeunes filles et de femmes indigènes ne portaient sur le corps qu'une robe de coton de couleur. Une majorité de taches rouges, d'un rouge éclatant dans le soleil. Certaines étaient couronnées de fleurs blanches au parfum sucré de jasmin.

Peu de brise, juste assez pour gonfler la soie des drapeaux et pour être une caresse à la peau. Une vingtaine d'autos découvertes, pavoisées, souvent fleuries. Des porteurs se précipitaient, des chauffeurs en casquette blanche, des Maoris au large sourire.

— Taxi, monsieur ?

— *Hôtel Blue Lagoon ?*

— *Hôtel des Iles ?*

Il les écartait de ses mains soignées qui semblaient les bénir, traversait lentement la foule en souriant, avec l'air de jouir intensément de la vie.

Les docks passés, il atteignit une petite place où il y avait trois ou quatre boutiques : un coiffeur, un marchand de souvenirs, un antiquaire...

Le long de l'océan, ou plutôt du lagon, qu'une invisible bande de corail formant brisants séparait du large, un quai très vaste, au sol fait d'une terre rougeâtre, avec deux rangs de flamboyants magnifiques. Et le vert sombre des arbres, le bleu du ciel, la pourpre du sol, le rouge plus vif de la robe d'une gamine qui passait à vélo, le blanc des costumes coloniaux, tout cela constituait comme un feu d'artifice dans le soleil.

Owen n'était déjà plus un passager qui débarque. Comme à bord, lorsqu'il y était monté à Panama, il faisait son petit tour pour prendre possession des lieux. Cette longue promenade en bordure du lagon, il aurait le temps de l'entreprendre plus tard, et il préférait tourner à gauche, découvrir une autre place, un fouillis de maisons, la plupart en bois, de boutiques, surtout de boutiques de Chinois, qui constituaient le marché.

Un garage. Une pompe à essence. La rue principale, sans doute, parallèle au quai, et, dans une courte rue qui la reliait à celui-ci une enseigne : *English Bar.*

Est-ce que, dans n'importe quelle ville du monde, son instinct ne l'aurait pas conduit vers un endroit en tout point semblable ? Il en poussait la porte à claire-voie qui ne descendait pas jusqu'au sol, pénétrait dans une ombre fraîche et odorante. Le haut comptoir verni était plein de reflets, les bouteilles familières étaient rangées sur les rayons et dans des flûtes, il y avait les inévitables petits drapeaux de toutes les nations. Un chat roux qui ronronnait sur un des tabourets semblait être le seul vivant, mais, quand Owen eut, du bout des doigts, tambouriné sur le comptoir, un homme se leva, qui était assis sur une chaise derrière le meuble.

— Un scotch... Sans glace.

Il regardait vaguement le petit homme qui saisissait la bouteille, vêtu seulement d'un pantalon de toile et d'une chemise bleu pâle.

— *White Label,* comme toujours, sir ?

Il ne tressaillit pas, ne s'étonna même pas, habitué qu'il était à ces sortes de rencontres. Il observa plus attentivement le petit homme qui, tout maigre, avec quelques cheveux incolores sur le crâne, avait l'air d'un oiseau malade.

— Vous ne me reconnaissez pas, sir ?

Et le barman, après un clin d'œil :

— Mac Lean, le jockey... Cela fait des années, n'est-ce pas ?...

Nouveau clin d'œil.

— Nous nous sommes revus il y a dix ans, à Nice, où j'étais barman au *Picratt's...* Souvenez-vous... Vous avez eu quelques embarras, à ce moment-là...

C'était curieux : depuis que le barman s'était fait reconnaître, le major avait en quelque sorte laissé tomber son masque, comme un acteur qui rentre dans la coulisse. Son sourire s'était effacé de ses traits. Le visage, tout à coup, paraissait moins plein, les yeux moins vifs, le corps lui-même s'avachissait un peu.

Ce que reflétait maintenant la glace, entre les bouteilles multicolores, c'était un homme de soixante ans, déjà fatigué, soucieux, peut-être inquiet.

— Je me souviens, Mac...

— Et de l'amiral ?... Vous vous souvenez de l'amiral ?... Il passait la moitié de ses journées au *Picratt's...* Il buvait sec... Vous buviez sec aussi, mais pas comme lui... Le matin, il cassait souvent son premier verre à cause de ses mains qui tremblaient...

Il regarda machinalement les mains blanches du major.

— Je lui disais que c'était particulièrement dangereux pour lui, mais il ne voulait rien entendre et, de dernier verre en dernier verre, de *night cap* en *night cap,* il fallait le reconduire à son hôtel et prier le valet de chambre de le mettre au lit...

Quel fut l'enchaînement de sa pensée ? Il dit :

— Un beau matin, ces messieurs l'ont embarqué...

Puis, instantanément :

— Vous êtes de passage avec l'*Aramis,* ou bien comptez-vous rester un certain temps ici ?

— Je ne sais pas encore.

— Il n'y a pas grand-chose à faire pour vous, sir. Je dirais même qu'en ce moment c'est plutôt malsain...

Le major avait fait signe de lui verser un second whisky.

— Il vient d'éclater un scandale qui fait un drôle de bruit, et je pense que c'est à cause de cela que l'inspecteur des colonies nous a été envoyé de toute urgence... Un beau jour, il y a trois ans, débarque — comme vous aujourd'hui — un jeune homme élégant, bien élevé, de l'argent plein les poches... Il s'installe au *Blue Lagoon,* vient ici dès le premier soir, fait la connaissance de ces messieurs...

» Vous savez, c'est à Papeete comme partout... Ils sont quelques-uns qui s'amusent ferme, toujours les mêmes, une petite bande qu'on retrouve chez moi à l'apéritif, puis au *Yacht Club,* enfin au *La Fayette* et au *Moana...* Vous aurez vite fait de connaître tout cela...

» Le jeune homme les séduit tous... Masson, Georges Masson qu'il s'appelait... Très gai, spirituel, la tournée facile...

» Six mois passent, et il est la coqueluche de Papeete... Il n'y a pas de soirée sans lui, même chez le gouverneur ! En voilà un qui est bien embêté et qui va faire des manières à l'inspecteur des colonies...

» Bon ! Le greffier du tribunal meurt... On cherche un autre greffier... On n'en trouve pas... On demande à Masson presque en matière de plaisanterie :

» — Vous n'êtes pas licencié en droit, vous ?

» — Comme tout le monde, répondit-il.

» — Dites donc, vieux... Vous pourriez nous rendre un service. On va vous bombarder greffier du tribunal... Ne vous en faites pas... C'est le scribe indigène qui s'occupe du boulot... Mais la loi veut que le titulaire soit licencié en droit, et nous n'en avons pas sous la main... Votre seul travail est de signer.

» Cela s'est passé ici, tenez... Masson était assis sur le tabouret que vous occupez en ce moment... Je dois dire qu'il s'est défendu, qu'il ne voulait pas, leur faisait des tas d'objections...

» Il a fini par céder et, quelques jours plus tard, il était nommé greffier du tribunal...

» Il y a plus de deux ans de cela. Pendant deux ans, il a rempli ses fonctions... A l'arrivée du dernier bateau de France, il était sur le quai, comme tous ces messieurs... Un journaliste de Paris, qui faisait son tour du monde, est descendu, s'est précipité vers lui.

» — Pigeon !... qu'il l'appelle. Qu'est-ce que tu fais ici ?

» Et, de fil en aiguille, on apprend que Georges Masson n'est pas Masson, mais Georges Pigeon, condamné par contumace par le tribunal de la Seine à trois ans de prison pour escroquerie, faux et usage de faux...

» Le greffier du tribunal, vous voyez ça ?

» Il paraît que c'est très grave, parce que tous les actes qu'il a signés sont légalement nuls et non avenus... Imaginez qu'on doive recommencer toutes les procédures des deux années ?...

» C'est pourquoi on ne l'a pas arrêté... Vous le rencontrerez peut-être, bien qu'il évite de se montrer... Certains continuent à aller faire la bombe chez lui... On attend l'inspecteur des colonies qui doit décider...

» Ce que je voulais dire, c'est que, à cause de cette histoire, je ne pense pas que le pays soit bon pour vous... Du coup, on y regarde de près, on se méfie...

— Dites-moi, Mac, vous devez connaître tout le monde, dans l'île ?

— A peu près...

— Vous connaissez un certain René Maréchal ?

Et son visage, tandis qu'il attendait la réponse, devenait anxieux.

— Attendez... Ce n'est pas quelqu'un du groupe de Papeete ?... Mais j'ai entendu parler de ça... Il y a des Blancs qui vivent dans les districts, certains à trente milles d'ici, et qu'on ne voit pour ainsi dire jamais... Maréchal...

Il ouvrit une porte derrière lui, se mit à parler en maori avec un indigène gras et luisant qui faisait la sieste sur une chaise.

— C'est bien ce que je pensais... Il est installé dans la presqu'île de Taiarapu... Si c'est lui que vous voulez voir, il faudra que vous attendiez un certain temps... Il est parti il y a trois semaines avec la goélette qui fait périodiquement le tour des îles et des atolls pour le ravitaillement...

— Et cette goélette revient ?...

— Dans quinze jours ou dans un mois... Cela dépend des vents qu'elle rencontrera...

— Il n'y a aucun moyen de rejoindre Maréchal avant ça ?

— Aucun, sir...

Il avait servi machinalement un nouveau whisky.

— Le *Blue Lagoon* est le meilleur hôtel ?

— Cela dépend... C'est très cher... Vous n'y rencontrerez que des Anglais et des Américains... Avant tout, il vous faut une voiture, car c'est en dehors de la ville... Chaque chambre est en réalité un petit pavillon en bordure du lagon, dans la verdure... L'*Hôtel du Pacifique,* plus ancien, se trouve en ville, pas loin du palais du gouverneur... Ce sont les Français, surtout les fonctionnaires, qui y descendent... La cuisine est bonne...

L'ancien jockey tripota son shaker, se pencha un peu pour demander à mi-voix :

— Vous êtes en fonds, sir ?

Le major Owen se contenta de faire « non » de la tête.

— Vous avez vraiment besoin d'attendre ce Maréchal ?

Signe affirmatif.

— Ce sera difficile, pour ne pas dire dangereux. Excusez-moi de vous dire ça... C'est trop petit, vous comprenez ?... On a vite fait le tour des possibilités... Vous verrez ces messieurs tout à l'heure... Ou, plutôt, vous n'en verrez pas beaucoup aujourd'hui, car les jours de bateau, ils vont prendre l'apéritif et souvent dîner à bord...

— A propos du bateau, Mac, dites-moi... Est-ce compliqué de faire descendre à terre un passager clandestin ?

Le barman ouvrit de grands yeux.

— Il y en a un ?... A bord d'un bateau qui navigue dix-huit jours sans escale ?...

Un sifflement exprima son admiration.

— C'est quelqu'un de l'équipage qui le cache dans sa cabine ?

— Non...

— Alors ?

— Il a fait tout le voyage dans un canot de sauvetage...

Nouveau sifflement, plus expressif que le premier.

— Il devait avoir de sérieuses raisons de s'en aller, sir... Vous le connaissez ?

— Non...

— Je ne comprends pas, sir...

— J'ai entendu une nuit du bruit dans un canot et je lui ai donné à boire et à manger...

— Il a fait un gros coup ?

— Je ne sais pas...

— Il est recherché ?

— Il prétend que non...

— Jeune ?... Vieux ?...

— Je l'ignore...

— Pour ce qui est de descendre à terre, ce n'est pas trop difficile... Tenez, ce soir, il y aura, comme toujours, un grand dîner à bord... Tout le monde y sera, y compris le commissaire de police et ses deux inspecteurs... Cela boira ferme et fera du bruit...

» Je peux vous prêter Kekela, mon domestique, qui se chargera de descendre votre homme...

» Seulement, une fois à terre, il vaudra mieux qu'il s'éloigne de Papeete pour quelques jours... Qu'il s'en aille vers les districts, et personne ne s'occupera de lui...

» Plus tard, ma foi, si on le découvre et s'il s'est tenu tranquille, il y a des chances pour qu'on ne lui fasse pas d'histoires...

Il alla parler à son boy indigène et revint, satisfait.

— Kekela dit qu'il vous attendra devant le bateau vers huit heures... Vous n'aurez qu'à lui montrer votre protégé, et il se charge de tout...

Le major sortit son portefeuille de sa poche, mais Mac eut un geste discret.

— Pas aujourd'hui, sir... Jamais le premier jour...

Il ajouta, par délicatesse :

— J'ai suffisamment l'occasion de me rattraper après, allez !

Dehors, le major Owen retrouva automatiquement son sourire, le pétillement de ses yeux bleus, la tranquille majesté de sa démarche. Il se souvenait d'un mot de Mme Justin qui chuchotait à son mari, croyant que l'Anglais ne l'entendait pas :

— Je me demande comment il fait pour ne pas suer... As-tu remarqué qu'il n'y a jamais un faux pli à son costume ?...

D'abord, madame, parce que ses costumes, même ses complets de toile, étaient admirablement coupés et laissaient à son corps toute son aisance. Ensuite, depuis longtemps, très longtemps, depuis son adolescence, cet homme-là avait appris à marcher, à se mouvoir de telle sorte qu'il ne semblait pas déplacer d'air.

Elle était justement là, Mme Justin, avec son mari et les deux Lousteau, mâle et femelle. Ils formaient un groupe devant une vitrine où l'on voyait des cotonnades, et les deux femmes discutaient des prix qu'elles comparaient avec ceux de France.

— Que dites-vous du pays, major ? Cela vous plaît ?

Il sourit.

— J'espère que vous ne descendrez pas au *Blue Lagoon,* où vous ne mangeriez que de la cuisine américaine... A l'*Hôtel du Pacifique,* au contraire, chez nos amis Roy, vous serez soigné... Voulez-vous que mon mari vous présente au patron ?... Nous y serons dans une heure... N'est-ce pas, Charles ?

Owen se promenait. Il apercevait, dans un taxi découvert, la grosse fille rousse et son maigre amoureux entourés de bagages. Plus loin, le missionnaire sortait d'un bureau de tabac et saluait, lui aussi, le major.

Partout le sol était du même rouge sombre et somptueux que sur le quai. Partout les femmes indigènes, dans leurs robes multicolores, mettaient des taches vives. Les jeunes, presque toutes, roulaient à vélo, découvrant leurs jambes brunes au galbe plein, au muscle rond qui jouait avec une merveilleuse aisance.

Mais, ce qui dominait, ce qui faisait une féerie de cette promenade nonchalante, c'était l'odeur. Owen mit longtemps à l'analyser, à son insu.

C'était une odeur sucrée et grave avec, cependant, des pointes plus épicées. Partout il y avait des fleurs, dans le fouillis des jardins, autour des maisons, sur les tables qu'on apercevait dans la pénombre des intérieurs, dans les cheveux des femmes et même à l'oreille des chauffeurs de taxi.

Si, à ce moment-là, on lui avait demandé à quoi Tahiti le faisait penser, il aurait sans doute répondu :

— A une sieste merveilleuse au bord de la mer...

La lumière, les couleurs, les bruits, tout évoquait une sieste de rêve. Le soleil arrondissait les angles, effaçait un peu les contours, et c'était le soleil aussi qui épaississait l'air au point que les sons, jusqu'aux klaxons des autos, en étaient amortis.

Il n'y avait plus, sous la coupole d'un ciel limpide, qu'un vaste bruissement indistinct où les mouches avaient leur part et où s'élevait soudain la voix grave et chantante d'une indigène.

D'autres îles, invisibles au large, s'étiraient paresseusement, de simples atolls plantés de cocotiers qui se balançaient comme des éventails, et René Maréchal, à bord d'une goélette blanche, glissait sur les eaux soyeuses de l'archipel.

Quinze jours, ou un mois, avait dit Mac Lean... Une petite fille offrait des fleurs à Owen, et il en piquait une à sa boutonnière, respirait le parfum sucré du tiaré.

Des Blancs passaient dans leur voiture, sans veston pour la plupart, et les agents, qui portaient des culottes courtes, avaient l'air de policiers de music-hall.

— Voiture, monsieur ?

Il passait devant un garage. Un indigène coiffé d'une casquette blanche l'interpellait en souriant, et le major lui souriait à son tour.

— Si tu restes ici, tu as besoin de louer une voiture... C'est moins cher qu'un taxi... Regarde, une belle voiture comme celle-ci...

Et l'auto était belle, longue, luisante, avec des coussins de cuir rouge.

— Tu la prends et tu paies quand tu t'en vas... Prends la voiture, monsieur... Anglais ?...

Il se mit à baragouiner l'anglais.

— Tu es descendu au *Blue Lagoon* ?... Au *Pacifique* ?...

— Je crois que je descendrai au *Pacifique*...

— Bien... Très bien... C'est loin... Tout au bout de la rue... Il fait chaud... Prends la voiture, monsieur...

N'était-ce pas merveilleux ? Tahiti est une île, évidemment, et il aurait été difficile de disparaître avec l'auto.

— Essaie... J'irai te voir demain ou un autre jour à l'hôtel... Si tu es content, tu la gardes...

Owen, malgré ses soixante ans, se sentait pour cette auto qui paraissait si souple des convoitises d'enfant. Cet autre grand enfant de Maori qui l'observait comprenait son envie, ouvrait la portière.

— Essaie-la seulement...

Qu'est-ce que Mac, qui s'y connaissait, lui avait dit ? Que ce serait difficile, très difficile.

Il monta dans la voiture, joua avec les manettes, mit en marche, machinalement.

— J'irai te voir... Ne t'inquiète de rien !... lui cria le mécanicien comme il s'éloignait.

Quinze jours ou un mois à attendre Maréchal, Maréchal qui n'avait sans doute pas d'argent, qui était peut-être déjà au courant ?

Il fronça les sourcils en se souvenant d'Alfred Mougins. Qui sait s'il ne s'était pas trompé sur celui-ci, et si le commandant Magre ne s'était pas trompé aussi ?

— A mon avis, lui avait répété le commandant aux aquarelles, il leur a joué un sale tour, je ne sais pas lequel... A ses amis, je veux dire, aux autres de la bande... Ou bien il n'a pas été régulier dans un partage, ou bien il a donné un type à la police... Car ces gens-là sont presque toujours de mèche avec la police... Alors, trouvant le climat de Panama malsain pour lui, il vient se mettre au vert à Tahiti...

Et si Mougins n'avait entrepris le voyage, lui aussi, que pour rencontrer Maréchal ? Il devait avoir de l'argent. C'était le genre d'homme à avoir beaucoup d'argent avec lui. Il parviendrait peut-être à louer une goélette pour aller à la rencontre de Maréchal ?

L'auto glissait le long d'une rue où des maisons de bois peintes en couleurs vives étaient enfouies dans le vert sombre des jardins. Quelque part, sur la gauche, on apercevait les bâtiments rigides d'une caserne en brique. Était-ce vraiment une caserne ? Quelque chose d'officiel, en tout cas.

Plus loin, une maison en pierre blanche semblait avoir été amenée telle quelle des bords de la Loire, avec sa large enseigne en fer forgé qui portait en lettres dorées : *Hôtel du Pacifique*.

Il y avait un jardin, tout de suite après, des tables couvertes de nappes blanches sous des tonnelles.

Owen arrêta sa voiture, dont le moteur faisait moins de bruit qu'un insecte. En levant la tête, il aperçut le visage d'Alfred à une fenêtre du premier étage. Mougins regardait l'auto, regardait le major et il avait son sourire sarcastique.

Un vestibule dallé, garni de plantes vertes dans des pots de faïence. Un bureau peint en blanc, avec un tableau de clefs derrière, comme dans un hôtel de province. Sous la véranda, à droite, face au jardin, quelques personnes prenaient l'apéritif, et M. Justin se leva précipitamment, s'approcha du major qu'il enveloppa d'une odeur de Pernod.

— Je parlais justement de vous au patron... Venez que je vous présente... Voilà vingt ans que nous nous connaissons, depuis mon premier voyage... N'est-ce pas, monsieur Roy ?...

M. Roy, petit et rond, le crâne chauve, portait la tenue de cuisinier : il avait posé le bonnet blanc sur une chaise. Une dame vêtue de soie noire, aussi courte et dodue que lui, était assise à ses côtés.

— ... Major Owen... Madame Roy... Il y a cinquante ans qu'ils sont ici, ou plutôt qu'elle est ici, car c'est son père qui a fondé la maison et elle y est presque née... Plus exactement, elle est venue de France dans son berceau... Roy est arrivé quelques années plus tard, à quinze ans, et il a débuté...

— Vous pouvez le dire...

— ... comme marmiton... Vous voyez qu'il n'en a pas honte... Il se sont mariés, et il a repris l'affaire de ses beaux-parents... Vous aurez une bonne chambre pour le major, madame Roy ?...

— J'ai le 3, à côté du monsieur qui est arrivé tout à l'heure... Si vous voulez que je vous montre...

— Il a le temps... Il va d'abord prendre un verre avec nous... Un whisky, major, n'est-ce pas ?... C'est ma tournée...

Il y en eut d'autres. A certain moment, comme les femmes bavardaient ensemble, M. Justin se pencha vers le major.

— Vous êtes pris ce soir ?... Je me demandais si vous n'iriez pas à la soirée du gouverneur... Il faudra que j'y passe un moment, à cause de mes fonctions... Mais, dès dix heures, je serai libre... Si vous voulez nous accompagner, nous irons faire un tour, avec M. Lousteau, au *La Fayette* et au *Moana*... Sans les femmes, bien entendu... Vous en êtes ?... C'est assez loin, au bord du lagon, car les boîtes de nuit ne sont pas tolérées à Papeete même... Cela vaut mieux, d'ailleurs... On est plus libres...

Curieux petit homme, rongé par les fièvres, le foie gonflé de Pernod, qui allait reprendre son poste pour des années à Port-Vila, dans un des climats les plus malsains du monde, parmi les indigènes les plus laids et les plus perfides, et qui retrouverait cependant là-bas, à l'ombre de sa femme, l'existence bourgeoise de la province française ! On sentait que Tahiti, pour lui, c'était l'escale merveilleuse, un peu comme, pour certains étrangers, le voyage à Paris, avec le *Moulin-Rouge* et les *Folies-Bergère*.

Il en avait les yeux brillants, la lèvre gourmande.

— Vous verrez !... Je vous présenterai...

Il ne disait pas à qui. On devinait. Il adressait un sourire entendu au gros et massif Lousteau, qui avait l'air d'un maçon qui a réussi à se mettre à son compte.

Tous ces gens-là avaient de l'argent en poche, un compte en banque, des économies. Lousteau était même riche. Il était calé dans son fauteuil comme un homme qui a fait sa fortune lui-même, à la force des poignets, et qui, arrivé au seuil de la vieillesse, a le droit de se montrer content de lui.

Il fallait que le major tînt bon quinze jours ou un mois. Il avait une auto à la porte et, après avoir payé ses notes de bar à bord, il lui restait à peine de quoi vivre une semaine !

Il souriait pourtant. Il ferait ce qu'il faudrait. Mac lui avait annoncé que ce serait difficile, sinon dangereux.

Il avait soixante ans. Il était plus ou moins leur aîné à tous.

— Vous ne voulez pas dîner avec nous ?

Il n'en avait pas le courage. Dix-huit jours durant, il avait entendu leurs conversations à bord. Il connaissait par cœur leurs plaisanteries. Comme un acteur, il aurait pu jouer le rôle de chacun.

Non, ce soir, il n'en avait pas le courage.

— Je dois retourner à bord, où j'ai laissé mes bagages...

— Pourquoi ne pas les faire prendre ? N'est-ce pas, monsieur Roy ?...

— J'ai promis au commandant d'aller lui dire adieu.

— C'est différent... Alors, vers dix heures, ici ?...

— C'est plus que probable...

C'était enfantin. Pourtant il ne put s'empêcher d'aller arrêter sa nouvelle voiture devant l'*English Bar*. Sans d'ailleurs obtenir l'effet escompté. Mac la regarda à travers la vitre.

— Tiens ! C'est Mataia qui vous a loué ça... Il vous a fait un prix, sir ?

— Pas encore...

— Ce sera mille francs par mois...

La nuit tombait vite, comme toujours, sous les tropiques. Il y avait trois ou quatre consommateurs au bar, qui observaient le nouveau venu tout en poursuivant leur conversation.

— Dans un quart d'heure, si vous êtes prêt, sir... Vous trouverez Kekela là-bas...

Un whisky encore. Au lieu de l'exciter, cela le rendait plus calme et plus grave. Tout à la fin de la journée, seulement, il y avait autour de ses prunelles bleues comme une eau trouble ; mais, si ses mouvements devenaient prudents, un peu hésitants, il ne titubait jamais.

— Bonne chance, sir...

L'auto, dans l'obscurité. L'*Aramis* qui, à quai, paraissait beaucoup plus grand qu'à Panama. De la musique sourdait des hublots. Des indigènes, à bord, jouaient de la guitare hawaiienne et chantaient. Kekela était à son poste, dans l'ombre, près de la passerelle. Ce fut lui qui toucha le bras du major pour l'avertir de sa présence.

— Va m'attendre sur le pont des embarcations...

En passant près de la salle à manger, il eut l'impression d'un banquet. Tous ceux qui n'étaient pas invités au dîner du gouverneur étaient là, couronnés de tiaré, dînant au champagne, parlant déjà avec des voix aiguës. Des femmes riaient aux éclats, et un couple, dans un coin, faisait une exhibition de danse indigène.

Il passa devant sa cabine sans y entrer, monta plus haut, atteignit le pont des embarcations qui était désert. Seul Kekela, une fois encore, lui toucha le bras.

Alors il s'avança vers le canot dont il souleva la bâche.

— C'est moi... N'ayez pas peur...

Il attendit et, quand quelques secondes furent écoulées, il eut l'intuition de ce qui l'attendait.

Il défit quelques nœuds, souleva la bâche davantage en la rabattant sur elle-même, et il y avait assez de lumière pour permettre de voir que le canot était vide.

Dans le fond, pêle-mêle, une carafe, des pelures d'orange, des trognons de pomme, une couverture froissée et un oreiller du bord.

— Alors, sir ?... questionnait le boy de Mac Lean.

Il haussa les épaules. Alors, rien ! De quoi s'était-il occupé ? N'avait-il été qu'un gêneur ?

Il en ressentait de la peine. Il était mortifié. Il se pencha à l'intérieur de l'embarcation et ramassa un objet qu'à la lumière il reconnut pour un peigne de femme.

Pourquoi, tout de suite après cette découverte, se tourna-t-il vers la cabine du télégraphiste ? Pour la première fois depuis Panama, la porte était fermée, et aucune lumière ne filtrait de l'intérieur.

— Tu as encore besoin de moi, sir ?

Cela avait quelque chose d'affectueux, ce tutoiement adopté par tous les Maoris.

— Tu peux aller, Kekela...

— Qu'est-ce que je dis au patron ?

— Rien... Je le verrai...

Quand il fut seul, il s'approcha de la cabine du télégraphiste et essaya d'ouvrir la porte. Puis il se tint sur la pointe des pieds pour regarder par le hublot. Les rayons de la lune éclairaient les appareils et une partie du plancher.

Il descendit, rencontra Li dans une coursive.

— Dis-moi, Li... Est-ce que le télégraphiste est dans la salle à manger ?

— Non, monsieur... Je ne crois pas qu'il soit à bord...

— C'est son premier voyage sur la ligne ?

— Oui, monsieur... Je crois même que c'est sa première traversée...

— Il est descendu avec les autres officiers ?

— Non, monsieur... Les autres officiers sont ici...

— Je voudrais parler à M. Jamblan...

— Oui, monsieur...

Et Jamblan, toujours si correct, sortit de la salle à manger le teint coloré, avec évidemment un verre dans le nez.

— Pourquoi ne venez-vous pas prendre une coupe avec nous, monsieur le major ?... On s'amuse fameusement, vous verrez...

— Je suis venu chercher mes bagages...

— Vous avez bien le temps... Le bateau ne s'en ira pas avant dix heures du matin... Venez !... Tous ces messieurs-dames de Papeete sont ici... Le pharmacien est en train de raconter des histoires...

— Vous ne savez pas où se trouve le télégraphiste ?

Le maître d'hôtel parut être frappé par une idée subite.

— Tiens ! s'écria-t-il comiquement. Au fait, je n'ai pas vu le télégraphiste. Il n'a pas dîné à bord. Hé ! hé !... Si ce n'était pas son premier voyage, je dirais qu'il a déjà une petite amie ici... Parce que, entre nous, sir, à Tahiti...

Un clin d'œil, du même genre à peu près que ceux de M. Justin.

— Vous ne voulez vraiment pas boire une coupe de champagne ?...

Il est vrai qu'on se retrouvera sans doute tout à l'heure au *Moana* ou au *La Fayette*... Vos bagages, m'avez-vous dit ? Ho ! ho !... Il faut que je trouve quelqu'un pour transporter vos bagages et, à cette heure-ci, ce n'est pas facile...

Ce n'était plus le même homme. Lui aussi reprendrait le lendemain son existence modeste et adresserait de grands saluts respectueux aux passagers. Mais c'était son jour, sa nuit. C'était la grande escale.

Il encaissa son pourboire avec un pudique battement de cils.

— Entre nous, monsieur le major, il ne fallait pas...

Puis :

— A tout à l'heure, n'est-ce pas ?... Et à dans cinq semaines, quand nous repasserons par ici... Qui sait ? Vous reviendrez peut-être avec nous ?...

On avait chargé les bagages dans l'auto. Owen s'arrêta à l'*English Bar*. On aurait dit, à l'air amusé de Mac, que celui-ci avait prévu ce qui arrivait.

— Alors, envolé.

— C'était une femme...

— Je m'en doutais.

— Pourquoi ?

— Parce qu'un homme n'aurait pas eu la patience nécessaire.

— Je suis persuadé que c'est le télégraphiste qui l'a emmenée...

— Vous l'avez vu ?... Il est à bord ?...

— Il n'est pas à bord, et je me demande où le trouver...

— Il n'y a pas tant d'endroits où chercher... Ici, d'abord... Puis à votre hôtel... Vous êtes passé chez Marius ?

— Qu'est-ce que c'est ?

— Un petit restaurant marseillais, sur le quai... Ils ont quelques chambres... On y fait beaucoup de bruit, on y mange la bouillabaisse, il y a de belles indigènes et presque tout le monde se tutoie... A part cela, si, à minuit, vous ne l'avez vu dans aucun de ces endroits et s'il n'est ni au *Moana* ni au *La Fayette*, s'il n'est pas non plus rentré à bord, c'est qu'il est allé conduire la jeune fille dans les districts... Cela, je ne pourrai vous le dire que demain, quand Kekela aura interrogé ses amis chauffeurs... Vous ne voulez pas que je vous prépare un sandwich ?

Owen se contenta d'un whisky, arrêta un peu plus tard sa voiture devant chez Marius. C'était une boîte tout en longueur, avec un bar à droite, quelques tables couvertes de nappes tachées de vin. Il reconnut des matelots de l'*Aramis* qui dînaient en compagnie de filles indigènes. Ici aussi on jouait de la guitare hawaiienne, et femmes et hommes avaient une couronne de tiaré sur la tête.

Un petit homme brun se tenait derrière le bar.

— Dîner ?

— Whisky...

Le petit homme brun le regardait un peu en dessous, parce que ce n'était pas tout à fait son genre de clientèle. En tout cas, le télégraphiste n'était pas là.

Un quart d'heure plus tard, le major dînait enfin à une des tables du jardin, à l'*Hôtel du Pacifique*. A une autre table, Alfred achevait son repas solitaire. Mme Justin et Mme Lousteau se balançaient dans des rocking-chairs de la terrasse, en compagnie de Mme Roy, tandis que les hommes, sans doute, étaient allés présenter leurs respects au gouverneur.

Est-ce que Mougins savait pourquoi Owen était là ? De plus en plus, ils faisaient figure, tous les deux, d'ennemis intimes.

N'y a-t-il pas fatalement inimitié entre un Alfred et un major Owen ? Ils étaient l'un et l'autre en marge, mais à des étages différents. L'un venait de la place de la Bastille ou de la place des Ternes, sinon du boulevard Sébastopol, et exagérait à plaisir ce qu'il y avait en lui de dur et de vulgaire.

L'autre, qui sortait d'Oxford, se trouvait plus à son aise dans un palace de la Côte d'Azur, du Caire ou d'Istanbul que dans ce paisible restaurant qui, en pleine Océanie, sentait la province française.

Le premier proclamait carrément : « Je suis un dur ! »

Tandis que le second, gentleman jusqu'au bout des ongles, recevait les confidences du commandant Magre et de Mme Justin, était appelé le premier par les autorités pour descendre à terre.

Pourquoi était-ce Alfred qui paraissait tenir le bon bout ? Owen, toujours souriant, dégustant en homme du monde le repas fin qu'on lui avait préparé, en était inquiet et cherchait instinctivement la fissure.

S'il n'avait pas d'argent, il pouvait en faire, ce soir, si l'envie lui en prenait.

Maréchal n'était pas là, mais reviendrait fatalement...

Il lui arriva plusieurs fois de s'éponger le front et la nuque et il évitait, à la fin, les regards de son ennemi. Il était un peu comme quelqu'un qui, dans une soirée, sent soudain, aux regards des femmes et des hommes, que quelque chose cloche dans sa tenue et se demande en vain ce que c'est sans oser aller se regarder dans la glace.

— Tenez... Les voilà déjà...

Ces messieurs revenaient. Les épouses les questionnaient. On parlait administration. On allait chercher Owen à sa table.

— Mais si, vous nous accompagnez... Et d'ailleurs, c'est vous qui allez nous emmener en voiture.

Ils sentaient maintenant le cigare et la fine du gouverneur. Ils avaient hâte de déposer les femmes à bord, de s'élancer vers ce *La Fayette* et ce *Moana* dont le major entendait parler depuis Panama.

Ils étaient tous les trois dans la voiture, enfin. On n'avait toujours pas revu le télégraphiste à bord.

— Suivez la rue tout droit, puis tournez à gauche... Pendant les pluies, la route est presque impraticable... On roule parfois dans soixante centimètres d'eau... Mais, à cette saison...

Des arbres des deux côtés, une verdure sombre, dix, vingt kilomètres avant d'apercevoir des lumières qui, de loin, faisaient penser à une guinguette.

Et c'était une guinguette, en effet, au bord du lagon, parmi les cocotiers bruissants, une vaste pièce sans murs, sur pilotis, ruisselante de lumière électrique.

Tout le monde était là, et ceux qui ne s'y trouvaient pas encore ne tardèrent pas à arriver, sauf M. Frère, que l'austérité de ses fonctions retenait ce soir-là dans les salons du gouverneur, et le missionnaire des secondes classes.

On retrouvait, débraillés, tous les passagers, tous ceux de Papeete qui dînaient tout à l'heure à bord, et M. Jamblan, et même Li, le steward, à une table de matelots.

Les bouchons de champagne sautaient sans répit. Les musiciens au torse nu, couleur de bronze, couronnés de fleurs, parés de colliers de fleurs et de coquillages, jouaient inlassablement de la guitare, et des femmes dansaient, dans des paréos à fleurs rouges qui moulaient leurs reins amoureux.

Cela sentait le tiaré et la chair chaude, surtout la chair de femme.

— Si nous avons la chance de rencontrer Tèha... disait M. Justin, frémissant.

Tèha était là, qu'il allait embrasser, qu'il invitait à leur table, où d'autres belles filles venaient bientôt s'asseoir.

Des couples s'éloignaient parfois, qu'on voyait disparaître sur la plage plantée de cocotiers. Qu'importait la lune, puisque personne ne regardait, ne songeait à s'offusquer ?

Le docteur était là aussi qui, le matin, avait fait tirer la langue au major dans le salon de l'*Aramis*. On dénouait les cravates et on ouvrait le col des chemises. Les danses devenaient de plus en plus échevelées. Chacun avait de la chair nue dans les mains, de cette chair brune, grasse et lisse des Maoris, et les femmes riaient, entraînaient leurs compagnons à la danse.

On se perdit. Le moment vint, vers trois heures, où le major Owen ne retrouva plus ses compagnons. Par contre, il avait eu une longue conversation avec le docteur, qui était ivre et qui lui avait raconté l'histoire de la plupart des petites indigènes présentes.

Le télégraphiste n'était pas là.

— Le *Moana* ?...

— A quatre kilomètres d'ici... Nous pouvons prendre un taxi...

— J'ai ma voiture...

— De Mataia, je parie ?

Ils savaient tout, tous. C'était prévu comme un spectacle.

— Allons-y !... Vous y retrouverez vos amis... Ici, on se retrouve toujours... Et, si vous ne les retrouvez pas ce soir, vous les retrouverez demain matin dans une chambre de chez Marius...

Le *Moana* était plus petit, mais plus bruyant encore, parce qu'on y venait après être passé au *La Fayette*. Des femmes avaient descendu leur paréo sous leurs seins. Un steward de l'*Aramis*, un grand blond, très pâle, était malade, dans un coin.

— Vous n'avez pas vu le télégraphiste du bord ?

On ne l'avait vu nulle part. Par contre, Owen s'était fait un ami du docteur, qui ingurgitait autant d'alcool que lui.

— La moitié de ces belles filles a la vérole... disait-il avec un sourire béat. Je le sais mieux que n'importe qui, puisque je suis directeur de l'hôpital et que c'est moi qui les soigne... Dans quelques jours, une bonne partie de ceux qui rigolent cette nuit s'apercevront qu'ils sont plombés... Cela n'a pas d'importance, mais avouez que c'est rigolo... Tenez, cette petite-là, qui a le nez camus et qui vient de Moréa... Elle a le type maori presque pur... C'est plus rare qu'on ne croit... Il y a eu tellement de mélanges depuis le débarquement de Bougainville et de ses sacrés matelots !... Les Américains voulaient l'emmener à Holly-wood pour je ne sais quel film... Elle s'appelle Paoto. Il lui fallait un certificat médical... Elle n'a pas pu l'obtenir... Comprenez pourquoi ?... Et tenez, c'est votre ami de tout à l'heure qui la serre de près...

M. Lousteau !...

L'odeur du tiaré, du whisky, du champagne, l'odeur de toutes ces femmes qu'on frôlait, de toutes ces peaux bronzées et parfumées, le chant des guitares hawaiiennes et cette lune toujours suspendue comme au théâtre au-dessus des cocotiers qui bordaient le lagon...

Tiens ! Alfred était là, lui aussi, non pas entouré de femmes, non pas avec des passagers ou avec des fêtards de l'endroit. Il était tranquillement assis dans un coin avec le patron de la boîte, un autre dur comme lui, au visage maigre et au nez de travers, qui le mettait au courant, qui l'affranchissait, pour employer son langage, comme le docteur le faisait du major.

Leurs regards se rencontrèrent.

Quelle heure était-il ? Très tard. Les taxis s'éloignaient les uns après les autres.

— Mais si ! Mais si ! Je tiens à vous reconduire. A moins que vous jugiez que je sois ivre et que vous ayez peur...

Un geste choqué du docteur.

— Je vous suis...

La voiture zigzagua un peu le long de la route tandis que les deux hommes parlaient toujours, sous les étoiles, et que parfois les ailes frôlaient des buissons pleins de fleurs au parfum lourd.

— Vous verrez, major !... On vient ici pour six semaines, pour trois mois, puis un beau jour on s'aperçoit qu'on ne peut plus s'en aller... Et savez-vous pourquoi ?... Parce qu'on a commencé à se liquéfier et que, quand on a commencé, il ne reste qu'une chose à faire : continuer... vous ne me croyez peut-être pas, mais je suis persuadé, moi, que vous serez un des nôtres... Du *Cercle colonial*, par exemple... Pas du *Yacht Club*... Car il y a deux cercles, mais un seul est fréquentable par des gens comme nous... Cela me ferait de la peine, tenez, de vous voir au *Yacht Club*...

Yacht Club... Yacht Club...

Ces mots le poursuivaient sans raison dans son sommeil, et il faisait jour quand il entendit s'ouvrir et se fermer la porte de la chambre voisine, où Alfred Mougins rentrait se coucher.

4

Il fit un drôle de rêve. Il était à Londres, à Piccadilly Circus. Il se tenait au bord du trottoir, juste en face de chez Adams, le marchand de malles. Pour une raison informulée, il était indispensable qu'il traversât la place en toute hâte dans la direction de Regent Street. Or des autobus passaient en rangs serrés. Il n'y avait pas de taxis, pas d'autos, mais seulement de gros autobus à impériale qui, sur plusieurs rangs, se suivaient sans laisser entre eux le moindre intervalle. Tous les voyageurs, à l'intérieur, avaient le visage tourné vers lui, ceux d'en bas comme ceux d'en haut. Chose curieuse, les hommes portaient la moustache à la mode de 1900, les femmes d'étranges chapeaux plats perchés sur leur chignon.

Cela ressemblait à une image, à une gravure en couleurs. Il adressait des signes véhéments au policeman qui se tenait au milieu de la place et qui aurait dû endiguer, ne fût-ce que pour un moment, le flot des autobus.

Or, le policeman le voyait. Et, comme les autres, comme ceux qui passaient dans les voitures, son visage exprimait une sévère réprobation.

Alors il faisait une découverte déconcertante : les mêmes personnages, les mêmes autobus repassaient plusieurs fois. Voilà pourquoi il y en avait tant, en rangs si serrés : ils tournaient en rond autour de Piccadilly Circus. Ils continuaient à regarder Owen d'un œil scandalisé, et celui-ci se tâtait, se demandait avec angoisse ce qu'il y avait d'incongru dans sa tenue, finissait par s'apercevoir qu'il était en chaussettes, d'odieuses chaussettes de soie violette comme il n'en avait jamais possédé.

Ce n'est qu'en se rasant devant son miroir grossissant accroché à l'espagnolette de la fenêtre qu'il se souvint des chaussettes violettes qu'un des cuisiniers du bord portait la veille au *La Fayette*.

Il était onze heures du matin et, par-delà les maisons sans étage, entre les touffes de flamboyants, il apercevait la cheminée et les superstructures de l'*Aramis*, qui était toujours à quai. Il lui semblait pourtant avoir entendu, dans son sommeil, bien longtemps auparavant, les coups de sirène annonçant le départ du navire.

Celui-ci appelait à nouveau les retardataires, au moment où Philip Owen descendait, hésitait, à cause de l'heure, entre un petit déjeuner et un whisky. Il finit par manger, tout seul dehors, dans la verdure.

— Le bateau devait partir à dix heures, n'est-ce pas ?

— Oui, monsieur.

— Vous ne savez pas pourquoi il est en retard ?

— Non, monsieur.

Il alluma un premier cigare et trouva sa voiture au bord du trottoir. Quelques minutes plus tard, il tournait à gauche et stoppait en face de l'*English Bar,* dont il poussa avec une satisfaction de vieil habitué la porte à claire-voie.

A cause du contraste avec le soleil du dehors, il ne distingua d'abord que des taches blanches dans la pénombre. Il y avait longtemps que sa vue baissait, plusieurs années, mais c'est à peine s'il consentait à se l'avouer à lui-même et à porter des lunettes pour lire.

Un homme sans veston, la chemise éblouissante de blancheur, était accoudé au comptoir, côté client et, de l'autre côté, on voyait la tête maigre de l'ancien jockey qui, de loin, petit et chenu, le visage en lame de couteau, donnait toujours l'impression d'un gamin. Ce n'est que de près qu'on découvrait non sans surprise qu'il était finement ridé, à la façon des clowns et des acteurs devenus vieux.

— *Good morning, sir...*

Au moment de s'approcher du bar, le major dévisagea le client avec qui Mac était en grande conversation et eut un mouvement de dépit en reconnaissant Alfred Mougins.

Evidemment, celui-ci avait le même flair que lui pour dénicher les endroits de ce genre. Comme il était rentré avec le jour, comme le major n'avait pas entendu de bruit dans sa chambre, il avait supposé que son voisin dormait encore.

Ce qui le choqua, provoqua chez lui comme un sentiment de jalousie, ce fut de voir le Français accoudé familièrement au comptoir, en face de Mac Lean, et de constater qu'ils étaient déjà une paire d'amis.

Mac, d'ailleurs, les regardait l'un et l'autre, s'attendant à les voir s'adresser la parole, peut-être se serrer la main. Ne savait-il pas qu'ils étaient arrivés par le même bateau ?

— Belle journée, sir... dit-il en anglais, en servant un scotch au major.

Owen se renfrogna, ne répondit pas, resta boudeur tout le temps que Mougins passa au bar. L'homme de Panama se décida enfin à partir.

— Vous ne vous connaissez pas ? questionna alors Mac.

— Oui...

— Il m'a dit qu'il avait fait la traversée avec vous...

— Mais pas ensemble...

— Vous avez appris la nouvelle ?

Était-ce à cause de sa maigreur, des mille rides de sa peau, ou de ses paupières rougeâtres, Mac Lean, même quand il faisait un clin d'œil ou souriait, avait l'air de pleurer.

— Écoutez... ils sont encore en train de l'appeler !

— Qui ?

— Le télégraphiste. Il n'est pas rentré à bord de la nuit. Il n'était pas à son poste au moment de lever l'ancre. On l'a fait chercher partout. On a retardé le départ. Maintenant, ils ont décidé de continuer sans lui, car le second officier connaît le maniement des appareils. Ils espèrent le récupérer au retour, dans quatre semaines...

Mac regardait Owen d'une façon significative. Owen comprenait ce que le barman voulait dire.

Il avait été joué, évidemment, par la passagère du canot. Pendant toute la traversée, il n'avait été qu'un gêneur qu'on supportait par crainte qu'il vendît la mèche. Ils devaient rire de lui tous les deux, la femme et le télégraphiste qui, de sa cabine, l'entendait tourner en rond sur le pont, tambouriner sur la toile, appeler à mi-voix.

— Le client qui était ici tout à l'heure est au courant ?

— Oui, sir... Tant que le bateau sera là, il est inutile qu'ils cherchent l'officier... Mais vous verrez que, dès que l'*Aramis* aura pris le large, on saura où il est...

— Pourquoi ?

— Suivez-moi bien... Il est plus que probable qu'ils ne sont pas restés en ville... Et, s'ils y sont, ce n'est pas dans un des trois hôtels, mais chez des indigènes... A mon avis, ils ont pris un taxi et sont allés dans un autre district, à Tuapuna, à Punauia, à Marao, peut-être plus loin ?... Tout autour de l'île, il y a comme ça un village tous les six ou sept milles environ... Le chauffeur du taxi est un Maori... Il est rentré en ville et se taira tant que le bateau sera au port... Après il racontera l'histoire à ses camarades... Vous comprenez, sir ?

— Vous avez dit tout cela au Français ?

— A peu près, sir... Je n'aurais pas dû ?

— Cela l'a intéressé ?

— Je crois que oui...

— Dès que le bateau sera parti, il y aura moyen de m'obtenir le renseignement ?

— J'enverrai Kekela questionner ses camarades...

D'autres consommateurs entraient, qui allaient s'asseoir à leur place, en habitués, et vers lesquels Mac se précipitait. D'après leur conversation, l'un d'eux était avocat et l'autre devait être le marchand d'antiquités dont le major avait vu la boutique en débarquant. Tous les deux l'observaient. Puis il vint d'autres personnes que Philip Owen avait aperçues au *La Fayette* ou au *Moana*. Chacun, en entrant, avait vers lui le même coup d'œil curieux.

En somme, il allait fatalement faire partie de leur groupe. Ce n'était qu'une question de jours, d'heures, l'affaire d'une occasion. Peut-être s'étaient-ils déjà renseignés sur son compte ?

— Dites donc, Mac, vous ne savez pas où est allé le type qui était ici ? questionna-t-il en anglais.

— Je ne sais pas, sir, mais il m'a demandé où il pourrait trouver un taxi...

Owen était très fatigué, ce matin-là. Il se sentait mou. Il ne voulait pas avouer qu'il se sentait vieux, mais, c'était la vérité, cela lui arrivait souvent depuis quelque temps et il lui fallait alors plusieurs whiskies pour se mettre en train.

On parlait, près de lui.

— Alors ils partent sans leur télégraphiste ?... Sait-on qui l'a embobeliné ?...

— Ce n'est pas une femme de l'île... Je viens du bateau... Il y a une heure à peine, un matelot qui nettoyait le pont supérieur a découvert qu'un des canots de sauvetage avait été occupé pendant la traversée... On a retrouvé des restes de victuailles, des flacons vides et un peigne de femme... Comme le canot est juste en face de la cabine du télégraphiste... Celui-ci est un gosse... Vingt-deux ans... C'est sa première traversée... Les officiers du bord le connaissent à peine, car il sortait peu de sa cabine...

La nuit, par contre, il y faisait entrer la femme. Et, pendant ce temps-là, Owen se morfondait en tournant autour du canot. L'Anglais n'était pas jaloux, mais vexé. Il était surtout mécontent de lui. Plusieurs fois, depuis son départ de Cannes, il avait eu la sensation de s'agiter à vide. Plus exactement, c'était un peu comme dans son rêve. Il ne se sentait pas sur un terrain solide. Il y avait quelque chose qui clochait, et c'était en lui que cela clochait.

Jusqu'à Panama, il avait voyagé sur un grand paquebot américain. Il l'avait choisi exprès parce que, normalement, il aurait dû s'y faire au moins quelques centaines, sinon quelques milliers de dollars. Or, dès le second soir, au bar, il s'était heurté à un Syrien plus fort que lui.

Tous les joueurs étaient persuadés que le Syrien trichait tant il avait la tête de l'emploi, tant il regardait ses partenaires avec une calme insolence. Il semblait leur dire :

« Vous croyez que je triche ?... Eh bien !... prouvez-le... »

C'était justement pour arriver à le prendre sur le fait qu'on jouait, qu'on se laissait aller à miser toujours de plus fortes sommes. On prenait Owen à témoin.

— Vous pensez qu'il fait sauter la coupe ? Ou qu'il cache des rois et des as dans ses manches ?

Tel un prestidigitateur, le Syrien joua manches retroussées et, en huit jours, rafla plus de deux mille dollars pendant qu'Owen se faisait tout juste de quoi payer ses notes de bar.

— Je m'occuperai de l'argent plus tard... Il sera toujours temps...

Mais, à Colon, où il dut rester huit jours, il n'y avait qu'un hôtel de première classe, un hôtel anglais où la vie coûtait plus cher que dans n'importe quelle capitale. Comme ce n'était pas la saison, il ne rencontra personne en dehors de quelques vieilles femmes qui ne jouaient qu'au bridge.

En somme, il avait l'impression, depuis le début, qu'il était mal parti. Pourtant dans un *night-club* où la clientèle changeait chaque jour de nationalité — selon la nationalité des bateaux de passage —, il dénicha une petite danseuse qui avait connu la mère de Maréchal. Elle savait que celle-ci avait un fils, mais ignorait ce qu'il était devenu.

— Je crois qu'il travaille à Panama...

A Panama, Owen descendit à l'*Hôtel de Paris,* et la plupart des gens qu'il rencontra étaient des gens dans le genre d'Alfred. Là encore, c'est dans les boîtes de nuit qu'il se renseigna. Il les connaissait jusqu'à l'écœurement. Est-ce que la mère de Maréchal n'était pas chanteuse de boîte de nuit ?

Pas sous le nom de Maréchal, mais sous celui d'Arlette Marès.

— Une grande blonde, n'est-ce pas, qui faisait la chanson de charme ?... Est-ce qu'elle n'est pas partie pour le Chili ?...

Non. Il savait, lui, qu'elle était morte.

— Elle avait un fils, c'est exact... Attendez... Il a travaillé à la « French Line » comme employé...

Il retrouvait, à la « French Line », la trace de René Maréchal.

— Il n'est pas resté longtemps chez nous, six mois au plus... C'était un garçon renfermé, ombrageux, qui prenait facilement la mouche, toujours prêt à croire qu'on se moquait de lui ou qu'on le méprisait...

— Vous savez ce qu'il est devenu ?

— A certain moment, il est allé à Guayaquil, dans l'Équateur... Il suivait, comme secrétaire, un gros planteur de cacao...

— Il en est revenu ?

— Il y a longtemps que nous n'en avons pas entendu parler... Si l'on retrouvait sa petite amie, on serait peut-être renseigné... Quand il était ici, il avait une amie un peu plus âgée que lui qui l'attendait souvent à la sortie... Elle était jolie, plutôt boulotte, le teint et les cheveux clairs...

Il n'avait pas retrouvé la petite amie, mais un barman, par hasard, l'avait renseigné.

— Maréchal ?... Il a travaillé chez moi pendant quelques jours avant de s'embarquer pour Tahiti... Il y a plus d'un an de cela... Il était à la cote... Il en avait marre...

— Vous ne savez pas s'il est revenu ?

— On pourra vous dire ça à la « French Line »...

— J'y suis allé...

— Ils n'ont peut-être pas pensé à consulter les listes des passagers.

C'était vrai. On y trouvait la trace de Maréchal, treize mois plus tôt, à bord, justement, de l'*Aramis* où il avait voyagé en seconde classe. Par contre, aucune trace de retour.

— Il peut avoir continué vers l'Australie, ou être rentré à San Francisco à bord d'un bateau anglais. Il y en a un qui fait, toutes les six semaines, le voyage de Frisco à Sydney et qui escale à Papeete...

Owen n'avait pas eu le temps de se remettre en fonds, car il apprenait en même temps que l'*Aramis* passait par Panama le lendemain et il y retenait une place.

— Tiens ! Bonjour, major...

Une voix joyeuse, un peu enrouée, qu'Owen reconnut. C'était celle de son docteur de la veille, qui s'avançait vers lui la main tendue, puis qui serrait d'autres mains autour de lui.

— Vous ne vous connaissez pas... Un Pernod, Mac... Vous autres, je vous présente le major... le major... Wens ?...

— Owen...

— C'est cela, le major Owen, qui est un type épatant...

Puis il présentait les autres : l'avocat, l'antiquaire, le pharmacien, d'autres dont il ne précisait pas la profession. Le docteur, qui s'appelait Bénédic, était aussi débraillé à midi qu'à trois heures du matin, la chemise ouverte sur une poitrine couverte de poils roux, les joues mal rasées, les cheveux collés aux tempes par la sueur. Il avait un gros ventre, et son pantalon semblait toujours sur le point de lui glisser des reins.

— J'ai annoncé au major que, s'il restait ici seulement un mois, il n'en partirait plus... Qu'est-ce que vous en pensez ?... A propos, nous voilà avec un télégraphiste en plus... Il y a quelques mois, c'était le troisième officier du bateau anglais qui lâchait son bord et qu'on retrouvait quelques jours plus tard installé sur la presqu'île.

Bénédic parlait avec animation, le visage coloré, les yeux globuleux et humides. En apparence, c'était un bon vivant, et pourtant on avait l'impression, à le regarder attentivement, que sa gaieté était forcée. Parfois, par exemple, quand Owen le fixait, il détournait les yeux, comme s'il avait honte.

Il existait des points de ressemblance entre les deux hommes. Ils avaient à peu près le même âge, la même corpulence... Tous les deux avaient le teint coloré et les prunelles claires.

Est-ce que le docteur, en somme, n'était pas un Owen qui se serait laissé aller ?

Un Owen après un an de Tahiti, pensa celui-ci, non sans malaise.

— Que je vous en raconte une bien bonne... Vous avez vu l'inspecteur des colonies ?... A première vue, ce n'est pas un rigolo, hein ?... Moi, il me fait penser à Don Quichotte... Raide, lugubre, et tout... N'empêche que notre bien-aimé gouverneur est en train d'essayer avec lui le coup qui lui a réussi il y a deux ans avec le ministre des Colonies... Au lieu de le coucher au palais du gouvernement, il lui a installé une jolie villa... Vous la connaissez tous... En face de chez les femmes, oui... Et Colombani, le chef de cabinet, est chargé des menus plaisirs de monsieur l'inspecteur...

Tout cela devait avoir pour eux une saveur qui échappait à Owen, car ils riaient aux éclats.

— On vous expliquera, major... Vous êtes encore un bleu... Donnez-nous quelques jours et vous serez devenu un vieux Tahitien...

Il dut accepter plusieurs tournées. Puis il alla déjeuner à son hôtel, où Alfred Mougins n'était pas rentré, et il monta dans sa chambre pour la sieste.

Plusieurs fois, dans son demi-sommeil, il eut une sensation désagréable qui n'était pas sans analogies avec son rêve de la nuit. Il ne s'agissait plus d'un rêve, mais d'une sorte de prémonition.

D'abord, lui qui avait passé sa vie à voyager à travers tous les continents ressentait pour la première fois une sorte d'angoisse à l'idée de son éloignement. Tahiti n'était pas plus loin de Londres que Bombay, que Calcutta, que Shanghai, et pourtant il semblait qu'il était menacé de ne plus jamais revoir Trafalgar Square.

Il n'y avait que vingt-quatre heures qu'il vivait dans l'île, et déjà le décor lui collait à la peau. Cette verdure sombre piquetée de fleurs monstrueusement grandes, ce sol rouge, l'eau couleur d'opale du lagon, les odeurs, les bruits, tout cela le cernait comme d'une matière molle et chaude dans laquelle il s'engluait.

Des mots du docteur lui revenaient, des bouts de phrase, des regards. Des regards surtout. Car Bénédic n'était pas l'imbécile qu'il voulait paraître. De temps en temps, son regard devenait plus aigu, un vrai regard de praticien qui cherche un diagnostic.

Sans doute avait-il fait celui du major ?

« Est-ce qu'il est mûr ? » s'était-il demandé.

Il en avait vu d'autres débarquer de la sorte, le complet de toile impeccable, la démarche digne et assurée, et qu'étaient-ils devenus, sinon des hommes comme lui-même ?

La question ne se posait pas pour Owen. Il n'avait rien à faire à Tahiti. Il n'y était que de passage. Plus exactement, il avait un petit travail à accomplir. Ce serait déjà fini si René Maréchal n'avait eu la malencontreuse idée de se promener dans l'archipel à bord d'une goélette.

Ensuite, Londres, Londres pour toujours. Il avait faim de Londres, de Piccadilly Circus, justement, de Trafalgar Square, des autobus à impériale, des petits restaurants de Soho et des clubs aux profonds fauteuils de cuir où l'on reste plongé pendant des heures, le cigare aux lèvres, un scotch à portée de la main, à lire le *Times* ou le *News Chronicle*...

Londres avec un peu de Côte d'Azur quand les brouillards jaunes deviennent trop épais...

Il écoutait machinalement les bruits de l'hôtel, de la ville. Dans quelques jours chacun de ces bruits aurait pour lui une signification précise. A quoi bon ? Il ne le fallait pas.

Il attendrait René Maréchal, soit. D'ailleurs, faute de bateau, il n'était pas possible de faire autrement. Tous les deux prendraient passage à bord de l'*Aramis* quand celui-ci reviendrait des Nouvelles-Hébrides avec une nouvelle fournée de fonctionnaires, de gendarmes, d'instituteurs et de missionnaires.

On frappait à sa porte. Il sursautait. Il lui semblait qu'il était très loin. Peut-être avait-il réellement dormi ?

— Qu'est-ce que c'est ?

— On vous demande au téléphone...

Naturellement, il n'y avait pas de téléphone dans les chambres. Il dut s'habiller, se passa un coup de peigne. On lui désignait l'appareil, sur le bureau, près du tableau de clefs.

— Allô... C'est vous, sir ?

La voix de Mac Lean.

— Vous vous intéressez toujours au télégraphiste ?

— Pourquoi ?

— Je sais où il se trouve... Avec la jeune personne... Car il paraît que c'est une jeune et jolie femme... Si vous passez me voir cet après-midi, je vous donnerai des détails...

Il remonta chez lui pour achever sa toilette et, une fois encore, il eut le même malaise, celui de quelqu'un qui a le sentiment de commettre une gaffe et qui ne peut pas s'en empêcher.

Un peu plus tard, il arrêtait sa voiture en face de l'*English Bar*. C'était l'heure calme. Le bar était vide, avec l'ancien jockey assis derrière son comptoir où il passait des heures à somnoler et d'où il surgissait comme un diable à l'entrée des clients.

— Je vous l'avais annoncé, sir... Ici, les nouvelles vont vite... Tout au moins pour les indigènes... Vous apprendrez à les connaître...

Lui aussi ? C'était comme une conspiration. Chacun paraissait certain qu'il passerait le reste de ses jours à Tahiti.

— Ils sont au courant de nos moindres allées et venues... Remarquez que ce n'est pas par intérêt... Cela les amuse, simplement, de nous observer, puis de se raconter entre eux des histoires à notre sujet... Je pourrais vous dire ce que vous avez fait cette nuit... Je sais aussi que Mataia s'est présenté à votre hôtel quand vous n'y étiez pas... Ce n'était pas pour vous voir, mais pour se renseigner à votre sujet... Maintenant, il est tranquille, et vous ne le reverrez qu'au moment de votre départ, si vous partez... Un autre scotch, sir ?...

Il se servit à lui-même un verre de menthe.

— Comme je le pensais, nos fugitifs ont pris un taxi. Vous devez les avoir croisés, car ils ont quitté le bateau à peu près au moment où, hier, vers huit heures, vous vous rendiez à bord...

» Ils ont demandé au chauffeur de les conduire le plus loin possible et de leur trouver une chambre...

» Le chauffeur a une sœur, Mamma Rua, dans la presqu'île... Il faut deux bonnes heures, en roulant vite, pour s'y rendre...

» La sœur a une demi-douzaine d'enfants. Son mari travaille pour les Ponts et Chaussées. Ils possèdent une cabane, au fond de leur jardin, qu'ils louent à l'occasion... Un écrivain a pris pension chez eux pendant plusieurs mois, il y a deux ans...

» Le chauffeur n'est rentré que ce matin, et il n'a rien dit... Tout à l'heure, j'ai envoyé Kekela aux renseignements... Comme le bateau était parti, le chauffeur avait commencé à parler...

» Vous comptez aller là-bas, sir ?

Owen avait-il donc l'air de tant s'intéresser à cette histoire de passagère clandestine et de télégraphiste ?

— Je pourrais vous prêter Kekela pour vous accompagner.

Le plus étonnant, c'est qu'il dit oui, sans hésiter.

— Tu iras avec ce gentleman, Kekela... Je crois que tu es un peu parent de Mamma Rua aussi, n'est-ce pas ?

» Ils sont tous plus ou moins parents, ici... Je vous conseille de faire votre plein d'essence, car vous risquez de ne pas en trouver sur la route...

Le Tahitien s'installa à côté de lui, un large sourire aux lèvres. Un peu plus tard, la voiture sortait de la ville. Tantôt la route longeait le lagon bordé de cocotiers, tantôt elle s'enfonçait dans la verdure, et on découvrait par-ci par-là des huttes, certaines abandonnées, des carrés de cultures, quelques vaches claires qui paissaient.

Il y avait toujours cette même qualité de l'air et de la lumière que le major n'avait rencontrée nulle part ailleurs et qui sertissait les objets comme d'une matière précieuse.

Des femmes marchaient, par deux ou par trois, pieds nus, jambes de bronze, vêtues de cotonnade. Certaines robes étaient rouges, d'autres à pois bleus ou verts.

Parfois la route traversait un ruisseau qui allait se perdre dans le lagon et, dans le lit de ces ruisseaux, les femmes s'arrêtaient pour se rafraîchir, s'asseyant, avec leur robe, dans le liquide pailleté de soleil. Elles riaient au passage de l'auto. Elles avaient toutes le même rire qui chantait dans le fond de leur gorge.

Un village. Une église en bois, toute blanche, avec un toit rouge et une mince flèche gravée dans le ciel. Une école, en bois aussi, sur pilotis comme la plupart des maisons de l'île, où, par les fenêtres ouvertes, on voyait vingt visages d'enfants...

Ils traversèrent ainsi huit ou dix villages et, quand ils se rapprochaient du lagon, ils apercevaient des pirogues à balancier qui dérivaient lentement, un homme nu, debout à l'arrière, son harpon à la main, prêt à plonger.

— Tu ne trouves pas, monsieur, que c'est le plus beau pays du monde ?

Et Owen avait envie de lui répondre qu'il le détestait, justement parce que le pays lui entrait toujours un peu plus dans la peau.

Dès qu'on fut à une vingtaine de milles de Papeete, on commença à rencontrer de loin en loin une maison plus importante que les maisons indigènes, certaines qui étaient de vrais cottages anglais, et Kekela faisait le guide.

— Ici, c'est un grand chirurgien français... Il y a quatre ans qu'il est installé avec sa femme et sa fille... Ici, des Américains, une vieille demoiselle très riche, qui a un joli yacht dans le port...

Il y en avait d'autres, un lord anglais, un ancien industriel belge, qui s'étaient acquis ainsi un morceau de solitude.

— Ils se voient beaucoup les uns les autres ?

Kekela rit.

— Ils ne se voient jamais. Ils se détestent. Certains ne viennent pas une fois tous les six mois à Papeete...

Quelque part, au bord d'une rivière, là où elle se jetait dans le lagon, une maison modeste qui, outre la véranda traditionnelle, ne devait compter que deux pièces.

— Les dames Mancelle, qui sont revenues avec toi...

On se croyait au bout de l'île. On contournait des rochers très hauts, d'où des ruisseaux tombaient en cascade, et on découvrait une bande de sable qui conduisait à la presqu'île.

— Ce n'est plus très loin... Ne roule pas trop vite.

Un fouillis de verdure et une maison peinte en rouge. Mais ce n'était pas encore celle-là.

— Attention, monsieur...

Une auto venait en sens inverse, et Owen eut tout juste le temps de se ranger. A cause d'un tournant de la route, il ne la vit que pendant quelques instants. Il reconnut tout de suite Alfred Mougins, non pas au volant, mais à côté d'un autre Blanc qui conduisait.

— C'est le patron du *Moana,* n'est-ce pas ?

— Oui, sir. M. Oscar... Tu as vu la dame ?

Coincée entre eux deux, en effet, sur la banquette avant, il y avait une jeune personne dont Owen ne distingua pas les traits, mais dont les cheveux blonds étincelaient dans le soleil.

— Tu la connais ?

— Non, monsieur... Elle n'est pas de l'île...

— Tu crois que c'est elle ?

Le Maori comprit ce qu'il voulait dire.

— C'est sûrement elle... Du moment que M. Oscar s'est dérangé...

Cinq cents mètres à peine, et c'était cette fois la maison que l'on cherchait. Elle disparaissait presque entièrement dans une végétation si luxuriante qu'il fallait y chercher un passage.

— Suis-moi, monsieur...

Sous la véranda, il y avait une machine à coudre et un phonographe. Une grosse femme indigène au sourire épanoui surgit de l'intérieur et se mit à parler avec volubilité à Kekela. Ils étaient tous les deux comme des gosses qui se racontent de bonnes histoires et ils ne cessaient de rire aux éclats. Des enfants tout nus traînaient par terre.

— Tu accepteras un punch, monsieur ?... Mamma Rua dit que tu dois avoir très soif... Elle ne parle presque pas le français, mais elle le comprend... Sais-tu que, dans toute sa vie, elle n'est allée que deux fois à Papeete ?...

La femme approuvait de la tête, en souriant toujours. Puis elle essuyait avec sa robe un fauteuil de rotin et faisait signe à l'étranger de s'y asseoir.

— Le télégraphiste est encore ici ?

— Attends, monsieur... Il ne faut pas aller trop vite, parce que autrement elle va tout embrouiller...

Elle essuyait des verres, pressait des citrons, versait le rhum. Elle parlait toujours, avec des gloussements dans le fond de la gorge et, à chaque pas qu'elle faisait, sa robe se pinçait entre ses énormes fesses.

Kekela écoutait avec attention, ne se pressait pas de traduire. Il était là comme pour son compte, heureux de vivre, d'entendre une belle histoire, à l'ombre, en buvant un punch qu'on avait rafraîchi avec l'eau glacée d'une jarre.

— C'est très compliqué, monsieur... Cette nuit, déjà, ils se sont disputés... On les entendait parler très fort... Il paraît que le jeune homme pleurait... Deux fois, il est sorti de la chambre et s'est mis à marcher dans le jardin... Une fois, il a pris la route et n'est rentré qu'une demi-heure plus tard... Quand il est revenu, la porte était fermée... Il a frappé... Il parlait bas... Il suppliait... Il s'est mis à pleurer de nouveau.

La femme écoutait cette traduction avec un sourire épanoui, les mains croisées sur le ventre.

— On a fini par lui ouvrir... Mais ils n'ont pas dormi dans le même lit... Le jeune homme a dormi par terre, sur la natte... Puis, le matin, quand les merles des Moluques ont commencé leur vacarme — tu ne les as pas entendus ? — ils se sont remis à discuter...

» La porte était ouverte, la femme à moitié nue... Elle se peignait devant la glace... Il paraît qu'elle est très belle... Elle est venue demander à ma cousine si elle avait un paréo à lui prêter, et ma cousine a ri, elle lui en a donné un, la femme l'a noué autour de ses seins et elle est allée se baigner...

» L'homme est d'abord resté seul comme s'il boudait... Puis il l'a rejointe au bord du lagon... Il lui criait de revenir et elle nageait très loin.

Owen fermait à demi les yeux, son verre à la main, un cigare éteint aux lèvres, et ce récit naïf et décousu avait pour lui plus d'éloquence qu'un minutieux compte rendu.

Le télégraphiste, il l'avait vu, était un grand garçon timide, ce qu'on appelle un garçon bien élevé. Le major aurait parié qu'il appartenait à une famille modeste, et même qu'il avait été élevé par une maman veuve l'entourant de petits soins.

Un bon élève à l'école, un de ceux qui, sans dispositions particulières, en travaillant d'arrache-pied, arrivent non à prendre la première place, mais à se classer second ou troisième.

Il ne devait pas jouer beaucoup. Il étudiait, le soir, sous la lampe. Il était fort en mathématiques. L'université n'était pas dans ses moyens, et il avait choisi une carrière qui lui ouvrait de larges horizons.

On pouvait imaginer, dans le petit appartement bourgeois, la mère et le fils fêtant les galons tout neufs. Il y avait un gâteau sur la table, peut-être une bouteille de champagne ou de vin doux. Et sans doute était-elle allée à Marseille pour assister à son premier embarquement ?

Avait-il déjà connu des femmes ? Ce n'était pas sûr. S'il en avait connu, c'étaient probablement des professionnelles qui l'avaient écœuré.

L'*Aramis*... Le soleil qui se levait enfin, au large des Açores, sur un océan bleu et or... La Martinique et ses créoles, la frénésie du bal Doudou et, le matin, le marché haut en couleurs... Colon... Panama...

A quel moment avait-il découvert la passagère ?... Avant Owen ?... Après ?...

Le mystère de leur vie, là-haut, sur le pont des embarcations... Les précautions... Les chuchotements... Cette femme qui venait parfois se détendre dans sa cabine... Et lui, Owen, qui, pour eux, devait faire figure de Croquemitaine...

Quelles luttes, entre eux, durant cette dernière nuit, dans la bicoque indigène perdue parmi les fleurs !

Est-ce lui qui voulait déserter son bord ? Pourquoi la suppliait-il ? Qu'attendait-il d'elle ?

Ils n'avaient pas dormi dans le même lit. Elle faisait sa toilette devant lui, impudique, se baignait dans le lagon tandis qu'il restait au bord de l'eau à l'appeler.

— Quand il a vu passer le bateau, à midi, une nouvelle scène a éclaté, racontait Kekela. Ils n'ont presque pas mangé. La femme s'est couchée, et lui se promenait nerveusement autour de la maison... Il y a une heure, une auto est arrivée, avec dedans M. Oscar et le monsieur que vous connaissez... Ils ont tout de suite demandé à parler à la femme... On a cru, un moment, que le jeune homme allait se mettre en travers de la porte...

» Ils avaient l'air de se moquer de lui... Ils sont entrés. Cela leur était égal qu'elle soit couchée...

» Ils lui ont parlé un bon moment et, en les écoutant, elle s'est levée, elle a passé sa robe, s'est peignée à nouveau...

» C'est M. Oscar qui est allé parler, dehors, au télégraphiste... Ils ont marché tous les deux sur la route, tandis que les autres restaient dans la maison...

» Le jeune homme baissait la tête... Je ne sais pas ce que M. Oscar lui a dit... Je suppose qu'il n'avait pas envie de se charger de lui, vous comprenez ?

» Il voulait bien emmener la femme, mais pas son compagnon... Il a dû lui faire peur, lui raconter que, s'il venait à Papeete, il se ferait prendre et jeter en prison... Parce qu'il n'avait pas le droit de quitter le bord...

» On a mis la femme dans l'auto... Vous l'avez vue... Et, lui, on l'a laissé ici.

Kekela riait. La grosse femme riait. Tout cela, pour eux, c'était ce qu'est un film pour des spectateurs européens. C'était amusant. Cela n'avait pas eu d'importance. Ils ignoraient, pour leur compte, les complications sentimentales.

— Où est-il à présent ?

— Il s'est enfermé dans la chambre. Il est couché sur le lit, tout habillé, la tête dans l'oreiller. On le voit par la fenêtre. Il pleure et, de temps en temps, parle tout seul...

— Je voudrais le voir...

— Mamma Rua le permet... Mais je ne sais pas s'il t'ouvrira la porte...

On le regardait curieusement. A leurs yeux, c'était un nouvel épisode qui allait se dérouler, et ils se demandaient s'il serait aussi amusant que les précédents.

Owen vida son verre, ralluma un cigare, par contenance, descendit les quelques marches qui séparaient la véranda du jardin. On le regardait partir. Il se faufilait entre les longues feuilles de pandanus et de bananiers, atteignait la cabane à porte vitrée et frappait.

L'homme n'était plus couché, mais debout. Sans doute avait-il eu connaissance de son arrivée ? Ils se regardèrent un moment à travers la vitre, puis la porte s'ouvrit.

— C'est vous ! lança le télégraphiste avec un accent de haine.

Puis, tout de suite, douloureusement ironique :

— Vous arrivez trop tard... Elle n'est plus ici...

S'était-il figuré qu'Owen était amoureux de l'inconnue ? Dans la naïveté de son premier amour, il ne pouvait imaginer qu'un homme puisse ne pas aimer son idole.

— Maintenant, j'ajoute que, si c'est la police qui vous envoie, je suis prêt à vous suivre... Cela m'est égal, vous entendez ?... Tout m'est égal...

Il avait commencé sur un mode ironique et il finissait par hurler ces derniers mots avec défi, cependant que ses lèvres tremblaient.

Sans se démonter, très calme, Owen questionna :

— Ces hommes qui sont venus la connaissaient ?

Et l'autre, prêt à éclater en sanglots, à bout de nerfs :

— Est-ce que je sais, moi ? Est-ce que je sais seulement ce qui m'arrive ?... A bord, je pouvais croire...

Mais non. Il ne voulait pas se livrer. Il s'arrêtait net, regardait Owen avec méfiance :

— Qu'est-ce que vous me voulez ?... Qu'est-ce que vous êtes venu faire ici ?...

— Je pourrais peut-être vous aider...

— A quoi faire ?

Il avait raison : à quoi faire ?

— Le bateau est parti et ma carrière est fichue... D'ailleurs, je me f... de ma carrière !

Comme tous les timides, comme ceux qui ont été habitués à châtier leur langage, il le faisait exprès d'employer de gros mots qu'il criait rageusement.

— Est-ce qu'on ne pourrait pas me laisser tranquille, non ?

Il faillit ajouter : « J'ai sommeil... »

Owen devina ces mots sur ses lèvres. Mais le jeune homme aurait considéré comme une profanation de les prononcer à ce moment. Pourtant c'était vrai. Il tombait de sommeil. Combien d'heures avait-il dormi depuis Panama ? Son teint était gris, ses paupières d'un vilain rose.

— Pourquoi vous ont-ils forcé à rester ici ?

— Est-ce que je sais ?... Pour ne pas que je sois près d'elle, je suppose ?... Le plus maigre des deux m'a entraîné sur la route pour me raconter des histoires, que l'on me cherchait à Papeete, qu'on me mettrait en prison jusqu'au retour de l'*Aramis,* que...

Et, planté devant l'Anglais :

— Et vous, qu'est-ce que vous me voulez au juste ?... Avouez que ce n'est pas moi qui vous intéresse, mais elle... Vous avez de l'argent... Vous vous figurez qu'avec ça vous pouvez tout obtenir... Avouez !...

— Je suis venu pour vous aider... prononça doucement Owen.

Un rire sarcastique, douloureux.

— Vous allez peut-être me la rendre ?

— Pourquoi pas ?

— Vous la connaissez ?

— Non...

— Vous ne la connaissiez pas quand vous êtes monté à bord ?

— Non...

— Alors elle a menti ?...

— Que vous a-t-elle raconté ?

— Peu vous importe... Elle m'a menti... Elle a passé son temps à me mentir... Et cependant...

« Et cependant, je l'aime ! » traduisait Owen.

— Si vous voulez m'écouter un instant avec calme, je crois que bien des choses pourraient s'arranger. Je ne vous demande pas ce qu'elle vous a dit...

— Cela vaut mieux...

Il se rebiffait encore, mais il était déjà presque apprivoisé.

— Pour une raison ou pour une autre, ces messieurs n'ont pas envie de vous voir à Papeete...

L'autre se raccrochait à n'importe quoi, à ce que ces mots comportaient pour lui de vague espoir.

— Il y a peu de chances pour que la police s'occupe de vous...

— Vous croyez ?

— Elle a d'autres chats à fouetter... Au surplus, tout Papeete sait où vous êtes et il serait facile de venir vous cueillir ici...

— Il m'a dit...

— Qui ?

— Le plus maigre... Il m'a dit que la police ne s'occupait guère de ce qui se passe dans les districts et que, tant que je me tiendrais tranquille...

Une idée le frappa.

— Vous avez raison... Ils ont peur de moi, je ne sais pas pourquoi, mais je sens qu'ils ont peur de moi... Ils ne veulent pas que je sois près de Lotte...

Un prénom, enfin. L'inconnue, désormais, avait au moins un prénom.

— J'irai là-bas... Je la verrai, qu'ils le veuillent ou non... Ils n'ont pas le droit de la séquestrer... Il y a des choses que je sais... Vous voulez bien m'emmener ?...

— J'ai ma voiture à la porte...

— Vous êtes sûr que vous ne la connaissiez pas avant de vous embarquer, que vous n'en êtes pas amoureux ?

Les cheveux blancs d'Owen, son air paisible, durent le rassurer quelque peu.

— D'ailleurs, je n'ai pas peur de vous...

— Vous avez raison...

— Ne vous moquez pas de moi... Je suis peut-être ridicule, mais... mais...

Ne trouvant pas les mots ou n'osant pas les prononcer, par pudeur, il regarda autour de lui et conclut :

— Je n'ai même pas emporté ma cantine...

5

— Il va vous faire manger au *Cercle colonial,* avait annoncé Mac Lean, qui avait la même voix monocorde pour une petite phrase comme celle-là que pour commenter une catastrophe. Il vous a cherché hier toute la soirée...

Il s'agissait du docteur qui, le matin même, avait téléphoné à Owen. Sa voix paraissait plus enrouée au téléphone, plus vulgaire.

— Allô ! major, vous me donnez votre soirée ? Et vous dînez avec moi, bien entendu. Mais si ! mais si ! Je passe vous prendre à l'heure que vous voudrez à votre *English Bar,* dont, paraît-il, vous êtes devenu un des piliers... A propos, est-ce que vous aimez les tripes à la mode de Caen ?... Bon... Parfait... A ce soir...

— Je ne veux pas dire qu'il en sera avec vous comme avec les autres, sir... D'habitude, quand le docteur se jette sur quelqu'un, il se raccroche à lui pendant un temps plus ou moins long, comme si sa vie en dépendait... Quand j'étais gamin, j'avais de ces engouements-là... Un garçon devenait mon ami pour la vie... J'étais tout fier de me montrer avec lui et je ne saluais plus les autres... Seulement, cela ne durait pas. Le temps de m'apercevoir que mon nouvel ami était comme tout le monde, et je le méprisais d'autant plus que je l'avais porté plus haut...

— Le Dr Bénédic a eu beaucoup d'amis de ce genre ?

— Presque à chaque bateau, sir... Chaque fois, tout au moins, que quelqu'un d'un peu reluisant a débarqué... Il les déteste, voyez-vous...

— Il déteste qui ?

— Ceux d'ici... D'ailleurs, si vous voulez mon avis, ils se détestent tous... Au début, je me suis demandé pourquoi... Les hommes se détestent partout, bien sûr, mais pas avec cette férocité... Eh bien ! sir, je crois que c'est parce qu'ici ils finissent par se ressembler davantage les uns les autres... Ils le savent... Tenez, ici, au bar, à l'apéritif, ils se regardent... Chacun se dit : « Je dois être comme ça, moi aussi... En un peu moins mal, cependant... »

» C'est pour cela qu'ils envient les nouveaux, ceux qui débarquent, à qui il reste encore une certaine énergie... Ils ont un mot, sir, qu'ils prononcent rarement : s'encanaquer... Parce qu'auparavant on appelait tous les indigènes des îles des Canaques... Et s'encanaquer, vous comprenez...

Était-ce s'encanaquer de pousser trois ou quatre fois par jour la porte à claire-voie de l'*English Bar,* après avoir marqué un temps d'arrêt pour écouter ? Ce temps d'arrêt était devenu une manie. Owen aimait l'atmosphère du petit bar quand le chat roux dormait, que le jockey surgissait de derrière son comptoir, les yeux troubles de sommeil, et qu'ils pouvaient bavarder tous les deux en paix.

Souvent, s'il entendait des voix, le major allait faire le tour du pâté de maisons pour donner au client le temps de s'en aller.

— Pour ce qui est de manger, il vous fera bien manger... C'est Mariette qui préparera la cuisine... Probablement des tripes...

— Il m'a en effet demandé au téléphone si j'aimais les tripes.

— Il les adore... Cela ne lui vaut rien, mais cela ne lui vaut rien non plus de boire du matin au soir... Avec les autres, il est terrible... C'est pourquoi il y en a beaucoup qui l'évitent... Il leur déclare crûment, même ici, au bar : « Vous, mon vieux, vous serez crevé dans six mois... Vous commencez déjà à puer... Ma parole, vous sentez la mort... Vous pourrissez vivant... »

Drôle de soirée. Le *Cercle colonial* était à peu près vide. C'était un local morne et poussiéreux, face au lagon. Quelques années plus tôt encore, il n'y avait pas d'autre cercle à Papeete, et tout le monde en faisait partie. Était-ce vraiment à cause du docteur que les dissidents avaient fondé le *Yacht Club ?* Mac Lean le prétendait.

— Cette Mariette et son mari ont débarqué un beau jour sans qu'on sache d'où ils venaient ni ce qu'ils voulaient faire. Il paraît que lui a été coiffeur à bord de plusieurs paquebots, qu'il a essayé d'installer un salon de coiffure à San Francisco et qu'il a fait de mauvaises affaires. Ils ont vécu un certain temps chez Marius, et le docteur est allé les flairer, oui, juste comme un chien va flairer une chienne nouvellement venue dans le quartier...

» Elle n'est pas belle, vous la verrez... Elle est vulgaire... Avec sa voix cassée, elle a plutôt l'air de sortir de je sais bien quelle maison...

» Malgré cela, ils ont été au moins cinq ou six à tourner autour de ses jupes... Des hommes qui, ici, ont toutes les belles filles qu'ils veulent, remarquez-le... On a tout de suite compris qu'on n'avait pas besoin de se gêner pour le mari...

» Le gouverneur, qui a tâté de Mariette, lui aussi, a embauché l'homme comme chef jardinier... Je ne sais pas s'il s'y connaît, et cela n'a pas d'importance...

» Quand ils en ont eu tous assez, il n'est resté que le docteur et, avec lui, cela dure toujours... Il l'a installée au *Cercle colonial,* dont il sera bientôt le seul membre et où elle dirige tout, le bar, la cuisine... Il traîne du linge de femme et des romans populaires sur les tables...

Le docteur, ce soir-là, avait un complet de toile propre, une chemise légèrement empesée, ouverte sur son cou rouge et épais. Il était même passé chez le coiffeur et sentait encore la lotion à la violette.

Il apportait une certaine affectation à se comporter en maître de maison, à passer derrière le comptoir, à servir lui-même les apéritifs.

— Vous comprenez, aujourd'hui, Mariette nous fait elle-même la cuisine. Je ne sais pas si vous êtes gourmand, major...

Il disparut deux ou trois fois, revint en se frottant les mains.

— Vous m'en direz des nouvelles... Quand vous serez ici depuis quelques mois, vous comprendrez le prix de certaines petites joies...

Pourquoi Owen avait-il l'impression que son compagnon était un ange déchu qui s'acharnait à l'entraîner dans les abîmes ? Il voyait cela assez comiquement, un peu comme une image d'Épinal. Ils avaient le même âge. Il y avait de sérieuses ressemblances entre eux. Le docteur n'était-il pas dépité quand, en l'observant à la dérobée, il constatait que son compagnon était plus frais que lui, l'œil encore clair, sans poches ou presque, la chair plus ferme ?

Mariette parut. Elle avait noué un mouchoir autour de ses cheveux pour cuisiner et, quand elle le retira, ses cheveux lui tombèrent en désordre des deux côtés du visage. Elle était en pantoufles, nue sous une robe qui, à cause de la chaleur, lui collait à la peau. Son corps était déjà épais, avec des seins lourds, un bourrelet à la taille, un ventre tellement moulé par la robe qu'on voyait le creux du nombril.

Bénédic le faisait exprès de la tutoyer. Quand il passait près d'elle ou qu'elle passait près de lui, il ne manquait pas de lui tapoter familièrement la fesse.

Et pourtant c'était un homme lucide. C'était lui qui expliquait :

— Vous allez voir, ce soir, la foule qu'il y aura au *Moana.* Tous ces beaux messieurs y seront au complet. Hier, certains n'étaient pas encore au courant. Maintenant, on sait qu'il y a une « nouvelle », et elle peut déjà compter sur une vingtaine de candidats... Même si elle est laide... Il paraît, d'ailleurs, qu'elle est jolie... Vous l'avez vue, vous...

— Aperçue...

— Ajoutez à cela qu'elle a son histoire, que ce n'est pas une passagère ordinaire, qu'elle a voyagé dans un canot de sauvetage, et qu'un officier du bord a déserté pour elle... Au fait, je l'ai vu, ce garçon...

Il rit, d'un rire qui voulait être cynique.

— Mais oui, je suis allé le voir, comme les autres... Vous deviendrez comme ça, major... On n'a pas tant de distractions... Aujourd'hui, des gens sérieux comme moi se sont dérangés pour aller boire un verre chez Marius, afin de contempler le télégraphiste... Certains prétendent qu'il se suicidera un de ces quatre matins... D'autres parient qu'il tuera la femme... On se demande s'il a un revolver. Qu'est-ce que vous dites de ces tripes ?... Viens trinquer avec nous, Mariette... Mais si, comme tu es... Inutile d'aller t'habiller... N'est-ce pas, major ?...

Il mangeait, buvait, parlait d'abondance.

— Voyez-vous, c'est un drame de plus en puissance... Je parle de Lotte et de son officier... Vous avez vu, quand vous êtes arrivé, la foule qui assistait au débarquement... C'est chaque fois la même chose. Eh bien ! ce que chacun se demande en regardant les passagers s'engager un à un sur la passerelle, c'est : « Qu'est-ce qui va arriver d'intéressant ? »

» A chaque bateau, il y a du neuf... On le sait tout de suite. Parfois, les nouveaux venus restent des semaines, des mois, sans attirer l'attention, et ce n'est que par la suite que le drame éclate...

» Tenez, quand vous êtes descendu, je vous ai tout de suite repéré... Il y a, au bout de l'île, un lord anglais qui vous ressemble un peu, en plus maigre, en plus âgé... Car nous sommes habitués aux Anglais aussi. Ce sont même, souvent, les plus intéressants, parce qu'ils tiennent davantage à leur respectabilité, qu'ils luttent plus longtemps...

Et, dans l'auto, un peu plus tard :

— Qu'est-ce que vous pensez de Mariette ?... Tout le monde vous racontera qu'elle me trompe, et c'est vrai... Il y a des jours où elle est d'une humeur telle qu'on ne peut pas l'approcher... J'ai essayé de me passer d'elle... Je suis resté jusqu'à trois semaines sans mettre les pieds au *Cercle*... A propos de Lotte...

Même ceux qui ne l'avaient pas encore vue l'appelaient déjà Lotte.

— Mac a dû vous en parler. Avant de s'embarquer, elle dansait dans une boîte de nuit de Colon... Alfred Mougins a l'air de la connaître... Pourtant il ne devait pas être au courant de sa présence à bord... L'avez-vous vue souvent sur le pont des embarcations ?

— Pour ainsi dire jamais...

— C'est une curieuse histoire... Il est vrai que ceux qui nous arrivent sont presque toujours des phénomènes... Même les fonctionnaires... Parce que, voyez-vous, les autres n'ont pas l'idée de se faire nommer à Tahiti... Quand je vois quelqu'un débarquer, qui que ce soit, je me dis : « Il y a une paille... » Et je cherche la paille...

— Vous avez trouvé la mienne ?

— Peut-être... Je vous dirai ça dans quelques jours... Quant à cette Lotte, la voilà installée au *Moana*... Je ne sais pas s'ils la feront danser dès ce soir, mais ils ne tarderont pas à l'exhiber... Oscar est un malin qui ne laissera pas passer l'occasion... L'autre, l'Alfred de Panama, a emménagé aujourd'hui dans une petite maison, près du *Moana,* qui appartient également à Oscar... Ils sont copains comme cul et chemise... Tout cela va vivre ensemble et se mélanger, là-bas... Le télégraphiste ne tardera pas à aller rôder dans les parages...

Un silence, pendant lequel on n'entendit que le glissement de l'auto, puis un soupir.

— C'est crevant... Vous ne trouvez pas que c'est crevant, vous, major ?

Et on ne pouvait pas savoir s'il parlait sérieusement ou avec ironie.

— Qu'est-ce que je vous avais dit ?

Bien qu'il n'y eût aucun bateau en rade, il y avait plus de monde au *Moana* que le premier soir. Toutes les tables étaient occupées, et les deux hommes eurent quelque peine à dénicher un guéridon dans un coin.

— Tenez... Elle est là...

A une table, près du bar, en effet, on voyait deux hommes et une femme vers qui se tournaient tous les regards. Les deux hommes étaient Alfred et le tenancier Oscar. Entre eux, une femme, qu'on n'aurait pas remarquée ailleurs, à laquelle on n'aurait peut-être pas fait attention ici sans son aventure.

Elle souriait vaguement, consciente de l'intérêt qu'elle suscitait. Comme une vedette reconnue par la foule, elle prenait une attitude dégagée, fumait sa cigarette à petites bouffées, se penchait parfois vers ses compagnons pour leur parler à mi-voix.

Presque tout de suite, Alfred Mougins aperçut le docteur avec Owen et toucha le bras de Lotte.

— Tiens, devait-il dire, c'est lui... Celui qui a des cheveux argentés...

Lui, l'homme qui venait chaque nuit, à bord, apporter de l'eau, des vivres et des fruits, lui qui frappait à la bâche comme à une porte et qu'on avait berné.

Elle regardait curieusement Owen, posait des questions, souriait.

— On parle de vous, major...

— Je sais...

Ce n'était plus une gamine. Elle avait au moins vingt-six ans, peut-être trente. Elle était blonde, d'un blond artificiel. Comme les filles indigènes, elle portait un paréo à grandes fleurs blanches noué juste au-dessus des seins et collant étroitement aux hanches.

— Regardez maintenant au milieu de la salle... Plus à gauche... Oui, la grande table où il y a déjà quelques bouteilles de champagne...

Le major reconnut M. Frère, toujours long et terne comme un Don Quichotte en civil. Il était encadré de deux jeunes femmes maories. D'autres Blancs étaient à sa table, dont un homme assez jeune, qui se démenait beaucoup et tenait le rôle de boute-en-train.

— C'est Colombani, le chef de cabinet du gouverneur... Je vous l'avais annoncé... Ils n'ont pas perdu de temps... Et Frère, ce haut fonctionnaire qui, en France, devait avoir des mœurs rigides, tout au moins en apparence... Ils sont en train, sauf votre respect, de lui foutre le feu au derrière... Dans deux jours, il ne pensera plus aux questions administratives pour lesquelles il a entrepris le voyage... Tout à l'heure, à la quatrième ou cinquième bouteille de champagne, il tutoiera Colombani et Dieu sait dans quel lit il couchera cette nuit...

Owen était déjà habitué au chant des guitares, à la lune, suspendue au-dessus des cocotiers, qui couvrait le lagon d'écailles argentées.

Bénédic levait la main, faisait claquer ses doigts pour attirer l'attention de quelqu'un, esquissait un signe, et Oscar se levait, venait vers eux.

— Bonsoir, docteur.

— Je te présente un ami, le major Owen... Alors, Oscar, content ? Tu as réussi, vieux bandit...

— Que voulez-vous dire ?

— A quelle sauce vas-tu nous servir la Lotte ?...

Il rit de son calembour qu'Owen n'avait pas compris.

— Est-ce qu'elle va danser ?

— Pas ce soir... Elle se sent encore fatiguée...

— Tu nous la présenteras ?

— Quand vous voudrez, docteur... Tout de suite si vous voulez...

Il se tourna à son tour vers la table de la jeune femme, lui fit signe de venir.

— Le Dr Bénédic et son ami...

— Enchantée, docteur...

— On peut vous demander de prendre un verre avec nous ?

— Si vous voulez...

Elle en avait l'habitude, dans les boîtes de Colon ou d'ailleurs où, son numéro fini, elle devait s'asseoir avec les clients. Resté seul, Alfred Mougins avait à l'adresse de l'Anglais un sourire plus ironique que jamais.

Le docteur commanda du champagne. Le patron s'éloignait.

— Vous ne reconnaissez pas mon ami Owen ?

— J'aurais été bien en peine de le reconnaître, mais on m'a dit qui c'était.

Et, tournée vers celui-ci :

— Je vous remercie de ce que vous avez fait... Vous devez m'en vouloir un peu, n'est-ce pas ?... Je vous assure que ce n'est pas ma faute... Au début, cela m'a fait plaisir que vous veniez... J'avais emporté de quoi manger, mais pas de quoi boire... J'avais du jambon, du saucisson et des biscuits... Rien que des choses salées... Est-ce que vous avez deviné que j'étais une femme ?

Elle était parfaitement à son aise et, de temps en temps, elle adressait un signe amical à Mougins et à Oscar. Elle regardait tout le monde, se sentant de plus en plus le centre de l'attention.

— Je n'osais pas trop parler à cause de ça... Avec les hommes, on ne sait jamais... Je me disais que vous ne me laisseriez peut-être pas tranquille, que vous essayeriez d'en profiter... Je ne savais pas votre âge... C'est ce qui est arrivé avec Jacques, je veux dire avec le télégraphiste... Il a dû vous voir tourner autour du canot... peut-être qu'il vous a entendu parler ?... Alors, la seconde nuit déjà, il est venu à son tour...

» Seulement, il a été moins discret que vous... Il a soulevé la bâche... Il m'a vue... Il s'est emballé tout de suite, il m'a dit que je ne pouvais pas rester là, que j'allais devenir malade, qu'on finirait par me découvrir...

» C'est un bon garçon, mais ce qu'il peut être jeune !... Moi, je sentais bien comment cela allait tourner...

» D'autre part, il y avait quand même des choses pour lesquelles j'avais besoin de lui...

Owen y avait pensé, mais il avait eu la délicatesse de ne pas en parler. Elle le faisait, elle, sans fausse pudeur.

— On a certains besoins, vous comprenez ?... J'ai accepté d'aller dans son cabinet de toilette... Quand j'ai vu qu'il avait une douche, je n'ai pas résisté au désir de m'en servir...

» C'est devenu une habitude... J'y allais toutes les nuits... Il m'a vue déshabillée... Je ne pouvais pas penser que cela lui ferait autant d'effet... Il est devenu comme fou, au point que j'ai eu peur...

» Il m'a suppliée de dormir quelques heures sur son lit pendant qu'il monterait la garde et il a passé son temps à me regarder dormir...

» Remarquez qu'il ne me touchait pas... C'est moi qui, à la fin, en ai eu pitié... Je ne me figurais pas que cela tirerait à conséquence...

» Il s'était mis en tête que j'avais commis un crime, puis que j'étais une espionne... Vous vous rendez compte ?... Quand je lui disais que j'étais danseuse, il ne me croyait pas...

» — Avouez que vous avez voulu quitter vos parents...

» Tu parles ! Il y a belle lurette qu'ils ne s'occupent plus de moi, mes parents...

» Il était amoureux, quoi ! Il insistait pour que je continue le voyage avec lui. Il voulait m'installer dans sa cabine, dont il ferait le ménage lui-même, pour que je ne sois pas découverte par le steward.

» Ce qu'il pouvait vous détester, vous, alors ! Il était persuadé que vous saviez que j'étais une femme et que vous étiez amoureux.

» J'ai bien dû lui permettre de me conduire à terre...

— Et il n'a pas voulu vous quitter...

— Il ne savait plus ce qu'il voulait. A certains moments, je me demandais s'il avait bu, tant il était exalté... A l'en croire, sa vie n'avait de sens que depuis qu'il m'avait rencontrée... Il avait toujours été malheureux... Personne ne le comprenait... Toute la lyre, quoi !... Il y en a beaucoup qui nous racontent la même chose, même des gens sérieux en apparence, mais à quatre heures du matin, quand ils ont pris trop de champagne.

» Je me souviens d'un mot qu'il répétait avec obstination :

» — Je ne retournerai pas dans le désert...

» Pauvre gosse ! Si j'étais sa mère, à celui-là... Au fond, c'est justement la faute de sa mère, qui ne lui a jamais laissé la bride sur le cou...

» A un autre moment, là-bas, au bout de l'île, il m'a proposé sérieusement de mourir tous les deux...

» C'est vrai qu'il est plus sage, à présent ?

Owen et le docteur se regardèrent.

— Vous ne l'avez pas revu ?... Il n'est pas venu rôder par ici ?

— En tout cas, on ne me l'a pas dit... Vous croyez que je risque quelque chose ?

Bénédic, qui devait avoir un petit fond de sadisme, fit mine d'hésiter.

— Qui sait ?... Ces garçons-là, vous savez, sont capables de tout...

— Mais enfin, je ne lui ai rien fait, moi... J'ai été bonne fille, un point c'est tout... Je ne l'ai même pas encouragé...

— Qu'est-ce que vous lui avez dit que vous veniez faire à Tahiti ?

Alors il y eut chez elle un changement radical. Jusque-là, elle s'était laissée aller, mais soudain elle regarda le docteur avec méfiance, puis se tourna vers Owen.

— Je ne sais plus.... Cela n'a pas d'importance...

— Vous connaissiez Mougins avant de débarquer ?

— Moi, non...

— Et lui ?

— Il a connu ma mère... Il m'avait vue danser... Il savait qui j'étais...

— Et c'est lui qui va s'occuper de vous ?

— Je suis assez grande pour m'occuper de moi...

— Oscar vous a engagée ?

— Dites donc, vous, le toubib, il me semble que vous êtes bien curieux...

On aurait juré, à voir son sourire, qu'Alfred entendait toute cette conversation. C'était impossible, à cause de la musique, des voix, des danses, mais il ne lui était pas difficile de deviner ce qu'elle disait.

Jusqu'alors, Owen n'avait pour ainsi dire pas pris part à l'entretien. Il le fit négligemment, comme s'il parlait en l'air.

— Vous n'avez pas été trop déçue ?

— Déçue de quoi ?

— De ne trouver personne...

De l'autre côté de la piste, Alfred, en le voyant parler, fronçait imperceptiblement les sourcils.

— Je ne vous comprends pas...

— C'est une malchance qu'*il* ne soit justement pas ici...

Elle regarda vers Mougins, elle aussi, comme pour lui demander conseil, puis elle prit le parti de se lever brusquement.

— Je ne sais pas de quoi vous voulez parler, dit-elle avec humeur.

Puis elle regagna la table de ses deux amis. Elle évita de leur adresser la parole tout de suite. Mougins, de son côté, évitait de la questionner. Quant au docteur, étonné, il jetait à la dérobée de petits coups d'œil à l'Anglais.

— Je parie qu'avant quelques minutes ils auront quitté leur table... murmura celui-ci.

Cela ne tarda pas. Mougins se leva le premier, comme un cavalier qui invite sa voisine à danser. Ils dansèrent, en effet, ce qui leur permettait de parler à mi-voix. Et ils ne le faisaient que quand ils tournaient le dos au major.

— On dirait que vous lui avez fait peur... grommela le docteur, intrigué.

— Je crois...

— Vous savez ce qu'elle est venue faire à Papeete ?

— Peut-être...

— Ah !

C'était un gros homme de soixante ans, et pourtant voilà qu'il s'agitait sur sa chaise comme un enfant que tenaille l'envie de savoir.

— En tout cas, Mougins est au courant aussi...

— C'est probable...

— Vous croyez qu'ils sont venus pour la même chose ?

Owen ne répondit pas. Chaque fois que le couple passait devant lui, il soutenait le regard d'Alfred, qui ne souriait plus.

Le docteur prononçait toujours de petits bouts de phrase, avec l'espoir d'arracher une confidence à son compagnon, mais il en était pour ses frais.

— Je finis par me demander si vous resterez aussi longtemps ici que je l'espérais...

— Pourquoi ?

— Parce que, à ce que je vois, vous êtes venu dans un but précis... Avouez que vous comptez reprendre l'*Aramis* à son prochain passage...

— Je l'espérais...

— Et maintenant ?

— Je ne sais plus...

La vérité, c'est que le découragement venait de s'abattre sur lui, là, au son des guitares hawaiiennes, tandis que des chairs de Tahitiennes le frôlaient et qu'il respirait leur parfum.

Mon Dieu, comme il se sentait loin à présent ! Et comme il se sentait vieux ! Jamais il ne s'était senti aussi vieux. Il regardait le docteur et n'était pas loin de croire qu'il en était arrivé au même point que celui-ci.

Quel âge avait Mougins ? Quarante ans, sans doute. Guère plus. Il avait la chair dure, les traits durs, le regard dur. Celui-là, aucune considération ne pouvait l'arrêter quand il s'était fixé un but.

Ils s'étaient rencontrés sur une jetée obscure, à Panama. Chacun n'était pour l'autre qu'un petit disque rouge, le disque rouge d'une cigarette.

Owen avait parlé, comme un humain parle à un autre humain, et s'était fait rabrouer.

Dès ce moment-là, en somme, ils avaient été ennemis. Ils s'étaient épiés.

Seulement, alors, ils n'étaient pas encore rivaux. Ils se contentaient de se mesurer du regard, Mougins surtout, qui était naturellement agressif.

Quand il voyait débarquer un passager, le docteur, par exemple, se demandait, comme il venait de l'avouer : « Où est la faille ? »

Autrement dit, il cherchait le petit ressort humain, la fêlure plutôt, qui avait conduit un individu quelconque jusqu'au cœur du Pacifique.

Mougins, lui, était plus pratique. Il ne cherchait pas la fêlure. Le ressort humain ne l'intéressait pas. « *Quelle est sa combine ?* »

Telle était la question qu'il se posait en face d'Owen. Parce que la place d'Owen n'était pas à bord d'un petit bateau de fonctionnaires, de gendarmes, d'instituteurs et de missionnaires, mais dans les palaces de la Riviera ou les capitales européennes.

Or, maintenant, il avait trouvé. C'était l'Anglais qui avait déniché Lotte dans le canot de sauvetage, l'avait nourrie, s'était inquiété de son débarquement, mais c'était le Français qui, en fin de compte, avait mis la main sur elle.

Lui avait-elle demandé son aide ? C'était improbable. Il avait imposé sa collaboration, et les femmes comme elle ne sont pas habituées à résister aux hommes de sa race.

— Vous n'êtes pas gai, major.

— Je vous demande pardon... J'étais loin...

C'était vrai. A Londres. Ailleurs... Il était loin de tout... Il était fatigué... Il se demandait maintenant pourquoi il avait entrepris ce long voyage...

On parlait de lui à la table de Lotte. Le docteur commandait une nouvelle bouteille, appelait une petite Tahitienne en costume de danse, les seins nus, la taille encerclée de brins de pandanus qui formaient jupon.

— Tu vis toujours chez Marius ?

— Toujours...

— A quoi le télégraphiste passe-t-il son temps ?

— Le premier soir, Marius l'a saoulé... Il ne doit pas avoir l'habitude de boire, car il a été dedans tout de suite... Il s'est mis à pleurer et à raconter ses malheurs... Puis il a été malade, et on a été obligé de le coucher...

— Et pendant la journée ?

— Il reste des heures enfermé dans sa chambre... Parfois il sort... Il marche tout seul le long du quai, tête nue... C'est dommage... C'est un beau garçon...

— Tu n'as pas essayé ?

— Pas encore...

Comme la gamine s'éloignait en riant, le docteur souffla à l'oreille de son compagnon :

— Celle-là, vous pouvez y aller si le cœur vous en dit... Elle s'appelle Faatulia... Elle est saine...

La table de M. Frère devenait de plus en plus bruyante. Et c'était un curieux spectacle que celui de ce long homme entre deux âges, à la barbiche acajou, qui perdait peu à peu sa respectabilité. On sentait qu'il n'en avait pas l'habitude, et il forçait la note, devenait lubrique. Les autres s'adressaient des clins d'œil. On poussait les filles vers lui, on les lui mettait sur les genoux et on voyait croître son émoi au contact des cuisses nues et chaudes.

Un boy indigène vint du dehors, presque en courant, se précipita vers la table du patron à qui il parla à mi-voix. Sur ses talons, un Blanc entrait, qui descendait de taxi et qui s'arrêtait un instant sur le seuil, ébloui par les lumières, assourdi par le vacarme.

C'était le télégraphiste de l'*Aramis*, qui portait encore son uniforme, car il avait laissé sa cantine à bord.

Lotte n'avait pas bougé. Elle avait eu un mouvement pour se lever, mais Mougins lui avait posé la main sur le genou, la forçant à rester immobile. Le patron, lui, l'air dégagé, s'était avancé jusqu'au milieu de la salle.

Le jeune homme était visiblement désarçonné par tous les regards braqués sur lui. Il ne vit pas tout d'abord celle qu'il cherchait ; un garçon s'avança vers lui et le conduisit à une table, de l'autre côté de la salle.

On devinait le dialogue, le garçon qui demandait ce qu'il prenait, le télégraphiste qui répondait que cela lui était égal.

Encore un qui était en état d'amok. Il ne devait rien distinguer de ce qui l'entourait, rien, sinon, soudain, la silhouette, le visage de Lotte.

Alors il pâlissait.

— Je suis sûr, murmurait le docteur, qu'Oscar a téléphoné à son ami Marius de lui prendre son revolver au cas où il en aurait un...

Owen s'épongeait. Au contraire du jeune homme, il voyait tout, lui, percevait les moindres détails avec une acuité presque douloureuse.

Ils étaient là une trentaine de Blancs venus d'Europe, Dieu sait pourquoi, une trentaine d'hommes pour qui la grande distraction, celle de tous les jours, de toutes les nuits, était de boire et de se frotter à la chair brune de ces filles maoris qui semblaient appartenir à un autre monde.

Un bateau était arrivé, jadis, devant cette île où vivaient, comme dans un Paradis terrestre, des hommes et des femmes couronnés de fleurs.

Les hommes, aujourd'hui, étaient garçons de café ou chauffeurs ; les filles, les plus belles d'entre elles, passaient en riant des bras d'un homme blanc aux bras d'un autre homme blanc.

Le *Moana*, sous la lune, entouré de cocotiers qui se balançaient, ressemblait à un décor de théâtre, mais c'était une réalité, et celui qui venait d'entrer, qui regardait fixement devant lui d'un œil hagard, souffrait autant que si sa dernière heure fut venue.

C'était incohérent. Incohérent que ces gens soient réunis, que cette Lotte qui dansait à Colon, pour les passagers des bateaux, soit maintenant assise ici sous la protection d'une crapule qui gardait sa main dure sur son genou.

Incohérent que le fils d'une petite veuve de France, qui l'attendait dans son appartement propre et bien rangé, n'eût plus d'autre objectif dans la vie que cette danseuse à peine jolie, qui s'était donnée une fois à lui en camarade, gentiment, pour payer son hospitalité.

M. Frère était ivre. Il devait avoir une femme, des enfants. Un gouvernement l'envoyait au loin pour relever les fautes de ses administrateurs, et il se laissait salir par eux au milieu des éclats de rire. Que les femmes qu'il avait à sa table le fassent boire encore, qu'elles le poussent un peu, qu'elles osent quelques caresses et, si elles le voulaient, tout à l'heure, elles le feraient marcher à quatre pattes comme un petit chien.

— Crevant...

Owen sursauta et regarda le docteur. Il eut l'intuition que celui-ci pensait à peu près la même chose que lui. Mais le docteur, lui, ne luttait plus. Au contraire. Il se laissait glisser. Plus vite cela irait et mieux cela vaudrait.

Tout en restant lucide, tout en regardant les autres, férocement, tout en répétant avec une douloureuse ironie :

— Crevant !

Lotte s'efforçait, sans doute sur le conseil de son compagnon, de ne pas regarder le télégraphiste. Celui-ci était toujours tendu, seul dans son coin. Il buvait son verre, machinalement, allumait une cigarette qui tremblait dans ses doigts.

De quel mystère était-elle parée à ses yeux ? Il se levait. Les doigts durs de Mougins maintenaient toujours la jeune femme à sa place.

Il ne marchait pas vers elle, se faufilait vers la sortie, sans penser à payer sa consommation, et le patron, de loin, faisait signe au garçon de ne pas réclamer.

C'était un soulagement qu'il ne fût plus là. Lotte, à son tour, allumait une cigarette dont elle soufflait la fumée devant elle.

— Il ne s'est rien passé... dit Owen.

— Attendez... Ce n'est pas fini...

Le docteur avait raison. Des couples, comme les autres nuits, quittaient parfois la salle pour aller s'étendre sur la plage. L'inspecteur des colonies lui-même y alla en titubant. On voyait les ombres s'éloigner. On ne se donnait plus la peine de sourire.

Des taxis repartaient. D'autres arrivaient. Un chauffeur en casquette blanche entrait et regardait autour de lui. Oscar, qui l'apercevait, allait à lui, et les deux hommes s'entretenaient à mi-voix.

Oscar, alors, allait chuchoter à l'oreille de son ami Alfred, et Lotte, qui entendait, commençait à s'agiter.

Le télégraphiste n'avait pas repris sa voiture, et le chauffeur s'inquiétait.

On cherchait autour de l'établissement bâti sur pilotis. On dérangeait des couples.

— Vous n'avez pas vu le télégraphiste ?

— Il est passé tout à l'heure...

On l'avait aperçu sur la plage. Il s'était dirigé vers un petit cap qui fermait la vue.

On dansait toujours. Les guitares hawaiiennes continuaient leurs chants sous la lune.

— Cela fait le troisième, soupira le docteur en coupant du bout des dents la pointe d'un cigare.

— Le troisième quoi ?

— Vous n'avez pas remarqué qu'il y a des endroits qui inspirent tel ou tel geste ?... La plupart des gens, ici, éprouvent le besoin d'aller s'étendre à deux sur la plage... Quelques autres vont plus loin, mais tout seuls...

— Vous voulez dire ?...

— Vous verrez... Vous verrez...

On vit. Il fallait les yeux perçants d'un indigène pour distinguer, au loin, dans les rayons de lune, un petit point sombre qui bougeait. Un homme nageait éperdument vers le large, comme s'il voulait fuir, comme si des milliers de milles d'océan ne s'étendaient pas autour de l'île.

Des pirogues partirent, avec des hommes debout à l'arrière.

Quand elles arrivèrent, il était trop tard : il n'y avait plus personne.

Alfred Mougins, toujours dans son coin, faisait signe au barman de servir à Lotte quelque chose de fort.

6

Owen était encore au lit. Les fenêtres, qui donnaient sur le jardin, étaient ouvertes ; les stores vénitiens découpaient la lumière ; et l'air, en les traversant, se divisait en mille petits ruisseaux qui couraient à travers la chambre. Les merles des Moluques n'avaient pas encore achevé leur vacarme qui commençait chaque jour au lever du soleil. Étaient-ils deux ? Étaient-ils cent ? Sur les pelouses qu'un jet arrosait, ils se livraient à des explications véhémentes qui n'en finissaient pas.

Les premiers jours, Owen avait été réveillé par leurs jacassements. Maintenant, il les entendait encore, mais sans sortir de son sommeil ; cela faisait partie des bruits de fond, avec le premier tapage matinal.

M. Roy, en tenue de cuisinier, sa toque blanche sur la tête, était campé sur le seuil. Les indigènes qui apportaient des fruits, des légumes ou du poisson au marché passaient devant lui, et il les arrêtait au passage. Il leur parlait leur langage. Ils répondaient d'une voix de gorge, pleine et charmante, avec de grands éclats de rire. Mme Roy allait et venait dans la maison, surveillant le nettoyage, ouvrant parfois la grande armoire normande, sur le palier, juste à côté de la porte d'Owen, pour y prendre des draps, des taies et des serviettes.

Quelqu'un, ce matin-là, arriva en auto. Bien que l'on parlât maori, Owen eut l'impression qu'il était question de lui.

— Germaine, demanda Roy à sa femme, est-ce que le major est levé ?

Mme Roy, faisant la chaîne, interpellait la bonne.

— Nelly, est-ce que le major a déjà sonné ?

— Oui, madame. Il y a une demi-heure que je lui ai monté son petit déjeuner...

C'était vrai, mais il traînait au lit ensuite. Il se douta qu'il allait avoir une visite, passa dans la salle de bains et revêtit sa robe de chambre. Il se lava les dents, se peigna avec soin. On frappait.

— Entrez...

C'était Mataia, le garagiste, auquel il ne pensait plus. Il souriait de toutes ses dents, tortillait sa casquette blanche entre ses doigts patinés.

— Tu es toujours content de l'auto, monsieur ?

— Très content...

— Je t'ai apporté un petit papier...

Il tirait de sa poche un papier plié en quatre, le tendait. On avait dû l'aider à l'écrire. Il y avait des mots raturés, des lettres ajoutées. C'était un reçu de mille francs, au nom de « Monsieur Major Owenne », pour la location d'une auto pendant un mois.

Mac Lean n'avait-il pas annoncé au major qu'il n'entendrait pas parler du garagiste avant son départ ? Owen regarda celui-ci et vit bien qu'il était gêné.

— Tu veux que je paie ? questionna-t-il.

Et l'autre, qui aurait voulu dire que cela ne pressait pas, opinait de la tête. Le major alla prendre des billets dans son portefeuille, les tendit à l'indigène.

— Tu ne m'en veux pas, monsieur ?

Mais non. Seulement, cet incident banal gâchait toute sa journée. En se rasant, dans la chambre encore fraîche, il y pensait malgré lui, revoyait le sourire du garagiste, qui n'était pas le sourire franc et joyeux du premier jour.

Et pourquoi, en sortant, Mataia avait-il eu une longue conversation, sur le seuil, avec M. Roy ? Tout à l'heure, en ouvrant son portefeuille, Owen avait constaté qu'il était presque au bout de son rouleau. Il était à l'*Hôtel du Pacifique* depuis plus d'une semaine. Est-ce que, comme dans la plupart des hôtels d'Europe, on lui remettrait sa note tous les huit jours ?

En passant dans le hall, c'est avec une petite angoisse qu'il jeta un coup d'œil à son casier, mais il ne contenait rien.

Cent fois il lui était arrivé de se trouver dans des situations difficiles, et cela ne lui avait pas fait perdre sa sérénité. Les questions d'argent, surtout, n'étaient jamais parvenues à lui donner le moindre sentiment de honte.

Pourquoi évitait-il le regard de Mme Roy ? Elle lui souhaita pourtant le bonjour avec son amabilité habituelle, mais il lui sembla qu'il y avait une question dans ses yeux.

L'auto, comme toutes les voitures de Tahiti, passait la nuit dehors. Les sièges étaient déjà chauds. La voiture roula sur la route rougeâtre et, comme si elle n'avait plus besoin d'être conduite, tourna à gauche et s'arrêta en face de l'*English Bar*.

Kekela était en train de laver le plancher. L'ancien jockey, assis derrière son bar qui le cachait entièrement, des lunettes sur le nez, lisait un journal. On ne recevait les journaux qu'une fois toutes les cinq semaines, mais on en recevait un gros paquet à la fois, de sorte qu'on les lisait à la file, en commençant par les plus vieux, et que cela constituait comme un feuilleton.

— Belle journée, sir... disait invariablement Mac Lean, bien qu'à Tahiti, en dehors de la saison des pluies, qui dure deux mois, toutes les journées soient également radieuses.

— Belle journée, Mac... J'ai reçu de la visite, ce matin...

Bien que le visage du jockey restât impassible, il parut à Owen qu'il s'y attendait. N'était-il pas le premier au courant de ce qui se passait dans l'île ?

— Mataia, le garagiste, est venu me réclamer de l'argent...

— Vous l'avez payé, sir ?

— Il le fallait bien...

— Cela vaut mieux, oui.

— Vous m'aviez dit qu'il ne me demanderait rien avant le jour de mon départ...

— La plupart du temps, cela se passe en effet comme cela, sir.

— Qu'est-ce que cela signifie ?

Mac était embarrassé, lui aussi. Est-ce que la veille, déjà, Owen ne l'avait pas trouvé moins cordial que d'habitude ?

— Je crois que quelqu'un lui a fait peur, sir...

— Vous savez quelque chose ?

— Mataia, avec sa voiture, va souvent conduire des filles au *Moana*. Peut-être y a-t-il là-bas quelqu'un qui parle de vous ?...

— Alfred Mougins ?

— Je ne sais rien de précis, sir, mais quelqu'un doit vous en vouloir...

— Il a parlé à d'autres personnes ?

— Quand il s'agit de choses qui se passent uniquement entre Blancs, je suis moins bien renseigné... Entre nous, sir, est-ce que vous avez de l'argent ?

— Très peu, Mac...

— De quoi attendre le prochain bateau ?

Il fit non de la tête, et Mac soupira.

— Ce sera très difficile, sir... Si j'étais vous, je me dépêcherais avant qu'il soit trop tard... Je ne sais rien de précis... Tenez, votre ami, le docteur... Vous l'avez laissé aller seul au *Moana*... Il en avait le cœur gros... Il est venu avant de partir me demander deux ou trois fois si je savais où vous étiez...

— Je n'ai pas envie d'aller toutes les nuits là-bas...

— Je vous comprends... Le docteur y est allé seul... C'était avant-hier, n'est-ce pas ?... Le lendemain du jour où le jeune télégraphiste s'est détruit... Hier, vous n'avez rien remarqué... Mais j'ai bien vu que le docteur vous observait à la dérobée... Il est venu prendre un verre l'après-midi, alors que j'étais seul, et il m'a posé des questions...

— Quelles questions ?

— Des questions assez vagues... Est-ce que je vous connais depuis longtemps ?... Est-ce que vous avez vraiment été major ?... Où vous ai-je rencontré auparavant ?...

» — Vous croyez qu'il est riche ? a-t-il fini par dire.

» Je lui ai répondu que, pour vivre comme vous avez l'habitude de vivre, vous devez avoir des rentes...

» Ce n'est peut-être pas grave, mais c'est significatif, vous comprenez ?

— Je comprends...

Non seulement cela l'inquiétait, mais il en ressentait de la peine. Une certaine intimité s'était créée entre le Dr Bénédic et lui. Ce n'était pas de l'amitié à proprement parler. Il observait le docteur. Il en avait un peu pitié, et cela l'amusait de sentir que, de son côté, l'autre épiait ses moindres réactions.

— Croyez-moi, sir... Vous feriez mieux de prendre vos précautions... M. Weill vous a proposé hier de vous présenter au *Yacht Club*...

Il avait compris. Il était humilié de voir l'ancien jockey lui tracer ainsi sa ligne de conduite. Il but deux whiskies de plus que les autres matins. Georges Weill, l'avocat, qui était célibataire et qui n'avait qu'une trentaine d'années, vint prendre l'apéritif vers midi.

— Alors, major, c'est ce soir que je vous emmène faire un bridge au club ?... Vous verrez que c'est un peu moins poussiéreux que le *Cercle colonial*... Vous y rencontrerez moins de fonctionnaires, plus de commerçants, des gens qui font ou qui ont fait quelque chose... Certains sont mariés et ont de jolies femmes... Vous n'êtes pas pêcheur ?

Il ne l'était pas.

— Nous avons quelques pêcheurs enragés, qui possèdent des canots automobiles... A propos, vous avez voyagé avec un Américain, un certain Wiggins...

Owen avait complètement oublié l'homme qui n'avait pas dessaoulé pendant les dix-huit jours de la traversée.

— C'est un type étonnant... Ce matin, il a pris à la ligne un requin qui mesure près de deux mètres... Il a loué, pour un mois, la vedette d'un de mes amis... Il s'en va chaque matin avant le jour, à moitié nu, avec un seul indigène qu'on lui a désigné... Il est déjà presque aussi bronzé que celui-ci... Il a commencé à pêcher au harpon, en plongeant...

C'était inattendu : celui qui, à bord, avait fait l'objet de toutes les conversations, celui qui soulevait par sa conduite l'indignation ou la pitié, se révélait, à terre, le plus solide. Il habitait une des cabines du *Blue Lagoon.* On ne le voyait jamais à Papeete. Peut-être n'avait-il pas endossé un complet depuis son arrivée ? Il vivait en mer, pêchait, nageait.

— Il boit ? questionna le major.

— De l'eau minérale, oui... Rien d'autre... Si cela vous amuse de faire un de ces jours une partie de pêche...

Il n'était pas l'homme, lui, des canots, des hameçons, des harpons, l'homme à se montrer la poitrine nue et à se bronzer au soleil. Il avait besoin de ses complets bien coupés, de sa démarche digne, de son sourire.

— Je vous prends ce soir à neuf heures ?... A moins que vous préfériez dîner là-bas ?...

— Neuf heures...

Il rencontra le docteur, l'après-midi.

— Qu'est-ce que nous faisons ce soir, major ?

Il n'osa pas lui avouer qu'il irait au *Yacht Club,* bête noire de l'homme du *Cercle colonial.*

— Je crois que je me coucherai...

— Un petit tour au *Moana* ?

— Pas aujourd'hui...

— Vous savez que Lotte a été très bien ? Elle devait commencer à chanter avant-hier. A cause de ce qui est arrivé au télégraphiste, elle a décidé de ne faire ses débuts que le lendemain de l'enterrement...

On avait retrouvé le corps, sur la plage, juste en face du *Blue Lagoon.*

— Mougins a l'air d'être devenu son manager... Il ne la quitte pas d'une semelle... Il y a eu quelque chose entre vous deux ?

— Entre qui ?

— Entre Mougins et vous ?

— Il n'y a rien eu de particulier... Nous ne nous sommes jamais adressé la parole...

— Ah !

Et le docteur, qui brûlait de dire quelque chose, prenait le parti de se taire.

Mac Lean avait raison. Il fallait faire vite. Le plus grave, c'est qu'il ne se sentait pas en train.

En France, en Italie, en Égypte, à Londres, il était sur son terrain. Dans le cadre d'un palace, que ce soit aux Champs-Élysées ou sur la Croisette de Cannes, il évoluait à l'aise. Les employés de la réception, les portiers, les barmen le connaissaient bien, le traitaient avec la respectueuse familiarité que l'on réserve aux vieux clients.

Même ceux qui soupçonnaient sa véritable activité n'en laissaient rien voir, parce qu'on savait qu'on ne courait aucun danger avec lui. Au Casino, les chefs de jeux lui adressaient un petit sourire qu'on aurait pu croire encourageant. Parfois, seulement, l'un d'eux le prenait à part.

— Ce n'est pas une table pour vous, major...

Des gens qui ne se laisseraient pas écorcher sans crier, ou encore des personnalités qu'on avait intérêt à ménager... Il n'insistait pas. Les choses se passaient correctement, entre gens du monde. Et, s'il lui advenait de perdre, la caisse n'hésitait pas à lui avancer quelques louis.

Des personnages haut placés le retrouvaient à chaque saison et l'invitaient à leur table. Pas dans leur intimité, certes, mais lorsqu'ils avaient un certain nombre de convives. Il les amusait. Il était gai, spirituel, avec toujours le même sourire délicieusement ironique épars sur son visage plein et rose.

On lui demandait de menus services, parce qu'il connaissait tout le monde et qu'il pouvait mettre en relation des gens qui avaient besoin de se connaître.

Pourtant, en Europe déjà, les derniers temps, il était las. Pas fatigué à proprement parler. Le cœur restait bon, le foie à peine engorgé. Il avait bon pied, bon œil, excellent appétit.

Il n'en subissait pas moins une sorte de retour d'âge. Il commençait, lui qui, toute sa vie, avait chéri sa solitude, à en avoir presque peur. Il traînait dans les bars jusqu'à la fermeture, acceptant n'importe quelle compagnie, ne se résignant à regagner sa chambre que quand il n'y avait plus moyen de faire autrement.

Il lui arrivait, à présent, de regarder les couples avec envie. Il se retournait sur eux, non pas à cause de leur amour, mais parce qu'ils étaient deux.

Il regardait aussi les enfants, les jeunes gens, les jeunes filles.

Allons ! il ne fallait plus penser à tout ça. Il rentra à l'*Hôtel du Pacifique.* Il fallait soigner sa démarche, son sourire. Ici aussi, on le guettait.

Alfred Mougins, sans aucun doute, avait déclenché les hostilités. Pourquoi ? A quoi bon se poser la question ? Mougins le détestait, c'était un fait, parce qu'il était Mougins.

Est-ce que Mme Roy n'était pas moins affable que les autres jours ?

« Dangereux, se répétait-il. Si je commence à m'inquiéter... »

Allait-il se laisser impressionner par la patronne d'un petit hôtel de Tahiti ?

Il avait besoin d'être lui-même, pleinement. Faire vite, comme avait dit Mac Lean, qui s'y connaissait, l'animal.

Il lui arriva de sourire tout en mangeant dans son coin du jardin. Il pensait à l'ancien jockey.

« Pas si bête que ça, le bougre, songeait-il. Il a peur que j'aille le taper de quelques billets. Il aimerait mieux ne pas avoir à refuser. Or il refuserait certainement. C'est pourquoi il me conseille de faire vite... »

Il resta couché presque tout l'après-midi. Il dormait peu, fut le plus souvent entre la veille et le sommeil, à voir des images passer dans la lumière dorée qui traversait ses paupières closes.

Le sentiment dominant était celui d'une injustice que le sort commettait à son égard. Il n'avait jamais beaucoup demandé au destin. Quoi, en somme ? De vivre dans des décors harmonieux, toujours les mêmes, d'ailleurs, toujours ceux des grands hôtels, qui étaient devenus comme son home. Le breakfast du matin et sa bonne odeur, sur le balcon, presque toujours devant la mer ou devant les Champs-Élysées...

Une toilette longue et minutieuse de jolie femme. Le bain, la douche glacée, le gant de crin, le coiffeur de l'hôtel qui montait le bichonner dans sa chambre...

L'ascenseur et le hall frais, les sourires du personnel, un cigare qu'il allumait, à l'aise dans un complet bien coupé, rasé de près, la promenade hygiénique avant le premier whisky dans un bar où on le connaissait...

Il n'avait pas d'auto. Il n'avait jamais conduit que l'auto des autres. Il n'avait pas envie d'en posséder. Déjeuner dans un bon restaurant où on l'invitait presque toujours, la fine et le cigare avant la sieste...

Les gens, autour de lui, ses voisins d'étage, ceux avec qui il dînait ou jouait le soir, menaient grand train, remuaient des millions de francs, de livres ou de dollars, et il ne les enviait pas, était content de son sort, satisfait de cette existence qu'il s'était créée dans leur ombre.

On le retrouvait avec le même plaisir qu'il retrouvait lui-même tel barman ou tel chef de réception.

— Déjà à Cannes, major ?... La saison est brillante...

Qu'est-ce qu'il était venu faire à Tahiti ? Et pourquoi René Maréchal avait-il justement éprouvé le besoin de parcourir l'archipel en goélette ?

Les choses auraient dû se passer si simplement ! Un tout petit peu de mansuétude de la part du sort, et maintenant il serait un homme à la retraite, n'ayant plus d'autre souci que de passer le reste de ses jours dans sa dignité.

Il s'habilla avec soin, mangea légèrement, toujours dans le jardin, où des insectes tournoyaient autour des lampes. L'idée lui venant de s'offrir un verre de chartreuse, il le fit. Est-ce que Mme Roy craignait vraiment pour sa note ?

A neuf heures, il retrouvait Georges Weill à l'*English Bar,* et Mac Lean lui adressait un sourire encourageant.

Le *Yacht Club* était une simple construction de bois sur pilotis. Il y avait, quand ils arrivèrent, une vingtaine de personnes qui prenaient le café ou le pousse-café, et Weill le présenta à quelques tables.

— Le major Owen...

La plupart des visages lui étaient familiers. Il connaissait moins les femmes, qui ne fréquentaient guère les bars ou le *Moana,* et dont certaines étaient jeunes et jolies.

— Qu'est-ce que vous prenez, major ?

C'était pauvre quand même. Pas pauvre à proprement parler, mais cela sentait l'amateur. Ces gens-là, évidemment, perdus à quelques-uns dans une île du Pacifique, voulaient se donner l'illusion d'une vie brillante. Si ce n'était pas miteux, comme le *Cercle colonial,* c'était néanmoins étriqué, et le major avait l'impression de se contempler lui-même avec ironie dans un pareil décor.

Tant pis, Mac le lui avait bien dit : il fallait faire vite...

Et, tout en dégustant une vieille fine, il retrouvait son regard professionnel pour jauger les personnages présents. Il souriait, très homme du monde.

— Nous avons de très forts bridgeurs, annonçait Weill avec orgueil.

Il n'osait pas lui demander à quel taux ils jouaient.

— Si vous voulez que j'organise une table...

Il approuvait toujours en souriant. On apportait les cartes. On lui demandait :

— Quel est votre taux, major ?

— Le vôtre sera le mien...

Les médisances d'Alfred Mougins étaient-elles arrivées jusqu'ici ? Il le crut. Il lui sembla que ces messieurs échangeaient de rapides coups d'œil.

Alors il alla jusqu'à se demander si l'invitation de l'avocat n'était pas un piège.

— Cinq centimes le point ?

— Si vous voulez...

— Vous jouez le Culbertson ?

— Si vous le jouez...

Ses mains finement modelées étaient bien à plat sur la table et ne touchaient pas les cartes. Si même ces gens-là ne jouaient qu'au bridge, il arriverait bien, avec un tout petit peu de chance, à faire sa matérielle. Cela lui était arrivé souvent, en morte-saison, de subvenir à ses besoins avec la seule aide de ses gains au bridge. Sans tricher, puisque c'est à peu près impossible à ce jeu.

Il perdit un robbe et se demanda s'il ne valait pas mieux perdre la partie. Il la gagna, pour ne pas décevoir son partenaire, qui devenait nerveux.

Le cigare aux lèvres, il restait immobile, auréolé de fumée, et ses mains semblaient à peine toucher les cartes. Il parlait peu, écoutait poliment les commentaires, ne s'impatientait pas lorsque des spectateurs derrière lui se penchaient sur ses cartes.

— Vous êtes de première force, major...

— De classe internationale, renchérit Weill.

— J'essaie de me défendre...

A minuit, il avait gagné trois parties et en avait perdu une. Il dédaignait de toucher aux mille et quelques francs qui se trouvaient devant lui sur le tapis.

— Je m'excuse... murmura-t-il.

— Vous plaisantez ?

Les gens mariés, pour la plupart, s'en allaient. Il restait une dizaine de jeunes, ainsi que l'industriel belge d'une cinquantaine d'années qui avait suivi les parties en manifestant quelque impatience.

— Cela vous amuserait de faire un poker ?

Il s'y attendait. C'était fatal. Il fallait rester calme, ne montrer aucune joie. Malgré la cordialité assez bruyante qui l'entourait, il continuait à penser malgré lui à un piège.

« *Il faut faire vite, sir...* »

— Si cela peut vous faire plaisir, messieurs...

— Le plafond ?

— J'espère que vous ne jouez pas trop gros jeu ?... Les rentiers, à l'heure actuelle, même les rentiers anglais, ne sont pas très favorisés...

Il disait cela en souriant, en s'excusant.

— Un louis de relance ? Vous voyez que nous jouons un jeu de pères de famille...

Il pensait à Mme Roy qui, inquiète sans doute pour son argent, le regardait tout à l'heure à la dérobée, à Alfred Mougins qui avait dû parler, au docteur qui, l'après-midi, n'avait pas eu à son égard sa cordialité habituelle.

Qu'est-ce qu'il devait faire ?

Il était là comme un jongleur, comme un acrobate de cirque sur le point d'accomplir son numéro. Il était sûr de lui, de son habileté, de son sang-froid. Jamais, au cours de sa carrière, il n'avait commis une faute.

De lui seul dépendait que, dans une heure ou deux, il ait gagné les quelques milliers de francs qui lui permettraient de tenir le coup. Sans doute en gagnerait-il davantage, car ses partenaires demanderaient d'eux-mêmes, sans y être poussés, la permission d'augmenter la relance.

Il hésitait encore, pensait toujours au piège. Un pressentiment l'agitait.

Quelques personnes s'étaient assises autour des joueurs, et Owen crut reconnaître l'une d'elles : n'était-ce pas le commissaire de police qui avait examiné son passeport lors du débarquement ?

« *S'il est ici pour me surveiller...* »

Il perdit une partie, deux parties : trois dames contre un brelan de rois... Un full contre un carré de valets...

— Un scotch... commanda-t-il au barman indigène.

Et un nouveau cigare.

« *Faire vite...* »

Et il le fit, justement parce que le commissaire de police était là, justement parce qu'il flairait le danger. Il le fit parce qu'il s'était senti fatigué, parce qu'il avait douté de lui et qu'il avait besoin de reprendre du poil de la bête.

Il s'était promis d'être prudent, de perdre plutôt que de gagner le premier jour, en tout cas de gagner fort peu.

Ses mains touchaient les cartes comme celles du jongleur touchent les balles qui paraissent lui obéir d'elles-mêmes. Et les cartes lui obéissaient.

— Trois rois, abattait son partenaire.

Il retournait négligemment quatre dames.

Un premier joueur, qui avait perdu quinze cents francs, alla signer un chèque à la caisse pour continuer la partie. Weill, à certain moment, céda sa place, découragé.

« Ils me soupçonnent... Ils m'observent... Le commissaire ne quitte pas mes mains des yeux... Donc, je *dois* gagner... »

C'était presque sa vie qu'il mettait en jeu ce soir-là, il en avait conscience. Demain, après-demain, Mougins aurait fait le vide autour de lui. Que Mme Roy lui présente sa note et, s'il était incapable de la payer, il perdrait la face.

Il lui resterait alors la ressource de s'enfoncer dans l'île et de devenir touriste de bananes ?

Pas à soixante ans !

Mac Lean avait raison. Il fallait gagner très vite, gagner autant que possible. Déjà il avait huit ou dix mille francs devant lui.

— Le seul moyen pour nous de nous refaire, major, est que vous acceptiez d'élever le plafond...

Il le savait d'avance, feignait d'hésiter.

— Voyez-vous, messieurs, je crains que vous ne vous enferriez et qu'ensuite vous m'accusiez d'avoir abusé de votre hospitalité... Je suis un vieux, un très vieux joueur de poker... A Oxford — cela nous était défendu, mais nous n'en étions que plus enragés —, j'aurais pu entretenir une danseuse avec ce que je gagnais à mes camarades.

Ils ne s'entêtaient que davantage. Deux partenaires durent abandonner, faute d'argent. Le commissaire en personne prit la place de l'un d'eux et perdit trois mille francs en quelques minutes.

— Je suis prêt, bien entendu, plaisanta Owen, à jouer manches retroussées.

C'était vrai. Il le fit, comme par jeu, gagna encore.

— Je vous avais prévenus... Il est passé trois heures... A moins que vous l'exigiez...

Il les avait eus, parbleu ! C'était fatal. Il avait gagné trente-deux mille francs : de quoi subvenir à ses frais jusqu'au passage de l'*Aramis* et de quoi payer son billet de retour.

— Vous me permettrez de vous offrir une tournée...

Il commanda du champagne. On l'admirait plus qu'on ne lui en voulait. Dans un coin, Weill demandait à voix basse au commissaire :

— Vous croyez qu'il n'a pas triché ?

— J'en jurerais... Je l'ai observé tout le temps...

Et Owen devinait les mots prononcés, souriait, sûr de lui, pareil à lui-même dans ses meilleurs jours.

— Je ne vous offre pas votre revanche, car ce serait une malhonnêteté de ma part... Les cartes me connaissent si bien, voyez-vous, qu'elles s'en voudraient de m'être infidèles...

Il n'y avait plus de lumière chez Mac quand il passa devant l'*English Bar,* et il en conçut un dépit enfantin. Il aurait aimé annoncer à l'ancien jockey, en commandant un dernier scotch : « C'est fait ! »

Il était seul, à nouveau, il faillit rouler jusqu'au *Moana* pour regarder Mougins en face.

A quoi bon ?

Il avait envie de boire encore, mais c'est en vain qu'il parcourut en voiture les rues de Papeete à la recherche d'un bar ouvert. A l'hôtel, il n'y avait que le gardien de nuit.

— Tu peux me servir un whisky ?

— Non, monsieur... La patronne a la clef du bar...

Il dormit d'un sommeil agité et rêva de Mougins. C'était confus. Le visage froid et méchant de l'homme de Panama était comme un mur qui se dressait sans cesse devant lui et qu'il essayait en vain de contourner.

Quand il se réveilla aux cris des merles des Moluques, sa première pensée fut : « Pourquoi ne pas m'entendre avec lui ? »

Maintenant qu'il avait de l'argent en poche, il retrouvait son assurance. Ce n'était pas seulement par haine d'un homme d'une autre classe que Mougins lui mettait obstinément des bâtons dans les roues.

Il avait pris Lotte sous sa protection. Lotte connaissait Maréchal. Lotte n'avait pas fait pour rien, dans le fond d'un canot, le voyage de Tahiti.

Pourquoi ne pas s'arranger à l'amiable ?

A onze heures, il poussait la porte à claire-voie de l'*English Bar.* Contrairement à son attente, Mac Lean était aussi lugubre que les autres jours.

— Belle journée, sir...

— D'autant plus belle, Mac, que j'ai fait vite, selon votre conseil...

— Peut-être un peu trop vite, sir...

— Qu'est-ce que vous voulez dire ?

— Ici, on ne prend pas trente mille francs et plus aux gens d'un seul coup... On en parle beaucoup, ce matin... Le commissaire a envoyé un câble à Paris...

Le whisky du major avait un goût de carton.

— Le docteur est passé de bonne heure...

— Qu'est-ce qu'il a dit ?

— D'abord, il est ulcéré que vous soyez allé au *Yacht Club...* Il m'a dit :

» — Il n'a même pas eu la franchise de me l'avouer... Il m'a annoncé qu'il allait se coucher...

» Il est jaloux, vous comprenez ?...

» Il y a d'autres choses, je ne sais pas tout... Mougins n'a pas besoin de venir en ville, lui, pour voir tout le monde, étant donné que la plupart de ces messieurs se retrouvent au *Moana*...

» Le commissaire y est allé...

— Quand ?

— Hier après-midi... Au sujet du télégraphiste... Ils n'ont pas dû parler que de celui-ci...

Ils s'étaient entretenus d'Owen, évidemment, et c'est pourquoi le commissaire se trouvait le soir au *Yacht Club*.

— C'est par le receveur que je sais qu'il a envoyé un câble au service des jeux, à Paris... Vous n'avez jamais eu d'ennuis avec ces messieurs, sir ?

Était-ce une impression ? Mac Lean était-il passé de l'autre bord ?

— Jamais, Mac...

— Alors tant mieux... S'il y avait un bateau demain, je vous dirais...

— Compris... Seulement, je ne partirais pas...

— On ne suit jamais les conseils, n'est-ce pas, sir ?

Dire que tout dépendait maintenant d'un détail dérisoire ! Owen n'avait jamais été « fiché » dans les salles de jeu, comme on dit pour les professionnels à qui on interdit l'entrée des casinos et des cercles.

Jamais il n'avait été pris en flagrant délit.

Jamais ? Une fois seulement. Il y avait plus de vingt ans. C'était un des souvenirs les plus cuisants de sa vie.

Et, cette fois-là, c'était sa faute, il s'était aventuré dans un milieu qui n'était pas le sien, un petit casino de la côte atlantique, en France, à Fouras.

Il aurait dû descendre jusqu'à Royan, à cent kilomètres à peine, où il aurait trouvé un cadre familier. Cela l'avait amusé de se mesurer avec des bourgeois de La Rochelle, des mareyeurs pour la plupart, aux portefeuilles gonflés de billets.

C'était une femme qui l'avait fait prendre, une femme d'une cinquantaine d'années, une marchande de poissons qui passait ses nuits au casino et qui lui avait soudain saisi la main.

— Monsieur triche... avait-elle articulé dans un silence de cathédrale.

Un tumulte avait suivi, dont il se souvenait avec un déplaisir extrême, et on l'avait conduit, presque porté, dans le bureau du directeur du casino. Il y avait un inspecteur de la police des jeux. Ils étaient restés en tête à tête.

— Je vous croyais plus avisé, major Owen. Vous me mettez dans une situation embarrassante.

Cela s'était-il vraiment arrangé ? Après vingt ans, Owen n'en savait rien. Il avait remboursé, avait invité l'inspecteur pour le lendemain et il était parti avec l'impression qu'ils s'étaient compris.

— Ce serait terrible, n'est-ce pas, d'avoir un dossier pour une affaire de ce genre ?

Il avait payé assez gros. Depuis, il n'avait entendu parler de rien : le hasard ne lui avait jamais fait rencontrer son inspecteur.

Cela signifiait-il que celui-ci n'avait pas fait de rapport ? Un petit bout de papier, dans une chemise, là-bas, rue des Saussaies, et demain le commissaire de Tahiti recevrait un câble affirmatif.

— Je ne sais que vous conseiller, sir... D'autant plus que j'ignore ce que vous êtes venu faire...

Allons ! Mac Lean le lâchait, c'était évident. Il y mettait des formes. Il était navré. Mais il était commerçant avant tout et, sans doute, lui aussi, comme tous les tenanciers de bars, avait-il des obligations envers la police ?

— Ici, c'est tout petit, je vous l'ai déjà dit, tout le monde se connaît...

Le docteur, à ce moment, poussa la porte. Owen ne regardait pas dans la direction, mais le voyait dans la glace, entre les bouteilles. Bénédic hésita et, croyant passer inaperçu, referma la porte et s'éloigna.

— Un autre scotch, sir ?

Il en but deux, coup sur coup, parce qu'il venait de décider d'aller se mesurer avec Alfred Mougins.

Il ne fallait absolument pas se rendre là-bas avec la sensation de partir perdant.

7

Il n'y avait pas de cour, pas de jardin, pas de clôture. Tout autour, c'étaient les troncs droits et lisses de cocotiers, avec, à cinquante mètres, le lagon et ses pirogues à balancier reposant sur le sable.

Une fois sur la véranda, Owen fit du bruit pour signaler sa présence et, au même moment, il aperçut quelqu'un derrière une vitre, un homme presque nu qui se rasait. L'homme, son blaireau à la main, les joues couvertes de savon, s'approcha de la fenêtre pour dévisager le visiteur. Il cria, tourné vers la porte d'une autre pièce :

— Lotte !... Il y a quelqu'un...

De la véranda, on passait directement dans la pièce principale et, au fond de celle-ci, une porte ouvrait sur la cuisine. Lotte en sortit, pieds nus dans des savates, un peignoir de bain trop grand pour elle sur le corps. Ses cheveux pendaient. Elle tenait une poêle à la main.

— Entrez ! cria-t-elle à son tour.

Et ainsi, le temps de franchir une porte, Tahiti était effacé. On oubliait que les arbres, dehors, étaient des cocotiers, des pandanus ou des flamboyants, que dans l'eau du lagon glissaient des poissons d'arc-en-ciel ; l'odeur elle-même, la bonne odeur lourde et un peu sucrée du pays, faisait place, ici, à celle du café et des œufs frits.

Il était onze heures du matin, et le major aurait surpris le couple dans les mêmes attitudes à Panama, à Marseille ou à Paris. C'était sa vulgarité plébéienne que Mougins traînait avec lui, qu'il exagérait comme à plaisir non seulement par goût, mais parce que c'était une protection contre les maléfices.

La pièce commune n'était de nulle part. C'était la banalité pauvre de partout, la table ronde, les chaises à fond de paille, dont certaines avaient un barreau cassé, les chromos sur les murs.

Sans s'inquiéter de son visiteur, qu'il voyait pourtant — et qui le voyait — par la porte de communication ouverte, Alfred s'adressait toujours à sa compagne :

— Tu l'as fait asseoir ?

— Asseyez-vous, major...

Elle n'était pas lavée, pas maquillée. Son nez luisait. Elle regardait Owen avec mauvaise humeur et méfiance.

Le torse nu, Mougins n'était vêtu que d'une culotte courte couleur kaki. Son corps était solide, râblé, de lignes grossières, avec une peau trop blanche sous les poils abondants. Son bras gauche était tatoué en bleu et rouge : une ancre, des lettres, des chiffres. Il ne se rasait pas avec un rasoir mécanique, mais avec une lame qu'il affilait de temps en temps sur un cuir.

Quand il en fut à s'essuyer le visage, il entra dans la pièce, regarda son hôte en feignant l'étonnement.

— Si j'avais été prévenu de votre visite, major Owen, je me serais arrangé pour vous recevoir plus dignement...

Il raillait. C'était imperceptible, mais le son de sa voix annonçait déjà le commencement des hostilités.

— Tu peux me servir, Lotte... Le major me permettra de prendre mon petit déjeuner devant lui...

— Je vous en prie...

Il ne s'habillait pas, restait le torse nu, avec une cicatrice sous le sein droit, une autre dans le gras du bras.

— Je suppose que vous avez déjeuné, major Owen ?

Il ajouta tout de suite, en s'asseyant :

— Vous êtes vraiment major ?

Et Owen, qui s'était juré de rester calme :

— On m'a décerné ce grade en 1918...

Alfred chercha du doigt la cicatrice dans les poils de sa poitrine.

— Moi, j'étais simple matelot, et on m'a donné ça... Pas l'autre... Celle du bras, c'est une autre histoire... Vous deviez être dans un état-major ?

— Je me trouvais dans votre pays, à un endroit où il éclatait assez de shrapnells pour que j'en reçoive trois éclats le même jour...

Ils se turent. Lotte allait et venait, la ceinture du peignoir de bain trop grand nouée bas sur ses reins. Elle versait le café, pour Mougins et pour elle, mais elle ne mangeait pas et restait debout.

— Vous permettez ? demanda le major en tirant un cigare de sa poche.

Alfred mangeait, buvait, évitait de tendre la perche à son visiteur. Lotte était plus mal à l'aise et, par contenance, mettait un peu d'ordre dans la pièce.

— Vous me détestez, monsieur Mougins, prononça enfin l'Anglais d'une voix douce.

— Vous vous en êtes aperçu ? feignit de s'étonner Alfred.

— Vous avez fait ce qu'il fallait pour ça, n'est-ce pas ?

— C'est possible. Je ne m'en suis pas rendu compte. Il faut croire que c'est plus fort que moi...

Il soulignait à plaisir la vulgarité de son accent, de sa pose. Il achevait son repas, les coudes sur la table, se grattait les dents avec sa fourchette.

— Chez les chiens, énonça-t-il, il y a des races qui ne peuvent pas se sentir...

Puis il se taisait, regardait lourdement le major.

— Je vais vous raconter une histoire qui vous aidera à comprendre. Elle est déjà vieille, car j'avais dix-huit ans à cette époque-là. Je suppose qu'à dix-huit ans vous étiez au collège ou à l'université ? Moi, je traînais dans les bars de la Porte Saint-Denis et de la Porte Saint-Martin. J'étais une petite gouape, comme on dit dans votre milieu. Je jouais les durs. Mon ambition était de devenir un dur, un vrai de vrai, et j'enfonçais ma casquette sur mon oreille gauche. Je ne sais pas ce que faisait votre mère, major Owen. La mienne vendait des journaux dans la rue, à Grenelle.

» J'en arrive à mon histoire... Un jour que j'étais accoudé au zinc avec des copains, un monsieur entre dans le bistrot, s'assied dans un coin et se met à nous dévisager... Un monsieur dans votre genre... C'est de ce jour-là que j'ai appris à flairer votre race... Après un certain temps, il a appelé le garçon et lui a dit quelques mots à voix basse... Le garçon est venu me trouver...

» — Dis donc, Fred, le monsieur qui est là voudrait te parler...

» Crâneur, je suis allé le regarder sous le nez.

» — Il paraît que « Mossieu » voudrait me causer ?

» Il ne s'est pas démonté, m'a fait signe de m'asseoir.

» — Vous voulez gagner mille francs en une demi-heure ?

» Et, comme je ne me dégonfle pas, il m'emmène en taxi. Chemin faisant, il m'affranchit. L'auto s'arrête au coin des Champs-Élysées et de l'avenue George-V... Il y a là un café, le *Fouquet's*, où l'on rencontre plus de gens comme vous que de gens comme moi... Lui s'installe à la terrasse... Je me souviens qu'il avait une canne à pommeau d'or...

» Suivant la consigne qu'il m'avait donnée, je pénètre dans un immeuble qu'il m'avait désigné, juste en face. Le type de l'ascenseur me regarde de travers. Au quatrième, le larbin qui se tenait dans l'antichambre se lève pour me mettre dehors.

» — J'ai une commission pour M. Jacovitch... que je lui dis. C'est personnel... Dites-lui que c'est au sujet de M. Joseph...

» Je montre la lettre qu'on m'avait remise. Le larbin disparaît. Il y avait des tapis partout, des meubles magnifiques. On me fait attendre longtemps, puis on m'introduit dans un vaste bureau qui donnait sur l'avenue et où, à mon arrivée, un petit monsieur chauve fait sortir sa dactylo. Je lui tends la lettre. Il la tourne et la retourne entre ses doigts, se décide à ouvrir l'enveloppe, rougit, pâlit, tousse et me regarde avec attention.

» — Où est la personne qui vous a remis cette lettre ?

» — C'est mon affaire...

» — Mille francs pour vous si vous me le dites...

» — Pas la peine d'insister...

» Vous voyez que j'étais régulier, à l'époque.

» — Et si je téléphonais à la police ?

» — Il y a longtemps que j'ai envie de voir l'autre côté du mur de la Santé...

» Il finit par ouvrir un coffre-fort caché dans le mur et par y prendre des billets qu'il compte à regret. Je n'ai pas pu les compter en même temps que lui, mais, d'après la grosseur de l'enveloppe, je déduis qu'il y en avait une centaine...

» Je sors... Je voyais mon bonhomme assis à la terrasse du *Fouquet's*, de l'autre côté de l'avenue... J'aurais pu me précipiter dans le métro, car il y avait une entrée de métro à quelques mètres de moi... Honnêtement, je traverse, je m'approche, comme convenu, je dépose l'enveloppe sur le guéridon et il me glisse un billet de mille dans la main...

» Je n'avais pas parcouru cinq cents mètres que deux flics en civil me donnent un croc-en-jambe et me passent les menottes.

» C'est tout, major... Le gentleman, je ne l'ai jamais revu... On l'a laissé tranquille. Il n'avait pas le cœur d'aller trouver lui-même le Jacovitch pour le faire chanter et il m'avait envoyé à sa place...

» J'en ai eu pour six mois, une paille.

» C'était un monsieur dans votre genre... Voilà pourquoi, maintenant, je renifle de loin ceux de votre race...

Il avait fini de manger. Il allumait une cigarette, se levait, prenait une bouteille de Pernod dans le placard.

— Un petit verre quand même ? Je suppose que ce n'est pas pour me proposer un billet de mille francs que vous êtes venu ?

Il allait et venait, content de lui. De temps en temps, il adressait un clin d'œil à Lotte.

— J'aime pas les gens qui envoient les autres se battre, major. C'est la raison pour laquelle je n'ai jamais pu blairer les généraux et les amiraux... Or, dans votre genre, vous êtes quelque chose comme un amiral... Mettons un amiral à la retraite... Chez nous, il y en a comme ça qui, une fois qu'ils ont quitté le service, se mettent dans la finance... On les bombarde présidents de conseils d'administration, parce que leur titre fait bien sur le papier à lettre et les prospectus... Vous ne voulez vraiment rien boire ?

Owen répliqua simplement :

— Je n'aime pas le Pernod...

Il souriait, car il avait gardé tout son sang-froid.

— Lotte !... Cours chercher une bouteille de whisky au *Moana*...

C'était à cent mètres, et on la vit s'éloigner entre les arbres.

— Quand vous voudrez vider votre sac... fit Mougins. Remarquez que je ne suis pas pressé... Ce n'est pas moi qui suis allé vous chercher...

— Mais c'est vous qui avez engagé les hostilités...

— Vous croyez ?

— Vous savez fort bien de quoi je veux parler... J'ai préféré venir vous trouver pour vous demander vos raisons de vous en prendre à moi...

— Il me semble que je vous en ai déjà donné une.

— Est-elle suffisante ?

— Voyez-vous, major, il y a crapules et crapules... Il y a celles qui n'auraient pas pu devenir autre chose, parce que la vie les a faites ainsi... Ces crapules-là jouent franc-jeu, y vont carrément, prennent leurs risques... De l'autre côté, il y a les autres, comme vous, major, sauf votre respect... Les crapules déguisées en hommes du monde, qui se contentent de petits coups fourrés et qui, à l'occasion, s'arrangent pour mettre les copains dedans... Est-ce que vous avez déjà tué un homme, major ?

— Cela ne m'est pas encore arrivé...

— Et je doute que cela vous arrive parce qu'il faut prendre ses responsabilités... Moi, j'en ai encore descendu un quelques heures avant de vous rencontrer... Mais oui, un peu avant d'avoir eu l'honneur de faire votre connaissance sur la jetée de Panama... C'est pourquoi j'étais plus pressé que vous de monter à bord de l'*Aramis*... Pas à cause de la police... Elle n'a rien à voir dans l'histoire... A Panama, comme ailleurs, il y a des affaires dans lesquelles la police sait bien qu'elle n'a pas à fourrer son nez... Elle nous considère comme de grands garçons, capables de régler leurs comptes eux-mêmes... Ouvre la bouteille, Lotte... Donne un verre au major... Un pour moi aussi...

Il saisit une chaise et s'y assit à califourchon, face à son hôte, vers qui il soufflait la fumée de sa cigarette.

— Mettons qu'il y avait là-bas un type qui commençait à me gêner et que je commençais à gêner... C'était à celui des deux qui agirait le plus vite et, dans ces cas-là, jusqu'ici, j'ai toujours gagné la partie... Seulement, il faut laisser à ses petits amis le temps de réfléchir... Pendant quelques semaines ou quelques mois, le climat de Panama n'est pas sain pour moi... Qu'est-ce que tu as, Lotte ?

Celle-ci le regardait avec un étonnement teinté d'effroi.

— Ne fais pas cette tête-là !... Il y a longtemps que cela devait arriver... Il s'agit du grand Jules... Mais oui, tu le connais... Le Grêlé, comme certains l'appellent... Quant au major, il irait répéter partout ce que je viens de lui dire que cela serait sans importance... Toujours la différence entre nous, major... Voilà près d'une demi-heure que vous êtes là et vous n'osez pas vider votre sac... Avouez que vous êtes bougrement embarrassé ?...

Et Owen, très calme, en tirant sur son cigare :

— Je me demande en quoi ma présence vous gêne...

— Vous croyez vraiment qu'elle me gêne ?

— S'il en était autrement, vous ne vous seriez pas donné la peine de faire courir des tas de bruits sur mon compte.

— Des bruits faux ?

Owen haussa les épaules.

— Voyez-vous, monsieur Mougins, j'ai pour principe qu'il vaut toujours mieux éviter de se battre lorsqu'il y a une possibilité de s'arranger.

— De s'arranger en quoi ?... De s'arranger comment ?... Un billet de mille et six mois de tôle pour le petit Fred, cent mille francs, avec la considération distinguée des honnêtes gens, pour le monsieur de la terrasse du *Fouquet's* ?...

Il regardait l'Anglais avec une ironie agressive, et sa lèvre se retroussait comme les babines d'un chien qui va mordre.

— Faites quand même votre proposition... Écoute-le, Lotte !... Je crois que cela va devenir intéressant...

— Supposez que je vous demande de me laisser en paix pendant trois semaines, un mois au plus...

— Et même quinze jours, n'est-ce pas ?... Avouez qu'à la rigueur quinze jours vous suffiraient...

Cette petite phrase-là déchirait le dernier voile. Dans quinze jours, en effet, la goélette reviendrait et, à son bord, René Maréchal, dont aucun des deux hommes n'avait encore prononcé le nom.

— Mettons quinze jours, si vous voulez...

— Et vous m'offrez ?...

— Vous parliez tout à l'heure de cent mille francs...

— La proportion y est... triompha Mougins. Vous êtes magnifique, major !... Bien digne de votre prédécesseur du *Fouquet's*... qui m'abandonnait mille francs sur cent mille... Vous m'offrez, vous, cent mille francs... Sur combien de millions ?... Que dis-je, sur combien de centaines de millions ?...

— Ils sont loin...

— Plus loin de vous que de moi, en effet... Comment n'avez-vous pas encore pensé, major, que, si vous me gêniez réellement, je ne me contenterais pas de raconter à quelques personnes ce que je sais ou devine sur votre compte ?... Cela, ce n'est qu'un jeu, voyons... Je n'aime pas les gens comme vous, je vous ai dit pourquoi... Cela m'amuse de les dégonfler... Si j'avais le moins du monde peur de vous, sachez bien qu'il vous serait déjà arrivé un accident...

— Je ne vois pas ce que vous espérez...

— Et moi, pour vous prouver que vous ne me faites pas peur, je vais vous le dire... J'en ai assez de jouer au chat et à la souris... Viens ici, Lotte...

Lotte s'approcha, une cigarette aux lèvres, et il y avait toujours le couvert sale sur la table.

— Raconte à monsieur pourquoi tu t'es embarquée à bord de l'*Aramis*...

Elle hésitait, se demandant s'il voulait vraiment qu'elle parle ou si le jeu continuait.

— Attends... Réponds à mes questions... Qu'est-ce que tu faisais à Panama ?

— Je dansais dans les cabarets... A Panama, à Colon, ailleurs...

— Depuis quand ?

— Depuis l'âge de dix-sept ans...

— Qui t'a amenée en Amérique à cette époque-là ?

— Un type qui m'a lâchée...

— Quel genre de type ? Un type comme moi ?

— Un homme riche, qui voyageait pour son plaisir... Il a fait la connaissance d'une Espagnole et m'a laissée tomber.

— Où as-tu connu Arlette ?

— Au *Moulin-Rouge*, à Colon.

— Vous commencez à comprendre, major ? Nous parlons d'Arlette Maréchal, n'est-ce pas, connue dans les cabarets d'Amérique Centrale et d'Amérique du Sud sous le nom d'Arlette Marès... Figurez-vous que je l'ai connue aussi... Elle a dû être très belle... Je lui ai vu de beaux restes... Mais c'était une femme sans volonté... Elle avait l'amour dans la peau... Pas le vice, l'amour... Elle éprouvait toujours le besoin d'aimer quelqu'un, et c'était chaque fois de toute son âme... Elle plantait tout là pour un homme, et elle l'aurait suivi au bout du monde... Elle devenait sa servante, son esclave... Pauvre Arlette !... Raconte, Lotte, comment elle a fini...

— Elle avait de la peine à trouver des engagements... Elle était devenue très grosse et elle avait perdu sa voix... Elle buvait beaucoup... A la fin, elle était ivre chaque jour, souvent dès le matin... Une nuit on l'a emmenée à l'hôpital, et elle est morte trois jours plus tard...

— Il y a combien de temps de ça ?

— Deux ans...

— Je suppose que cela continue à vous intéresser ?

Et, comme Owen avait saisi machinalement la bouteille de whisky :

— Vous pouvez vous servir... Vous en aurez peut-être besoin... A toi, Lotte !... Parle-nous de René...

— C'est le fils d'Arlette...

— Un gamin, précisa Alfred, qui a traîné toute son enfance de ville en ville, de boîte de nuit en boîte de nuit...

— Quand je l'ai connu, il travaillait dans un bureau...

— A la « French Line »... soupira le major.

— Bravo !... Vous voyez que vous y venez ! Encore un petit effort et vous mangerez le morceau, vous aussi... A toi, Lotte...

— Il m'a fait la cour...

— Tu peux parler crûment avec le major...

— Il est devenu mon amant...

— Continue... Raconte...

— Il m'aimait... La vie que je menais lui faisait horreur... Il n'aimait pas la sienne non plus... Il avait honte...

— Vous entendez, major ?... Un garçon qui avait honte... Honte de sa mère, vous comprenez ?... Honte de rencontrer à chaque pas des gens qui avaient couché avec elle... Or voilà qu'il se mettait à aimer une femme dans le même genre... Continue, Lotte !

— Qu'est-ce qu'il faut que je dise ?

— La vérité...

— Il ne savait pas ce qu'il voulait... Parfois il était très sombre et parfois je le voyais d'une gaieté exubérante... D'abord il a parlé d'aller en Europe tous les deux...

» — Là-bas, disait-il, personne ne nous connaît. Je trouverai facilement du travail. Je parle trois langues. Nous aurons une petite maison, des enfants...

— Vous entendez, major ?... Une petite maison, des enfants, une bonne place, des heures régulières... Avouez que voilà un bon petit garçon comme vous devez les aimer... A toi, Lotte...

— Je n'ai pas voulu...

— Pourquoi ?

— Parce que ce sont des choses qu'on rêve, mais qui ne sont pas possibles... On ne commence pas cette vie-là à mon âge...

— Et tu avais peur de t'ennuyer.

Elle rougit.

— Ce n'est pas ça, mais...

— Tu avais peur de t'ennuyer !

— Il m'en a voulu... Il m'a quittée plusieurs fois en m'annonçant qu'il ne reviendrait jamais, puis je le revoyais après quelques jours ou quelques semaines... Il me lançait rageusement :

» — Je ne sais pas ce que tu m'as fait pour que je ne puisse pas me passer de toi...

» Nous avions souvent des scènes... Il était jaloux... Il m'attendait souvent, le soir, à la sortie du cabaret...

» Une fois que je le croyais pris par son travail, je suis sortie avec quelqu'un et il nous a suivis...

» C'est à la suite de ça qu'il est parti...

— Pour Tahiti, major... Pour Tahiti, où nous sommes... Et où il ne se trouve pas en ce moment, parce qu'il est allé se promener dans les îles... Or figurez-vous que depuis plus d'un an qu'il est ici on ne lui connaît pas une seule liaison... Il vit seul, en sauvage, dans la presqu'île... Il s'est mis à fréquenter un indigène qui est constructeur de pirogues, dans un village de là-bas, en même temps que pasteur de

je ne sais quelle secte protestante... Ils passent des journées ensemble...
On n'a pas vu dix fois René Maréchal à Papeete...

— C'est fini pour moi ?... Je peux aller me laver ? questionna Lotte.

— Un instant... Dis d'abord à monsieur où tu couches.

— Au *Moana*...

— Un simple détail, major, mais que je tiens à souligner... Jetez un
coup d'œil dans la chambre... Mais si ! Qu'est-ce que vous voyez ?...
Un lit défait et des vêtements en désordre... Remarquez que c'est un lit
d'une personne et que les vêtements sont les miens... Cherchez un seul
objet de toilette féminin... Je ne suis pas si bête, vous comprenez ?... Je
ne m'appelle pas René Maréchal, et il y a longtemps que les femmes
ne m'inspirent plus de bêtises... Lotte est une copine, rien de plus... Elle
prépare mon petit déjeuner le matin, un point c'est tout... Je lui donne
parfois des conseils... Supposez qu'en débarquant de sa goélette René
l'aperçoive sur le quai...

» Et qu'elle lui raconte qu'elle a fait le voyage, exprès pour le voir,
dans un canot de sauvetage ?... Et qu'elle a laissé un imbécile de télégraphiste se tuer plutôt que de partir avec lui...

Il souriait, de son rire toujours agressif.

— Il n'est pas indispensable, vous l'admettrez, que Maréchal entende
parler tout de suite de Joe Hill... Au fait, je parie que vous le connaissiez, vous ?

— Je l'ai connu...

— Avouez que c'est marrant... D'un côté, il y a vous, qui venez
d'Europe et qui avez connu Joe Hill... De l'autre, il y a Lotte et moi,
qui avons connu Arlette... Et Lotte, toute seule, qui a été la maîtresse
de Maréchal... Les deux clans, en somme... Comme dans les familles,
où il y a les parents du côté de monsieur et les parents du côté de
madame... Dans certaines familles, à cause d'une mésalliance, on a,
d'une part, des gens du monde et, de l'autre, les pauvres bougres qu'on
ne peut pas décemment recevoir... A votre santé, major !...

— René Maréchal sait qui est son père ? questionna posément Owen.

— Réponds, Lotte...

Et celle-ci :

— Il ne m'en a parlé qu'une fois, à Colon, où nous habitions la
même chambre... Il est rentré avec un journal à la main... Il y avait une
photographie en première page...

» — Regarde bien cet homme, m'a-t-il dit.

» C'était un petit personnage sec, aux yeux brillants, aux cheveux
ébouriffés.

» — C'est l'être que je déteste le plus au monde.

» Il a éclaté de rire, du rire qu'il avait dans ses mauvais moments et
qui me faisait peur.

» — Ma mère ne t'a jamais rien raconté au sujet de ma naissance ?

» — Non...

» — Eh bien ! mon petit, cet homme-là, c'est mon père...

» J'ai regardé le nom, en dessous de sa photo : *Joachim Hillmann, plus familièrement Joe Hill, le magnat du cinéma anglais...*

» — Alors tu es riche ?

» — Comment serais-je riche, puisqu'il ne s'est jamais préoccupé de mon existence ?

» Quand, après, j'ai voulu lui en parler, il m'a forcée à me taire.

» Il y a un mois, par hasard, dans une boîte où je travaillais et où, cette nuit-là, il n'y avait personne, j'ai ramassé un journal anglais qui traînait sur une table. Il passe tellement d'Anglais et d'Américains à Panama que je parle un peu leur langue...

Alfred l'interrompit.

— Passe-moi mon portefeuille.

Elle alla le chercher dans la chambre. Il en tira un morceau de journal soigneusement découpé.

Le fils d'Arlette Maréchal est prié de se présenter de toute urgence chez MM. Hague, Hague et Dobson, solicitors, 14 Fleet Street, Londres.

— Je suppose, major, que vous avez le même bout de papier dans votre portefeuille ? Remarquez que Joe Hill ne connaissait même pas le prénom de son fils.

» Lotte s'est renseignée. Elle a appris que le magnat du cinéma était mort il y a quatre mois et elle a compris.

» Si elle avait été un peu intelligente, elle aurait demandé conseil et appui à un homme comme moi.

— Je n'y ai pas pensé, s'excusa-t-elle.

— Cela lui aurait évité de voyager dans un canot de sauvetage, et ce pauvre diable de télégraphiste vivrait encore. Maintenant, major, je pourrais vous dire : « A votre tour... »

» Mais je sais que vous n'êtes pas loquace. En outre, il y a des moments où l'on a de la peine à avaler sa salive, n'est-il pas vrai ?

» Au fait, qu'est-ce que vous étiez venu me proposer ?... N'avez-vous pas parlé de cent mille francs ?

Il se levait d'une détente et éclatait d'un rire brutal.

— En somme, le côté noble de la famille vient essayer d'acheter le côté roturier... Le droit d'aînesse et le plat de lentilles... Hélas ! nous n'avons rien à vous vendre, mon bon monsieur... Nous n'avons besoin de personne... Je suppose que vous étiez un ami de Joe Hill ?

— Je l'ai connu jadis à Montparnasse...

— C'est vrai qu'il est parti d'en bas, lui aussi... Est-ce que son père n'était pas un petit épicier d'Amsterdam ?

— Au temps où il fréquentait *La Coupole*, il était assistant metteur en scène.

— Et vous étiez déjà un gentleman ?

Owen faillit répondre : « Mon père était officier dans l'armée des Indes... »

Mais l'autre aurait été capable de lui rétorquer : « Tant pis pour lui ! »

Toujours ironique, Alfred questionnait :

— Vous l'avez beaucoup fréquenté ?

— Je l'ai revu plusieurs fois, alors qu'il était devenu Joe Hill. Il ne s'occupait plus de mise en scène, car il avait eu l'idée de faire, en Angleterre, le trust des salles de projection... De sorte qu'il contrôlait pratiquement l'industrie cinématographique.

— Il avait oublié qu'il avait un fils ?

— Peut-être n'en a-t-il jamais été sûr...

— Il ne s'en est souvenu qu'au moment de sa mort... Eh bien ! major, ce fils, j'ai l'impression que c'est plutôt de notre côté qu'il se trouve à présent...

» Admettez que c'est justice... Je comprends parfaitement votre embarras... Vous venez de là-bas, vous... Vous avez connu Joachim... Vous êtes plus ou moins au courant de ses tripotages... Car je suppose qu'on ne fait pas une fortune comme la sienne en étant toujours régulier ?... Peu importe... Vous êtes un monsieur distingué, un homme du monde... Et il y a quelque part, en Amérique ou dans les îles, un jeune homme qui ne sait même pas qu'il est riche à en crever...

» Est-ce que seulement ce jeune homme comprend l'anglais ?... Est-il présentable ?... Vos dernières économies y passent... Qu'est-ce que cela peut faire, puisque vous allez décrocher une situation de tout repos ?...

» Car c'est vous qui annoncerez au jeune homme qu'il est un des plus riches héritiers d'Europe... C'est vous qui le prendrez sous votre aile, le conduirez chez MM. Hague, Hague et Dobson... Après être passé chez votre tailleur, chez votre bottier, et lui avoir donné quelques leçons de maintien afin de le déguiser en homme du monde...

» Trop tard, major !... Il y a un bec, comme nous disons... Il y a une petite danseuse de quatre sous qui a connu Arlette Maréchal et que René Maréchal a aimée, qu'il aime probablement encore...

» Elle s'est mis en tête, elle aussi, de le conduire à Londres et peut-être, auparavant, qui sait, de devenir Mme Maréchal ?...

» Je ne jouerai pas au poker avec vous, car mes mains se sont durcies à d'autres besognes que manier les cartes.

» C'est une autre partie que nous jouons.

» A votre tour d'abattre vos atouts, major... je vous écoute...

Il était si content de lui qu'il ne put s'empêcher de lancer à Lotte un coup d'œil triomphant.

— Cela dépendra de René Maréchal, n'est-ce pas ? dit très doucement le major.

Du coup, l'autre le regarda en dessous, avec un rien d'inquiétude.

— Cela signifie que vous gardez l'espoir ?

— Nous saurons cela dans quinze jours, monsieur Mougins.

— A la condition, bien entendu, que je vous permette de le rencontrer ?

— Il est certain que, si je meurs avant cela, la question se posera autrement...

— Vous pourriez aussi être en prison ?

— C'est une seconde éventualité, mais je doute qu'elle se produise...

— Vous feriez mieux, major, de ne pas vous mettre sur mon chemin...

— J'avais plutôt l'impression que vous vous étiez mis en travers du mien...

— Il y a, voyez-vous, d'autres éventualités, une au moins, à laquelle vous n'avez pas pensé...

— Je vous écoute.

— Permettez-moi de ne pas vous montrer cette carte-là... Je vous l'ai dit en commençant, nous ne sommes pas de la même race... Je suis, moi, un homme qui prend ses risques, quels qu'ils soient... Pour mille francs, que l'on a eu soin de me reprendre, j'ai fait six mois de prison. J'ai risqué davantage par la suite et j'ai souvent risqué ma peau pour des sommes à peine plus considérables... Et vous me parlez, à moi, de renoncer aux millions de livres sterling de Joe Hill !... Soyons sérieux, major !... Réfléchissez... Soyez sage... N'insistez pas... Je vous parle en ami...

— Vous semblez déjà confondre la fortune de Maréchal et la vôtre.

Alors, soudain, Mougins le regarda durement. Jusque-là, il avait crâné. A présent, il n'y avait plus la moindre apparence de comédie ou de fanfaronnade dans ses yeux.

— Et après ? martela-t-il.

Owen eut peur, vraiment peur, non pas pour lui, mais pour ce Maréchal qu'il n'avait jamais vu et qui, à cette heure, ne se doutait de rien. Lotte avait tressailli aussi et regardait son compagnon avec un certain malaise.

— Croyez-moi, major... Sortez le plus vite possible du circuit... Ce n'est pas quelque chose pour vous... Buvez un verre, puisque vous avez besoin de pomper le whisky du matin au soir pour vous remonter, et fichez le camp... Passe-moi une chemise propre, Lotte...

Il pénétra dans la chambre, dont il laissa la porte ouverte. Owen était resté assis et, malgré les dernières phrases prononcées sur un ton méprisant, il se servit une dernière fois de whisky. Puis il écrasait son cigare sous sa semelle, en allumait posément un autre.

Alfred revêtait une chemise blanche, allait prendre son pantalon sur une chaise. Lotte lui parlait à voix basse et il haussait les épaules.

A certain moment, Owen comprit qu'il murmurait :

— N'aie pas peur de lui, va !

Le major se leva enfin et, comme il n'y avait personne dans la pièce, il dut s'avancer jusqu'à la porte de la chambre pour prendre congé.

— Au revoir, mademoiselle... Au revoir, monsieur Mougins...

— Je n'ai rien à ajouter, major...

— Moi non plus...

Il retrouva l'air chaud du dehors, les rayons de soleil tamisés par les cocotiers, le bourdonnement des mouches. Les coussins de la voiture étaient brûlants.

Il ne se rendit pas compte du chemin qu'il parcourait, tourna machinalement à droite en arrivant dans la rue principale et stoppa en face de l'*English Bar*.

L'heure de l'apéritif était passée. Une assiette sur les genoux, Mac Lean déjeunait derrière son comptoir.

— Whisky, sir ?

L'ancien jockey ne lui posait pas de questions, mais le regardait avec attention.

— Rien de nouveau, Mac ?

— Rien de spécial, sir... Ces messieurs parlent beaucoup de l'argent que vous avez gagné cette nuit... Deux clans se forment déjà : ceux qui sont pour vous et ceux qui sont contre vous...

— Le docteur ?

— Le docteur continue à vous en vouloir d'être allé au *Yacht Club*... Il ne dit rien, mais il ne prend pas votre défense... Je crois qu'il vaudrait mieux vous en tenir là, sir...

Il s'était remis à manger, jetant toujours de petits coups d'œil à la dérobée au major.

— J'ai entendu parler d'autre chose, mais ce n'est pas sûr...

— J'écoute...

— Il paraît que Mougins ne va pas rester ici...

— Il ne passe pas de bateau avant trois semaines.

— Il en cherche un... Pas lui personnellement, mais Oscar... Il y a, dans le port, une goélette qui appartient à un marchand qui fait chaque année le tour des îles... Je croyais qu'elle n'était pas en état de prendre la mer... Il faut croire que si, car le patron du *Moana* aurait proposé de la louer pour quelques semaines... On cite le prix fort exagéré qu'il a offert...

Mac Lean ne se mêlait plus que comme à regret de ces histoires qui commençaient à lui faire peur.

— Je ne sais pas ce que cela cache, sir... Je suppose que vous devez y comprendre quelque chose.

Owen ne comprenait peut-être pas encore, mais se souvenait du regard durci d'Alfred, qui avait soudain laissé peser sur lui des mots qu'il avait prononcés en détachant les syllabes : *Il y a d'autres éventualités, une au moins, à laquelle vous n'avez pas pensé...*

— Dites-moi, Mac... Est-ce que, de Papeete, on peut suivre les allées et venues de l'*Astrolabe* ?

— Presque jour pour jour, sir... D'abord, elle suit un itinéraire invariable à travers l'archipel... De plus, la station de Papeete est en relation avec les petits postes de radio installés sur certaines îles...

— Merci, Mac...

— Cela ne va pas, sir ?

Il vida son verre sans entendre, soupira, hésita à se servir à nouveau et sortit en haussant les épaules. Si Owen avait été un cheval de course, Mac l'aurait donné perdant.

8

« Non, monsieur Alfred... A première vue, je sais bien que vous paraissez avoir raison... Mais, en toute honnêteté, je dois vous dire... »

Il était seul dans sa chambre, couché sur son lit, avec de la chaude poussière de soleil autour de lui. C'était l'heure de sa sieste. Il avait le visage plus congestionné que d'habitude. Quand il était rentré pour déjeuner, Mme Roy l'avait dévisagé, et elle avait remarqué ensuite qu'il ne mangeait presque pas.

Justement, pour prendre le cas de Mme Roy, par exemple... Est-ce qu'il y avait vraiment un changement dans son attitude à son égard, ou bien Owen se faisait-il des idées ?

La plupart des vieux clients, des amis l'appelaient : « Ma bonne madame Roy... »

Le major ne se faisait pas d'illusions sur son compte. Il en avait vu d'autres, de cet âge-là, dodues et souriantes comme elle, qui exerçaient la même profession, avec un mari dans les cuisines, et il savait que, si elles sont tout miel avec les bons clients, elles peuvent se durcir instantanément dès que leur argent est en jeu.

Elle avait dévisagé Owen. Elle lui avait dit :

— Vous devriez faire attention...

Or il lui semblait maintenant que le ton n'y était pas. Plus exactement, elle était prête à se durcir le moment venu.

En somme, elle se tenait dans l'expectative, n'osant plus se montrer trop aimable, n'osant plus prendre trop vite le parti contraire.

« Non, madame Roy... »

Il s'embrouillait. Sa tête était lourde, pleine de poussière de soleil, comme la chambre. Il respirait lentement, profondément, tel un homme endormi ; il lui arriva de ronfler, et pourtant il ne perdait pas conscience. Il continuait à savoir où il était. Il se situait très exactement dans l'espace, restait attentif aux bruits de l'hôtel, du jardin, de la rue, aux rumeurs plus lointaines de la ville.

A certain moment, par exemple, il découvrit qu'il respirait au rythme de celle-ci. Car la ville respirait. Cette chaude couche d'air qui collait à la terre rouge, aux arbres, aux maisons, qui sertissait les gens dans la rue et leur faisait comme une auréole, n'était pas seulement vibrante de sons et de lumières : elle avait sa palpitation propre, lente et comme engourdie. Quand il faisait la sieste à bord de l'*Aramis* ou d'un autre bateau, Owen sentait aussi la respiration de l'océan, s'ingéniait à en partager le rythme.

« Vous avez eu l'air d'avoir raison, monsieur Mougins, et pourtant vous aviez tort... Votre premier tort a été d'être trop brutal... »

Il en éprouvait encore un malaise physique. Il avait horreur de la brutalité sous toutes ses formes, et Mougins avait été brutal avec lui, en paroles, certes — mais n'est-ce pas la pire des brutalités ?

« Vous remarquerez que je n'ai pas essayé de répondre... Vous en avez déduit que vous êtes le plus fort, le plus malin, que c'est vous qui avez raison... Non, monsieur Alfred. »

C'était une obsession. Cela grandissait en lui comme une idée fixe qu'on nourrit à son insu.

« Avant tout, je ne suis pas un homme comme Joe Hill... Il a pu nous arriver d'avoir le même tailleur, de fréquenter les mêmes hôtels et les mêmes casinos et, parce que ce sont des endroits qui vous sont inaccessibles et que vous regardez de loin avec envie, vous vous figurez que tous ceux qui y pénètrent appartiennent à une seule espèce... Je vous comprends si bien, monsieur Alfred !... Moi aussi, ce matin, si extraordinaire que cela vous paraisse, j'ai failli vous croire et je me demande si je n'ai pas eu honte de moi... Vous avez voulu me déshabiller, méchamment, devant cette gamine qui me regardait avec indifférence... Mon Dieu ! avec quelle indifférence elle me regardait !... Comme si je n'avais été qu'un gros insecte... A peine si un rien de curiosité animait parfois ses yeux... Il n'y a que des femmes pour regarder ainsi un autre être humain, et des imbéciles prétendent que ce sont elles qui connaissent la pitié !... Voyez-vous, monsieur Alfred... »

Un vélo, plusieurs vélos qui passaient sous les fenêtres, des jeunes filles indigènes, sans doute, dans leurs robes claires. Il y avait toujours, sous la calotte bleue de Papeete, un sourd bruit de fond, une rumeur de vie au ralenti, et, cette vie-là, Owen commençait à la sentir pénétrer dans sa peau.

Au premier étage de chez Marius, les belles Maoris du *La Fayette* et du *Moana* dormaient dans des chambres délabrées, la main sur leur ventre nu, toutes portes ouvertes, et, de temps en temps, l'une d'elles se grattait, geignait dans son sommeil ou parlait en rêve.

Toute la ville faisait la sieste. Derrière toutes les moustiquaires il y avait des gens dans les lits, et les enfants à moitié nus, eux-mêmes, étaient engourdis sur les seuils.

« Vous êtes un dur, monsieur Alfred... Vous le dites et vous le répétez à plaisir... Vous êtes fier de l'être... Vous casseriez la gueule, pour employer un mot que vous aimez, à celui qui oserait vous accuser d'être un mou, ou un tendre...

» Eh bien ! moi, je suis un mou... Tout ce qui est dur me fait mal... Y compris le contact du métal... Tenez, je n'oserais pas toucher un rasoir comme celui que vous maniiez ce matin avec désinvolture... Un marteau me fait presque mal à voir, et je suis de ceux qui se tapent sur les doigts lorsqu'ils sont obligés d'enfoncer un clou... J'étais déjà ainsi tout petit... J'avais peur de tomber parce que les pavés des trottoirs sont terriblement durs... Si deux camarades se battaient, chaque coup de poing me résonnait dans la poitrine...

» Certains riaient de moi en me traitant de fille... Car j'avais la peau douce et les traits réguliers comme une fille...

» Voyez-vous, quand j'affirme que vous avez tort, c'est que vous avez tort... Vous m'avez fait beaucoup de mal, sans le vouloir peut-être, parce que c'est votre tempérament, peut-être aussi parce qu'au fond vous aviez besoin de vous défendre vis-à-vis de vous-même...

» Si je vous disais que j'ai failli vous croire, que j'avais presque honte de moi en rentrant à Papeete et que j'en ai eu l'appétit coupé et n'ai pas mangé ? »

On épluchait des légumes dans la cour, sous sa fenêtre, et il entendait les pommes de terre tomber une à une dans le seau d'émail. Il suait. Son oreiller était humide. Il respirait sa propre odeur et en éprouvait une certaine satisfaction. Tout gamin, il jouait ainsi en secret à renifler sa peau, surtout les jours de forte chaleur.

« Pourquoi, moi aussi, ne vous raconterais-je pas une histoire ? Vous m'avez bien parlé de votre mère, qui était marchande de journaux... La mienne ne vendait pas de journaux... Son père était un homme riche, ce que nous appelons chez nous un *gentleman farmer*... Vous en avez vu sur les gravures anglaises, sur les gravures de chasse, entre autres, avec une jaquette rouge et une petite casquette de velours sur la tête... C'était l'époque de mon grand-père Landburry... Il était baronnet... On l'appelait *sir*... Du coup, vous allez le détester, n'est-ce pas ?... On prétend que je lui ressemble, qu'il était mou et un peu gras comme moi, avec quelque chose de plus enfantin dans l'expression du visage...

» Il aimait les chevaux, les chiens, pouvait présider avec compétence et dignité un concours agricole, avait lu quelques romans de Walter Scott et chaque jour il consacrait quelques minutes à un passage de la Bible...

» Vous ne pouvez pas comprendre, monsieur Alfred... Ne vous vexez pas... C'était un brave homme, un honnête homme dans toute l'acception du mot, et il élevait fort convenablement ses sept filles...

» Sa femme est morte au moment de lui en donner une huitième, et il n'avait que trente-six ans.

» Il était plus jeune que moi aujourd'hui. Il a toujours été plus jeune que moi, puisqu'il est mort à cinquante ans...

» Je vous ai laissé parler, n'est-ce pas vrai ?... Alors, laissez-moi parler à mon tour... Figurez-vous qu'une fois veuf il s'est mis en tête — ou on lui a mis en tête — de devenir membre du Parlement... Pour cela, il s'est mis à fréquenter des hommes politiques... Les hommes politiques l'ont présenté à des financiers...

» Il en a oublié ses chevaux, ses chiens et ses filles... Il a fait de fréquents séjours à Londres et, comme il dépensait davantage, il a été tenté quand ses nouveaux amis lui ont dit qu'il pouvait gagner beaucoup d'argent en spéculant...

» C'était exactement le fruit mûr à point, monsieur Alfred, ce que vous appelez la poire...

» Cinq ans plus tard, mon grand-père n'était pas membre du Parlement, mais il avait perdu la plus grosse partie de sa fortune... On lui a pris le reste... Parce que tout est bon à prendre... On ne lui a laissé que ses filles et, quand il a compris enfin qu'il les avait réduites à la misère, il en est mort, ce qui n'arrangeait rien...

» Ma mère avait été élevée par charité, en quelque sorte, et elle avait été bien contente d'épouser un petit officier de l'armée des Indes... Je n'ai jamais vu mon grand-père Landburry en chair et en os, mais on m'en a tellement parlé qu'il est plus vivant à mes yeux que vous... Et son château, que je suis allé voir dans le Surrey... Et toutes mes tantes pauvres, les six autres filles, qui sont toutes restées vieilles demoiselles...

» C'est à cause de sir Landburry, monsieur Alfred, que je n'ai pas eu sur l'honnêteté les mêmes notions que mes camarades... Tenez, à Oxford, j'avais comme condisciple le petit-fils d'un de ceux qui avaient dépouillé ma famille...

» C'est avec lui que j'ai appris à gagner aux cartes et, au besoin, à aider la chance...

» Je ne suis pas un révolté... Je ne suis pas un dur... Vous avez eu l'air d'insinuer que j'étais lâche, et je vous jure que vous vous trompez...

» Qu'est-ce que j'aurais pu faire, dites-moi ?... »

Des pas, dans l'escalier. On frappait à sa porte. Il avait envie de ne pas répondre. C'était le valet de chambre indigène.

— On te demande au téléphone, monsieur...

Il s'habilla en hâte, se passa le peigne dans les cheveux, vit dans la glace son visage bouffi et ses gros yeux troubles.

— Allô !...

Oui, qu'est-ce qu'il aurait pu faire, sinon gagner sa vie comme petit employé dans Fleet Street ?

— C'est vous, major ?... Ici, Georges Weill... Vous venez ce soir au *Yacht Club* ?... Mais si... On compte sur vous... Vous nous devez une revanche...

Et celui-là, est-ce qu'il avait de la sympathie pour lui, ou bien lui tendait-il un piège ?

— Si vous l'exigez... Je me sens assez fatigué...

— Neuf heures à l'*English Bar* ? Si je n'y suis pas, venez directement au club, puisque maintenant vous en connaissez le chemin...

Le bar de l'hôtel était vide. Il aperçut le barman dans la cuisine dont la porte était ouverte. Il aimait découvrir ainsi les coulisses d'un hôtel, à l'heure calme. Le barman sommeillait.

— Un whisky, voulez-vous ?

Il était trop tard pour se recoucher. Dès lors, il accomplit les rites de tous les jours. Une fois remonté chez lui, il prit une douche, refit toilette, sans interrompre son dialogue avec un Mougins invisible.

« ... Vous avez entendu Georges Weill, que ses amis appellent Tioti... C'est lui qui vient me chercher... Eh bien ! jadis aussi, c'étaient les autres qui venaient me chercher... Les gens très riches éprouvent le besoin d'avoir du monde autour d'eux... On m'invitait pour les week-ends, pour les vacances.... Un ami qui possédait un yacht m'a supplié de l'accompagner en croisière...

» Il paraît que j'étais amusant, monsieur Alfred... C'est comme ami d'hivernants que j'ai fait la connaissance de la Côte d'Azur...

» Contrairement à vous, je ne leur en voulais pas d'être riches... Seulement, comme je savais de quelle façon on le devient, je ne les admirais pas non plus... Je n'éprouvais aucun respect pour l'argent...

» Il m'en manquait souvent, il m'en manquait toujours, car, si l'on m'offrait le vivre et le couvert, il restait la question de mes besoins personnels.

» Je me suis mis à gagner tout seul ce qui me manquait, de la façon que vous savez... J'y ai apporté une certaine coquetterie... C'est beaucoup plus difficile que vous croyez... Cela demande un entraînement de tous les jours, du tact, une grande vivacité de jugement... Sans paradoxe, c'est devenu pour moi une sorte de jeu...

» Est-ce que vous comprenez, maintenant, que je ne suis pas, que je n'ai jamais été un homme dans le genre de Joachim ?

» J'étais détendu, moi... Je prenais l'existence comme elle vient... Je passais avec indifférence d'un palace des Champs-Élysées dans un hôtel bon marché du Quartier latin...

» Ma mère était morte... Mon père, peu après, a été tué dans un accident de cheval, à Simla... Je n'avais aucun souci, en dehors de celui de ma garde-robe...

» Et je vieillissais tout doucement, année par année, sans m'apercevoir non plus que j'étais seul... »

Il descendait, s'installait au volant de sa voiture. C'était l'heure de l'*English Bar,* l'heure où Mac Lean était tapi derrière son comptoir comme un diable au fond de sa boîte à ressort.

Est-ce que l'ancien jockey commençait réellement à en avoir assez de lui ? Avait-il l'impression qu'Owen finirait par lui attirer des ennuis ?

« Non, monsieur Alfred... »

C'était un sérieux compte à régler. Tout ce qu'on lui avait dit le matin lui restait sur le cœur. Il fallait en finir.

« Quand j'ai connu Joachim, j'étais dans une période que j'appellerai moyenne... Ni palace, ni meublé de second ordre... Un bon hôtel, à Montparnasse. C'était Joachim qui était pauvre...

» Vous ne l'avez pas connu, monsieur Alfred, et vous vous faites une idée fausse de lui... Il était petit, déjà très maigre, vif comme l'électricité, avec des cheveux roux dressés sur sa tête, pareils à des

flammes... Un diable... Le barman de *La Coupole* l'appelait le Diable...
Il ne prenait pas le temps de s'asseoir pour boire un apéritif... Il
l'avalait debout, tout en payant d'une main, sautait aussitôt dans un
taxi ou s'engouffrait dans la cabine du téléphone...

» C'était la belle époque du cinéma, et Joachim, qui avait quitté la
maison paternelle comme il aurait quitté n'importe quel endroit où
l'on aurait voulu le retenir, courait d'un studio à l'autre, aidait à une
mise en scène ou à un découpage ; il a même figuré dans plusieurs
films qu'on pourrait retrouver...

» Je crois qu'il m'est arrivé de lui prêter de l'argent... Cela n'a pas
d'importance... A Montparnasse, l'argent n'avait pas beaucoup de
valeur...

» Il se contentait souvent de dîner de croissants et de cafés crème et
pourtant, à ce moment-là, il a eu une petite amie, une vraie gamine
toute blonde, potelée, aux grands yeux candides : c'était Arlette
Maréchal à vingt ans...

» Elle l'attendait parfois pendant des heures devant un guéridon à
la terrasse... Quand il partait, elle s'accrochait à son bras... Elle
écoutait gravement des conversations auxquelles elle ne devait rien
comprendre... »

— Whisky, sir ?

Le petit jockey pâle était sorti de sa boîte et étirait sur ses lèvres
son sourire mécanique et triste.

— Whisky...

« Je ne sais même pas s'ils vivaient ensemble... Je suppose que oui...
Sans doute dans une chambre meublée... C'est l'époque à laquelle
Joachim a commencé à se montrer plus fiévreux encore et à prendre
des airs mystérieux.

» — Un jour, affirmait-il volontiers avec une assurance outrecui-
dante, tous les producteurs viendront me supplier, et les metteurs en
scène...

» Il faisait antichambre chez les banquiers et chez des hommes
d'affaires... Il ne s'apercevait pas de sa pauvreté, n'en souffrait pas...
Il n'avait pas de besoins, se montrait insensible à un bon lit, à un bon
cigare, à un bon dîner... Il n'avait pas le temps... Il ne devait pas
avoir non plus le temps de caresser beaucoup Arlette...

» Un beau jour, il a disparu de la circulation. Certains ont prétendu
qu'il était parti pour Hollywood, d'autres que, écœuré par ses insuccès,
il s'était décidé à reprendre les affaires de son père...

» Je ne me souviens pas de la chronologie exacte... Quand j'ai revu
Arlette, quelques semaines ou quelques mois plus tard, elle était avec
un Égyptien, et sa taille était déjà très ronde...

» Je crois qu'elle est réellement allée en Égypte et que ce n'est que
beaucoup plus tard qu'elle a échoué en Amérique centrale...

» Est-ce que vous trouverez encore que Joe Hill et moi appartenons
à la même race ?

» Pas plus que je ne prétendrai qu'il était de la vôtre... Il ne revendiquait pas, lui... Il ne détestait personne, n'en voulait à personne...

» Ce que nous appelons les plaisirs ne le tentait pas... Plus tard, il a mené une existence fastueuse... Il possédait un hôtel particulier dans Hyde Park, mais il vivait le plus souvent dans un appartement du *Savoy*, qu'il louait à l'année... Il tenait table ouverte, faisait faire à La Havane des cigares marqués à ses initiales et avait son avion et son pilote privés...

» Tout cela, ce n'était pas pour lui, ce n'était pas par goût... Cela constituait simplement des signes, des signes de sa puissance, comprenez-vous ?... Je ne suis même pas sûr qu'il n'avait pas le cigare en horreur...

» Il était dur, lui aussi, mais pas de la même dureté que vous, monsieur Alfred... Vous, vous êtes un cogneur... C'est votre carcasse qui est dure... Lui était dur pour lui-même et pour les autres... Intransigeant... Parce qu'il le fallait pour atteindre le but...

» Il l'a atteint... A sa mort, presque toutes les salles de projection du Royaume-Uni lui appartenaient... Il en possédait au Canada, aux Indes... Réaliser des films ne l'intéressait pas... La gloire ne le tentait pas... Il serait probablement devenu un metteur en scène de premier ordre, mais il a préféré traiter producteurs et metteurs en scène comme des valets...

» Et vous avez prétendu que je lui ressemble ?

» Il a probablement su qu'il avait un enfant d'Arlette... Il l'a certainement su, puisqu'il en a fait mention dans son testament... Il ne s'en est pas inquiété... Il ne pouvait pas s'embarrasser d'une femme et d'un enfant à ce moment-là, alors qu'il jouait sa chance quitte ou double...

» Voilà sa façon à lui d'être dur...

» Vous ne savez probablement pas comment il est mort, parce que vous ne lisez pas les journaux anglais... Encore les journaux n'ont-ils pas dit toute la vérité...

» Il y a quelques années, alors qu'il était déjà le richissime Joe Hill, il a rencontré une petite jeune fille sortant de la famille la plus modeste et la plus banale qui soit... Ce que l'on appelle des braves gens, parce qu'on ne trouve rien à en dire... Un caissier de banque, ou quelque chose d'approchant...

» Il l'a épousée, faute de pouvoir l'obtenir autrement, et tout de suite il a dû comprendre, car elle a exigé de faire du cinéma...

» N'est-ce pas déjà ironique de la part du sort ? Lui qui fabriquait des vedettes et qui les méprisait, être obligé de faire une star de sa propre femme !

» Il faut croire qu'il l'aimait vraiment, puisqu'il l'a lancée... Vous connaissez son nom, tout le monde le connaît... Elle vit maintenant à Hollywood... Mais, avant cela, son ambition satisfaite, elle a déclaré tranquillement à Joachim qu'elle ne l'aimait pas, qu'elle en aimait un autre, et elle a demandé le divorce...

» A peine si elle a vécu trois ans avec lui... Le temps de lancer une star pour un homme disposant de tous les moyens du monde...

» Il a tenté de la garder... Pendant des mois, il l'a suivie pas à pas, et on prétend qu'il lui est arrivé de tomber à genoux devant sa porte et de sangloter...

» Les délais passés, elle a épousé l'acteur qu'elle aimait...

» Et lui, l'homme bafoué, la faisait encore jouer dans les films de ses compagnies, afin de la retenir en Angleterre, de garder un vague lien entre eux...

» Pendant qu'on tournait, il se tenait caché derrière un portant... Il était déjà malade... On s'use vite à vivre comme il a vécu... Le cœur flanchait parfois...

» Un soir, il se trouvait dans un *night-club,* tout seul, parce qu'il savait qu'elle devait y passer avec son mari... Elle rentrait d'un long voyage, et il était resté plusieurs semaines sans la voir...

» Quand elle est entrée, il a été pris d'une syncope cardiaque et il est tombé sur le plancher, près du seau à champagne...

» Elle est passée devant lui, qui râlait... Elle ne s'est pas arrêtée... Il a vu ses souliers de soirée à quelques centimètres de son visage.

» Les garçons, les maîtres d'hôtel se sont précipités... On l'a emporté en ambulance, et, le lendemain matin, il était mort dans une clinique...

» Avouez, monsieur Alfred, que ni vous ni moi ne sommes de cette race-là...

» Comment disiez-vous encore ? Ah ! oui, je représente, en somme, la famille du côté du père...

» Vous, côté de la mère, côté Arlette, bien entendu...

» C'est faux, archifaux... »

— Un autre scotch, Mac...

Il buvait beaucoup depuis vingt-quatre heures, c'était vrai. Toute sa vie, il avait beaucoup bu. C'est bien pourquoi cela ne valait pas la peine de s'arrêter. Un alcoolique qui s'arrête de boire n'est-il pas un homme fini ?

— Vous avez des nouvelles de la goélette, sir ? Il paraît qu'ils se sont arrangés...

— Quand part-elle ?

— Pas tout de suite... Ils en ont pour quatre ou cinq jours à faire des réparations.

C'était drôle ; cela le faisait presque rire, maintenant, la façon dont les gens le regardaient. Ils avaient l'air, même Mac, d'être partagés entre la sympathie et la méfiance. Comme s'il avait constitué pour eux un problème.

— Tu sais, Mac, l'avocat Weill m'a téléphoné... Il veut que je retourne ce soir au club...

— Vous ferez comme vous le jugerez bon, sir...

— Qu'est-ce que tu ferais, toi ?

— Je n'ai jamais joué aux cartes, sir... Cependant, tous mes ennuis sont venus d'un cheval que j'ai dopé parce qu'on m'avait promis la grosse somme... Ce n'était pas la première fois que cela m'arrivait, je vous l'avoue entre nous. Cette fois-là, je ne sais pas pourquoi, j'hésitais... Cela a fait un terrible scandale, et j'ai été interdit sur les champs de course...

— Tu n'es pas heureux ici ?

— Je ne me plains pas, sir... Seulement, même ici il faut pouvoir y rester...

— Tu ne bois jamais ?

— Jamais, sir... Je sers tellement à boire, voyez-vous !...

Le docteur entrait, hésitait, se dirigeait vers le bar, se tournait vers Owen et saluait, sans excès de cordialité.

— Bonjour, major.

Pour lui aussi, Owen avait envie de poursuivre son discours.

« Non, docteur... Vous vous faites de moi une idée tout à fait fausse... Tenez, c'est encore vous, de tous ceux que j'ai rencontrés, qui me ressemblez le plus et qui devriez le mieux me comprendre...

» D'abord, vous buvez... Le plus amusant, c'est que Mac Lean, qui nous sert à boire à longueur de journée, nous méprise un peu à cause de cela... C'est une sorte de puritain à sa manière... Il triche, probablement, pas au jeu, mais à d'autres choses... On ne tient pas un bar sans tremper dans des combines... Néanmoins, si les siennes lui paraissent anodines, il nous juge sévèrement, vous et moi... Il a gardé, de son enfance, une image du médecin très différente de ce que vous représentez... Quant à moi, il doit se demander si j'ai encore droit au titre de gentleman...

» Savez-vous quand je me suis mis à boire ?... C'est vague... Cela ne se situe pas très exactement dans le temps...

» Comme je le disais tout à l'heure à M. Alfred, j'ai commencé à vieillir tout doucement... J'ignore comment les autres vieillissent... Cela doit être différent pour ceux qui ont une famille, une profession, des ambitions, que pour ceux qui sont seuls, comme vous et moi, et pour qui tous les jours se ressemblent...

» C'est en me rasant, le matin... C'est terrible d'être obligé de passer un quart d'heure à se regarder dans la glace... J'ai commencé par me trouver les traits empâtés, puis bouffis... Certains jours, mon *breakfast* n'avait pas le même goût que d'habitude... Vous allez rire : je me suis purgé... J'ai pris des poudres, des pilules...

» Cela n'avait rien à voir, évidemment... Ce n'était pas à l'intérieur qu'il y avait du vague, mais autour de moi... Je me sentais flotter dans de l'inconsistant, comprenez-vous ?

» Mougins n'en est pas encore à ce point-là... J'ignore si cela lui arrivera... Il se fera peut-être tuer avant ?...

» Il a dit ce matin une chose terrible... Je ne peux pas préciser les mots... Je ne sais même pas exactement ce qu'il a voulu dire... Il a parlé *d'autres éventualités*...

» Cela me reviendra tout à l'heure... Auparavant, j'ai un compte à régler avec lui, avec moi...

» Figurez-vous que, pendant notre entretien, il y a eu des moments où c'était moi qui avais honte... Il aurait fini par me dégoûter de moi-même...

» Je me suis mis à boire, en somme, pour me sentir d'aplomb sur mes jambes... Parce que les gens et les choses autour de moi perdaient peu à peu leur réalité...

» Allons, docteur, disons crûment : nous buvons parce que nous nous sentons seuls et qu'à partir d'un certain âge c'est insupportable... Voilà pourquoi, quand j'ai lu l'annonce dans le *Times*...

» Vous n'êtes pas au courant... Cela ne fait rien... »

Il poursuivait son monologue intérieur tout en écoutant d'une oreille distraite la conversation que le docteur et Mac Lean avaient engagée à mi-voix.

Bénédic, lui aussi, devait venir aux renseignements chez l'ancien jockey.

— Vous savez, Mac, combien Oscar a payé pour la goélette ?

— On prétend qu'il a versé vingt-cinq mille comptant pour un mois, docteur.

— Personne ne sait ce qu'il compte faire ?

Mac jeta un coup d'œil au major et se tut.

— Certains prétendent que cela a un rapport avec l'*Astrolabe*... Il s'est renseigné, paraît-il, sur un certain René Maréchal qui est à bord...

Nouveau geste évasif du barman, qui semblait dire à Owen : « Vous voyez que je suis discret. »

Alors le docteur se tourna vers l'Anglais. Sa curiosité était plus forte que sa rancune.

— Dites-moi, major, il paraît que vous êtes allé, ce matin, voir cette crapule de Mougins ?

— C'est exact, docteur.

— On raconte beaucoup de choses à votre sujet... Quand on débarque dans une île comme la nôtre, il faut s'y attendre... Les gens se demandent ce que vous venez faire ici et se proposent les explications les plus compliquées... Je vous parle franchement, vous voyez... Moi, cela m'est égal... Que vous préfériez le *Yacht Club* au *Cercle colonial,* la compagnie de Tioti et de ses amis à la mienne...

» Je sais... Il y a peut-être une raison, n'est-ce pas ?... Toujours est-il que vous êtes allé dans la presqu'île et que c'est vous qui avez ramené le télégraphiste... Avouez que vous en savez plus long que vous ne voulez bien le dire sur René Maréchal...

Owen n'hésita même pas.

— C'est exact, docteur...

— Remarquez que je ne vous demande rien... Tout cela finira par se savoir, un jour ou l'autre... L'agitation des gens, dans des cas comme celui-ci, me fait penser à celle des microbes... Cela commence par une excitation insensible, qui devient un véritable grouillement...

La peau se gonfle, se tend, reluit, une tête se forme et soudain l'abcès se vide d'un seul coup... Je verrai percer l'abcès, major... Et je me doute bien que c'est autour de René Maréchal que tourne cette histoire...

» Je vais vous donner une preuve que je ne vous en veux pas autant que vous le croyez...

Est-ce que lui aussi regrettait déjà la compagnie du major et trouvait-il que deux jours de solitude payaient trop chèrement sa bouderie ?

— Il y a un petit détail qu'on ignore encore... L'*Astrolabe* a emmené une quinzaine de passagers... Comme d'habitude, deux ou trois gendarmes et un missionnaire... Dans les petites îles de l'archipel, ce sont les seuls personnages qui comptent... Puis des indigènes des Marquises ou des Paumotu qui avaient voulu voir Papeete, la grande ville à leurs yeux, leur Ville-Lumière, et qui s'en retournaient chez eux... Or il y avait une femme, une Maori, qui, elle, n'allait nulle part...

» Un indigène que j'ai soigné ce matin m'a dit qu'en réalité elle accompagnait Maréchal...

— Vous êtes sûr ?

— A peu près...

— Vous savez où elle habitait ?

— C'est la fille du pasteur méthodiste de Taiarapu... En plus de son ministère, qui ne lui donne pas grand travail, il est constructeur de pirogues... C'est lui qui fait les pirogues en bourao les plus fines et les plus rapides... Chaque année, au 14 Juillet, elles gagnent toutes les courses de vitesse... La cabane de Maréchal n'est qu'à trois cents mètres de chez lui, et je crois bien que Maréchal, les derniers temps, assistait aux offices...

» Je ne vous demande rien, major, et je vous dis tout ce que je sais...

» Maintenant, si vous voulez dîner avec moi, ce soir, au *Cercle colonial*...

Tant pis pour Weill et pour ses amis. C'était drôle de voir l'air attentif avec lequel Mac guettait sa réponse.

— J'irai, docteur... Avec le plus grand plaisir, croyez-le...

— Je ne vous en veux presque plus... Whisky ?

— Whisky...

Il en était quitte pour téléphoner à Weill. Il le fit, un peu plus tard, quand le docteur l'eut quitté. Mac écoutait toujours, avec son visage en lame de couteau et ses yeux tristes.

« Mais oui, monsieur Mougins... Mais oui, monsieur Alfred... Il y a une raison à laquelle je ne pensais pas et que je viens de découvrir, en décrochant le récepteur du téléphone et en rencontrant le regard de Mac Lean... Si les gens comme moi, les hommes seuls, prennent l'habitude de boire, c'est aussi que les barmen constituent en quelque sorte leur famille, que les bars sont leur *home* à eux... Voilà pourquoi, sans doute, dans le monde entier, les bars anglais se ressemblent, exactement pareils dans leurs moindres détails... Afin que mes semblables s'y sentent chez eux... »

— Allô ! Weill ?...

Il s'excusa, se lança dans de longues explications, promit d'être au *Yacht Club* le lendemain soir.

— Je suis absolument désolé, mais, tout à l'heure, arraché à ma sieste, j'ai oublié une promesse que j'avais faite...

— Le docteur ?

— Mon Dieu, oui...

— Bon amusement, major... A demain, si vous voulez...

C'était son tour de lui en vouloir. Ils étaient des hommes mûrs ou déjà vieux, et ils se conduisaient comme des enfants, avec des susceptibilités d'enfants ou de jeunes filles.

— Furieux ? questionna Mac, laconique.

— Assez frais...

— Vous irez là-bas ?

Le major comprit qu'il s'agissait de la presqu'île et du pasteur.

— Il parle le français ? L'anglais ?

— Le français couramment et un peu l'anglais... Il a passé plusieurs années en Europe... C'est un personnage important, que les autorités ménagent, car il a une grosse influence sur les indigènes... Il est le petit-neveu de la reine Pomaré... Je crois préférable de ne pas vous faire accompagner par mon boy, car Tamasen n'aime pas les bars ni les indigènes qui y travaillent... Vous verrez l'église, avec un toit rouge et une flèche argentée, à deux ou trois milles de chez Mamma Rua, où vous êtes allé chercher le télégraphiste...

L'auto, le sol d'un rouge plus ardent dans le soleil couchant, les parfums qui sourdaient des jardins, des grappes de fleurs, des arbres, des couronnes que portaient les jeunes filles...

« Je vous ai dit non, monsieur Alfred, et maintenant j'espère que vous avez compris... Moi, je ne me suis pas trompé sur votre compte... Et vous m'accorderez que je ne vous ai jamais traité en ennemi... Je ne vous déteste pas... Je ne vous méprise pas...

» Vous êtes dur — vous voyez que je ne dis pas méchant —, vous êtes dur comme certaines bêtes sont dures... Vous allez droit devant vous, les poings serrés, prêt à cogner...

» Comme Joachim abandonnait froidement une femme et un enfant, parce qu'il le jugeait nécessaire pour atteindre son but, vous tuez tranquillement un homme...

» Moi, je ne suis qu'une bonne vieille bête et il me reste quelque chose à vous dire... Vous y avez fait allusion aussi... Mentor, vous vous souvenez ?... Vous avez prononcé le mot Mentor, sans savoir au juste ce qu'il signifie... C'est plutôt Médor qui conviendrait...

» C'est vrai, je me sens fatigué, j'en avais assez, parfois, de jouer chaque jour mon petit jeu ; il m'arrivait de penser au temps prochain où mes mains trembleraient trop pour tenir congrûment les cartes...

» Alors, quand j'ai lu l'entrefilet du *Times,* je me suis souvenu d'Arlette... J'ai compris ce qui se passait... Joachim était trop orgueilleux pour laisser sa fortune — sa puissance — à des hommes d'affaires, à des gens comme lui, qui avaient moins bien réussi que lui...

» Il s'est rappelé la femme et le fils qu'il avait peut-être... ce n'était pas du remords, j'en suis persuadé... Il n'a pas ordonné par testament des recherches actives. Il a simplement écrit :

» *Au cas où, dans le délai d'un an après ma mort, le fils d'Arlette Maréchal se présenterait chez mes solicitors en justifiant de son identité, celui-ci deviendrait mon légataire universel, à charge pour lui de...*

» Dans le cas contraire, l'État hériterait, que Joe Hill chargeait d'un certain nombre de fondations portant son nom.

» Il restait quatre mois à courir. On avait eu soin de ne pas remuer ciel et terre pour rechercher le jeune homme que certains ne désiraient nullement voir mettre le nez dans des affaires où ils trouvaient leur profit.

» Comprenez-vous, monsieur Alfred ?... Le ramener gentiment là-bas, le dégrossir au besoin, le conseiller, l'aider dans la mesure du possible... Le rôle d'un bon gros vieux chien, en somme... C'est pourquoi j'ai dit Médor... »

Il alla changer de complet. Il en changeait toujours avant de dîner... Il procédait à sa toilette avec soin, même pour passer la soirée en tête à tête avec le docteur débraillé.

Et il était dix heures du soir, ils étaient tous les deux à boire des alcools sur la terrasse du cercle, devant l'eau pailletée du lagon, ils commençaient à parler d'une voix pâteuse et à répéter les mêmes phrases avec obstination quand le major interrompit son interlocuteur.

— Il fait allusion à une autre éventualité, et je viens seulement de comprendre... Ne vous inquiétez pas, docteur... Je ne suis pas ivre... Ces mots m'avaient frappé... Surtout qu'il me regardait méchamment dans les yeux en les prononçant... Supposez que Maréchal ne soit plus amoureux de Lotte... Supposez qu'il répugne à s'acoquiner avec un homme comme Mougins...

» L'autre éventualité ?

» Un faux Maréchal, parbleu !... Qui connaît le vrai à Londres ?... Qu'on présente à MM. Hague, Hague et Dobson un Maréchal quelconque, avec tous ses papiers en règle, que voulez-vous qu'ils fassent ?

» Ce n'est pas difficile à trouver, un jeune homme présentant les conditions requises... Celui-là sera docile... Écoutez, docteur, je commence à avoir vraiment peur... On ne sait pas ce qui peut m'arriver...

Il scrutait l'obscurité du jardin avec une certaine appréhension.

— Commandez à boire, voulez-vous, faites apporter la bouteille, afin que nous ne soyons plus dérangés...

Et il parla. Il parla et but. Le docteur le reconduisit. Puis il reconduisit le docteur, qui n'avait pas sa voiture. En fin de compte, à deux heures du matin, ce fut le mari de Mariette, la barmaid, qui prit le volant et déposa Owen à la porte de son hôtel.

9

Étrange journée. Il eut presque tout le temps l'impression de patauger dans une matière molle et chaude, et il s'y engluait comme une mouche dans la mélasse. Il fallait remonter loin dans ses souvenirs pour retrouver une pareille gueule de bois. Pourtant qu'avaient-ils fait la veille ? Rien. Ils étaient restés assis dans l'obscurité de la terrasse, à ressasser les mêmes sujets, comme deux vieux qu'ils étaient.

Owen avait l'impression désagréable d'avoir dit des choses qu'il préférerait ne pas avoir dites. Il ne se souvenait pas des détails, mais il s'était apitoyé sur eux deux, sur leur âge, sur leurs manies, sur leur ivrognerie. Il avait dû parler aussi de leur solitude et de leur inutilité.

Il s'habillait, calme et digne. La gueule de bois le rendait plus digne que jamais, parce qu'il économisait davantage encore ses mouvements.

— Il me tuera... Et après ?... Qu'est-ce que je peux espérer de mieux ?...

Avait-il réellement prononcé de tels mots ? Probablement, car il retrouvait ce bout de phrase dans un coin de sa mémoire. C'était en réponse au docteur, qui était au moins aussi saoul que lui et qui avait une autre idée fixe.

— Si les gens, au lieu de se croire malins, venaient tout bonnement me trouver et me dire : docteur...

Les gens le prenaient pour une vieille bête, à cause de sa vie débraillée et parce qu'il ne se donnait pas la peine d'être hypocrite.

— Je m'encanaque... Je me suis encanaqué... Et après ?... C'est justement à cause de cela que je comprends tout... Tout ce qui leur arrive m'est arrivé, comprenez-vous ?... Ils débarquent ici et croient que leurs petites histoires sont nouvelles... Imaginez un curé qui aurait commis tous les péchés du monde... Quel confesseur, hein !... Et un médecin qui aurait eu toutes les maladies...

Ils devaient être aussi pitoyables l'un que l'autre, sous les rayons de lune, avec leur face congestionnée, leurs cheveux blancs, leur gros ventre et Mariette qui rôdait autour d'eux avec impatience parce qu'elle avait envie d'aller se coucher.

— Celle-là non plus ne comprend pas... Elle me prend pour un vieux vicieux... Comme s'il ne me passait pas vingt filles plus belles qu'elle par les mains tous les jours !... Vous, major (plus tard, il devait le tutoyer), quand je vous ai vu, j'ai tout de suite compris que vous seriez des nôtres... Je crois vous l'avoir dit... Et vous en serez, quoi que vous fassiez... Tandis que Mougins n'en sera jamais... Resterait-il ici vingt ans, il restera toujours un corps étranger dans l'organisme... Méfiez-vous, major... Entre lui et vous, c'est désormais une lutte à mort...

Owen aurait tant préféré ne pas y penser. Ils étaient ridicules, tous les deux. Le docteur devait s'amuser inconsciemment à lui faire peur.

— Tout à l'heure, quelqu'un tapi dans l'ombre vous abattrait d'une balle que je ne serais pas surpris... Pour combien a-t-il tué, à Panama ?... Pour pas grand-chose, il vous l'a dit... Et maintenant il n'est pas question de millions, mais de milliards... C'est presque comme si vous étiez déjà mort... Si je n'étais pas une vieille bête, je vous aurais fait taire, tout à l'heure, quand vous m'avez raconté l'histoire de votre Joachim et de son testament, car c'est déjà dangereux de savoir...

Il lui avait conseillé de se promener le moins possible, de ne pas s'écarter des rues animées.

Et, à la fin, cela devenait si incohérent qu'Owen se refusait à y penser. Quand il descendit, pourtant, décidé à se rendre à la presqu'île, il en était à se demander par qui il pourrait se faire accompagner. Il est vrai qu'il avait une excuse. Il était mou. Il avait la tête vide et douloureuse et craignait de conduire sa voiture en plein soleil dans cet état.

Après ce que le docteur lui avait dit des dangers qu'il courait, il ne pouvait quand même pas lui demander de l'accompagner ! Mac Lean l'avait prévenu que la présence de son boy, là-bas, lui ferait plus de tort que de bien auprès du pasteur.

Il ne mangea pas, but du café fort, dans le jardin moucheté de lumière, s'approcha de M. Roy, qui faisait une tache bien blanche dans l'ombre. Est-ce que M. Roy ne lui en voulait pas de toujours boire en dehors de chez lui ?

— Vous ne connaissez personne, par hasard, qui voudrait venir jusqu'à la presqu'île avec moi ?... De préférence quelqu'un qui conduirait ?

Le patron réfléchit, alla parler à sa femme, appela ensuite, tourné vers les cuisines :

— Tetua !...

C'était un des boys de l'hôtel, un grand indigène toujours souriant. Tetua voulait bien. Puis il se ravisait et, revenant sur ses pas, demandait s'il pouvait emmener quelqu'un avec lui.

— Il s'agit de sa bonne amie, expliqua M. Roy. Elle travaille à deux maisons d'ici. Elle est du dernier village avant la presqu'île. Cela lui ferait une occasion d'aller dire bonjour à ses parents...

On s'arrangea de la sorte. Tetua monta dans sa chambre pour se faire beau. On alla avertir la fille, qu'il fallut attendre ensuite en face de la maison où elle travaillait.

M. Roy avait conseillé au major d'emporter à manger et avait mis, d'autorité, un petit panier dans l'auto. Au moment de partir, Owen avait bu un verre au bar, car le meilleur remède contre le whisky est encore le whisky.

Ils étaient enfin sur la route, l'Anglais à l'arrière, le couple indigène à l'avant, et pour ceux-ci c'était une merveilleuse partie de plaisir. Après un quart d'heure, ils riaient follement de tout, de rien. Ils riaient de se regarder, découvrant leurs dents éblouissantes. Ils riaient en passant devant une maison, devant des enfants qui sortaient de l'école. C'était un gazouillis continuel qui se confondait avec les bruits de la nature, comme s'y marient le chant des oiseaux et le murmure d'un ruisseau.

Owen sommeillait, les yeux mi-clos et, à mesure qu'on s'éloignait de la ville, il s'incorporait davantage à l'atmosphère qui l'entourait. De temps en temps, il se retournait pour s'assurer qu'aucune voiture ne suivait la sienne. Après une heure, il avait soif et tâtait en vain sa poche où il n'avait pas pensé à mettre une bouteille plate.

On rencontra une de ces voitures noires, hautes sur roues, tirées par un cheval étique, avec lesquelles les Chinois, dans l'île, font le colportage de village en village, et les deux Chinois qui occupaient celle-ci étaient vêtus de noir, s'abritaient du soleil sous un immense parasol noir, de sorte qu'ils faisaient penser à des insectes laborieux.

Tetua et son amie riaient. Leur rire devenait un accompagnement aussi régulier que le léger ronronnement du moteur. Quand il voyait quelqu'un sur la route, Tetua faisait semblant de vouloir l'écraser. Il criait des plaisanteries aux maisons, aux arbres.

On passa devant la maison des deux femmes. Comment s'appelaient-elles encore ? Les Mancelle. La tante et la nièce. Et on les vit sur le banc éclatant de la plage. On les entrevit plutôt, car elles étaient loin, la tante, nue probablement, couchée de tout son long sur le ventre, la nièce assise, la poitrine découverte — même de loin on devinait de gros seins mous —, une guitare sur les genoux.

Owen avait de plus en plus soif. Il aurait pu se faire ouvrir une noix de coco. Il en traînait tout le long du chemin, et le lait en reste frais en plein soleil. Mais un Owen boit-il du lait de coco ?

L'auto finissait par s'arrêter, non loin de la bande de sable reliant l'île à la presqu'île. La jeune indigène sautait à terre. Une petite femme très grosse se montrait dans l'encadrement d'une porte avec, près d'elle, un cochon noir en guise de chien familier. Et, reconnaissant sa fille qui descendait d'une belle voiture, elle se mettait à rire, elle aussi. Leur rire à tous était un rire grave, un glouglou dans le fond de la gorge.

— Ils auront peut-être quelque chose à boire ? demanda Owen à Tetua.

— Tu as soif ? Viens avec moi, monsieur...

Il le précéda, tout fier, le fit entrer dans la maison dont il se considérait déjà comme le maître. Il ouvrait une armoire, en sortait des verres, une bouteille de rhum, allait chercher des citrons verts. Et il parlait tout le temps, en maori. Il était beau, vêtu d'un complet blanc, avec une chemise immaculée, une cravate violette, des souliers fins et une casquette blanche. Il jonglait avec les verres, avec la bouteille, avec les rayons du soleil, avec Owen, avec l'admiration des deux femmes et du petit cochon, qu'il s'amusait à repousser du pied pour le faire grogner.

— A ta santé, major.

Il trinquait, préparait de nouveaux punchs, que les femmes regardaient boire avec ravissement.

— Qu'est-ce que je dois ?

— Surtout, monsieur, ne leur parle pas d'argent car tu les fâcherais...

Tandis qu'il conduisait à nouveau, seul maintenant à l'avant, il se retournait parfois pour adresser des sourires et des clins d'œil à Owen.

Ils passèrent devant la maison où le télégraphiste et Lotte s'étaient réfugiés. Puis ils distinguèrent une église qui ressemblait à un jouet avec ses murs blancs, son toit rouge, sa flèche très mince. Elle avait l'air d'avoir été peinte par un enfant méticuleux sur le papier bleu du ciel, et on avait mis des fleurs écarlates au bas des murs.

— C'est ici, monsieur...

Il y avait un village, quelques maisons en tout cas, groupées au petit bonheur, avec des cochons roses et noirs dans les ruelles, des palissades, des haies vives, des arbustes et des fleurs partout, de la marmaille qui piaillait.

Owen descendit de l'auto et contourna l'église, cependant que les bambins, nus pour la plupart, le suivaient à distance et que Tetua restait debout près de la voiture, une main sur celle-ci, dans une pose pleine d'importance et de noblesse.

On découvrait la mer, au bas d'une faible pente. Sur le sable s'éparpillaient des billes de bois, des pirogues, certaines à peine ébauchées. Au milieu de ce chantier rustique, un homme travaillait, vêtu seulement d'un pantalon blanc, coiffé d'un chapeau en pandanus à large bord, dont le ruban était orné de coquillages.

Il était grand. Son torse épais, un peu gras, donnait une impression de puissance. Penché sur une pirogue inachevée, il en effilait un des bouts à grands coups de ciseau, et les copeaux blancs l'entouraient, aussi brillants que de la neige.

Il leva la tête, regarda Owen, paisiblement, sans surprise.

— Bonjour... dit-il.

— Bonjour ! dit le major. Vous êtes le pasteur ?

— Je le suis. C'est moi que tu es venu voir ?

Puisqu'il avait vécu en Europe, il devait savoir que les Français ne se tutoient pas, à moins d'une certaine intimité. Mais, revenu au pays, il avait adopté à nouveau le tutoiement, qui prend dans la bouche des indigènes une si noble simplicité.

Ce n'était pas naïveté, ignorance, comme chez les nègres d'Afrique ; c'était voulu ; cela signifiait qu'on considérait l'étranger comme un ami, qu'on invitait à entrer dans le cercle de la famille.

Est-ce que le pasteur avait entendu parler d'Owen ? Vraisemblablement pas. Il le regardait, l'œil clair et confiant. Sa maison était là, tout près de l'église, une jolie maison blanche aussi, avec un toit rouge, une large véranda, un cercle de verdure tout autour.

— Tu veux te mettre à l'ombre ?

Lui, le torse bronzé, les muscles libres sous une légère couche adipeuse, travaillait toute la journée en plein soleil, et ses yeux étaient habitués au miroitement de la mer.

Il précédait son hôte. La maison, à l'intérieur, ressemblait à une maison européenne, avec des meubles bien cirés, des broderies sur les tables et sur le buffet.

— Je crois que vous connaissez René Maréchal ?...

Si on ne peut parler de méfiance, il y eut cependant une ombre rapide dans les yeux du Maori.

— Je le connais bien, dit-il. Tu es de sa famille ? Il n'y a pas longtemps que tu as débarqué, n'est-ce pas ? Sans doute avec le dernier bateau ?

A quoi cela se reconnaissait-il ? Cela se voyait, c'était sûr. Même pour un Blanc comme le docteur.

— Je ne suis pas de sa famille, mais je suis venu d'Europe pour le rencontrer...

On entendait des femmes invisibles aller et venir dans la pièce voisine.

Son français était correct. Il n'avait pas d'accent dans le sens strict du mot... C'était la voix qui faisait tout le charme de son discours, une voix profonde, cuivrée, venant de loin, comme le rire des femmes, et on imaginait que les sermons du pasteur devaient ressembler davantage à un hymne.

— On me l'a dit, et aussi qu'il ne reviendra pas avant une semaine ou deux...

— Deux semaines... Tu as soif ? Tu veux boire ?

Il alla puiser de l'eau dans une jarre de pierre, d'où elle sortit aussi fraîche que d'une source. Le verre s'embuait. Le pasteur n'y ajoutait ni rhum, ni whisky. Il buvait lui-même avec satisfaction, avec gourmandise.

— Tu connais bien René Maréchal ?

— Je ne l'ai jamais vu...

— Alors tu connais sa famille ?

— J'ai connu son père...

— René, lui, ne l'a pas connu.

— Je sais...

— Sa mère est morte...

— Je sais...

— René n'a pas toujours été heureux, mais il est heureux ici... Tu as vu sa maison ?

— Non...

— Si tu veux, je te la montrerai... Il l'a bâtie lui-même... Il pêche au harpon presque aussi bien que mon fils...

Par la fenêtre, il désigna une pirogue qui se balançait sur la mer, avec un homme debout à l'arrière, guettant le poisson, le harpon à la main, prêt à plonger et à forcer sa proie jusque dans les anfractuosités des coraux.

— C'est mon fils... J'ai quatre filles...

Il y avait chez cet homme une simplicité désarmante. Comment aurait-on pu ruser avec lui ?

— On m'a dit qu'une de tes filles est sur le même bateau que Maréchal...

— On peut le dire, car c'est vrai, et la vérité n'a jamais besoin d'être cachée... René ne connaissait que Tahiti... Moi, je suis né dans les Marquises, mais je suis venu ici tout petit... Marae, ma fille, n'a jamais vu les Marquises... Tu les connais, toi ? Il faut que tu les connaisses... C'est très beau... Plus sauvage qu'ici... Il y a des rochers le long de la côte, comme en Bretagne, et des arbres merveilleux... C'est avec du bois des Marquises que je fais mes pirogues... Quand ils se sont mariés...

Owen tressaillit, fronça les sourcils, pas encore sûr de comprendre.

— ... je leur ai conseillé d'aller faire le tour des îles à bord de l'*Astrolabe*...

— René Maréchal a épousé votre fille ?

— Deux jours avant son départ, oui... C'est moi qui les ai unis...

— René est méthodiste ?

— Il l'est devenu...

Et les mots coulaient simplement, les images étaient simples comme dans un livre pour enfants, avec des couleurs vives et de la lumière partout...

— Vois-tu, je ne sais pas ce que lui veut sa famille, mais je suis sûr que René est heureux ici...

— Son père est mort...

— Pour René, c'est comme s'il avait toujours été mort...

— Il lui a légué une fortune considérable... C'était un des hommes les plus riches d'Europe...

— René n'a jamais été riche... Je ne pense pas qu'il ait envie de le devenir...

Il y avait néanmoins une légère angoisse dans sa voix.

— Viens avec moi, monsieur...

Il le précédait dehors, sortait une clef de sa poche et ouvrait la porte de son temple. Les bancs, en bois clair, avaient été façonnés de sa main. La chaire, à peine surélevée, devait donner, lors des offices, une impression toute patriarcale.

— C'est ici que j'ai marié René et Marae... Viens voir...

D'un pupitre, il sortait un registre très vieux, dont il tournait les pages avec respect. La dernière mention était celle de Maréchal. Le nom de sa mère s'y trouvait, la date de sa naissance, l'endroit où il était né : Paris, XIVe arrondissement...

Montparnasse !... La petite Arlette que le major avait vue à *La Coupole,* avec son gros ventre qu'elle portait crânement...

— Attends, monsieur...

De la même armoire, il extrayait un écrin. Celui-ci, doublé de velours bleu sombre, contenait une coupe en argent, si patinée qu'on distinguait à peine les caractères qui s'y trouvaient gravés.

Il lut cependant le mot : *Stevenson.* Il leva la tête, interrogateur, et le pasteur souriait.

— C'est notre trésor, dit-il. Robert-Louis Stevenson. Tu connais, n'est-ce pas ?... Il était anglais et il a écrit beaucoup de livres... Il est venu ici, un jour, il y a longtemps, alors que je n'étais pas né, à bord de son bateau... Il a vécu dans la presqu'île... il y avait déjà un pasteur, en ce temps-là, un Anglais aussi... Mais c'est pour la population qu'il a donné cette coupe en souvenir... Il est écrit :

> *Robert-Louis Stevenson,*
> *à ses amis maoris,*
> *en souvenir des années...*

» Il a continué son voyage... Il est resté dans les îles... Il n'a pas voulu les quitter et il y est mort... Je crois que René, lui aussi, voudra vivre et mourir ici...

L'émotion faisait trembler légèrement ses doigts sur la coupe dont le métal s'embuait. Il l'essuya avec son mouchoir, la remit dans l'écrin.

— Il y en a d'autres qui viennent et qui repartent...

Il refermait l'armoire, après avoir rangé le registre, sortait du temple minuscule et restait un moment sur le seuil à regarder sa maison, son chantier, la mer où son fils était en train de pêcher.

Owen le suivait, comme en rêve. Il chercha un moment où il avait ressenti une émotion à peu près semblable. Il revit un cloître, avec ses colonnes, ses longs couloirs d'ombre, les pierres polies par les siècles, par les pieds de générations de moines, un soleil oblique qui traversait une charmille où chantaient des oiseaux.

C'était à Moissac. Il s'y était arrêté de bon matin, par hasard. Il était entré dans l'abbaye, où il se trouvait être le seul visiteur, et s'était assis sur une pierre du cloître ; il lui avait semblé que le temps coulait, si fluide, autour de lui, qu'il ferait bon de ne plus bouger, rester là à jamais.

— Tu veux voir sa maison ?

Ils aperçurent les enfants qui entouraient la voiture et le chauffeur qui riait aux éclats avec eux.

— Il avait d'abord loué une cabane, comme tous ceux qui débarquent... Il est venu souvent rôder autour de moi et me regarder travailler... Il ne parlait pas beaucoup... Il était timide... Un jour, il m'a proposé de m'aider... Il s'est blessé au pouce... Je l'ai fait entrer dans la maison, et c'est ma femme qui l'a pansé, car elle a l'habitude...

Sa démarche était souple et son corps, de près, paraissait encore plus puissant, d'une puissance calme, sûre d'elle, sereine.

— Il y avait des bêtes dans la cabane... Je lui ai demandé pourquoi il n'en construisait pas une lui-même, et il ne croyait pas en être capable...

— Vous l'avez aidé ?

— Un peu... Surtout mon fils...

Et le mot fils, dans sa bouche, prenait une valeur particulière. Sans doute aimait-il ses filles, mais ce fils qu'il regardait parfois, dans l'éblouissement du lagon, il en parlait d'une autre voix.

— Quel âge a-t-il ?

— Quinze ans... Il est presque aussi fort que moi... René est devenu fort aussi...

Ils suivaient, l'un derrière l'autre, un sentier qui serpentait à travers une verdure épaisse et odorante, où des lézards leur filaient entre les pieds.

— N'aie pas peur, monsieur. Il n'y a pas de mauvais animaux dans l'île...

Ils se trouvaient soudain devant une maison dont les cloisons trempaient presque dans l'eau du lagon. Elle était peinte en ocre. Son toit n'était pas rouge, mais vert, d'un vert comme rongé par le soleil. Le pasteur poussa la porte qui n'était pas fermée, et, à l'intérieur, les murs vernis faisaient penser à la cabine d'un ancien bateau.

C'était simple et merveilleux. Une grande baie ouvrait directement sur la mer. Les meubles étaient rustiques, vernis aussi. On y sentait, dans les moindres détails, la main de l'ouvrier. Dans un coin, des harpons de toutes tailles étaient rangés avec soin, et sur des étagères on voyait des lignes de pêche, des engins que le major ne connaissait pas.

Une photo, au-dessus de la cheminée. Il s'approcha, reconnut Arlette, l'Arlette de jadis, sans doute de Paris, une petite figure fraîche et un peu chiffonnée, au regard clair et craintif tout ensemble.

— C'est sa mère...

— Je sais...

— Tu l'as connue ?

— Il y a très longtemps...

— Elle a été très malheureuse...

Maréchal, sans doute, lui avait tout raconté.

— Quand ils reviendront, ils s'installeront ici tous les deux... La maison est assez grande jusqu'à ce qu'ils aient des enfants...

Il sourcilla.

— A moins que René préfère te suivre en Europe... Car tu es venu le chercher, n'est-ce pas ?

Le major n'osa pas le nier. Il aurait été incapable de mentir à Tamasen.

— Il fera ce qu'il croira devoir faire... Ce sera la volonté de Dieu...

Le pasteur perçait pour la première fois à travers l'homme.

— Est-ce que tu penses que tout son argent pourra jamais lui donner une vie comme celle-là ?

Owen avait presque honte d'être aussi ému. C'est tout juste si ses yeux ne s'embuaient pas. Mais n'était-ce pas à cause de sa gueule de bois ? Il était, lui, un vieil ivrogne ; ils étaient, la veille, deux vieux ivrognes à ratiociner sous la lune.

— Tu lui parleras... Tu lui diras ce que tu as à lui dire...

Il fallait faire un effort, ici, pour évoquer le visage vulgaire d'Alfred Mougins, pour se souvenir de ses paroles, de son regard menaçant. Cela paraissait si loin...

Un homme, venu de Panama, était-il vraiment en train de fréter une goélette pour aller à la rencontre de Maréchal ? Une fille, que celui-ci avait cru aimer dans la fièvre de Colon, allait-elle vraiment se jeter à son cou pour lui dire :

— Je t'aime...

Ce n'était pas possible. C'était invraisemblable. Londres même devenait invraisemblable, avec ses millions de petits êtres noirs s'agitant entre les pierres des maisons, et MM. Hague, Hague et Dobson attendant dans leur sombre bureau le problématique fils d'Arlette Maréchal.

Est-ce que, comme à Moissac, Owen n'avait pas envie de s'asseoir sur une pierre et de s'arrêter pour toujours ?

Mais non. Il avait soif. Il avait toujours soif. Il pensait déjà à la fraîcheur de l'*English Bar,* au regard complice de Mac Lean lui versant un double scotch...

Il n'était qu'une vieille bête tout imbibée d'alcool, comme le docteur, et c'était l'alcool qui lui donnait la larme à l'œil.

Ils sortirent de la maison, et le pasteur froissa les feuilles d'une plante odorante qui serpentait le long du mur.

— De la vanille... dit-il simplement. La vanille des îles est la plus parfumée du monde... Viens...

Il l'invita à nouveau à entrer chez lui. Le chauffeur avait déniché une guitare, Dieu sait où, et en jouait au milieu d'un cercle d'enfants.

A quoi bon entrer ? Il n'avait rien à leur dire. Malgré toute sa dignité, il se sentait déplacé chez eux, se faisait à lui-même l'impression d'un être impur.

En serrant la large main de Tamasen, il murmura :

— Je ferai tout ce que je pourrai pour que...

Pour que quoi ? Pour que Maréchal reste ? Pour qu'ils gardent leur René ?

Il avait besoin de se replonger dans la réalité, de voir à nouveau les choses comme elles sont et non comme sur une image naïve représentant le Paradis terrestre.

— Reviens quand tu voudras... Tu seras toujours le bienvenu...

Il leur avait apporté l'inquiétude. Quand la voiture démarra, il vit, en se retournant, le pasteur qui, la tête un peu penchée en avant, retournait vers son chantier et ramassait lentement ses outils.

Il n'eut pas honte quand, en allant reprendre sa bonne amie, Tetua l'invita, avec un clin d'œil, à venir boire. Tetua le connaissait. Les indigènes ont, pour découvrir les défauts et les vices des Blancs, une sorte de divination.

Il but. Pourquoi ne boirait-il pas ? Était-ce lui qui habitait la maison près de l'église, qui pêchait au harpon, qui avait épousé la fille du pasteur ?

Le gazouillis recommençait, devant lui, à l'avant de la voiture. Et voilà que celle-ci s'arrêtait à l'endroit où une cascade, descendant du rocher, formait un lac d'eau limpide et glacée à droite de la route.

— Tu veux bien attendre cinq minutes, monsieur ?

Le couple jaillissait de la voiture. Tetua retirait son beau complet blanc et se dressait, sombre et poli comme un bronze, avec seulement la tache blanche de son caleçon. Son amie, avec la même simplicité, passait sa robe à rayures rouges par-dessus sa tête. Elle avait les seins nus, déjà pleins de sève, une étroite culotte autour des reins.

Ils s'élançaient, comme de jeunes animaux, plongeaient en faisant éclater l'eau autour d'eux et jouaient à se poursuivre.

« Non, monsieur Alfred... »

Qu'est-ce qu'il lui prenait ? Allait-il recommencer ses litanies ?

« Je ne suis pas l'homme que vous avez si méchamment décrit... Je suis une vieille bête... Je sais que je suis une vieille bête... Mais, voyez-vous... »

Les jeunes gens, le corps encore humide, remettaient leurs vêtements, et la voiture repartait ; on passait à nouveau en face de chez les dames Mancelle qui en avaient fini avec leur bain de soleil et qu'on n'aperçut pas.

« Au fond, docteur... »

Qu'attendait-il pour agir ? Qu'arriverait-il si, comme le Dr Bénédic le prévoyait non sans un certain sadisme — il est vrai qu'il était ivre —, Alfred parvenait à se débarrasser d'Owen ?

La goélette était encore au port le matin. Mac Lean avait dit qu'il fallait quatre jours pour qu'elle soit en état de prendre la mer. Était-ce bien sûr ?

Il avait peur, maintenant, de ne plus la retrouver à sa place en arrivant à Papeete. Mougins ignorait le mariage de René. Il avait encore confiance dans les attraits de Lotte.

Non ! Il était trop malin pour s'arrêter à cette méthode. Un faux Maréchal valait mieux pour lui qu'un vrai. Et, pour rendre possible le faux Maréchal, il suffisait qu'un accident arrive au vrai.

— Plus vite, Tetua...

Tetua, éclatant de rire, poussait avec joie sur l'accélérateur. C'était un jeu. Tout était jeu pour eux. On approchait de la ville. On voyait, par-dessus les toits, les deux mâts de la goélette.

— A la poste...

— A la poste ? répéta l'indigène étonné.

— Oui... Ou plutôt non... Arrête-moi d'abord un moment à l'*English Bar*...

Il en poussa la porte à clairè-voie. Il ne devait pas avoir son expression habituelle, car Mac le regarda avec étonnement. Il était trois heures de l'après-midi, l'heure creuse, l'heure à laquelle le major aurait dû faire la sieste. Il n'avait pas mangé, n'avait pas ouvert le panier de M. Roy.

— Double scotch...

C'était son lot, à lui. Et il regardait le bar d'un œil caressant où pétillait une petite lueur d'ironie.

— Vous êtes allé là-bas, sir ?

— J'y suis allé, Mac...

— Et ?...

Rien. Il n'avait rien à dire. Le reste le regardait.

— Mougins est venu deux fois ce matin, ce qui n'est pas son habitude. J'ai l'impression qu'il vous cherchait...

— Ah !...

— Il a mis je ne sais combien d'hommes au travail sur la goélette. D'après quelqu'un qui s'y connaît, elle pourrait être en état d'appareiller cette nuit...

— Je ne crois pas qu'elle parte...

— Il y a du nouveau, sir ?

— Vite ! Encore un double scotch !

» Si le docteur venait, dites-lui que je serai ici dans une demi-heure...

A la poste ! Il dut réveiller l'employé qui sommeillait derrière son guichet.

— Je voudrais envoyer un câble à Londres...

— Voici des formules...

Il en recommença plusieurs fois la rédaction, recopia son texte avec soin.

— Cela va coûter cher, monsieur.

— Peu importe... Je vous demanderai de signer le reçu sur cette copie...

— Si vous y tenez...

— Il y a un consul anglais à Papeete, n'est-ce pas ?

— Un vice-consul, M. Jenkins... Les grands magasins Jenkins, qui se trouvent juste en face du port...

On y vendait de tout ; de l'épicerie, du vin, des machines agricoles, des accessoires d'auto et de bateaux, des vêtements pour hommes et femmes.

— M. Jenkins...

— Il vient justement de sortir... C'est personnel ?... Attendez... Un instant...

Une voiture était sur le point de démarrer, avec un homme en complet blanc au volant.

— Monsieur Jenkins... Monsieur Jenkins... Il y a quelqu'un qui voudrait vous parler...

Un bureau confortable et frais, où vrombissaient trois gros ventilateurs qui faisaient voleter les papiers.

Le major parla pendant dix minutes environ. Son interlocuteur, qui paraissait surpris, recopia lentement le câble qu'on lui avait tendu.

— J'ai bien compris... major... Je ferai ce que vous m'avez demandé... Mon câble partira ce soir...

Il le reconduisit jusqu'à la porte, à travers les magasins.

— Vous n'avez pas un petit peu peur ?

Owen haussa imperceptiblement les épaules.

— Soyez prudent quand même...

A l'*English Bar,* le docteur ne s'était pas montré. Sans doute cuvait-il son ivresse de la veille ? La petite indigène avait disparu. Tetua, très fier, restait au volant.

— Il faudrait, Mac, que je rencontre Mougins le plus tôt possible...

— Ou je me trompe fort, sir, ou il est resté en ville... C'est encore à bord du bateau que vous avez le plus de chance de le trouver.

« *Non, monsieur Alfred...* »

Il sourit imperceptiblement. Finie, cette rengaine ! Qu'importait désormais ce que Mougins pensait de lui ?

Il s'était assis à côté du chauffeur. Il avait presque envie de rire avec lui comme le faisait tout à l'heure la jeune fille en robe rayée. Pourquoi pas ? Est-ce qu'il ne leur jouait pas une bonne farce, à tous ?

Et à lui donc !

Allons, major !... Cela ne durera plus longtemps... Pourvu que Mougins soit à bord !...

Il y était. On le voyait du quai, en compagnie de M. Oscar et d'autres Blancs qu'Owen avait déjà aperçus. Le soleil tombait presque d'aplomb. Des indigènes à peu près nus franchissaient sans cesse la longue passerelle en portant de lourds colis sur leur tête. La passerelle faisait ressort. Cela ressemblait à une danse.

Il s'y engagea à son tour, et ces messieurs, à bord, le regardaient venir non sans étonnement.

Quand il enjamba le bastingage, Mougins ne bougea pas, le regard fixé sur lui, très dur, comme quand il avait prononcé ses paroles menaçantes.

— Je crois qu'il est inutile que vous partiez, Mougins, lui dit-il sans préambule.

Un silence. On le regardait toujours et il avait l'impression de leur tenir tête à tous.

— Vous désirez que je parle devant ces messieurs ?

Presque insensiblement, Alfred se dirigea vers l'avant du bateau, à travers les amas de cordages et de voiles. Il s'arrêta sous un mât, et le major leva la tête, car il entendait du bruit au-dessus de lui. Deux matelots, là-haut, travaillaient à la voilure, et il se demanda s'il ne risquait pas de recevoir quelque chose sur la tête.

— Je viens d'envoyer à Londres un câble qui est susceptible de vous intéresser, voire de changer vos projets...

Il n'avait pas peur, bien qu'il fût conscient du danger. Il n'y avait que les indigènes à aller du quai au bateau, et inversement. Personne, sauf les amis de Mougins, qui les regardaient de loin, ne faisait attention à eux. Il risquait tout au moins un coup et il avait horreur des coups, du son mat que fait un poing en rencontrant rudement un visage.

Prenant son temps, il tirait le câble de son portefeuille, le tendait.

Hague, Hague et Dobson, solicitors,
14, Fleet Street, London.

René Maréchal fils Arlette Maréchal et Joachim Hillmann actuellement Tahiti stop marié 12 février temple méthodiste de Taiarapu avec fille pasteur stop recevrez confirmation télégraphique par consul Papeete.

Major Owen

Ses yeux riaient comme les yeux des jeunes indigènes. Mougins relisait deux fois le document, levait lentement les yeux vers son interlocuteur.

— Vous avez fait ça ? articula-t-il d'une voix contenue.

Owen attendait le coup, il l'attendait si bien qu'il fermait déjà les yeux.

« *Non, monsieur Alfred* », avait-il envie de chanter...

La copie du câble tombait mollement sur le pont, et Owen se pencha pour la ramasser. Alors l'autre donna un coup de pied dans le papier, qu'il envoya plus loin, frôlant ainsi la main de l'Anglais, mais sans la toucher.

Une fois encore il le regarda, les yeux bien plantés dans les yeux. Puis il s'éloigna dans la direction de ses amis et feignit de se désintéresser du major.

Ce fut tout. Owen regagna sa voiture. Quand il monta dans celle-ci, les Blancs, à bord, étaient en grande conversation.

— A l'*English Bar*...

Au moment d'en pousser la porte, Owen marqua un temps d'arrêt, comme un comédien, avec un sourire de comédien. Mais c'était à lui qu'il se donnait la comédie. Lentement, avec onction, d'un geste presque caressant, il touchait enfin la porte, la poussait, comme le pasteur de Taiarapu, le matin, avait poussé la porte de son temple.

N'était-ce pas désormais son temple à lui ?

— Je vous salue, docteur...

Celui-ci fronça les sourcils, croyant le major déjà ivre.

— Vous aviez raison... Je crois que vous pouvez m'inscrire comme membre permanent du *Cercle colonial*...

Mac Lean et Bénédic ne comprenaient pas encore. Machinalement l'ancien jockey versait à boire.

— A condition toutefois que vous ne soyez plus aussi jaloux et que vous me permettiez de temps en temps d'aller faire ma matérielle au *Yacht Club*... N'ayez pas peur... Je serai discret... Ici, il ne me faudra pas grand-chose pour vivre...

Il souriait. Il avait de gros yeux, une grosse figure. Il se vit dans la glace entre les bouteilles, fut confus de lire tant d'émotion sur son visage.

— J'ai envie, moi aussi, de m'encanaquer, docteur...

Est-ce qu'il aurait pu faire autrement ?

La goélette ne partit pas. L'*Astrolabe* rentra au port douze jours plus tard, et Mougins ainsi que Lotte étaient dans la foule qui la regardait s'amarrer.

On en vit descendre un grand garçon maigre, le torse nu, bronzé, en compagnie d'une indigène potelée qui souriait de tout son visage, de tout son corps sain et ardent.

Le pasteur alla à leur rencontre. Ils échangèrent quelques phrases, sur le quai, un peu à l'écart de la foule. René Maréchal, devenu soucieux et gauche, s'avança vers Owen, qu'on lui avait désigné.

— Monsieur ?... dit-il, interrogateur.

— C'est moi qui vous ai câblé à votre dernière escale... Joachim Hillmann vous a laissé toute sa fortune...

— Je vous remercie... dit-il assez sèchement. Je suppose que je ne suis pas obligé de l'accepter ?

— Bien entendu...

— Vous retournerez en Europe ?

— Je reste à Tahiti...

Ce fût tout ce jour-là. Maréchal ne reconnut même pas Lotte dans la foule. Il monta avec sa femme et Tamasen dans un taxi qui les emmena vers la presqu'île.

L'*Aramis*, à son tour, quelques jours plus tard, accosta au quai. Le gouverneur conduisit à bord M. Frère, l'inspecteur des colonies, qu'il tenait par le bras.

Selon la coutume tahitienne, les amis de ceux qui partaient leur apportaient des colliers de tiaré, que ceux-ci devaient se passer autour du cou. M. Frère, qui avait maigri, bruni, et qui s'était fait tailler la barbiche en pointe, avait l'air, avec tant de fleurs autour du cou, de Don Quichotte portant la fraise.

Li, le steward, eut un peu peur en voyant l'Américain monter à bord. Le barman tendait déjà la main vers une bouteille de whisky quand Wilton C. Wiggins, qu'on distinguait à peine d'un indigène, tant il avait bruni, réclama du ginger ale.

Le commissaire de police conduisait vers une cabine le faux Georges Masson, l'ex-greffier boute-en-train, que ses ex-amis regardaient partir et que le commandant avait pour mission de « laisser tomber » à Panama afin d'éviter les histoires.

Mougins et Lotte, encombrés de colliers de fleurs, étaient accoudés au bastingage, sur le pont supérieur, près de l'embarcation dans laquelle la jeune femme avait fait la traversée.

— On va prendre un verre... soupira le docteur à son compagnon. C'est une tradition...

Le commandant Magre les rejoignit et leur serrait la main.

— Vous revenez avec nous, major ?

— Je garde le major, trancha Bénédic. Vous ne remarquez pas qu'il a déjà changé ? A votre prochain voyage, vous verrez qu'il sera tout à fait encanaqué... Il était mûr pour être des nôtres... Pernod pour moi... whisky pour le major, Bob... bien tassés...

« *Mais non, docteur, je ne suis pas...* »

Allons ! Cela devenait une manie. Est-ce qu'Owen allait prendre l'habitude de soliloquer ? Pourtant le docteur se trompait. Ce n'était pas tout à fait cela.

« *Mais non, docteur, je ne suis pas mûr... Ou plutôt je ne l'étais pas... Seulement...* »

Seulement quoi ? Est-ce qu'il allait parler de René ? De René qu'il ne connaissait pas et dont il finissait par prononcer le nom avec le même accent que le pasteur de Taiarapu ?

Pas mûr... Pas tout à fait mûr... Cela viendrait... Mais cela ne viendrait, pour lui, que parce qu'il l'avait accepté...

« *Comprenez-vous la différence, docteur ?* »

Il ne le lui dirait pas. Il ne le lui dirait jamais. Ils deviendraient de plus en plus pareils l'un à l'autre...

— A votre santé, major...

— A votre santé, docteur...

— A la santé du *Cercle colonial...*

Dont ils resteraient, s'il le fallait, les deux derniers membres.

Comme ils restèrent les deux derniers, sur le quai, à regarder l'*Aramis* qui s'éloignait.

Coral Sands, Bradenton Beach (Floride), le 20 avril 1947.

La Jument Perdue

Première édition : Presses de la Cité, 1948

1

Il ne s'était pas réveillé de mauvaise humeur. Pas d'humeur enjouée, évidemment, ni particulièrement de bonne humeur. Il savait qu'on était mardi, puisque c'était le jour d'aller à Tucson. Il y verrait Mrs Clum, qu'il appelait Peggy, et c'était déjà une satisfaction dussent-ils passer leur temps à se chamailler tous les deux. C'était une autre satisfaction, le mardi, de ne pas se raser et de ne pas s'occuper des bêtes dès la pointe du jour.

Par la fenêtre basse, il voyait Gonzales s'appliquer sans se presser au pansage de son cheval et tout à l'heure, pendant que Curly John déjeunerait, Gonzales donnerait le dernier coup d'astiquage à sa selle.

On était mardi, soit, il savait cela. Il savait aussi qu'on était en 1947 et que c'était le mois d'octobre. Seulement, il n'avait pas pensé au quantième du mois et c'est pourquoi il goûtait encore des petits plaisirs peut-être ridicules, comme de choisir ses bottes les plus souples, de passer un pantalon par-dessus, non pas un pantalon de grosse toile bleue comme les autres jours, mais de gabardine beige.

C'est quand il ouvrit la porte — il se penchait toujours en avant pour descendre la marche — qu'il sut qu'on était le 7 octobre. Tout y était, comme les autres années, y compris la douzaine de mouchoirs et l'odeur de muffins, y compris la pointe de parfum que sa sœur mettait ce jour-là à son corsage.

— Bon anniversaire, John. Et que le Seigneur continue à être avec toi...

Il y avait des années et des années qu'il entendait cette phrase-là, le même jour, à la même heure, et il l'avait prononcée jadis pour son père, pour sa mère, pour ses frères aînés.

— Merci, Mathilda, grommela-t-il en embrassant sa sœur.

Puis, toujours selon la tradition :

— Cela fait combien ?

— Soixante-huit, John. Mais tu n'en parais pas cinquante.

Pauvre Mathilda qui, elle, en avait donc soixante-treize ! Pourtant, il ne lui semblait pas qu'elle eût changé. Elle avait toujours été grosse, un peu molle, placide, un sourire maternel aux lèvres. Quand elle était toute petite et qu'il n'était pas né, elle avait déjà ce sourire-là en jouant à la poupée, il l'avait appris par une photographie presque effacée.

— Accepte ce petit cadeau...

Les mouchoirs, les douze mouchoirs annuels, dont il était obligé de dénouer le ruban devant elle pour faire mine de les admirer. Tout à l'heure, chez Peggy Clum, ce serait la boîte de cigares. Depuis des années et des années, plus de trente, Peggy, tout en voulant bien faire sans doute, se trompait invariablement de marque, lui achetait des cigares qu'il était obligé d'aller échanger en sortant de chez elle contre d'autres plus fumables.

Le déclic se produisait, comme il fallait s'y attendre. C'était déjà difficile à éviter les autres jours, mais un 7 octobre, il était impossible à Curly John d'empêcher son regard de glisser par-dessus les épaules de sa sœur, de se fixer ici et là en se durcissant, puis de plonger par la fenêtre, au-delà du *corral,* de Gonzales penché sur la selle, au-delà du pâturage, vers le pied de la montagne que le matin teintait de rose.

L'autre aussi, l'Innommable, avait aujourd'hui soixante-huit ans, et il était ici, invisible, entre le frère et la sœur qui se faisait plus enjouée, qui avait mis sa nappe la plus gaie sur la table, des couverts mexicains à grosses fleurs.

Elle souriait en servant la viande saignante, les pommes de terre, car John avait toujours mangé de la viande et des pommes de terre le matin. Pas du lard ni du jambon, comme chez ses parents mais, depuis qu'il était en Arizona, de la grosse viande rouge, du bœuf de son ranch.

Le sourire de Mathilda annonçait une surprise — mon Dieu, comme une vieille femme peut rester ou redevenir naïve ! — et la surprise, c'était les muffins.

Parce que, quand il était gamin, il aimait les muffins à s'en rendre malade, parce qu'une fois, chez ses parents, à sept ou huit ans, il avait demandé, pour sa fête, qu'on lui servît, à son petit déjeuner, des muffins autant qu'il en pourrait manger, la tradition s'était établie et, soixante ans plus tard, si loin de leur ferme du Connecticut, à l'autre bout des États-Unis, la douce Mathilda la respectait.

Or, il n'avait jamais osé le dire, il avait pris les muffins en horreur. Il les devinait dans le four où elle les avait mis à réchauffer. Il en reniflait l'odeur qui lui gâtait son steak.

— Je suppose que tu vas déjeuner chez Peggy ?

— C'est probable.

A cause de son anniversaire. Et, là aussi...

Mathilda sentait *l'autre* qui se rapprochait. John évoquait des souvenirs de chez eux, à Farm Point, où il faisait si froid l'hiver, mais *l'autre* faisait partie de ce passé-là aussi et justement certain jour d'hiver, il lui avait cassé une dent d'une boule de neige dans laquelle il avait caché un caillou. Est-ce que Curly John, tellement plus fort, fort comme un jeune bœuf quand il était adolescent, avec ses cheveux blonds frisés qui lui avaient valu son surnom de Curly, aurait déjà dû se méfier ?

— Tes muffins, John... Juste faits selon la recette de maman...

Il allait oublier d'emporter un des nouveaux mouchoirs, ce qui était encore une tradition, et sa sœur le lui glissa dans la poche.

Le vieux Chinois, dehors, lui souhaita une bonne fête, puis Gonzales qui lui tendait la bride de son cheval, et il savait que tous les deux pensaient aussi à *l'autre.*

Il se tenait aussi droit en selle qu'à vingt ans. Il suivit la piste au petit galop, dans un paysage dont il connaissait le moindre détail mais qui l'émerveillait toujours. Le Grand Passage, que tant d'hommes, tant de troupeaux, tant de milliers et de milliers de bœufs, de chevaux, de chariots ont suivi, alors qu'il n'existait ni trains ni automobiles, restait pareil à lui-même, trop au-dessus des hommes pour être seulement égratigné par eux. Qu'importaient quelques fumées à l'horizon ? Elles se fondaient dans la buée lumineuse qui montait du désert de sable, incapable de ternir les couleurs toujours nouvelles des montagnes qui semblaient, très loin, fermer le monde de tous côtés.

A un certain point de la piste, là où quelques cactus seulement verdissaient la plaine, il avait toujours l'impression que son bras gauche était plus raide et, pour un peu, il aurait été persuadé de ressentir la douleur d'autrefois.

15 août 1909... Une date qu'il n'oubliait pas, celle-là, mais qui ne se fêtait pas en famille. Il pleuvait. Les arroyos étaient gonflés d'eau, la piste à peine tracée coupée par des torrents jaunes. Il chevauchait en sens inverse. Il revenait de Tucson, comme il le ferait ce soir. Il avait cru, dans le crépuscule, deviner, sous l'orage, la forme d'un cheval immobile, la tête basse. Un coup de feu avait éclaté. Il avait ressenti un choc au bras gauche. Automatiquement, sa main droite avait saisi son revolver et il avait tiré.

C'était le second homme qu'il tuait dans sa vie — on avait appris par la suite qu'il s'appelait Romero — et, comme le premier, qui était un voleur de bétail, c'était un Mexicain.

Il allongea le galop de son cheval et pensa tellement à *l'autre* que la piste lui parut plus courte que jamais. Il fut presque surpris d'apercevoir la ligne unie de la grand-route, les autos qui se suivaient, les taches rouges des pompes à essence.

Curly aurait pu venir du ranch en automobile, car il existait un chemin passable, et aller ainsi jusqu'à Tucson. Mais il n'avait jamais voulu d'auto et c'était peut-être aussi par une sorte de protestation à l'égard de *l'autre.*

Près de la pompe à essence, un vieil Espagnol tenait boutique et il y avait derrière la maison une sorte de pré, plutôt de terrain vague, où, comme d'habitude, Curly John laissa son cheval.

L'endroit s'appelait Jaynes Station. Le train y passait déjà de leur temps, mais ne s'était jamais arrêté pour les voyageurs. Pour les cinq milles qu'il restait à parcourir avant Tucson, Curly John prenait le bus.

Il l'attendit, en allumant un cigare. Il y monta avec beaucoup de dignité, salua vaguement les gens qui le connaissaient. Car il était devenu très digne. Grand et large, à peine gras. Son visage, malgré le soleil, restait rose, d'un rose qui s'harmonisait bien avec ses yeux bleu clair, avec ses cheveux qui, du blond, avaient insensiblement passé à un blond plus cendré tirant sur l'argent.

Il descendit en face du « Pioneer Hôtel » qu'il avait vu construire, tourna à gauche et pénétra dans le salon de coiffure où un commis se précipita vers lui. Sa chaise une fois renversée, on lui savonna les joues tandis que le cireur nègre relevait délicatement son pantalon et commençait à astiquer ses bottes.

Etait-il resté un peu enfant ? Il n'avait jamais osé — c'était ridicule — accepter par surcroît les soins de la manucure. Le ventilateur tournait au-dessus de sa tête. Il entendait plusieurs conversations à la fois. A son entrée, tout le monde l'avait salué par son nom, car tout le monde le connaissait. Et tout le monde, au fond, était pour lui contre *l'autre,* même si on n'osait pas toujours l'avouer. Cela se sentait à des riens, à un petit silence, par exemple, qui l'accueillait dans les endroits où des hommes étaient réunis. Ce silence-là, c'était une marque de respect. Les anciens, ceux qui l'avaient connu autrefois, lançaient familièrement :

— Hello, Curly...

Les jeunes disaient seulement :

— Hello...

Mais pas un « hello » comme pour tout le monde. Il y avait presque toujours, ensuite, des chuchotements, on racontait son histoire à quelque nouveau qui ne savait pas.

C'était une satisfaction. Il ne l'admettait pas. Mais Peggy, qui était gale comme pas une, ne mâchait pas ses mots :

— Vois-tu, John chéri, si tout cela ne t'était pas arrivé, tu aurais été malheureux, d'abord parce que tu aurais été un homme comme un autre, ensuite parce que tu m'aurais peut-être épousée...

Il ne faudrait pas croire, cependant, qu'il n'y avait jamais que de l'ironie dans la voix de Peggy Clum. Ou alors, l'ironie, c'était contre elle-même qu'elle la dirigeait.

Après le rasoir, les serviettes chaudes, qui ne laissaient émerger que le bout de son nez, et il n'avait qu'à attendre que le coiffeur vînt les lui retirer. Les clients se succédaient dans les fauteuils. Ils se voyaient les uns les autres dans la glace et, quand ils conversaient, semblaient s'adresser à des fantômes.

Il en aperçut un, dès qu'on l'eut libéré de son pansement tiède : un visage jeune, des cheveux bruns, un sourire un peu agressif découvrant des dents magnifiques.

C'était le fils. Et le fils — il avait vingt-deux ans ! — saluait de la main, des yeux, enfin d'un « Hello » joyeux l'ennemi de son père.

Est-ce qu'il y croyait, lui, à l'histoire ? Il ne se donnait pas la peine de prendre parti. Une histoire de vieux, une histoire d'un temps quasi préhistorique où il n'aurait pas eu sa bagnole grand sport le long du trottoir, ni l'avion pour aller faire la bombe à Los Angeles. Des pionniers, comme on disait, qui arrivaient Dieu sait d'où, comme des fourmis, quelques-uns par un train minuscule, d'autres avec des chariots, des femmes et des enfants dedans, des bêtes derrière, et qui découvraient enfin, les larmes aux yeux, cette vaste tranchée lumineuse entre les montagnes. Ils venaient pour fonder un ranch, avec la vision de centaines de bœufs que les cavaliers poussent dans le *corral,* ou pour piocher cette terre aux tons chauds et y découvrir de l'or, de l'argent, du cuivre ou du zinc...

— Petit crétin... avait envie de lui siffler Curly John.

Et il passa à la porte suivante, celle du bar, reçut les saluts, serra quelques mains, dégusta sans mot dire le verre de bourbon qu'on lui servit d'office. Ce n'était pas pour se donner du courage avant d'affronter Peggy Clum. C'était une habitude.

L'air était sec et chaud mais, dès qu'on entrait dans l'ombre, on respirait des bouffées de fraîcheur. Cet air-là, on avait plutôt l'impression de le boire.

Au premier coin, il quitta Stone Street et ses grands magasins. Dire qu'à présent il fallait attendre le feu vert pour traverser à pied une rue qu'il avait tant de fois parcourue à cheval !

Il descendait vers de la verdure, vers une sorte de parc où tranchait la blancheur de quelques maisons aux allures de palais.

O'Hara Street ! Est-ce qu'il n'y avait pas de quoi rire ? Ce vieux singe d'O'Hara qui avait maintenant sa rue, comme Washington ou Madison, après avoir commencé par débiter de l'épicerie et des clous dans une boutique en planches !

Aujourd'hui, dans Stone Street, cette boutique-là était devenue un magasin de trois ou quatre étages, avec des lumières au néon le soir, et toujours, bien que le vieux fût mort depuis quinze ans, le nom d'O'Hara, avec un autre nom après, le nom, justement, qu'il ne fallait pas prononcer.

Dans la rue O'Hara, il n'y avait pour ainsi dire, il n'y aurait dû théoriquement avoir que des O'Hara, car le bonhomme, après avoir bâti son propre palais, en avait construit un, à côté, pour son aînée, puis un autre pour sa cadette, et il aurait continué ainsi, la rue aurait été plus longue, si sa femme avait été plus prolifique.

Curly John passa vite devant la première maison. Elle était maintenant habitée par l'Innommable, qui avait épousé Rosita, la plus jeune fille du vieux.

Avant de sonner à la porte de la seconde, il prit le temps d'allumer un cigare. Afin de marquer son mépris pour les splendeurs O'Hara ? Ou, plus simplement, pour mettre sous le nez de Peggy Clum un spécimen des cigares qu'il fumait, au moment précis où elle allait lui en offrir d'impossibles ?

On ne savait jamais comment on la trouverait, avec tous ses bijoux et maquillée comme une perruche, ou bien, vêtue en souillon, en train de prendre les poussières sous les regards goguenards des domestiques.

Dieu sait pourtant si c'était elle qui se moquait des gens ! bien que fille d'O'Hara, elle aussi, et même fille aînée.

— Hello, John de mon cœur...

C'était elle qui lui ouvrait la porte, en vieille robe de coton à fleurs, les pieds nus dans des savates, ses cheveux gris en mèches folles.

— Laisse voir ton mouchoir...

Elle l'embrassait sur les deux joues, deux coups de bec durs et affectueux.

— Bon anniversaire, vieille foutue bête... Tu viens chercher tes cigares ?... Figure-toi que je suis toute seule...

Et c'était drôle de la voir, petite et drue, au seuil de cette immense maison.

— Paquita est en train d'accoucher à l'hôpital... Mamma a tenu à l'accompagner... Mon chauffeur est allé faire arranger l'auto qui nous a laissés en panne hier au soir et le jardinier n'est pas venu ce matin... Entre... J'ai des tas de choses à te raconter...

Sans cesser de parler, elle trottait à travers une enfilade de salons où on y voyait à peine à cause des persiennes fermées, arrivait à la porte du patio juste au moment où retentissait la sonnerie du téléphone.

— C'est à propos de qui tu sais... Allô !... Oui... Comment allez-vous, chérie ?... Je ne suis pas bien rentrée du tout...

Elle avait, surtout au téléphone, la voix glapissante que les ventriloques donnent à leur poupée. Et, comme sa bouche était petite et sèche, qu'elle s'efforçait de l'ouvrir toute grande, elle faisait penser aussi à un petit chien qui jappe.

— C'est Dolores... dit-elle à Curly qui s'était installé dans un fauteuil.

Il ne connaissait pas Dolores, mais cela n'avait aucune importance.

— Comment ?... Si cela va bien ?... Aussi mal que possible, mon amour... Je suis toute seule dans la maison, sans un domestique, et naturellement cela tombe le jour où John vient me demander à déjeuner...

A Curly, la main sur le micro de l'appareil :

— Nous étions hier ensemble au club... Ma sœur s'y trouvait aussi... C'est là que j'ai appris le coup qu'il veut me faire...

Dans l'appareil :

— D'abord l'auto nous a laissés en panne et Guerra est en train de faire réparer... Paquita était enceinte... Mais oui, je dis enceinte... Vous ne l'aviez pas remarqué ?... Moi non plus... C'est comme ça aujourd'hui...

Elle riait.

— Mamma, la cuisinière, l'a accompagnée à l'hôpital... Non, Mamma n'est pas enceinte, sinon il n'y aurait aucune raison pour que je ne le sois pas aussi. Qu'est-ce que vous dites ?...

A Curly :

— Elle est scandalisée... C'est une chipie... Je te dirai ça tout à l'heure...

— Allô !... Si je n'avais pas Curly pour m'aider... Oui, Curly, c'est John... Curly John... John, va donc dans la cuisine et vois si cela ne brûle pas dans le four...

Car elle avait préparé un petit déjeuner fin pour eux deux. Il y eut même des cocktails, une bouteille de vin de France, et ils mangèrent dans la cuisine pour ne pas compliquer le service.

Heureusement qu'il y avait un appareil téléphonique dans la cuisine aussi, car la sonnerie résonnait sans cesse et, chaque fois, elle répétait à peu près la même chose, sauf que maintenant elle y ajoutait que Curly et elle étaient en train de faire la dînette comme des jeunes mariés. Toujours elle s'interrompait.

— Tu peux prendre un de tes cigares, John chéri...

Et, dans l'appareil :

— Figure-toi qu'il a l'air d'un ours qui jouerait avec un stylo...

» C'est son anniversaire... Chaque année, pour son anniversaire, je lui offre des cigares... Tu connais John... Il doit peser... Combien pèses-tu, John ?... Peu importe... Dans les deux cent vingt livres... Il voudrait bien ne pas prendre un des cigares de ma boîte, parce qu'après il ne pourra plus l'échanger... Tu as compris ?... Il a horreur de ces cigares-là ?... Tu dis ?... Si je le fais exprès ?... Mais non, chérie... Je suis distraite, tout simplement... N'est-ce pas John ?...

Un entracte, un geste vers la maison voisine.

— Il faut que je voie mon homme d'affaires dès demain... Au fait, je parie qu'ils sont en train de lui faire des cadeaux et que, ce soir, il y aura vingt autos devant leur porte... Pardon, Johnnie... Enfin, il faut pourtant bien parler de quelque chose... Toi, tu as la chance de vivre au diable, mais moi je suis jour et nuit pour ainsi dire à côté d'eux, je les vois entrer et sortir, j'entends leur radio et jusqu'à la voix de ma sœur quand elle chante dans la salle de bains, la fenêtre ouverte... Dire que mes parents ont été assez fous pour lui faire donner des leçons de chant !... Par-dessus le marché, nous avons des biens communs... On ne peut pas partager comme ça des affaires aussi compliquées que les nôtres... Si je le laissais faire, je serais dans la misère...

Elle était drôle, avec ses mèches, sa vieille robe, parlant de misère, elle qui possédait un bon quart de la ville, sans compter les intérêts que son mari lui avait laissés dans les mines.

— Tiens !... J'entends Guerra qui revient... Il va falloir qu'il mange aussi, le pauvre...

Guerra, le chauffeur, contournait la maison, entrait par le jardin.

— Entre, Guerra... Nous avons fini... Tu trouveras à manger dans le four... J'ai besoin de la voiture à deux heures... Combien ces voleurs t'ont-ils fait payer ?

Personne ne savait au juste si elle était vraiment avare ou si elle s'amusait à le faire croire.

— Viens, John... Il faut que je m'habille... Nous bavarderons à travers la porte... Tu n'as pas oublié que nous allons à la vente ?... Donc, hier soir, ma sœur était au club... Et, à propos du club... Tu n'as pas l'air d'y être... Un club de femmes, naturellement... Pas seulement pour potiner, prendre le thé et donner des fêtes, mais aussi pour faire un travail utile... Aider les jeunes mamans pauvres, recueillir des petits enfants...

Elle éclata de rire.

— Personne ne le fait, bien entendu !

Sauf elle, qui avait soin de ne pas le dire.

— Enfin, on m'a bombardée présidente... Ma sœur a eu le culot de se présenter comme membre, bien que je ne mette pas les pieds chez elle à cause de...

L'Innommable !... Il était toujours là...

— J'ai voté pour elle et, ce qu'il y a d'amusant, c'est que le mois prochain, selon les statuts, a lieu le renouvellement du bureau... Sais-tu qui est candidate à la présidence ?... Rosita !... Qu'est-ce que tu dis de cela ?...

Se moquait-elle de lui ? Ou d'elle ?

— Allô... Oui, ma chérie... A quatre heures ?... Impossible, ma belle... Figure-toi que j'ai aujourd'hui ce vieux John et que Paquita en a profité...

Toute l'histoire à nouveau, que John entendait par l'entrebâillement de la porte. Puis, l'écouteur raccroché :

— C'est Juanita... Juanita Maxwell... Elle organise une *party* de cinquante personnes et ne sait comment s'y prendre... Elle m'appelle toujours au dernier moment pour lui donner un coup de main... Je te disais... Ah ! oui... Il faut que je voie mon homme d'affaires... Il voudrait faire venir l'eau à notre ranch de Santa Margarita...

Un des plus vastes ranches de l'Arizona, à la frontière mexicaine, débordant même au Mexique.

— ... et le revendre par lots à des fermiers et à de petits cultivateurs...

Elle ne voyait pas Curly John, qui avait collé son front à la vitre. Elle le trouva quelques instants plus tard dans la même position et lui toucha le bras.

— Je te demande pardon... Je t'assure que je me défends... Tu devrais être content... Je le fais enrager autant que je peux... Je lui mets tous les bâtons imaginables dans les roues et je crois que, quand je serai morte, je trouverai encore le moyen de ne pas le laisser en paix...

Ce n'était pas la même chose. Mais à quoi bon essayer d'expliquer ?

— Viens... Sinon, nous n'aurons plus de bonnes places...

C'était sa passion et elle avait fini par la faire partager à John. Peut-être étaient-ils l'un et l'autre des joueurs qui s'ignoraient ?

Curly John n'avait jamais joué, même vers 1900, quand ils étaient arrivés du Connecticut, *l'autre* et lui, et qu'avant de monter un ranch ils avaient travaillé comme mineurs à Sunburn où, plusieurs fois par semaine, au « Sunburn Palace », les parties de roulette et de faro se soldaient par des coups de revolver.

L'autre avait joué. Rarement, prudemment. Mais il avait joué, et Curly John avait été étonné, à ces moments-là, de lui découvrir un regard qu'il ne lui connaissait pas.

— Viens...

La longue auto et le dos du chauffeur devant lui.

— Figure-toi qu'il y aura aujourd'hui en vente des objets appartenant à Ronald Phelps...

Périodiquement, le garde-meuble de Tucson mettait en vente les dépôts pour lesquels le loyer n'avait pas été payé pendant un laps de temps assez long. Des gens qui avaient fait faillite, le plus souvent, ou encore, comme c'était le cas pour Ronald W. Phelps, qui avaient quitté le pays sans laisser d'adresse et qui n'avaient plus donné de nouvelles.

On ne vendait d'ailleurs les lots que jusqu'à concurrence de la somme due et le reste demeurait au garde-meuble jusqu'à nouvel ordre. Enfin — et c'est ce qui excitait Peggy — les caisses, malles, sacs, ballots, étaient mis aux enchères sans indication de leur contenu.

Toujours le même soleil à côté des mêmes ombres rafraîchissantes. Près de la gare, le hall du garde-meuble et la foule la plus mélangée qu'il fût possible de trouver à Tucson, un grouillement de Noirs, de Chinois, d'Espagnols, d'Indiens, quelques Blancs groupés à distance et prenant un air dégagé, chacun essayant de faire croire qu'il n'était là que par curiosité.

— Mesdames, messieurs, nous allons vendre aujourd'hui des objets appartenant à MM. Linares, J.-M. Morgan, Reinhard, Pils et Ronald Phelps...

Ce Phelps, on le connaissait sans le connaître, un Anglais sans âge, maigre et grisâtre, qui était arrivé un beau jour pour le compte d'un groupe minier. Il était géologue. Il avait vécu à Sunburn, à l'époque héroïque, puis à Bisbee et enfin à Tucson. Il devait être très vieux quand, il y avait cinq ou six ans de cela, il était parti sans rien dire. Sans doute était-il allé mourir en Angleterre.

— Ce qui m'intéresse, disait Peggy, en se haussant sur la pointe des pieds, c'est son argenterie...

La vente commençait. Une malle en très mauvais état, datant d'au moins cinquante ans. Un Noir l'acquérait pour un dollar. Une caisse contenant à coup sûr des outils : deux dollars...

Peggy Clum commençait à s'exciter. Il y avait entre autres choses un baril hermétiquement clos qui la passionnait.

— Qu'est-ce que tu crois qu'il peut y avoir dedans, John ? Deux hommes peuvent à peine le soulever...

Et elle montait les enchères, se dressant toujours plus haut sur la pointe des pieds. Certains se retournaient sur elle, riaient, renchérissaient exprès.

Elle eut le baril à quinze dollars et, si elle l'avait pu, elle se serait précipitée pour l'ouvrir sur-le-champ.

— Pourquoi n'aurait-il pas caché son argenterie dans un baril ? C'était trop lourd pour emmener avec lui en Angleterre. Il pensait sans doute la faire suivre par fret...

Le menu peuple, qui ne la connaissait pas, la regardait beaucoup, surtout qu'elle portait un curieux chapeau à plumet planté sur le front et qu'on voyait sa grosse voiture et son chauffeur à la porte.

On racontait des histoires de trésors que des gens avaient acquis de la sorte pour quelques *cents*, pour quelques dollars.

Une malle longue, en très bon état, mais pas assez lourde pour la fameuse argenterie.

— A toi, John... Tu en auras toujours pour ton argent...

Cinq, six, dix dollars... Il avait envie de s'arrêter, mais elle le poussait.

— Si tu ne la prends pas, je la prends...

Il y avait de la poussière, des odeurs plus ou moins agréables, on était debout et en outre, malgré soi, on se laissait aller à une certaine tension nerveuse.

Quand ils sortirent, après avoir payé leurs lots, Mrs Clum insista pour faire charger baril et malle dans une camionnette qui suivit la voiture.

Il fallut ouvrir la grille du jardin. Trois hommes ne furent pas de trop pour transporter le baril dans le garage.

— Des outils, Guerra... Donne... Puisque je te dis que je veux l'ouvrir moi-même...

John dut l'aider et, quand le couvercle du baril sauta, on vit qu'il était rempli de clous si rouillés qu'ils formaient une sorte de pâte rousse comme du minerai brut.

— Tant pis !

Elle pinçait les lèvres, vexée.

— C'est toi qui as l'argenterie... Dire que, sotte que je suis, je t'ai forcé à enchérir...

Il y avait eu une clef pour la malle, jadis, mais elle n'était pas là et ils firent sauter les serrures à coups de ciseau.

Il ne s'agissait plus de clous, cette fois, mais de vieux papiers. Celui qui était au-dessus de tous les autres les fit rire. C'était un programme du « Sunburn Palace » sur lequel figurait une danseuse aux cuisses et au corsage rebondis avec la mention :

« Ce soir, débuts de Blonde Mary »

Le programme datait de cinquante ans. Il y en avait d'autres, des menus, des journaux, des programmes de rodéos, des photos jaunies, entre autres une photo de pendu.

— C'est bien fait ! déclara Peggy Clum. Viens boire quelque chose pour chasser la poussière.

Elle se dirigeait vers la maison. On y entendait, comme toujours, la sonnerie du téléphone. Il y avait une pelouse des deux côtés du garage, des buissons de fleurs, à gauche le jardin plein d'oiseaux, de la lumière et de l'ombre, un peu de brise sur la nuque de Curly. Le chauffeur était retourné à sa voiture.

Peggy, sur le seuil :

— Tu viens ?...

La sonnerie... Elle cherchait sa clef dans son sac, ne la trouvait pas, se décidait à entrer par une petite porte dont on ne se servait jamais et qu'on oubliait de fermer.

Lui, courbé, remuait les papiers à pleines mains, comme une pâte. Une pâte qui aurait été vivante, car il reconnaissait des noms au passage, des visages. Ce monde-là, aujourd'hui disparu, il en avait fait partie, quand il était arrivé, à peine âgé de dix-neuf ans, en compagnie de *l'autre*.

Blonde Mary, il l'avait vue, épaissie par l'âge, dansant encore au « Sunburn Palace », avant qu'elle partît pour la France d'où elle était originaire. Il avait connu les premiers pionniers qui avaient fondé la ville et découvert les mines.

Peggy Clum jappait dans l'appareil et, comme toutes les fenêtres étaient ouvertes, il l'entendait raconter, non seulement l'histoire de Paquita, mais celle des clous et des vieux papiers. Elle riait à petits coups.

— John, mon chéri...

On la rappelait au téléphone et lui se redressait, sourcils froncés, avec un petit pincement dans la poitrine.

Il venait, au-dessus d'une lettre jaunie, de lire une date : *13 août 1909.*

Deux jours, exactement, avant l'embuscade où il avait failli succomber en rentrant à son ranch.

Plus loin, parmi les lignes presque effacées, un nom : Romero...

L'homme qui avait tenté de le tuer et qu'il avait abattu ! Il chercha à en lire davantage.

— John !... John !...

« ... tort... *confiance dans Romero qui...* »

— John chéri, laisse ces niaiseries en paix. Il faut que je sorte tout de suite. Figure-toi que Paquita vient d'accoucher de deux jumeaux... J'ai hâte de les voir, ces chéris... Tu m'accompagnes, n'est-ce pas ?

Il la regarda comme sans la voir.

— Ou plutôt non, ce n'est pas la place des hommes... Surtout qu'il y aura peut-être un père...

Elle riait.

— Qu'est-ce que tu fais ?

Il glissait soigneusement la lettre dans son portefeuille, cherchait un bout de corde pour boucler la malle.

— Tu ne désires pas emporter cette saleté ?

— Je vais appeler un taxi, dit-il.

Il parlait sérieusement, lui. Avec quelque chose d'un peu mou dans la voix.

— Qu'est-ce que tu as ?

— Rien...

— Au fait, je t'avais promis un whisky... Tu sais où il est... Je change de robe...

Une idée à elle. Elle changeait de robe pour se rendre à l'hôpital et le téléphone aurait le temps de sonner trois ou quatre fois.

Pendant ce temps-là, John se versait du bourbon dans un verre et le buvait sans eau. Elle le retrouva devant la bouteille, son verre toujours à la main.

— Qu'est-ce qui te prend ?

Pourquoi avait-il ce visage troublé, comme amolli, ces yeux vagues qui allaient lentement, presque craintivement, chercher les fenêtres de la maison d'à côté ?

— Je n'ai rien dit, dit-il. Je téléphone pour le taxi...

— Si ce n'était pas Paquita, je t'aurais prêté la voiture...

Ce n'était pas vrai. Elle ne la prêtait jamais. Elle aurait plutôt prêté sa maison.

— Tu oublies tes cigares. Il faudra que tu ailles les échanger... Quand je pense que cette petite-là avait deux enfants dans le ventre et que, bête que j'étais, je croyais que c'était de trop manger...

Il s'assit à côté du chauffeur, la malle derrière eux, et ne desserra pas les dents. A Jaynes Station, il alla chercher son cheval et fit rouler la voiture au ralenti derrière lui.

Mathilda, sa sœur, dut être intriguée en voyant de loin la poussière rousse — car le soleil se couchait — qui s'avançait à travers le désert, alors que ce n'était pas le jour de l'épicier.

Elle se tint devant la maison avec Gonzales et le vieux Chinois, qu'on appelait China King, personne ne savait plus pourquoi, à regarder Curly John qui avait l'air, droit sur son cheval, de remorquer le taxi.

Lui les vit à peine.

— Quelque chose que j'ai acheté... dit-il vaguement à sa sœur.

Gonzales allait transporter la malle dans l'atelier, mais il lui cria avec colère :

— Chez moi !... Dans ma chambre !... Tu entends ? J'ai dit dans ma chambre...

Le dîner était prêt, le dîner d'anniversaire, avec quelques naïfs raffinements de Mathilda. Il y toucha à peine. Il regardait sans cesse la porte de sa chambre.

— Tu as bu ? questionna doucement sa sœur.

Il ne lui était arrivé de boire outre mesure que trois fois dans sa vie et il se les rappelait.

— Pourquoi aurais-je bu ? fit-il, l'œil soupçonneux.

Elle battit en retraite, confuse.

— Je ne sais pas... Il me semblait... C'est sans doute la chaleur...

Elle avait un peu peur du regard de son frère qui glissait sur les choses sans s'y appuyer, avec l'air de fuir.

— Tu as acheté des livres ?

Est-ce qu'il avait l'habitude d'acheter des livres par malles entières ? Hein ?

— Suis-je assez grand pour m'acheter ce qui me plaît ? éclata-t-il.

Le mot même ne la fit pas rire. Il n'avait pas dit assez vieux, malgré ses soixante-huit ans. Il avait dit assez grand, comme quand il était gosse et qu'elle jouait à la maman avec lui.

Il entra dans sa chambre dont il fit claquer la porte et elle ne le revit pas de la soirée.

2

Les uns disaient encore « la mine », d'autres « chez les Polonais ». A quel moment exact la mine avait-elle été abandonnée ? Vers l'époque de la crise financière, en 1929 ou 1930. Depuis quelque temps déjà le gros du filon était épuisé et on travaillait à perte. Les Polonais étaient arrivés quelques années plus tard, non sur des chars tirés par des bœufs comme les premiers pionniers, mais entassés dans un vieux camion automobile qui faisait un bruit de ferraille, et qu'une Ford démantelée précédait.

On ne se souvenait pas de leur avoir entendu demander leur chemin. Ils allaient comme les oiseaux que dirige leur instinct. Ils avaient campé par-ci par-là, quatre ou cinq fois, pas plus, avant de prendre possession des baraques bâties jadis pour les mineurs.

Ils n'avaient pas rouvert la mine. Ils avaient creusé un puits un peu plus haut dans la montagne et depuis lors ils l'exploitaient. On ne savait pas au juste combien ils étaient : un vieillard, en tout cas, qu'on transportait dans son fauteuil, puis deux hommes et un adolescent qui travaillaient à la mine. Une ou deux grandes filles à forte poitrine les aidaient parfois, un mouchoir noué sur la tête, et il y avait d'autres femmes, des enfants déjà grands et des bébés à la mamelle, sans qu'on sût comment tout cela formait des familles.

Elle était là, cette mine, à moins de deux milles de Curly John qui montait à cheval sans rien dire, sinon qu'il ne rentrerait probablement pas de la journée. Mathilda, qui l'avait guetté au sortir de sa chambre, lui avait trouvé un air plus décidé que la veille. Était-ce pour la taquiner, ou bien se passait-il des choses si graves qu'il ne pouvait pas les dire, même à elle ? Il ne souffla mot de la malle et ferma sa porte à clef avant de sortir. Il ne lui dit pas non plus pourquoi il avait mis une fois de plus son pantalon de ville.

Et comme, du seuil, elle le regardait partir, il fit la chose la plus inattendue du monde, pour elle qui le connaissait comme elle le connaissait. Au lieu de prendre la piste des Foot-hills, ou celle de Jaynes Station, ou encore ce qu'on appelait la vieille piste, il s'engagea sur l'ancien chemin de la mine et piqua droit devant lui. Comme si *l'autre* n'avait pas existé ! Comme si, depuis trente-huit ans, il n'y avait pas un nom tabou dans la maison de Curly John !

Il disparut derrière un premier pli du terrain et, quand il fut sur le mamelon suivant, il découvrit, à sa droite, un ranch dont les bâtiments ressemblaient à une maison de la ville. A gauche, au pied de la montagne, une sorte d'échafaudage, une grande roue suspendue dans l'espace, ce qui restait de la mine. Des baraques, il n'y en avait plus que quatre ou cinq intactes, quelques-unes avaient disparu complètement et le cheval dut contourner des plaques de tôle ondulée.

Curly John se pencha pour parler à une fille qui gardait des marmots.

Elle le regarda d'abord comme une sourde, habituée qu'elle était à être interpellée dans une langue qu'elle ne connaissait pas. Puis elle fronça les sourcils, devina le nom de Jenkins, ou le prénom de Miles et, avec une légère rougeur aux joues, désigna au cavalier un autre groupe de cabanes.

Car il n'y avait pas que des Polonais à habiter là. Deux familles de cow-boys avaient choisi les bicoques les plus éloignées, de sorte qu'entre les deux groupes s'étendait comme un *no man's land* de détritus.

— Miles Jenkins ? répétait Curly à une vieille qui étendait du linge sur un fil de fer.

Et elle se mettait à crier, sans répondre, d'une voix aiguë de matrone des faubourgs :

— Miles !... Miles !... Y a Curly John qui te demande...

Le garçon dépassait Curly John, pourtant grand, de presque toute la tête. Son pantalon de cow-boy, en grosse toile bleue, qui lui collait aux jambes et aux cuisses, l'allongeait encore, et il avait toujours une des jambes de ce pantalon — invariablement la gauche — retroussée sur sa botte. Une toute petite tête, là-haut, et un vaste chapeau de feutre noir qu'il toucha du doigt pour saluer le visiteur. Il attendait, impassible, mâchant du chewing-gum.

— T'es embauché ?

— Des fois que vous voudriez me prendre chez vous ?

Curly sourcilla, craignant l'ironie, car tout le monde savait qu'il n'avait plus qu'une soixantaine de bêtes et que, pour les rentrer au *corral*, dans quelques semaines, il n'aurait pas besoin de renfort.

— En tout cas, c'est pas un fainéant comme toi que je choisirais...

L'autre attendait, sans curiosité, mastiquant toujours.

— Tu sais conduire une auto ?

Pour toute réponse, Jenkins montra d'un mouvement le camion et la Ford des Polonais.

— Tu as ta licence ?

— Depuis six mois...

— Prends ton cheval et viens avec moi... Tu pourras toujours t'en aller quand il y aura de l'embauche...

C'est ainsi que, côte à côte, ils se dirigèrent vers Jaynes Station, sans un mot, l'un mâchant sa gomme, l'autre mordillant son cigare. Il y eut deux chevaux, ce jour-là, dans le pré de l'épicier espagnol, deux hommes à monter dans l'autobus de Tucson et à en descendre près du « Pioneer Hôtel ». Or, c'était déjà comme s'ils avaient depuis toujours marché l'un à côté de l'autre. On sentait que Miles Jenkins irait n'importe où, pour peu que Curly John l'y conduisît.

Celui-ci, depuis quelques minutes, parcourait les rues du centre avec l'air de chercher quelque chose et il ne venait pas à l'idée de Miles de lui demander ce qu'il cherchait.

— J'ai pourtant vu ça par ici, il n'y a pas si longtemps... Toi qui as sans doute une bonne amie, tu as dû la faire photographier...

C'était un photographe qu'il cherchait, non pas n'importe lequel, mais un photographe sur la vitrine duquel il se souvenait avoir lu qu'on se chargeait de travaux industriels.

— Attends-moi, commanda-t-il, devant la porte.

Son regard, dans le magasin, devenait méfiant. Il n'avait pas un coup d'œil pour la jeune fille qui lui souriait derrière le comptoir et il marchait vers un homme en longue blouse noire qui allait passer derrière une tenture.

— Pardon, vous !

L'autre voulut lui désigner l'employée mais n'insista pas, car il y a des interlocuteurs de qui, on le sent, il ne faut attendre aucune patience.

— Vous faites des agrandissements, n'est-ce pas ?

— Vous avez la plaque ou la pellicule ?

— Je veux que vous m'agrandissiez un document.

Il tira avec précaution une lettre de son portefeuille et fut choqué de voir le photographe la regarder comme un papier sans importance.

— En quelle dimension voulez-vous la reproduire ?

Curly John dut expliquer qu'il avait lu que, grâce à une photographie agrandie, il était possible de faire renaître, si faiblement que ce fût, des caractères effacés sur une lettre.

— Donnez... Revenez dans deux trois jours...

Il n'était pas convaincu, l'homme. Il voulait bien essayer. Quant à Curly John, il parvenait à ne pas bouillir, à dire presque posément qu'il voulait que le travail fût fait tout de suite, en sa présence.

Il finit par avoir gain de cause, parce qu'il faisait peur. Il assista patiemment à tous les préparatifs et alla jusqu'à reprendre l'original de la lettre avant que le photographe disparût dans la chambre noire pour le développement.

« *Cher ami,*

« *S...* (C'était peut-être un S, peut-être un G) *est reparti pour San Francisco* (on devinait *San Francisco* plutôt qu'on ne le lisait) *et nous sommes à nouveau tranquilles, à part quelques troubles à la mine...* (quelques mots effacés)... *grève... J'ai... samedi deux mille dollars...* (toute une ligne illisible ou presque, avec seulement le mot *dollar* deux ou trois fois)... *moyenne... Paradis* (il n'y avait que *Parad*, mais Curly John devinait le reste du mot, car il connaissait l'auteur de la lettre et il y avait jadis, à Tucson, une maison de jeu et de danse qui s'appelait le « Paradis »)... *même recette... attends... Bisbee...* »

Tout cela, en somme, était assez clair pour un homme qui avait vécu à Sunburn vers 1900. Comme la lettre était signée L.H., elle avait été écrite par Little Harry, qu'on appelait aussi le Comptable, un *gambler* dont on parlait encore aujourd'hui comme d'une figure quasi historique de l'Arizona.

Little Harry avait monté des maisons de jeux et de danse un peu partout, et la plus importante, qu'il dirigeait en personne, était celle de Sunburn.

« *J'aurai certaines... à vous dire* (le mot *choses* effacé) *quand...* (plusieurs mots illisibles) *whisky car... bruits qui m'inquiètent.* »

A présent, c'était le grand mystère, qui avait décidé Curly John à prendre la piste de la mine, à emmener Miles Jenkins avec lui et qui lui ferait tout à l'heure acheter une automobile.

« *A propos de H., je ne sais pas... derrière la tête. Il mijote... coup... coûter gros... tort... confiance dans Romero... toute façon sera tué ou pendu... parlera avant.* »

Le reste, sans intérêt, confirmait l'identité de l'auteur de la lettre. Cela se devinait plutôt que cela ne se lisait :

« *J'attends une nouvelle chanteuse de New York. Enfin, il y a un certain Bones Benson* (Curly John l'avait connu. On l'appelait B.B. et il avait été pendu) *qui me donne du fil à retordre au faro...* »

Des choses sans importance. Des histoires de *gamblers*. Comme par hasard, ces passages-là, qui étaient de l'autre côté de la feuille, étaient les plus lisibles.

La dernière phrase, par contre, comptait à elle seule autant que tout le reste :

« *Avertissez C.J. si cela vous convient. Moi, cela m'est égal. C'est pour le 15, donc après-demain...* »

Or, C.J., c'était lui, Curly John. Cette lettre, qui parlait tranquillement de sa mort prochaine, avait été envoyée à quelqu'un, par messager probablement. On donnait à ce quelqu'un le choix de l'avertir ou non, Little Harry, qui en avait tant vu tuer dans son établissement, s'en lavait les mains.

Le principal, l'essentiel, c'était le fameux H.

« *A propos de H... je ne sais pas... derrière la tête...* »

Bref, il était clair qu'un certain H. avait payé Romero pour le tuer, lui, Curly John, en embuscade.

Or, si un homme au nom commençant par H. était vraiment l'instigateur de l'assassinat, ce n'était pas l'Innommable. Et alors, c'était le plus grand drame que Curly John pût imaginer, c'était toute sa vie, en somme, qui était faussée, et pas seulement la sienne, c'était... Non ! Il avait besoin de sang-froid et, quand il pensait à cela, il lui semblait que sa raison allait s'égarer. Il préférait regarder vers la devanture, où Miles Jenkins était adossé à la vitre, son grand corps dans une immobilité parfaite.

Que Curly John reste deux heures chez le photographe et il retrouverait son cow-boy à la même place. Peut-être, derrière lui, y aurait-il collé au carreau un morceau de chewing-gum.

Un *H...* Cela aurait été presque simple si la lettre avait été sûrement un *H...* La nuit, John avait passé des heures à l'examiner à la loupe, sous des éclairages différents, et parfois il lisait un *R.*, parfois un *N.*, parfois même un *B.* ou un *A...*

Si c'était un *A.*, il n'y avait rien de changé.

Désirait-il qu'il y eût quelque chose de changé ? Cela encore, c'était une question qu'il repoussait avec colère.

Car enfin, si c'était un *A.*, il n'avait plus qu'à continuer à vivre comme il avait vécu. Ne s'en était-il pas arrangé pendant trente-huit ans ?

Mais si l'Innommable n'était plus innommable ?

— Voilà...

Le photographe, avec une grande épreuve mouillée.

— Vous voulez que je vous la sèche à l'alcool, afin que vous puissiez l'emporter ? Quant à la pellicule elle ne sera sèche que dans deux ou trois heures.

— Donnez-la-moi...

Il la saisit, la roula en boule gélatineuse et l'enfonça dans sa poche. Pendant ce temps-là, on séchait l'épreuve, qu'il emporta dans une enveloppe brune sans oser la regarder.

A sa sortie, Miles Jenkins déplia son corps interminable et le suivit sans un mot.

Était-ce admissible ? Depuis trente-huit ans exactement, il vivait sur une idée, sur une certitude, il s'arrangeait en quelque sorte avec elle. Elle devenait comme le pivot de son existence et déteignait plus ou moins fortement sur ceux qui l'entouraient.

Un beau jour, un déjà vieil homme s'en va déjeuner chez cette folle de Peggy Clum. Au fond, n'avait-il pas toujours aimé Peggy et ne le menait-elle pas par le bout du nez ?

A propos de Peggy... Si c'était un *H., elle avait tort aussi,* elle avait eu toujours tort, et les bons devenaient les mauvais, les mauvais devenaient les bons. Il se comprenait.

Cette vieille folle de Peggy, donc, l'entraînait au garde-meuble, achetait un baril de clous rouillés et l'obligeait à acheter de son côté une vieille malle verte.

Il savait que Jenkins, malgré son impassibilité, se demandait quand on irait acheter l'auto et de quelle marque on la choisirait. Or, Curly John, lui, se demandait dans quel coin il pourrait examiner son épreuve, qu'il portait comme une chose précieuse. Dans les bars, on l'observait. S'il allait chez Peggy, il en aurait pour des heures et il faudrait tout lui raconter, avec les intermèdes téléphoniques rituels. Qui sait ? Peggy serait capable de courir chez sa sœur et de se jeter dans ses bras ? Ou bien de déchirer la lettre ? Dans le hall du « Pioneer », il y avait trop de monde.

Il ne se sentait en sécurité nulle part. C'était l'honneur d'un homme qu'il tenait à la main, dans cette enveloppe rugueuse, peut-être *le sien* ?

Il marcha plus vite et s'arrêta devant un garage où l'on vendait des voitures d'occasion. Contrairement à Jenkins, la marque ne l'intéressait pas, ni la forme, ni la couleur. Il voulait une auto pour se déplacer plus aisément jusqu'au moment où il trouverait la solution.

Il ne prit pas tout à fait la moins chère, parce qu'il se méfiait, mais un petit peu au-dessus, signa un chèque et remplit des papiers pendant que Miles Jenkins allait avec un garçon du garage essayer l'auto dans les rues.

Un instant on le laissa seul dans le bureau vitré et il tira l'épreuve de l'enveloppe, jeta un coup d'œil à la place qu'il connaissait si bien.

C'était pis que sur l'original. On aurait donné le *H.*, à 60 %, mais on pouvait donner le *A.*, le *N.* et le *B.* à égalité.

— Où voulez-vous que je vous conduise, patron ?

Il ne savait pas encore. Sa première idée avait été de se rendre à Sunburn, mais la journée était trop avancée. En outre, ce n'était plus une ville. Les mines, depuis des années, étaient abandonnées, les puits béants, la plupart des maisons avaient fondu comme du sucre et, de douze mille habitants, il n'en restait pas six cents. Encore étaient-ce presque tous des nouveaux venus, de deux ans à peine, attirés par des médecins qui tentaient de faire de la ville morte un endroit de cure.

— Tu ne sais pas ce que sont devenus les enfants de Little Harry, toi ?

Miles Jenkins avait dix-neuf ans. Il connaissait par cœur les exploits des *gunmen* du passé, surtout ceux des cow-boys, mais il n'avait pas entendu parler du célèbre tenancier.

— Arrête-moi devant le bar du « Pioneer »...

La voiture servirait plus tard. En attendant, Jenkins alla la ranger dans un parking et revint s'adosser à la devanture du « Pioneer » comme il l'avait fait à celle du photographe.

A cette heure-là, on trouvait toujours quelques anciens au bar. Davantage de commerçants que de propriétaires de ranches, mais certains avaient vraiment connu la grande époque.

— Attendez... Little Harry a vendu son dernier *saloon* en 19... Un instant... Jim !... En quelle année ta fille s'est-elle mariée ?... Je suis bête, c'était l'année de la fin de la guerre... En 1918... C'est cette année-là que Little Harry a acheté une maison dans cette rue même, là où est maintenant la Chambre de commerce... Sa deuxième femme est venu le joindre... C'est une histoire assez compliquée... Little Harry a eu quatre femmes... La première l'a quitté pour aller divorcer je ne sais où... La seconde, une Mexicaine, il l'a prise par contrat... Parfaitement !... Il lui a signé un contrat de cinq ans, et, après cinq ans, ils se sont séparés bons amis... Il en a eu deux autres... Mais c'est la Mexicaine qui est venue vivre à Tucson avec lui quand il s'est retiré...

» Tout le monde croyait que Little Harry avait beaucoup d'argent...
Or, ils se sont mis à vivre assez chichement, avec tout juste une petite
bonne... Sa barbe était devenue longue, toute blanche... Il marchait à
l'aide d'une canne et sa femme le tenait par le bras, un chien minuscule
les suivait... Je crois qu'un écrivain est venu de New York pour écrire
un livre sur lui, mais il n'a pas voulu...

— Ses enfants ?

— Il en a eu trois ou quatre... Je me souviens d'un garçon... Il les
a envoyés étudier dans l'Est et je ne sache pas qu'ils soient jamais
revenus ici...

C'était du temps où Curly John vivait au ranch. Peut-être avait-il
rencontré Little Harry dans les rues de Tucson sans y faire attention ?
Le mot barbe, pourtant, le frappait. A Sunburn, Little Harry, plus
jeune de près de vingt ans, portait une barbiche carrée encore presque
noire.

Où Curly John avait-il vu un vieux monsieur et une vieille dame
suivis d'un petit chien ? Il lui semblait que c'était dans un magasin ou
dans une boutique.

Peu importait. Il n'y avait rien d'explicable dans l'histoire. La malle
appartenait à l'Anglais Ronald Phelps. Bon !

Phelps avait certainement connu le *gambler* à Sunburn et sans doute
l'avait-il retrouvé ensuite à Tucson. Soit !

Il avait pu recueillir de lui — est-ce que tous les Anglais ne sont pas
plus ou moins maniaques et collectionneurs ? — de vieux prospectus,
d'anciens programmes, des photographies, des affiches qui bourraient
la malle verte.

Tout cela était logique.

Mais comment, dans la même malle, si les objets venaient de Little
Harry, y avait-il une lettre que celui-ci avait écrite, donc envoyée, et
qui, par conséquent, aurait dû se trouver chez son destinataire ?

Comment surtout y avait-il un autre bout de papier, dont la présence
était plus invraisemblable encore ? Ce bout de papier-là aussi, Curly
John l'avait dans son portefeuille, mais il préférait ne pas le regarder,
pour ne pas lire le nom de *l'autre*.

Farm Point le 15 janvier 1897.

« *Entre les soussignés John Evans, dit Curly John, âgé de 18 ans et
Andy Spencer, 18 ans, tous les deux domiciliés chez leurs parents à
Farm Point, il est convenu...* »

C'était *l'autre* qui avait rédigé le billet, car il travaillait à la ville
comme typographe et il lui était arrivé de composer de pareilles
formules pour son patron.

« *... Curly John et Andy Spencer mettent en commun la somme de
deux cents dollars qui leur servira de capital pour se rendre à la
frontière mexicaine et pour s'y livrer, soit à la prospection, soit à
l'élevage.*

Quels que soient les résultats obtenus, tous deux s'engagent à ne pas dissoudre l'association avant un délai de vingt années... »

Que cela leur semblait long, alors, vingt ans ! Et quel vieillard était à leurs yeux un homme de quarante ans !

Pendant des heures, la nuit précédente, Curly John avait été en proie à des fantômes. Il revoyait sa mère, dans la neige, devant la barrière de leur ferme, et le visage de *l'autre*, plus fin, plus nerveux que le sien, aux yeux bruns très brillants.

Cette partie du billet, ils l'avaient signée avec leur sang. En deux exemplaires, chacun gardant précieusement le sien dans son portefeuille.

Ils n'étaient que des enfants en arrivant. Ils avaient connu la mine, à Sunburn. Ils avaient vécu trois ans comme des pionniers. Est-ce qu'ils étaient devenus des hommes ?

Aujourd'hui, si on avait poussé un peu Curly John, il se serait peut-être laissé aller à dire qu'on n'est un homme qu'à partir de la soixantaine.

Toujours est-il que, sur les mêmes feuilles, où il restait de la place, ils avaient ajouté, en 1902, quand ils avaient obtenu deux lots contigus pour y fonder ce qu'ils devaient appeler le ranch de la Jument Perdue (c'était toute une histoire, qui concernait Mathilda) :

« Les soussignés confirment les engagements précédents. Ils exploiteront en commun les lots qu'ils ont obtenus à leurs noms respectifs dans la montagne de Tucson, près de Jaynes Station, et qui ne formeront qu'un seul ranch.

Chacun des associés, cependant, pourra réclamer sa part en cas de mariage. »

Cinq ans de plus. Ils n'étaient fiancés ni l'un ni l'autre et la vie qu'ils avaient menée ne leur avait pas fait rencontrer beaucoup de jeunes filles. Le mot mariage, cependant, apparaissait dans leur contrat.

Or de ce contrat, il n'y avait jamais eu que deux exemplaires et Curly John possédait toujours le sien qu'il n'avait montré à personne, pas même à Mathilda, sa sœur, ni à Peggy Clum.

La feuille trouvée dans la malle verte n'était pas l'exemplaire de *l'autre*, mais une copie, une copie très exacte, minutieuse, faite d'après un des originaux.

La plupart des papiers du vieil Anglais semblaient provenir de Little Harry, en tout cas de son établissement.

Comment Little Harry pouvait-il avoir en sa possession la copie d'un document, que Curly John et *l'autre* auraient dû être les seuls à connaître ?

Et comment, quelques années plus tard, en 1909, alors que le ranch était en pleine prospérité et que les deux associés possédaient plus de mille bêtes à cornes, le même Little Harry était-il au courant, trois jours à l'avance, des détails d'un attentat qui allait être commis sur Curly John ?

Il en avertissait quelqu'un par lettre. Malheureusement l'enveloppe manquait.

Il laissait à ce quelqu'un le choix d'avertir ou non Curly John de ce qui se tramait contre lui.

Le quelqu'un en question ne l'avait pas averti.

Donc, il préférait le voir mort que vivant...

Il ne but qu'un whisky ce matin-là, car il voulait garder toute sa tête. Il n'avait depuis la veille que trop tendance à se comporter étrangement et il se rendait compte que ses interlocuteurs l'examinaient parfois à la dérobée.

Il faillit aller demander au garde-meuble si l'on était certain de n'avoir aucune adresse de l'Anglais, mais c'était évident, on l'avait annoncé à la vente. Au surplus, dans le cas contraire, cette vente n'aurait pas eu lieu.

Un *H*... Un *N*... Un *R* ou un *A*...

Cela pouvait aussi bien être la première lettre d'un prénom que d'un nom de famille ou d'un surnom. Plutôt d'un prénom ou d'un surnom car, surtout à cette époque, on ne se servait guère des noms de famille.

La lettre avait été écrite à Sunburn. Manuel Romero, l'homme qu'on avait payé pour tirer sur lui et qu'il avait eu la chance d'abattre, venait de Sunburn.

Bien que tous ceux qui habitaient la ville à cette époque fussent morts ou dispersés — quelques-uns vivaient maintenant à Tucson —, il décida de s'y rendre le lendemain.

La veille, Mathilda avait vu arriver de loin son frère à cheval qui semblait ramener triomphalement un taxi.

Aujourd'hui, sur le coup de trois heures, le même nuage de poussière lui annonça Curly John sur son cheval, tenant une autre bête en bride, et une voiture jaune qui suivait, car il avait fallu ramener les chevaux de Jaynes Station.

Il ne fut guère plus bavard que le soir précédent.

— Tu nous donneras quelque chose à manger...

Il n'avait rien pris de la journée et Miles Jenkins s'était contenté d'un sandwich dans un *drugstore*.

Pendant que Mathilda les servait, Miles mena sa jument à l'écurie, sous les yeux étonnés de Gonzales qui s'occupait du cheval du patron.

— Tu as encore ramené des paquets ?

— Rien...

Sinon l'enveloppe, qu'il alla enfermer dans sa chambre.

Jenkins mangea d'une façon étonnante, comme un serpent qui se gonfle de bout en bout avant de s'endormir pour des semaines, à la différence qu'il ne changeait pas apparemment de volume.

Puis il se leva, toucha son chapeau qu'il n'avait pas retiré :

— Qu'est-ce que je fais, patron ?

Alors seulement Mathilda comprit que son frère l'avait embauché.

— Tu chercheras un coin pour l'auto. Occupe-toi de cela avec Gonzales et le Chinois. Ils te trouveront un lit pour dormir. Demain, nous partirons de bonne heure.

Elle comprit l'auto aussi et en resta sans voix.

Curly John, sans une explication, entra dans sa chambre pour se changer comme il en avait l'habitude. Un instant, il s'arrêta pour regarder le seuil qui séparait sa chambre de la salle commune. C'était une grande pierre qu'ils avaient taillée de leurs mains. Eux... Lui et *l'autre*...

Car ils avaient bâti la maison de toutes pièces. Pas telle qu'elle était à présent. En 1903, elle ne comportait qu'une seule chambre, devenue maintenant la salle commune. Le reste était venu petit à petit et *l'autre* n'était plus là depuis longtemps quand on avait installé les salles de bains et l'électricité.

Il se pencha une fois de plus sur le document photographique.

Il fixait la lettre, qu'il agrandissait encore à la loupe, jusqu'à en avoir des raies noires qui lui dansaient devant les yeux.

Il sortit, alla regarder machinalement les chevaux dans le *corral*. Assis sur une barrière, Jenkins astiquait une selle et l'auto jaune faisait une tache inattendue sous un toit où l'on entassait le fourrage.

Il se sentait vide et malheureux. Pour la première fois depuis longtemps, il aurait voulu demander à quelqu'un, mais il n'y avait personne en état de le conseiller. Il devinait Mathilda, derrière la vitre, qui le suivait des yeux sentant sa détresse sans en deviner la cause, anxieuse de le consoler ou de l'apaiser.

Est-ce que, oui ou non, on a le droit de perdre trente-huit ans de vie ? Même de la sienne ? Non !

Et ce non-là lui jaillissait si fort de la poitrine qu'il aurait été capable d'en pleurer.

Il sella la jument grise, une descendante de celle que Mathilda avait perdue et dont l'histoire avait fourni le nom du ranch. Mathilda, dans leur ferme du Connecticut, montait à cru, comme tous les enfants, de lourds chevaux de labour. Quand on avait fondé le ranch, on avait acheté des chevaux, entre autres une jument grise, qu'on avait choisie pour la jeune fille à cause de sa douceur. Au fait, en ce temps-là, Mathilda avait dans les trente ans. Curly John, encore naïf, n'espérait-il pas vaguement que *l'autre* l'épouserait ?

Elle avait voulu essayer la bête, toute seule, et une heure après on l'avait vue revenir, à pied, boitillant, la joue égratignée et la robe déchirée.

— La jument ? lui avait crié *l'autre* en l'apercevant.

Et elle, désignant la montagne d'un geste large et presque pathétique :

— Perdue...

On l'avait cherchée pendant trois jours avant de la retrouver. Des années après on en riait encore, car Curly John avait été un garçon rieur.

Il poussa sa monture au hasard à travers les terres où, certaines années, autrefois, à l'époque de la vente de bœufs, douze cow-boys n'avaient pas trop de trois semaines pour ramener le cheptel au *corral*.

Le terrain montait en pente douce. C'étaient les meilleurs pâturages, ce qu'on appelle les Foot-hills, la partie la plus verdoyante qui longe le pied de la montagne.

Il alla plus haut, au pas, apercevant par-ci par-là une de ses vaches, se surprit à grimper beaucoup plus haut qu'il ne pensait, et alors il se retourna et regarda la plaine.

Qu'un *H., A., N.,* ou *B.* ait décidé de le faire assassiner, c'était déjà étrange car, en ce temps-là, en dehors des villes, on suivait davantage la dure loi de la Frontière que les lois de l'État. Si on avait un ennemi, on le tuait en face, chacun ayant le droit de tuer un homme qui avait les armes à la main.

Personne, ce jour-là, le 15 août 1909, ne savait qu'il rentrerait par la piste qu'ils appelaient entre eux la piste des coyotes. Personne, sauf *l'autre...*

Curly John lui avait annoncé en partant :

— Je rentrerai par les coyotes. Il y a une barrière à redresser de ce côté-là...

Il l'avait effectivement redressée. Elle n'était pas loin de la route, à un mille de l'endroit où Romero était embusqué.

Comment le tueur avait-il été renseigné ? Cette question lui était venue à l'esprit tout de suite, aussi automatiquement que sa main avait saisi son revolver et pressé la gâchette.

La preuve c'est que, aussitôt après s'être assuré que le Mexicain était mort, il avait marché vers son cheval immobile dans la pluie et l'avait examiné. Or, le cheval n'était pas essoufflé comme il l'aurait été après une longue course, si Romero, par exemple, avait suivi Curly John depuis longtemps et, le voyant s'engager sur la piste des coyotes, avait coupé au court pour se mettre en embuscade.

Maintes fois ce problème l'avait hanté et pourtant il n'avait accusé personne. Il était moins en train, voilà tout, d'autant plus abattu que sa blessure avait été longue à guérir et que c'était le moment des fortes chaleurs.

Mais comment expliquer cet échafaudage dans la plaine, à ses pieds, près des baraques des Polonais, cette mine dont, en quinze ans, on avait tiré pour vingt ou trente millions de cuivre ?

Est-ce que les événements ne s'étaient pas succédé avec trop de rapidité pour être naturels ?

Le 15 août 1909, Romero tirait sur lui et seul un hasard, sans doute, ou un faux mouvement, ou la tempête qui enlevait au tueur son adresse habituelle, lui avait sauvé la vie.

Le 23 décembre de la même année, Andy Spencer... — il fallait bien penser son nom, sinon le prononcer tout haut ; cela faisait mal, mais c'était nécessaire — Andy Spencer... oui, l'air embarrassé, affectueux et gêné tout ensemble, lui annonçait qu'il se fiancerait le jour de Noël.

Qu'importait Rosita ! En amour, chacun joue sa chance. Curly John avait été le premier à faire la cour à Rosita, la fille d'O'Hara, mais sans oser espérer, car il se considérait comme une grande brute et elle était fine comme de la porcelaine, belle comme l'avait été sa mère qui était espagnole.

Il ne s'était aperçu de rien et voilà que c'était Andy Spencer qui épousait Rosita. Il leur avait servi, en somme, de paravent. Soit ! Encore une fois, chacun joue sa chance. Et à Noël, il avait été le premier à féliciter les fiancés cependant que Peggy, la sœur aînée, le regardait avec cet air goguenard qu'elle avait conservé.

— *Il faudra...* — c'était le 28 décembre — *que nous songions au partage, comme il est prévu dans notre accord...*

Pourquoi Andy Spencer avait-il cette mine contrite ? Au moment même, Curly John avait cru que c'était à cause de leur amitié, de leur vieille intimité qui allait se trouver brisée.

— *Le plus simple est de prendre comme base la limite des lots initiaux...*

Le ranch, depuis, avait été considérablement agrandi.

— *Quant aux bâtiments, je te laisse...*

Curly John avait protesté contre une pareille générosité.

— *Pourquoi ne pas les jouer à pile ou face ?*

— *Vois-tu, Rosita aime la ville et ne s'habituera jamais à vivre sur un ranch. Je compte laisser quelques hommes ici, leur bâtir quelque chose de simple...*

Un vague soupçon. Est-ce qu'Andy Spencer, son ami de Farm Point, allait entrer dans les affaires de son beau-père, s'associer avec O'Hara qu'entre eux ils avaient toujours traité de vieux brigand ?

Une gêne entre eux, ce soir-là et les jours suivants. Au premier de l'an, Andy allait seul à la ville pour présenter ses vœux. Quelques jours plus tard, des ouvriers envahissaient son lot et commençaient à y édifier des bâtiments, à planter les pieux d'un *corral* puis, à la grande stupeur de Curly John, à tendre des fils de fer à la limite future des deux ranches.

Ces fils de fer barbelés, ou plutôt ceux qui les avaient remplacés, Curly John en apercevait encore la ligne sombre dans la plaine.

Et cette mine, ce squelette de mine, avec autour les bicoques qui étaient restées longtemps abandonnées.

Il fallait revenir aux dates. Car tout était dans les dates.

12 février : mariage. Curly John était garçon d'honneur et Peggy se montrait de plus en plus ironique, sinon agressive. Peut-être s'était-il trompé en croyant qu'elle se moquait de lui. Peut-être l'aimait-elle ?

Justement à ce mariage, il y avait un certain Clum, âgé d'une quarantaine d'années, roide et solennel dans sa jaquette, qui était quelque chose de très important dans les mines de Bisbee et dans les chemins de fer. Est-ce que, si Curly John avait été plus clairvoyant, Peggy aurait épousé cet homme quelques mois plus tard ?

28 février : le jeune couple revient d'un voyage à San Francisco et s'installe dans la maison voisine de celle des O'Hara. Andy Spencer a ramené avec lui une des premières autos de la région.

Il s'en sert pour visiter son ranch, où il n'a embauché que des Mexicains et des métis.

Il a gardé le régisseur qu'ils ont depuis plusieurs années, Also Riales, qui ne tardera pas à quitter le ranch pour aller en Californie.

Les premiers temps, Andy Spencer passe presque chaque matin par la « Jument Perdue », mais s'y arrête de moins en moins.

Un jour il annonce :

— Je crois que j'ai choisi le plus mauvais lot. Je commence à manquer d'eau. La semaine prochaine, je fais creuser un puits...

On voit, en effet, des hommes édifier un échafaudage pour forer un puits artésien.

C'est en mai, alors que les chaleurs commencent.

Le 7 mai, les travaux cessent tout à coup sans que l'eau ait jailli.

Le 9 mai, Ronald Phelps, le géologue anglais, est amené en voiture par Andy Spencer et O'Hara les accompagne.

Le 15 mai, Spencer part pour San Francisco et on commence à raconter en ville des histoires de mine nouvelle.

Le 3 juin, c'est officiel... En creusant le puits, on a découvert un filon qui paraît très riche en cuivre, la société est constituée et on commence, dès le lendemain, à monter les baraquements pour les ouvriers qu'on racole un peu partout, surtout à Sunburn, où les mines ne travaillent plus qu'au ralenti.

Pendant tout ce temps-là, on a laissé Curly John à sa solitude, sans une information. C'est en voisin, des Foot-hills, de l'endroit même où il se tient aujourd'hui, qu'il assiste aux allées et venues et aux premiers forages. C'est dans le journal de Tucson qu'il lit l'avis de constitution de société.

Et il n'est pas jaloux. Il est sûr de n'avoir jamais éprouvé de jalousie. Ni à cause de Rosita — il se rend compte qu'il n'est pas fait pour elle — ni à cause de la mine. D'ailleurs, il n'est pas un homme d'affaires et se trouve plus à l'aise dans son ranch. Quelqu'un oserait-il l'accuser d'être jaloux ? Croit-on qu'il boude ? A-t-il refusé d'être garçon d'honneur et même, à la noce, de chanter une vieille chanson écossaise ?

Andy Spencer arrive en auto quelques heures après que le journal a paru, portant, comme un avocat, une grosse serviette sous le bras. Il n'a déjà plus rien d'un propriétaire de ranch.

— Je te demande pardon de n'être pas venu plus tôt et de ne pas t'avoir tenu au courant. Vois-tu, il fallait garder l'affaire secrète jusqu'à la dernière minute. J'ai un peu honte que ce soit sur moi que cette chance soit tombée. Le gisement aurait pu tout aussi bien se trouver sur ton lot... Qui sait ? Tu ferais peut-être bien de procéder à quelques forages... Ronald Phelps est un excellent expert...

Les dates ! Curly John ne pense qu'aux dates et cela devient une hantise. Malgré lui, son regard reste froid et cela lui fait mal de regarder froidement le gamin avec qui il a quitté Farm Point et qui est devenu un homme d'affaires important.

— *Je t'ai apporté ceci...*

Andy ouvre sa serviette, en retire un paquet de titres où s'étalent en caractères encore frais les mots :

« *Mines de Marina* »

C'est le prénom de la mère de Rosita, de la belle Mrs O'Hara. A quoi bon cette scène pénible ? John qui repousse les papiers, *l'autre* qui insiste, Mathilda qui, on ne sait pourquoi, se met à pleurer.

— *S'il n'avait tenu qu'à moi de t'associer pour une plus grande part...*

— *Il n'en est pas question.*

— *Tu sais que, par le fait de mon mariage...*

Eh ! oui, justement ! Par le fait de son mariage ! Est-ce qu'il ne fallait pas qu'Andy eût repris possession de ses droits avant de découvrir la mine ?

— *Je te prie de ne pas insister...*

Spencer s'en va fâché avec sa serviette sous le bras, pleine de titres que les deux hommes ont froissés en se les poussant l'un vers l'autre.

Les dates ! Encore et toujours ! Un an ne s'est pas écoulé depuis le coup de feu de Romero, *depuis l'embuscade à un endroit où Andy Spencer seul savait que John devait passer.*

Et Andy s'est marié. Andy est riche. Andy offre à son ancien associé une poignée de titres en guise de compensation.

Parce qu'on les lui refuse, il lui envoie le lendemain un chèque de cent mille dollars accompagné d'une lettre embarrassée.

Ce n'est pas le coup de feu qui a de l'importance. Ce sont les dates. C'est l'enchaînement quasi inéluctable des faits.

C'est un passé qu'on a détruit après l'avoir sali. C'est un espoir mort. C'est l'impossibilité, désormais, de croire en l'homme.

Qu'importe à présent qu'on traite Curly John de jaloux parce qu'il a renvoyé le chèque sans un mot d'explication et parce qu'il s'isole sur son ranch ?

C'est bien plus que les millions de la mine, qu'on lui a volé.

Or, voilà que trente-huit ans après, parce que Peggy Clum — mais oui, la Peggy de jadis, qui se moquait toujours de lui — parce que Peggy Clum l'entraîne à une vente aux enchères, parce qu'il a le malheur d'acheter la malle verte d'un vieil Anglais disparu, tout est remis en question, trente-huit années de vie, non seulement de la sienne, mais de plusieurs autres !

Il n'est plus sûr de rien, pas même de lui. Il doute.

— Le dîner est servi, annonce Mathilda au vieil homme qui ne s'est pas aperçu que la jument l'a ramené à la maison...

3

Il eut une hésitation, comme une pudeur, au moment de monter dans l'auto. Rien que de la voir là, devant le seuil où Mathilda assistait au départ, les deux mains croisées sur le ventre, et où Pia, la petite bonne mi-indienne mi-espagnole, s'était faufilée, cela faisait drôle. China King aussi, sans rien dire, occupé à réparer un harnais, assistait à la scène, et Gonzales qui, à cheval, attendait le départ pour aller voir les bêtes.

Miles Jenkins, toujours vêtu en cow-boy, son chapeau noir sur la tête, se tenait près du capot, mâchant sa gomme, et c'est en le regardant, long, maigre et sombre, que Curly John comprit qu'il avait failli faire une bêtise. Il avait été sur le point de monter à l'arrière, comme dans un taxi. De quoi auraient-ils eu l'air tous les deux, un devant, un derrière, le jeune au chapeau noir, le vieux *cattleman* au chapeau aussi large mais d'un beige très clair, presque blanc ?

Ils s'assirent l'un à côté de l'autre et ils se regardèrent, se trouvèrent bien, évitèrent de sourire. Jenkins tâtonna un peu pour mettre en marche, Curly John rumua légèrement la main pour dire au revoir à sa sœur et ils s'engagèrent sur la piste.

Curly John éprouva un certain soulagement de ne plus voir sa sœur, comme un élève se sent mieux loin du regard de son maître. Il ne lui avait rien dit, la veille au soir. Elle ne lui avait rien demandé. Ce n'était pas la première fois qu'il évitait de lui parler d'une chose qui le tracassait. A chacune de ces occasions, elle avait fait preuve de la même patience. Elle le soignait avec plus d'attention. De temps en temps, elle ne pouvait contenir tout à fait un léger sourire où il y avait beaucoup plus de bienveillance que de moquerie.

Cela le rendait grognon au début puis, après quelques jours, si cela durait, il finissait par être enragé, parce qu'il savait qu'elle ne manquerait pas de percer son secret à jour.

Est-ce qu'elle devinerait cette fois encore ? La malle verte était fermée à l'aide de cordes et Mathilda ne se permettrait pas de les dénouer. Les documents se trouvaient sous clef. Il n'avait pas prononcé un nom, n'avait parlé de rien.

Ce matin, pourtant, un léger incident s'était produit. Il s'en souvenait par le détail, tandis que les cahots de la voiture poussaient parfois son épaule contre celle de Miles Jenkins.

Quand ils avaient bâti la maison, c'est-à-dire la pièce qui servait maintenant de salle commune, ils l'avaient bâtie tout naturellement dans le style des maisons de leur enfance, celui de la Nouvelle-Angleterre. Le sol était dallé de grandes pierres rougeâtres qui, rugueuses au début, avaient fini par se polir, et l'un des murs comportait en son milieu une cheminée au vaste manteau, avec ses chenets de fer et son garde-feu. Les deux fenêtres, assez basses, carrées, étaient à petits carreaux et la table taillée en plein bois.

Jadis, après la trahison d'Andy, Curly John avait fait une chasse silencieuse mais farouche à tout ce qui avait appartenu à celui-ci.

En un seul jour, il avait sorti de la maison, puis des écuries, plusieurs caisses d'objets hétéroclites, jusqu'à un calendrier, une pipe cassée, de vieilles pantoufles.

Chaque fois, il croyait en avoir fini, et toujours il retrouvait quelque épave. Cinq ans, dix ans, plus tard encore, il lui arrivait de mettre la main sur un objet qui portait, gravées au couteau, les initiales d'Andy Spencer, ou sur une photo qu'on avait oubliée au fond d'un tiroir et qui les représentait tous les deux.

Une fois seulement Mathilda dit avec beaucoup de douceur :

— Et si tu te trompais, John ?

— C'est tout le monde, alors, qui se tromperait...

N'avait-il pas sa conscience et les honnêtes gens pour lui ? Si, en ville, on ne connaissait pas tous les détails de leur séparation, chacun avait su lui faire sentir que c'était à lui qu'allaient les sympathies. Certains avaient essayé de lui parler du gendre et nouvel associé de Mike O'Hara et il les arrêtait d'un geste, d'un sourire amer.

— Laissons ça...

Spencer était une puissance qu'on ménageait. Mais Curly John était un homme qu'on avait traité injustement et sur qui le sort s'acharnait. Le sort ? Il souriait, dubitatif.

Si bien qu'on avait pris l'habitude de le traiter d'une façon assez particulière, pas tout à fait comme un malade envers qui on a des ménagements, pas tout à fait non plus comme un homme qui a eu des malheurs.

Par exemple, on le prenait volontiers comme arbitre dans une discussion, ou bien on lui demandait conseil, un peu comme s'il eût été la personnification du Juste.

Mathilda n'avait jamais plus fait allusion à la possibilité d'une erreur. Jamais non plus, il est vrai, il ne l'avait sentie nettement contre Andy, comme Peggy Clum, par exemple, qui était plus enragée que lui à l'égard de son beau-frère, et surtout moins discrète dans ses manifestations.

Eh bien ! après trente-huit ans, ce matin, en déjeunant, face à sa sœur, tandis que la petite Pia traînait ses pieds nus sur les dalles qu'elle balayait, Curly John avait trouvé un nouveau nettoyage à faire.

Il regardait vaguement la cheminée, par contenance, à cause de Mathilda. De tout temps, il y avait eu des tasses accrochées à la tablette, où elles formaient une guirlande. C'étaient des tasses comme on n'en voyait plus ailleurs, d'une forme particulière, avec des scènes coloriées, ou plutôt la même scène : des enfants qui glissaient sur la neige devant une maison basse de campagne.

Cela venait d'Angleterre. Mathilda les avait achetées à un colporteur l'année qu'ils avaient bâti la maison et c'était elle qui les avait suspendues de la sorte, pour faire plus gai, comme elle disait.

Depuis, personne n'avait jamais pensé aux tasses. Les premières années, pourtant, on s'en servait.

Soudain, Curly John les compta machinalement. Il n'en restait que quatre. Il y en avait six au début. Mathilda suivait son regard et comprenait.

La première tasse, c'est lui qui l'avait cassée, un soir qu'il l'aidait à laver la vaisselle. Il avait fait la remarque — comment s'en souvenait-il après si longtemps ?

— C'est justement la fêlée...

Or, la fêlée était la sienne. Quand, six ou sept ans plus tard, une bonne en avait cassé une seconde avec le manche de son balai, c'était celle qui était la plus pâle de toutes et dont on ne s'était jamais servi.

Donc, parmi les quatre tasses qui restaient, il y avait encore celle d'Andy.

Mathilda s'attendait à voir son frère se lever, les traits durs, comme il le faisait quand il retrouvait un objet qui avait appartenu ou servi à *l'autre,* marcher vers la cheminée, prendre les quatre tasses et aller, sans un mot, les jeter à la poubelle.

Il fit bien, en effet, un mouvement pour se lever, mais se rassit aussitôt, continua de manger et évita de regarder dans la direction de la cheminée.

C'est peut-être à cause de cela que Mathilda ne s'inquiétait plus et il lui en voulait un peu de ne pas s'alarmer davantage de ses soudaines extravagances. Elle avait eu un mot étonnant de sa part. Elle avait dit, comme il sortait :

— Tu rentres ce soir ?

Elle n'ignorait donc pas qu'il allait loin. Elle savait peut-être exactement où il allait.

Les deux hommes dépassaient Tucson, se dirigeaient vers la passe de l'Est et l'air était aussi pur que les autres matins, que tous les matins de l'année, pour ainsi dire, dans un univers qui semblait toujours vide.

Miles Jenkins, avec ses dix-neuf ans, trouvait naturel de rouler sur une route goudronnée, lisse comme un mica ou comme une coulée d'argent, avec une belle ligne blanche au milieu et des écriteaux qui, au lieu d'annoncer la passe, portaient des numéros.

Cela frappa surtout Curly John quand on dépassa Narda, qu'on tourna à gauche et qu'on s'engagea un peu plus haut, sur le contrefort des Rocheuses. On ne voyait plus Tucson, caché par un autre pan de montagne. Mais peu à peu, à mesure qu'on approchait de Sunburn, John retrouvait le paysage tel qu'il l'avait connu, cette immense plaine, ce plateau plus exactement, qui, d'ici, paraissait aussi rond et uni qu'une assiette et que bordaient de partout des montagnes que le soleil faisait passer du bleu au rouge, au rose, à toutes les couleurs du prisme.

N'était-ce pas, entre ciel et terre, un endroit détaché du monde, comme suspendu dans un espace de pur cristal ? Quand il était arrivé, autrefois, il en avait eu la gorge serrée. Il avait cherché en vain une issue. Il s'était demandé un instant par où il avait pénétré dans ce cirque céleste.

Ce n'est qu'en avançant vers la montagne, barrière apparemment infranchissable, qu'on la voyait reculer d'abord, puis s'entrouvrir, et qu'avec étonnement on poursuivait sa route dans la plaine.

C'était bien là le Grand Passage qu'il avait connu avec son déferlement de bêtes et d'hommes, avec aussi ceux qui s'arrêtaient en bordure pour y fonder leur ranch et ceux qui, escaladant les rochers, entrouvraient la montagne à coups de pic ou de dynamite pour y trouver le cuivre ou l'argent.

Pour la première fois la question se posa à son esprit : qu'était-il venu faire ici ?

Il était né sur les molles collines du Connecticut et presque tous ses souvenirs d'enfance étaient des souvenirs de neige, de brume ou de pluie. Pourtant, là-haut aussi, il y avait des étés chauds.

Un souvenir de cerises, par exemple, lui revenait. Un pré avec des cerisiers, et des gamins qui grimpaient aux arbres, se bourraient de fruits déjà saignés par les oiseaux.

Est-ce que cela ne faisait pas un curieux effet, ici, d'évoquer des cerisiers ? Dans la plaine, au-dessous de lui, c'était le désert avec ses cactus biscornus qui prenaient souvent les formes des vieilles sculptures indiennes, des aspects de dieux barbares.

Même dans les Foot-hills, là où le sol était le plus fertile, persistait une impression de chaos, de terre brûlée, roussie, émiettée comme sable par le soleil cuisant.

Il était venu et il était resté. Il n'avait jamais pensé à repartir. Il n'était jamais retourné là-haut. Et cependant il aurait été en peine de dire exactement ce qu'il aimait ici.

La ville, Tucson, qui avait poussé à côté de lui, qui était devenue une cité moderne, avec ses buildings et ses aéroports, il n'y avait pas pris garde, il la connaissait à peine.

Le Grand Passage, lui, était resté tel qu'il l'avait vu en arrivant, avec des milliers de petits hommes qui venaient de partout, se raccrochaient au terrain, à la montagne ou à la plaine, s'entre-tuaient au besoin pour n'avoir pas à repartir.

L'auto roulait et il ne disait pas un mot. Miles Jenkins non plus. Cependant le silence ne les gênait pas, ils ne le sentaient pas entre eux ; sombrero noir et sombrero clair se penchaient d'un même mouvement, à certains endroits, pour regarder par la portière. Jenkins mâchait son chewing-gum, John le bout de son cigare et ainsi, pendant des milles, ils eurent tous les deux une sensation si forte de communion que, quand la voiture stoppa soudain, ils sortirent chacun par une portière, pudiquement, eût-on dit, en évitant de se regarder.

Ils étaient à l'entrée de Sunburn et un immense écriteau les arrêtait, des barrières blanches, une baraque pleine d'objets bariolés comme dans une fête foraine.

Jenkins devait être venu auparavant, car il s'adossa à la voiture, en plein soleil, et ne broncha pas. Curly John, qui n'avait pas remis les pieds à Sunburn depuis vingt ans, fronça les sourcils et regarda avec une défiance agressive le bonhomme de la baraque, un petit gros au teint brique qui portait un costume de cinéma et qui leur désignait l'enclos de la main. Il y avait un tourniquet, une boîte percée dans le haut pour les dons des visiteurs.

Cet enclos-là, que John n'avait jamais vu, c'était ce qu'ils appelaient maintenant le *Boothill Graveyard,* le cimetière des hommes morts dans leurs bottes.

Autrement dit, le cimetière de ceux qui étaient morts de mort violente. On était allé chercher leurs restes un peu partout, car, à l'époque où ils étaient tombés, le meurtrier se contentait, non pour cacher son acte, mais par décence, d'enterrer sa victime sur place.

Tous les noms étaient là, sur des croix bien rangées, comme dans un cimetière militaire, des noms célèbres et des noms inconnus, y compris ceux des femmes et des enfants massacrés, par familles entières, par les Indiens Apaches.

Il n'avait qu'à se retourner pour voir la montagne d'où ceux-ci dévalaient les pistes au bord desquelles ils tendaient leurs embuscades.

De son temps, le calme était presque rétabli. Il restait quelques Apaches, mais les leçons que les mineurs et les cow-boys leur avaient infligées les avaient rendus moins agressifs.

— *Un tel, pendu le 12 juin 1887.*

— *Un tel, tué par Manuel B...*

— *Un tel, assassiné par...*

Quelques noms de son temps, pas beaucoup. Il avait connu des explications à coups de revolver, des lynchages, des expéditions punitives, mais cela ne ressemblait plus à ce que certains appelaient alors « la Belle Époque ».

Machinalement, il lisait les noms, les dates... 1908... 1911...

Il avait connu les anciens qui, à son arrivée, étaient déjà pour la plupart des sortes de notables, avec leur redingote noire, leur pantalon clair et leur vaste chapeau de l'Ouest. Il les revoyait aux tables de faro ou de roulette, chez Little Harry, non pas aux tables où se bousculaient les mineurs plus ou moins ivres, mais à celles qu'on leur réservait et où les dollars en or formaient des piles régulières devant chacun.

Sa vie, en somme, avait commencé là, et il sourcilla en voyant sur une tombe, la dernière, le nom d'un Chinois qui était le père du sien, de China King, et qui avait longtemps tenu un petit restaurant en plein vent.

Il passa sans un mot devant le burlesque gardien du cimetière, dédaigna les photos de pendus et de cadavres qu'on lui offrait.

Où était Sunburn ? Ils avaient été dix mille ici et Curly John était parmi les dix mille. Il y avait des rues, des mines partout, des *saloons,* un théâtre, un grouillement perpétuel de cavaliers dans les rues bordées de maisons en bois ou en *adobe.*

La ville, comme les bicoques autour de la mine Marina, avait fondu. Elle était toute petite maintenant, toute propre, avec ses maisons sans étage peintes en blanc et quelques bouquets de verdure.

Qu'était-il venu chercher au juste ? La veille, en s'endormant, dans la vague poétique du premier sommeil, il n'aurait pas hésité à répondre :

— La vérité.

A présent, il aurait rougi de prononcer de telles paroles. La vérité sur quoi ? Sur une balle qu'il avait reçue dans le bras ? Sur un homme avec qui, alors qu'ils étaient longs et efflanqués comme Miles Jenkins, il avait débarqué un jour du petit train qui s'arrêtait tout le temps, manquait souvent d'eau et dont les wagons n'avaient pas de portières ?

Il marchait dans les rues et avait l'impression d'être tout seul. Il apercevait une banque, parmi toutes les banques de petites villes, qui n'était même pas à la place de l'ancienne. Le « Sunburn Palace » avait disparu, pulvérisé, remplacé par rien, par un carrefour, mais il fut surpris de retrouver l'enseigne du *saloon* concurrent, l'« Eldorado ».

Chez Little Harry, on jouait, mais il y avait en outre des femmes qui chantaient et dansaient, toutes avec de gros seins et de grosses cuisses que mettait en valeur un corset très serré.

A l'« Eldorado », on jouait seulement, sans femmes, et Curly John s'avançait, lisait les réclames qui annonçaient que l'établissement était resté exactement le même qu'en 1880, précisant que c'était là que fréquentaient les plus fameux *gunmen* de l'Ouest et qu'un bon nombre d'entre eux y avaient été tués.

Il poussa la porte et reconnut le bar, le plus long bar qu'il eût jamais vu, avec ses glaces, ses bouteilles — on avait gardé des bouteilles de l'époque — et des photographies. Les tables de jeu étaient là, dans le fond, portant des écriteaux explicatifs.

— Vous avez connu Little Harry ? demanda John au patron qui se tenait derrière le comptoir.

— Je ne suis ici que depuis trois ans...

Il avait un fort accent slave. Il devait s'être installé à Sunburn à peine était-il débarqué d'Europe.

— Dans cette brochure, ajoutait-il, vous trouverez toute l'histoire de la ville.

A droite, dans une rue, plus exactement bouchant celle-ci, l'entrée béante, en forme de gouffre, de la plus fameuse mine du pays, dans laquelle il avait travaillé.

Et, tout près, une maison qu'il examinait avec attention cependant que l'émotion lui montait à la gorge.

C'était là, aux périodes fastes, quand ils avaient de l'argent, qu'ils prenaient pension tous les deux, chez la Belle Louisa, une brune assez forte qui ressemblait à l'impératrice Eugénie et dont ils avaient tous été amoureux.

Certains soirs, Andy revenait l'oreille basse, se couchait à côté de lui — car il n'y avait chez Louisa qu'un vaste dortoir —, et annonçait avec une feinte indifférence :

— Demain, nous quitterons la maison.

Parce qu'il avait perdu au jeu. C'était rare. Il ne jouait pas comme les autres. Il n'était d'ailleurs pas comme les autres. Il y avait dans ses traits une nervosité qu'on ne trouvait pas chez ces hommes cuits par le soleil et incrustés de sable par la mine.

Il gardait son teint pâle et c'était le préféré de Louisa qui lui trouvait une peau de fille.

Des soirs durant, il restait assis à côté d'une table de roulette, notant tous les coups, se livrant à des calculs auxquels John ne comprenait rien. Parfois Little Harry l'observait avec une attention soutenue, lui qui était indifférent au menu fretin dont ils faisaient partie.

— On voit bien que tu es un fils d'institutrice ! avait plaisanté une fois Curly John en regardant les feuillets noircis de chiffres.

Son compagnon n'avait pas ri, avait un peu pincé les narines.

C'était vrai qu'il était fils unique de l'institutrice de Farm Point, de sorte qu'à l'école, enfant, il était encore chez lui. N'était-ce pas ce qui lui avait donné de si bonne heure des idées d'évasion ?

A douze ans, il annonçait :

— Je m'en irai, et vous aurez tous de mes nouvelles.

A treize ou quatorze ans, il avait délibérément choisi Curly comme compagnon, peut-être parce qu'il sentait chez celui-ci la docilité et la fidélité d'un chien.

Si on les punissait, il disait avec assurance :

— Laisse-les faire. Un jour, ils seront bien attrapés.

Il lisait beaucoup, connaissait toutes les histoires de l'Ouest et de la Frontière. A seize ans, il avait acheté d'occasion un ouvrage de géologie.

— Tu crois que ta mère te laissera partir ?

— Ce sera comme elle voudra. Si elle me laisse, nous nous quitterons gentiment, en nous embrassant. Sinon, je m'en irai quand même.

Curly John, lui, n'aurait pas osé partir sans le consentement de ses parents. Heureusement qu'il avait beaucoup de frères et sœurs. Chez lui, on ne regardait pas à une unité en plus ou en moins.

... Un écriteau encore, une maison qui lui sembla toute petite et qui était pourtant restée dans un souvenir comme l'image même du faste : le théâtre de Sunburn, qu'on appelait la « Cage aux Perruches ».

Intact. Avec des affiches. Non plus un tourniquet mais un bureau où on payait l'entrée et où on vendait des souvenirs, un guide qui vous ouvrait la porte de la salle poussiéreuse, avec ses loges comme suspendues dans l'espace, sa scène au rideau déteint, les photographies des vedettes, Lilly Pickton, Linda Lou, Madame Moustache, Blonde Mary...

Il serait retourné à la voiture et aurait fait demi-tour s'il n'avait aperçu une maison qu'il reconnaissait, avec une véranda et, sous la véranda, un vieillard qui se balançait dans un rocking chair. Il hésitait à lui donner un nom. A la vérité, il n'était pas sûr de sa mémoire, surtout à cause de la longue barbe blanche, mais il ne s'en avança pas moins.

— Docteur Schwob ? questionna-t-il.

L'autre le regarda en fronçant ses gros sourcils blancs.

— Je ne te reconnais pas, mon fils. Pourtant, à la façon dont tu as prononcé mon nom, j'ai dans l'idée que tu es passé jadis par ici. Entre. Prends une chaise...

Son regard était resté vif. Ses dents s'étaient comme allongées et lui donnaient une sorte de rictus.

— Tu étais dans un ranch ?

C'était inattendu, à soixante-huit ans, d'être traité en gamin. Il est vrai que le docteur était beaucoup plus vieux. Il avait plus de quarante ans quand Curly John l'avait connu. Il était un peu gras alors, avec une énorme chaîne de montre barrant son gilet blanc, un chapeau melon au dessus aplati, une barbe carrée, d'un noir bleuté.

— Je m'appelle Curly John...

— Cela ne me rappelle rien... Quelle année ?

— 1897 jusque 1900... Dans la mine...

— Je t'ai soigné ?

— Une fois qu'un bloc de pierre m'est tombé sur le pied...

— Si tu te donnes la peine d'entrer dans la maison, tu trouveras mon cabinet tel que tu l'as connu...

Sombre, dans un fauteuil de moleskine noire et une table articulée, des faïences blêmes et, au mur, une tapisserie qui était déjà brunâtre à l'époque, des diplômes en langues étrangères.

— Entre si cela t'amuse... Moi, ce sont justement les jambes qui n'en veulent plus... Le reste est solide... Tiens ! L'année dernière, j'ai encore fait un accouchement, le dernier, le jour où messieurs mes jeunes confrères étaient allés assister à je ne sais quel congrès médical... J'en ai revu quelques-uns, comme toi, qui viennent parfois jeter un coup d'œil par ici... Ceux qui peuvent, tu comprends ?... Il y en a beaucoup plus qui sont partis Dieu sait où continuer leur garce de vie... D'autres sont devenus des gens riches et puissants qui passent dans de grosses voitures pour montrer les restes de la ville à de jolies femmes... Tu as un ranch ?

— Pas loin de Tucson.

— Comment s'appelle-t-il ?

— Le ranch de la Jument Perdue...

— Il me semble que j'ai entendu parler de ça... Tu as vu le cimetière ?...

— Je l'ai vu, grogna Curly John.

— Ceux qui viennent le visiter ne comprennent pas... Ils posent des questions idiotes... Ils croient que nous étions des bandits... Ils n'ont pas connu le pays, de mon temps, avec les Apaches d'un côté, qui ne cédaient le terrain que pouce par pouce, les *rustlers,* les trafiquants, les voyous de l'autre, et personne pour mettre l'ordre dans tout cela, un monde pressé de faire fortune qui se bousculait impitoyablement...

» Il fallait bien qu'il y eût une loi, pas vrai ? Alors, on la faisait soi-même, honnêtement, en prenant ses risques...

» N'empêche que ceux qui ont profité le plus du travail des milliers de bêtes de somme qu'étaient les hommes de ce temps-là, ce sont ceux qui savaient leur prendre leur argent...

— Des gens comme Little Harry... risqua Curly John, timide comme devant sa maîtresse d'école.

Et le vieux médecin le regardait avec étonnement, sa bouche se faisait plus sarcastique, découvrant les longues dents jaunes.

— Little Harry n'a jamais été qu'un comptable... Tu ne sais pas qu'on l'appelait le Comptable ?

— Je sais...

— Pas seulement parce qu'il en avait l'air, avec son binocle et sa barbiche, mais parce que c'en était un... J'ignore où on est allé le chercher, mais on est allé le chercher quelque part... Ceux qui avaient besoin de lui... Tu ne comprends pas ?...

Il avait l'air de s'amuser tout seul en jouant avec ses souvenirs comme avec des balles.

— Suis-moi bien... On donne de l'argent d'un côté... Beaucoup d'argent, car, pour attirer assez d'hommes vers les mines, il fallait leur payer de gros salaires... Autour de ces hommes qui travaillent, s'installent bientôt des lascars qui ont appris dans les grandes villes de quoi les bêtes humaines ont besoin... D'abord de l'alcool, pour bien s'abrutir le soir quand on commence à penser et à se sentir seul... On ne fait pas de bons mineurs avec les gens qui pensent, pas vrai ?... Puis des femmes, des femmes qui viennent leur chanter des choses douces et tendres et leur mettre sous le nez leurs formes rebondies... Puis les cartes, les dés, la roulette, n'importe quoi... L'espoir de gagner de l'argent plus vite qu'en grattant la terre ou en menant les bœufs dans les Foot-hills...

Il prit, dans sa poche, une bouteille plate qui contenait du whisky et la tendit à son compagnon.

— Si tu veux un verre, il y en a dans la cuisine... La bonne est partie faire le marché...

Toujours cette bouche entrouverte, ces dents... Au fait, c'est à un cheval que ce rire-là faisait penser.

— Les gens qui paient... Suis-moi bien... Les gros, les directeurs, les types de Wall Street qui ont mis de l'argent dans les mines... Tu crois que cela leur fait plaisir de voir tous ces margoulins venir reprendre l'argent qu'ils ont versé aux mineurs ?...

» Tant que ce n'est pas trop gros, ça va...

» Je parle de mon temps, car je ne sais pas comment cela se passe maintenant, ailleurs...

» Imagine qu'un seul de ces types, avec son *saloon,* rafle entre quinze cents et deux mille dollars chaque soir... Et qu'il y en a d'autres ailleurs, ici, à Tucson, à Bisbee, partout où il y a des hommes en peine...

» Pourquoi ceux qui paient ne reprendraient-ils pas eux-mêmes leur argent ?

» Voilà ce que je voulais t'expliquer, fiston.

» On est allé chercher Little Harry et on lui a avancé de quoi monter les plus beaux *saloons,* de quoi faire venir les plus jolies femmes et jouer à banque ouverte...

» Seulement, Little Harry n'était qu'un comptable et je sais ce que je dis, parce que j'étais son ami et qu'il est encore venu me voir un an avant sa mort...

» Il ne les aimait plus, je te jure...

— Vous savez pour qui il travaillait ?

— Si je le savais je ne le dirais pas, parce que j'ai encore quelques années à vivre — mais oui, j'ai décidé de vivre jusqu'à quatre-vingt-douze ans, comme ma grand-mère, et je tiendrai parole... Ces années-là, je tiens à les déguster en paix...

— Vous connaissez...

Curly John dut prendre son souffle pour articuler le nom qu'il n'avait pas prononcé depuis tant d'années.

— ... Andy Spencer ?

— J'ai entendu parler de lui... Il est très riche, n'est-ce pas ?... Il a épousé une des demoiselles O'Hara...

— C'est avec lui que je suis arrivé ici, venant du Connecticut... C'était mon camarade de classe... Nous sommes nés le même jour de la même année.

— Ah !

Trop tard. John aurait voulu rattraper ses paroles imprudentes, mais il n'en était plus temps. Le visage du vieux docteur s'était figé. Littéralement. Sa mâchoire s'était refermée avec un claquement et ses lèvres minces s'étaient closes sur ses dents longues.

Au même instant, une vieille négresse rentrait avec un panier de provisions.

— Elle va tirer mon fauteuil à l'intérieur...

Curly John aida la matrone, maladroitement. Il sentit l'odeur de renfermé, de très vieil homme, qui imprégnait la maison. Il y avait de la poussière, de la grisaille partout et il se retrouva dehors sans en avoir appris davantage.

Le hasard devait le mettre en face d'un autre vieillard, d'un autre survivant et, celui-ci, il le reconnut du premier coup d'œil.

Il avait fait signe à Miles Jenkins de le rejoindre pour manger un morceau. Un petit hôtel se dressait non loin de l'ancienne mine, tout propre, comme neuf, avec un jardin ombragé.

Ils entrèrent ensemble. Cela sentait bon la cuisine. Une dame à cheveux gris s'approcha d'eux.

— C'est pour déjeuner ?

Au fond de la pièce très nette, dans un fauteuil de rotin, un homme était assis, qui les regardait.

— Monsieur Lardoise !... s'exclama Curly John.

Il était moins âgé que le Dr Schwob, à peine de trois ou quatre ans plus vieux que John. Si Curly l'appelait monsieur, ce n'était pas par respect. Il le faisait en français, parce qu'on l'avait toujours appelé ainsi, parce que lui-même se présentait en disant : « Monsieur Lardoise... »

— Curly John... Vous ne devez pas vous souvenir de moi, car je n'ai travaillé que trois ans à la mine, aux alentours de 1900...

L'autre, debout, parfaitement d'aplomb sur ses jambes, aussi bien portant que son visiteur, de déclarer en le fixant avec une attention exagérée :

— Si vous aviez un tant soit peu fréquenté le « Sunburn Palace » et si vous aviez joué, je vous reconnaîtrais même dans dix ans !

C'était un des croupiers de Little Harry, celui qui tenait le plus souvent la table de roulette. Il avait alors des favoris et un chapeau melon qu'il ne quittait pas pour exercer ses fonctions. Avec ses yeux marron presque doré, ses lèvres assez fortes, il devait faire un effort pour donner à sa physionomie plutôt molle et douce un air dur et réfléchi.

— Resté dans le pays ?... Marthe... Deux apéritifs... Vermouth ?...

— Je veux bien... J'ai un ranch, du côté de Jaynes Station...

— Content ?

— Content.

— Alors, tout va bien... A votre santé !... Il en vient comme ça de temps en temps, des anciens... Vous avez trouvé le coin changé hein ?... Il y a trois ans, nous n'étions plus qu'une quarantaine dans la ville... Des médecins sont venus, qui ont découvert que le climat est merveilleux pour certaines maladies... Cela a commencé tout petit... Si vous regardez dans le jardin, vous verrez des messieurs de New York, de Chicago, de Boston, qui suivent la cure... On va faire ça en plus grand... Mon fils est dans l'affaire. D'ici deux ans, nous aurons un hôtel de deux cents chambres...

Il le présenta à sa femme :

— Un ancien... Peu importe son nom... Il a un ranch du côté de Tucson...

Il fallut l'écouter longtemps parler des cures et des futures installations et Miles Jenkins, le dos au mur, contre un calendrier, remuait inlassablement les mâchoires sans que son visage exprimât un sentiment quelconque.

— Dites-moi, monsieur Lardoise...

Il ne voulait plus, comme chez le docteur, prononcer de paroles imprudentes et des questions sur Little Harry ne lui paraissaient pas de mise chez l'ancien croupier de celui-ci.

— J'avais un camarade que vous avez connu, lui, car il jouait quelquefois, mais surtout il passait des soirées entières à noter les numéros qui sortaient à la roulette...

— Timmermans ?

— Non...

— Mazares ?

— Non...

— Attendez... Je les connais, tous les *gamblers*, petits ou grands, qui ont défilé ici...

Pour éviter une plus longue énumération, Curly John prononça :

— Andy Spencer...

C'était la seconde fois qu'il prononçait ce nom depuis le matin.

— Je le connais d'autant mieux qu'il est venu pour ainsi dire jusqu'à la fin... Il a épousé une des filles de Mike O'Hara... Quand il jouait, il restait impassible comme un pot de chambre...

— Il fréquentait encore ici en 1909 ?

— Plus tard aussi... Jusqu'à ce que Little Harry se retirât à Tucson... C'était le commencement de la dégringolade... On abandonnait les mines les unes après les autres, les hommes traînaient leurs bottes un certain temps dans le pays puis s'en allaient chercher fortune ailleurs...

— Il venait par le train ?

— Il habitait trop loin pour venir à cheval... Il avait un ranch, lui aussi, sans doute du côté de Tucson, car c'était de ce train-là qu'il débarquait...

— Il jouait gros jeu ?

— Assez gros... Un peu trop gros même, puisqu'il lui arrivait de signer des billets...

— *Il lui arrivait de signer des billets...*

Et ils vivaient dans le même ranch ! Et Curly John ne savait rien, ni Mathilda ! Pas une seule fois, Andy ne lui avait parlé de Sunburn, sinon quand on évoquait des souvenirs.

A quoi bon ne pas dire, ne pas penser son nom, maintenant qu'il l'avait fait par deux fois ?

Andy Spencer, voilà !... Le tabou était brisé... John regardait les choses en face.

Andy quittait plus souvent le ranch que son associé, parce que c'était lui qui s'occupait des achats, des ventes, des formalités. Il lui arrivait d'être absent deux jours et davantage, soit qu'il allât à Tucson ou à Phœnix.

Or, c'était à Sunburn qu'il se rendait ces jours-là. Chez Little Harry. Pour y jouer. Et Ronald Phelps habitait Sunburn à l'époque...

L'auto avait quitté la montagne et traversait le désert aux cactus vert-de-gris ; Tucson apparaissait bientôt dans le soleil couchant et on aurait pu se demander qui avait eu l'idée de bâtir une ville au beau milieu de la plaine brûlée par le soleil. Deux ou trois buildings dressaient très haut leur blancheur. Des routes s'en allaient en éventail vers le pied des montagnes.

Il ne s'arrêta que quelques minutes en ville, par tradition, pour s'accouder un moment au bar du « Pioneer » et boire un whisky. Il serra quelques mains, eut l'impression qu'on l'épiait et il fut content, en voyant son visage dans la glace, entre les bouteilles, de le trouver dur et ferme. Il eut même une ombre de sourire autour de son cigare et il avait l'air de promettre :

— Vous verrez ce que vous verrez...

Comme Andy Spencer, à Farm Point, quand les traits tirés, les joues pâles, il annonçait avec un regard qui embrassait tout le village :

— Ils entendront parler de moi !

Tout était rouge quand l'auto, qui traînait derrière elle la poussière rouge de la piste, s'approcha de la maison. Mathilda ne vint pas sur le seuil et il en conçut une vague appréhension. On ne vit pas non plus le Chinois, ni Gonzales.

Curly John poussa la porte de derrière, la vieille porte, comme on disait, celle qui donnait directement dans la salle commune, et il vit le dos de sa sœur qui cuisinait. Pia assise dans un coin, les pieds nus comme toujours, qui épluchait des pommes de terre.

Mathilda, qui l'avait pourtant entendu rentrer, qui avait entendu l'auto, qui avait vu le nuage de poussière, ne se retourna que lentement, le regarda, questionna du bout des lèvres :

— Tu as fait bonne route ?

Puis, après un silence, après un moment qu'elle passa sans respirer, elle osa :

— *Il* est venu...

4

Curly John dîna en silence, si calme qu'il en paraissait serein. Sa sœur mangeait en face de lui, se levait parfois pour le servir, comme sa mère l'avait fait pour son mari et pour ses enfants. Il y avait une arrière-cuisine au fond de la pièce et, de sa place, John voyait, par l'entrebâillement de la porte, les jambes maigres, couleur de sable brûlé, de Pia qui mangeait, elle aussi, en lisant un morceau de magazine. Elle fut la première à faire de la lumière de son côté. Mathilda, à son tour, alluma les lampes électriques et juste à ce moment-là le regard de John tomba sur les anciennes lampes à pétrole qui garnissaient encore l'étagère.

Il faillit demander, et sans doute cela aurait-il été d'une voix naturelle :

— En quelle année avons-nous eu le courant électrique ?

Il préféra se taire, jugeant la phrase trop banale après celle que sa sœur avait prononcée. Pourtant, il chercha la date dans sa tête, ce qui prouvait que son calme n'était pas forcé.

C'était bien après le départ de *l'autre,* entre 1925 et 1930, qu'on avait fait passer la haute tension à côté du ranch et on avait eu des tas d'ennuis avec le transformateur ; il se souvenait notamment d'avoir dû se rendre plusieurs fois à Phœnix.

Parce qu'elles étaient pures, en quelque sorte, parce qu'elles étaient *d'après* Andy, il regarda avec sympathie les ampoules qui éclairaient la pièce, puis, comme le matin, mais avec plus d'indifférence, il accorda un coup d'œil aux tasses de la cheminée.

Mathilda devait être étonnée de le voir ainsi. Tout le repas s'écoula dans ce calme paisible qui faisait penser aux plus lourdes journées d'été. Puis, tandis que sa sœur et Pia lavaient la vaisselle, il alla chercher dans sa chambre une pipe qu'il fumait rarement, s'installa dans son fauteuil et lut le journal de Tucson.

Une fois la petite bonne couchée seulement, et Mathilda assise dans son coin, — car chacun avait son coin, comme *l'autre* avait eu le sien jadis, — il posa le journal sur un guéridon, tira une bouffée de sa pipe et prononça de sa voix la plus naturelle :

— Raconte.

— Il n'y a rien à raconter. Il est venu. Il voulait te voir...

Au début, surtout, il y eut, entre les phrases, de longs silences, des bouffées de pipe et, du côté de Mathilda, des points de tricot qu'elle comptait en remuant les lèvres comme à l'église.

— Il est venu comment ?

— En auto, naturellement.

— Où étais-tu ?

— J'étais à donner à manger aux poules. De derrière l'écurie, on ne peut pas voir qui arrive. J'ai entendu une auto et j'ai pensé que c'était toi qui rentrais...

— Quelle heure était-il ?

— Un peu avant quatre heures...

— Quand l'auto s'est arrêtée, tu es venue voir ?

— Pas tout de suite. J'avais encore quelques poignées de maïs dans mon tablier.

Il s'impatientait un tout petit peu. On aurait pu penser qu'il lui en voulait de ne s'être pas précipitée.

— Ensuite ?

— Je suis venue. Du talus, j'ai aperçu une grande voiture que je ne connaissais pas, avec un chauffeur sur le siège.

— Quelle couleur ?

Il voulait tout savoir.

— L'auto ? Noire, je crois. En tout cas très sombre, très belle...

— Alors ?

— J'ai vu quelqu'un qui passait la tête par la porte de la salle commune...

Parbleu ! Andy Spencer connaissait leurs habitudes et, si tout le monde avait été sorti, il aurait su où prendre la clef, dans une fente du mur, près de la fenêtre.

C'était encore un détail inouï. On avait tout fait pour chasser jusqu'au moindre souvenir du maudit. On avait pour ainsi dire exorcisé la maison et on avait gardé la même place, qu'il connaissait si bien, pour cacher la clef !

Mathilda était plus émue que lui. Sa poitrine se soulevait à un rythme irrégulier. Elle se demandait si le calme de son frère n'était pas une feinte, si John n'allait pas éclater d'un instant à l'autre ; elle le surveillait par-dessus son ouvrage, ne se laissait arracher les phrases que bribe par bribe.

— Tu l'as reconnu ?

— Pas tout de suite...

— A cause de quoi ?

C'était un véritable interrogatoire, qu'il menait sur un ton de plus en plus incisif.

— Je ne sais pas. Je ne pensais pas à lui. Il portait un complet crème, en toile fine, et ma première idée a été que c'était un Mexicain ou un Espagnol. Je ne le voyais que de dos. Il parlait à Pia, je suppose. Puis quelque chose m'a frappée dans sa silhouette.

— Quoi ?

— Je ne sais pas... Quelque chose de familier que je ne pourrais pas définir, et alors, tout de suite, j'ai su que c'était lui...

— Il y a près de quarante ans que tu ne l'as pas vu...

— Je sais...

— Néanmoins, tu es encore capable de le reconnaître de dos...

— Je le reconnaissais sans le reconnaître... Il ne faut pas me bousculer, John... Tu oublies que je suis une vieille femme à présent...

— Nous sommes tous des vieux... Est-ce qu'il n'est pas un vieil homme, lui ?

Pourquoi hésita-t-elle une seconde ?

— Bien sûr...

— Il a l'air plus âgé que moi ?

Elle aurait voulu répondre oui tout de suite, pour lui faire plaisir, mais elle en était incapable. Il lui fallait un effort, et le temps de chercher ses mots.

— Il a beaucoup vieilli, évidemment... Toi, John, tu es toujours resté le même...

— Il s'est retourné en entendant tes pas et il t'a reconnue ?

— Oui... Enfin, si même il ne m'a pas reconnue, il a su que c'était moi. Il a retiré son chapeau...

— Quelle sorte de chapeau ?

— Un panama... Il ne s'habille plus comme autrefois... Il s'habille comme à la ville, et plutôt comme les gens qui viennent de Los Angeles ou de Chicago.

— Qu'est-ce qu'il t'a dit ?

— Il m'a dit bonjour... Attends... Je ne sais plus s'il a dit madame ou Mathilda...

Depuis le début elle aurait voulu mentir, tout au moins raconter l'histoire telle qu'elle croyait que son frère aurait aimé l'entendre. Mais c'était plus fort qu'elle, elle ne savait pas mentir ; et elle disait la vérité en rougissant, comme un mensonge.

— Il t'a dit Mathilda...

— C'est possible...

— Et tu lui as dit Andy...

— Je ne sais plus, John... J'avais si peur que tu reviennes et que tu le trouves ici...

— Pourquoi ?

Elle s'étonnait. Comment pouvait-il envisager avec un pareil détachement l'éventualité de trouver Andy Spencer chez lui à son retour ?

— Je l'ai fait entrer... Il s'est assis...

— Où ?

— Là...

A son ancienne place. Tout naturellement. Et John regardait le siège vide. On aurait dit qu'il voulait vivre lui-même la scène, n'en pas perdre un détail.

— Il savait que j'étais absent ?

— Comment l'aurait-il su ?

— On m'a vu traverser Tucson en auto. Quelqu'un a pu lui téléphoner de Sunburn...

— Je me doutais que tu irais à Sunburn...

Il ne releva pas la phrase. Ce n'était pas sa sœur qui l'intéressait à ce moment ni ce qu'elle pensait.

— « John est sur le ranch ? » Et il regardait vers les Foot-hills d'où il croyait te voir revenir d'un instant à l'autre...

— Qu'est-ce que tu lui as offert à boire ?

Était-ce le fait de leur ascendance écossaise ? Mathilda ne pouvait voir quelqu'un entrer chez eux sans se diriger vers le placard aux boissons : « Un petit verre de bourbon ? » proposait-elle aussitôt, navrée si on le lui refusait.

— Il n'a pas voulu de whisky mais il m'a demandé un verre d'eau. Je suis allée chercher de l'eau glacée dans le frigidaire. Quand je suis revenue il était debout et regardait la cheminée. Il avait l'air ému...

Elle s'enhardissait maintenant que le calme de son frère ne lui paraissait pas feint.

— Je t'assure qu'il a beaucoup changé. Ce qui m'a le plus frappée c'est sa taille... Je me le figurais plus grand... Avant je vous voyais tous les deux à peu près de la même taille... Peut-être parce que vous avez le même âge ?... Tu as presque la tête de plus que lui... Il est maigre et son visage est très ridé, des rides fines qu'on ne voit que de près... Il ne doit pas bien se porter car il a des poches sous les yeux... Est-ce que tu as jamais remarqué qu'il avait un tic, toi ? Il en a un, à présent... Et, quand je m'en suis aperçue, je n'ai plus pu regarder autre chose...

Il cligne sans cesse de la paupière, je ne sais plus si c'est de l'œil gauche ou de l'œil droit...

Il y avait des années, cinq ou six, que Curly John ne l'avait pas vu. Encore était-ce de loin, quand Andy Spencer passait dans sa voiture.

Au début, il leur arrivait assez fréquemment de se rencontrer, dans des rodéos, au club, chez des gens qu'ils connaissaient tous les deux. Ils ne s'adressaient pas la parole. C'est Curly John qui avait commencé à ignorer son ancien associé.

Andy en avait paru surpris, ou avait feint d'être surpris, car il n'y avait jamais eu d'explication entre eux.

Tout le monde avait remarqué leur hostilité.

Certains avaient reconstitué leur histoire.

Depuis quelques années, Andy ne se montrait plus beaucoup. On ne le voyait guère dans les clubs et Curly John, de son côté, n'allait guère aux réceptions privées. Spencer était devenu une puissance lointaine et redoutable qu'on apercevait vaguement dans le fond de son auto.

— Qu'est-ce qu'il a dit ?

— Presque rien. Il était plus gêné que moi. Il a demandé, toujours debout :

» — John va revenir ?

» Et, comme je lui répondais que je ne t'attendais pas tout de suite, il a insisté :

» — On ne peut pas envoyer un cow-boy le chercher ?

» Je lui ai appris que tu n'étais pas sur le ranch, que tu étais parti pour toute la journée en voiture et il a murmuré :

» — C'est vrai qu'il a acheté une auto...

» C'est tout, John... Je te jure que c'est tout... En réalité, cela n'a duré que quelques instants et, si cela m'a paru long, c'est parce que nous étions tous les deux mal à l'aise. Je vais te répéter exactement la phrase où il a été question de toi :

» — *Dites à John* — et il parlait lentement, en insistant sur chaque syllabe — *que j'aimerais beaucoup lui parler... S'il le désire, je reviendrai... il n'a qu'à me téléphoner ou m'écrire un mot, ou me le faire dire par qui il voudra... S'il préfère me voir en ville, qu'il choisisse de venir chez moi ou dans mes bureaux...*

» Il a répété en partant :

» — *Quand il voudra... Je pense, vraiment, que ce serait une bonne chose...*

John répéta à son tour, pour lui-même :

— Je pense vraiment que ce serait une bonne chose...

Et l'envoûtement cessa soudain. Il se leva d'une pièce, sans cependant manifester de colère.

— Voilà, petite sœur !... lança-t-il en employant un mot dont il n'usait qu'à de rares moments d'effusion.

— Voilà quoi ?

— Voilà rien !... Il est venu... C'est tout... Il est venu justement aujourd'hui. N'essaie pas de comprendre...

— Tu iras ?

— Le voir ?

On put croire qu'il allait éclater de rire.

— Non, ma petite fille, je n'irai pas le voir, je ne lui téléphonerai pas, je ne lui écrirai pas et je ne lui enverrai aucun message... Et s'il revient ici en mon absence, contente-toi de lui dire que Curly John s'occupe de lui...

— Tu ne veux pas me mettre au courant, n'est-ce pas ?

— Non...

— Tu ne feras pas de bêtises ? Tu ne commettras pas d'imprudence ?

— Rassure-toi...

— Je n'ai pas peur... J'ai confiance...

Et, comme, debout près d'elle qui tricotait toujours, il tapotait ses épaules arrondies de vieille femme, l'ombre d'un sourire flotta sur le visage de Mathilda. Elle faillit prononcer :

— Je sais que tu n'es pas méchant...

Il l'aurait sans doute pris de travers. Est-ce qu'il n'y avait pas soixante-huit ans qu'elle le connaissait ? Elle préféra finir sur une note apaisante.

— Je comprends maintenant ce qui le change... c'est drôle que cela ne m'ait pas frappée au moment même... Il porte des lunettes...

L'auto jaune plongea dans la verdure du Trou aux Snobs, passa lentement devant la maison d'Andy Spencer — qui avait été jadis celle de Mike O'Hara — et stoppa devant la maison voisine qu'habitait Peggy Clum. Il était deux heures de l'après-midi. Curly John aurait voulu se mettre en route dès le matin car, au ranch, il avait maintenant l'impression de ne pas agir, de manquer à un de ses devoirs. Au moment où ils allaient partir, vers huit heures, Jenkins et lui, Gonzales était venu annoncer que l'étalon était malade et John avait passé un bon bout de temps au téléphone, puis à l'écurie, puis plus d'une heure avec le vétérinaire qui était enfin arrivé, de sorte que l'heure du déjeuner avait sonné.

Miles Jenkins descendit le premier de son siège, mais ce n'était pas, comme l'aurait fait un chauffeur stylé, pour ouvrir la portière de son maître. Il se contentait d'aller s'adosser à la grille qui entourait le jardin de Peggy, en homme pour qui le temps est une conception inconnue.

John sonna. Une grosse Indienne vint lui ouvrir la porte en souriant de toute sa face luisante. Elle n'avait pas besoin d'annoncer que Madame était là. On entendait sa voix, celle que Peggy prenait au téléphone, plus aigre encore que sa voix habituelle.

Elle se tenait dans le deuxième salon, le petit, toutes persiennes closes, à cause de la chaleur.

— Un instant, ma belle... Entre, John chéri... Tu peux fumer ton cigare... J'en ai pour deux minutes... C'est Gilda... Allô, Gilda ?... Mon vieil ami John vient d'arriver... Mais si... Curly John !... Comme je te le disais, je vais transformer le pavillon pour ces chérubins. Je finis même par me demander si je ne les adopterai pas un beau jour... Tu vois la tête de toutes ces dames ?...

Ce fut encore assez long et John fermait à demi les yeux pour cacher son impatience. Le récepteur une fois en place, elle lui lançait très excitée :

— Tu ne sais pas le bon tour que je leur joue ?... D'abord, il faut que je te dise que les petits de Paquita sont des amours... Je vais les voir chaque jour à l'hôpital... On dirait deux petits singes malicieux, et je parierais qu'ils me reconnaissent déjà... Il paraît qu'il n'y a pas de père... En tout cas, aucun ne s'est présenté... Les parents de Paquita sont repartis pour le Mexique il y a trois ans et elle ignore où ils habitent à présent... Alors, je vais faire aménager le pavillon du jardin... On arrangera une nursery et Paquita continuera à travailler ici tout en soignant ses petits...

» Surtout, ne viens pas me dire que je suis bonne... Tu m'as entendue avec Gilda... C'est pour les faire enrager, tu comprends ?... Pense à ce qu'on va raconter... Des petits *Peau-de-Couleur* chez Mrs Clum... Rosita enragera plus que les autres et ce sera bien fait...

» Quant à ce que j'ai dit tout à l'heure de les adopter, il ne faut pas le prendre à la lettre... Quoiqu'il ne faudrait pas beaucoup me défier...

» Tiens !... Hier matin, justement... Cela me rappelle que je dois te parler sérieusement... »

Téléphone. Par bonheur, c'était un faux numéro.

— Dix fois par jour, des gens m'appellent pour me demander une voiture... Il doit y avoir un garage qui a un numéro ressemblant au mien... L'autre jour, un type gueulait que j'allais lui faire rater toute sa journée parce que mon appareil était toujours occupé... Tu veux boire quelque chose ?

Il ouvrit la bouche, mais elle enchaîna :

— Qu'est-ce que je disais ?... Ah ! oui... Ne crains rien... Cela me ramènera à ce qui t'intéresse... Tu connais Muriel Mooberry ?

Elle lui en avait parlé cent fois. Il l'avait rencontrée à plusieurs reprises chez elle. C'était une vieille dame, elle aussi, veuve comme Peggy. Son mari avait été un des principaux actionnaires de la Southern Pacific Railway et elle habitait la troisième maison de la rue, le troisième palais O'Hara, celui qui était destiné à Rosita et que celle-ci avait occupé depuis son mariage jusqu'à la mort du vieux Mike.

En somme, la rue O'Hara était devenue la rue des Vieilles-Dames. Elles étaient trois, qui étaient voisines et qui se vouaient les unes aux autres des sentiments assez variés.

— Elle vient souvent me voir le matin, car ni elle ni moi ne pouvons traîner au lit... Il y a des jours où je descends préparer mon petit déjeuner avant que les domestiques soient levés...

» Bon ! Elle est justement venue hier... J'étais dans ma chambre... Les fenêtres donnent sur le jardin de Rosita... Je ne sais plus à propos de quoi, mais cela me reviendra tout à l'heure, Muriel m'a dit, avec un air moitié figue moitié raisin qui la rend impayable :

» — Quelle chance, chérie, ne trouves-tu pas, que nous soyons des vieilles femmes ?

» Je n'ai pas compris tout de suite.

» — Si j'avais su que c'est si agréable, a-t-elle ajouté, j'aurais été vieille femme bien plus tôt... Une vieille femme peut tout se permettre... Elle dit ce qu'elle pense aux gens et on la trouve originale... Elle se livre à n'importe quelle excentricité et on l'appelle une très chère vieille lady... Il y a des soirs, surtout si je dîne chez des gens que je n'aime pas, où je m'amuse à composer la toilette la plus baroque et tout le monde s'écrie que c'est délicieux...

Peggy regarda avec étonnement le téléphone qui se taisait si longtemps. Peut-être était-elle dépitée que John ne fît pas un sort à son histoire ?

— En tout cas, c'est vrai... trancha-t-elle. Je faisais la même chose qu'elle, mais sans y avoir pensé aussi sérieusement... Il n'y a que Rosita qui ne se décide pas encore à être vieille et qui fait des manières... Pourtant elle a.. attends... six ans de moins que moi... Ça lui fait quand même cinquante-neuf ans... Elle ne sait pas le temps qu'elle perd... A propos, qu'est-ce qui t'a pris d'acheter une auto sans m'en parler ?

— Comment le sais-tu ?

— Par mon chauffeur, qui a un copain dans le garage où tu as acheté la bagnole... Je sais aussi combien tu l'as payée... On t'a roulé exactement de quatre cents dollars... Ton cow-boy de chauffeur n'y connaît rien... Tu verras quand tu tomberas en panne... Il est capable de confondre les bougies avec le carburateur...

» Attends... Je sais encore d'autres choses... Tu es allé chez un photographe et, là encore, tu t'es fait rouler... Mamma !... Mamma !... cria-t-elle plus fort sans se servir du timbre électrique, car toutes les portes étaient ouvertes... Apporte du bourbon pour mon ami John... Et un verre pour moi aussi...

Il n'avait pas encore pu placer un mot. Elle lui posait sans cesse une main nerveuse sur le genou pour capter son attention, pour l'obliger à écouter sans mot dire, et elle savait parfaitement qu'en agissant de la sorte elle le faisait enrager.

Il y avait longtemps qu'elle était ainsi, elle avait peut-être toujours été ainsi, même quand, jeune fille, — déjà vieille fille, puisqu'elle avait alors vingt-huit ans, — elle avait, par son ironie agressive, empêché Curly John de lui faire la cour. Pourtant, il est probable qu'elle l'aimait. Quel déchaînement cela deviendrait-il maintenant que cette autre folle de Muriel Mooberry lui avait confirmé par la théorie ses privilèges de vieille lady ?

— Bois d'abord... Tu verras que c'est important et que cela vaut la peine d'écouter patiemment les détails...

Qu'est-ce que le téléphone avait à rester si longtemps muet ?

— Nous étions près de la fenêtre, sur ma causeuse... Nous regardions vaguement le jardin de Rosita, où le jardinier était occupé à arroser...

Elle devait passer des heures de la sorte, non à regarder le jardin, mais à épier sa sœur et son beau-frère.

— Tu sais où... où...

Elle hésitait à prononcer le nom tabou.

— Andy Spencer... dit-il carrément, avec une certaine impatience.

Elle le regarda, surprise, haussa les épaules.

— Bon... Si maintenant on peut... Je m'étais tellement habituée à dire l'individu... C'est tout ce qu'il mérite, d'ailleurs... Il faudra que je te parle aussi du coup qu'il essaie de me faire... Tu sais où l'individu a installé son bureau privé... Dans le pavillon qui est au fond du parc... Mon père, qui n'était qu'un fruste Irlandais et qui descendait, paraît-il, d'un cordonnier de Dublin — il ne faudrait pas dire ça à Rosita ! — mon père, dis-je, avait son bureau dans ses magasins...

» Je ne sais pas si tu te souviens... On le voyait, carré, trapu, se promener entre les rayons... N'importe qui pouvait lui adresser la parole, quitte à se faire rabrouer quand il était de mauvais poil... Il lui arrivait souvent d'aller boire le coup au bar d'à côté avec un client...

» Sa fortune, il l'avait faite lui-même, tu comprends ?

» Tandis que monsieur son gendre, qui a tellement multiplié les affaires qu'il ne s'y retrouve plus, qui contrôle toutes les entreprises imaginables, ne met plus les pieds dans ses bureaux en dehors des conseils d'administration...

» A cette heure, il est là, tiens !... Tu peux voir le pavillon par la fenêtre... Il est là, tout seul avec un secrétaire et un colosse de métis qui garde sa porte comme un bouledogue...

» De temps en temps, des personnages importants franchissent la grille, évitent la maison et se dirigent tout droit vers le pavillon. Tu peux être sûr que ceux-là ne s'appellent pas N'Importe-Qui...

» C'est Muriel, cette chérie, qui s'est écriée tout à coup, comme nous parlions d'autre chose — cela me reviendra aussi :

» — Tiens ! le photographe...

» Je lui ai demandé :

» — Quel photographe ?

» Et j'ai regardé. J'ai vu deux types qui hésitaient à s'avancer dans l'allée qui conduit au fond du jardin. Il y avait un grand mou, avec des moustaches brunes...

— Le photographe... grommela Curly John.

— Ton photographe, oui, espèce d'idiot... L'autre était un petit Juif que Muriel reconnaissait aussi... Il faut te dire qu'elle a décidé il y a deux ans d'être avare... Pour s'amuser... Elle m'affirme que c'est très drôle, que les gens, d'eux-mêmes, à cause de sa réputation, lui font des prix... Elle est allée deux ou trois fois chez ce photographe-là porter des pellicules à développer... La maison voisine est un bric-à-brac où on vend de tout et le petit Juif en question se tient toujours devant sa porte, invitant les passants à entrer dès qu'ils font mine de s'arrêter à l'étalage...

» Ils ne paraissaient pas fiers, tous les deux, dans le parc d'Andy Spencer... Pourtant, ils devaient avoir rendez-vous... Ou quelqu'un les avait envoyés... Quand ils ont montré au bouledogue le papier que le plus grand avait à la main, on les a tout de suite fait entrer... Je pense qu'auparavant ils se sont adressés ailleurs, sans doute au bureau... Ils ont déballé leur histoire, on a téléphoné au grand patron qui a donné des instructions... Bois...

Téléphone. Elle racontait une fois de plus l'histoire des vieilles ladies. A une autre vieille lady, certainement, qui allait peut-être profiter à son tour des renseignements de Muriel, si elle ne l'avait pas déjà fait d'instinct.

— Figurez-vous que ce cher John est chez moi... Il bout d'impatience, car il y a une demi-heure que j'ai commencé à lui raconter une histoire qui le passionne...

Il se demanda si elle n'allait pas la raconter dans l'appareil.

— Plus tard, chérie... Plus tard... Cela m'étonnerait bien qu'on n'en parle pas en ville un de ces jours.

Enfin, débarrassée de son micro :

— *Je me demande ce que ces deux pouilleux vont faire chez le grand patron...*

» Franchement, John chéri, je ne sais plus si c'est Muriel qui a prononcé ces mots ou moi. Cela doit être elle, car, comme il est son propriétaire, elle a l'habitude de l'appeler le grand patron. Par ironie, évidemment...

» Elle est reçue chez eux, tu comprends ? Elle les reçoit aussi... C'est comme ça que j'apprends tant de choses... Ils savent que nous sommes amies, mais ils n'osent pas lui fermer leur porte.

» Je la vois encore se lever et dire avec son accent rigolo :

» — J'ai envie d'aller voir...

» Elle s'est regardée dans la glace, a arrangé ses cheveux et est sortie en me promettant avec une grimace :

» — A tout de suite...

» Pour elle, c'est facile... Elle entre... Elle demande à parler à Andy Spencer pour une question de réparations ou autre chose... Je connais sa façon de bousculer les gens... Elle va droit devant elle, en jouant les myopes, et le bouledogue lui-même serait incapable de l'arrêter devant une porte, quelle que soit la consigne.

» C'est ce qu'elle a fait... J'avais peur que les deux miteux sortent avant qu'elle ait eu le temps de traverser le parc... Mais non... Elle est entrée comme chez elle... La porte s'est refermée et il s'est passé quatre ou cinq minutes avant que le photographe et son voisin reparaissent.

» Ils n'avaient pas l'air fier. Ils n'avaient pas encore atteint la grille qu'ils se disputaient en gesticulant, comme dans un film comique... Le photographe, surtout, avait l'air furieux et s'en prenait à son compagnon, plus petit que lui de deux têtes et habillé trop large...

» Ils sont retournés à pied d'où ils venaient... Dix bonnes minutes après, la porte du pavillon s'est ouverte... Andy Spencer, tiré à quatre épingles, comme toujours — il se donne maintenant des airs précieux d'hidalgo — reconduisait lui-même, avec des manières d'homme du monde, ma Muriel qui n'a pas pu s'empêcher, en traversant le parc, d'adresser un clin d'œil à ma fenêtre.

» — Il enrage ! a-t-elle triomphé en se jetant sur le canapé. Il est bleu, vert, rouge, je ne sais plus, il est blême de rage... Quand je suis entrée, cela chauffait... Le gardien a bien essayé de m'arrêter... Il y avait aussi le secrétaire qu'on avait mis dehors en l'honneur du photographe et du petit Juif...

» J'ai marché droit vers la porte que j'ai ouverte. Il parlait sec, très vite, cela faisait comme une mitrailleuse...

» Il m'a vue tout de suite, s'est levé, confus :

» — Vous permettez, Muriel...

» Mais je suis entrée comme si de rien n'était et j'ai vu les deux lascars debout, le chapeau à la main, qui prenaient la dégelée... Le petit avait l'air de pousser le grand à ne pas se laisser faire...

» — Chère amie...

» Andy ne savait que faire. Il avait une feuille de papier à la main. Il a regardé ses visiteurs et leur a dit sèchement :

» — Pour cette fois vous pouvez filer...

Peggy Clum s'interrompit pour boire une gorgée de bourbon.

— Cela me rappelle... dit-elle en tendant la main vers le téléphone.

Mais Curly s'interposa avec une autorité qu'elle ne lui soupçonnait pas.

— Le papier ? questionna-t-il.

— C'était l'épreuve photographique d'un document. Andy ne savait qu'en faire. Il l'avait posée sur le bureau encombré de paperasses et il essayait, en prenant un air aussi naturel que possible, de la recouvrir avec d'autres feuillets... Tu connais Muriel...

— Oui... oui ! hurla-t-il presque.

— Te voilà bien emballé, mon petit John... Elle tournait autour de la table en racontant n'importe quoi à propos de conduites d'eau... Elle perdait tout le temps ses gants et c'était toujours près du document qu'elle les retrouvait... C'est ainsi qu'elle a pu lire la date...

— J'ai pourtant détruit la pellicule, fit John, penaud.

— Et tu étais peut-être dans la chambre noire avec le photographe ?

— Je gardais la porte...

— Ce qui ne l'a pas empêché de tirer deux épreuves au lieu d'une... C'est un nouveau venu ici... Je me suis renseignée... Il est arrivé de l'Est il y a seulement cinq ans... Peut-être qu'il ne l'a pas fait exprès de conserver une épreuve ?... Peut-être que la première était trop pâle ?... C'est après ton départ qu'il l'a lue... Il a été intrigué... Il en a parlé à son copain d'à côté qui, lui, est depuis au moins trente-cinq ans dans la région... Comprends-tu, maintenant ?... Il a dû te voir passer dans ton auto... Il te connaît de vue... Tout le monde te connaît... On sait que tu étais l'associé d'Andy Spencer et qu'il s'est passé jadis des choses pas claires.

» On sait aussi que tu n'es pas riche, pour ne pas dire que tu es à la côte...

» Les deux copains ont jugé plus intelligent et plus profitable d'aller trouver le puissant Andy Spencer... Ils comptaient tirer gros de leur papier... Au lieu de ça, ils sont tombés sur un gaillard plus fort qu'eux, qui a dû les secouer d'importance et les menacer de la police ou de je ne sais quoi...

» Tu vois que les vieilles femmes ont du bon !... Tu as trouvé le papier dans la malle du vieux Ronald Phelps... Du coup, tu es devenu plus cachottier que n'importe laquelle du club, et Dieu sait s'il y en a de cachottières !... Tu as acheté une auto, tu t'es payé un chauffeur qui ne connaît rien à la mécanique et tu es allé te promener à Sunburn...

— Comment le sais-tu ?

Il imaginait Peggy Clum au milieu d'un réseau d'intrigues compliquées, alors que c'était si simple !

— Tu crois qu'il n'existe sur la route qu'une seule voiture, appartenant à un certain Curly John, qui est plus naïf que Paquita elle-même ?... Si tu étais une fille, je crois bien que tu serais capable aussi de te faire faire deux jumeaux sans le savoir....

» Harriet... Tu la connais ? La femme du docteur Ryan... C'est une amie... Elle vient souvent au club. Elle me téléphone presque chaque matin...

Combien de coups de téléphone s'échangeaient ainsi chaque jour entre ces vieilles dames de Tucson ?

— Elle revenait hier de Bisbee par Sunburn et elle t'a vu qui errais devant la « Cage aux Perruches » comme une âme en peine, tandis que ton cow-boy était collé contre un mur avec l'air d'attendre les douze balles du peloton...

» Maintenant, John chéri, tu vas boire un grand verre et tout me raconter en commençant par le commencement...

Il but le whisky, machinalement, parce qu'elle lui avait mis le verre dans la main.

Il chercha vainement par où commencer. Il était incapable de résister à l'autorité de Peggy. Tout ce qu'il trouva à dire fut :

— Il est venu hier après-midi au ranch pour me voir...

Alors, elle ne songea plus à persifler, ni à jouer son numéro. Enfoncée dans son fauteuil, elle le regardait avec des yeux qui étaient devenus plus durs et elle fut un bon moment à garder le silence.

— Alors, dit-elle enfin, c'est plus grave que je ne le croyais...

Il crut qu'elle allait lui demander à voir la lettre, mais ce n'était pas à cela qu'elle pensait à ce moment.

— La dernière fois que tu es venu, je t'ai parlé du ranch de Santa Margarita, que nous possédons en commun, ma sœur et moi... Je t'ai dit qu'il qu'il voulait irriguer les terres pour les louer ou les vendre par parcelles, car tel quel, le ranch est un si gros morceau qu'il est invendable... Je me méfiais... Je flairais quelque chose sous roche... Maintenant, j'ai des renseignements... Ce n'est pas lui qui financerait les travaux nécessaires au morcellement... C'est une société qui se substituerait à nous — je dis nous puisque j'y suis pour moitié — et qui nous verserait tout de suite, en dehors d'un certain nombre d'actions, une somme assez ronde... Tu y es ? Cela signifie, vois-tu, que le riche Andy Spencer a besoin d'argent... Et sais-tu pourquoi ?

— Je ne sais pas...

Il l'écoutait, sidéré, admirant le calme inattendu et l'autorité de sa vieille amie.

— Tu ne lis pas les journaux ?... Si tu les lis, tu dois les lire mal... Que se passe-t-il en ce moment à Washington ?... Il y a un certain J.B. Hackett qui passe un mauvais moment devant la commission sénatoriale... Ce monsieur était pendant la guerre un des gros fournisseurs d'avions... On l'accuse aujourd'hui d'avoir obtenu ses contrats grâce à des complaisances grassement payées de hauts personnages de l'administration... Il paraîtrait aussi que sa comptabilité aurait été truquée et il est question de lui réclamer une quarantaine de millions...

Curly John était là, un peu perdu, attentif comme un écolier à l'esprit paresseux, s'efforçant d'établir un lien entre tout ce qu'il venait d'entendre, sans songer à déposer sur le guéridon son verre vide qui l'embarrassait.

— Eh bien ! mon petit John, Hackett n'est pas Hackett tout seul... Il a eu besoin de capitaux pour lancer son affaire... Ceux qui lui en ont fourni sont, pour la plupart, restés dans l'ombre... Et celui qui a mis le plus gros paquet s'appelle Andy Spencer... Il peut être ruiné d'un moment à l'autre... Son sort tient au jugement qui interviendra dans quelques jours... Dix, quinze affaires de Tucson, des magasins, des ranches, une banque, une entreprise de transports, tout ce qu'il a mis debout ou à quoi il s'est intéressé risque de sauter... Retors comme je le connais, je ne serais pas étonnée d'être dans le coup et de me trouver la semaine prochaine sur la paille...

Elle éclata de rire et il fut une seconde à penser que tout cela était une nouvelle plaisanterie de la vieille femme. Mais non ! Son rire était trop nerveux. Elle regardait à gauche et à droite, comme pour désigner les deux grosses maisons qui flanquaient la sienne.

— Tu nous vois toutes sur la paille, dis ?... Toutes les vieilles femmes de la rue ?... Car, figure-toi — et c'est le plus beau ! — figure-toi que cette dinde de Muriel a placé presque tout son bien dans les affaires d'Andy...

Le rire s'arrêta net. La voix changea.

— Et maintenant, montre-moi ton bout de papier, commanda-t-elle.

5

Deux heures plus tard, il était ivre pour la quatrième fois de sa vie, et, cette fois, par la faute de Peggy Clum, de Peggy pour laquelle, comme il venait de l'expliquer à son ami Boris, il nourrissait un sentiment qui ressemblait à une fleur séchée entre les pages d'un livre. C'était difficile à exprimer, mais le Russe avait compris et lui avait serré fortement la main de sa main humide.

Comment imaginer, seulement imaginer, la possibilité de ce qui s'était passé ? Elle était devant lui, dans son fauteuil, à rire d'un rire un peu strident. D'une autre voix, mais d'une voix amicale — qui mieux que lui connaissait les différentes voix de Peggy ? Même Clum, qui avait à peine existé, devait moins comprendre sa femme qu'il ne la comprenait, lui, Curly John — d'une voix amicale, parfaitement, elle lui commandait, parce qu'elle faisait toujours semblant de le commander, voire de le bousculer, pour rire, par affection :

— Montre-moi ton bout de papier...

A ce moment-là, il tenait encore son verre vide à la main. Quand Peggy racontait une histoire, on n'osait pas faire un mouvement, car elle ne tolérait pas qu'on lui coupât le fil. Il posait donc le verre sur le guéridon, près du cendrier, sortait de sa poche son épreuve photographique, faute de l'original qu'il avait enfermé chez lui avant de partir.

Il n'était pas fâché, après les nouvelles sensationnelles qu'elle venait de lui apprendre, de lui montrer qu'il avait fait, lui aussi, sa petite découverte.

Elle lisait en face de lui, il était sûr qu'elle lisait la lettre d'un bout à l'autre, tout au moins ce qu'on pouvait en déchiffrer. Puis, sans le regarder, sans rien dire, elle se levait, trottait à travers les salons. Il la suivait des yeux, étonné, se demandant ce qu'elle cherchait de la sorte, et elle revenait avec des lunettes qu'il ne lui avait jamais vues, qu'elle devait cacher par coquetterie. Cette fois, elle ne se donnait pas la peine de se rasseoir. Elle lisait une fois encore debout ; ses lèvres remuaient ; sa main droite tripotait les branches des lunettes.

— Tu peux remporter ça... articulait-elle enfin en lui tendant le papier.

Et c'était une nouvelle voix, une voix bien faite pour laisser croire qu'elle le méprisait de se préoccuper de ce chiffon de papier qu'elle venait pourtant de saisir avec une sorte de gourmandise. Elle évitait de le regarder, de se rasseoir, elle cachait à peine son envie de se débarrasser de lui, et la situation devenait gênante quand enfin le téléphone venait la sauver.

Il savait ce qu'il disait. Il n'exagérait rien. Tout ce qu'il pensait maintenant, il le pensait déjà avant d'avoir bu. Même Peggy au téléphone, ne ressemblait pas à la vraie Peggy. Elle était à la fois froide et impatiente. Elle raccrochait vite, distraitement.

— Tu m'excuseras. On m'attend et j'ai juste le temps de m'habiller.

Pas un mot de la lettre. Rien. Elle ne le regardait pas partir, ne le reconduisait pas, se contentait de lui lancer sèchement :

— Referme la porte derrière toi.

Tout de suite il était dans la rue où Miles Jenkins se décollait lentement de la grille, mais Curly John avait envie de marcher.

— Tu iras m'attendre près du « Pioneer ».

Si Peggy le trahissait, qu'est-ce qui lui restait ? Il se sentait tout brouillé. Son désarroi devait se voir car Bob, le fils d'Andy Spencer, qui arrêtait sa grosse voiture de sport en face de la maison de son père, regarda Curly John, non avec ironie comme d'habitude, mais avec étonnement.

Il n'avait pas encore bu et il marchait déjà comme un homme ivre, tant il était troublé. Il avait poussé la porte du bar du « Pioneer », s'était hissé sur le premier tabouret venu, sans dire bonjour à personne. Une voix de basse, à côté de lui, avait prononcé :

— Deux bourbons, Jim... Doubles...

Il était si loin de ce qui l'entourait que ce n'est qu'après, plusieurs secondes après, que l'accent l'avait frappé et qu'il avait levé la tête, au moment où le barman poussait un double bourbon devant lui et où son voisin de droite, qui était appuyé au mur, lui disait de cette voix sonore qu'on n'entend que dans les chœurs :

— A ta santé, John Evans, mon bon ami...

Il était trop tard pour changer de place ou pour sortir. Le Russe, qui avait commandé pour eux deux, l'invitait à trinquer. Il était sûrement ivre. A cette heure-là, il l'était toujours.

— On a essayé de me faire croire, ami, que tu avais remplacé tes chevaux par une automobile...

Pour ceux qui avaient connu son père, c'était, paraît-il, hallucinant de l'entendre. Son père s'appelait Boris aussi, avec un autre nom difficile à prononcer et qu'on n'employait jamais.

Il était mort quand Curly John et son compagnon étaient arrivés à Sunburn mais, de son vivant, il avait eu le temps de se rendre célèbre. Le fils, lui, était un enfant quand il avait débarqué, venant de Russie, et, vers 1900, il était âgé d'une quinzaine d'années.

— Tu as la mine saumâtre, ami, et les bons soins de Jim vont y porter remède. Deux autres whiskies, Jim...

Il avait l'habitude de vider son verre d'un trait. Parfois, sans se donner la peine de le reposer sur le comptoir, il le tendait au barman pour qu'il le remplît à nouveau.

Il lui était venu, avec les années, la même corpulence, le même aspect qu'à son père. Sans être gras, il avait des contours douillets, une face rose aux yeux très bleus qui lui sortaient un peu de la tête.

Cependant, c'était la voix qui frappait le plus, au point de faire croire à la résurrection de l'autre Boris, la voix et l'accent car, bien qu'ayant passé presque toute sa vie en Amérique, il avait gardé intégralement son accent russe, des tournures de phrases étranges, volontiers pompeuses.

On prétendait autrefois que Boris le père appartenait à une famille aristocratique et avait été un brillant officier de la garde du tzar. Il portait beau. C'était un cavalier de premier ordre. Il buvait sec, lui aussi, jouait gros, offrait des cadeaux somptueux aux danseuses que Little Harry faisait venir de New York et aux actrices de passage à la « Cage aux Perruches ». Quand il allait au théâtre, il louait pour lui seul l'avant-scène, qu'il payait vingt dollars, alors que, faute de place, des gens restaient dehors.

On affirmait qu'il aurait pu tapisser sa chambre avec les chèques sans provision et les billets qu'il avait signés, mais pas honorés.

Pourtant, on lui accordait le crédit, parce qu'il finissait toujours par se remettre d'aplomb. Il possédait un flair quasi miraculeux de prospecteur. C'était plutôt un instinct qui le rendait fameux parmi les mineurs.

Il lui arrivait d'annoncer, un matin, les yeux gonflés, la bouche pâteuse :

— Je vais aller découvrir un filon...

Un Noir, qu'il avait adopté comme domestique, le suivait à cheval. Le plus extraordinaire, c'est qu'il revenait rarement sans avoir découvert un gisement qu'il revendait ou qu'il jouait immédiatement.

— John Evans, disait aujourd'hui le fils, ton humeur me donne à penser que tu reviens de la rue O'Hara...

Et, comme son compagnon, ahuri, ouvrait la bouche, il lui posait la main sur le poignet en faisant :

— Chut...

Plus bas :

— Je me demande même si tu ne t'es pas arrêté dans la première maison qui fut le palais de cette canaille de Mike... Chut !...

Boris-le-père avait été pendu. Pas à cause de ses chèques ni de ses dettes, car on ne pendait pas un homme pour ça. Pas non plus parce qu'il lui était arrivé, comme à tout le monde, de tuer deux ou trois lascars qui l'avaient mérité.

A cause d'un cheval.

A cette époque-là, la Loi de la Frontière était appliquée dans toute sa rigueur et la Loi de la Frontière disait :

« *Qui vole ou tue le cheval d'autrui sera pendu.* »

Un jour qu'il n'était pas ivre, qu'il avait peut-être la nostalgie de son pays, le vieux Boris avait annoncé :

— Je vais tuer un cheval.

Une petite bande l'avait suivi, parmi laquelle on reconnaissait quelques-uns de ses amis. Chaque fois que Boris apercevait un cavalier, il examinait sa monture et hochait la tête

— Celle-ci, c'est une belle bête qui mérite de vivre...

Il avait erré ainsi pendant près de deux heures et beaucoup croyaient qu'il renonçait à son projet. Déjà, cependant, le petit journal local, qui s'intitulait le *Sunburn Courrier*, annonçait en gros caractères :

« *Boris sera pendu ce soir.* »

Il l'avait été. Il avait tué un cheval, sous l'homme qui le montait ; il avait choisi un cheval borgne qui marchait de travers. Il était revenu tranquillement en ville, suivi de son escorte.

— J'ai tué un cheval...

Se figurait-il qu'on ferait, pour lui, exception à la loi ? Beaucoup l'espéraient. On l'aimait bien. Son originalité, ses excentricités amusaient. Mais la loi était la loi et les hommes n'y pouvaient rien.

Boris-le-jeune avait vu son père se balancer à la potence.

— Mon ami Jim, je te serais reconnaissant jusqu'à la mort si tu nous servais promptement la même chose...

John sortit de sa torpeur, tenta de protester, mais son compagnon lui pétrissait le bras.

— Chut, ami... Je sais le pourquoi de mes actes les plus anodins... Après ça verre, nous quitterons cet endroit où il y a trop d'oreilles pour le nombre de cervelles...

Dès ce moment, Curly John s'était laissé entraîner par le courant. Peut-être parce qu'il était écœuré.

La trahison d'Andy Spencer lui avait fait moins mal, parce qu'il avait mis du temps à la découvrir. Mais Peggy !. Était-ce lui qui était trop sensible, qui se faisait des idées fausses ? Allons donc ! D'un moment à l'autre, elle avait cessé d'être son amie. Et pourtant c'était une femme qu'il aurait épousée jadis sans hésiter. Elle le savait. Elle lui avait laissé entendre qu'elle en aurait été heureuse. De sorte que c'était un peu comme s'ils avaient été mariés. Il l'aimait même plus que sa sœur, qui lui avait voué toute sa vie et qui le soignait encore comme un enfant.

De penser à Mathilda, qu'il n'avait mise au courant de rien alors qu'il avait tout dit à Peggy Clum, les larmes lui montaient aux yeux.

Peggy était devenue une ennemie, oui. Elle l'avait regardé froidement, elle qui ne regardait personne ainsi, pas même Andy qu'elle détestait.

Que lui avait-il fait ? Il lui avait tendu la photographie de la lettre. Elle avait lu deux fois le texte. Il essayait de comprendre, puis cela le fatiguait et son esprit, insensiblement, passait à d'autres images. Parce que sa langue devenait pâteuse et ses jambes molles, il se revoyait, par exemple, à quinze ans, là-bas, à Farm Point. Ils étaient quatre ou cinq, un soir, autour d'Andy Spencer, à jouer de l'harmonica et à fumer des cigarettes que quelqu'un avait apportées en cachette.

— Il nous faudrait de la gnole... avait décrété Andy. Qui est-ce qui est capable de trouver une bouteille de gnole ?...

Les autres savaient que, chaque année, le père Evans distillait ses déchets de blé pour en faire une sorte de gin qui ne servait presque jamais, sinon comme médicament, quand quelqu'un avait la grippe, ou encore pour tremper les papiers dont on recouvrait les pots de confiture.

— Va...

Il y était allé, s'était caché pour prendre une bouteille dans la cave. C'était la première fois qu'il volait. Il ne l'avait jamais fait depuis.

Ils avaient bu et John s'était retrouvé le lendemain malade dans son lit ; il avait passé des heures à essayer de se souvenir des événements de la veille et à appréhender le moment où il serait face à face avec son père.

La seconde fois qu'il avait bu outre mesure, c'était à Sunburn, chez la Belle Louisa, où ils étaient pensionnaires. On fêtait un événement quelconque, sans doute la découverte d'un filon. Un type, qu'il reconnaîtrait encore s'il le rencontrait, avait dû mettre une drogue dans son verre, ou mélanger des alcools, car il avait été pris d'une ivresse furieuse et avait déclenché la bagarre, cassant des chaises et des glaces, s'obstinant à tirer au revolver sur la lampe à pétrole.

La troisième fois...

— Viens, ami John...

Le Russe affectait de ne pas appeler les gens par leur surnom mais, correctement, par leur nom, quand ils en avaient. C'était lui qui soutenait discrètement John tandis que celui-ci descendait de son tabouret puis qu'ils sortaient tous les deux.

La troisième fois... Pourquoi Peggy avait-elle fait ça, lui avait-elle fait ça, à lui ?

Il aperçut vaguement Miles Jenkins qui repliait le journal du soir et se dirigeait vers la voiture. Boris disait noblement au cow-boy :

— Pas la peine, mon ami... Nous reviendrons vous prendre ici...

Faisait-il déjà noir ? Des autos passaient, parmi lesquelles Boris le dirigeait d'une main ferme, l'arrêtant au bord du trottoir quand les feux se mettaient au rouge.

— Un petit bar, ami, pour les vrais connaisseurs... Ce n'est pas chic... Il n'y a pas de glaces sur les murs et les gens qui le fréquentent ne se prennent pas pour des gentlemen...

Eh bien ! la troisième fois, c'était quelques mois après la trahison de Spencer. Curly John faisait encore courir, comme la plupart des éleveurs. Il avait une excellente jument qu'il conduisait à Phœnix, à Bisbee, un peu partout où des courses étaient organisées.

C'était fort agréable. Le terrain, les tribunes, les banderoles, les guirlandes, tout le monde en bottes et en chapeau impeccables, lui surtout, rasé de près. On l'interpellait gentiment, gaiement :

— Hello, John...

On se serrait la main. Tout le monde était de bonne humeur. On parlait chevaux, rien que chevaux. Et d'être là, à l'endroit réservé aux propriétaires, alors que la foule se massait le long de la barrière, cela vous donnait un sentiment plaisant de votre importance.

Il n'était pas orgueilleux. Il ne défiait, n'écrasait personne, comme Andy Spencer. C'était néanmoins réconfortant de sentir la sympathie et le respect de tous ces hommes qui avaient réussi et qui jouaient un rôle important dans la société.

C'était le petit Curly John qui était là, parmi eux, le gamin de Farm Point, qui n'avait jamais mis, jusqu'à l'âge de dix-sept ans, que les culottes rapiécées de ses frères. C'était aussi le mineur de Sunburn qui dînait autrefois pour vingt-cinq cents dans le restaurant en plein air du Chinois.

Sa jument avait gagné et c'était la première fois. Il était si content qu'il accueillait les félicitations les larmes aux yeux et il suivait ces messieurs qui voulaient à toute force fêter sa victoire. On avait bu du champagne, du vrai, puis du whisky, puis...

Bon ! La fin n'avait pas été jolie. Mais ce qui avait précédé ? Et ça, c'était encore une des choses qu'Andy Spencer lui avait volées. Ça et, par exemple, d'être nommé à un poste quelconque, ne fût-ce qu'à celui de *deputy-sheriff.*

Les clubs aussi. Il aimait les clubs où l'on se rencontre entre gens bien élevés. Il n'était pas le butor que certains imaginaient parce que, depuis tant d'années, il quittait rarement son ranch.

A quoi bon sortir puisque, partout, il se heurtait à Andy Spencer ? Andy était président de tout ce qu'on peut imaginer, des rodéos et des clubs, des courses, des sociétés politiques et charitables. C'était lui, avec Rosita, qui trônait invariablement à la place d'honneur. Cela embarrassait ceux qui étaient amis de John et qui voulaient néanmoins ménager le grand patron. On ne voulait pas lâcher Curly John et on ne voulait pas non plus trop s'afficher avec lui.

Voilà pourquoi il n'était plus allé nulle part. Il portait encore des bottes impeccables, des chapeaux du beige le plus suave, mais c'était pour sa satisfaction personnelle, peut-être pour ne pas se laisser aller tout à fait.

— Entre, ami, et hisse-toi sur un de ces tabourets qui t'attendent...

Sans doute serait-il incapable de retrouver ce bar qui devait se situer dans la basse ville, près du quartier mexicain. Les murs étaient peints en bleu. En bleu ou en vert ? Il y avait des machines à sous au fond de la salle, des cow-boys attablés, des gens bizarres qui ne faisaient pas attention à eux et le barman, un Chinois, connaissait Boris puisqu'il leur servait d'office deux doubles bourbons.

On prétendait que le Russe pouvait boire sa bouteille de quarante-deux onces en moins d'un quart d'heure et marcher droit ensuite.

Il possédait un ranch à quelques milles de la ville, dans la direction du village indien, mais ce n'était pas un vrai ranch. On aurait eu bien du mal à nourrir seulement vingt bœufs dans ce désert où ne poussaient que des cactus.

Il avait des chevaux, une trentaine, qu'il louait aux touristes. Il y avait aussi quelques chambres qu'il cédait à des hôtes payants — des gens de l'Est, bien entendu — qui voulaient jouer aux cow-boys.

C'était le premier qui avait eu cette idée et maintenant on comptait dans la région une quarantaine de ces ranches de fantaisie qu'on appelait des « *Dude Ranches* ».

Boris, comme son père, était un cavalier de grande classe. Quand il avait disparu pendant quelques années, il avait suivi un cirque où il faisait un numéro de haute école. Maintenant encore dans les fêtes hippiques, on était sûr de le voir exécuter ce numéro, en habit et chapeau haut de forme, sa cravache à pomme d'argent à la main.

— Sais-tu, ami, qu'il se passe en ce moment des choses passionnantes ? Peut-être n'as-tu pas remarqué que, dans le bar d'où nous sortons, certains te regardaient avec beaucoup de curiosité ? Des bruits circulent, vont et viennent dans l'air comme des abeilles et il se pourrait qu'un de ces matins Tucson se réveille en pleine révolution...

C'était curieux. Curly John comprenait qu'on allait le ramener aux événements dont Peggy lui avait parlé et pourtant ce n'était pas à Andy Spencer qu'il pensait et il n'écoutait son compagnon que d'une oreille distraite.

C'est à lui-même qu'il s'intéressait en ce moment, comme si Curly John était un autre homme qu'il observait ou dont on lui racontait la vie.

Demain, il en aurait honte. Parce que, à cause de l'alcool, qu'il n'avait plus le courage de refuser, il s'attendrissait, lui qui s'était toujours montré si digne. N'était-ce pas sa dignité qu'on avait admirée et qui lui avait valu la sympathie de tous quand Andy Spencer l'avait trahi ?

Car c'était une trahison, il n'admettait pas qu'on en doutât. Il n'en parlait pas. Il ne s'était jamais plaint. Il n'en savait pas moins ce que les gens pensaient et cela lui faisait du bien.

Encore ne pouvaient-ils pas comprendre. Comme pour Peggy, d'ailleurs. Personne ne savait ce qu'Andy avait représenté pour lui. On ne les avait pas vus enfants. On se souvenait mal des jeunes gens qui hésitaient, le premier jour, effrayés, devant l'ouverture béante de la grande mine. Et après... dans leur ranch, qui avait connu leur vie à trois, avec Mathilda qui les traitait comme s'ils eussent été ses deux frères ?

— Je crois, ami, que, si tout ce qu'on chuchote est vrai, le corps du vieux Mike doit se retourner dans sa tombe... Dès ce matin, paraît-il, des messieurs bien renseignés, des gros bonnets, de ceux qui font partie des conseils d'administration, ont vendu presque à moitié prix, en sous-main, des actions d'affaires contrôlées par Spencer...

» Ils ne sont encore que quelques-uns dans le secret... C'est hier soir, paraît-il, que les premières nouvelles sont arrivées... Alors, on a vu des voitures aller et venir, des réunions mystérieuses se tenir dans les grosses maisons du Trou aux Snobs...

» Quant à ton ami Andy, il reste dans son coin, tout seul avec son secrétaire... Sa fille Penny, celle qui lui ressemble, a été, paraît-il, la première à accourir et à lui faire une scène... Des dames de la bonne société téléphonent sans répit à sa femme, avec l'air de rien, dans l'espoir d'apprendre du nouveau...

» S'il saute, comme on affirme qu'il va le faire, il y en a beaucoup d'autres qui sauteront...

Un mouvement du doigt suffit à faire accourir le Chinois qui les servit à nouveau.

— C'est très amusant... Moins amusant que jadis, parce que ceux-ci sont de vraies canailles...

Il observa John de ses gros yeux.

— Tu es triste, ma parole. Moi qui pensais te plonger dans le ravissement...

Le mot frappa Curly John et il fut surpris, en effet, de constater que ces nouvelles, qu'il connaissait par Peggy depuis peu, ne lui faisaient aucun plaisir, l'attristaient plutôt, le plongeaient dans une sorte de stupeur dont l'alcool ne le débarrassait pas.

Qu'est-ce que Boris venait de dire ? Il lui restait une image : Andy tout seul dans son coin, sans doute au fond du jardin, dans ce pavillon où Muriel Mooberry l'avait comiquement poursuivi.

Qui sait ? La visite que Spencer avait faite la veille au ranch était peut-être sa dernière sortie d'ici longtemps.

« — *Que John vienne me voir quand il voudra...* »

Tout à l'heure, il était sûr que le document photographique était la seule cause de cette visite inattendue. Maintenant, il commençait à en douter, contre toute évidence.

Le portrait que Mathilda, à petites touches, lui avait tracé de son ancien ami, devenait de plus en plus vivant dans son esprit.

Un petit homme déjà vieux — il paraissait plus vieux que lui, Mathilda l'avait dit —, tiré à quatre épingles, en complet crème, avec des lunettes, la paupière agitée par un tic nerveux...

Et il avait parlé doucement. Il n'avait accepté que de l'eau. Probablement suivait-il un régime. Il était peut-être malade ?

Demain, après-demain, un des prochains jours, toute la ville se réjouirait de sa chute, sauf ceux qu'il entraînait avec lui. On le huerait. Des forcenés iraient jeter des cailloux dans ses vitres.

Il se défendait encore. Tel que Curly le connaissait, il se défendrait jusqu'à la dernière minute, contre tout espoir, par tous les moyens.

Y compris, par exemple, si cela pouvait l'aider, par une visite à Curly John, qui avait dû tant coûter à son orgueil !

Tout cela était vague et compliqué. Il était ivre et le savait. Mais parfois il lui semblait que cette ivresse, justement, accroissait sa lucidité, qu'il n'y aurait qu'un petit effort à faire pour comprendre, pour que chaque chose prenne sa vraie place.

— On sera dur avec lui comme il l'a été toute sa vie avec les autres...

Qui disait ça ? C'était Boris, que Curly John se mettait à regarder sans tendresse.

— Il n'y a pas un de ses employés qui ne le haïsse. Il a jeté dehors sans indemnité de vieux serviteurs pour la seule raison qu'ils étaient malades ou qu'ils vieillissaient. Il a...

Comment faire pour saisir cette vérité qui lui échappait ? Il était tellement sûr qu'il suffisait d'un rien ?

Si seulement Peggy...

Il la voyait toujours, debout, le papier à la main, avec ses lunettes, et elle ne le regardait plus, elle lui parlait d'une voix qu'il n'avait jamais entendue, elle ne le regardait plus, elle lui parlait d'une voix qui le mettait dehors — car enfin, elle l'avait littéralement mis dehors — sous prétexte qu'elle devait sortir tout de suite.

Etait-ce vraiment un prétexte ? Il aurait donné gros, à présent, pour savoir si elle était vraiment sortie et où elle était allée.

— C'est pour Bob, qui a des dettes partout à l'insu de son père, que le coup sera le plus dur... Et voilà, ami, comment tout se paie... J'ai vaguement connu jadis un certain Romero qui doit être bien content, dans le monde où ton revolver l'a envoyé... Le vieux Mike était une canaille et il a trouvé pour gendre plus canaille que lui... C'est plein de canailles, John Evans, il y en avait au bar où nous étions tout à l'heure, il y en a dans les banques et dans tous les buildings... Pas des canailles comme celles qui, à la sortie, te chiperont peut-être ton portefeuille... Pas des canailles qu'on met en prison... Des grandes canailles, ha ! ha !... Et mon père avait bien raison de se faire pendre... Car il a été pendu, tu sais...

— Je sais...

— J'étais là... Je n'étais qu'un gamin... Cependant, je ne pleurais pas... Je le regardais avec admiration... Et tout le monde — il y avait foule autour de la potence, qu'on a éclairée le soir avec des lampions — tout le monde l'admirait... On ne pendra pas Andy Spencer... On ne lynche même plus les gens...

Pourquoi Peggy ?...

Et voilà que, tandis que son compagnon parlait toujours, d'une voix à peine empâtée, il avait une révélation. C'était plutôt une image. Il voyait, comme une scène réelle, Peggy, tout de suite après son départ, se précipitant dans la rue, franchissant la grille voisine, longeant cette allée où elle n'avait plus mis les pieds depuis si longtemps et frappant nerveusement à la porte du pavillon.

C'était là qu'elle était allée. Voir Andy, qu'elle avait toujours détesté et qu'elle accusait publiquement de tous les méfaits.

Qu'avait-elle à lui dire ? L'accabler, comme les autres l'avaient accablé ?

Mais pourquoi était-ce après avoir lu la lettre qu'elle avait changé de la sorte ? Et pourquoi en rendre Curly John responsable, pourquoi ce détachement subit d'avec son vieil ami ?

— Vois-tu, Boris, le nom de l'homme qui a fait tirer sur moi commence par un *H*... ou par un *B*... Ou peut-être par un *A*...

Il avait quelque peine à tirer son portefeuille de sa poche et à en extraire la photographie.

— Et ça, continuait-il, c'est tout ce qui compte...

L'autre le regardait avec étonnement, prenait le papier qu'il essayait d'abord de lire à l'envers.

— Parce que, poursuivait Curly John dans un sursaut d'énergie, si ce n'est pas Andy qui l'a fait, c'est moi qui suis une canaille... Je sais bien que tu ne comprends pas... Je suis une canaille, Boris... Il faut absolument que ce soit un *A*, vois-tu...

Il montrait la lettre du doigt, sur le document.

— Est-ce que c'est un *A* ?... Dis ?... Est-ce que c'est un *A* que tu lis ou un *H* ?... Ne t'occupe pas du reste, qui n'a pas d'importance... C'est Little Harry qui l'a écrite... Et Little Harry savait... Il annonçait le guet-apens à quelqu'un qui habitait sans doute Tucson et qui était un personnage important, puisqu'il lui donnait le choix de me prévenir ou non... Quand Peggy a lu la lettre...

Tant pis ! Il savait qu'il avait tort, qu'il se mettait à trop parler.

— ... quand elle a lu la lettre, elle a piétiné une amitié de trente-huit ans... Et pas une amitié comme une autre... Elle m'a presque mis dehors et elle s'est précipitée chez lui...

Il affirmait. Ce qui n'était tout à l'heure qu'une supposition était devenu dans son esprit une réalité. Il la voyait. Il croyait l'entendre interpeller son beau-frère tassé derrière son bureau.

— Ce qu'il faut savoir, c'est si c'est vrai ou si ce n'est pas vrai...

— C'est vrai...

Qu'est-ce qui était vrai ? Est-ce qu'ils parlaient l'un et l'autre de la même chose ? Le Chinois les servait, impassible, et personne ne prenait garde à leur entretien. On était habitué à voir le Russe boire dans un coin et cela ne changeait rien qu'il y eût un autre gentleman avec lui.

— Supposons que ce ne soit pas lui...

— Pourquoi ne serait-ce pas lui ?

Chacun suivait de son côté une logique d'ivrogne.

— Alors, c'est moi qui me suis conduit comme un envieux... Est-ce que j'ai l'air d'un envieux ?... Est-ce que quelqu'un m'a jamais traité d'envieux ?... N'empêche que si c'est un *H,* ou un *B,* ou un *R...*

— Puisque c'est un *A !*

L'incompréhension de son auditeur décourageait Curly John.

— Suppose que Peggy sache quelle lettre c'est...

— C'est un *A,* et c'est parce qu'elle a eu la preuve que son beau-frère est une crapule qu'elle a couru le lui crier à la figure...

— Elle le lui criait avant... Elle le criait sur tous les toits...

— Elle a tenu à le faire une fois de plus...

Non. C'était inutile. Il n'y avait que lui à savoir comment le problème se posait. Il se rendait bien compte qu'il était tout seul. Peggy l'avait lâché. Il lui restait tout juste Mathilda qui, elle, ne le lâcherait jamais, mais qui, sur cette question, n'était pas vraiment avec lui.

Qui sait si elle n'avait pas menti, pour ne pas lui faire de peine ou pour éviter sa colère ? Qui sait si Andy n'était pas resté beaucoup plus longtemps dans la salle commune, s'il ne lui avait pas parlé plus intimement qu'elle ne voulait bien l'avouer ?

Il n'était pas bête. Il était comme les autres. Cependant, autrefois, c'était Andy qui pensait pour lui, puis, plus tard, Peggy qui résolvait presque tous ses problèmes, en riant, comme en se moquant.

Boris était buté. Ils ne parlaient pas la même langue. Leur ivresse les avait conduits dans des directions différentes.

— Quand on t'affirme que c'est une canaille, tu n'as pas à t'en faire ! Or, moi, le fils de mon père qui a voulu être pendu pour les faire enrager, je t'affirme que tous ces gens-là sont des canailles...

Qu'est-ce que cela signifiait ? Rien. Il se mettait à hurler avec les autres. Pendant plus de trente ans, Curly John les avait laissés dire à peu près les mêmes choses à mi-voix. Il les avait approuvés, tout au moins par son attitude. Des heures entières, il avait écouté Peggy lui débiter les pires choses sur le compte d'Andy.

Et Peggy le lâchait. Peut-être parce que Peggy n'attachait pas d'importance à ce qu'elle disait — pas plus qu'à ses interminables conversations téléphoniques. Peut-être qu'elle faisait ça pour s'amuser, parce qu'elle avait besoin d'un ennemi intime ?

De sorte que, petit à petit, on avait créé d'Andy Spencer — avec sa complicité — une image que tout le monde tenait pour vraie.

C'est cette image-là que le Russe lui montrait et Curly John en avait un peu honte ; il savait, lui, que ce n'était pas si simple. La preuve, c'est qu'après tant d'années il lui arrivait de douter.

Il se souvenait de ce que l'ancien croupier français, M. Lardoise, lui avait dit la veille, de cet Andy inconnu qui, marié, associé à son beau-père, allait encore en cachette jouer à Sunburn.

Ne fallait-il pas tenir compte de cet Andy-là aussi ? C'était aujourd'hui un déjà vieil homme, avec deux filles mariées et un fils qui faisait des dettes à son insu.

— Et si elle était allée le défendre ?

Cela ressemblait plus à Peggy Clum que de se précipiter chez son beau-frère comme une harpie pour l'accabler de reproches.

Dans ce cas-là, dans tous les cas, d'ailleurs, il fallait bien que quelqu'un eût raison.

— Tu divagues, ami... Un dernier verre et je rentre chez moi... Foi de Boris... Le dernier.

Mais Curly John, sans l'écouter, glissait de son tabouret et se dirigeait vers la porte d'une démarche mal assurée.

— Si tu me fais cette injure-là, John Evans, mon ami...

Il n'entendit pas le reste, se trouva dehors, dans la rue où il y avait quelques enseignes au néon, et ce qu'il vit en premier ce fut, debout contre le chambranle de la porte, le long Miles Jenkins qui attendait. John ne savait plus où il l'avait quitté. Il monta dans l'auto et se heurta la tête à l'encadrement de la portière tandis que son chapeau roulait sur le trottoir.

— Est-ce que je suis un honnête homme, Jenkins ?

Le cow-boy ne broncha pas, continua de regarder le pinceau lumineux des phares sur la route. C'était comme si on lui avait posé la question la plus ordinaire.

— Tout le monde le dit, patron...

— Mais toi, qu'est-ce que tu penses ?

— Je pense que oui. Pourquoi penserais-je le contraire ?

— Et si j'étais une canaille ?

Miles Jenkins haussa les épaules et prit le parti de se taire.

— Dis donc !... Suppose qu'il soit à nous attendre à la maison. Voilà qui serait vraiment drôle.

Le cow-boy se contentait de mâcher sa gomme.

Il n'y avait d'ailleurs aucune voiture autour du ranch. Personne ne vint les accueillir. Curly John poussa la porte beaucoup plus brutalement qu'il n'aurait voulu et vit son couvert sur la table, un seul couvert, et Mathilda qui l'attendait sous la lampe.

Alors il eut honte et, sans manger, sans rien dire, alla s'enfermer dans sa chambre.

6

Il s'éveilla beaucoup plus tard que d'habitude. Il avait dormi d'un sommeil lourd et inquiet tout ensemble, car il avait des moments de lucidité vague, il se voyait lui-même avachi sur son lit, couvert d'une sueur malsaine ; la notion du mal le poursuivait dans ses cauchemars, et dès qu'il se sentait remonter à la surface, il s'enfonçait farouchement dans ce sommeil sirupeux, sachant qu'au bout il y aurait quelque chose de désagréable, et remettait toujours l'échéance à plus tard.

Avant d'ouvrir les yeux, il eut simultanément plusieurs certitudes. D'abord, une odeur d'œufs au lard sourdait de la cuisine. Donc, on était dimanche, alors que de toute la journée de la veille, il ne s'était pas rendu compte du samedi. On était dimanche et il était huit heures du matin. C'était une tradition qui remontait à leur enfance : malgré la préférence de son frère pour la viande rouge, Mathilda avait tenu à ce que, le dimanche, on restât fidèle au petit déjeuner de Farm Point, y compris la marmelade d'orange qu'on ne servait jadis que ce jour-là, parce que c'était cher, avec parcimonie, une cuillerée par enfant.

Il aurait dû être levé depuis longtemps et avoir fait un tour à cheval avec Gonzales, comme chaque dimanche matin.

Il n'avait pas besoin d'ouvrir les yeux non plus pour savoir qu'il pleuvait. Il avait entendu les roulements de l'orage. Une pluie drue crépitait. Il n'ignorait pas que la montagne était à peine visible et une certaine qualité de l'air, une fraîcheur toute spéciale, lui annonçait que c'était enfin l'hiver. Car il arrivait comme ça d'un seul coup. Un hiver avec un beau soleil toute la journée, à peu d'exceptions près. Un hiver chaud à midi. Tout à l'heure, Mathilda n'en mettrait pas moins les couvertures de laine sur les lits — qui sentiraient la naphtaline pendant quelques jours — et le Chinois allumerait la chaudière.

Il entendait sa sœur aller et venir et se décida à commencer sa toilette, avec précaution, car il ne se sentait pas la tête solide. Des détails de la veille lui revenaient, par bribes ou plutôt par bouffées, et tout cela lui paraissait sale, il avait honte de ce qu'il avait dit, de cette confiance soudaine en Boris avec qui il n'avait jamais été intime.

Sa peau restait fraîche, ses yeux clairs. Il tenait le coup, à son âge, et il en était fier. Il ne fallait faire semblant de rien, entrer le plus naturellement possible dans la salle commune, baiser sa sœur au front et s'asseoir à sa place.

Il s'en acquitta presque trop bien, avec tant de désinvolture qu'elle fut obligée de détourner la tête pour sourire.

On entendait, dans une autre pièce, Pia qui faisait sa toilette des grands jours et tout à l'heure elle gémirait en mettant ses chaussures qu'elle ne se décidait à porter qu'une fois par semaine.

Mathilda était en face de lui. Ils mangeaient tous les deux. La pluie et la fraîcheur rendaient la pièce plus intime. Certains soirs d'hiver, Mathilda, à soixante-treize ans, proposait, malgré le chauffage central :

— On joue à Farm Point ?

Et elle allumait un grand feu de bûches.

— C'est l'hiver, John... dit-elle doucement.

Il répéta, comme dans un psaume :

— C'est l'hiver...

Il avait envie de lui parler et ne trouvait pas les mots. Il se demandait s'il n'allait pas tout lui raconter. Peggy, en qui il avait tellement confiance, ne l'avait-elle pas trahi ?

Mathilda, elle, ne le trahirait pas. Elle n'était pas de son avis, il le savait. Peut-être, prudemment, émettrait-elle des objections. Tout au moins y aurait-il quelqu'un avec qui il pourrait parler posément de l'affaire.

— Écoute, ma sœur...

Il avait articulé ces mots au moment précis où elle se levait. Elle devait encore faire la vaisselle, s'habiller, ce qui, le dimanche, prenait du temps. Il se ravisa :

— Tout à l'heure... Quand nous reviendrons...

Ils avaient tout le temps devant eux, une longue journée, car la couleur du ciel annonçait que la pluie durerait jusqu'au soir, et ils n'avaient rien d'autre à faire qu'à rester tous les deux en tête à tête.

— Si tu veux John... Quelques heures de plus ou de moins, n'est-ce pas ?...

Ce fut son seul reproche. Il y eut les heurts familiers de tasses et d'assiettes. Il se leva pour essuyer la vaisselle, ce qu'il faisait de temps en temps, et elle eut le tact de ne pas sourire.

Gonzales et Miles Jenkins, eux aussi, devaient se mettre en grande tenue. Un instant, à cause de la pluie, il se demanda pourquoi ils ne prendraient pas l'auto tous ensemble, mais il n'eut pas le courage de faire, ce jour-là, justement, un tel accroc à leurs habitudes, à des traditions devenues presque sacrées.

Le Chinois amena la carriole tout attelée, avec la bâche sur laquelle les gouttes s'écrasaient.

Mathilda, en noir des pieds à la tête, les mains gantées de fil noir, se servit de son parapluie pour gagner sa place et Pia rejoignit la sienne en courant, se tassa dans le fond, derrière les sièges, comme un jeune animal.

John prit les rênes. Il y avait quelque chose de réconfortant, de rassurant plutôt, à quitter leur vieille maison dans cette voiture aux roues très hautes qui leur servait depuis si longtemps. Tout à l'heure, Gonzales et Miles Jenkins monteraient à cheval et leur galop cadencé les rejoindrait juste au moment d'atteindre la grand-route.

Le sol de la piste était mou. On traversait de larges mares d'eau. La croupe des deux bêtes ruisselait. A un certain endroit, on entendait invariablement la cloche. Et on l'entendit, fidèle au rendez-vous.

Tout le monde se retrouva chez l'Espagnol, à Jaynes Station, où on détela les bêtes et où Gonzales et Miles Jenkins laissèrent aussi les leurs.

L'église était tout près, petite et blanche, nette comme une image, avec des silhouettes sombres qui se dirigeaient vers le portail. Des gens sortaient des maisons d'alentour, et d'autres, comme eux, venaient de loin. Les Polonais, par exemple, arrivaient, non dans la vieille Ford, trop petite pour toute la tribu, mais dans le camion qui, sur la piste, tanguait comme un bateau sur les houles. Ils n'appartenaient pas à la même religion. Ils étaient catholiques. Comme il n'y avait pas d'église à proximité — il aurait fallu aller jusqu'à Tucson — ils assistaient avec simplicité au service protestant. Peut-être d'autres étaient-ils dans leur cas ? Bien peu manquaient. Tout le monde était là, y compris ceux qui invoquaient le diable toute la semaine.

Tous chantaient les hymnes avec une égale conviction et Curly John avait l'habitude de chanter d'une telle voix qu'il n'entendait que la sienne.

Est-ce que, ce dimanche matin, Andy Spencer irait au temple ?

Les murs étaient blancs, les bancs en bois clair, récemment revernis, sentaient encore la résine. Le pasteur était jeune, sportif.

Allons ! Tout à l'heure, John dirait tout à Mathilda, lui montrerait les documents, lui demanderait conseil. Même si elle ne lui donnait pas de bons avis, il serait débarrassé d'un poids qui commençait à lui peser sur la poitrine — à tel point qu'il s'était laissé aller à boire. En toute honnêteté, il reconnaissait que, si même il n'avait pas rencontré le Russe, il aurait probablement bu plus que de raison tant l'attitude de Peggy Clum l'avait mis hors de son assiette.

Le sermon fut très bien. Ils étaient toujours très bons. Le pasteur n'était pas un intellectuel de Boston ou de quelque grande ville mais le fils d'un fermier du Middle West et il n'avait pas été long à comprendre les gens d'ici.

A la sortie, il restait certains rites à accomplir. Quelques mains à serrer, par exemple. John s'éloignait toujours un peu tandis que Mathilda bavardait avec trois ou quatre vieilles femmes. Elle aidait certaines familles pauvres dans la mesure de ses moyens. Il y avait des vêtements qu'elle faisait elle-même, de sorte que le dimanche matin elle emportait toujours des petits paquets.

Gonzales, lui, passait régulièrement le reste de la journée chez des compatriotes qu'il avait à deux milles de là et Miles Jenkins, aussi, s'en allait Dieu sait où.

Il pleuvait toujours, un peu moins dru. L'orage allait et venait entre les montagnes qui avaient l'air de se le renvoyer et qui, tour à tour, disparaissaient dans les nuages. Pour le moment, il était du côté de Tucson, mais il reviendrait à un moment donné.

— Tu as l'air plus calme, John...

Ils étaient tous les deux dans la voiture. Pia, derrière eux, ne comptait pas plus qu'une chienne fidèle. Ils suivaient la piste familière.

— J'ai toujours été calme...

— Pas de la même manière...

— Tu t'es inquiétée ?

— Non...

Parce qu'elle savait bien que cela lui passerait, qu'il ne pouvait pas rester longtemps tout seul. Cela l'humiliait un tout petit peu, mais en même temps cette confiance le réconfortait.

— On dirait qu'il est venu quelqu'un...

Elle regardait la piste devant les chevaux. Après le déluge des dernières heures de la nuit, aucune trace de la veille ne pouvait subsister sur la route que traversaient de vrais torrents. Pourtant, à certains endroits, on distinguait l'empreinte de pneus d'auto.

— Tu crois que le Chinois sait conduire ? questionna Curly John qui avait vu les empreintes à son tour.

Il fut le premier à hausser les épaules. Il était difficile d'imaginer le vieux Chinois prenant la voiture jaune pour aller se promener sur les routes.

— Quelqu'un nous attend à la maison...

Il poussa ses bêtes. Sa poitrine se serrait. Il se demandait si Andy Spencer était revenu, s'il allait se trouver soudain face à face avec lui. Il cherchait quelle contenance il prendrait, quels mots il prononcerait.

Et si c'était Peggy Clum ? Elle en était capable. Sans doute regrettait-elle son attitude de la veille ? Au lieu de téléphoner pour l'inviter à aller la voir, elle s'était dérangée elle-même, voilà tout.

Cette perspective était la plus agréable. Mathilda connaissait mal Peggy. Elle l'avait fréquentée jadis, quand elle était jeune fille, mais depuis elle mettait rarement les pieds à Tucson et Peggy n'était jamais venue chez eux. Quelques semaines plus tôt, justement, elle avait remarqué :

— Il faudra quand même que j'aille voir comment tu as arrangé ta maison...

Allons ! C'était Peggy. Et alors ce serait une bonne journée, vraiment bonne, car Peggy ne manquerait pas d'éclaircir bien des mystères. Il regarda sa sœur à la dérobée, regretta le chapeau un peu ridicule qu'elle s'obstinait à porter et qui faisait d'elle une femme beaucoup plus vieille quand elle était endimanchée que quand, en tablier, elle vaquait à son ménage.

— C'est Peggy... annonça-t-il.

Mathilda ne dit rien. Un bon moment plus tard, seulement, elle murmura :

— Elle sait où se trouve la clef ?

Car le Chinois passait ses dimanches dans sa chambre, souvent avec un autre Chinois qui venait le voir et avec qui il faisait d'interminables parties de dés. Ce jour-là il ne s'occupait pas de la maison.

— Non, elle ne sait pas...

Depuis toujours, quand on laissait la maison vide, le dernier qui sortait glissait la clef dans une fente du mur, à droite de la fenêtre de derrière.

— Il n'y a personne...

Ils s'approchaient et n'apercevaient aucune voiture.

— Elle a peut-être contourné les bâtiments ?

Les bêtes ne pouvaient pas aller plus vite. Ce n'est pas comme une auto, où il suffit de pousser sur l'accélérateur.

Il n'y avait pas de voiture derrière la maison non plus et pourtant, ici, on voyait très nettement des traces de pneus. On pouvait même suivre sur le sol mou le virage que la voiture avait accompli pour repartir.

— Elle ne savait pas que nous allions revenir. Le Chinois n'a pas bougé.

Il appela, criant de toutes ses forces vers les communs :

— China King !... China King !... Tu vois. Le dimanche, il devient sourd. C'est dommage ! Je me demande si je ne dois pas lui téléphoner, à tout hasard, dès qu'elle aura eu le temps de rentrer à Tucson... Nous nous sommes presque croisés...

Machinalement, Mathilda cherchait la clef dans la fente — elle avait retiré son gant pour ne pas le salir — et ne la trouvait pas. Curly avait commencé à dételer.

— John... Regarde...

Elle lui montrait la porte, la porte de derrière, la leur, pas celle par laquelle on introduisait les étrangers, et il la regardait en disant :

— Eh bien ?...

— La clef... Ce n'est pas moi qui l'ai mise...

La clef était sur la serrure.

— Tu es sûre que tu l'avais glissée dans sa fente ?

— J'en suis certaine...

Elle était si troublée qu'elle n'osait pas ouvrir la porte. Il s'approcha à grands pas, poussa le battant, d'un mouvement brusque.

— Quelqu'un est venu, John...

Parbleu ! la porte de sa chambre était grande ouverte. Il ne l'avait pas refermée à clef en partant. Comme il avait décidé de tout dire à sa sœur au retour, il n'était plus nécessaire de lui cacher les documents et de toute façon, la maison serait fermée.

Or, la malle verte n'était plus là. On l'avait traînée sur le plancher, qui en gardait des égratignures, puis sur les dalles de la salle commune. On avait dû l'ouvrir, la fouiller, car quelques papiers s'en étaient échappés, entre autres une photographie de Blonde Mary, un programme de la « Cage aux Perruches » et une page de carnet sur laquelle étaient crayonnés des chiffres.

Pia s'était glissée dans la maison. Mathilda, pour se remettre, se versait un peu de café encore tiède.

Curly John se dirigeait vers le petit secrétaire qu'il avait dans le coin de sa chambre, près de la fenêtre. C'était le seul meuble fermant à clef et il avait la clef dans sa poche. Il l'avait ouvert le matin. La lettre originale s'y trouvait depuis qu'il l'avait ramenée de chez le photographe et, avant de partir pour l'église, il y avait joint la photographie dont le papier épais gonflait son portefeuille.

Depuis le secrétaire avait été ouvert, à l'aide d'un outil quelconque. Il avait été ouvert proprement, avec le minimum de dégâts. Juste une éraflure au bois de cèdre, près du pêne. Les deux documents, l'original et la reproduction, avaient disparu. Par contre, une centaine de dollars étaient toujours dans le petit tiroir de gauche.

Il mit près d'une heure à chercher le Chinois, contre tout bon sens, tandis que, dans la maison, Mathilda préparait le déjeuner en tremblant à chaque bruit.

China King n'était pas dans sa chambre. Ses effets s'y trouvaient, pendus à des cintres, car il était fort soigneux. Son lit n'était pas fait. C'était exactement comme tous les dimanches matin. Il semblait n'être sorti que pour quelques minutes, peut-être pour aller chercher une boîte de conserve dans le cagibi qui contenait les provisions et qu'on appelait la cantine.

Aucun cheval ne manquait. L'auto jaune était là aussi. Il n'était pas vraisemblable que China King fût parti à pied vers la grand-route sur une piste à peine praticable.

Une angoisse commençait à tenailler Curly John. Si on avait tué son domestique ? Si son corps était caché quelque part dans la paille ou dans le foin ?

A la fourche, il remuait l'un et l'autre, un peu vacillant à cause de son ivresse de la veille, mais ne trouvait rien. Alors, pour explorer le ranch, il montait à cheval, zigzaguait au petit bonheur en appelant le Chinois par son nom.

Quand il revint, dépité, il n'avait rien trouvé. Il poussa la porte de la cuisine.

— Je ne sais pas ce qu'il est devenu... S'il était allé voir des amis, il aurait pris un cheval... Je me demande...

Il se tut à cause de Pia, devant qui il ne voulait pas agiter des images macabres.

— Ses effets sont dans sa chambre ?

— Tous ses vêtements sont pendus.

— Et sa mallette ?

Il n'y avait pas pensé. Mathilda s'était souvenue de la mallette du Chinois, qui attachait à celle-ci beaucoup d'importance. Il possédait un coffre d'un vieux modèle, et, dans ce coffre, il enfermait toujours une mallette d'un modèle courant, comme on en vend dans tous les *drugstores*, et à laquelle il semblait tenir particulièrement.

John retourna dans la chambre, ouvrit le coffre aux ferrures qui n'était pas fermé à clef. La clef était par terre. Il y avait là-dedans des vieilles bottes, du linge, un poignard au manche d'ivoire, des statuettes en faïence gagnées sur les champs de foire. La mallette n'y était pas.

— Tu comprends, John, personne n'avait intérêt à voler en même temps la mallette du Chinois et tes papiers... Tout au moins je le suppose, car tu ne m'as encore rien dit...

— Tout à l'heure...

— Je suis persuadée que China King est parti de son plein gré...

— Il y a quinze ans qu'il vit avec nous... J'ai connu son père à Sunburn...

On mangea, plus vite que d'habitude. Pia alla se coucher. Quand son père, qui travaillait à plus de dix milles de là dans un ranch, ne venait pas la voir, sa grande joie était de dormir tout l'après-midi. Mathilda fit la vaisselle et son frère l'aida encore une fois.

S'il ne parlait pas, c'est qu'il préférait le faire dans la paix, quand ils seraient tranquillement assis face à face. Il alluma un cigare, réclama du thé.

Il pria même Mathilda de tricoter comme d'habitude, afin que cela ressemblât davantage à un de leurs vrais après-midi d'hiver.

— C'est Peggy Clum, commença-t-il, qui, à la vente du garde-meuble, m'a fait acheter cette malle verte que tu as vue et qui a appartenu à Ronald Phelps...

Il lui parla ensuite du document qu'il y avait découvert. Il pouvait en réciter le texte par cœur, car il l'avait suffisamment lu et relu.

— Tu comprends, c'est un *H.*, un *A.*, un *R.* ou un *B.*...

Il raconta tout, franchement, d'une voix calme, un peu feutrée ; une somnolence dont il avait honte, car il en connaissait trop la cause, fermait parfois ses paupières.

— Je ne voulais pas t'en parler parce que tu as toujours défendu Andy... Je suis allé à Sunburn... J'ai questionné des gens... J'ai fait des découvertes... Par exemple, j'ai appris que, même de ton temps...

Quand, dans la maison, on disait « ...du temps de Mathilda », cela signifiait l'époque à laquelle ils s'étaient installés au ranch. Car Mathilda n'était pas venue avec eux à Sunburn. Ses parents ne l'auraient pas permis. Au surplus, à cette époque, y avait-il quelque chose qui la retenait encore à Farm Point ?

Il n'en avait jamais été question entre eux, mais elle avait dans sa vie un amour malheureux. Et il ne s'agissait pas d'Andy Spencer, à qui il lui était peut-être arrivé parfois de songer, mais jamais sérieusement.

Elle avait rejoint les deux hommes. Et c'est elle qui, involontairement, avait donné un nom au ranch, en perdant sa première jument. Du temps de Mathilda, c'était ça. C'était surtout l'époque où ils étaient trois et où la jeune fille entourait les deux garçons, comme elle disait, des mêmes soins, éprouvant pour les deux, à peu de chose près, le même amour fraternel.

— ... J'ai appris, disait-il, que même de ton temps, il allait assez souvent là-bas pour jouer et qu'il jouait gros jeu...

Elle l'observait en dessous pour s'assurer qu'on pouvait enfin lui parler franchement et alors, à la stupeur de son frère, elle prononçait doucement :

— Je le savais...

— Comment le savais-tu ? Depuis quand ?

— Depuis toujours, parce qu'il me le disait... Il n'en était pas fier, va !... Tiens... Il était un peu comme toi, ce matin, quand tu es sorti de ta chambre... Il prenait des airs braves, pour cacher sa honte... Quand je le voyais comme ça, je lui demandais :

» — Combien ?...

— Pourquoi ne m'en as-tu jamais parlé ?

— A quoi bon ?

Il ne se fâchait pas. Il la regardait avec de gros yeux étonnés et admiratifs. Il lui semblait soudain qu'il ne savait rien, qu'il avait vécu sans rien voir de ce qui se passait autour de lui, que Peggy Clum, tout comme Mathilda, l'avait traité en enfant, ne lui disant que ce qu'elle voulait bien lui dire.

— Tu lui prêtais de l'argent ?

Cela, il le devinait, non sans une certaine fierté.

— Cela m'est arrivé, et même de l'argent du ménage...

Une autre pensée lui vint et il se leva, tourna en rond dans la pièce, en proie à l'impatience.

— Je me demande, Mathilda, ce qu'il faut faire au sujet du Chinois. Si on l'a tué...

— On ne l'a certainement pas tué...

— Pourquoi ?

— Je ne sais pas. C'est une impression. Je me suis toujours fiée à mes impressions...

— Avec Andy Spencer aussi ! riposta-t-il.

— Nous reparlerons d'Andy tout à l'heure... Pour le Chinois, qu'est-ce que tu voudrais faire ?... Alerter le shérif, la police de l'État ou même la police fédérale ?... Afin que partout, sur les routes de l'Arizona, dans les villages, dans les ranches et dans les villes on se mette à chercher un vieux Chinois ?... Et si on le retrouve et qu'il réponde qu'il en avait assez de la « Jument Perdue » et qu'il est parti de son plein gré ?...

— Sans ses affaires ?

— Mais avec sa mallette...

— A condition que ce soit lui qui l'ait emportée... D'ailleurs pourquoi serait-il parti ?

— On l'a peut-être emmené...

— De force ?

— Ce n'est pas nécessaire... J'y ai réfléchi pendant que tu le cherchais là où il n'est sûrement pas... Suppose que quelqu'un soit venu prendre tes papiers... C'est quelqu'un qui nous connaît, qui connaît nos habitudes... Quelqu'un qui sait que nous allons tous ensemble au service de onze heures...

— Et la clef ? triompha-t-il.

Encore un de ces détails comme les tasses. On avait détruit toutes traces de Spencer dans la maison et on avait gardé la même cachette pour la clef.

— Tu crois qu'il n'y ait que lui à savoir ?... Nous avons eu des cow-boys avant Gonzales et le Chinois... Nous avons eu jadis un régisseur... Peu importe la clef... Quelqu'un est venu. Il n'a pas pensé au Chinois... Celui-ci a dû s'étonner de voir une auto devant la porte ouverte... Il s'est avancé... Par lui, nous pouvions savoir le nom du voleur... Alors, on l'a emmené...

— Je disais bien : de force !

— Tu veux lire cette histoire demain dans les journaux, John ?... Pourquoi de force ?... Est-ce que China King n'aurait pas suivi n'importe qui pour quelques centaines de dollars ?...

Il n'aimait pas qu'on lui dît cela, car il se berçait de l'illusion que les gens travaillaient pour lui par affection. Il éteignit son cigare qui avait mauvais goût, alla chercher sa pipe qu'il fumait rarement, qui était presque une relique, puisqu'elle datait de Sunburn.

Pour la première fois de l'année, les fenêtres étaient fermées et la pluie tombait à nouveau en trombe. Bien qu'il ne fît pas froid, il faillit allumer du feu, pour voir les bûches crépiter.

— C'est Andy... décida-t-il brusquement.

Il répéta deux ou trois fois :

— C'est Andy !... C'est Andy !... Et j'en ai la preuve...

Il attendait que sa sœur protestât, mais elle continuait paisiblement à tricoter.

— Écoute bien... Il y a deux photographies du document... Tu es d'accord ?... Le document d'abord, puis deux photographies... Ici, il n'y avait qu'une des photographies... L'autre est entre les mains d'Andy... Suppose maintenant que celui que ce papier accuse ne soit pas Andy... Tu vois que je suis honnête... C'est n'importe qui, quelqu'un que nous ne connaissons pas ou à qui nous ne pensons pas... Bon ! Il sait fatalement que je possède ces deux documents, l'original et la photo, puisqu'il se donne la peine de venir les voler pendant l'office et d'emmener le Chinois pour ne pas laisser de témoin derrière lui.

Il s'animait, convaincu que son raisonnement était impeccable, écrasant, regardant déjà sa sœur avec un rien de condescendance.

— S'il sait tout cela, il sait aussi qu'Andy possède une épreuve... Et, dans ce cas, cela ne lui sert à rien de voler les miennes, puisque quelqu'un peut encore l'accabler... Tu as compris ?

— J'ai compris, dit-elle sans se troubler, sans avoir envie de répliquer.

— Si, au contraire, c'est Andy qui a jadis payé Romero, il supprime toute charge contre lui en volant les documents, le troisième exemplaire étant déjà entre ses mains. Je ne prétends pas qu'il soit venu en personne. Je parierais volontiers le contraire. Autrefois non plus, il n'a pas agi lui-même, mais il est allé chercher un métis à Sunburn...

— Tu vois !

— Qu'est-ce que je vois ?

— Que tu admets *a priori* que c'est lui !... Tu l'as toujours admis... Tu t'es ancré tant et si bien cette idée-là dans la tête que je n'ai jamais essayé de te faire changer d'avis... Je me disais qu'un jour ou l'autre tu deviendrais plus raisonnable... Je te voyais te torturer pour rien...

— Écoute, Mathilda...

— Laisse-moi finir...

Ils oubliaient leur âge, les soixante-huit ans de John, et les soixante-treize de Mathilda. Ils se chamaillaient, le frère debout, la sœur toujours assise mais déjà plus véhémente.

— Non, laisse-moi finir... Tu as été persuadé, dès le premier jour, que c'était Andy qui avait fait tirer sur toi...

— Non, c'est après... A cause des dates...

— A cause de son mariage ?

— Et la mine ?... Tu oublies la mine ?... Tu oublies aussi qu'il était seul à savoir que je reviendrais par la piste des coyotes ?

Elle haussa les épaules. Au fait, le jour de l'embuscade, il faisait le même temps qu'aujourd'hui. Curly John marchait vers la fenêtre.

— J'étais là, déjà à cheval... Il n'y avait pas un cow-boy à proximité, ni personne... Je lui ai dit...

— Justement... Répète exactement ce que tu lui as dit.

— *Je reviendrai par la piste des coyotes, et je relèverai la barrière en passant...*

— C'est tout ?

— C'est tout.

— Là-dessus, tu condamnes un homme ?

— Il y a des dates...

— Écoute, John... Tu as été absent, ce jour-là, toute la journée... Or, il peut se produire, en une journée, beaucoup de petits faits insignifiants. C'était le 15 août, je m'en souviens aussi, et, à cette époque, il n'y a pas beaucoup de travail sur le ranch... Suppose qu'à un moment donné un des cow-boys dise à Andy :

» — *Je vais relever la barrière de la piste des coyotes...*

Il devint rouge. Jamais il n'avait pensé à cette éventualité si simple. Du geste, il commandait à sa sœur de ne pas continuer.

— Qu'est-ce que tu aurais répondu ?... Qu'est-ce que Andy aurait répondu ?...

» — *C'est inutile de te déranger... Curly John reviendra par là ce soir et s'occupera de la barrière...*

» De sorte que n'importe qui, au ranch, pouvait savoir, une heure après ton départ, que tu reviendrais le soir par un chemin inhabituel...

Il riposta, luttant encore :

— Nous n'avions pas le téléphone...

— Et qui te dit que Romero ne comptait pas un ami parmi nos gens ?... Qui te dit qu'ils ne devaient pas se rencontrer quelque part ?

— Et la clef ?

Il sautait trente-huit ans, cherchait un point d'appui, en proie à une inquiétude de plus en plus vive.

— Tu trouveras peut-être un de ces jours une explication aussi simple que celle de la piste...

» A mon tour, je te prie de m'écouter... Avoue que cela ne m'arrive pas si souvent de parler, ni surtout de te contredire... Tu as voulu considérer Andy comme un ennemi, comme ton ennemi personnel...

— Il n'y a pas que moi...

— Je sais... Il y a Peggy Clum, mais elle, c'est pour s'amuser... Si Andy n'avait pas existé, elle en aurait choisi un autre... Elle aurait détesté n'importe quel beau-frère...

— Il y en a d'autres...

— Parce que c'est une habitude de s'en prendre à ceux qui réussissent et deviennent trop puissants... On lui a trouvé tous les défauts... On a prétendu qu'il était égoïste, dur, sans scrupule...

— Demande à Boris...

Il ne voulait pas flancher et il savait pourtant qu'il n'avançait plus que de mauvaises raisons.

— Tu as cru aussi que toutes les difficultés que tu as rencontrées étaient le fait d'Andy... Quand, un jour, des *rustlers* t'ont volé une trentaine de bêtes pour les faire passer au Mexique, tu as laissé entendre qu'ils pouvaient fort bien avoir été payés par Andy Spencer...

— Je ne l'ai jamais dit...

— Tu n'as pas dit le contraire non plus... Maintenant, je vais te montrer quelque chose qui te prouvera qu'Andy n'a jamais cessé de s'intéresser à nous...

Elle se leva, l'air décidé, passa dans sa chambre où il la vit monter sur une chaise pour prendre un objet caché au-dessus de la vieille armoire.

C'était un coffret à bijoux fort ordinaire, aux angles usés. Elle choisit une clef minuscule à la chaîne qui pendait toujours sur sa poitrine, sous la robe.

Son frère, les sourcils froncés, suivait ses mouvements.

— Qu'est-ce que c'est ?

— Tu le vois bien...

C'étaient des bijoux comme on en aurait trouvé dans une très vieille famille, des bijoux comme leur mère, jadis, en possédait quelques-uns. Seulement, ceux-ci étaient plus nombreux. Le coffret en était presque plein. Il y avait, entre autres, une montre au boîtier d'émail bleu, un médaillon, des broches, des pendentifs.

Rien de tout cela n'avait une grosse valeur, mais chaque objet était précieux en soi, de grâce et de modestie.

— Il y en a trente-sept... dit simplement Mathilda.

Il crut comprendre, la regarda avec une telle stupeur que, cette fois, elle ne put s'empêcher de rire.

— Crie, fâche-toi, serre les mâchoires, mon John chéri, mais il y en a trente-sept exactement et j'attends le trente-huitième le mois prochain.

Parce que, en novembre, c'était son anniversaire.

— Chaque année, Andy m'a envoyé une petite boîte, et, chaque année, depuis qu'il a quitté le ranch, il l'a accompagnée du même mot :

Fraternellement

— C'est pour cela que tu le défendais ?

— Je ne l'ai jamais défendu, comme je ne l'ai jamais attaqué. J'ai respecté tes opinions... Et puis, veux-tu que je te dise toute ma pensée ?... Un moment est arrivé où tu aurais été malheureux si tu avais été mis dans l'impossibilité de le détester.

— Ce n'est pas vrai...

Il était pourpre. Il faillit frapper du poing sur la table.

— Quand je pense que tu recevais des cadeaux de ce... de ce...

— Assieds-toi, John... Je ne sais rien de plus que toi... Je n'affirme rien... Je suis une vieille femme et je ne vois à peu près personne... Quelque chose me dit néanmoins que l'homme qui, pendant trente-sept ans, a continué à envoyer ces menus cadeaux à une vieille amie, n'est pas, ne peut être le même homme qui a payé un métis pour tuer son frère...

— La lettre...

— Je viens de me tromper en disant que je ne savais rien... Il y a un détail que je crois connaître et que tu ignores sans doute... C'est le nom du destinataire de la lettre... Car il y a bien quelqu'un qui l'a reçue... Little Harry ne l'a pas écrite comme devoir de style... Ce quelqu'un-là savait et n'a rien fait pour prévenir...

— Qui est-ce ?

— Ronald Phelps.

Mon Dieu ! que c'était simple. L'avant-veille, Curly John avait appris que Little Harry n'était pas le véritable propriétaire du « Sunburn Palace » et d'autres *saloons*. Il avait cherché en vain un nom. Il s'était demandé comment le document était tombé entre les mains de l'Anglais.

— Comment le sais-tu ?

— Parce que Andy le savait... Il lui est arrivé, pour payer ses dettes de jeu, de signer des billets... Il a failli être poursuivi et il est allé jusqu'au bout de la piste, il a trouvé Phelps derrière Little Harry... C'est Phelps qui a fait venir celui-ci, non de San Francisco, mais de New York... L'argent qu'il gagnait au service des compagnies minières, il le plaçait en maisons de jeu... Il doit avoir réalisé ainsi une fortune considérable... Cet argent, il ne le mettait même pas en banque mais il le gardait chez lui... C'était l'avare solitaire, tu comprends ?

Les programmes, les photos, ces vieux papiers qui rappelaient l'époque héroïque de Sunburn, tout cela s'expliquait maintenant.

— Mais l'autre ?... H... Ou A... Ou R...

— Je ne sais pas, John.

— Au fond, cela ne change rien...

Il était redevenu doux. De temps en temps, il épiait sa sœur et il y avait dans ses yeux une humilité mêlée d'involontaire admiration. Puis il se secouait, mécontent de s'être laissé aller.

— Quelqu'un a payé Romero...

— C'est probable.

— C'est certain !... Et quelqu'un est venu me voler les documents, a emporté la malle avec lui de crainte qu'elle contînt autre chose de compromettant... Ce quelqu'un-là, de gré ou de force, a enlevé le Chinois... Je t'assure, Mathilda, que, quoi que tu dises...

Elle leva les yeux et il n'acheva pas.

— En tout cas, grommela-t-il, ce ne sont pas ces bijoux qui constituent une preuve et... et...

— Il est temps de prendre le thé... Assieds-toi... Tu mangeras des rôties ?...

L'eau tombait toujours du ciel : des gens, en ville, pataugeaient en attendant leur tour à la porte des cinémas. D'autres gens, dans les grosses maisons du Trou aux Snobs, allaient et venaient sans bruit sur leurs tapis feutrés, inquiets du lendemain.

— Little Harry a écrit à l'Anglais pour le mettre au courant... Donc, à ce moment, Ronald Phelps ne savait pas... Donc, il n'était pas complice... Il s'est contenté de laisser faire... Donc...

— Repose-toi, John... Tiens... Bois d'abord ton thé...

C'était chaud et sucré, les rôties avaient un goût de dimanche en famille. Curly John bourra une nouvelle pipe, s'assit dans son fauteuil. Il entendit pendant un certain temps le cliquetis des aiguilles à tricoter puis il s'assoupit, dormit bientôt d'un sommeil profond, ronfla et ne s'éveilla, tout surpris, qu'alors qu'il faisait noir.

Il ne voyait rien autour de lui. Il appela :

— Mathilda !

Elle n'avait pas allumé, pour éviter de le réveiller ; elle était assise dans un coin d'ombre. Elle tourna le commutateur. Il questionna :

— Qui a téléphoné ?

Elle le regarda, étonnée.

— Quelqu'un a téléphoné, n'est-ce pas ?... Ou bien c'est toi qui as demandé une communication ?...

— Tu ne penses pas que tu l'as rêvé ? fit-elle en souriant et en mettant son tablier pour préparer le dîner.

C'était possible. Pourtant il gardait le souvenir d'une sonnerie de téléphone, en tout cas du déclic, de la voix feutrée de sa sœur.

— Qu'est-ce que tu veux manger ?

Elle alla réveiller Pia qui dormait, couchée en chien de fusil, avec, dans la main, un de ses pieds endoloris par les souliers du dimanche.

7

Il doit en être ainsi au début des révolutions, quand personne ne sait encore au juste ce qui va arriver ; il ne se passe rien de particulier ; le passant non prévenu ne voit rien d'anormal et pourtant subit cette angoisse vague qui pèse sur la ville. Tout au plus, si l'on cherche des indices précis, aperçoit-on dans certaines rues des gens qu'on n'a pas l'habitude d'y rencontrer. Peut-être y a-t-il trop d'hommes inoccupés, qui devraient être à l'atelier ou au bureau, d'autres qui s'affairent à contretemps. Est-ce que les autos, dans les rues, circulent dans le même sens que d'habitude ? C'est aussi subtil, aussi difficile à préciser que, pour quelqu'un qui rentre chez soi, la sensation qu'on est venu en son absence et qu'on a dérangé certains objets, voire un seul, sans qu'il puisse déterminer lequel. Oui, c'est la même sorte d'inquiétude irritante qu'on devine dans la démarche des passants, dans leur regard, chacun étant sur le qui-vive, s'attendant à n'importe quoi, à une explosion formidable ou simplement à un fracas de vitres brisées, à des fusillades ou à des proclamations sur les murs et chacun finissant par souhaiter que ce « n'importe quoi » se produise vite, pour en finir avec l'attente.

Tucson n'en était pas là, le lundi matin, vers dix heures, quand Curly John y arriva, piloté par Miles Jenkins qui arrêta l'auto à quelques mètres du « Pioneer ». Tucson n'avait pas non plus sa physionomie habituelle. Par exemple, avant de pénétrer dans le bar, John jeta un coup d'œil vers les grands magasins qui avaient été ceux de Mike O'Hara, avant de devenir ceux d'Andy Spencer. Ils étaient ouverts. A cette heure, le trottoir aurait dû être presque désert devant les vitrines et pourtant des gens allaient de l'une à l'autre avec un feint désœuvrement.

Un simple détail : il y avait plus d'hommes que de femmes et on en voyait qui s'arrêtaient longuement, par exemple, devant un étalage de robes ou de chaussures féminines.

Il y avait aussi, à certains endroits qu'on aurait dit stratégiques de la rue, des gens qui semblaient n'avoir rien à faire que d'attendre, notamment devant les deux banques.

Le ciel était clair. Il n'y avait plus trace des pluies de la veille. Le soleil réchauffait déjà l'air et la plupart des hommes étaient sans veston, leur chemise formant des taches presque lumineuses.

Est-ce parce que tant d'hommes ne faisaient rien d'autre que contempler la rue que John s'arrêta, lui aussi, un moment, au coin de celle-ci ? En face de lui, jadis, mais pas au même emplacement que les magasins actuels, s'élevaient les premiers bâtiments construits par O'Hara : une sorte d'immense hangar en *adobe,* avec, au-dessus, en lettres mal tracées :

O'Hara and Wheeler
General Store

On y vendait de tout. Les marchandises les plus inattendues s'entassaient sur le plancher poussiéreux depuis les sacs de blé et de sel jusqu'aux outils de mineurs, aux vêtements pour la mine et pour le ranch. Il y avait des selles et du tabac, des fusils, des revolvers, des ustensiles de cuisine et de pleins rayons de faïence, tout cela pêle-mêle, dans un désordre peut-être voulu, car il donnait l'envie d'y fouiller.

Tout au fond, dans un bureau vitré, un employé à barbiche se tenait perché sur un siège très haut, devant un pupitre noir, et les enfants demandaient à aller le voir comme une curiosité, car il avait coutume d'essuyer sa plume dans sa barbiche qui était devenue violette.

Miles Jenkins, à son habitude, s'était collé le dos au mur, le compas de ses longues jambes formant un angle toujours le même, les pouces invariablement glissés dans sa ceinture.

Curly John pénétra enfin dans le bar où la tension était plus perceptible que dehors. Tout le monde le regarda, avec des expressions diverses. Il y avait beaucoup plus de consommateurs que les autres jours à la même heure. La plupart n'étaient pas assis sur les tabourets et il y en avait qui ne buvaient pas, qui étaient là pour une autre raison.

A chaque instant quelqu'un, ou un groupe, se dirigeait vers la porte du fond, non pour se rendre chez le coiffeur ou au lavabo, mais pour entrer chez le *broker.*

C'était une pièce assez vaste, avec de bons fauteuils alignés, comme au théâtre, une estrade qui occupait tout un côté, des tableaux noirs avec une infinité de cases dans lesquelles deux jolies filles inscrivaient inlassablement des chiffres qu'elles effaçaient pour les remplacer par d'autres. Une interminable bande de papier sortait d'un appareil de télégraphe qui cliquetait, apportant seconde par seconde les cours de Wall Street que les employés inscrivaient au tableau noir.

Personne, aujourd'hui, n'en paraissait préoccupé. Dans un petit bureau dont la porte restait ouverte, Jackson, l'agent de change, était penché sur son téléphone. C'était lui que la plupart des hommes présents épiaient et parfois il leur adressait un signe, leur recommandait la patience.

— Andy Spencer est parti... dit quelqu'un à Curly John.

Celui-ci était tellement pris par cette atmosphère annonciatrice de panique qu'il ne devait pas se rappeler qui lui avait parlé.

Le hasard seul l'avait amené en ville ce matin-là. Il s'était levé de très bonne heure et avait revêtu son costume de tous les jours ; il était monté à cheval pour aller voir les bêtes, comme il en avait l'habitude avant que la malle de Ronald Phelps fût venue troubler son existence.

Gonzales l'avait rejoint et ils avaient trotté botte à botte. Le cow-boy avait dû rentrer au cours de la nuit, sans doute ivre, comme tous les dimanches, et son teint, déjà jaunâtre d'habitude, s'en ressentait.

— Le Chinois a disparu... annonça-t-il.

— Je sais...

— Cela m'étonne de lui... Je me demande comment je vais m'arranger... A moins que vous ne me laissiez Jenkins...

Car Gonzales, bien qu'il n'y eût plus sur le ranch qu'une cinquantaine de bêtes, se considérait plutôt comme un régisseur que comme un cow-boy et répugnait aux gros travaux.

— Nous verrons ça, répondit Curly John avec humeur.

Tandis qu'ils continuaient à cheminer au pas de leurs chevaux vers le bas de la montagne, le mot régisseur s'était pour ainsi dire glissé, avec l'image de Gonzales, dans l'esprit de Curly John.

Puis, toujours sur le même mot, l'image avait changé, était devenue celle d'un colosse au cou de taureau, toujours ivre, qui avait été vraiment leur régisseur pendant deux ans avant le Mexicain et avec qui il avait fallu entreprendre une bataille à coups de poings pour le mettre dehors.

Un autre encore, avant Patrick, un brave homme, celui-là, dévoué, du genre pleurnichard, flanqué d'une femme hilare et bien en chair qui lui donnait un enfant chaque année et qui, par deux fois, lui avait donné des jumeaux.

On l'avait gardé longtemps, malgré son peu d'autorité sur les hommes. Il est vrai que sa femme, en dépit de ses grossesses, intervenait pour lui et il n'était pas rare de la voir dans la cour, les poings aux hanches, aux prises avec deux ou trois cow-boys.

Pritchard. C'était son nom. Il avait réalisé son rêve en installant une pompe à essence sur la route de Phœnix.

Et ainsi, de Gonzales à Patrick, de Patrick à Pritchard, on en arrivait à l'époque d'Andy et on retrouvait un compatriote de Gonzales.

Celui-là aussi était maigre, avec un visage sans franchise. Par contre, il était beaucoup plus jeune. Il avait à peine vingt-trois ans.

Andy Spencer l'avait ramené un jour de la ville, non comme régisseur — car ils étaient deux alors à s'occuper du ranch — mais comme cow-boy. Il était miteux, râpé, mal portant. On en voyait ainsi par douzaines qui erraient, ayant quitté la mine ou quelque emploi, et qui allaient de ranch en ranch sur un cheval étique.

Toutes les semaines, on en embauchait de nouveaux, d'autres s'en allaient, souvent sans rien dire, certains dont on ne savait pas le nom. En ce temps-là, il y avait plus de mille têtes de bétail sur le ranch, Mathilda ne se donnait pas encore la peine d'élever des poules comme dans la ferme familiale, et il fallait un homme rien que pour s'occuper des chiens tant ils étaient nombreux.

Ce garçon-là s'appelait Aloso Riales. John s'en souvenait parce qu'il prétendait être de grande famille espagnole, qu'on s'en moquait et que, beaucoup plus tard, il avait entendu parler d'un don Riales qui n'était pas nécessairement de la même souche.

D'où il venait, on ne le lui avait pas demandé : c'était une question qu'on ne posait jamais, ni dans les mines ni dans les ranches.

Il avait vécu au Mexique et à San Francisco. Il était instruit, parlait un anglais un peu précieux qu'il devait avoir appris à l'école. Petit à petit, presque sans qu'on s'en rende compte, à force de se faufiler, il était passé du rang de cow-boy à celui de régisseur.

Alors, il s'était montré dur, cassant, avec les hommes qui ne l'aimaient pas.

Pourquoi Curly John, en évoquant ce Riales, avait-il l'impression que cela se raccordait à une phrase que sa sœur lui avait dite la veille ? Il ne parvenait pas à savoir laquelle. Il cherchait, se remémorait leur conversation dans le détail. Il aurait pourtant juré qu'elle n'avait prononcé ni ce nom-là, ni le mot régisseur.

Il pensa à autre chose, mais il restait préoccupé comme quand on s'obstine à retrouver un nom oublié.

La veille au soir, il s'était juré de passer une journée au moins à vaquer à ses occupations habituelles, sur le ranch d'abord pour reprendre son aplomb, ensuite parce qu'il gardait un arrière-goût amer de son dernier voyage en ville.

C'est Mathilda, quand il rentra déjeuner à neuf heures, qui, contre toute attente, lui demanda :

— Tu ne vas pas à Tucson ?

— Pourquoi ?

Il se montrait aussi naturel que possible, essayant de se donner l'air d'un homme que rien de particulier ne préoccupe.

— Je pense que tu devrais y aller.

Se doutait-elle que la journée sans nouvelles et sans activité lui semblerait longue et pénible ? Avait-elle une idée de derrière la tête ? Depuis la veille, il la regardait avec un mélange de doute et de confiance, la soupçonnait de ne pas avoir tout dit et de le prendre insidieusement en main.

— On aura besoin de Miles Jenkins sur le ranch pour remplacer le Chinois...

— Je suis sûre que Gonzales s'en tirera fort bien seul.

Le nom de Gonzales le faisait à nouveau penser à Aloso Riales.

— Au fait, Mathilda, tu te souviens du dernier régisseur que nous avons eu du temps d'Andy ?

— Aloso ?

— Oui... Figure-toi que, depuis ce matin, je me demande à quel moment exact il est parti. Je croyais me souvenir des moindres détails de cette époque et celui-là m'échappe...

— C'est drôle, dit-elle.

— Pourquoi ?

— Parce que, justement, j'y ai pensé ce matin, moi aussi.

Du coup, sans qu'elle eût besoin d'en dire davantage, il sut quel était le rapport — il cherchait depuis une heure — entre Riales et leur conversation de la veille.

« — Suppose qu'à un moment donné un des cow-boys dise à Andy :

» — *Je vais relever la barrière de la piste des coyotes.* »

C'étaient là les mots de Mathilda.

Or, logiquement, ce n'est pas un cow-boy, qui se serait adressé à Spencer, mais plutôt le régisseur. C'est donc à Riales qu'Andy aurait répondu :

« — *Curly John reviendra par-là ce soir et la redressera...* »

Mathilda allait continuer de parler, mais il l'arrêta, tout ému, comme un homme sur le point de faire une grande découverte.

— Quand nous a-t-il quittés ? questionna-t-il.

— Tu ne te souviens vraiment pas ? Tu croyais qu'Andy te le laisserait et tu en étais assez ennuyé, car vous ne vous aimiez pas beaucoup, Riales et toi... On disait même que Spencer avait déjà embauché un homme de Yuma, mais quelques jours avant la séparation, Riales lui-même est venu t'apprendre qu'il suivait Spencer. Tu en as été vexé, car celui-ci ne t'en avait rien dit... Je t'ai fait remarquer que tu devrais être heureux puisque tu en étais débarrassé...

— Je me souviens... dit-il, grognon. Mais je ne me rappelle pas quand il a quitté la région...

— C'est en tout cas après la découverte de la mine, car c'est Aloso qui dirigeait les travaux du puits... Quand il est parti, on a raconté qu'il avait fait un héritage et qu'il allait s'installer à San Francisco... C'est drôle que je me souvienne mieux que toi de ces choses-là... Tu venais d'engager Pritchard et c'est lui qui nous tenait au courant de ce qui se passait à côté de chez nous... Lui ou sa femme... Plutôt sa femme, qui me retenait parfois pendant une heure au milieu de la cour, à bavarder...

Il était entré dans sa chambre pour s'habiller et il continuait à converser avec sa sœur par la porte entrouverte, un peu fébrile, avec la crainte de lui laisser voir les espoirs qui venaient de naître en lui.

Il en était d'autant plus jaloux que Mathilda y était pour quelque chose, que, pour la première fois depuis que la malle verte était entrée dans la maison, leurs pensées étaient à peu près parallèles.

C'était encore vague, d'ailleurs. Il ne fallait pas en parler. C'est pourquoi il ne prononçait plus que des phrases indifférentes, évoquant de préférence à Riales la grosse Pritchard aux couches annuelles et son époux faible et geignard.

En aucun cas la vérité ne devait venir de quelqu'un d'autre, surtout pas de sa sœur.

Maintenant, il allait et venait parmi les hommes qui cachaient mal leur agitation en mâchant de la gomme ou en fumant leur cigare à grosses bouffées. Certains, de temps en temps, allaient boire un verre au bar qui était devenu le prolongement du bureau du *broker.*

— Comment sait-on qu'il est parti ?

Il connaissait à peu près tout le monde, en tout cas ceux qui avaient un certain âge. Il questionnait avec quelque étonnement comme si, parce qu'il avait été l'associé d'Andy Spencer à une époque reculée, il eût dû en savoir plus que les autres.

Certains haussaient carrément les épaules : ceux qui avaient de gros intérêts dans les affaires d'Andy et qui ne quittaient pas des yeux le dos de l'agent de change.

Bill Jackson téléphonait dans tous les sens. Au fur et à mesure, on se transmettait les nouvelles. Chez Andy Spencer, depuis le matin, dans la grande maison de la rue O'Hara, on répondait invariablement qu'il était absent. C'était une voix féminine qu'on entendait au bout du fil et d'aucuns prétendaient que c'était celle de Rosita elle-même.

— Vous ne savez pas quand il rentrera ?

— Non.

— Pouvez-vous nous dire où on peut le joindre au téléphone ?

— Je l'ignore.

— Quel train a-t-il pris ?

Elle ne savait pas non plus. Elle ne savait rien et, dès dix heures, le téléphone de la maison fut coupé. Il en était de même de celui du pavillon et la ligne particulière d'Andy Spencer, dont quelques rares amis ou collaborateurs seuls connaissaient le numéro, était muette aussi.

Quelqu'un pensa au secrétaire, qui habitait une petite maison en ville, car il était marié et avait deux enfants. On dépêcha un messager chez sa femme. Elle se prétendait aussi peu renseignée que son interlocuteur. Elle était de mauvaise humeur, refusant même de dire quand son mari était parti.

Par contre, un voisin, un vieil homme qui dormait peu et qui ne devait pas aimer Spencer, prétendit qu'il avait entendu le téléphone sonner chez le secrétaire dans le milieu de la nuit, puis, un quart d'heure plus tard, une auto stopper devant la porte. Peut-être, pour se mettre en vedette, exagérait-il un peu ; il ajoutait qu'il était allé à sa fenêtre, qu'il avait reconnu l'auto d'Andy Spencer et qu'il avait vu le secrétaire y monter, portant une grosse valise.

C'étaient ces nouvelles-là qui allaient de bouche en bouche, dans le bar et dans le bureau de Bill Jackson. Personne ne s'en contentait. Quelqu'un disait tout haut :

— Il faut téléphoner à Mitchell...

Mais les gros, ceux de l'état-major d'Andy, les riches qui faisaient partie de ses conseils d'administration, étaient miraculeusement invisibles ce jour-là. Ou bien, si on les rejoignait enfin, à force d'astuce, ils jouaient l'étonnement :

— Il ne vous arrive jamais de partir en voyage ? Remarquez que j'ignorais qu'Andy dût s'absenter...

Le plus extraordinaire, c'est qu'il était déjà impossible de savoir qui, le premier, ce matin-là, avait lancé la nouvelle. La gare prétendait qu'on n'y avait vu ni Andy, ni son secrétaire.

— Et la voiture ?

On sentait que chacun pensait de son côté, que chacun cherchait une idée.

— Il n'est pas tellement difficile de savoir si l'auto est revenue avec le chauffeur...

On dépêcha un jeune homme de bonne volonté rue O'Hara. Il trouva la grille fermée. Une venelle longeait le jardin. Il la suivit en regardant parfois par-dessus le mur et, derrière la maison, en face du garage, il aperçut l'auto noire que le chauffeur était en train de laver.

— L'auto est revenue...

Au champ d'aviation, nul n'avait aperçu Andy Spencer. Trois appareils s'étaient envolés vers l'est entre minuit et huit heures du matin. Un autre s'était dirigé vers le Mexique.

Dans les magasins de Spencer, il n'y avait pas moins d'inquiétude, car le bruit courait que l'établissement serait peut-être fermé en attendant d'être repris par une nouvelle société qui changerait probablement le personnel.

Le Russe, qui était là, saisissait Curly John par les revers de son veston.

— Qu'est-ce que je t'avais dit, petit père ?... Il a franchi la frontière, n'est-ce pas ?... J'en connais qui donneraient cher, aujourd'hui, pour lui parler entre quatre z'yeux...

Curly John n'avait pas bu son whisky habituel, tant le souvenir du samedi soir restait écœurant. Au point qu'il se détourna de Boris, s'approcha d'un propriétaire de ranch qu'il avait connu jadis dans les rodéos. Comme celui-ci était à peine plus jeune que lui, il lui demanda :

— Vous n'avez jamais entendu parler d'Aloso Riales ?

Car, au milieu de cette agitation, il suivait son idée fixe.

— Votre ancien régisseur ?... Je le croyais établi à San Francisco...

— C'est ce qu'il a annoncé quand il a quitté le pays...

A cet instant, il était tout près du bar, dans le coin de la fenêtre. Un homme très jeune occupait un tabouret derrière son dos.

— Vous avez dit Riales, monsieur Evans ? Excusez-moi si j'ai entendu. Il y a un Riales ici même...

Il se présenta. Il était employé à la banque, mais c'était son jour de congé.

— Vous trouverez un José Riales chez le *broker,* pour qui il travaille depuis deux ans. Voulez-vous que je vous le montre ?

Ils gagnèrent la porte du fond.

— Tenez ! Ce grand brun qui parle à M. Parker, près du tableau, à gauche...

— Vous ne savez pas d'où il vient ?

— Je l'ai rencontré parfois au billard, mais je ne l'ai jamais questionné.

Curly John préféra regagner le bar avec son compagnon.

— Vous voulez me rendre un service, jeune homme ?

— Volontiers, monsieur Evans.

— Est-ce que cela paraîtrait extraordinaire à Riales que vous lui demandiez si son père est bien Aloso Riales, s'il vit encore et, dans ce cas, où il habite ?

— Ce n'est pas tout à fait le jour, vous comprenez ?... Je peux toujours essayer...

Il s'élança vers la pièce voisine, plein de bonne volonté, et Curly John resta à l'attendre, préférant ne pas se montrer.

Un remous se produisit alors, il y eut un instant où tous les visages se tournaient du même côté et on eut, sans raison apparente, la certitude qu'on allait savoir.

Bill Jackson, en s'épongeant, passait dans le couloir, se dirigeant vers le lavabo. Il y avait plus d'une heure qu'il était au téléphone tandis que sa secrétaire manœuvrait un second appareil.

— *Il a pris l'avion à Phœnix...*

Les détails ne se faisaient pas attendre. Andy Spencer n'avait pas de place réservée. Il était arrivé à Phœnix dans le courant de la nuit. Il n'y avait qu'une seule place disponible, et seulement pour Los Angeles. Il l'avait prise tandis que son secrétaire, à six heures trente du matin, trouvait à son tour une place pour Chicago.

La secrétaire de Jackson continuait de téléphoner, appelant simultanément Los Angeles et Chicago. Les lignes, comme tous les lundis matin, étaient encombrées.

— C'est son fils... fit une voix près de John.

Celui-ci retrouvait dans la foule son employé de banque tout fier d'avoir rempli sa mission à un moment aussi difficile.

— Il m'a à peine écouté. Il ne m'a pas demandé pourquoi je lui posais des questions. Il était si préoccupé qu'il m'a à peine regardé, qu'il a dit, sans y penser :

» — C'est mon père... Si vous avez besoin de lui, vous le trouverez à Bisbee... Il tient un commerce de cigares dans Main Street...

Curly John voulut offrir un verre au jeune homme qui refusa discrètement.

— Toujours à votre service, monsieur Evans... Je suis à la banque tous les jours, sauf le lundi... Vous m'y trouverez au second guichet de gauche...

La nouvelle avait gagné les trottoirs. Tout le monde savait maintenant que Spencer s'était envolé pour Los Angeles, où il était arrivé depuis longtemps. Rejoindrait-il son secrétaire à Chicago ? Se rendrait-il à New York ? A Washington ?

Était-il parti de son plein gré ? Évidemment, au-delà de Chicago, il y avait le Canada, mais s'il avait voulu fuir le pays, il aurait été plus simple pour lui — une heure d'auto à peine — de se rendre au Mexique où il avait de gros intérêts.

Tout à l'heure, dans quelques minutes — certains consultaient leur montre, ce qui prouvait que tous avaient la même idée, — l'enquête continuerait, à la commission sénatoriale, sur le cas de J.B. Hackett, le constructeur d'avions.

Est-ce qu'Andy Spencer avait été mis en cause ? Avait-il été convoqué ? Était-il parti de lui-même pour se présenter devant la commission ?

Quelqu'un avait tourné les boutons de la radio mais il s'en fallait encore de plusieurs minutes et la musique qui sortait de l'appareil paraissait incongrue.

Curly John restait là, flottant, hésitant, à regarder la porte derrière laquelle il y avait du soleil, et soudain il sortit, trouva Miles Jenkins à sa place contre le mur.

— Tu connais la route de Bisbee ?

— C'est la même que nous avons prise l'autre jour pour aller à Sunburn.

— Tu as de l'essence ?

— J'en trouverai en route.

Peut-être Curly John ne pouvait-il supporter cette tension qui régnait à Tucson. Peut-être, pour lui, le drame n'était-il pas là où les autres le voyaient. La plupart craignaient pour leur argent, ou pour leur situation. Ceux qui ne possédaient aucun intérêt dans les affaires d'Andy Spencer suivaient les événements comme on suit une course de taureaux, par sport, pour savoir comment l'homme se défendrait, s'il tiendrait jusqu'au bout ou s'il succomberait.

C'était apaisant de retrouver le désert et le cirque bleu des montagnes, de rouler sur la route unie d'un côté de la raie blanche. On croisait des camions, des camionnettes, on allait droit devant soi dans l'espace, sans souci des appels téléphoniques, des aérodromes, des mouvements d'épaules du *broker* qui avait sans doute repris sa place devant son appareil.

Los Angeles ? Chicago ? New York ou le Canada ? Ce n'était pas ça qui avait de l'importance.

Au fait, est-ce que Peggy Clum, elle aussi, avait décroché son appareil, et sa maison était-elle enfin baignée de silence ? Sinon, elle devait être harcelée par ses amies, et ses amies étaient légion, c'étaient toutes les dames de la société dont les maris brassaient des affaires avec ou sans Andy Spencer.

On traversait à nouveau Sunburn et ce matin Curly John regardait le petit squelette de ville sans émotion. Il apercevait, sans aucune envie de descendre de voiture pour aller le saluer, le Dr Schwob qui achevait de se dessécher dans la véranda.

Un peu en dehors de la ville, Miles Jenkins hésita sur la route à suivre, tourna enfin à droite et on commença à grimper dans la montagne, on franchit un col, on découvrit par-ci par-là un ranch tapi dans la verdure des Foot-hills.

Une ville enfin, tout en bas, tellement serrée entre deux montagnes qu'il n'y avait place que pour une rue centrale serpentant comme un ruisseau, et que la plupart des maisons, qu'on atteignait par des escaliers creusés dans le roc, étaient perchées à mi-côte.

L'activité était ailleurs, une activité bourdonnante et brutale qui rappelait celle de Sunburn au temps de sa splendeur. Partout, autour de la cuvette où des grands magasins s'alignaient comme dans n'importe quelle ville des États-Unis, le sol était profondément labouré par les machines, partout la terre était d'un rouge cuivré, avec comme des traînées de lave, partout on en arrachait le minerai que des wagonnets, parfois suspendus, véhiculaient en tous sens.

— Arrête où tu pourras...

Il n'était pas facile de parquer dans cette rue unique et Miles Jenkins fut un certain temps à manœuvrer.

Curly John remontait la rue à pied car, en passant, il avait aperçu une boutique à deux vitrines, sombre à l'intérieur, à la devanture surmontée d'un Indien fumant le calumet.

Les vitres en étaient poussiéreuses, de cette poussière rouge qui saupoudrait tout le décor. La porte était ouverte, laissant échapper une sourde odeur de cigares et de tabac. On vendait aussi des cartes postales, des souvenirs, de la maroquinerie à bon marché.

Il eut l'impression qu'on l'observait du dedans et Curly John préféra entrer tout de go. Un homme se tenait derrière le comptoir, le visage envahi par une barbe grisâtre et très drue. Dans la rue aussi, ceux qu'il avait rencontrés portaient la barbe et il se souvint que des fêtes auraient lieu le mois suivant, pour lesquelles tous les habitants mâles de la ville devaient être barbus comme au temps des pionniers.

Ils ne se reconnaissaient pas tout de suite. L'homme paraissait hésitant, comprenant bien que son visiteur n'était pas là pour lui acheter des cigares. Il attendait, gêné, puis il toussota et mit un lorgnon qu'il tira de sa poche.

— Aloso ?

— C'est moi... Et vous, n'êtes-vous pas... Ma parole ! Vous êtes M. Evans...

Il toussotait à nouveau. Il devait avoir été mal portant toute sa vie. Probablement était-il atteint de la poitrine ?

— Il y a longtemps, questionna John, que... que vous êtes ici ?

Jadis, il lui parlait plus familièrement, mais cela ne lui revenait pas tout de suite.

— Une dizaine d'années... Ce n'est pas une situation brillante, un simple petit commerce qui me permet tout juste de vivre...

— Et avant ?

Un geste vague, qui semblait désigner, autour d'eux, l'immensité des États-Unis.

— J'ai eu des hauts et des bas, monsieur Evans... J'ai même été marié...

— Je sais que vous avez un fils à Tucson.

— Vous lui avez parlé ?

Il ne répondit ni oui ni non et l'autre poursuivit :

— J'ai aussi une fille mariée à un médecin, en Floride. C'est lui qui m'a envoyé ici. Il y a dix ans, personne n'aurait donné cher de mes os...

Il parlait pour parler, cela se sentait, se tenait sur la défensive, évitait de demander des nouvelles d'Andy Spencer.

— Vous ne croyez pas, Aloso, que nous pourrions avoir une conversation plus franche ?

Curly John n'était pas un homme à ruser longtemps. Il se fatiguait. Plus exactement il se laissait écœurer, comme un boxeur en face d'un adversaire fuyant.

— Une conversation sur quoi ?

— Par exemple, sur ce qui s'était passé jadis au ranch de la « Jument Perdue ».

— Je ne vois pas ce que vous voulez dire, monsieur Evans.

Il était moins cauteleux autrefois. Certes, son regard n'avait jamais été franc, mais il ne donnait pas comme aujourd'hui cette impression d'un homme qui essaie de vous glisser entre les doigts.

— Il y a eu, entre autres choses, un coup de feu tiré par un certain Romero...

— C'est exact... Je n'y pensais plus... C'était, n'est-ce pas, un cowboy que vous aviez renvoyé ?...

Ce fut sa première maladresse. Si mauvaise que fût sa mémoire, il ne pouvait pas avoir oublié qu'il s'agissait d'un traquenard organisé, ni surtout que Romero n'avait jamais été employé au ranch. Il le pouvait d'autant moins que c'était lui qui s'occupait du personnel et enfin qu'il avait assisté à l'enquête.

— Écoutez, Aloso...

Les lèvres de Curly John tremblaient un peu, comme chaque fois qu'il sentait monter sa colère ou qu'il devait dire des choses désagréables.

— J'ai des raisons de croire que vous pourriez m'apprendre certains détails que je veux connaître... Vous entendez ?... Que je *veux* connaître...

L'autre jetait un coup d'œil furtif vers la rue, comme pour se rassurer. En face, il y avait un restaurant peint en jaune et on distinguait la caissière derrière la vitre. Qu'est-ce qu'il risquait ?

— Quand vous avez quitté Spencer, vous avez prétendu que vous vous rendiez à San Francisco...

— J'y suis allé, en effet.

— Qu'est-ce que vous y avez fait ?

— Il m'est tombé un petit héritage...

Il bougeait. Insensiblement, il glissait vers le bout du comptoir le plus proche de la porte, sans doute avec l'intention d'atteindre le seuil où il se sentirait davantage en sûreté.

C'était la deuxième faute. Curly John gardait encore en lui cette impatience lancinante et contagieuse qui l'avait gagné le matin à Tucson.

Il fit, lui aussi, deux pas en avant, saisit par son veston le bonhomme qui eut un inutile mouvement de recul, le poussa vers une tenture rouge entrouverte qui laissait deviner un petit salon.

— Viens par ici... Viens... N'essaie pas de crier, car je te casserais la gueule avant que ta bouche soit ouverte...

Cela lui était arrivé quelquefois dans sa vie, rarement, surtout avec des voleurs de bœufs ou avec des cow-boys malhonnêtes. Chaque fois, il s'était senti soulagé pour longtemps.

— J'ignore ce que vous me voulez... Lâchez-moi... Vous n'avez pas le droit...

— Entre ici ! Et pas de cris, je te le répète... N'essaie pas non plus de te faufiler dehors... Sache que j'ai entre les mains tous les papiers de Ronald Phelps...

Or, ces mots prononcés à tout hasard portèrent. L'homme tressaillit, cessa toute résistance, rajusta le col de son veston.

Ils étaient dans une arrière-boutique qu'on avait meublée de deux divans de reps rouge et de guéridons. Un papier déteint couvrait les murs, avec quelques gravures encadrées de noir. Sans doute des habitués venaient-ils ici l'après-midi, fumer des cigares ou des pipes. Plus que probablement y jouait-on aux cartes.

C'était triste et poussiéreux. Sans qu'on pût savoir pourquoi, le décor faisait penser à quelque vice caché.

— Tu connaissais bien Ronald Phelps, n'est-ce pas ?

— Je l'ai connu comme tout le monde.

— A Tucson ?

— A Tucson, à Sunburn, ici... Il circulait beaucoup...

— Et qui as-tu connu d'autre ?

— J'ignore ce que vous voulez dire...

— Ecoute, Aloso... J'ai décidé que tu parlerais et tu parleras... Tu as compris ?... Je ne suis pas souvent méchant mais, quand je le suis, ce n'est pas très agréable pour les autres... Qui est-ce qui a payé Romero pour m'abattre d'un coup de revolver ?...

— Pourquoi voudriez-vous que je le sache ?

— Qui est-ce qui a découvert la mine ?

— Je vous jure...

— Qui est-ce qui t'a donné de l'argent pour partir ?

Cette fois encore, le coup porta et Aloso ne put s'empêcher de regarder son interlocuteur avec stupeur.

— Tu te demandes comment je le sais, n'est-ce pas ?... Peu importe... Tel que je te connais, tu n'aurais pas quitté une place comme celle que tu avais chez Spencer sans d'excellentes raisons...

— Je vous ai déjà dit que j'avais hérité...

— De qui ?... Fais attention... Cela se retrouve, ces choses-là... Il faut des papiers officiels, qui ne disparaissent pas.

— Je n'ai rien à vous dire...

Si seulement quelqu'un pouvait entrer dans le magasin, devait-il souhaiter ! C'était l'heure creuse. Curly John, qui avait refermé le rideau, devenait de plus en plus nerveux, car il était allé trop loin pour reculer et il n'avait aucune preuve, aucune certitude, il avait obéi à une impulsion.

— D'abord, c'est toi que tu as appris à Romero que je ne reviendrais pas par la piste habituelle mais par la piste des coyotes...

— Prouvez-le !

— Tu connaissais Romero...

Aloso essaya de crâner, redressa la tête.

— Pas plus que vous...

— Tu connaissais Ronald Phelps...

— Dix mille personnes le connaissaient...

— Or, Ronald Phelps était au courant... Little Harry aussi... Quelqu'un d'autre a payé Romero... Qui ?...

— Allez le lui demander...

— Quelqu'un aussi avait découvert la mine avant qu'on fît semblant de creuser un puits artésien afin de la découvrir officiellement, comme par hasard...

— C'est possible... Peut-être que si vous demandiez à votre ami Andy...

— Ecoute, Aloso... Tu dois te rendre compte que je suis décidé à savoir et que je saurai... Je suppose que tu tiens à ta peau, si peu qu'elle vaille ?

— Qui s'occupe encore de ces vieilles histoires ?... Vous feriez rire tout le monde en les déterrant... Elles n'intéressent plus personne...

— Si, moi !

— On en a assez jasé à l'époque et la vérité a couru sur toutes les lèvres...

— Tu es sûr que c'était la vérité ?

— Vous l'avez prise vous-même pour telle...

— Parce que je n'avais pas encore entre les mains les papiers de Ronald Phelps.

— Montrez-les... Il y a des années qu'il est retourné dans son pays et ce n'était pas un homme à laisser traîner des documents compromettants...

Il glissait, visqueux, cherchant à profiter de la moindre faille...

— Andy Spencer a bénéficié de tout, mais...

— Je ne vous le fais pas dire !

— Est-ce que tu sais qu'Andy est sur le point de sauter ?

— Je ne le savais pas encore et je suis ravi de l'apprendre... Rien ne peut me faire plus plaisir...

— Tu parleras ?

— Je n'ai rien à dire...

Il y eut des pas, dans la boutique. Aloso voulut se précipiter ; Curly John le devança, entrouvrit le rideau.

— Le patron est sorti pour quelques minutes...

Et, se retournant :

— Revenez tout à l'heure...

» Maintenant, Aloso, tu vas parler, vois-tu, parce que j'ai décidé que tu parlerais, parce que j'en ai assez, parce qu'il y a trop longtemps que ça dure, parce qu'il faut absolument que je sache...

De rose, son visage était devenu pâle. Ses traits s'étaient durcis. Il marchait sur Aloso Riales et l'on sentait qu'en effet il était prêt à tout, que rien ne l'arrêterait, qu'il avait décidé d'en finir coûte que coûte avec ses fantômes.

Peggy Clum ne l'aurait pas reconnu et son rire se serait arrêté dans sa gorge. Mathilda, elle, savait que, quand son frère se mettait dans cet état, il était vain d'intervenir.

— Tu vas parler, n'est-ce pas ?...

Il n'avançait plus. Il marquait un temps d'arrêt, parce qu'il ne restait que deux pas à faire et que c'étaient les derniers.

— Tu vas parler, Aloso... Tu vas me dire d'abord qui est la crapule qui a payé Romero pour tirer sur moi... Ensuite qui...

Un pas en avant, le dernier, et la vie d'Aloso fut ainsi un bon moment en suspens. Il ne pouvait plus reculer. Ses mollets touchaient un des divans sur lequel, s'il bougeait, il allait basculer.

— Tu parleras...

La voix de Curly John s'enrouait. Il était au bout. Tant pis pour ce qui arriverait ensuite. C'était toute sa vie qu'il jouait en ce moment. Il voulait, de toutes ses forces, il voulait tellement que les larmes lui en jaillissaient des yeux. Mais ce n'étaient pas des larmes capables de l'alanguir.

Un souffle chaud atteignit Aloso au visage.

Alors le petit homme tomba assis sur le divan de reps rouge et fit, à la dernière seconde, juste à temps, un geste de défaite.

— Vite !...

Deux grosses mains pesaient sur ses épaules, des doigts durs les pétrissaient, montaient insensiblement vers la gorge.

Maintenant, c'était presque une supplication qu'exhalaient les lèvres sèches et brûlantes de Curly John.

— Vite...

Enfin Aloso Riales parvint à balbutier :

— Oui...

8

— Qu'est-ce que vous voulez savoir ?

Ils s'étaient compris. Le petit homme à barbiche grise, assis au bout du divan, rajustait sa cravate et le revers de son veston, regardait Curly John, debout et un peu haletant, avec plus de curiosité que de terreur ou de haine.

Curly John, de son côté, savait qu'il pouvait lâcher du fil au marchand de cigares, lui permettre au besoin de servir des clients dans sa boutique. Il reviendrait, docile, toute résistance brisée par cette volonté qui s'était extériorisée dans un tel paroxysme. A tel point que c'était Curly qui restait vide et sans nerfs.

Aloso n'avait pas craché son fiel. Il restait capable de mordre au talon, mais pas tout de suite.

— Je peux boire un verre d'eau ?

Il y avait un robinet derrière la tenture et John dédaigna de surveiller son compagnon.

— Vous en voulez aussi ?

Il dit non, puis il dit oui et l'ancien régisseur qui, il y a quelques instants, avait toutes les chances de mourir de sa main lui tendit le verre et alla se rasseoir au bord du divan.

Il attendait les questions et John, toujours debout, les genoux encore un peu tremblants, ne savait que dire. Pendant trente-huit ans, une question l'avait hanté, avec des intensités différentes selon les époques.

Les premières années, par exemple, il était rare qu'un doute effleurât son esprit quant à la trahison d'Andy.

Ses scrupules étaient nés petit à petit et c'était à mesure qu'il vieillissait, à mesure que son enfance lui semblait plus chère et comme plus proche, qu'ils étaient devenus plus fréquents et plus lancinants.

Maintenant, alors que, depuis quelques jours, ce doute avait tourné à l'idée fixe, il allait savoir. Il n'avait qu'à questionner. Aloso parlerait.

Et c'était Curly John qui avait l'air de craindre et d'hésiter !

Pourquoi ne demandait-il pas simplement :

— *Qui est-ce ?*

A Tucson, les curieux étaient e plus en plus nombreux, de plus en plus impatients, dans le bureau du *broker* et dans le bar. On avait retrouvé la trace de Spencer à Saint-Louis. Il venait d'y descendre d'avion. Il était là, sur le terrain. Allait-il remonter dans un autre appareil ? Il devait se diriger vers le bureau de la compagnie aérienne, sec et nerveux, discuter avec l'employée.

— Pour où sont les prochains départs ? questionnait Jackson au téléphone.

Et la voix, là-bas — on devinait l'homme qui regardait par la fenêtre les pistes de ciment — de répondre :

— Il y en a pour toutes les directions, mais on ignore encore s'ils partiront... Depuis ce matin, le vent souffle en tempête...

A Tucson, il faisait calme et doux.

— Vous ne pouvez pas vous assurer s'il est toujours à la gare aérienne et l'appeler au bout du fil ?

— Tout ce que je peux faire, c'est appeler son nom par le haut-parleur...

De Tucson, on entendit une voix qui articulait :

« *M. Andy Spencer est demandé au téléphone... M. Andy Spencer est demandé au téléphone pour une communication importante...* »

Un temps. Qu'est-ce que Jackson dirait, s'il avait Spencer à l'appareil ? Il cherchait autour de lui une personnalité plus importante pour prendre sa place mais, comme par hasard, chacun était affairé ou se dirigeait vers le bar.

— Personne ne se présente. Cependant, il figure bien sur la liste des passagers qui ont débarqué de l'avion de Los Angeles. Peut-être a-t-il déjà quitté la gare ?

Mais non ! Une demi-heure plus tard, la même employée, appelée à nouveau, annonçait qu'un Spencer venait de monter dans le Constellation qui, malgré le mauvais temps, s'envolait à la minute même pour New York.

— L'avion fait escale à Chicago ?

— Oui.

Sans doute le secrétaire y avait-il retenu une place pour la seconde partie du trajet ?

D'heure en heure, on tournait les boutons de la radio, pas seulement au bar, mais partout dans la ville. Mathilda aussi, au ranch, attendait chacune des émissions retransmises de Washington.

« *La partie, ce matin, est devenue de plus en plus serrée entre le président et l'avocat de J.B. Hackett. Celui-ci qui, la semaine dernière, avait marqué quelques points, donne aujourd'hui des signes de fatigue. Voici quelques-unes des répliques qui se sont échangées il y a une demi-heure à peine...* »

Curly John les entendait, lui aussi. A Bisbee, comme à Tucson, le soleil de midi tombait d'aplomb et portes et fenêtres étaient ouvertes.

D'une maison voisine, ou du petit restaurant jaune d'en face, la voix du speaker l'atteignait dans l'arrière-boutique d'Aloso.

« *Le Président : Je relève qu'une personne touchant de près au gouvernement a reçu de vous des sommes qui paraissent s'élever à plus de cent mille dollars.*

J.B. Hackett : A titre de prêt. C'est un vieil ami.

Le Président : On vous rencontrait partout ensemble dans les restaurants les plus luxueux où il traitait ses amis à table ouverte et c'était vous qui soldiez les notes...

Hackett : Ces sommes m'ont été remboursées.

Le Président : Ces parties étaient le plus souvent égayées par un lot de fort jolies femmes, très coûteuses aussi...
Hackett : Je suppose que ceci ne me regarde pas.
Le Président : Sauf lorsque je trouve le prix d'un manteau de vison porté dans votre comptabilité au titre de publicité... »

Curly John n'entendait que comme un fond musical. Il regardait Aloso et il lui fallait faire un effort pour le revoir tel qu'il était jadis, petit et maigre, certes, mal portant sans doute, mais plein d'une énergie nerveuse, toujours en mouvement, le regard aigu et brillant.

— Qui a découvert la mine ? demandait-il enfin en détachant les syllabes. Attends ! Ne parle pas encore. Je veux savoir d'abord quels rapports tu entretenais à ce moment-là avec l'Anglais.

Et Aloso de questionner à son tour :

— Avant ou après ?

— Avant que Romero tirât sur moi.

— Je ne le connaissais que de réputation, comme tout le monde. » Je l'avais peut-être aperçu dans les rues de Tucson ou de Sunburn...

— Tu ne lui avais jamais parlé ?

— Non.

— Tu ignorais qu'il était le patron de Little Harry ?

— Je l'ignorais.

— Tu allais souvent à Sunburn ?

— Pour ainsi dire, jamais.

— Tu y avais des amis qui te tenaient au courant ?

Aloso réfléchissait chaque fois avant de répondre, comme pour peser l'exactitude de ses mots.

— Non. Seulement après...

— Donc, avant le 15 août 1909, tu ne connaissais pas Ronald Phelps.

— Je n'ai pas dit ça. J'ai dit *avant la découverte de la mine...*

— Qui l'a découverte ?

Peut-être, ici, fut-il moins sincère. Il hésitait visiblement.

— Écoutez... Deux ou trois fois, en juin ou juillet — c'était plutôt en juin — j'ai aperçu Ronald Phelps qui rôdait sur le ranch, à la limite sud-ouest... Les deux premières fois, j'ai cru qu'il ne faisait que passer et je n'ai même pas poussé mon cheval de son côté... Mais, un soir, j'ai vu de loin un cheval sans cavalier... Je me suis approché... Il y avait un homme couché par terre et j'ai tout de suite compris ce qu'il faisait... C'était l'Anglais... Il m'a dit qu'il avait cru, d'après la conformation du terrain, qu'il existait un filon à cet endroit mais qu'il s'était trompé...

— Tu mens !

Si Curly John était aussi affirmatif, c'est qu'il sentait que quelque chose clochait. Sans hésiter, d'ailleurs, avec une facilité surprenante, Riales admettait :

— Si vous voulez.

Il est vrai qu'il n'en disait pas davantage.

— Le filon, c'est toi qui l'as découvert. Tu es allé trouver Ronald Phelps, pour qu'il vînt en cachette étudier le terrain...

— Ce n'est pas ce que j'ai fait de plus intelligent ni de plus profitable dans ma vie.

— Qu'est-ce qui t'a empêché de nous en parler, à Andy et à moi ?

Aloso se taisait toujours et, à ce moment, quelqu'un pénétra dans la boutique. Du regard, le petit homme sollicita la permission d'aller servir son client et John la lui donna. L'absence fut assez longue, car deux autres personnes entrèrent coup sur coup.

Après quoi Riales vint docilement reprendre sa place. Il était parfaitement calme.

— Ce serait plus facile si tu disais toi-même toute la vérité.

— Je me suis douté qu'il y avait un filon, c'est exact. Si je suis allé trouver l'Anglais, c'est que je voulais une consultation technique, rien de plus. Simplement une confirmation, avant d'aller plus loin...

— Qu'est-ce que tu aurais fait ensuite ?

— Je savais que M. Spencer avait des dettes...

— Donc, tu savais aussi qu'il allait assez souvent à Sunburn pour jouer ?

— Oui.

— ...Qu'il devait de l'argent à Little Harry ?...

— Mais j'ignorais encore que l'Anglais était derrière celui-ci, sinon je me serais adressé à un autre géologue. Il est venu plusieurs fois...

— Et tu espérais encore, par un moyen ou par un autre, avoir la mine pour toi ?

— Pourquoi pas ?

— Comment t'y serais-tu pris ?

— En choisissant bien mon moment, j'aurais fini par obtenir que M. Spencer me vende une partie de la concession. Comme personne ne soupçonnait l'existence du filon, je l'aurais eue pour presque rien...

— Et moi ?

Silence.

— Comment comptais-tu t'arranger avec moi ?

— Vous ne pouvez quand même rien me faire, à présent. Il y a trente-huit ans de cela. Et, si vous aviez dû me tuer, vous l'auriez fait tout à l'heure. Je me suis dit que vous étiez gênant...

— Pourquoi moi plutôt que Spencer ?

— Pour des tas de raisons... Lui, ce n'était pas un vrai *rancher*... Il faisait cela comme il aurait fait n'importe quoi... Les cow-boys le savaient bien... S'il voyait son intérêt à céder une partie de la concession, il le ferait... Vous pas !

C'était exact.

— J'aurais trouvé de l'argent pour les premiers frais. Je me serais adressé aux banques. Au besoin, j'aurais pris un associé...

Il avait à la bouche un pli amer.

— Ils m'ont bien eu, allez !... Pensez de moi tout ce que vous voudrez... Dites que je suis une crapule... Mais eux, alors ? Que faut-il dire d'eux ?...

— Bref, tu avais décidé de me tuer ou de me faire tuer.

— Je pensais qu'il pouvait vous arriver un accident comme à n'importe qui...

— Tu t'es adressé à Romero...

— Non...

— Tu le connaissais ?

— Oui...

— Tu savais qu'il était l'homme à se charger d'une pareille besogne ?

— Je savais que c'était un tueur... Je connaissais même son prix... Cent dollars pour un homme ordinaire... De deux à cinq cents si c'était un tireur de première force ou quelqu'un d'important...

— Que s'est-il passé quand Ronald Phelps est venu ?

— Il m'a invité à aller le voir en ville... Si vous avez de la mémoire, vous devez vous souvenir que j'ai pris un congé de trois jours... L'Anglais, à ce moment-là, habitait Tucson... Je dis à ce moment-là, car il a habité Sunburn et Bisbee... Il m'a reçu dans son bureau où il a commencé par me prouver que je ne pouvais rien faire seul, qu'il me faudrait des appuis, des capitaux...

Tout cela s'était passé, à l'insu de Curly John, autour de lui. Et trente-huit ans plus tard, par miracle, lui qui aurait dû être abattu par Romero, rachetait au garde-meuble la malle verte dans laquelle certains papiers s'étaient égarés.

Il ne s'était pas aperçu que la radio, depuis un bon moment, jouait de la musique et que celle-ci cessait.

L'émission de Washington reprenait.

« *L'interrogatoire de J.B. Hackett vient de prendre soudain une tournure inattendue. Il est encore difficile de prévoir où le président veut en venir. Ses dernières questions portent sur la fortune de Hackett au moment de la déclaration de guerre, sur le bilan d'une usine de moteurs qu'il possédait alors et sur les gens avec qui il était en affaires. Dans les couloirs, on chuchote que des noms nouveaux ne tarderont pas à être cités mais que, cette fois, il ne s'agira plus de fonctionnaires ou de politiciens.* »

Andy Spencer volait vers Chicago. Que faisaient, pendant ce temps-là, Peggy Clum ? et Rosita ? et les filles, le fils de Spencer ?

— Tu es sûr, questionna Curly John, qui pensait tout à coup à la malle disparue, que tu n'es pas venu au ranch récemment ?

— Je n'ai pas quitté Bisbee depuis cinq ans, chacun ici vous le confirmera.

Au point où il en était, il semblait avoir envie de se débarrasser au plus vite de son paquet. Il se mettait à parler sans qu'il fût besoin de le questionner.

— Vous n'avez pas connu intimement Phelps, n'est-ce pas ? Mais vous devez vous souvenir de lui. En apparence, c'était l'homme le plus inoffensif du monde. On avait envie de rire de lui. D'ailleurs, les enfants ne se gênaient pas pour le faire, quand il passait dans la rue. A croire qu'il le faisait exprès d'être ridicule, avec sa redingote grise qui lui battait les mollets, ses joues mal rasées, son regard de savant distrait. Quand il marchait, il ne faisait pas penser à un géologue, mais plutôt à un botaniste qui observe avec attendrissement les herbes et les petites fleurs... Il avait toujours la goutte au nez... Je ne sais pas si vous vous en souvenez... En lui parlant, on ne pouvait détacher les yeux de cette goutte limpide qui lui pendait au bout du nez et qu'il chassait de temps en temps d'une chiquenaude, quitte à vous l'envoyer au visage...

» Je me disais que sa consultation me coûterait cher, plusieurs centaines de dollars, peut-être mille, mais le jeu en valait la chandelle.

» Chez lui, c'était aussi poussiéreux que sa personne et je n'y ai jamais vu de servante ni de domestique. Il est vrai qu'il prenait ses repas au restaurant...

» Il était avare.

» C'était surtout la plus grande fripouille vivant alors sur le territoire de l'Arizona... Je ne pourrais même pas dire exactement comment il s'y est pris avec moi... Il était glacial... Il laissait tomber lentement des bouts de phrases si bien calculés qu'après quelques minutes d'entretien vous ne saviez plus où vous en étiez...

» Il a d'abord soulevé la question des papiers qu'il faudrait obtenir pour exploiter la mine et qu'on n'accorderait pas à un homme comme moi...

» Puis les capitaux... Il me citait les mines de Sunburn et d'ailleurs qu'on abandonnait les unes après les autres... Il me montrait des journaux qui publiaient les cours des actions minières...

» — *Ne nous pressons pas, mon ami...*

» Et, quand il disait *nous,* je ne me doutais pas que c'était si vrai, qu'il aurait même pu déjà dire *je* !

» Je ne sais pas qui a hérité de lui en Angleterre où il est allé mourir... Ceux-là ne soupçonnent probablement pas qu'ils ont entre les mains un argent aussi malpropre.

» Après cela, certains prétendent que c'est comme une maladie, qu'il avait besoin d'entasser de l'argent, toujours plus, par n'importe quel moyen, comme d'autres ont besoin de boire ou de courir les filles...

Un client... Curly John marcha jusqu'à la porte pour dire à Miles Jenkins d'aller manger un morceau et Miles disparut dans le restaurant jaune d'en face. Quant à lui, il n'avait pas faim.

C'était drôle. Il était triste, tout à coup. Il se sentait les épaules pesantes. Toute sa vie, il avait eu besoin de croire à quelque chose, à Dieu et au soleil, à la terre, aux saisons et aux hommes. Toute sa vie il avait vécu en plein air, propre au-dehors comme au-dedans, et il avait honte de s'attarder dans cette arrière-boutique qui sentait le vice.

— Il m'a eu à l'usure... Il a fini par me persuader que je n'avais rien de mieux à faire que de m'en remettre à lui... Il n'a pas caché qu'il comptait se réverver une bonne part des bénéfices de l'affaire et c'est ce qui m'a donné confiance... Avec les gens désintéressés, on ne sait pas où on va...

Il ne put s'empêcher de jeter un coup d'œil à Curly John. N'était-ce pas, justement, parce que celui-ci était honnête et désintéressé qu'il avait failli être tué par la balle de Romero ?

Mais Andy ?

— Nous avons décidé de garder le secret sur notre découverte... Il fallait, avant tout, racheter la concession, tout au moins la portion de celle-ci où se trouvait le filon.

» — Avec Spencer, disait-il, ce ne serait pas trop difficile... Il avait de bonnes raisons pour ne pas se montrer récalcitrant...

» Je répondis que je le savais, que j'étais au courant de ses pertes de jeu et c'est alors, peut-être pour m'impressionner, qu'il me montra les billets signés par votre associé.

» Il avait presque un sourire aux lèvres, lui qui ne souriait jamais.

» J'étais étonné de voir ces papiers sortir du vieux coffre-fort noir qui se dressait derrière son fauteuil, un coffre-fort comme je n'en ai jamais vu, qui atteignait presque le plafond...

» — Comprends-tu, petit, me disait-il, que tu as besoin de moi ? Si je le voulais, je pourrais, demain, faire vendre la concession, y compris le bétail et la maison.

» — Pourquoi ne le faites-vous pas ?

Pendant cette conversation de jadis, des cavaliers devaient passer dans les rues, on entendait les sabots des chevaux, les appels des cow-boys.

Maintenant, c'était devant Curly John que le même Aloso comparaissait dans son arrière-boutique. Au fait, John identifiait soudain l'odeur qui l'incommodait depuis le début : c'était celle du pipi de chat qui imprégnait les tapis.

— Je lui ai demandé comment il s'y prendrait avec vous, en lui faisant remarquer qu'il ne vous aurait pas aussi facilement que M. Spencer et que, pour ma part, je ne voyais qu'une solution...

— Me tuer !

— J'ai parlé d'un accident...

— Qu'est-ce qu'il a dit ?

— Il a hoché la tête. Il a soupiré :

» — Évidemment, par le temps qui court, un accident est vite arrivé...

» Cela a été tout.

— C'est lui qui a embauché Romero ?

— Je le suppose.

— Tu n'en es pas sûr ? Tu es certain que ce n'est pas toi ?

— Je ne l'ai jamais chargé de vous tuer.

— Quel a été ton rôle ?

— L'Anglais savait que vous iriez à la ville le 15 août...

— Je n'avais rendez-vous ni avec lui ni avec personne.

— Il le savait néanmoins. Ce jour-là, Romero m'a envoyé au ranch, par un de nos cow-boys, un petit billet me demandant d'aller le voir près du puits de sable... Vous voyez où je veux dire...

Un ancien puits abandonné qui, avec le temps, s'était rempli de sable fin. Il existait encore.

— J'y suis allé, sans me douter de ce qui se préparait. Je vous jure qu'à ce moment j'ignorais que la décision avait été prise... Romero m'a demandé par où vous passiez d'habitude et quel était le meilleur endroit pour vous attendre... Je pensais qu'il vous attaquerait en face, comme c'était l'habitude... M. Andy m'avait dit un peu plus tôt que vous prendriez la piste des coyotes afin de redresser la barrière... Le haut de la montagne commençait à se coiffer et, en rentrant, j'ai reçu les premières gouttes de pluie... J'ai pensé que l'Anglais ne perdait pas son temps et j'ai eu d'autant plus confiance en lui...

Il avait décidé de se montrer cynique et parfois une lueur de défi passait dans ses yeux brillants.

La radio, à nouveau. Par une curieuse coïncidence, c'était un nom aussi que, là-bas, on réclamait. Le speaker imitait la voix pressante du président :

« — *Qui ?...* »

Et J.B. Hackett répondait :

« — *Je n'ai pas à le dire...*

— *Vous avez reçu, pour monter votre affaire d'aviation, une somme de vingt millions... De qui ?*

— *Je ne répondrai pas à cette question.*

— *C'est cette somme qui vous a permis d'obtenir vos contrats et de réaliser en trois ans une fortune de soixante millions... Qui vous l'a fournie ?...* »

Curly John haussa les épaules en prononçant du bout des lèvres :

— Andy Spencer !

Andy qui, jadis déjà, avait profité des manigances d'Aloso et de l'Anglais !

On n'avait pas eu besoin de le tuer, lui ! On savait qu'il n'offrirait pas beaucoup de résistance. Il n'en avait pas moins été plus fort qu'eux, puisqu'en fin de compte c'est lui qui avait eu la mine.

Il n'avait pas fait tirer sur Curly John, soit. Mais, si même il avait ignoré sur le moment d'où venait le coup, il ne pouvait pas l'avoir ignoré longtemps.

C'est à peine si, à présent, John avait encore envie de savoir. Mais Aloso parlait, plus fort que la radio, sans qu'il fût besoin de le pousser.

— Quand j'ai su que le coup avait raté, j'ai cru l'affaire perdue et je suis allé trouver Ronald Phelps aussitôt que je l'ai pu... Il était calme, à son ordinaire... Il ne m'a parlé ni de vous, ni de Romero. Lorsque j'ai fait allusion à l'événement, il s'est contenté de murmurer :

» — J'ai vaguement entendu parler de ça... Mais en quoi cela nous concerne-t-il ?

Il y avait quelque chose qui ne collait pas. Curly John, qui ne voulait pas interrompre Aloso, l'observait avec plus d'attention, car il se demandait soudain si tout ce qu'on lui racontait avec tant de volubilité et de complaisance n'était pas un tissu de mensonges.

Car, en définitive, la lettre de Little Harry était adressée à l'Anglais. L'Anglais était le patron du tenancier du « Sunburn Palace ». Que lui écrivait Little Harry ? Que, tel jour, le 15 août, Romero, payé par un certain H..., assassinerait Curly John.

Pourquoi le lui aurait-il annoncé, si c'était Phelps qui était derrière le meurtrier ?

En même temps, il tendait l'oreille aux nouvelles de la radio. A quelle heure Andy Spencer et son secrétaire, s'ils s'étaient retrouvés à Chicago, atteindraient-ils New York ? Était-ce à Washington qu'ils se rendaient ?

D'un moment à l'autre, le nom sortirait peut-être des lèvres de J.B. Hackett, que l'on continuait à harceler, et toutes les oreilles de Tucson l'entendraient, ce serait enfin la panique qui s'annonçait depuis le matin.

Comment expliquer... Curly John n'était pas capable, à cet instant, de penser à une seule chose à la fois. Il n'avait pas le sang-froid de ce président qui menait l'interrogatoire de Washington. Comment expliquer que la veille — quelques heures avant le départ d'Andy Spencer — quelqu'un s'était introduit au ranch pendant le service religieux pour y voler les documents ? Et qui pouvait avoir emmené le Chinois ?

— Pendant plusieurs mois, débitait Aloso, l'Anglais s'est ingénié à me faire prendre patience, me promettant toujours un résultat pour le mois d'après, puis, pour la semaine suivante...

» — Dès que j'aurai racheté la concession... disait-il.

» Car, insensiblement, c'était lui qui était devenu le personnage principal... C'est tout juste s'il ne me traitait pas en comparse...

» — Je guette l'heure où Andy sera forcé de vendre et où son associé n'aura qu'à se taire...

» Or, je savais, moi, que M. Spencer ne jouait plus... Peut-être votre accident l'avait-il impressionné... Peut-être avait-il une autre raison ?... Je crois plutôt à l'autre raison...

» C'est alors, vous devez vous en souvenir mieux que moi, que vous fréquentiez tous les deux chez Mike O'Hara... J'ignore si c'est exact, mais on prétendait que vous étiez aussi amoureux de Rosita l'un que l'autre...

» Quant au vieux Mike, il y avait un certain temps qu'il cherchait des gendres présentables pour ses deux filles, ce qui n'était pas si facile à trouver à Tucson...

» Je n'y ai vu que du feu... Plus exactement, Ronald Phelps s'est arrangé pour que je n'y voie que du feu...

Les palais de la rue O'Hara n'étaient qu'en construction. Mike donnait à danser dans sa grande maison de bois aux larges vérandas et, ces soirs-là, on allumait toutes les bougies des lustres de cristal, les femmes portaient des robes amples et soyeuses et leur taille était si fine qu'on l'entourait presque de la main.

L'éclat de Rosita et l'ironie de Peggy...

Curly John, lui aussi, n'y avait vu que du feu. C'est à peine s'il s'était rendu compte qu'il était amoureux. N'étaient-ils pas tous amoureux de Rosita ?

Mais qui aurait osé prétendre à sa main ? Pourquoi Peggy, la sœur aînée, se moquait-elle de son timide manège ?

Parce qu'elle savait, parbleu ! Parce qu'elle s'attendait à la nouvelle qu'on devait annoncer le 25 décembre, celle des fiançailles d'Andy Spencer et de la plus jeune O'Hara.

Le vieux Mike donnerait-il sa fille à un joueur qui ne possédait que des dettes ?

Comment ne pas penser à la mine ?

— Tu crois, questionna-t-il lentement, presque gêné par le regard aigu d'Aloso, qu'Andy était déjà d'accord avec l'Anglais ?

Au lieu de répondre, le Mexicain questionnait, sarcastique.

— Qu'est-ce que vous préférez que je vous dise ?... Vous l'en avez accusé... Presque tout le monde l'en a accusé... On l'a cru très fort, très malin...

— Il ne savait pas ?

— Je ne veux pas affirmer ce que j'ignore... J'ai autre chose à vous apprendre, qui vous aidera peut-être à comprendre... Pour les jeux, Little Harry dépendait de Phelps, soit... Mais il n'y avait pas que les jeux à cette époque, sans parler des femmes... Il y avait le whisky qui rapportait très gros, surtout le whisky de contrebande... Or, par qui passait tout le whisky qui se buvait dans la région ?... Si vous avez beaucoup réfléchi, je l'ai fait aussi, avant vous, parce que j'y étais encore plus intéressé que vous... Et moi, j'avais l'avantage de posséder des éléments qui vous manquaient encore...

— O'Hara ?

— Si vous aviez questionné les anciens, ceux qui auraient maintenant dans les quatre-vingt-dix ans, ils vous auraient appris que le début de la fortune d'O'Hara a été le whisky... Pendant des années, il a inondé l'Arizona d'alcool de contrebande... Les *saloons* de Little Harry en débitaient à pleins tonneaux...

» Voilà pourquoi il y avait entre O'Hara et Little Harry des rapports presque aussi étroits qu'entre ce dernier et l'Anglais...

Instantanément, un nom vint à l'esprit de Curly John : Peggy Clum !

Il avait l'impression qu'il allait tout comprendre, en tout cas la trahison de Peggy, deux jours plus tôt, aussitôt après avoir lu le document. Car c'était tout de suite après l'avoir lu qu'elle s'était montrée différente avec lui et qu'il avait cru sentir en elle une ennemie.

Elle avait compris, elle, le sens de la lettre *H* ! Elle se moquait bien d'Andy Spencer et des soupçons qui avaient pesé sur lui.

H..., c'était O'Hara, c'était son père.

C'est pourquoi elle avait besoin de courir tout de suite dans la maison voisine. Il lui fallait alerter sa sœur, alerter tous les O'Hara, tout le clan. Il fallait ouvrir les yeux à Andy pour qu'il prît des mesures et qu'il empêchât cet imbécile de Curly John, avec sa fameuse lettre, qu'il commençait à exhiber dans les bars, de déclencher le scandale.

Qui sait ? Mais quoi ! C'est possible. C'était probable. C'était bien du Peggy Clum. Elle lui avait rendu le document machinalement. Elle s'en était repentie ensuite. Elle connaissait l'histoire de la malle verte. Elle n'ignorait rien des faits et gestes voire des pensées de John, qui les lui racontait naïvement. Elle savait aussi à quelle heure il allait au service, et que Mathilda et Pia l'accompagnaient et que les cow-boys quittaient le ranch avec eux.

Restait le Chinois, à qui elle n'avait peut-être pas pensé. Peggy ne s'embarrassait pas d'obstacles. Avec de l'argent, elle achèterait le Chinois, elle l'enlèverait, elle le conduirait...

Jusqu'à l'endroit qui s'indiquait de lui-même ! Ne possédait-elle pas, de moitié avec Andy, le plus vaste ranch de l'Arizona, à cheval sur les États-Unis et le Mexique ?

Elle achetait le silence de China King qu'elle conduisait elle-même à Santa Margarita. Qui irait le chercher là ? Curly John pouvait bien alerter tous les shérifs de la région.

Il regardait maintenant Aloso avec une sorte d'effroi, se demandant ce qu'il allait encore apprendre de cette bouche haineuse.

— Quand j'ai vu que le mariage allait avoir lieu, que Spencer devenait le gendre de l'homme le plus riche de Tucson, j'ai compris qu'il ne céderait jamais sa concession.. J'avait été joué... Il ne me restait rien... L'Anglais et O'Hara devaient être de mèche... Alors, je me suis mis à réfléchir, me demandant lequel des trois il valait mieux aller trouver... Dix fois, j'ai failli parler à M. Spencer pour lui réclamer ma part sous peine de tout vous raconter...

— Tu l'as fait ?

— J'ai eu le malheur de ne pas le faire. Je ne sais pas pourquoi cela me gênait. Vous savez avec quelle hauteur il regardait les gens...

Ce n'était pas la faute de Spencer, qui ne méprisait personne. Tout jeune, déjà, il avait cette façon de relever le menton devant n'importe quel interlocuteur.

— Comme un imbécile, je suis allé voir une fois de plus Ronald Phelps... J'aurais dû me douter qu'il trouverait de bonnes raisons pour me calmer... Il m'a presque prouvé que, si je parlais, c'est moi qui serais arrêté pour le guet-apens de Romero... Il m'a dit ensuite que la situation avait changé, qu'il était le premier à en pâtir, que la mine nous passait devant le nez à tous les deux, mais qu'il était prêt à me dédommager... Il m'a remis une petite somme — cinq cents dollars — en me promettant une somme plus importante si je restais encore un certain temps au ranch afin de ne pas éveiller les soupçons...

» Peu de temps après, c'est lui qui m'a dit de suggérer le percement d'un puits artésien... C'était facile... M. Spencer, qui depuis son mariage vivait à Tucson, me laissait la bride sur le cou...

» C'est ainsi qu'on a découvert la mine, vous comprenez ? La mine qui aurait dû m'appartenir si tout avait réussi...

— Si j'étais mort, précisa rêveusement Curly John.

— ... si je n'étais pas tombé sur des fripouilles qui se sont enrichies à mes dépens... J'ai cependant obtenu vingt mille dollars... On m'a conseillé d'aller m'établir à San Francisco...

» Par deux fois, ensuite, je leur ai encore arraché de l'argent... Je suis devenu marchand de biens... J'ai fait de bonnes spéculations sur les terrains... Je me suis marié... C'est seulement au moment de la grande crise, en 29, que j'ai tout perdu et qu'il m'a fallu repartir à zéro...

— Andy Spencer ne savait rien ! prononça lentement Curly John.

— Il ne savait rien... Dans le cas contraire, les autres ne se seraient pas adressés à moi pour jouer la comédie du puits artésien... Est-ce que vous êtes plus avancé, à présent ?... Avouez que vous auriez préféré que je vous dise tout le contraire...

Le regard de Curly John pesait sur lui mais c'était un regard si lointain qu'il semblait traverser le petit homme.

« *Un coup de théâtre à Washington...* »

La radio... Une voix claironnante :

« *... Un coup de théâtre vient de se produire à la commission sénatoriale devant laquelle comparaît le constructeur d'avions J.B. Hackett. Alors que le président continuait à harceler l'industriel et que celui-ci s'en tenait farouchement à ses précédentes déclarations, un télégramme est arrivé, dont il a été aussitôt donné lecture.*

Ce télégramme, envoyé d'un aéroport entre Saint-Louis et Chicago, est signé par un financier de l'Arizona nommé Andy Spencer.

Le financier, qui a quitté Tucson la nuit dernière, arrivera d'un moment à l'autre à Washington où il demande à être entendu de toute urgence par la commission.

On s'attend à des révélations sensationnelles... »

Curly John se leva lentement. Il n'avait rien mangé, rien bu depuis le matin. Il avait la bouche sèche et, dans la gorge, cet arrière-goût de pipi de chat qu'exhalait le cagibi aux divans rouges.

Sans regarder l'homme à barbiche grise, il se dirigea vers le rideau qu'il écarta, traversa la boutique, chercha Jenkins des yeux et le trouva collé à la devanture voisine.

— A la maison ! dit-il d'une voix basse, comme un homme accablé de fatigue.

Il lui arriva pour la première fois de se tromper, d'ouvrir machinalement la portière arrière et de se laisser tomber sur la banquette.

L'auto gravit la côte entre les maisons accrochées à flanc de montagne et Curly John semblait dormir.

Il ne dormait pourtant pas puisque, avant qu'on traversât Sunburn, il touchait l'épaule de Jenkins.

— Pas à la maison...

Le ciel tournait au rouge, avec un large pan bleu-vert et deux gros nuages aux reflets de perle.

— Où voulez-vous aller ? questionnait Jenkins-le-muet en constatant, après deux ou trois milles, qu'on ne lui donnait pas d'instructions.

Et la voix lasse fit, derrière lui :

— Roule toujours...

9

Un doigt léger toucha son épaule et, comme il ne bougeait pas, appuya un peu plus, toujours avec douceur. Alors il ouvrit les yeux et reconnut la *stewardess* qui ne pouvait s'empêcher de sourire en le voyant sortir de sa torpeur avec un étonnement d'enfant. Il lui sourit aussi, pour s'excuser. Et le croyant encore trop endormi, elle lui attacha sa ceinture.

Parce qu'elle était jeune et fraîche, il pensa à la Rosita et à la Peggy d'autrefois, puis à lui et à Andy. Ce n'était d'ailleurs pas à proprement dire « penser ». Cela ne consistait qu'en images. Pendant plus d'une heure, enfoncé dans son fauteuil, il venait de vivre avec des images et c'est ce qu'on avait pris pour du sommeil.

Était-il plus réel ce petit tableau lumineux, en face de lui, annonçant : « *Défense de fumer — Prière d'attacher vos ceintures* » ?

Il essuya le hublot, se pencha pour regarder au-dessous de lui et, scintillante d'une lune au maximum de son éclat, il découvrit une étendue froide et chaotique, un monde de montagnes neigeuses dont l'avion semblait à chaque instant sur le point d'accrocher les pics les plus aigus.

Pourtant, quelques instants plus tard, déjà, l'appareil descendait et on apercevait dans la plaine les lumières d'une ville. C'était Denver, dans le Colorado. On décrivait de grands cercles au-dessus des pointillés lumineux qu'on abandonnait soudain pour se précipiter vers la piste balisée de l'aérodrome. Un sursaut moelleux et chacun retirait sa ceinture, saisissait pardessus et bagages. Une femme, tout près de lui, portait un bébé dans ses bras.

Chacun se dirigeait, la démarche un peu molle, vers les vitres éclairées de la gare aérienne. Il se souvenait qu'il devait courir avant les autres.

C'était une drôle de nuit. Andy Spencer, la nuit précédente, avait volé vers Los Angeles, de là vers Saint-Louis et Chicago.

Curly John était ballotté à son tour par-dessus les États-Unis. Il faisait froid. Il n'avait sur le corps que son mince complet de gabardine claire, son chapeau à larges bords, presque blanc et, sous son pantalon, on devinait la tige de ses bottes de l'Ouest. Tout le monde, autour de lui, était emmitouflé de pardessus, les femmes, pour la plupart, portaient des manteaux de fourrure et, dehors, les bouches exhalaient dans la nuit un petit nuage de vapeur.

Il se penchait sur le bureau, sur la carte que son gros doigt parcourait. L'employé feuilletait les horaires et les listes de passagers.

— Tout ce que je peux vous proposer, c'est une place dans l'avion qui part dans quelques minutes pour Kansas City. Ce n'est pas la route directe. Si, de là, vous avez la chance d'atteindre Saint-Louis, vous aurez gagné du temps sur les passagers réguliers...

Son avion repartait. Un autre atterrissait, mais ce n'était pas encore celui qu'il allait prendre. Il était déjà bourré de sandwiches et la vue du buffet l'écœurait. Le thé aussi. Il but un peu d'eau à la fontaine. Il ne voulait pas se l'avouer, mais l'avion, qu'il ne prenait d'habitude que pour de courts trajets, pour aller à Phœnix ou à El Paso, par exemple, lui donnait mal au cœur.

— Bagages...

Il n'en avait pas. Il était le seul à ne pas en avoir. On le pesait. C'était la seconde fois depuis la veille au soir et on allait s'obstiner à le peser à chaque escale.

C'est en traversant Sunburn qu'il avait demandé à Jenkins de s'arrêter et Jenkins avait stoppé tout naturellement devant l'« Eldorado ». Il n'en vit pas les réclames, ni le côté musée. Il fit de la petite monnaie au bar, s'approcha du téléphone.

Est-ce que, la veille, Andy avait agi de même ?

Il obtenait Phœnix, qui n'avait aucune place libre dans ses prochains avions. Puis il pensait sérieusement à se faire conduire en auto à Santa Fe ou à El Paso. L'idée lui venait enfin de téléphoner plus simplement à Tucson.

— Attendez un instant... Si vous voulez rappeler dans cinq minutes, je saurai s'il reste une place pour Denver...

En somme, il demandait une place pour n'importe où. Comme Andy. Miles Jenkins, qui buvait un verre de bière au comptoir, écoutait sans manifester le moindre étonnement.

John rappelait Tucson. Son regard se posait, indifférent, sur les tables de jeu où il lui était arrivé de se pencher pour suivre la partie, sur le comptoir poli où il s'était accoudé alors qu'il était encore adolescent.

— Allô... Dans trois quarts d'heure ?... Oui, j'ai le temps de m'y rendre... Nous avons le temps, Jenkins ?

Il ne rentra pas en ville. Ils firent un détour pour gagner le terrain d'aviation.

— Tu peux retourner directement à la maison... Si je n'ai pas le temps de téléphoner, dis à ma sœur qu'elle ne s'inquiète pas, que je serai de retour dans quelques jours...

A l'heure où l'avion devait s'envoler on annonçait trente minutes de retard. L'appareil, qui venait du Mexique, était posé quelque part, pas loin, probablement à Nogales, où un orage, dont on attendait la fin d'un instant à l'autre, l'empêchait de décoller.

C'est alors qu'il mangea des sandwiches, puis qu'il se mit en tête de téléphoner. Chez lui d'abord. Pauvre Mathilda ! Comme elle devait tressaillir en entendant la sonnerie de l'appareil !

— Allô, c'est toi ?... Je viens de te renvoyer la voiture... Je ne sais pas quand je rentrerai... Cette nuit ?... Certainement pas... Ni demain... Peut-être dans quelques jours...

Pourquoi avait-il l'impression qu'elle souriait malicieusement ? Elle disait avec beaucoup plus de tendresse que d'ironie :

— Bon voyage, John !...

Puis elle avait envie d'ajouter quelque chose, il y avait un assez long silence, enfin elle se ravisait et répétait :

— Bon voyage... Surtout, ne prends pas froid... Achète des vêtements d'hiver quelque part...

Donc, elle savait où il allait.

Il tournait en rond dans la salle d'attente, s'assurait par deux fois que l'avion n'était pas annoncé avant de demander sa seconde communication. Comme il le prévoyait, on lui répondait :

— Occupé...

Ce fut occupé quatre fois, cinq fois, il fallut exactement trente-deux minutes avant d'obtenir le numéro si bien que, quand il put parler, il avait l'air d'un homme en colère.

— Allô, Peggy ?

Elle reconnaissait sa voix. Elle ne pouvait pas ne pas la reconnaître. Elle ne se donnait pas moins le malin plaisir de demander sèchement :

— Qui parle ?

— John...

Et elle, impitoyable jusqu'au bout, froidement :

— John Evans ?

Allons ! Il n'avait pas le temps de jouer au plus fin avec les vieilles dames de la rue O'Hara.

— Écoute, Peggy... J'ai quelque chose de très important à te dire... Je crois... je suis sûr que tu t'es trompée...

Elle gardait le silence et il aurait voulu lui crier :

— Espèce de dinde, essaie donc de comprendre que c'est par affection que je te téléphone, que je suis ton meilleur ami, que je veux t'empêcher de faire de nouvelles bêtises...

— Allô... Tu es toujours à l'appareil ?

— Oui...

— Tu as mal compris la lettre... Je l'avais mal comprise aussi, mais dans un autre sens... Plus exactement, nous nous sommes trompés sur le destinataire...

S'il avait pu en avoir la certitude ! La certitude morale, il l'avait. Depuis Bisbee, il comprenait que l'animateur de cette vieille affaire qui n'intéressait plus personne, sinon une poignée de vieilles gens, était Ronald Phelps.

La lettre dans le document, la fameuse lettre qu'il avait prise pour un *H.*, était un *R.*, ou peut-être un *P.*

Ronald Phelps.

Ronald Phelps qui chargeait Little Harry de lui choisir, à Sunburn, un tueur sûr.

Little Harry en faisait part à O'Hara, avec qui il était en affaires.

— Ce n'est pas ton père qui a payé Romero...

Alors, exaspérante comme elle seule pouvait l'être, elle prenait un temps pour laisser tomber :

— Je sais.

— Comment l'as-tu appris ?

— Si tu étais une femme au lieu d'être un idiot d'homme tu le saurais aussi.

Elle avait tout le temps, elle, dans le calme de son salon ou de sa chambre ! Elle n'attendait pas un avion d'une seconde à l'autre.

— Quand une femme se donne la peine de fouiller, elle le fait minutieusement. Tu as eu la malle verte pendant trois jours à ta disposition et tu t'es mis à courir les routes comme un forcené au lieu d'en examiner le contenu feuillet par feuillet. Moi, j'ai eu cette patience-là et, entre les pages d'un programme où elle s'était glissée, j'ai retrouvé l'enveloppe. Elle correspond exactement à la lettre. L'écriture est la même, l'encre au même degré d'effacement. Elle porte l'adresse de mon père...

Il faillit lui dire qu'il pardonnait le silence du vieux Mike. Car enfin, celui-ci, averti de ce qui allait se passer, ne s'était pas donné la peine d'alerter la future victime.

Maligne comme elle était, elle semblait attendre qu'il abordât cette question.

— Je te verrai dans quelques jours... annonça-t-il sans y faire allusion.

Ce fut au tour de Peggy de se raccrocher à l'appareil.

— Allô !... Un instant, John... Tu es toujours au bout du fil ?... Il y a autre chose sur l'enveloppe...

— Quoi ?

Et elle, alors, avec son rire de ventriloque :

— Un timbre, idiot !... Bon voyage !...

Elle avait raccroché... On appelait les passagers de l'avion qu'on devinait derrière la large baie vitrée. Il se précipita, ahuri, se demandant ce qu'elle avait voulu dire. Ce n'était pas une plaisanterie, ni un trait d'esprit qu'elle lui lançait. Il prenait place dans un des fauteuils et il n'avait pas encore compris.

— *Un timbre, idiot !...*

Soudain, comme on lui bouclait sa ceinture, il comprenait enfin. S'il y avait un timbre sur l'enveloppe, c'est que la lettre n'avait pas été envoyée par messager, mais par la poste. Elle portait la date du 13 août. L'embuscade avait eu lieu le 15. Or, à cette époque-là, la poste, surtout à Sunburn, était lente.

O'Hara était une canaille, certes. Cela paraissait naturel de l'appeler « cette canaille de Mike » et il le savait, peut-être cela lui faisait-il un certain plaisir.

Néanmoins personne, de son temps, ne l'aurait accusé d'avoir fait tuer quelqu'un en embuscade. Il se serait plutôt chargé lui-même de la besogne, avec ses gros poings dont il était fier.

Quant à gagner de l'argent par des moyens pas nécessairement très réguliers, c'était une autre affaire.

Les yeux clos, bercé par le léger tangage de l'appareil qui franchissait le cirque de montagnes, John se mettait à sourire vaguement, à sourire aux anges, comme sa mère disait quand il était petit.

C'était de Peggy Clum qu'il se moquait tendrement. Il la voyait, le dimanche matin, dans la pluie battante, gagnant en auto le ranch de la « Jument Perdue », cherchant la clef dans la fente près de la fenêtre, fouillant les meubles de sa chambre...

— Elle devait quand même avoir une jolie frousse... pensait-il.

Et le Chinois, l'arrivée inopinée du Chinois qui devait s'être approché sans bruit, selon son habitude, et qu'elle avait soudain aperçu devant elle ! John imaginait le marchandage, l'acceptation de China King, qui avait sans doute porté la malle dans l'auto.

— Sacrée Peggy !...

Il l'aimait bien. Il l'avait toujours aimée. Il y avait longtemps qu'il avait une idée de derrière la tête, une idée qu'il appelait lui-même une idée de vieil homme. Malheureusement, un obstacle existait à son accomplissement. Peggy était terriblement riche.

Est-ce que cela n'aurait pas été délicieux de se marier tous les deux ? Il avait soixante-huit ans, Peggy soixante-cinq. Ils étaient vieux l'un et l'autre mais il leur restait un fond de tendresse et il aurait aimé finir sa route avec elle, comme s'ils avaient été mariés jadis et comme si toutes les années écoulées avaient été vécues ensemble.

Il souriait en pensant à la stupeur de Mathilda, aux accrochages entre les deux vieilles femmes.

L'avis lumineux s'éteignait. Il pouvait détacher sa ceinture, allumer un cigare. Mais non. La *stewardess* s'approchait gentiment de lui et se penchait pour lui murmurer, avec l'air de s'excuser :

— La cigarette seulement...

Se doutant bien que cet homme-là n'avait pas de cigarettes en poche, elle se hâtait de lui en apporter.

— Vous désirez une tasse de thé ?

— Merci...

— Des sandwiches ?

Curieuse nuit. La plus étrange, la plus inconsistante de sa vie. Plus inconsistante qu'un rêve. Cette lune qui nageait dans un ciel glacé au-delà du hublot, ces lumières qu'on apercevait parfois en bas, les phares de quelques autos sur des routes lointaines...

Par instants, le souvenir écœurant de Riales et de son petit salon aux divans de reps rouge. Il était répugnant. Il avait été le premier à envisager froidement la mort de Curly John pour s'assurer la mine. Il était mal portant, ambitieux, envieux ; il se croyait subtil, quasi diabolique, et, après s'être fait rouler par le vieil Anglais, il finissait ses jours dans une boutique que ne purifiaient jamais les rayons du soleil.

Ronald Phelps avait agi pour son compte. Il avait travaillé, il travaillait encore en ce temps-là pour les grandes compagnies et les profits lui passaient sous le nez, il en était réduit, pour apaiser sa faim d'argent, aux affaires de *gambling* de Little Harry.

Le plan d'Aloso n'était pas bête, après tout. Andy Spencer, livré à lui-même, avec le handicap de ses dettes, aurait probablement cédé ses droits sur la concession.

Une émotion vague pénétrait Curly John. Des images passaient toujours devant ses yeux, souvent informes, comme quand on cherche en vain le sommeil, parfois des lignes, des points lumineux, parfois un visage, un objet, un paysage tout blanc et des silhouettes d'enfants se lançant des boules de neige, un train qui s'arrêtait quelque part, un tout petit train, pas de gare, sans doute leur arrivée à Sunburn ?

Et Andy, toujours Andy, avec sa peau mate, son regard aigu...

Bon Dieu ! Comment lui, Curly John, avait-il pu se tromper à ce point ? On se croit un homme, puis un vieil homme. On s'imagine volontiers qu'on a tout appris. On s'enfonce bêtement dans l'amertume et on est tout prêt à blasphémer Dieu et la vie parce que, simplement, on est passé à côté des gens sans les comprendre.

En est-il ainsi pour tout le monde ? Est-ce que Mathilda, par exemple, qui vivait avec lui depuis sa naissance, sauf le court intermède de Sunburn, aurait compris si, tout à l'heure, il avait étranglé Aloso ?

Or c'était exactement comme s'il l'avait étranglé. Que le vilain bonhomme se fût tu quelques secondes de plus et Curly John serait maintenant un assassin dont on commenterait le geste dans les journaux.

Lui-même n'avait pas compris Andy. Jamais ! Il avait parfois entrevu la vérité, au cours des dernières années, mais sans vouloir y croire.

Parce qu'il ne remontait pas assez loin. Parce qu'il ne se rendait pas compte de sa propre nature.

Il se revoyait trop facilement comme sa sœur s'obstinait à le représenter : un enfant béat et pataud, aux cheveux clairs comme du sable, au sourire un peu timide.

Et pourtant il se souvenait d'une photographie qu'Andy devait avoir gardée : celle d'un gamin de quinze ans qui avait une demi-tête de plus que ses camarades et qui balançait de gros poings au bout de bras de bûcheron. Il était, ce John-là, rose et puissant comme un jeune bœuf, avec ce calme, cette naïveté apparente de tout ce qui se sent maître de soi.

Il avait cru se raccrocher à Andy, parce qu'il le considérait comme plus intelligent que lui, et c'était son camarade, en réalité, qui s'était raccroché à lui, parce qu'il avait besoin de sa force et de sa sérénité.

Tout cela, maintenant, faisait figure de rêve, dans cet avion qui l'emportait vers un point quelconque de la carte des États-Unis, un point d'où il faudrait s'envoler à nouveau pour repartir encore.

Les bijoux de Mathilda, par exemple... Elle ne s'y était pas trompée... Même leur choix révélait une grande tendresse... Jusqu'à leur peu de valeur marchande qui était un indice de délicatesse et de timidité...

Est-ce que, sans lui, Andy aurait quitté Farm Point ? Il le prétendait, pour fouetter son courage. Il se montrait volontiers tranchant.

— ... Parce qu'il ne se sentait pas sûr de lui ! répondait aujourd'hui un vieillard assis dans un fauteuil d'avion.

Sa visite au ranch... Le verre d'eau... Son insistance :

— ... *où il voudra... quand il voudra...*

Il croyait entendre la voix criarde de Peggy Clum affirmer :

— Mon Dieu, que les hommes sont bêtes !

Elle avait harcelé son beau-frère, elle aussi, mais c'était par jeu, parce qu'elle avait besoin d'une tête de Turc.

Jusqu'à l'ironie de Peggy... Pas celle d'à présent... La Peggy de jadis, quand les deux associés faisaient la cour à Rosita... Il n'aurait osé l'avouer à personne, mais il était soudain presque persuadé qu'elle se moquait de lui parce qu'il n'osait pas... S'il avait osé, ne l'aurait-il pas emporté sur son ami dans le cœur de Rosita ?

Tant qu'ils avaient vécu ensemble, Andy et lui, c'est toujours Andy qui avait eu l'air de prendre les décisions. Mais ne regardait-il pas son compagnon à la dérobée, dans l'attente d'un blâme ou d'une approbation ?

Pourquoi s'était-il caché de sa passion du jeu ? Pourquoi quitter le ranch furtivement, laisser croire à des voyages d'affaires, comme un jeune homme qui a peur de ses parents ?

Ils avaient trente ans. Ils étaient des hommes faits. Chacun était libre de ses passions.

Andy s'était toujours caché. Andy avait honte devant lui.

— Pauvre Andy !...

... Qui s'affolait quand il avait perdu de l'argent et qui n'osait en demander qu'à la douce Mathilda ?

Toute sa vie durant, Curly John s'était cru le plus faible des deux et il avait prêté à son compagnon une assurance, une énergie, un mordant que celui-ci n'avait jamais possédés. Il lui avait même attribué par la suite les plans les plus machiavéliques.

Est-ce qu'Andy n'était pas humble et honteux encore quand, après la découverte de la mine, il était venu lui offrir des actions toutes fraîches de la compagnie ?

Qui sait ? S'il l'avait osé, peut-être aurait-il proposé de partager ? Peut-être n'osait-il pas à cause de son beau-père ?

Et ne venait-il pas de partir pour Washington, n'avait-il pas passé la dernière nuit à errer, comme Curly John le faisait aujourd'hui, d'aéroport en aéroport ?

Pourquoi Mathilda n'avait-elle pas parlé plus tôt ?

— Parce que tu ne m'aurais pas crue, répondrait-elle.

Sans doute ajouterait-elle avec sa placidité parfois exaspérante :

— Il fallait que tu y viennes de toi-même... Je savais bien que tu y viendrais un jour...

A soixante-huit ans, oui ! Après avoir perdu trente-huit ans de sa vie à se ronger, à souffrir de scrupules, à les faire taire et à s'exciter contre Andy.

Car il lui était arrivé de s'exciter exprès. Il le savait, lui. Il n'était pas si bon qu'on le croyait. Son attitude digne était commode. Il avait joué la victime qui sourit au lieu de mordre, d'un sourire un peu mélancolique.

Allons, Curly John, tu t'es conduit comme un gamin... Oui, comme un gamin que tu es resté toute ta vie...

Vous êtes deux gamins échappés du Connecticut, du petit village de Farm Point, et vous avez continué à vous envoyer des boules de neige...

Vous vous êtes obstinés tous les deux comme des écoliers boudeurs...

Qu'est-ce que vous avez réalisé, séparément ? Andy a voulu prouver qu'il était fort. Non pas tellement le prouver aux autres, qui le croyaient déjà, parce qu'il s'en donnait les allures, mais se le prouver, à lui-même.

Devenu le gendre de Mike O'Hara, il n'a peut-être plus joué à la roulette ou au poker, mais il a joué avec les affaires, avec les affaires toujours plus importantes, il est devenu l'homme le plus riche de Tucson, le plus puissant, et peut-être a-t-il rêvé d'en être un jour le seul maître.

— Parce que tu n'étais plus là, Curly John !

Dans quel avion se trouvait-il ? On volait toujours dans la nuit et il ne voyait plus la lune qui avait changé de bord. Deux fois il avait aperçu le miroitement d'une rivière. D'autres aérodromes. Le même petit vertige au moment de quitter l'appareil. Des salles d'attente plus ou moins vastes, plus ou moins chauffées. Il faisait froid. Il n'était plus dans l'Ouest et on le regardait des pieds à la tête, on devinait ses bottes, on souriait à son vaste chapeau beige.

Saint-Louis... Indianapolis... Puis l'aube, après un moment désagréable entre nuit et jour, un moment gris et glacé comme les limbes.

Le soleil faisait picoter ses paupières. Il se sentait lourd. Il avait sommeil. Ses lèvres brûlantes étaient sèches, avec un goût de voyage de nuit.

Pauvre Andy ! Combien il avait dû être vexé ! Car, tout jeune déjà, il devenait blême quand on faisait mine de ne pas croire en lui, quand, par exemple, à l'aide d'un livre acheté d'occasion à la ville, il tentait d'éblouir ses camarades par des expériences chimiques et que celles-ci rataient.

— Tu n'y connais rien, Andy...

Il cassait tout. Il en avait les dents qui claquaient.

Ce qu'on s'était joué de lui, pourtant, au moment même où Curly John lui attribuait des plans démoniaques !

Ne lui était-il pas arrivé de parler innocemment, chez O'Hara, de ce contrat qu'ils avaient signé avec leur sang avant de quitter Farm Point et qu'ils avaient renouvelé lorsqu'ils avaient fondé leur ranch !

C'était probable. C'était certain. Sinon, sans doute, O'Hara ne l'aurait jamais accepté pour gendre.

O'Hara, s'il n'était lui-même qu'une canaille, travaillait avec des coquins. Little Harry et l'Anglais le mettaient souvent dans leur jeu. Il était le riche homme, sans les capitaux duquel on ne pouvait rien faire.

Ronald Phelps, sûrement, était allé le trouver pour lui parler de la mine. Peut-être était-ce O'Hara qui avait questionné l'Anglais lors de l'attentat contre John ?

— Quelle idée de vouloir tuer ce garçon...

Alors, Phelps le mettait dans la confidence. De toute façon, l'Anglais aurait besoin un jour de l'appui et de l'argent de l'autre pour exploiter la mine.

Pauvre Andy, lui, qui n'était qu'amoureux, qui poursuivait une cour sans espoir et qui, soudain, se voyait agréé par le vieux Mike !

A cause de la mine, bien entendu ! Il ignorait le regard malin des deux complices. Il se croyait pauvre, couvert de dettes, alors qu'il était propriétaire d'un filon qui allait rapporter des millions en quelques années.

Quelle rage, s'il avait pu le soupçonner !

Des années durant, il ne s'en était pas avisé. Pas plus que Curly John n'avait deviné la vérité. Ils avaient été deux aveugles, deux aveugles ennemis.

Tout à coup, dans le parc, deux pantins ridicules, deux silhouettes de film comique, le photographe et le petit Juif, son voisin. Tout à coup sur le bureau, cette lettre.

Andy avait mis moins de temps que Curly John à la comprendre.

Et Dieu sait ce qu'elle représentait pour lui ! Sa maison, sa famille, ses deux filles et son fils, sa femme, le palais du Trou aux Snobs, les grands magasins, les affaires de toutes sortes qu'il avait brassées, tout cela vacillait, tout cela n'était basé que sur une tromperie.

Et lui, petit Napoléon de l'Arizona, qui avait fini par y croire et qui parlait sec et tranchant, n'était plus qu'une caricature de la puissance, un homme qu'on avait roulé pour le mettre à la place qu'il occupait.

Curly John ferma les yeux et, à mesure qu'il approchait de l'Est, une angoisse l'envahissait. Ce n'était plus une angoisse uniquement désagréable, comme celle des jours derniers. C'était plus subtil. Quelque chose d'aussi puissant que les quatre moteurs de l'avion l'attirait en avant.

A certain moment — peut-être s'était-il à moitié endormi ? — il eut une sensation baroque : il crut, l'espace d'une seconde, que c'était à Farm Point que l'appareil allait se poser et qu'un Curly John en culottes courtes en descendrait devant l'école.

Il était onze heures et demie quand il arriva à Washington où il n'était venu qu'une fois dans sa vie. Il pleuvait tout fin et la pluie était froide. La séance de la commission d'enquête ne commençait qu'à midi. Il aurait eu le temps d'entrer dans un magasin, d'acheter un complet et un pardessus, mais sa hâte était telle qu'il préféra faire la queue devant une porte qui s'ouvrit à midi moins dix.

A chaque instant il s'attendait à voir surgir Andy Spencer. La foule courut prendre les places assises. Comme il ne courait pas, il se trouva debout dans le fond, dérouté, un peu anxieux, faisant une tache claire.

Des messieurs s'installaient devant les pupitres, s'entretenaient de leurs petites affaires et il y en avait qui riaient. Il y avait aussi des photographes, des journalistes.

Au coup de marteau, tout le monde se figea et le président finit par s'asseoir.

On vit trois personnages entamer une longue discussion technique à laquelle il ne comprit rien. Il ne savait même pas lequel de ces hommes était J.B. Hackett.

Le nom de Spencer fut prononcé deux ou trois fois et John ne le voyait toujours pas. Une porte s'ouvrait enfin.

C'était Andy, maigre, tiré à quatre épingles, son secrétaire marchant sur ses talons et portant une lourde serviette de cuir.

Il ne regarda pas dans la salle. Il s'avança, calme, maître de lui, indifférent au magnésium des photographes, leva la main pour prêter serment.

— On s'est inquiété de savoir qui a fourni les fonds à J.B. Hackett et celui-ci s'est fait scrupule de répondre à la question. Je l'en remercie, mais je viens déclarer à la commission que c'est moi qui lui ai versé les vingt millions de base. Comme associé de Hackett, je réclame ma part de responsabilités.

Cela dura deux heures, dans une atmosphère moins solennelle que Curly John n'avait imaginé. Des gens allaient et venaient, bavardaient entre eux, penchés sur les pupitres. Les journalistes entraient, sortaient, les photographes couraient d'un personnage à l'autre.

Tantôt c'était la voix de Hackett ou de son avocat, tantôt celle du président ou de Spencer, qu'amplifiaient les haut-parleurs installés aux quatre coins de la salle, mais il s'agissait toujours de questions qui échappaient à Curly John.

Grand comme il l'était, hissé sur la pointe des pieds, il s'efforçait d'être aperçu d'Andy qu'on envoyait parfois s'asseoir et qui, en gagnant son banc, faisait un instant face à la salle.

Il était pâle, de plus en plus calme. La plupart de ceux qui étaient présents le regardaient avec une certaine admiration, sauf un voisin de John qui avait grommelé :

— Voilà un imbécile qui aime perdre son argent...

Leurs regards se rencontrèrent enfin. Une seconde, Andy Spencer resta immobile, face à l'assistance. Son visage s'anima légèrement, un sourire parut sur ses lèvres minces, il fit un léger signe de tête et alla se rasseoir.

10

Bien qu'il ne fût que sept heures du matin, il y avait tant de monde à l'aéroport de Tucson qu'on avait dû établir un service d'ordre et les autos étaient serrées sur les chemins comme un jour de rodéo.

L'intérieur de la gare avait été interdit au public et seuls quelques personnages importants avaient pu s'y faufiler. Ils formaient un groupe dans un coin, près de la bascule, tandis que, dans l'autre coin, trois femmes interrogeaient parfois le ciel, tressaillant au moindre bruit de moteur.

Entre les deux groupes s'échangeaient des regards plutôt hargneux, car les messieurs présents étaient tous de gros actionnaires du clan Spencer qui venaient de perdre en quelques jours une bonne part de leur fortune.

— Ça ne vous fait pas un drôle d'effet, à vous autres ? prononçait une voix aigre de ventriloque.

C'était Peggy Clum qui parlait à ses compagnes.

— Le plus curieux, c'est que, il n'y a pas dix jours, j'ai dit à John que nous finirions toutes sur la paille... Je parlais des vieilles femmes de la rue O'Hara... Car, je ne sais pas si vous l'avez remarqué, notre rue est devenue avec le temps la rue des vieilles dames... Même toi, mais oui, ma sœur !... Tu vas sur tes combien ?... Sur les soixante... Parfaitement... Tu as eu cinquante-neuf ans en janvier...

Elle tira la langue au groupe des vieux messieurs raides.

— Muriel, qui perd les neuf dixièmes de ce que son mari lui a laissé, me proposait hier soir de monter un magasin de chapeaux...

Elle ne parvenait pas à dérider Rosita qui sentait la foule derrière elle, avec ses remous menaçants.

— Vous verrez que cela se passera très bien...

Mathilda souriait, si mal habillée qu'elle avait l'air de la dame de compagnie des deux autres.

Il avait été question de faire descendre les passagers à Phœnix et de les acheminer discrètement par la route, mais ils avaient refusé. Cela se savait. Le shérif l'avait annoncé lui-même à ces dames. Il venait de temps en temps les rassurer.

— Mes hommes sont là !... Ne craignez rien...

Le haut-parleur évita d'annoncer l'avion comme cela se fait d'habitude, de sorte que la foule crut que c'était un autre appareil qui atterrissait. On le voyait tourner sur l'aile. De loin, on devinait des têtes derrière les hublots.

Il s'arrêta juste devant le bâtiment. Des passagers sortirent, qu'on ne connaissait pas, qui se hâtaient en regardant tout ce monde avec ahurissement.

Puis — les derniers à paraître dans l'encadrement de la porte et à s'engager sur l'échelle — d'abord un homme haut et large, au teint rose, au chapeau beige à large bord ; il se retournait, attendait Andy Spencer, plus mince, plus racé, en pardessus impeccable, qui descendait les marches à son tour.

Des coups de sifflets retentirent, quelques huées. Une pierre rebondit non loin des deux hommes.

Curly John, très droit, plus grand que nature, un Curly John transfiguré, regardait les manifestants massés derrière les grilles, marchait lentement, une main posée sur l'épaule d'Andy.

Des rumeurs montaient et descendaient avec un bruit de marée.

Ils franchirent la porte. Au lieu d'embrasser sa sœur tout de suite, Curly John chercha des yeux Peggy qui s'efforçait de rire.

— Voilà où tu étais, grande bête ?...

Mais il y avait quelque chose de si nouveau, de si insistant dans le regard de John qu'elle perdit son ironie et se troubla tandis qu'il rougissait à son tour. N'était-elle pas capable d'avoir deviné ?

— Je te demande pardon... murmura Andy en embrassant sa femme. Il ne nous reste pas grand-chose... Mais John et moi...

Curly entendit ces mots-là, pourtant chuchotés. Il était en train d'embrasser sa sœur sur ses bonnes joues et voilà que deux larmes stupides, non seulement lui jaillissaient des yeux, mais glissaient sur la peau de Mathilda qui lui serrait furtivement les doigts.

Il avait honte. Qu'est-ce qu'Andy avait dit ?

— *John et moi...*

C'était tard, bien sûr. Ils avaient soixante-huit ans tous les deux. Mais qu'est-ce que cela empêchait ?

— J'ai fait avancer l'auto juste devant la porte... Une voiture de la police passera devant, une autre derrière... Ne craignez rien...

Une lueur de mépris dans les yeux d'Andy. Est-ce qu'il craignait quelque chose ? Le shérif le comprit si bien qu'il se hâta d'ajouter :

— C'est pour ces dames, M. Spencer...

Comme au sortir de l'avion, ils se trouvèrent tous les deux en même temps, debout, dans l'encadrement de la porte.

— *John et moi...*

Et c'était à cause de cela, sans doute, que la foule hésitait, que les sifflets s'arrêtaient, que les gens, surpris, les regardaient comme sans comprendre.

Tucson (Arizona), 16 octobre 1947.

Maigret et son mort

Première édition : Presses de la Cité, 1948

— Pardon, madame...

Après des minutes de patients efforts, Maigret parvenait enfin à interrompre sa visiteuse...

— Vous me dites à présent que votre fille vous empoisonne lentement...

— C'est la vérité...

— Tout à l'heure, vous m'avez affirmé avec non moins de force que c'était votre beau-fils qui s'arrangeait pour croiser la femme de chambre dans les couloirs et pour verser du poison soit dans votre café, soit dans une de vos nombreuses tisanes...

— C'est la vérité...

— Néanmoins... — il consulta ou feignit de consulter les notes qu'il avait prises au cours de l'entretien, lequel durait depuis plus d'une heure — vous m'avez appris en commençant que votre fille et son mari se haïssent...

— C'est toujours la vérité, monsieur le commissaire.

— Et ils sont d'accord pour vous supprimer ?

— Mais non ! Justement... Ils essayent de m'empoisonner séparément, comprenez-vous ?...

— Et votre nièce Rita ?

— Séparément aussi...

On était en février. Le temps était doux, ensoleillé, avec parfois un nuage mou de giboulée qui humectait le ciel. Trois fois pourtant, depuis que sa visiteuse était là, Maigret avait tisonné son poêle, le dernier poêle de la P.J., qu'il avait eu tant de peine à conserver lorsqu'on avait installé le chauffage central quai des Orfèvres.

La femme devait être en nage sous son manteau de vison, sous la soie noire de sa robe, sous l'amoncellement de bijoux qui l'ornaient partout, aux oreilles, au cou, aux poignets, au corsage, comme une bohémienne. Et c'était à une bohémienne qu'elle faisait penser plutôt qu'à une grande dame, avec ses fards violents qui tout à l'heure formaient croûte et qui se mettaient à fondre.

— En somme, trois personnes cherchent à vous empoisonner.

— Elles ne cherchent pas... Elles ont commencé...

— Et vous prétendez qu'elles agissent à l'insu l'une de l'autre...

— Je ne prétends pas, je suis sûre...

Elle avait le même accent roumain qu'une célèbre actrice des Boulevards, les mêmes vivacités soudaines qui le faisaient à chaque fois tressaillir.

— Je ne suis pas folle... Lisez... Vous connaissez le professeur Touchard, je suppose ?... C'est lui qu'on appelle comme expert dans tous les grands procès...

Elle avait pensé à tout, y compris à consulter l'aliéniste le plus célèbre de Paris et à lui demander un certificat attestant qu'elle avait toute sa raison !

Il n'y avait rien à faire, qu'à écouter patiemment et, pour la contenter, à crayonner de temps en temps quelques mots sur un bloc-notes. Elle s'était fait annoncer par un ministre qui avait téléphoné personnellement au directeur de la Police Judiciaire. Son mari, mort quelques semaines plus tôt, était conseiller d'État. Elle habitait rue de Presbourg, dans une de ces immenses maisons de pierre qui ont une façade sur la place de l'Étoile.

— Pour mon gendre, voici comment ça se passe... J'ai étudié la question... Il y a des mois que je l'épie...

— Il avait donc commencé du temps de votre mari ?

Elle lui tendait un plan, qu'elle avait dessiné avec soin, du premier étage de la maison.

— Ma chambre est marquée *A*... Celle de ma fille et de son mari *B*... Mais Gaston ne couche plus dans cette chambre depuis un certain temps...

Le téléphone, enfin, qui allait donner à Maigret un instant de répit.

— Allô... Qui est à l'appareil ?...

Le standardiste, d'habitude, ne lui passait les communications que dans les cas urgents.

— Excusez-moi, monsieur le commissaire... Un type, qui ne veut pas dire son nom, insiste tellement pour vous avoir au bout du fil... Il me jure que c'est une question de vie ou de mort...

— Et il veut me parler personnellement ?

— Oui... je vous le donne ?

Et Maigret entendait une voix anxieuse qui prononçait :

— Allô !... C'est vous ?...

— Commissaire Maigret, oui...

— Excusez-moi... Mon nom ne vous dirait rien... Vous ne me connaissez pas, mais vous avez connu ma femme, Nine... Allô !... Il faut que je vous dise tout, très vite, car il va peut-être arriver...

Maigret pensa d'abord : « Allons ! Un autre fou... C'est le jour... »

Car il avait remarqué que les fous vont généralement par série, comme si certaines lunes les influençaient. Il se promit, tout à l'heure, de consulter le calendrier.

— J'ai d'abord voulu aller vous voir... J'ai longé le quai des Orfèvres, mais je n'ai pas osé entrer, parce qu'il était sur mes talons... Je suppose qu'il n'aurait pas hésité à tirer...

— De qui parlez-vous ?

— Un moment... Je ne suis pas loin... En face de votre bureau dont, il y a un instant, je pouvais voir la fenêtre... Quai des Grands-Augustins... Vous connaissez un petit café qui s'appelle *Aux Caves du*

Beaujolais... Je viens de pénétrer dans la cabine... Allô !... Vous m'écoutez ?

Il était onze heures dix du matin, et Maigret, machinalement, nota l'heure sur son bloc, puis le nom du café.

— J'ai envisagé toutes les solutions possibles... Je me suis adressé à un sergent de ville place du Châtelet...

— Quand ?

— Il y a une demi-heure... Un des hommes était sur mes talons... C'était le petit brun... Car il y en a plusieurs qui se relaient... Je ne suis pas sûr de les reconnaître tous... Je sais que le petit brun en est...

Un silence.

— Allô !... appela Maigret.

Le silence durait quelques instants, puis on entendait à nouveau la voix.

— Excusez-moi... J'ai entendu quelqu'un entrer dans le café et j'ai cru que c'était lui... J'ai entrouvert la porte de la cabine pour voir, mais ce n'est qu'un garçon livreur... Allô !...

— Qu'est-ce que vous avez dit à l'agent ?

— Que des types me suivent depuis hier soir... Non, depuis hier après-midi, plus exactement... Qu'ils guettent sûrement une occasion de me tuer... Je lui ai demandé d'arrêter celui qui était derrière moi...

— L'agent a refusé ?

— Il m'a demandé de lui montrer l'homme et, quand j'ai voulu le faire, je ne l'ai plus trouvé... Alors il ne m'a pas cru... J'en ai profité pour m'engouffrer dans le métro... J'ai sauté dans un wagon et j'en suis descendu au moment où la rame partait... J'ai traversé tous les couloirs... Je suis ressorti en face du Bazar de l'Hôtel-de-Ville et j'ai traversé les magasins aussi...

Il avait dû marcher vite, sinon courir, car il en avait la respiration courte et sifflante.

— Ce que je vous demande, c'est de m'envoyer tout de suite un inspecteur en civil... Aux *Caves du Beaujolais*... Il ne faut pas qu'il me parle... Qu'il fasse semblant de rien... Je sortirai... Presque sûrement, l'autre se mettra à me suivre... Il suffira de l'arrêter, et je viendrai vous voir, je vous expliquerai...

— Allô !

— Je dis que je...

Silence. Des bruits confus.

— Allô !... Allô !...

Plus personne au bout du fil.

— Je vous disais... reprenait, imperturbable, la vieille femme aux poisons, voyant Maigret raccrocher.

— Un instant, voulez-vous ?

Il allait ouvrir la porte qui communiquait avec le bureau des inspecteurs.

— Janvier... Mets ton chapeau et cours en face, quai des Grands-Augustins... Il y a un petit café qui s'appelle *Aux Caves du Beaujolais*... Tu demanderas si le type qui vient de téléphoner est encore là...

Il décrocha son appareil.

— Donnez-moi les *Caves du Beaujolais*...

En même temps il regardait par la fenêtre et, de l'autre côté de la Seine, là où le quai des Grands-Augustins forme rampe pour atteindre le pont Saint-Michel, il pouvait apercevoir la devanture étroite d'un bistrot d'habitués où il lui était arrivé d'entrer à l'occasion pour boire un verre au comptoir. Il se souvenait qu'on descendait une marche, que la salle était fraîche, que le patron portait un tablier noir de caviste.

Un camion, arrêté en face du café, empêchait de voir la porte. Des gens passaient sur le trottoir.

— Voyez-vous, monsieur le commissaire...

— Un moment, madame, je vous prie !

Et il bourrait minutieusement sa pipe en regardant toujours dehors.

Cette vieille femme-là, avec ses histoires d'empoisonnement, allait lui faire perdre sa matinée, sinon davantage. Elle avait apporté avec elle des tas de papiers, des plans, des certificats, voire des analyses d'aliments qu'elle avait eu soin de faire faire par son pharmacien.

— Je me suis toujours méfiée, vous comprenez ?...

Elle répandait un parfum violent, écœurant, qui avait envahi le bureau et qui était parvenu à anéantir la bonne odeur de pipe.

— Allô !... Vous n'avez pas encore le numéro que je vous ai demandé ?

— Je l'appelle, monsieur le commissaire... Je ne cesse pas de l'appeler... C'est toujours occupé... A moins qu'on ait oublié de raccrocher...

Janvier, sans veston, la démarche dégingandée, traversait le pont, pénétrait un peu plus tard dans le bistrot. Le camion se décidait à démarrer, mais on ne voyait pas l'intérieur du café, où il faisait trop sombre. Quelques minutes encore. Le téléphone sonna.

— Voilà, monsieur le commissaire... J'ai votre numéro... Cela sonne...

— Allô !... Qui est à l'appareil ? C'est toi, Janvier ? Le téléphone était décroché ?... Eh bien ?

— Il y avait en effet ici un petit bonhomme qui téléphonait...

— Tu l'as vu ?

— Non... Il était parti quand je suis arrivé... Il paraît qu'il regardait tout le temps par la vitre de la cabine, entrouvrant sans cesse la porte de celle-ci...

— Et alors ?

— Un client est entré, a tout de suite jeté un coup d'œil vers le téléphone et a commandé un verre d'alcool au comptoir... Dès que l'autre l'a vu, il a interrompu sa communication...

— Ils sont partis tous les deux ?

— Oui, l'un derrière l'autre...

— Essaie d'obtenir du patron une description aussi minutieuse que possible des deux types... Allô !... Tant que tu y es, reviens par la place du Châtelet... Questionne les différents agents en faction... Essaie de savoir si l'un d'eux, il y a environ trois quarts d'heure, a été interpellé par le même bonhomme qui a dû lui demander d'arrêter son suiveur...

Quand il raccrocha, la vieille femme le regardait avec satisfaction et approuvait, comme si elle allait lui donner un bon point :

— C'est exactement de cette façon que je comprends une enquête... Vous ne perdez pas de temps... Vous pensez à tout...

Il se rassit en soupirant. Il avait failli ouvrir la fenêtre, car il commençait à étouffer dans la pièce surchauffée, mais il ne voulait pas perdre une chance d'abréger la visite de la protégée du ministre.

Aubain-Vasconcelos. C'est ainsi qu'elle s'appelait. Ce nom devait lui rester gravé dans la mémoire, et pourtant il ne la revit plus. Mourut-elle dans les prochains jours ? Probablement pas. Il en aurait entendu parler. Peut-être l'avait-on enfermée ? Peut-être, découragée par la police officielle, s'était-elle adressée à une agence privée ? Peut-être encore s'était-elle réveillée le lendemain avec une autre idée fixe ?

Toujours est-il qu'il en eut pour près d'une heure encore à l'entendre parler de tous ceux qui, dans la vaste maison de la rue de Presbourg, où la vie ne devait pas être drôle, lui versaient du poison à longueur de journée.

A midi, il put enfin ouvrir sa fenêtre, puis, la pipe aux dents, il entra chez le chef.

— Vous l'avez liquidée gentiment ?

— Aussi gentiment que possible.

— Il paraît qu'elle a été en son temps une des plus belles femmes d'Europe. J'ai vaguement connu son mari, l'homme le plus doux, le plus terne, le plus ennuyeux qu'il soit possible d'imaginer. Vous sortez, Maigret ?

Il hésita. Les rues commençaient à sentir le printemps. A la *Brasserie Dauphine* on avait déjà installé la terrasse, et la phrase du chef était une invitation à aller tranquillement y prendre l'apéritif avant le déjeuner.

— Je pense que je ferais mieux de rester... J'ai reçu, ce matin, un curieux coup de téléphone...

Il allait en parler quand la sonnerie retentit. Le directeur répondit, lui passa l'appareil.

— C'est pour vous, Maigret.

Et tout de suite le commissaire reconnut la voix, qui était plus anxieuse encore que le matin.

— Allô !... Nous avons été interrompus tout à l'heure... Il est entré... Il pouvait entendre à travers la porte de la cabine... J'ai eu peur...

— Où êtes-vous ?

— Au *Tabac des Vosges,* qui fait le coin de la place des Vosges et de la rue des Francs-Bourgeois... J'ai essayé de le semer... Je ne sais pas si j'ai réussi... Mais je vous jure que je ne me trompe pas, qu'il va tenter de me tuer... C'est trop long à vous expliquer... J'ai bien pensé que les autres se moqueraient de moi, mais que vous, vous...

— Allô !

— Il est ici... Je... Excusez-moi...

Le chef regardait Maigret, qui avait pris son air grognon.

— Quelque chose qui ne va pas ?

— Je ne sais pas... C'est une histoire baroque... Vous permettez ?

Il décrocha un autre appareil.

— Donnez-moi tout de suite le *Tabac des Vosges*... Chez le patron, oui...

Et, au chef :

— Pourvu, que cette fois-ci, il n'ait pas oublié de raccrocher.

La sonnerie, presque aussitôt.

— Allô !... Le *Tabac des Vosges* ? C'est le patron qui est à l'appareil ?... Est-ce que le client qui vient de téléphoner est encore chez vous ?... Comment ?... Oui, allez vous en assurer... Allô !... Il vient de partir ?... Il a payé ?... Dites-moi... Un autre consommateur est-il entré pendant qu'il téléphonait ?... Non ?... A la terrasse ?... Voyez s'il y est encore... Il est parti aussi ?... Sans attendre l'apéritif qu'il avait commandé ?... Merci... Non... De la part de quoi ?... De la police... Rien d'ennuyeux, non...

C'est alors qu'il décida de ne pas accompagner le directeur à la *Brasserie Dauphine.* Quand il ouvrit la porte du bureau des inspecteurs, Janvier était rentré et l'attendait.

— Viens chez moi... Raconte...

— C'est un drôle de pistolet, patron... Un petit bonhomme vêtu d'un imperméable, avec un chapeau gris, des souliers noirs... Il est entré en coup de vent aux *Caves du Beaujolais* et s'est précipité vers la cabine en criant au marchand de vin : « Servez-moi ce que vous voudrez... » Par la vitre, le mastroquet le voyait s'agiter dans la cabine, gesticuler tout seul... Puis, quand l'autre client est entré, le premier est sorti de sa cabine comme un diable d'une boîte et est parti sans rien boire, sans rien dire, se précipitant vers la place Saint-Michel...

— Et l'autre ?

— Un petit aussi... Enfin, pas très grand, râblé, noir de poil...

— L'agent de la place du Châtelet ?

— L'histoire est vraie... Le type en imperméable s'est adressé à lui, essoufflé, l'air surexcité... Il lui a demandé en gesticulant d'arrêter quelqu'un qui le suivait, mais il n'a pu désigner personne dans la foule... L'agent se proposait de le signaler à tout hasard dans son rapport...

— Tu vas aller place des Vosges, au tabac qui fait le coin de la rue des Francs-Bourgeois...

— Compris.

Un petit bonhomme gesticulant, vêtu d'un imperméable beige et d'un chapeau gris. C'est tout ce qu'on savait de lui. Il n'y avait rien d'autre à faire que se camper devant la fenêtre pour voir la foule sortir des bureaux, envahir les cafés, les terrasses, les restaurants. Paris était clair et gai. Comme toujours vers la mi-février, on appréciait davantage les bouffées de printemps que lorsque le printemps était vraiment là, et les journaux allaient sans doute parler du fameux marronnier du boulevard Saint-Germain qui, dans un mois, allait fleurir.

Maigret appela la *Brasserie Dauphine* au bout du fil.

— Allô !... Joseph ?... Maigret... Tu peux m'apporter deux demis et des sandwiches ?... Pour un, oui...

Les sandwiches n'étaient pas encore arrivés qu'on l'appelait au téléphone, et il reconnaissait tout de suite la voix, car il avait prévenu le standard de lui passer les communications sans perdre une seconde.

— Allô !... Ce coup-ci, je crois que je l'ai semé...

— Qui êtes-vous ?

— Le mari de Nine... Cela n'a pas d'importance... Ils sont au moins quatre, sans compter la femme... Il faut absolument que quelqu'un vienne tout de suite et...

Cette fois, il n'avait pas pu dire d'où il téléphonait. Maigret appela l'opératrice. Cela prit quelques minutes. L'appel émanait des *Quatre Sergents de La Rochelle,* un restaurant du boulevard Beaumarchais, à deux pas de la Bastille.

Ce n'était pas loin non plus de la place des Vosges. On pouvait suivre dans un même quartier, ou presque, les allées et venues zigzagantes du petit bonhomme en imperméable.

— Allô ! c'est toi, Janvier ?... Je pensais bien que tu serais encore là...

Maigret l'appelait place des Vosges.

— File aux *Quatre Sergents de La Rochelle...* Oui... Garde ton taxi...

Une heure s'écoula sans appel, sans que l'on sût rien du mari de Nine. Quand la sonnerie résonna, ce n'était pas lui qui était à l'appareil, mais un garçon de café.

— Allô ! c'est bien au commissaire Maigret que j'ai l'honneur de parler ?... Au commissaire Maigret en personne ?... Ici, le garçon du *Café de Birague,* rue de Birague... Je vous parle de la part d'un client qui m'a demandé de vous appeler...

— Il y a combien de temps ?

— Peut-être un quart d'heure... Je devais téléphoner tout de suite, mais c'est le moment du coup de feu...

— Un petit homme en imperméable ?

— Oui... Bon... J'avais peur que ce soit une farce... Il était très pressé... Il regardait tout le temps dans la rue... Attendez que je me souvienne exactement... Il m'a dit comme ça de vous prévenir qu'il allait essayer d'entraîner son homme au *Canon de la Bastille...* Vous connaissez ?... C'est la brasserie qui fait le coin du boulevard Henri-IV... Il voudrait que vous envoyiez quelqu'un en vitesse... Attendez... Ce n'est pas tout... Sans doute que vous comprendrez... Il a dit exactement : « *L'homme a changé... Maintenant, c'est le grand roux, le plus mauvais...* »

Maigret s'y rendit en personne. Il avait pris un taxi qui mit moins de dix minutes à atteindre la place de la Bastille. La brasserie était vaste et calme, fréquentée surtout par des habitués qui mangeaient le plat du jour ou de la charcuterie. Il chercha des yeux un homme en imperméable, puis fit le tour des portemanteaux, espérant apercevoir un imperméable beige.

— Dites-moi, garçon...

Il y avait six garçons, plus la caissière et le patron. Il les interrogea tous. Personne n'avait remarqué son homme. Alors il s'assit dans un coin, près de la porte, commanda un demi et attendit, en fumant sa pipe. Une demi-heure plus tard, malgré ses sandwiches, il réclamait une choucroute. Il regardait les passants sur le trottoir. A chaque imperméable, il tressaillait, et il y en avait beaucoup, car c'était déjà la troisième giboulée qui tombait depuis le matin, claire, limpide, une de ces pluies candides qui n'empêchent pas le soleil de briller.

— Allô !... La P.J. ?... Ici, Maigret... Janvier est rentré ? Passez-le-moi... C'est toi, Janvier ?... Saute dans un taxi et viens me rejoindre au *Canon de la Bastille...* Comme tu dis, c'est le jour des cafés... Je t'attends... Non, rien de nouveau...

Tant pis si le bonhomme gesticulant était un fumiste. Maigret laissait son inspecteur de garde au *Canon de la Bastille* et se faisait reconduire à son bureau.

Il y avait peu de chances pour que le mari de Nine eût été assassiné depuis midi et demi, car il ne semblait pas se risquer dans les endroits écartés ; il choisissait au contraire les quartiers animés, les rues passantes. Pourtant le commissaire se mit en communication avec Police-Secours, où, de minute en minute, on était tenu au courant de tous les incidents de Paris.

— Si on vous signale qu'un homme vêtu d'un imperméable a eu un accident, ou une dispute, n'importe quoi, passez-moi un coup de fil...

Il donna aussi l'ordre à une des voitures de la P.J. de rester à sa disposition dans la cour du quai des Orfèvres. C'était peut-être ridicule, mais il mettait toutes les chances de son côté.

Il recevait des gens, fumait des pipes, tisonnait de temps en temps son poêle, tout en gardant la fenêtre ouverte, et avait parfois un regard de reproche à son téléphone qui restait silencieux.

« Vous avez connu ma femme... » avait dit l'homme.

Il cherchait machinalement à se souvenir d'une Nine. Il avait dû en rencontrer beaucoup. Il en avait connu une, quelques années plus tôt,

qui tenait un petit bar à Cannes, mais c'était déjà une vieille femme à
cette époque et sans doute était-elle morte ? Il y avait aussi une nièce
de sa femme qui s'appelait Aline et que tout le monde appelait Nine.

— Allô !... Le commissaire Maigret ?

Il était quatre heures. Il faisait encore grand jour, mais le commissaire
avait allumé la lampe à abat-jour vert, sur son bureau.

— Ici, le receveur des postes du bureau 28, rue du Faubourg-Saint-
Denis... Excusez-moi de vous déranger... C'est probablement une
fumisterie... Il y a quelques minutes, un client s'est approché du guichet
des colis recommandés... Allô !... Il paraissait pressé, effrayé, m'a dit
l'employée, Mlle Denfer... Il se retournait tout le temps... Il a poussé un
papier devant elle... Il a dit : « Ne cherchez pas à comprendre... Téléphonez tout de suite ce message au commissaire Maigret... » Et il s'est
perdu dans la foule...

» Mon employée est venue me voir... J'ai le papier sous les yeux...
C'est écrit au crayon, d'une écriture incohérente... Sans doute que
l'homme a composé son billet en marchant...

» Voilà... *Je n'ai pas pu aller au* Canon... Vous comprenez ce que ça
signifie ?... Moi pas... Cela n'a pas d'importance... Puis un mot que je
ne parviens pas à lire... *Maintenant ils sont deux... Le petit brun est
revenu...* Je ne suis pas sûr du mot brun... Vous dites... Bon, si vous
croyez que c'est bien ça... Ce n'est pas fini... *Je suis sûr qu'ils ont
décidé de m'avoir aujourd'hui... Je me rapproche du Quai... Mais ils
sont malins... Prévenez les agents...*

» C'est tout... Si vous voulez, je vais vous envoyer le billet par un
porteur de pneumatiques... En taxi ?... Je veux bien... A condition que
vous payiez la course, car je ne peux pas me permettre...

— Allô !... Janvier ?... Tu peux revenir, vieux...

Une demi-heure plus tard, ils fumaient tous les deux dans le bureau
de Maigret, où on voyait un petit disque rouge sous le poêle.

— Tu as pris le temps de déjeuner, au moins ?

— J'ai mangé une choucroute au *Canon*.

Lui aussi ! Quant à Maigret, il avait alerté les patrouilles cyclistes,
ainsi que la police municipale. Les Parisiens, qui entraient dans les
grands magasins, qui se bousculaient sur les trottoirs, s'enfournaient
dans les cinémas ou dans les bouches du métro, ne s'apercevaient de
rien, et pourtant des centaines d'yeux scrutaient la foule, s'arrêtaient sur
tous les imperméables beiges, sur tous les chapeaux gris.

Il y eut encore une ondée, vers cinq heures, au moment où l'animation
était à son maximum dans le quartier du Châtelet. Les pavés devinrent
luisants, un halo entoura les réverbères, et, le long des trottoirs, tous les
dix mètres, des gens levaient le bras au passage des taxis.

— Le patron des *Caves du Beaujolais* lui donne de trente-cinq à
quarante ans... Celui du *Tabac des Vosges* lui donne la trentaine... Il a
le visage rasé, le teint rose, les yeux clairs... Quant à savoir le genre

d'homme que c'est, je n'y suis pas parvenu... On m'a répondu : *Un homme comme on en voit beaucoup...*

Mme Maigret, qui avait sa sœur à dîner, téléphona à six heures pour s'assurer que son mari ne serait pas en retard et pour lui demander de passer chez le pâtissier en rentrant.

— Tu veux monter la garde jusqu'à neuf heures ?... Je demanderai à Lucas de te remplacer ensuite...

Janvier voulait bien. Il n'y avait rien d'autre à faire qu'à attendre.

— Qu'on me téléphone chez moi s'il y a quoi que ce soit...

Il n'oublia pas le pâtissier de l'avenue de la République, le seul à Paris, selon Mme Maigret, capable de faire de bons mille-feuilles. Il embrassa sa belle-sœur, qui sentait toujours la lavande. Ils dînèrent. Il but un verre de calvados. Avant de reconduire Odette jusqu'au métro, il appela la P.J.

— Lucas ?... Rien de nouveau ?... Tu es toujours dans mon bureau ?

Lucas, installé dans le propre fauteuil de Maigret, devait être occupé à lire, les pieds sur le bureau.

— Continue, vieux... Bonne nuit...

Quand il revint du métro, le boulevard Richard-Lenoir était désert, et ses pas résonnaient. Il y avait d'autres pas derrière lui. Il tressaillit, se retourna involontairement, parce qu'il pensait à l'homme qui, à cette heure, était peut-être encore à courir les rues, anxieux, évitant les coins sombres, cherchant un peu de sécurité dans les bars et les cafés.

Il s'endormit avant sa femme — du moins le prétendit-elle, comme toujours, comme elle prétendait aussi qu'il ronflait, — et le réveil, sur la table de nuit, marquait deux heures vingt quand le téléphone l'arracha à son sommeil. C'était Lucas.

— Je vous dérange peut-être pour rien, patron... Je ne sais pas encore grand-chose... C'est la permanence de Police-Secours qui m'avertit à l'instant qu'un homme vient d'être trouvé mort place de la Concorde... Près du quai des Tuileries. Cela regarde donc le Ier arrondissement... J'ai demandé au commissariat de tout laisser en place... Comment ?... Bon... Si vous voulez... Je vous envoie un taxi...

Mme Maigret soupira en regardant son mari qui enfilait son pantalon et ne trouvait pas sa chemise.

— Tu crois que tu en auras pour longtemps ?

— Je ne sais pas.

— Tu n'aurais pas pu envoyer un inspecteur ?

Quand il ouvrit le buffet de la salle à manger, elle comprit que c'était pour se verser un petit verre de calvados. Puis il revint chercher ses pipes, qu'il avait oubliées.

Le taxi l'attendait. Les Grands Boulevards étaient presque déserts. Une lune énorme et plus brillante que d'habitude flottait au-dessus du dôme verdâtre de l'Opéra.

Place de la Concorde, deux voitures étaient rangées le long du trottoir, près du jardin des Tuileries, et des personnages sombres s'agitaient.

La première chose que Maigret remarqua, quand il descendit de taxi, ce fut, sur le trottoir argenté, la tache d'un imperméable beige.

Alors, tandis que les agents en pèlerine s'écartaient et qu'un inspecteur du Ier arrondissement s'avançait vers lui, il grommela :

— Ce n'était pas une blague... Ils l'ont eu !...

On entendait le frais clapotis de la Seine toute proche, et des voitures qui venaient de la rue Royale glissaient sans bruit vers les Champs-Élysées. L'enseigne lumineuse du *Maxim* se dessinait en rouge dans la nuit.

— Coup de couteau, monsieur le commissaire... annonçait l'inspecteur Lequeux, que Maigret connaissait bien. On vous attendait pour l'enlever...

Pourquoi, dès ce moment, Maigret sentit-il que quelque chose n'allait pas ?

La place de la Concorde était trop vaste, trop fraîche, trop aérée, avec, en son centre, la saillie blanche de l'obélisque. Cela ne correspondait pas avec les coups de téléphone du matin, avec les *Caves du Beaujolais,* le *Tabac des Vosges,* les *Quatre Sergents* du boulevard Beaumarchais.

Jusqu'à son dernier appel, jusqu'au billet confié au bureau de poste du faubourg Saint-Denis, l'homme s'était confiné dans un quartier aux rues serrées et populeuses.

Est-ce que quelqu'un qui se sait poursuivi, qui se sent un assassin sur ses talons et qui s'attend à recevoir le coup mortel d'une seconde à l'autre s'élance dans des espaces quasi planétaires comme la place de la Concorde ?

— Vous verrez qu'il n'a pas été tué ici.

On devait en avoir la preuve une·heure plus tard, quand l'agent Piedbœuf, en faction devant une boîte de nuit de la rue de Douai, fit son rapport.

Une auto s'était arrêtée en face du cabaret, avec deux hommes en smoking, deux femmes en tenue du soir. Les quatre personnages étaient gais, un brin éméchés, un des hommes surtout qui, alors que les autres étaient déjà entrés, était revenu sur ses pas.

— Dites donc, sergent... Je ne sais pas si je fais bien de vous dire ça, car je n'ai pas envie qu'on nous gâche notre soirée... Tant pis !... Vous en ferez ce que vous voudrez... Tout à l'heure, comme nous passions place de la Concorde, une auto s'est arrêtée devant nous... J'étais au volant et j'ai ralenti, croyant que les autres avaient une panne... Ils ont sorti quelque chose de la voiture et l'ont mis sur le trottoir... Je crois que c'était un corps...

» L'auto était une Citroën jaune, immatriculée à Paris, et les deux derniers chiffres, sur la plaque, étaient un 3 et un 8.

2

A quel moment le mari de Nine devint-il le mort de Maigret, comme on devait l'appeler à la P.J. ? Peut-être dès leur première rencontre, si l'on peut dire, cette nuit-là, place de la Concorde. L'inspecteur Lequeux, en tout cas, fut frappé par l'attitude du commissaire. C'était difficile de préciser en quoi celle-ci n'était pas tout à fait normale. Dans la police, on a l'habitude des morts violentes, des cadavres les plus inattendus qu'on manie avec une indifférence professionnelle, quand on ne plaisante pas à leur sujet à la façon des internes dans les salles de garde. Maigret, d'ailleurs, ne paraissait pas ému au vrai sens du mot.

Mais pourquoi, par exemple, ne commençait-il pas, tout naturellement, par se pencher sur le corps ? Il tirait d'abord quelques bouffées de sa pipe, restait debout au milieu du groupe d'agents en uniforme, à bavarder avec Lequeux, à regarder vaguement une jeune femme en robe de lamé et en manteau de vison qui venait de descendre de voiture en compagnie de deux hommes et qui attendait, la main crispée au bras de l'un d'eux, comme s'il devait encore se passer quelque chose.

Ce ne fut qu'après un certain temps qu'il s'approcha lentement de la forme étendue, de la tache beige de l'imperméable, et se courba, lentement toujours — comme il l'aurait fait pour un parent ou un ami, devait dire plus tard l'inspecteur Lequeux.

Et, quand il se redressa, ses sourcils étaient froncés, on le sentait furieux, il questionnait, sur un tel ton qu'il semblait rendre responsable ceux qui étaient là :

— Qui est-ce qui a fait ça ?

A coups de poing, à coups de talon ? On ne pouvait pas le savoir. En tout cas, avant ou après avoir tué l'homme d'un coup de couteau, on l'avait frappé assez violemment, à plusieurs reprises, pour que son visage fût tuméfié, une lèvre fendue, toute une moitié de la figure déformée.

— J'attends le fourgon mortuaire, annonça Lequeux.

Sans ses meurtrissures, l'homme devait avoir un visage banal, plutôt jeune, plutôt gai sans doute. Jusque dans la mort, on retrouvait dans son expression quelque chose de candide.

Pourquoi la femme en vison, elle, était-elle plus remuée par la vue d'un pied vêtu seulement d'une chaussette mauve ? C'était ridicule, ce pied déchaussé, sur le trottoir, à côté d'un autre pied au soulier de chevreau noir. C'était nu, intime. Cela ne faisait pas vraiment mort. Ce fut Maigret qui s'éloigna et qui, à six ou sept mètres de là, alla ramasser la seconde chaussure sur le trottoir.

Après quoi, il ne dit plus rien. Il attendit en fumant. D'autres curieux se mêlèrent au groupe chuchotant. Puis le fourgon mortuaire s'arrêta au bord du trottoir, et deux hommes soulevèrent le corps. En dessous, le sol était nu, sans une trace de sang.

— Vous n'aurez qu'à m'envoyer votre rapport, Lequeux.

N'était-ce pas maintenant que Maigret prenait possession du mort, en montant à l'avant du fourgon et en laissant les autres en plan ?

Il en fut ainsi toute la nuit. Il en fut encore ainsi le matin. On eût dit que le corps lui appartenait, que ce mort-là était son mort.

Il avait donné des ordres pour que Moers, un des spécialistes de l'Identité Judiciaire, l'attendît à l'Institut médico-légal. Moers était jeune, maigre et long ; son visage ne souriait jamais, et de gros verres effaçaient ses yeux timides.

— Au travail, mon petit...

Il avait alerté aussi le docteur Paul, qui arriverait d'un moment à l'autre. Avec eux, il n'y avait qu'un gardien et, dans leurs tiroirs glacés, les morts anonymes ramassés à Paris pendant les derniers jours.

La lumière était crue, les paroles rares, les gestes précis. Ils faisaient penser à des ouvriers consciencieux penchés sur un délicat travail de nuit.

Dans les poches, on ne trouva presque rien. Un paquet de tabac gris et un carnet de papier à cigarettes, une boîte d'allumettes, un canif assez ordinaire, une clef d'un modèle peu récent, un crayon et un mouchoir sans initiale. Un peu de menue monnaie, dans la poche du pantalon, mais pas de portefeuille, aucune pièce d'identité.

Moers saisissait les vêtements un à un, avec précautions, les glissait chacun dans un sac en papier huilé, qu'il refermait ensuite. Il agit ainsi aussi bien pour la chemise que pour les souliers et les chaussettes. Tout cela était d'une qualité moyenne. Le veston portait la marque d'un magasin de confection du boulevard Sébastopol et le pantalon, plus neuf, n'était pas de la même teinte.

Le mort était tout nu quand le docteur Paul arriva, la barbe soignée, l'œil clair, encore qu'il eût été réveillé en pleine nuit.

— Alors, mon bon Maigret, que raconte ce pauvre garçon ?

Parce qu'en somme il s'agissait, maintenant, de faire parler le mort. C'était de la routine. Normalement, Maigret aurait dû aller dormir, et le matin il aurait reçu les différents rapports à son bureau.

Or il tenait à assister à tout, la pipe aux dents, les mains dans les poches, l'œil vague et endormi.

Le docteur, avant d'opérer, dut attendre les photographes qui étaient en retard, et Moers profitait de ce répit pour curer avec soin les ongles du cadavre, ceux des mains comme ceux des pieds, recueillant attentivement les moindres débris dans des petits sachets, sur lesquels il traçait des signes cabalistiques.

— Ça ne va pas être facile de lui donner l'air rigolo, remarqua le photographe après avoir examiné le visage du mort.

Travail de routine, toujours. D'abord les photos du corps, de la blessure. Puis, pour la diffusion dans les journaux aux fins d'identification, une photographie du visage, mais une photographie aussi vivante que possible. Voilà pourquoi le technicien était occupé à maquiller le mort qu'on voyait à présent, dans la lumière glacée, plus blême que jamais, mais avec des pommettes roses et une bouche peinte de racoleuse.

— A vous, docteur...

— Vous restez, Maigret ?

Il resta. Jusqu'au bout. Il était six heures et demie du matin quand le docteur Paul et lui allèrent boire un café arrosé dans un petit bar dont les volets venaient de s'ouvrir.

— Je suppose que vous n'avez pas envie d'attendre mon rapport... Dites donc, c'est une affaire importante ?

— Je ne sais pas...

Autour d'eux, des ouvriers mangeaient leurs croissants, les yeux encore pleins de sommeil, et le brouillard matinal mettait des perles d'humidité sur les pardessus. Il faisait frais. Dans la rue, chacun était précédé d'un léger nuage de vapeur. Des fenêtres s'éclairaient les unes après les autres aux différents étages des maisons.

— Je vous dirai d'abord que c'est un homme de condition modeste. Probablement a-t-il eu une enfance pauvre et assez peu soignée, si j'en crois la formation des os et des dents... Ses mains ne trahissent pas un métier déterminé... Elles sont fortes, mais relativement soignées... L'homme ne devait pas être un ouvrier... Pas un employé non plus, car ses doigts n'ont pas les déformations, si légères soient-elles, qui indiquent qu'on a beaucoup écrit, soit à la main, soit à la machine... Par contre, il a les pieds sensibles et affaissés de quelqu'un qui passe sa vie debout...

Maigret ne prenait pas de notes ; tout cela se gravait dans sa mémoire.

— Passons à la question importante : l'heure du crime... Sans crainte de me tromper, je peux la fixer entre huit heures et dix heures du soir...

Maigret avait déjà été mis au courant, par téléphone, du témoignage des noctambules et de la présence de la Citroën jaune place de la Concorde un peu après une heure du matin.

— Dites-moi, docteur, vous ne remarquez rien d'anormal ?

— Que voulez-vous dire ?

Il y avait trente-cinq ans que le docteur à la barbe quasi légendaire était médecin légiste, et les affaires criminelles lui étaient plus familières qu'à la plupart des policiers.

— Le crime n'a pas été commis place de la Concorde.

— C'est évident.

— Il a probablement été perpétré dans un endroit écarté.

— Probablement.

— D'habitude, quand on prend le risque de transporter un cadavre, surtout dans une ville comme Paris, c'est pour le cacher, pour essayer de le faire disparaître ou pour retarder sa découverte.

— Vous avez raison, Maigret. Je n'y pensais pas.

— Cette fois, au contraire, nous voyons des gens risquer de se faire prendre, en tout cas, nous donner une piste, pour venir déposer un cadavre en plein cœur de Paris, à l'endroit le plus en vue, où il était impossible qu'il restât dix minutes, même en pleine nuit, sans être découvert...

— Autrement dit, les assassins voulaient qu'il fût découvert. C'est bien ce que vous pensez, n'est-ce pas ?

— Pas tout à fait. Peu importe.

— Ils ont pourtant pris leurs précautions pour qu'il ne fût pas facilement reconnu. Les coups au visage n'ont pas été portés avec des poings nus, mais avec un instrument lourd dont je suis malheureusement incapable de déterminer la forme...

— Avant la mort ?

— Après... Quelques minutes après...

— Vous êtes sûr que ce n'est que quelques minutes après ?

— Moins d'une demi-heure, j'en jurerais... Maintenant, Maigret, il y a un autre détail que je ne signalerai probablement pas dans mon rapport, parce que je n'en suis pas sûr et que je ne tiens pas à être contredit par les avocats quand cette affaire-là passera en Cour d'assises... J'ai longuement examiné la blessure, vous m'avez vu... J'ai eu à étudier quelques centaines de coups de couteau... Je jurerais que celui-ci n'a pas été donné à l'improviste...

» Imaginez deux hommes debout, en train de discuter... Ils sont face à face, et l'un des deux frappe... Il lui serait impossible de provoquer une blessure comme celle que j'ai examinée... Le coup n'a pas non plus été porté dans le dos...

» Par contre, supposez que quelqu'un soit assis, ou même debout, mais tout occupé à autre chose... On s'approche lentement par derrière, on passe une main autour de lui et on enfonce le couteau avec précision, avec vigueur...

» Tenez, plus exactement encore, c'est comme si la victime avait été attachée, ou maintenue immobile, et comme si quelqu'un l'avait alors littéralement « opérée »... Vous comprenez ?

— Je comprends.

Maigret savait bien que le mari de Nine n'avait pu être attaqué par surprise, lui qui fuyait depuis vingt-quatre heures devant ses meurtriers.

Ce qui n'était pour le docteur Paul qu'un problème en quelque sorte théorique avait, aux yeux de Maigret, une humanité plus chaude.

Il lui avait été donné, à lui, d'entendre la voix de l'homme. Il l'avait presque vu. Il l'avait suivi pas à pas, de bistrot en bistrot, au cours de son périple affolé à travers certains quartiers de Paris, toujours les mêmes, dans le secteur Châtelet-Bastille.

Les deux hommes suivaient les quais, Maigret fumant sa pipe, et le docteur Paul cigarette sur cigarette — il ne cessait de fumer pendant les autopsies et prétendait volontiers que le tabac est le meilleur antiseptique. L'aube pointait. Des trains de bateaux commençaient à descendre la Seine. On voyait des clochards, engourdis par le froid de la nuit, gravir, les membres roides, les escaliers des quais où ils avaient dormi à l'abri d'un pont.

— L'homme a été tué très peu de temps après son dernier repas, peut-être tout de suite après.

— Vous savez ce qu'il a mangé ?

— Une soupe aux pois, de la brandade de morue et une pomme. Il a bu du vin blanc. J'ai retrouvé aussi dans l'estomac des traces d'alcool.

Tiens ! Ils passaient justement devant les *Caves du Beaujolais*, dont le patron venait de retirer les volets de bois. On apercevait la salle sombre et on reniflait au vol une odeur de vinasse.

— Vous rentrez chez vous ? questionnait le docteur qui se disposait à prendre un taxi.

— Je monte à l'Identité Judiciaire.

La grande maison, quai des Orfèvres, était presque vide, avec l'équipe des balayeurs dans les couloirs et dans les escaliers encore imprégnés de l'humidité de l'hiver.

Dans son bureau, Maigret trouva Lucas, qui venait de s'endormir dans le fauteuil du commissaire.

— Rien de nouveau ?

— Les journaux ont la photographie ; quelques-uns seulement la publieront dans l'édition du matin, car ils l'ont reçue tard.

— L'auto ?

— J'en suis à la troisième Citroën jaune, mais aucune ne colle.

— Tu as téléphoné à Janvier ?

— Il sera ici à huit heures pour me relayer.

— Si on me demande, je suis là-haut... Avertis le standard, qu'on me passe toutes les communications...

Il n'avait pas sommeil, mais il était lourd, ses mouvements étaient plus lents que d'habitude. Il gravissait un escalier étroit, interdit au public, qui le conduisait dans les combles du Palais de Justice. Il ne faisait qu'entrouvrir une porte aux vitres dépolies, apercevait Moers penché sur des appareils, continuait son chemin et pénétrait aux sommiers.

Avant même qu'il eût parlé, le spécialiste des empreintes digitales secouait négativement la tête :

— Rien, monsieur le commissaire...

Autrement dit, le mari de Nine n'avait jamais eu affaire à la justice française.

Maigret quittait la bibliothèque aux fiches, retournait chez Moers, retirait son pardessus puis, après un instant d'hésitation, sa cravate qui lui serrait le cou.

Le mort n'était pas ici, mais il était aussi présent que dans celui des casiers de l'Institut médico-légal — le numéro 17 — où le garde l'avait installé.

On parlait peu... Chacun poursuivait son travail sans s'apercevoir qu'un rayon de soleil se glissait dans la fenêtre mansardée. Dans un coin se dressait un mannequin articulé qui avait servi souvent et que Maigret utilisait à nouveau.

Moers, qui avait eu le temps de battre les vêtements dans leurs sacs de papier respectifs, analysait les poussières ainsi recueillies.

Maigret, à son tour, s'occupait de ces vêtements. Avec des gestes soigneux d'étalagiste, il commençait par la chemise et le caleçon pour habiller le mannequin qui avait à peu près la taille du mort.

Il venait de passer le veston quand Janvier entra, tout frais car il avait dormi dans son lit et ne s'était levé qu'avec le jour.

— Ils l'ont eu, dites donc, patron.

Il chercha Moers des yeux, lui adressa un clin d'œil, ce qui signifiait que le commissaire n'était pas d'humeur « causante ».

— On vient de signaler une nouvelle auto jaune. Lucas, qui s'en est occupé, affirme que ce n'est pas la nôtre. D'ailleurs, le numéro finit par un 9 et non par un 8...

Maigret reculait, pour juger son œuvre.

— Il n'y a rien qui te choque ? questionna-t-il.

— Attendez... Non... Je ne vois pas... L'homme était un peu plus petit que le mannequin... Le veston paraît trop court...

— C'est tout ?

— La déchirure produite par le couteau n'est pas large...

— Rien d'autre ?

— Il ne portait pas de gilet...

— Ce qui me frappe, moi, c'est que le veston n'est pas du même tissu que le pantalon, ni de la même teinte...

— Cela arrive, vous savez...

— Un instant. Examine le pantalon. Il est à peu près neuf. Il fait partie d'un complet. Le veston fait partie d'un autre complet, mais qui, celui-ci, date d'au moins deux ans.

— Cela en a l'air, oui...

— Or l'homme était assez coquet, si on en juge par ses chaussettes, sa chemise et sa cravate... Téléphone aux *Caves du Beaujolais* et dans les autres bistrots... Essaye de savoir si, au cours de la journée d'hier, il portait un veston et un pantalon dépareillés...

Janvier s'installa dans un coin, et sa voix mit dans la pièce comme un bruit de fond. Il appelait les cafés tour à tour, répétait à l'infini :

— Ici, Police Judiciaire... L'inspecteur que vous avez vu hier... Pourriez-vous me dire si...

Malheureusement, nulle part l'homme n'avait retiré son imperméable. Il l'avait peut-être entrouvert, mais personne n'avait pris garde à la couleur de son veston.

— Qu'est-ce que tu fais quand tu rentres chez toi ?

Et Janvier, qui n'était marié que depuis un an, de répondre avec un sourire narquois :

— J'embrasse ma femme...

— Après ?

— Je m'assieds, et elle m'apporte mes pantoufles...

— Après ?

L'inspecteur réfléchit, se frappa soudain le front.

— J'ai compris ! Je change de veston...

— Tu as un veston d'intérieur ?

— Non... Je passe un vieux veston dans lequel je suis plus à mon aise...

Et voilà que ces mots donnaient soudain une vie plus intime à l'inconnu. On l'imaginait rentrant chez lui et, peut-être, comme Janvier, embrassant sa femme. En tout cas, il retirait son veston neuf pour en endosser un vieux. Il mangeait.

— Quel jour sommes-nous ?

— Jeudi.

— Nous étions donc hier mercredi. Il t'arrive souvent de manger au restaurant ? Dans des restaurants bon marché, comme ceux que devait fréquenter notre homme ?

Maigret, tout en parlant, installait l'imperméable beige sur les épaules du mannequin. La veille, vers la même heure, à peine un peu plus tard, cette gabardine était encore sur le dos d'un homme vivant qui pénétrait aux *Caves du Beaujolais*, là, presque sous leurs yeux ; ils n'avaient qu'à regarder par la lucarne, de l'autre côté de la Seine, pour apercevoir la devanture.

Et il appelait Maigret. Il ne demandait pas à parler à un commissaire ou à un inspecteur, ni, comme quelques-uns qui croient leur cas important, au directeur de la P.J.

C'était Maigret qu'il voulait.

« Vous ne me connaissez pas », lui avait-il pourtant avoué.

Il est vrai qu'il avait ajouté :

« Vous avez connu Nine, ma femme... »

Janvier se demandait où le patron voulait en venir avec son histoire de restaurants.

— Tu aimes la brandade de morue ?

— Je l'adore. Je ne la digère pas, mais j'en mange quand même chaque fois que j'en ai l'occasion...

— Justement !... Ta femme t'en fait souvent ?

— Non. Cela demande trop de travail. C'est un plat qu'on prépare rarement chez soi...

— Donc, tu en manges au restaurant, quand il y en a...

— Oui...

— Il y en a fréquemment au menu ?

— Je ne sais pas... Attendez... Le vendredi, cela arrive...

— Et c'était hier mercredi... Appelle-moi le docteur Paul à l'appareil...

Le docteur, qui était occupé à rédiger son rapport, ne s'étonna pas de la question de Maigret.

— Pourriez-vous me dire s'il y avait des truffes dans la brandade ?

— Certainement pas... J'en aurais retrouvé des morceaux...

— Je vous remercie... Voilà Janvier !... Il n'y avait pas de truffes dans la brandade... Cela élimine les restaurants de luxe où l'on en met d'habitude... Tu vas descendre au bureau des inspecteurs... Tu te feras aider par Torrence et par deux ou trois autres... Le standardiste va gueuler, car vous occuperez les lignes pendant un bout de temps... Appelez les restaurants les uns après les autres, en commençant par ceux qui se trouvent dans les quartiers où tu as opéré hier. Sache si l'un d'eux avait de la brandade au menu du soir... Attends... Occupe-toi d'abord de ceux qui portent un nom méridional, car c'est là que tu as le plus de chance...

Janvier s'en allait, pas fier ni enchanté du boulot qu'on venait de lui confier.

— Tu as un couteau, Moers ?

La matinée s'avançait, et Maigret ne quittait toujours pas son mort.

— Place la pointe dans la déchirure de l'imperméable... Bon... Ne bouge plus...

Il souleva légèrement le tissu afin de voir le veston en dessous.

— Les déchirures des vêtements ne coïncident pas... Maintenant frappe d'une autre façon... Mets-toi à gauche... mets-toi à droite... frappe d'en haut... frappe d'en bas...

— Je comprends...

Quelques techniciens et employés qui avaient pris leur travail dans l'immense laboratoire les regardaient en coin, échangeaient des regards amusés.

— Cela ne colle toujours pas... Il y a cinq bons centimètres entre la déchirure du veston et celle de la gabardine... Apporte une chaise... Aide-moi...

On asseyait le mannequin, ce qui demandait des précautions infinies.

— Bon... Quand un homme est assis, contre une table par exemple, il arrive que le pardessus se soulève... Essaie...

Mais c'est en vain qu'ils tentaient de superposer les deux déchirures qui auraient dû, logiquement, se trouver juste au-dessus l'une de l'autre.

— Voilà ! conclut Maigret, comme s'il venait de résoudre une équation difficile.

— Vous voulez dire que, lorsqu'il a été tué, il ne portait pas son imperméable ?

— C'est à peu près sûr.

— Pourtant, celui-ci est déchiré comme par un coup de couteau...

— On l'a déchiré après, pour faire croire. Or, on ne porte pas un imperméable dans une maison ou dans un restaurant... En se donnant la peine de maquiller la gabardine, on a tenté de nous faire conclure que le coup de couteau avait été donné dehors... Si on s'est donné cette peine...

— ... c'est que le crime a été commis à l'intérieur, acheva Moers.

— Pour la même raison, on a pris le risque de transporter le corps place de la Concorde, où le meurtre n'a pas eu lieu...

Il vida sa pipe en la frappant contre son talon, alla chercher sa cravate, contempla à nouveau le mannequin, qui était encore plus vivant depuis qu'il était assis. De dos ou de profil, quand on ne voyait pas la face sans traits et sans couleur, c'était saisissant.

— Tu as trouvé des indices ?

— A peu près rien, jusqu'ici. Je n'ai pas fini. Dans le creux de la semelle, pourtant, il y a de petites quantités d'une boue assez curieuse. C'est de la terre imprégnée de vin, comme on en trouverait dans une cave de campagne où l'on vient de mettre un tonneau en perce.

— Continue. Téléphone à mon bureau.

Quand il entra chez le chef, celui-ci l'accueillit en lui lançant :

— Alors, Maigret, et « votre mort » ?

C'était la première fois que le mot était prononcé. On avait dû raconter au directeur de la P.J. que, depuis deux heures du matin, le commissaire n'avait pas lâché la piste.

— Ils l'ont quand même eu, dites donc !... J'avoue qu'hier j'aurais facilement pensé que vous aviez affaire à un farceur, ou à un détraqué...

— Moi, non... J'ai cru ce qu'il me disait dès son premier coup de téléphone...

Pourquoi ? Il n'aurait pu l'expliquer. Ce n'était certainement pas parce que l'homme avait fait appel à lui personnellement. Tout en conversant avec le directeur, il laissait son regard errer sur le quai d'en face, que le soleil inondait.

— Le procureur a chargé le juge Coméliau de l'instruction... Ils se rendent ce matin à l'Institut médico-légal... Vous les rejoindrez ?

— A quoi bon ?

— Voyez quand même Coméliau, ou téléphonez-lui... Il est assez susceptible...

Maigret en savait quelque chose.

— Vous ne croyez pas à un règlement de comptes ?

— Je ne sais pas. Je m'en assurerai, encore que ce ne soit pas mon impression.

Les gens du milieu ne se donnent pas la peine, d'habitude, d'exposer leurs victimes sur la place de la Concorde.

— Enfin !... Faites pour le mieux... Sans doute quelqu'un ne tardera-t-il pas à le reconnaître ?...

— Cela m'étonnerait...

Encore une impression qu'il aurait eu du mal à expliquer. Dans son esprit, cela se tenait. Mais, dès qu'il essayait de préciser, fût-ce pour lui-même, cela devenait confus.

Toujours cette histoire de la place de la Concorde. Donc, on tenait à ce que le cadavre fût découvert, et découvert rapidement. Il aurait été plus facile et moins dangereux, par exemple, de le lancer dans la Seine, où il aurait pu séjourner des jours, voire des semaines, avant d'être repêché.

Il ne s'agissait pas d'un homme riche, ni d'une personnalité, mais d'un petit bonhomme insignifiant.

Pourquoi, si on voulait que la police s'occupât de lui, lui écraser la figure après coup et retirer de ses poches tout ce qui pouvait servir à l'identifier ?

Par contre, on n'avait pas décousu la marque du veston. Parce qu'on savait, évidemment, qu'il s'agissait de vêtements de confection vendus à des milliers d'exemplaires.

— Vous avez l'air tracassé, Maigret.

Et il ne pouvait que répéter :

— Ça ne colle pas...

Trop de détails qui ne s'emboîtaient pas. Un détail, en particulier, le chiffonnait personnellement, pour ne pas dire qu'il le vexait.

A quelle heure avait eu lieu le dernier appel ? En somme, le dernier signe de vie que l'homme avait donné était le billet remis au bureau de poste du faubourg Saint-Denis.

C'était en plein jour. Depuis onze heures du matin, l'inconnu ne ratait pas une occasion de prendre contact avec le commissaire.

Dans le billet encore, il faisait appel à lui, d'une façon plus pressante que jamais. Il lui demandait même d'alerter les agents afin que n'importe lequel d'entre eux, dans la rue, fût en mesure de l'aider au moindre appel.

Or il avait été tué entre huit heures du soir et dix heures.

Qu'avait-il fait de quatre heures à huit heures ? Aucun signe de lui, aucune trace. Le silence, un silence qui avait impressionné Maigret, la veille, encore qu'il n'en eût rien montré. Cela lui avait rappelé une catastrophe sous-marine à laquelle le monde entier avait en quelque sorte assisté, minute par minute, grâce à la radio. A telle heure, on entendait encore les signaux des hommes enfermés dans le submersible échoué au fond de la mer. On imaginait les bateaux sauveteurs croisant au-dessus. Les signaux se raréfiaient. Puis, soudain, après des heures, le silence.

L'inconnu, lui, le mort de Maigret, n'avait eu aucune raison valable de se taire. Il n'avait pu être enlevé, en plein jour, dans les rues animées de Paris. Il n'avait pas été tué avant huit heures.

Tout laissait supposer qu'il était rentré chez lui, puisqu'il avait changé de veston.

Il avait dîné à son domicile ou au restaurant. Et il avait dîné en paix, puisqu'il avait eu le temps de manger la soupe, de la brandade et une pomme. Jusqu'à cette pomme qui évoquait une idée de tranquillité !

Pourquoi s'était-il tu pendant deux heures au moins ?

Il n'avait pas hésité à déranger le commissaire, à maintes reprises, à le supplier de mettre l'appareil policier en branle.

Puis, tout à coup, après quatre heures, c'était comme s'il avait changé d'avis, comme s'il avait voulu laisser la police hors du jeu.

Cela chiffonnait Maigret. Le terme n'est pas exact, mais c'était un peu comme si son mort lui avait commis une infidélité.

— Alors, Janvier ?

Le bureau des inspecteurs était bleu de fumée, et quatre hommes, l'œil morne, étaient rivés à leur téléphone.

— Pas de brandade, patron ! soupira comiquement Janvier. Pourtant, on est déjà hors du quartier. J'en suis au faubourg Montmartre, et Torrence est arrivé à la place Clichy...

Maigret téléphona, lui aussi, de son bureau, mais c'était pour appeler un petit hôtel meublé de la rue Lepic.

— En taxi, oui... tout de suite...

Sur son bureau, on avait placé des photographies du mort prises pendant la nuit. Il y avait aussi les journaux du matin, des rapports, une note du juge Coméliau.

— C'est toi, madame Maigret ?... Pas trop mal... Je ne sais pas encore si je rentrerai déjeuner... Non, je n'ai pas eu le temps de me faire raser... Je vais essayer de passer chez le coiffeur... J'ai mangé, oui...

Il alla chez le coiffeur, en effet, après avoir averti le garçon de bureau, le vieux Joseph, de faire attendre un visiteur qui allait se présenter. Il n'eut que le pont à franchir. Il entra dans le premier salon du boulevard Saint-Michel et eut un regard maussade pour les gros yeux pochés que lui renvoyait le miroir.

Il savait qu'en sortant il ne résisterait pas à l'envie d'aller boire un verre aux *Caves du Beaujolais*. D'abord parce qu'il aimait vraiment l'atmosphère de ces petits cafés-là, où on ne voit jamais personne et où le patron bavarde familièrement avec vous. Il aimait le beaujolais aussi, surtout servi, comme ici, dans des petits cruchons de grès. Mais il y avait autre chose. Il suivait son mort.

— Ça m'a fait un drôle d'effet de lire le journal ce matin, monsieur le commissaire. Je l'ai peu vu, vous le savez. Pourtant, quand j'y repense, il était sympathique. Je le revois entrer en gesticulant. Il était troublé bien sûr, mais il avait une bonne tête. Tenez, je parierais qu'en temps normal c'était un rigolo... Vous allez vous moquer de moi : plus je vais, plus je lui trouve une tête de comique... Il me rappelle quelqu'un... Il y a des heures que je cherche...

— Quelqu'un qui lui ressemble ?

— Oui... Non... C'est plus compliqué... Il me rappelle quelque chose, et je n'arrive pas à savoir quoi... On ne l'a pas encore identifié ?

Cela aussi était curieux, mais pas encore anormal. Les journaux étaient parus depuis le matin. Certes, le visage avait été abîmé, pas au point, cependant, d'être méconnaissable pour quelqu'un de très familier, pour la femme ou la mère, par exemple.

L'homme avait un domicile quelque part, fût-ce à l'hôtel. Il n'était pas rentré chez lui de la nuit.

Logiquement, dans les quelques heures, quelqu'un devait ou reconnaître sa photographie, ou signaler sa disparition.

Pourtant Maigret ne s'y attendait pas. Il franchissait à nouveau le pont, une agréable saveur, un peu rêche, de beaujolais à la bouche. Il gravissait l'escalier terne, où certains le regardaient avec une crainte respectueuse.

Un coup d'œil dans la salle d'attente vitrée. Son homme était là, debout, fumant sa cigarette avec désinvolture.

— Par ici...

Il l'introduisait dans son bureau, lui désignait une chaise, retirait son chapeau et son pardessus sans cesser d'observer son visiteur en coin. Celui-ci, à la place où il était, avait directement sous les yeux les photographies du mort.

— Eh bien ! Fred ?

— A votre disposition, monsieur le commissaire... Je ne m'attendais pas à ce que vous m'appeliez... Je ne vois rien qui...

Il était maigre, très pâle, d'une élégance un peu efféminée. De temps en temps, un pincement des narines trahissait l'intoxiqué.

— Tu ne le connais pas ?

— J'ai compris en arrivant, dès que j'ai aperçu les photos... On l'a sérieusement amoché, dites donc !

— Tu ne l'as jamais vu ?

On sentait que Fred faisait consciencieusement son métier d'indicateur. Il examinait les photographies avec attention, s'approchait même de la fenêtre pour les voir en pleine lumière.

— Non... Et cependant...

Maigret attendait en rechargeant son poêle.

— C'est non !... Je jurerais que je ne l'ai jamais vu... Encore qu'il me rappelle quelque chose... C'est vague... Il n'appartient pas au milieu, en tout cas... Même si c'était un nouveau, je l'aurais déjà rencontré...

— A quoi te fait-il penser ?

— C'est justement ce que je cherche... Vous ne connaissez pas son métier ?

— Non...

— Ni le quartier qu'il habitait ?

— Pas davantage...

— Ce n'est pas quelqu'un de la province non plus, cela se sent...

— J'en suis persuadé...

Maigret avait noté la veille que l'homme avait un accent parisien assez prononcé, l'accent du petit peuple, de ceux qu'on rencontre dans le métro, dans les bistrots de la périphérie, ou encore sur les gradins du Vel' d'Hiv'.

Au fait... Une idée lui venait... Il la contrôlerait tout à l'heure...

— Tu ne connais pas non plus une certaine Nine ?

— Attendez... Il y en a une à Marseille, sous-maîtresse dans une maison de la rue Saint-Ferréol...

— Ce n'est pas celle-là, je la connais... Elle a cinquante ans pour le moins...

Fred regarda la photographie de l'homme, qui devait avoir une trentaine d'années, et murmura :

— Cela n'empêche pas, vous savez !

— Prends une de ces photos. Cherche. Montre-la un peu partout...

— Comptez sur moi... J'espère que d'ici quelques jours j'aurai un tuyau à vous donner... Pas à ce sujet-là, mais à propos d'un gros marchand de drogues... Jusqu'ici, je ne le connais que sous le nom de M. Jean... Je ne l'ai jamais vu... Je sais seulement qu'il est derrière toute une bande de revendeurs... Je leur achète de la camelote régulièrement... Cela me coûte cher... Quand vous aurez du fric en trop...

Janvier, à côté, était toujours en quête de brandade.

— Vous aviez raison, patron. Tout le monde me répond qu'on ne fait la brandade que le vendredi. Et, encore, pas souvent. La semaine sainte, quelquefois le mercredi, mais nous sommes encore loin de Pâques...

— Laisse ça à Torrence... Il y a quelque chose au Vel' d'Hiv', cet après-midi ?

— Attendez que je consulte le journal.

Il y avait des courses cyclistes derrière moto.

— Prends une photo avec toi. Tu verras les vendeurs de billets, les marchands d'oranges et de cacahuètes... Fais le tour des bistrots des environs... Puis tu pourras rôder dans les cafés de la porte Dauphine...

— Vous croyez que c'était un sportif ?

Maigret ne savait pas. Il sentait quelque chose, lui aussi, comme les autres, comme le patron des *Caves du Beaujolais*, comme Fred l'indicateur, mais c'était fluide, imprécis.

Il ne voyait pas son mort dans un bureau, ni vendeur de magasin. Fred affirmait qu'il n'appartenait pas au milieu.

Par contre, il était à son aise dans les petits bars populaires.

Il avait une femme prénommée Nine. Et, cette femme, Maigret l'avait connue.

A quel titre ? Est-ce que l'homme s'en serait vanté si le commissaire l'avait connue comme cliente ?

— Dubonnet... Tu vas aller aux « mœurs »... Tu demanderas la liste des filles en carte de ces dernières années... Tu prendras les adresses de toutes les Nine que tu pourras trouver... Tu iras les voir... Tu comprends ?

Dubonnet était un jeune qui sortait des écoles, un peu raide, toujours tiré à quatre épingles, d'une politesse exquise avec tout le monde, et c'était peut-être par ironie que Maigret le chargeait de cette besogne.

Il en envoyait un autre dans tous les petits cafés entourant le Châtelet, la place des Vosges et la Bastille.

Pendant ce temps-là, le juge Coméliau, qui, lui, dirigeait l'instruction de son cabinet, l'attendait avec impatience, ne comprenant pas que Maigret ne fût pas encore venu prendre contact avec lui.

— Les Citroën jaunes ?

— Ériau s'en occupe...

Tout cela, c'était la routine. Même si cela ne servait à rien, cela devait se faire. Sur toutes les routes de France, la police, la gendarmerie interpellaient les conducteurs de Citroën jaunes.

Il fallait aussi envoyer quelqu'un dans le magasin du boulevard Sébastopol, où le veston du mort avait été acheté, puis dans un autre magasin du boulevard Saint-Martin, d'où provenait l'imperméable.

Pendant ce temps-là, cinquante autres affaires réclamaient des inspecteurs. Ils entraient, sortaient, téléphonaient, tapaient leur rapport. Les gens attendaient dans les couloirs. On courait des « garnis » aux « mœurs » et des « mœurs » à l'Identité Judiciaire.

La voix de Moers, au téléphone :

— Dites donc, patron... Un tout petit détail, qui est sans doute sans importance... Je trouve si peu de chose que je vous signale à tout hasard... J'avais prélevé des cheveux, comme d'habitude. L'analyse révèle des traces de rouge à lèvres...

C'était presque comique, et pourtant personne ne riait. Une femme avait embrassé le mort de Maigret dans les cheveux, une femme qui portait du rouge à lèvres.

— J'ajoute que c'est un rouge bon marché et que la femme est probablement brune, car son rouge est très foncé...

Était-ce la veille qu'une femme avait embrassé l'inconnu ? Était-ce chez lui, alors qu'il était rentré pour changer de veston ?

Au fait, s'il s'était changé, c'est qu'il ne comptait pas sortir à nouveau. Un homme qui rentre chez lui pour une heure ne prend pas la peine de passer un autre vêtement.

Ou, alors, il avait été appelé dehors à l'improviste... Mais pouvait-on croire que, traqué comme il l'était, affolé au point de courir les rues de Paris en gesticulant et en appelant sans cesse la police au bout du fil, il serait sorti de chez lui après la tombée de la nuit ?

Une femme l'embrassait dans les cheveux. Ou bien elle avait appuyé le visage contre sa joue. De toute façon, c'était un geste tendre.

Maigret soupira en bourrant une nouvelle pipe, regarda l'heure. Il était midi et quelques minutes.

A peu près l'heure à laquelle, la veille, l'homme traversait la place des Vosges où chantaient les fontaines.

Le commissaire franchit la petite porte faisant communiquer la P.J. avec le Palais de Justice. Des robes d'avocats flottaient comme de grands oiseaux noirs dans les couloirs.

— Allons voir le vieux singe ! soupira Maigret, qui n'avait jamais pu sentir le juge Coméliau.

Il savait fort bien que celui-ci l'accueillerait par une phrase glacée qui constituerait à ses yeux le plus cinglant des reproches :

« Je vous attendais, monsieur le commissaire... »

Il aurait été capable de dire :

« J'ai failli attendre... »

Maigret s'en moquait éperdument.

Depuis deux heures et demie du matin, Maigret vivait avec son mort.

3

— Je suis enchanté, monsieur le commissaire, de vous avoir enfin au bout du fil.

— Croyez, monsieur le juge, que tout le plaisir est pour moi.

Mme Maigret leva vivement la tête. Elle était toujours mal à l'aise quand son mari prenait cette voix-là, paisible et bonasse, et, lorsque c'était elle que cela arrivait, elle se mettait à pleurer, tant elle était déroutée.

— Voilà cinq fois que je vous appelle à votre bureau.

— Et je n'y étais pas ! soupira-t-il avec consternation.

Elle lui fit signe de faire attention, de ne pas oublier qu'il parlait à un juge, dont le beau-frère, par surcroît, avait été deux ou trois fois ministre.

— On vient seulement de m'apprendre que vous étiez malade...

— Si peu, monsieur le juge. Les gens exagèrent toujours. Un gros rhume. Et, encore, je me demande s'il est si gros que cela !

C'était peut-être le fait de se trouver chez lui, en pyjama, en robe de chambre moelleuse, les pieds dans des pantoufles, bien calé au fond de son fauteuil, qui inspirait à Maigret cette humeur enjouée.

— Ce qui m'étonne, c'est que vous ne m'ayez pas fait savoir qui vous remplace.

— Me remplacer où ?

La voix du juge Coméliau était sèche, froide, volontairement impersonnelle, tandis que celle du commissaire, au contraire, devenait de plus en plus bonhomme.

— Je parle de l'affaire de la place de la Concorde. Je suppose que vous ne l'avez pas oubliée !

— J'y pense toute la journée. Tout à l'heure encore, je disais à ma femme...

Et celle-ci faisait des signes plus véhéments pour lui ordonner de ne pas la mêler à cette histoire. L'appartement était petit et chaud. Les meubles de la salle à manger, en chêne sombre dataient du mariage de Maigret. En face, à travers le tulle des rideaux, on apercevait, en grandes lettres noires sur un mur blanc : *Lhoste et Pépin — Outillage de précision*.

Il y avait trente ans que Maigret voyait ces mots-là, chaque jour, matin et soir, avec, en dessous, la vaste porte de l'entrepôt toujours flanquée de deux ou trois camions portant les mêmes mots, et il n'en était pas écœuré.

Au contraire ! Cela lui faisait plaisir. Il les caressait en quelque sorte du regard. Puis, invariablement, il regardait plus haut, le derrière d'une maison lointaine, avec du linge qui séchait aux fenêtres et, à l'une de celles-ci, dès que le temps était doux, un géranium rouge.

Ce n'était probablement pas le même géranium. Il aurait juré, en tout cas, que le pot de fleurs était là, comme lui, depuis trente ans. Et, pendant tout ce temps, pas une fois Maigret n'avait vu quelqu'un se pencher sur l'appui de la fenêtre, ni arroser la plante. Quelqu'un habitait la chambre, c'était certain, mais ses heures ne devaient pas coïncider avec celles du commissaire.

— Vous pensez, monsieur Maigret, qu'en votre absence vos subordonnés mènent l'enquête avec toute la diligence désirable ?

— J'en suis persuadé, monsieur Coméliau. J'en suis même sûr. Vous ne pouvez savoir à quel point on est bien, pour diriger une enquête de cette sorte, dans une pièce calme et surchauffée, dans un fauteuil, chez soi, loin de toute agitation, avec seulement un téléphone à portée de la main, près du pot de tisane. Je vais vous confier un petit secret : je me demande, si, cette enquête n'existant pas, je serais malade. Je ne le serais pas, évidemment, puisque c'est place de la Concorde, la nuit où l'on a découvert le corps que j'ai attrapé froid. Ou encore le matin, au petit jour, quand nous avons marché, le long des quais, le docteur Paul et moi, après l'autopsie. Mais ce n'est pas ce que je veux dire. Sans l'enquête, le rhume ne serait qu'un rhume qu'on traite par le mépris, vous comprenez ?

Le visage du juge Coméliau, dans son cabinet, devait être jaune, peut-être verdâtre, et la pauvre Mme Maigret ne savait plus à quel saint se vouer. Elle qui avait tant de respect pour les situations acquises, pour toutes les hiérarchies !

— Mettons qu'ici, chez moi, avec ma femme pour me soigner, je me sente beaucoup plus tranquille pour penser à l'enquête et pour la diriger. Personne ne me dérange, ou si peu...

— Maigret ! intervint sa compagne.

— Chut !

Le juge parlait.

— Vous trouvez normal qu'après trois jours cet homme ne soit pas encore identifié ? Son portrait a paru dans tous les journaux. D'après ce que vous m'avez dit vous-même, il y a une femme...

— Il me l'a dit en effet.

— Laissez-moi parler, je vous prie. Il a une femme, probablement des amis. Il a aussi des voisins, un propriétaire, que sais-je ? Des gens ont l'habitude de le voir passer dans la rue à certaines heures. Or personne ne s'est encore présenté pour le reconnaître ou pour signaler sa disparition. Il est vrai que tout le monde ne connaît pas le chemin du boulevard Richard-Lenoir.

Pauvre boulevard Richard-Lenoir ! Pourquoi diable avait-il si mauvaise réputation ? Évidemment, il débouchait à la Bastille. Évidemment aussi il était flanqué de petites rues populeuses. Et le quartier était plein d'ateliers, d'entrepôts. Cependant le boulevard était large, avec même de l'herbe au milieu. Il est vrai qu'elle poussait au-dessus du métro, dont les bouches s'ouvraient par-ci, par-là, tièdes et sentant l'eau de Javel, et que toutes les deux minutes, au passage des rames, les maisons étaient prises d'un curieux frémissement.

Question d'habitude. Des amis, des collègues, cent fois depuis trente ans, lui avaient trouvé un appartement dans ce qu'ils appelaient des quartiers plus gais. Il allait les visiter. Il grommelait :

— C'est bien, évidemment...

— Et quelle vue, Maigret !

— Oui...

— Les pièces sont grandes, claires...

— Oui... C'est parfait... Je serais ravi d'habiter ici... Seulement...

Il prenait son temps avant de soupirer en hochant la tête :

— ... Il faudrait déménager !

Tant pis pour ceux qui n'aimaient pas le boulevard Richard-Lenoir. Tant pis pour le juge Coméliau.

— Dites-moi, monsieur le juge, vous est-il arrivé de vous enfoncer un petit pois sec dans le nez ?

— Comment ?

— Je dis : un petit pois sec. Je me souviens que nous jouions à ça quand j'étais enfant. Essayez. Regardez-vous ensuite dans la glace. Vous serez surpris du résultat. Je parie qu'avec un pois dans une des narines vous passerez à côté des gens qui vous voient tous les jours sans qu'ils vous reconnaissent. Rien ne change davantage une physionomie. Et ce sont les personnes les plus habituées à nous qui sont les plus déroutées par le moindre changement.

» Or vous n'ignorez pas que le visage de notre homme a été déformé beaucoup plus sévèrement que par un petit pois dans le nez.

» Il y a autre chose. Les hommes ont peine à imaginer que leur voisin de palier, leur collègue de bureau, le garçon de café qui les sert chaque midi puisse tout à coup devenir différent de ce qu'il est, se transformer en assassin ou en victime, par exemple. On apprend les crimes par les journaux, et on se figure que cela se passe dans un autre monde, dans une autre sphère. Pas dans *sa* rue. Pas dans *sa* maison.

— En somme, vous trouvez normal que personne ne l'ait encore reconnu ?

— Je ne m'en étonne pas outre mesure. J'ai vu le cas d'une noyée pour qui cela a pris six mois. Et c'était au temps de l'ancienne morgue, quand la réfrigération n'existait pas et quand un filet d'eau fraîche coulait seulement d'un robinet sur chaque corps !

Mme Maigret soupira, renonçant à le faire taire.

— Bref, vous êtes satisfait. Un homme a été tué et, après trois jours, non seulement nous n'avons aucune trace de l'assassin, mais nous ne savons rien de la victime.

— Je sais des tas de petites choses, monsieur le juge.

— Si petites, sans doute, qu'elles ne méritent pas de m'être communiquées, encore que je sois saisi de l'instruction.

— Tenez, par exemple. L'homme était coquet. Peut-être pas avec goût, mais coquet, comme l'indiquent ses chaussettes et sa cravate. Or, avec un pantalon gris et une gabardine, il portait des chaussures en chevreau noir, des chaussures très fines.

— Fort intéressant, en effet !

— Fort intéressant, oui. Surtout qu'il portait aussi une chemise blanche. N'auriez-vous pas pensé qu'un homme aimant les chaussettes mauves et les cravates à ramages aurait préféré une chemise de couleur, tout au moins rayée ou à petits dessins ? Entrez dans un bistrot comme ceux où il nous a conduits et où il semblait à son aise. Vous y verrez peu de chemises entièrement blanches.

— Vous en concluez ?

— Attendez. Dans deux de ces bistrots au moins — Torrence y est retourné — il a commandé une « Suze-citron », comme s'il en avait l'habitude.

— Nous connaissons donc ses goûts en matière d'apéritifs !

— Vous avez déjà bu de la Suze, monsieur le juge ? C'est une boisson amère, assez peu chargée en alcool. Ce n'est pas un de ces apéritifs que l'on sert à tout bout de champ, et j'ai eu l'occasion de remarquer que ceux qui l'ont adoptée sont, le plus souvent, des gens qui ne vont pas au café boire pour se donner le petit coup de gaieté de l'apéritif, mais ceux qui y vont professionnellement, les voyageurs de commerce, par exemple, obligés d'accepter de nombreuses tournées.

— Vous en déduisez que le mort était voyageur de commerce ?

— Non.

— Alors ?

— Attendez. Cinq ou six personnes l'ont vu, dont nous possédons les témoignages. Aucune d'entre elles ne nous en donne une description détaillée. La plupart parlent d'un petit bonhomme gesticulant. J'allais oublier un détail que Moers a découvert ce matin. C'est un garçon consciencieux. Il n'est jamais satisfait de son travail et il y revient de lui-même sans qu'on le lui demande. Eh bien ! Moers vient de découvrir que le mort marchait en canard.

— Comment ?

— En canard ! Les pointes des pieds en dehors, si vous préférez.

Il fit signe à Mme Maigret de lui bourrer une pipe et surveilla l'opération du coin de l'œil, recommandant par gestes de ne pas trop tasser le tabac.

— Je parlais donc des descriptions que nous avons de lui. Elles sont vagues, et pourtant deux personnes sur cinq ont la même impression. « Je ne suis pas sûr... dit le patron des *Caves du Beaujolais*. C'est imprécis... Pourtant, il me rappelle quelque chose... Mais quoi ? » Or ce n'est pas un acteur de cinéma. Pas même un figurant. Un inspecteur a fait le tour des studios. Ce n'est pas non plus un homme politique, ni un magistrat...

— Maigret ! s'exclamait sa femme.

Il allumait sa pipe, sans cesser de parler, entrecoupant les mots par des bouffées.

— Demandez-vous, monsieur le juge, à quelle profession ces détails peuvent correspondre.

— Je n'apprécie pas les charades.

— Quand on est forcé de garder la chambre, vous savez, on a le temps de réfléchir. J'allais oublier le plus important. On a, bien entendu, cherché dans des milieux différents. Les courses cyclistes et les matches de football n'ont rien donné. J'ai fait aussi questionner tous les tenanciers du P.M.U.

— Pardon ?

— Pari-Mutuel-Urbain... Vous connaissez ces cafés où l'on peut jouer aux courses sans se déranger... je ne sais pas pourquoi, je voyais bien mon bonhomme hanter les agences du P.M.U... Cela n'a rien donné non plus...

Il avait une patience angélique. On aurait dit qu'il étirait à plaisir cet entretien téléphonique.

— Par contre, aux courses, Lucas a eu plus de chance... Cela a été long... On ne peut parler de reconnaissance formelle... Toujours à cause des déformations du visage... N'oubliez pas non plus qu'on n'est pas habitué à voir les gens morts, mais vivants, et que le fait d'être transformé en cadavre change beaucoup un homme... Pourtant, sur les hippodromes, quelques personnes se souviennent de lui... Ce n'était pas un client du pesage, mais de la pelouse... D'après un marchand de tuyaux, il était assez assidu...

— Cela ne vous a néanmoins pas suffi pour découvrir son identité ?

— Non. Mais ça et le reste, tout ce que je vous ai raconté, me permet de dire, presque à coup sûr, qu'il était dans la limonade.

— La limonade ?

— C'est le terme consacré, monsieur le juge. Il englobe les garçons de café, les plongeurs, les barmen et même les patrons. C'est un mot professionnel pour désigner tout ce qui s'occupe de la boisson, à l'exclusion de la restauration. Remarquez que tous les garçons de café se ressemblent. Je ne dis pas qu'ils se ressemblent réellement, mais ils ont un air de famille. Cent fois il vous arrivera d'avoir l'impression de reconnaître un garçon que vous n'avez jamais vu.

» La plupart ont les pieds sensibles, ce qui se conçoit. Regardez leurs pieds. Ils portent des chaussures fines et souples, presque des pantoufles. Vous ne verrez jamais un garçon de café ou un maître d'hôtel avec des souliers de sport à triple semelle. Ils ont aussi, professionnellement, l'habitude des chemises blanches.

» Je ne prétends pas que ce soit obligatoire, mais il y en a un pourcentage qui marche en canard.

» J'ajoute que, pour une raison qui m'échappe, les garçons de café ont un goût prononcé pour les courses de chevaux et que beaucoup d'entre eux, qui travaillent de bonne heure le matin, ou de nuit, fréquentent assidûment les hippodromes.

— Bref, vous concluez que notre homme était garçon de café.

— Non. Justement non.

— Je ne comprends plus.

— Il était dans la limonade, mais il n'était pas garçon de café. J'y ai pensé pendant des heures, en somnolant.

Chaque mot devait faire sursauter le juge, sculpté dans la glace.

— Tout ce que je viens de vous dire des garçons de café, en effet, s'applique aux patrons de bistrots. Ne me taxez pas de vanité, mais j'ai toujours eu l'impression que mon mort n'était pas un employé, mais plutôt quelqu'un d'établi à son compte. C'est pourquoi ce matin, à onze heures, j'ai téléphoné à Moers. La chemise se trouve toujours à l'Identité Judiciaire. Je ne me souvenais plus de l'état dans lequel elle était. Il l'a examinée à nouveau. Remarquez que le hasard nous a servi, car elle aurait pu être neuve. Il arrive à tout le monde de mettre une chemise neuve. Par chance, elle ne l'est pas. Elle est même passablement usée au col.

— Sans doute les patrons de bar usent-ils leur chemise au col ?

— Non, monsieur le juge, pas plus que les autres.

» Mais ils ne les usent pas aux poignets. Je parle des petits bars populaires et non des bars américains de l'Opéra ou des Champs-Élysées. Un patron de bar, qui doit sans cesse plonger les mains dans de l'eau et dans la glace, a toujours les manches retroussées. Or, Moers me l'a confirmé, la chemise, usée au col, usée au point de montrer la trame, ne porte aucune trace d'usure aux poignets.

Ce qui commençait à dérouter Mme Maigret, c'est qu'il parlait maintenant avec un air de profonde conviction.

— Ajoutez à cela la brandade...

— C'est aussi un goût spécial des patrons de petits bars ?

— Non, monsieur le juge. Seulement Paris est plein de petits bars où l'on sert à manger à quelques clients. Sans nappe, vous savez, à même la table. C'est souvent la patronne qui cuisine. On n'y trouve que le plat du jour. Dans ces bars-là, où il y a des heures creuses, le patron est libre une bonne partie de l'après-midi. C'est pourquoi, depuis ce matin, deux inspecteurs battent tous les quartiers de Paris, en commençant par celui de l'Hôtel de Ville et de la Bastille. Vous remarquerez que notre homme s'est toujours tenu dans ces parages. Les Parisiens sont farouchement attachés à leur quartier, à croire qu'il n'y a que là qu'ils se sentent en sûreté.

— Vous espérez une solution prochaine ?

— J'espère une solution tôt ou tard. Voyons ? Est-ce que je vous ai tout dit ? Il me reste à vous parler de la tache de vernis.

— Quelle tache de vernis ?

— Sur le fond du pantalon. C'est Moers, toujours, qui l'a découverte. Elle est pourtant à peine visible. Il affirme que c'est du vernis frais. Il a ajouté que ce vernis a été étendu sur un meuble voilà trois ou quatre jours. J'ai envoyé dans les gares, à commencer par la gare de Lyon...

— Pourquoi la gare de Lyon ?

— Parce que c'est comme le prolongement du quartier de la Bastille.

— Et pourquoi une gare ?

Maigret soupira. Bon Dieu ! que c'était long à expliquer ! Et comme un juge d'instruction peut manquer du sens le plus élémentaire des réalités ! Comment des gens qui n'ont jamais mis les pieds dans un bistrot, ni dans un P.M.U., ni sur la pelouse des champs de courses, comment des gens qui ne savent pas ce que signifie le mot limonade peuvent-ils se prétendre capables de déchiffrer l'âme des criminels ?

— Vous devez avoir mon rapport sous les yeux.

— Je l'ai relu plusieurs fois.

— Quand j'ai reçu le premier coup de téléphone, mercredi à onze heures du matin, il y avait déjà longtemps que l'homme avait quelqu'un sur les talons. Depuis la veille au moins. Il n'a pas pensé tout de suite à avertir la police. Il espérait s'en tirer par ses propres moyens. Pourtant il avait déjà peur. Il savait qu'on en voulait à sa vie. Il fallait donc qu'il évitât de se trouver dans des endroits déserts. La foule était sa sauvegarde. Il n'osait pas non plus rentrer chez lui, où on l'aurait suivi et abattu. Il existe, même à Paris, assez peu d'endroits ouverts toute la nuit. En dehors des cabarets de Montmartre, il y a les gares, qui sont éclairées et où les salles d'attente ne sont jamais vides. Eh bien ! les banquettes de la salle d'attente des troisièmes classes ont été revernies lundi, à la gare de Lyon. Moers déclare que le vernis est identique à celui du pantalon.

— On a questionné les employés ?

— Et on continue, oui, monsieur le juge.

— En somme, vous avez malgré tout obtenu quelques résultats.

— Malgré tout. Je sais aussi à quel moment notre homme a changé d'avis.

— Changé d'avis en quoi ?

Mme Maigret versait à son mari une tasse de tisane et lui faisait signe de la boire tant qu'elle était chaude.

— D'abord, comme je viens de vous le dire, il a espéré s'en tirer par ses propres moyens. Puis, mercredi matin, l'idée lui est venue de s'adresser à moi. Il a persisté dans cette voie jusqu'à quatre heures de l'après-midi environ. Que s'est-il passé alors ? Je l'ignore. Peut-être, après nous avoir lancé son dernier S.O.S., du bureau de poste du faubourg Saint-Denis, s'est-il figuré que cela ne servirait à rien ? Toujours est-il qu'une heure plus tard environ, vers cinq heures, il est entré dans une brasserie de la rue Saint-Antoine.

— Un témoin s'est donc présenté en fin de compte ?

— Non, monsieur le juge. C'est Janvier qui l'a déniché, à force de montrer la photographie dans tous les cafés et de questionner les garçons. Bref, il a commandé une Suze — et ce détail indique qu'il n'y a guère de chances d'erreur sur la personne — et il a réclamé une enveloppe. Pas du papier à lettres, mais seulement une enveloppe. Ensuite, tout en la fourrant dans sa poche, il s'est précipité vers la cabine téléphonique, après avoir pris un jeton à la caisse. Il a eu sa communication. La caissière a entendu le déclic.

— Et vous n'avez pas reçu ce coup de téléphone ?

— Non, avoua Maigret avec une sorte de rancune. Il ne nous était pas destiné. Il s'adressait ailleurs, comprenez-vous ! Quant à l'auto jaune...

— Vous en avez des nouvelles ?

— Vagues, mais qui concordent. Vous connaissez le quai Henri-IV ?

— Du côté de la Bastille ?

— Exactement. Vous voyez que tout se passe dans le même secteur, au point qu'on a l'impression de tourner en rond. Le quai Henri-IV est un des plus calmes, des moins fréquentés de Paris. On n'y trouve pas une boutique, pas un bar, rien que des maisons bourgeoises. C'est un jeune porteur de télégrammes qui a vu l'auto jaune, mercredi, à huit heures dix exactement. Il l'a remarquée parce qu'elle se trouvait en panne en face du numéro 63, où il avait justement un télégramme à remettre. Deux hommes étaient penchés sur le capot ouvert.

— Il a pu vous en donner le signalement ?

— Non. Il faisait noir.

— Il a relevé le numéro ?

— Non plus. C'est rare, monsieur le juge, que les gens pensent à relever le numéro des automobiles qu'ils rencontrent. Ce qui est important, c'est que la voiture était tournée vers le pont d'Austerlitz. C'est aussi qu'il était huit heures dix, étant donné que nous savons par l'autopsie que le crime a été commis entre huit et dix heures.

— Vous croyez que votre état de santé vous permettra bientôt de sortir ?

Le juge était un peu radouci, mais il ne voulait pas céder.

— Je ne sais pas.

— Dans quel sens, à présent, dirigez-vous l'enquête ?

— Dans aucun sens. J'attends. Il n'y a que cela à faire, n'est-il pas vrai ? Nous sommes au point mort. Nous avons fait, ou plutôt mes hommes ont fait tout ce qu'ils pouvaient. Il ne reste qu'à attendre.

— Attendre quoi ?

— N'importe quoi. Ce qui se présentera. Peut-être un témoignage ? Peut-être un fait nouveau ?

— Vous croyez que cela se produira ?

— Il faut l'espérer.

— Je vous remercie. Je vais rendre compte de notre conversation au procureur.

— Présentez-lui mes respects.

— Meilleure santé, monsieur le commissaire.

— Je vous remercie, monsieur le juge.

Quand il raccrocha, il était grave comme un dindon. Il observait du coin de l'œil Mme Maigret, qui avait repris son tricot et qu'il sentait en proie à une sourde inquiétude.

— Tu ne penses pas que tu es allé trop loin ?

— Trop loin en quoi ?

— Avoue que tu as plaisanté.

— Pas le moins du monde.

— Tu n'as pas cessé de te moquer de lui.

— Tu crois ?

Et il paraissait sincèrement étonné. C'est qu'au fond il avait parlé très sérieusement. Tout ce qu'il avait dit était exact, y compris le doute qu'il avait émis sur sa propre maladie. Cela lui arrivait de temps en temps, comme ça, quand une enquête n'avançait pas à son gré, de se mettre au lit ou de garder la chambre. On le dorlotait. On marchait à pas feutrés. Il échappait au va-et-vient et au vacarme de la P.J., aux questions des uns et des autres, aux cent tracasseries quotidiennes. Ses collaborateurs venaient le voir ou lui téléphonaient. Tout le monde se montrait patient avec lui. On s'informait de sa santé. Et, moyennant quelques tisanes qu'il buvait avec une moue, il obtenait quelques grogs de la sollicitude de Mme Maigret.

C'était vrai qu'il avait des traits communs avec son mort. Au fond — il y pensait soudain — ce n'étaient pas tant les déménagements qui l'effrayaient, mais le fait de changer d'horizon. L'idée de ne plus voir les mots *Lhoste et Pépin* dès son réveil, de ne plus faire le même chemin, chaque matin, le plus souvent à pied...

Ils étaient tous les deux de leur quartier, le mort et lui. Et cette constatation lui faisait plaisir. Il vidait sa pipe, en bourrait une autre.

— Tu crois vraiment que c'est un tenancier de bar ?

— J'ai peut-être exagéré un tout petit peu en me montrant affirmatif, mais, puisque je l'ai dit, je souhaite qu'il en soit ainsi. Cela se tient, tu sais ?

— Qu'est-ce qui se tient ?

— Tout ce que j'ai raconté. Au début, je ne croyais pas que j'en dirais autant. Il m'arrivait d'improviser. Puis j'ai senti que tout cela collait. J'ai continué.

— Et si c'était un cordonnier, ou un tailleur ?

— Le docteur Paul me l'aurait dit. Moers aussi.

— Comment auraient-ils pu le savoir ?

— Le docteur l'aurait découvert en étudiant les mains, les callosités, les déformations ; Moers, d'après les poussières trouvées dans les vêtements.

— Et si c'était n'importe quoi d'autre qu'un tenancier de bar ?

— Tant pis, alors ! Passe-moi mon livre.

C'était encore une habitude, quand il était malade, de se plonger dans un roman d'Alexandre Dumas père : il possédait ses œuvres complètes dans une vieille édition populaire aux pages jaunies, aux gravures romantiques, et rien que l'odeur qui émanait de ces livres-là lui rappelait toutes les petites maladies de sa vie.

On entendait le poêle qui ronronnait, les aiguilles à tricoter qui cliquetaient. En levant les yeux, il voyait le va-et-vient du balancier de cuivre de la pendule dans son armoire de chêne sombre.

— Tu devrais reprendre de l'aspirine.

— Si tu veux.

— Pourquoi penses-tu qu'il se soit adressé à quelqu'un d'autre ?

Brave Mme Maigret ! Elle aurait bien voulu l'aider. D'habitude, elle ne se permettait guère de questions sur ses activités professionnelles — à peine sur l'heure probable de ses rentrées et de ses repas — mais, quand il était malade et qu'elle le voyait travailler, elle ne pouvait s'empêcher d'être un peu inquiète. Au fond, tout au fond d'elle-même, elle devait penser qu'il n'était pas sérieux.

A la P.J., sans doute se montrait-il différent, sans doute agissait-il et parlait-il comme un vrai commissaire ?

Cet entretien avec le juge Coméliau — surtout avec lui ! — la tarabustait, et on voyait qu'elle ne cessait pas d'y penser, tout en comptant ses points du bout des lèvres.

— Dis donc, Maigret...

Il leva un front buté, car il était plongé dans sa lecture.

— Il y a quelque chose que je ne comprends pas. Tu as dit, à propos de la gare de Lyon, qu'il n'avait pas osé rentrer chez lui, parce que l'homme l'y aurait suivi.

— Oui, j'ai probablement dit ça.

— Hier, tu m'as dit qu'il avait sans doute changé de veston.

— Oui. Eh bien ?

— Et tu viens de parler au juge de la brandade, comme s'il l'avait mangée dans son propre restaurant. Donc il y est retourné. Donc il n'avait plus peur qu'on le suive dans sa maison.

Est-ce que Maigret y avait vraiment pensé auparavant ? Est-ce qu'au contraire il improvisait sa réponse ?

— Cela se tient très bien.

— Ah !

— La gare, c'est mardi soir. Il n'avait pas encore fait appel à moi. Il espérait échapper à son suiveur.

— Et le lendemain ? Tu crois qu'il n'était plus suivi ?

— Peut-être que oui. C'est même probable. Seulement, j'ai dit aussi qu'il avait changé d'avis, vers cinq heures. N'oublie pas qu'il a donné un coup de téléphone et qu'il a réclamé une enveloppe.

— Évidemment...

Sans être convaincue, elle crut bon de soupirer.

— Tu as sans doute raison.

Le silence. De temps en temps, une page tournait, et, dans le giron de Mme Maigret, la chaussette s'allongeait un tant soit peu.

Elle ouvrit la bouche, la referma. Sans lever la tête, il fit :

— Dis !

— Ce n'est rien... Cela ne signifie certainement rien... Je pensais seulement qu'il s'est trompé, puisqu'il a quand même été tué...

— Trompé en quoi ?

— En rentrant chez lui. Excuse-moi. Lis...

Mais il ne lisait pas, pas attentivement en tout cas, car ce fut lui qui leva la tête le premier.

— Tu oublies la panne ! dit-il.

Et il lui semblait qu'une nouvelle issue était offerte à sa pensée, qu'une déchirure se produisait, au-delà de laquelle il allait entrevoir la vérité.

— Ce qu'il faudrait savoir, c'est combien de temps exactement l'auto jaune est restée en panne.

Il ne parlait plus pour elle, mais pour lui ; elle le savait et se gardait bien de l'interrompre à nouveau.

— Une panne est un événement imprévisible. C'est un accident, quelque chose qui, par définition, dérange les plans préconçus. Donc les événements ont été différents de ce qu'ils auraient dû être.

Il regarda sa femme d'une drôle de façon. C'était elle, en définitive, qui venait de le mettre sur la voie.

— *Suppose qu'il soit mort à cause de la panne ?*

Du coup, il referma son livre, qu'il laissa sur ses genoux, tendit la main vers le téléphone, composa le numéro de la P.J.

— Passe-moi Lucas, vieux. S'il n'est pas dans son bureau, tu le trouveras dans le mien... C'est toi, Lucas ?... Comment ?... Du nouveau ?... Un instant...

Il voulait parler le premier, par crainte qu'on lui apprît justement ce qu'il venait de découvrir tout seul.

— Tu vas envoyer un homme, quai Henri-IV, Ériau ou Dubonnet, si tu les as sous la main. Qu'ils questionnent toutes les concierges, tous les locataires, pas seulement au 63 et dans les maisons voisines, mais dans tous les immeubles. Le quai n'est pas si long. Des gens ont certainement remarqué l'auto jaune. Je voudrais savoir aussi exactement que possible à quelle heure elle est tombée en panne et à quelle heure elle est repartie. Attends ! Ce n'est pas tout. Les gens ont peut-être eu besoin d'une pièce de rechange. Il doit exister des garages dans les environs. Qu'on les visite aussi. C'est tout pour le moment... A toi, maintenant !

— Un instant, patron. Je passe dans un autre bureau.

Cela signifiait que Lucas n'était pas seul et qu'il ne voulait pas parler devant la personne avec qui il se trouvait.

— Allô !... Bon ! Je préfère qu'elle ne m'entende pas. C'est toujours au sujet de l'auto. Une vieille femme s'est présentée il y a une demi-heure, et je l'ai reçue dans votre bureau. Malheureusement, elle me paraît un peu folle...

C'était inévitable. Une enquête, pour peu qu'on lui donne une certaine publicité, finit par attirer à la P.J. tous les fous et toutes les folles de Paris.

— Elle habite quai de Charenton, un peu plus loin que les entrepôts de Bercy.

Cela rappela à Maigret une enquête qu'il avait faite quelques années plus tôt dans une étrange petite maison située dans ces parages. Il revoyait le quai de Bercy, avec les grilles de l'entrepôt à gauche, les grands arbres, le parapet en pierre de la Seine à droite. Puis, après un pont dont il avait oublié le nom, le quai s'élargissait, bordé d'un côté de pavillons à un ou deux étages qui faisaient penser à la banlieue bien plus qu'à la ville. Il y avait toujours un grand nombre de péniches à cet endroit-là, et le commissaire revoyait le port couvert de tonneaux à perte de vue.

— Qu'est-ce qu'elle fait, ta vieille femme ?

— Voilà le hic. Elle est cartomancienne et voyante extra-lucide.

— Hum !

— Oui, c'est ce que j'ai pensé aussi. Elle parle avec une volubilité effrayante, en vous regardant dans les yeux d'une façon gênante. D'abord, elle m'a juré qu'elle ne lisait pas les journaux et elle a essayé de me faire croire que c'était inutile, puisqu'elle n'avait qu'à se mettre en transes pour être au courant des événements.

— Tu l'as un peu poussée.

— Oui. Elle a fini par admettre qu'elle avait peut-être jeté les yeux sur un journal qu'une cliente avait laissé chez elle.

— Alors ?

— Elle a lu la description de l'auto jaune. Elle affirme qu'elle l'a vue mercredi soir, à moins de cent mètres de chez elle.

— A quelle heure ?

— Vers neuf heures du soir.

— Elle a vu les occupants aussi ?

— Elle a vu deux hommes entrer dans une maison.

— Et elle peut te désigner la maison ?

— C'est un petit café qui fait le coin du quai et d'une rue. Cela s'appelle *Au Petit Albert*.

Maigret serrait fortement le tuyau de sa pipe entre ses dents et évitait de regarder Mme Maigret par crainte de lui laisser voir la petite flamme qui dansait dans ses yeux.

— C'est tout ?

— A peu près tout ce qu'elle m'a dit d'intéressant. Elle n'en a pas moins parlé pendant une demi-heure à une rapidité effrayante. Il serait peut-être préférable que vous la voyiez ?

— Parbleu !

— Vous voulez que je vous l'amène ?

— Un instant. Sait-on combien de temps l'auto est restée devant le *Petit Albert* ?

— Environ une demi-heure.

— Elle est repartie en direction de la ville ?

— Non. Elle a suivi le quai vers Charenton.

— Aucun colis n'a été transporté de la maison dans la voiture ? Tu comprends ce que je veux dire ?

— Non. La vieille est sûre, prétend-elle, que les hommes ne portaient rien. C'est justement ce qui me tracasse. Il y a aussi l'heure. Je me demande d'ailleurs ce que les types auraient fait avec le macchabée de neuf heures du soir à une heure du matin. Ils n'ont pas dû aller se promener à la campagne. Je vous amène l'oiseau ?

— Oui. Tu vas prendre un taxi que tu garderas. Emmène un inspecteur avec toi. Il attendra en bas avec ta vieille femme.

— Vous voulez sortir ?

— Oui.

— Votre bronchite ?

Lucas, lui, était gentil ; il disait bronchite au lieu de rhume, ce qui faisait plus sérieux.

— Ne t'en inquiète pas.

Mme Maigret commençait à s'agiter sur sa chaise et ouvrait la bouche.

— Recommande à l'inspecteur de ne pas la laisser filer pendant que tu monteras. Certaines gens éprouvent soudain le besoin de changer d'avis.

— Je ne crois pas que ce soit son cas. Elle tient à avoir sa photo dans les journaux, avec ses titres et qualités. Elle m'a demandé où étaient les photographes.

— Qu'on la photographie avant son départ. Cela lui fera toujours plaisir.

Il raccrocha, regarda Mme Maigret avec une douce ironie, puis regarda son Alexandre Dumas qu'il n'avait pas fini, qu'il ne finirait sans doute pas cette fois-ci, qui attendrait une nouvelle maladie. Il eut un coup d'œil aussi, mais de mépris, à la tasse de tisane.

— Au boulot ! lança-t-il en se levant et en se dirigeant vers le placard où il prit le flacon de calvados et un petit verre à bord doré.

— C'était bien la peine de te bourrer d'aspirine pour que tu transpires !

4

Il y a, dans la tradition de la P.J., un certain nombre de « planques »
célèbres, qu'on raconte invariablement aux nouveaux venus. Une de
Maigret entre autres, vieille de quinze ans. C'était une fin d'automne,
au plus mauvais de l'année, surtout en Normandie, où le ciel bas et
plombé rendait les jours encore plus courts. Trois jours et deux nuits
durant, le commissaire était resté collé à une porte de jardin, sur une
route déserte, dans les environs de Fécamp, à attendre qu'un homme
sortît de la villa d'en face. Il n'y avait aucune autre maison en vue.
Rien que des champs. Les vaches elles-mêmes étaient rentrées. Il aurait
fallu faire deux kilomètres pour trouver un téléphone et demander
qu'on vienne le relayer. Personne ne le savait là. Lui-même n'avait
pas prévu qu'il y viendrait.

Pendant trois jours et deux nuits, il avait plu à torrents, une pluie
glacée qui finissait par noyer le tabac dans sa pipe. Peut-être, en tout,
était-il passé trois paysans en sabots qui l'avaient regardé avec méfiance
et qui avaient hâté le pas. Maigret n'avait rien à manger, rien à boire,
et le pire c'est que, dès la fin du second jour, il n'avait plus d'allumettes
pour sa pipe.

Lucas en avait une autre à son actif, celle qu'on appelait l'histoire
de l'invalide à tête de bois. Pour surveiller un petit hôtel — c'était
justement au coin de la rue de Birague, près de la place des Vosges —
on l'avait installé dans une chambre d'en face, transformé en vieillard
paralytique qu'une infirmière poussait chaque matin devant la fenêtre,
où il restait toute la journée. Son visage était garni d'une belle barbe
en éventail et on lui donnait à manger à la cuiller. Cela avait duré dix
jours, après lesquels il pouvait à peine se servir de ses jambes.

Maigret se remémora ces histoires et quelques autres, cette nuit-là,
et il pressentait que la planque qui commençait serait aussi fameuse.
Aussi savoureuse, en tout cas, surtout pour lui.

C'était presque un jeu, auquel il jouait le plus sérieusement du
monde. Vers sept heures, par exemple, au moment où Lucas allait
partir, il lui avait dit, tout naturellement :

— Tu prendras bien un petit verre ?

Les volets du café étaient fermés, comme il les avait trouvés. Les
lampes étaient allumées. C'était autour d'eux l'atmosphère de n'importe
quel petit bar après la fermeture, avec les tables à leur place, la sciure
de bois étalée sur le plancher.

Maigret était allé prendre des verres sur l'étagère.

— Picon-grenadine ? Export-cassis ?

— Export.

Et, comme s'il avait voulu s'identifier davantage au patron, il s'était servi une Suze.

— Qui est-ce que tu vois, toi, qui pourrait faire l'affaire ?

— Il y a Chevrier. Ses parents tenaient un hôtel à Moret-sur-Loing, et il les a aidés jusqu'à son service militaire.

— Touche-le dès ce soir, afin qu'il se prépare. A ta santé ! Il faut qu'il déniche une femme sachant faire la cuisine.

— Il se débrouillera.

— Encore un petit vermouth ?

— Merci. Je file.

— Envoie-moi Moers tout de suite. Qu'il apporte son outillage.

Et Maigret le reconduisait jusqu'à la porte, contemplait un moment le quai désert, les barriques alignées, les péniches amarrées pour la nuit.

C'était un petit café comme on en voit beaucoup, non dans Paris même, mais dans les banlieues, un vrai petit café pour cartes postales ou pour images d'Épinal. La maison, qui faisait le coin, n'avait qu'un étage, un toit de tuiles rouges, des murs peints en jaune sur lesquels on lisait en grosses lettres brunes : *Au Petit Albert.* Puis, de chaque côté, avec de naïves arabesques : *Vins - Casse-croûte à toute heure.*

Dans la cour, derrière, sous un auvent, le commissaire avait trouvé des tonneaux verts qui contenaient des arbustes et qu'on devait, l'été, installer sur le trottoir, avec deux ou trois tables formant terrasse.

Maintenant, il était chez lui dans la maison vide. Comme il n'y avait pas eu de feu depuis quelques jours, l'air était froid, humide, et plusieurs fois Maigret loucha vers le gros poêle dressé au milieu du café, avec son tuyau qui parcourait l'espace, noir et luisant, avant de se perdre dans un mur.

Pourquoi pas, après tout, puisqu'il y avait un seau presque plein de charbon ? Sous le même auvent de la cour, il dénicha du petit bois à côté d'une hache et d'un billot. Il y avait de vieux journaux dans un coin de la cuisine.

Quelques minutes plus tard, le feu ronflait, et le commissaire se carrait devant le poêle, les mains derrière le dos, dans une pose qui lui était familière.

Au fond, la vieille femme de Lucas n'était pas si folle que ça. Ils étaient allés chez elle. Dans le taxi, elle avait parlé tout le temps avec volubilité, mais parfois elle épiait ses compagnons d'un regard en dessous afin de connaître l'impression qu'elle leur produisait.

Sa maison était à moins de cent mètres, une petite maison à un étage aussi, ce qu'on appelle un pavillon, avec un jardinet. Maigret s'était demandé comment se trouvant fatalement du même côté du quai, elle avait pu voir ce qui se passait sur le trottoir à une certaine distance de chez elle, surtout alors que la nuit était tombée.

— Vous n'êtes pas restée tout ce temps-là sur le trottoir ?

— Non.

— Ni sur votre seuil ?

— J'étais dans ma maison.

Elle avait raison. La pièce de devant, qui était étonnamment propre et nette, avait non seulement des fenêtres sur la rue, mais aussi une fenêtre latérale par laquelle on voyait une grande partie du quai, dans la direction du *Petit Albert*. Comme il n'y avait pas de volets, il était naturel que les phares d'une auto en stationnement eussent attiré l'attention de la vieille.

— Vous étiez seule chez vous ?

— Mme Chauffier était avec moi.

Une sage-femme qui habitait une rue plus loin. On avait vérifié. C'était vrai. La maison, contrairement à ce qu'on aurait pu attendre en voyant la vieille, ressemblait à tous les intérieurs de femmes seules. Il ne s'y trouvait pas de ce bric-à-brac dont s'entourent volontiers les diseuses de bonne aventure. Au contraire, les meubles clairs venaient tout droit du boulevard Barbès, et il y avait par terre un linoléum jaune.

— Cela devait arriver, disait-elle. Vous avez lu ce qu'il a inscrit sur la façade de son café ? Ou bien c'était un initié, ou bien il a commis un sacrilège.

Elle avait mis de l'eau à chauffer pour le café. Elle voulait à toutes forces en faire boire une tasse à Maigret. Elle lui expliquait que le *Petit Albert* était un livre de magie qui datait du quatorzième ou du quinzième siècle.

— Et si son prénom est Albert ? Et s'il est effectivement petit ? ripostait le commissaire.

— Il est petit, je le sais. Je l'ai vu souvent. Ce n'est pas une raison suffisante. Il y a des choses avec lesquelles il est imprudent de jouer.

De la femme d'Albert, elle disait :

— Une grande brune pas très propre, dont je ne voudrais pas manger la cuisine et qui sentait toujours l'ail.

— Depuis quand les volets sont-ils fermés ?

— Je ne sais pas. Le lendemain du jour où j'ai aperçu l'auto, je suis restée au lit, car j'avais la grippe. Quand je me suis levée, le café était fermé, et j'ai pensé que c'était un bon débarras.

— On y faisait du bruit ?

— Non. Il n'y venait presque personne. Tenez, les ouvriers de la grue que vous voyez sur le quai y prenaient leur déjeuner. Il y avait aussi le caviste de chez Cess, les négociants en vins. Des mariniers y allaient boire le coup sur le zinc.

Elle avait insisté pour savoir dans quels journaux paraîtrait sa photographie.

— Surtout, j'interdis qu'on écrive que je suis cartomancienne. C'est un peu comme si on disait que vous êtes sergent de ville.

— Il n'y aurait pas d'offense.

— Moi, cela me ferait du tort.

Allons ! Il en avait fini avec la vieille. Il avait bu son café. Ils s'étaient approchés de la maison du coin, Lucas et lui. C'est Lucas qui avait tourné machinalement le bec-de-cane de la porte, et celle-ci s'était ouverte.

C'était curieux, ce petit bistrot dont la porte était restée ouverte pendant au moins quatre jours et qu'on retrouvait intact, avec ses bouteilles sur l'étagère et de l'argent dans le tiroir-caisse.

Les murs étaient peints à l'huile, en brun jusqu'à un mètre du sol environ, en vert pâle au-dessus ; on y voyait les calendriers-réclames qu'on retrouve dans tous les cafés de campagne.

Au fond, « le petit Albert » n'était pas si Parisien que cela, ou plutôt, comme la plupart des Parisiens, il avait gardé des goûts paysans. Ce café, on le devinait arrangé à sa façon, avec une sorte d'amour, et on aurait pu en trouver un pareil dans n'importe quel village de France.

Il en était de même de la chambre, là-haut. Car Maigret, les mains dans les poches, avait parcouru toute la maison. Lucas l'avait suivi, amusé, parce que le commissaire, son pardessus et son chapeau retirés, paraissait vraiment prendre possession d'un nouveau domicile. En moins d'une demi-heure, il y était comme chez lui et allait de temps en temps se camper derrière le comptoir.

— Ce qu'il y a de certain, c'est que Nine n'est pas ici.

Ils l'avaient cherchée de la cave au grenier, fouillant aussi la cour, le jardinet encombré de vieilles caisses et de bouteilles vides.

— Qu'est-ce que tu en penses, toi ?

— Je ne sais pas, patron.

Le café ne comportait que huit tables, quatre le long d'un mur, deux en face et les deux dernières enfin au milieu de la pièce, près du poêle. C'était une de ces dernières que les deux hommes regardaient de temps en temps, parce que la sciure de bois, au pied d'une des chaises, avait été soigneusement balayée. Pourquoi, sinon pour faire disparaître des taches de sang ?

Mais qui avait retiré le couvert de la victime, qui l'avait lavé et avait lavé les verres ?

— Peut-être qu'ils sont revenus après ? proposa Lucas.

Il y avait en tout cas un détail curieux. Alors que tout était en ordre dans la maison, une bouteille, une seule, restait débouchée sur le comptoir, et Maigret s'était bien gardé d'y toucher. C'était une bouteille de cognac, et il fallait supposer que celui ou ceux qui s'en étaient servis s'étaient passés de verre et avaient bu au goulot.

Les visiteurs inconnus étaient montés là-haut. Ils avaient fouillé tous les tiroirs, où le linge et les objets étaient restés pêle-mêle, mais les avaient refermés.

Le plus étrange, c'était que deux cadres, au mur de la chambre, qui avaient dû contenir des photographies, étaient vides.

Ce n'était pas le portrait du petit Albert qu'on avait voulu supprimer, car on en voyait un sur la commode : visage rond et joyeux, toupet sur le front, l'air d'un comique, selon l'expression du patron des *Caves du Beaujolais*.

Un taxi s'arrêtait. On entendait des pas sur le trottoir. Maigret allait retirer le verrou.

— Entre, disait-il à Moers qui portait une valise assez lourde. Tu as dîné ? Non ? Un petit apéritif ?

Et ce fut une des soirées, une des nuits les plus curieuses de sa vie. De temps en temps, il venait regarder Moers, qui avait entrepris un travail de longue haleine, relevant partout, dans le café d'abord, puis dans la cuisine, dans la chambre, dans toutes les pièces de la maison, les moindres empreintes digitales.

— Celui qui a pris cette bouteille le premier portait des gants de caoutchouc, put-il affirmer.

Il avait aussi prélevé des échantillons de sciure de bois, près de la fameuse table. Et Maigret, dans la poubelle, avait retrouvé des restes de morue.

Quelques heures plus tôt, le mort n'avait pas encore de nom et ne représentait aux yeux de Maigret qu'une image assez floue. Maintenant, non seulement on possédait sa photographie, mais le commissaire vivait dans sa maison, parmi ses meubles, tripotait des vêtements qui lui avaient appartenu, maniait ses objets personnels. Non sans une certaine satisfaction, il avait désigné à Lucas, dès leur arrivée, un vêtement qui pendait à un des portemanteaux de la chambre : c'était un veston du même tissu que le pantalon du mort.

Autrement dit, il avait raison. Albert était rentré chez lui et s'était changé, par habitude.

— Tu crois, mon petit Moers, qu'il y a longtemps que quelqu'un est venu ici ?

— Je jugerais qu'on est venu aujourd'hui, répondait le jeune homme, après avoir examiné des traces d'alcool sur le comptoir, près de la bouteille débouchée.

C'était possible. La maison était ouverte à tout le monde. Seulement les passants ne le savaient pas. Quand on aperçoit des volets clos, on a rarement l'idée de tourner le bec-de-cane pour savoir si la porte est fermée ou non.

— Ils cherchent quelque chose, hein ?

— C'est mon avis aussi.

Quelque chose de pas volumineux, vraisemblablement un papier, car on avait ouvert jusqu'à une boîte de carton minuscule qui avait contenu des boucles d'oreilles.

Drôle de dîner que celui qu'ils avaient fait en tête à tête, Moers et Maigret, dans la salle du café. Maigret s'était chargé du service. Il avait trouvé dans l'office un saucisson, des boîtes de sardines, du fromage de Hollande. Il était descendu à la cave tirer du vin au tonneau, un vin épais, bleuâtre. Il y avait des bouteilles bouchées, mais il n'y avait pas touché.

— Vous restez, patron ?

— Ma foi, oui. Il ne viendra probablement personne cette nuit, mais je n'ai pas envie de rentrer chez moi.

— Vous voulez que je reste avec vous ?

— Merci, mon petit Moers. Je préfère que tu ailles tout de suite faire tes analyses.

Moers ne négligeait rien, même pas des cheveux de femme enroulés à un démêloir, sur la toilette du premier étage. On entendait peu de bruit dehors. Les passants étaient rares. De temps en temps, surtout après minuit, le vacarme d'un camion venant de la banlieue et se dirigeant vers les Halles.

Maigret avait téléphoné à sa femme.

— Tu es sûr que tu ne vas pas encore prendre froid ?

— N'aie pas peur. J'ai fait du feu. Tout à l'heure, je me préparerai un grog.

— Tu ne dormiras pas de la nuit ?

— Mais si. J'ai le choix entre un lit et une chaise longue.

— Les draps sont propres ?

— Il y en a de propres dans le placard du palier.

Il faillit en effet refaire le lit, avec des draps frais, et s'y coucher. A la réflexion, il préféra la chaise longue.

Moers partit vers une heure du matin. Maigret rechargea le poêle jusqu'à la gueule, se fit un grog bien tassé, s'assura que tout était en ordre et, après avoir mis le verrou, monta l'escalier tournant à pas lourds, comme un homme qui va se coucher.

Il y avait une robe de chambre dans la garde-robe, une robe de chambre en molleton bleu, avec des revers en soie artificielle, mais elle était beaucoup trop petite et trop étroite pour lui. Les pantoufles, au pied du lit, n'étaient pas non plus à sa pointure.

Il resta en chaussettes, s'enveloppa d'une couverture et s'installa sur la chaise longue, un oreiller sous la tête. Les fenêtres, au premier, n'avaient pas de persiennes. La lueur d'un bec de gaz traversait les rideaux aux dessins compliqués et formait des arabesques sur les murs.

Il les regardait, les yeux mi-clos, en fumant sa dernière pipe à petites bouffées. Il s'habituait. Il essayait la maison, comme on essaye un vêtement neuf, et l'odeur lui en devenait déjà familière, une odeur qui lui rappelait la campagne, à la fois aigre et douce.

Pourquoi avait-on retiré les photographies de Nine ? Pourquoi celle-ci avait-elle disparu, laissant la maison en plan, n'emportant même pas l'argent du tiroir-caisse ? Il est vrai qu'il s'y trouvait à peine une centaine de francs. Sans doute Albert mettait-il son argent ailleurs et avait-on fait main basse dessus, comme on avait fait main basse sur tous ses papiers personnels.

Ce qui était curieux, c'est que cette fouille minutieuse de la maison s'était opérée presque sans désordre, sans brutalité. On avait remué les vêtements, mais sans les retirer de leurs cintres. On avait arraché les photos des cadres, mais on avait rependu ceux-ci à leur clou.

Maigret s'endormit et, quand il entendit des coups frappés contre les volets d'en bas, il aurait juré qu'il ne s'était assoupi que quelques minutes.

Pourtant, il était sept heures du matin. Il faisait jour. Il y avait du soleil sur la Seine, où les péniches se mettaient en mouvement et où sifflaient les remorqueurs.

Le temps de passer ses souliers sans les lacer et il descendit, les cheveux en désordre, le col de la chemise ouvert, le veston fripé.

C'était Chevrier et une assez jolie femme vêtue d'un tailleur bleu marine, un petit chapeau rouge sur ses cheveux ébouriffés.

— Nous voici, patron.

Chevrier n'était que depuis trois ou quatre ans à la P.J. Il ne faisait pas penser à une chèvre, mais à un mouton, tant toutes les lignes de son visage et de son corps étaient molles et douillettes. La femme le tirait par la manche. Il comprenait, balbutiait :

— Pardon ! Monsieur le commissaire, je vous présente ma femme.

— N'ayez pas peur, dit-elle bravement. Je m'y connais. Ma mère tenait l'auberge de notre village, et il nous est arrivé, avec juste deux servantes pour nous aider, de servir des noces de cinquante couverts et plus.

Elle marcha tout de suite vers le percolateur, demanda à son mari :

— Passe-moi tes allumettes.

Le gaz fit « plouf », et, quelques minutes plus tard, l'odeur du café envahissait la maison.

Chevrier avait eu soin de revêtir un pantalon noir, une chemise blanche. Il se mettait en tenue, lui aussi, s'installait derrière le comptoir, changeait certaines choses de place.

— On ouvre ?

— Mais oui. Il doit être l'heure.

— Qui est-ce qui fera le marché ? questionna sa femme.

— Tout à l'heure, vous prendrez un taxi et vous irez aux provisions le plus près possible.

— Du fricandeau à l'oseille, cela vous va ?

Elle avait apporté un tablier blanc. Elle était très gaie, très animée. Cela commençait comme une partie de plaisir, comme un jeu.

— On peut retirer les volets, annonça le commissaire. Si les clients vous posent des questions, répondez que vous êtes des remplaçants.

Il monta dans la chambre, trouva un rasoir, du savon à barbe, un blaireau. Pourquoi pas, après tout ? Le petit Albert paraissait propre et bien portant.

Il fit tranquillement sa toilette, et, quand il descendit, la femme de Chevrier était déjà partie faire son marché. Deux hommes étaient accoudés au comptoir, deux mariniers, qui buvaient des cafés arrosés. Ceux-là ne s'inquiétaient pas de savoir qui tenait le bistrot. Sans doute étaient-ils de passage ? Ils parlaient d'une écluse dont la porte avait failli être défoncée la veille par un remorqueur.

— Qu'est-ce que je vous sers, patron ?

Maigret préférait se servir lui-même. En somme, c'était la première fois de sa vie qu'il se versait la bouteille de rhum derrière le comptoir d'un bar. Il se mit soudain à rire.

— Je pense au juge Coméliau, expliqua-t-il.

Il essayait d'imaginer le juge entrant au *Petit Albert* et trouvant le commissaire de l'autre côté du comptoir avec un de ses inspecteurs.

Pourtant, si on voulait apprendre quelque chose, il n'y avait rien d'autre à faire. Est-ce que ceux qui avaient tué le patron ne seraient pas intrigués en voyant le bar ouvert comme d'habitude ?

Et Nine, si Nine existait encore ?

Vers neuf heures, la vieille voyante passa et repassa devant le café, collant même son visage à la vitre, et s'éloigna enfin en parlant toute seule, un filet à provisions à la main.

Mme Maigret venait de téléphoner pour prendre des nouvelles de son mari :

— Je ne peux pas t'apporter quelque chose ? Ta brosse à dents, par exemple ?

— Merci. J'en ai fait acheter une.

— Le juge a téléphoné.

— Tu ne lui as pas donné mon numéro, j'espère ?

— Non. Je lui ai dit seulement que tu étais sorti depuis hier après-midi.

La femme de Chevrier descendit d'un taxi, dont elle retira de pleins cageots de légumes et de paquets. Comme Maigret l'appelait madame, elle riposta :

— Appelez-moi Irma. Vous verrez que les clients vont tout de suite m'appeler comme ça. Pas vrai, Émile, que le commissaire peut ?

Il ne venait guère de monde. Trois maçons, qui travaillaient sur un échafaudage, dans la rue voisine, vinrent faire la pause. Ils avaient du pain et du saucisson avec eux et commandèrent deux litres de rouge.

— C'est pas malheureux que ce soit rouvert ! On devait aller à dix minutes d'ici pour trouver à boire !

Ils ne s'inquiétaient pas de voir de nouveaux visages.

— L'ancien patron s'est retiré ?

L'un d'eux affirma :

— C'était un bon zigue !

— Vous le connaissiez depuis longtemps ?

— Juste depuis quinze jours qu'on a un chantier dans le quartier. Nous, vous savez, on a l'habitude de changer de crémerie.

Maigret, pourtant, qu'ils voyaient rôder un peu partout, les intriguait légèrement.

— Qui c'est celui-là ? Il a l'air d'être de la maison.

Et Chevrier de répondre avec candeur :

— Chut ! Mon beau-père...

Des choses mijotaient sur le fourneau de la cuisine. La maison prenait vie. Un soleil aigrelet entrait par les larges baies du café. Chevrier, manches troussées et maintenues par des élastiques, avait balayé la sciure.

Téléphone.

— C'est pour vous, patron. Moers...

Le pauvre Moers n'avait pas dormi de la nuit. Côté empreintes, il n'avait pas eu beaucoup de succès. Des empreintes, il y en avait de toutes les sortes, sur les bouteilles comme sur les meubles. Pour la plupart, elles étaient déjà vieilles et se superposaient sans ordre. Les plus nettes, qu'il avait transmises au service anthropométrique, ne correspondaient à aucune fiche.

— On a travaillé un peu partout dans la maison avec des gants de caoutchouc. Il n'y a qu'une chose qui ait donné un résultat : c'est la sciure. A l'analyse, j'ai retrouvé des traces de sang.

— De sang humain ?

— Je le saurai dans une heure. Mais j'en suis presque sûr.

Lucas, qui, ce matin-là, avait eu sa part de travail, arriva vers onze heures, guilleret, et Maigret remarqua qu'il avait choisi une cravate claire.

— Un export-cassis, un ! lança-t-il avec un clin d'œil à son collègue Chevrier.

Irma avait accroché à la porte une ardoise sur laquelle elle avait écrit à la craie, sous les mots « plats du jour » : *Fricandeau à l'oseille*. On l'entendait aller et venir, affairée, et sans doute n'aurait-elle donné sa place, ce jour-là, pour rien au monde.

— Montons, dit Maigret à Lucas.

Ils s'assirent dans la chambre, près de la fenêtre qu'on avait pu ouvrir tant il faisait doux. La grue fonctionnait au bord de l'eau, extrayant des barriques du ventre d'une péniche. On entendait des coups de sifflet, le grincement des chaînes et toujours, sur l'eau miroitante, un va-et-vient de remorqueurs haletants et affairés.

— Il s'appelle Albert Rochain. Je suis allé aux *Indirectes*. Il a pris la licence il y a quatre ans.

— Tu as pu trouver le nom de sa femme ?

— Non. La licence est à son nom à lui. Je me suis rendu à la mairie, où on n'a pu me donner aucun renseignement. S'il est marié, il l'était déjà en arrivant dans le quartier.

— Au commissariat ?

— Rien. Il paraît que la maison était tranquille. La police n'a jamais eu à intervenir.

Le regard de Maigret se posait sans cesse sur le portrait de son mort qui souriait toujours sur la commode.

— Chevrier en apprendra sans doute davantage tout à l'heure avec les clients.

— Vous restez ici ?

— Nous pourrions déjeuner en bas tous les deux, comme des passants. Pas de nouvelles de Torrence et de Janvier ?

— Ils s'occupent toujours des habitués des courses.

— Si tu peux les rejoindre au bout du fil, dis-leur donc de voir particulièrement à Vincennes.

Toujours la même question : l'hippodrome de Vincennes était pour ainsi dire dans le quartier. Et le petit Albert, comme Maigret, était un homme d'habitudes.

— Les gens ne s'étonnent pas de voir la maison ouverte ?

— Pas trop. Il y a des voisins qui viennent jeter un coup d'œil sur le trottoir. Ils pensent sans doute qu'Albert a revendu son fonds.

A midi, ils étaient attablés tous les deux près de la fenêtre, et Irma en personne les servait. Quelques clients s'étaient assis aux autres tables, notamment les mécaniciens de la grue.

— Albert a enfin touché le gagnant ? dit l'un d'eux en interpellant Chevrier.

— Il est à la campagne pour quelque temps.

— Et c'est vous qui le remplacez ? Il a emmené Nine avec lui ? Peut-être qu'on va manger un peu moins d'ail ; ce qui ne serait pas malheureux ! Ce n'est pas que ce soit mauvais, mais c'est rapport à l'haleine...

L'homme pinça la fesse d'Irma qui passait près de lui, et Chevrier ne broncha pas, subit même, par surcroît, le regard ironique de Lucas.

— Un bon type, en somme ! S'il n'était pas si enragé pour les courses... Mais dites donc, puisqu'il avait un remplaçant, pourquoi a-t-il laissé la maison fermée pendant quatre jours ? Surtout sans avertir les clients ! On a dû se trotter jusqu'au pont de Charenton, le premier jour, pour trouver à croûter. Non, mon petit, jamais de camembert pour moi. Un petit suisse, tous les jours. Et, pour Jules, c'est du roquefort...

Ils étaient quand même intrigués, se parlaient à mi-voix. Irma les intéressait plus particulièrement.

— Chevrier ne tiendra pas le coup longtemps, murmura Lucas à l'oreille de Maigret. Il n'y a que deux ans qu'il est marié. Si les types continuent à laisser traîner leurs mains sur le derrière de sa femme, il ne va pas tarder à leur flanquer la sienne à la figure.

Ce ne fut pas si grave. L'inspecteur, pourtant, s'approchant pour servir à boire, prononça avec fermeté :

— C'est ma femme.

— Félicitations, mon gars... T'en fais pas, va ! Nous, on n'est pas dégoûtés.

Ils riaient aux éclats. Ce n'étaient pas de mauvais bougres, mais ils sentaient confusément que le patron n'était pas à son aise.

— Tu comprends. Albert, lui, avait pris ses précautions... Pas de danger qu'on essaie de lui chiper Nine...

— Pourquoi ?

— Tu ne la connais pas ?

— Je ne l'ai pas vue.

— T'as pas perdu, mon pote... Celle-là aurait été en sûreté dans une chambrée de Sénégalais... La meilleure fille du monde, ça oui... N'est-ce pas, Jules ?

— Quel âge a-t-elle ?

— Tu crois qu'elle a un âge, Jules ?

— C'est vrai qu'elle ne doit pas en avoir... Peut-être trente piges ?... Peut-être cinquante ? Ça dépend de quel côté on la regarde... Si c'est du côté du bon œil, ça passe... Mais si c'est de l'autre...

— Elle louche ?

— Et comment, petit père !... Il demande si elle louche !... Mais elle pourrait regarder en même temps le bout de tes souliers et la pointe de la tour Eiffel...

— Albert l'aimait ?

— Albert, mon garçon, c'est un copain qui aime ses aises, tu comprends ? Le fricot de ta bourgeoise est bon, il est même fameux... Mais je parie que c'est toi qui te trottes vers les six heures du matin pour aller faire les Halles. Peut-être même que t'as donné un coup de main pour éplucher les patates ? Et, dans une heure, c'est pas elle qui s'appuiera toute la vaisselle pendant que tu iras te pavaner sur l'hippodrome...

» Avec Nine, oui !... Albert menait une vie de caïd... Sans compter qu'elle devait avoir du fric...

Pourquoi, à ce moment-là, Lucas regarda-t-il Maigret à la dérobée ? N'était-ce pas un peu comme si on avait abîmé le mort du commissaire ?

Le mécano continuait :

— Je ne sais pas comment elle l'a gagné, mais, tournée comme elle l'était, c'est sûrement pas en faisant le *business*...

Maigret ne bronchait pas. Il y avait même un léger sourire sur ses lèvres. Il ne perdait pas un mot de ce qu'on disait. Les mots se transformaient automatiquement en images. Le portrait du petit Albert se complétait peu à peu, et le commissaire paraissait garder toute son affection au personnage qui se précisait de la sorte.

— De quelle province vous êtes, vous autres ?

— Du Berry, répondait Irma.

— Moi, du Cher, faisait Chevrier.

— Alors, c'est pas dans votre patelin que vous avez connu Albert. Lui, c'est un gars du Nord, un *ch'timi*... C'est pas de Tourcoing, Jules ?

— De Roubaix.

— C'est du pareil au même.

Maigret intervint dans la conversation, ce qui n'avait rien de surprenant dans un café d'habitués.

— Il n'a pas travaillé aux environs de la gare du Nord ?

— Au *Cadran*, oui. Il a été garçon pendant dix ou douze ans dans la même brasserie avant de s'installer ici.

Ce n'était pas par hasard que Maigret avait posé sa question. Il connaissait les gens du Nord qui, quand ils viennent à Paris, semblent avoir toutes les peines du monde à s'éloigner de leur gare, de sorte qu'ils forment une véritable colonie du côté de la rue de Maubeuge.

— Ça ne doit pas être là qu'il a connu Nine.

— Là ou ailleurs, il a gagné le gros lot. Pas pour ce qui est de la bagatelle, bien sûr... Mais pour ce qui est de n'avoir plus à se faire de soucis...

— Elle est du Midi ?

— Vous pourriez dire midi et demi !

— Marseille ?

— Toulouse ! *Avé l'assent !*... A côté de son accent à elle, celui du type qui fait les annonces à Radio-Toulouse est de la petite bière... L'addition, mon petit... Dis donc, patron, et les bonnes manières ?

Chevrier fronçait les sourcils, dérouté. Maigret, lui, venait de comprendre. C'est lui qui intervint :

— Il a raison ! Quand une maison change de patron, ça s'arrose...

Il ne vint que sept clients en tout pour le déjeuner. Un des cavistes de chez Cess, un homme d'un certain âge, à l'air renfrogné, mangea en silence, dans un coin, furieux de tout, de la cuisine qui n'était plus la même, du couvert qui n'était pas le sien, du vin blanc qu'on lui servait au lieu du rouge auquel il était habitué.

— Ça va devenir une boîte comme les autres, grommela-t-il en partant. C'est toujours la même chose...

Chevrier ne s'amusait déjà plus autant que le matin. Il n'y avait qu'Irma à prendre la vie gaiement, à jongler avec les plats, les piles d'assiettes, et elle se mit à faire la vaisselle en fredonnant.

A une heure et demie, il n'y avait plus que Maigret et Lucas dans le café. Les heures creuses commençaient, pendant lesquelles on ne devait voir un consommateur que de temps en temps, un passant qui avait soif, ou un couple de mariniers qui attendaient la fin de leur chargement.

Maigret fumait à petites bouffées, le ventre en avant, car il avait beaucoup mangé, peut-être pour faire plaisir à Irma. Un rayon de soleil chauffait une de ses oreilles, et il paraissait béat, quand soudain il écrasa sous sa semelle les orteils de Lucas.

Un homme venait de passer sur le trottoir. Il avait regardé avec attention à l'intérieur du café, puis, hésitant, il avait fait demi-tour, s'était approché de la porte.

Il était de taille moyenne. Il ne portait ni chapeau ni casquette. Ses cheveux étaient roux, et il avait des taches de rousseur sur le visage, des yeux bleus, une bouche charnue.

Sa main tourna le bec-de-cane. Il entra, toujours hésitant, et il y avait quelque chose de souple dans son attitude, une étrange prudence dans ses gestes.

Ses souliers très usés n'avaient pas été cirés depuis plusieurs jours. Son complet sombre était élimé, sa chemise douteuse, la cravate mal nouée.

Il faisait penser à un chat pénétrant avec précaution dans une chambre inconnue, observant tout autour de lui, flairant le danger possible. Il devait être d'une intelligence moins que médiocre. Les simples de villages ont souvent de ces yeux-là, où on ne lit qu'une ruse instinctive et de la méfiance.

Sans doute Maigret et Lucas l'intriguaient-ils ? Il se défiait d'eux, s'avançait en biais vers le comptoir, sans cesser de les observer, frappait le zinc d'une pièce de monnaie.

Chevrier, qui mangeait dans un coin de la cuisine, parut.

— Qu'est-ce que c'est ?

Et l'homme hésita encore. Il paraissait enroué. Il émit un son rauque, puis renonça à parler, désigna du doigt la bouteille de cognac sur l'étagère.

C'était Chevrier maintenant qu'il regardait dans les yeux. Il y avait quelque chose qu'il ne comprenait pas, qui dépassait son entendement.

Du bout de son pied, Maigret, impassible, tapotait les orteils de Lucas.

La scène fut brève, mais parut très longue. L'homme cherchait de la monnaie dans sa poche de la main gauche, tandis que, de la droite, il portait le verre à ses lèvres et buvait d'un trait.

L'alcool le fit tousser. Il en eut les paupières humides.

Alors il jeta quelques pièces sur le comptoir et sortit en quelques pas très longs, très rapides. On le vit, dehors, s'élancer dans la direction du quai de Bercy et se retourner.

— A toi ! fit Maigret à l'adresse de Lucas. Mais j'ai bien peur qu'il te sème...

Lucas se précipitait dehors. Le commissaire commandait à Chevrier :

— Appelle un taxi... Vite !...

Le quai de Bercy était long, tout droit, sans rues transversales. Peut-être aurait-il le temps, en voiture, de rejoindre l'homme avant qu'il eût échappé à Lucas.

5

A mesure que le rythme de la poursuite s'accélérait, Maigret avait davantage l'impression de vivre cette scène pour la seconde fois. Cela lui arrivait parfois en rêve — et c'étaient ces rêves-là que, encore enfant, il appréhendait le plus. Il s'avançait dans un décor généralement compliqué, et soudain il avait la sensation qu'il y était déjà venu, qu'il avait fait les mêmes gestes, prononcé les mêmes mots. Cela lui donnait une sorte de vertige, surtout à l'instant où il comprenait qu'il était en train de vivre des heures qu'il avait déjà vécues une fois.

Cette chasse à l'homme, commencée quai de Charenton, c'était de son bureau qu'il en avait suivi une première fois les péripéties, alors que la voix affolée du petit Albert lui apportait d'heure en heure l'écho d'une angoisse croissante.

Maintenant aussi, l'angoisse montait. Sur la longue perspective du quai de Bercy, presque désert, l'homme qui marchait à grands pas souples le long des grilles se retournait de temps en temps, puis il accélérait son allure en voyant invariablement derrière lui la courte silhouette de Lucas.

Maigret, dans son taxi, assis à côté du chauffeur, roulait derrière eux. Quelle différence entre les deux hommes ! Le premier avait quelque chose d'animal dans le regard, dans la démarche. Ses mouvements, même quand il se mit à courir, restaient harmonieux.

Sur ses talons, le bedonnant Lucas allait le ventre un peu en avant, comme toujours, faisant penser à un de ces chiens corniauds qui ont l'air de saucissons à pattes, mais qui tiennent mieux la piste du sanglier que les plus illustres chiens de meute.

Tout le monde aurait parié contre lui pour le rouquin. Maigret luimême, quand il vit l'homme, profitant de ce que le quai était désert, s'élancer en avant, dit à son chauffeur d'accélérer. C'était inutile. Le plus étrange, c'est que Lucas n'avait pas l'air de courir. Il gardait son aspect convenable de bon petit bourgeois de Paris en promenade et continuait à se dandiner.

Quand l'inconnu entendit les pas sur ses talons, quand, en tournant à demi la tête, il aperçut Maigret dans le taxi qui arrivait à sa hauteur, il comprit qu'il ne servait à rien de s'essouffler ni d'attirer l'attention, et il reprit une allure plus normale.

Des milliers de gens, cette après-midi-là, devaient les croiser dans les rues et sur les places publiques, et, comme pour le petit Albert, personne ne se douta du drame qui se jouait.

Au pont d'Austerlitz, déjà, l'étranger — car dans l'esprit de Maigret, l'homme était un étranger — avait un regard plus inquiet. Il continua par le quai Henri-IV. Il se préparait à quelque chose, cela se sentait à son attitude. Et, en effet, quand ils atteignirent le quartier Saint-Paul, le taxi suivant toujours, il s'élança à nouveau, mais, cette fois, dans le réseau de rues étroites qui s'étend entre la rue Saint-Antoine et les quais.

Maigret faillit le perdre, parce qu'un camion bouchait une des ruelles.

Des enfants qui jouaient sur les trottoirs regardaient les deux hommes qui couraient, et Maigret retrouvait enfin ceux-ci deux rues plus loin, Lucas à peine essoufflé, parfaitement correct dans son pardessus boutonné. Il avait même la présence d'esprit d'adresser un clin d'œil au commissaire, comme pour dire :

— Ne vous en faites pas !

Il ne savait pas encore que cette chasse-là, à laquelle Maigret assistait du siège d'une voiture, sans se fatiguer, allait durer des heures. Ni qu'elle deviendrait plus cruelle à mesure que le temps passerait.

C'est à partir du coup de téléphone que l'homme commença à perdre son assurance. Il était entré dans un petit bar, rue Saint-Antoine. Lucas y avait pénétré derrière lui.

— Il va l'arrêter ? questionna le chauffeur, qui connaissait Maigret.

— Non.

— Pourquoi ?

Pour lui, en effet, un homme qu'on suit à la piste est un homme qu'on finira par arrêter. A quoi bon cette poursuite, cette cruauté inutile ? Il réagissait comme les non-initiés au passage d'une chasse à courre.

Sans s'occuper de l'inspecteur, l'étranger avait pris un jeton de téléphone et s'était enfermé dans la cabine. On voyait, à travers les vitres du bistrot, Lucas qui en profitait pour avaler un grand verre de bière, ce qui donna soif à Maigret.

La communication dura longtemps : près de cinq minutes. Deux ou trois fois, Lucas, inquiet, alla regarder par le judas de la cabine pour s'assurer qu'il n'était rien arrivé à son client.

Après, ils furent côte à côte devant le zinc, sans rien se dire, comme sans se connaître. La physionomie de l'homme s'était modifiée. Il regardait autour de lui avec une sorte d'égarement, semblait guetter un moment propice, mais sans doute avait-il compris qu'il n'y en aurait plus pour lui.

Il finit par payer, par sortir. Il se dirigea vers la Bastille, fit le tour presque complet de la place, s'engagea un moment sur le boulevard Richard-Lenoir, à trois minutes de chez Maigret, mais tourna, à droite, dans la rue de la Roquette.

Quelques minutes plus tard, il était perdu. Il ne connaissait pas le quartier, c'était visible. A deux ou trois reprises, encore, il eut des velléités de fuite, mais il y avait trop de monde dans les rues, ou bien il apercevait au prochain carrefour le képi d'un sergent de ville.

C'est alors qu'il se mit à boire. Il entrait dans les bars, non plus pour téléphoner, mais pour avaler d'un trait un verre de mauvais cognac, et Lucas avait pris le parti de ne plus le suivre à l'intérieur.

Dans un de ces bars, quelqu'un lui adressa la parole, et il le regarda sans répondre, en homme à qui on parle une langue inconnue.

Maigret comprit soudain pourquoi il avait tout de suite pensé à un étranger dès son entrée au *Petit Albert*. Ce n'était pas tant la coupe de son costume, les traits de son visage qui n'étaient pas français. C'était bien plus cette prudence d'un homme qui n'est pas chez lui, qui ne comprend pas, qui ne peut pas se faire entendre.

Il y avait du soleil dans les rues. Il faisait très doux. Du côté de Picpus, des concierges avaient placé une chaise devant leur seuil, comme dans une petite ville de province.

Que de détours avant d'atteindre le boulevard Voltaire, puis la place de la République, que l'homme reconnut enfin !

Il descendit dans le métro. Espérait-il encore semer Lucas ? En tout cas, il s'aperçut que sa ruse était inutile, car Maigret vit les deux hommes remonter par la sortie.

Rue Réaumur... Un détour encore... Rue de Turbigo... Puis, par la rue Chapon, la rue Beaubourg.

« C'est son quartier », pensait le commissaire.

Cela se sentait. On devinait aux regards de l'étranger qu'il reconnaissait les moindres boutiques. Il était chez lui. Peut-être habitait-il dans un des nombreux petits hôtels miteux ?

Il hésitait. Maintes fois, il s'arrêta au coin d'une rue. Quelque chose l'empêchait de faire ce qu'il avait envie de faire. Et ainsi il atteignait la rue de Rivoli, qui était comme la frontière de ce quartier pouilleux.

Il ne la franchit pas. Par la rue des Archives, il pénétrait à nouveau dans le ghetto, suivi un peu plus tard par la rue des Rosiers.

— Il ne veut pas que nous connaissions son adresse.

Mais pourquoi, mais à qui avait-il téléphoné ? Avait-il demandé de l'aide à des complices ? Quelle aide pouvait-il en espérer ?

— Ce pauvre bougre me fait pitié, soupira le chauffeur. Vous êtes sûr que c'est un malfaiteur ?

Non ! Même pas ! Force était pourtant de le traquer. C'était la seule chance d'apprendre du nouveau sur la mort du petit Albert.

Il transpirait. Son nez coulait. De temps en temps, il tirait de sa poche un large mouchoir vert. Et il buvait encore et toujours, s'éloignait d'une sorte de noyau constitué par la rue du Roi-de-Sicile, la rue des Écouffes, la rue de la Verrerie, noyau autour duquel il tournait sans jamais y pénétrer.

Il s'écartait et, irrésistiblement attiré, revenait. Son pas, alors, devenait plus lent, hésitant. Il se retournait sur Lucas. Puis c'était l'auto qu'il cherchait des yeux, qu'il suivait d'un mauvais regard. Qui sait ? Si le taxi n'avait pas été sur ses talons, peut-être aurait-il tenté de se débarrasser de Lucas en l'attirant dans un coin pour lui faire son affaire.

A mesure que le crépuscule approchait, les rues devenaient plus animées. Il y avait beaucoup de flâneurs sur les trottoirs, dans les rues aux maisons basses et sombres. Les gens de ce quartier, dès que commence le printemps, vivent dehors. Les portes des boutiques, les fenêtres étaient ouvertes. Une odeur de crasse et de pauvreté prenait à la gorge, et parfois on voyait une femme lancer ses eaux sales à travers la rue.

Lucas devait être à bout, bien qu'il n'en laissât rien voir. Maigret pensait à saisir la première occasion propice pour le relayer. Il avait un peu honte de suivre en taxi, comme les invités qui suivent une chasse à courre en voiture.

Il y avait des carrefours où l'on était déjà passé quatre ou cinq fois. L'homme, alors, s'avisa d'une nouvelle ruse. Il entra dans le sombre passage d'une maison, et Lucas s'arrêta à la porte. Maigret lui fit signe de suivre.

— Attention ! lui cria-t-il de son siège.

Quelques instants plus tard, les deux hommes ressortaient. Il était évident que l'étranger était entré dans la première maison venue avec l'espoir de dérouter les policiers.

Il le fit encore deux fois. La seconde fois, Lucas le trouva assis tout en haut de l'escalier.

Un peu avant six heures, ils étaient à nouveau au coin de la rue du Roi-de-Sicile et de la rue Vieille-du-Temple, dans un décor de Cour des Miracles. L'étranger hésita une fois de plus. Puis il s'enfonça dans la rue, qui grouillait d'une foule misérable. On voyait les globes dépolis de plusieurs hôtels. Les boutiques étaient étroites, des couloirs aboutissaient à des cours mystérieuses.

Il n'alla pas loin. Il parcourut dix mètres environ, et un coup de feu claqua, tout sec, pas plus fort qu'un pneu qui éclate. Le mouvement de la rue, comme à cause de la force acquise, fut quelques instants avant de s'arrêter. On eût dit que le taxi stoppait de lui-même, étonné.

Puis il y eut le bruit d'une course. Lucas s'élançait en avant. Un second coup de feu éclata.

On ne pouvait rien voir, à cause des remous de la foule. Maigret ne savait pas si l'inspecteur était atteint. Il était descendu de voiture, s'était précipité vers l'inconnu.

Celui-ci était assis sur le trottoir. Il n'était pas mort. Il se soutenait d'une main, tenant sa poitrine de l'autre. Ses yeux bleus se tournaient vers le commissaire avec une expression de reproche.

Puis un voile passa. Une femme dit :

— Si ce n'est pas malheureux !

Le buste oscillait, tombait en biais sur le trottoir.

L'homme était mort.

Lucas revint bredouille, mais indemne. La seconde balle ne l'avait pas atteint. Le fuyard avait essayé d'en tirer une troisième, mais son arme avait dû s'enrayer.

C'est à peine si l'inspecteur l'avait entrevu et il disait :

— Je serais incapable de le reconnaître. Il me semble pourtant qu'il est brun.

La foule, sans en avoir l'air, avait aidé à la fuite de l'assassin. Comme par hasard. Lucas n'avait à aucun moment trouvé le passage libre devant lui.

Et maintenant on les entourait d'un cercle réprobateur, presque menaçant. Il ne leur fallait pas longtemps, dans le quartier, pour flairer la police en civil.

Un sergent de ville ne tarda pas à les rejoindre, écarta les curieux.

— L'ambulance municipale, grommela Maigret. Sifflez d'abord pour alerter deux ou trois de vos collègues.

Soucieux, il donna à voix basse des instructions à Lucas, qu'il laissa sur les lieux avec les agents. Puis il regarda encore le mort. Il avait envie de fouiller ses poches tout de suite, mais une étrange pudeur l'empêcha de le faire en présence de curieux. C'était un geste trop précis, trop professionnel qui prendrait ici les allures d'une profanation, voire d'une provocation.

— Fais attention, recommanda le commissaire à voix basse. Il y en a sûrement d'autres.

Il n'était qu'à deux pas du quai des Orfèvres, où le taxi le déposa. Il monta rapidement vers le bureau du chef, frappa sans se faire annoncer.

— Un nouveau mort, dit-il. Celui-ci a été tiré sous nos yeux, comme un lapin, en pleine rue.

— Il est identifié ?

— Lucas sera ici dans quelques minutes, dès que le corps aura été emporté. Je peux disposer d'une vingtaine d'hommes ? Il y a tout un quartier à mettre en état de siège.

— Quel quartier ?

— Roi-de-Sicile.

Et le directeur de la P.J., lui aussi, fit la grimace. Maigret gagna le bureau des inspecteurs, en choisit quelques-uns et leur donna ses instructions.

Puis il alla trouver le commissaire qui dirigeait la brigade des mœurs.

— Vous pourriez me prêter un inspecteur qui connaisse à fond la rue du Roi-de-Sicile, la rue des Rosiers et le quartier environnant ? Il doit y avoir par là un bon nombre de filles publiques.

— Trop.

— D'ici une demi-heure, on lui remettra une photographie.

— Encore un macchabée ?

— Malheureusement. Mais son visage n'est pas abîmé.

— Compris.

— Ils doivent être plusieurs à nicher dans les environs. Attention, car ils tuent.

Il descendit ensuite aux garnis, où il demanda à peu près le même service à son collègue.

Il était important de faire vite. Il s'assura que les inspecteurs étaient partis pour prendre leur faction autour du quartier. Puis il téléphona à l'Institut médico-légal.

— Les photos ?

— Vous pouvez les envoyer chercher dans quelques minutes. Le corps est arrivé. On y travaille.

Il lui semblait qu'il oubliait quelque chose. Il restait là, prêt à sortir, à se gratter le menton, et soudain l'image du juge Coméliau lui vint à l'esprit. Heureusement !

— Allô !... Bonsoir, monsieur le juge... Ici, Maigret.

— Alors, monsieur le commissaire, votre patron de petit café ?

— C'est bien un patron de petit café, monsieur le juge.

— Identifié ?

— Tout ce qu'il y a de plus identifié.

— L'enquête avance ?

— Nous avons déjà un nouveau mort.

Il croyait voir le magistrat sursauter au bout du fil.

— Vous dites ?

— Nous avons un nouveau mort. Mais, cette fois, il appartient au clan opposé.

— Vous voulez dire que c'est la police qui l'a tué ?

— Non. Ces messieurs s'en sont chargés.

— De quels messieurs parlez-vous ?

— Des complices probablement.

— Ils sont arrêtés ?

— Pas encore.

Il baissa la voix.

— Je crains, monsieur le juge, que ce soit long et difficile. C'est une très, très vilaine affaire. Ils tuent, vous comprenez ?

— Je suppose que, s'ils n'avaient pas tué, il n'y aurait pas d'affaire du tout ?

— Vous ne me comprenez pas. Ils tuent, froidement, pour se défendre. C'est assez rare, vous le savez, en dépit de ce que croit le public. Ils n'hésitent pas à abattre un des leurs.

— Pourquoi ?

— Probablement parce qu'il était brûlé et qu'il risquait de faire découvrir le gîte. Mauvais quartier aussi, un des plus mauvais de Paris. Un ramassis d'étrangers sans papiers, ou avec des papiers truqués.

— Qu'est-ce que vous comptez faire ?

— Je suivrai la routine, parce que j'y suis obligé, parce que ma responsabilité est en jeu. Une rafle cette nuit. Cela ne donnera rien.

— J'espère, en tout cas, que cela ne nous vaudra pas de nouvelles victimes.

— Je l'espère aussi.

— Vers quelle heure comptez-vous y procéder ?

— Comme d'habitude, vers deux heures du matin.

— J'ai un bridge, ce soir. Je le prolongerai aussi tard que possible. Téléphonez-moi aussitôt après la rafle.

— Bien, monsieur le juge.

— Quand m'enverrez-vous votre rapport ?

— Dès que j'en aurai le temps. Probablement pas avant demain soir.

— Votre bronchite ?

— Quelle bronchite ?

Il l'avait oubliée. Lucas entrait dans le bureau, tenant une carte rouge à la main. Maigret savait déjà ce que c'était. C'était une carte syndicale, au nom de Victor Poliensky, de nationalité tchèque, manœuvre aux usines Citroën.

— Quelle adresse, Lucas ?

— 132, quai de Javel.

— Attends donc. Cette adresse ne m'est pas inconnue. Cela doit être un meublé malpropre au coin du quai et de je ne sais plus quelle rue. Nous y avons fait une descente il y a environ deux ans. Assure-toi qu'ils ont le téléphone.

C'était là-bas, le long de la Seine, près de la masse sombre des usines, un meublé miteux bourré d'étrangers fraîchement débarqués qui couchaient souvent à trois ou quatre dans une chambre, en dépit des règlements de police. Le plus surprenant, c'est que la maison était dirigée par une femme et que celle-ci parvenait à tenir tête à tout son monde. Elle leur faisait même à manger.

— Allô ! le 132, quai de Javel ?

Une voix de femme enrouée.

— Poliensky est-il chez vous en ce moment ?

Elle se taisait, prenant son temps avant de répondre.

— Je parle de Victor...

— Eh bien... ?

— Est-il chez vous ?

— Cela vous regarde ?

— Je suis un de ses amis.

— Vous êtes un flic, oui.

— Mettons que ce soit la police. Poliensky habite-t-il toujours chez vous ? Inutile d'ajouter que vos déclarations sont vérifiées.

— On connaît vos manières.

— Alors.

— Il y a plus de six mois qu'il n'est plus ici.

— Où travaillait-il ?

— Citroën.

— Il y avait longtemps qu'il était en France ?

— Je n'en sais rien.

— Il parlait français.

— Non.

— Il est resté longtemps chez vous ?

— Environ trois mois.

— Il avait des amis ? Il recevait des visites ?

— Non.

— Ses papiers étaient en règle ?

— Probablement, puisque votre brigade des garnis ne m'a rien dit.

— Encore une question. Il prenait ses repas chez vous ?

— Le plus souvent.

— Il fréquentait les femmes ?

— Dites donc, espèce de cochon, est-ce que vous croyez que je m'occupe de ces histoires-là ?

Il raccrocha, s'adressa à Lucas :

— Téléphone au service des étrangers.

La Préfecture de police n'avait pas de trace de l'homme dans ses dossiers. Autrement dit, le Tchèque était entré en fraude, comme tant d'autres, comme des milliers et des milliers qui hantent les quartiers louches de Paris. Sans doute, comme la plupart d'entre eux, s'était-il fait faire une fausse carte d'identité. Certaines officines, aux environs du faubourg Saint-Antoine, les fabriquent en série, à prix fixe.

— Demande Citroën !

Les photographies du mort arrivaient, et il les distribuait aux inspecteurs des mœurs et des garnis.

Il montait lui-même aux sommiers avec les empreintes digitales.

Aucune fiche ne correspondait.

— Moers n'est pas ici ? questionna-t-il en entrouvrant la porte du laboratoire.

Moers n'aurait pas dû s'y trouver, car il avait travaillé toute la nuit et toute la journée. Mais il avait besoin de peu de sommeil. Il n'avait pas de famille, pas de liaison connue, pas d'autre passion que son laboratoire.

— Je suis ici, patron.

— Encore un mort pour toi. Passe d'abord par mon bureau.

Ils y descendirent ensemble. Lucas avait eu la comptabilité de Citroën à l'appareil.

— La vieille n'a pas menti. Il a travaillé aux usines comme manœuvre pendant trois mois. Il y a près de six mois qu'il n'est plus inscrit sur les feuilles de paye.

— Bon ouvrier ?

— Peu d'absences. Mais ils en ont tellement qu'ils ne les connaissent pas individuellement. J'ai demandé si, en voyant demain le contremaître sous lequel il a travaillé, on aurait des renseignements plus détaillés. C'est impossible. Pour les spécialistes, oui. Les manœuvres, qui sont presque tous étrangers, vont et viennent, et on ne les connaît pas. Il y en a toujours quelques centaines qui attendent de l'embauche devant les grilles. Ils travaillent trois jours, trois semaines ou trois mois, et on ne les revoit plus. On les change d'atelier selon les besoins.

— Les poches ?

Sur le bureau, il y avait un portefeuille usé, dont le cuir avait dû être vert et qui, outre la carte syndicale, contenait une photographie de jeune fille. C'était un visage rond, très frais, au front couronné de lourdes tresses. Une Tchèque, sans doute, de la campagne.

Deux billets de mille francs et trois billets de cent francs.

— C'est beaucoup, grogna Maigret.

Un long couteau à cran d'arrêt, à la lame effilée, au tranchant affûté comme un rasoir.

— Tu ne crois pas, Moers, que ce couteau aurait fort bien pu tuer le petit Albert ?

— Possible, patron.

Le mouchoir, verdâtre, lui aussi. Victor Poliensky devait aimer le vert.

— Pour toi ! Ce n'est pas ragoûtant, mais on ne sait jamais ce que donneront tes analyses.

Un paquet de cigarettes Caporal et un briquet de marque allemande. De la menue monnaie. Pas de clef.

— Tu es sûr, Lucas, qu'il n'y avait pas de clef ?

— J'en suis certain, patron.

— On l'a déshabillé ?

— Pas encore. On attend Moers.

— Vas-y, vieux ! Cette fois-ci, je n'ai pas le temps de t'accompagner. Tu devras encore passer une partie de la nuit et tu seras crevé.

— Je peux fort bien tenir le coup deux nuits de suite. Ce ne sera pas la première fois.

Maigret demanda le *Petit Albert* au bout du fil.

— Rien de nouveau, Émile ?

— Rien, patron. Ça boulotte.

— Beaucoup de monde ?

— Moins que ce matin. Quelques-uns pour l'apéritif, mais il n'y a presque personne pour le dîner.

— Ta femme s'amuse toujours à jouer à la bistrote ?

— Elle est ravie. Elle a nettoyé la chambre à fond, changé les draps, et nous y serons très bien. Votre rouquin ?

— Mort.

— Hein ?

— Un de ses petits camarades a préféré l'abattre d'une balle alors qu'il avait envie de rentrer chez lui.

Encore un coup d'œil dans le bureau des inspecteurs. Il fallait penser à tout.

— La Citroën jaune ?

— Rien de nouveau. Pourtant, des gens nous la signalent dans le quartier Barbès-Rochechouart.

— Pas si bête ! Il faut suivre cette piste-là.

Pour des raisons géographiques, une fois encore. Le quartier Barbès touche à celui de la gare du Nord. Et Albert avait travaillé longtemps comme garçon dans une brasserie de ce quartier.

— Tu as faim, Lucas ? demanda le commissaire.

— Pas spécialement. Je peux attendre.

— Ta femme ?

— Je n'ai qu'à lui téléphoner.

— Bon. Je téléphone à la mienne aussi et je te garde.

Il était un peu fatigué quand même et il aimait autant ne pas travailler seul, surtout que la nuit promettait d'être éreintante.

Ils s'arrêtèrent tous les deux à la *Brasserie Dauphine* pour l'apéritif, et c'était toujours un étonnement assez naïf, quand ils étaient ainsi plongés dans une enquête, de voir que la vie continuait normalement autour d'eux, que les gens s'occupaient de leurs petites affaires, plaisantaient. Qu'est-ce que cela pouvait leur faire qu'un Tchèque eût été abattu sur le trottoir de la rue du Roi-de-Sicile ? Quelques lignes dans les journaux.

Puis, un beau jour, ils apprendraient de même qu'on avait arrêté l'assassin.

Personne non plus, sauf les initiés, ne savait qu'une rafle se préparait pour la nuit dans un des quartiers les plus denses et les plus inquiétants de Paris. Remarquait-on les inspecteurs postés à tous les coins de rue, l'air aussi indifférent que possible ?

Quelques filles, peut-être, tapies dans des encoignures d'où elles sortaient de temps en temps pour agripper le bras d'un passant, sourcillaient en reconnaissant la silhouette caractéristique d'un agent des mœurs. Celles-là s'attendaient à aller passer une partie de la nuit au dépôt. Elles en avaient l'habitude. Cela leur arrivait au moins une fois par mois. Si elles n'étaient pas malades, on les relâcherait vers dix heures du matin. Et après ?

Les tenanciers de meublés n'aiment pas non plus qu'on vienne à une heure inhabituelle relever leur registre. Oh ! ils étaient en règle. Ils étaient toujours en règle.

On leur mettait une photographie sous le nez. Ils faisaient semblant de la regarder attentivement, allaient parfois chercher leurs lunettes.

— Vous connaissez ce type-là ?

— Jamais vu.

— Vous avez des Tchèques chez vous ?

— J'ai des Polonais, des Italiens, un Arménien, mais pas de Tchèques.

— Ça va.

La routine. Un des inspecteurs là-haut, à Barbès, qui, lui, ne s'occupait que de la voiture jaune, interrogeait les garagistes, les mécaniciens, les sergents de ville, les commerçants, les concierges.

La routine.

Chevrier et sa femme jouaient aux tenanciers de bar, quai de Charenton, et, tout à l'heure, après avoir accroché les volets, devise-raient devant le gros poêle avant d'aller se coucher paisiblement dans le lit du petit Albert et de la Nine aux yeux croches.

Encore une qu'il faudrait retrouver. On ne la connaissait pas aux mœurs. Qu'est-ce qu'elle pouvait être devenue ? Savait-elle que son mari était mort ? Si elle le savait, pourquoi n'était-elle pas venue reconnaître le corps quand on avait publié la photographie dans les journaux ? Les autres avaient pu ne pas la reconnaître. Mais elle ?

Fallait-il croire que les assassins l'avaient emmenée ? Elle ne se trouvait pas dans l'auto jaune alors que celle-ci déposait le cadavre place de la Concorde.

— Je parie, dit Maigret qui suivait son idée, que nous la retrouverons un jour à la campagne.

C'est inouï le nombre de gens qui, quand il y a du vilain, éprouvent le besoin d'aller respirer l'air de la campagne, le plus souvent dans une auberge bien tranquille où la table est bonne et le vin clairet.

— On prend un taxi ?

Cela ferait encore des histoires avec le caissier, qui mettait une obstination désagréable à éplucher les notes de frais et qui s'écriait volontiers :

— Est-ce que je me promène en taxi, moi ?

Ils en arrêtèrent un plutôt que d'aller attendre l'autobus de l'autre côté du Pont-Neuf.

— Au *Cadran*, rue de Maubeuge.

Une belle brasserie, comme Maigret les aimait, pas encore modernisée, avec sa classique ceinture de glaces sur les murs, sa banquette de molesquine rouge sombre, ses tables de marbre blanc et, par-ci par-là, une boule de nickel pour les torchons. Cela sentait bon la bière et la choucroute. Il y avait seulement un peu trop de monde, des gens trop pressés, chargés de bagages, qui buvaient ou mangeaient trop vite, appelaient les garçons avec impatience, le regard fixé sur la grosse horloge lumineuse de la gare.

Le patron aussi, qui se tenait près de la caisse, digne et attentif à tout ce qui se passait, était dans la tradition, petit, grassouillet, le crâne chauve, le complet ample et les souliers fins sans un grain de poussière.

— Deux choucroutes, deux demis et le patron, s'il vous plaît.

— Vous voulez parler à M. Jean ?

— Oui.

Un ancien garçon ou un ancien maître d'hôtel qui avait fini par se mettre à son compte ?

— Messieurs...

— Je voudrais un renseignement, monsieur Jean. Vous avez eu ici un garçon nommé Albert Rochain, qu'on appelait, je crois, le petit Albert.

— J'en ai entendu parler.

— Vous ne l'avez pas connu ?

— Il y a seulement trois ans que j'ai racheté le fonds. La caissière, à ce moment-là, avait connu Albert.

— Vous voulez dire qu'elle n'est plus ici ?

— Elle est morte l'année dernière. Elle a vécu pendant plus de quarante ans à cette place.

Il désignait la caisse en bois verni derrière laquelle trônait une personne blonde d'une trentaine d'années.

— Et les garçons ?

— Il y en avait un vieux aussi, Ernest, mais, depuis, il a pris sa retraite ; et il est retourné dans son pays, quelque part en Dordogne, si je ne me trompe.

Le patron restait debout devant les deux hommes qui mangeaient leur choucroute, mais il ne perdait rien de ce qui se passait autour de lui.

— Jules !.. Le 24...

Il souriait de loin à un client qui sortait.

— François ! Les bagages de Madame...

— L'ancien propriétaire vit-il encore ?

— Il se porte mieux que vous et moi.

— Vous savez où je pourrais le rencontrer ?

— Chez lui, bien entendu. Il vient me voir de temps en temps. Il s'ennuie, parle de se remettre dans le commerce.

— Voulez-vous me donner son adresse ?

— Police ? questionna simplement le patron.

— Commissaire Maigret.

— Pardon ! J'ignore son numéro, mais je peux vous renseigner, car il m'a invité deux ou trois fois à déjeuner. Vous connaissez Joinville ?

Vous voyez l'île d'Amour, un peu plus loin que le pont ? Il n'habite pas dans l'île, mais une villa située juste en face de la pointe. Il y a un garage à bateaux devant. Vous la reconnaîtrez facilement.

Il était huit heures et demie quand le taxi s'arrêta en face de la villa. On lisait sur une plaque de marbre blanc, en lettres moulées : *Le Nid*, et on voyait un oiseau des îles, ou ce qui voulait être un oiseau des îles, se poser au bord d'un nid.

— Il a dû se fatiguer pour trouver ça ! remarqua Maigret en sonnant.

L'ancien patron du *Cadran*, en effet, s'appelait Loiseau, Désiré Loiseau.

— Tu verras qu'il est du Nord et qu'il va nous offrir un vieux genièvre.

Cela ne rata pas. Ils virent d'abord une petite femme boulotte, toute blonde, toute rose, qu'il fallait regarder de près avant de distinguer les fines rides sous l'épaisse couche de poudre.

— Monsieur Loiseau !... appela-t-elle. Quelqu'un pour vous !...

C'était Mme Loiseau, pourtant. Elle les fit entrer dans le salon qui sentait le vernis.

Loiseau était gras aussi, mais grand et large, plus grand et plus large que Maigret, ce qui ne l'empêchait pas de se mouvoir avec une légèreté de danseur.

— Asseyez-vous, monsieur le commissaire. Vous aussi, monsieur ?...

— L'inspecteur Lucas.

— Tiens ! J'ai connu quelqu'un, à l'école, qui s'appelait Lucas aussi. Vous n'êtes pas Belge, inspecteur ? Moi, je le suis. Cela s'entend, n'est-ce pas ? Mais si ! Je n'en suis pas honteux, allez ! Il n'y a pas de déshonneur. Bobonne, tu nous serviras à boire...

Et ce fut le petit verre de genièvre.

— Albert ? Je crois bien que je m'en souviens. Un garçon du Nord. Je crois d'ailleurs que sa mère était Belge aussi. Je l'ai bien regretté. Voyez-vous, ce qui compte le plus, dans notre commerce, c'est la gaieté. Les gens qui vont au café aiment voir des visages souriants. Je me souviens d'un garçon, par exemple, un bien brave homme et qui avait je ne sais combien d'enfants, qui se penchait sur les clients commandant un soda, ou un quart de Vichy, ou n'importe quoi de non alcoolisé, pour leur souffler confidentiellement : « Vous avez un ulcère aussi ? » Il vivait avec son ulcère. Il ne parlait que de son ulcère, et j'ai dû me débarrasser de lui parce que les gens changeaient de place quand ils le voyaient s'approcher de leur table.

» Albert, c'était le contraire. Un rigoleur. Il fredonnait. Il portait son chapeau avec l'air de jongler, de s'amuser, il avait une façon à lui de lancer : « Beau temps, aujourd'hui ! »

— Il vous a quitté pour se mettre à son compte ?

— Quelque part du côté de Charenton, oui.

— Il avait fait un héritage ?

— Je ne crois pas. Il m'en a parlé. Je crois seulement qu'il s'est marié.

— Au moment de vous quitter ?

— Oui. Un peu avant.

— Vous n'avez pas été invité au mariage ?

— Je l'aurais sûrement été si cela s'était passé à Paris, car, chez moi, les employés étaient comme de la famille. Mais ils sont allés faire ça en province, je ne sais plus où.

— Vous ne pouvez pas vous souvenir ?

— Non. Je vous avoue que, pour moi, tout ce qui est en dessous de la Loire, c'est le Midi.

— Vous n'avez pas connu sa femme ?

— Il est venu me la présenter un jour. Une brune, pas très jolie...

— Elle louchait ?

— Elle avait les yeux un peu de travers, oui. Mais cela n'était pas déplaisant. Il y a des gens chez qui ça choque, d'autres à qui cela ne va pas trop mal.

— Vous ne connaissiez pas son nom de jeune fille ?

— Non. Je crois me souvenir que c'était une parente, une cousine, ou quelque chose comme cela. Ils se connaissaient depuis toujours. Albert disait : « Puisqu'il faut bien finir par là un jour ou l'autre autant que ce soit avec quelqu'un qu'on connaît. » Il ne pouvait pas se passer de plaisanter. Il paraît qu'il n'avait pas son pareil pour la chansonnette, et des clients m'ont dit sérieusement qu'il pourrait gagner sa vie dans les music-halls.

» Encore un petit verre ? Vous voyez, ici, c'est calme, trop calme même, et il se pourrait qu'un jour ou l'autre je reprenne le métier. Malheureusement, on ne trouve plus beaucoup d'employés comme Albert. Vous le connaissez ? Son affaire marche ? »

Maigret préféra ne pas leur apprendre qu'Albert était mort, car il prévoyait une bonne heure de lamentations et de soupirs.

— Vous lui connaissiez des amis intimes ?

— Il était l'ami de tout le monde.

— Personne ne venait, par exemple, le chercher après son travail ?

— Non. Il fréquentait les hippodromes. Il s'arrangeait pour être libre assez souvent l'après-midi. Mais il n'était pas imprudent. Il n'a jamais essayé de m'emprunter de l'argent. Il jouait selon ses moyens. Si vous le voyez, dites-lui de ma part que...

Et Mme Loiseau, qui n'avait pas ouvert la bouche depuis l'arrivée de son mari, souriait toujours, du sourire d'une figure de cire à la vitrine d'un coiffeur.

Encore un petit verre ? Oui. Surtout que le genièvre était bon. Puis en route pour la rafle dans une rue où on ne leur sourirait plus.

6

Deux cars de la police s'étaient arrêtés rue de Rivoli, au coin de la rue Vieille-du-Temple, et pendant un moment on avait vu luire sous les réverbères les boutons argentés des agents. Ceux-ci étaient allés prendre leur poste, barrant un certain nombre de rues où se trouvaient déjà des inspecteurs de la P.J.

Puis, derrière les cars, vinrent se ranger les voitures cellulaires. Juste à l'angle de la rue du Roi-de-Sicile, un officier de paix tenait les yeux fixés sur sa montre.

Rue Saint-Antoine, des passants, inquiets, se retournaient et hâtaient le pas. Dans le quartier cerné, on voyait encore quelques fenêtres éclairées, un peu de lumière à la porte des hôtels meublés, le fanal de la maison de prostitution de la rue des Rosiers.

L'officier de paix, l'œil toujours fixé à son chronomètre, comptait les dernières secondes et, à côté de lui, un Maigret indifférent, ou un peu gêné, enfonçait les mains dans les poches de son pardessus et regardait ailleurs.

Quarante... Cinquante... Soixante... Deux coups de sifflet stridents auxquels, aussitôt, d'autres sifflets répondirent. Les agents en uniforme s'avançaient dans les rues en tirailleurs, tandis que les inspecteurs entraient dans les hôtels borgnes.

Comme toujours dans ces cas-là, des fenêtres s'ouvrirent un peu partout ; on vit dans le noir des silhouettes blanches qui se penchaient, inquiètes ou hargneuses. Déjà on entendait des voix. Déjà on voyait passer un agent qui poussait devant lui une fille, pêchée dans une encoignure, et qui lui lançait des phrases ordurières.

Il y avait aussi des pas précipités, des hommes qui essayaient de fuir, fonçaient dans l'obscurité des ruelles : en vain, car c'était pour aller se buter à d'autres cordons de police.

— Papiers !

Les lampes de poche s'allumaient, éclairaient des visages suspects, des passeports crasseux, des cartes d'identité. Il y avait, aux fenêtres, des habitués qui savaient qu'ils ne pourraient se rendormir de longtemps et qui assistaient à la rafle comme à un spectacle.

Le plus gros gibier était déjà au Dépôt. Ceux-là n'avaient pas attendu la rafle. Du moment qu'un homme avait été abattu dans le quartier en fin de l'après-midi, ils l'avaient flairée. Et, dès la nuit, des ombres s'étaient glissées le long des murs, des hommes portant de vieilles valises ou d'étranges baluchons étaient allés se heurter aux inspecteurs de Maigret.

On trouvait de tout parmi eux : un interdit de séjour, des souteneurs, de fausses cartes d'identité, comme toujours, des Polonais, des Italiens qui n'étaient pas en règle.

A tous, qui prenaient un air dégagé, la même question brutale :

— Où vas-tu ?

— Je déménage.

— Pourquoi ?

Ces yeux anxieux, ou féroces, dans l'obscurité.

— J'ai trouvé du travail.

— Où ?

Certains parlaient de rejoindre leur sœur qui habitait le Nord ou les environs de Toulouse.

— Monte toujours là-dedans !

Panier à salade. Une nuit au Dépôt, pour vérification d'identité. C'étaient de pauvres bougres, pour la plupart, mais peu d'entre eux avaient la conscience tranquille.

— Pas un Tchèque, jusqu'ici, patron ! avait-on annoncé à Maigret.

Maintenant le commissaire restait à son poste, fumant sa pipe d'un air maussade, à regarder des ombres s'agiter, à entendre des cris, des pas précipités, parfois le bruit mat d'un poing sur un visage.

C'était dans les meublés que cela remuait le plus. Les patrons passaient en hâte un pantalon, restaient, renfrognés, dans le bureau, où ils couchaient presque tous sur un lit de camp. Quelques-uns tentaient d'offrir à boire aux agents qui montaient la garde dans le corridor pendant que des inspecteurs grimpaient aux étages à pas lourds.

Dès lors, toutes les cellules puantes de la maison se mettaient à vivre d'une vie grouillante. Des coups étaient frappés à une première porte.

— Police !

Des gens en chemises, des hommes, des femmes, mal réveillés, le teint blême, avec tous, ce même air anxieux, parfois hagard.

— Vos papiers !

Pieds nus, ils allaient les chercher sous l'oreiller ou dans un tiroir, devaient parfois fouiller de vieilles malles démodées qui venaient de l'autre extrémité de l'Europe.

A l'*Hôtel du Lion d'Or*, un homme tout nu restait assis sur son lit, les jambes pendantes, pendant que sa compagne montrait une carte de prostituée.

— Et toi ?

Il regardait l'inspecteur sans comprendre.

— Ton passeport ?

Il ne bougeait toujours pas. Son corps paraissait d'autant plus blême qu'il était couvert de poils très noirs, très longs. Des voisins, du palier, le regardaient en riant.

— Qui est-ce ? demandait l'inspecteur à la fille.

— Je ne sais pas.

— Il ne t'a rien dit ?

— Il ne parle pas un mot de français.

— Où l'as-tu rencontré ?

— Dans la rue.

Au Dépôt ! On lui fourrait ses vêtements dans la main. On lui faisait signe de se rhabiller, et il était longtemps sans comprendre, protestait, se tournait vers sa compagne, à qui il semblait réclamer quelque chose. Son argent, sans doute ? Peut-être était-il arrivé en France le soir même, et il finirait sa première nuit quai de l'Horloge.

— Papiers...

Les portes s'entrouvraient sur des chambres délabrées, dont chacune, en plus de l'odeur de la maison, exhalait l'odeur de ses hôtes d'une semaine ou d'une nuit.

Quinze, vingt personnes se massaient devant les paniers à salade. On les poussait une à une à l'intérieur, et certaines des filles, qui avaient l'habitude, plaisantaient avec les agents. Il y en avait qui, pour s'amuser, leur adressaient des gestes obscènes.

Certains pleuraient. Des hommes serraient les poings, entre autres un adolescent très blond, le crâne rasé, qui n'avait aucun papier et sur qui on avait trouvé un revolver.

Que ce soit dans les hôtels ou dans la rue, on n'effectuait qu'un tri élémentaire. Le vrai travail se ferait au Dépôt, soit au cours de la nuit, soit le lendemain matin.

— Papiers...

Les tenanciers étaient les plus nerveux, parce qu'ils risquaient leur patente. Or, aucun n'était en règle. Chez tous on trouvait des voyageurs non inscrits.

— Vous savez, monsieur l'inspecteur, que j'ai toujours été régulier, mais, quand un client se présente à minuit et qu'on est tout endormi...

Une fenêtre s'ouvrit à l'*Hôtel du Lion d'Or* dont la boule laiteuse était la plus proche de Maigret. Un coup de sifflet éclata. Le commissaire s'avança, leva la tête.

— Qu'est-ce que c'est ?

Comme par hasard, un tout jeune inspecteur se trouvait là-haut et balbutiait :

— Je crois que vous devriez monter.

Maigret s'engagea dans l'escalier étroit, avec Lucas sur ses talons. Il touchait à la fois la rampe et le mur. Les marches craquaient. Il y avait des lustres, pour ne pas dire des siècles, que toutes ces maisons auraient dû être rasées, ou plutôt brûlées avec leurs nids de puces et de poux de tous les pays du monde.

C'était au second étage. Une porte était ouverte, une lampe électrique sans abat-jour, de faible voltage, avec des filaments jaunes, brûlait au bout de son fil. La chambre était déserte. Elle contenait deux lits de fer dont un seul était défait. Il y avait aussi un matelas par terre, des couvertures en mauvaise laine grise, un veston sur une chaise, un réchaud à alcool et de la mangeaille, des litres vides sur une table.

— Par ici, patron...

La porte de communication avec la chambre voisine était ouverte, et Maigret aperçut une femme couchée, un visage sur l'oreiller, deux yeux bruns, ardents, magnifiques, qui le fixaient farouchement.

— Qu'est-ce que c'est ? questionna-t-il.

Rarement il avait vu un visage aussi expressif. Jamais il n'en avait vu de plus sauvage.

— Regardez-la bien, balbutia l'inspecteur. J'ai voulu la faire lever. Je lui ai parlé, mais elle ne s'est pas donné la peine de me répondre. Alors je me suis approché du lit. J'ai tenté de lui secouer les épaules. Voyez ma main. Elle m'a mordu jusqu'au sang.

La femme ne souriait pas en voyant l'inspecteur montrer son pouce endolori. Ses traits, au contraire, se crispaient, comme sous le coup d'une souffrance violente.

Et Maigret, qui observait le lit, fronçait les sourcils, grognait :

— Mais elle est en train d'accoucher !

Il se tourna vers Lucas.

— Téléphone pour l'ambulance. Emmène-la à la maternité. Dis au patron de monter tout de suite.

Le jeune inspecteur, à présent, rougissait, n'osait plus regarder le lit. La chasse continuait aux autres étages de la maison, et les planchers frémissaient.

— Tu ne veux pas parler ? demandait Maigret à la femme. Tu ne comprends pas le français ?

Elle le fixait toujours, et il était impossible de deviner ce qu'elle pensait. Le seul sentiment qu'exprimait son visage était une haine farouche.

Elle était jeune. Elle n'avait pas vingt-cinq ans, sans doute, et ses joues pleines étaient encadrées de cheveux longs, d'un noir soyeux. On butait dans l'escalier. Le tenancier s'arrêtait, hésitant, dans l'encadrement de la porte.

— Qui est-ce ?

— On l'appelle Maria.

— Maria qui ?

— Je ne crois pas qu'elle ait un autre nom.

Soudain Maigret fut pris d'une colère dont il eut aussitôt honte. Il ramassa un soulier d'homme, au pied du lit.

— Et ça... ? cria-t-il en le jetant dans les jambes du patron. Cela n'a pas de nom non plus ?... Et ça ?.. Et ça ?...

Il attrapait un veston, une chemise sale au fond du placard, un autre soulier, une casquette.

— Et ça.

Il passait dans la pièce voisine, désignait deux valises dans un coin.

— Et ça ?

Du fromage sur un papier gras, des verres, quatre verres, des assiettes, avec encore des restes de charcuterie.

— Ils étaient inscrits sur ton livre, tous ceux qui habitaient ici ? Hein ? Réponds ! Et, d'abord, combien étaient-ils ?

— Je ne sais pas.

— Est-ce que cette femme parle le français ?

— Je ne sais pas... Non !... Elle comprend quelques mots...

— Depuis combien de temps est-elle ici ?

— Je ne sais pas.

Il avait un vilain furoncle bleuâtre dans le cou, l'air malsain, le cheveu rare. Son pantalon, dont il n'avait pas passé les bretelles, lui glissait sur les hanches, et il le retenait à deux mains.

— Quand est-ce que ça a commencé ?

Maigret désignait la femme.

— On ne m'avait pas prévenu...

— Tu mens !... Et les autres ? Où sont-ils ?

— Sans doute qu'ils sont partis...

— Quand ?

Maigret marchait vers lui, dur, les poings serrés. Il était capable, à ce moment, de frapper.

— Ils ont filé tout de suite après que le type a été descendu dans la rue, avoue-le ! Ils ont été plus malins que les autres. Ils n'ont pas attendu que les barrages de police soient en place.

Le patron ne répondait pas.

— Regarde ceci, avoue que tu le connais !

Il lui fourrait sous le nez la photographie de Victor Poliensky.

— Tu le connais ?

— Oui.

— Il vivait dans cette chambre ?

— A côté.

— Avec les autres ?... Et qui couchait avec cette femme ?

— Je vous jure que je n'en sais rien. Peut-être qu'ils étaient plusieurs...

Lucas remontait. Presque aussitôt on entendait dehors la sirène de l'ambulance. La femme eut un cri arraché par la douleur, mais aussitôt elle se mordit les lèvres et regarda les hommes avec défi.

— Écoute, Lucas, j'ai encore pour un bon moment ici. Tu iras avec elle. Tu ne la quitteras pas. Je veux dire que tu ne quitteras pas le couloir de l'hôpital. J'essayerai tout à l'heure de dénicher un traducteur tchèque.

D'autres locataires qu'on emmenait descendaient pesamment l'escalier, se heurtaient aux infirmiers qui montaient avec la civière. Tout cela, dans la mauvaise lumière, avait un air fantomatique. Cela ressemblait à un cauchemar, mais un cauchemar qui aurait senti la crasse et la sueur.

Maigret préféra passer à côté pendant que les infirmiers s'occupaient de la jeune femme.

— Où la conduis-tu ? demanda-t-il à Lucas.

— A Laennec. J'ai téléphoné à trois hôpitaux avant de trouver de la place.

Le patron de l'hôtel n'osait pas bouger et regardait le plancher d'un œil lugubre.

— Reste ici. Ferme la porte ! lui commanda Maigret quand le terrain fut libre. Et, maintenant, raconte.

— Je ne sais pas grand-chose, je vous jure.

— Ce soir, un inspecteur est venu et t'a montré la photo. Est-ce exact ?

— C'est exact.

— Tu as déclaré que tu ne connaissais pas le type.

— Pardon ! J'ai dit qu'il n'était pas client de l'hôtel.

— Comment ça ?

— Il n'est pas inscrit, ni la femme. C'est un autre qui est inscrit pour les deux chambres.

— Depuis combien de temps ?

— Environ cinq mois.

— Comment s'appelle-t-il ?

— Serge Madok.

— C'est le chef ?

— Le chef de quoi ?

— Je vais te donner un bon conseil : ne fais pas l'idiot ! Sinon, nous irons poursuivre cette conversation ailleurs, et demain matin la boîte sera bouclée.

» Compris ?

— J'ai toujours été régulier.

— Sauf ce soir. Parle-moi de ton Serge Madok. Un Tchèque ?

— C'est ce qui est inscrit sur ses papiers. Ils parlent tous la même langue. Ce n'est pas du polonais, car j'ai l'habitude des Polonais.

— Quel âge ?

— Une trentaine d'années. Au début, il m'a dit qu'il travaillait en usine.

— Il travaillait réellement ?

— Non.

— Comment le sais-tu ?

— Parce qu'il restait ici toute la journée.

— Et les autres ?

— Les autres aussi. Il n'y en avait jamais qu'un à la fois qui sortait. Le plus souvent, c'était la femme, qui allait faire le marché rue Saint-Antoine.

— Qu'est-ce qu'ils fabriquaient du matin au soir ?

— Rien. Ils dormaient, mangeaient, buvaient, jouaient aux cartes. Ils étaient assez tranquilles. De temps en temps, ils se mettaient à chanter, mais jamais la nuit, de sorte que je n'avais rien à dire.

— Combien étaient-ils ?

— Quatre hommes et Maria.

— Et les quatre hommes... avec Maria ?

— Je ne sais pas.

— Tu mens ! Parle.

— Il se passait quelque chose, mais je ne sais pas au juste quoi. Il leur arrivait de se disputer, et j'ai cru comprendre que c'était à cause d'elle. Plusieurs fois, je suis entré dans la chambre de derrière, et ce n'était pas toujours le même qui manquait.

— Celui de la photo, Victor Poliensky ?

— Je crois. Cela a dû lui arriver. En tout cas, il était amoureux.

— Qui était le plus important ?

— Je crois que c'est celui qu'ils appelaient Carl. J'ai entendu son autre nom, mais c'est si compliqué que je n'ai jamais pu le prononcer et que je ne l'ai pas retenu.

— Un instant.

Maigret tirait de sa poche son calepin de blanchisseuse, mouillait son crayon comme un écolier.

— D'abord la femme, que tu appelles Maria. Puis Carl. Puis Serge Madok, au nom de qui étaient les deux chambres. Victor Poliensky, celui qui est mort. C'est tout ?

— Il y a encore le gamin.

— Quel gamin ?

— Je suppose que c'est le frère de Maria. En tout cas, il lui ressemble. Je l'ai toujours entendu désigner sous le nom de Pietr. Il doit avoir seize ou dix-sept ans.

— Il ne travaille pas non plus ?

Le patron hocha la tête. Comme Maigret avait ouvert la fenêtre pour aérer les chambres — mais l'air de la rue empestait presque autant que celui de l'hôtel — il avait froid, sans veston, et commençait à grelotter.

— Aucun ne travaille.

— Pourtant, ils dépensaient beaucoup d'argent ?

Maigret désignait un tas de bouteilles vides dans un coin, parmi lesquelles il y avait des bouteilles à champagne.

— Pour le quartier, ils dépensaient beaucoup. Cela dépendait des moments. Il y eut des périodes pendant lesquelles ils devaient se serrer la ceinture. C'était facile à voir. Quand le gamin faisait plusieurs voyages avec les bouteilles vides qu'il allait revendre, c'est que les fonds étaient bas.

— Personne ne venait les voir ?

— Peut-être est-ce arrivé.

— Tu tiens à venir continuer cette conversation quai des Orfèvres ?

— Non. Je vous dirai tout ce que je sais. Deux ou trois fois, on est venu pour eux.

— Qui ?

— Un monsieur. Quelqu'un de bien habillé.

— Il est monté dans la chambre ? Qu'est-ce qu'il t'a dit en passant au bureau ?

— Il n'a rien demandé. Il devait savoir quel étage ils habitaient. Il est monté directement.

— C'est tout ?

Le mouvement, dehors, s'était calmé peu à peu. Des lumières s'étaient éteintes aux fenêtres. On entendait encore les pas de quelques agents qui faisaient une dernière ronde, sonnaient à quelques portes.

L'officier de police monta l'escalier.

— J'attends vos ordres, monsieur le commissaire. C'est fini. Les deux voitures sont pleines.

— Elles peuvent partir. Voulez-vous dire à deux de mes inspecteurs de monter ?

Le tôlier geignit :

— J'ai froid.

— Et, moi, j'ai trop chaud.

Seulement, il n'aurait voulu poser son pardessus nulle part dans cette maison poisseuse.

— Tu n'as jamais rencontré ailleurs l'homme qui est venu les voir ? Tu n'as jamais vu non plus sa photo dans les journaux ? Ce n'était pas celui-ci ?

Il montra la photographie du petit Albert, qu'il avait toujours en poche.

— Il ne lui ressemble pas. C'est un bel homme, très élégant, avec des petites moustaches brunes.

— Quel âge ?

— Peut-être trente-cinq ans ? J'ai remarqué qu'il portait une grosse chevalière en or.

— Français ? Tchèque ?

— Sûrement pas Français. Il leur parlait leur langue.

— Tu as écouté à la porte ?

— Cela m'arrive. J'aime savoir ce qui se passe chez moi, vous comprenez ?

— Surtout que tu n'as pas dû être long, toi, à comprendre.

— A comprendre quoi ?

— Tu me prends pour un idiot, oui ? Qu'est-ce qu'ils font, les types qui s'embusquent dans une taule comme celle-ci et qui ne cherchent pas de travail ? De quoi vivent-ils ? Réponds !

— Cela ne me regarde pas.

— Combien de fois se sont-ils absentés tous ensemble ?

L'homme rougit, hésita, mais le regard de Maigret l'inclina à un peu de sincérité.

— Quatre ou cinq fois.

— Pour combien de temps ? Une nuit ?

— Comment savez-vous que c'était la nuit ? D'habitude, c'était une nuit. Une fois, pourtant, ils sont restés dehors deux jours et deux nuits, et j'ai même pensé qu'ils ne reviendraient pas.

— Tu as pensé qu'ils s'étaient fait prendre, n'est-ce pas ?

— Peut-être.

— Qu'est-ce qu'ils te donnaient en rentrant ?

— Ils me payaient le loyer.

— Le loyer d'une seule personne ? Car, en somme, il n'y avait qu'une seule personne inscrite.

— Ils me donnaient un peu plus.

— Combien ? Attention, mon bonhomme. N'oublie pas que je peux te boucler pour complicité.

— Une fois ils m'ont donné cinq cents francs. Une autre fois deux mille.

— Et ils se mettaient à faire la bombe.

— Oui. Ils allaient chercher des tas de provisions.

— Qui est-ce qui montait la garde ?

Cette fois, le trouble du tenancier fut plus violent, et il jeta machinalement un coup d'œil vers la porte.

— Ta boîte a deux issues, n'est-ce pas ?

— C'est-à-dire que, par les cours, en sautant deux murs, on arrive rue Vieille-du-Temple.

— Qui montait la garde ?

— Dans la rue ?

— Dans la rue, oui. Et je suppose qu'il y en avait toujours un à la fenêtre ? Quand Madok a loué, il a dû demander une chambre donnant sur la rue ?

— C'est vrai. C'est vrai aussi qu'il y en avait toujours un à traîner sur le trottoir. Ils se relayaient.

— Encore un petit renseignement : lequel d'entre eux t'a menacé de te faire ton affaire si tu parlais ?

— Carl.

— Quand ?

— La première fois qu'ils sont revenus après une absence d'une nuit.

— Comment as-tu su que la menace était sérieuse, que c'étaient des gens capables de tuer ?

— Je suis entré dans la chambre. Cela m'arrive souvent de faire ma ronde, sous prétexte de voir si l'électricité marche ou si on a changé les draps.

— On les change souvent ?

— Chaque mois. J'ai surpris la femme en train de laver une chemise dans la cuvette, et j'ai tout de suite vu que c'était du sang.

— La chemise de qui ?

— D'un des hommes, j'ignore lequel.

Deux inspecteurs attendaient le bon plaisir de Maigret sur le palier.

— Il faudrait qu'un d'entre vous aille téléphoner à Moers. Il doit dormir, à l'heure qu'il est, à moins qu'il soit à terminer son travail. S'il n'est pas au Quai, qu'on l'appelle chez lui. Qu'il vienne ici avec son attirail.

Indifférent au tenancier, il allait et venait maintenant dans les deux chambres, ouvrant une armoire, un tiroir, donnant un coup de pied dans un tas de linge sale. Sur les murs, le papier peint n'avait plus de couleur et se décollait par endroits. Les lits de fer étaient noirs, lugubres, les couvertures d'un vilain gris de caserne. Tout était en désordre. Au moment de leur fuite, les locataires avaient dû ramasser en hâte le plus précieux, mais ils n'avaient rien osé emporter d'encombrant par crainte d'attirer l'attention.

— Ils sont partis tout de suite après le coup de feu ? questionna Maigret.

— Tout de suite.

— Par devant ?

— Par les cours.

— Qui était dehors à ce moment-là ?

— Victor, bien entendu. Puis Serge Madok.

— Lequel est descendu au téléphone ?

— Comment savez-vous qu'on a téléphoné ?

— Réponds !

— On les a appelés vers quatre heures et demie, c'est exact. Je n'ai pas reconnu la voix, mais c'était quelqu'un qui parlait leur langue et qui a simplement dit le nom de Carl. J'ai prévenu celui-ci. Il est descendu. Je le revois dans mon bureau, furieux, faisant des gestes rageurs. Il criait très fort dans l'appareil. Quand il est remonté, il s'est remis à jurer et à tempêter, puis, presque tout de suite après, Madok est descendu.

— C'est donc Madok qui a tué son camarade.

— C'est fort possible.

— Ils n'ont pas essayé d'emmener la femme ?

— Je leur en ai parlé quand ils sont passés dans le corridor. Je me suis douté que tout cela m'amènerait du vilain. J'aimais autant qu'ils disparaissent tous. J'ignorais qu'elle allait accoucher si vite. Je suis monté et je lui ai dit de s'en aller comme les autres. Elle était couchée. Elle me regardait tranquillement. Vous savez, elle comprend beaucoup plus de français qu'elle ne veut en avoir l'air. Elle ne s'est pas donné la peine de répondre, mais, à un moment donné, elle a été prise de douleurs, et j'ai compris.

— Toi, mon petit, dit Maigret à l'inspecteur qui était resté, tu vas attendre l'arrivée de Moers. Ne laisse personne entrer dans les deux pièces, surtout ce singe-ci. Tu es armé ?

Le policier montra le revolver qui gonflait la poche de son veston.

— Que Moers s'occupe d'abord des empreintes. Puis qu'il emporte tout ce qui pourrait nous fournir une indication. Ils n'ont laissé aucun papier derrière eux, évidemment. Je m'en suis assuré.

De vieilles chaussettes, des caleçons, un harmonica, une boîte avec du fil et des aiguilles, des vêtements, plusieurs paquets de cartes à jouer, de petits personnages taillés au couteau dans un bois tendre...

Il descendait l'escalier sur les talons du patron, qu'il faisait marcher devant lui. Ce qu'on appelait le bureau était une pièce minuscule, mal éclairée, pas aérée du tout, où il y avait un lit de camp et une table avec un réchaud et des restes de repas.

— Je suppose que tu n'as pas noté les dates auxquelles les lascars se sont absentés ?

Très vite l'homme répondit par la négative.

— Je m'en doutais. Cela ne fait rien. Tu as jusqu'à demain matin pour te souvenir. Tu entends ? Demain matin, je viendrai ici ou je te ferai chercher pour venir me voir à mon bureau. A ce moment-là, il me faudra les dates, *les dates exactes*, pèse bien ces mots. Faute de quoi, je serai au regret de te boucler.

L'hôtelier avait encore quelque chose à dire, mais il hésitait.

— Si par hasard on venait... est-ce que... est-ce que vous m'autorisez à me servir de mon revolver ?

— Tu t'aperçois que tu en sais trop long, n'est-ce pas, et qu'ils pourraient avoir l'idée de te faire subir le même sort qu'à Victor ?

— J'ai peur.

— Un agent restera dans la rue.

— On peut venir par les cours.

— J'y pensais. J'en mettrai un autre en faction rue Vieille-du-Temple aussi.

Les rues étaient désertes, et le silence surprenait après l'agitation des dernières heures. Il n'y avait plus aucune trace de la rafle. Les lumières s'étaient éteintes aux fenêtres. Tout le monde dormait, sauf ceux qu'on avait emmenés au Dépôt, sauf Maria qui devait être en train d'accoucher à l'hôpital, tandis que Lucas faisait les cent pas devant sa porte.

Il posta deux hommes comme il l'avait promis, leur donna des instructions détaillées, fut un bon moment à attendre un taxi rue de Rivoli. La nuit était claire et fraîche.

Il hésita en montant dans la voiture. Est-ce qu'il n'avait pas dormi la nuit précédente ? N'avait-il pas eu trois jours et trois nuits pour se reposer pendant sa fameuse bronchite ? Moers avait-il le temps de dormir ?

— Où est-ce que nous trouverons quelque chose d'ouvert ? questionna-t-il.

Il avait faim, tout à coup. Faim et soif. L'image d'un verre de bière bien fraîche, à la mousse argentée, lui faisait monter l'eau à la bouche.

— En dehors des boîtes de nuit, je ne vois guère que *La Coupole*, ou les petits bistrots des Halles.

Il le savait. Pourquoi avait-il posé la question ?

— A *La Coupole*.

La grande salle était fermée, mais le bar restait ouvert, avec quelques habitués somnolents. Il se fit servir deux magnifiques sandwiches au jambon, but trois demis presque coup sur coup. Il avait gardé son taxi. Il était quatre heures du matin.

— Quai des Orfèvres.

En route, il se ravisa.

— Allez plutôt au Dépôt, quai de l'Horloge.

Tout son monde était là, et l'odeur rappelait celle de la rue du Roi-de-Sicile. On avait parqué les hommes d'un côté, les femmes de l'autre, avec tous les clochards, tous les ivrognes, toutes les filles soumises ramassées pendant la nuit dans Paris.

Les uns dormaient, couchés sur les planches. Des habitués avaient retiré leurs souliers et massaient leurs pieds douloureux. Des femmes, à travers les grilles, plaisantaient avec les gardiens, et parfois l'une d'elles, par défi, se troussait jusqu'à la ceinture.

Les agents jouaient aux cartes près d'un poêle sur lequel chauffait du café. Des inspecteurs attendaient les ordres de Maigret.

Ce n'est qu'à huit heures, théoriquement, qu'on éplucherait les papiers de tout le monde, qu'on les enverrait là-haut, où on les mettrait nus comme des vers pour la visite médicale et l'anthropométrie.

— Commencez toujours, mes enfants. Vous laisserez le soin des papiers au commissaire de jour. Je voudrais que vous preniez un à un ceux de la rue du Roi-de-Sicile, surtout les femmes... Plus particulièrement ceux et celles qui habitent l'*Hôtel du Lion d'Or*, s'il y en a...

— Une femme et deux hommes.

— Bon. Faites-leur sortir tout ce qu'ils savent au sujet des Tchèques et de Maria.

Il leur donna une brève description des membres de la bande, et ils allèrent s'installer chacun à une table.

L'interrogatoire commença, qui allait durer le reste de la nuit, tandis que Maigret, par des couloirs obscurs où il tâtonnait pour trouver le commutateur, traversait le Palais de Justice et gagnait son bureau.

Joseph, le garçon de nuit, l'accueillait, et cela faisait plaisir de retrouver sa bonne tête. Il y avait de la lumière dans le bureau des inspecteurs où, justement, on entendait la sonnerie du téléphone.

Maigret entra. Bodin était à l'appareil et disait :

— Je vous le passe... Il rentre à l'instant...

C'était Lucas, qui annonçait au commissaire que Maria venait d'accoucher d'un garçon de neuf livres. Elle avait tenté de se précipiter hors de son lit quand l'infirmière avait voulu quitter la chambre avec le bébé pour lui faire sa toilette.

7

Quand il descendit de taxi rue de Sèvres, en face de l'hôpital Laennec, Maigret vit une grosse voiture portant le matricule du corps diplomatique. Sous le portail, un homme long et maigre attendait, vêtu avec une correction décourageante, les gestes si impeccablement étudiés, les expressions de physionomie si parfaites qu'on n'avait pas envie d'écouter les syllabes qu'il prononçait avec lenteur, mais bien de le regarder comme un spectacle.

Pourtant, ce n'était même pas le dernier secrétaire de l'ambassade de Tchécoslovaquie, mais un simple employé de la chancellerie.

— Son Excellence m'a dit... commença-t-il.

Et Maigret, pour qui les dernières heures écoulées comptaient parmi les plus occupées de sa vie, se contenta de grommeler en prenant les devants :

— Ça va !

Il est vrai que, dans l'escalier de l'hôpital, il se retourna pour poser une question qui fit sursauter son compagnon.

— Vous parlez le tchèque, au moins ?

Lucas était dans le couloir, accoudé à une fenêtre, à regarder mélancoliquement dans le jardin. Il faisait gris, ce matin-là, pluvieux. Une infirmière était venue le prier de ne pas fumer, et il soupira en désignant du doigt la pipe de Maigret.

— On va vous la faire éteindre, patron.

Ils durent attendre que l'infirmière de garde vînt les chercher. C'était une femme entre deux âges, qui se montrait insensible à la célébrité de Maigret et qui ne devait pas aimer la police.

— Il ne faudra pas la fatiguer. Quand je vous ferai signe de sortir, je vous prierai de ne pas insister.

Maigret haussa les épaules et pénétra le premier dans la petite chambre blanche où Maria semblait sommeiller, tandis que son bébé dormait dans un berceau à côté de son lit. Pourtant un regard filtrait entre les cils mi-clos de la femme, attentif aux faits et gestes des deux hommes.

Elle était aussi belle que la nuit rue du Roi-de-Sicile. Son teint était plus pâle. On avait tressé ses cheveux en deux grosses nattes qui faisaient le tour de sa tête.

Maigret, après avoir déposé son chapeau sur une chaise, dit au Tchèque :

— Voulez-vous lui demander son nom ?

Il attendit, sans beaucoup d'espoir. En effet, la jeune femme se contenta de regarder d'un œil haineux l'homme qui lui parlait sa langue.

— Elle ne répond pas, fit le traducteur. Autant que je puisse en juger, elle n'est pas Tchèque, mais Slovaque. Je lui ai parlé les deux langues, et c'est quand j'ai employé la seconde qu'elle a tressailli.

— Veuillez lui expliquer que je lui conseille vivement de répondre à mes questions, faute de quoi, aujourd'hui même, en dépit de son état, elle pourrait être transférée à l'infirmerie de la Santé.

Le Tchèque eut un haut-le-corps de gentleman offusqué, et l'infirmière qui rôdait dans la chambre murmura comme pour elle-même :

— Je voudrais bien voir ça !

Puis elle s'adressa à Maigret.

— Vous n'avez pas lu au bas de l'escalier qu'il est interdit de fumer ?

Avec une docilité inattendue, le commissaire retira sa pipe de sa bouche et la laissa éteindre entre ses doigts.

Maria avait enfin prononcé quelques mots.

— Voulez-vous traduire ?

— Elle répond que cela lui est égal et qu'elle nous hait tous. Je ne m'étais pas trompé. C'est une Slovaque, probablement une Slovaque du Sud, une fille de la campagne.

Il en était comme soulagé. Son honneur à lui, pur Tchèque de Prague, n'était plus en jeu, puisqu'il s'agissait d'une paysanne slovaque.

Maigret avait tiré son calepin noir de sa poche.

— Demandez-lui où elle se trouvait la nuit du 12 au 13 octobre dernier.

Cette fois, elle marqua le coup, son regard devint plus sombre et se posa sur le commissaire avec insistance. Aucun son ne sortit néanmoins de ses lèvres.

— Même question pour la nuit du 8 au 9 décembre.

Elle s'agita. On voyait sa poitrine se soulever. Elle avait eu malgré elle un mouvement vers le berceau, comme pour s'emparer de son enfant et le protéger.

C'était une magnifique femelle. Il n'y avait que l'infirmière à ne pas s'apercevoir qu'elle était d'une autre race qu'eux tous et à la traiter comme une femme ordinaire, comme une accouchée.

— Vous n'aurez pas bientôt fini de lui poser des questions stupides ?

— Dans ce cas, on va lui en poser une autre qui vous fera peut-être changer d'avis, madame ou mademoiselle.

— Mademoiselle, s'il vous plaît.

— Je m'en doutais. Veuillez traduire, monsieur. Au cours de cette nuit du 8 au 9 décembre, dans une ferme de Picardie, à Saint-Gilles-les-Vaudreuves, une famille entière a été sauvagement massacrée à coups de hache. La nuit du 12 au 13 octobre, deux vieillards, deux fermiers, ont été tués de même dans leur ferme de Saint-Aubin, toujours en Picardie. Dans la nuit du 21 au 22 novembre, deux vieillards et leur valet, un pauvre idiot, avaient déjà été attaqués, eux aussi, à coups de hache.

— Je suppose que vous allez prétendre que c'est elle ?

— Un instant, mademoiselle. Laissez traduire, voulez-vous ?

Le Tchèque traduisait d'un air dégoûté, comme si de parler de ces massacres lui avait sali les mains. Dès les premiers mots, la femme s'était à moitié dressée sur son lit et avait découvert un sein qu'elle ne songeait pas à cacher.

— Jusqu'au 8 décembre, on ne savait rien des assassins, parce qu'ils ne laissaient pas de survivants derrière eux. Vous comprenez, mademoiselle ?

— Je crois que le docteur ne vous a permis qu'une visite de quelques minutes.

— Ne craignez rien. Elle est solide. Regardez-la.

Elle était toujours belle, près de son petit, comme une louve, comme une lionne, comme elle devait être belle à la tête de ses mâles.

— Traduisez mot à mot, je vous en prie. Le 8 décembre, il y a eu un oubli. Une petite fille de neuf ans, pieds nus, en chemise, est parvenue à se glisser hors de son lit avant qu'on pensât à elle et s'est cachée dans un coin où personne n'a songé à la chercher. Elle a vu, celle-là. Elle a entendu. Elle a vu une jeune femme brune, une femme magnifique et sauvage qui approchait la flamme d'une bougie des pieds de sa mère pendant qu'un des hommes fendait le crâne du grand-père, et qu'un autre versait à boire à ses camarades. La fermière criait, suppliait, se tordait de douleur pendant que celle-ci...

Il désignait le lit de l'accouchée.

— ... pendant que celle-ci, souriante, raffinait le supplice en lui mettant le bout brûlant d'une cigarette sur les seins.

— Je vous en prie ! protesta l'infirmière.

— Traduisez.

Pendant ce temps, il observait Maria qui ne le quittait pas des yeux, repliée sur elle-même, les prunelles brillantes.

— Demandez-lui si elle a quelque chose à répondre.

Mais ils n'obtenaient qu'un sourire méprisant.

— La petite fille, qui a échappé au carnage, qui est maintenant orpheline et qu'on a recueillie dans une famille d'Amiens, a été mise ce matin en face d'une photographie de cette femme, transmise par bélinogramme. Elle l'a formellement reconnue. On ne l'avait pas prévenue. On a simplement placé la photo sous ses yeux, et l'émotion a été si violente qu'elle a été prise d'une crise nerveuse. Traduisez, monsieur le Tchèque.

— Elle est Slovaque, répéta celui-ci.

Et voilà que le bébé pleurait, que l'infirmière, après avoir consulté sa montre, le sortait de son berceau, tandis que la mère, pendant qu'on le changeait, le suivait du regard.

— Je vous ferais remarquer qu'il est l'heure, monsieur le commissaire.

— Est-ce qu'il était l'heure aussi pour les gens dont je parle ?

— Le bébé doit prendre le sein.

— Qu'il le prenne.

Et c'était bien la première fois que Maigret poursuivait un pareil interrogatoire, tandis qu'un nouveau-né soudait ses lèvres au sein blanc d'une meurtrière.

— Elle ne répond toujours pas, n'est-ce pas ? Je suppose qu'elle ne dira rien non plus quand vous lui parlerez de la veuve Rival, assassinée comme les autres, dans sa ferme, le 19 janvier. C'est la dernière en date. Sa fille, âgée de quarante ans, y a passé, elle aussi. Je suppose que Maria était présente. On a, comme toujours, relevé sur le corps des traces de brûlures. Traduisez.

Il sentait un profond malaise autour de lui, une hostilité sourde, mais il n'en avait cure. Il était harassé. S'il était resté cinq minutes seulement dans un fauteuil, il se serait endormi.

— Parlez-lui maintenant de ses compagnons, de ses mâles, de Victor Poliensky, sorte d'idiot de village à la force de gorille, de Serge Madok au cou épais et à la peau grasse, de Carl et du gamin qu'ils appellent Pietr.

Elle cueillait les noms sur les lèvres de Maigret et, à chacun d'eux, elle tressaillait.

— Est-ce que le petit était son amant, lui aussi ?

— Je dois traduire ?

— Je vous en prie. Ce n'est pas vous qui la ferez rougir.

Acculée, elle parvenait à sourire à l'évocation de l'adolescent.

— Demandez-lui si c'était vraiment son frère.

Chose curieuse, il y avait des moments où une chaude tendresse passait dans les yeux de la femme, et pas seulement quand elle rapprochait de son sein le visage de l'enfant.

— Maintenant, monsieur le Tchèque...

— On m'appelle Franz Lehel.

— Cela m'est égal. Je vous prie de traduire très exactement, mot pour mot, ce que je vais dire. Il est possible que la tête de votre compatriote en dépende. Dites-lui d'abord ça : que sa tête dépend de l'attitude qu'elle va prendre.

— Je dois vraiment ?

Et l'infirmière de murmurer :

— C'est répugnant !

Mais Maria, elle, ne broncha pas. Elle devint seulement un peu plus pâle, puis elle parvint à sourire.

— Il y a un autre individu que nous ne connaissons pas et qui était leur chef.

— Je traduis ?

— Je vous en prie.

Cette fois, ce fut un sourire ironique que l'on obtint de l'accouchée.

— Elle ne parlera pas, je le sais. Je m'y attendais en arrivant. Ce n'est pas une femme qu'on intimide. Il y a cependant un détail que je veux savoir, parce que des vies humaines sont en jeu.

— Je traduis ?

— Pourquoi vous ai-je fait venir ?

— Pour traduire. Je vous demande pardon.

Et, très raide, il semblait réciter une leçon.

— Entre le 12 octobre et le 21 novembre, il y a à peu près un mois et demi. Entre le 21 novembre et le 8 décembre, il y a un peu plus de quinze jours. Cinq semaines encore avant le 19 janvier. Vous ne comprenez pas ? C'est le temps qu'il fallait à peu près à la bande pour dépenser l'argent. Or, nous sommes à la fin février. Je ne peux rien promettre. D'autres, quand le procès viendra aux Assises, décideront de son sort. Traduisez.

— Vous voulez me répéter les dates ?

Il récita à nouveau, puis attendit.

— Ajoutez à présent que si, en répondant à mes dernières questions, elle évite de nouveaux massacres, il en sera tenu compte.

Elle ne broncha pas, mais sa moue redevint méprisante.

— Je ne lui demande pas où se trouvent en ce moment ses amis. Je ne lui demande même pas le nom du chef. Je veux savoir si les fonds sont bas, si un coup est en préparation pour des prochains jours.

Cela n'eut pour résultat que de faire briller les yeux de Maria.

— Bien. Elle ne répondra pas. Je crois que j'ai compris. Reste à savoir si Victor Poliensky était le tueur.

Elle écouta la traduction avec beaucoup d'attention, attendit, et Maigret s'énervait de devoir passer ainsi par le canal de l'employé de chancellerie.

— Ils ne devaient pas être plusieurs à manier la hache, et, si ce n'était pas le rôle de Victor, je ne vois pas l'utilité pour la bande de traîner un simple d'esprit avec elle. C'est lui, en définitive, qui a fait prendre Maria et qui les fera prendre tous.

Traduction, toujours. Maintenant, elle semblait triompher. Ils ne savaient rien. Elle était seule à savoir. Elle était dans son lit, affaiblie, avec un nouveau-né accroché à son sein, mais elle s'était tue, elle continuerait à se taire.

Un coup d'œil involontaire à la fenêtre trahissait le fond de sa pensée. Au moment où on l'avait abandonnée rue du Roi-de-Sicile — c'était elle, probablement, qui avait exigé qu'on l'abandonnât — on avait dû lui faire des promesses.

Elle connaissait ses mâles. Elle avait confiance en eux. Tant qu'ils seraient libres, elle ne risquait rien. Ils viendraient. Tôt ou tard, ils la tireraient d'ici, ou plus tard de l'infirmerie même de la Santé.

Elle était splendide. Ses narines frémissaient. Ses lèvres pleines avaient une moue intraduisible. Elle n'était pas de la même race que ceux qui l'entouraient, ni ses hommes. Ils avaient choisi une fois pour toutes de vivre en marge. Ils étaient de grands fauves, et les bêlements des moutons ne touchaient en eux aucune corde sensible.

Où, dans quels bas-fonds, dans quelle atmosphère de misère leur association s'était-elle formée ? Ils avaient eu faim, tous. C'était si vrai que, leur coup fait, ils ne pensaient qu'à manger, à manger à longueur de journée, manger et boire, dormir, faire l'amour, manger encore, sans souci du décor miteux de la rue du Roi-de-Sicile ni de leurs vêtements usés qui ressemblaient à des haillons.

Ils ne tuaient pas pour l'argent. L'argent n'était pour eux que le moyen de manger et de dormir en paix, dans leur coin, dans leur tanière, indifférents au reste de l'humanité.

Elle n'était même pas coquette. Les robes trouvées dans la chambre étaient des robes bon marché, comme elle en avait porté dans son village. Elle ne se mettait ni poudre ni rouge à lèvres. Elle n'avait pas de linge fin. Tous autant qu'ils étaient auraient pu, à d'autres âges ou sous d'autres latitudes, vivre de même, nus, dans la forêt ou dans la jungle.

— Dites-lui que je reviendrai, que je lui demande de réfléchir. Elle a maintenant un enfant.

Il baissa la voix malgré lui pour prononcer ces derniers mots.

— A présent, nous vous laissons, dit-il à l'infirmière. Je vous enverrai tout à l'heure un second inspecteur. Je téléphonerai au docteur Boucard. C'est bien lui qui la soigne, n'est-ce pas ?

— C'est le chef du service.

— Si elle est transportable, on la transférera sans doute ce soir ou demain matin à la Santé.

Malgré ce qu'il lui avait révélé de sa patiente, elle le regardait toujours avec rancune.

— Au revoir, mademoiselle. Venez, monsieur.

Dans le couloir, il dit quelques mots à Lucas, qui n'était au courant de rien. L'infirmière qui les avait accompagnés depuis le rez-de-chaussée les attendait un peu plus loin. Devant une porte, il y avait cinq ou six vases pleins de fleurs fraîches.

— A qui est-ce ? demanda-t-il.

L'infirmière était jeune et blonde, potelée sous sa blouse.

— Ce n'est plus à personne. La dame qui occupait cette chambre est rentrée chez elle voilà quelques minutes. Elle a laissé les fleurs. Elle avait beaucoup d'amis.

Il lui parla à voix basse. Elle dit oui. Elle paraissait étonnée. Mais le Tchèque l'aurait été davantage encore s'il avait deviné ce que Maigret venait de faire.

Il avait dit simplement, un peu gêné :

— Mettez-en donc quelques-unes au 217.

Parce que la chambre était nue et froide, parce qu'il y avait quand même là une femme et un nouveau petit d'homme.

Il était onze heures et demie. Dans le long couloir mal éclairé où s'alignent les portes des juges d'instruction, quelques hommes, menottes aux mains, sans cravate, encadrés de gendarmes, attendaient encore leur tour, assis sur les bancs sans dossier. Il y avait aussi des femmes, des témoins qui s'impatientaient.

Le juge Coméliau, plus grave que jamais, soucieux, avait dû faire chercher des chaises chez un de ses collègues et avait envoyé son greffier déjeuner.

Sur la demande de Maigret, le directeur de la P.J. était présent, assis dans un fauteuil, tandis que, sur la chaise généralement réservée aux gens qu'on interroge, se tenait le commissaire Colombani, de la Sûreté nationale.

Comme la Police Judiciaire, en principe, ne s'occupe que de Paris et de la région parisienne, c'était lui qui, depuis cinq mois, en contact avec les brigades mobiles, dirigeait l'enquête au sujet des « Tueurs de

Picardie », comme les journalistes, après le premier crime, avaient baptisé la bande.

De bonne heure, le matin, il avait eu une entrevue avec Maigret et lui avait confié son dossier.

De bonne heure aussi, un peu avant neuf heures, un des inspecteurs postés rue du Roi-de-Sicile avait frappé à la porte du commissaire.

— Il est ici, avait-il annoncé.

Il s'agissait du patron de l'*Hôtel du Lion d'Or*. La nuit, ou plutôt la fin de la nuit, lui avait porté conseil. Hâve, mal rasé, les vêtements fripés, il avait interpellé l'inspecteur qui faisait les cent pas devant la maison.

— Je voudrais aller au quai des Orfèvres, avait-il annoncé.

— Allez-y.

— J'ai peur.

— Je vous accompagnerai.

Mais Victor n'avait-il pas été abattu en pleine rue, au milieu de la foule ?

— J'aimerais mieux que nous prenions un taxi. Je payerai.

Quand il entra dans le bureau, Maigret avait son dossier devant lui, car l'homme comptait trois condamnations à son actif.

— Tu as les dates ?

— J'ai réfléchi, oui. On verra bien ce qui arrivera. Du moment que vous promettez de me protéger...

Il puait la lâcheté et la maladie. Tout son être faisait penser à un mal blanc. C'est cet homme-là, pourtant, qui avait été appréhendé à deux reprises pour attentat à la pudeur.

— La première fois qu'ils se sont absentés, je n'ai pas fait trop attention, mais la seconde cela m'a frappé.

— La seconde ? Donc, le 21 novembre.

— Comment le savez-vous ?

— Parce que j'y ai pensé, moi aussi, et que j'ai lu les journaux.

— Je me suis douté que c'était eux, mais je n'ai rien laissé voir.

— Ils ont deviné quand même, hein ?

— Je ne sais pas. Ils m'ont donné un billet de mille.

— Hier, tu as dit cinq cents.

— Je me suis trompé. C'est la fois suivante, quand ils sont rentrés, que Carl m'a menacé.

— Ils partaient en voiture ?

— Je ne sais pas. En tout cas, ils quittaient la maison à pied.

— Les visites de l'autre, de celui que tu ne connais pas, avaient lieu quelques jours avant ?

— Maintenant que j'y réfléchis, je crois que oui.

— Il couchait avec Maria aussi ?

— Non.

— Maintenant, tu vas gentiment m'avouer quelque chose. Souviens-toi de tes deux premières condamnations.

— J'étais jeune.

— C'était encore plus dégoûtant. Comme je te connais, la Maria devait t'exciter.

— Je ne l'ai jamais touchée.

— Parbleu ! Tu avais peur des autres.

— D'elle aussi.

— Bon ! Cette fois au moins tu es franc. Seulement, tu ne t'es pas contenté d'aller ouvrir leur porte de temps en temps. Avoue !

— J'ai fait un trou dans la cloison, c'est vrai. Je m'arrangeais pour que la chambre voisine soit occupée le plus rarement possible.

— Qui couchait avec elle ?

— Tous.

— Y compris le gamin ?

— Surtout le gamin.

— Tu m'as dit hier que c'était probablement son frère.

— Parce qu'il lui ressemble. C'est le plus amoureux. Je l'ai vu pleurer plusieurs fois. Quand il était avec elle, il la suppliait.

— De quoi ?

— Je ne sais pas. Ils ne parlaient pas français. Lorsque c'était un autre qui était dans la chambre, il lui arrivait de descendre et d'aller se soûler tout seul dans un petit bistrot de la rue des Rosiers.

— Ils se disputaient ?

— Les hommes ne s'aimaient pas.

— Tu ne sais vraiment pas à qui appartient la chemise maculée de sang que tu as vu laver dans la cuvette ?

— Je n'en suis pas sûr. Je l'ai vue sur le dos de Victor, mais il leur arrivait d'échanger leurs affaires.

— A ton avis, de ceux qui habitaient chez toi, qui était le chef ?

— Il n'y avait pas de chef. Quand il y avait bagarre, Maria les engueulait, et ils se taisaient.

Le tenancier du meublé était retourné dans son taudis, toujours flanqué d'un inspecteur, contre qui, dans la rue, il se collait peureusement, la peau moite d'une sueur d'angoisse. Il devait sentir encore plus mauvais que d'habitude, car la peur sent mauvais.

A présent, le juge Coméliau, au faux col roide, à la cravate sombre, au complet impeccable, regardait Maigret qui s'était assis sur le rebord de la fenêtre, le dos à la cour.

— La femme n'a rien dit et ne parlera pas, dit le commissaire en fumant sa pipe à petites bouffées. Depuis hier au soir, nous avons trois fauves en liberté dans Paris, Serge Madok, Carl et le petit Pietr, qui, malgré son âge, ne doit pas avoir une âme d'enfant de chœur. Je ne parle pas de celui qui venait leur rendre visite et qui est probablement leur chef à tous.

— Je suppose, interrompit le juge, que vous avez fait le nécessaire ?

Il aurait bien voulu prendre Maigret en faute. Celui-ci avait trop appris, en trop peu de temps, comme en se jouant. Avec l'air de s'occuper uniquement de son mort, du Petit Albert, voilà qu'il avait déniché une bande dont la police s'occupait en vain depuis cinq mois.

— Les gares sont alertées, rassurez-vous. Cela ne servira de rien, mais c'est la routine. On surveille les routes, les frontières. Toujours la routine. Beaucoup de circulaires, de télégrammes, de coups de téléphone, des milliers de gens en mouvement, mais...

— C'est indispensable.

— Aussi c'est fait. On surveille aussi les meublés, surtout ceux dans le genre de l'*Hôtel du Lion d'Or*. Il faudra bien que ces gens-là couchent quelque part.

— Un directeur de journal, qui est de mes amis, m'a téléphoné tout à l'heure pour se plaindre de vous. Il paraît que vous refusez de donner le moindre renseignement aux reporters.

— C'est exact. Je pense qu'il est inutile d'alerter la population parisienne en lui annonçant que quelques tueurs traqués errent dans les rues de la ville.

— Je suis de l'avis de Maigret, appuya le directeur de la P.J.

— Je ne critique pas, messieurs. J'essaie de me faire une opinion. Vous avez vos méthodes. Le commissaire Maigret, en particulier, a les siennes, qui sont parfois assez particulières. Il ne se montre pas toujours empressé à me mettre au courant, et pourtant, en dernier ressort, c'est moi seul qui suis responsable. Le procureur vient, à ma demande, de joindre l'affaire de la bande de Picardie à celle du petit Albert. J'aimerais pouvoir faire le point.

— Nous savons déjà, récita Maigret d'une voix volontairement monotone, comment les victimes ont été choisies.

— Vous avez reçu des témoignages du Nord ?

— Ils n'ont pas été nécessaires. Moers a relevé, dans les deux chambres de la rue du Roi-de-Sicile, de nombreuses empreintes digitales. Si ces messieurs, quand ils travaillaient dans les fermes, portaient des gants de caoutchouc et ne laissaient rien derrière eux, si les assassins du petit Albert avaient des gants eux aussi, les hôtes du *Lion d'Or* vivaient chez eux les mains nues. Au service des fiches, on a reconnu les empreintes de l'un d'entre eux seulement.

— Lequel ?

— Carl. Son nom est Carl Lipschitz. Il est né en Bohême et est entré en France régulièrement, voilà cinq ans, avec un passeport en bonne forme. Il faisait partie d'un groupe de travailleurs agricoles qui a été dirigé sur les grosses fermes de Picardie et de l'Artois.

— A quel titre sa fiche figure-t-elle aux sommiers ?

— Il y a deux ans, il a été accusé de meurtre, accompagné de viol sur une gamine de Saint-Aubin. Il travaillait à ce moment-là dans une ferme du village. Arrêté, sur la foi de la rumeur publique, il a été relaxé un mois plus tard, faute de preuves. Depuis, on perd sa trace. Sans doute est-il venu à Paris ? On vérifiera dans les grandes usines de la banlieue, et je ne serais pas étonné qu'il ait travaillé chez Citroën, lui aussi. Un inspecteur est déjà en route.

— Cela nous en fait donc un d'identifié.

— Ce n'est pas beaucoup, mais vous remarquerez qu'il est à la base de toute l'affaire. Colombani a bien voulu me confier son dossier, que j'ai examiné attentivement. Voici une carte qu'il a dressée avec beaucoup d'à-propos. Je lis aussi dans un des ses rapports que, dans les villages où les crimes ont été commis, ne *résidait* aucun Tchèque. Comme on y comptait quelques Polonais, certains ont parlé d'une « bande des Polonais », mettant les massacres de fermiers à leur compte.

— Où voulez-vous en venir ?

— Quand le groupe auquel Carl appartenait est arrivé en France, les hommes ont été dispersés. Nous ne trouvons que lui, à cette époque, dans la région qui se situe un peu au sud d'Amiens. C'est là que les trois premiers crimes ont été commis, toujours dans des fermes riches et isolées, toujours aussi chez des vieillards.

— Et les deux fermiers ?

— Un peu plus à l'est, vers Saint-Quentin. Nous apprendrons certainement que Carl a eu une liaison ou un ami dans ces parages. Il pouvait s'y rendre à bicyclette. Trois ans plus tard, quand la bande s'est constituée...

— Où croyez-vous qu'elle se soit constituée ?

— Je l'ignore, mais vous verrez que nous retrouverons la plupart des personnages dans les environs du quai de Javel. Victor Poliensky travaillait encore chez Citroën peu de semaines avant le premier coup de main.

— Vous avez parlé d'un chef.

— Permettez-moi de finir d'abord ma pensée. Avant la mort du petit Albert, ou plutôt avant la découverte du corps de celui-ci place de la Concorde — j'insiste sur la différence et vous verrez pourquoi —, la bande, qui en était à son quatrième massacre, jouissait d'une sécurité complète. Personne ne connaissait le signalement de ceux qui la composaient. Notre seul témoin était une fillette qui avait vu une femme torturer sa mère. Quant aux hommes, elle les avait à peine entrevus, et ils portaient tous des chiffons noirs sur le visage.

— Vous avez retrouvé ces chiffons rue du Roi-de-Sicile ?

— Non. La bande, donc, était en sûreté. Personne n'aurait pensé à aller chercher les tueurs de Picardie dans un taudis du ghetto. Est-ce exact, Colombani ?

— Tout à fait exact.

— Le petit Albert, soudain, se sentant menacé par des hommes qui le suivaient — n'oubliez pas que, dans ses coups de téléphone, il a dit qu'ils étaient plusieurs à se relayer — le petit Albert, dis-je, a été tué d'un coup de couteau dans son propre caboulot, après avoir fait appel à moi pour le protéger. Il avait eu l'intention de venir me voir. Il avait donc des révélations à me faire, et les autres le savaient. Une question se pose : pourquoi s'est-on donné la peine de transporter son cadavre place de la Concorde ?

Ils le regardaient en silence, cherchant en vain une solution à cette question que Maigret s'était posée tant de fois à lui-même.

— Je me réfère toujours au dossier de Colombani, qui est d'une précision remarquable. Pour chacun des attentats dans les fermes, la bande s'est servie de voitures, de préférence de camionnettes volées. Presque toutes ont été prises sur la voie publique dans les environs de la place Clichy, en tout cas dans le dix-huitième arrondissement, et c'est pourquoi c'est surtout dans ce secteur que les recherches ont été poussées. C'est dans le même quartier, mais un peu en dehors de la ville, qu'on retrouvait les autos le lendemain.

— Vous en concluez ?

— Que la bande ne possède pas d'auto. Une voiture doit se garer quelque part, et cela laisse des traces.

— Si bien que l'auto jaune... ?

— *L'auto jaune n'a pas été volée.* Nous le saurions, car le propriétaire aurait porté plainte, d'autant plus qu'il s'agit d'une voiture presque neuve.

— Je comprends, murmura le chef, tandis que le juge Coméliau, qui, lui, ne comprenait pas, fronçait les sourcils, vexé.

— J'aurais dû y penser plus tôt. J'ai un moment admis cette éventualité, puis je l'ai rejetée parce que cela me semblait trop compliqué et que je professe que la vérité est toujours simple. *Ce ne sont pas les assassins du petit Albert qui ont déposé son cadavre place de la Concorde.*

— Qui est-ce ?

— Je ne sais pas, mais nous l'apprendrons bientôt.

— Comment ?

— J'ai fait insérer une annonce dans les journaux. Rappelez-vous qu'Albert, vers cinq heures de l'après-midi, quand il a compris que nous étions impuissants à l'aider, a donné un coup de téléphone qui ne nous était pas destiné.

— Il a demandé du secours à ses amis, selon vous ?

— Peut-être. Il a en tout cas donné rendez-vous à quelqu'un. Et ce quelqu'un n'est pas arrivé à l'heure.

— Comment le savez-vous ?

— Vous oubliez que l'auto jaune a eu une panne quai Henri-IV, une panne assez longue.

— De sorte que les deux hommes qu'elle emmenait sont arrivés trop tard ?

— Justement.

— Un instant ! J'ai, moi aussi, le dossier sous les yeux. D'après votre cartomancienne, l'auto a stationné en face du *Petit Albert* de huit heures et demie à neuf heures environ. Or le corps n'a été déposé sur le trottoir de la place de la Concorde qu'à une heure du matin.

— Ils sont peut-être revenus, monsieur le juge.

— Pour chercher la victime d'un crime qu'ils n'avaient pas commis et pour la déposer ailleurs ?

— C'est possible. Je n'explique pas. Je constate.

— Et la femme d'Albert, pendant ce temps-là ?

— Supposez que, précisément, ils soient allés la mettre en lieu sûr ?

— Pourquoi ne l'aurait-on pas tuée en même temps que son mari, puisque, vraisemblablement, elle savait, elle aussi, puisqu'en tout cas elle doit avoir vu les meurtriers ?

— Qui nous dit qu'elle n'était pas sortie ? Certains hommes, quand ils ont à traiter une affaire sérieuse, éloignent leur femme.

— Vous ne pensez pas, monsieur le commissaire, que tout ceci nous écarte, nous aussi, de nos tueurs qui, comme vous dites, rôdent en ce moment dans Paris ?

— Qu'est-ce qui nous a mis sur leur piste, monsieur le juge ?

— Le cadavre de la place de la Concorde, évidemment.

— Pourquoi ne nous y ramènerait-il pas une fois encore ? Voyez-vous, je crois que, quand nous aurons compris, il ne nous sera pas difficile de mettre la main sur la bande. Seulement, il faut comprendre.

— Vous supposez qu'ils ont tué l'ancien garçon de café parce qu'il en savait trop ?

— C'est probable. Et je cherche à savoir comment il savait. Quand je l'aurai découvert, je saurai aussi *ce qu'il savait*.

Le chef approuvait de la tête, en souriant, car il sentait l'antagonisme entre les deux hommes. Quant à Colombani, il aurait bien voulu prendre la parole à son tour.

— Peut-être le train ? insinua-t-il.

Il connaissait son dossier à fond, et Maigret l'encouragea.

— De quel train parlez-vous ? s'informa Coméliau.

— Nous avons — c'était Colombani qui parlait, et son collègue l'y poussait du regard — nous avons, depuis la dernière affaire, un léger indice que nous avons évité de rendre public, afin de ne pas mettre la bande sur ses gardes. Veuillez examiner la carte numéro 5 qui est jointe au dossier. L'attentat du 19 janvier a été commis chez les époux Rival, morts tous les deux, malheureusement, ainsi que leur valet et une servante. Leur ferme s'appelle *Les Nonettes,* sans doute parce qu'elle est bâtie sur les ruines d'un ancien couvent et se trouve à près de cinq kilomètres du village. Ce village, Goderville, a une gare de chemin de fer où s'arrêtent les trains omnibus. C'est la grande ligne Paris-Bruxelles. Inutile de vous dire que les voyageurs venant de Paris sont rares, car il faut des heures pour accomplir le trajet en s'arrêtant aux moindres gares. Or, le 19 janvier, à huit heures dix-sept du soir, un homme est descendu du train, muni d'un billet aller et retour Paris-Goderville.

— On possède son signalement ?

— Vague. Un homme encore jeune, bien vêtu.

Le juge voulait découvrir quelque chose à son tour.

— L'accent étranger ?

— Il n'a pas parlé. Il a traversé le village sur la grand-route, et on ne l'y a pas revu. Par contre, le lendemain matin, à six heures et

quelques minutes, il reprenait le train de Paris dans une autre petite
gare, Moucher, située à vingt et un kilomètres plus au sud. Il n'a pas
loué un taxi. Aucun paysan ne l'a emmené dans sa voiture. Il est
difficile de croire qu'il a passé la nuit à marcher pour son plaisir. Il a
dû fatalement passer à proximité des *Nonettes.*

Maigret fermait les yeux, envahi par une fatigue à laquelle il ne
résistait plus qu'avec peine. Il lui arrivait même, debout, de s'endormir
à moitié, et il avait laissé éteindre sa pipe.

— Quand nous avons été en possession de ces renseignements,
poursuivait Colombani, nous avons fait rechercher le billet à la
compagnie du Nord. Tous les billets que l'on récolte à l'arrivée des
trains, en effet, sont conservés, pendant un certain temps.

— Et vous ne l'avez pas retrouvé ?

— Il n'a pas été présenté à la gare du Nord. Autrement dit, un
voyageur est descendu à contre-voie ou encore s'est mêlé à la foule,
dans une gare de banlieue, et a pu sortir sans être vu, ce qui n'est pas
difficile.

— C'est de cela que vous vouliez parler, monsieur Maigret ?

— Oui, monsieur le juge.

— Pour en arriver à quelle conclusion ?

— Je ne sais pas. Le petit Albert aurait pu être dans le même train.
Il aurait pu se trouver à la gare.

Il secoua la tête et reprit :

— Non. On aurait commencé plus tôt à le harceler.

— Alors ?

— Rien ! D'ailleurs, il était en possession d'une preuve matérielle,
puisqu'on s'est donné la peine de fouiller sa maison de fond en comble
après l'avoir assassiné. C'est compliqué. Et Victor est revenu rôder
autour du bistrot.

— Sans doute n'avaient-ils pas trouvé ce qu'ils cherchaient ?

— Dans ce cas, ce n'est pas le simple d'esprit qu'ils auraient envoyé.
Victor a agi de son propre chef, à l'insu des autres, j'en jurerais. La
preuve, c'est qu'ils l'ont abattu froidement quand ils ont su que la
police était sur ses talons et qu'il risquait de les faire prendre tous.
Excusez-moi, messieurs. Excusez-moi, chef. Je tombe de fatigue.

Il se tourna vers Colombani.

— Je te vois vers cinq heures ?

— Si tu veux.

Il paraissait si mou, si las, si flottant, que le juge Coméliau eut des
remords et murmura :

— Vous avez quand même obtenu de jolis résultats.

Puis, quand Maigret fut sorti :

— Il n'a plus l'âge de passer des nuits sans sommeil. Pourquoi aussi
vouloir tout faire par lui-même ?

Il aurait été bien étonné s'il avait vu Maigret, au moment de monter
en taxi, hésiter sur l'adresse à donner et prononcer enfin :

— Quai de Charenton ! Je vous arrêterai.

Cette visite de Victor au *Petit Albert* le tarabustait. Tout le long du chemin, il revoyait le grand garçon roux marcher de son pas félin, avec Lucas sur les talons.

— Qu'est-ce que vous prenez, patron ?

— Ce que tu voudras.

Chevrier était entré tout à fait dans la peau de son rôle, et sa femme devait faire de la bonne cuisine, car on comptait une vingtaine de clients dans la salle.

— Je monte ! Tu ne veux pas m'envoyer Irma ?

Elle le suivit dans l'escalier, s'essuyant les mains à son tablier. Il regarda autour de lui, dans la chambre qui, fenêtres larges ouvertes, sentait bon le propre.

— Où avez-vous mis les objets qui traînaient un peu partout ?

Il en avait fait l'inventaire avec Moers. Mais, à ce moment-là, il cherchait ce que les assassins avaient pu laisser derrière eux. Maintenant, il se demandait autre chose, de plus précis : ce que Victor, personnellement, avait eu l'intention de venir chercher.

— J'ai tout fourré dans le tiroir du haut de la commode.

Des peignes, une boîte qui contenait des épingles à cheveux, des coquillages avec le nom d'une plage normande, un coupe-papier réclame, un porte-mine qui ne fonctionnait plus, de ces petits riens dont s'encombrent les maisons.

— Tout est là dedans ?

— Même un reste de paquet de cigarettes et une vieille pipe cassée. Nous allons encore rester longtemps ici ?

— Je n'en sais rien, mon petit. Vous vous ennuyez ?

— Moi, non. Mais il y a des clients qui deviennent trop familiers, et mon mari commence à s'impatienter. D'ici à ce qu'il leur cogne sur la figure...

Il fouillait toujours le tiroir et il en retira un petit harmonica de marque allemande qui avait beaucoup servi. Il le mit dans sa poche, à la grande surprise d'Irma.

— C'est tout ? questionna-t-elle.

— C'est tout.

Quelques minutes plus tard, d'en bas, il téléphonait à M. Loiseau, que sa question ahurit :

— Dites-moi, cher monsieur, est-ce qu'Albert jouait de l'harmonica ?

— Pas à ma connaissance. Il chantait, mais je n'ai jamais entendu dire qu'il jouait d'un instrument.

Maigret se souvenait de l'harmonica trouvé rue du Roi-de-Sicile. L'instant d'après, il appelait le tenancier du *Lion d'Or* à l'appareil.

— Est-ce que Victor jouait de l'harmonica ?

— Certainement. Il en jouait même dans la rue en marchant.

— Était-il le seul à en jouer ?

— Serge Madok en jouait aussi.

— Ils avaient chacun leur harmonica ?

— Je crois. Oui. C'est même certain, car il leur arrivait de faire des duos.

Or, il n'y avait qu'un harmonica dans la chambre du *Lion d'Or* quand Maigret l'avait fouillée.

Ce que Victor le simple était venu chercher quai de Charenton à l'insu de ses complices, ce pourquoi, en fin de compte, il était mort, c'était son harmonica.

8

Ce qui advint cet après-midi allait s'ajouter aux quelques histoires que Mme Maigret racontait en souriant lors des réunions familiales.

Que Maigret rentrât à deux heures et se couchât en refusant de déjeuner, ce n'était pas trop extraordinaire, encore que son premier soin, à n'importe quelle heure, quand il pénétrait dans l'appartement, fût d'aller dans la cuisine soulever le couvercle des casseroles. Il prétendit, il est vrai, qu'il avait mangé. Puis, un peu plus tard, alors qu'elle le poussait un peu pendant qu'il se déshabillait, il avoua qu'il avait chipé une tranche de jambon dans la cuisine du quai de Charenton.

Elle ferma les stores, s'assura que son mari ne manquait de rien et sortit sur la pointe des pieds. La porte n'était pas refermée qu'il dormait profondément.

Sa vaisselle finie, la cuisine mise en ordre, elle hésita un bon moment à rentrer dans la chambre pour aller prendre son tricot qu'elle avait oublié. Elle écouta d'abord, entendit un souffle régulier, tourna le bouton avec précaution et s'avança sur la pointe des pieds sans faire plus de bruit qu'une bonne sœur. C'est à ce moment-là que, tout en continuant à respirer comme un homme endormi, il prononça d'une voix un peu pâteuse :

— Dis donc ! Deux millions et demi en cinq mois...

Il avait les yeux fermés, le teint très coloré. Elle crut qu'il parlait dans son sommeil, s'immobilisa néanmoins pour ne pas le réveiller.

— Comment t'y prendrais-tu pour dépenser ça, toi ?

Elle n'osait pas répondre, persuadée qu'il rêvait ; toujours sans remuer les paupières, il s'impatienta :

— Réponds, madame Maigret.

— Je ne sais pas, moi, chuchota-t-elle. Combien as-tu dit ?

— Deux millions et demi. Probablement beaucoup plus. C'est le minimum qu'ils ont ramassé dans les fermes et une bonne partie en pièces d'or. Il y a les chevaux, évidemment...

Il se retourna pesamment, et un de ses yeux s'entrouvrit un instant pour se fixer sur sa femme.

— On en revient toujours aux courses, tu comprends ?

Elle savait qu'il ne parlait pas pour elle, mais pour lui. Elle attendait qu'il fût rendormi pour se retirer comme elle était venue, même sans son tricot. Il se tut un bon moment, et elle put croire qu'il était rendormi.

— Écoute, madame Maigret. Il y a un détail que je voudrais connaître tout de suite. Où y avait-il des courses mardi dernier ? Dans la région parisienne, bien entendu. Téléphone !

— A qui veux-tu que je téléphone ?

— Au Pari-Mutuel. Tu trouveras le numéro dans l'annuaire.

L'appareil se trouvait dans la salle à manger, et le fil était trop court pour qu'on pût l'apporter dans la chambre. Mme Maigret se sentait toujours mal à l'aise quand elle devait parler devant le petit disque de métal, surtout à quelqu'un qu'elle ne connaissait pas. Elle questionna, résignée :

— Je dis que c'est de ta part ?

— Si tu veux.

— Et si on me demande qui je suis ?

— On ne te le demandera pas.

A ce moment-là, il avait les deux yeux ouverts. Il était donc complètement réveillé. Elle passa dans la pièce voisine, laissa la porte ouverte pendant le temps qu'elle téléphonait. Ce fut très court. On aurait dit que l'employé qui lui répondait avait l'habitude de ces questions-là, et il devait connaître son calendrier des courses par cœur, car il lui donna le renseignement sans hésiter.

Or, quand Mme Maigret revint dans la chambre pour répéter à Maigret ce qu'on venait de lui dire, celui-ci dormait à poings fermés, la respiration assez sonore pour s'appeler ronflement.

Elle hésita à l'éveiller, décida qu'il valait mieux le laisser reposer. A tout hasard, elle laissa la porte de communication entrouverte et, de temps en temps, elle regardait l'heure avec étonnement, car les siestes de son mari étaient rarement longues.

A quatre heures, elle alla dans la cuisine pour mettre sa soupe au feu. A quatre heures et demie, elle jeta un coup d'œil dans la chambre, et son mari dormait toujours ; il devait rêver qu'il réfléchissait, car il avait les sourcils froncés, le front tout plissé et une drôle de moue aux lèvres.

Or voilà qu'un peu plus tard, alors qu'elle s'était rassise dans la salle à manger, à sa place, près de la fenêtre, elle entendait une voix qui prononçait avec impatience :

— Eh bien ! Cette communication ?

Elle se précipita, le regarda, étonnée, assis sur son séant.

— La ligne est occupée ? questionna-t-il le plus sérieusement du monde.

Cela fit un curieux effet à Mme Maigret. Elle eut presque peur, comme si son mari avait déliré.

— Bien sûr que j'ai eu la communication. Il y a près de trois heures de ça.

Il l'observait, incrédule.

— Qu'est-ce que tu racontes ? Voyons, quelle heure est-il ?

— Cinq heures moins le quart.

Il ne s'était même pas aperçu qu'il s'était endormi. Il avait cru
fermer les yeux le temps d'un coup de téléphone.

— Où était-ce ?

— A Vincennes.

— Qu'est-ce que j'avais dit ! triompha-t-il.

Il n'en avait parlé à personne, mais il l'avait suffisamment pensé
pour que ce fût tout comme.

— Appelle-moi la rue des Saussaies... 00-90... Demande le bureau
de Colombani...

— Qu'est-ce que je dois lui dire ?

— Rien. Je lui parlerai, pour autant qu'il ne soit pas encore en
route.

Colombani était encore à son bureau. Il avait d'ailleurs l'habitude
d'arriver en retard à ses rendez-vous. Il fut bien gentil et consentit à
venir voir son collègue chez lui au lieu de le rencontrer à la P.J.

Elle lui avait préparé, sur sa demande, une tasse de café fort, mais
cela n'avait pas suffi à le réveiller tout à fait. Il avait un tel arriéré de
sommeil que ses paupières restaient roses, picotantes. Il lui semblait
que sa peau était trop tendue. Il n'avait pas eu le courage de s'habiller
et il avait passé un pantalon, des pantoufles, une robe de chambre sur
sa chemise de nuit au col orné de petites croix rouges.

Ils étaient bien, dans la salle à manger, assis en face l'un de l'autre,
avec la carafe de calvados entre eux deux et, en face, sur le mur blanc,
de l'autre côté du boulevard, en lettres noires, les noms de *Lhoste* et
Pépin.

Ils se connaissaient depuis assez longtemps pour ne pas se mettre en
frais. Colombani, qui était de petite taille, comme la plupart des
Corses, portait des souliers à hauts talons, des cravates de couleurs
vives et une bague avec un diamant vrai ou faux à l'annulaire. A cause
de cela, on l'avait parfois pris pour un de ceux qu'il recherchait plutôt
que pour un policier.

— J'ai envoyé Janvier sur les hippodromes, disait Maigret en fumant
sa pipe. Où y a-t-il des courses aujourd'hui ?

— Vincennes.

— Comme mardi dernier. Je me demande si ce n'est pas à Vincennes
que les aventures du petit Albert on commencé. On a mené une
première enquête sur les champs de courses, mais sans résultats
appréciables. A ce moment-là, seul l'ancien garçon de café nous
préoccupait. Aujourd'hui, c'est différent. Il s'agit de demander aux
divers guichets, surtout aux guichets chers, à cinq cents ou mille francs,
s'il ont pour client régulier un homme encore jeune, à l'accent étranger.

— Les inspecteurs des courses l'ont peut-être repéré ?

— En outre, je suppose qu'il n'y va pas seul. Deux millions et demi en cinq mois, c'est gros.

— Et il doit y avoir beaucoup plus que ça, affirma Colombani. Dans mon rapport, je n'ai cité que les chiffres sûrs. Ces sommes sont celles sur lesquelles la bande a certainement mis la main. Les fermiers assassinés avaient vraisemblablement d'autres cachettes dont la torture leur a arraché le secret. Le total serait de quatre millions et davantage que cela ne m'étonnerait pas.

Qu'est-ce qu'ils pouvaient dépenser, les pouilleux de la rue du Roi-de-Sicile ? Rien pour s'habiller. Ils ne sortaient pas. Ils se contentaient de manger et de boire. Avant de manger et de boire pour un million, même à cinq, il faut un certain temps.

Néanmoins, les expéditions se succédaient à un rythme rapide.

— Le chef devait se réserver la grosse part.

— Je me demande pourquoi les autres se laissaient faire.

Il y avait bien d'autres questions que Maigret se posait, au point qu'à certains moments il en avait assez de penser et que, passant la main sur le front, il fixait un point quelconque, le géranium de la lointaine fenêtre, par exemple.

Il avait beau faire, même ici, chez lui, il restait comme englué dans son enquête, anxieux de tout ce qui se passait au même moment dans Paris et à l'entour.

Il n'avait pas encore fait transférer Maria à l'infirmerie de la Santé. Il s'était arrangé pour que les journaux publient, dès midi, le nom de l'hôpital où elle avait été transportée.

— Je suppose que tu as planqué quelques inspecteurs ?

— Il y en a quatre, sans compter les sergents de ville. L'hôpital a plusieurs issues. C'est aujourd'hui jour de visite.

— Tu crois qu'ils tenteront quelque chose ?

— Je ne sais pas. Enragés pour elle comme ils le sont tous, cela ne m'étonnerait pas qu'il y en ait un au moins pour risquer le tout pour le tout. Sans compter que chacun d'eux doit se croire le père, tu comprends ? De là à vouloir les voir, elle et l'enfant... C'est un jeu dangereux. Pas tant à cause de moi qu'à cause des autres.

— Je ne comprends pas.

— Ils ont tué Victor Poliensky, n'est-ce pas ? Pourquoi ? Parce qu'il risquait de les faire prendre. Si un autre des leurs est sur le point de nous tomber entre les pattes, cela me surprendrait qu'on nous le laisse vivant.

Maigret tirait sur sa pipe, rêveur. Colombani disait en allumant une cigarette à bout doré :

— Ils doivent essayer avant tout de rejoindre le chef, surtout s'ils sont au bout de leur argent.

Maigret le regardait mollement, puis son regard se fit plus dur, il se leva, donna un coup de poing sur la table et s'écria :

— Idiot ! Triple essence d'idiot ! Et moi qui n'ai pas pensé à ça !

— Mais puisque tu ne connais pas son domicile...

— Justement ! Je parierais qu'ils ne le connaissent pas non plus. Le type qui a monté cette affaire-là et qui commande à ces brutes a dû prendre ses précautions. Qu'est-ce que le tôlier m'a dit ? Qu'il venait *leur donner des instructions rue du Roi-de-Sicile avant chaque expédition.* Bon ! Tu commences à comprendre, à présent ?

— Pas tout à fait.

— Qu'est-ce que nous savons ou qu'est-ce que nous devinons de lui ? Nous le cherchons sur les champs de course. Et, eux, tu crois qu'ils sont plus bêtes que nous ? Tu as parfaitement raison ! En ce moment, ils doivent fatalement tenter de le rejoindre. Peut-être pour lui réclamer de l'argent. En tout cas, pour le mettre au courant, pour lui demander des conseils ou des instructions. Je parie qu'aucun d'eux n'a passé la nuit dernière dans un lit. Où veux-tu qu'ils aillent ?

— A Vincennes ?

— C'est plus que probable. S'ils ne se sont pas séparés, ils y auront envoyé au moins l'un d'entre eux. S'ils se sont séparés sans se donner de mot d'ordre, cela ne m'étonnerait pas qu'ils s'y retrouvent tous les trois. Nous avions la plus jolie occasion de leur mettre la main dessus, même sans les connaître. Il est facile, dans la foule, de repérer des gars de cette trempe-là. Dire que Janvier est là-bas et que je ne lui ai pas donné d'instruction dans ce sens ! Une trentaine d'inspecteurs à la pelouse et au pesage, et nous leur mettions la main au collet. Quelle heure est-il ?

— Trop tard. La sixième est finie depuis une demi-heure.

— Tu vois ! On croit penser à tout. Quand je me suis couché, à deux heures, j'étais persuadé que j'avais fait le maximum. Des hommes étudient les feuilles de paye de Citroën et fouillent le quartier de Javel. On cerne l'hôpital Laennec. On passe au crible tous les quartiers où des gens comme nos Tchèques pourraient se réfugier. On interpelle les vagabonds, les clochards. On fouille les meublés. Moers, là-haut, dans son laboratoire, examine jusqu'au moindre cheveu trouvé rue du Roi-de-Sicile.

» Pendant ce temps-là, nos gaillards ont sans doute eu l'occasion, à Vincennes, de prendre langue avec leur patron.

Colombani devait être un habitué des courses, lui aussi, car il ne s'était pas trompé de beaucoup. La sonnerie du téléphone résonnait. C'était la voix de Janvier.

— Je suis toujours à Vincennes, patron. J'ai essayé de vous toucher au Quai.

— Les courses sont finies ?

— Depuis une demi-heure. Je suis resté avec les employés. C'était difficile de leur parler pendant les courses, car ils ont un travail de tous les diables. Je me demande comment ils ne commettent pas d'erreurs. Je les ai questionnés au sujet des paris, vous savez ? Celui qui tient un des guichets à mille francs a tout de suite été frappé par ma question. C'est un garçon qui a voyagé en Europe centrale et il sait reconnaître les différentes langues. « Un Tchèque ? m'a-t-il dit.

J'en ai un qui joue assidûment la forte somme, presque toujours sur des outsiders. Je l'ai pris un moment pour quelqu'un de l'ambassade. »

— Pourquoi ? questionna Maigret.

— Il paraît que c'est un type très bien, très racé, toujours vêtu avec raffinement. Il perd à peu près régulièrement, sans broncher, avec seulement un mince sourire en coin. Si l'employé l'a remarqué, ce n'est pas tant à cause de ça qu'à cause de la femme qui l'accompagne d'habitude.

Maigret poussa un soupir de soulagement et son regard joyeux se posa sur Colombani avec l'air de dire :

« On les tient ! »

— Une femme, enfin ! s'exclamait-il dans l'appareil. Une étrangère ?

— Une Parisienne. Attendez ! C'est justement pour cela que je n'ai pas quitté le champ de courses. Si j'avais pu parler plus tôt à l'employé, il m'aurait désigné le couple, car il était ici cet après-midi.

— La femme ?

— Voilà ! Elle est toute jeune, très belle, paraît-il, habillée par les grands couturiers. Ce n'est pas tout, patron. L'employé m'affirme que c'est une actrice de cinéma. Il ne va pas souvent au cinéma. Il ne connaît pas le nom des vedettes. Il prétend d'ailleurs que ce ne doit pas être une star, mais quelqu'un qui joue les seconds rôles. Je lui ai cité en vain des tas de noms.

— Quelle heure est-il ?

— Six heures moins le quart.

— Puisque tu es à Vincennes, tu vas filer à Joinville. Ce n'est pas loin. Demande à ton comptable de t'accompagner.

— Il dit qu'il est à ma disposition.

— Il y a des studios tout de suite après le pont. D'habitude, chez les producteurs de films, on conserve les photographies de tous les artistes, y compris des petits rôles, et on consulte cette collection au moment de distribuer un nouveau film. Tu comprends ?

— J'ai compris. Où puis-je vous appeler ?

— Chez moi.

Il était détendu quand il se rassit dans son fauteuil.

— Peut-être que cela va marcher, dit-il.

— A condition que ce soit notre Tchèque, évidemment.

Il remplit les petits verres à bord doré, vida sa pipe, en bourra une autre.

— J'ai l'impression que nous allons avoir une nuit agitée. Tu as fait venir la gamine ?

— Elle est en route depuis trois heures. J'irai moi-même la chercher tout à l'heure à la gare du Nord.

La fillette de la ferme Manceau, la seule qui eût échappé par miracle au carnage et qui eût vu un des assaillants : la femme, Maria, couchée aujourd'hui sur son lit d'hôpital avec son bébé à côté d'elle.

Téléphone à nouveau. C'était presque angoissant, désormais, de décrocher le récepteur.

— Allô !...

Une fois encore le regard de Maigret se fixait sur son collègue, mais, cette fois, avec ennui. Il parlait d'une voix feutrée. Pendant tout un temps, il ne fit que répondre à intervalles presque réguliers :

— Oui... oui... oui...

Colombani essayait de comprendre. C'était d'autant plus vexant de ne rien deviner qu'il entendait un bourdonnement dans l'appareil, avec parfois une syllabe détachée des autres.

— Dans dix minutes ? Mais oui. Exactement comme je l'ai promis.

Pourquoi Maigret avait-il l'air de se contenir ? Il venait à nouveau de changer complètement d'attitude. Un enfant qui attend son Noël n'est pas plus impatient, plus frémissant que lui, mais il s'efforçait de se montrer calme, voire de donner à son visage une expression bougonne.

Quand il raccrocha, au lieu de s'adresser à Colombani, il ouvrit la porte qui communiquait avec la cuisine.

— Ta tante arrive avec son mari, annonça-t-il.

— Comment ? Qu'est-ce que tu racontes ? Mais...

Il lui faisait en vain des clins d'œil.

— Je sais. Cela m'étonne aussi. Il doit y avoir quelque chose de grave, d'imprévu. Elle demande à nous parler tout de suite.

Il avançait la tête derrière la porte pour adresser de nouvelles grimaces à sa femme, et elle ne savait plus que comprendre.

— Par exemple ! Voilà qui m'étonne. Pourvu qu'il ne soit rien arrivé de mauvais.

— A moins que ce soit au sujet de la succession ?

— Quelle succession ?

— Celle de son oncle.

Quand il revint vers Colombani, celui-ci avait un fin sourire.

— Excuse-moi, vieux. La tante de ma femme arrive dans un moment. J'ai juste le temps de m'habiller. Je ne te mets pas à la porte, mais tu dois comprendre.

Le commissaire de la Sûreté vidait son verre d'un trait, se levait, s'essuyait la bouche.

— Je t'en prie. Je sais ce que c'est. Tu me téléphones si tu as du nouveau ?

— Promis.

— J'ai l'impression que tu me téléphoneras bientôt. Je me demande même si je vais rentrer rue des Saussaies. Non ! Si cela ne t'ennuie pas, je vais faire un tour jusqu'au quai des Orfèvres.

— Entendu ! A tout à l'heure.

Maigret le poussait presque vers le palier. Puis, la porte refermée, il traversait vivement la pièce, allait regarder à la fenêtre. A gauche, plus loin que chez *Lhoste et Pépin*, il y avait un marchand de vin et de charbon, une boutique d'Auvergnat peinte en jaune, dont il épia la porte flanquée d'une plante verte.

— C'était de la blague ! questionnait Mme Maigret.

— Bien sûr ! Je ne tenais pas à ce que Colombani rencontrât les gens qui vont monter dans un instant.

Tandis qu'il disait cela, sa main se posait machinalement sur l'appui de fenêtre, à la place où Colombani se tenait un peu plus tôt. Elle rencontrait du papier, un journal. Il y jetait un coup d'œil et s'apercevait qu'il était plié à la page des « Petites Annonces ». Une de celles-ci était encadrée de bleu.

— Canaille ! gronda-t-il entre ses dents.

Car il existe une vieille rivalité entre la Sûreté nationale et la P.J., et c'est un plaisir, pour quelqu'un de la rue des Saussaies, de jouer un tour à un collègue du quai des Orfèvres.

Colombani ne s'était d'ailleurs pas vengé méchamment du mensonge de Maigret et de l'histoire de la tante. Il avait seulement laissé derrière lui la preuve qu'il avait compris.

L'annonce, parue le matin dans tous les journaux et à midi dans les journaux de courses, disait, avec les abréviations classiques :

Amis d'Albert, indispensable pour sécurité voir urgence Maigret domicile, 132, bd Richard-Lenoir. Promesse d'honneur discrétion absolue.

C'étaient eux qui venaient de téléphoner, de chez le bougnat d'en face, pour s'assurer que l'annonce n'était ni une plaisanterie ni un piège, pour entendre Maigret répéter sa promesse et pour s'assurer enfin que la voie était libre.

— Tu vas aller faire un petit tour dans le quartier, madame Maigret. Ne te presse pas trop. Mets ton chapeau à plume verte.

— Pourquoi mon chapeau à plume verte ?

— Parce que c'est bientôt le printemps.

Pendant qu'ils traversaient la rue, avec l'air de deux hommes qui entreprennent une importante démarche, Maigret les observait par la fenêtre, mais il ne parvint, de loin, à reconnaître que l'un des deux.

Quelques instants plus tôt, il ne savait absolument rien de ceux qui allaient se présenter, pas même à quel milieu ils appartenaient. Il aurait seulement parié qu'ils fréquentaient les champs de courses eux aussi.

— Colombani est sans doute quelque part à les observer, grommela-t-il.

Et Colombani, une fois sur la piste, était capable de le brûler. Ce sont des petits tours en vache qu'on se joue volontiers entre collègues.

Surtout que Colombani connaissait sans doute, mieux que lui encore, Jo le Boxeur.

Il était petit, costaud, le nez cassé, les paupières écrasées sur des yeux bleu clair, avec toujours des complets à carreaux et des cravates voyantes. On était sûr de le trouver, à l'heure de l'apéritif, dans un des petits bars de l'avenue Wagram.

Dix fois au moins, Maigret l'avait eu dans son bureau, toujours pour des affaires différentes, et toutes les fois il s'en était tiré.

Était-il vraiment dangereux ? Il aurait bien voulu le faire croire et prenait volontiers des airs de « terreur ». Il mettait sa coquetterie à passer pour un homme du milieu, mais les gens du milieu le regardaient avec méfiance, sinon avec un certain mépris.

Maigret alla leur ouvrir la porte et posa de nouveaux verres sur la table. Ils s'avançaient avec gêne, méfiants malgré tout, jetaient un coup d'œil dans les coins, s'inquiétant des portes fermées.

— N'ayez pas peur, mes enfants. Il n'y a pas de sténographe cachée, pas de dictaphone. Tenez ! Ici, c'est ma chambre.

Il leur montrait le lit défait.

— Ici, la salle de bains. Là, le placard aux vêtements. Et voici la cuisine que Mme Maigret vient de quitter en votre honneur.

Cela sentait bon la soupe qui mijotait, et il y avait un poulet déjà bardé de lard sur la table.

— Cette porte-ci ? C'est la dernière. La chambre d'amis. Elle n'est pas très aérée. Elle sent le renfermé, pour la bonne raison que les amis n'y couchent jamais et qu'elle ne sert qu'à ma belle-sœur deux ou trois nuits chaque année.

» Maintenant, au boulot !

Il tendit son verre pour trinquer avec eux. En même temps, il regardait le compagnon de Jo d'un air interrogateur.

— C'est Ferdinand, expliqua l'ancien boxeur.

Le commissaire cherchait en vain dans sa mémoire. Cette silhouette longue et maigre, ce visage au nez immense, aux petits yeux vifs de souris, ne lui rappelait rien, pas plus que le nom.

— Il tient un garage pas loin de la porte Maillot. Un tout petit garage, bien sûr.

C'était drôle de les voir debout tous les deux, hésitant à s'asseoir, non parce qu'ils étaient intimidés, mais par une sorte de prudence. Ces gens-là n'aiment pas se trouver trop loin d'une porte.

— Vous avez eu l'air de parler d'un danger.

— Et même de deux dangers : d'abord, que les Tchèques vous repèrent, auquel cas je ne donnerais pas cher de vos deux peaux.

Jo et Ferdinand se regardèrent avec étonnement, crurent à une méprise.

— Quels Tchèques ?

Car on n'avait jamais parlé des Tchèques dans les journaux.

— La bande de Picardie.

Cette fois-ci, ils comprenaient et devenaient soudain plus graves.

— Nous ne leur avons rien fait.

— Hum ! Nous discuterons de cela tout à l'heure. Ce serait tellement plus facile de parler si vous étiez assis gentiment.

Jo fit le brave et s'installa dans un fauteuil, mais Ferdinand, qui ne connaissait pas Maigret, ne posa qu'une demi-fesse sur le bord de sa chaise.

— Second danger, prononçait le commissaire en allumant sa pipe et en les observant. Vous n'avez rien remarqué aujourd'hui ?

— C'est bourré de flics un peu partout. Pardon !...

— Il n'y a pas d'offense. Non seulement c'est bourré de flics, comme vous dites, mais la plupart des inspecteurs sont en chasse et recherchent un certain nombre de personnes, entre autres deux messieurs qui possèdent une certaine auto jaune.

Ferdinand sourit.

— Je me doute bien qu'elle n'est plus jaune et qu'elle a changé de matricule. Passons ! Si des inspecteurs de la P.J. vous avaient mis la main dessus les premiers, j'aurais peut-être encore pu vous tirer d'affaire. Mais vous avez vu le monsieur qui sort d'ici ?

— Colombani, grogna Jo.

— Il vous a aperçus ?

— On a attendu qu'il soit dans l'autobus.

— Cela signifie que la rue des Saussaies est en chasse aussi. Avec ces gens-là, vous n'y auriez pas coupé du juge Coméliau.

C'était un nom magique, car les deux hommes connaissaient tout au moins de réputation l'implacabilité du magistrat.

— Tandis qu'en venant me voir gentiment, comme vous l'avez fait, nous pouvons causer en famille.

— On ne sait à peu près rien.

— Ce que vous savez suffira. Vous étiez des amis d'Albert ?

— C'était un chic type.

— Un rigolo, n'est-il pas vrai ?

— On l'avait connu aux courses.

— Je m'en doutais.

Cela situait les deux hommes. Le garage de Ferdinand ne devait pas être souvent ouvert au public. Peut-être ne revendait-il pas de voitures volées, car cela demande un outillage compliqué pour les maquiller et toute une organisation. En outre, les deux hommes étaient de ceux qui n'aiment pas trop se mouiller.

Plus probablement rachetait-il à bas prix de vieilles bagnoles qu'il retapait de façon à leur donner assez d'allure pour tromper les gogos.

Dans les bars, sur les champs de courses, dans le hall des hôtels, on rencontre des bourgeois naïfs à qui il ne déplaît pas de faire une occasion sensationnelle. Parfois même on les décide en leur chuchotant à l'oreille que l'auto a été volée à une vedette de cinéma.

— Étiez-vous tous les deux à Vincennes mardi dernier ?

Ils durent encore se regarder, non pour se concerter, mais pour se souvenir.

— Attendez ! Dis donc, Ferdinand, ce n'est pas mardi que tu as touché Sémiramis ?

— Oui.

— Alors, on y était.

— Et Albert ?

— Bon ! Maintenant, je me souviens. C'est le jour où il a plu à torrent à la troisième. Albert y était, je l'ai aperçu de loin.

— Vous ne lui avez pas parlé ?

— Parce qu'il n'était pas à la pelouse, mais au pesage. Nous, on est des pelousards. Lui aussi, d'habitude. Ce mardi-là, il sortait sa femme. C'était leur anniversaire de mariage, ou quelque chose comme cela. Il m'en avait parlé quelques jours plus tôt. Il comptait même s'acheter une voiture pas trop chère, et Ferdinand avait promis de lui en dégoter une. Du sérieux, n'ayez pas peur.

— Après ?

— Après quoi ?

— Que s'est-il passé le lendemain ?

Ils se concertèrent une fois de plus, et Maigret dut les mettre sur la voie.

— C'est au garage qu'il vous a téléphoné le mercredi vers cinq heures ?

— Non, *Au Pélican*, avenue de Wagram. On y est presque toujours à cette heure-là.

— Maintenant, messieurs, je voudrais savoir exactement, mot pour mot, si possible, ce qu'il a dit. Qui lui a répondu ?

— C'est moi, dit Jo.

— Réfléchis. Prends ton temps.

— Il avait l'air pressé, ou l'air ému.

— Je sais.

— Au début, je n'ai pas bien compris de quoi il s'agissait, parce qu'il embrouillait tout, à force de vouloir aller vite, comme s'il avait peur que la communication soit coupée.

— Je sais cela aussi. Il m'a donné quatre ou cinq coups de téléphone le même jour...

— Ah !

Jo et Ferdinand renonçaient à comprendre.

— Alors, s'il vous a téléphoné, vous devez savoir.

— Va toujours.

— Il m'a dit qu'il y avait des types derrière lui et qu'il avait peur, mais qu'il avait peut-être trouvé un moyen de s'en débarrasser.

— Il a précisé le moyen ?

— Non, mais il paraissait content de son idée.

— Ensuite ?

— Il a dit, ou à peu près : *C'est une histoire terrible, mais on pourrait peut-être en tirer quelque chose.* N'oubliez pas, commissaire, que vous avez promis...

— Je réitère ma promesse. Vous sortirez d'ici aussi librement que vous y êtes entrés tous les deux, et vous ne serez pas inquiétés, quoi que vous me racontiez, à condition que vous me disiez toute la vérité.

— Avouez que vous la connaissez aussi bien que nous ?

— A peu près.

— Bon ! Tant pis ! Albert a ajouté : *Venez me voir à huit heures ce soir chez moi. On causera.*

— Qu'est-ce que vous avez compris ?

— Attendez. Il a encore eu le temps de dire avant de raccrocher : *J'enverrai Nine au cinéma.* Vous saisissez ? Cela signifiait qu'il y avait quelque chose de sérieux.

— Un instant. Est-ce qu'Albert avait déjà travaillé avec vous deux ?

— Jamais. Qu'est-ce qu'il aurait fait ? Vous connaissez notre boulot. Ce n'est peut-être pas tout à fait régulier. Albert était un bourgeois.

— N'empêche qu'il a idée de tirer parti de ce qu'il avait découvert.

— Peut-être que oui. Je ne sais pas. Attendez ! Je cherche la phrase, mais je ne la retrouve pas. Il a parlé de la bande du Nord.

— Et vous avez décidé d'aller au rendez-vous.

— Est-ce qu'on pouvait faire autrement ?

— Écoute, Jo. Fais pas l'imbécile. Pour une fois que tu ne risques rien, tu peux être franc. Tu as pensé que ton copain Albert avait découvert les types de la bande de Picardie. Tu n'ignorais pas, grâce aux journaux, qu'ils ont raflé plusieurs millions. Et tu t'es demandé s'il n'y avait pas moyen d'en avoir une part. C'est cela ?

— J'ai cru que c'était cela qu'Albert avait pensé.

— Bon. Nous sommes d'accord. Ensuite ?

— On y est allés tous les deux.

— Et vous avez eu une panne boulevard Henri-IV, ce qui me fait supposer que la Citroën jaune était moins neuve qu'elle n'en avait l'air.

— On l'avait retapée pour la vendre. On ne comptait pas s'en servir nous-mêmes.

— Vous êtes arrivés quai de Charenton avec une bonne demi-heure de retard. Les volets étaient fermés. Vous avez ouvert la porte qui n'était pas fermée à clef.

Ils se regardèrent encore, lugubres.

— Et vous avez trouvé votre ami Albert tué d'un coup de couteau.

— C'est exact.

— Qu'est-ce que vous avez fait ?

— On a d'abord cru qu'il n'était pas tout à fait *passé*, car le corps était encore chaud.

— Ensuite ?

— On a bien vu que la maison avait été fouillée. On a pensé à Nine qui allait rentrer du cinéma. Il n'y a qu'un ciné à proximité, à Charenton, près du canal. Nous y sommes allés.

— Qu'est-ce que vous comptiez faire ?

— On ne savait pas trop, parole d'honneur. On n'était pas fiers, tous les deux. D'abord ce n'est pas rigolo d'annoncer une nouvelle comme celle-là à une femme. Puis on se demandait si des types de la bande ne nous avaient pas repérés. On a discuté, Ferdinand et moi.

— Et vous avez décidé d'aller mettre Nine à la campagne ?

— Oui.

— Elle est loin ?

— Tout près de Corbeil, dans une auberge des bords de la Seine où nous allons pêcher de temps en temps et où Ferdinand a un bateau.

— Elle n'a pas voulu revoir Albert ?

— On l'en a empêchée. Quand on est repassés sur le quai, pendant la nuit, il n'y avait personne autour de la maison. Il y avait toujours de la lumière sous la porte, car on n'avait pas pensé à éteindre.

— Pourquoi avez-vous changé le corps de place ?

— C'est une idée de Ferdinand.

Maigret se tourna vers celui-ci, qui baissait la tête, et répéta :

— Pourquoi ?

— Je ne pourrais pas vous expliquer. J'étais assez excité. A l'auberge, on avait bu pour se remonter. Je me suis dit que des voisins avaient sans doute vu la voiture, qu'ils nous avaient peut-être aperçus. Puis que, si on savait que c'était Albert qui était mort, on chercherait Nine, et que celle-ci serait incapable de se taire.

— Vous avez créé une fausse piste.

— Si vous voulez. La police s'occupe moins activement d'une affaire quand il s'agit d'un crime crapuleux, d'une affaire qui paraît toute simple, d'un homme qu'on tue d'un coup de couteau dans la rue, par exemple, pour lui prendre son argent.

— C'est vous aussi qui avez pensé à trouer l'imperméable ?

— Il fallait bien. Toujours pour qu'il ait l'air d'avoir été descendu dans la rue.

— Et de le défigurer ?

— C'était nécessaire. Il ne pouvait rien sentir. On s'est dit que comme ça l'affaire serait vite classée et qu'on ne risquait rien.

— C'est tout ?

— C'est tout, je le jure. Pas vrai, Jo ? Dès le lendemain, j'ai peint l'auto en bleu et j'ai changé la plaque.

On voyait qu'ils s'apprêtaient à se lever.

— Un instant. Depuis, vous n'avez rien reçu ?

— Reçu quoi ?

— Une enveloppe, sans doute avec quelque chose dedans.

— Non.

Ils étaient sincères, c'était visible. La question les surprenait vraiment. D'ailleurs, Maigret, en même temps qu'il la posait, découvrait une solution possible au problème qui l'avait le plus préoccupé pendant les derniers jours.

Cette solution, Jo la lui avait fournie, tout à l'heure, sans le savoir. Albert ne lui avait-il pas dit, au téléphone, qu'il venait de trouver un moyen de se débarrasser de la bande qui était à ses trousses ?

N'avait-il pas réclamé une enveloppe à la dernière brasserie où on l'avait aperçu, justement après son coup de téléphone à ses amis ?

Il avait sur lui, dans sa poche, quelque chose de compromettant pour les Tchèques. L'un de ceux-ci ne le quittait pas des yeux. N'était-ce pas un moyen de l'écarter que de jeter ostensiblement une enveloppe dans une boîte aux lettres ?

Glisser le document dans l'enveloppe n'était qu'un jeu.

Mais quelle adresse avait-il écrite ?

Il décrocha le téléphone, appela la P.J.

— Allô ! Qui est à l'appareil ? Bodin ? Du boulot, mon petit. Urgent ! Combien d'inspecteurs y a-t-il au bureau ? Hein ? Seulement quatre ? Il en faut un de garde, oui. Prends les trois autres. Partagez-vous tous les bureaux de poste de Paris. Attends ! Y compris celui de Charenton, par lequel tu commenceras personnellement. Questionnez les employés de la poste restante. Il doit y avoir quelque part, au nom d'Albert Rochain, une lettre qui attend depuis plusieurs jours. La prendre, oui. Me l'apporter. Non. Pas chez moi. Je serai au bureau dans une demi-heure.

Il regarda les deux hommes en souriant.

— Un autre petit verre ?

Ils ne devaient pas aimer le calvados, qu'ils acceptèrent par politesse.

— On peut aller ?

Ils n'avaient pas encore tout à fait confiance, et ils se levaient comme des écoliers à qui le maître annonce la récréation.

— On ne nous mettra pas dans le bain ?

— Il ne sera pas question de vous deux. Je vous demande seulement de ne pas avertir Nine.

— Elle n'aura pas d'ennuis non plus ?

— Pourquoi en aurait-elle ?

— Allez-y doucement avec elle, hein ! Si vous saviez comme elle aimait son Albert !

La porte refermée, Maigret alla éteindre le gaz, car la soupe débordait et commençait à se répandre sur le réchaud.

Ses gaillards avaient un peu menti, il s'en doutait. A en croire le docteur Paul, ils n'avaient pas attendu de mettre Nine en sûreté pour défigurer leur camarade. Mais cela ne changeait rien à l'affaire, et ils s'étaient montrés assez dociles, en définitive, pour que le commissaire ne leur fasse pas de peine. Car, au fond, ces gens-là ont leurs pudeurs, comme tout le monde.

9

Le bureau était bleu de fumée. Colombani était assis dans un coin, les jambes étendues. Quelques instants plus tôt, le directeur de la P.J. était là aussi. Des inspecteurs entraient et sortaient. Le juge Coméliau venait de téléphoner. Maigret décrochait une fois de plus le récepteur.

— Allô ! Marchand ? Ici, Maigret. Le vrai, oui. Comment ? Il y en a un autre qui est aussi de vos amis ? Un comte ? Il n'est pas de la famille, non.

Il était sept heures. C'était le secrétaire général des Folies-Bergère qu'il avait au bout du fil.

— Qu'est-ce que vous me voulez, mon bon ? grasseyait celui-ci. Sapristi, ce n'est pas facile ! J'ai juste le temps de casser la croûte sur le pouce dans le quartier avant l'ouverture des portes. A moins que vous mangiez un morceau avec moi ? A la *Chope Montmartre,* par exemple ? Dans dix minutes ? A tout de suite, mon bon.

Janvier était dans le bureau, très excité. C'était lui qui venait d'apporter de Joinville une belle photographie grand format, comme on en trouve, dédicacées, dans les loges d'artistes. Elle était d'ailleurs signée, d'une haute écriture qui ne doutait de rien : Francine Latour.

La femme était jolie, toute jeune encore. Son adresse figurait au dos : 121, rue de Longchamp, à Passy.

— Il paraît qu'elle joue en ce moment aux Folies-Bergère, avait annoncé Janvier.

— L'employé du Mutuel l'a reconnue ?

— Formellement. Je vous l'aurais bien amené, mais il était déjà en retard et il a très peur de sa femme. Par contre, si nous avons besoin de lui, nous pouvons l'appeler chez lui à n'importe quelle heure. Il habite à deux pas, dans l'île Saint-Louis, et il a le téléphone.

Francine Latour aussi avait le téléphone. Maigret appela son appartement, bien décidé à se taire et à raccrocher aussitôt si on répondait. Mais, comme il s'en doutait, elle n'était pas chez elle.

— Tu veux aller là-bas, Janvier ? Prends quelqu'un de très adroit avec toi. Il ne faut à aucun prix attirer l'attention.

— On fait une visite discrète de l'appartement ?

— Pas tout de suite. Attendez que je téléphone. Que l'un de vous deux se tienne dans un bar, à proximité. Qu'il appelle ici pour donner son numéro.

Il fronçait les sourcils, cherchant à ne rien oublier. On était revenu de chez Citroën avec un résultat au moins : Serge Madok y avait travaillé pendant près de deux ans.

Il passa chez les inspecteurs :

— Écoutez, mes enfants, j'aurai sans doute besoin de beaucoup de monde ce soir ou cette nuit. Il vaudrait mieux que vous restiez tous sur le tapin. Allez manger à tour de rôle dans le quartier, ou bien faites monter des sandwiches et des demis. A tout à l'heure. Tu viens, Colombani ?

— Je croyais que tu dînais avec Marchand ?

— Tu le connais aussi, non ?

Marchand, qui avait débuté comme vendeur de contremarques à la porte des théâtres, était maintenant un des personnages les plus connus de Paris. Il avait conservé une allure vulgaire, un parler cru. Il était au restaurant, les coudes sur la table, un large menu à la main ; au moment où les deux hommes arrivaient, il disait au maître d'hôtel :

— Quelque chose de léger, mon petit Georges... Voyons... Tu as des perdrix ?...

— Au chou, monsieur Marchand.

— Asseyez-vous, mon bon. Tiens ? La Sûreté nationale est de la fête aussi. Un troisième couvert, Georges chéri. Qu'est-ce que vous dites de perdreaux au chou, vous deux ? Attendez ! Avant ça, des petites truites, au bleu. Elles sont vivantes, Georges ?

— Vous pouvez les voir dans le vivier, monsieur Marchand.

— Quelques hors-d'œuvre, pour nous faire patienter. C'est tout. Un soufflé pour finir, si tu y tiens.

C'était sa passion. Il faisait, même seul, des repas semblables midi et soir. Encore était-ce ce qu'il appelait manger légèrement, sur le pouce. Peut-être, après le théâtre, irait-il souper ?

— Alors, mon bon, qu'est-ce que je peux faire pour vous ? Il n'y a rien qui cloche dans ma boîte, j'espère ?

Il était trop tôt pour parler sérieusement. C'était au tour du sommelier de s'approcher, et Marchand mit quelques minutes à choisir les vins.

— Je vous écoute, mes enfants.

— Si je vous dis quelque chose, vous saurez vous taire ?

— Vous oubliez, mon gros, que je suis sans doute l'homme qui connaît le plus de secrets à Paris. Pensez que je tiens le sort de centaines, non, de milliers de ménages entre mes mains. Me taire ? Mais je ne fais que ça !

C'était drôle. En effet, il parlait du matin au soir, mais c'était exact qu'il ne disait jamais que ce qu'il voulait bien dire.

— Vous connaissez Francine Latour ?

— Elle passe dans deux de nos sketches avec Dréan.

— Qu'est-ce que vous en pensez ?

— Que voulez-vous que j'en pense ? C'est une poulette. Reparlezm'en dans dix ans.

— Du talent ?

Marchand regarda le commissaire avec un étonnement comique.

— Pourquoi voudriez-vous qu'elle ait du talent ? Je ne connais pas son âge exact, mais cela ne dépasse guère vingt ans. Et elle est déjà habillée chez les couturiers, je crois même qu'elle commence à avoir des diamants. En tout cas, la semaine dernière, elle est arrivée avec un vison sur le dos. Qu'est-ce qu'il vous faut de plus ?

— Elle a des amants ?

— Elle a un ami, comme tout le monde.

— Vous le connaissez ?

— Je voudrais bien voir que je ne le connaisse pas.

— Un étranger, n'est-ce pas ?

— A l'heure qu'il est, ils sont tous plus ou moins étrangers, à croire que la France ne fournit plus que des maris fidèles.

— Écoutez-moi, Marchand. C'est infiniment plus grave que vous ne pouvez le penser.

— Quand est-ce que vous le bouclez ?

— Cette nuit, je l'espère. Ce n'est pas ce que vous croyez.

— En tout cas, il en a l'habitude. Si je me souviens bien, il a passé deux fois en correctionnelle pour chèques sans provision ou quelque chose dans ce goût-là. Pour le moment, il paraît à flot.

— Son nom ?

— Tout le monde, dans les coulisses, l'appelle M. Jean. Son vrai nom est Bronsky. C'est un Tchèque.

— Sans provision, acheva Colombani, tandis que Maigret haussait les épaules.

— Il a tripoté un certain temps dans le cinéma. Je crois qu'il s'en occupe encore, poursuivait Marchand, qui aurait pu réciter le *curriculum vitae* de toutes les personnalités parisiennes, y compris les plus faisandées. Un beau garçon, sympathique, généreux. Les femmes l'adorent, les hommes se méfient de sa séduction.

— Amoureux ?

— Je crois. En tout cas, il ne quitte guère la petite. On prétend qu'il en est jaloux.

— Où croyez-vous qu'il soit à cette heure-ci ?

— S'il y a eu des courses cet après-midi, il y a des chances pour qu'il y soit allé avec elle. Une femme qui, depuis quatre ou cinq mois, s'habille rue de la Paix et qui portait un nouveau vison ne se lasse pas des champs de courses. Pour le moment, ils doivent prendre l'apéritif dans quelque bar des Champs-Élysées. La petite ne passe qu'à neuf heures et demie. Elle arrive au théâtre vers neuf heures. Ils ont donc le temps d'aller dîner au *Fouquet's,* au *Maxim's* ou au *Ciro's.* Si vous tenez à les trouver...

— Pas maintenant. Bronsky l'accompagne au théâtre ?

— Presque toujours. Il la conduit dans sa loge, traîne un peu dans les coulisses, s'installe au bar, dans le grand hall, et bavarde avec Félix. Après le deuxième sketch, il la rejoint dans sa loge, et dès qu'elle est prête, il l'emmène. C'est rare qu'ils n'aient pas un « cocktail party » quelque part.

— Il habite avec elle ?

— Probable, mon bon. Ça, c'est plutôt à la concierge qu'il faudrait le demander.

— Vous l'avez vu ces derniers jours ?

— Lui ? Je l'ai encore vu hier.

— Il ne vous a pas paru plus nerveux que d'habitude ?

— Ces gens-là, vous savez, sont toujours un peu nerveux. Quand on marche sur la corde raide... Bon ! Si je comprends bien, la corde est en train de casser. Dommage pour la petite ! Il est vrai que, maintenant qu'elle est nippée, cela ira tout seul et qu'elle a des chances de trouver mieux.

Tout en parlant, Marchand mangeait, buvait, s'essuyait la bouche de sa serviette, saluait familièrement des gens qui entraient ou qui sortaient, trouvait encore le moyen d'interpeller le maître d'hôtel ou le sommelier.

— Vous ne savez pas comment il a commencé ?

Et Marchand, à qui les petits journaux de chantage rappelaient volontiers ses propres origines, de répliquer assez sèchement :

— Ça, mon gros, c'est une question qu'on ne pose pas à un gentleman.

Il voulut bien renchaîner quelques instants plus tard :

— Ce que je sais, c'est qu'il a tenu à un certain moment une agence de figurants.

— Il y a longtemps ?

— Quelques mois. Je pourrais m'informer.

— C'est inutile. Je voudrais même que vous ne fassiez, surtout ce soir, aucune allusion à notre conversation.

— Vous venez au théâtre ?

— Non.

— J'aime mieux ça. Je vous aurais prié de ne pas procéder à votre petite affaire chez moi.

— Je ne veux courir aucun risque, Marchand. Ma photo et celle de Colombani ont paru trop souvent dans les journaux. L'homme est assez fin, d'après ce que vous en dites et d'après ce que j'en sais, pour flairer n'importe lequel de mes inspecteurs.

— Dites donc, vieux, vous prenez cette histoire-là au sérieux, il me semble ? Servez-vous de perdrix.

— Il peut y avoir de la casse.

— Ah !

— Il y en a déjà eu. Beaucoup.

— Bon ! Ne me racontez rien. J'aime mieux lire tout cela demain ou après-demain dans le journal. Cela risque de me gêner s'il m'invite ce soir à prendre un verre avec lui. Mangez, mes amis. Que dites-vous de ce châteauneuf ?... Ils n'en ont plus que cinquante bouteilles, et je me les suis fait mettre de côté. Il en reste quarante-neuf. J'en demande une autre ?

— Merci. On aura du boulot toute la nuit.

Ils se séparaient un quart d'heure plus tard, un peu alourdis par un dîner trop copieux et trop bien arrosé.

— Pourvu qu'il se taise, grogna Colombani.

— Il se taira.

— A propos, Maigret, ta tante t'a apporté de bons tuyaux ?

— Excellents. A vrai dire, je connais à peu près toute l'histoire du petit Albert.

— Je m'en doutais. Il n'y a rien comme les femmes pour être renseignées. Surtout les tantes de province ! Je peux savoir ?

Ils avaient un peu de temps devant eux. Une détente était la bienvenue avant la nuit qui s'annonçait mouvementée, et ils marchèrent le long des trottoirs en devisant.

— Tu avais raison tout à l'heure. On aurait probablement pu les pincer tous à Vincennes. Pourvu que Jean Bronsky ne se doute pas qu'on le serre de près.

— On fera ce qu'on pourra, pas vrai ?

Ils arrivèrent à la P.J. vers neuf heures et demie, et une importante nouvelle les attendait. Un inspecteur était là, agité.

— Carl Lipschitz est mort, commissaire. Pour ainsi dire sous mes yeux. Je me tenais dans l'ombre, rue de Sèvres, à une centaine de mètres de l'hôpital. Il y avait un certain temps que j'entendais des bruits à ma droite, quelqu'un qui, dans l'obscurité, semblait hésiter à avancer. Puis il y a eu des pas précipités, et un coup de feu a claqué. C'était si près que ma première pensée a été qu'on tirait sur moi et que j'ai eu automatiquement mon revolver à la main. J'ai deviné plutôt que vu un corps qui tombait, une silhouette qui s'éloignait en courant. J'ai tiré.

— Tu l'as tué ?

— J'ai tiré dans les jambes et j'ai eu la chance, à la deuxième balle, de faire mouche. Le type qui se sauvait est tombé à son tour.

— Qui ?

— Le gamin, celui qu'ils appellent Pietr. On n'a pas eu à le transporter loin, puisque l'hôpital était en face.

— En somme, Pietr a tiré sur Carl ?

— Oui.

— Ils étaient ensemble ?

— Non. Je ne crois pas. Je pense plutôt que Pietr suivait Carl et l'a abattu.

— Qu'est-ce qu'il dit ?

— Le gamin ? Rien. Il ne desserre pas les dents. Il a les yeux brillants, fiévreux. Il paraissait tout heureux ou tout fier d'entrer à l'hôpital et, dans les couloirs, il jetait des regards avides autour de lui.

— A cause de Maria qui s'y trouve, parbleu ! La blessure est grave ?

— La balle lui est entrée dans le genou gauche. On doit être occupé à l'opérer, à l'heure qu'il est.

— Dans les poches ?

Il y avait deux petits tas distincts sur le bureau de Maigret, qu'on avait préparés avec soin.

— Le premier, ce sont les poches de Carl. L'autre, celles du petit.

— Moers est là-haut ?

— Il a annoncé qu'il passerait la nuit au laboratoire.

— Qu'on lui demande de descendre. Que quelqu'un monte aux sommiers. J'ai besoin de la fiche et du dossier d'un certain Jean Bronsky. Je n'ai pas ses empreintes, mais il a passé deux fois en correctionnelle et a dû tirer dix-huit mois de prison.

Il envoya aussi des hommes rue de Provence, en face des Folies-Bergère, avec mission de ne se faire voir en aucun cas.

— Attendez avant de partir de voir la photographie de Bronsky. Il n'y a qu'au cas où il essayerait de prendre le train ou l'avion qu'il faudrait lui mettre la main dessus. Je ne crois pas que cela lui arrive.

Le portefeuille de Carl Lipschitz contenait quarante-deux billets de mille francs, une carte d'identité à son nom et une autre carte qui portait un nom italien : Filipino. Celui-là ne fumait pas, car il n'avait sur lui ni cigarettes, ni pipe, ni briquet, mais une lampe électrique de poche, deux mouchoirs, dont un crasseux, un billet de cinéma qui portait la date du jour même, un canif et un revolver automatique.

— Tu vois ! fit remarquer Maigret à Colombani. Nous nous figurions avoir pensé à tout.

Il montrait le billet de cinéma.

— Eux, ils ont eu cette idée. Cela vaut mieux que de traîner dans les rues. On peut passer des heures dans l'obscurité. Dans un cinéma des boulevards, qui reste ouvert toute la nuit, on peut même faire un somme.

Dans les poches de Pietr, il y avait tout juste trente-huit francs de monnaie. Un portefeuille contenait deux photographies, une de Maria, une petite photographie de passeport qui avait dû être prise l'année précédente, alors qu'elle se coiffait d'une autre façon, et le portrait de deux paysans, un homme et une femme, assis sur leur seuil, en Europe Centrale, pour autant qu'on en pouvait juger d'après le style de la maison.

Pas de papiers d'identité. Des cigarettes. Un briquet. Un petit calepin bleu, dont un certain nombre de pages étaient couvertes d'une écriture serrée, au crayon.

— On dirait des vers.

— Je suis persuadé que ce sont, en effet, des vers.

Moers exulta en voyant les deux tas qu'il allait emporter dans son repaire, sous les toits. Un inspecteur déposait bientôt sur le bureau le dossier Bronsky.

La photographie, dure et cruelle comme toutes les photos anthropométriques, ne correspondait pas tout à fait à la description de Marchand, car l'homme, encore jeune, avait les traits tirés, une barbe de deux jours, la pomme d'Adam saillante.

— Janvier a téléphoné ?

— Il a dit que tout était calme et que vous pouviez l'appeler à Passy 62-41.

— Demande-moi le numéro.

Il lisait à mi-voix. D'après le dossier, Bronsky était né à Prague et avait actuellement trente-cinq ans. Il avait fait des études universitaires à Vienne, puis avait vécu quelques années à Berlin. Il s'y était marié à une certaine Hilda Braun, mais, quand il était entré en France, à vingt-huit ans, avec des papiers réguliers, il était seul. Déjà il donnait comme professions : cinéaste, et son premier domicile était un hôtel du boulevard Raspail.

— Janvier est à l'appareil, patron.

— C'est toi, mon petit ? Tu as dîné ? Écoute-moi bien. Je vais t'envoyer deux hommes en voiture.

— Nous sommes déjà deux ! protestait l'inspecteur, vexé.

— Peu importe. Écoute ce que je te dis. Quand ils seront là, tu les laisseras dehors. Il ne faut pas qu'ils se montrent. Il ne faut surtout pas que quelqu'un qui rentrerait à pied ou qui descendrait de taxi puisse soupçonner leur présence. Toi et ton copain, vous allez entrer dans la maison. Attendez qu'il n'y ait plus de lumière dans la loge de la concierge. Quel genre d'immeuble ?

— Neuf, moderne, assez chic. Une grande façade blanche et une porte en fer forgé doublée de verre.

— Bon. Vous monterez, après avoir bredouillé un nom quelconque.

— Comment trouverai-je l'appartement ?

— Tu as raison. Il y a bien, dans les environs, une crémerie qui livre le lait. Réveille le crémier s'il le faut. Raconte-lui une histoire, de préférence une histoire d'amour.

— Compris.

— Tu sais encore forcer une serrure ? Entrez. Ne faites pas de lumière. Planquez-vous dans un coin, de façon à être tous les deux prêts à intervenir s'il en est besoin.

— Entendu, patron, soupira le pauvre Janvier qui allait sans doute passer des heures, immobile dans l'obscurité d'un appartement inconnu.

— Surtout, ne fumez pas !

Il sourit lui-même de sa cruauté. Puis il choisit les deux hommes pour la faction dans la rue Longchamp.

— Prenez vos pétards. On ne peut pas prévoir comment les choses se passeront.

Un regard à Colombani. Les deux hommes se comprenaient. Ce n'était pas à un escroc qu'ils avaient affaire, mais au chef d'une bande de tueurs ; ils n'avaient pas le droit de courir des risques.

L'arrestation, au bar des Folies-Bergère, par exemple aurait été plus facile. Mais on ne pouvait prévoir les réactions de Bronsky. Il y avait des chances pour qu'il fût armé, et c'était vraisemblablement l'homme à se défendre, peut-être à tirer dans la foule pour profiter de la panique.

— Qui se dévoue pour commander de la bière à la *Brasserie Dauphine ?* Et des sandwiches !

C'était signe qu'une des grandes nuits de la P.J. commençait. Il régnait dans les deux bureaux du secteur de Maigret une atmosphère de P.C. Tout le monde fumait, tout le monde s'agitait. Les téléphones restaient inoccupés.

— Les Folies-Bergère, s'il vous plaît.

Il fallut longtemps pour avoir Marchand à l'appareil. On avait dû aller le chercher sur le plateau, où il réglait un différend entre deux danseuses nues.

— Oui, mon bon... commença-t-il avant de savoir qui était à l'appareil.

— Maigret.

— Alors ?

— Il est là ?

— Je l'ai aperçu tout à l'heure.

— Ça va. Ne dites rien. Un coup de fil seulement s'il s'en allait seul.

— Compris. Ne l'amochez pas trop, hein ?

— C'est probablement un autre qui s'en chargera, répondit énigmatiquement Maigret.

Dans quelques instants, aux Folies, Francine Latour entrerait en scène en compagnie du comique Dréan et, sans doute à ce moment-là, son amant entrait-il un instant dans la salle chaude, se tenait-il au promenoir, en habitué, pour écouter d'une oreille distraite un dialogue qu'il savait par cœur, les rires qui fusaient des galeries.

Maria était toujours couchée dans sa chambre d'hôpital, anxieuse, furieuse, parce que, selon la règle, on lui avait enlevé son bébé pour la nuit, et deux inspecteurs montaient la garde dans le couloir ; il y en avait encore un, un seul, dans une autre aile de Laennec, où l'on venait de ramener Pietr après son passage à la salle d'opération.

Un Coméliau assez nerveux, qui se trouvait chez des amis, boulevard Saint-Germain, et qui s'était retiré un instant pour téléphoner, appelait Maigret.

— Toujours rien ?

— Quelques petites choses. Carl Lipschitz est mort.

— Un de vos hommes a tiré ?

— Non, un des siens. Le petit Pietr a reçu une balle dans la jambe d'un de mes inspecteurs.

— De sorte qu'il n'en reste qu'un ?

— Serge Madok, oui. Et le chef.

— Que vous ne connaissez toujours pas ?

— Qui s'appelle Jean Bronsky.

— Quel nom ?

— Bronsky.

— Il n'est pas producteur de cinéma ?

— Je ne sais pas s'il est producteur, mais il tripote dans le cinéma.

— Je l'ai fait condamner à dix-huit mois de prison voilà à peine trois ans.

— C'est lui.

— Vous êtes sur sa piste ?

— Il est en ce moment aux Folies-Bergère.

— Vous dites ?

— Je dis : aux Folies-Bergère.

— Et vous ne l'arrêtez pas ?

— Tout à l'heure. Nous avons le temps, maintenant. J'aime autant limiter les dégâts, vous comprenez ?

— Prenez note de mon numéro. Je serai chez mes amis jusqu'aux environs de minuit. Ensuite j'attendrai chez moi votre coup de téléphone.

— Vous aurez sans doute le temps de dormir un peu.

Maigret ne se trompait pas. Jean Bronsky et Francine Latour se firent d'abord conduire en taxi au *Maxim's,* où ils soupèrent en tête à tête. C'était toujours de son bureau du quai des Orfèvres que Maigret suivait les allées et venues, et c'était déjà la deuxième fois que le garçon de la *Brasserie Dauphine* venait avec son plateau. Il y avait des verres sales plein le bureau, des sandwiches entamés, et l'odeur de tabac prenait à la gorge. Pourtant, malgré la chaleur, Colombani n'avait pas retiré le pardessus en poil de chameau clair qui était pour lui une sorte d'uniforme et il portait toujours son chapeau en arrière.

— Tu ne fais pas venir la femme ?

— Quelle femme ?

— Nine, la femme d'Albert.

Maigret fit non de la tête, l'air mécontent. Est-ce que cela le regardait, oui ou non ? Il voulait bien collaborer avec les gens de la rue des Saussaies, à la condition qu'on lui laissât la paix.

Pour l'instant, à vrai dire, il était comme un homme qui se tâte. Ainsi que le juge Coméliau venait de le lui dire, il ne tenait qu'à lui d'arrêter Jean Bronsky au moment qu'il choisirait. Il se souvenait d'un mot qu'il avait prononcé au début de l'enquête, il ne savait plus devant qui, avec une gravité inaccoutumée : « Cette fois, nous avons affaire à des tueurs. »

Des tueurs qui savaient bien, les uns comme les autres, qu'ils n'avaient plus rien à perdre. Au point que, s'ils étaient arrêtés dans la foule, si on disait à celle-ci que c'étaient les hommes de la bande de Picardie, la police serait incapable d'empêcher un lynchage.

Après ce qu'ils avaient fait dans les fermes, n'importe quel jury les condamnerait à la peine capitale, ils ne l'ignoraient pas, et c'est à peine si Maria pouvait, à cause de l'enfant, espérer la grâce du président de la République.

L'obtiendrait-elle ? C'était douteux. Il y avait le témoignage de la petite rescapée, il y avait les pieds, les seins brûlés. Il y avait son insolence de femelle et jusqu'à sa beauté sauvage qui joueraient contre elle dans l'esprit des jurés.

Les hommes civilisés ont peur des fauves, surtout des fauves de leur espèce, de ceux qui leur rappellent les époques révolues de la vie dans les forêts.

Jean Bronsky était un fauve plus dangereux encore, un fauve habillé par le meilleur tailleur de la place Vendôme, un fauve en chemise de soie, qui avait fait des études universitaires et que le coiffeur bichonnait chaque matin comme une coquette.

— Tu joues la prudence, remarqua à certain moment Colombani, comme Maigret attendait patiemment devant un des téléphones.

— Je joue la prudence.

— Et s'il te glissait entre les doigts ?

— J'aime encore mieux ça que de voir un de mes hommes abattu.

Au fait, à quoi bon laisser Chevrier et sa femme dans leur bistrot du quai de Charenton ? Il fallait leur téléphoner. Ils devaient être couchés. Maigret sourit, haussa les épaules. Qui sait ? Cette petite mascarade devait les exciter, et il n'y avait pas de raison qu'ils ne jouent pas encore quelques heures au bistrot et à la bistrote.

— Allô !... Patron ?... Ils viennent d'entrer chez *Florence*.

La boîte chic de Montmartre. Champagne obligatoire. Sans doute Francine Latour avait-elle une nouvelle robe ou un nouveau bijou à montrer. Elle était toute jeune, pas encore fatiguée de cette vie-là. N'en voit-on pas de vieilles, qui sont riches, qui sont titrées, qui ont un hôtel particulier avenue du Bois ou au faubourg Saint-Germain et qui fréquentent les mêmes boîtes pendant quarante ans ?

— Allons ! décida soudain Maigret.

Il prit son revolver dans le tiroir du bureau, s'assura qu'il était chargé, et Colombani le regardait faire avec un léger sourire.

— Tu me veux bien avec toi ?

C'était gentil de la part de Maigret. Les choses se passaient dans son secteur. C'est lui qui avait déniché la bande de Picardie. Il aurait pu garder la besogne pour lui et ses hommes, et ainsi le quai des Orfèvres marquerait une fois de plus un point contre la rue des Saussaies.

— Tu as ton pétard ?

— Je l'ai toujours en poche.

Maigret, non. C'était rare.

Comme ils traversaient la cour, Colombani désigna une des voitures de la police.

— Non ! Je préfère un taxi. C'est moins voyant.

Il en choisit un avec soin, avec un chauffeur qui le connaissait. Il est vrai que presque tous les chauffeurs de taxi le connaissaient.

— Rue de Longchamp. Vous ferez la rue au pas.

L'immeuble qu'habitait Francine Latour était assez haut dans la rue, non loin d'un restaurant fameux où le commissaire se souvenait d'avoir fait quelques bons déjeuners. Tout était fermé. Il était deux heures du matin. Il fallait choisir l'endroit où stationner, et Maigret était grave, grognon, silencieux.

— Refaites le tour. Vous vous arrêterez quand je vous le dirai. Vous ne garderez que vos lanternes allumées, comme si vous attendiez un client.

Ils étaient à moins de dix mètres de la maison. Ils devinaient un inspecteur tapi dans l'ombre d'une porte cochère. Il devait y en avoir un autre quelque part, et, là-haut, Janvier et son compagnon attendaient toujours dans le noir.

Maigret fumait à petites bouffées. Il sentait l'épaule de Colombani contre la sienne. Il s'était mis du côté du trottoir.

Ils restèrent ainsi quarante-cinq minutes, et de rares taxis passaient, des gens rentrèrent chez eux, quelques maisons plus loin ; enfin un taxi stoppa devant la porte, et un homme jeune et svelte sauta sur le trottoir, se pencha vers l'intérieur pour aider sa compagne à descendre.

— Gi !... prononça seulement Maigret.

Il calcula ses mouvements. Il y avait longtemps que sa portière était entrouverte, qu'il tenait la main crispée sur la poignée. Avec une légèreté qu'on n'eût pas attendue de lui, il bondit en avant, sauta sur l'homme au moment précis où celui-ci, une main dans la poche de son smoking pour prendre son portefeuille, se penchait afin de regarder le compteur de son taxi.

La jeune femme poussa un cri. Maigret tenait l'homme aux épaules, par derrière, et son poids l'entraînait, ils roulèrent tous les deux sur le trottoir.

Le commissaire, qui avait reçu un coup de tête au menton, tentait d'immobiliser les mains de Bronsky, par crainte que celui-ci saisît son revolver. Colombani était déjà là et, froidement, tranquillement, donnait un coup de talon au visage du Tchèque.

Francine Latour appelait toujours au secours, atteignait la porte de la maison, sonnait éperdument. Les deux inspecteurs arrivaient à leur tour, et la mêlée dura quelques instants encore. Maigret fut le dernier à se redresser, car il était en dessous.

— Personne de blessé ?

Les lanternes de l'auto lui permirent de voir du sang sur sa main, et il regarda autour de lui, s'aperçut que c'était du nez de Bronsky que le sang coulait à flot. L'homme avait les deux mains réunies derrière le dos par les menottes, ce qui le faisait se courber un peu en avant. Son visage avait une expression féroce.

— Bande de vaches !... vomit-il.

Et, comme un inspecteur s'apprêtait à venger cette injure d'un coup de pied dans les tibias, Maigret dit en cherchant sa pipe dans sa poche :

— Laisse-le cracher le venin. C'est le seul droit qui lui reste désormais.

Ils faillirent oublier Janvier et son compagnon dans l'appartement où, sans doute, esclaves de la consigne, ils seraient restés tapis jusqu'au jour.

10

Le directeur de la P.J. d'abord, ce qui n'aurait sans doute pas enchanté Coméliau.

— Parfait, mon vieux. Maintenant, faites-moi le plaisir d'aller vous coucher. Nous nous occuperons du reste demain matin. On convoque les deux chefs de gare ?

Ceux de Goderville et de Moucher, qui auraient à reconnaître l'homme qu'ils avaient vu, l'un descendre du train le 19 janvier, l'autre y monter quelques heures plus tard.

— Colombani s'en est occupé. Ils sont en route.

Jean Bronsky était avec eux dans le bureau, assis sur une chaise. Jamais il n'y avait eu tant de demis et de sandwiches sur la table. Ce qui étonnait le plus le Tchèque, c'est qu'on ne se donnait pas la peine de le questionner.

Francine Latour était là aussi. C'était elle qui avait absolument tenu à venir, car elle croyait dur comme fer à une erreur de police. Alors, comme on donne un livre d'images à un enfant pour le faire rester tranquille, Maigret lui avait passé le dossier Bronsky, qu'elle était occupée à lire, non sans lancer parfois un regard effaré à son amant.

— Qu'est-ce que tu fais ? questionna Colombani.

— Je téléphone à monsieur le juge et je vais me coucher.

— Je te dépose ?

— Merci. Ce n'est pas la peine de te retarder.

Maigret trichait encore, Colombani le savait. Il donna à haute voix l'adresse du boulevard Richard-Lenoir au chauffeur, mais quelques instants plus tard, il frappait sur la vitre.

— Suivez la Seine. Direction de Corbeil.

Il vit ainsi poindre le jour. Il vit les premiers pêcheurs à la ligne s'installer sur les berges du fleuve, d'où montait une fine buée ; il vit les premiers chalands s'embouteiller devant les écluses et les fumées qui commençaient à monter des maisons dans un ciel couleur de nacre.

— Vous allez trouver une auberge quelque part un peu en amont, annonça-t-il après qu'ils eurent passé Corbeil.

Ils la trouvèrent. Sa terrasse ombragée donnait sur la Seine, et la maison était entourée de tonnelles où la foule devait se presser le dimanche. Le patron, un homme à longues moustaches rousses, était occupé à vider un bateau, et des filets de pêche étaient étendus sur le ponton.

C'était amusant, après la nuit qu'il venait de passer, de marcher dans l'herbe mouillée de rosée, de sentir l'odeur de la terre, celle des bûches qui flambaient dans la cheminée, de voir la bonne, pas encore coiffée, aller et venir dans la cuisine.

— Vous avez du café ?

— Dans quelques minutes. A vrai dire, ce n'est pas ouvert.

— Votre pensionnaire descend d'habitude de bonne heure ?

— Il y a un bon moment que je l'entends aller et venir dans sa chambre. Écoutez.

Ils entendaient en effet des pas au-dessus du plafond aux grosses poutres apparentes.

— C'est son café que je suis en train de faire.

— Vous mettrez le couvert pour deux.

— Vous êtes un de ses amis ?

— Sûrement. Le contraire m'étonnerait.

Et il le fut, en effet. Cela se passa fort simplement. Quand il se présenta, en donnant son titre, elle eut un petit peu peur, mais il lui dit gentiment :

— Vous permettez que je casse la croûte avec vous ?

Il y avait deux couverts de grosse faïence sur la nappe à carreaux rouges, devant la fenêtre. Le café fumait dans les bols. Le beurre avait un goût de noisette.

Elle louchait, bien sûr, elle louchait même terriblement. Elle le savait et, quand on fixait les yeux sur elle, elle se troublait, avait honte, expliquait :

— A dix-sept ans, ma mère m'a fait opérer, car mon œil gauche regardait en dedans. Après l'opération, il regardait en dehors. Le chirurgien a proposé de recommencer gratuitement, mais j'ai refusé.

Eh bien ! après quelques minutes, on le remarquait à peine. On comprenait même qu'il fût possible de la trouver presque jolie.

— Pauvre Albert ! Si vous l'aviez connu ! Un homme si gai, si bon, toujours anxieux de faire plaisir à tout le monde.

— C'était votre cousin, n'est-ce pas ?

— Un petit cousin assez éloigné.

Son accent aussi avait son charme. Ce qu'on sentait surtout chez elle, c'était un immense besoin de tendresse. Non pas de tendresse qu'elle réclamait pour elle, mais de tendresse qu'elle avait besoin de répandre.

— J'avais presque trente ans quand je suis devenue orpheline. J'étais une vieille fille. Mes parents avaient un peu de bien, et je n'avais jamais travaillé. Je suis venue à Paris, parce que je m'ennuyais toute seule dans notre grande maison. Je connaissais à peine Albert. J'en avais surtout entendu parler. Je suis allée le voir.

Mais oui. Il comprenait. Albert était seul, lui aussi. Elle avait dû l'entourer de petits soins auxquels il n'était pas habitué.

— Si vous saviez comme je l'ai aimé ! Je ne lui demandais pas qu'il m'aime, vous comprenez ? Je sais bien que cela aurait été impossible. Mais il me l'a fait croire. Et je faisais semblant de le croire, pour qu'il soit content. Nous étions heureux, monsieur le commissaire. Je suis sûre qu'il était heureux. Il n'avait pas de raison de ne pas l'être, n'est-ce pas ? Et nous venions justement de fêter l'anniversaire de notre mariage. Je ne sais pas ce qui s'est passé aux courses. Il me laissait dans la tribune pendant qu'il allait au guichet. Une fois, il est revenu préoccupé et, dès ce moment-là, il a commencé à regarder autour de lui comme s'il cherchait toujours quelqu'un. Il a voulu que nous rentrions en taxi et il se retournait sans cesse. Devant la maison, il a dit au chauffeur : « Continuez ! » Je ne comprends pas pourquoi. Il s'est fait conduire place de la Bastille. Il est descendu après m'avoir recommandé : « Rentre toute seule. Je serai là dans une heure ou deux. » C'est parce qu'on le suivait. Le soir, il n'est pas rentré. Il m'a téléphoné qu'il serait là le lendemain matin. Puis, le lendemain, il m'a appelée deux fois...

— Le mercredi ?

— Oui. La seconde fois, c'était pour me dire de ne pas l'attendre, d'aller au cinéma. Comme je ne voulais pas, il a insisté. Il s'est presque fâché. J'y suis allée. Vous les avez arrêtés ?

— Sauf un, qui ne tardera pas à se faire prendre. Tout seul, je ne crois pas qu'il soit dangereux, surtout que nous connaissons son identité et que nous possédons son signalement.

Maigret ne savait pas si bien dire. A la même heure, un inspecteur des mœurs mettait la main sur Serge Madok dans une maison de tolérance du boulevard de La Chapelle — une immonde maison à gros numéro fréquentée surtout par des Arabes — où il se terrait depuis la veille au soir et qu'il refusait obstinément de quitter.

Celui-là ne fit pas de résistance. Il était complètement abruti, ivre mort, et on dut le porter devant le car de la police.

— Qu'est-ce que vous allez faire maintenant ? questionnait doucement Maigret en bourrant sa pipe.

— Je ne sais pas. Je retournerai sans doute dans mon pays. Je ne peux pas tenir le restaurant toute seule. Et je n'ai plus personne.

Elle répéta ce dernier mot et elle regardait autour d'elle, comme si elle cherchait quelqu'un sur qui reporter sa tendresse.

— Je ne sais pas comment je vais faire pour vivre.

— Supposez que vous adoptiez un enfant ?

Elle leva la tête, incrédule d'abord, puis elle sourit :

— Vous croyez que je pourrais... qu'on me confierait... que... ?

Et l'idée prenait si vite corps dans son esprit, dans son cœur, que Maigret en était effrayé. S'il n'avait pas parlé tout à fait en l'air, il n'avait voulu que tâter le terrain. C'était une pensée qu'il avait eue dans le taxi, en venant, une de ces pensées baroques, audacieuses, qu'on caresse dans un demi-sommeil, ou dans un état de grande fatigue, et dont, le lendemain, on comprend la folie.

— Nous en reparlerons. Car je vous verrai encore, si vous le permettez... J'ai d'ailleurs des comptes à vous rendre, car nous nous sommes permis d'ouvrir votre restaurant.

— Vous connaissez un enfant que...

— Mon Dieu, madame, il y en a un qui, dans quelques semaines ou quelques mois, pourrait ne plus avoir de mère.

Elle rougit violemment, et il avait rougi aussi ; il s'en voulait maintenant d'avoir stupidement soulevé cette question.

— Un bébé, n'est-ce pas ? balbutia-t-elle.

— Un tout petit bébé, oui.

— Il n'en peut rien, lui.

— Il n'en peut rien.

— Et il ne sera pas nécessairement comme...

— Excusez-moi, madame. Il est temps que je rentre à Paris.

— Je vais y penser.

— N'y pensez pas trop. Je m'en veux maintenant de vous en avoir parlé.

— Non, vous avez bien fait. Est-ce que je pourrais le voir ? Dites, est-ce qu'on me le permettrait ?

— Permettez-moi encore une question. Albert m'a dit au téléphone que vous me connaissiez. Je ne me souviens pas vous avoir jamais vue.

— Mais moi, je vous ai vu, il y a longtemps, alors que j'avais à peine vingt ans. Ma mère vivait encore, et nous passions des vacances à Dieppe...

— L'*Hôtel Beauséjour* !... s'exclama-t-il.

Il y était resté quinze jours avec Mme Maigret.

— Tous les pensionnaires parlaient de vous, vous regardaient à la dérobée.

Il était tout drôle, dans le taxi qui le ramenait à Paris, à travers la campagne inondée d'un clair soleil. Il commençait à y avoir des bourgeons sur les haies.

« Ce ne serait pas désagréable de prendre des vacances », pensa-t-il, peut-être à cause des images de Dieppe qu'on venait d'évoquer.

Il savait qu'il n'en ferait rien, mais cela lui arrivait périodiquement. C'était comme un rhume dont il se débarrassait à coups de travail.

La banlieue... Le pont de Joinville...

— Passez par le quai de Charenton.

Le bistrot était ouvert. Chevrier avait l'air embarrassé.

— Je suis content que vous veniez, patron. On me téléphone que tout est fini, et ma femme se demande si elle doit faire le marché.

— Comme elle voudra.

— Cela ne sert plus à rien ?

— A rien du tout.

— On m'a demandé aussi si je vous avais vu. Il paraît qu'on a téléphoné chez vous et un peu partout. Voulez-vous appeler le Quai ?

Il hésita. Cette fois, il était vraiment à bout et il n'avait plus envie que d'une chose : son lit, un voluptueux glissement dans un sommeil profond et sans rêves.

— Je parie que je vais dormir vingt-quatre heures d'affilée.

Ce n'était pas vrai, hélas ! On le dérangerait avant cela. On avait trop l'habitude, quai des Orfèvres — et il l'avait laissé prendre — de dire pour un oui ou pour un non : « Téléphonez à Maigret ! »

— Qu'est-ce que je vous sers, patron ?

— Un calvados, si tu y tiens.

C'est avec des calvados qu'il avait commencé. Autant finir sur la même chose.

— Allô ! Qui est-ce qui me demande ?

C'était Bodin. Il l'avait oublié, celui-là. Il devait en avoir oublié quelques autres, qui montaient encore une faction inutile sur différents points de Paris.

— J'ai la lettre, patron.

— Quelle lettre ?

— Celle de la poste restante.

— Ah ! oui. Bon.

Pauvre Bodin. On ne faisait pas grand cas de sa trouvaille !

— Vous voulez que je l'ouvre et que je vous dise ce qu'il y a dans l'enveloppe ?

— Si cela te fait plaisir.

— Attendez. Voilà. Il n'y a rien d'écrit. Rien qu'un billet de chemin de fer.

— Ça va.

— Vous le saviez ?

— Je m'en doutais. Un retour première classe Goderville-Paris.

— C'est exact. Il y a des chefs de gare qui attendent.

— Cela regarde Colombani.

Et Maigret, en dégustant son calvados, eut un petit sourire. Encore un trait à ajouter au personnage du petit Albert, qu'il n'avait pas connu vivant, mais qu'il avait en quelque sorte reconstitué morceau par morceau.

Comme certains habitués des champs de courses, il ne pouvait pas s'empêcher de regarder par terre, sur le sol jonché de tickets perdants du Mutuel, où il arrive qu'on découvre, de temps en temps, un billet gagnant jeté par erreur.

Ce n'était pas un billet gagnant qu'il avait trouvé ce matin-là, mais un ticket de chemin de fer.

S'il n'avait pas eu cette manie... S'il n'avait pas vu l'homme qui le laissait tomber de sa poche... Si le nom de Goderville n'avait pas aussitôt évoqué pour lui les hécatombes de la bande de Picardie... Si son émotion ne s'était pas lue sur sa physionomie...

— Pauvre Albert ! soupira Maigret.

Il serait encore en vie. Par contre, quelques vieux fermiers et fermières auraient sans doute passé de vie à trépas après avoir, au préalable, eu la plante des pieds grillée par Maria.

— Ma femme préfère fermer tout de suite, annonça Chevrier.

— Fermez.

Puis il y eut des rues, un compteur qui marquait un chiffre astronomique, une Mme Maigret qui paraissait un peu moins douce quand on venait de connaître Nine et qui décida de son propre chef, alors qu'il avait le nez dans les draps :

— Cette fois, je décroche le téléphone et je n'ouvre à personne.

' Il entendit le début de la phrase, mais n'en connut jamais la fin.

Tucson, Arizona, décembre 1947.

Pedigree

Première édition : Presses de la Cité, 1948.
Le texte qui suit est celui de la troisième édition (1958)

PRÉFACE

Il n'y a pas si longtemps, il était encore de mode, pour un auteur, de présenter chacune de ses œuvres par une préface, un avant-propos ou un avertissement qui le mettait en quelque sorte en contact direct avec le lecteur, à tel titre que la formule « Cher lecteur » était presque aussi courante qu'à la radio le fameux « Chers auditeurs. »

Est-ce parce que les journaux, aujourd'hui, par leurs interviews, leurs échos et leurs enquêtes littéraires ne laissent rien ignorer des intentions ni des faits et gestes des écrivains que cette mode est tombée en désuétude ?

A l'occasion de cette nouvelle édition de Pedigree, *je ne résiste pas à la tentation de recourir à l'usage de jadis, pour des raisons diverses et sans doute peu péremptoires. On m'a posé, on me pose encore beaucoup de questions au sujet de ce livre ; on en a beaucoup écrit, pas toujours avec exactitude. Je sais aussi qu'André Parinaud me fait l'honneur de me consacrer une importante étude en trois volumes sous le titre écrasant de* Connaissance de Simenon, *qui est sous presse et que je n'ai pas encore lue, et qu'il cherche, dans* Pedigree *l'explication, sinon de mon œuvre, tout au moins de certains de ses aspects et de certaines tendances.*

M'accusera-t-on d'outrecuidance si je fournis ici, fort simplement, quelques détails de première main ?

Pedigree *n'a été écrit, ni de la même façon, ni dans les mêmes circonstances, ni dans les mêmes intentions que mes autres romans, et c'est sans doute pourquoi il constitue une sorte d'îlot dans ma production.*

En 1941, alors que je me trouvais replié à Fontenay-le-Comte, un médecin, sur la foi d'une radiographie suspecte, m'annonça que j'avais au plus deux ans à vivre et me condamna à l'inaction à peu près complète.

Je n'avais encore qu'un seul fils, âgé de deux ans, et j'ai pensé que, devenu grand, il ne saurait presque rien de son père ni de sa famille paternelle.

Pour remplir en partie cette lacune, j'achetai trois cahiers reliés de carton marbré et, renonçant à mon habituelle machine à écrire, je commençai à raconter, à la première personne, sous forme de lettre au grand garçon qui me lirait un jour, des anecdotes de mon enfance.

J'étais en correspondance suivie avec André Gide. Sa curiosité fut piquée. Une centaine de pages étaient écrites quand il manifesta le désir de les lire.

La lettre que Gide n'allait pas tarder à m'envoyer fut, en somme, le point de départ de Pedigree. *Il m'y conseillait, même si mon intention restait de ne m'adresser qu'à mon fils, de reprendre mon récit, non plus à la première personne mais, afin de lui donner plus de vie, à la troisième, et de l'écrire à la machine à la façon de mes romans.*

Ce sont les quelque cent pages primitives des cahiers qui ont été publiées en 1945, à tirage limité, par les Presses de la Cité, sous le titre, choisi en mon absence par l'éditeur, de Je *me souviens. Encore ce texte a-t-il été remanié afin d'en exclure ce qui aurait pu passer pour des portraits.*

Quant au nouveau texte, composé après la lettre de Gide, si, dans sa première partie, il se rapproche du premier, il n'en doit pas moins être considéré comme un roman et je ne voudrais même pas qu'on y attache l'étiquette de roman biographique.

Parinaud m'a longuement questionné sur ce point lors de nos entretiens radiophoniques de 1955, voulant à toutes forces m'identifier avec le personnage central de Roger Mamelin.

Je lui ai répondu par une formule, qui n'est peut-être pas de moi, mais que je n'en reprends pas moins à nouveau, à savoir que, dans mon roman, tout est vrai sans que rien soit exact.

J'avoue d'ailleurs que, le livre terminé, j'ai longtemps cherché l'équivalent du merveilleux titre donné par Goethe à ses souvenirs d'enfance : Dichtung und Wahrheit, *qu'on a traduit plus ou moins exactement par :* Poésie et Vérité.

L'enfance de Roger Mamelin, son milieu, les décors dans lesquels il évolue sont fort près de la réalité, comme les personnages qu'il a observés.

Les événements, pour la plupart, n'ont pas été inventés.

Mais, surtout en ce qui concerne les personnages, j'ai usé du privilège de recréer en partant de matériaux composites, me tenant plus près de la vérité poétique que de la vérité tout court.

On l'a si peu compris qu'à cause d'un trait de physionomie, d'un tic, d'une similitude de nom ou de profession, nombre de gens ont voulu se reconnaître et que quelques-uns m'ont assigné devant les tribunaux.

Je ne suis, hélas, pas le seul dans ce cas, beaucoup de mes confrères en ont fait l'expérience. Il est difficile, aujourd'hui, de donner un nom, une profession, une adresse, voire un numéro de téléphone à un personnage de roman sans s'exposer à des poursuites judiciaires.

La première édition de Pedigree *portait la mention : « Fin du Premier Volume », et je reçois encore aujourd'hui des lettres me demandant quand paraîtront les suivants.*

J'ai abandonné Roger Mamelin à seize ans. Le second tome devait raconter son adolescence, le troisième ses débuts à Paris et son apprentissage de ce que j'ai appelé ailleurs le métier d'homme.

Ils n'ont pas été et ne seront jamais écrits car, parmi les centaines de personnages épisodiques que je devrais mettre en scène, combien me vaudraient de nouvelles condamnations à de substantiels dommages et intérêts ? Je n'ose pas y penser.

Lors de la réédition de 1952, dans une nouvelle typographie, j'ai prudemment, peut-être un peu ironiquement, laissé en blanc les passages incriminés, ne conservant que d'innocents signes de ponctuation et mettant ces lacunes, par un bref avertissement, sur le compte des tribunaux.

Dans la présente édition, on ne trouvera plus de blancs. Non sans mélancolie, j'ai renoncé même à l'ironie et émondé mon livre de tout ce qui a pu paraître suspect ou offensant.

Je n'en répète pas moins, non par prudence, mais par souci d'exactitude, que Pedigree *est un roman, donc une œuvre où l'imagination et la re-création ont la plus grande part, ce qui ne m'empêche pas de convenir que Roger Mamelin a beaucoup de traits de ressemblance avec l'enfant que j'ai été.*

Georges Simenon.
Noland, le 16 avril 1957.

Désiré est loin, à l'autre extrémité de la ville, dans son bureau de la rue des Guillemins, et elle va peut-être accoucher, toute seule, pendant que des centaines, des milliers de passants continueront à entrechoquer des parapluies au-dessus des trottoirs luisants.

Sa main fait le geste de prendre les allumettes à côté du réveil, mais elle n'a pas la patience de retirer le globe laiteux de la lampe à pétrole, puis le verre, de lever la mèche ; elle a trop peur. Le courage lui manque pour ranger dans l'armoire les quelques assiettes qui traînent et elle pose sur sa tête, sans se regarder dans la glace, son chapeau de crêpe noir, celui qui lui reste du deuil de sa mère. Elle endosse son manteau de cheviotte noire qui est aussi un manteau de deuil et qui ne boutonne plus, qu'elle doit tenir croisé sur son ventre bombé.

Elle a soif. Elle a faim. Quelque chose manque en elle. Il y a comme un vide, mais elle ne sait que faire, elle fuit la chambre, pousse la clef dans son réticule.

On est le 12 février 1903. Un bec papillon siffle et crache dans l'escalier son gaz incandescent, car il y a le gaz dans la maison mais pas au second étage.

Au premier, Élise voit de la lumière sous une porte ; elle n'ose pas frapper, elle n'en a pas l'idée. Des rentiers vivent là, les Delobel, des gens qui jouent à la Bourse, un couple égoïste qui se dorlote et qui passe plusieurs mois chaque année à Ostende ou à Nice.

Un courant d'air dans le couloir étroit, entre deux magasins. Aux vitrines de chez Cession, des douzaines de chapeaux sombres et, à l'intérieur, des gens dépaysés qui se regardent dans les glaces et n'osent pas dire qu'ils sont contents de leur image, et Mme Cession, la propriétaire d'Élise, en soie noire, guimpe noire, camée et montre avec chaîne en sautoir.

Des tramways passent de minute en minute, des verts qui vont à Trooz, à Chênée ou à Fléron, des rouge et jaune qui font sans arrêt le tour de la ville.

Des camelots crient la liste des numéros gagnants de la dernière tombola et d'autres glapissent :

— La baronne de Vaughan, dix centimes ! Demandez le portrait de la baronne de Vaughan !

C'est la maîtresse de Léopold II. Il paraît qu'un souterrain fait communiquer son hôtel particulier avec le château de Laeken.

— Demandez la baronne de Vaughan...

Toujours, si avant qu'elle remonte dans ses souvenirs, Élise retrouve la même sensation de petitesse ; oui, elle est toute petite, trop faible, sans défense, dans un univers trop grand qui ne s'occupe pas d'elle et elle ne peut que balbutier :

— Mon Dieu...

Elle a oublié son parapluie. Elle n'a pas le courage de remonter le prendre et de fines gouttelettes se posent sur son visage rond de petite fille du Nord, sur ses cheveux blonds et frisés de Flamande.

PREMIÈRE PARTIE

1

Elle ouvre les yeux et pendant quelques instants, plusieurs secondes, une éternité silencieuse, il n'y a rien de changé en elle, ni dans la cuisine autour d'elle ; d'ailleurs, ce n'est plus une cuisine, c'est un mélange d'ombres et de reflets pâles, sans consistance ni signification. Les limbes, peut-être ?

Y a-t-il eu un instant précis où les paupières de la dormeuse se sont écartées ? Ou bien les prunelles sont-elles restées braquées sur le vide comme l'objectif dont un photographe a oublié de rabattre le volet de velours noir ?

Dehors, quelque part — c'est simplement dans la rue Léopold — une vie étrange coule, sombre parce que la nuit est tombée, bruyante, pressée parce qu'il est cinq heures de l'après-midi, mouillée, visqueuse parce qu'il pleut depuis plusieurs jours ; et les globes blêmes des lampes à arc clignotent devant les mannequins des magasins de confection, les trams passent en arrachant des étincelles bleues, aiguës comme des éclairs, du bout de leur trolley.

Élise, les yeux ouverts, est encore loin, nulle part ; seules ces lumières fantastiques du dehors pénètrent par la fenêtre et traversent les rideaux de guipure à fleurs blanches dont elles projettent les arabesques sur les murs et sur les objets.

Le ronron familier du poêle est le premier à renaître, et le petit disque rougeâtre de l'ouverture par laquelle on voit parfois tomber de fins charbons en feu ; l'eau se met à chanter, dans la bouilloire d'émail blanc qui a reçu un coup près du bec ; le réveil, sur la cheminée noire, reprend son tic-tac.

Alors seulement Élise sent un sourd travail dans son ventre et elle se voit elle-même, elle sait qu'elle s'est endormie, mal d'aplomb sur une chaise, devant le poêle, avec encore à la main le torchon à vaisselle. Elle sait où elle est, au deuxième étage de chez Cession au beau milieu d'une ville en pleine activité, non loin du pont des Arches qui sépare la ville des faubourgs, et elle a peur, elle se lève, tremblante, la respiration coupée, puis pour se rassurer par des gestes quotidiens, elle met du charbon sur le feu.

— Mon Dieu... dit-elle du bout des lèvres.

Tout le monde, pour elle, est impressionnant, même cet homme en redingote, raide comme un mannequin, les moustaches cirées, le faux col haut comme une manchette, qui bat la semelle sous le globe d'un magasin de confection. Il crève de froid aux pieds, de froid au nez, de froid aux doigts. Il vise, dans la foule qui passe sur le trottoir, les mamans qui traînent un gosse par la main. Ses poches sont pleines de petits chromos, de devinettes illustrées : « Cherchez le Bulgare. »

Il fait froid. Il pleut. Il fait gluant.

Une bouffée chaude de chocolat, en passant devant le sous-sol grillagé de chez Hosay d'où s'échappent de si bonnes odeurs. Elle marche vite. Elle ne souffre pas, et pourtant elle est sûre que le travail commence en elle et que le temps lui est compté. Sa jarretelle a sauté. Son bas glisse. Un peu avant la place Saint-Lambert s'ouvre, entre deux magasins, une impasse étroite et toujours sombre où elle entre précipitamment et où elle pose le pied sur une borne.

Est-ce qu'elle parle toute seule ? Ses lèvres remuent.

— Mon Dieu, faites que j'aie le temps !

Et, alors qu'elle trousse ses jupes pour atteindre la jarretelle, elle s'immobilise : il y a deux hommes, dans l'ombre où pénètre un reflet de la rue Léopold. Deux hommes dont elle a dû interrompre la conversation. Se cachent-ils ? Elle ne pourrait le dire, mais elle sent confusément quelque chose de trouble dans leur tête-à-tête. Sans doute attendent-ils en silence le départ de cette étourdie qui s'est précipitée tête basse jusqu'à deux mètres d'eux pour remonter son bas ?

Elle les regarde à peine ; déjà elle bat en retraite, et, pourtant un nom lui vient aux lèvres :

— Léopold...

Ce nom, elle a dû le prononcer, à mi-voix. Elle est sûre, ou presque, d'avoir reconnu un de ses frères, Léopold, qu'elle n'a pas vu depuis des années : un dos déjà voûté à quarante-cinq ans, une barbe très noire, des yeux brillants sous d'épais sourcils. Son compagnon est tout jeune, un enfant, imberbe, glacé en ce soir de février, dans le courant d'air de l'impasse. Il ne porte pas de pardessus. Ses traits sont tendus comme ceux de quelqu'un qui se retient de pleurer...

Élise rentre dans la foule sans oser se retourner. Sa jarretelle est toujours détachée et cela lui donne l'impression de marcher de travers.

— Mon Dieu, faites que... Et qu'est-ce que mon frère Léopold ?...

Place Saint-Lambert, les lampes plus nombreuses, plus brillantes du « Grand Bazar », qui s'agrandit toujours et qui a déjà dévoré deux pâtés de maisons. Les belles vitrines, les portes de cuivre qui glissent sans bruit et cette haleine chaude, si particulière, qui vous atteint jusqu'au milieu du trottoir.

— Demandez la liste des numéros gagnants de la tombola de Bruxelles.

Enfin, elle aperçoit des vitrines d'un luxe plus discret, celles de l'« Innovation », pleines de soieries et de lainages. Elle entre. Il lui semble qu'elle doit se presser toujours plus. Elle sourit, car elle sourit toujours quand elle revient à l'« Innovation » et, comme en rêve, elle salue, en les distinguant à peine, les vendeuses en noir derrière les comptoirs.

— Valérie !

Valérie est là, aux ouvrages de dames, servant une vieille cliente, s'efforçant d'assortir des soies à broder, et les yeux de Valérie, en découvrant le visage effrayé d'Élise, disent à leur tour :

— Mon Dieu !

Car elles sont toutes les deux de la même sorte, de celles qui ont peur de tout et qui se sentent toujours trop petites. Valérie n'ose pas presser sa cliente. Elle a compris. D'avance, elle cherche du regard, du côté de la caisse centrale, M. Wilhems, le grand patron, aux souliers vernis qui craquent, aux mains soignées.

Trois, quatre rayons plus loin, à la layette, c'est Maria Debeurre qui regarde Élise et qui voudrait lui parler, cependant que celle-ci toute droite dans sa robe de deuil, s'accroche du bout des doigts au comptoir. La chaleur moite du magasin lui monte à la tête. L'odeur fade des toiles, des madapolams, des serges, l'odeur plus subtile de toutes ces bobines, et ces torches soyeuses aux teintes pâles l'écœurent, et le lourd silence qui règne dans les allées.

Il lui semble qu'un cerne se creuse aux ailes du nez, que ses jambes mollissent, mais un sourire morose reste accroché à ses lèvres et il lui arrive de saluer discrètement de la tête des vendeuses qui sont très loin et dont elle ne voit à travers un brouillard lumineux que la robe noire et la ceinture laquée.

Pendant trois ans, elle a vécu derrière un de ces comptoirs. Lorsqu'elle s'est présentée...

Mais il faut remonter plus loin. Sa vie de petite souris effrayée et toujours un peu douloureuse a commencé quand elle avait cinq ans, quand son père est mort, quand on a quitté l'immense maison du bord du canal, à Herstal, où des bois du Nord remplissaient des hangars vastes comme des églises.

Elle ne savait rien. Elle ne comprenait rien. Elle connaissait à peine ce père aux longues moustaches d'encre qui avait fait des bêtises, signé des traites de complaisance et qui en était mort.

Les frères, les sœurs étaient mariés ou s'étaient déjà envolés, car Élise est la treizième enfant, née quand on ne s'y attendait plus.

Deux petites chambres, dans une vieille maison, près de la rue Féronstrée. Elle vivait seule avec sa mère, si digne, toujours tirée à quatre épingles, qui mettait des casseroles vides sur le feu quand il venait quelqu'un, pour faire croire qu'on ne manquait de rien.

La gamine ébouriffée pénétrait dans une boutique, désignait quelque chose à l'étalage, ouvrait la bouche, ne trouvait pas ses mots.

— Des... des...

Son père était allemand, sa mère hollandaise. Élise ne savait pas encore qu'elle ne parlait pas le langage des autres, elle voulait à toutes forces s'exprimer et, devant la marchande amusée, elle lançait à tout hasard :

— Des... fricadelles...

Pourquoi des fricadelles ? Un mot qui lui était venu aux lèvres parce qu'elle l'avait entendu chez elle et qui, ici, provoquait des éclats de rire. C'était la première humiliation de sa vie. Elle était rentrée chez elle en courant, sans rien rapporter, et elle avait fondu en larmes.

A quinze ans, pour que la vie soit moins misérable à la maison, elle avait relevé ses cheveux, allongé sa robe et elle s'était présentée à ce M. Wilhems si soigné et si poli.

— Quel âge avez-vous ?

— Dix-neuf ans.

C'est presque sa vraie famille qu'elle vient retrouver aujourd'hui, Valérie Smet, Maria Debeurre, les autres qui la regardent de loin et même des galeries, rayons de meubles, de linoléums, de jouets.

Elle fait la brave. Elle sourit. Elle suit des yeux cette toute petite Valérie qu'écrase une énorme masse de cheveux bruns et dont la ceinture vernie coupe la silhouette en deux comme un diabolo.

— Caisse !

La vieille dame est servie. Valérie accourt.

— Tu crois que c'est pour aujourd'hui ?

Elles chuchotent comme à confesse, avec des regards anxieux vers la caisse centrale et vers les inspecteurs en jaquette.

— Désiré ?

— Il est au bureau... Je n'ai pas osé le faire prévenir...

— Attends. Je vais demander à M. Wilhems...

Il semble à Élise que cela dure une éternité et pourtant elle ne souffre pas, elle ne ressent rien d'autre qu'une angoisse éparse dans tout son corps. Deux ans plus tôt, quand elles sortaient du magasin bras dessus bras dessous, avec Valérie, elles rencontraient invariablement un grand garçon timide, à la barbiche en pointe, aux vêtements sévères.

C'était Valérie la plus surexcitée.

— Je suis sûre que c'est pour toi qu'il vient.

Il était vraiment grand, près d'un mètre quatre-vingt-dix, et elles étaient aussi petites l'une que l'autre. Comment Valérie a-t-elle eu le renseignement ?

— Il s'appelle Désiré... Désiré Mamelin... Il est employé d'assurances chez M. Monnoyeur, rue des Guillemins...

Maintenant, Valérie explique, explique : M. Wilhems jette un coup d'œil à son ancienne vendeuse et fait oui de la tête.

— Attends-moi une minute... Je vais chercher mon manteau et mon chapeau.

Un bruit, dehors, comme quand deux tramways s'entrechoquent...

— Mon Dieu... soupire Élise.

Trois fois en deux mois, il y a eu des accidents de tramways sous ses fenêtres, rue Léopold. Seules quelques clientes qui se trouvent vers l'entrée du magasin se précipitent. Vendeurs et vendeuses restent à leur place. On entend quelques cris aigus, puis une rumeur confuse. M. Wilhems n'a pas bougé un coude sur le chêne verni de la caisse principale, un doigt lissant ses moustaches argentées.

Des gens courent, dehors, devant l'écran des vitrines. Valérie reparaît.

— Tu as entendu ?

— Un accident...

— Tu peux marcher ?

— Mais oui, ma pauvre Valérie... Je te demande pardon de venir te déranger. Qu'est-ce qu'il a dit ?

Il, c'est M. Wilhems le tout-puissant.

— Viens... Appuie-toi à mon bras...

— Je t'assure que je suis encore capable de marcher toute seule...

Les portes s'ouvrent sans bruit, on pénètre dans le froid humide, on entend comme un vaste piétinement, on voit des centaines, peut-être des milliers de gens qui poussent vers le « Grand Bazar » proche et il y a déjà de longues files de tramways immobilisés les uns derrière les autres.

— Viens, Élise. Nous passerons par la rue Gérardrie.

Mais Élise se pousse derrière la foule en se haussant sur la pointe des pieds.

— Regarde...

— Oui...

Le « Grand Bazar » de la place Saint-Lambert est précédé d'une marquise monumentale qui couvre tout le trottoir. Or, sur plus de dix mètres, les vitres ont éclaté, les ferrures sont tordues, les lampes se sont éteintes.

— Qu'est-ce qu'il y a, monsieur ?

Élise questionne le premier venu, humblement.

— Est-ce que je sais, moi ?... Je suis comme vous...

— Viens, Élise...

Des agents accourent, essaient de fendre la foule. On entend, derrière, l'appel d'une voiture de pompiers, puis celui d'une ambulance.

— Circulez !... Circulez, voyons !...

— La vitrine, Valérie...

Deux des vitrines du bazar sont comme de grands trous sombres, et il n'y reste que des stalactites de vitres.

— Qu'est-ce qui s'est passé, monsieur l'agent ?

L'agent, pressé, ne répond pas. Un vieux monsieur qui fume son cigare en poussant irrésistiblement devant lui, répond, de profil :

— Une bombe... Encore les anarchistes...

— Élise, je t'en supplie...

Élise se laisse entraîner. Elle a oublié son vertige, remplacé soudain par une nervosité excessive. Elle voudrait bien pleurer, mais n'y arrive pas. Valérie ouvre son parapluie, se serre contre elle, la guide vers la rue Gérardrie.

— Nous allons passer chez la sage-femme...

— Pourvu qu'elle soit chez elle...

Les rues d'alentour sont désertes. Tout le monde s'est précipité place Saint-Lambert et les commerçants, sur le pas de leur porte, interrogent les passants.

— Au deuxième, oui.

Une carte de visite qui porte le nom de la sage-femme recommande de sonner trois fois. Elles sonnent. Un rideau s'agite.

— Elle est chez elle.

Le gaz s'allume dans le corridor. Une grosse femme essaie de distinguer les traits des visiteuses dans l'obscurité du trottoir.

— Ah ! c'est vous... Vous croyez ?... Bon... Rentrez toujours... Je vous suis... Je préviendrai en passant le docteur Van der Donck, qu'il se tienne prêt pour le cas où on aurait besoin de lui...

— Valérie ! regarde...

Des gendarmes à cheval débouchent au trot et se dirigent vers la place Saint-Lambert...

— Ne pense plus à cela... Viens...

Et comme elles passent devant chez Hosay, Valérie pousse Élise dans le magasin.

— Mange quelque chose, cela te fera du bien. Tu es toute tremblante.

— Tu crois ?

Valérie choisit un gâteau, demande, un peu gênée, un verre de porto. Elle se croit obligée d'expliquer :

— C'est pour mon amie qui...

— Mon Dieu, Valérie !

A six heures, le grand Désiré a quitté son bureau de la rue des Guillemins et marche de son long pas régulier.

— Il a une si belle marche !

Il ne se retourne pas, ne s'arrête pas aux étalages. Il marche, en fumant sa cigarette, le regard droit devant lui, il marche comme si une musique l'accompagnait. Son itinéraire ne varie pas. Il arrive toujours à la même heure, à une minute près, devant les horloges pneumatiques et au même endroit, exactement, il allume sa seconde cigarette.

Il ne sait rien de ce qui s'est déroulé place Saint-Lambert et il s'étonne de voir quatre trams défiler à la queue leu leu. Sans doute un accident ?

A vingt-cinq ans, il n'a jamais connu d'autre femme qu'Élise. Avant de la rencontrer, il passait ses soirées dans un patronage. Il était souffleur de la société dramatique.

Il marche, il atteint la rue Léopold par la rue de la Cathédrale ; il pénètre dans le corridor du rez-de-chaussée, lève la tête, voit sur les marches de l'escalier des traînées de mouillé, comme si plusieurs personnes étaient passées.

Alors il s'élance... Dès le premier étage, il perçoit un murmure de voix. La porte s'ouvre avant qu'il ait touché le bouton. Le petit visage effaré de Valérie paraît, tout rond, avec des cils et des cheveux de poupée japonaise, deux disques rouges aux pommettes.

— C'est toi, Désiré... Chut... Élise...

Il veut entrer. Il pénètre dans la cuisine, mais l'accoucheuse l'arrête.

— Surtout, pas d'homme ici... Allez attendre dehors... On vous appellera quand vous pourrez venir...

Et il entend Élise qui soupire dans la chambre :

— Mon Dieu, madame Béguin, déjà Désiré !... Où va-t-il manger ?...

— Eh bien, vous n'êtes pas encore parti ?... Je vous dis qu'on vous appellera... Tenez... J'agiterai la lampe devant la fenêtre...

Il ne s'aperçoit pas qu'il oublie son chapeau sur un coin de la table en désordre. Son long pardessus noir boutonne presque jusqu'au col et lui donne un air solennel. Il porte une petite barbiche brune de mousquetaire.

Maintenant, la rue est vide, à peine animée par le bruissement de la pluie fine. Les vitrines ont disparu les unes après les autres derrière les rideaux de fer. Les hommes au nez glacé qui distribuaient des prospectus coloriés à la porte des magasins de confection se sont enfoncés dans la nuit. Les tramways sont plus rares et font davantage de vacarme ; la rumeur monotone qu'on distingue dans le fond de l'air est celle des flots bourbeux de la Meuse qui se séparent sur les piles du pont des Arches.

Dans les étroites rues d'alentour, il y a bien des petits cafés aux vitres dépolies, aux rideaux crème, mais Désiré ne met les pieds au café que le dimanche matin, à onze heures, toujours à la « Renaissance ».

Il interroge déjà les fenêtres. Il ne pense pas à manger. Sans cesse il tire sa montre de sa poche et il lui arrive de parler seul.

A dix heures, il ne reste que lui sur le trottoir. A peine a-t-il sourcillé en devinant des casques de gendarmes du côté de la place Saint-Lambert.

Deux fois il a gravi l'escalier, épié les bruits, deux fois il s'est enfui, effrayé, le cœur malade.

— Pardon, monsieur l'agent...

L'agent de police, au coin de la rue, sous une grosse horloge réclame aux aiguilles figées, n'a rien à faire.

— Vous ne pourriez pas me donner l'heure exacte ?

Puis, avec un sourire contraint d'homme qui s'excuse :

— Le temps semble si long quand on attend... quand on attend un événement d'une telle importance... Figurez-vous que ma femme...

Il sourit sans parvenir à cacher tout à fait son orgueil.

— ...D'un moment à l'autre, nous allons avoir un enfant...

Il explique. Il éprouve le besoin d'expliquer. Qu'ils ont vu le docteur Van der Donck, le meilleur spécialiste. Que c'est lui qui leur a indiqué l'accoucheuse. Que le docteur leur a déclaré :

« C'est elle que je choisirais pour ma propre femme. »

— Vous comprenez... Si un homme comme M. Van der Donck...

Parfois quelqu'un frôle les maisons, le col du pardessus relevé, et son pas résonne longtemps dans le dédale des rues. Sous chaque bec de gaz, de cinquante en cinquante mètres, un cercle de lumière jaune sertit un brouillard de pluie.

— Que font-ils, là-bas ?

On devine des allées et venues place Saint-Lambert. On voit passer des pèlerines. On a entendu la galopade d'un garde à cheval.

— Les anarchistes...

— Qu'est-ce qu'ils ont fait ?

Désiré demande cela poliment, mais a-t-il seulement compris ?

— Ils ont lancé une bombe sur les vitrines du « Grand Bazar ».

— Pour les suivants, n'est-ce pas ? on doit s'habituer... Mais pour le premier... Surtout que ma femme n'est pas très forte... plutôt nerveuse...

Désiré ne s'aperçoit toujours pas qu'il est nu-tête. Il porte des manchettes rondes en celluloïd qui lui tombent sur les mains à chaque mouvement. Il vient de finir son paquet de cigarettes et il lui faudrait aller trop loin pour en acheter.

— Si cette femme oubliait d'agiter la lampe... Elle a tant à faire !...

A minuit, l'agent lui-même s'en va en s'excusant. Il n'y a plus une âme dans la rue, plus de tramways, plus rien que des pas lointains, des portes qui se referment, des verrous que l'on tire.

Enfin, la lampe...

Il est exactement minuit dix. Désiré s'élance comme un fou. Ses grandes jambes escaladent l'espace.

— Élise...

— Chut !... Pas tant de bruit...

Alors, il pleure. Il ne sait plus ce qu'il fait, ni ce qu'il dit, ni que des étrangères le regardent. Il n'ose pas toucher à l'enfant qui est tout rouge. L'odeur fade du logement l'impressionne. Valérie va vider des eaux à l'entresol.

Élise, dans les draps qu'on vient de mettre, ceux qu'elle a brodés exprès, sourit faiblement.

— C'est un garçon... balbutie-t-elle.

Lui, sans respect humain, prononce en pleurant toujours :

— Je n'oublierai jamais, jamais, que tu viens de me donner la plus grande joie qu'une femme puisse donner à un homme...

— Désiré... Écoute... Quelle heure est-il ?

L'enfant est né à minuit dix. Élise chuchote.

— Écoute, Désiré... Il est venu au monde un vendredi 13... Il ne faut le dire à personne... Il faut supplier cette femme...

Voilà pourquoi, le lendemain matin, quand Désiré, que son frère Arthur accompagne comme témoin, va déclarer l'enfant à l'Hôtel de Ville, il fait inscrire, en prenant un air innocent :

— Roger Mamelin, né à Liège, 18, rue Léopold, le jeudi 12 février 1903.

Machinalement, il ajouta :

— Au-dessus de chez Cession.

2

Et pourquoi ne s'agirait-il pas vraiment d'un génie familier ? Pourquoi est-ce toujours au même instant qu'il manifeste sa présence et qu'il semble souhaiter le bonjour ? Les autres matins, Élise va et vient, mais aujourd'hui elle est immobile dans la chaleur du lit, les épaules appuyées à son oreiller et à celui de Désiré. Dans le berceau, la respiration de l'enfant, qui vient de prendre le sein, est légèrement sifflante. Élise a sa mine morose, pas triste, mais morose, un sourire voilé, un peu de honte, un peu de pitié, parce que ce n'est pas le métier d'un homme que Désiré se contraint à faire en ce moment.

Il n'y a pas longtemps que le feu est allumé dans le poêle. On sent sa chaleur arriver par petites vagues dans le froid du matin ; on perçoit même, si l'on veut y prendre garde, tout un combat : les vagues tièdes, puis chaudes, qui émanent du poêle, se heurtent, un peu plus loin que la table, à un air glacé, celui qui, toute la nuit, a frôlé les vitres noires des fenêtres. Le feu, le matin, surtout de très bon matin, quand on se lève à une heure inhabituelle, n'a pas la même odeur qu'à d'autres moments de la journée ; il ne fait pas le même bruit. Les flammes sont plus claires, Élise l'a souvent observé.

Et voilà que soudain on dirait que la tôle vernie se gonfle, qu'un bon génie, à l'intérieur, s'éveille, se dilate pour éclater en un « boum » joyeux.

Tous les matins ! Et, tous les matins, il y a ensuite cette fine pluie de cendres roses, puis, peu après, le chant de l'eau dans la bouilloire.

Il est six heures à peine. On n'a entendu dans la rue que le pas d'une personne et sans doute ce passant inconnu a-t-il levé la tête vers les seules fenêtres éclairées ? A travers les vitres, on ne voit rien, pas même le reflet des becs de gaz, mais il doit pleuvoir à torrents, car un glouglou continu monte et descend dans la gouttière. Parfois une bourrasque, qui se révèle par une subite aspiration dans la cheminée, par des cendres qui tombent dans le tiroir du bas.

— Mon Dieu, Désiré...

Elle n'a pas osé dire « Pauvre Désiré ». Elle a honte d'être là, couchée, immobile dans la chambre, avec la porte de communication large ouverte. Elle a davantage honte encore du naturel, de la sérénité, du rayonnement de gaieté qui émane du grand Désiré tandis qu'il fait le ménage. Sur son costume sombre, il a noué un tablier de sa femme, un petit tablier de cotonnade à carreaux bleus, passé, orné d'un volant ; indifférent au ridicule, il en a fixé à ses épaules par des épingles de nourrice les bretelles qui sont trop courtes.

Parfois, un seau dans chaque main, il descend à l'entresol, si doucement qu'on n'entend pas un frôlement, ni le bruit métallique que fait toujours l'anse du seau, à peine le jet assourdi du robinet.

Il a voulu laver le plancher à grande eau, car il est venu beaucoup de monde la veille et, comme il pleuvait, on a sali. Une journée différente de toutes les autres, celle du samedi, une de ces journées dont on ne garde qu'un souvenir confus : Valérie, qui a demandé un congé, n'a pas quitté Élise ; Maria Debeurre est venue à l'heure de midi, puis des sœurs de Désiré, son frère Arthur, gai et toniturant, qui éprouve sans cesse le besoin de plaisanter et qui a insisté pour offrir la goutte à l'employé de l'état civil.

Mme Cession a dû être furieuse de ces allées et venues dans l'escalier et les gens du premier ont tenu leur porte farouchement fermée.

Tout est propre, maintenant. C'est curieux : les hommes tordent les torchons à l'envers, de gauche à droite !

On est dimanche. Voilà pourquoi, alors que tournent les aiguilles du réveille-matin, on n'entend rien dehors, que de timides appels de cloches pour les premières messes.

— Laisse, Désiré... Valérie s'en occupera...

Mais non ! Désiré a mis de l'eau à chauffer. C'est lui qui lave les langes, puis qui les fait sécher sur la corde tendue au-dessus du poêle. Il a pensé à étendre par terre, sur le plancher qui garde longtemps l'humidité, la vieille indienne à ramages effacés qu'on étale le samedi pour ne pas salir. Il pense à tout. Ainsi, selon l'habitude d'Élise, il a glissé des vieux journaux entre le plancher et le tapis pour que celui-ci reste sec.

Le jour paraît et on ne peut savoir s'il pleut tout fin ou si c'est seulement du brouillard qui emplit la rue. De grosses gouttes limpides tombent des corniches. Les premiers trams, encore éclairés, semblent aller à la dérive.

— Quand je pense que je ne peux même pas t'aider !...

Ils sont tellement chez eux, ce matin-là ! Au deuxième étage de chez Cession, leur logement est comme suspendu à pic au bord du monde. Désiré fredonne en se rasant. Élise s'efforce de chasser l'inquiétude, ou la tristesse, elle ne sait pas, un sentiment qui la pénètre sournoisement chaque fois qu'elle va être malheureuse.

Quand elle était toute petite et qu'elle ne pensait pas encore, la catastrophe s'est abattue sans crier gare sur sa famille. Elle s'est presque trouvée à la rue, en grand deuil, avec sa mère et sa sœur Félicie, ses autres frères et sœurs dispersés, et depuis il lui a toujours semblé qu'elle subissait un sort à part, qu'elle n'était peut-être pas comme une autre. Elle est prise de soudaines, d'irrésistibles envies de

pleurer et elle a souvent versé des larmes, même les premiers jours de
son mariage.

— J'ai tellement l'habitude de pleurer, vois-tu ! tentait-elle alors
d'expliquer à Désiré. C'est plus fort que moi.

Est-ce que le petit n'est pas trop rouge ? Il respire mal. Elle est
persuadée qu'il respire mal, comme oppressé, mais elle n'ose pas le
dire. Tout à l'heure, sa belle-mère viendra, et Élise se fait un monde
de cette visite. Sa belle-mère ne l'aime pas.

— Marie-toi si tu veux, mon fils. C'est toi que cela regarde mais, si
tu me demandes mon avis...

Une fille de l'autre côté des ponts, une fille pour ainsi dire sans
famille et qui n'a pas de santé, une fille qui, en tête à tête avec ses
sœurs, parle une langue qu'on ne comprend pas !

— Valérie n'arrive pas, soupire Élise en regardant l'heure. Tu peux
partir, Désiré. Ne te mets pas en retard. Je resterai bien seule en
attendant.

Il a revêtu l'uniforme gros bleu de la garde civique, bouclé son
ceinturon. D'un carton blanc, il a sorti l'étrange chapeau haut de
forme surmonté d'un panache de coq mordoré et il l'a déjà sur la
tête, il monte sur une chaise — la vieille chaise, celle sur laquelle on
monte toujours — pour prendre son fusil Mauser au-dessus de la
garde-robe. Bien que le fusil ne soit pas chargé, Élise en a peur.

— Va ! Je t'assure que je peux rester seule...

Il attend, debout près de la fenêtre qui a pris la blancheur glauque
des nuages d'hiver. Les volets des magasins restent clos. Des silhouettes
noires glissent de temps en temps devant les façades, très peu, car les
gens profitent du dimanche pour faire la grasse matinée.

— C'est Valérie ! Pars. Tu es en retard.

Il l'embrasse et ses moustaches sentent le savon à raser. Il n'ose pas
frôler de ses poils drus la peau tendre du bébé.

— Je t'ai fait attendre, Désiré ?

— Regarde, Valérie. Il a absolument voulu faire le ménage et laver
les couches.

A peine Désiré dans l'escalier, Élise sort à moitié des draps, se
penche sur le berceau.

— Viens voir, Valérie. Sens-le. Tu ne trouves pas qu'il est trop
chaud ?

— Mais non, grande sotte !

Tout paraît en ordre dans le logement et pourtant le regard d'Élise
découvre un petit détail qui cloche.

— Valérie, tu ne veux pas remettre la cale à sa place ?

... Un morceau de bois de quelques centimètres carrés qu'on glisse
sous un pied de la garde-robe, parce que celle-ci n'est pas d'aplomb,
et qu'on dérange chaque fois en faisant le grand nettoyage. Un homme,
fût-il Désiré, ne s'aperçoit pas de ces choses-là !

Les rues ont beau être vides, avec des vents glacés qui les balayent de bout en bout, des rafales de mouillé, cet air d'abandon, d'inutilité d'un dimanche d'hiver, Désiré, quand il marche paraît toujours accompagné d'une musique qu'il est seul à entendre et que scande son pas régulier. Sous les moustaches, ses lèvres gourmandes s'entrouvrent en un vague sourire qui n'exprime rien qu'un contentement intérieur, et il franchit la Meuse, découvre bientôt la place Ernest-de-Bavière au terre-plein de brique pilée, s'avance vers des groupes de gardes civiques.

— C'est un garçon ! annonce-t-il sans cacher sa joie.

Il est heureux qu'on le plaisante, il est heureux de tout, de la poignée de main qu'exceptionnellement son capitaine, le minuscule architecte Snyers, aux poils de chien barbet, croit devoir lui accorder avant l'exercice.

Le clocher carré, pas très beau, qu'on aperçoit à cent mètres, c'est celui de l'église Saint-Nicolas, sa paroisse, celle où il est né, où il a toujours vécu, et la rue étroite qui débouche sur la place est sa rue, la rue Puits-en-Sock, où les siens habitent encore.

— Portez, arrrrme !

Désiré est trop grand, ou les autres sont trop petits. Il s'applique. Il ne trouve pas ridicule de jouer au soldat avec ces hommes qu'il connaît presque tous, des gens comme lui, des pères de famille, des employés, des artisans, des commerçants du quartier.

— Repos !

Rue Léopold, Valérie épluche les légumes et jette un coup d'œil au feu.

— Tu crois, Valérie, que je pourrai le nourrir ?

— Pourquoi ne pourrais-tu pas le nourrir ?

— Je ne sais pas, moi.

N'est-elle pas la treizième enfant ? N'a-t-elle pas toujours entendu dire... Elle sait qu'il y a eu un malheur dans sa famille, pas seulement la faillite, mais une chose honteuse : son père, les derniers temps tout au moins, s'est mis à boire et il est mort d'un cancer à la langue.

Les frères, les sœurs d'Élise n'ont jamais considéré celle-ci comme une personne normale. Une petite treizième qu'on n'attendait plus, qui est arrivée pour tout compliquer !

Louisa, l'aînée, est la seule à être venue la veille, et elle est venue les mains vides. Les frères et sœurs de Désiré, les simples connaissances ont apporté un présent, ne fût-ce qu'une grappe de raisin.

— J'aime mieux lui faire un beau cadeau à sa Première Communion, a déclaré Louisa, qui a les cheveux précocement gris. J'ai bien pensé que tu n'aurais besoin de rien. Toutes ces choses-là (elle parle des bavettes, des cuillers en argent, des oranges, des gâteaux) toutes ces choses-là, on ne sait qu'en faire et cela se perd.

— Mais oui, Louisa.

Pourtant, Louisa est une grosse commerçante de Coronmeuse.

Elle est restée assise une demi-heure, observant, hochant la tête, et au fond elle devait trouver à redire à tout. Elle ne supporte pas Désiré.

— Le docteur Van der Donck a promis de passer aujourd'hui, soupire Élise. Je me réjouis qu'il arrive. Je trouve l'enfant si chaud !

— Ne pense plus à cela, sotte. Tiens ! Essaie de lire le journal, pour te changer les idées.

— Comme je te donne du mal ! Si je ne t'avais pas eue... Pauvre Valérie !

Valérie qui trotte toujours, menue, sa tête en pomme sous un gros chignon, et qui rend service à tout le monde ! Elle habite avec sa mère et sa sœur au sommet de la rue Haute-Sauvenière. A elles trois, elles occupent un logement de deux pièces, feutré de pénombre, de chaleur et qui sent la vieille fille. Marie, la sœur aînée, est couturière et travaille en journée dans les plus riches maisons de la ville. Valérie est à l'« Innovation ». Sa mère, Mme Smet, qui n'a rien à faire, que leur ménage de poupées, vient l'attendre à la sortie, un curieux chapeau noir de vieille sur la tête, un visage de porcelaine, des mitaines d'où émergent des doigts tavelés de rose.

— N'oublie pas le sucre dans les carottes, Valérie. Désiré ne peut pas manger les carottes sans sucre.

Élise ne sait comment se tenir. C'est la première fois de sa vie qu'elle est immobilisée dans son lit, contrainte à se sentir inutile. Elle est incapable de lire le journal que Valérie lui a passé, mais elle jette machinalement un coup d'œil sur la première page et elle se sent soudain entourée d'un pesant silence.

Elle ne dit rien. Elle ne doit rien dire, même à Valérie, à qui pourtant elle confie tout, y compris des choses dont elle ne parlerait pas à Désiré.

En première page du journal, il y a un portrait, celui d'un jeune homme pâle, aux traits nerveux, et elle est sûre de le reconnaître, elle est sûre que c'est ce visage mystérieux qu'elle a entrevu, en compagnie de Léopold, dans la ruelle, quand elle voulait rattacher sa jarretelle.

L'ANARCHISTE DE LA PLACE SAINT-LAMBERT

Elle savait bien, dès le matin, qu'il y avait du mauvais dans l'air. Elle n'ose pas pleurer devant Valérie qui ne comprendrait pas. Qu'est-ce que Léopold a encore fait ?

« ... Hier, à la suite d'une minutieuse enquête, la police a réussi à identifier l'auteur de l'attentat de la place Saint-Lambert. Il s'agit d'un nommé Félix Marette, de la rue du Laveu, dont le père est un de nos sergents de ville les plus connus et les plus honorables. Félix Marette qui est en fuite, est activement recherché. »

— Les pauvres gens, soupire Valérie en voyant qu'Élise parcourt le journal. Il paraît qu'ils ne se doutaient de rien, qu'ils se sont imposé de gros sacrifices pour mettre leur fils au collège. Le père, quand il a appris le drame, a déclaré :

» — J'aimerais mieux voir mon fils mort.

Mais Léopold ! Qu'est-ce que Léopold, qui est un homme mûr, complotait avec ce gamin dans l'ombre de l'impasse ?

Tiens ! Le poêle fait « boum », des cendres tombent, des petits oignons commencent à rissoler et l'enfant se retourne dans son berceau.

— Valérie, tu ne crois pas qu'il est temps de le changer ?

Léopold, l'aîné des Peters, a connu, lui, l'époque glorieuse de la famille. Il a été à l'Université et il chassait avec des jeunes gens du grand monde, des fabricants d'armes, des nobles.

Or, soudain, il a eu envie d'être soldat. Ne l'étaient à cette époque que ceux qui avaient tiré au sort un mauvais numéro et Léopold, à vingt ans, en avait tiré un bon. Mais on avait le droit de se vendre, de remplacer un malchanceux.

C'est ce qu'il a fait. Il a revêtu l'uniforme collant des lanciers. Il y avait encore des cantinières, et celle de son régiment, Eugénie, qui avait du sang espagnol dans les veines comme l'impératrice dont elle portait le nom, était une femme magnifique.

Léopold l'a épousée. Du coup, il a coupé les ponts avec le monde entier. On l'a vu garçon de café à Spa où Eugénie faisait une saison comme cuisinière.

— Attention aux épingles, Valérie. J'ai si peur des épingles ! Je pense toujours à un enfant de la rue Hors-Château qui s'est... On monte !... Il y a quelqu'un, Valérie... On frappe...

C'est Félicie, et les deux yeux d'Élise s'embuent, elle ne sait pas pourquoi, une Félicie furtive, qui annonce tout de suite :

— Je me suis échappée. Je tenais tellement à l'embrasser !

Félicie dépose des paquets sur la table, une bouteille de porto qu'elle a chipée dans les rayons, un déjeuner en porcelaine à fleurs, un porte-monnaie plein de pièces.

— Non, Félicie, pas d'argent ! Tu sais bien que Désiré...

Et voilà qu'elles parlent flamand, d'instinct, comme chaque fois qu'elles peuvent se rencontrer. Félicie n'a que peu d'années de plus qu'Élise. Elle a été demoiselle de magasin comme sa sœur. Elle a épousé Coustou, qui tient le *Café du Marché*, près du pont des Arches ; il est tellement jaloux qu'il ne la laisse pas sortir et qu'il lui interdit de recevoir sa famille. Elles ne se voient qu'en cachette.

Valérie va et vient, sans rien comprendre aux effusions des deux sœurs. Élise peut enfin pleurer à son aise.

— Tu n'es pas heureuse ?

— Mais si, ma pauvre Félicie.

Félicie sent le porto. Pourtant, avant son mariage, elle ne buvait pas. Lors d'une crise d'anémie, le médecin lui a recommandé le stout et elle s'y est habituée. Dans son café, quai de la Goffe, elle a trop d'occasions, des bouteilles à portée de la main du matin au soir.

Élise pleure, pour rien, pour tout, parce que le petit est chaud, parce qu'elle a peur de ne pas pouvoir le nourrir, parce que le ciel est bas et triste.

— Tu n'as pas revu Léopold ?

— Non. Et toi ?

Élise ment. Elle dit non.

— Il faut que je me sauve. Si Coustou s'apercevait que je suis sortie...

Désiré a beau, à cause du logement qu'ils ont trouvé en ville, avoir franchi les ponts, jamais il n'a manqué, le dimanche, la messe à Saint-Nicolas. Même les dimanches de garde civique, il quitte ses compagnons au moment où, l'exercice fini, ils se dirigent vers un petit café. Il dépose son fusil chez le sacristain qui tient une boutique de bougies et de bonbons. Il arrive juste à temps pour la messe d'onze heures et, de son pas régulier, élastique, avec un discret signe de tête pour les gens qu'il connaît — il connaît tout le monde — il va prendre place sur son banc, le banc des Mamelin, le dernier de la rangée, le meilleur, le seul à avoir un haut dossier en bois plein qui arrête l'inévitable courant d'air chaque fois que s'ouvre la porte matelassée.

Sa musique intérieure se confond avec la voix des orgues. Il reste debout, très droit, trop grand pour s'agenouiller dans un espace si étroit. En silence, il serre la main de ses voisins et pendant toute la messe, il fixera le maître-autel autour duquel gravitent les enfants de chœur.

Le banc des Mamelin, c'est le banc de la Confrérie de Saint-Roch de qui on voit la statue sur le premier pilier, avec le manteau vert à liséré d'or, le genou saignant et le chien fidèle.

— Pour... on... ain... och... iuoûplaît...

Pour le bon saint Roch, s'il vous plaît ! Aux premières messes, c'est Chrétien Mamelin, aux longues moustaches blanches, aux épaules à peine voûtées, qui agite de travée en travée, en faisant sonner la monnaie, la sébile de cuivre fixée à un long manche ; et on entend en mineur, chaque fois qu'une pièce tombe :

— ... eu... ou... ende...

Dieu vous le rende !

Après quoi, revenu à son banc, le père Mamelin glisse les pièces les unes après les autres dans la fente aménagée tout exprès.

L'Élévation... La Communion... Les lèvres de Désiré remuent sous les moustaches et son regard bien droit fixe toujours le tabernacle.

Ite missa est...

Les orgues... Le piétinement de la foule sur les grandes dalles bleues et la pluie qu'on retrouve, le jour pâle, le courant d'air qui débouche de la place de Bavière...

Par une ruelle pauvre, une ruelle du temps des truands, où les enfants vont presque nus, où les eaux sales vous courent entre les pieds, il atteint la rue Puits-en-Sock, la rue commerçante où toutes les maisons portent des enseignes, les énormes ciseaux de coutelier, l'horloge livide, la civette monumentale et enfin, au-dessus de la chapellerie des Mamelin, le haut-de-forme peint en rouge vif.

Désiré, qui a repris son fusil, passe par le couloir étroit et toujours humide de la maison paternelle, traverse la cour. La cuisine est au fond, avec tout un côté vitré, rendu opaque par du faux vitrail. Il sait qu'on a gratté un petit coin de la vitrophanie, que sa mère regarde par ce trou, et qu'elle annonce :

— C'est Désiré.

C'est son heure. Il reconnaît l'odeur du bœuf à la mode, celle de la toile cirée qui couvre la longue table où treize enfants se sont assis.

— Bonjour, mère.

— Bonjour, *m'fi*.

— Bonjour, Lucien. Bonjour, Marcel.

De la buée. La mère toujours debout, toujours en gris ardoise, le teint gris, les cheveux gris fer.

On s'assied. On se laisse imprégner par la chaleur, par les odeurs, on n'éprouve presque pas le besoin de parler.

— Élise va bien ?

— Elle va bien.

— Et l'enfant ?

— Oui.

— Dis à ta femme que j'irai la voir tantôt.

Tous les Mamelin viennent ainsi le dimanche matin s'asseoir un moment dans la cuisine de la rue Puits-en-Sock. Dans un fauteuil, au fond, Vieux Papa, le père de leur mère, est immobile. On distingue à peine dans la pénombre une carcasse monstrueuse, une vraie carcasse d'ours, dont les bras semblent pouvoir toucher terre, une face imberbe, d'un gris pierreux, aux yeux vides, aux oreilles démesurées.

Il reconnaît chacun à son pas. On frôle des lèvres sa joue râpeuse comme du papier de verre. Il ne parle pas. Aux heures de messe, il dévide silencieusement son chapelet. Sa peau d'ancien mineur est étoilée de points bleus, comme des fragments de charbon incrustés.

Des pains de deux kilos attendent, cuits de la veille, pour toute la famille, pour tous les enfants mariés. Chacun, chaque dimanche, vient en chercher sa part.

— Juliette va bien ?

— Elle est venue tout à l'heure.

— Et Françoise ?

Ici, la pluie, en tombant sur une plate-forme de zinc qui couvre la cuisine, fait un bruit qui est comme un bruit Mamelin. Les odeurs sont différentes de celles d'ailleurs. Une buée glisse toujours en gouttelettes troubles sur les murs peints à l'huile.

Quand il est midi moins dix, Désiré se lève, prend ses pains, son fusil et s'en va.

— A tantôt !

Il n'est pas gêné de porter des pains alors qu'il est en uniforme, le fusil à la bretelle. Pas plus que de passer un tablier à petits carreaux sur son complet pour vaquer au ménage. Il marche, comme dans une apothéose, le long des étroits trottoirs de la rue Puits-en-Sock que frôlent dangereusement les trams. Chaque boutique lui envoie son haleine, la marchande de frites, le tabac, la pâtisserie, la crémerie... Tiens ! Il allait l'oublier ! C'est dimanche, et il entre chez Bonmersonne pour acheter deux tartes, une tarte aux pommes, — Élise n'aime que les tartes aux fruits — et une tarte au riz pour lui, qui raffole du sucré.

Il franchit le pont des Arches. La rue Léopold est sans vie. Elle ne s'anime qu'en semaine, comme toutes les rues du centre, mais on n'y reconnaît personne, les gens viennent de loin, de n'importe où, ne font que passer, tandis que la rue Puits-en-Sock, par exemple, est le centre vital d'un quartier.

Il marche avec précaution pour passer devant la porte du premier étage. Les Delobel se plaignent toujours du bruit et vont trouver les Cession à la moindre occasion.

— A table, les enfants !

Il renifle, sourit, grimpe sur la mauvaise chaise pour remettre son fusil en place.

— Alors, Valérie ?

Il se tourne vers Élise.

— Tu as pleuré ?

Elle hoche négativement la tête.

— Elle a pleuré, Valérie ?

— Mais non, Désiré, ne t'inquiète pas. Tu sais bien que c'est nerveux.

Il le sait, mais il ne comprend pas. C'est pourquoi Élise a dit tout à l'heure à Valérie :

— Vois-tu, Désiré est le meilleur des hommes, mais il ne sent pas comme nous.

Qu'est-ce qu'il ne sent pas ? Il vit. Il mange. Il dort. Il a une bonne situation. Entré le plus jeune chez M. Monnoyeur, il est devenu son homme de confiance et c'est lui qui détient la clef et le secret du coffre.

Qu'importe s'il ne gagne que cent cinquante francs par mois ! Ont-ils jamais eu faim ? Alors ?

— Mange, Désiré.

Il se souvient que tout à l'heure, en passant devant chez Kreutz, le marchand de poupées, à côté de chez lui — chez lui, comme il dit toujours, c'est la maison de ses parents — il se souvient qu'il a vu un plein étalage de masques, de faux nez et de crécelles.

— C'est le premier dimanche du carnaval, annonce-t-il.

Élise ne comprend pas pourquoi il parle de cela. Le premier dimanche, c'est le carnaval des enfants. Désiré se rappelle simplement les carnavals de quand il était petit.

— Les carottes sont assez sucrées ?

— Elles sont bonnes. C'est toi, Valérie, qui les as préparées ?

— Pauvre Valérie, si tu savais quel mal elle se donne ! Je me demande ce que nous aurions fait sans elle !

— Puisque nous l'avons !

N'est-ce pas ? Puisque Valérie est là, à quoi bon se tracasser ? Il ne sent pas !

— Félicie est venue.

— Elle était *brindezingue* ?

Un mot qui leur sert pour dire... pas tout à fait ivre... pas tout à fait à jeun non plus...

— Désiré !

Elle lui désigne Valérie.

— Eh bien ? Est-ce que Valérie ne sait pas que ta sœur... Encore un morceau de viande, Valérie ? Mais si, il faut prendre des forces...

Jusqu'à trois heures, les rues restent vides, ou presque, puis on voit quelques familles en vêtements sombres qui traînent sans conviction des enfants masqués. Un minuscule toréador grelotte sous un pardessus de ratine et fait tourner une crécelle en se laissant tirer par la main.

— Ta mère, Désiré ?

— Elle viendra. Tu sais que, pour elle, c'est une aventure de passer les ponts.

— Valérie, tu ne penses pas que le petit étouffe ?

Il respire mal, c'est un fait. On ne devrait pas entendre de la sorte la respiration d'un bébé. Qu'est-ce que Mme Mamelin va dire, elle qui répète si volontiers qu'Élise n'a pas de santé ?

— Tu as regardé dans le placard du palier, Valérie ? Il ne traîne rien ?

Car sa belle-mère serait capable d'ouvrir le placard du palier pour prouver qu'Élise est une mauvaise ménagère ! On lui a pris son grand Désiré et elle ne le pardonnera jamais.

— Tu es sûr qu'on ne doit rien offrir ? Une petite liqueur ? Des gâteaux ?

— Je t'affirme qu'on n'offre rien chez une accouchée. Au contraire ! ce sont les visiteurs qui apportent.

Il trouve cela naturel, lui, qu'on apporte ! Tandis qu'Élise voudrait rendre, rendre davantage qu'elle ne reçoit, ne jamais être en reste. C'est une Peters.

— J'entends du bruit.

Il ouvre la porte, lance gaiement :

— C'est toi, mère ?

Les gens du premier sont sortis et on n'a plus besoin de se gêner.

— Attends, je vais t'éclairer. Cet escalier est si sombre.

Il est content, content.

— Entre... Entre, Cécile...

C'est sa plus jeune sœur, Cécile, qui va se marier, qui accompagne sa mère. Celle-ci a passé les ponts, avec sa robe grise et son médaillon, ses gants gris et sa capeline, pour voir l'enfant de l'étrangère, de cette gamine ébouriffée qui n'a pas de fortune, pas de santé, qui n'est pas d'Outremeuse, pas même de Liège et qui, quand elle est avec sa sœur, parle une langue qu'elle ne comprend pas. Désiré est seul à ne pas s'apercevoir que son entrée dans le logement fait l'effet d'un courant d'air.

— Bonjour, ma fille.

Elle ne se penche pas pour embrasser sa bru.

— Où est-il votre *effant* ?

Elle doit le faire exprès d'employer des mots de patois. Pour bien souligner qu'elle est, elle, une femme d'Outremeuse.

Élise tremble dans les draps et Valérie se tient près d'elle comme pour la protéger.

— Eh bien, ma fille, il est vert, votre *effant* !

Ce n'est pas vrai ! C'est une méchanceté ! Il n'est pas vert. Après avoir été trop rouge toute la matinée, il paraît avoir mal digéré sa dernière tétée. Il est pâle, soit ! Élise s'étonne elle-même de le voir si pâle et ses mains étreignent les draps sous la couverture tandis que la belle-mère, hochant la tête, décrète pour toujours :

— *Qué laid effant* !

C'est tout. Elle s'assied. Elle daigne s'asseoir dans cette maison dont son regard glacé fait l'inspection. Sûrement qu'elle a tout vu, les deux taches d'humidité au plafond — elles y étaient ; ce sont les Cession qui ont refusé de faire reblanchir — et un torchon que Valérie a oublié sur une chaise.

Elle n'a rien apporté, elle non plus. Elle est là parce qu'elle doit y être, mais, pour rien au monde, elle n'enlèverait son chapeau.

Élise murmure avec effort ;

— Une tasse de café, maman ?

— Merci, ma fille.

Comme si le café de sa belle-fille n'était pas assez bon.

Élise a honte de ses meubles. C'est la femme qui apporte les meubles du ménage. Chez elle, à la mort de son père, il y en avait de beaux, des meubles anciens. Un de ses frères, Louis, Louis de Tongres, comme on dit parce qu'il habite Tongres où il a fait fortune, est venu les prendre un à un, sous prétexte qu'ils appartenaient aux Peters, qu'ils devaient revenir aux Peters, et il les a remplacés par des meubles en bois blanc...

— Eh bien, mes *effants*...

Le temps d'une visite est passé.

— Je me demande toujours si ta femme pourra le nourrir.

C'est à Désiré qu'elle s'adresse avec commisération. « Tu l'as voulu ! Je t'avais prévenu ! » Toutes ces phrases sont dans sa voix, dans l'intonation, dans le regard.

— Enfin, j'espère *pour vous* que ça ira bien !

Elle s'en va. Cécile la suit. Désiré les reconduit jusqu'en bas et quand il remonte il trouve Élise en larmes dans les bras de Valérie.

— Elle a été méchante... Exprès ! Elle le fait exprès d'être méchante...

— Mais non... Je t'assure que tu te trompes...

Il voudrait tant que tout le monde soit d'accord, que tout le monde s'aime, que tout le monde vive comme lui dans la sérénité, dans la joie de chaque instant qui passe ! Il a regardé l'heure au réveil.

— Il est temps de donner le sein.

Hélas ! L'enfant vomit un liquide trouble qui n'est plus du lait, qui a un reflet verdâtre.

— Valérie ! Il est malade... Mon Dieu !...

On entend soudain la voix aigre des mirlitons, des crécelles et de haut en bas, par la fenêtre, on voit des familles qui profitent d'une accalmie de la pluie pour faire faire aux enfants masqués le tour du centre de la ville.

— Peut-être qu'en lui donnant de l'eau sucrée ?...

— Le voilà à nouveau tout rouge. On dirait un fait exprès, juste quand ta mère...

Pauvre Valérie. Elle ne perd pas un instant son sang-froid. Elle va, elle vient, comme une fourmi diligente, comme une petite souris furtive.

— Ne te frappe pas, Élise. Je t'assure que ce n'est rien.

— Pourquoi vomit-il ? C'est mon lait, j'en suis sûre. *Sa* mère a toujours prétendu que je ne pourrais pas nourrir...

Désiré tambourine sur la vitre, à travers le rideau de guipure qui amortit le son, et il est tout heureux d'annoncer :

— Voilà le docteur Van der Donck.

Celui-ci n'en finit pas de monter l'escalier à pas comptés. Il frappe. Il entre.

— Eh bien, madame Mamelin ?

Elle a déjà moins peur. Honteuse de ses angoisses, elle s'efforce de sourire. Il s'est dérangé un dimanche et il faut lui en savoir gré.

— Je ne sais pas, docteur... Il me semble... Il vient de remettre son lait et, depuis ce matin, j'ai l'impression qu'il est si chaud... Valérie !...

Valérie qui a compris, apporte la cuvette d'eau tiède, la serviette, et le docteur lave lentement, longuement ses mains blanches qu'alourdit une chevalière en or.

— Désiré !

Il comprend moins vite que Valérie. Le jour baisse.

— La lampe...

Il l'allume et le médecin s'assied près du berceau, en homme qui ne calcule pas son temps.

— Voyons ce petit bonhomme...

Il tire un chronomètre de sa poche. Le docteur Van der Donck est blond, un peu chauve, avec des moustaches effilées, des vêtements de drap fin.

— A quelle heure lui avez-vous donné le sein pour la dernière fois ?

Respectueusement :

— A deux heures, docteur.

— Voyons... voyons... restez calme...

Il sait, lui, que ce n'est qu'une gamine nerveuse qu'effrayent tous les fantômes créés par un cerveau inquiet. Pourtant... Il a froncé les sourcils... Il ausculte...

— Voulez-vous le démailloter ?

Et Désiré lui-même, qui semble toucher le plafond de la tête, s'est figé derrière lui. Des masques toujours, dehors. Une musique militaire passe quelque part.

— Lâchez-le... Bien... Chut !...

Il écoute... Il compte... Il se rembrunit. Il sourit pour ne pas alarmer...

— Allons, madame, ce n'est rien... Restez calme... Un petit peu, un tout petit peu de bronchite, comme cela arrive à tant de nouveau-nés en cette saison...

— C'est grave, n'est-ce pas, docteur ?

Elle trouve encore la force de sourire pour ne pas l'importuner par ses craintes, alors qu'il est venu un dimanche, un dimanche de carnaval.

— Pas du tout... Avec quelques précautions...

Il met son lorgnon d'or pour écrire.

— Essuie la table, Valérie.

Il se relit, ajoute deux lignes.

— Voilà, madame. Dans quelques jours, il n'y paraîtra plus. Surtout ne vous affolez pas. Je vous répète que ce n'est rien. A propos... Où est ce lait qu'il a vomi tout à l'heure ?

— Valérie !

C'est Valérie qui va, qui vient. Puis Désiré suit le médecin dans l'escalier.

— Docteur...

— Rien d'inquiétant. Je voudrais seulement avoir une analyse du lait.

Il tend une petite fiole qu'il avait dans sa poche.

— Si vous pouvez, sans trop l'alarmer... Vous la porterez demain matin au laboratoire Pierson...

Elle serait la seule de la famille. Mme Mamelin l'a bien dit : *Cette fille-là...*

— Allons ! Allons ! Vous verrez que cela s'arrangera. Elle est un peu nerveuse, vous comprenez ? Un rien l'affecte.

Des masques... Il referme la porte...

Quand Désiré rentre chez lui, Valérie essaie en vain de calmer Élise en proie à une crise de larmes qui dégénère en crise de nerfs.

— Je le savais. Je le sentais. *Elle* l'avait prédit avant même de me connaître !

La lampe file. Désiré baisse la mèche. Au même instant, le poêle fait entendre son « boum » familier, comme si le bon génie de la maison sentait le moment venu d'affirmer sa bienveillante présence.

— Chut !... souffle Valérie, alors que Désiré veut s'approcher du lit.

Et elle ajoute à voix basse, tandis que les sanglots d'Élise succèdent aux sanglots :

— Cela lui fait du bien.

3

Deux heures. Deux coups qui sonnent maigre dans le vide, ici, puis là, à Saint-Jean, à Saint-Jacques, à la Cathédrale, à Saint-Denis, deux coups en avance ou en retard, au-dessus de la ville qui dort dans un ciel où nage la lune. Les fritures sont fermées. Le globe dépoli qui sert d'enseigne à une boîte de nuit n'attire plus personne et le chasseur est à l'intérieur.

Un mur s'entrouvre, rue Gérardrie, un tout petit café, une porte entre deux volets, et quelqu'un pousse doucement Léopold dehors. On entrevoit dans la lumière jaune une grosse serveuse blonde qui compte ses points de crochet, la porte se referme, des pas s'éloignent.

A la grâce de Dieu ! Qu'il retrouve son chez lui dans le dédale des ruelles !

Cela soulage de ne plus le voir là, fixant son verre, tout seul, barbu, farouche, si immobile que, quand un voyageur qui taquinait la serveuse s'est arrêté en découvrant la présence de Léopold, la fille lui a fait signe de ne pas se gêner.

Il est parti. Le vacarme d'une devanture qu'il défonce à moitié en passant, puis son pas qui zigzague de trottoir en trottoir.

La ville dort.

Élise, immobile, garde les yeux ouverts et son regard fixe le réveille-matin à côté de la petite flamme de la veilleuse.

Deux heures trois... Deux heures cinq... L'enfant ne bouge pas, Désiré ronfle et elle le sent tout chaud contre elle, elle le pousse un peu, murmure, comme si elle craignait de l'éveiller :

— Désiré...

A quoi bon cette voix humble, cet air de s'excuser, de n'être qu'une pauvre femme immobilisée et qui voudrait tant n'avoir besoin de personne ? Il ouvre les yeux et, tout naturellement, il sort du lit ses longues jambes velues, se gratte un peu les pieds, chausse les souliers de prêtre, à élastique, qui lui servent de pantoufles. (Une idée d'Élise. Un prêtre ayant refusé les souliers qu'il avait commandés, le cordonnier les soldait. De la si belle qualité !)

On n'use pas de la grosse lampe, la nuit. Dès qu'on remue, la flamme de la veilleuse à huile tremble et l'ombre du coin de l'armoire se met à danser sur le plafond.

Désiré allume le réchaud à pétrole pour réchauffer le biberon au bain-marie, puis, comme il a froid en chemise, il endosse son pardessus, le seul qu'il possède, noir à col de velours. Il reste debout près de la fenêtre dont les vitres se sont couvertes d'une mince pellicule de givre encore transparent et le regard d'Élise exprime inutilement :

— Mon Dieu ! Pauvre Désiré !...

Or, Désiré s'amuse. Il gratte un peu les fleurs de givre, comme quand il était petit — cela produit, sous les ongles, une sensation extraordinaire, qui ne ressemble à aucune autre — et il regarde avec satisfaction la fenêtre éclairée de l'autre côté de la rue, juste en face de lui.

On ne trouverait sans doute que celle-là d'éclairée dans tout le quartier. C'est chez Torset et Mitouron, les quincailliers en gros, marchands de poêles, de faïences, de cordages, de linoléums. Trois étages de magasins bourrés de marchandises et, au second, dans un petit cagibi qui sert à remiser les seaux et les balais, le gardien de nuit. La fenêtre, comme les autres, est garnie de glaces dépolies, ondulées, sur lesquelles il est écrit : « Torset et Mitouron », et de temps en temps Désiré aperçoit une silhouette trapue, d'épaisses moustaches, des cheveux coupés en brosse.

— Couche-toi, Désiré, je peux lui donner le biberon.

Pourquoi ? C'est lui qui le donne toujours, sans impatience. Elle ne comprend donc pas que cela lui fait plaisir, que tout lui fait plaisir, de se lever, de rester debout dans la cuisine froide, de voir le lait diminuer dans la bouteille, de compter minutieusement les gouttes de médicaments, de se recoucher et de retrouver aussitôt le sommeil ?

A six heures, quand sonne le réveil, la lumière persiste en face et son regard la salue, il sait que l'homme est en train de préparer son café dans un récipient dont Désiré ne connaît la forme qu'en ombre chinoise.

Il allume le feu, balaie, descend à l'entresol vider les eaux ; il monte de l'eau propre et, s'il ne fredonne pas, la musique est en lui, un flux et un reflux harmonieux de pensées pareil au souffle d'une mer calme, au léger mouvement d'un sein de femme.

Verra-t-il enfin le gardien de nuit ? L'homme descend à huit heures. Désiré le sait pour avoir vu s'éteindre la lumière à cette heure-là, aux jours les plus courts de l'année. Il descend au moment où les employés arrivent et ouvrent avec fracas les volets du rez-de-chaussée. Désiré descend aussi. Or, jamais il ne rencontre son gardien dont il ne connaît que la silhouette. Est-ce qu'il sort par la grande porte ? Est-ce qu'avant de plonger dans la ville il se glisse par une petite porte de service qui donne dans une autre rue ?

— Laisse, Désiré, Mme Smet le fera.

Ce n'est pas vrai. Mme Smet ne fera rien. C'est aimable à elle de tenir compagnie à Élise. Valérie a été bien gentille aussi de la proposer. On n'a pas pu refuser. Mais la vieille maman Smet, qui ne retire ni son cabriolet noir à paillettes, ni ses mitaines, qui reste toujours assise sur le coin de sa chaise, comme en visite, est incapable de faire quoi que ce soit et on la trouverait sans doute morte de faim si ses deux filles ne s'occupaient d'elle comme d'un enfant.

Elle sourit aux anges, ou à sa rêverie, tandis qu'Élise se ronge, rougit, toussote, hésite longtemps avant d'oser lui dire comme on supplie, en s'excusant :

— Madame Smet! Vous ne voudriez pas mettre un peu de charbon dans le feu ?

Désiré pense à tout, épluche les pommes de terre, prépare les biberons de la journée et fait chaque chose du mieux qu'il peut, avec satisfaction, fût-ce tordre un torchon.

— Tu ne trouves pas que le petit est pâle, Désiré ?

— Tu te fais encore des idées.

C'est un homme ! Désiré est un homme ! Élise l'a répété la veille à Valérie :

— Un homme, vois-tu, ma pauvre Valérie, cela ne sent pas comme nous. Même si le petit vomit tout son lait, il ne s'inquiète pas.

Parce qu'il a fait tout le possible, tout son possible, et qu'il considère que le reste lui sera donné par surcroît.

A cette heure-ci le gardien de nuit, en face, doit se disposer à descendre et a déjà bourré sa grosse pipe d'écume à tuyau de merisier. Dans le matin froid, Valérie et sa mère trottinent et, dans quelques instants, Valérie quittera Mme Smet, comme un enfant qu'on conduit à l'école, sur le seuil de chez Cession. Elle n'a pas le temps de monter, car elle doit être à huit heures à l'« Innovation ».

Désiré est prêt, son chapeau sur la tête. Il regarde vaguement les trams pleins d'ouvriers et d'employés qui se sont levés de bonne heure dans les campagnes ou les lointaines banlieues et qui ont ce regard résigné des gens trop tôt réveillés. Dimanche, ils feront la grasse matinée.

— Tu crois, toi, qu'on l'arrêtera ?

Il s'étonne en découvrant la pensée qui cheminait sous le front d'Élise. Quelle idée de se préoccuper de ce gamin !

— C'est terrible pour les parents...

Elle les plaint. Elle se préoccupe des chagrins de tout le monde, souffre pour tout le monde.

— Ils s'étaient saignés aux quatre veines pour lui donner de l'instruction...

Et elle regarde le berceau, comme si un lien existait entre sa pensée et le bébé endormi, entre celui-ci et le maigre adolescent de la place Saint-Lambert.

— Ne te tracasse donc pas pour cela.

D'ailleurs, il est son heure ; il entend la porte d'en bas qui s'ouvre, Mme Smet qui s'engage dans l'escalier. Il effleure de ses moustaches le front de sa femme, celui de son fils, sourcille encore.

Pourquoi diable pense-t-elle à ce gamin ?

Quant à lui, il entre dans la vie, il entre dans cette belle journée neuve comme au théâtre, propre des pieds à la tête, sans un grain de poussière, les jambes et le cœur alertes.

— Je me demande, madame Smet...

Un mot brûle la langue d'Élise qui le retient, mais elle finira bien par le prononcer un jour ou l'autre, par parler de Léopold, des deux hommes embusqués dans la sombre ruelle où elle voulait rattacher sa jarretelle.

Or, tandis que Désiré, de son pas cadencé, franchit le pont des Arches, dans une lumière rose et bleue, Léopold, tassé, tout habillé, dans un fauteuil, ouvre des yeux mornes, et fixe, devant lui, le lit étroit où un jeune homme, sous une couverture grise, est couché en chien de fusil.

C'est là-bas, quai de la Dérivation, dans un quartier neuf aux petites maisons de brique rouge, une demeure extraordinaire, une ancienne ferme, du temps où la ville ne s'étendait pas encore aussi loin. Il reste un coq et des poules, du fumier dans la cour, car un cocher remise là son cheval et son fiacre. Les bâtiments sont transformés en autant de petits entrepôts et d'ateliers et, comme il subsiste un beau carré de gazon, on le loue à la journée aux femmes du quartier qui viennent y étendre leur linge.

Pour atteindre le logement de Léopold et d'Eugénie, il faut traverser un plafond, par une échelle de meunier, et une poulie pend devant la fenêtre.

Eugénie n'est pas là. Elle va, elle vient. Pour le moment, elle doit être placée comme cuisinière dans une maison bourgeoise, mais elle n'y restera sûrement pas, car elle aime le changement.

— Debout, petit.

Léopold est couvert de barbe. Tout son être sent la nuit passée, la lourde ivresse, les pensées plus lourdes encore qu'il roule dans sa grosse tête, et il respire avec peine, grogne à chaque mouvement, aussi épais et gauche qu'un ours de foire.

— Habille-toi !

Pas de tendresse. Pas un regard au jeune homme qui s'habille en grelottant de froid et de peur.

Ailleurs, Désiré marche, salue les gens d'un ample coup de chapeau.

— Il a un si beau coup de chapeau !

Les voisins pourraient dire l'heure sans consulter leur réveil. Des commerçants qui retirent leurs volets savent s'ils sont en avance ou en retard ; le grand Désiré passe, allongeant les jambes à un rythme si régulier qu'elles semblent chargées de mesurer la fuite du temps. Il ne s'arrête guère en route. Gens et choses ne paraissent pas l'intéresser et pourtant il sourit, comme aux anges. Il est sensible à la qualité de l'air, à un peu de fraîcheur en plus ou en moins, à des sons lointains, à de mouvantes taches de soleil. Le goût de la cigarette du matin varie selon les jours et pourtant ce sont des cigarettes de la même marque, des « Louxor » à bout de liège.

Il est vêtu d'un veston à quatre boutons, fermé très haut, descendant très bas, sans rien qui marque la taille, en tissu noir ou gris très sombre. Ses yeux sont d'un beau marron, très pétillants, le nez fort, à la Cyrano, les moustaches retroussées ; ses cheveux rejetés en arrière et ses tempes déjà dégarnies lui font un grand front.

— Un front de poète, dit Élise.

C'est elle qui choisit ses cravates. Les couleurs lui font peur, car elles sont un signe de vulgarité. Ce qui fait distingué ce sont les mauves, les violines, les lie-de-vin, les gris souris avec de menus dessins, des arabesques presque invisibles.

La cravate achetée — une à chaque fête — on la monte sur un appareil en celluloïd et désormais elle ne changera pas davantage que si elle était en zinc découpé ou peinte sur le plastron empesé.

En traversant le pont des Arches, Désiré a retrouvé son nuage, un drôle de petit nuage rose qui, depuis trois jours, flotte à la même heure un peu à gauche du clocher de Saint-Pholien comme s'il était accroché au coq. Ce n'est pas le même bien sûr, mais Désiré fait comme si c'était le même, son nuage à lui, placé là tout exprès pour lui souhaiter le bonjour.

C'est l'heure où, rue Puits-en-Sock, les commerçants arrangent leur étalage et nettoient le trottoir à grands seaux d'eau. Les ruelles qui débouchent vous lancent en passant leurs relents de pauvre, mais cette odeur-là n'est pas désagréable quand on la connaît depuis son enfance.

C'est l'heure aussi où Chrétien Mamelin se tient sur le seuil de la chapellerie, une pipe d'écume à la main.

— Bonjour, père.

— Bonjour, fils.

Ils n'ont rien de plus à se dire. Désiré reste un petit moment debout à côté de son père, adossés l'un et l'autre à la vieille maison, aussi grands l'un que l'autre, et tous les deux contemplent les pavés bleutés, le tram qui les frôle, le boulanger d'en face qui vient respirer un instant, poudreux de farine, et qui leur rit des yeux, la vendeuse de chez Gruyelle-Marquant qui lave ses vitres à la peau de chamois.

Toute la rue les connaît. On sait que Désiré ne fait plus partie de la rue Puits-en-Sock, qu'il est marié, qu'il travaille, du côté des Guillemins, mais on l'approuve de venir chaque matin, hiver comme été.

— Je vais embrasser maman.

La boutique d'à côté s'appelle l'« Hôpital des Poupées ». La vitrine est pleine de poupées de toutes tailles. Le vieux Kreutz, qui fume une pipe allemande à tête de porcelaine, est sur le seuil, comme le vieux Mamelin.

Ils ont un peu l'air, le matin, de deux gamins qui s'attendent à la sortie de l'école. Désiré est-il entré dans la maison ? Donc, c'est l'heure. Se font-ils un clin d'œil ? En tout cas, il y a un signe. Il y a une seconde précise où ils se comprennent et où le vieux Kreutz, fermant la porte de sa boutique, fait quelques pas et entre dans la chapellerie.

Dans l'arrière-magasin, parmi les têtes de bois, Chrétien Mamelin tire d'un placard une bouteille de liqueur hollandaise, du Kempenaar, et en emplit religieusement deux verres minuscules.

Alors seulement, le verre à la main, les deux vieux se regardent. C'est presque une cérémonie. Jamais ils ne boivent un second verre. Ils ne boiront ni alcool ni vin pendant la journée. Ils se regardent avec une satisfaction tranquille, comme s'ils mesuraient le chemin parcouru, Mamelin, depuis l'époque où, en Italie, couchant dans les granges, il apprenait à tresser la paille et cherchait en vain à se faire comprendre des gens du pays, le vieux Kreutz, de qui le français n'est compréhensible que pour les initiés, depuis qu'il a quitté les faubourgs de Nuremberg.

Déjà les fers chauffent et les chapeaux attendent. Chez Kreutz, la colle fond lentement et les membres épars des poupées encombrent l'établi.

Le boulanger d'en face, essuyant ses mains blanches à son tablier, vient un instant sur son seuil et cligne à nouveau des yeux dans le soleil.

Quai de la Dérivation, Léopold, devant le gamin qui mange en tressaillant à chaque bruit du dehors, vide à lui seul la moitié d'un cruchon de genièvre et personne ne pourrait dire à quoi il pense.

— Je vous ennuie, n'est-ce pas, madame Smet ? Quand je pense que je vous oblige à venir tous les jours...

Désiré pousse la porte vitrée de la cuisine. Sa mère est seule. Il l'embrasse. Elle ne l'embrasse pas à son tour. Elle n'embrasse personne depuis la mort de sa fille, celle dont le portrait est enfermé dans le médaillon d'or.

Il a beau être tôt le matin, ses cheveux sont bien lissés, tirés en arrière, et elle paraît aussi habillée en tablier de cotonnade à petits carreaux qu'en robe de sortie. Rien n'enlève à sa dignité sereine, ni d'éplucher les légumes, ni de laver la vaisselle, ni, le vendredi, de récurer les cuivres. Jamais non plus la cuisine, où défilent tant de personnes et où ont vécu tant d'enfants, n'est en désordre.

Vieux Papa a profité de l'arrivée de Désiré pour se lever de son fauteuil et gagner la cour, car sa cécité ne l'empêche pas de circuler dans la maison et même dans le quartier où tout le monde le connaît comme un gros chien familier.

— Ça sent bon ! a dit Désiré, autant parce que ça sent vraiment bon et qu'il est gourmand que pour faire plaisir à sa mère.

La soupe est déjà au feu. Elle est au feu chaque matin avant que la famille ne se lève. Le poêle a été fabriqué exprès pour les Mamelin au temps où ils étaient treize enfants, treize estomacs insatiables, et où personne ne poussait la porte sans lancer le cri de guerre des Mamelin :

— J'ai faim !

Faim à toute heure, à dix heures du matin, et à quatre heures de l'après-midi, chacun, au début des repas, coupant et rangeant à côté de son assiette cinq ou six tranches de gros pain.

La cuisinière a des fours à plaque tournante où l'on peut cuire des tartes de cinquante centimètres de diamètre.

Du matin au soir, la bouilloire chante, flanquée de la cafetière en émail blanc à fleurs bleues, où comme sur celle d'Élise, il y a un coup, près du bec, depuis des temps immémoriaux.

— Tu veux un bol de soupe ?

— Non, merci, maman.

— Cela veut dire oui.

Il vient de manger du lard et des œufs. Le chapeau en arrière il n'en fait pas moins honneur à la soupe, puis à un morceau de gâteau qu'on lui a gardé de la veille.

Sa mère ne s'assied pas. On ne la voit jamais à table. Elle mange debout, en servant les autres.

— Qu'est-ce que le docteur a dit ?

Au son de sa voix, on sent tout de suite qu'il ne faut pas essayer de lui mentir.

— Le lait n'est pas assez fort.

— Qui est-ce qui avait raison ?

— Elle a pleuré toute la nuit.

— Je savais bien qu'elle n'avait pas de santé. Enfin...

Cela signifie :

— Tu l'as voulu. Tant pis pour toi.

Désiré ne lui en veut pas. C'est sa mère. De temps en temps il lance un coup d'œil aux aiguilles de l'horloge. Son temps est compté à la minute près. A neuf heures moins le quart précises, il doit franchir le pont Neuf où l'horloge pneumatique retarde de deux minutes. A neuf heures moins cinq, il tourne l'angle du boulevard Piercot et du boulevard d'Avroy, ce qui lui permet d'être à son bureau, rue des Guillemins, à neuf heures moins deux, deux minutes avant les autres employés à qui il ouvre la porte.

— Qu'est-ce que tu as mangé hier ?

A la vérité, ce grand corps de Désiré n'aime que les viandes bien cuites, les pommes frites, les petits pois et les carottes au sucre. Sa Flamande de femme n'aime que les potées grasses, le chou rouge, les harengs saurs, les fromages forts et le lard.

— Est-ce qu'elle sait seulement faire des frites ?

— Je vous assure que oui, maman.

Il ne veut pas lui faire de la peine. Et pourtant il aimerait lui dire qu'Élise fait des frites aussi bien qu'elle-même.

— Tu ne m'as pas apporté tes cols ?

Il les a oubliés. Chaque semaine, tous les garçons mariés apportent à leur mère faux cols, manchettes du dimanche et plastrons, car elle seule sait repasser. Elle seule aussi sait faire la saucisse et le boudin blanc, et les bouquettes de Noël, et les gaufres du nouvel an.

— N'oublie pas de me les apporter demain. Encore un peu de soupe, de vraie soupe de chez toi ?

Jadis, les enfants, avec leurs ongles, ont gratté la pellicule multicolore de la vitrophanie qui recouvre les vitres. Par les trous, on aperçoit des morceaux de la cour, un escalier extérieur qui conduit aux étages. Ce sont des pauvres gens qui habitent au-dessus du magasin, de ces femmes qu'on voit toujours en châle noir et sans chapeau, un filet à la main, les talons tournés.

A droite, il y a la pompe, et quand on pompe de l'eau cela s'entend trois maisons plus loin. La dalle est toujours humide comme le museau d'un bœuf, avec, sur les côtés de pierre, de la bave verdâtre.

Il y a aussi un tuyau de zinc. Parfois quelque chose dégouline, puis tout à coup on voit jaillir un gros jet d'eau sale qui sent mauvais, l'eau sale des gens d'en haut.

Enfin, il y a la cave. Le haut de l'escalier en pierre est recouvert de planches qu'on a doublées de zinc. Cela forme un lourd panneau de deux mètres de long qu'il faut retirer chaque fois. On a construit ce panneau quand les enfants étaient petits car ils finissaient tous par tomber dans la cave.

Qui y est allé ce matin ? En tout cas, le panneau est retiré et c'est Vieux Papa que Désiré voit émerger, frôler le mur pour se glisser dans le couloir qui mène à la rue.

Sa mère l'a vu en même temps que lui. Elle voit tout. Elle entend tout. Elle sait tout. Elle sait même ce que mangent les gens d'en haut, rien qu'à voir l'eau sale qui sort du tuyau de zinc.

— Vieux Papa !... Vieux Papa !...

Le vieux fait celui qui n'entend pas. Le dos rond, les bras pendants, il tente de continuer sa route mais sa fille le rattrape dans l'étroit couloir.

— Qu'est-ce que vous êtes encore allé faire à la cave ? Montrez vos mains...

Elle ouvre, presque de force, les grosses pattes qui ont tant manié de charbon dans la mine qu'elles ont maintenant l'aspect d'outils usés. Naturellement, une des mains contient un oignon, un énorme oignon rouge que Vieux Papa allait croquer comme une pomme en se promenant.

— Vous savez bien que le docteur l'a défendu... Allez !... Attendez... Vous avez encore oublié votre foulard...

Et avant de le laisser partir elle lui noue un foulard rouge autour du cou.

Pendant ce temps, debout dans la cuisine, Désiré règle sa montre sur l'horloge comme il le fait chaque matin. Un peu plus tard son frère Lucien viendra faire la même chose. Arthur aussi. Les enfants ont quitté la maison mais ils savent bien qu'il n'y a que l'horloge de cuivre de la cuisine qui marque la bonne heure.

Ce sera pour Désiré. C'est décidé depuis longtemps, depuis toujours. Il n'y a pas beaucoup d'objets de valeur dans le ménage et le partage est déjà fait. Cécile, la plus jeune, à qui sa mère a appris à cuisiner et à faire la tarte, aura le fourneau. Arthur a réclamé les chandeliers de cuivre qui sont sur la tablette de cheminée de la chambre. Restent l'horloge et le moulin à café. Lucien aurait bien voulu l'horloge, mais Désiré est son aîné. D'ailleurs aucun moulin ne moud aussi fin que celui-ci.

— Tu t'en vas ?

— Il est l'heure.

— Enfin...

Elle dit « enfin » comme s'ils venaient d'avoir une longue conversation.

— Enfin... Si elle a besoin de quelque chose...

Rarement elle prononce le nom de ses belles-filles, d'Élise, de Catherine, la femme de Lucien, de Juliette, la femme d'Arthur, à plus forte raison de la femme de Guillaume qui n'est pas tout à fait sa femme puisqu'elle est divorcée de son premier mari et qu'ils ne sont donc pas passés par l'église.

Un coup de tisonnier dans le poêle. Désiré gagne le trottoir, met ses jambes à leur rythme et allume sa seconde cigarette de la journée.

Jamais il n'a manqué sa visite quotidienne rue Puits-en-Sock. Jamais Lucien, ni Arthur n'y ont manqué. Seul Guillaume, le transfuge, l'aîné de tous les enfants pourtant, a fait ce mauvais mariage et est allé ouvrir un magasin de parapluies à Bruxelles.

Dans la chambre biscornue, au-dessus du verger où les femmes étendent leur linge, Léopold, lourd et saumâtre, contemple son œuvre, tire un peu sur la blouse de peintre qu'il a fait endosser au jeune Marette, bosselle le feutre informe maculé de peinture.

— Tu as le portefeuille, les tartines ?

Quand Léopold travaille, c'est le plus souvent comme peintre en bâtiments et ses sœurs se détournent avec honte lorsqu'elles l'aperçoivent dans la rue, juché sur une échelle.

— Les pots... Bois... Bois donc !

Il lui fait avaler du genièvre et le gamin a un haut-le-cœur.

— Encore !

Il lui parle durement, comme s'il menaçait.

— Viens. Ferme la porte.

L'autre, pour un peu, claquerait des dents. C'est la première fois qu'il va se risquer dehors depuis le soir du « Grand Bazar ».

Et les voilà tous les deux sur le trottoir, en ouvriers peintres, souliers éculés, blouse flottante et sale, des pots de peinture à la main.

— Tais-toi.

Il y a un agent au coin de la rue Jean-d'Outremeuse.

— Marche.

Le gamin serait capable de s'arrêter net et d'éclater en sanglots à quelques pas du sergent de ville !

— Tiens bien ton seau.

Un seau plein d'eau sale où trempe une grosse éponge.

Désiré marche aussi. Il marche en regardant le ciel, les reflets de soleil sur les briques roses. Il voit deux dos de peintres et les dépasse sans savoir, sans se retourner sur le visage barbu de Léopold et sur le visage figé de peur du jeune anarchiste.

Ils suivent le même chemin. Tous les trois se dirigent vers la gare des Guillemins, franchissent le pont Neuf, passent devant l'évêché au moment où, comme chaque matin, un chanoine joufflu et couperosé sonne à la grille.

Quelques mètres entre eux ; la distance s'accroît, à cause des grands pas de Désiré, des stupides hésitations de Marette.

— Marche !

N'est-ce pas curieux que, ce matin-là justement, Élise ait pensé à son frère ? Elle y pense encore. Cela la tracasse, dans son lit, et elle brûle d'en parler à Mme Smet qui sourit aux anges.

Il est neuf heures moins cinq quand Désiré atteint l'angle de la rue des Guillemins d'où il aperçoit l'horloge de la gare, neuf heures moins trois quand il passe devant la maison de M. Monnoyeur. C'est une grosse maison triste, en pierre de taille. Les bureaux sont une sorte d'annexe de cet immeuble et donnent sur la rue Sohet. Un jardin sépare les deux bâtiments.

M. Monnoyeur est malade, a toujours été malade et triste comme sa mère avec qui il vit et qui est, singulière coïncidence, la terreur des demoiselles de l'« Innovation » où elle passe ses après-midi.

M. Monnoyeur a acheté un portefeuille d'assurances pour placer son argent, pour ne pas avoir l'air de vivre sans rien faire. Désiré était dans la maison avant lui.

Deux grandes fenêtres grillagées qui donnent sur la tranquille rue Sohet. Une porte à clous de fer.

Il y a certainement, au moment où Désiré la pousse, à neuf heures moins deux, une dignité, une satisfaction spéciale qui font de lui un autre homme, un second Mamelin, aussi vrai que le premier, aussi important, car la vie du bureau prend neuf heures par jour. Ce n'est pas une tâche quelconque, un gagne-pain, une corvée.

Désiré est entré dans ce bureau aux fenêtres grillagées, à dix-sept ans, le jour même où il a quitté le collège.

Une cloison délimite la partie réservée au public, percée de guichets, comme dans les bureaux de poste, et c'est déjà une satisfaction de passer de l'autre côté de cette frontière. D'épais vitraux verts empêchent de voir dans la rue, créent une atmosphère d'un calme inhumain. Avant même de retirer son pardessus et son chapeau, Désiré remonte l'horloge. Il a horreur des horloges arrêtées. Il fait le nécessaire pour qu'elles ne s'arrêtent jamais.

Il accomplit toutes ses tâches avec un égal plaisir. Quand il se lave les mains, lentement, à la fontaine qui est accrochée derrière la porte, c'est une caresse, une joie.

Une joie encore de découvrir la machine à écrire à double clavier, de changer de place la gomme, les crayons, les papiers.

Les autres peuvent arriver : d'abord Daigne, le frère de Charles, le sacristain de Saint-Denis qui a épousé une sœur de Désiré, Daigne qui sent si mauvais et qui ne se vexe pas quand on se bouche le nez devant lui ; puis Ledent-le-Triste, Ledent qui a trois enfants, une femme malade, et qui soigne tout son monde, ne dort jamais assez et en a les yeux rouges ; enfin Caresmel-le-Veuf qui a mis ses deux filles en pension chez les Ursulines et qui a une maîtresse.

— Bonjour, monsieur Mamelin.

— Bonjour, monsieur Daigne... Bonjour, monsieur Ledent...

Car tout le monde, au bureau, s'appelle monsieur. Sauf Mamelin et Caresmel qui s'appellent par leur nom car ils ont débuté ensemble à trois jours près.

C'est l'origine des premiers reproches qu'Élise ait adressés à son mari ; c'est à Caresmel qu'elle fait allusion quand elle parle à Désiré de son manque d'initiative.

— C'est comme quand tu as eu le choix entre l'assurance-incendie et l'assurance-vie...

Est-ce que Désiré a vraiment choisi la branche incendie, comme elle le prétend, par amour pour son petit coin près de la fenêtre aux vitraux verts ?

C'est possible. Pourtant, il se défend.

— A cette époque, on ne pouvait prévoir le succès de l'assurance-vie.

Quand M. Monnoyeur a racheté le portefeuille, Mamelin gagnait cent cinquante francs par mois. Caresmel cent quarante seulement.

— Je ne vous augmente pas mais je vous donne un pourcentage sur les nouvelles affaires qui passeront entre vos mains. L'un de vous deux s'occupera de la branche incendie, l'autre de la branche vie. Comme vous êtes le plus ancien, monsieur Mamelin, c'est à vous de choisir.

Il a choisi l'assurance-incendie, de tout repos, n'exigeant que de rares visites à la clientèle. C'est à ce moment que les assurances-vie ont pris un prodigieux essor.

Rien n'est changé en apparence. C'est Désiré qui, à dix heures précises, entre dans le bureau de M. Monnoyeur. C'est lui qui a la clef et la procuration. C'est lui encore qui a le chiffre du coffre et qui le referme chaque soir.

Caresmel n'est qu'un employé, un employé vulgaire et bruyant. Il y a souvent des erreurs dans ses comptes. Souvent il est obligé de demander conseil. Seulement il se fait jusqu'à deux cents francs par mois de primes alors que Mamelin s'en fait à peine cinquante.

— Je ne comprends pas, s'est révoltée Élise, qu'un homme qui est beaucoup moins intelligent que toi gagne davantage, dans ton propre bureau.

— Tant mieux pour lui. Est-ce que nous manquons de quelque chose ?

— Il paraît même qu'il boit.

— Ce qu'il fait en dehors du bureau ne nous regarde pas.

Et le mot bureau, dans l'esprit de Mamelin, prend une majuscule. Il aime ses grands livres et ses yeux sourient quand, les lèvres légèrement frémissantes, le doigt courant le long des colonnes, il fait une addition, plus vite que n'importe qui, tous ses collègues en conviennent. Ils admettent aussi qu'il ne s'est jamais trompé. Ce n'est pas un mot en l'air. C'est un acte de foi.

— Mamelin ? Il n'a pas besoin de consulter les barèmes.

Est-ce que, après dix ans de métier, un jongleur éprouve encore quelque joie à réussir tous ses tours, à rattraper toutes les boules dans le haut-de-forme en équilibre sur son cigare en bois ?

Désiré, à dix heures exactement, avec une solennité un tantinet familière qui est celle des sacristains dans le lieu saint, frappe un petit coup à la porte de M. Monnoyeur et disparaît avec le courrier qu'il vient de dépouiller.

A la même heure, les deux peintres en blouse blanche ont pénétré dans la gare des Guillemins, comme des ouvriers qui vont effectuer un travail en banlieue, et Marette est si pâle qu'on pourrait s'attendre à le voir s'évanouir.

— Deux troisièmes pour Huy.

— Aller et retour ?

— Oui.

Il y a quelque part dans la gare un agent de la Secrète. Les journaux l'ont écrit. On ne peut pas savoir si c'est ce gros homme qui va et vient, les mains derrière le dos, ou ce monsieur à mallette qui contemple la bascule aux bagages.

— Les voyageurs pour Angleur, Ougrée, Seraing, Huy, Sprimont, Andenne, Namur, en voiture !

— Marche.

Valérie, pendant les heures molles et presque vides du matin, pense à Élise qui n'a pas de chance, qui a un enfant malade, qui se fait tant de mauvais sang parce qu'elle n'a pas de lait.

— J'ai honte de vous déranger encore, madame Smet. Si cela ne vous ennuyait pas trop... Le feu !

Le cauchemar de ce feu qui pourrait s'éteindre, que la vieille dame serait incapable de rallumer ! Comment a-t-elle pu être mariée et élever des enfants, alors qu'elle n'est pas seulement capable d'entretenir un feu ?

Le train s'ébranle. Les deux ouvriers en blouse sont debout dans un couloir et les voyageurs qui les frôlent ont peur de se tacher de peinture.

Désiré jongle. Il attend midi. Il s'est réservé pour chaque jour une heure et demie de bonheur parfait. Cela commence à midi juste, quand les autres s'en vont comme des pigeons qu'on lâche.

Il reste seul, car le bureau est ouvert de neuf heures du matin à six heures du soir sans interruption. C'est lui qui a réclamé cette garde qu'il aurait pu confier à un autre.

Les clients sont rares. Le bureau lui appartient vraiment. Il a du café moulu dans sa poche. Il met de l'eau à chauffer sur le poêle et il tire d'une armoire une petite cafetière d'émail comme doit le faire, la nuit, le gardien de chez Torset et alors, dans son coin, après avoir étalé un journal, il mange lentement une tartine en buvant son café.

Comme dessert, un travail bien difficile ou délicat, réclamant de la tranquillité.

En manches de chemise, une cigarette aux lèvres, il est véritablement chez lui et une autre joie rare l'attend à une heure et demie.

Tout le monde rentre au travail et lui s'en va. Tout le monde a dîné et il va dîner. Son couvert est prêt, son couvert seul, au bout de la table, avec des plats rien que pour lui, de la viande très cuite, des carottes, des petits pois, des entremets.

Ses collègues ne connaissent pas cette jouissance. Ils ne connaissent pas l'aspect de la ville à trois heures de l'après-midi, quand ceux qui travaillent sont enfermés.

Élise et Mme Smet le regardent manger en silence. Malgré elles, elles le regardent un peu comme quelqu'un débarquant d'un autre monde et l'allégresse qu'il a aspirée dans la rue en marchant à grands pas dans l'air sapide leur est étrangère. C'est comme un courant d'air qui est venu déranger la quiétude feutrée du logement.

Il faut que Désiré soit parti depuis un bon moment pour que le cercle se referme, qu'Élise reprenne son sourire morose, Mme Smet sa rêverie intérieure et qu'on entende à nouveau le plus léger craquement, qu'on guette longtemps d'avance le « boum » inévitable de la cuisinière.

Il marche. Il y a du soleil. Mais, quand il pleut, l'aspect de la ville est aussi savoureux et il a une façon à lui de tenir son parapluie comme un dais. La cigarette de trois heures est bonne. Chaque cigarette a son goût particulier, le goût de tel moment de la journée, de telle rue, de la faim ou de la digestion, du matin allègre ou du soir.

Le train omnibus s'est arrêté à Huy. L'express Cologne-Paris va passer. Léopold a entraîné son compagnon vers les cabinets.

— Donne ta blouse.

Parce qu'un ouvrier en blouse ne monte pas dans l'express. C'est Léopold, avec sa barbe de jais, qui a l'air d'un anarchiste féroce et Marette d'un gamin effrayé.

— Dépêche-toi.

Tellement gamin, tellement effrayé, qu'il est pris d'un besoin subit et qu'il s'isole derrière une des portes à claire-voie alors que le train entre en gare.

— C'est mon train ?

— Dépêche-toi.

Personne, dans cette petite gare, ne pense à l'anarchiste de la place Saint-Lambert. Léopold a pris un billet pour Paris et l'a passé à Marette.

— Tu as ton portefeuille ?

Ils courent le long de la voie. Ils n'ont pas le temps, ni de se serrer la main, ni de se dire au revoir ; le train repart alors que Marette n'a pas fini de reboutonner ses bretelles et on voit son profil maigre et pâle disparaître dans le tunnel au premier tournant.

Il y a un train pour Liège, mais Léopold a soif. Il s'arrête au buffet de la gare. Puis il traverse la place et entre dans un café. Tout à l'heure, il en sortira pesamment, cherchant une autre porte à pousser, un autre café où s'asseoir et, à six heures, il aura perdu ses seaux, ses pots de peinture et ses brosses, un peu partout, il retirera sa blouse en grognant et fera signe au garçon, faute de pouvoir parler ou d'en avoir le courage.

— La même chose...

Des petits verres glauques à fond épais, du genièvre pâle qu'on boit d'un trait en refaisant déjà le signe :

— Remplissez...

Désiré referme le coffre, brouille la combinaison. Il pourrait prendre le tram jusqu'à la place Saint-Lambert. Il pourrait faire un bout de chemin avec Daigne, ou avec Ledent.

Il marche seul et c'est encore un moment heureux de la journée, les rues qui tournent au violet, les passants qui ont l'air de glisser dans une buée silencieuse, les becs de gaz, de loin en loin, les vitrines devant lesquelles personne ne s'arrête et qui dessinent un rectangle faiblement lumineux, enfin, boulevard d'Avroy, le parc désert et les canards attardés sur l'eau moirée.

Il passera chez Tonglet, rue de la Cathédrale, en face de l'église Saint-Denis, pour acheter du boudin au foie. Ou du foie piqué ? Il ne sait pas encore. Du foie piqué ?

— Donnez-moi un quart... non, un quart et demi de...

Valérie l'attend pour reconduire sa mère et elle ne s'est pas débarrassée, elle ne s'est même pas assise.

— Cela ne vaut pas la peine, Élise ! Désiré va rentrer.

Comme si elle allait user une des chaises ; comme si s'asseoir constituait une sorte d'envahissement, de grossièreté, alors qu'elle vient simplement, en passant, rechercher sa mère.

Élise, elle, comprend ça.

Désiré ne comprend pas.

Et il entre, triomphant, avec un peu de la buée du soir accrochée aux poils acajou de ses moustaches.

— Pourquoi ne dînerais-tu pas avec nous, Valérie ?

— Mais non, Désiré. Marie nous attend.

— Elle attendra.

— Notre souper est prêt.

— Vous le mangerez demain.

A quoi bon insister ? Ne sait-il pas que c'est impossible, que cela ne se fait pas, que le soir où Élise a accouché, Valérie a soutenu *mordicus* qu'elle n'avait pas faim ?

Léopold est debout, vacillant, sur une place qu'il ne connaît pas, une place ronde dont il cherche l'issue, et c'est miracle qu'il se souvienne qu'il existe une gare, un train à prendre.

Où est Eugénie, sa femme ? Elle est venue dans leur logement la semaine précédente, un jour qu'il n'y était pas, et elle a laissé des victuailles qu'elle avait sans doute prises chez ses patrons. Mais où travaille-t-elle ?

Elle reviendra un jour ou l'autre. Il la retrouvera en rentrant. Elle lui dira, avec son accent si drôle, sans se fâcher, comme on constate un fait :

— Tu es encore saoul, Léopold !

Elle aura tout nettoyé, fait le lit, changé les draps qu'il ne change jamais. Ce sera peut-être demain, peut-être dans un mois. En attendant, le petit Marette est dans le train, serré contre la cloison dans un compartiment de troisième classe où on vient d'allumer les lampes, et des gens de la campagne lui offrent un morceau de fromage de tête.

— Au revoir, madame Smet. Bonsoir, ma pauvre Valérie. Et merci, savez-vous ! Merci. J'ai honte de...

Elles sont parties. Elles marchent plus doucement en passant sur le palier du premier, à cause des Delobel.

Bras dessus, bras dessous, comme de petites poupées articulées à trop grosse tête, elles longent les vitrines et regagnent leur logement où Marie les attend en décousant une vieille robe.

Désiré, avec un soupir d'aise, retire son veston, ses souliers, met ses pantoufles, ou plutôt ses chaussures d'ecclésiastique dont le chevreau est si fin.

Conscient d'avoir fourni la journée d'un honnête homme, d'avoir accompli tout ce qu'il avait à accomplir, il lance joyeusement :

— Mangeons !

Et cependant, il n'est pas trop fier, car il a compris, au regard d'Élise, qu'elle a remarqué qu'il a acheté un quart et demi de foie piqué au lieu d'un quart.

Elle n'ose rien dire et soupire en dedans.

4

Des milliards, des milliards de milliards de bêtes, sur toute l'étendue de la terre, dans l'air, dans l'eau, partout, font sans répit, seconde par seconde, un effort de toutes leurs cellules vers un devenir qu'elles ne connaissent pas, telles ces fourmis qui coltinent à travers les précipices des fardeaux cent fois plus gros qu'elles, s'acheminent à travers des montagnes de sable ou de boue, reviennent dix fois à l'assaut d'un obstacle sans que jamais se détourne leur caravane.

Élise, aujourd'hui, par un beau dimanche de septembre, plein et doré comme un fruit, Élise la treizième, Élise l'anémique, Élise qui n'a trouvé comme arme que son sourire rentré, si humble qu'il fait pitié, Élise qui s'excuse d'être là, d'exister, qui demande pardon avant d'avoir fait mal, qui demande pardon de tout et de rien, qui a presque honte d'être sur la terre, Élise va livrer sa première bataille.

Le sait-elle ? Entrevoit-elle seulement, comme la fourmi qui suit la piste accidentée où elle lâche et reprend sans cesse le même grain de blé, entrevoit-elle l'importance, le but du combat qu'elle va livrer et se rend-elle compte qu'elle le livre, non seulement à Désiré-le-Souriant, à Désiré-à-la-Belle-Marche, mais aux Mamelin de la rue Puits-en-Sock et, à travers eux, à une espèce tout entière ?

Pressent-elle déjà qu'elle est plus forte qu'eux, forte de ses yeux qui pleurent, de ses joues qui se creusent et qui pâlissent, de son ventre douloureux, du fer qu'on lui ordonne contre l'anémie, de ses jambes qui se dérobent dans l'escalier, est-ce qu'elle sait, la petite Flamande, la treizième née des Peters ce qu'elle veut et où elle va ?

Elle est à peine mariée de deux ans. Elle a toujours dit oui, et ce dimanche-là, parce qu'il le faut, parce qu'une force inconnue la pousse, parce qu'elle est une Peters et qu'il existe des Mamelin, parce que la vie commande, elle va lutter, avec ses armes.

Personne ne le sait, qu'elle et Valérie, et Valérie s'est effrayée, elle pour qui le comble du bonheur consisterait à obéir à un homme.

— Tu crois, Élise ?

Il y a des fenêtres que, ce dimanche, Élise ne peut plus voir, bien qu'elle sache qu'elle ne les verra plus longtemps. Ce sont les vingt-huit fenêtres blêmes, aux vitres ondulées, sur lesquelles tranchent à l'infini, en noir de faire-part, trois mots qui en deviennent comme obscènes : *Torset et Mitouron... Torset et Mitouron... Torset et...*

Désiré ne se doute de rien. Il est allé rue Puits-en-Sock après la messe de Saint-Nicolas dans le banc d'œuvre de la Confrérie de Saint-Roch. Il a rapporté les pains légèrement bis faits par sa mère ainsi qu'une tarte aux pommes. Les heures coulent avec une égale fluidité et il est loin de penser que leur cours va changer.

Quand le bébé est prêt dans son berceau, il faut l'attacher, comme chaque jour, pendant que Désiré et Élise descendent les deux étages en portant la voiture.

— Attention aux murs...

On peut faire du bruit. Les Delobel sont en vacances dans une villa d'Ostende. Seule Mme Cession ne désarme pas. Elle est embusquée derrière sa porte, vêtue de soie noire, avec des chaînes d'or en sautoir, prête à surgir si une des roues de la voiture venait à racler le mur dans la demi-obscurité.

Il y a de la place au fond du corridor, sous l'escalier, là où on ne met rien d'autre que les poubelles et où personne ne passe.

— Si vous tenez à avoir une voiture, gardez-la chez vous.

Désiré reste en bas. Élise va chercher l'enfant. Les biberons, sous le matelas, conserveront leur chaleur.

— Elle n'a rien dit, remarque Désiré en allongeant ses grandes jambes et en poussant la voiture comme souvent le dimanche.

On croirait qu'il le fait exprès pour que les gens se retournent sur lui, tandis qu'Élise a toutes les peines du monde à le suivre.

C'est encore un dimanche Mamelin, et Désiré ne soupçonne pas qu'il y aura d'autres sortes de dimanches. On passe par les petites rues. C'est une manie d'Élise qui se faufile toujours, pour couper au court, par les ruelles et les passages borgnes où, invariablement, elle a besoin de rattacher sa jarretelle.

On ne va pas loin. On atteint bientôt l'église Saint-Denis et, derrière l'église, une petite place ancienne, provinciale, ombragée de marronniers, égayée par la fraîche chanson d'une fontaine. Chaque matin s'y tient le marché aux fromages et l'odeur persiste, se répand au loin dans les rues voisines, plus fade à mesure que la journée s'avance.

On va chez Daigne, ou plutôt chez Charles, comme on a l'habitude de dire. Charles Daigne, le sacristain de Saint-Denis, a épousé Françoise, l'aînée des filles Mamelin ; il est le frère de Daigne qui travaille chez Monnoyeur et qui sent si mauvais.

Lui ne sent pas mauvais. Il sent l'église, le couvent. Toute la maison est imprégnée d'une odeur douce, à la fois cossue et vertueuse.

La lourde porte cochère flanquée de ses deux bornes est vernie comme un beau meuble, ornée de marteaux de cuivre étincelant. Il n'y a pas une tache, pas une éraflure, pas la moindre souillure, et la façade, par surcroît de propreté, a été peinte à l'huile, en un blanc crémeux qui s'harmonise avec l'odeur de fromage de la place.

Personne ne vient ouvrir. Désiré sonne, en tirant un anneau de cuivre. On n'entend aucun bruit à l'intérieur, mais un déclic de mécanique bien huilée se produit et le panneau droit s'entrouvre de quelques millimètres. Sans être prévenu, on ne s'en apercevrait pas et on pourrait attendre des heures sur le seuil.

La porte est lourde, donne accès à un porche solennel aux murs de faux marbre, aux dalles blanches et bleues qui sont les mêmes que celles de l'église.

L'immeuble appartient au Conseil de Fabrique. Le vaste bâtiment en façade est occupé par un avoué, M. Douté, le président de ce Conseil de Fabrique.

Désiré ne l'a jamais vu, Élise non plus. Pour que les roues ne marquent pas sur les dalles, on porte la voiture en silence, on marche sur la pointe des pieds, on ose à peine regarder les deux perrons latéraux, les portes ornées de vitraux.

Est-ce que M. Douté a une femme, des enfants ? On n'entend rien, rarement on aperçoit une domestique tout en noir, silencieuse, qui fait penser à une religieuse en civil.

Si le bébé, dans sa voiture qu'on soulève, allait se mettre à crier ? On n'ose pas penser à l'effet produit dans ce calme, dans ce silence absolu où ne traîne pas même une odeur de cuisine.

Enfin, on atteint la seconde porte qui sépare le porche de la cour, une longue cour de béguinage aux tout petits pavés ronds, polis comme de la céramique. Une barrière peinte en vert délimite la partie de la cour réservée à M. Douté qui n'y a jamais mis les pieds.

Élise est oppressée. Elle pense aux vingt-huit odieuses fenêtres, aux heures transparentes qui vont s'écouler, à ce qu'il faudra entreprendre ensuite. Est-ce dans la rue qu'elle parlera, en regagnant la rue Léopold ? Attendra-t-elle qu'on soit dans la cuisine où le feu sera sûrement éteint ?

Au fond de la cour, deux petites maisons blanches, coquettes, deux jouets d'une propreté méticuleuse, celle du suisse de Saint-Denis, M. Collard, aux épaisses moustaches noires, et celle de Charles Daigne, le sacristain.

— Attention en refermant la porte, Désiré.

Car une voix, une simple voix humaine, devient vacarme et le lendemain Charles reçoit de l'avoué une remontrance écrite, en style glacé.

— Chut !

Le gravier a crissé sous les larges semelles de Désiré.

Nulle part l'air n'est aussi limpide. On se croirait dans un univers de porcelaine.

Les autres Mamelin, habitués au tohu-bohu plébéien de la rue Puits-en-Sock, ne s'aventurent pas ici. Seuls Désiré et Élise viennent chaque dimanche voir Françoise toujours vêtue de noir.

Dans la maison, où l'air est d'un bleu délicatement violacé, on s'embrasse, et Charles sent l'encens et le fade. Il est blond, blond filasse, blond mouton. Il a une tête douce de mouton, des gestes lents, un débit si monotone qu'on n'attend jamais la fin de ses phrases.

Dans sa maison, dans sa cuisine, dans sa chambre, partout, on se croit encore à l'église et sans cesse il faut rappeler à l'ordre Désiré qui est doué d'une voix sonore :

— Attention, Désiré !

Il ne pressent rien. Il vit sans arrière-pensée sa vie des dimanches après-midi et aujourd'hui le visage d'Élise est plus pointu, elle sourit plus souvent, de son sourire morose, elle répète à propos de rien :

— Ma pauvre Françoise..

Françoise a un enfant aussi, une fille d'un an plus âgée que Roger. Elle attend encore un bébé.

Les fenêtres ont des petits carreaux irisés comme des bulles de savon mais on ne les voit pas, voilés qu'ils sont par deux ou trois épaisseurs de mousseline et de rideaux.

— Qu'est-ce que tu fais, Désiré ? Mon Dieu, Françoise, il est tellement sans-gêne...

— Ne suis-je pas chez ma sœur ?

Il n'hésite pas à ouvrir les tiroirs, à changer de place des objets figés dans une immobilité religieuse.

On irait bien s'asseoir dans la cour, au soleil, le long du mur blanc, mais si un des enfants se mettait à pleurer ?

Désiré s'installe, renverse un peu sa chaise en arrière à cause de ses longues jambes et là-bas, à l'autre bout de la cour, les fenêtres de monsieur l'avoué sont encore plus feutrées de rideaux blancs que celles de Françoise. Est-ce que jamais la main d'un prisonnier ne les écarte, est-ce que jamais un visage couleur d'ivoire ne s'encadre derrière les carreaux ?

Les Mamelin ont apporté une tarte aux pommes. On la mange, en buvant du café, avant les vêpres et le salut. Charles part le premier, nu-tête, car il n'a que la rue à traverser pour atteindre l'étroite porte de la sacristie. M. Collard le suit en grand uniforme et on a toujours l'impression que ses moustaches sentent la liqueur ou l'alcool. On prétend qu'il boit.

— Figure-toi, Élise...

Il se cache, n'entre jamais dans un café, par peur du Conseil de Fabrique.

Qui va donc garder les enfants ? C'est le tour de Désiré. Il sait donner les biberons et arranger les langes mieux qu'une femme. Quand ils pleurent, il bat le tambour pour les endormir.

Les deux belles-sœurs vont au salut. Élise a bien envie de soulager son cœur.

— Si tu savais, Françoise, comme Mme Cession est chipie !

Elle s'effraie, maintenant, de ce qu'elle a fait. Au moment de sortir de chez Daigne, elle a aperçu Désiré qui souriait aux anges, croisait les jambes, allumait sa cigarette, et il lui a semblé que c'était une trahison qu'elle avait commise.

Elles prient du bout des lèvres, à l'ombre d'un pilier. On voit Charles, un rat de cave à la main, qui va et vient autour de l'autel en faisant des génuflexions.

En sortant de l'église, on retrouve l'odeur sourde du fromage et le chant de la fontaine.

— Mais si, vous restez avec nous.

— On va te déranger, Françoise !

Élise a une peur congénitale de déranger les gens. Jamais elle n'ose s'asseoir sur une chaise entière.

— Je t'assure que non, Élise.

— Alors, allons acheter de la charcuterie chez Tonglet. Chacune pour soi.

C'est à deux pas, au coin d'une ruelle par laquelle les honnêtes gens évitent de passer. Dans dix ans, dans vingt ans, où qu'elle habite, Élise affirmera encore que seule la charcuterie de chez Tonglet est bonne, surtout le foie piqué (piqué de lardons).

— Un dixième de foie piqué.

On a emporté un plat de faïence. Dans une autre boutique, tout près de là, on achète pour cinquante centimes de frites que l'on recouvre d'une serviette. C'est chaud dans la main, chaud et gras. On marche vite dans le jour qui s'achève et qui bleuit les rues.

— Si tu savais, Françoise, comme la rue Léopold me pèse...

Non. Elle ne parle pas... Sa belle-sœur fait :

— Chut... Attention...

Le porche, le fameux porche à franchir sur la pointe des pieds et que l'on souille de l'odeur des frites.

Désiré a mis la table, moulu le café. Charles est revenu, encore estompé par la pénombre des vêpres et du salut. On mange. Tout à l'heure, Charles montrera des photographies. Il a une patience inouïe. Pendant quinze jours, chaque matin à six heures — il ne fallait pas un seul passant — il a braqué son appareil sur la Grand-Poste, près de la passerelle, et il a obtenu des effets uniques de nuages, des gris d'une subtilité remarquable.

— Dimanche prochain, s'il fait beau...

Depuis des mois, il promet de photographier toute la famille. Il faudrait qu'on puisse laisser les enfants nus sur une peau de mouton.

Neuf heures.

— Mon Dieu, Françoise... Si tard ! Et nous qui vous retenons... Je vais t'aider à faire la vaisselle...

— Mais non...

L'enfant, dans sa voiture, est tout chaud, tout engourdi de sommeil. On le couvre. On lève la capote, par crainte de la fraîcheur du soir.

— A dimanche ! Venez de bonne heure.

— J'apporterai un gâteau de Savoie de chez Bonmersonne.

— Attention... Chut...

Le porche.

— Voyons, Désiré !

Il a tiré trop brusquement la porte. Élise trotte. Jamais elle n'a pu régler son pas sur celui de ce mari géant qui pousse la voiture avec la satisfaction du devoir accompli. D'autres familles, le long des trottoirs, reviennent de la sorte et des gamins endormis sont juchés sur les épaules de leur père.

— Tu as la clef ?

Il vaut mieux attendre encore. Élise tremble.

— Ecoute, Désiré... Il faut que je te dise... Tu ne me gronderas pas trop ?...

Elle pleure, en montant l'escalier à reculons et en portant la voiture par un bout. Le gaz est allumé à l'entresol, le bec crachote.

Alors, elle profite de ce qu'ils sont engagés avec l'encombrante voiture dans cet escalier trop étroit.

— *J'ai loué.*

Désiré n'a rien dit. Est-ce qu'il n'a pas entendu ? Il monte. Ils sont chez eux. Il frotte une allumette, soulève le verre de la lampe, se dirige vers le poêle où il reste quelques charbons roses et tièdes.

— Tu m'en veux ? Si tu savais à quel point cette Mme Cession m'écrase...

Désiré retire son veston, chausse ses pantoufles de curé, règle la mèche de la lampe. Troublé, il regarde autour de lui cette cuisine, cette chambre, la fenêtre déjà éclairée du gardien de nuit, tout cela qu'il va quitter, qui était à lui, qui faisait partie de lui.

— Tu es très fâché ? Pense qu'il n'y a pas, dans ce quartier-ci, un seul endroit où promener le petit.

Il n'ose pas encore demander vers quel bout de la ville, dans quel décor étranger elle les a conduits.

Elle renifle, se mouche, reprend courage devant son silence.

— D'abord, ce n'est pas plus cher : vingt-cinq francs par mois. Il n'y a pas l'eau à l'étage, mais sur le palier, juste en dessous, et la propriétaire permet qu'on laisse la voiture dans le corridor.

Ainsi, pendant des semaines, alors qu'il la croyait occupée à promener l'enfant autour de l'église Saint-Denis, elle courait la ville en poussant la voiture, guettant les écriteaux !

Voilà pourquoi, chaque soir, elle se plaignait de Mme Cession, ou du vacarme des tramways qui réveillaient Roger, ou des escaliers si durs à monter !

Est-ce qu'il n'a rien senti ? Est-ce qu'il a fait celui qui ne comprend pas ?

— Si tu savais, Valérie, comme il tient à ses habitudes ! Rien que l'idée de déménager...

C'est vrai. C'est un Mamelin, et les Mamelin n'ont jamais déménagé. En arrivant à Liège, avant même de se marier, Chrétien Mamelin s'est fixé rue Puits-en-Sock et il n'en a jamais bougé. Tous ses enfants, sauf Guillaume, installé à Bruxelles, sont restés dans le quartier.

— Pourquoi serait-on mieux ailleurs ?

Voilà des mots de Désiré. Que répondre à cela ?

— Que nous manque-t-il ici ?

Elise a trotté, obstinée et secrète, à travers la ville, et seule Valérie a été mise dans la confidence. Pour Élise, un quartier en vaut un autre. Rien ne l'attache à telle ou telle rue. Elle est incapable de regarder avec tendresse un reflet de soleil sur le papier peint, ou l'ombre de la grosse armoire sur le plafond.

Elle a loué, la veille, rue Pasteur. Elle a payé un mois d'avance. Elle a même... Oui, elle a eu l'ultime audace de renoncer au logement de la rue Léopold. Elle a annoncé à Mme Cession qu'ils partaient.

— Bon débarras ! a dit celle-ci. On n'aura plus votre voiture dix fois par jour dans l'escalier.

— Tu m'en veux ?

Et lui, simplement :

— Où est-ce ?

— Rue Pasteur.

Puis, volubile, elle énumère les avantages de leur nouveau logement.

— C'est une rue large et neuve, dans un quartier neuf, tout près de la place du Congrès. La maison est toute neuve et les pièces sont plus grandes qu'ici, avec de larges fenêtres. Le logement est au second étage, mais l'escalier n'est pas dur à monter et le plancher est aussi blanc que la table. Hier, je suis allée le frotter au sable.

Sans qu'il en sache rien !

— Qu'as-tu fait de l'enfant pendant ce temps-là ?

— La propriétaire, qui est bien gentille, m'a aidée à monter la voiture. Il n'y a pas de poussière dans le quartier. Pour toi, ce sera plus court...

Il n'écoute pas. Il imagine le chemin qu'il aura désormais à parcourir quatre fois par jour. La rue Pasteur n'est qu'à cinq minutes de la rue Puits-en-Sock. Il passera devant l'église Saint-Nicolas. Il prendra l'étroite rue des Récollets, qui débouche juste devant la chapellerie.

Il essaie son parcours comme il essaierait un vêtement, attentif aux moindres détails... Oui...

— C'est bien.

Seulement, il pense soudain à l'exécution.

— Il faudra déménager...

Et il s'effraie en regardant autour de lui leurs quelques meubles.

— Demain à midi, tout sera fini. Je suis allée chez le rempailleur de la rue Jean-d'Outremeuse qui a une charrette à bras. Il viendra à huit heures avec un ouvrier qu'il connaît et, en trois voyages, ils auront tout transporté.

Dans ce cas, évidemment... Enfin !... Il est un peu triste malgré tout, peut-être un peu angoissé... Partir... Quitter quelque chose...

— Tu ne m'en veux pas ? Vois-tu, Désiré, cette rue Léopold me pesait tellement que j'y serais tombée malade.

Il se déshabille en silence. Elle se couche à côté de lui. La veilleuse seule éclaire la chambre où les reflets des becs de gaz filtrent à travers les rideaux.

Élise ne ferme pas les yeux. Elle a gagné la partie. Il n'a rien dit. Il n'est pas fâché.

Et Valérie qui avait si peur ! Plus peur qu'elle-même !

— Vois-tu, Valérie, avec les hommes...

Elle n'ajoute pas encore :

— C'est un Mamelin et, les Mamelin, il faut les mettre devant le fait accompli ! Sinon, ils resteraient toute leur vie à la même place.

Elle ne le pense pas encore si nettement. Elle ne s'endort pas, elle sent confusément l'importance de cette journée. La veille encore, quand elle est allée trouver le rempailleur, elle pouvait à peine respirer et voilà que tout a été facile.

— Tu dors ?

Il fait :

— Oui.

Elle voudrait lui dire merci, lui serrer le bout des doigts. Il ne faut pas ! Il croirait qu'elle se repent.

C'est un homme. C'est un Mamelin. Si on ne le poussait pas... Ainsi, chez M. Monnoyeur, est-ce qu'on n'abuse pas de lui ? C'est Désiré qui dirige tout et il est à peine plus payé que le jeune Daigne. Il n'ose pas réclamer. Quand Élise lui parle de demander une augmentation, il change de conversation.

Il tient trop à ses habitudes. Il est toujours content. Il ne veut pas voir qu'ils ont pour vivre le strict nécessaire.

Le strict nécessaire... Tiens ! c'est le mot qu'elle a dit trois jours plus tôt à sa sœur Félicie, qui est venue la voir en coup de vent. Félicie, elle n'a qu'à puiser dans le tiroir-caisse. On ne compte pas. On achète la viande sans regarder la balance.

Maintenant que la question Cession est réglée, Élise se répète les deux mots : *strict nécessaire.* Ils prennent un sens bien défini. Ils deviennent comme le programme d'une nouvelle étape qu'il faudra franchir.

— Vois-tu, ma pauvre Félicie, Désiré gagne juste le strict nécessaire.

Chez M. Monnoyeur, trois ans plus tôt, on a fait la répartition des portefeuilles, la branche incendie, d'une part, la nouvelle branche assurance-vie, d'autre part. C'est Désiré qui avait le choix.

Il a choisi l'assurance-incendie, par routine, parce qu'il n'y a pas à se déranger, et c'est à Caresmel, beaucoup moins intelligent que lui, qu'est échu le portefeuille vie.

Or, maintenant, l'assurance-vie rapporte. Caresmel se fait jusqu'à deux cents francs de commission par mois et, à la mort de sa femme, il a pu mettre ses deux filles en pension chez les Ursulines.

— Tout cela, Valérie, pour ne rien changer à son petit train-train. Nous, les Peters, nous irions au bout du monde pour gagner cinq francs de plus.

Elle s'endort. A deux heures, pour la dernière fois rue Léopold, Désiré se lève pour réchauffer le biberon et il adresse un mélancolique adieu au gardien de nuit qu'il ne verra jamais.

5

On est à la fin mars et il y a encore de la glace sur l'étang aux canards, boulevard d'Avroy ; les pas font craquer les allées de buis sombres où gesticulent des statues exsangues.

La ville est vide, plate comme une carte postale à un sou ; on la dirait, elle aussi, en noir et blanc, à peine rehaussée d'un lavis rose bonbon du côté du couchant.

On marche vite. On s'arrête. On repart. On est gêné, on ne sait pas pourquoi, peut-être à cause de l'étendue des trottoirs, du boulevard, de cet univers inoccupé, de ce silence qu'on dérange, et les gens, sans le vouloir, prennent des poses comme chez le photographe, les hommes rajustent leur cravate, sortent un centimètre de manchette, marchent pour la postérité.

On dit sans conviction aux enfants :

— Donne ton pain aux cygnes.

On glisse dans leurs gants de laine ou dans leurs moufles des morceaux qui s'émiettent, on les empêche de grimper sur le grillage peint en vert ou de ramasser des cailloux.

Les cygnes n'ont pas faim. C'est dimanche. Désiré a l'habitude, dès qu'il est endimanché, de passer la main droite dans le revers de son pardessus noir, de tenir sa cigarette entre deux doigts de la main gauche, de porter haut son menton à barbiche et de regarder droit, très loin devant lui, tandis qu'Élise pousse la voiture où l'enfant est assis.

Autour du kiosque à musique, qui ne sert pas aujourd'hui, quelques personnes, par-ci, par-là, ont osé occuper une ou deux douzaines de chaises jaunes parmi les milliers de chaises repliées que nulle chaisière ne songe à garder. Hommes ou femmes sont en noir, des petits rentiers, des artisans, des ouvriers : toujours en drap noir, ceux qui viennent se promener le dimanche le long du boulevard d'Avroy, avec parfois un crêpe de deuil, un voile de veuve qu'on écarte pour se moucher.

La maison était vide, tout à l'heure, chez Françoise, c'est-à-dire chez Charles-le-Sacristain, au fond de la cour qu'un soleil sans chaleur ne faisait qu'effleurer. Élise et Désiré ont tiré le bouton de cuivre, franchi le canal tiède et silencieux du porche, traversé la cour, et ils ont trouvé la porte fermée, sans un mot, sans un petit papier comme Françoise en laisse d'habitude quand elle s'en va.

— Ta sœur est vexée, a soupiré Élise, en faisant tourner la voiture d'une pression du ventre.

Vexée parce que le ménage Désiré n'est pas venu deux dimanches de suite. Élise avait prévenu Françoise.

— Quand il fait beau, nous ferions mieux de promener les enfants.

— Charles a son salut et ses vêpres.

Il les aura toute sa vie, son salut et ses vêpres ! Est-ce une raison pour qu'on ne promène jamais la petite Loulou qui est blanche comme du papier ? Élise a essayé de l'insinuer. Peut-être a-t-elle parlé de chambres qui sentent le renfermé ? Le résultat est là. Où Françoise a-t-elle pu aller ? Les Daigne ne connaissent personne. De toute façon, ils auraient pu laisser un mot : « Venez nous retrouver ici ou là. »

— Elle a oublié ! tranche Désiré sans y croire.

Ils ont poussé la voiture le long du boulevard de la Sauvenière, puis du boulevard d'Avroy et ils ont fait trois fois le tour de l'étang aux canards. Ils ne sont pas seuls. D'autres familles tournent en rond comme eux, les hommes dignes, l'air indifférent, les femmes endimanchées, se retournant sur une robe ou sur un chapeau, les enfants qu'on ne laisse pas jouer et qu'on force à marcher devant. Les pas résonnent. L'air est trop dur et il règne une mélancolie indéfinissable qui donne à Élise envie de pleurer.

Ce n'est pas à cause de Françoise. Surtout pas ! Si Élise va chaque dimanche chez Françoise c'est pour Désiré. Pas une seule fois, elle n'a manqué de payer sa part de charcuterie et de frites, toujours elle a proposé d'aider à la vaisselle.

Cela remonte plus loin. C'est comme un vide intérieur qu'on ne sent pas les jours de semaine grâce au mouvement de la vie et qui le dimanche devient tout à coup sensible, aussi angoissant qu'une question à laquelle nul ne peut répondre.

Tout à l'heure, ils sont venus par le pont Neuf, pour changer, et ils sont passés rue des Carmes, devant la grosse maison de Schroefs, aux volets et au portail fermés, une maison si importante, aux pierres de taille si immuables qu'elle a l'air d'un monstre écrasant la rue.

Élise n'envie pas sa sœur. Pour rien au monde, elle n'aurait épousé un Hubert Schroefs sans cœur ni éducation. Malgré tout, ces pierres de taille, ce portail qui, en semaine, voit déferler les camions de l'épicier en gros, ces quatre vitrines aux volets de fer et cette loggia, au premier, ces fenêtres aux rideaux figés impressionnent. Que font-ils, là-dedans, à quoi passent-ils leur dimanche ?

Désiré n'a pu se retenir de lui rappeler :

— Ils t'ont traitée comme une servante, moins qu'une servante, car ils ont profité de ce que tu étais la petite sœur pour ne pas te payer. Tu couchais dans la mansarde !

C'est vrai. Pourtant elle proteste.

— Ne dis pas ça, Désiré !

A-t-elle assez pleuré, quand, fiancé, il la raccompagnait, bras dessus, bras dessous, entre chien et loup, depuis l'« Innovation » ?

— Ils exigent que je vive chez eux sous prétexte qu'il n'est pas convenable qu'une jeune fille habite seule. C'est surtout parce que le soir, quand les demoiselles de magasin sont parties, ils ont besoin de quelqu'un pour garder les enfants... Élise par-ci... Élise par-là...

Toujours Élise !... Les autres peuvent aller au théâtre... Il faut bien que la petite sœur paie ce qu'elle mange...

Il n'y avait qu'eux, absolument qu'eux rue des Carmes quand ils sont passés devant l'amas de ferrailles et de vitres de la halle aux viandes, devant l'orgueilleuse citadelle que Schroefs, ancien instituteur, fils d'un paysan de Maeseyck, a édifiée, et cependant, quand Désiré a ouvert la bouche, Élise a fait, comme à l'église :

— Chut...

Elle n'a pas osé se retourner. Peut-être étaient-*ils* dans la loggia ? Ils ne se voient plus depuis qu'Élise a épousé un petit employé sans avenir.

— Tu comprendras plus tard, ma fille ! Tu regretteras !

Pour cela, pour d'autres raisons vagues, parce que c'est terriblement dimanche, elle a les larmes aux yeux en marchant à côté de Désiré autour des canards et en poussant du ventre la voiture.

A-t-elle si vite épuisé la joie d'astiquer comme un cuivre son logement de la rue Pasteur, aux fenêtres sans un nuage, au plancher sur lequel on pourrait manger, de pousser la voiture sur les larges trottoirs aux pavés égaux, vers la place du Congrès, saluée à travers une fenêtre garnie de plantes grasses par la femme du juge, tandis que l'attend Mme Pain qui a un enfant du même âge que Roger et qui est la femme d'un important représentant en cafés ?

Est-ce que, malgré tout, au bout de cet hiver qu'on a à peine senti passer, qui a été mou, avec juste un retour de froid vers la fin, à l'orée du printemps qu'on devine proche, cet hiver douillet, calfeutré, dans les deux pièces neuves, au papier neuf, où tout est net, tous les deux avec l'enfant, et Valérie le vendredi pour souper, Valérie que Désiré reconduit en plaisantant et en la taquinant jusqu'au pont des Arches qui sert de frontière, est-ce que cet hiver lui laisse déjà dans l'âme comme un goût de vide ?

Désiré répète souvent :

— Que nous manque-t-il pour être heureux ?

Il se tient droit, fume sa cigarette à bout de liège, regarde devant lui, son long corps légèrement incliné vers la voiture comme pour proclamer qu'il fait bloc avec l'enfant et avec Élise.

Peut-être, dans le désert de cet après-midi de dimanche, lui arrive-t-il de penser à la rue Puits-en-Sock où on entre en criant, en riant, en lançant une plaisanterie, un « Salut tout le monde ! » retentissant, dans la cour, dans la cuisine, tous les Mamelin, les frères, les sœurs, les beaux-frères, les belles-filles.

— Tu n'as pas vu Désiré ?

— Il est venu ce matin après la messe de onze heures.

— Je les ai aperçus qui se dirigeaient après dîner vers le pont Neuf.

On n'en parle pas davantage. On allume le gaz. On l'allume plus tôt qu'ailleurs, à cause des faux vitraux qui empêchent le jour de passer. Vieux Papa bourre gravement sa pipe au pot à tabac qu'Arthur, le farceur, a rempli avec du crin. Juliette, femme d'Arthur, ouvre son corsage de tulle immaculé et dégage un sein blanc qu'elle tend à la bouche goulue de son bébé, cependant que Catherine, la femme de Lucien, s'assure que le biberon du sien n'est pas trop chaud.

— Pauvre Désiré !

Arthur chante, ténorise, fait des farces, Lucien fume sa longue pipe d'ouvrier avec sérénité, Vieux Papa les écoute en rêvant et Mme Mamelin, grise et froide, pendant que Chrétien Mamelin se tient sur le seuil avec le vieux Kreutz, prépare pour tout le monde le souper, qu'on mangera par fournées, les enfants d'abord, les parents ensuite ; Cécile veillera les bébés qui s'endorment, les demoiselles Kreutz, aux cheveux d'étoupe, viendront en voisines dire un petit bonsoir et la porte s'ouvrira et se refermera sans cesse sur d'autres gens de la rue Puits-en-Sock.

Si le temps avait été moins frais, on aurait rangé des chaises sur le trottoir, malgré le tram qui le frôle mais qui, le dimanche, ne passe que tous les quarts d'heure.

— Si on rentrait ?

— Tu veux que je pousse la voiture ?

— Mais non, Désiré.

On pourrait rentrer par les quais, où il n'y a plus une âme, mais on rentre par la ville pour se frotter à un peu de lumière et de chaleur. Est-ce que Désiré, lui, n'a pas assez de sa lumière et de sa chaleur intérieures ? Il sourit. Il marche toujours aussi droit. Peu importe que les lampes du kiosque à musique ne soient pas allumées, que les rares silhouettes, sur les chaises de fer éparpillées, aient l'air de fantômes qui attendent Dieu sait quel romantique spectacle, peu importe la lune glaciale qu'on aperçoit au ciel en même temps que le soleil couchant.

Il marche. L'enfant, assis dans sa voiture, s'endort et dodeline de la tête.

— Donne.

— Pas en ville.

Ils s'engouffrent dans la rue du Pont-d'Avroy, la plus vivante de la ville, et, derrière toutes les vitres, on voit, dans un halo de chaleur confortable, des gens qui boivent des cafés filtres dans des montures d'argent, des demis onctueux, du porto dans de fins verres flanqués du biscuit doré dans une soucoupe, tandis que s'élargit l'auréole faite de la fumée des cigares et qu'on devine le choc des billes sur des billards d'un vert impérial.

Ils ont l'air de fuir et c'est Élise qui marche le plus vite, prise de vertige.

Cette procession, ce flot qui sort d'un long porche et qui s'ébroue, ces gens qui sourient encore et qui s'étonnent de trouver dehors un reste de jour, c'est la sortie du « Walhalla », le café-concert, et par-dessus les têtes Élise jette un regard à la salle qu'elle entrevoit, mystérieuse, avec ses centaines de petites lampes rouges et bleues, ses tables de marbre, ses lanternes vénitiennes et l'éclat assourdi du morceau final de l'orchestre.

Le coup d'œil qu'elle lance ensuite à Désiré indifférent n'est pas un reproche. Si même il le lui avait proposé, elle aurait refusé.

— C'est trop cher, Désiré.

N'a-t-elle pas toujours été en deuil ? Une fois, une seule, elle est allée au théâtre avec Désiré, au début de leur mariage, tout en haut ; elle avait retiré son voile et mis du *Floramye* sur son mouchoir, emporté des bonbons.

Il n'éprouve jamais le besoin d'entrer dans un café. Il n'a pas soif et, quand on va à la campagne, on emporte des tartines qu'on mange au bord du chemin. Des centaines de gens achètent des gaufres et, à peine sortis du « Walhalla », poussent la porte vitrée d'une brasserie.

Le pont, au-dessus de l'eau noire qui paraît glaciale, le boulevard de la Constitution, pour couper au court, car Élise commence à se sentir les reins lourds, les troncs des arbres, un homme, trapu, massif, au bord du trottoir, un ivrogne à coup sûr, barbu, l'œil noir, qui a écarté son pardessus et qui pisse avec satisfaction, face aux passants.

— Viens vite, Désiré.

Anxieuse, elle glisse avec la voiture le long des arbres et elle ne se retourne pas, elle hâte toujours le pas, elle courrait si elle l'osait, elle se demande si Désiré a reconnu l'ivrogne.

— Est-ce qu'il ne nous suit pas ?

Ils ont tourné le coin de la rue de l'Enseignement. La rue Pasteur est la première à gauche. Leur maison est la première dans la rue Pasteur. Ils entendent des pas derrière eux.

— Je crois que c'est lui, dit Désiré.

— Mon Dieu ! Pourvu qu'il ne cherche pas à entrer !

C'est Léopold. Son pas d'homme ivre résonne le long du mur du patronage.

— Tu crois qu'il nous a reconnus ? Ouvre vite la porte. Aide-moi à rentrer la voiture.

C'est une vraie fuite et ils foncent dans la maison comme s'ils étaient poursuivis.

— J'en perds les jambes ! Allume...

Il tire sur une chaînette qui pend à une lanterne en fer forgé, aux vitres de couleur, et le gaz s'allume de lui-même. Il y a de la lumière chez les propriétaires. On sort l'enfant de la voiture.

— Prends-le, Désiré.

On monte. On reçoit, en ouvrant la porte, une bouffée de chaleur familière, une odeur qui n'est celle d'aucun autre foyer, on entend le tic-tac, on retrouve du rose dans le poêle et le couvert qu'Elise avait mis avant de partir.

— Tu crois qu'il a vu où nous entrions ?

— Qu'est-ce que cela peut faire ?

Il ne sent pas, Désiré ne sent rien, Élise le répète souvent à Valérie et à sa sœur Félicie. Quant à elle, elle sent trop, elle en souffre, elle sent peut-être des choses qui n'existent pas.

Est-ce pour cela qu'elle reste nerveuse, irritable, inquiète, après la rencontre de Léopold ? Le lendemain matin, alors que Désiré se met en route pour la rue des Guillemins, elle n'est pas encore rassurée et elle fait son marché plus tôt que d'habitude, l'enfant sur le bras, son filet qui pend le long de son flanc, elle entre trop vite chez le boucher, chez la légumière, regardant derrière elle comme si on la poursuivait.

Or, quand, à dix heures, elle revient rue Pasteur, Léopold est là, aussi sombre, aussi trapu, debout sur le trottoir d'en face, contemplant les fenêtres de la maison.

Elle s'avance bravement, saisit la clef, ce qui demande toute une gymnastique, à cause de l'enfant, du porte-monnaie et du filet à provisions.

— Entre, Léopold. Tu as déjà sonné ?

Elle a peur qu'il ait sonné, que la propriétaire lui ait ouvert. Il sent l'alcool. Il grogne des syllabes qu'elle ne saisit pas. Pourvu qu'il ne bute pas dans l'escalier, qu'il ne s'étale pas !

— Tiens bien la rampe.

Il est lourd. Il écrase les marches sous son poids et il traîne toujours un peu la jambe gauche. Il regarde autour de lui la cuisine bien en ordre, va au fauteuil d'osier de Désiré, près du poêle, et s'y laisse tomber.

— Qu'est-ce que tu as ? Attends que je mette le petit dans sa chaise.

Ce qu'il a ? Rien. Il ne comprend pas la question.

— Je suis venu te dire bonjour.

— Je me demande si j'ai un verre de quelque chose à t'offrir.

Elle sait qu'il n'y a rien, que le carafon, dans le buffet, est vide.

— Est-ce que tu prendrais une tasse de café ?

Elle active le feu, change la bouilloire de place, saisit déjà le moulin et elle reste inquiète, c'est plus fort qu'elle, il lui semble que ce n'est pas sans raison qu'ils ont rencontré son frère boulevard de la Constitution.

— Eugénie va bien ?

— Probablement. Elle doit être dans un château à la campagne.

— Enlève ton pardessus.

Il répond non de la tête. Elle n'ose pas insister. Jamais, aussi souvent qu'il viendra s'asseoir dans la cuisine, à côté du poêle, il ne consentira à retirer son pardessus ni son chapeau melon qui fait corps avec son visage barbu et ses sourcils broussailleux. Jamais non plus il ne rencontrera Désiré. Jamais il ne fera allusion à celui-ci.

Il est là, immobile et pesant ; elle ne sait comment lui parler, elle lui fait des politesses comme à un étranger et, pourtant, ce sont les deux chaînons extrêmes d'une famille qui se sont rejoints de la sorte, l'aîné des Peters et la petite treizième qui aurait pu être sa fille.

Il la regarde aller et venir, toujours en mouvement, comme si elle avait peur de se trouver soudain immobilisée devant lui.

— Tu n'as pas trop chaud ? Tu ne veux pas de lait dans ton café ? Une tartine ? Il reste du fromage.

Lui ne se donne pas la peine de répondre. On ne peut pas savoir pourquoi il est venu, ce qui a poussé le vagabond à s'asseoir dans cette cuisine, près de cette petite sœur qu'il ne connaît pas et qu'il suit des yeux avec étonnement.

Elle répète, sans se souvenir qu'elle l'a déjà dit :

— Eugénie va bien ?

Elle n'a vu qu'une fois Eugénie, une femme surprenante qui a dû être très belle, une brune à l'accent parisien, qui appelle tout le monde « ma petite » en tutoyant les gens.

— Il y a longtemps que tu es allé chez Louisa ?

Elle parle de ses sœurs, de Louisa qui habite le quai de Coronmeuse, de Marthe, la femme de Schroefs, de Félicie qui est bien malheureuse avec son mari.

— Elle a épousé un fou. Il se cache dans l'obscurité, le soir, pour lui faire peur. Il la bat. Elle m'a montré des traces de coups.

Léopold soupire et elle se sent de moins en moins à l'aise, attirée cependant vers lui par une force mystérieuse. Il y a tant de questions qu'elle voudrait lui poser, tant de questions auxquelles, comme un augure, lui seul pourrait répondre !

Pourquoi se sent-elle en faute ? Si Désiré rentrait à l'improviste, elle ne saurait que dire, quelle contenance prendre et elle lui demanderait pardon.

— Toi qui as bien connu notre père, Léopold...

Il boit son café, des gouttes glissent sur les poils noirs de sa barbe. Son regard cherche machinalement une autre boisson qui lui manque et il soupire.

— C'est vrai qu'à la fin de sa vie ?...

— Que quoi ? demande-t-il, bourru. Qu'il buvait ?

Le fauteuil de Désiré gémit sous Léopold. Celui-ci sait tout. Il est allé voir, à Herzogenrath, de l'autre côté de la frontière, la maison natale de son père, une maison vaste et cossue de gros propriétaires.

L'endroit lui-même reste incompréhensible à Élise, ces trois frontières à proximité de la Meuse, ces terres basses, ces prés, cette maison située en Allemagne et dont les fenêtres donnent sur la Hollande tandis que du fond du jardin on aperçoit la Belgique.

— Notre mère habitait la première ferme dans le Limbourg hollandais. C'était une Liévens.

Une fille de riches fermiers, encore aujourd'hui une des plus riches familles du Limbourg.

D'accord, le jeune ménage n'est pas allé loin : il a franchi la Meuse, s'est installé dans le Limbourg belge, à Neeroeteren. Peters était chef de digue. C'est lui qui réglait le mouvement des eaux dans les polders. De la maison, il fallait marcher une heure pour voir une autre maison.

— C'est là que tu es né ?

— Les autres aussi, Hubert, Louis, Marthe, Louisa, tous, sauf Félicie et toi. Et encore ! Pour Félicie, attends...

Il calcule et elle essaie d'imaginer cette étendue de verdure pâle et spongieuse, ces prés à perte de vue coupés de rideaux de peupliers et de canaux d'irrigation.

— L'hiver, nous allions à l'école à patins, sur les canaux.

— Tu n'as pas trop chaud, Léopold ?

C'est drôle qu'elle l'ait retrouvé juste à ce moment. Elle ne va presque jamais rue Puits-en-Sock. Elle ne voit pas ses sœurs, sauf Félicie, quand celle-ci peut s'échapper quelques minutes, ou quand Élise va au marché et qu'elle l'aperçoit à travers les vitres du café. Hier, quand on n'a pas trouvé de billet sur la porte de Françoise, Élise a senti un vide.

Elle tourne autour de Léopold qu'elle n'ose pas regarder en face et elle voudrait lui poser tant de questions encore !

— Comment avons-nous été ruinés ?

— Nous sommes d'abord venus à Herstal. A cause des peupliers.

Elle ne saisit pas le rapport entre les peupliers de Neerœteren et l'installation de la famille à Herstal. Pourtant, c'est simple. Par les peupliers de ses terres, Peters s'est initié au commerce des bois. Il a pensé que ce négoce serait plus profitable, qu'on vivrait près de la ville.

Élise se souvient vaguement qu'on habitait l'ancien château de Pépin d'Herstal. Il subsistait des souterrains, une vieille tour qu'on a détruite depuis, où l'on voyait chaque nuit une lueur mystérieuse.

— Nous avions quatre péniches sur l'eau et dix chevaux à l'écurie.

Élise ne se rappelle que la brebis nourrie de gâteries et de chocolat et qu'on n'osait plus tuer. C'est son seul souvenir, avec l'odeur du bois et l'histoire de la lumière dans la tour.

— Notre père s'est mis à boire.

— Pourquoi ?

Il se contente de la regarder.

— Ça, vois-tu, fille...

Il l'appelle fille. Il l'appellera toujours ainsi.

— Il a bu. Il a fait connaissance, au café, d'un certain Brooks.

Celui qui a encore aujourd'hui la soumission de l'enlèvement des poubelles. Ainsi, ces lourds tombereaux qui passent le matin dans les rues ont un rapport lointain avec Élise !

— Brooks lui a demandé sa signature sur des traites. Il n'a pas pu payer à la date. On s'est retourné contre notre père qui a été forcé de tout vendre.

Elle a envie de lui demander :

— Et toi, Léopold, où étais-tu ?

Mais elle est aussi craintive devant lui, qui peut parler du passé, qu'elle le serait devant une sorcière qui prédirait l'avenir.

— Pauvre maman ! soupire-t-elle. Je me souviens de notre logement près de la rue Féronstrée. Elle ne sortait jamais sans ses gants. Elle me répétait :

» — Vois-tu, ma fille, il vaut mieux faire envie que pitié. On ne nous donnera quand même rien.

Léopold n'était pas à l'enterrement de sa mère. On a chuchoté, à cette époque, qu'il était parti pour l'Angleterre avec une comtesse plus âgée que lui, pendant qu'Eugénie se plaçait comme cuisinière dans une maison bourgeoise.

— Attends que je recharge le feu. Recule un peu. Non ! Ne t'en va pas encore.

Elle voudrait savoir. Elle a peur de tout ce que sait Léopold et pourtant elle a peur aussi de le voir partir, elle a besoin de le questionner, de se nourrir du passé des Peters, de leur histoire, de leur vie.

Combien lointaine est la chapellerie de la rue Puits-en-Sock, et même le grand Désiré assis derrière les vitraux verts du bureau d'assurances !

— Quand tu reviendras, j'aurai de la goutte.

Oui, elle ira en acheter, exprès pour lui qui ne doit pas aimer le café. Elle cachera la bouteille.

— Tu crois vraiment que Félicie boit ? Ce sont les docteurs qui lui ont conseillé le stout, parce qu'elle était anémique. Moi aussi, je suis anémique. Le soir, je ne sens plus mes reins. C'est peut-être parce que nous sommes les dernières nées ?

Il hoche la tête, une cigarette éteinte collée à la lèvre.

— Écoute, Léopold...

Que va-t-elle ajouter ? Elle ne sait pas. Un démon la pousse. Elle a besoin de trop parler. Elle tourne autour de lui, gratte des carottes sur un coin de la table, ramasse la poupée en celluloïd de l'enfant, referme la fenêtre qu'elle a ouverte un moment à cause de la buée.

— *Je t'ai vu, le soir du « Grand Bazar »*...

Non ! Elle ne le dit pas. Elle s'est arrêtée à temps, effrayée. Elle n'en veut pas à Léopold. Il est comme il est, le plus ancien des Peters, et il sait tout.

— Qu'est-ce que tu as, fille ?

Est-ce aussi une maladie des Peters ? Félicie est comme ça. Il lui arrive, sans raison, d'éclater en sanglots. C'est nerveux, comme dit Élise. Désiré, qui ne peut pas comprendre, répète invariablement :

— De quoi te plains-tu ? Manquons-nous de quelque chose ? Ne sommes-nous pas heureux ?

— Qu'est-ce que tu as, fille ?

Léopold, lui, n'attend pas la réponse. On dirait qu'il sait. Il regarde par terre, en homme qui pense très loin.

— Ces pauvres gens dont le fils... Le père a donné sa démission tout de suite après... Il a tellement maigri qu'on ne le reconnaît plus... Quand il passe dans la rue, il rase les maisons, persuadé que tout le monde le montre du doigt...

Elle ment. Léopold sait qu'elle ment. Ce n'est pas au père Marette qu'elle pense. Il la regarde avec curiosité. Peut-être ne l'a-t-il pas reconnue quand elle est entrée dans la ruelle pour rattacher sa jarretelle ? Il hoche la tête, cherche de la poussière de tabac au fond de sa poche et roule une cigarette informe.

— Comment a-t-il pu faire une chose pareille ? A quoi cela sert-il ? Ses parents lui avaient donné de l'instruction. Il aurait pu devenir quelqu'un. Et maintenant ? Dieu sait où il est...

Dieu et Léopold, qui ne dit rien et qui soupire, parce que tout cela est inutile, parce que ce sont des mots, rien que des mots. Il aurait préféré qu'elle se tût, qu'elle vaquât à ses occupations sans s'inquiéter de lui, qu'elle le laissât en paix dans son fauteuil respirer l'air de feu et de famille.

— C'était juste le jour où Roger est né. J'allais chercher Valérie à l'« Innovation », car j'avais peur d'accoucher avant le retour de Désiré. Il paraît qu'il y a eu des morts. Je n'ai pas eu le courage de lire les journaux.

Il pourrait tirer de sa poche, aussi bien que des brindilles de tabac et qu'une vieille pipe au tuyau raccommodé avec du fil à coudre, des lettres écrites sur du mauvais papier. Il n'y en a pas beaucoup, six ou sept, sans date, quelques-unes sans timbre, au crayon.

« ... Je ne mets pas de timbre parce que je n'ai pas de quoi en acheter... »

Tout de suite, en arrivant à Paris, Félix Marette a plongé dans le quartier de la rue Montmartre et du Croissant, là où les rues sentent l'encre d'imprimerie et où, dans les cafés, on aperçoit des dos noirs, des chapeaux à larges bords, des lavallières, des ventres qui s'étalent, pontifes de la politique dont on lit chaque jour la signature dans les journaux, dont on reconnaît au passage la silhouette, chefs du peuple, hérauts de la pensée prolétarienne.

Le gamin maigre et famélique rôde le long des trottoirs visqueux, colle son visage aux vitres derrière lesquelles fument des pipes ; on corrige des épreuves, des morasses, sur le marbre des tables, entre les bocks et les choucroutes.

Les souliers pompant l'eau, il a attendu avec d'autres, devant des couloirs obscurs, les paquets de journaux encore frais qu'on emporte en courant vers les boulevards.

« ... Je ne mets pas de timbre parce que... »

« ... Je sens que je ferai quelque chose, je sens en moi une force qui... »

Il ambitionne d'écrire à son tour, de voir les pensées qui bouillonnent en lui imprimées sur les feuilles blêmes. Il rôde autour des grands hommes qui passent, affairés ou sereins, auréolés de la gloire que procure l'encre à peine sèche.

« ... J'ai fait la connaissance d'un libertaire qui récite des vers dans un cabaret de Montmartre. Nous avons discuté toute une nuit en marchant côte à côte entre les Halles et le boulevard Montmartre. Il est, lui aussi, pour l'action directe, et je lui ai avoué que... »

— Encore une tasse de café, Léopold ? Mais si. Je vais te couper un morceau de fromage.

Léopold-le-Barbu la laisse faire, puisqu'elle y tient, mais il ne mangera pas le fromage. Il lui suffirait d'un tout petit peu de courage pour s'arracher au fauteuil d'osier, pour descendre cet escalier qui sent le neuf, tourner le bouton, foncer vers le premier petit café venu. Il y en a un rue de l'Enseignement, il l'a aperçu en passant, et déjà alors il a failli y entrer.

« ... Depuis avant-hier, je gagne ma vie, comme le prouve le timbre de cette lettre. Je mange à l'heure des repas... »

Drôle de hasard ! Dans cette rue Montmartre où il ne cherche que des aliments à sa fièvre, juste à côté d'une immense bâtisse à courants d'air où se superposent et s'entremêlent les rédactions d'une vingtaine de journaux, le gamin a aperçu, sur la vitre d'une papeterie, une annonce écrite à l'encre violette.

« On cherche débutant pour le magasin et les courses. »

Il est entré, en plein midi, dans la pénombre de la boutique dont l'étalage est envahi par les timbres en caoutchouc « sur commande, livrés dans les vingt-quatre heures ».

— Pardon, monsieur...

Un homme triste et sombre comme une fourmi, une femme qu'on distingue à peine dans le recoin de la caisse, l'odeur de l'encre, du papier, du caoutchouc et de la colle, surtout de la colle.

— J'ai lu votre annonce et je me permets de me présenter...

On l'examine à travers des lunettes de fer.

— Je ne peux vous donner que soixante francs par mois et une petite chambre au sixième, enfin un abri, une porte, un toit, un lit. Pour les repas, vous vous débrouillerez.

Marette a mangé une choucroute garnie. Il raconte à Léopold :

« Je suis entré à la « Brasserie du Croissant » et là, à la table voisine de Renaudel et de Jaurès, j'ai commandé une... »

Une choucroute ! Son patron, qui s'appelle Vétu, ne lui a pas demandé ses papiers et l'a conduit dans sa mansarde à travers des couloirs et des escaliers interminables. Il appréhende de se réveiller la nuit en sursaut, car sa tête heurterait le toit.

« ... Une choucroute avec deux saucisses et une énorme tranche de jambon. J'étais si ému que cela ne passait pas ; je devais faire un effort et je craignais les moqueries de mes voisins... »

C'est la dernière lettre de Marette. Celui-ci trouve le moyen de glisser :

« Je me suis mis aux timbres en caoutchouc. C'est moins difficile qu'on ne croit. Les Vétu ont une fille que je n'ai pas encore vue et qui, toute la journée, étudie le piano à l'entresol. Le plancher vibre... »

— Tu t'en vas déjà, Léopold ?

Il s'est levé, oui. Il reste encore un moment devant le poêle où mijote le dîner... Elle sait, elle sent qu'il reviendra, mais elle n'ose pas lui demander quand.

— Je suis contente... Si tu vois Eugénie, embrasse-la pour moi...

Il soupire une dernière fois en faisant tomber les brins de tabac de son gros pardessus verdi.

— Au revoir, fille.

Il n'a pas regardé l'enfant. Il ne s'en est pas occupé un seul instant. Sait-il seulement son âge ?

Pourvu que Léopold ne tombe pas dans l'escalier !

— Je vais te conduire.

Elle franchit quelques marches derrière lui, entend que la propriétaire, en bas, entrouvre sa porte, tout comme Mme Cession. Elle a cru, en s'installant rue Pasteur, que ce serait différent. Hélas ! toutes les propriétaires sont pareilles. Attention aux deux gouttes d'eau qu'on laisse tomber dans l'escalier.

Pour la voiture aussi...

— Je me réjouis que votre fils marche tout seul. Chaque fois que je dois descendre à la cave, je me heurte à cette voiture...

Quel travail, mon Dieu, de repousser une voiture d'enfant de quelques centimètres !

— Au revoir, Léopold. Ne manque pas de revenir.

Sans se donner la peine de répondre, il trouve le bouton, ne referme pas la porte trop violemment comme elle le craignait, plonge dans la rue, vers le premier café venu.

— Ne pleure pas comme ça. Tu sais bien que ta mère est fatiguée, qu'elle a mal au dos. Si tu n'es pas gentil on devra l'emmener à l'hôpital et l'opérer.

L'enfant, qui a un an, ne comprend pas.

— Tu as encore jeté tes jouets par terre. Mon Dieu, Roger ! Et Désiré qui ne tardera pas à rentrer...

Les carottes ont presque brûlé. Elle s'affaire. Il faut encore qu'elle vide les eaux, qu'elle... Les minutes passent... Le tic-tac du réveil s'accélère...

Et quand Désiré rentre, son pas est égal, son visage souriant, sa longue silhouette imprégnée de la joie qu'il a ressentie à marcher dans la ville, bien que le temps soit couvert. Le temps gris a son charme aussi, et la pluie.

— J'ai faim.

— C'est prêt, Désiré. A propos...

Il faut bien lui en parler.

— Léopold est venu. Il s'est assis un moment et il a pris une tasse de café.

— Comment était-il ?

— Bien.

C'est tout. Il ne s'inquiète pas davantage. Ou plutôt si. Il questionne, longtemps après :

— Il travaille ?

— Je n'ai pas osé le lui demander.

Il mange ses carottes au sucre avec un bifteck bien cuit sans s'apercevoir qu'Élise lui lance des regards furtifs, comme si elle lui cachait quelque chose, comme si elle craignait de se voir découverte.

— M. Monnoyeur m'a dit ce matin...

Elle lève les yeux au plafond. M. Monnoyeur dit toujours ça : l'année prochaine, si tout va bien, je vous donnerai une augmentation.

Pourtant, aujourd'hui, comme pour se faire pardonner, elle feint de partager le contentement de Désiré.

— Cela nous permettrait d'acheter de nouveaux rideaux, des rideaux croisés. J'en ai vu de pas trop chers à l'« Innovation »...

S'il sentait comme une Peters, il comprendrait qu'un élément nouveau s'est introduit dans la maison, si subtil qu'Élise elle-même, encore frémissante, ne pourrait le définir.

Léopold a acheté du saucisson quelque part et le mange sans pain, dans le clair-obscur d'un caboulot, en regardant vaguement devant lui.

6

Ce fut le silence, dès le matin, qui provoqua chez Élise ce malaise de maladie qu'on couve, qu'on sent en soi partout et nulle part. La fenêtre de la cuisine était grande ouverte sur les dos des maisons, sur les courettes, sur un grand pan de ciel bleu clair découpé par les pignons, et ce silence exceptionnel, angoissant, arrivait de très loin en vagues concentriques, comme se propage le son des cloches, il venait d'au-delà des toits, d'au-delà du ciel d'aquarelle, donnant envie de refermer la fenêtre pour l'empêcher d'envahir la maison.

Car, de ce silence, chacun devait avoir l'impression d'être le centre, chacun qui, au milieu de cette immensité de calme absolu, déclenchait de petits vacarmes individuels, avec une fourchette, un verre, en ouvrant une porte, en toussant, en respirant.

En dehors de ce noyau sonore qu'on transportait honteusement avec soi, rien. Vides, indécemment nus, étaient les murs de briques roses de la maison que l'on construisait sous les fenêtres d'Élise ; les maçons ne travaillaient pas et le premier bruit qui manquait, c'était le crissement du mortier sous leur truelle. Morte, dans le centre du pâté de maisons, la forge de chez Halkin aux amples coups de marteau, aux résonances de tôle. Et, à dix heures, il n'y eut pas, dans la cour de l'école des Frères, rue de l'Enseignement, l'explosion suraiguë de la récréation.

Les trams ne circulaient pas. On en avait entendu deux alors que le jour se levait à peine, mais ils avaient été renversés hors des voies quelque part du côté de Fétinne.

La veille de ce Premier Mai radieux, blanc et bleu de ciel comme la Vierge, M. Monnoyeur avait préféré se porter malade, s'emmitoufler de cache-nez, se tasser dans son fauteuil de cuir.

— Qu'est-ce que nous décidons, monsieur Mamelin ?

Et Désiré avait répondu simplement :

— Nous ouvrons, bien entendu !

C'est à peine si, en lisant le journal, le soir, en manches de chemise, au coin du feu, il avait annoncé à Élise qu'il ne rentrerait peut-être pas dîner. Le journal portait en grosses lettres noires de catastrophe :

LA GRÈVE GÉNÉRALE EST DÉCIDÉE

— Que va-t-il se passer, Désiré ?

— Pourquoi se passerait-il quelque chose ?

Il est parti, comme d'habitude, avec quelques tartines en plus pour le cas où des barrages de police l'empêcheraient de rentrer à deux heures, mais il n'y croit pas.

Les gens ont fait leurs provisions. On ne voit personne dans la rue. Godard, le boucher de la place du Congrès, a entrouvert sa boutique et seules quelques voisines s'y sont glissées furtivement.

On dirait que les hommes ont la peste ou craignent de l'attraper. Pas de facteur. Les poubelles pleines sont restées au bord des trottoirs. Pas d'écoliers en caban, pas un cri, pas un bruit. A moins que tous ne soient morts, les habitants sont quelque part, peut-être embusqués derrière leurs rideaux. Parfois une porte s'entrebâille ; par la fente, on devine un œil qui interroge le vide dramatique de la rue, quelqu'un qui a peur de respirer les miasmes du dehors, ces hallucinants miasmes du silence.

Pourtant, vers dix heures, Léopold est venu, traînant la jambe, sans souci de réveiller les échos de la rue Pasteur. Il a longtemps regardé en l'air avant de sonner, car il a horreur de sonner, à cause de la propriétaire qui feint de n'avoir entendu qu'un coup au lieu de deux et qui se précipite pour lui ouvrir.

— Bonjour, fille.

Il avait son air des autres fois. Il s'est assis à sa place, dans le fauteuil d'osier de Désiré ; Élise lui a servi une tasse de café fort qu'elle lui a préparé exprès.

— Mon Dieu, que va-t-il se passer, Léopold ?

C'est curieux que, lui qui sait, réponde comme Désiré qui ne sent rien, qui irait à son bureau à la même heure, par le même chemin, si la ville entière était en feu.

— Que veux-tu qu'ils fassent ?

Il ne s'explique jamais. Il se comprend, laisse tomber de lourdes et mystérieuses paroles d'oracle, puis, après un long silence, un grésillement ignoble dans sa vieille pipe rafistolée :

— A moins que les *autres* tirent.

— Et s'ils tiraient ?

L'oracle ne répond plus et se plonge dans ses méditations que le silence du Premier Mai ne trouble pas.

Léopold est venu. Il s'est assis. Il a bu sa tasse de café et il est parti.

— Au revoir, fille.

Le silence, à nouveau. L'éclatement d'une cuiller sur une assiette. Un pas, le fameux pas de métronome, Désiré qui rentre à deux heures comme si de rien n'était, ainsi qu'il l'a annoncé.

— Eh bien ?

— Rien.

— Les grévistes ? Les mineurs de Seraing ?

— Ils défilent. Ils sont calmes.

— Mon Dieu, Désiré !

— Puisque je te dis que tout est calme ! Les gens se font des idées.

Il est reparti comme il est venu. L'enfant en a profité pour crier, pour hurler à en devenir bleu, pour transpercer de ses glapissements les cercles de silence.

Il est quatre heures cinq, quatre heures six au réveille-matin qui bat fiévreusement sur la cheminée noire, quand soudain cet étouffement dont Élise souffre depuis le matin se transforme en panique. Elle ne pourrait plus tenir cinq minutes. Elle s'habille, ne regarde pas dans la glace comment elle met son chapeau, ne referme pas la fenêtre, ne recharge pas le feu. Elle emporte l'enfant comme elle le sauverait d'une catastrophe et descend.

Elle sait que la propriétaire, Mme Martin, écoute, va ouvrir sa porte. La voiture est sous l'escalier. La porte bouge. La vieille femme regarde sa locataire. Si encore elle empêchait Élise de sortir ! Mais non ! Elle la regarde avec terreur, sans un mot, la bouche entrouverte à la façon d'un poisson, à croire qu'Élise est devenue folle, et elle s'enferme à nouveau, tourne la clef dans la serrure.

Élise marche, pousse la voiture, coupe au court vers la ville et elle s'anime, toute seule dans le désert, elle veut, elle a besoin de savoir.

— Pardon, monsieur l'agent...

Il observe, étonné, interrogateur.

— Est-ce qu'on peut encore passer les ponts ?

— Cela dépend où vous allez.

Elle invente.

— A l'« Innovation ».

— On vous dira ça plus loin.

Ce n'est pas son secteur. Il ne sait pas. Cela lui est égal. Elle repart, pousse du ventre la voiture d'enfant. On voit du monde, là-bas, à l'entrée du pont des Arches, mais toujours aucun bruit.

— Où allez-vous ?

Elle allait essayer de se faufiler entre les gendarmes qui gardent le pont.

— A l'« Inno... »

Une inspiration. Elle se reprend.

— Chez moi. J'habite la rue Léopold, la maison Cession, la chapellerie...

— Passez.

Elle triomphe, se précipite sur le pont désert, enviée par les curieux. De l'autre côté, elle se heurte à un nouveau barrage.

— Où allez-vous ?

— J'habite la rue Léopold, chez Cession, la cha...

— Essayez de passer. Vous verrez bien plus loin.

Elle gagne des points. Elle ne sait où elle va, ce qu'elle veut. Elle avance pour avancer, parce que son instinct la pousse, mais, au coin de la rue de la Cathédrale, elle arrive devant un mur de dos humains, balbutie vainement :

— Pardon, monsieur... Pardon... Pardon...

Elle pousse la voiture dans les jambes des gens qui font la haie et se retournent avec humeur.

Elle est au bout. Les agents de police et les gendarmes ne pourraient plus rien pour elle, car elle a atteint le cortège, elle tente encore de se faufiler malgré tout, se hausse sur la pointe des pieds, s'accroche, se penche, ne voit que des têtes qui défilent et elle entend maintenant, en dessous du silence de la ville, la plus étrange des rumeurs, faite de pas, rien que de pas, sans une fanfare, sans un cri, sans une voix, sans un murmure, cent vingt mille hommes, femmes et enfants qui marchent en rangs depuis le lever du soleil, entre les boutiques aux volets clos, devant les fenêtres aveugles, avec, à chaque carrefour, les mêmes agents, les mêmes gendarmes l'arme au pied qui semblent les cerner, ou les acculer dans un cercle de plus en plus étroit.

— Madame, vous feriez mieux, avec votre enfant...

Mais ce n'est qu'un petit gradé qui parle si poliment et avec qui elle pourrait s'arranger. Un autre accourt, un capitaine ou un grade approchant, la sueur au front, qui a vu la voiture.

— Allons ! refoulez... Refoulez-moi tout ça !... Refoulez !...

Tout le monde en pâtit. A cause d'elle, ceux qui sont parvenus à franchir le pont des Arches sont obligés de regagner le quartier d'Outremeuse où il n'y a rien à voir.

Pourquoi Élise est-elle brusquement inquiète en approchant de chez elle ? Est-ce qu'elle a laissé la fenêtre ouverte ? Peu importe. Elle est mal à l'aise. Elle doit se livrer à une gymnastique compliquée pour faire gravir par la voiture les trois marches du seuil. Dans l'escalier, son angoisse se précise. Il y a quelqu'un chez elle. On marche.

Courageusement, comme elle a foncé vers la ville, elle ouvre la porte et c'est d'une voix qui l'étonne qu'elle murmure :

— Désiré !

C'est tellement inattendu de trouver Désiré en chemise au milieu de la cuisine ! Il lui demande, lui, le plus simplement du monde :

— Où es-tu allée ?

— Mais toi ?

Elle a déjà compris. Le costume de garde civique...

— Désiré ! On vous a...

— Figure-toi que le tambour est passé dans les rues. Tous les gardes civiques doivent se trouver à sept heures place Ernest-de-Bavière.

— Mais pourquoi ?

— Ils n'en savent rien eux-mêmes. Passe-moi mon ceinturon, veux-tu ?

— Attends au moins que je prépare du café pour ta gourde.

Il ne sait pas, lui, ce que ces petits riens ont de dramatique. Ce n'est qu'une grève générale, un Premier Mai un peu plus agité que les autres, mais, pour elle, c'est un homme, le sien, qui revêt l'uniforme, boucle son ceinturon et essuie la graisse de son fusil. Cela amuse Désiré.

— Il paraît qu'on va nous distribuer des cartouches.

— Fais bien attention, Désiré.

Si encore Valérie était là ! Elle est immobilisée, elle aussi, dans les magasins de l'« Innovation », où vers trois heures, la police a fait baisser les rideaux de fer.

Si Élise allait chez Mme Pain, à cinquante mètres rue Pasteur ? Hélas ! Mme Pain est toujours à se lamenter. Elle souffre du foie et de la matrice. Elle doit être jaune de peur.

— A tout à l'heure ou à demain matin. Ne t'inquiète pas. Il ne peut rien arriver.

La moustache de Désiré qui l'embrasse n'a pas le même goût que les autres jours.

— Fais bien attention.

A quoi ? Rue Jean-d'Outremeuse, il rencontre d'autres gardes civiques, des camarades avec qui il est allé en classe et ils déambulent comme des gamins en vacances.

— Qu'est-ce qu'on va nous faire faire ?

Le défilé suit toujours l'itinéraire qui lui a été tracé à travers la ville et les grévistes observent la consigne de leurs chefs : ils se taisent. Seuls parlent les drapeaux, les fanions des syndicats, rouge vif pour la plupart, et des banderoles qui vont d'un trottoir à l'autre en se balançant à hauteur des premiers étages :

POUR LES TROIS-HUIT.

Ils viennent de loin, de Seraing, d'Ougrée, de Tilleur, d'Ans, de tous les charbonnages, des corons qui entourent la ville, des usines, que d'habitude, on n'entrevoit qu'en passant en train, noires et mystérieuses, avec la gueule sanglante des fours que chargent des démons demi-nus.

Certains sont partis alors que le jour n'était pas levé. Ils commencent à traîner la jambe. Les souliers cloutés raclent le pavé ou l'asphalte. On dirait que les hommes découvrent avec stupeur ces quartiers où ils ne viennent jamais et où la peur a aveuglé les vitrines et les portes.

Ils sont huit ou dix de front. Certains portent leur gosse sur les épaules. Des femmes butent, serrant sur leur poitrine les pans de châles sombres, aux franges de grosse laine.

Les mineurs ont sur la tête le casque de cuir bouilli et des gens, derrière leurs rideaux, frissonnent en les regardant passer, les yeux plus clairs que ceux des autres hommes dans leurs visages durcis.

Élise prie, sans savoir au juste pourquoi. Elle éprouve le besoin de s'agenouiller dans un coin de la cuisine et murmure :

— Mon Dieu, Sainte Vierge Marie, faites que...

Faites qu'il ne se passe rien ! Et pourtant elle voudrait... Non ! Elle ne désire pas qu'il se passe quelque chose, elle ne souhaite pas l'émeute. C'est plutôt un besoin physique. Ses nerfs sont à nu. Elle voudrait être là-bas. Elle souffre de se trouver seule dans sa cuisine de tous les jours.

— Faites que Désiré...

Elle se ment à elle-même. Elle pleure un peu. Cela la calme. Puis elle prépare le bain de Roger.

— Qu'est-ce qu'ils font ? Comment est-ce possible qu'on n'entende toujours rien ?

Des gardes à cheval encadrent l'immense place Saint-Lambert. Les volets de fer sont baissés au « Grand Bazar », chez Vaxelaires-Claes, à l'« Innovation », et, quand le soir tombe, les globes laiteux des lampes à arc ne s'allument pas. Plus sombre encore est le côté nord, le lourd palais des Princes Évêques aux colonnes massives qui semblent destinées à supporter le ciel. Parfois un coup de sifflet, un ordre, un gradé qui traverse à cheval le terre-plein désert.

Les grévistes, ou plutôt leurs chefs, ont promis que la place Saint-Lambert serait neutralisée. On en garde toutes les issues, les cinq ou six voies qui y débouchent, y compris les ruelles. Le grand « Café du Phare », aux trente billards, aux tables de marbre pour mille personnes, est fermé. Fermé aussi le grand magasin de porcelaines. Entre ces deux immeubles, une façade sombre, toute en hauteur, des fenêtres ouvertes, un balcon sur lequel se dessine parfois une silhouette.

C'est la « Populaire », le local officiel des syndicats et des partis ouvriers.

Cela étonne, quand on vient de la ville morte, d'y voir circuler des garçons de café en tablier blanc qui servent des canettes de bière, des sodas rouges et jaunes, des sandwiches au jambon. Les planchers sont gris poussière, avec des traînées de mouillé, les murs bruns. Des guéridons servent de bureaux, des hommes en casquette pointent des listes et, au premier étage, les papiers s'amoncellent sur la longue table des secrétaires.

— Ougrée-Marihaye ?

— Deux mille deux cents.

— Tréfileries de Sclessin ?

On cherche le secrétaire responsable qui est allé jeter un coup d'œil au balcon.

— Huit cent cinquante-deux : tout l'effectif.

— Vieille-Montagne ! Où est la Vieille-Montagne ?

Le cortège n'est pas loin, il passe à moins de deux cents mètres à vol d'oiseau, derrière les grands magasins fermés ; cependant on n'entend rien, on guette de temps en temps ce silence ; les grands chefs, debout près de la fenêtre, parlent d'autre chose. Ils sont tous barbus, Vandervelde venu exprès de Bruxelles, Demblon-le-Tonitruant qui a écrit de savantes études sur Shakespeare et qui lit Ovide dans le texte, Troclet-de-Liège, puis un jeune qui n'est pas encore député, inquiétant par sa brutalité : Flahaut.

— Téléphone !

La sonnerie ne cesse presque jamais. Cette fois, ce n'est pas un compte rendu de province.

— On demande le patron.

— Allô !... Oui... Comment ?... Mais non... Je puis vous certifier que tous les ordres ont été donnés dans ce sens...

Le chef de la police parle, à l'autre bout du fil. Dans les bureaux de l'Hôtel de Ville, ils sont réunis tout comme à la « Populaire ».

— Il se produit des mouvements inquiétants, comme si...

Les deux parties se sont pourtant mises d'accord. Un cortège, soit, mais sans chants, sans musique, surtout sans « Internationale ». Les ouvriers fourniront des équipes de gardes dans les hauts fourneaux et dans les usines.

— Allô ! Qu'est-ce que vous dites ?

A plusieurs pas du téléphone, on peut entendre les mots :

— ... Gardes civiques...

— Vous avez tort... Comment ?... Pas du tout ?... Puisque je vous répète qu'il n'y aura pas de meeting, pas de discours, ni...

Le grand patron cherche Flahaut des yeux et celui-ci détourne la tête.

— Dites, Flahaut ! Il paraît que vos hommes...

Les mineurs de Seraing... Il se seraient retirés du cortège les uns après les autres, par petits paquets. On parle d'infiltrations... L'inquiétude règne à l'Hôtel de Ville... On a fait battre le rappel de la garde civique...

Flahaut affirme, mais il est capable de mentir :

— Je n'ai donné aucun ordre.

On allume le gaz. L'air, dehors, devient brumeux. On entend des bruits de troupe, du côté de la rue Léopold. C'est la garde civique, qu'on a réunie place Ernest-de-Bavière et qui vient occuper son poste place Saint-Lambert.

Comme pour confirmer les inquiétudes du chef de la police, des cris partent de l'autre bout de la place. Une poussée s'est produite au coin d'une petite rue. Une estafette de la « Populaire » ne tarde pas à revenir.

— C'est déjà fini. Quelques mineurs qui ont essayé de forcer le barrage...

Et pourtant on continue à sentir comme une menace dans l'air. D'où sortent, par exemple, ces hommes qui commencent à se grouper sur le terre-plein et qui regardent vers les fenêtres de la « Populaire » ?

Il fait trop sombre pour distinguer les visages. Ce sont des grévistes, à coup sûr. Comment sont-ils parvenus jusque-là ?

Au moment où les gardes civiques qui ont, pour la première fois, reçu des cartouches, débouchent sur la place par la rue Léopold, une clameur les accueille.

— A bas la garde civique !

Un cri isolé :

— La garde civique avec nous !

Ils sont deux cents, maintenant, peut-être davantage, qui ont pénétré dans le quadrilatère défendu. Un petit groupe d'officiels débouche à son tour, le bourgmestre avec son écharpe, le chef de la police, des agents.

Coup de sifflet.

On ne sait pas encore ce qui se passe au-delà des barrages, dans les rues où tout à l'heure le cortège défilait avec calme. On tend l'oreille. Les officiels se sont rapprochés de la « Populaire ». Leurs regards montent vers le balcon comme une prière muette.

Il est encore temps d'éviter le grabuge.

Non ! Il n'est plus temps. Toute une partie du cortège s'est mise à vivre d'une vie nouvelle comme si un mot d'ordre avait circulé et le sens de la marche change, la file s'allonge, les hommes se dispersent, se regroupent dans un ordre différent, des agents sont bousculés.

— Place Saint-Lambert !

Un cri qui s'enfle, qui se répercute à l'infini, des pas précipités, des sifflets stridents. On s'attend à ce que le bourgmestre ou le chef de la police entre à la « Populaire » pour réclamer des comptes, mais ce n'est pas possible, il leur est interdit de prendre contact devant tout le monde.

Des gendarmes à cheval ont mis sabre au clair, du côté de la place du Théâtre, d'où semble surgir la masse la plus compacte et, à l'instant où on s'y attend le moins, après une poussée confuse, le barrage cède, des centaines, des milliers d'hommes et de femmes déferlent en se bousculant.

Est-ce que les chefs doivent paraître au balcon et essayer de se faire entendre ? Ils en discutent, à mi-voix, parmi les bocks, les petits pains au jambon et les papiers qui jonchent le plancher sale.

— Allô ! Ici le commandant de la gendarmerie. Si les grévistes ne se retirent pas en bon ordre...

Comment leur parler ? A qui ? A quoi ? C'est une mer humaine qui grossit et où on ne distingue plus les individus. La poussée a fait éclater une grande glace derrière les volets métalliques de l'« Innovation » et ce fracas a excité les hommes, des pierres ont été lancées dans les vitres dépolies des marquises.

Quelqu'un soupire, dans le groupe des officiels :

— Si seulement il pouvait pleuvoir !

A l'« Innovation », les vendeuses et inspecteurs ont été réunis par M. Wilhems dans le sous-sol, près des rayons de quincaillerie, et Valérie pense à Élise, seule rue Pasteur avec l'enfant.

Chacun attend quelque chose, chacun attend la même chose qui paraît inévitable et, contre tout pronostic, cette chose ne se produit pas, le temps passe, le piétinement gagne en ampleur, il semble que toute la ville soit piétinée rageusement, que cela gronde de partout sans qu'éclate le premier coup de feu.

La place s'est en quelque sorte partagée en deux. Le terre-plein, en face du palais des Princes Évêques, est toujours entouré par les gendarmes à cheval. Devant le « Grand Bazar », l'espace est occupé par les gardes civiques que la poussée des grévistes écrase de plus en plus contre les devantures.

La nuit est tombée. Il ne reste d'éclairées que les fenêtres de la « Populaire » où les manifestants essaient de reconnaître les ombres qui s'agitent.

— Allô !... Oui... Fermez vos volets... C'est un ordre... Quand ils ne verront plus de lumière, ils s'en iront...

Les augures hésitent. Si on ferme les volets, on aura l'air de flancher. On décide d'éteindre seulement les lampes et, dès lors, c'est l'obscurité dedans et dehors, on peut aller regarder au balcon sans être vu.

D'où cela est-il parti ? Il est plus de dix heures. On aurait pu penser que la nuit se passerait dans cette attente incohérente, ou que les estomacs vides et la fatigue auraient raison des manifestants. Une rumeur. Un chant, d'abord en sourdine, puis qui s'amplifie, qui gagne de proche en proche, entonné enfin par des milliers de poitrines :

« ... *C'est la lutte... finale...* »

En même temps, la poussée des corps. Quelques hommes, au milieu du chaos confèrent à mi-voix. Le maire, tout petit, ne voit rien au-delà de ses voisins immédiats.

Le premier couplet est terminé. Un temps d'arrêt. On devine que le second couplet va éclater, mais c'est, dans ce court silence, l'appel déchirant d'un clairon qui serre toutes les gorges.

A cheval, sabre au clair, debout sur ses étriers, le commandant de la gendarmerie s'avance autant qu'il le peut vers ces hommes dont on ne distingue plus le visage et, après la troisième sonnerie, sa voix s'élève, si nette qu'on doit l'entendre jusqu'aux confins de la place Saint-Lambert.

— Première sommation ! Que les citoyens paisibles rentrent chez eux ! On va tirer.

La foule vibre, avance, recule. Un murmure s'élève.

— Deuxième sommation ! Que les citoyens paisibles...

On hurle. Tout le monde clame sa colère.

— ...On va tirer !

Un silence encore. Le clairon.

— Que les citoyens paisibles...

Le coup de feu a éclaté ; un coup de feu isolé, ridiculement faible, et pourtant il a retenti dans tous les cœurs. On ne sait pas qui a tiré, ni sur quoi, on ignore si quelqu'un a été atteint.

— Présentez, arrrmes !... Chargez, arrrmes !...

Des cris de femmes, une bousculade, un souffle de panique qui passe, une autre poussée, en avant celle-ci, volontaire et haineuse.

— Feu !

A-t-on tiré en l'air ? Personne ne le sait, personne ne sait où il va, tout le monde pousse, joue des coudes, des poings, à la recherche d'une issue, et voilà que les gendarmes à cheval chargent au commandement, que les poitrails des chevaux bousculent les manifestants tandis que zigzaguent des éclairs de sabres nus.

Un grand silence, au balcon de la « Populaire » où ils sont une vingtaine serrés les uns contre les autres, à essayer de comprendre, à écarquiller les yeux devant ces flux et reflux terrifiés dans l'obscurité de la place.

Qui a eu cette idée ? Qui a donné l'ordre ? Toujours est-il que toutes les lampes encore entières du « Grand Bazar », de Vaxelaire, de l'« Innovation » s'allument presque à la fois avec des grésillements bleuâtres de charbons.

Des masses humaines s'engouffrent par toutes les issues, par toutes les rues et le flot va s'écouler peu à peu, interrompu par des bagarres isolées, par des coups de feu de-ci de-là, des galopades de chevaux.

Élise tremble, assise près de la lampe. La porte de la chambre à coucher, où l'enfant dort, est entrouverte sur l'obscurité. Élise ne sait pas, n'entend rien que comme le très lointain passage d'un train et elle vibre, se lève, se rassied, n'est bien nulle part, se demande parfois si elle ne va pas céder à la tentation.

C'est impossible ! Elle ne peut pas laisser l'enfant seul. Dans le silence de la nuit, des pas se rapprochent, saccadés. On dirait un troupeau affolé qui fuit sans savoir où mais, à mesure que les rues deviennent plus larges, plus vides, à mesure que l'on s'éloigne de la place Saint-Lambert, on ralentit l'allure, des ombres s'interpellent, des groupes se forment, essayent de se repérer.

Il en passe, de ces gens, dans la rue Pasteur même, sans doute ceux qui rentrent chez eux à Bressoux ou à Jupille. Élise est derrière sa fenêtre, dans la chambre. Elle écoute, ne surprend que des mots sans suite, voudrait descendre, poser des questions.

Elle se décide. En pantoufles, elle se glisse dans l'escalier, entrouvre sans bruit la porte de la rue ; comme par un fait exprès, il ne passe personne pendant de longues minutes.

Enfin un homme, une femme, un enfant qu'on traîne littéralement.

— Pardon, monsieur. Est-ce qu'on a tiré ?

Ils ont peur d'elle. L'homme a eu un instant d'hésitation et sa femme lui conseille, hargneuse :

— Viens !

Élise tremble, pleure, attend encore. Il lui semble que son fils crie, là-haut, et, comme elle a laissé la lampe allumée, elle remonte.

Elle ne se couche pas. Elle ne fait rien, qu'entretenir le feu, que préparer du café pour quand Désiré reviendra. Et il rentre enfin, à six heures du matin, de la buée de l'aurore dans les moustaches, il rentre souriant, d'un sourire un peu forcé.

— Mon Dieu, Désiré ! Que s'est-il passé ?

Il replace son fusil au-dessus de la garde-robe, vide sa cartouchière où les cartouches sont au complet. Il reste un peu de café froid dans sa gourde couverte de drap brun.

— Nous étions collés contre les maisons entre la rue Gérardrie et la rue Léopold, près du « Grand Bazar ». On ne voyait rien. Il y avait des gendarmes à cheval devant nous et nous n'avions qu'une peur, c'est que les chevaux reculent.

Il sourit à un souvenir.

— Tu connais l'horloger, à côté de la pharmacie ? C'est là que nous étions tout un groupe : Ledent, Grisard, le gros Martens. Grisard, le premier, a pissé contre le volet...

— Mon Dieu, Désiré !

— Après tout le monde y a passé. Le matin seulement, nous nous sommes aperçus que c'était le volet de la porte. Le magasin est en contrebas. Tout à l'heure, quand ils ouvriront la boutique...

Il pousse un soupir d'aise en déboutonnant sa tunique, trempe ses moustaches dans le café chaud.

— Pour le reste, nous n'avons rien vu. On a fait les sommations. On a tiré en l'air, c'est tout ce que je sais. Il paraît qu'un gendarme a eu le képi traversé par une balle de revolver. On raconte...

À quoi bon ? Ce n'est pas sûr. Deux fois l'ambulance est venue place Saint-Lambert. Les gardes civiques, immobilisés contre les devantures, n'ont rien distingué.

— Tu n'es pas trop fatigué ?

— J'ai faim.

Elle voit bien que sa lèvre a un frémissement qui ne lui est pas habituel. Elle fait semblant de ne pas s'en apercevoir. Elle est triste, plus lasse que lui, vide de ses nerfs et, si elle s'écoutait, si ce n'était pas l'heure de ranger le ménage, elle irait se coucher.

A sept heures, une sirène familière annonce la reprise du travail chez Halkin et quelques minutes plus tard, tandis que les maçons déchargent des briques dans le terrain vague, sous la fenêtre de la cuisine, les premiers coups de marteau résonnent sur la tôle.

7

Cinq minutes avant... Même pas cinq minutes... Il faut si peu de temps au malheur pour s'abattre et c'est Élise qui a raison, elle le sait, elle le sent, on a beau se moquer de son air morose, de sa façon de se faufiler en s'excusant comme pour apitoyer le sort. Une fois, exagérant sa bonne humeur pour ne pas fâcher sa femme, Désiré a lancé :

— Tu es une Madeleine !

Il ne comprendra jamais et c'est mieux pour lui.

Cinq minutes avant, la vie était simple et lumineuse. Élise franchissait la passerelle. Presque à égale distance du pont Neuf et du pont des Arches, c'est, frontière entre le faubourg et le centre de la ville, un large pont de bois qu'on appelle ainsi. C'est plus court. C'est plus familier. La passerelle est un peu la chose des habitants d'Outremeuse, le pont qu'on franchit sans chapeau, pour une simple course.

On monte quelques marches de pierre. Les planches du pont résonnent et tremblent sous les pas. De l'autre côté, on descend et, dans le petit matin, cette descente est comme un atterrissage dans un monde nouveau.

Partout, aussi loin qu'on peut voir, le marché s'étale, marché aux légumes à gauche, marché aux fruits à droite ; des milliers de paniers d'osier qui dessinent de vraies rues, des impasses, des carrefours ; des centaines de commères courtes sur jambes qui ont des poches pleines de monnaie dans leurs trois épaisseurs de jupons et qui raccrochent ou engueulent les pratiques.

Élise les entendait murmurer en souriant à son fils :

— Il est si malicieux !

Ou encore :

— C'est la petite dame à l'enfant qui est si bien tenu !

Le long des quais, il existe encore de vieilles maisons aux hauts toits et aux façades couvertes d'ardoises, aux fenêtres à petits carreaux verdâtres. Il y a des chevaux et des camions par centaines et les chevaux, à cette heure-là — après avoir marché une bonne partie de la nuit — ont un sac d'avoine accroché à la tête.

Élise se faufilait ainsi dans un monde venu d'ailleurs, de toutes les campagnes des environs, un monde qui disparaîtrait tout à l'heure, au coup de cloche, ne laissant derrière lui, sur les petits pavés des quais et des places, que quelques feuilles de choux et des fanes de carottes.

Elle avait enfin sa poussette ! Des mois durant, on avait répété :

— Quand on pourra se passer du landau !

Quand, toujours, quand ! Quand Roger ne sera plus qu'à six biberons par jour, quand on le mettra à la phosphatine, quand on pourra l'asseoir dans sa chaise, quand il commencera à marcher, quand il ne sera plus nécessaire de le porter dans l'escalier...

Élise, qui souffre des reins, et, maintenant que l'enfant marche un peu, l'a sans cesse sur les bras, Élise sait que c'est un leurre, mais il est inutile de répéter à Désiré que ce sera toujours la même chose. D'ailleurs, au fond, Désiré le sait aussi. Il fait maintenant semblant de croire...

Tout à l'heure, lorsqu'elle a quitté la rue Pasteur avec la nouvelle voiture qu'elle étrenne, il lui a lancé, joyeux :

— Tu vois ! Tu ne te fatigueras plus.

Puis il a allongé ses grandes jambes pour aller s'asseoir un moment chez sa mère avant de gagner son bureau. Élise a décidé de faire des confitures de groseilles et elle était presque joyeuse, presque résolue, comme Désiré, à voir le monde de la couleur de ce matin de mai. Cependant, elle a beau faire, sa tête se penche toujours un peu sur le côté.

— Qu'est-ce que tu veux, Désiré ! J'ai tellement l'habitude du malheur !...

Elle flaire le malheur là où il se cache le mieux, elle le dénicherait où personne ne le soupçonnerait. La preuve, ce matin ! Elle vient d'acheter des groseilles rouges, puis des grosses groseilles vertes égayées d'un petit disque pourpre. Elle compte emprunter en passant la bassine de cuivre de Mme Pain, elle en a pour sa journée, à faire des confitures devant la fenêtre ouverte que le mur rose et les maçons blancs ont presque atteinte, car on bâtit une nouvelle maison derrière chez eux et chaque jour les murs s'élèvent de quelques rangs de briques.

Tout à coup, méchamment...

C'est cela, c'est la méchanceté, la traîtrise du destin qui l'affecte. Elle fait tout ce qu'elle peut. Elle s'est levée comme d'habitude à six heures du matin. Chez elle, on peut entrer à l'improviste : tout est en ordre et la soupe mijote déjà sur le coin du feu. Aucun enfant du quartier n'est soigné comme Roger. Les langes sont lavés plus souvent que ce n'est nécessaire et il ne traîne pas une odeur fade dans la cuisine comme dans tant de ménages où il y a un bébé. Les vêtements sont cousus par elle. Elle n'achète rien en confection. Elle économise sur les moindres achats. Désiré est-il rentré une fois rue Pasteur sans trouver le dîner servi ?

Il faut, ce matin, que le coup lui vienne de Félicie.

Pour comble, Élise l'a senti. Elle aurait dû suivre son instinct. Mais peut-elle, parce que Félicie tient un café en plein marché, ne plus rien acheter en ville et courir les boutiques de la rue Puits-en-Sock comme ses belles-sœurs du côté Mamelin ?

Les maraîchères la connaissent, lui sourient. Elle est si aimable avec tout le monde !

— Vois-tu, Valérie, si chacun se donnait seulement la peine d'être aimable !

Cela lui fait mal quand quelqu'un manque à ce devoir si simple. Même Désiré, parfois ! Trop de gens ne sentent pas. Tant pis pour ceux qui sentent ! Ils sont seuls à en souffrir.

Elle savait. Pas exactement ce qui allait lui arriver, sinon elle aurait préféré rentrer sous terre. Elle a eu néanmoins comme un avertissement.

Elle se rapprochait, vaquant à ses achats, de ce vaste « Café du Marché » aux baies vitrées, au monumental comptoir de marbre blanc, aux étincelantes pompes à bière. Elle avait acheté ses groseilles, le filet était plein, accroché à la voiture pliante qu'on pourra enfin monter dans l'appartement, ce qui évitera tout froissement avec la propriétaire.

Elle a marchandé et on ne l'a presque pas bousculée.

— Dix sous ? Allons !... C'est bien parce que c'est vous, ma petite dame...

Jamais elle ne vient au marché sans chapeau et cependant on ne la considère pas comme une orgueilleuse. Elle sait que Félicie l'a aperçue à travers les vitres du café. Elle a vu son mari, Coustou, qu'entre elles elles appellent Coucou, sortir, vêtu de noir, coiffé de son chapeau melon, et se diriger vers le centre de la ville comme pour un enterrement.

Bien que Coucou ne soit plus là, elle n'entre pas. Elle reste dehors. Elle ne veut pas que Félicie puisse lui reprocher un jour d'être venue au marché sans lui dire bonjour, mais elle ne veut pas non plus s'imposer.

N'est-ce pas Félicie qui était sans cesse chez les Mamelin pour se plaindre de son mari, quand ils habitaient rue Léopold ? Au point que Désiré prévoyait :

— Un beau jour, nous aurons des ennuis avec Coucou.

Pourtant, Désiré n'a pas tout su, notamment qu'un matin Félicie est arrivée comme une folle, craignant d'être poursuivie. Elle était en cheveux, un châle croisé sur son corsage, et du châle elle a tiré un petit paquet.

— Élise, pour l'amour de Dieu, il faut que tu me le gardes jusqu'à ce que je te le réclame. Surtout ne le montre pas à Désiré.

Le paquet est resté caché trois jours au-dessus de la garde-robe, près du fusil.

— Pauvre Félicie.

Élise, pour attirer son attention, frappe un coup timide sur la vitre, jette un regard à l'intérieur où des femmes du marché dévorent des œufs au lard et des tartes au riz épaisses de trois doigts, en buvant de grands bols de café. Ces femmes-là tirent sans compter l'argent de vieux porte-monnaie bourrés de pièces et de billets, sans savoir au juste combien il y a dedans.

Félicie est accoudée au comptoir, vêtue d'un joli corsage blanc à entre-deux qui souligne l'opulence de son buste. Elle bavarde avec un client qu'on ne voit que de dos. Près d'Élise, des camionneurs rentrent de la bière par un soupirail et l'air sent la bière, les deux chevaux blonds pissent couleur de bière.

Élise va s'éloigner. Elle pense qu'elle ferait mieux de partir. Mais voilà son regard qui rencontre celui de sa sœur. Félicie s'avance, se retourne pour dire un mot à son compagnon, gagne la porte qu'elle ouvre tandis qu'Élise sourit déjà.

— *Qu'est-ce que tu veux encore, mendiante ?*

Elle a dit ça ! Les yeux froids, les traits immobiles. Élise la regarde, la regarde, ne comprend pas, ne trouve rien à répondre, elle voudrait être loin, n'importe où, elle voudrait ne jamais avoir entendu de telles paroles.

— Mon Dieu !...

Oui, elle a dû balbutier « Mon Dieu », en regardant vivement autour d'elle pour s'assurer que personne n'a entendu. Un qui a entendu, c'est le garçon, Joseph, celui qui est chauve et qui la connaît. Élise marche en poussant sa voiture. Elle fonce.

Écoute, Désiré... Non !... Désiré n'est pas ici... Il est à son bureau et jamais elle n'avouerait à Désiré... Ma pauvre Valérie !... Non ! Pas à Valérie non plus... Valérie ne saura pas...

Léopold, peut-être ?... Si Léopold pouvait venir ce matin-là rue Pasteur !... Il comprendrait, lui qui les connaît tous et toutes, tous les Peters... Il doit encore savoir des choses qu'Élise ne fait que soupçonner...

— *Mendiante !*

Elle marche, franchit le pont des Arches sans reprendre sa respiration, ses couleurs normales. Elle regarde les passants comme s'ils envisageaient de la traquer. Elle murmure :

— Félicie est folle.

A mesure qu'elle avance, cette phrase-là revient sans cesse comme un refrain :

— Félicie est folle...

Elle voudrait en parler à quelqu'un, tout de suite. Elle sait qu'elle ne sera en paix que quand elle aura déchargé son cœur trop gros. Elle traverse la place Ernest-de-Bavière, passe devant l'église Saint-Nicolas. Pour un peu, elle entrerait avec l'enfant et irait s'écrouler devant l'autel de la Vierge de qui c'est le mois.

— Je le savais : Félicie, notre Félicie est folle...

C'est Élise, de toute la famille, qui connaît le mieux sa sœur. Avant son mariage, Félicie vivait avec elle et leur mère dans le petit logement de la rue Féronstrée. Elle était déjà belle, très formée pour son âge, les hommes se retournaient sur elle dans la rue, elle avait surtout une façon provocante de tendre le buste.

Mendiante ! Élise qui ne veut jamais rien accepter, qui est si gênée chaque fois qu'elle vient voir sa sœur ! Élise qui fait parfois un long détour, justement pour éviter ça.

Et d'ailleurs, à quoi lui servent tous ces déjeuners de fine porcelaine ? N'est-ce pas une véritable manie ?

— Tiens, ma pauvre Élise : pour le petit Roger...

Pourquoi toujours des déjeuners ?

— Voyons, Félicie ! la dernière fois encore...

Félicie se souvient-elle qu'elle a encore donné un déjeuner la semaine précédente ? A la fin, Élise doit les cacher à Désiré. Elle ne sait qu'en faire.

— Ne t'inquiète pas, ma fille. Prends-le ! c'est un beau.

Du Limoges, toujours à toutes petites fleurs roses. Est-ce que vraiment Félicie boit et est-ce qu'alors...

— Non, Félicie, pas d'argent ! Vois-tu, je ne peux pas accepter...

— Tu es bête !

De l'argent qu'elle prend par poignée dans le tiroir, qu'elle pousse dans la main de sa sœur ou dans son sac.

— C'est pour le petit.

Cer argent-là, Élise est prête à le lui rendre tout de suite. Jamais elle ne s'en est servie. Sans rien dire à Désiré, elle a pris un livret de Caisse d'épargne au nom de l'enfant. En quittant Félicie, elle passait par la grand-poste.

Voilà maintenant qu'elle a envie de pleurer. C'est la réaction. Ses nerfs se détendent. Elle est lasse, s'inquiète des deux étages à monter avec Roger sur les bras, puis elle rougit.

Sur le livret de la Caisse d'épargne, il n'y a pas que l'argent de Félicie. Mais l'autre argent, on ne peut pas dire que c'est à Désiré qu'elle l'a pris. Il ne pense pas à mettre de côté. Il ne se demande pas ce qu'elle deviendrait avec son fils s'il lui arrivait malheur. Pourquoi va-t-elle faire ses achats au marché ? Pour gagner quelques centimes sur ceci ou cela. Au bout du mois, cela donne des francs qu'elle porte à la Caisse d'épargne.

Les maçons sont à leur place, deux mètres à peine plus bas que la fenêtre, se découpant déjà sur le ciel. La soupe aux haricots a pris dans le fond de la casserole.

Élise ne va pas chercher la bassine en cuivre chez Mme Pain. Elle fait ses confitures, sans goût, sans plaisir, en pensant toujours à Félicie. Léopold n'est pas venu. Tant qu'elle n'en aura pas parlé à quelqu'un, elle ne sera pas en paix.

A deux heures, Désiré s'étonne de lui voir ce visage blanc plaqué de rose, comme si elle avait pleuré.

— Qu'est-ce que tu as ?

— Ne fais pas attention, Désiré. Ce sont mes nerfs.

Prudent, il n'insiste jamais, dans ces cas-là. Il mange, face à la fenêtre ouverte. C'est elle qui joue avec le danger.

— J'ai vu Félicie.

Et, sans se troubler, Désiré de lancer :

— Elle était *brindezingue* ?

Un mot de famille qui sert pour Léopold, pour Félicie, qui servira, hélas ! pour Marthe.

— Pourquoi dis-tu ça, Désiré ? Félicie ne boit pas.

— Qu'est-ce que ce serait si elle buvait !

— Tu ne comprends pas ma famille.

Il flaire le danger, évite de répondre, voudrait parler d'autre chose.

— Tu ne comprends rien aux gens qui ont eu des malheurs.

Elle va pleurer d'énervement, et il s'empresse de finir son repas, d'allumer sa cigarette.

— Pauvre Félicie ! Si tu savais...

— Mais oui ! Coucou, je sais... S'il la bat, elle n'a qu'à partir. Bonsoir, Élise.

Roger dort. Les pas décroissent dans l'escalier, la porte de la rue se referme et Élise s'effraie à l'idée qu'elle a failli tout raconter à Désiré.

Elle guette le moment où l'enfant s'éveillera. Elle ne veut pas l'éveiller elle-même, mais le temps lui semble long et peut-être, en s'habillant pour sortir, fait-elle un peu plus de bruit qu'il n'est nécessaire ? Elle lui donne à manger, le chapeau sur la tête, règle le feu, ferme la fenêtre, descend.

Il faut absolument qu'elle parle à quelqu'un et elle va à Coronmeuse rendre visite à sa sœur Louisa.

— Ma pauvre Louisa ! Si tu savais ce que Félicie m'a dit ce matin...

Non ! Elle ne lui parlera pas de ce que Félicie a fait ce jour-là.

— Louisa, ma pauvre Louisa, je crois que notre Félicie est folle.

Elle a oublié l'injure. Personne ne le croirait, et pourtant c'est la pure vérité. Ce n'est pas pour elle qu'elle se presse de la sorte le long de l'interminable quai de Coronmeuse. C'est dans son tempérament. Elle courrait de même pour n'importe qui, elle éprouve le besoin de se dévouer, quitte à soupirer ensuite, la tête penchée :

— Comme les gens sont ingrats !

Elle veut s'occuper de Félicie, la sauver. Elle a remarqué bien des choses, mais c'est si subtil, si difficile à expliquer à quelqu'un qui ne sent pas comme une Peters...

Certains matins, par exemple, Félicie fond en larmes en apercevant sa sœur et l'embrasse longuement, comme après une catastrophe.

— Encore Coucou ? questionne Élise.

Élise n'en a jamais parlé à personne, elle n'a jamais osé le penser nettement, comme elle le fait en ce moment. Félicie a beau soupirer :

— Il me tuera !

...Élise sent, Élise sait que ce n'est pas à cause de son mari que sa sœur pleure. Elle devine même. Mais c'est plus incroyable encore. Elle devine que Félicie n'est pas vraiment malheureuse, qu'elle s'est levée ce matin-là avec l'envie de pleurer, qu'elle joue, dans la salle claire qui sent le lard et le café, à la femme malheureuse, en jetant parfois un regard furtif à son image dans la glace.

Félicie donne ! Félicie donnerait tout ce qu'elle a ! Elle plonge la main dans le comptoir !

— Prends !... Mais si !...

Qui sait si, vers dix heures, vers onze heures, son humeur n'a pas changé ? Une fois, peu de temps après des larmes de ce genre, Élise est repassée devant le café et elle a vu sa sœur qui riait aux éclats avec un voyageur de commerce. Elle riait comme une ...

Non ! Il ne faut pas dire le mot, ni le penser.

— Écoute, Louisa. Une fois, quand nous habitions toutes les deux avec maman...

Racontera-t-elle ça à sa sœur Louisa ?

Elle marche et le décor change autour d'elle. Elle a parcouru la partie la plus désagréable du quai, celle que n'ombrage aucun arbre et le long de laquelle la Meuse coule, large et brillante.

Un autre quai commence, le quai de Coronmeuse, et avec lui le canal, le port où cent, deux cents péniches, peut-être davantage, reposent flanc contre flanc, parfois sur dix rangs, avec du linge qui sèche, des enfants qui jouent, des chiens qui sommeillent, une vivifiante odeur de goudron et de résine.

Racontera-t-elle à Louisa ?...

Voilà la vitrine, vieillotte, encombrée de marchandises, de l'amidon, des bougies, des paquets de chicorée, des bouteilles de vinaigre. Voilà la porte vitrée et ses réclames transparentes : le lion blanc de l'amidon Remy, le zèbre d'une pâte à fourneaux, l'autre lion, le noir, d'une marque de cigare.

Et le timbre de la porte, qu'on reconnaîtrait entre mille.

Enfin, l'unique, la merveilleuse odeur de cette maison où il n'y a rien d'indifférent, où tout est exceptionnel, où tout est rare, comme si on avait mis des lustres à la façonner.

Est-ce l'odeur de genièvre qui domine ? Est-ce l'épicerie, plus fade ? Car on vend de tout, il y a de tout dans le magasin, des tonneaux suintant de pétrole américain, des cordages, des lanternes d'écurie, des fouets et du goudron pour les bateaux. Il y a des bocaux de bonbons d'un rose équivoque et des tiroirs vitrés sont bourrés de bâtons de cannelle et de clous de girofle.

Le bout du comptoir est recouvert de zinc, trois trous ronds y sont aménagés et de ces trous émergent des bouteilles couronnées de becs recourbés en étain.

Et il y a encore une autre odeur, celle de l'osier, qui vient du fond du couloir, car le mari de Louisa est vannier et travaille avec un ouvrier bossu dans l'atelier qui donne sur la cour.

— Tiens ! Élise !

Louisa a l'air d'être la mère d'Élise, avec ses cheveux gris, sa taille épaisse, sa robe noire et son tablier bleu, d'un beau bleu de lavande. Ses traits sont fins, réguliers, son sourire aussi morose que celui de sa sœur.

— Ma pauvre Louisa...

— Entre dans la cuisine.

Louisa achève de servir une femme de marinier qui a trois gosses accrochés à ses jupes. Élise franchit la double porte vitrée aux rideaux à fleurs blanches et, dans la cuisine qu'éclaire un étrange lanterneau, c'est le calme absolu, ordre, propreté, quiétude. Une des filles, sans doute Anna, l'aînée, joue du piano dans le salon, de l'autre côté du corridor. Entre deux pratiques Louisa vient se camper devant sa sœur, le ventre en avant, le sourire voilé.

— Ton mari va bien ?

Louisa déteste Désiré. Personne, chez les Peters, n'aime le grand Désiré.

— Il va bien, Louisa, je te remercie. Tu sais que nous avons déménagé ; nous habitons maintenant la rue Pasteur. C'est un quartier plus aéré pour l'enfant, tu comprends ?

Louisa, qui sait qu'Élise est venue pour une raison précise, verse une tasse de café, va chercher du sucre dans le magasin.

— Débarrasse-toi. Tu as le temps.

— Non. Il faut que je rentre. J'ai fait des confitures. Louisa ! écoute, j'ai besoin de te parler. J'ai vu Félicie ce matin. Je me demande...

Est-ce qu'elle osera le dire ?

— Je me demande si Félicie n'est pas en train de devenir folle.

— Allons ! Allons !

La solide Louisa hoche la tête avec une expression de pitié.

— Ma pauvre Élise ! Quelles idées vas-tu te faire ?

— Je t'assure, Louisa. Tu ne peux pas comprendre...

— Tu te trompes. Félicie n'est peut-être pas très heureuse avec son mari. Elle n'a pas beaucoup de santé. Elle a toujours été nerveuse.

Elle a envie d'ajouter :

— Comme toi !

Car on regarde toujours avec condescendance les deux dernières, celles qu'on n'attendait plus.

— Il y a des jours où elle est si bizarre, Louisa.

Sans s'en rendre compte, elles se sont mises à parler flamand.

— Je t'assure que Félicie n'est pas ce que tu crois.

Élise s'est assise au bord du fauteuil d'osier, le même que celui de Désiré. Elle a tiré un mouchoir de son réticule, machinalement, comme si elle prévoyait des larmes qui ne viennent pas.

— Bois ton café pendant qu'il est chaud.

Pour bien faire, il faudrait tout raconter. Elle n'ose pas, pas ici, dans cette atmosphère douillette, imprégnée des odeurs les plus rassurantes, cannelle, osier, girofle, des odeurs tellement de tous les jours !

— Comment expliques-tu, Louisa...

— Je te dis que ce sont des idées.

Pourtant, cette nuit d'autrefois, cette nuit à laquelle Élise pense depuis le matin, depuis le moment précis où elle a cessé d'en vouloir à sa sœur ?

C'était l'époque pendant laquelle elles vivaient toutes les deux, Félicie et elle, avec leur mère. Félicie travaillait comme demoiselle de magasin chez un marchand de tissus de la rue Saint-Léonard. Or, d'abord, Élise le savait, sa sœur mentait quand elle prétendait que le magasin fermait à sept heures et demie. Il fermait à sept heures. Qu'est-ce que Félicie faisait chaque jour pendant cette demi-heure ?

— Surtout, ne le dis jamais à maman ni à personne.

Une fois, l'hiver, dans l'obscurité de la rue Hors-Château, Élise avait entrevu sa sœur dans les bras d'un homme, contre une porte cochère, et ce n'était pas une silhouette de jeune homme, Élise aurait juré que c'était un homme marié.

Elle n'avait rien dit, mais depuis elle avait toujours regardé sa sœur avec effroi, et, comme elles dormaient dans le même lit, Élise ressentait une gêne à chaque contact.

Déjà Félicie avait ses humeurs, tantôt trop gaie, chantant à tue-tête, tantôt passant plusieurs jours sans une parole, inquiète, tendue comme une chatte qui attend l'orage ; ou encore il lui arrivait de sangloter dans son lit en soufflant dans l'oreille d'Élise, à peine âgée de quatorze ans :

— Ne raconte jamais à maman que je pleure. Si tu savais comme je suis malheureuse ! Je voudrais mourir.

Qui était au courant de cela, sinon Élise ? Et le plus grave de tout, pendant la maladie de leur mère, une mauvaise bronchite : on avait dressé son lit dans la cuisine, parce qu'il n'y avait pas de poêle dans la chambre ; on lui donnait, le soir, une potion qui calmait ses râles et lui procurait un lourd sommeil.

— Tu ne te déshabilles pas, Félicie ?

Les yeux de Félicie, ce soir-là, ces yeux trop fixes qui regardaient — comme une folle, oui ! — la petite sœur effrayée.

— Tais-toi... Ne dis rien... Je vais revenir...

Félicie s'était enfuie, ses souliers à la main, en emportant la clef. Seule, dans l'obscurité, Élise avait tremblé pendant des heures, sursautant à chaque bruit de la rue.

— Félicie !... Félicie !...

C'était elle, enfin. Élise avait frotté une allumette. Elle avait vu l'heure au réveille-matin. Il était trois heures.

— Félicie !

— Tais-toi donc, imbécile. Éteins.

Elle s'était déshabillée sans lumière, puis glissée entre les draps moites. Élise avait senti. L'odeur de boisson, d'abord : Félicie avait bu quelque chose de fort. D'ailleurs, elle s'endormit d'un sommeil trop lourd.

Puis une autre odeur, comme s'il y avait eu quelqu'un d'étranger dans la chambre, dans le lit.

Jamais Élise n'en avait dit un mot. Le matin, son visage était tiré. Le visage de Félicie n'était pas plus reposé que le sien. Elle n'osait pas parler. Elle vaquait à sa toilette avec des gestes las.

— Qu'est-ce que tu veux que je te donne ?

Et la gamine, prête à sangloter :

— Rien ! Je ne veux rien ! Surtout pas !

Et pourtant Félicie était malheureuse. Élise, qui ne connaissait rien à la vie, sentait confusément que ce n'était pas la faute de sa sœur, qu'elle ne pouvait pas faire autrement.

N'avait-elle pas ensuite épousé un homme de quarante ans ? Et maintenant, s'il la bat, n'y a-t-il pas une raison ?

— Tu es toute retournée. Attends que je te verse une petite goutte.

Élise criait en se redressant :

— Non, Louisa ! *Surtout pas !*

Pas comme Félicie, pas comme Léopold, comme sa sœur Marthe qui boit, elle aussi !

— Je ne veux rien, Louisa. Merci. Je te remercie beaucoup. C'est plus fort que moi, vois-tu ! Je suis si bien persuadée que Félicie est hystérique...

Elle a lâché le grand mot dont elle ne connaît pas le sens exact, mais qui lui paraît exprimer la vérité. A ce mot-là, le visage de Louisa s'est fermé, ses traits se sont durcis, elle regarde cette petite folle d'Élise avec sévérité.

— Veux-tu bien ne pas prononcer de pareils mots dans ma maison !

Pour un peu, elle irait s'assurer que sa fille Anna, qui joue toujours du piano, n'a pas été effleurée par les terribles syllabes.

— Tu ne sais seulement pas ce que cela veut dire.

Pourquoi ses sœurs s'obstinent-elles à la traiter en gamine sans importance ? Est-ce que Louisa sait ce qu'elle sait ?

— Explique-moi alors, Louisa...

— Rien du tout. Tu as trop d'imagination. Je finis par me demander si ce n'est pas toi qui es ce que tu viens de dire.

Voilà ! Élise a eu tort.

— Je te demande pardon. Mais la scène de ce matin...

— Quelle scène ?

— Rien. Je ne sais plus. Ne fais pas attention, Louisa.

Louisa hoche la tête. Si Élise murmure volontiers « Mon Dieu ! », sa sœur du quai de Coronmeuse balbutie, elle, avec un fort accent flamand :

— Jésus-Maria !

Et sa tête va d'une épaule à l'autre en signe de pitié pour tout ce qui n'est pas l'ordre parfait de son foyer.

— Tu n'es pas heureuse avec Désiré ?

— Mais si, Louisa ! Mais si. Désiré est bien gentil.

Veut-elle se faire pardonner ce qu'elle a dit de Félicie, cette accusation qui n'aurait jamais dû être portée par une Peters ? Elle hoche la tête à son tour. C'est contagieux. Elle regarde autour d'elle cette maison où il n'y a qu'à tendre la main vers les étagères et les rayons.

— C'est un Mamelin, vois-tu. Il n'a pas d'ambition. Il est heureux, comme il dit. Il n'a besoin de rien. J'aurais aimé monter un petit commerce, de n'importe quoi, je me serais bien débrouillée, va ! Il n'a jamais voulu. Et sais-tu pourquoi ? Parce qu'il prétend qu'il ne pourrait plus manger en paix, qu'il serait sans cesse dérangé par la sonnerie du magasin. Cela ne vaudrait-il pas mieux que de vivre avec le strict nécessaire ?

La voilà partie sur cette idée. Est-ce pour cela qu'elle est venue ? A-t-elle déjà oublié Félicie ?

Elle sait qu'elle fait plaisir à Louisa, que tout ce qu'elle dira contre le grand Désiré sera bien accueilli par sa sœur.

— « Que nous manque-t-il ? » C'est toute sa réponse. Ce n'est pas lui qui fait le marché. Quand il rentre, le dîner est servi. Mais moi je connais le prix des choses... si seulement il avait un peu d'initiative ! Un employé qui est entré chez M. Monnoyeur en même temps que lui gagne déjà deux fois plus et met ses filles en pension aux Ursulines. Désiré, lui, se croirait déshonoré s'il réclamait une augmentation.

— Ma pauvre Élise.

Elle peut larmoyer sans fâcher sa sœur, maintenant qu'il ne s'agit plus de Félicie, mais de Désiré. De temps en temps, Louisa est appelée par la sonnette du magasin et on entend le genièvre couler dans les verres, la voix timide des marinières qui tiennent leur argent dans la main, juste le compte, et la chute des pièces dans le tiroir-caisse.

— Une petite crémerie, par exemple ! J'aurais ouvert une crémerie comme il y en a une rue de la Province...

Dans les rues calmes et larges d'Outremeuse, à l'écart de la rue Puits-en-Sock et de la rue Entre-deux-Ponts, on voit des magasins qui ne sont pas de vrais magasins. Ce sont des maisons bourgeoises où l'on s'est contenté d'installer un comptoir et des rayons dans la première pièce du rez-de-chaussée. De sorte que les vitrines — qui ne sont pas non plus de vraies vitrines — sont placées trop haut. Un seul bec de gaz les éclaire et de loin on ne voit qu'un halo jaunâtre dans l'alignement noir des maisons. La porte de la rue est ouverte. Le seuil a trois ou quatre marches et le corridor n'est pas éclairé.

Quand on pousse la porte intérieure, un timbre retentit, ou bien des tubes de cuivre s'entrechoquent en faisant de la musique. Malgré cela, il faut appeler plusieurs fois :

— Quelqu'un !

Et enfin on entend du bruit très loin. Une femme qui n'est pas une véritable commerçante, ou bien un homme qui a passé la journée à son bureau, demande gauchement :

— Qu'est-ce que c'est ?

Il y a un morceau de boudin sur un plat, deux ou trois fromages de Herve sous globe, six boîtes de sardines, des biscuits. On coupe. On pèse. Les tubes de cuivre s'entrechoquent à nouveau et la rue reprend son calme absolu.

Voilà ce que Désiré n'a pas voulu.

Pour récompenser sa sœur de ses plaintes, Louisa va chercher une boîte de gâteaux, une boîte invendable qui a été écornée par les souris.

— Mange, ma fille.

— Merci, Louisa. Ce n'est pas pour manger que je suis venue te voir. Il y a longtemps que j'en ai gros sur le cœur...

Est-ce vrai ? Est-ce faux ? Elle ne sait plus. Elle ne s'y retrouve plus dans ses angoisses, dans ses lamentations, dans ces malheurs compliqués dont elle se gave.

— Mon Dieu ! Déjà cinq heures. Et Désiré qui ne trouvera personne à la maison...

— Pourquoi ne viendriez-vous pas nous dire bonjour un dimanche après-midi ? Qu'est-ce que vous faites, le dimanche après-midi ? Nous, nous sommes toujours ici, à cause du magasin.

Ce qu'ils font ? Elle ne sait pas. Ils se promènent. Cela lui rappelle qu'ils ne s'arrêtent jamais à une terrasse pour boire un verre de bière !

— *Le strict nécessaire...*

Elle s'essuie les yeux, sourit.

— Allons ! Au revoir, Louisa. Et merci, sais-tu.

Merci de quoi ? Des gâteaux secs ? De la tasse de café ? Des larmes ?

Sur le trottoir, tandis que sa sœur la regarde partir, Élise pense :

— Chipie !

Car elle a remarqué que la boîte des gâteaux était rongée. Même elle n'a pas voulu que l'enfant en mange, sous prétexte qu'il est un peu dérangé. Elle se retourne.

— Merci, Louisa.

Et la honte la fait rougir ; elle a trahi Désiré, sans raison, pour changer de conversation, parce que Louisa ne voulait rien entendre au sujet de Félicie et qu'il fallait expliquer ses larmes autrement.

Il lui reste une demi-heure de marche, en poussant la voiture, la rampe du Pont-Maghin à monter.

Pourvu que les confitures prennent ! A-t-elle mis assez de sucre dans les petites groseilles ?

8

Rue Montmartre, à Paris, une jeune fille qui s'appelle Isabelle joue du piano près de la fenêtre d'un entresol bas de plafond qui a été pris sur la hauteur du rez-de-chaussée. C'est la partie supérieure de la vitrine qui sert de fenêtre, de sorte que, quand le papetier se penche à l'étalage, la jeune fille semble marcher sur lui.

A Liège, rue Jean-d'Outremeuse, Élise s'arrête un instant de pousser la voiture, ramasse un objet blanc et jette un coup d'œil furtif autour d'elle. Le peintre à barbe noire, sur son échelle, n'a rien vu. C'est Léopold, Élise vient de le reconnaître. En tirant un mouchoir rouge de sa blouse, il a fait jaillir la lettre.

« *Monsieur...* »

Élise n'a lu que ce mot-là, elle a vu la fine écriture passionnée et elle est loin de soupçonner la grandeur de ce simple « *Monsieur* » adressé à l'homme que les agents ramassent chaque semaine dans le ruisseau.

A cause de M. Pain, qui passait justement et qui a surpris son geste, Élise revient au bas de l'échelle.

— Léopold.

Sans cela, il ne l'aurait pas reconnue, pour ne pas lui faire honte. Il se contente de battre des paupières, sans dire merci, et il continue à rincer sa grosse éponge dans un seau où il y a de l'acide, car les rigoles d'eau moussent verdâtre sur le trottoir.

« *Monsieur...* »

Élise repart. Elle marche vite, comme toujours. Où va-t-elle encore ? Ah ! oui, chez Schuttringer, le charcutier, acheter deux côtelettes. Dans quelques jours, quand les fêtes seront finies, elle parlera à Désiré.

C'est curieux qu'elle ne lui ait pas parlé plus tôt et qu'elle ne puisse même pas dire ce qui l'a retenue. Il y a déjà deux mois qu'elle est enceinte. Seulement, cette fois-ci, elle a plutôt l'impression d'une maladie que d'un état naturel. Elle souffre beaucoup plus que pour Roger. Elle a mal au dos, comme la plupart des femmes qu'elle connaît, de monter et de descendre deux étages avec un enfant qui devient lourd, de porter des seaux, de tordre le linge. Le soir, elle ressent une douleur plus aiguë entre les omoplates, comme si le petit os qu'on a à cet endroit allait percer la peau.

Qui peut bien écrire à Léopold alors qu'elle, sa sœur, ne connaît pas son adresse ?

« *Monsieur,*

Je me demande avec angoisse ce que vous allez penser de moi. J'ai si peur de perdre votre estime, la seule chose qu'il me reste au monde, et pourtant je ne veux pas vous mentir plus longtemps, vous cacher le drame épouvantable que je vis heure après heure. Comprendrez-vous, vous qui comprenez tout ? Pardonnez-moi si j'en doute ! C'est tellement extraordinaire !

J'aime, entendez-vous ? Moi ! Moi ! Oh ! combien je me désespère, à présent, de ne pas vous avoir écouté le soir que vous savez ! Vous me disiez des mots qui me donnaient envie de pleurer, vous me regardiez comme quelqu'un qui lit dans l'avenir et vous ne saviez pas qu'il était trop tard, que le paquet que je tenais à la main, pouvait d'une seconde à l'autre mettre fin à notre entretien, vous ne saviez pas que tout était déjà presque consommé, que j'attendais votre départ, la sueur au front, pour faire ce que je ne pouvais plus remettre à plus tard.

Aujourd'hui, j'aime comme on n'a jamais aimé, j'aime à me rouler de désespoir sur le plancher de ma chambre et je ne suis pas digne de lever les yeux vers elle, de frôler le bas de sa robe, c'est une monstruosité que moi, qui ne peux plus porter mon nom, je vive sous le même toit qu'elle et que je l'écoute du matin au soir. Car je l'entends, presque au-dessus de ma tête. Un mince plancher nous sépare et ce plancher est vibrant de sa musique. A ce moment, elle étudie une « Polonaise » de Chopin, la plus exaltante... »

Élise, pressée, tourne le coin de la rue de la Liberté pour couper au court. Elle coupe toujours au court. Sa vie est une lutte de chaque instant contre le temps. Elle s'acharne à gagner des secondes comme elle s'acharne à chiper quelques sous de l'argent du ménage pour les porter à la Caisse d'épargne.

Elle croit la rue vide, soleil et ombre. Il fait chaud. Au début de la semaine, les écoles ont fermé deux jours à cause de la chaleur. On sent de l'orage dans l'air. Elle sursaute comme une voix la hèle.

— Élise !

Ne pouvant plus faire demi-tour, elle s'efforce de sourire.

— Bonjour Catherine.

C'est Catherine, la femme de Lucien le menuisier, qui s'est installée dans l'ombre bleue du large trottoir, en face de l'école communale des filles, devant une table pliante couverte de bonbons. Léopold, du moins, a fait semblant de ne pas voir sa sœur.

— Bonjour, Élise. Bonjour, mon petit Roger. Comme il est beau ! Comme il a grandi ! Figure-toi, Élise...

Catherine embrasse l'enfant, lui glisse dans la main un bonbon acidulé d'un vilain rouge qu'Elise regarde avec angoisse.

La mère de Catherine vend des frites dans une petite rue dont elle achète les maisons les unes après les autres, une de ces rues qui sentent mauvais, où le ruisseau coule au milieu de la chaussée, bleuâtre, écœurant, une rue où, quand passe une femme trop bien habillée, trop convenable, on l'interpelle du trou obscur des corridors.

— Regardez donc celle-là, avec son chapeau !

— Il faut que je me dépêche, Catherine. Ne m'en veuillez pas. Je vais chez Schuttringer acheter des côtelettes.

Dès qu'elle aura tourné le coin, elle reprendra à l'enfant le bonbon violacé, mais elle n'osera pas le jeter par crainte que Catherine ne l'aperçoive en rentrant chez elle.

Félix Marette a changé de nom. A peine. Habitué au sien, il n'a trouvé que Félicien Miette. Il est tout au fond de la boutique, à écouter la musique au-dessus de sa tête, à attendre le moment où Isabelle descendra, son carton à la main.

Elle ne ressemble à personne, ni à son père aux moustaches tristes, ni à sa mère qui reste toute la journée à la caisse, sans bouger, si immobile qu'il arrive aux clients de sursauter au moment où elle fait un geste.

Isabelle descend, toujours pâle, le visage anguleux, sans colifichets, sans rien de féminin dans sa toilette, le corsage de serge bleue haut boutonné sous le menton, les cheveux en nattes serrées, formant chignon dans le cou. Elle ne regarde, elle ne voit personne.

— Donne-moi de l'argent.

Pour son métro, pour se rendre au Conservatoire ou chez son professeur, un homme entre deux âges, un roux dont Marette est douloureusement jaloux.

Demain dimanche, il ne la verra pas, il ne l'entendra pas, il ne quittera pas sa chambre, il écrira, pour elle, avec comme horizon une lucarne fumante de soleil, l'histoire de sa vie, qu'il ne lui donnera jamais à lire.

Les Vétu possèdent une petite campagne du côté de Corbeil et partent le dimanche de bon matin. Marette reste seul avec son réchaud, son lit défait, du pain et du fromage achetés la veille.

« Dites-moi, je vous en prie, que vous ne me méprisez pas, écrivez-moi n'importe quoi, mais écrivez, que je sache au moins qu'il existe quelqu'un au monde qui s'intéresse un peu à mon sort. »

Élise a failli emporter cette lettre ramassée au pied de l'échelle.

Demain, c'est la fête de la paroisse Saint-Nicolas et on nettoie partout, à grande eau, on respire le grand nettoyage jusqu'au milieu de la rue. Place Delcour, puis au bout de la rue Méan, les forains clouent, achèvent de monter tirs et manèges.

Pourquoi les fêtes, toutes les fêtes, ont-elles le don d'attrister Élise ? Est-ce parce que, ces jours-là, elle se sent encore moins chez elle ?

Tout à l'heure, cela commencera par une aubade. Les hommes ont préparé le Bouquet. C'est une immense machine, une perche de plusieurs mètres de haut, un mât plutôt, avec des vergues, et tout cet appareil, qu'ils sont plusieurs à porter droit, est orné de milliers de fleurs en papier.

La musique marche devant, les enfants derrière, chacun balançant une lanterne vénitienne au bout d'un bâton.

Le cortège part de la maison du sacristain, à côté de l'église, et tout de suite il s'arrête devant le café qui fait le coin de la rue Saint-Nicolas. Dès lors, il s'arrêtera devant tous les cafés, devant tous les magasins, partout où il y aura la goutte à boire, de sorte que bientôt le cortège traînera derrière lui un relent de plus en plus âcre de genièvre.

Léopold, en entendant les flonflons, en profitera pour fuir le quartier, franchir les ponts et commencer, dans le premier estaminet tranquille d'une autre paroisse, une nouvelle neuvaine.

Les rues, les trottoirs, les pierres des maisons sont si propres, ce jour-là, qu'on pourrait manger à même les pavés, et les enfants sentent encore le bain qu'on leur a donné dans la bassine à lessive et le cosmétique qui fige leurs cheveux rebelles.

Dans le calme bleuté des carrefours, hommes et femmes préparent les reposoirs pour la procession : à chaque maison, chaque fenêtre devient un autel, avec les bougeoirs de cuivre et les bouquets de roses et d'œillets.

Dès le matin, tout le monde est habillé de neuf, même Élise, qui porte une robe en liberty gros bleu, avec un jabot de dentelle et une haute guimpe montée sur des baleines. Ainsi sa tête, au chignon qui ne tient jamais, paraît-elle plus grosse. Son sourire est plus morose. Comme tous les dimanches, elle a préparé un rôti piqué de clous de girofle, l'arrose de temps en temps, met la graisse à chauffer pour les pommes frites, et l'air devient bleu dans la cuisine, dans la chambre et jusque dans l'escalier.

C'est place Ernest-de-Bavière, là où les autres dimanches les gardes civiques font l'exercice, que le vrai spectacle commence. L'artificier a rangé des centaines de pots de fer. A la sortie de la grand-messe, un homme accourt, qui fait de grands gestes. C'est le signal. Les enfants sont écartés. Chez le charron du coin, une barre de fer rougie attend dans la forge.

Jamais le soleil n'a manqué à la fête. Le ciel est pur. C'est l'été.

Les pots de fer sont pleins de poudre noire qui déborde et voilà l'artificier, traînant sa barre rougie, qui s'élance de l'un à l'autre tandis que tout le quartier retentit d'un bruit de canonnade.

Le vacarme n'est pas fini que la procession sort de l'église et qu'au-devant d'elle, dans toutes les rues, petits garçons, petites filles en robes brodées et empesées, répandent des pétales de roses et des losanges de papier multicolores qu'on a mis des semaines à découper.

Rien n'existe plus de ce qui était la veille. Le monde est transfiguré. La ville n'est plus une ville, les rues ne sont plus des rues et les tramways eux-mêmes s'arrêtent respectueusement aux carrefours.

L'odeur de la procession précède et suit celle-ci. Elle persistera jusqu'au soir, voire jusqu'au lendemain dans les rues, odeur de ces grosses roses rouges, de ce feuillage qu'on piétine, odeur d'encens surtout, en même temps que l'odeur des pâtisseries qu'on prépare dans toutes les maisons et que l'odeur de la fête foraine qui s'ouvrira tout à l'heure.

Un bruit aussi caractéristique que, par exemple, le bruissement d'un essaim d'abeilles, une symphonie plutôt, remplit l'espace : le piétinement des milliers de gens qui suivent la procession à mesure qu'elle se déroule, les cantiques qui changent d'air et de registre : les petites filles des écoles ou de la Congrégation de la Sainte Vierge n'ont pas fini de défiler qu'on devine le bourdon des hommes en noir, ceux de saint Roch qui n'ont d'yeux que pour leur livre de cantiques ; la fanfare est au bout de la rue ; elle tourne le coin ; et pourtant on entend soudain les voix aigres des diacres et des sous-diacres qui annoncent M. le Doyen, roide dans ses vêtements d'or, portant le Saint-Sacrement sous un dais tenu par les notables.

De même qu'à la fête foraine on entendra à la fois la musique de dix ou quinze manèges, les explosions des tirs et les appels des marchandes de croustillons, de même cette procession de deux kilomètres, qui n'évite aucune ruelle, à tel point que souvent la queue rejoint la tête, est-elle un tout dont les morceaux, par moments, s'emboîtent ou se juxtaposent.

Les saints sont tous sortis, la Vierge Noire de la paroisse, saint Roch, saint Joseph, sur des pavois qui s'inclinent dangereusement, et des bannières les précèdent, des petits garçons, des petites filles, des hommes, des femmes, des vieillards, tous groupés par confréries.

Désiré porte un cierge au bout d'un bâton peint en rouge et blanc. Le vieux Mamelin, lui, ganté de blanc, tient le dais au-dessus du Saint-Sacrement.

A onze heures, on entend les grêles accents de l'orgue de Barbarie d'un minuscule manège pour enfants, un manège à deux centimes le tour, puis ce sont les premiers coups de carabine.

Demain, après-demain, Élise parlera à Désiré de son état. Il s'en réjouira sans penser plus loin. Quand il rentre pour dîner, elle sent à son haleine qu'il a bu un apéritif. Il est gai. C'est la fête de sa paroisse.

Tout à l'heure, à deux heures exactement, tous les enfants et petits-enfants Mamelin, dans leurs vêtements neufs, seront réunis dans la cour de la rue Puits-en-Sock. Élise en a déjà des bourdonnements dans la tête. Le dîner fini, debout devant la glace, des épingles entre les lèvres, elle repique trois fois, quatre fois son chignon qui s'obstine à se planter de travers, elle s'impatiente. Désiré est là, derrière elle, à ne rien faire.

— Descends toujours la voiture, veux-tu ?

Il la descend, puis descend l'enfant, car il prévoit le moment où, comme cela arrive si souvent le dimanche, elle éclatera en sanglots, à bout de nerfs, ou déchirera brusquement n'importe quoi.

Quand elle le rejoint enfin, il ne lui demande rien. Il pousse la voiture. Le sol est jonché de fleurs et de bouts de papier multicolores. Les gamins assaillent les charrettes jaunes des Italiens qui vendent des glaces.

— Si ta mère me cherche des misères...

— Elle ne te dira rien. Il ne faut pas y faire attention.

On salue les passants qui sourient. Désiré connaît tout le monde, tous les noms qu'on lit au-dessus des vitrines, voire les gens qui ont quitté le quartier mais qui reviennent le jour de la fête paroissiale comme des enfants prodigues, portant des bébés qu'ils sont tout fiers de montrer aux anciens.

— Tu vois, Désiré. Nous sommes trop tôt. Ils sont encore à table.

— Qu'est-ce que cela fait ?

Une longue table est dressée dans la cour de la rue Puits-en-Sock. Une autre table est servie dans la cuisine vitrée. Tout à l'heure, quelqu'un aura l'idée de compter les personnes réunies autour de Vieux Papa impassible : trente-sept, dont vingt-deux petits-enfants de Chrétien Mamelin qui, en compagnie de son vieil ami Kreutz, va s'asseoir sur le trottoir, entre les deux boutiques.

Tout le monde est beau, les joues sont plus roses, les yeux plus brillants. On entre. On sort. Les femmes ont mis de l'eau de Cologne, ou du parfum.

— Bonjour, Françoise.

— Bonjour, Élise.

Personne ne sait que c'est la dernière fois que la fête sera complète rue Puits-en-Sock. La mère, en gris, selon son habitude, ses cheveux gris en bandeaux, est la seule à ne pas s'asseoir un instant, car à toute heure quelqu'un a faim.

Dans dix jours, exactement, au moment où l'on s'y attendra le moins, elle sera prise de vertige, là, dans cette cuisine, devant son fourneau dont elle est si fière.

Rien que Vieux Papa près d'elle, dans son fauteuil.

— Je ne sais pas ce que j'ai, papa. Je monte un instant. Si ça brûlait sur le feu...

— Allez, ma fille.

On n'a jamais pensé à pareille chose. Pour la première fois de sa vie, elle se couche à quatre heures de l'après-midi, toute seule, et, quand Cécile rentre peu après, ses cris donnent l'alarme. On appelle le docteur. On va chercher Désiré, Lucien, Arthur. Il n'y a que mère Madeleine qui ne puisse pas venir, car il est interdit aux religieuses, fût-ce à la mort de leurs parents, de rentrer dans la maison familiale.

A dix heures du soir, si invraisemblable que cela paraisse à tous, ce sera fini.

Personne, aujourd'hui, ne le soupçonne. Tantôt c'est une fille et tantôt une belle-fille qui dégrafe son corsage pour donner le sein. Trente personnes au moins, de tous les âges de la vie, vont et viennent dans la cour et dans la cuisine. Les demoiselles Kreutz viennent goûter la tarte. Il y a tant de tartes qu'on se demande si on pourra les manger toutes et chaque fois que l'on mange, il faut faire la vaisselle.

— Donne-moi un tablier, Cécile. Je vais t'aider...

La tête tourne un peu de vivre tant de choses à la fois et, dans les voitures d'enfants, les bébés pleurent parce qu'on n'a pas toujours le temps de s'occuper d'eux.

Les hommes fument des cigares et boivent de la liqueur. On se partage les enfants. On emmène les plus grands sur les manèges. On leur achète des glaces et des jouets à deux sous, surtout des moulins de papier tournant au bout des bâtonnets, ou des ballons de baudruche.

A peine a-t-on fini de manger qu'il faut manger de nouveau et les groupes ne se retrouvent plus, les yeux deviennent fiévreux, presque hagards.

— Où est Loulou ?

Loulou est la fille de Charles Daigne ; elle a le même âge que Roger.

— Je crois qu'elle est sortie avec Catherine.

Tout est à voir. Tout le quartier est en fête. Et de partout on entend la musique des manèges et le bruit des tirs.

— Veux-tu que je fasse chauffer les biberons ?

Sans compter le souper qu'on prend dès six heures, un jambon que la mère de Désiré a cuit la veille et qu'on mange avec de la mayonnaise et de la salade.

Les hommes surtout ne sont pas les mêmes que les autres jours, parce qu'ils ont fumé des cigares et bu des petits verres. Dieu sait où ils sont allés quand ils sont sortis tout à l'heure.

— Voyons, Arthur...

Arthur exagère toujours.

L'odeur de la fête s'affadit. La poussière domine de plus en plus. Le soleil a disparu et l'univers tourne lentement au violet, avec des perspectives d'une profondeur effrayante.

Les yeux picotent, les corps sont lourds, surtout les petits corps d'enfants, et pourtant ce sont ceux-ci qui se raccrochent à la féerie.

Élise a mal au dos, mais elle ne dit rien. Toute cette mangeaille l'écœure et, à certain moment, elle se demande si elle ne va pas se cacher pour vomir. Pas un instant elle ne se sent chez elle.

— Viens avec nous faire un tour à la fête.

— Non, Cécile, tu es bien gentille. Vraiment, j'aime mieux pas.

Cécile s'est mariée avec un ouvrier serrurier, un bel homme aux moustaches cirées, qui le dimanche matin, porte, jusqu'au moment de la messe d'onze heures, un appareil pour dresser ces moustaches. Il s'appelle Marcel. Il a un regard agressif de beau garçon vulgaire. Élise ne l'aime pas. De toute la famille, il n'y a guère, à son sens, que Françoise de bien.

Quand il faut allumer le gaz, bien qu'il fasse encore clair dehors, on découvre, sous la nappe bleue que forme la fumée des cigares, des piles d'assiettes sales, des traînées de café, des restes de tarte, le jambon entamé.

— Désiré.

Elle essaie de l'entraîner dehors. Il ne comprend pas. Il est chez lui. Il parle de M. Monnoyeur et tous l'écoutent parce qu'on sait qu'il est le plus intelligent, le plus instruit.

Elle lui adresse des signes. Il s'en aperçoit enfin, questionne à voix haute :

— Qu'est-ce qu'il y a ?

Ailleurs, il aurait tout de suite deviné, mais ici il est déjà redevenu un Mamelin.

— Ça ne va pas ?

Elle pleurerait volontiers. La tête lui tourne. Elle a déjà de la main un geste comme pour se retenir à la table.

— Viens un instant.

Comme c'est discret ! Tous et toutes les regardent s'éloigner ! Dans la cour, près de la pompe de bronze, près des enfants qui les observent aussi, elle balbutie :

— Je ne suis pas bien. Écoute : tu peux rester. Je vais rentrer avec l'enfant.

— Si tu montais te reposer un instant dans une chambre ?

Comment peut-il lui faire une telle proposition ? Se coucher, elle, dans la chambre de sa belle-mère, par exemple, ou dans la chambre de Cécile et de Marcel qui habitent la maison ! Mais rien que l'odeur la révolterait ! Ils sont propres, c'est entendu, n'empêche que chacun, chaque maison a son odeur. Et si elle allait être malade, ne pas pouvoir se lever tout de suite ?

De vilains petits plis se forment près des ailes de son nez. Désiré se résigne.

— Partons.

— Reste, toi ! Si, j'y tiens ! Que diront-ils si tu les quittes un jour comme aujourd'hui ?

— Viens. Je vais leur expliquer.

— Non. Je t'assure, Désiré ! Je n'ai plus le courage de rentrer dans la cuisine. Apporte-moi mon chapeau, mes gants. Ils sont près du moulin à café. Dis-leur...

Elle n'en peut plus. Elle s'appuie à la pompe et elle a besoin de fermer les yeux. Désiré, dans la cuisine, s'efforce de plaisanter pour cacher son embarras.

— Élise n'est pas très bien. Elle s'excuse. La fatigue. Elle n'est pas très forte, vous savez. Elle n'a pas l'habitude du bruit.

Sa mère reste de marbre.

— Tu ne reviens pas ?

— Peut-être. Si vraiment elle n'est pas bien...

— Emporte au moins quelques tranches de jambon. Qu'est-ce que tu cherches ? Ses gants ?

Élise est la seule qui soit venue avec des gants. Catherine, qui étrenne pourtant une robe de soie noire, n'a même pas mis son chapeau pour parcourir les trois ou quatre cents mètres qui la séparent de chez elle.

— Bonsoir, maman. Excuse-nous. Bonsoir tout le monde.

— Bonsoir, Désiré.

Élise est dehors, dans la cour. Bien que personne ne puisse la voir à travers les faux vitraux, elle se tourne vers la cuisine, esquisse un sourire contraint, murmure :

— Bonsoir. Merci...

Ils franchissent le couloir blanchi à la chaux. Chrétien Mamelin, dans le soir qui tombe, est toujours à fumer sa pipe en compagnie de son complice Kreutz. Ils ont pris des chaises dans le magasin. Ils sont chez eux sur ce trottoir où il y a, devant les boutiques, d'autres groupes comme le leur qui regardent farandoler la jeunesse.

— Qu'est-ce que tu ressens ?

— Je ne sais pas. Je te demande pardon.

— Mais enfin, tu sens quelque chose ?

— Ne me gronde pas, Désiré. Si tu savais...

La vérité, la vérité vraie, c'est qu'elle a moins mal au dos qu'un jour de lessive, par exemple. Si elle a eu, un moment, envie de vomir, cela a été passager. Elle aurait pu rester.

C'est plutôt une angoisse morale qui l'a saisie au milieu de cette famille en liesse, de ce désordre cordial et vulgaire dans lequel ils étaient tous si heureux.

Dans lequel ils se vautraient, comme elle dira à Valérie. Ils n'ont pas de finesse, pas de sentiments. Personne n'a remarqué qu'elle lavait toute la vaisselle et, quand on lui a proposé d'aller faire un tour à la fête, il était trop tard, les autres étaient déjà sorties deux ou trois fois. Elle n'y serait pas allée, mais elle aurait souhaité un peu de considération.

Le bruit diminue à mesure qu'ils se rapprochent de la rue Pasteur et l'odeur de la fête se dilue dans la nuit. Les becs de gaz sont allumés.

— Tu es vraiment malade ?

Tant pis ! Elle éprouve le besoin de se venger. Rien ne lui permet de penser que ce qu'elle dit est vrai.

— Je crois que je vais faire une fausse couche.

— Mais... Comment ?... Tu ne m'as jamais parlé de ça...

— J'attendais pour te l'annoncer. Je sentais que cela n'allait pas.

— Veux-tu que je passe chez le docteur Matray ?

— C'est inutile. Ce n'est sans doute pas pour tout de suite.

Elle est méchante, elle le sait. Elle lui gâte sa journée, sa dernière journée pleinement Mamelin, mais un démon la pousse.

— Il y a combien de temps ?

— Deux mois.

— Et tu t'es tue !

Il ne comprend pas. *Chez lui,* les choses se passent plus simplement. Il prend sa clef, ouvre la porte, saisit l'enfant qui est plus lourd que la petite voiture pliante. Il a pitié, certes. Il est inquiet. N'empêche qu'il en veut à Élise. Il devine là-dessous une comédie à laquelle il ne veut pas croire. Il se retourne pour la regarder monter l'escalier et elle le fait exprès, il en est persuadé, de peiner plus qu'il n'est nécessaire, de s'arrêter sur le palier, de s'appuyer au mur.

— Élise.

Elle sourit, de ce sourire qu'elle sait si bien prendre quand elle veut exprimer :

— Ne t'inquiète pas d'un pauvre être comme moi ! J'ai l'habitude de la souffrance, va ! Quand j'avais cinq ans, déjà j'étais une misérable orpheline...

Il allume la lampe, change l'enfant qui est mouillé.

— Tu ne ferais pas mieux de te coucher ?

— Tu n'as pas mangé.

Alors, il s'écrie comiquement :

— *Et le jambon ?*

C'est vrai : il y a les tranches de jambon que sa mère lui a données !
Le dernier jambon qu'elle aura cuit pour toute la famille et dont, ainsi,
il aura malgré tout sa part. C'est lui le préféré. On en parle, rue Puits-
en-Sock. On dit :

— Pauvre Désiré !

Des feux de Bengale s'allument un peu partout dans le quartier et,
au-dessus de la fête, flotte une épaisse fumée d'un jaune rougeâtre. Les
tirs n'arrêtent pas. Les musiques s'entremêlent.

— Élise.

— Ce n'est rien. C'est déjà passé.

Elle a des remords, de le voir là, inquiet et gauche, si plein de bonne
volonté, si grand que son ombre dépasse celle de la garde-robe ! Elle
tente de le rassurer par un sourire.

— Je t'assure que si je voulais me lever...

Elle a menti tout à l'heure. Elle avait besoin de se venger de la rue
Puits-en-Sock, des Mamelin qui l'exaspéraient. Elle n'a rien trouvé
d'autre que d'être malade, de s'en aller en pleine fête et, dehors, comme
elle gardait un reste de rancune contre Désiré, elle en a profité pour lui
parler de sa grossesse.

Elle s'en veut, à présent. Elle le regarde aller et venir, soigner l'enfant,
mettre tout en ordre dans le logement et elle est prise d'une crainte
superstitieuse. Pourquoi a-t-elle parlé de fausse couche ? Quelle idée lui
a passé par la tête ? Elle a pensé que la grossesse n'était pas suffisante,
elle a inventé, elle a voulu être tout à fait malheureuse, tout à fait à
plaindre en face de l'épaisse joie des Mamelin.

Et si, maintenant, pour la punir ?...

— Mon Dieu, je vous en supplie, faites qu'il ne m'arrive rien de
mauvais. Faites que ce que j'ai dit tout à l'heure ne devienne pas une
réalité.

Soudain humble, elle appelle :

— Désiré !

Pauvre Désiré qui s'affole aussitôt et s'ingénie à bien faire !

— Je te demande pardon, Désiré. J'ai été méchante. Je t'ai gâché ta
fête paroissiale.

— Pas du tout, voyons.

— Va les retrouver, je veux. Il est encore temps. J'ai entendu que
ta mère te demandait si tu reviendrais. Ils doivent parler de toi. Ils
me détestent.

— Tu te fais des idées. Repose-toi.

Et, comme il n'a pas encore lu le journal ce jour-là, il s'installe
sous la lampe, en manches de chemise. Longtemps elle le voit fumer
sa pipe, dans un nuage de fumée, avec parfois un regard oblique vers
le lit, puis un regard vers le berceau de l'enfant. Il n'est déjà plus
inquiet.

Elle fait semblant de dormir.

— Mon Dieu, je vous en supplie, faites que... Pardonnez-moi ce que j'ai dit tout à l'heure...

Elle a peur. Elle s'endort dans la peur et il fait jour quand elle ouvre soudain les yeux, cherche de la main le corps couché près du sien.

— Désiré... Vite ! Cours vite chercher le docteur Matray !

9

François Marette est mort. Il paraît que ce n'était pas un simple agent de police mais un brigadier.

Depuis que sa belle-mère est morte, Élise collectionne les faire-part, annonce tous les décès d'une voix navrée.

— Tu sais, Désiré, ce vieux monsieur encore si vert qu'on rencontrait toujours rue de la Commune...

Y a-t-il réellement plus de morts cet automne-là que les précédents ? Ou pense-t-elle qu'une hécatombe exceptionnelle rendrait chaque deuil moins douloureux ?

Elle porte à nouveau le voile, celui qu'elle portait pour sa mère, si épais qu'on la reconnaît à peine, si long que quand le vent le soulève tout à coup à un coin de rue, Élise a l'impression qu'on lui arrache les cheveux.

Désiré n'a eu que sa cravate à changer. Chaque année, Élise lui en achète une pour sa fête, d'un ton distingué, mauve ou violine, et elle la fixe une fois pour toutes sur un appareil en celluloïd. On a repris dans le tiroir de gauche la cravate noire.

— Les gens se demandent, Désiré, s'il ne s'est pas suicidé. Depuis que son fils a fait cela, il était devenu neurasthénique, ce n'était plus que l'ombre de lui-même.

On prétend aussi que François Marette souffrait d'un cancer à l'estomac.

— La sœur de Mme Pain habite à côté de chez eux, rue du Laveu, une petite maison qu'ils ont fait bâtir et qu'ils paient par annuités. Il paraît que c'est affreux.

Pourquoi serait-ce plus affreux que, par exemple, la mort de Mme Mamelin dans la maison de la rue Puits-en-Sock ?

Les feuilles tombent. On a sorti les gros pardessus des armoires. Ce n'est pas encore la Toussaint et déjà on rencontre des enrhumés, entre autres Mme Pain qui a le bout du nez rouge et lisse comme une cerise. Les pavés sont plus clairs, comme méchants, couverts d'une fine poussière que le vent fait glisser à quelques centimètres du sol.

— C'est à cause de la pension...

Désiré ne comprend pas, écoute distraitement cette histoire de la rue du Laveu dans laquelle intervient à présent une pension. Sa mère est morte. Ce n'est pas un drame. Ce n'est rien qui se raconte. C'est un vide, un vide de tous les jours, de tous les matins, car il ne fait plus de détour par l'église Saint-Nicolas et par la rue des Récollets pour passer quelques minutes dans la cuisine aux faux vitraux. Il le pourrait. Cécile, qui a épousé Marcel Wasselin, est restée dans la maison avec son père.

— Si on arrivait à prouver qu'il s'est suicidé, tu comprends, qui sait si sa femme toucherait la pension ?

Est-ce le chagrin, à la suite du geste de son fils ? Est-ce le cancer à l'estomac ? Est-ce à cause de sa démission qu'il a donnée trop hâtivement, alors qu'on le montrait du doigt dans la rue ? François Marette avait pris l'habitude, dans les derniers temps, de se promener chaque jour quai des Pitteurs, si loin de chez lui, à un des rares endroits où les quais de la Meuse n'ont pas de parapet. Des heures durant, en silence, fumant sa pipe d'écume à petites bouffées, il regardait les pêcheurs.

On peut prétendre qu'il a été pris d'une défaillance. On peut croire aussi qu'il s'est suicidé.

— De cette façon, sa femme aura quand même sa pension !

Élise suit son idée.

— C'est trop peu pour vivre. C'est à peine le strict nécessaire. Heureusement que la maison leur appartient.

Le deuil la rend plus frêle, plus jeune fille, dirait-on, sous ses cheveux d'un blond vaporeux.

— Mme Pain m'a dit... Tu m'écoutes ? Elle m'a dit que Mme Marette a décidé de prendre des locataires, des étudiants. Elle en a déjà trouvé un qui donne trente francs par mois pour une chambre, bien que la rue du Laveu soit si loin de l'Université !

Désiré mange, mouche la lampe, sourit à Roger. Désiré ne comprend pas ou ne veut pas comprendre. Il jouit d'une exaspérante force d'inertie et dans quelques minutes, malgré son deuil, il fera le tambour en marquant le pas autour de la chambre obscure, le gamin sur les épaules.

Il ne connaît pas Mme Marette qui est veuve et qui va prendre des locataires. Il ne s'intéresse pas à toutes les veuves du quartier dont on lui rebat les oreilles.

Chaque matin, il quitte la rue Pasteur un quart d'heure plus tard, parce qu'il ne va plus dire bonjour à sa mère ; il ne lui porte plus, chaque semaine, ses faux cols à blanchir, et il mange le pain du boulanger.

M. Marette est mort ? M. et Mme Marette possédaient, rue du Laveu, un peu en dehors de la ville, sur la hauteur, une maison assez pareille à celle qu'Élise rêve depuis longtemps de louer, Élise qui n'est pas veuve, qui ne sait pas si elle le sera un jour, mais que cette idée torture déjà.

— Trente francs pour une seule chambre, Désiré ! Pense à ce qu'on retirerait d'une maison dont on louerait seulement trois chambres.

Il n'écoute pas, n'y croit pas. Il y a des éventualités qu'il se refusera toujours à envisager.

— Tu crois qu'il s'est vraiment suicidé ?

Qui ? L'agent de police ? Eh bien, s'il s'est suicidé, c'est qu'il a cru bon de le faire.

— ... Et tu penses que c'est à cause de son cancer ?

— Il faut bien mourir de quelque chose !

Une peine à la fois. Les siennes d'abord, ce vide, cette rue Puits-en-Sock dont il ne tourne plus le coin, cette impression qu'une ancre vient tout à coup à vous manquer et qui le fait travailler deux fois plus au bureau.

— Je ne peux pas m'empêcher de penser à cette pauvre femme.

— Tu as dit tout à l'heure qu'elle touche une retraite.

— Ce n'est pas assez pour vivre. Et si elle n'avait pas de retraite ? Si ce n'était pas la femme d'un fonctionnaire et s'il n'avait pas songé à acheter une maison !

Elle ne comprend donc pas que cette heure du tambour lui appartient en propre, que c'est une heure de joie profonde ? L'enfant, sur ses épaules, réclame :

— Encore !

Veut-elle forcer Désiré à répondre une fois de plus :

— Que nous manque-t-il ?

Elle aura beau faire, il ne veut pas penser, il ne pensera jamais qu'elle pourrait devenir veuve, comme Mme Marette. Il chante, pour le gamin qu'il vient de coucher et qui garde les yeux ouverts dans la pénombre :

> *C'étaient deux amants*
> *Qui rêvaient d'amours lointaines.*
> *C'étaient deux amants...*
> *Que reniaient leurs parents...*

Il est ému. Pour rien. Pour sa mère. Pour lui. Pour son fils. Et Élise qui paraît si sûre d'être veuve un jour et qui ne touchera pas de pension !

> *Ils s'en sont allés*
> *Sur une barque fragile*
> *Ils s'en sont allés*
> *Au pays des exilés...*

Elle a mal au dos. Elle est faible. Elle s'est plainte au docteur Matray.

Et pourtant, que lui manque-t-il, dans ce logement de deux pièces qu'un seul feu suffit à réchauffer, une seule lampe à éclairer ?

> *L'amant dit : « Mon cœur,*

Je me ris de la tourmente. »
L'amante dit « Mon cœur
Près du tien n'aura pas peur... »

— Tu le fatigues, Désiré. Ferme la porte. Laisse-le.

L'amant dit : « Mon cœur,
Je me ris de... »

Il y a plein de veuves, cet automne-là, dans le quartier, plein de veuves dans la ville, Mme Marette est veuve, elle a déjà pris des locataires pour vivre, et Félix Marette, au fond de sa boutique de la rue Montmartre, n'en sait rien, ne sait pas non plus que son père est mort.

Est-ce que cela lui ferait du chagrin de l'apprendre ? Il lui est arrivé, autrefois, de dire, crispé, à Philippe Estévant et à Doms, quand ils buvaient une partie de la nuit, dans un coin du « Café de la Bourse », derrière le théâtre :

— Je les hais ! Je hais mon quartier, ma rue, ma maison, je hais l'école où j'ai fait mes premières classes...

Et pourtant il ouvre les yeux sans dégoût, sans impatience, dans son grenier de la rue Montmartre. Il n'a pas besoin de réveil. Dès sept heures, la cloison commence à vibrer. C'est sa voisine, une piqueuse en chambre, qui se met au travail.

La pluie dégouline sur les vitres inclinées de la lucarne. Il passe un pantalon, des pantoufles, prend son broc et va chercher de l'eau au fond du corridor.

Il ne ressent pas ici cette impression de médiocrité sordide, hallucinante — certaines fois, il en aurait crié — qui l'atterrait quand il voyait son père en chemise, les jambes velues, taillant avec satisfaction, en fredonnant, les poils de sa barbe et de ses moustaches devant l'armoire à glace.

La piqueuse est une grosse fille à taches de rousseur qui a un enfant en nourrice. Il lui arrive, une fois par semaine environ, de recevoir un homme et Marette entend tout, sans envie comme sans dégoût, lui qui souffrait de l'odeur fade de la chambre maternelle.

Comme il l'a fait souffrir, ce papier peint à petites fleurs roses, les mêmes fleurs pendant quinze ans, avec les mêmes taches, et du sombre à hauteur du lit produit par l'haleine des dormeurs !

Il se lave. Rue Montmartre, les murs blanchis à la chaux ne sont pas propres. Il ne les a ornés que d'un dessin. Il n'a pas de prétentions à l'art mais patiemment, en recommençant cent fois, il a tracé un étrange portrait d'Isabelle, un ovale long, et régulier comme celui de certaines vierges en bois sculpté du Moyen Age, les deux bandeaux de cheveux, deux traits concaves, comme un accent, qui forment de grands yeux clos, la ligne sinueuse de sa bouche.

C'est tout. Son regard suffit à animer cette image qu'il peut maintenant reproduire en trois ou quatre traits rapides à force de l'avoir calquée.

Son costume est fatigué. Quand il aura un peu d'argent, ce sera pour s'acheter des chaussures. Il les cire lui-même. Il fume, en descendant l'escalier, une première cigarette. L'immeuble comporte quatre escaliers marqués A, B, C et D. Le sien, l'escalier D, qui débouche sous la seconde voûte, après la cour, est le plus étroit, le plus crasseux, il dessert de multiples alvéoles derrière lesquels, en passant, on surprend de la vie, des existences précaires, des êtres venus de partout, un Arménien, des Juifs polonais, un fourreur en chambre, un marchand de plumes pour chapeaux, une brodeuse, et tout cela se trouve résumé en quelques mots, noir sur émail blanc, dans le couloir principal, près de la loge.

Dans la rue Montmartre qui, à cette heure, sent encore les Halles, Félix Marette gagne un petit bar où il mange des croissants trempés dans du café, en parcourant des yeux un journal.

C'est de la cuisine de ses parents qu'il a gardé la haine. Elle est toute petite, mais neuve, avec ses murs peints à l'huile, son calendrier, son porte-journaux réclame, le râtelier à pipes, les deux casseroles de cuivre dont on ne se sert pas. Le matin, elle sent les œufs au lard. La soupe commence à mijoter. On devine le monotone déroulement des heures, le coup de sonnette de la marchande de lait.

Mme Marette, en pantoufles, les cheveux sur des épingles — des cheveux si noirs que certains croient à une perruque — Mme Marette ouvre la porte, sans un mot, tend son poêlon d'émail. Elle est toute petite, maigre, anguleuse ; le visage inexpressif a l'air taillé dans du bois et peint en blanc et noir. Sans dire ni bonjour, ni merci, elle donne sa monnaie, jette un coup d'œil vers le bas de la rue et referme la porte.

Rien que d'y penser, Félix en souffre encore. Cette rue en pente aux maisons trop neuves, trop petites, trop propres, ces portes s'ouvrant les unes après les autres au passage du marchand de légumes qui cesse de pousser sa charrette pour souffler dans une trompette...

Et les autres rues, à gauche et à droite, déjà tracées, avec des trottoirs non pavés, des arbres malingres qui gèlent chaque hiver, de grands trous entre les maisons qui paraissent avoir été posées là provisoirement !

Il se souvient de tout avec une écœurante minutie, du ton des pierres de taille à chaque heure de la journée — de l'odeur des pierres de taille, l'été, au mois d'août, quand on joue aux billes en plein soleil — des brumes, l'hiver et des becs de gaz allumés quand, en caban, on revient de l'école et qu'on pousse un caillou à coups de pied. Cette lumière qu'il voyait par la serrure, au fond du corridor trop étroit, avant de toquer à la boîte aux lettres. Jusqu'aux caractères de ce mot « lettres » gravé sur cuivre qu'il pourrait retracer exactement.

Le coude à coude dans le petit bar suintant de la rue Montmartre ne l'incommode pas. La boutique noire, avec une partie de la vitrine consacrée aux timbres en caoutchouc, ne lui paraît pas laide. Il ne se révolte pas en voyant arriver le solennel M. Brois.

Si pourtant M. Brois avait été son père ?

— Je les hais ! Je les hais tous ! disait-il avec exaltation à Estévant et à Doms, dans la tiédeur du « Café de la Bourse ».

Même les pères jésuites du collège Saint-Servais où ses parents le faisaient étudier au prix de gros sacrifices !

— *Le commissaire m'a dit...* commençait le père Marette avec une douce satisfaction, quand il rentrait le soir, un peu de fumée s'exhalant de ses poils.

Son fils le regardait durement, lui en voulait de cette docilité, de cet orgueil naïf et bête, lui en voulait d'être lui, d'être son père.

Pourquoi n'en voulait-il pas à M. Brois, si laid, si mou, toujours vêtu du même complet trop large couvert de taches, de linge douteux, mal rasé, arborant à la boutonnière le ruban de Dieu sait quelle décoration honteuse ?

— Voudriez-vous avoir l'obligeance, monsieur Miette, de me prendre à la réserve douze douzaines de gommes « Éléphant » modèle B ?

Même cette politesse affectée, que M. Brois devait considérer comme le comble du mépris, ne l'irritait pas.

Là-bas, à Liège, il n'était pas jusqu'aux rues qui ne l'irritassent, le chemin qu'il faisait chaque jour à heures fixes, les magasins, entre autres un grand magasin de chaussettes, à trois vitrines de la rue Saint-Gilles, dont il flairait déjà l'odeur à cent mètres !

C'est par haine qu'il avait quitté le collège après la seconde, par haine pour ses camarades, et aussi parce qu'il n'avait plus le goût d'étudier.

— Je veux travailler, avait-il annoncé.

Sa mère s'était immobilisée, ce qui était sa façon de manifester ses émotions, comme à l'annonce d'une catastrophe. Son père avait cru devoir lui adresser un discours solennel, en hochant la tête, content de lui, lâchant des volutes de fumée.

— Mon fils, tu auras bientôt dix-sept ans et c'est donc à un homme que je parle, c'est en homme que je veux te parler.

Félix s'enfonçait les ongles dans la chair. Fuir ! N'importe où ! Pour toujours ! Ne plus les voir ! Ne plus rien voir de ce qu'il connaissait jusqu'à la nausée !

Au lieu de cela, il traînait de place en place, hargneux, haineux, insatisfait, il faisait par hasard, au « Café de la Bourse », la connaissance de deux hommes étonnants, Philippe Estévant aux longs cheveux, aux yeux sombres, à la cravate lavallière, et l'impassible, le terrifiant Frédéric Doms qui ouvrait si rarement la bouche.

Ces deux-là le comprenaient. Ces deux-là écoutaient jusqu'au bout ses discours exaltés et Estévant s'enthousiasmait :

— Il faut écrire tout cela. N'est-ce pas, Doms ? Nous le publierons dès que nous aurons monté notre imprimerie. C'est tout à fait dans la note du mouvement. Tout à fait !

Pourquoi les deux hommes avaient-ils choisi ce paisible « Café de la Bourse », si chaud, si plein de calme, où les mêmes joueurs du quartier venaient s'asseoir aux mêmes tables et où Jules, le garçon, savait d'avance ce qu'il devait leur servir ?

Ils avaient leur coin, dans l'angle formé par la double porte et le mur. Ils y restaient sans parler, à fumer des pipes. Parfois ils compulsaient des papiers qu'Estévant apportait dans une serviette toujours bourrée.

Pour Félix, c'était devenu un besoin. Dès que l'heure approchait, il se sentait nerveux, ses doigts frémissaient comme ceux d'un intoxiqué, rien au monde n'aurait pu l'empêcher d'y aller. Il marchait vite, rasait les murs. Les rues perdaient leur laideur. Une peur le poignait, celle que les deux hommes n'y fussent pas, ou encore celle, bien plus atroce, qu'ils se fatiguassent du gamin qu'il était.

Doms ne le regardait-il pas avec un certain mépris ? Qu'est-ce que Doms, qui avait voyagé partout, qui avait peut-être quarante ans, qui avait approché tant de gens, pouvait penser de lui ?

Il était gras, imberbe. Avec ses cheveux rares, d'un blond clair, il faisait penser à un prêtre défroqué et ses yeux étaient déformés par d'étranges lunettes où un disque plus épais, au centre, accrochait la lumière.

Estévant, lui aussi, craignait toujours un mot de Doms, un de ces mots qu'il laissait tomber si froidement en regardant ailleurs, comme si ses interlocuteurs n'eussent pas valu la peine d'un coup d'œil.

Était-il hollandais ? Était-il flamand, comme son accent le laissait supposer ? Il donnait à entendre que c'était là un secret redoutable connu de lui seul ; il prétendait qu'aucune police au monde n'était capable de déchiffrer l'énigme de sa personnalité.

Parfois, il disparaissait pendant quelques jours. Estévant confiait à Marette :

— Il est allé à Berlin.

Ou encore :

— Genève ! Un groupe de nos amis russes prépare un coup.

Estévant écrivait des vers, et des tracts qu'on devait publier quand l'imprimerie serait montée, c'est-à-dire quand on aurait trouvé l'argent.

Pour cela, Marette avait volé de petites sommes à ses parents et à ses patrons.

— Merci. Hélas ! Ce n'est qu'une goutte d'eau à côté de ce qu'il nous faut si nous voulons passer à l'action.

On lui avait prêté des brochures mal imprimées qui ne portaient pas de nom d'éditeur. Il y en avait une, entre autres, écrite en mauvais français, sur l'action directe et sur l'importance du geste.

Le soir, Estévant rentrait chez ses parents, dans une confortable maison du boulevard d'Avroy, car il était fils d'un professeur de l'Université. Dans quel repaire Doms s'enfonçait-il ? Jamais Marette n'avait su où il couchait. On lui disait seulement que ce n'était pas deux fois au même endroit.

Que ressentirait-il maintenant en apprenant la mort de son père ? Y penserait-il seulement cinq minutes et le piano, au-dessus de sa tête, ne l'arracherait-il pas bientôt à sa stupeur ?

C'était jour de Conservatoire. Isabelle allait descendre, un peu avant dix heures. Il couvrait d'adresses des enveloppes bleu pâle, en papier rêche sur lequel crachait la plume. Le premier commis, M. Brois, allait et venait autour de lui et M. Vétu se penchait sur ses timbres en caoutchouc, car il travaillait à une petite table près de la vitrine.

Est-ce qu'elle ne souffrait pas, elle aussi ? Pourquoi était-elle toujours si pâle ? Jamais il ne l'avait vue sourire.

Elle sortait de l'entresol comme d'un bain de musique dont elle restait imprégnée, s'arrêtait devant la caisse, demandait de sa voix indifférente :

— Donne-moi de l'argent.

Rien d'autre ! Jamais ! Elle portait de hautes bottines vernies. Elle ne changeait pas de chapeau d'un bout de l'année à l'autre.

Il aurait voulu la suivre dans la rue, la frôler, surprendre son regard ailleurs que dans le magasin sombre.

Il l'aimait. Il avait écrit à Léopold, cet être si déroutant à qui il avait voué une admiration plus grande que celle que lui inspirait Doms.

Au début, il n'avait pris garde à lui. Un homme petit et trapu, à la barbe noire, à l'haleine d'ivrogne, et qui entrait en titubant, se laissait lourdement tomber sur la banquette, contemplait son verre sans s'occuper de personne.

Pourquoi Léopold avait-il levé vers lui son regard noir d'une pénétration surprenante ?

Est-ce qu'il les écoutait parler ? Une fois, Félix Marette avait eu l'idée biscornue que c'était un agent de la Secrète déguisé et il avait osé en parler à Doms.

— Vous ne croyez pas qu'il vous suit ?

Doms avait examiné Léopold à travers ses doubles verres puis avait haussé les épaules sans rien dire.

Eh bien, Marette ne s'était pas tellement trompé. Léopold était certainement un autre homme que celui qu'il paraissait être. Il savait des choses que Doms ignorait. La preuve, c'est qu'il avait suivi Marette, un soir, en zigzaguant. Il l'avait bousculé et avait grommelé, peut-être simplement parce que le gamin était sur son chemin :

— *Vous feriez mieux de faire attention !*

Il restait des semaines sans se montrer. Marette ne savait pas que c'étaient les semaines qu'il passait sur une échelle de peintre en bâtiments.

Une fois, il était tard. Doms et Estévant n'étaient pas venus. Marette se morfondait dans son coin et buvait plus que de coutume quand

Léopold, assis à la table voisine, s'était mis à parler, comme pour lui seul.

— C'est une honte de monter la tête à un gosse.

— C'est à moi que vous en avez, monsieur ?

— Si ces gens-là ont envie de faire de la sale besogne, ils n'ont qu'à l'accomplir eux-mêmes.

C'était l'heure. Le piano s'était tu. Des pas. Isabelle traversait l'entresol dans toute sa largeur. Elle devait dédaigner de se regarder dans la glace pour mettre son manteau. L'hiver — et l'hiver commençait — elle s'entourait le cou d'une étroite écharpe de martre.

A la caisse, sa mère préparait déjà la monnaie et on voyait enfin paraître les bottines d'Isabelle dans l'escalier en colimaçon, le bas de son manteau, le carton à musique.

Un jour, il lui remettrait, sans un mot, avec simplement un regard, un seul, le dernier, l'histoire de sa vie, et il s'en irait.

Il en souffrait d'avance, il vivait cette minute ultime, les pas qu'il ferait pour s'éloigner. Il ne se retournerait pas.

Et Mme Vétu qui ne trouvait à dire à sa fille que :

— Tu n'as pas oublié tes gants ? Le vent est froid.

Elle le savait, elle qui ne sortait jamais, parce que les clients étaient bleus quand ils entraient et qu'ils se chauffaient machinalement les mains au poêle.

Félix suivait Isabelle des yeux, se rapprochait de l'étalage pour la voir plus longtemps, sans se rendre compte qu'il avait l'air d'un halluciné et que toute autre femme que cette mère imbécile devinerait du premier coup.

Dans la rue d'un vilain gris de novembre, le visage pâle passait derrière la vitre et il avait à peine disparu que Félix Marette recevait un choc. De l'autre côté de la chaussée, sur le trottoir d'en face, près d'une mercerie, un homme debout, les mains dans les poches d'un épais pardessus, le regardait fixement.

C'était Doms. Celui-ci ne lui adressait aucun signe, n'essayait pas d'entrer en contact avec lui autrement que par ce regard qui ne daignait rien exprimer.

— *Je suis ici.*

C'était tout. Félix pouvait s'enfoncer dans la demi-obscurité du magasin, il savait qu'il restait accroché comme par un fil aux yeux que les doubles lunettes grossissaient.

Il était si surexcité que M. Brois le regarda avec étonnement et toussa. Que pouvait faire, où pouvait se rendre le poussiéreux M. Brois en sortant de la boutique de la rue Montmartre ? Il était inconcevable qu'une femme, des enfants, fût-ce une sœur, l'attendissent quelque part. Personne n'avait jamais dû poser ses lèvres sur ce visage sans couleur et sans âge qui sentait la colle de pâte. M. Brois ne fumait pas, mangeait des cachous qu'il tirait de quart d'heure en quart d'heure d'un petit étui métallique.

Marette trouva quelque chose à ranger du côté de la vitrine et ne vit plus Doms à sa place ; un instant il faillit se réjouir, mais il comprit qu'il n'en était pas débarrassé.

Que faire ? Il lui faudrait quitter le magasin. Fût-ce pour remonter dans sa mansarde, il devait passer par la rue.

C'était Léopold qui avait raison. Par quel hasard Léopold s'était-il trouvé sur son chemin moins d'une demi-heure avant l'attentat ? Malheureusement, il ne savait pas. Il devinait la vérité, mais il devait penser que c'était pour plus tard. S'il avait su, s'il avait seulement regardé le paquet ficelé que Marette tenait à la main, que de choses eussent changé !

Le soir, par contre, Marette avait rôdé en vain autour du « Café de la Bourse » ; ni Doms, ni Estévant n'y étaient ! N'auraient-ils pas dû se trouver là pour l'aider ? N'était-ce pas à eux de jouer ce rôle ?

— Viens.

Cet ours velu de Léopold titubait dans l'ombre.

— Allons, viens.

Et il l'avait conduit comme par la main. Jamais Marette n'oublierait cette trappe dans le plafond, le douteux paquet de charcuterie que son compagnon avait tiré de sa poche, le lit qu'il lui avait abandonné, la crise de larmes qui l'avait laissé chaud et vide avec des pommettes de fièvre.

Comment Doms l'avait-il retrouvé ? Marette n'avait donné son adresse à personne ; Léopold lui-même lui écrivait à la poste restante au nom de Félicien Miette.

De l'avoir aperçu là, dans la rue, c'étaient comme des bouffées de Liège, mais ce n'étaient pas des bouffées du « Café de la Bourse », c'étaient des bouffées de certaines rues, surtout de la rue du Laveu, si déserte quand Marette remontait le soir, les becs de gaz régulièrement espacés, la lumière au premier étage, chez une vieille dame — la femme d'un officier — qui souffrait d'insomnies, puis l'odeur de la maison au moment où il poussait la porte, le mot que son père lui laissait bien en évidence.

Il y a une côtelette froide dans le buffet.

Il ignorait que son père, depuis, avait eu la patience de se promener pendant des semaines au bord de l'eau, quai des Pitteurs, pour que sa mort ne parût pas équivoque.

— Voudriez-vous avoir l'obligeance, monsieur Miette, de monter sur cette échelle et de poser ces buvards dans le second casier de gauche, tout en haut.

Il obéit sans s'en rendre compte. Il avait peur. Qui sait si ce n'était pas Doms qui était de la police ? On parle souvent d'agents provocateurs. Dans les brochures qu'on lui avait données à lire, il en était question.

Le temps passait et il ne parvenait pas à se calmer, bien qu'il n'aperçût plus une seule fois Doms sur le trottoir d'en face. Les jours de Conservatoire, il ne revoyait pas Isabelle à son retour, car elle rentrait à midi et quart, quand il était déjà parti, et il n'avait jamais osé la guetter dans la rue.

M. Brois s'entourait le cou de son cache-nez tricoté, endossait son pardessus informe, ouvrait la bouche pour y déposer avec précaution un tout petit cachou.

— Bon appétit, monsieur Vétu. Mes hommages, madame.

Il fallait sortir, coûte que coûte. Marette s'engouffra dans la rue, essaya de se mêler à la foule, fila, sans regarder autour de lui, dans la direction des Grands Boulevards. Il n'avait pas parcouru cinquante mètres qu'une voix paisible prononçait à côté de lui :

— Vous allez bien ?

Il gaffa, joua la surprise. Doms se contenta de murmurer, comme on accuse :

— Je croyais que vous m'aviez reconnu.

— C'est-à-dire que je n'étais pas sûr.

— Où déjeunez-vous ?

— Cela dépend.

Encore un mensonge maladroit, car il était si affolé qu'il emmena son compagnon dans un bouillon où il avait sa serviette dans un casier et où il payait avec des tickets.

Doms mangea à sa table, lui laissa donner deux tickets. Il ne lui apprit pas depuis quand il était à Paris, ni pourquoi. Il ne donna aucun renseignement, selon son habitude, resta placide et mystérieux.

A la fin seulement, quand il se fut essuyé les lèvres, il ouvrit la bouche et Marette, comprenant que le moment était arrivé, se figea sur sa chaise.

— Je...

Un temps. Doms le faisait exprès, taillait une allumette pour se gratter les dents et regardait vaguement les dîneurs serrés les uns contre les autres, parmi lesquels se faufilaient des serveuses en noir et blanc.

— On m'a appris que vous disposiez d'une chambre avec entrée indépendante dans la maison où vous travaillez.

Le sang monta aux joues de Marette dont les tempes battirent. Ainsi, c'était bien la catastrophe qu'il avait prévue le matin, plus terrible encore qu'il ne l'avait prévue.

— C'est-à-dire que mes patrons...

— Je sais. Je vous attendrai ce soir sous la voûte. Je ne vous dérangerai pas beaucoup.

— Il n'y a qu'un lit. En outre M. Vétu pourrait monter...

— Qu'irait-il faire dans la mansarde ? Au pis-aller vous en serez quitte pour lui raconter que je suis un cousin de province.

Doms regarda l'heure à sa montre, cura encore un peu ses dents.

— Il faut que je m'en aille. On m'attend. Je suis content de vous avoir revu. A propos, vous savez qu'Estévant fonde une revue ? Une vraie revue, chez un véritable imprimeur.

Un sourire laissa deviner au jeune homme tout le mal que Doms pensait de cette revue.

— A ce soir ? N'oubliez pas. Mettons à... Au fait, vous dînez ici aussi ?

Il dit oui. Ce n'était pas vrai. Le soir, par économie, il se contentait de manger un morceau de fromage dans une crémerie.

— Eh bien, je vous attendrai à la sortie et nous viendrons ici. J'espère ne pas être en retard.

Il revint sur ses pas alors qu'il avait déjà tourné le bouton de la porte.

— Au fait, passez-moi donc quelques francs. Merci. A tout à l'heure !

Marette rentra le premier au magasin et, pour la première fois, le piano résonna un certain temps au-dessus de sa tête sans qu'il l'entendît.

Sous le bec de gaz qu'on venait d'allumer, fixant le visage de M. Brois, il était pris de transes soudaines, comme dans ses cauchemars d'enfant, avec des moiteurs au front, une folle angoisse dans la poitrine et les jambes de plomb.

10

Il pleut, il fait noir. Léopold, traversant les rues en biais, clopine déjà du havre faiblement lumineux d'un caboulot à un autre. Il sent venir les fêtes plusieurs jours à l'avance. La foule qui s'apprête à s'amuser le dépayse et il ne sait plus où se mettre, il est mal à l'aise partout, maussade, il grogne et il boit, n'importe où, cherchant un coin que les autres n'ont pas encore envahi.

On est le 31 décembre. Tout à l'heure une petite cérémonie se déroulera chez M. Monnoyeur. Chaque année, c'est exactement la même chose. Sur le coup de six heures, Désiré toussote et fait signe à ses collègues. Ceux-ci, après avoir rajusté leur cravate, le suivent dans le bureau du patron qui feint la surprise.

— Monsieur Monnoyeur, nous nous faisons un devoir et un plaisir, en ce dernier jour de l'année, de venir vous présenter, pour l'an nouveau, nos meilleurs vœux de santé et de prospérité.

M. Monnoyeur, maigre et chafouin, se lève, serre les mains.

— Mes amis... hum... mes bons amis... Je suis très... très touché...

Le bureau sent le vieux papier et le vieux cuir. Sur la cheminée, à côté d'un bronze d'art, une bouteille de porto est préparée, avec le nombre voulu de verres.

— Si vous le voulez bien, nous allons trinquer à l'année qui commence.

La boîte de cigares est préparée, elle aussi. Chacun en prend un et l'allume. Un peu de fumée bleue monte dans l'air. On boit le porto à petites gorgées et dans le jardin dénudé par l'hiver on voit la pluie qui tombe triste.

— A vos souhaits à tous et à vos familles.

C'est fini. M. Monnoyeur prend la boîte de cigares et la tend à Désiré.

— Faites-moi le plaisir de partager avec vos collègues.

Le partage s'effectue dans le bureau. Quatre cigares par personne, sans compter celui qu'on continue à fumer chemin faisant et qui a un arrière-goût sucré de porto.

Élise, qui n'a pas mis son voile pour aller plus vite, court dans les rues comme une souris. Tenant son parapluie serré, elle glisse devant une vitrine, disparaît dans le noir, renaît à peine sous un bec de gaz, se précise à nouveau devant un étalage, si pressée que ses lèvres remuent déjà pour prononcer les mots qu'elle dira au boucher.

Mme Pain a accepté de garder Roger pendant une heure. Elle a un fils du même âge, à un mois près. C'est une femme qui ne sait rien faire dans son ménage, toujours lasse, toujours à gémir, une de ces femmes de qui on n'est pas étonné de lire dans le journal que leur enfant s'est ébouillanté ou noyé dans une bassine à quelques pas d'elles.

La Meuse est encore une fois grosse, les planches disjointes et visqueuses de la passerelle rebondissent, on frôle la foule sans distinguer les visages et la ville n'est qu'un pointillé lumineux ; place Cockerill, rue des Carmes ; Élise s'engouffre dans l'univers glacé de la halle aux viandes où les lampes à arc n'éclairent qu'une partie des poutrelles de fer.

— Un demi-kilo de pot-au-feu, madame Mouron, puis un rôti comme d'habitude, pas trop gros, et un os à moelle.

Les samedis et veilles de fêtes, elle vient acheter sa viande aux halles, mais pour rien au monde elle ne s'adresserait à un autre boucher que le sien. Elle plaint et réprouve un peu celles qui se servent ailleurs, qui ne savent pas ou qui veulent économiser quelques centimes. Sur la viande, il ne faut jamais marchander.

Elle serre dans la main son porte-monnaie qu'elle a toujours si peur de perdre avec la clef qui est dedans. Elle compte les pièces, sourit.

— Merci, madame Mouron. A samedi.

Elle serait fort étonnée d'apprendre que la grosse bouchère ne la reconnaît jamais et se demande pourquoi cette cliente lui dit si gentiment bonjour et au revoir.

En face, les trois vitrines de chez Schroefs ; Élise, qui ne veut pas regarder de ce côté, fonce en hâte dans le courant d'air pluvieux de la rue, parapluie en avant, son filet lui battant la hanche et, juste en tournant le coin, en face de l'Université, elle se jette en plein sur un homme, s'excuse, balbutie.

Lui dit simplement, un bout de cigare éteint dans ses moustaches grises :

— Élise !

— Hubert !

C'est lui qui a des torts envers elle et pourtant c'est elle qui perd contenance, sourit, paraît émue, se demande si elle ne devrait pas l'embrasser.

— Je viens justement de chez toi.

— Mon Dieu ! Et tu n'as trouvé personne !

C'est Schroefs, Hubert Schroefs, son beau-frère, le mari de Marthe. Dire qu'elle a vécu trois ans chez lui, après la mort de sa mère, et qu'il lui paraît tellement étranger, tellement impressionnant ! Il est vrai que les Schroefs, en ce temps-là, n'habitaient pas encore les vastes bâtiments de la rue des Carmes, mais un magasin plus modeste, à une seule vitrine, rue André-Dumont.

Élise suit son beau-frère et se demande ce qu'il a à lui dire. Il prend son temps. Au fait, s'il est allé chez elle alors qu'ils ne se sont pas vus depuis deux ans, depuis plus de deux ans même, depuis le mariage d'Élise, c'est qu'un événement grave s'est produit.

— Mon Dieu, Hubert ! Marthe ?...

Il fait oui de la tête, déclare :

— Elle s'est encore une fois enfermée. Elle a dû trouver mon revolver dans la table de nuit. Tout à l'heure, elle a menacé de tirer à travers la porte.

Ce n'est pas lui qui prononcerait un mot de trop, ou qui se donnerait la peine de sourire pour complaire à quelqu'un ! On dirait qu'il la conduit en laisse, les mains dans les poches, dans la rue obscure, sachant qu'elle le suit. Elle le suit en effet, hâtant le pas, butant, elle qui, un instant plus tôt, était si pressée qu'elle ne savait par quel chemin couper au court.

— Il faut que tu voies ta sœur.

— Elle ne ferait pas ça, Hubert ! Je connais Marthe.

Elle ne peut s'empêcher d'ajouter :

— Elle qui a tout ce qu'elle veut !

Le magasin regorge de marchandises, les rayons débordent de conserves de luxe aux boîtes ou aux étiquettes dorées, des vendeurs en tablier blanc s'affairent, des clientes attendent ; Hubert traverse, son dur melon sur la nuque, son cigare éteint entre les poils grisonnants de ses moustaches et les poils drus de sa barbe carrée où la nicotine a tracé un cercle brun.

Il va, gravit quelques marches, entrouvre un bureau vitré, donne un ordre, par habitude, jette un coup d'œil dans la cour où se devine sous la pluie un cheval attelé à un camion qu'on charge, de grosses lettres blanches sur la bâche : *Hubert Schroefs.*

Il ne s'occupe plus d'Élise, monte par l'escalier privé, questionne la servante qui paraît sur le palier.

— Madame ?

— Toujours pareil, Monsieur.

Les deux enfants sont dans la salle à manger, Jacques qui a douze ans, Germaine qui en a huit.

— Comme ils ont grandi, Hubert !

Le radiateur à gaz dégage une chaleur étouffante. Les chaises sont garnies de cuir serti de clous de cuivre.

— Essaie de lui parler, Élise. Moi, je n'en peux plus.

Il est réellement abattu, un cerne noir sous les yeux. C'est un homme massif, au ventre déjà proéminent ; il ne donne pas tant une impression de santé que de puissance, à cause de la dureté de ses traits et de sa chair, de son teint sans couleur.

Ce soir, il paraît mou, son regard est fuyant. Il écarte les enfants, se laisse tomber dans son fauteuil, soupire, saisit le journal.

— Va !

C'est presque une menace. Il a fait ce qu'il a pu. Maintenant, il abandonne la partie. Il remet en quelque sorte le sort de Marthe entre les mains d'une Peters. Il n'a pas osé aller chercher Louisa à Coronmeuse. Il s'est rendu rue Pasteur où il n'avait jamais mis les pieds. Peu lui importe leur brouille.

— Va !

Qu'Élise s'occupe de sa sœur, puisqu'elle est du même sang. Lui est à bout et ce n'est pas la première fois qu'il menace d'enfermer sa femme dans une maison de santé.

Qu'est-ce que la propriétaire lui a répondu, rue Pasteur ? Lui a-t-il dit qu'il était Hubert Schroefs, l'épicier en gros ?

Élise trouve naturel qu'on soit venu la chercher, puisqu'on avait besoin d'elle. Elle pose son filet.

— Où est sa chambre ?

— C'est vrai. Léontine te montrera.

Il a oublié qu'Élise n'est jamais entrée dans la maison de la rue des Carmes. Se souvient-il seulement des causes de la brouille ? Il ne voulait pas lui voir épouser Désiré parce qu'elle lui manquerait, le soir, pour garder les enfants. En a-t-elle reçu, des pipis sur ses robes !

Il allume un autre cigare qu'il laissera éteindre et il s'entoure d'un silence massif comme sa personne.

— Si vous saviez, madame Élise !

Léontine chuchote, sur le palier, à côté de la cuisine ouverte.

— Cette fois-ci c'est vraiment affreux. Il y a trois jours que ça dure. Vous savez comme elle est maligne. Elle s'arrange pour profiter d'un instant où je m'éloigne et elle vient rafler dans la cuisine tout ce qui lui tombe sous la main. On se demande où elle a déniché des bouteilles.

Une porte, sous laquelle ne filtre aucune lumière, et voilà Élise seule sur le palier, dans cette maison inconnue, Élise qui est pressée, que Mme Pain attend, Élise de qui le feu s'éteint et de qui le souper ne sera pas prêt à l'heure.

Elle appelle à mi-voix :

— Marthe !

Elle devine qu'on bouge. Cela la gêne qu'on puisse l'entendre de la salle à manger dont elle voit la raie lumineuse.

— Marthe !

Elle a repris sans le savoir l'accent flamand et c'est en flamand qu'une voix questionne, si près de la porte qu'Elise sursaute.

— Qui est là ?

— C'est moi, Marthe. C'est Élise, ta sœur.

— Qu'est-ce que tu viens faire ici ? C'est lui qui est allé te chercher, n'est-ce pas ? Il a peur.

— Mais non, Marthe. Je passais. J'ai voulu te dire bonsoir.

Des larmes coulent, mais elle ne pleure pas. Ce sont des larmes spéciales, plus fluides que les autres, sans amertume, des larmes silencieuses qui lui montent naturellement aux yeux quand il s'agit de quelqu'un de chez elle, de Léopold, de Louisa, de Marthe, quand elle parle de Louis de Tongres qui vient chaque semaine à la Bourse et ne lui a pas une seule fois rendu visite.

— Ouvre-moi, Marthe. J'ai besoin de te parler.

— Où est-il ?

— Hubert ? Je ne sais pas. Je crois qu'il est en bas.

— Tu mens. Je l'ai entendu monter. Si tu es venue pour mentir...

— Je t'en supplie, Marthe. Il est dans la salle à manger, c'est vrai. Il lit son journal. Je te jure...

Et soudain, alors qu'Élise ne s'y attend pas, elle se trouve devant la porte ouverte, elle ne s'en rend pas compte tout de suite, car la chambre est plongée dans l'obscurité et ce sont les reflets de la rue qui la renseignent.

— Entre vite. Qu'est-ce que tu veux ? De quoi viens-tu encore te plaindre ? C'est Désiré, n'est-ce pas ?

Comme si, quand deux filles Peters se retrouvent, c'était nécessairement pour se plaindre ! Élise voulait se jeter dans les bras de sa sœur. Elle ne peut plus. Elle la devine, dans le halo orangé qui vient du toit vitré de la halle aux viandes. Marthe, les cheveux en désordre sur les épaules, comme une femme qui sort du lit, paraît grasse et molle, lunaire, elle qui, quelques années plus tôt, avait un port de reine.

— Ma pauvre Marthe ! Si tu savais comme je suis malheureuse...

Elle n'a rien trouvé d'autre et, d'ailleurs, c'est bien ce qu'il fallait dire. Les voilà qui pleurent toutes les deux, de la même façon, versant les mêmes larmes tièdes qu'aucun sanglot n'accompagne.

— Ma pauvre fille ! Je t'avais prévenue. Les hommes, vois-tu... Qu'est-ce qu'il t'a fait ?

Désiré va rentrer ! Roger est chez Mme Pain qui est capable de le laisser jouer avec des allumettes. Élise a promis :

— Rien qu'une demi-heure, madame Pain. Le temps d'aller et venir en courant.

M. Pain va rentrer, lui aussi, et c'est un homme difficile.

— Mon Dieu, Marthe ! Pourquoi n'allumes-tu pas ? Pourquoi restes-tu enfermée ?

Déjà Marthe a flairé l'ennemie.

— Je me doutais que tes larmes étaient des larmes de crocodile !
Qu'est-ce que tu es venue chercher, hein ? Avoue que c'est lui qui t'a
envoyée ! Tu te mets avec lui, un sale homme, un avare qui a un
caillou à la place du cœur.

Elle se dirige vers la table de nuit où l'on aperçoit un revolver.

— Tu verras qu'un jour je le ferai !

Un cri.

— Marthe !

— Tu verras ce que je dis ! Il me prend pour sa servante ! Il prend
tout le monde pour ses domestiques ! Et tous les hommes sont pareils !
Tous !

Un lit défait, des choses informes qui traînent, de la mangeaille et
un verre sale qu'on devine dans la réverbération de la coupole vitrée
d'en face.

— Tiens ! Je le savais ! Il est en train d'écouter à la porte.

— Je t'assure que non, Marthe.

— Il n'y a que lui qui compte, lui et son argent. Si c'était son
intérêt de me tuer, il le ferait. Tu entends ? Ton Désiré aussi ! Tous
les hommes. Ils savent ce qu'ils veulent. C'est dégoûtant et, quand ils
ont fini leurs saletés, ils bourrent leur pipe et ne pensent plus qu'à
leurs affaires.

Elle redevient méfiante.

— Pourquoi es-tu venue, alors que les autres fois tu passais dans la
rue sans pousser la porte du magasin ?

Cette fois, Élise sanglote, sans savoir pourquoi, supplie, les nerfs
tendus :

— Allume le gaz.

Elle se ravise aussitôt.

— Attends ! Je vais le faire. Donne-moi des allumettes.

Trop tard, Marthe est déjà montée sur une chaise et sa sœur
s'aperçoit qu'elle titube, qu'elle va peut-être tomber, mettre le feu.

— Attention, Marthe.

— Si tu crois que je suis ivre !

Un plouf ! Une clarté les inonde, trop blanche, trop froide, dans
laquelle elles sont un moment comme sans se reconnaître.

Marthe pleurniche :

— Ah ! ma pauvre fille... Moi qui ne ferais pas de mal à une
mouche...

Élise, cette fois, a entendu les pas de Schroefs qui s'éloigne de
derrière la porte et qui, rassuré, regagne son fauteuil de cuir dans la
salle à manger.

Le lit est en désordre, la table aussi, il y a du désordre partout dans
cette chambre si confortable qu'on a ravagée et Marthe a les cheveux
épars comme une poissarde, comme ces femmes qu'on voit se crêper
le chignon et crier des mots orduriers dans les petites rues. C'est Élise
qui parle, en flamand, se mouche, tortille son mouchoir, se lamente et

pleurniche sans quitter le revolver des yeux, même quand les deux sœurs tombent enfin dans les bras l'une de l'autre.

Un quart d'heure plus tard, la porte s'entrouvre, se referme, Élise pénètre dans la salle à manger après avoir frappé. Hubert, qui est à table avec les enfants, ne l'invite pas. Elle lui fait signe, lui glisse l'arme dans la main.

— Désiré m'attend. Il faut que je rentre. Surtout, ne la bouscule pas. Elle est plus calme. Elle va dormir. Demain, il suffira de faire comme si rien n'était.

— Tu ne voudrais pas venir avec ton mari aussitôt après le déjeuner ? Nous avons du monde. Je me demande si cela ne vaudrait pas mieux.

— Tu crois, Hubert ?

Comme si elle ne savait pas que, pour qu'on l'invite et qu'on invite Désiré, il faut qu'on ait besoin d'elle !

Elle court à nouveau. Les lumières des vitrines ont disparu. Elle explique, elle explique, toute seule :

— Il ne faut pas me gronder... je t'assure, Désiré...

Il y a de la lumière rue Pasteur. Au moment où elle introduit la clef dans la serrure, la porte s'ouvre. Désiré est là, immense, glacé.

— Où étais-tu ?

— Écoute, Désiré, je...

— Et l'enfant ?

— Comment ? Tu n'as pas...

Il n'a pas pensé que l'enfant était chez Mme Pain. Quand il a trouvé la maison vide, il s'est d'abord assis, après avoir rechargé le poêle, croyant que dans quelques minutes sa femme et son fils rentreraient.

— Il est sept heures et demie.

— Mon Dieu ! Attends, je vais chercher Roger. Et M. Pain qui est chez lui !

Jamais elle n'a vu Désiré si pâle. Elle en tremble tout en courant chez Mme Pain et, tandis qu'elle toque à la boîte aux lettres, elle en perd les jambes. La maison vide, déjà refroidie, et, quand elle est rentrée sans l'enfant, Désiré, tout pâle, qui a ouvert la porte !

Elle revient, le retrouve assis près du feu, les yeux fermés, comme un homme qui a reçu une rude secousse et qui a besoin d'un certain temps pour se remettre.

— Pardon, Désiré ! Si tu savais ! Figure-toi que ma sœur Marthe...

Alors il se dresse et, pour la première fois, élève la voix.

— Je me fiche de Marthe, tu entends ? Je m'en fiche ! Je m'en contrefiche !

Et il entre dans la chambre à coucher pour cacher son émotion, la débâcle qui le saisit après sa grande peur.

— Qu'est-ce que tu as pensé, Désiré ?

Il ne le dira pas. Il a pensé, parbleu, aux rues visqueuses, aux trottoirs trop étroits de la rue Puits-en-Sock, à Élise qui court toujours comme une folle, au tram qui renverse les passants comme des quilles.

— Viens manger. Pardon !

C'est l'heure où Léopold, qui n'a pas fait son plein, rentre lourdement chez lui. En levant la tête, il aperçoit un trait de lumière autour de la trappe de son logement. Il ne s'étonne pas. Il monte, soulève la trappe des épaules, sent qu'il fait chaud chez lui, constate que tout est en ordre, le feu allumé, la table mise. Le temps de retirer ses souliers qui ont pris l'eau comme des éponges et la trappe s'ouvre à nouveau, Eugénie paraît, un châle sur les épaules, un paquet de charcuterie à la main.

— Te voilà, Léopold !

Elle dit cela comme si, l'étonnant, c'était de le voir là, lui et non pas elle.

— Tu n'as pas mangé, au moins ?

Ils ne s'embrassent pas, se regardant à peine, se lancent seulement de petits coups d'œil furtifs, et ces coups d'œil sont pleins de confiance, de tendresse.

Eugénie a nettoyé le logement à fond. C'est toujours ainsi quand elle revient. Des gens disent qu'elle a un profil de camée, parce que ses traits sont d'une rare régularité, et elle a les plus beaux yeux noirs de la terre.

— Je ne me plaisais plus chez ces gens-là, qui ne recevaient jamais et ne savaient pas ce qu'ils mangeaient. Je leur ai déclaré que ce n'est pas la peine de prendre une cuisinière quand on n'est pas capable de distinguer un plat d'un autre.

Elle a rapporté du tabac à Léopold.

— Ton paletot est encore décousu au col. Je me demande comment il se fait que tes paletots soient toujours décousus au col...

Elle le recoudra tout à l'heure, pendant qu'il s'endormira, elle restera là peut-être huit jours, peut-être un mois, tant que son argent durera, après quoi elle cherchera une nouvelle place. Elle ne dira rien à Léopold. Un soir, simplement, il trouvera le logement vide, avec un souper froid sur la table.

Désiré ne l'a pas grondée. Croyant qu'il se fâcherait, elle n'osait pas lui parler de l'invitation de Schroefs. Elle s'est levée de bonne heure pour aller à la première messe. Elle a beaucoup prié, les larmes aux yeux, pour Félicie, pour Marthe, pour elle, pour tous ceux qui souffrent sur la terre.

Elle sait que Marthe n'est pas plus responsable que Félicie, peut-être moins, Marthe est malheureuse. Ce n'est pas sa faute. Elle ne manque de rien et pourtant aucune femme sensible, à sa place, ne serait heureuse.

Il y a des Mamelin à l'église. Elle en profite, à la sortie, dans le jour froid qui se lève pour leur souhaiter la bonne année en les embrassant trois fois.

La pluie a cessé. Il va geler, on le sent. Déjà, par plaques, les trottoirs deviennent d'un gris dur.

— Bonne année, sais-tu, Lucien, et beaucoup de bonheur, et tout ce que tu désires. Dis à Catherine, si je ne la voyais pas, que je lui souhaite la bonne année.

Elle rentre, allume le feu, y verse un jet de pétrole pour aller plus vite. Puis elle moud le café et elle entend Désiré qui remue.

— Bonne année, Désiré. Je te demande encore pardon pour hier. Je te jure que je ne pouvais pas faire autrement. Bonne année, mon petit Roger.

Il fait trop clair pour allumer la lampe, trop sombre pour bien y voir. Elle lave l'enfant, l'habille, tout en surveillant le déjeuner, tandis que Désiré se rase près de la fenêtre.

— Écoute, Désiré. Ne te fâche pas d'avance. Il faut absolument que j'aille cet après-midi chez Schroefs. J'ai promis. Hubert a insisté pour que tu viennes aussi.

Ce qu'elle dit là est si énorme qu'elle n'ose pas regarder son mari. Jusqu'ici, les rites du premier de l'an étaient immuablement établis et c'était rue Puits-en-Sock que s'écoulait l'après-midi. La mère Mamelin est morte de quelques mois à peine. Élise continue, la gorge serrée :

— J'ai peur qu'il n'éclate un drame. Quand Marthe est comme ça, elle est capable de tout.

Désiré se rend-il compte de la partie qui se joue, la plus décisive peut-être de leur vie commune ? Son visage, où il passe soigneusement le rasoir, se reflète, immobile, dans la glace de l'armoire que le demi-jour fait paraître sale.

— Tu pourrais passer chez toi ce matin. J'irai avec le petit embrasser ton père, vers dix heures.

Il n'a rien dit, ce qui veut dire oui. Elle a peur qu'il ne soit triste, ou vexé, ou fâché, et elle s'empresse, en mangeant les œufs au lard, de parler de Marthe, précipitamment, fuyant le silence.

— C'est un peu la faute d'Hubert. Il ne fait rien pour lui rendre la vie agréable. Il lui donne tout ce qu'elle veut, bien sûr. Elle n'a qu'à puiser dans le magasin. Par contre jamais un mot gentil, une tendresse, un geste délicat. Quand il monte, le soir, il se laisse tomber en grognant dans son fauteuil et lit son journal...

Désiré est parti pour la messe. Il prend place dans le banc de la Confrérie de Saint-Roch. Son père collecte. Tout le monde les connaît, leur serre la main à la sortie.

— Meilleurs vœux.

— Meilleurs souhaits.

Ils se sont embrassés, simplement, en se frôlant à peine, comme les généraux embrassent les officiers qu'ils décorent.

— Bonne année, papa.

— Bonne année, *m'fi.*

Il accompagne son père rue Puits-en-Sock, embrasse Cécile, Marcel qui a encore son fixe-moustaches sur le visage, puis Arthur qui ne tarde pas à arriver.

Le jour reste froid et coupant. Le vieux Kreutz vient s'asseoir un quart d'heure au coin du feu et Arthur, en plaisantant, rase Vieux Papa dans la cuisine, ainsi qu'il le fait cinq ou six fois l'an.

Du deuil flotte derrière les vitres où les dessins géométriques de la vitrophanie se découpent plus nettement que les autres jours. Sur la toile cirée brune de la table, on a posé la bouteille de « Kempenaar », des verres pour tout le monde, un plat de galettes que Cécile a préparées selon la recette de sa mère.

Vers dix heures, Élise entre avec l'enfant, voit Désiré assis dans un coin, sur une chaise un peu renversée, ses longues jambes étendues. On dirait qu'en le rencontrant ici il lui paraît plus grand et elle ose à peine lui parler.

— Bonne année, papa. Bonne année, Arthur. Bonne année, Cécile.

Elle se demande si Désiré leur a déjà dit qu'ils ne viendraient pas l'après-midi. Elle reste un petit moment. L'enfant marche.

— Attention au feu, Roger. Et toi, Cécile, pour quand est-ce ?

Car Cécile attend famille.

— Il faut que j'aille surveiller mon dîner. Ne rentre pas trop tard, Désiré.

Et Désiré, à midi moins le quart, annonce en se levant :

— Nous ne pourrons pas venir cet après-midi. Il faut que nous allions chez une sœur de ma femme.

C'est fait. Jamais du vivant de sa mère, tant que sa grise silhouette un peu monacale animait la cuisine de la rue Puits-en-Sock, il n'aurait osé prononcer de tels mots.

Il évite le regard de son père qui ne se sent plus tout à fait chez lui depuis qu'il vit avec Cécile et avec son beau-fils.

— Au revoir tout le monde !

Le rôti, les pommes frites et les petits pois au sucre l'attendent. On habille fébrilement Roger.

— Nous ne prenons pas la voiture ?

Les gens, ce jour-là, ne sont pas à leur place habituelle, on surprend des exodes inexplicables dans certaines rues, des vides dans d'autres.

— Je vais le porter, Désiré.

Elle sait qu'il ne le lui permettra pas. Elle tient à être gentille, à lui faire oublier ce qui s'est passé la veille, à le remercier de venir chez Schroefs.

Elle trotte, un peu en retrait, à son habitude. Au coin de la rue des Carmes, qui est déserte, elle se sent émue. La maison aux volets fermés l'impressionne, elle lève la tête vers la loggia avant de sonner.

— Bonjour, Léontine. Bonne année. Est-ce que ma sœur va mieux ?

— Madame va très bien, madame Élise.

Doit-on monter quand même ? En somme, ils n'ont été invités qu'à cause de la neuvaine de Marthe.

Hubert est dans l'escalier. Il serre la main de Désiré, puis de l'enfant qu'il n'embrasse pas.

— Montez. Personne n'est encore arrivé.

La table n'est pas desservie dans la salle à manger. Les enfants, dans leur chambre à jeux, attendent des petits amis qui doivent venir goûter avec eux.

— Marthe ? s'informe timidement Élise.

— Elle est dans la chambre. Elle s'habille.

— Je peux aller la voir ?

Désiré est invité à s'asseoir devant le foyer à gaz sur lequel Schroefs se penche pour le régler.

— Un cigare ?

Ils ne savent par quel bout entamer la conversation. Ils ne savent même pas s'ils vont se tutoyer. C'est Hubert qui accomplit le premier effort, péniblement, en se carrant dans son fauteuil et en allumant son bout de cigare :

— Élise t'a dit ? C'est toujours la même chose ! Ce matin, elle allait mieux.

Élise a frappé à la porte.

— C'est toi ? Entre ! Comment va le petit ? Tu l'as amené, au moins ?

Il n'y a plus la moindre trace des événements de la veille. La servante a nettoyé la chambre, astiqué meubles et parquets, et on ne dirait pas que, pendant trois nuits, Hubert a dû dormir sur un lit de camp dressé dans la salle à manger. La maison est chaude, confortable. Marthe achève sa toilette. Ses cheveux sombres sont bien coiffés, elle porte une robe de soie noire, garnie de dentelle, qui souligne la majesté de son buste, c'est à peine si on la sent un peu flottante, un peu vague, parlant du bout des lèvres avec une pointe de lassitude.

— Pourquoi ne viens-tu pas acheter tes provisions à la maison comme Poldine ? On lui compte tout au prix coûtant. Elle passe une fois par mois et prend toute son épicerie.

— Tu es bien gentille. Merci, Marthe !

— Quand Hubert n'est pas là, je lui fourre des tas de choses dans son filet. Ce n'est pas la peine d'en parler. Il faut que tu viennes aussi. Avec ce que gagne Désiré...

— Merci, Marthe.

C'est exactement comme Félicie, tout bon ou tout mauvais, selon l'heure. Marthe aussi serait capable, si sa sœur venait demain au magasin avec son filet, de la traiter de mendiante.

— Quand je pense que je n'ai pas encore vu ton fils. Va le chercher, Élise.

Elle l'embrasse, cherche autour d'elle, se précipite dans la cuisine, revient avec un énorme paquet de chocolat.

— Pas maintenant, Marthe. Il vient de manger.

— Qu'est-ce que cela fait ? Mange, mon petit. Ne t'occupe pas de ce que dit ta mère, ni des gros yeux qu'elle te fait. C'est du bon !

Elles sont toutes filles d'une même mère, d'un même père. On les reconnaîtrait à une certaine façon de pencher la tête, de sourire, ce sourire à la fois humble et résigné qui n'appartient qu'aux filles Peters.

Élise se sent écrasée par cette vaste chambre à coucher aux meubles impressionnants, par la toilette de sa sœur.

— Dis, Marthe, tu attends du monde et nous allons gêner. Ne crois-tu pas qu'il vaudrait mieux que nous vous laissions ?

Mal à l'aise, elle aimerait vraiment mieux passer dans la rue, sous la loggia, en se dirigeant vers l'étang aux canards.

— Tu es folle ? Si tu savais comme nous avons souvent parlé de toi ! Je me demandais ce que vous aviez, ton mari et toi. Il va bien, au moins, Désiré ?

Ce n'est pas sa faute. Marthe a oublié. Elle a oublié tout ce qu'elle a dit contre Désiré quand Élise lui a annoncé qu'elle se mariait. Elle a oublié qu'elle n'a même pas fait un cadeau à sa sœur. Il n'y a pas eu de noce, certes, à cause du deuil d'Élise qui portait encore le voile. On n'a invité personne. Mais les Schroefs auraient pu envoyer quelque chose, si peu que ce fût.

Marthe a oublié. Peut-être a-t-elle oublié la scène de la veille. Sinon, elle fait semblant.

— Roger ! Roger ! Attention au beau couvre-lit.

— Laisse-le donc. Joue, petit. N'écoute pas ta mère. Qu'est-ce que cela peut faire ? Quand il sera déchiré, on en achètera un autre.

Et, avec un clin d'œil complice :

— Il est assez riche pour cela.

Pauvre Marthe, si bonne ! Elle donnerait tout ce qu'elle a. Elle donnerait sa chemise si on la lui demandait. Seulement, après, elle vous le reprocherait avec des mots si durs, des mots qui font si mal !

Le plus troublant, c'est qu'on ne sait jamais si c'est quand elle a bu qu'elle est elle-même ou si c'est à jeun.

Puisqu'il faudra revenir chez eux, désormais, puisqu'on n'est plus brouillé, Élise recommandera à Roger :

— Surtout n'accepte jamais rien de tante Marthe.

Mais tante Marthe s'obstine à lui remplir les poches, comme elle remplit le filet de Poldine, la femme de leur frère Franz, qui est vérificateur à la fabrique d'armes de Herstal.

Le groupe des femmes et le groupe des hommes se rejoignent dans la salle à manger déjà pleine de fumée. Hubert tire avec satisfaction sur son cigare. Il a retrouvé la paix dans sa maison.

Il y a cependant des détails qu'Élise est seule à percevoir. Par exemple, quand elle est passée devant la porte du salon, elle a aperçu une table chargée de pâtisseries, de petits fours et de bouteilles. Les invités ne sont pas arrivés. Les Mamelin, eux, ne sont pas de vrais invités et on les garde dans la salle à manger en attendant les autres.

Désiré parle d'assurances. C'est Hubert qui le questionne, car il ne veut rien perdre, et Désiré ne s'en rend pas compte, il croit naïvement qu'on lui parle comme à quelqu'un d'autre, il est fier qu'on lui demande conseil.

Élise en souffre. Par moments, elle voudrait lui souffler :

— Partons, Désiré. Tu ne comprends pas que nous ne sommes pas à notre place.

Ils gênent ! On n'a plus besoin d'eux. On attend les invités, les vrais, et ceux-ci tardent à venir. Ils ont bien le temps. Trois heures. On ne sait plus que faire. Hubert est allé chercher dans le bureau vitré du bas une serviette qui contient ses polices-incendie et Désiré les épluche, donne son opinion, les femmes se tiennent avec les enfants dans la chambre à jouer où les petits amis, eux non plus, ne sont pas arrivés, les fils et la fille Roskam, les gros fabricants de confection.

— Nous ferions mieux de vous laisser, Marthe.

Le jour baisse quand on entend un coup de sonnette.

— Je t'assure, Marthe... répète Élise, angoissée.

— Il ne manquerait plus que ça ! Tu es ma sœur.

On allume les lampes du salon. On se congratule sur le palier. On entend la voix enfantine d'un tout petit homme chauve, qui est un important marchand de fromages et qui a le même accent que Schroefs. Ils sont du même village, dans le Limbourg. Les bras boudinés et roses de sa femme font penser à leur ancienne crémerie, une boutique tout en marbre blanc. Ils n'ont pas d'enfants.

— Asseyez-vous. Un petit four ? Un verre de porto ?

Élise, après avoir tant fait pour amener Désiré, ne sait comment lui dire qu'il faut partir et lui adresse des signes qu'il ne comprend pas.

Après M. Van Camp, le marchand de fromages, arrive M. Magis, qui est traiteur rue Saint-Paul et qui a, comme le père Marette, un cancer à l'estomac.

— Un cigare ? Mais si !

Les jambes s'étirent. Désiré croit que c'est arrivé, qu'il est le grand homme de la réunion, parce qu'on le questionne sans cesse, toujours sur des questions d'assurances et que, sur ce terrain-là, il est plus fort que quiconque. Il jongle avec les chiffres, tranche, distribue des conseils qui vont, à tous les trois, à Schroefs comme à Magis et à Van Camp, économiser des milliers de francs.

— A votre santé, monsieur Mamelin. Vous disiez qu'en cas de sinistre se référant à une police du type B...

N'importe qui, dans les assurances, admet que Désiré Mamelin ne s'est jamais trompé, qu'il n'a jamais eu besoin de consulter un barème ou les termes d'une police. Il est comme un prestidigitateur qui n'a jamais raté son coup.

— On vous retiendrait vingt pour cent parce que l'article prévoit qu'une surprime est nécessaire pour...

Il est le grand homme, c'est certain ! Ces commerçants si sûrs d'eux-mêmes sont de petits enfants à côté de lui et sollicitent avec humilité ses avis, en se lançant des coups d'œil d'intelligence.

C'est au point qu'Hubert Schroefs, impatienté par le vacarme qui vient de la chambre de jeux, en fait fermer la porte.

— Et s'il y a eu entre-temps augmentation du risque sans qu'un avenant soit intervenu ?

Les Mamelin sont réunis, rue Puits-en-Sock, et pour la première fois Désiré est absent, pour la première fois Chrétien Mamelin, sans attendre le goûter traditionnel, avec les gaufres faites à la maison, est allé se promener en compagnie de son ami Kreutz.

Élise est contente et inquiète tout ensemble. Elle sent. Elle voudrait que Désiré sente aussi. On lui sert un troisième verre de porto.

— Désiré ! supplie-t-elle.

Il ne l'entend pas. Et tout à l'heure, quand ils rentreront par les rues sombres, ce sera Désiré, l'enfant à califourchon sur ses épaules, qui se félicitera de sa journée.

— Ils ont compris ! Leurs polices sont aussi mal faites que possible.

Elle n'ose rien dire. A quoi bon ? Ce sont des choses que les Peters peuvent comprendre, pas lui.

Le feu est éteint. Elle le rallume. Ils ont rapporté du boudin au foie de chez Tonglet.

— J'ai trouvé que ta sœur Marthe faisait tout pour se montrer gentille.

Elle ne peut pourtant pas lui expliquer. Et pourquoi lui faire partager l'amertume de cet après-midi si vide où ils n'ont été que des figurants ?

— Sers-toi, Désiré. J'en ai déjà pris deux tranches. Je t'assure que je n'ai plus faim.

Les Schroefs ne les ont pas invités à dîner. Au moment de partir — elle n'ose pas l'avouer — Marthe a glissé dans son réticule deux boîtes de sardines, ce qui s'est trouvé sous sa main en traversant le magasin obscur.

— Prends ! Tu as besoin de forces. N'en parle pas à Hubert.

Elle a été embarrassée tout le long du chemin par ces deux boîtes glacées qu'elle ne savait comment cacher et, en rentrant, elle les a glissées sous le matelas de l'enfant.

11

Élise et Julie Pain se sont installées avec les enfants sur un banc de la place du Congrès, juste en face de la rue Pasteur, de sorte qu'en se retournant de temps en temps elles s'assurent qu'on ne sonne pas chez elles.

C'est une claire journée de mars, le soleil est enjoué, des nuages argentés naviguent dans le ciel et une lumière vive, incisive, souligne les détails du décor.

Les enfants, Roger et Armand, sont accroupis par terre, jouent avec le gravier et la fine poussière comme avec du sable.

Les deux femmes bavardent, à mi-voix, par petites phrases chuchotées. Élise tricote. Julie Pain ne sait rien faire de ses mains.

— Si tu savais comme cela m'agace, Désiré, de voir ces deux mains immobiles !

Elles hochent souvent la tête, le sourire teinté de mélancolie, et pourtant elles ne sont pas tristes, peut-être sont-elles heureuses, c'est leur façon d'être à l'une comme à l'autre — elles sont devenues amies tout de suite — et elles attendent qu'il soit quatre heures, que les élèves sortent de l'école des Frères, rue de l'Enseignement, pour aller ranimer leur feu, boire une tasse de café et manger une tartine.

— Ne frappe pas Armand avec ta pelle, Roger !

Il y a eu, il y aura sans doute encore beaucoup d'après-midi pareils à celui-ci, plus ou moins ensoleillés, aussi calmes, car il ne passe qu'un tram de loin en loin place du Congrès et l'on peut compter les passants dans les six rues en étoile. Parfois, la durée de quelques instants, les trottoirs restent vides et on a l'impression que celui qui s'y aventure le premier a honte du bruit de ses pas.

— Le plus pénible, vois-tu, Julie...

Roger et Armand ne sont que des bébés qui portent encore des robes. Celles de Roger sont bleues, car il est voué à la Vierge.

Armand, qui n'est l'aîné que d'un mois, est beaucoup plus gros, placide, avec des yeux bridés et sombres de Mongol. Où qu'on le mette, il reste aussi longtemps qu'on l'y laisse. Une fois, Élise a risqué :

— Tu crois que c'est naturel, Julie ?

Elles ont failli se brouiller. Élise n'en parle plus. C'est comme cette façon, pour ne pas avoir à s'en occuper, de laisser l'enfant assis sur le seuil toute la journée, son petit derrière à même la pierre de taille. Qu'on passe rue Pasteur quand on veut, la porte de chez Pain est ouverte, Armand est là et l'on devine Julie dans la pénombre de la cuisine, à moins qu'elle ne soit à potiner chez une voisine.

— Le plus pénible, ma pauvre Julie, depuis mon accident, ce sont les douleurs au ventre. Parfois, le soir, il me semble qu'on me déchire à l'intérieur.

Or, cet instant-là restera à jamais gravé dans une mémoire. Roger, qui vient de renverser son seau de gravier, a levé les yeux vers le banc. L'image qu'il découvre, le morceau de vie qui s'offre à lui, l'odeur de la place, la fluidité de l'air, les briques jaunes de la maison du coin — alors que toutes les briques du quartier sont rouges ou roses — la boucherie vide de chez Godard à l'autre coin, le mur fraîchement rejointoyé du patronage qui bouche le fond de la rue Pasteur, tout cela constitue sa première vision consciente du monde, la première qui l'accompagnera, telle quelle, dans la vie.

Sa mère sera toujours cette femme qu'il voit de bas en haut, encore vêtue de noir, en demi-deuil depuis aujourd'hui, le cou éclairé par un col de dentelle, un jabot qui bouillonne sur la poitrine et que retient un médaillon, de la dentelle aux poignets, une femme sans chapeau, aux cheveux très blonds qui frisent et qui frémissent dans la brise de mars.

Il la contemple. Il entend. Il cherche à comprendre et son front se plisse. Il parle enfin.

— Pourquoi tu as mal à ton ventre ?

Élise, confuse, regarde furtivement Julie. On ne prend jamais assez garde aux enfants !

— Joue, Roger !

— Pourquoi tu as mal à ton ventre ?

— Parce que j'ai porté un baquet de lessive qui était trop lourd. Tu sais, le gros baquet dans lequel on te lave.

Il réfléchit, accepte. Élise soupire. Enfin, comme sans y attacher d'importance, l'air dégagé, l'enfant racle à nouveau le gravier avec sa pelle en bois.

Sans doute ne retiendra-t-il pas tout. Cependant, désormais, dans le logement de la rue Pasteur, il y a deux yeux, deux oreilles de plus, et le temps seul fera un tri définitif parmi les images, les sons et les odeurs. Désormais, quand elle se faufile le long des trottoirs trop étroits de la rue Puits-en-Sock où se produisent tant d'accidents de tram, quand elle va acheter cinquante centimes de frites, deux côtelettes ou un quart de kilo de boudin, quand elle se plaint de ceci ou de cela, quand, du marché aux fruits, elle guette à travers les vitres du café la claire et fine silhouette de Félicie, Élise n'est plus seule.

La première image, pour toujours, c'est la place du Congrès un jour de mars, deux femmes sur un banc, une boucherie vide, Élise qui a mis un col blanc pour la première fois depuis si longtemps et Julie Pain au ridicule bout de nez rouge, la taille si haut perchée qu'elle marche comme une cigogne.

Le premier problème que Roger va rouler dans sa petite tête c'est ce ventre qui souffre, il ne comprend pas pourquoi, ce ventre de femme mystérieusement blessé. Cela deviendra encore beaucoup plus mystérieux et plus tragique quand Élise en profitera pour répéter à tout propos :

— Si tu n'es pas sage, une voiture viendra me chercher.

Un fiacre s'est arrêté, un soir, devant une maison voisine, pour emmener à la clinique un vieillard qu'on a enterré quelques jours plus tard. L'enfant l'a vu.

— Pour aller où, la voiture ? Avec moi ?

— Pas avec toi. Pour me conduire à l'hôpital.

— Pour quoi faire, à l'hôpital ?

— Pour m'opérer.

— Pour opérer quoi ?

— Mon ventre.

Il ne pleure pas. Il se tait. Il en a pour longtemps à ruminer ses pensées et il jette de brefs regards à ce ventre bombé que souligne la robe princesse de sa mère.

Le soir, avant de s'endormir, quand, par l'entrebâillement de la porte, la lampe à pétrole de la cuisine peuple la chambre de mobiles figures d'ombre, il lui arrive de questionner du fond de son lit.

— On ne viendra pas te chercher ?

— Qui ?

— La voiture.

Le trot d'un cheval sur les pavés de la rue le fige soudain. Il attend, angoissé, ne respire qu'une fois sûr que l'attelage ne s'est pas arrêté, que le bruit s'est fondu définitivement dans le lointain.

— Tu as mal au ventre, mère ?

— Qu'est-ce que tu racontes ?

Elle est gênée, devant Désiré qui lui reproche souvent sa manie de se plaindre.

— Comme tes sœurs ! Vous tenez cela de famille ! On vous donnerait à chacune un château et un million que vous tomberiez dans les bras l'une de l'autre en pleurant !

Le monde va s'agrandir insensiblement, image par image, rue par rue, question par question.

— Pourquoi tu ne veux pas me porter ?

— Parce que je suis fatiguée...

— Pourquoi tu es fatiguée ?

— Parce que je suis une femme.

— Et père, il n'est pas fatigué ?

— Ton père est un homme.

Une femme.

On arrête Élise dans la rue à cause de l'enfant, la gouvernante du juge se précipite chaque fois qu'elle passe et a toujours des douceurs préparées pour lui.

— Vous êtes trop bonne, madame Gérard. Vous le gâtez.

— Il est si séduisant, si malicieux ! Il a des yeux qui parlent, madame Mamelin !

— Vous ne pouvez pas savoir comme il devient fatigant ! Ce n'est pas tant qu'il soit lourd à porter. Il y en a de son âge qui sont plus lourds que lui. Mais il pose des questions du matin au soir. Parfois j'en suis gênée. Tenez ! Il nous écoute. Il comprend tout ce qu'on dit.

Elle se trompe. Il veut comprendre, mais ce n'est pas toujours ce qu'on dit, ce sont d'autres mystères auxquels Élise ne pense pas, des choses bien subtiles, souvent, dont il n'ose pas parler, comme s'il savait que c'est son domaine personnel, impénétrable à autrui.

Par exemple, ce qui monte et descend dans le ciel, certains jours. La fenêtre de la cuisine découpe un ample rectangle bleu. Il est assis par terre, sur la couverture brune à ramages, celle qu'on étale le samedi après-midi quand on a fait le ménage à grande eau et qui sert en semaine pour lui seul, pliée en quatre ou en huit.

Il fixe ce rectangle d'un bleu uni et, tout à coup — jamais il n'a pu saisir l'instant précis où ça commence — quelque chose de transparent, une forme longue, annelée, part d'un coin du rectangle et se dirige en zigzaguant vers un autre coin, reste parfois une seconde en suspens avant d'être happée par l'infini que cache le cadre de la fenêtre.

Qu'est-ce que c'est ? Il n'ose pas le demander. Il est persuadé que son père lui-même l'ignore. Qui sait ? Il est peut-être seul à voir cette chose vivante ?

— Pourquoi ne joues-tu pas, Roger ?

— Je joue !

Quand il reste immobile, Élise craint toujours qu'il soit malade.

— Est-ce qu'on va aller chercher les côtelettes ?

— Ce n'est pas le jour des côtelettes.

— Le jour de quoi ?

— C'est le jour du poisson.

Pourquoi est-ce le jour du poisson ? Pourquoi, quand Léopold vient s'asseoir au coin du feu, sa mère n'est-elle pas la même ?

— Il n'est venu personne ? demande Désiré en rentrant.

— Non.

Et l'oncle Léopold ? Sans doute a-t-elle oublié ? Il le lui rappelle.

— Oncle Léopold est venu.

Elle rougit, remue vite ses casseroles sur le feu.

— Ah ! oui. Il n'a fait qu'entrer et sortir. Je n'y pensais plus.

— Il va bien ? Et Eugénie ?

Pourquoi ce coup d'œil d'Élise à l'enfant ? Pourquoi parle-t-elle plus bas, comme avec Mme Pain ?

— Figure-toi qu'elle a trouvé une place tout près d'ici, rue de la Province, dans une pension de famille.

— Qui est-ce, maman, Eugénie ?

— Ce n'est personne, Roger.

— Qui est-ce, personne ?

Il a les traits nerveux, les yeux petits, il plisse déjà les paupières.

— Moi qui aurais tant voulu un enfant avec de grands yeux ! C'est si beau, les grands yeux ! Il faut qu'il ait justement les yeux de Louis de Tongres.

Le dimanche, à présent, on va chez Schroefs, rue des Carmes. Presque chaque fois, Élise est fébrile et une dispute éclate avant de partir. Pour rien, à cause de son chapeau qu'elle ne parvient pas à mettre d'aplomb, de ses cheveux qui ne tiennent pas, des épingles trop longues ou trop courtes, de la robe princesse que Désiré n'en finit pas d'agrafer.

— Tu me fais mal, tu le sais bien. Mon Dieu ! Comment n'es-tu pas capable d'agrafer une robe ?

D'avance, elle a envie de pleurer, peut-être depuis avant le dîner, qui sait, avant que Désiré ne revienne de la rue Puits-en-Sock ? D'avance, elle se prépare et la scène éclate toujours au dernier moment, quand on croit qu'on va enfin partir.

— Il vaut mieux que je reste. Vas-y, toi, avec l'enfant !

— Qu'est-ce que j'irais faire seul chez ta sœur ?

— Et quand je dois, moi, m'enfermer pendant des heures rue Puits-en-Sock ou chez Françoise ?

— Voyons, Élise ! Je ne dis pas que je ne veux pas aller chez ta sœur. Je dis simplement...

— Non ! Laisse-moi ! Tais-toi, cela vaudra mieux. Va ! Va te promener ! Je resterai seule avec Roger.

— Tu sais bien qu'on nous attend.

— Est-ce moi qu'on attend ? Non. C'est toi. Hubert a encore envie de te parler d'assurances ou de je ne sais quoi, de te faire faire le travail qu'il n'ose pas demander à son comptable. La dernière fois, vous êtes restés enfermés dans le bureau pendant trois heures. Si tu crois que c'est agréable.

— Tu étais avec ta sœur.

Souvent elle se déshabille et se jette sur le lit, à bout de nerfs et d'arguments. Puis, un quart d'heure plus tard, elle se lave les yeux à l'eau froide, remet sa robe, pique au hasard les longues épingles à chapeau.

— Est-ce qu'on voit que j'ai pleuré ?

On marche. On franchit le pont Neuf ou la passerelle. On sonne. On chuchote pendant que la servante descend.

— Tu verras que les enfants seront encore sortis.

Qu'est-ce que ça peut faire à Élise ? Vient-elle pour les enfants ? Pourquoi prétendre qu'on les invite en bouche-trou, parce que les Schroefs s'ennuient le dimanche, parce qu'ils n'ont pas d'amis, qu'ils sont seuls dans leur grande maison de pierre de taille et qu'Hubert appréhende de rester en tête à tête avec sa femme ?

— Écoute, Désiré, si Marthe est brindezingue, je ne reste pas. Fais ce que tu voudras, moi, je m'en irai.

— Chut !

Des pas. Comme à un signal, Élise prend son air penché, son sourire aimable, d'avance reconnaissant.

Hubert vient à leur rencontre sur le palier et on devine qu'il quitte à l'instant, avec un han de soulagement, son fauteuil de cuir, près du radiateur à gaz, dans la salle à manger. C'est son coin. La salle à manger sent le cigare refroidi (il en a un bout entre les poils).

— Comment vas-tu ?

Il serre la main de Désiré, voit à peine Élise. Quant à l'enfant, peut-être ne lui a-t-il jamais adressé la parole, peut-être ne le reconnaîtrait-il pas dans la rue ?

— Marthe doit être dans sa chambre, ou dans le débarras.

— Merci, Hubert.

Il porte son costume de semaine, un veston ample et long, gris fer, qui tient de la redingote et sous lequel le gilet est barré d'une grosse chaîne de montre à breloques. Il a son chapeau melon sur la tête, qu'il garde au coin du feu, par habitude, parce que sa vie, sa vraie vie, c'est d'aller et venir, en bas, de passer dix fois dans la cour pour surveiller le chargement d'un camion, de gravir les échelles de meunier

Maintenant, Schroefs a un grand salon qu'on ne se donne pas la peine d'ouvrir pour Van Camp et pour Désiré.

Hubert parle café, son sujet favori. Il connaît toutes les espèces de café du monde, les identifie en croquant un seul grain. Élise penche la tête, surveille son fils.

— Voyons, Roger. Ne mange pas tant. Tu vas encore te rendre malade.

Et Marthe :

— Laisse-le, Élise. Qu'il mange, ce pauvre petit, puisqu'il trouve que c'est bon. Ne regarde pas ta mère, Roger. Mange. Quand tu es chez tante Marthe, il ne faut jamais regarder si ta mère fait de grands yeux.

— A propos, Marthe, nous ne pourrons pas venir dimanche prochain. Il faut que nous allions voir la sœur de Désiré qui est religieuse à Ans, aux Ursulines.

Par politesse, parce que les Schroefs pourraient se froisser, elle croit devoir donner à entendre que cette visite au couvent lui est pénible.

On a mis deux coussins sur la chaise de l'enfant qui regarde, qui renifle, qui n'oubliera pas certaines choses que les autres n'ont peut-être jamais remarquées. Par exemple, tous les tableaux, dans la maison, portent sur le cadre des lettres dorées, car ce sont des réclames distribuées par les grandes marques de biscuits, de conserves ou de chocolat. Juste en face du fauteuil de l'oncle Hubert est pendu un tableau plus sombre que les autres, représentant des personnages qui portent de grands chapeaux noirs et entourent un homme tout nu, d'un jaune verdâtre.

Roger voudrait bien demander :

— Qu'est-ce qu'ils font ?

C'est une reproduction en couleurs de la « Leçon d'Anatomie ». Ces hommes noirs autour d'un cadavre s'associent dans l'esprit de l'enfant à la silhouette grise et dure de l'oncle Schroefs, à son melon qu'il n'a quitté que pour se mettre à table, à l'odeur épicée qui règne dans la maison, mêlée à celle des caisses en bois râpeux.

Tante Marthe lui fourre toujours des choses dans les poches, des choses, parfois, qu'il ne pourra pas manger, elle y fourre aussi bien du chocolat ou des biscuits qui s'effritent aussitôt, que des boîtes de filets d'anchois.

Pourquoi sa mère les lui reprend-elle ? Pourquoi le gronde-t-on, à peine passé le coin de la rue ?

— Tu ne dois rien accepter de tante Marthe. Tu dois dire : « Non, merci, tante. »

Et ce *non merci* devient pour lui une sorte de nom propre.

— Nonmerci.

Pourquoi faut-il dire : « Non merci » ? Pourquoi, quand elles sont ensemble dans la chambre ou dans le débarras, surtout dans le débarras, se mettent-elles à pleurer et s'essuient-elles bien vite les yeux si quelqu'un entre ? Et pourquoi, en se disant bonjour, prononcent-elles presque toujours :

— Ma pauvre Élise.

— Ma pauvre Marthe.

Pourtant, c'est la plus belle maison du monde. Quand les grandes personnes désirent rester seules, Léontine emmène Roger. C'est une drôle de fille très maigre, très plate, qui a la manie de le serrer trop fort contre sa poitrine en l'embrassant. Elle lui fait visiter les magasins. Elle lui permet de toucher à tout. Elle l'a conduit voir les chevaux, et l'homme qui est dans la cour — ou dans l'écurie quand il pleut — un vieux mal habillé, lui a fait un fouet, un vrai, avec une ficelle qui claque.

Quand le jour commence à se brouiller, Élise regarde son mari, s'évertue à attirer son attention, lui adresse un signe que tous comprennent.

— Mais non ! Il n'est pas tard, protestent Marthe ou Hubert.

C'est l'heure de mettre la table pour le souper. Les enfants vont rentrer. On gêne. Est-ce que Désiré ne sent pas qu'on gêne ?

Il y a un quart d'heure que Schroefs en a assez, qu'il se retient à peine de bâiller, qu'il a envie, maintenant que le plus gros de la journée est passé, de se tasser seul dans son coin, devant son radiateur à gaz, et de farfouiller dans ses journaux en soupirant.

Désiré croit tout ce qu'on lui dit. Si on lui dit :

— Mais non, restez...

... il reste !

Allons ! Van Camp s'est levé, mais il serait resté volontiers. On marche vers la porte. On se dit deux ou trois fois bonsoir, une fois avant de s'habiller, puis sur le palier, puis encore en bas.

— Passez donc par ici.

On entrouvre la porte du magasin, on retrouve les ombres violettes de la rue, le silence, les trams lointains.

— A dimanche en huit. Merci, sais-tu, Marthe ! Désiré, porte le petit. Nous irons plus vite.

Quelques pas.

— On lui a encore fait manger trois morceaux de tarte.

Désiré ne comprend pas, ne parvient pas à s'indigner, ni à en souffrir.

— Je suis sûre qu'Hubert va dire que tu viens exprès pour fumer ses cigares.

— J'en ai fumé deux.

— Si nous achetions un peu de jambon pour souper ? Le feu sera éteint.

L'enfant, sur les épaules de son père, voit passer les becs de gaz presque à hauteur de sa tête ; il voit défiler, rue Puits-en-Sock, toutes les boutiques mal éclairées qui restent ouvertes le dimanche, qui resteront ouvertes jusqu'à dix heures du soir, avec les commerçants qui mangent derrière une tenture ou derrière les vitres de l'arrière-boutique, avec des marchandises de toutes les couleurs à l'étalage et le tram qui sort soudain de l'ombre de la place de Bavière.

— Désiré, attention au tram !

La chapellerie Mamelin a gardé un bec de gaz allumé comme si quelqu'un allait venir acheter un chapeau à cette heure.

— Père !

Roger doit crier. Il est trop haut perché. Élise porte le chapeau de son mari, parce que l'enfant le fait glisser en se cramponnant des deux mains à la tête de Désiré.

— Qu'est-ce qu'on va faire à la maison ?

Roger voudrait s'arrêter rue Puits-en-Sock. Il sait qu'une fois rue Pasteur, la journée sera finie. On lui donnera à manger puis, tout de suite, on le mettra au lit et il entendra longtemps le murmure des voix de son père et de sa mère dans la cuisine.

— On ne rentre pas encore ?

— Non, mon petit.

— Où est-ce qu'on va ?

Il reprend :

— Où est-ce qu'on va encore ?

— On se promène.

— Où est-ce qu'on se promène ?

Et il sait que ce n'est pas vrai, puisqu'on tourne par l'obscure rue Jean-d'Outremeuse qui prépare déjà au calme absolu de la rue Pasteur.

12

Il n'y a personne rue Pasteur que M. Lorisse, le rentier d'à côté, qu'on vient de pousser doucement dehors après lui avoir mis son cachez-nez et qu'on surveille de la loggia. Il est immobile au bord du trottoir, les mains derrière le dos, la droite tenant un fouet en cuir tressé ; il regarde vaguement son chien, un berger des Pyrénées à longs poils fauves et blancs qui, l'arrière-train raidi, paraît aussi impotent que son maître. Le chien parcourt trois mètres en reniflant le sol, choisit son pavé, lève la patte ou s'accroupit, mais il ne fait rien et il va recommencer un peu plus loin tandis que M. Lorisse, lui aussi, franchit trois mètres et reprend sa pose, de sorte qu'ils ont l'air tous les deux de ces jouets en bois découpé qu'on plante au milieu des bergeries.

De la loggia, Mme Lorisse et sa fille — qui a quarante ans et qui est si douce — les observent. Ce sont des rentiers. Ils ont toujours été rentiers. M. Lorisse ira peut-être jusque chez Mme Pain, peut-être jusqu'à la place du Congrès, mais il ne tournera pas le coin, car il sait que cela lui est défendu.

— Quelle idée, Désiré, d'appeler leur chien Lorisse comme eux !

Car le chien s'appelle Lorisse comme ses maîtres et cela choque tout le monde, bien que ce soit le plus beau chien du quartier.

S'il était en bas, ce qui passionnerait Roger, c'est la bataille qui a déjà commencé, cette bataille entre l'ombre et le soleil, aussi mystérieuse que la chose qui passe dans le ciel devant la fenêtre de la cuisine.

Elle se livre aussi dans les rues proches. Il ne l'a jamais constatée en ville, rue Léopold, par exemple, ou place Saint-Lambert, quand on va le jeudi dire bonjour aux demoiselles de l'« Innovation ».

Rue Pasteur, elle se dispute minute par minute : la rue vide est toujours partagée en deux camps par une ligne nette qui avance ou recule et qui, parfois, à onze heures et demie, lorsque les gamins sortent de l'école des Frères, ne laisse plus qu'un étroit couloir d'ombre le long des maisons.

Roger, assis sur sa chaise, ne s'occupe pas, pour le moment, de ce qui se passe dans la rue. Donc, il ne s'y passe rien. La fenêtre de la cuisine est fermée et c'est celle de la chambre qui est ouverte, c'est l'air de la rue qui gonfle les rideaux comme des ballons. Ils sont jaunes. Tout est jaune à cette heure-là, à cause du soleil, d'un jaune délicatement rosé ; il n'y a de bleutées que les vitres de la cuisine ; c'est demain samedi qu'on lave la cuisine à fond et aujourd'hui les vitres sont sales.

— Qu'est-ce que tu veux que j'y fasse, Désiré ? Faut-il lui demander de ne plus venir ?

Élise a encore parlé tout à l'heure. On est vendredi. C'est le jour de Mme Smet. Chaque semaine, depuis la naissance de Roger, celle-ci passe la journée du vendredi chez les Mamelin. Elle reste assise sans bouger au coin du feu. Le soir, à la fermeture de l'« Innovation », Valérie vient la rejoindre et Désiré en profite, après le dîner, pour aller jouer au whist chez Velden. Si bien que le vendredi est un peu son jour aussi.

Ce qu'on n'avait pas prévu, c'est qu'il y aurait l'Exposition Universelle, ni qu'Élise prendrait un abonnement, que l'été serait triomphant et que ce serait un crime de garder un enfant enfermé toute la journée.

— Allez vous promener avec le petit, ma fille. Ne vous gênez pas pour moi. Avec mes vieilles jambes...

Élise soupire :

— Je te jure, Désiré, que si elle voulait, elle pourrait. Mais elle ne veut pas marcher. C'est une manie. Elle ferait un détour d'un quart d'heure pour aller prendre le tram.

On a été bien heureux d'avoir la mère de Valérie quand Élise était seule, au lit, avec le bébé à soigner.

Élise guette le bruit des trams qui s'arrêtent place du Congrès, les pas dans la rue Pasteur, mais on n'entend jamais que les deux ou trois pas espacés de M. Lorisse derrière son grand chien auquel il faut la moitié de la matinée pour faire ses besoins.

Il y a encore l'histoire des bonbons ! Élise y pense en brassant les matelas des lits.

— Pourquoi ne joues-tu pas, Roger ?

— Je joue.

Il ne joue pas. Il contemple ce merveilleux brouillard de fine poussière dorée qui monte de la chambre et qui est comme absorbé, lentement, irrésistiblement, par l'air humide de la rue. Quand sa mère bat les matelas, on dirait des milliers de petites bêtes qui tournent en rond, se rejoignent, se séparent, tandis que des plumes restent longtemps en suspens dans l'espace. En ce moment, il y a en outre le rond du plafond, une sorte de bête aussi, une bête lumineuse, impalpable, qui frémit dans un coin du plafond et qui s'élance soudain vers l'autre mur quand on touche à la fenêtre, car ce n'est qu'un reflet de soleil.

Parce que c'est le jour de Mme Smet et de Valérie, les casseroles sont plus nombreuses sur le feu. Élise n'a pas encore eu le temps de se coiffer, de se chausser. Elle frotte le lavabo couvert de marbre blanc, la cuvette et le broc de faïence rose qui ont l'air, à eux deux, d'une grosse fleur, dont on ne se sert pas par crainte de les casser.

— Drelin...

Un coup. C'est pour en bas.

— Drelin... Drelin...

Deux coups. Élise se précipite à la fenêtre et se penche, pliée en deux.

— Attends, Léopold. Un instant. Je te jette la clef.

Cette clef qu'on ne retrouve jamais au moment où il vient quelqu'un !

— Où ai-je mis la clef, Roger ? Je parie que tu as encore joué avec. Bon ! La voici.

Elle l'entoure d'une serviette qu'elle jette par la fenêtre.

— Attention, Léopold.

Et cela donne un curieux bruit, un bruit qu'on connaît bien rue Pasteur, à la fois mou et dur.

Qu'est-ce que Léopold vient faire ? Il n'est jamais *tombé* un vendredi chez Élise. Il ne sait pas que c'est le jour de Mme Smet. Son pas lourd dans l'escalier. Pourvu qu'il ne soit pas trop étrange, qu'il ne sente pas le genièvre.

— Entre, Léopold.

— Drelin... Drelin... Drelin...

Elle se plie à nouveau à la fenêtre comme une marionnette au bord du guignol.

— Je viens, madame Smet.

— Tu attends quelqu'un ? se méfie Léopold.

— Mais non.

Et, comme si l'univers entier connaissait la vieille maman de Valérie, à la figure de cire, elle ajoute en souriant :

— C'est Mme Smet, voyons ! Assieds-toi. Qu'est-ce que tu apportes ?

Il a un paquet mal enveloppé, sous le bras, mais elle doit descendre, elle descend, on entend dans le corridor :

— Montez doucement, madame Smet. Mon Dieu ! Encore des bonbons ! Vous faites toujours des folies.

Les bonbons ! Les horribles bonbons couverts de fleurs de sucre rose que Mme Smet achète Dieu sait où, chaque vendredi, qui ont sûrement fait l'étalage et qu'on n'ose pas donner à Roger ! Élise est obligée de lui faire de gros yeux dès qu'on pose le sachet sur la table.

— Ne lui en donnez pas maintenant, madame Smet. Il vient de manger. Asseyez-vous. Vous connaissez mon frère Léopold ?

Léopold a envie de s'en aller. Il n'aime pas ça. Il a l'air de croire qu'on l'a fait exprès.

— Assieds-toi, Léopold, je t'en prie. C'est la mère de Valérie. Tu sais, Valérie ! Elle a été, elles ont été si bonnes pour moi quand j'ai eu le petit.

Roger la regarde. Élise défait le paquet.

— C'est toi qui as peint ça, Léopold ?

Elle parle, elle parle, elle essaie de les mettre à l'aise l'un et l'autre, d'empêcher qu'ils aient l'impression de gêner, elle fait tout à la fois, elle tisonne, moud le café de Léopold, achève de redresser ses cheveux qui tombent, cherche, du bout du pied, ses bottines qui ont glissé sous le lit.

Maintenant, elle brandit le tableau que Léopold a apporté. Au fait, elle sait pourquoi il est venu, pourquoi il a éprouvé le besoin d'apporter quelque chose, pourquoi il reste malgré tout, lui qui est si sauvage, comme pour attendre son absolution.

La veille, à cause du jour de Mme Smet, Élise a fait une partie de son marché dans l'obscurité pendant que Désiré gardait l'enfant. Elle a couru au plus près, à la charcuterie de la rue de la Province où elle ne va jamais. Elle a surpris Léopold. Elle a failli s'arrêter net. Elle a eu le sang-froid de passer, de faire semblant de ne pas le reconnaître et elle aurait bien pleuré de honte. Son frère était collé contre le mur d'une maison, la pension de famille où l'on reçoit n'importe qui, même de mauvaises femmes. Puis la fenêtre de la cuisine-cave s'est entrouverte, une flaque de lumière a envahi le trottoir et Eugénie a passé un paquet à son mari.

Élise a eu beau courir, Léopold l'a sûrement reconnue. Maintenant, il lui apporte un tableau.

— J'ai pensé que cela te ferait plaisir, fille.

— C'est la maison de nos parents, Léopold ?

— Ce sont les *Waterringen,* oui.

— Regardez, madame Smet. Voici la maison que mes parents habitaient quand Léopold est né. Jusqu'à quel âge y as-tu vécu, Léopold ?

— Quatorze ans.

— Tu m'as dit l'autre jour que maman, qui attendait Félicie, ne parvenait pas à monter dans la voiture.

Son cadeau, c'est une vraie toile tendue sur un châssis. Léopold a réalisé le tableau consciencieusement, comme un peintre en bâtiments, en étendant la peinture avec soin, sans ombre, sans lumière, sans perspective, de sorte que la maison a l'air d'être juchée sur un gros morceau de verdure et que le canal qui passe à droite menace de s'écrouler sur elle.

— Excuse-moi si je me coiffe devant toi, Léopold. Madame Smet, mettez-vous à votre aise. Raconte-nous ce que faisait notre père, Léopold.

— Il était *dijkmeester*.

— Si tu n'expliques pas, comment veux-tu qu'on comprenne. Cela veut dire chef des digues, madame Smet. C'est lui qui inondait les terres ou qui les asséchait. N'est-ce pas, Léopold ? Figurez-vous que les bateaux passaient plus haut que la maison. Raconte, Léopold. Tu sais tout ça mieux que moi.

Elle va d'une pièce à l'autre. Elle cherche des épingles. Il lui manque toujours des épingles à cheveux et elle a l'habitude de les serrer entre les lèvres pendant qu'elle se coiffe.

— Dis comment tu allais à l'école.

— C'était très loin, à une heure de marche. L'hiver, avec Hubert, nous y allions à patins.

Élise n'a jamais vu les *Waterringen* mais, quand Léopold lui rend visite, elle aime qu'il lui en parle, elle est encore plus contente, maintenant qu'elle peut se rendre compte par le tableau de la disposition des lieux. Elle voudrait que Mme Smet admirât, elle aussi, mais la bonne Mme Smet hoche la tête à tout ce qu'on raconte.

— Et la fois qu'il a fallu aller chercher le docteur...

— J'y suis allé en traîneau avec le père.

— Un traîneau tiré par un cheval, madame Smet. Dis encore, Léopold...

— Drelin... Drelin...

Du coup, Léopold se lève.

— Ne bouge pas. Je t'assure que je n'attends personne. Tu sais bien que personne ne vient jamais nous voir.

Le temps, tout cela, pour M. Lorisse et son chien d'atteindre, trois pas par trois pas, la place du Congrès où il faut faire demi-tour et d'où l'on aperçoit vaguement les deux femmes dans leur loggia.

— Je ne vois pas qui c'est...

Elle s'est penchée à la fenêtre. Elle n'a pas reconnu le chapeau gris perle, ni le pardessus mastic. Elle tousse. Le visiteur lève la tête et elle s'exclame, avec une stupeur non feinte :

— Mon Dieu, Guillaume ! Comment est-ce possible ?

Alors, soudain, elle a quatre mains, dix mains, elle va et vient, elle jongle.

— Reste, Léopold, je t'en supplie. C'est Guillaume. Mon Dieu !

Toutes les épingles réintègrent le chignon penché. On ne sait comment elle lace ses bottines en ayant l'œil à tout, à de menus objets qui traînent encore et que personne n'aurait remarqués.

— Reste ! Une seconde, madame Smet...

C'est Guillaume, le frère aîné de Désiré, qui a débarqué deux heures plus tôt à la gare des Guillemins, comme ça, parce qu'il avait envie de voir l'Exposition, parce qu'il étrennait un pardessus mastic, un de ces pardessus qu'on vient de lancer, si courts, si relevés par-derrière qu'on les appelle des *pète-en-l'air*.

Guillaume aurait pu, en sortant de la gare, aller dire bonjour à Désiré à son bureau qui est presque en face. Mais il ne fait rien comme les autres. Il faut toujours qu'il surprenne. Et il n'ose pas se rendre rue Puits-en-Sock, à cause du pardessus mastic sur lequel il s'est contenté, en guise de deuil, d'épingler un brassard.

Il a choisi Élise. Pour passer le temps, comme il était trop tôt, il est entré chez le coiffeur et il est resté une demi-heure à se regarder dans la glace pendant qu'on le bichonnait, qu'on le poudrait, qu'on le parfumait. C'est tout Guillaume. On entend, en bas :

— Si jamais je m'attendais... Ta femme n'est pas avec toi ? C'est vrai qu'elle doit garder le magasin.

Guillaume possède, à Bruxelles, rue Neuve, en plein centre de la ville, un étroit magasin de parapluies et cannes.

— Monte ! C'est Désiré qui va être surpris ! Tu n'es pas passé le voir ?

Au moment où l'on veut entrer, Léopold est déjà dans l'encadrement de la porte, le dos rond, la barbe noire, plus ours que jamais avec ses yeux qui ne sourient à personne et encore moins à ce drôle de personnage qui sent le coiffeur et dont les moustaches se hérissent en pointes aiguës.

Élise, elle, sourit à tout le monde.

— Tu ne connais pas mon frère Léopold ? Je te présente Guillaume, le frère aîné de Désiré. Guillaume est établi à Bruxelles.

— Au revoir, fille.

— Léopold ! Reste encore *un* instant, rien qu'un instant.

Léopold n'écoute pas et s'enfonce en grognant dans la cage d'escalier.

Au fait, ce sont les aînés des deux familles qui ont été réunis une minute dans la cuisine de la rue Pasteur, l'aîné des Peters et l'aîné des Mamelin. Élise se penche sur la rampe :

— Merci pour le tableau, Léopold ! Cela me fait grand plaisir, sais-tu ! Il faut revenir me voir.

Elle sait bien qu'il n'écoute pas, qu'il était venu en se réjouissant de la surprise qu'il lui ferait et du long moment qu'ils auraient passé dans le calme, à parler de la maison de Neeroeteren. Ce tableau-là, qu'Élise n'avait jamais vu, mais dont elle avait entendu parler, il l'a refusé à Louisa qui le voudrait tant, à Marthe, même à Schroefs qui n'aurait pas été fâché de montrer la maison de ses beaux-parents.

Élise aimerait reconduire son frère jusqu'à la porte de la rue, mais elle n'ose pas laisser Guillaume seul devant cette vieille femme qu'il ne connaît pas et qu'il salue d'une façon solennelle.

— Mme Smet, Guillaume... La maman de Valérie, ma meilleure amie, qui nous a tant aidés quand j'ai eu le petit...

— Je vous présente mes respects, madame.

Comme au théâtre ! Puis, aussitôt, sans savoir que toutes les syllabes comptent, qu'elles sont enregistrées à jamais, qu'il joue aujourd'hui un rôle quasi historique :

— Voyons mon petit bonhomme de neveu !

Il n'a pas d'enfant. Il saisit celui-ci comme un jouet. L'idée lui est venue, à la gare, de faire un cadeau inoubliable au fils de Désiré.

Il ne pense évidemment pas que Roger, assis sur sa chaise pliante, le voit de bas en haut, comme il voit si souvent son père. Il n'imagine surtout pas que, tout frais rasé, les moustaches cosmétiquées et effilées, les joues poudrées, sentant la lavande et la brillantine, il est aujourd'hui une sorte de Désiré-démon, un Désiré joué par un acteur qui exagérerait, qui relèverait trop les pointes des moustaches, qui mettrait trop d'or clair, trop de gaieté railleuse dans le marron des prunelles.

Pourtant, c'est ça ! Roger a peur et est séduit tout ensemble. C'est son père avec un autre accent, avec des gestes plus larges, une voix plus ample, un pardessus extraordinaire et une extraordinaire canne à pommeau d'or, son père avec un crâne presque chauve et des traits plus dessinés.

Élise s'affole, ouvre le buffet, le referme, cache un objet sous le châle qu'elle vient de jeter sur ses épaules.

— Une seconde, Guillaume. Tu permets une seconde ?

Cet oncle de Bruxelles, celui qu'on ne voit jamais, même rue Puits-en-Sock, parce qu'il a épousé une femme divorcée et qu'il n'est pas marié à l'église, c'est Guillaume qui atterrit comme on voit des gens, à l'Exposition, descendre de ballon, qui atterrit rue Pasteur, tout frais, tout fringant, des guêtres claires sur ses souliers vernis.

— Défais ton pardessus. Je viens.

— Mais oui. Ce n'est pas pour moi, au moins, que tu sors ?

Il triche. Il est heureux. Il a parfaitement vu le carafon qu'elle a pris dans le buffet et qu'elle emporte sous son châle.

— Vous veillez au feu, madame Smet ?

Elle court, laisse la porte contre, car elle a oublié sa clef en haut, se précipite place du Congrès, chez Dupeux.

— Vous avez du bitter, monsieur Dupeux ? Du bon, n'est-ce pas ? C'est pour le frère de mon mari qui arrive de Bruxelles.

Elle explique, explique, elle a toujours besoin d'expliquer, comme si elle était en faute.

— Remplissez la bouteille. Non, attendez, à moitié, comme ça, c'est assez. Nous, vous savez, nous ne buvons jamais.

Elle rentre, essoufflée, triomphante.

— Guillaume, tu vas bien accepter un petit verre de bitter.

— A une condition : c'est que tu me confieras ton fils jusqu'à cet après-midi. C'est comme ça !

Il est méphistophélique.

— Nous avons de grands projets tous les deux, n'est-ce pas, fiston ? Chut ! Ne regarde pas ta mère. N'aie pas peur de ta mère. Est-ce que nous avons de grands projets ?

Sidéré, l'enfant balbutie :

— Oui.

Élise se tourne vers Mme Smet pour l'appeler à son secours, mais Guillaume, désinvolte, comme s'il la connaissait depuis toujours :

— Allons, ma bonne madame Smet, ne me trahissez pas, ne faites pas attention aux clins d'œil de ma belle-sœur. C'est entendu ! A votre santé. J'emmène Roger. Roger est à moi, mettons jusqu'à quatre heures.

— Écoute, Guillaume...

— C'est dit, oui ou non ? Est-ce que je suis venu de Bruxelles exprès pour voir mon neveu ?

— Bien sûr, Guillaume. Seulement, laisse-moi au moins le changer.

Et elle qui n'a jamais confié son fils à personne, sinon pendant quelques minutes à Mme Pain, la voilà obligée de céder, parce que Guillaume insiste, parce que Mme Smet est là.

Que dira Désiré ? Si encore Léopold était resté ! Elle tente une diversion.

— Regarde, Guillaume : c'est la maison de mes parents, à Neeroeteren. Mon père était chef de digue. Les péniches passaient aussi haut que le toit de la maison. Je ne l'ai jamais vue, mais tous mes frères et mes sœurs y sont nés, sauf Félicie.

Il lisse ses moustaches en regardant poliment, sans écouter. Cela lui est parfaitement égal.

— Fais pipi, Roger. Tu vas aller promener avec ton oncle Guillaume. Tu seras gentil, n'est-ce pas ? Tu seras bien sage ?

Tout est détraqué. Rien, ce jour-là, ne se passe comme d'habitude. On reste des semaines, des mois, sans voir âme qui vive puis, d'un seul coup les événements se précipitent.

Elle regarde partir Roger et son oncle.

— Vous comprenez, madame Smet, il n'a pas l'habitude des enfants. Je sens qu'il a une idée de derrière la tête. Il va lui acheter quelque chose. Pourvu que ce soit quelque chose d'utile. Avec Guillaume, on ne peut jamais savoir.

Cela fait si vide, la cuisine, sans Roger ! Si Mme Smet n'était pas là, Élise sans rien dire, suivrait de loin son fils.

Ils marchent dans le soleil éblouissant et Guillaume se penche un peu, sans parvenir à régler son pas sur celui de l'enfant, lui parle comme à une grande personne.

— Tu comprends, si ta mère était venue avec nous, elle ne m'aurait pas laissé faire à mon idée. Je la connais. Elle t'habille encore comme une fille.

Il ignore les rites, par exemple qu'il faut s'arrêter devant ces hommes-mannequins en redingote noire qui montent la garde devant les maisons de confection de la rue Léopold, et qui distribuent des prospectus aux enfants. Il ne sait pas que ces prospectus sont des devinettes, qu'on doit chercher, dans un fouillis de traits, le Bulgare ou le chasseur. Il se demande pourquoi son neveu tient absolument à marcher sur la grille de chez Hosay où on respire l'haleine chaude du sous-sol au chocolat.

— Tu es fatigué ?

— Non.

— Tu veux qu'on prenne le tram ?

— Non.

Il entre à l'« Innovation » comme dans n'importe quel magasin, à l'« Innovation » où toutes les demoiselles connaissent Roger et où le jeudi — la veille encore — elles se le passent comme une poupée dès que M. Wilhems a le dos tourné. Il ne connaît pas Valérie. Il frôle son rayon sans s'arrêter et Valérie s'effare, trottine vers un autre rayon.

— Ce doit être le frère de Désiré.

— Comment Élise a-t-elle pu lui laisser l'enfant ?

Guillaume est partout chez lui. Ne voilà-t-il pas qu'il soulève Roger et le pose tout droit sur un comptoir ?

— Bonjour, mademoiselle. Regardez-moi bien ce petit bonhomme et trouvez-lui un costume de garçonnet.

— Ta maman n'est pas avec toi, mon petit Roger ?

— Non, mademoiselle. Aujourd'hui, Roger est à moi pour toute la journée. Voyons ce que vous allez me proposer.

Il est en fête. Il est l'oncle qui débarque miraculeusement de Bruxelles avec une baguette magique et qui va transformer la vie d'un gamin.

— Pas du bleu, mademoiselle ! Dénichez-moi quelque chose de plus gai.

Valérie n'ose pas s'approcher. La vendeuse montre à regret un costume de jersey rouge qui enchante Guillaume.

— Mettez-le-lui donc, voulez-vous ?

Elles s'adressent des signes, de rayon en rayon. Elles savent toutes que Roger est voué à la Vierge. Elles imaginent la tête d'Élise quand elle verra rentrer son fils dans cet extravagant costume rouge.

— Parfait ! Laissez-le-lui. Mettez sa robe de côté. Sa maman viendra la chercher un jour ou l'autre. Combien ?

C'est Guillaume ! Et avec Guillaume, tout est changé. Le gamin le suit, sidéré, encore un peu effrayé.

— Voyons ! Qu'aimerais-tu faire maintenant ?

Le regard de Roger tombe sur la charrette jaune d'un marchand de crème glacée.

— Une glace !

Jamais il n'aurait osé dire cela à sa mère. Guillaume, lui, s'accoude à la petite charrette, traite le marchand familièrement, comme il traite tout le monde.

— Donnez donc une glace à ce moutard. A la fraise, Roger ?

— Oui.

Puis il entraîne dans la cohue de la ville l'enfant qui se laisse tirer en suçant son cornet coiffé de crème rose. Si Élise le voyait !

C'est si différent de l'« Innovation » feutrée des autres jours, de la promenade à pas silencieux entre les rayons, des signes discrets qu'on échange, des longues stations devant une pièce de madapolam ou de mérinos, des phrases qu'on chuchote en guettant toujours la silhouette de M. Wilhems ou la redingote de l'inspecteur !

Guillaume passe par des rues où Roger ne passe jamais. On traverse, place Verte, une mer de fleurs qui sentent bon et derrière lesquelles les marchandes sont assises comme celles du marché derrière leurs paniers de fruits ou de légumes.

— Si nous allions manger à l'Exposition ? Cela t'amuse d'aller manger à l'Exposition ?

On prend le tram. Avec Élise, on ne prend le tram que quand c'est strictement nécessaire. La glace dure toujours, il en reste quand on descend devant les guichets de l'Exposition et Guillaume paie ; il ne sait même pas que les enfants ne payent pas et prend deux entrées, se dirige droit vers le quartier des restaurants.

D'habitude, on évite ce quartier où on voit, dans des maisons pimpantes, des gens qui mangent de grosses gaufres de Bruxelles aux trous pleins de crème fouettée. On oblique tout de suite vers les stands gratuits, ceux surtout où on distribue des échantillons, le stand du chocolat, par exemple, avec ses machines, son énorme roue luisante, la courroie qui glisse sans bruit et le nègre habillé comme dans un conte des Mille et Une Nuits qui distribue des miettes de chocolat tombées de la machine.

Guillaume ne sait pas qu'Élise défend à son fils de manger ces échantillons.

— C'est sale ! dit-elle en lui essuyant la paume des mains avec son mouchoir.

Il ne sait pas que quand l'enfant a soif et s'arrête devant les aubettes où sont rangées des bouteilles de soda multicolores il faut lui répondre en le tirant par le bras :

— Tu boiras tout à l'heure à la maison.

Guillaume ne sait pas non plus où il faut passer pour recevoir les somptueux prospectus dont Roger a déjà toute une collection, les images en couleurs, la série des bêtes sauvages de l'amidon Remy, et surtout le cahier réclame pour les allumettes suédoises, au papier si fin, si soyeux, sur lequel on voit des allumettes de toutes les couleurs, des vertes, des rouges, et même des allumettes à tête d'or.

— Qu'est-ce qu'elle te donne à manger, ta mère ?

— Je ne sais pas.

— Dites-moi, garçon...

Car ils sont assis sous une tonnelle, avec près d'eux un garçon en tablier blanc, comme les gens devant qui on passe si vite les autres jours avant d'aller goûter sur un banc.

— Qu'est-ce que vous allez donner à ce petit bonhomme ?

— On pourrait toujours commencer par un potage. Puis quelque chose de léger, une sole frite, par exemple ?

— Va pour la sole frite.

Il boit du vin. Ses yeux rient comme ceux de Désiré. Ils sont du même brun marron, mais ils n'ont pas la même douceur, ou plutôt il y a dans leur flamme joyeuse une note plus vulgaire, parfois un peu agressive.

— Tu es content ? Tu t'amuses bien ?

— Oui.

Un marchand passe avec des moulinets de papier fixés à des bâtons de couleur.

— Tu veux un moulinet ?

— Oui.

L'enfant est impressionné. On lui a noué une serviette de grande personne autour du cou. On a oublié de lui faire faire pipi et il l'a fait dans le pantalon de jersey rouge qui le gratte entre les jambes.

C'est trop. Il ne sait plus. Il a le sang aux joues. Pour un peu, il éclaterait en sanglots.

— Tu veux monter sur le *water-chute ?*

Il tire sur la main qui l'entraîne.

— Non !... Non !...

Il a peur. Des heures durant, les autres jours, on regarde les gens descendre en barque la pente du *water-chute,* mais jamais l'idée d'y aller lui-même ne lui est venue.

— Tu n'es pas fatigué ?

— Oui... Non...

Il voudrait que cela dure très longtemps et pourtant il a dans la poitrine une angoisse grandissante. Quand il regarde son oncle Guillaume, il croit reconnaître son père, mais c'est un père si différent qu'il en a peur et qu'il devient triste.

— Qu'est-ce que tu désires que nous fassions ?

La bouche pleine, les mains pleines, il ne répond pas. Le jersey râpe ses cuisses qui doivent être toutes rouges, surtout avec le pipi.

— Si nous allions dire bonjour à ton papa qui est encore au bureau ?

L'enfant saute sur cette planche de salut, encore que le mot papa, qu'on ne prononce jamais rue Pasteur, le choque.

— Oui.

Est-ce que son père attend dehors, au coin du pont du Commerce, à gauche de l'entrée, comme les autres soirs, quand on sort de l'Exposition ? Car Désiré n'a pas fait les frais d'une carte permanente. En quittant son bureau, il vient attendre Élise et l'enfant et, comme Roger est toujours fatigué à cette heure-là, il le porte sur ses épaules jusqu'à la maison.

— Mets-le par terre, Désiré ! Il est trop grand, maintenant.

— Je ne veux pas aller par terre.

Aujourd'hui, tout est changé. Il n'y a plus d'heure. L'Exposition est bouleversée. Rien n'est à sa place. On ne sait plus. On est comme perdu dans un monde qui n'aurait plus de sens et où les gens s'agitent dans toutes les directions.

— Attends. Nous allons prendre une voiture.

Il ne comprend pas. Une voiture, c'est pour conduire les gens à l'hôpital. Il se cramponne à la main de son oncle.

— Non ! Je ne veux pas.

Pourtant, Guillaume avait déjà fait signe à un fiacre découvert.

— Tu ne veux vraiment pas monter ?

— Non.

— Pourquoi ?

— Je ne sais pas. Je veux maman.

Il n'y a que le pont du Commerce à traverser, le square aux canards où des drapeaux flottent dans le soleil. On est tout de suite rue des Guillemins. On tourne le coin de la rue Sohet. Un sourire triomphant glisse sur les lèvres de Guillaume tandis qu'il pousse la porte du bureau d'assurances.

L'enfant, lui, ne voit qu'une cloison percée de guichets qu'il ne peut atteindre.

— Par exemple ! Guillaume ! Tu es à Liège ?

Et Guillaume, malicieux, soulève Roger dans ses bras, le pose sur la tablette du guichet.

Le gamin découvre une maison qu'il ne connaît pas, un poêle, des meubles, une tartine sur une serviette déployée, un bol plein de café, son père, en manches de chemise, qui est là comme chez lui, qu'on surprend dans une intimité étrangère.

C'est drôle : Désiré est presque gêné par le regard de son fils sur cet intérieur-là, mais il sourit, aussitôt, vient ouvrir la porte de communication.

— Entre, Guillaume. Viens, fils. C'est toi, Guillaume, qui lui as acheté ce costume ?

A quoi bon insister ? Élise le lui dira bien elle-même !

— Assieds-toi, Roger. Tu vois, c'est le bureau de ton père. Et ta femme, Guillaume ? Tu es ici pour quelques jours ? Tu as dîné, au moins ?

Il reprend sa tartine, près de la machine à écrire, tandis que l'enfant regarde de tous ses yeux, comme s'il faisait une découverte mémorable, son père qui mange ailleurs que chez lui, en bras de chemise, tel qu'on le voit le soir dans le logement de la rue Pasteur.

13

— Tu crois que cela déteindra, Valérie ?

Élise retire du bain tiède et savonneux une masse rouge sang, informe, qui est le premier costume de Roger. Est-ce que dans le bleuté de l'eau de savon, il y a des traînées roses ? Toute la question est là.

— Je t'assure que non, Élise. Tu verras qu'*ils* le reprendront.

Élise a mal aux nerfs. Elle ne trouve pas d'autre mot. Elle est comme quand elle a beaucoup pleuré et pourtant elle n'a pas pleuré aujourd'hui, elle a les membres, la tête vides, une sorte de tic-tac précipité dans tout son être, tel un mécanisme qui la pousserait, qui voudrait aller plus vite qu'elle.

Mme Smet est la même, à neuf heures du soir, qu'à dix heures du matin, toujours en visite, ses mitaines sur ses mains tavelées, dodelinant de la tête pour approuver ce qu'on dit, droite sur sa chaise, car elle n'a jamais voulu s'asseoir dans un fauteuil.

Valérie fait voleter ses doigts sur un ouvrage de crochet. C'est la seule besogne qu'elle puisse accomplir. Ses doigts sont si fins, si diaphanes, ses mains si frêles qu'elle se foulerait le poignet, si elle devait monter un seau d'eau.

N'est-il pas paradoxal qu'elle soit devenue la meilleure amie d'Élise ? Valérie n'a pas d'os, pas de nerfs. Quand on regarde sa main devant la lampe, on n'y voit pas d'ossature, ou presque pas. Elle est obligée, tant ses pieds sont petits, d'acheter ses chaussures au rayon des fillettes.

Elle ne pèse pas sur la terre. C'est une étrange petite princesse qui ne serait ni jolie ni princesse, peut-être une fée, un être immatériel au visage disgracieux, à la tête trop grosse, aux cheveux de poupée chinoise qui, en dehors de ses soies et de ses dentelles, est inapte à tout, même à vivre, et sûrement qu'elle et sa mère se laisseraient mourir si elles n'avaient pas Marie, l'aînée, la couturière, pour faire leur ménage avant d'aller en journée.

Élise aime bien Valérie, mais elle n'en souffre pas moins de voir une femme aussi jeune assise, impassible, à côté d'un baquet plein de vaisselle sale. A sa place, il y aurait longtemps qu'elle se serait levée, qu'elle aurait dit :

— Donne-moi un torchon, Élise.

Ce soir, Élise s'inquiète :

— Tu penses vraiment qu'on le reprendra ?

La porte est entrouverte. Roger dort. Il est neuf heures, Désiré, comme chaque vendredi, est allé jouer au whist chez Velden.

Il est heureux, là-bas. Il est le plus fort, comme chez M. Monnoyeur, comme rue Puits-en-Sock il est le plus intelligent. Il est aussi le plus gai. Il jongle, sourit à la ronde d'un sourire presque condescendant.

Pourtant, les frères Velden, les chaudronniers en cuivre, sont d'une des plus vieilles familles d'Outremeuse et ils ont une vingtaine d'ouvriers que la sirène — on l'entend de la rue Pasteur — rappelle au travail à une heure. Il y a aussi Émile Grisard, qui est architecte du gouvernement et dont le frère représente une grosse marque de champagne. Il y a M. Reculé, chef de bureau au Nord-Belge, qui voyage gratuitement en première classe.

Ils ont un tel besoin de Désiré, des gens comme eux, que, s'il est en retard d'un quart d'heure, ils viennent se suspendre à la sonnette de la rue Pasteur !

— Tu verras, Élise, que quand ce sera sec et repassé, il n'y paraîtra plus.

On entretient un feu d'enfer. Le vêtement sèche, les fers chauffent, des escarbilles rougeoyantes tombent en pluie dans le cendrier du poêle et cela endort Mme Smet qui sursaute chaque fois que le chuchotement s'élève d'un ton.

Quand il est rentré, à deux heures, Désiré n'a rien dit. Élise lui en veut. Il est arrivé tout fringant de sa rencontre avec son frère, avec cette bonne humeur à fleur de peau qu'elle déteste tant chez les Mamelin.

Elle ne s'en est pas aperçue tout de suite. Il taquinait Mme Smet, comme d'habitude, se mettait à table plein d'un joyeux appétit.

— Tu n'as pas vu Guillaume ?

— Il est passé tout à l'heure au bureau avec Roger.

— Où sont-ils ?

— Nous sommes revenus ensemble par le tram 4.

Elle les voit, elle jurerait les voir, sur la plate-forme du tram qui fait le tour de la ville ; ils ne sont pas assis à l'intérieur, pour pouvoir fumer, et aussi parce que c'est plus gai ; Roger est resté debout entre leurs jambes pendant qu'ils racontaient leurs histoires.

— Où est Roger ?

— Guillaume m'a quitté en descendant du tram place du Congrès. Il voulait montrer notre fils à une tante de sa femme qui habite Bressoux ou Jupille.

Inconscience ! Il n'y a pas d'autre mot !

— A quoi as-tu pensé, Désiré ?

— Guillaume est quand même capable de conduire un enfant.

Elle n'a pas pleuré, à cause de Mme Smet. C'est peut-être parce qu'elle n'a pas pu pleurer une seule fois pendant cette journée qu'elle est tellement sur les nerfs.

Alors, tout lui revient, tout ce qu'on lui a fait, tout ce qu'elle a souffert, tout ce qu'il lui arrive de ressasser des heures durant en gardant le petit, place du Congrès, quand Mme Pain n'est pas là.

Désiré a mangé. Il a bu son café, s'est essuyé les moustaches avec satisfaction, a pris son chapeau et sa canne. Elle ne savait pas encore tout. Elle était loin de se douter qu'à ce moment il avait déjà vu le costume rouge et que, lâchement, afin de dîner en paix, il n'en avait rien dit.

Pis ! Elle se souvenait maintenant avoir murmuré :

— Je me demande quelle surprise il compte nous faire.

Et lui, le geste vague :

— Avec Guillaume, il faut s'attendre à tout...

Il savait ! Et il est parti, droit comme un « i », la conscience en paix. A Élise de rester seule avec Mme Smet, avec qui on se demande toujours ce qu'on doit dire et si elle vous écoute.

Trois heures... quatre heures... Guillaume a promis de ramener l'enfant à quatre heures et voilà l'aiguille qui marque déjà vingt minutes de plus au réveil de la cheminée.

— Écoutez, madame Smet...

Elle s'excuse, supplie la vieille dame de lui pardonner. Elle ne connaît pas cette parente de sa belle-sœur, une personne qui habiterait Bressoux, au-delà de la Dérivation, tout à fait dans les faubourgs et même hors de la ville.

— Je ne vous demande qu'un tout petit quart d'heure. C'est à cause de Roger...

Elle ne sait où aller à sa recherche. Un long moment, elle reste flottante au milieu de la place du Congrès, sans chapeau, à regarder dans toutes les rues en étoile et à tressaillir à l'approche de chaque tram.

Enfin, sans raison, elle se précipite rue Puits-en-Sock. D'habitude, elle n'y va pas sans chapeau, comme ça, en châle. Elle en est gênée. Elle éprouve toujours un malaise en reniflant cette odeur de salpêtre, dans le couloir blanchi à la chaux où pour empêcher les enfants de se précipiter sous le tram, on a installé une porte va-et-vient qui grince.

Elle n'a jamais respiré à son aise dans cette maison. Tout la choque, l'odeur plus forte de la cour, cette odeur de pauvreté, d'eaux sales qu'on ne retrouve que dans certains quartiers populeux. Même aux moments où sa mère et elle étaient le plus pauvres, elles n'auraient pas consenti à vivre parmi des relents pareils.

Elle sait qu'on l'a déjà vue à travers les faux vitraux. Elle frappe. Elle entre.

— Bonjour, Cécile.

Et c'est encore une muette hostilité qu'elle rencontre, qui lui semble dirigée personnellement contre elle, cette atmosphère de la cuisine restée la même bien que la mère Mamelin soit morte et que Cécile la remplace. Dire que Désiré a vécu jusqu'à l'âge de vingt-quatre ans dans cette maison !

On n'allume la lampe qu'à la dernière minute. Les objets sont à la même place, depuis toujours, les moindres d'entre eux en sont arrivés à avoir une physionomie comme des personnes, le moulin à café, par exemple, et le pot à chicorée, en bois tourné, le porte-allumettes, tout, le balancier de l'horloge, et jusqu'à la chaleur qui n'est pas la même qu'ailleurs !

Et Cécile ! C'est le jour du repassage. De tout temps, le vendredi a été jour de repassage rue Puits-en-Sock et Cécile repasse, avec les fers de sa mère, de lourds fers de blanchisseuse dans lesquels on brûle de la braise ; les supports sont à leur place de toujours sur la couverture où les taches de brûlé servent de points de repère.

On a l'impression de déranger, de rompre une harmonie éternelle. Cécile repasse depuis le matin et repasserait ainsi jusqu'à la fin des temps sans s'étonner, sans s'impatienter si, par miracle, le vendredi devait durer toujours.

Élise n'a pas vu Vieux Papa en entrant. Il fait trop sombre et elle sursaute en apercevant cette statue de pierre sculptée dans son fauteuil.

— Ce n'est que moi, Vieux Papa.

— Je sais, ma fille.

A travers les vitraux, on aperçoit, au-delà de la cour, Chrétien Mamelin, lent et grave, qui, dans son atelier, passe un chapeau à la vapeur et ce tableau mal éclairé a, lui aussi, un aspect terriblement éternel.

— Je suis venue rechercher mon plat.

Le plat aux frites qu'on dépose parfois le dimanche en allant en ville et qu'on retrouve au retour, ce qui évite d'aller le chercher rue Pasteur. C'est une excuse qu'elle a trouvée en venant car, puisque Guillaume n'est pas là, elle ne peut pas parler de lui. Elle est délicate.

— Le voilà, Élise. Près de la balance. Le drap est dedans.

Cécile attend famille, mais cela ne se remarque pas, rien ne se remarque chez elle, pas même sa jeunesse, tant elle a pris tous les gestes, toutes les attitudes de sa mère, tant elle règne avec sérénité dans cette cuisine des Mamelin où nul enfant n'oserait, marié et père de famille à son tour, changer un petit objet de place.

Quand Élise rentre rue Pasteur l'écriteau a disparu de la maison de la rue Jean-d'Outremeuse, cette maison qu'elle guigne depuis si longtemps.

A LOUER

C'est trop tôt, elle le sait. La maison est un peu grande. Il faudrait prendre au moins cinq locataires et, pour cinq locataires, il est nécessaire d'avoir une servante qui mange le bénéfice.

Mon Dieu ! Où Guillaume peut-il être allé avec Roger ?

Elle va jusqu'au pont de Bressoux, en courant comme une folle, revient chez elle, les trouve tranquillement installés dans la cuisine.

— Qui t'a ouvert la porte, Guillaume ?

— Une dame aux cheveux teints comme une enseigne de coiffeur.

La propriétaire.

Car Mme Smet ne serait pas descendue, y eût-il le feu dans la rue.

— Viens, mon petit Roger.

Elle donnerait gros pour pleurer tout à son aise, c'est une vraie débâcle qui s'empare d'elle à la vue de son fils, qui la regarde avec d'autres yeux, qui vient de vivre une journée qu'elle ne connaît pas, de Roger qu'on a bourré de sensations, de gâteries, de souvenirs et qu'on a par-dessus le marché habillé en rouge des pieds à la tête.

Pourtant, sa réaction se traduit par des remerciements qu'elle balbutie.

— Mon Dieu, Guillaume, tu as fait des folies. Il ne fallait pas ! C'est trop, Guillaume. Un costume si cher !

Il lui aurait offert n'importe quoi, fût-ce une babiole qui ne serve pas ! Mais ce costume rouge ! La culotte est déjà toute mouillée !

— Merci, sais-tu, Guillaume ! Tu vas bien prendre un petit verre. Mais si ! Il en reste, et nous, nous n'en buvons jamais. Pour une fois que tu viens à Liège...

Elle a mal partout, d'énervement.

— Au revoir, Guillaume. Bon retour. Dis bien à ta femme...

Qu'est-ce qu'il doit dire à sa femme, qu'elle n'a entrevue qu'une fois, à l'enterrement de sa belle-mère ?

Pas un moment de détente, pas une seconde de solitude. Mme Smet est là, comme une poupée précieuse qui ne saurait que hocher la tête dans un éternel sourire.

On siffle, dans la rue.

— C'est Désiré, madame Smet. Il faut que je lui jette la clef par la fenêtre. Figurez-vous que nous n'avons qu'une clef.

Car Désiré siffle, le soir. Puis c'est le coup de sonnette si discret de Valérie, les deux amies qui chuchotent dans l'escalier.

— Tout à l'heure, quand il sera parti...

— Ah ! ma pauvre Élise, quand j'ai vu qu'on lui essayait cette chose rouge... Et nous toutes !... Jusqu'au troisième étage du magasin... On a bien pensé à toi, va !

Mme Smet s'endort, sursautant parfois au fracas lointain d'un tram, Valérie fait du crochet, de ses doigts immatériels, une fine dentelle qui servira à quoi ? Élise lui en veut, ce soir-là, elle lui en veut de ses doigts si agiles qui volettent dans les rayons jaunes de la lampe, de ses membres frêles, de sa vie sans souci entre sa mère et sa sœur ; elle lui en veut de laisser faire son lit, vider ses eaux par Marie. Elle en veut à Cécile aussi, qui ne lui a rien dit, qui repassait si tranquillement dans sa cuisine, elle en veut à Mme Pain dont le mari gagne de l'argent.

C'est une rancœur qui l'a pénétrée et qui lui reste comme une boule dans la poitrine.

— Si tu savais, Valérie, comme le soir, j'ai mal aux reins ! Ce sont les organes. Je dois aller chaque semaine chez le docteur qui m'a placé un appareil.

Rien qu'au mot organe, Valérie, qui n'a pas de santé, mais qui n'a jamais été malade, pour qui le ventre est un mystère qu'elle ne veut pas connaître, Valérie pâlit.

Et pourtant, ce soir-là, Élise n'a pas mal au ventre, ni aux reins. Elle en parle, elle se plaint pour entretenir sa fièvre. Depuis l'écriteau disparu, elle sent confusément que tous ses petits malheurs de la journée doivent servir à une fin précise.

Elle repasse le pantalon rouge, l'examine sous la lampe.

— Tu sais, Valérie, la maison de la rue Jean-d'Outremeuse est louée...

Valérie est dans le secret de cette conspiration qui date de deux ans, du moment exact où Élise a remporté sa première victoire en s'installant rue Pasteur.

Depuis, inlassable, infatigable comme un insecte mû par un instinct millénaire, elle pose des jalons, elle ramasse, elle met soigneusement de côté tout ce qui pourra servir de près ou de loin à son dessein.

— Si je te disais que j'ai déjà sept cents francs à la Caisse d'épargne ! Désiré n'en sait rien. C'est pour les meubles, tu comprends ?

Un sou par-ci, un franc par-là, parfois une grosse pièce. Elle les cache, en attendant, dans la soupière à fleurs roses du service. Quand elle va à Coronmeuse, elle répète à sa sœur Louisa :

— Que veux-tu ? C'est un homme qui vivrait toute sa vie avec le strict nécessaire.

Elle se plaint. Tout cela servira. Et, aujourd'hui qu'elle est vraiment malheureuse, sans le faire exprès, qu'elle est restée toute la journée sur son envie de pleurer, elle va en profiter.

— Tu connais les petits pains Bloch à trois centimes ? Le boulanger, qui sert la pension de la rue de la Province m'a assuré qu'avec un rien de beurre dessus on les compte dix centimes aux étudiants. Certains d'entre eux en mangent quatre ou cinq. Écoute ça : cinquante centimes le seau de charbon qu'on n'a que le mal de monter et qu'on achète trente centimes dans la rue !

Combien d'allées et venues ces quelques mots représentent, de regards jaloux aux maisons qui logent des étudiants, de questions innocentes à gauche et à droite ! Ces étudiants, des Russes, des Polonais, des Roumains, des Japonais, qui viennent faire leurs études à l'Université de Liège, elle les suit, dans la rue, d'un œil d'avare.

— Il ne m'en faudrait que trois, Valérie, pas des trop riches qui ont des exigences, pas des trop pauvres non plus. Ils seraient si heureux chez moi !

Est-ce sa faute si là est son destin ? Elle vient d'avoir une grosse déception. Elle a été, un peu après quatre heures, au milieu de la place du Congrès, puis à l'entrée du pont de Bressoux, la maman sincèrement affolée qui a perdu son enfant. Désiré est en faute. C'est le frère de Guillaume. A deux heures, alors qu'il savait déjà, il a eu la lâcheté de ne rien dire.

— Les hommes, ma pauvre Valérie ! Ils ont si peur qu'on trouble leur tranquillité, qu'on bouscule leurs petites habitudes !

Désiré, qui ne se doute de rien et qui a gagné au whist — l'argent est pour la cagnotte — quitte ses amis sur le seuil de chez Velden. On reconnaît son pas, on éveille Mme Smet, Valérie met son chapeau, on s'embrasse.

Désiré les reconduit jusqu'à l'arrêt du tram, place du Congrès. Ils attendent tous les trois, debout dans l'ombre douce, puis la voiture qui tangue entre les rails freine devant eux à grand fracas.

Les vitres du tram, dans cette belle nuit, paraissent roses. Les têtes, à l'intérieur, n'ont plus l'air vivantes, ou plutôt elles participent d'une autre vie, un peu comme dans un musée.

Désiré allume sa cigarette. Tout est d'un calme parfait sous un ciel criblé d'étoiles, la cigarette est bonne, il serait capable de s'asseoir sur un banc de la place et de rester longtemps ainsi à contempler la Voie Lactée.

Cela lui a fait plaisir de revoir Guillaume. Ce rectangle faiblement lumineux, dans le lointain, c'est le petit café du coin de la rue Puits-en-Sock où il a appris à jouer au billard. Roger a été impressionné de voir son père en manches de chemise, comme chez lui, dans le bureau de la rue Sohet. Il a bu à sa tasse. Il a tapoté sur la machine à écrire et on avait placé de gros annuaires en dessous de lui.

Désiré marche. Son front s'assombrit un tout petit peu à mesure qu'il avance, car il se doute qu'Élise lui en veut à cause du costume rouge. Or, maintenant elle est seule. Elle l'attend. Il y a un léger halo, qui vient de la cuisine, à la fenêtre de la chambre.

Il a laissé la porte contre pour aller reconduire Valérie et sa mère. Il monte, fronce les sourcils en découvrant un grand pan de lumière, la cuisine large ouverte, en entendant les heurts caractéristiques d'un seau de fer et il trouve Élise à genoux par terre, qui lave le plancher à grande eau.

— Qu'est-ce que tu fais ?

Elle a son visage pâle, ses traits pointus des mauvais jours, sa poitrine qui semble toujours plus plate sous le tablier, les cheveux qui tombent.

— Il faut bien que je prenne de l'avance pour demain samedi, puisque je dois aller à l'« Innovation ».

Il a compris. Il ne sait où se mettre. Elle le fait exprès !

— Si je te donnais un coup de main ?

— Ce n'est pas la peine. Couche-toi, va ! Cela me retarde encore plus d'avoir tes grandes jambes dans le chemin.

C'est, en plus grave, comme certains dimanches à midi, quand elle a ses nerfs et qu'on doit aller en visite. Elle fondra en larmes d'un instant à l'autre, mais on ne peut jamais prévoir le moment exact, ni ce qui déclenchera la crise. S'il parle, ce qu'il dira sera de trop. S'il se tait...

— Écoute, Élise.

— Non ! Je t'en supplie, laisse-moi. Tu vois bien que je n'en peux plus. Il est dix heures et voilà seulement que je commence le grand nettoyage. Sans compter qu'avec ta grosse voix tu vas encore réveiller le petit.

Éveiller le petit ! Alors que c'est toujours lui qui l'endort en faisant le tambour !

Qui pourrait s'y retrouver dans les détours que suit l'esprit d'Élise ? Sait-elle seulement par quel chemin elle arrivera enfin à ce qu'elle veut ?

— Je ne sens plus mes reins.

— Laisse-moi au moins aller vider les eaux.

— Pour salir ton costume ! Et il me faudra ensuite le nettoyer !

Elle frotte comme jamais. Elle y apporte une fièvre désespérée, pâle à faire peur, image saisissante de l'énergie humaine poussée au paroxysme.

— Le docteur me disait encore la semaine dernière...

Elle pleure. Ça y est ! Pas abondamment. Pas fort. Elle pleurniche plutôt, avec, à travers ses larmes, comme une lueur paisible de résignation. Elle renifle à la façon d'une petite fille, saisit un coin mouillé de son tablier à petits carreaux bleus.

— Élise...

— Je sais que cela t'est égal, que jamais tu n'auras pour moi un mot tendre, une pensée délicate. Est-ce que tu m'as une seule fois dit *ma chérie* ? Tu es un Mamelin, va, comme Guillaume ! Vous êtes bien les deux frères.

Guillaume... Le costume rouge...

— Quand je pense que le petit était à la mort, avec sa bronchite, et le carnaval dans la rue Léopold, quand je l'ai voué à la Vierge ! Et Guillaume, gros malin qu'il est, tout fier de lui, va choisir un costume du rouge le plus voyant ! Et toi, tu ne dis rien !

— Voyons, Élise...

— Laisse-moi. Il faut que je travaille. Toi, à six heures, tu as fini. Peu importe qu'à dix heures du soir je sois encore à nettoyer par terre ou à éplucher les légumes : tu vas jouer aux cartes chez Velden.

Une fois la semaine ! Jamais il ne sort ! Et c'est seulement parce que Mme Smet et Valérie sont à la maison ce jour-là !

— Va dormir !

Relevée avec peine, elle s'est assise comme quelqu'un qui n'en peut plus et, les deux bras sur la table, elle se penche en avant, sanglote sans qu'on puisse voir son visage, repousse le bras qui cherche à entourer ses épaules.

— Non, Désiré, non, vois-tu ! Tu es trop égoïste. Tu ne vois que toi, ta tranquillité, ta petite vie et, si demain il t'arrivait quelque chose, je pourrais bien aller travailler comme servante.

Pourquoi comme servante ? Est-ce qu'elle était servante quand il l'a connue ?

Elle n'arrive pas, malgré tout, à la vraie crise, comme quand elle claque des dents et qu'elle se tord sur le lit en se cramponnant aux couvertures. C'est peut-être qu'elle a trop attendu ? Il faut qu'elle regarde le costume rouge, puis la chambre bouleversée autour d'elle, le seau par terre, la moitié du plancher mouillée...

— Je suis à bout de forces...

— Eh bien, c'est décidé, nous prendrons une femme de ménage !

— Avec quoi la payerons-nous ? Nous avons juste le strict nécessaire.

— Nous la prendrons deux heures par jour, pour le plus gros ouvrage.

— Non, Désiré ! Ne t'occupe pas de moi. Je disais encore tout à l'heure à Valérie...

Cela le blesse. Qu'a-t-elle raconté à Valérie de leurs petites affaires de ménage ? Est-ce que, chez Velden, il lui arrive de parler d'elle ?

Elle ramasse la brosse, le torchon, continue à renifler sans larmes et alors elle sent qu'il est temps, que tout à l'heure, l'atmosphère n'y sera plus.

— Si seulement Roger allait à l'école gardienne...

C'est si imprévu... Et si mince, une si petite chose à côté de ce qu'il attendait !

— Je sais bien que pour toi, ton fils, c'est sacré ! Il y en a cependant de plus jeunes que lui qui vont chez les sœurs et Mme Pain elle-même a décidé cette semaine...

C'est Élise qui a décidé Mme Pain à mettre Armand à l'école gardienne. Quel travail de patience ! Si on pouvait remonter jusqu'au bout du fil !

— Nous en parlerons sérieusement. Je ne dis pas non.

— Mais tu ne dis pas oui ! En attendant, c'est toi qui l'habitues à se faire porter, sans te préoccuper de ce que, quand je suis seule avec lui, il refuse de marcher. Quant à Guillaume... Il se pavane avec son neveu, l'habille comme un clown... Ils n'ont pas d'enfant... Ils vivent tous les deux comme des égoïstes...

Désiré, sans mot dire, a retiré son veston, ses manchettes. Il vient de saisir un seau d'eau sale et il va le vider dans l'évier du palier d'en dessous. Quand il revient, la cuisine lui semble plus grise que d'habitude, plus vide, Élise vraiment lasse, vraiment pitoyable, et il s'efforce de sourire.

— Ma foi, c'est entendu, nous mettrons Roger à l'école.

Elle parvient à ne pas triompher, à rester lasse et émouvante, elle trempe son torchon dans l'eau propre.

— J'irai demain voir sœur Adonie, annonce-t-elle simplement.

Cela sent encore les larmes qui sèchent, la scène qui a failli tourner mal. L'enfant s'agite dans son lit. Valérie et sa mère arrivent chez elles où Marie Smet les attend en cousant à la machine.

Quand Roger ira à l'école, Élise pourra reparler des locataires et Désiré ne lui répondra plus :

— Mais le petit ? Comment veux-tu soigner à la fois des locataires et l'enfant ?

Pour ce qui est de ses douleurs aux reins et au ventre, elle s'en arrangera, c'est elle que cela regarde, elle ira mieux, elle sera plus forte que quiconque.

Désiré ne soupçonne rien et quand il se couche, une heure plus tard, après avoir baissé la lampe et tracé une croix sur le front de son fils endormi, il ignore que la maison de la rue Pasteur n'existe déjà plus, que leur petit ménage est mort, qu'après avoir abandonné la rue Puits-en-Sock pour la rue des Carmes et le quai de Coronmeuse, il va perdre cette paix à laquelle il tient tant, les heures tièdes au coin du feu, en pantoufles, en manches de chemise, avec l'enfant qui dort derrière la porte entrouverte et le bruit familier des pommes de terre qu'on épluche, qui tombent une à une dans l'eau fraîche du seau d'émail.

— Bonsoir, Élise.

— Bonsoir, Désiré.

Elle ajoute, vaguement inquiète :

— Tu ne m'embrasses pas ?

— Si... Pardon...

Elle court déjà, en pensée, toutes les rues du quartier, à la chasse aux écriteaux, elle compte les petits pains Bloch, les seaux de charbon à cinquante centimes et elle peuple sa maison de Russes et de Polonais bien convenables — elle les choisira — qui ne pourront pas recevoir de femmes comme rue de la Province.

L'entrée libre, non, ça, jamais !

Fontenay-le-Comte, le 17 décembre 1941.

DEUXIÈME PARTIE

1

Un matin qu'à huit heures le marchand de lait n'était pas encore passé, Élise a demandé à Désiré :

— Tu ne voudrais pas conduire Roger à l'école ?

Et cela a suffi pour créer un nouveau rite. Car la répétition d'un même geste prend, chez Désiré, un caractère rituel, les étapes de la journée s'enchaînent aussi harmonieusement que les gestes de l'officiant soulignés par les orgues.

On ne pourrait pas dire si c'est l'enfant qui tend la main à son père, si c'est le père qui saisit la main de son fils : chaque matin, à la même heure, sur le seuil de la rue de la Loi, les petits doigts se trouvent blottis dans la main de Désiré et les jambes du gamin se dépêchent de faire trois pas pour chaque pas du géant tranquille.

La moitié du corps masquée par la porte entrouverte, Élise se penche, les suit des yeux jusqu'à ce qu'ils aient franchi le coin de la rue Jean-d'Outremeuse où le coiffeur lève ses volets, puis, avant de disparaître dans la tiède solitude de la maison, elle s'assure que le marchand de légumes dont on entend la trompette ne se montre pas encore à l'autre coin.

L'école gardienne est tout près, au fond d'une cour paisible, à côté de la cure, une oasis de pavés plus sonores et comme plus bleus, d'air plus limpide ; des géraniums sommeillent sur l'appui des fenêtres et le couloir de la sacristie, fraîche et sombre comme une grotte, exhale une odeur d'encens.

Sœur Adonie, si douce, si molle qu'elle fait penser à quelque chose de bon à manger, accueille dans ses vastes jupes où tinte un chapelet, les poussins patauds qu'on lui amène de tous les coins du quartier, réservant un sourire spécial à ce M. Mamelin qui la salue d'un si beau coup de chapeau.

Tandis que les mamans serrent leur châle et retrouvent au bout de la cour la vie du quartier et les soucis de la journée, la porte se referme sur un petit monde calme et feutré, quatre murs blancs ornés d'images, de canevas, de tresses, de tableaux au point de croix, laine rouge sur toile écrue.

Dans l'ample robe noire aux cent plis qui lui couvre les pieds, sœur Adonie ne semble pas marcher, mais glisser un peu au-dessus du sol.

Par les deux fenêtres, on voit, dans les allées du jardin, M. le Doyen, court et gras, les joues violettes, qui marche à petits pas en lisant son bréviaire et s'arrête au milieu de chaque tache de soleil.

Il fait chaud. Un poêle monumental dresse son cylindre noir au milieu de la classe, un tuyau noir traverse l'espace pour aller s'encastrer, très loin, dans la blancheur éclatante du mur. Les petits bidons de café au lait que les enfants ont apportés pour leur collation de dix heures chauffent les uns à côté des autres et, dans des boîtes ovales, les tartines sèchent un peu, le beurre pénètre dans le pain, la barre de chocolat se couvre de fines gouttelettes qui finissent par former comme une laque.

Il y a des bidons d'émail blanc ou bleu. Il y en a d'autres en fer, comme ceux des chaudronniers de chez Velden qui, à midi, dînent au bord du trottoir après avoir acheté chez la légumière les deux centimes d'eau bouillante nécessaire à leur café.

— Les bidons de couleur sont vulgaires, a affirmé Élise.

Elle ne dit pas qu'ils sont surtout plus chers. Vulgaires aussi, selon elle, ces boîtes à tartines décorées de scènes tirées du « Petit Chaperon Rouge » ou du « Chat Botté ».

Sur la boîte de Roger, d'un brun discret, il n'y a rien. Roger ne portera jamais non plus ces tabliers à carreaux roses pour les filles, bleus pour les garçons, qui lui font tant envie.

— Ce sont les enfants d'ouvriers qu'on habille ainsi.

Pourquoi les enfants d'ouvriers ? Il sera condamné aux tabliers noirs, en satinette inusable et peu salissante.

Des cloches sonnent, tout près, dans le clocher qu'on entrevoit en se penchant ; M. le Doyen va chanter une absoute, on perçoit un murmure d'orgues, de graves échos de *De Profundis ;* le temps coule sans heurt, les joues sont rouges de bonne chaleur, les yeux picotent, les doigts tressent machinalement ces bandes de papier glacé, écarlates, jaunes, vertes, bleues, qui dégagent une odeur si subtile.

Il n'y a pas longtemps encore, c'était l'hiver et, tandis qu'Élise courait les brocanteurs et les salles de vente en quête de lits et d'armoires d'occasion, sœur Adonie, l'après-midi, allumait un rat de cave enroulé au bout d'une perche. Il lui fallait toujours un bon moment, dans la lumière crépusculaire, pour tourner les robinets des deux becs de gaz haut perchés. La tête levée, les enfants attendaient avec une secrète angoisse les deux « plouf », puis la lumière crue, le glissement de l'ombre énorme de la sœur sur l'écran du mur, la sortie enfin et cet étourdissement si spécial qui les prenait à la frontière de la classe surchauffée et de l'univers humide et noir où attendaient les mères.

L'hiver est fini. Dans quelques jours, aussitôt après Pâques, on n'allumera plus le poêle au tuyau et la classe se tiendra dehors, dans le jardin où M. le Doyen lit chaque matin son bréviaire ; on pourra suivre les lentes allées et venues du vieux jardinier qui pousse sa brouette, sarcle ou ratisse, tend des cordeaux pour semer bien droit épinards et carottes.

Aujourd'hui, c'est une journée à part, ni hiver, ni été, une de ces journées sans une ride, sans un remous, dont on se souvient longtemps et, tandis que sœur Adonie distribue les bidons de café au lait, tandis que Désiré, à dix heures juste, frappe à la porte de M. Monnoyeur, Élise, un peu fébrile, épie la rue, sa main crispée sur la guipure des rideaux croisés.

Dans la maison de la rue de la Loi, la nouvelle maison, comme on l'appelle, règne le calme de l'attente et ce calme enveloppe si étroitement Élise qu'elle s'y sent comme enfermée, qu'elle a l'impression de manquer d'air, que par moments, si elle s'écoutait, elle s'agiterait à vide pour échapper à l'angoisse de l'immobilité.

Elle n'a plus rien à faire. Il ne reste pas un grain de poussière dans la salle à manger, les meubles ont été tellement cirés que les bibelots s'y reflètent, les murs de la cage d'escalier, peints à l'huile en vert clair, ont été savonnés du haut en bas, les marches frottées au sable ; il n'y a plus un objet à changer de place, rien à laver, à astiquer, à récurer.

A dix heures du matin, Élise est habillée comme un dimanche et, sans le faire exprès, elle a son sourire un peu triste, un peu inquiet des dimanches, le sourire qui va avec le corsage de liberty bleu pastel à petits plis, avec les épaules bouffantes, avec la jupe de serge marine dont le bas touche les talons et qui remonte, serrée sur le corset, jusqu'en dessous des seins. Ses cheveux blonds forment une masse aussi importante que la tête, rassemblés, très en avant, en un lourd chignon.

Toute seule dans la maison silencieuse, dans la rue où il ne passe personne, devant le mur rouge de l'école des Frères où la récréation vient de finir, Élise a presque peur.

Peut-être parce que sa tâche est terminée, cette tâche de tout un hiver, de plus longtemps encore, ce travail patient qu'elle a mené à bien, solitaire, si tendue que parfois elle en pleurait en portant ses seaux, en grattant les boiseries sales, en dénichant Dieu sait où les meubles dont elle n'osait pas avouer le prix à Désiré et qu'il lui est arrivé de transporter dans une charrette à bras, à la faveur de l'obscurité.

Est-ce Valérie, aux mains de porcelaine, qui aurait pu l'aider ? Est-ce Mme Pain, toujours dolente et effrayée ? Qui donc a passé à la chaux les murs de la cour ? Qui a grimpé à l'échelle mal d'aplomb sur les marches de l'escalier ? Qui a repeint la porte d'entrée dont personne, quand ils ont loué, n'aurait été capable de dire la couleur ?

C'est fini. C'est, sans doute, parce qu'elle a achevé son œuvre qu'Élise se sent vide, que ses genoux tremblent, que ses mains, qu'elle a dû frotter à la pierre ponce après tous ces gros travaux, ont d'involontaires frémissements.

De cette fenêtre où elle revient malgré elle, où elle a honte de faire le guet, elle ne voit d'humain que deux jambes, deux pieds chaussés de pantoufles en tapisserie rouge qui reposent sur une chaise de paille.

Le reste de l'homme assis des journées entières devant sa maison, elle ne peut l'apercevoir, mais elle sait qu'il dort dans un rayon de soleil, si maigre que ses vêtements tombent sur lui comme les vieux habits qu'on tend sur des bâtons en croix pour effrayer les moineaux.

Deux grosses femmes vulgaires, qui tiennent l'estaminet d'à côté, une vieille et une jeune, le posent là comme un objet, dès que le temps est au beau, et le déplacent à mesure que le soleil tourne dans le ciel.

Élise ne parle pas à ces voisins-là. Elle s'efforce, quand elle sort, de ne pas regarder de leur côté. C'est par la crémière qu'elle sait que l'homme, qui s'appelle Hosselet, a vécu au Congo, d'où il a rapporté la maladie du sommeil. Il est devenu si léger qu'une des deux femmes suffit à le porter comme un enfant.

Non, Élise ne regrette rien, elle n'a pas peur. Elle sait qu'elle a eu raison, qu'elle devait faire ce qu'elle a fait.

C'est la rue, à laquelle elle n'est pas encore habituée, qui la déroute, ces maisons dont elle ne sait rien, ces murs sans fenêtres de l'école des

Frères, ce portail vert sombre près duquel se campera à onze heures et demie, pour surveiller la sortie des élèves, un frère à jambe de bois.

Pourquoi regretterait-elle la rue Pasteur, où elle avait deux étages à monter ? Qu'a-t-elle perdu ?

— Tu verras, Valérie ! Dès que j'aurai trouvé mes locataires...

Un étudiant est passé, tout à l'heure, un grand brun très élégant, coiffé d'une casquette de velours orange à longue visière. C'est un des locataires de Mme Corbion, un Roumain.

— Figurez-vous, madame Élise.

Pourquoi Mme Corbion, qui a un enfant du même âge que Roger et qui se teint les cheveux en roux, s'obstine-t-elle à l'appeler madame Élise ?

— ... Figurez-vous qu'il reçoit trois cents francs par mois de ses parents et qu'il parvient encore à faire des dettes !

Mme Corbion se farde, sans même essayer que cela ne se remarque pas.

— Je t'assure, Désiré, que c'est une femme comme il faut. Son mari était officier.

La rue Pasteur est à moins de cent mètres ; l'ancienne maison des Mamelin est la seconde à gauche, aussitôt après le coin. Comme cela paraît loin, pourtant !

Quand l'étudiant est passé, sans se douter qu'on le suivait des yeux, Élise a pensé :

— Celui-là prendrait la chambre rose à trente francs ; il ne regarderait pas au charbon, ni à rien, mais sans doute exigerait-il l'entrée libre, car, ses trois cents francs, il les dépense sûrement avec des femmes.

Il faut qu'elle s'habitue. Elle s'habituera. Déjà, si on prononce le mot Polonais, cela signifie pour elle des jeunes gens qui reçoivent fort peu d'argent, cinquante à quatre-vingts francs par mois, et qui n'en sont pas moins fiers. Bientôt, il en sera d'elle comme des hôteliers et des restaurateurs pour qui le monde a un autre sens que pour le commun des mortels. Une voiture vient-elle à passer, à hésiter, à s'arrêter ? Ce n'est pas une auto avec des touristes dedans, ce sont trois couverts à tant, du vin bouché, café et liqueurs, ou bien c'est un vieux couple grincheux, deux repas sans vin ni supplément.

— Voyez-vous, madame Élise, les Russes sont plus pauvres, mais moins exigeants. Par exemple, il y en a parmi eux qui sont restés un peu sauvages.

La rue Pasteur ne compte pas d'étudiants, pas une fenêtre ne porte l'écriteau jaune qu'Élise peut lire en transparence sur ses propres vitres et qu'elle a fixé l'avant-veille avec des pains à cacheter.

« Chambre garnie à louer. »

Elle a ajouté des s à l'encre : chambres garnies.

Trois semaines plus tôt, non, un mois maintenant, à cette heure-ci, Élise sortait avec Roger de la maison de la rue Pasteur pour aller s'asseoir sur le banc de la place du Congrès. Tout de suite, d'un mouvement machinal, elle levait la tête vers la loggia des Lorisse, sûre que la vieille Mme Lorisse était là, ou sa fille, ou les deux, à broder en surveillant la promenade du vieillard et du chien.

Ce sont des gens riches, des rentiers. Eh bien, dès qu'Élise se tournait de leur côté en souriant discrètement, Mme Lorisse hochait la tête, esquissait un petit geste de la main et Élise savait bien que ce geste signifiait :

— Voilà la jeune maman d'à côté qui va promener son enfant. A-t-elle du mérite de l'élever à un second étage et de le tenir si propre ! Comme elle est mince ! Comme elle doit être fatiguée ! Comme elle est fière et courageuse ! Nous devons lui témoigner notre sympathie, sourire à son fils qui a les jambes bien maigres. Voilà quelqu'un de comme il faut et qui a du mérite !

Élise, de son côté, après avoir caressé le chien, nuançait une réponse muette.

— Vous voyez que je suis sensible à votre sollicitude ! Vous m'avez comprise. Je fais tout ce que je peux, alors que je ne dispose que du strict nécessaire. Vous êtes les personnes les plus riches de la rue et pourtant vous me faites signe du haut de votre loggia. La preuve que je ne suis pas une ingrate et que j'ai de l'éducation, c'est que je caresse votre chien qui me fait si peur chaque fois qu'il passe près de Roger et qui pourrait, avec sa manie de le lécher à la figure, lui donner des vers. Merci. Merci beaucoup. Croyez que j'apprécie...

Élise avançait. Elle savait qui vivait derrière chaque porte. La maison du juge s'entrouvrait à son passage.

— Comment va-t-il, cet enfant ? Est-il malicieux ! Il a des yeux qui parlent, madame Mamelin ! Comme je vous envie ! Comme vous devez être heureuse !

Qu'importe que Mme Gérard soit une ancienne cuisinière que le juge appelle maintenant sa gouvernante mais qu'il ne semble pas décidé à épouser ?

— Le plus bel enfant du quartier, madame Mamelin. Je le répète toujours à M. Dambois.

La preuve que tout est question d'éducation, c'est qu'en ce temps-là Élise faisait un détour, si elle en avait le temps, changeant brusquement de trottoir, dès qu'elle voyait surgir la grosse Mme Morel, la femme d'un ingénieur pourtant, une ancienne fille de café à la voix criarde.

— Viens, mon petit Roger ! Viens chercher du chocolat chez la grosse Morel !

Alors, le sourire d'Élise proclamait :

— Merci ! Je vous remercie par politesse, parce qu'il le faut bien. Mais nous ne sommes pas du même monde. Les dames Lorisse ne se pencheraient pas à leur loggia pour vous saluer. Tout le monde sait que vous sortez de rien, que vous êtes la femme la plus mal embouchée du quartier. Je dis merci et je suis gênée vis-à-vis des voisins quand vous m'arrêtez dans la rue.

Ces gens-là ne vivent que pour manger, le mari comme la femme, ils sont gras, repus avec une bouche humide et de petits yeux luisants de gorets. C'est Mme Morel qui a crié devant tout le monde au marchand de légumes :

— Tu es un voleur, Sigismond ! Tu m'as encore refilé des carottes pourries !

Alors que le marchand ne s'appelle même pas Sigismond. Ce sont ses façons !

— Va dire merci à Mme Morel, Roger. Donne ta main. Pas celle-là. Ta belle main.

Après chez Morel, c'est la maison à porte blanche de M. Hermann, le premier violon du Théâtre Royal, qui est toujours si bien habillé et qui a des cheveux blond cendré, fins comme des cheveux de femme. Plus loin, la porte toujours ouverte de Julie Pain.

— Je viens tout de suite, Élise.

Car Julie n'est jamais prête !

La boucherie Godard... La place du Congrès, si nette, parfaitement ronde, avec ses quatre terre-pleins égaux, ses bancs, le tram 4 qui décrit une courbe harmonieuse...

Non ! Élise ne regrette et ne regrettera jamais rien. Elle n'est pas comme Désiré, qui a détourné la tête, elle savait pourquoi, quand, le soir, le dernier meuble enlevé, il a refermé les deux pièces vides de la rue Pasteur pour rendre la clef à la propriétaire.

Elle s'habituera. Elle est déjà habituée. Elle commence à sourire à ses voisins de droite, les Delcour, le fils aîné est peintre en bâtiments et ressemble un peu à Arthur. Une malchance que la maison de gauche soit un estaminet, mais il n'y vient jamais personne, sinon quelque charretier qui n'arrête même pas son attelage et qui sort aussitôt en essuyant ses moustaches du revers de la main. Au fond, ces gens-là doivent surtout vivre de la pension que touche Hosselet à cause de son séjour au Congo et de sa maladie du sommeil.

Élise va soigner son feu et il règne le même ordre trop parfait dans la cuisine que dans la salle à manger qu'on appelle le salon. Elle a envie de monter jeter un coup d'œil aux chambres, mais une force l'attire dans la pièce de devant, derrière cette fenêtre où elle ne voudrait pour rien au monde être surprise à guetter. De quoi aurait-elle l'air ?

Quelle joie si, à deux heures, au retour de Désiré, elle pouvait le laisser manger sans rien dire, puis annoncer enfin en contenant un frémissement :

— A propos, j'ai un locataire.

Or, voilà qu'à onze heures, juste après qu'un tram est passé rue Jean-d'Outremeuse et qu'on a changé le malade de place sur le trottoir — il y a des gens que cela pourrait impressionner et qui, à cause de cela, hésiteraient à sonner ! — voilà qu'une femme s'arrête devant la maison, devant la fenêtre aux rideaux bien drapés et aux cache-pot de cuivre qui contiennent des asparagus rapportés de Coronmeuse.

— Mon Dieu, qu'elle est laide !

Un instant, toute vie reste en suspens. L'étrangère a disparu. Le cœur d'Élise a cessé de battre. Enfin un coup de sonnette retentit, résonne dans toute la maison qui n'a jamais paru si vide ; Élise n'a pas eu le temps de rompre le charme qui la cloue au plancher qu'on sonne à nouveau, violemment, à en arracher le cordon.

— Entrez, mademoiselle.

La visiteuse ne sourit pas, ne salue pas, ne s'excuse pas ; elle entre, comme si elle était déjà chez elle, ou sur un terrain à personne, et elle regarde avec indifférence les murs si propres, la boule de cuivre de la rampe d'escalier.

— Où est la chambre ?

Roger somnole, gavé de chaleur et de bien-être, près du gros poêle de sœur Adonie et Désiré attend le moment où il sera enfin seul dans le bureau de la rue Sohet pour retirer son veston et déballer ses tartines, car, en vrai Mamelin, Désiré a toujours faim.

— Mon Dieu, qu'elle est laide !

Cette hirondelle venue de si loin se poser, la première, dans la maison de la rue de la Loi, c'est Frida Stavitskaïa, née sur les bords de la mer Noire, dans un faubourg d'Odessa.

Parce qu'elle est la première à franchir son seuil par un matin de calme immense, Élise la verra toujours telle qu'elle lui apparaît à ce moment, maigre et noire, visage émacié sur lequel tranchent une large bouche saignante et deux yeux dévorants.

Comment un être humain, une femme, qui n'a pas vingt-deux ans, peut-elle s'arranger de la sorte ? Les cheveux tressés serré forment un chignon dur comme un caillou sur une nuque jaune, peut-être mal lavée, et un chapeau plat, qu'aucune servante ne voudrait porter, les surmonte, posé n'importe comment. Une jupe luisante pend sans cacher l'absence de hanches ni les grands pieds qu'on prendrait pour des pieds d'homme. Pas une tache de blanc, pas un colifichet, pas le moindre bijou, le moindre souvenir de famille pour relever la sévère pauvreté de la robe au col montant qui évoque l'uniforme de quelque secte puritaine.

Mais c'est l'absence de sourire surtout, du plus vague sourire qu'on accorde à n'importe qui, au mendiant qui vous salue dans la rue, qui déçoit Élise.

Elle voudrait faire entrer la visiteuse dans le salon dont elle tient la porte ouverte.

— Asseyez-vous, mademoiselle, je vous en prie.

— Non !

Un non tout simple, un non comme personne n'en prononcerait outre-Meuse, pas même M. Pain qui est si froid, un non qui dit non, parce que Frida Stavitskaïa n'est pas venue ici pour s'asseoir, ni pour admirer la propreté et l'ordonnance d'une pièce où elle n'a que faire. Un non qui fait mal à Élise, qui lui fige le sang, car elle n'a jamais parlé ainsi, elle a trop peur de froisser, de choquer, de blesser le moins du monde.

Pour dire quelque chose, elle prononce, les lèvres frémissantes dans un sourire contraint :

— Vous êtes étudiante, mademoiselle ?

Et Frida, debout dans l'encadrement de la porte, le visage tourné vers l'escalier, n'éprouve pas le besoin de répondre, puisque cela ne regarde qu'elle. Elle se contente de répéter :

— Je voudrais voir la chambre.

— Passez devant, mademoiselle. Je vais vous montrer la plus jolie, qui donne sur la rue. Les meubles sont comme neufs.

Elle a envie d'ajouter, tant est grande sa crainte de n'en pas dire assez :

— C'est la chambre à coucher de notre mariage.

Car on a sacrifié les beaux meubles en chêne massif, le lit qu'on a fait faire sur mesure à cause de la taille de Désiré. Élise et Désiré dorment à présent dans un lit de fer acheté à la salle des ventes.

— Les sommiers métalliques, Désiré, sont tellement plus sains !

Avec un battement de cœur, Élise pousse la porte de la chambre rose. Tout est rose, la lampe, la garniture de toilette — celle de leur mariage aussi — et même le marbre du lavabo.

Frida Stavitskaïa, appuyée sur la pointe aiguë de son ombrelle, ne se donne pas la peine d'entrer.

— Vous n'avez que celle-ci ?

— C'est la plus jolie, la plus gaie.

Elle voudrait tout expliquer à la fois, que la maison a été nettoyée de fond en comble, que l'eau du puits artésien est la meilleure de la rue, qu'il y a le gaz, que le propriétaire a promis d'installer plus tard l'électricité, qu'elle a collé de ses mains le papier peint, qu'on ne trouverait pas une seule punaise dans les lits.

Mais Frida a ouvert une autre porte, celle de la chambre verte, qui est la plus petite et où le soleil n'entre que vers le soir.

— Combien ?

— La grande chambre, trente francs par mois, y compris l'éclairage, charbon en plus, comme toujours, mais...

Sans le plus petit encouragement, Frida attend la suite.

— Celle-ci, ce n'est que vingt-cinq francs. Remarquez...

— C'est trop cher.

C'est tout. Elle va s'en aller. Elle part. Son visage n'exprime rien. Ses yeux sont admirables, noirs et brillants comme certains coléoptères ; ils ne se posent sur rien, ils vivent leur vie propre et n'ont rien à dire à cette femme au corsage de liberty.

— Écoutez, mademoiselle, j'ai bien une autre pièce, à l'entresol...

Elle se précipite. Il ne faut à aucun prix la laisser partir.

— C'est plus petit. C'est moins gai. La lumière vient du nord et la fenêtre donne sur la cour...

— Combien ?

— Vingt francs.

Pour la première fois, ce qui pourrait ressembler à un sentiment humain passe, brise à peine perceptible, sur le visage de Frida Stavitskaïa. Un regret ? Même pas ! Elle a fait halte, simplement. Elle a accordé un regard à la chambre, l'espace d'un éclair, elle a peut-être senti qu'il ferait bon y vivre, mais elle descend déjà l'escalier.

— Je ne peux donner que quinze francs.

— Écoutez, mademoiselle. Je vous ferai une différence. Vous êtes la première qui vous présentiez...

Dire qu'elle a eu tant à lutter contre Désiré, qu'elle a économisé sou par sou, triché sur les moindres dépenses, compté les morceaux de sucre pour en arriver là !

— Si je vous la laissais pour dix-huit francs ?

— J'ai dit que je ne peux donner que quinze francs, répète l'autre, indifférente.

— Eh bien...

Frida la regarde comme si elle ne soupçonnait rien au drame qui se joue.

— Quand voulez-vous entrer ?

— Aujourd'hui.

— Il faut encore que je vous dise quelque chose et c'est un peu délicat. J'ai un enfant, des sœurs dans le commerce. Toute ma famille est...

Élise rougit, s'embrouille, précipite son débit.

— Vous comprenez : je ne peux pas laisser l'entrée libre.

Frida ne bronche pas ; seuls ses yeux interrogent.

— Je veux dire que vous ne pouvez pas recevoir n'importe qui. Il ne serait pas convenable que des hommes entrent dans votre chambre.

Élise pourrait croire qu'elle s'adresse à un habitant d'une autre planète. Frida ne s'indigne pas. A peine une ombre de mépris abaisse-t-elle le coin de ses lèvres.

— Bien. Je paie.

Et elle tire les quinze francs d'un réticule à fermoir en faux argent.

— Entrez donc un instant ici. Vous prendrez bien une tasse de café.

— Non.

— Il y en a sur le feu. Je vous sers tout de suite.

— J'ai dit non. Voulez-vous me remettre la clef, s'il vous plaît ?

C'est fini. Élise a juste le temps d'aller chercher Roger à l'école, de lui donner à manger, de le reconduire chez sœur Adonie avant que Désiré ne rentre.

— J'ai loué !

Elle l'annonce aussitôt, tant elle a peur de trahir son malaise.

— A qui ?

— Une jeune fille... Une Russe... Elle entre aujourd'hui...

Elle n'a pas parlé du prix et cela la soulage que Désiré ne pose pas de question à ce sujet.

L'après-midi elle va et vient, nerveuse, contente et pas contente, elle ne sait plus.

— J'ai une locataire, madame Corbion.

— Vous verrez que les femmes sont moins faciles à vivre que les hommes. Je vous raconterai un jour toutes les misères qu'elles m'ont faites.

Ils sont à table, le soir, dans la cuisine à porte vitrée, quand la clef tourne dans la serrure, et cela fait un drôle d'effet, la première fois, de voir s'ouvrir la porte d'entrée alors que ce n'est personne de la famille. Élise se précipite, tire la chaînette qui allume le gaz dans la lanterne du corridor.

— Donnez-moi votre valise, mademoiselle Frida.

— Non, merci.

Elle la porte elle-même. Elle n'a pas dit bonsoir. Élise n'ose pas la suivre dans l'escalier. Et, à peine dans sa chambre, la locataire en tire le verrou.

On l'entend aller et venir au-dessus des têtes, car l'entresol est juste au-dessus de la cuisine.

— Elle n'a sûrement pas dîné.

Élise écoute. Que peut faire l'étrangère ? Où mange-t-elle ?

— Où vas-tu ? questionne Désiré qui s'est installé dans son fauteuil d'osier et qui a déployé le journal.

Élise monte. Un peu émue, elle frappe à la porte.

— Qu'est-ce que c'est ?

— Ce n'est que moi, mademoiselle Frida.

La porte ne s'ouvre pas. Silence.

— Je viens vous demander si vous n'avez besoin de rien. Le premier jour, n'est-ce pas ?...

— Non.

Élise, désemparée, inutile sur le palier, ne sait comment dire bonsoir et, aux syllabes qu'elle balbutie, elle ne reçoit aucune réponse. Pour un peu, elle pleurerait en descendant l'escalier.

Désiré retire sa pipe de sa bouche, lève à moitié la tête.

— Eh bien ?

— Rien. Elle n'a besoin de rien.

C'est tout. Elle dessert la table. Désiré, qui a renversé son fauteuil en arrière, fume à petites bouffées, pendant que Roger s'endort sur son jeu de cubes.

Élise ouvre la bouche. Non. A quoi bon ?

Tout à l'heure, on se couchera dans la chambre du rez-de-chaussée dont la porte vitrée à deux battants donne sur la cour. Ce n'est pas une vraie chambre. C'est l'ancienne salle à manger. Il faut s'habituer au lit de fer dont les barreaux se dessinent comme à l'encre de Chine, à la penderie qui remplace l'armoire à glace qu'on a mise dans la chambre rose, à la table de bois blanc couverte d'une serviette nid d'abeilles qui tient lieu de lavabo.

Désiré ne soupçonne pas que cette chambre elle-même sera un jour abandonnée à un étudiant en médecine venu de Vilna, que le lit de fer ira tout là-haut, dans la mansarde blanchie à la chaux, et que le soir les locataires, pour économiser le charbon, s'installeront dans la cuisine, dans son propre fauteuil.

Il a encore son coin. Il s'y enfonce, nimbé de fumée et de quiétude.

— Mme Corbion me racontait tout à l'heure...

Il doit lire un article passionnant, car il ne fait pas attention à ce qu'elle dit. Heureusement. Elle se ravise. Il est inutile de lui expliquer que, d'après Mme Corbion qui en a fait l'expérience, les étudiantes sont pires que des chipies.

— Tu ne veux pas mettre Roger au lit ?

Bientôt, de la chambre proche, lui parvient la voix de Désiré :

> *C'étaient deux amants*
> *Qui rêvaient d'amours lointaines...*

Elle tend l'oreille, non au murmure de la berceuse, mais au silence d'en haut.

> *C'étaient deux amants*
> *Que reniaient leurs parents...*

2

Élise s'en doutait. Elle s'était même promis d'en parler à son frère dès sa prochaine visite.

— Tu dois comprendre, Léopold... Je te demande pardon de te dire ça, car ce que tu fais ne me regarde pas... Mais juste chez les voisins !... Ils savent qui tu es...

Elle n'a pas osé, et peut-être la vraie raison de son silence n'est-elle pas la peur de le froisser. Depuis qu'elle habite rue de la Loi et qu'elle laisse la porte contre toute la matinée pendant qu'elle fait ses chambres, depuis que de son côté il n'a plus à sonner ni à craindre de voir surgir le visage renfrogné de la propriétaire, Léopold vient plus souvent s'asseoir dans la cuisine.

Les fenêtres du premier étage sont larges ouvertes, la poussière vole dans les rayons de soleil qui semblent l'aspirer dehors comme une fumée, Élise range la chambre rose qu'elle vient de louer à une Juive de Varsovie, Pauline Feinstein, qu'on appelle déjà Mlle Pauline.

De là-haut, elle se penche sur la rue, guettant le marchand de charbon, quand elle aperçoit Léopold qui tourne le coin et passe, les épaules de travers, devant la vitrine du coiffeur.

On se demande toujours si Léopold sait où il va, traînant la patte, la démarche oblique, la tête baissée, le regard fixé sur les pavés, et c'est miracle qu'un tramway ne l'ait pas encore écrasé. Pourtant, toujours au même endroit, tel un aveugle, il descend du trottoir, traverse la rue en biais et, après un instant de flottement, un coup d'œil furtif à la maison d'Élise, il s'enfonce dans l'ombre de l'estaminet d'à côté.

Il n'y reste guère, le temps de boire une goutte, deux gouttes, debout, en silence, et le voilà devant la porte, toujours hésitant, méfiant, grognant à la façon d'un chien qui flaire un endroit avant de s'y aventurer.

Il franchit le seuil, touche la porte, écarte le battant, découvre le corridor vide, la porte vitrée de la cuisine entrouverte, il entend bouillir la soupe, Élise sort enfin d'une chambre d'en haut, se penche sur la rampe en retenant d'une main son chignon.

— Entre, Léopold. Assieds-toi. Je descends tout de suite.

C'est convenu ainsi entre eux : elle continue son travail, va et vient tandis que son frère, assis dans le fauteuil d'osier de Désiré, tire sur sa vieille pipe à l'écœurant gargouillis.

Même si elle épluche des légumes près de lui, il reste sans parler et, au bout d'un laps de temps que fixe Dieu sait quelle règle connue de lui seul, il s'en va comme il est venu, après un vague :

— R'voir, fille.

Élise, qui est descendue, repart déjà.

— Tu permets, Léopold ? C'est le marchand de charbon.

Elle porte ses seaux au bord du trottoir, revient chercher son porte-monnaie, ouvre et referme les portes, se lave les mains, s'installe enfin pour passer la soupe.

Les conversations entre Élise et son frère ne ressemblent en rien à celles qu'ils pourraient avoir avec d'autres personnes. On dirait qu'ils attendent, par consentement tacite, qu'une certaine atmosphère les baigne, qu'une chaleur les enveloppe, qu'un contact se produise, que le silence devienne assez épais pour que le tic-tac du réveille-matin apparaisse comme les pulsations de la maison même. Alors, seulement, Élise soupire :

— Ah ! mon pauvre Léopold. Je n'en parle à personne, surtout pas à Désiré. Si tu savais comme les femmes...

Est-ce parce qu'elle n'ose pas être plus précise que sa phrase reste inachevée ? Est-ce parce qu'entre son frère et elle les précisions sont superflues ? Ou encore continue-t-elle à préparer l'ambiance par le prélude de paroles vagues, de mots qui ne s'enchaînent pas ?

— J'ai maintenant trois locataires. Eh bien, cela ne me dégoûte pas de faire la chambre de M. Saft, qui, pourtant, fume dans son lit et jette ses bouts de cigarette n'importe où. Mais les femmes, vois-tu !... Vendredi dernier, j'ai failli en parler à Valérie. Heureusement, je me suis souvenue à temps qu'elle a une odeur, elle aussi. Une fois, j'ai dû dormir avec elle et cela me soulevait le cœur.

Léopold fixe le disque rougeoyant du poêle et de temps en temps on entend le gargouillement de sa pipe. Il laisse parler sa sœur. Élise ne s'inquiète pas de savoir s'il écoute ou s'il pense à autre chose.

— La première fois que j'ai fait la chambre de Mlle Frida, j'ai cru que je n'irais pas jusqu'au bout. Comment des femmes, des jeunes filles, n'ont-elles pas plus d'amour-propre, je me le demande. Moi, à l'idée que je pourrais laisser à une autre le soin de faire mon lit, de vider mes eaux de toilette...

Pauvre Élise ! Le jour dont elle parle — il y a maintenant un mois de cela, et elle se souvient des moindres détails au point d'en souffrir encore — ce jour-là a peut-être été, de sa vie, le plus riche en malheurs. Elle avait tant travaillé, tant calculé, tout prévu à un centime près et brusquement elle se trouvait en face d'une réalité si différente de ses rêves qu'elle se sentait mollir et se demandait s'il ne lui faudrait pas renoncer.

L'odeur, d'abord, cette odeur d'une autre femme, d'une étrangère, au moment où elle avait poussé la porte de l'entresol après le départ de Mlle Frida pour l'Université ; le spectacle de ce lit défait, encore moite, puis, sur la grisaille ignoble de l'eau savonneuse de la cuvette, ces petites boules de cheveux noirs qui nageaient.

Cette fois-là, Élise a ouvert la fenêtre et, comme il n'y avait personne pour l'observer, elle n'a pas eu besoin de sourire, les coins de ses lèvres se sont abaissés dans une grimace de dégoût et de lassitude.

— Mlle Pauline n'est pas plus propre, je crois bien qu'elle ne se lave jamais à fond, mais, peut-être parce que sa chambre est plus grande et qu'il y a deux fenêtres, on sent moins l'odeur. Si tu voyais leur houppette à poudre, Léopold ! Mme Corbion avait bien raison, va, quand elle me parlait des étudiantes, et elle avait raison aussi en me disant que tous les Russes sont restés un peu sauvages.

Léopold vide sa pipe en la frappant sur le bord du seau à charbon. Élise craint qu'il ne se lève déjà, car il ne reste guère plus longtemps d'habitude, mais, ce matin-là, il s'enfonce à nouveau dans le fauteuil en poussant un soupir.

— Je t'ennuie, Léopold ?

Il grogne. Cela signifie qu'elle peut continuer.

— Je ne sais pas pourquoi c'est à toi que je raconte toutes mes petites misères, même celles que seules des femmes peuvent comprendre...

Elle ne s'interrompt pas un instant de travailler, ni de surveiller à travers les vitres la porte de la rue qui laisse passer un mince rai de soleil. Elle épluche un oignon qu'elle met à brunir, va de la table au poêle et du poêle à la table.

— Vois-tu, ces gens-là n'ont pas la même sensibilité que nous.

Maintenant, cela va mieux, Mlle Frida est presque apprivoisée. Élise n'en a pas moins le cœur gros au souvenir de la première journée de la Russe dans la maison. Cette chambre qu'elle avait si amoureusement arrangée et qu'on reconnaît à peine ! Pourquoi avoir retiré le tapis de table presque neuf et tout propre ? Sur le bois blanc, il n'y a plus que des livres, sur la toilette un peigne aux dents cassées, une brosse à dents rougie par une pâte dentifrice inconnue, de petits morceaux d'ouate.

Élise lève les yeux et constate un vide : on a décroché le cadre doré qui contenait un agrandissement photographique de Valérie et on a enlevé aussi les deux petits cadres de laque blanche : un étang aux nénuphars et des chevreuils dans la forêt.

Sur la cheminée de marbre noir, plus rien, ni les napperons brodés, ni les vases, ni le gros coquillage d'Ostende, des bibelots sans valeur, certes, mais qui égayaient la pièce.

On a glissé une photographie dans le cadre de la glace, une maison en bois, sans étage — une vraie maison de sauvages — et une famille alignée devant le seuil, une grosse femme à cheveux gris, une plus jeune et très laide qui porte un bébé et se tient de travers, deux petites filles et une gamine de quinze ans qui n'est autre que Frida.

Pas d'homme. Élise ne sait pas que le père Stavitsky, instituteur de campagne, vit depuis cinq ans dans un bagne de Sibérie.

Anxieuse, mortifiée, elle cherche ses vases, ses souvenirs, le portrait de Valérie. Dans l'armoire, elle ne trouve qu'une chemise sale, sans broderie, sans dentelle, sans un entre-deux, une paire de bas troués et des pantoufles qu'elle n'oserait pas porter pour faire son ménage.

L'inquiétude l'envahit. Sur le palier, il y a deux portes, celle des cabinets et celle du placard où on range les seaux et les brosses. C'est dans celui-ci qu'elle retrouve son bien, fourré n'importe comment.

— Tu aurais agi ainsi, Léopold ? Si tu avais vu cette chambre nue !

Elle n'en a pas parlé à Désiré. Elle a trouvé le temps, avant d'aller chercher Roger à l'école, de courir Puits-en-Sock et d'acheter quelques fleurs, des œillets, de beaux œillets de serre, elle les reverra toujours. Elle a fait ça, l'amertume à la bouche, comme pour vaincre coûte que coûte le désespoir qui l'étouffait, pour pousser son effort jusqu'à l'ultime. Elle a choisi dans la salle à manger son vase le plus précieux, une flûte en cristal irisé, et elle l'a placé sur la table de Frida Stavitskaïa.

Celle-ci est rentrée vers onze heures et demie. Ne viendrait-elle pas dans la cuisine dire un petit bonjour ? Tout au moins n'esquisserait-elle pas, en passant dans le corridor, un salut vers la porte vitrée ?

Elle est passée comme dans la rue où on ne connaît personne. Sait-elle seulement que Roger existe, se demande-t-elle si sa logeuse a un mari ?

Mlle Frida tenait un petit paquet blanc à la main et Élise a compris : elle allait manger dans sa chambre où il n'y avait pas de réchaud et où le feu n'était pas allumé ; elle mangerait froid.

— Qu'est-ce que tu veux, Léopold, c'est plus fort que moi et je suis sûre que tu aurais fait la même chose...

Profitant de ce que Désiré n'était pas là, elle a monté un bol de soupe. A la porte de l'entresol, elle est restée en arrêt devant son vase, posé par terre, avec les fleurs. Elle a frappé quand même.

— Qu'est-ce que c'est ?

— Ouvrez un instant, mademoiselle Frida.

Sa main tourne le bouton, mais le verrou est mis.

— A-t-on idée, Léopold, de s'enfermer comme si la maison n'était pas sûre, ou comme si on avait quelque chose à cacher ?

La porte s'entrouvre enfin. Sur la table, parmi les cours ouverts, un morceau de pain et un œuf dur entamé.

— Excusez-moi, mademoiselle Frida... J'ai pensé... Je me suis permis...

Les yeux noirs sont fixés sur le bol fumant.

— Qu'est-ce que c'est ça ?

— Je me suis dit qu'un bol de soupe bien chaude...

— Je ne vous ai rien demandé.

— A votre âge, surtout quand on étudie, on a besoin de forces. Je suis sûre que si votre maman était ici...

— Je sais mieux que personne de quoi j'ai besoin.

— J'avais mis quelques fleurs pour que la chambre soit moins froide.

— Je n'aime pas les fleurs.

— Le portrait qui était au mur est celui de ma meilleure amie.

— Ce n'est pas la mienne.

Élise ne s'est pas trahie devant Désiré. C'est la première fois, après un long mois, qu'elle en parle.

Jamais elle n'oublie l'heure. Même quand elle omet de lancer un bref regard aux aiguilles du réveil, elle reste attentive à tout ce qui marque la fuite du temps, au marteau de chez Halkin — qu'on entend moins fort que rue Pasteur — à la sortie de l'école des Frères, à la sirène de chez Velden.

Dans vingt minutes, il sera l'heure d'aller chercher Roger rue Jean-d'Outremeuse, Léopold est encore là. C'est la première fois qu'il reste si tard. Élise fronce les sourcils.

— Tu n'avais rien à me dire, Léopold ?

Il grogne.

— Eugénie va bien ?

— Elle est à Ostende pour la saison.

Pourtant, il est venu avec un motif, elle le sent, et il n'est pas content.

— Je t'agace avec mes histoires, mais, vois-tu, il n'y a qu'à toi que je puisse les raconter.

— Oui, fille.

Pour la suite, elle se fait plus enjouée, presque trop.

— Tu sais, depuis, Mlle Frida s'est beaucoup améliorée. Quant à M. Saft, il est si bien élevé ! C'est un Polonais. Il ne voulait pas que je monte son seau de charbon ni que je cire ses chaussures. Il paraît que, dans son pays, aucune femme ne cirerait les souliers d'un homme, fût-ce de son mari. Tu voulais quelque chose ?

Il a ouvert la bouche comme pour parler, puis tout de suite il y a remis sa pipe et il remue les pieds, signe qu'il ne tardera pas à s'en aller.

— Pour en finir avec Mlle Frida...

Ce n'est plus le drame, maintenant, en tout cas ce n'est plus le drame d'Élise, et celle-ci se venge.

— Si on m'avait raconté une histoire comme celle-là, avant, jamais je n'aurais voulu y croire. Figure-toi qu'un matin je ne la vois pas sortir. Je pense d'abord qu'elle n'a pas cours et qu'elle en profite pour faire la grasse matinée. L'après-midi, Désiré parti, je commence à m'inquiéter, car je savais qu'il n'y avait rien à manger dans sa chambre. C'était un jeudi et Roger était à la maison. Je le mets dans sa chaise, je monte, je frappe.

» — Mademoiselle Frida !

» Pas de réponse. Pas un bruit.

» — C'est moi, mademoiselle. Je me fais du mauvais sang. Vous n'êtes pas malade, au moins ?

» — Allez-vous-en !

» Et la porte était encore une fois fermée au verrou !

» — Mademoiselle Frida, dites-moi au moins si vous avez besoin de quoi que ce soit et je vous le déposerai sur le palier. Je m'en irai tout de suite, n'ayez pas peur.

» J'ai dû redescendre. Je n'ai pas pu sortir pour aller à l'« Innovation » avec Roger comme les autres jeudis. L'enfant était turbulent et, au-dessus de la cuisine, j'entendais comme des râles.

» Quand Désiré rentre enfin, je lui en parle et il hausse les épaules.

» — Si elle est malade, qu'elle le dise. Nous ne pouvons pourtant pas défoncer la porte.

» — Elle n'a rien à manger

» — Cela la regarde.

» Tu sais, Léopold, comment est Désiré.

Elle se dépêche de raconter, de crainte que Léopold s'en aille avant la fin, et aussi parce que sœur Adonie ne va pas tarder à ouvrir toutes grandes, sur le soleil de la cour, les portes de sa poussinière.

— Le lendemain, comme ça continuait, je suis allée sans rien dire voir le docteur Matray. Je lui ai tout raconté. En me voyant toute pâle, il s'est moqué de moi.

» — Eh bien, madame Mamelin, votre locataire est tout bonnement hystérique.

» Elle est restée trois jours enfermée, comme Marthe quand elle fait une neuvaine...

Elle se mord la langue. Mon Dieu ! Voilà qu'elle a parlé des neuvaines de Marthe devant Léopold qui boit aussi ! Elle ne sait plus où regarder. Elle recharge le poêle. Il va être l'heure, il est l'heure.

— Je crois que je t'ai ennuyé, mon pauvre Léopold.

Elle voudrait lui demander encore :

— Tu n'as vraiment rien à me dire ?

Car on ne la trompe pas. Elle sait. Malheureusement, il faut qu'elle parte.

— Je ne te mets pas à la porte. Tu peux rester. Le temps d'aller chercher Roger et je reviens tout de suite.

Non. Il la quitte sur le seuil. Par délicatesse, pour ne pas lui imposer sa compagnie dans la rue, il feint d'avoir affaire dans une autre direction.

— A propos...

Alors, n'avait-elle pas raison ?

— Tu n'as pas de nouvelles de Louis de Tongres ?

— Tu sais que je ne le vois jamais, Léopold. Depuis que maman est morte, il ne s'est souvenu de mon existence que pour venir reprendre les meubles de nos parents. Pourtant, il est à Liège tous les lundis, Hubert Schroefs le rencontre à la Bourse. Une fois que je passais avec Roger, je l'ai aperçu dans son coin, à la « Taverne Grüber » regardant les gens avec les petits yeux que tu lui connais.

Drôle d'homme que Léopold. Il reste près de deux heures chez sa sœur. Il l'écoute en fumant sa pipe et en buvant une tasse de café qu'il laisse refroidir, il attend d'être dans la rue pour poser une question et le voilà qui part sans rien dire, pas même au revoir ; il est loin qu'Élise parle encore et elle ne voit plus que son dos rond qui frôle les maisons.

Elle sera en retard. M. Saft, si blond et si bien habillé, tourne le coin de la rue et salue solennellement sa logeuse comme si c'était une grande dame. Elle sourit en se hâtant. Le premier jour, il lui a baisé la main, plié en deux comme un automate.

Ce jour-là, qui est un lundi de mai, un homme aux épaules trop larges, au melon verdi, au pardessus hors de saison parcourt en tous sens, de sa démarche d'ours, les groupes de boursiers qui stationnent sur le terre-plein gauche de la place Saint-Lambert, entre le « Café du Phare », la « Populaire » et la « Taverne Grüber ». De sa barbe noire se dégage un fort relent d'alcool, car il a bu dans tous les caboulots de la rue Gérardrie au lieu de dîner et son pas est parfois si hésitant que les gens se garent à son passage.

Qu'importe à Léopold le mépris de ces hommes gras et luisants contents d'eux-mêmes, qui brassent des affaires, s'interpellent, prennent des notes au vol, s'engouffrent en coup de vent dans les cafés où trônent les gros manitous tandis que des gens debout gesticulent entre les rangs de guéridons ?

Dans sa poche, il froisse un bout de papier sali, une lettre qui porte le timbre de Paris, et, tout seul, il suit son idée, tout seul il rumine ses pensées, vit un drame qui l'a tenu morne et comme absent pendant deux heures dans la cuisine d'Élise.

Est-ce qu'il a de l'argent, lui ? En a-t-il jamais eu ? N'ont-ils pas dépensé, avant qu'Eugénie parte pour Ostende où elle a une place dans une pension de famille, les quatre sous mis de côté par elle pendant les derniers mois ? Il y a longtemps qu'il ne possède plus de montre et que sa femme n'a pas un bijou, pas un bout de chaîne en or.

Deux fois, trois fois, l'œil farouche, il s'est approché d'une des grandes vitres du « Grüber ». La première fois, Louis de Tongres, qu'on appelle le riche Peters, mangeait, tout seul devant une nappe éblouissante, son regard errant sur la foule respectueuse, ou répondant à un coup de chapeau par un cillement imperceptible.

Louis a de tout petits yeux, plus exactement il a la manie de plisser les paupières et dans leur fente mince on découvre à peine les prunelles brillantes, d'une acuité qui gêne. C'est devenu un tic. Pour dire oui, pour approuver, pour marquer sa satisfaction, il ferme les yeux tout à fait, très vite ; il faut être attentif, surprendre cet acquiescement au vol, car c'est aussi rapide que le déclic d'un appareil photographique. D'autres fois, il entrouvre les paupières, l'objectif reste braqué un bon moment, laissant voir des prunelles immobiles et froides : c'est non, un non sur lequel personne au monde n'a jamais fait revenir Louis de Tongres.

La deuxième fois que Léopold a frôlé de sa silhouette d'ilote la baie vitrée du « Grüber », son frère ne mangeait plus, se curait les dents avec lenteur, cependant qu'en face de lui, sur une chaise, un homme au sourire servile tirait des documents d'une serviette de cuir.

Léopold a eu presque peur, la troisième fois, que Louis, qui venait d'allumer un cigare à large bague, se tournât vers lui et le reconnût. Nimbé de fumée, cherchant dans son gilet son fume-cigare en ambre, écoutant son interlocuteur sans le regarder et ne lui répondant que des paupières, il était là comme dans une vitrine, aussi à l'aise que chez lui entre quatre murs.

C'est le seigneur des bois du Limbourg et des engrais chimiques. Petit à petit, il s'intéresse à tout ce qui s'achète et se vend dans son fief. N'a-t-il pas épousé la fille unique du gouverneur de la province qui est noble ?

D'autres, en face de la banquette de velours où il reste immobile, sont venus ensuite ouvrir leur serviette et tendre des papiers, quémander une signature, un aval, une commande ; et d'autres attendent, debout un peu plus loin, quand le regard de Louis Peters glisse sur la surface bleutée de la glace où s'est collé un visage barbu de pauvre.

Les regards des deux frères se sont croisés. Léopold n'a pas bougé, personne autour de lui ne soupçonne l'héroïsme que doit déployer l'ivrogne pour rester à sa place tandis que Louis se lève, fait tomber la cendre de son cigare et, sans prendre son chapeau, sans ramasser ses papiers, se dirige vers la porte.

Tous les Peters sont râblés, pas très grands ; Louis, plus nerveux que les autres, paraît presque maigre, à cause de son visage sec, de son nez pointu, de la vivacité de ses mouvements qui surprennent quand, d'un bond, il jaillit de son immobilité.

Il a traversé la taverne et franchi comme une flèche la porte tournante ; sur le trottoir, il s'arrête net et plus rien en lui ne bouge que ses paupières.

Il attend ; c'est Léopold, l'aîné aux épaules tassées, qui s'avance de sa démarche oblique. Des groupes les entourent, mille voix se mêlent et cependant ils peuvent s'entretenir sans que personne les écoute...

Léopold parle, vacillant, l'haleine empuantie ; il ne dit que quelques mots, cite un chiffre : cinq cents francs.

Sur le terre-plein, sur le trottoir, dans le café, on vend et on achète de pleins bateaux de bois, des trains de phosphates, des fermes avec leurs troupeaux, des récoltes entières.

Léopold ne demande que cinq cents francs, son nez coule, il sort un grand mouchoir rouge de sa poche et s'en cache à moitié la figure pendant que son frère lui pose deux ou trois questions incisives.

Qu'est-ce qu'il répond ? Que l'argent n'est pas pour lui ? Qu'il n'en a jamais eu besoin ? Non ! Il ne répond déjà plus. Il a vu les yeux grands ouverts et glacés, il a compris, il vire, fonce dans la foule en roulant bord sur bord.

Les cinq cents francs, Félix Marette ne pouvait les demander qu'à Léopold et Léopold ne pouvait les demander qu'à Louis de Tongres.

Léopold heurte les passants sans s'excuser, son instinct le conduit bien vite dans une rue étroite où il retrouve des odeurs familières, dans un petit café où des hommes, accoudés au comptoir, ont les mêmes yeux fixes et vides que les siens.

Qu'importe la lettre, à présent ? Il répondra plus tard, dans trois jours, dans une semaine, qui sait ? quand son vagabondage l'aura ramené à son échelle de meunier et à la trappe de son logement.

Ils attendent, à Paris, ils espèrent, Marette a écrit, de son écriture qui a changé en quelques mois et qui est devenue plus volontaire : « *Il faut* que cela s'arrange... »

Il a souligné *il faut* d'un épais trait de plume.

Il ne peut pas s'en tirer autrement. Depuis un mois, Doms a fait un de ses plongeons périodiques dans l'inconnu. Est-il réellement en Russie, en Roumanie, à Barcelone, comme il essayera de le faire croire à son retour, toujours aussi râpé, aussi placide, aussi silencieusement menaçant ?

Doms n'est rien du tout ! Doms n'a pas d'argent, pas d'amis, pas de moyens ! Il n'appartient à aucun groupement, à aucun parti, voilà la vérité. C'est un triste individu que Marette méprise, bien qu'il soit forcé de l'héberger dans sa mansarde et de le nourrir dans son petit restaurant chaque fois qu'il l'exige.

Il y a longtemps que Marette a découvert cette vérité-là, un matin, par hasard, alors qu'il était couché par terre et que l'autre dormait dans son lit. Félix Marette tenait les paupières à peine entrouvertes, un peu comme Louis Peters, et Doms, croyant qu'il dormait, a été lui-même, dans la grisaille d'un matin d'hiver, avec le jour cru qui tombait de la lucarne sur les draps douteux et sur la couverture brune, un Doms sans lunettes, paraissant plus gras, luisant de la sueur de la nuit, grosse masse de chair livide, aux gestes bêtes et vulgaires, au regard si vide, si misérable que Marette en a reçu un choc.

Pendant de longues minutes, le faux anarchiste a gratté ses pieds sales, puis il a mis ses chaussettes trouées, passé son pantalon, et il restait là, veule, à ne savoir que faire, il a tiré des sous de sa poche, les a comptés, pour finir par plonger furtivement les mains dans les poches de son ami et y chiper quelques pièces.

C'est tout. Un peu plus tard, avec ses grosses lunettes, il redevenait le Doms du « Café de la Bourse », mais Marette ne pouvait plus s'y tromper.

Il fallait le subir, avec impatience, avec dégoût, mais il fallait d'autant plus le subir que ce n'était qu'un petit escroc méprisable, capable de dénoncer un camarade à la police.

N'allait-il pas jusqu'à suivre Marette dans la rue en se cachant, si bien que maintenant il savait tout ?

Son sourire, le surlendemain, avait suffi à salir la seule minute vraiment belle que Marette eût vécue jusqu'alors.

On était aux environs de Noël. Un jour que Félix écrivait fiévreusement dans sa mansarde l'histoire de sa vie, la pluie s'était mise à tomber avec tant de violence que plusieurs gouttières s'étaient formées dans le toit et qu'il avait fallu changer le lit de place.

Le lendemain matin, bien que ce fût son sort qui se jouât, Marette avait failli ne pas prendre garde au parapluie ouvert qui s'égouttait dans un coin de la boutique, près de la porte, alors que la pluie avait cessé.

C'était le parapluie d'Isabelle Vétu, il le reconnut un peu plus tard, et alors la lumière se fit en lui, il comprit qu'elle était sortie, qu'elle était probablement sortie seule, le soir précédent.

Jamais il n'avait pensé à une éventualité si simple. Il avait guetté dehors, deux soirs durant. Il avait vu enfin de la lumière dans le magasin, Isabelle s'était avancée sur le trottoir et s'était dirigée vivement vers le Conservatoire où l'on donnait un concert.

Comme un fou, alors qu'elle pénétrait dans la tiédeur de la salle qui sentait la laine mouillée, il s'était précipité chez lui, il avait fourré son manuscrit dans sa poche et il était revenu se mettre en faction entre deux becs de gaz. Un peu de musique filtrait jusqu'à lui. La pluie tombait par intermittence et, entre deux ondées, il recevait le regard argenté de la lune.

Au moment de la sortie, il se laissait bousculer, tremblant, craignant de ne pas la voir, se haussant sur la pointe des pieds ; et c'était elle enfin, elle marchait vite, il se précipitait, courait, s'arrêtait, essoufflé, juste sous un bec de gaz, dans une rue dont il ne savait pas le nom.

— Mademoiselle...

Un visage tout blanc devant lui, ce visage qu'il était maintenant capable de dessiner en trois ou quatre traits. Il cherchait ses papiers dans sa poche.

— J'ai voulu...

Et soudain, comme si on lui arrachait un morceau de chair :

— Je vous aime, Isabelle... Je n'en peux plus... Je suis trop malheureux... Je vous aime, comprenez-vous ?

Il pleurait, c'était ridicule, il laissait tomber son cahier et elle se baissait en même temps que lui pour le ramasser, il ne voyait plus rien, il était fou, il la saisissait dans ses bras, la serrait, touchait son visage de sa joue mouillée, frôlait sa bouche de ses lèvres.

Alors... alors il se passa la chose la plus inattendue. La bouche resta collée à la sienne et il regardait toujours, il voyait le visage immobile contre le sien, plus blanc que jamais, les yeux ouverts tout près de ses yeux.

— Isabelle...

C'était trop. Il n'avait pas espéré cela. Effrayé du bonheur qui le gonflait, il la lâchait soudain d'un mouvement brusque et s'éloignait en courant, se heurtait, vingt mètres plus loin, à de la chair grasse.

Pas un mot. Un ricanement. Une main qui s'appesantissait sur son épaule.

C'était Doms. Marette, sans savoir ce qu'il faisait, l'avait suivi et, deux heures durant, ils avaient bu de la bière dans une brasserie qu'il serait incapable de retrouver.

Depuis, l'hiver a passé. Doms, un beau jour, a disparu sans rien dire.

La nuit est tombée. Au bout de la rue Montmartre, les lampes à arc se sont allumées entre les pavillons des Halles et à l'autre bout, coule la vie bruyante des Grands Boulevards.

Marette attend, crispé, les nerfs douloureux. De la lumière filtre enfin entre les volets de la papeterie Vétu. Une silhouette frôle les murs. Après le premier tournant, il marche plus vite, passe son bras autour d'une taille qui ne s'étonne pas.

— Ma grande ?

Ses yeux interrogent, pathétiques. Les yeux d'Isabelle sourient, une main saisit la sienne, leurs lèvres se rejoignent sans souci des passants qui ne sont que des ombres.

— Tu as reçu une réponse ?

Ils marchent, traversent les Halles, comme ils le font presque chaque soir depuis trois mois, bientôt ils atteignent les quais déserts, la Seine qui coule avec un bruit de source le long des murs de pierre.

— Rien. Il faut absolument, n'est-ce pas ? Il faut !

— Calme-toi, mon grand.

— Ta mère ?

— Mais non. On ne peut encore rien voir.

Il éprouve le besoin de s'agiter, de gesticuler avec rage, il se reprend soudain, repentant, se fait doux, entoure Isabelle de ses bras précautionneux comme si elle était devenue fragile.

— Et dire qu'il ne s'agirait que de trouver cinq cents francs, dire que cette horrible femme refuse de croire en ma parole et de nous faire crédit ! Vois-tu, Isabelle, il y a des moments où... il y a des moments...

Une telle énergie, un tel désespoir, un tel besoin, une telle volonté d'être heureux qui se heurtent au vide serein d'une belle nuit !

— Calme-toi, mon grand. Tu sais bien que, quand tu es comme ça, tu me fais peur. Cela ne sert à rien.

Et ils marchent en silence, serrés l'un contre l'autre, fixant les pavés gris devant eux.

3

— Où vas-tu, Roger ?
— Jouer avec Albert, m'an.
— Tu as mis ton tablier ?
— Oui.
— Fais attention au tram.

Elle se penche sur la rampe, pendant que Roger décroche son chapeau de paille du portemanteau, fait claquer l'élastique autour de son cou et reste un moment immobile dans le corridor, comme une grande personne qui se demande si elle n'a rien oublié. Enfin, il ouvre la boîte aux lettres où il prend ses billes.

— Veille à ce que je puisse toujours te voir.

Il ne répond plus, s'éloigne en laissant la porte contre. La rue de la Loi est vide et chaude. Un silence solennel règne dans la cour de l'école, car, depuis la veille, ce sont les vacances, et on voit des frères sortir à des heures inhabituelles, par trois, les bords de leurs chapeaux relevés comme des ailes, le manteau noir flottant derrière eux, un côté du rabat blanc toujours relevé. Frère Médard lui-même a franchi tout à l'heure le portail vert, non pour se camper au milieu du trottoir comme les autres matins et surveiller l'entrée ou la sortie des classes, mais pour se diriger vers la ville. Prend-il des vacances, lui aussi ? En tout cas, il a cherché des yeux cette jeune maman si active et si propre qui a des locataires.

Voilà longtemps qu'Élise et frère Médard se connaissent sans s'être parlé, séparés qu'ils ont toujours été par la largeur de la rue. Frère Médard ne ressemble à personne, échappe à toute classification. Il est obèse. Sa soutane luisante se tend sur un ventre aussi rond qu'un tonneau. Une tête énorme, aux cheveux ras, est posée, sans transition, sur cette masse cylindrique, les joues sont grasses, luisantes, l'ensemble massif roule de gauche à droite à chaque pas, à cause du pilon qu'il faut arracher de terre ; frère Médard sue, s'éponge avec un mouchoir rouge comme celui de Léopold, on entend sa canne sur le pavé bien avant de le voir paraître dans l'encadrement de la porte verte ; et malgré tout cela, frère Médard impose le respect, la confiance, c'est à lui que, si Élise avait besoin d'un conseil, elle irait le demander.

Elle est flattée du regard qu'il lui accorde chaque matin, de ce salut vague et comme pudique qu'on adresse à quelqu'un qu'on ne connaît pas, qu'on désire connaître ; plusieurs fois elle a remarqué qu'il s'attardait après le départ des élèves s'il ne l'avait pas vue à une de ses fenêtres.

A la rentrée, Roger, qui a cinq ans et demi, ira à l'école des Frères.

« Couac ! Couac ! » font, au passage de ceux-ci, qui ressemblent un peu à des corbeaux, les gamins de la rue, ces enfants sales et effrontés qu'Élise appelle des petits crapuleux.

Il y a beaucoup de petits crapuleux dans le quartier. Entre l'église Saint-Nicolas et la rue Puits-en-Sock, dans les ruelles où on ne passe que quand on est pressé, pour couper au court, on ne rencontre que ça, des fillettes sales, sans culottes, assises au bord du trottoir, les jambes écartées, des bébés au nez qui coule, avec du jaune d'œuf autour de la bouche, des garçons qui se jettent dans les jambes des passants et qui lancent des pierres en criant à vous écorcher les oreilles.

A cent mètres de la maison, rue de l'Enseignement, ce sont des petits crapuleux encore qui fréquentent l'école communale.

— Tiens-toi bien, Roger ! Ne mets pas les doigts dans ton nez. N'aie pas l'air d'un gamin de l'école communale !

Parfois, une bande venue on ne sait d'où, des enfants de Bressoux ou de la paroisse Saint-Pholien, s'abat sur la place du Congrès ; ils montent sur les bancs qu'ils salissent, grimpent aux arbres, arrachent les feuilles, se suspendent aux branches basses, effraient les mamans, brutaux, vulgaires, glapissants, jusqu'à ce que surgisse la silhouette d'un agent de police ou que l'idée leur vienne d'un mauvais coup à faire ailleurs.

Rue de la Loi, chez les frères eux-mêmes, fréquentent des gamins des petites rues, ce qui revient à dire que ce sont des petits crapuleux aussi, dont certains traînent les pieds dans des sabots. Car l'école est divisée en deux parties. Juste en face de chez Mamelin, le portail vert où règne frère Médard donne accès à une cour spacieuse et aux bâtiments roses de l'institut Saint-André.

— A la rentrée, tu iras à l'institut Saint-André.

On ne dit jamais l'école des Frères, car des gens pourraient confondre. Les élèves de l'institut Saint-André s'en vont en rang sous la conduite des maîtres, à moins que leur maman ne les attende dans le parloir vitré, à droite du porche.

Un peu plus loin, au contraire, d'une sorte de caserne sale, on voit jaillir, à la sortie des classes, la ruée bruyante et désordonnée des élèves de l'école gratuite. Un frère les suit avec peine jusqu'au seuil, grand, gras et vulgaire, une sorte de paysan en soutane, au nez barbouillé de tabac, qui, sans se donner la peine de mettre les enfants sur deux rangs, semble les chasser de la rue paisible et bourgeoise.

Cette invasion ne dure que quelques instants, mais si d'aventure Roger est dehors à ce moment-là, il est sûr que sa mère surgira sur le seuil ou à une fenêtre de la maison.

— Rentre vite, Roger !

Bien propre dans son tablier noir aux larges plis, son chapeau Jean Bart sur la tête, les mollets pommelés au-dessus des chaussettes marines, il va, rêveur ou réfléchi comme un homme, dans un décor dont les détails lui sont plus familiers qu'à quiconque. Deux maisons plus loin, derrière les vitres d'une fenêtre aux rideaux impeccables, il sait qu'il apercevra Raymonde qui ne joue jamais dans la rue, pas même sur son seuil, une fille de son âge, rose comme une poupée de luxe, si calme, avec de si belles boucles dorées. Elle l'observe, elle aussi, mais toujours cette vitre les sépare. Raymonde vit dans une boîte capitonnée où ne parviennent ni l'air ni les bruits du dehors, et derrière elle on voit glisser une gouvernante en noir, au mince col de dentelle. Le père et la mère de Raymonde, M. et Mme Rousseau, sont tous les deux dans l'enseignement ; ils partent le matin, reviennent le soir, graves et dignes.

Roger se retourne pour suivre des yeux le passage d'un tram rue Jean-d'Outremeuse, puis, après un moment de réflexion, choisit une bille de verre, une de ces grosses billes verdâtres qui bouchent les bouteilles de soda et il la lance devant lui.

N'est-il pas, lui aussi, comme dans une boîte, une boîte plus vaste que celle de Raymonde, avec pour couvercle un pan de ciel bleu sur lequel se découpent des toits et des cheminées, avec pour bord la courbe harmonieuse que décrit le tram 4 qu'on voit passer rue Jean-d'Outremeuse et qu'on retrouve, place du Congrès, au bout de la rue Pasteur ? Dans cette boîte, il connaît la couleur de chaque maison, la forme des fenêtres et jusqu'à certains creux, entre les pavés du trottoir, qui servent de fosses pour jeu de billes.

Il sait que c'est samedi parce que, ce matin, sa mère n'avait pas mis son tablier de cotonnade à carreaux, mais le tablier de grosse toile bleue réservé au grand nettoyage, et, en se retournant encore une fois avant de tourner le coin de la rue Pasteur, il reconnaît l'eau savonneuse qui coule le long du seuil.

Donc, après midi, les rues ressembleront à un damier, avec de grands carrés noirs devant certaines maisons, des carrés blancs devant d'autres. Les carrés noirs luisants, ce sont les parties mouillées, là où les femmes ont lavé leur portion de trottoir et de chaussée à grands seaux d'eau et où chacune a laissé au milieu de la rue son petit tas de poussière et de crottin.

Il y a une semaine à peine que l'agent de police a sonné aux portes pour ordonner d'arracher l'herbe entre les pavés ; Roger est resté des heures accroupi, un couteau à éplucher les légumes à la main, faisant sauter les étroites bandes d'herbe ou de mousse, essayant d'en garder de longs morceaux intacts, les dents agacées par le grincement de la lame sur la pierre. Tout le quartier était dehors, des gens qu'on ne voit jamais ; certaines personnes prenaient un air gêné tandis que l'agent Leroy, qui habite rue de l'Enseignement, se promenait avec un sourire satisfait.

Armand Pain est tout seul devant chez lui. Roger ne lui dit pas bonjour. Si sa mère était là, elle le gronderait.

— Dis bonjour à Armand.

— Je ne veux pas.

— C'est ton ami.

— Je ne veux plus que ce soit mon ami.

Il passe en détournant la tête, exprès. Son ami, maintenant, c'est Albert.

— Albert qui ?

— Albert.

— Pourquoi n'a-t-il pas d'autre nom ?

— N'essaie pas de comprendre. Va jouer.

Roger s'arrête devant une maison en brique blanche, la seule maison si claire de la rue, juste en face de chez Pain, il toque à la boîte aux lettres, une jeune femme blonde et douce lui ouvre la porte.

— C'est toi, Roger ? Tu viens chercher Albert ?

Ce n'est pas un intérieur comme les autres. Tout est plus gai, plus délicat, il y a des fleurs dans les vases, des parfums dans l'air, et la maman d'Albert est toujours vêtue de soie pâle.

— Albert ! Veux-tu aller jouer avec Roger ? Pas trop longtemps. N'oublie pas que nous devons préparer tes bagages.

Albert non plus n'est pas un garçon ordinaire. Les cheveux aussi fins et aussi blonds que ceux de sa mère, la peau blanche, avec quelques taches de rousseur sous les yeux, il fait penser à une fille et porte des costumes de velours sur lesquels s'étalent de grands cols blancs.

De l'autre trottoir, Armand les voit avec envie s'éloigner vers le coin de la rue, car Roger et Albert doivent jouer à l'angle de la rue Pasteur et de la rue de la Loi, de façon que les deux mamans puissent les apercevoir. Chemin faisant, ils se montrent leurs billes, non sans se retourner, satisfaits, sur Armand qui feint de s'amuser tout seul.

— Je ne jouerai jamais plus avec lui ! promet Roger avec une certaine solennité, comme si Albert lui avait reproché leur ancienne amitié.

Il a peur de déplaire à Albert. Il admire son costume, son aisance, jusqu'à ces petites paillettes dorées qui donnent un éclat particulier à son visage.

— A quoi jouons-nous ?

Le coin de la rue est formé par une haute maison jaune et, au ras du sol, s'ouvrent les fenêtres d'une cuisine-cave. Larges ouvertes, elles laissent voir une servante à son ménage, des murs couverts de céramique, des casseroles de cuivre sur une cuisinière en émail blanc. La servante gratte des carottes et cela fait un bruit d'insecte. Une chienne bouledogue, la seule du quartier, est couchée sur le seuil, le ventre en l'air, et parfois Roger jette un coup d'œil furtif entre ses pattes, comme aux petites filles sales de la rue des Récollets. Il y a, à ce sujet, une question qu'il voudrait bien poser à Albert, mais il n'ose pas.

On entend la voix criarde de la grosse Mme Morel qui, du trottoir où elle est campée, interpelle une voisine accoudée à son premier étage.

— Est-ce que tu sais faire ça ? défie Albert en croisant les doigts des deux mains et en retournant brusquement ses poignets frêles.

— Ce n'est pas difficile !

Roger n'y arrive cependant pas du premier coup.

— Attends ! Toi, c'est parce que tu as déjà essayé.

Des trams passent de dix en dix minutes rue Jean-d'Outremeuse. Des frères rentrent par groupes de trois et sonnent au portail vert. Roger, qui observe tout, sait qu'un fil de fer traverse la cour et que c'est en tirant dessus par une poignée que le frère cuisinier déclenche de loin le mécanisme de la porte.

Il y a un mois encore, avec Albert, ils thésaurisaient les noyaux de cerise, qu'ils parvenaient à rendre blancs et polis à force de les nettoyer et de les brasser dans leurs poches, mais la saison des cerises est passée. Celle des asperges aussi. Les asperges, c'est ce que Roger aime le mieux.

Albert annonce :

— Ce soir, nous partons pour la mer.

— Tu as déjà vu la mer ?

— Oui. Nous y allons tous les ans. Et toi ?

— Non. C'est très grand ?

Élise Mamelin lave sa rue, pour faire de l'avance. Chaussée de sabots, elle lance ses seaux d'eau à la volée, frotte à la brosse en chiendent, rattrape son chignon qui croule. Mlle Frida rentre et traverse le mouillé avec des précautions de cigogne, un corsage blanc sur sa jupe noire à godets, un canotier plat comme une galette sur des cheveux couleur corbeau.

— Mais si, mademoiselle Frida, il faut venir avec nous. Vous verrez comme l'air est bon sur les hauteurs. N'est-ce pas, Désiré, qu'elle doit venir passer la journée à Embourg ?

M. Saft est retourné en Pologne. Il avait si peur de ne pas réussir à ses examens et de devoir rester pour préparer ceux d'octobre ! Il reviendra à la rentrée. On lui garde sa chambre, bien qu'il ne la paie pas pendant les vacances, car il n'est pas riche.

Le matin, il descend toujours le premier, gagne la cour, le torse moulé dans un sous-vêtement blanc, et, pendant une demi-heure, tandis qu'Élise prépare le café et que la maison s'éveille peu à peu, il fait de la gymnastique, des exercices très difficiles, puis remonte en courant dans sa chambre, une serviette-éponge nouée autour du cou.

Mlle Pauline, qui a encore un examen oral, partira au début de la semaine prochaine. Sa mère, une grosse dame qui marche difficilement à cause de ses mauvais pieds, est venue la voir à Noël et a apporté une oie fumée.

— Je parie que tu n'as jamais mangé de l'oie fumée ! lance Roger à Albert.

— Cela n'existe pas.

— Cela existe, en Pologne. Je le sais bien, puisqu'il y a des Polonais chez nous. Et de la soupe aux cerises, en as-tu goûté ?

— On ne fait pas de soupe aux cerises.

— Viens le demander à ma mère ! Elle en a fait une fois pour M. Saft et j'en ai mangé. Mère ! Mère ! Albert ne veut pas croire...

— Attention, mes enfants ! Ne courez pas dans les eaux. Allez jouer plus loin.

Il n'y a qu'un magasin dans cette partie de la rue — l'autre tronçon, au-delà de la rue Pasteur, ne compte pas, on n'y va jamais, c'est un autre pays — et encore n'est-ce pas un vrai magasin. C'est une maison particulière dont on a transformé en vitrine la fenêtre vénitienne. Elle est trop haute. Les enfants doivent se percher sur la pointe des pieds, ou s'accrocher du bout des semelles au soubassement de pierre de taille en saillie...

— Tu abîmes tes souliers, Roger !

Ils contemplent, derrière la vitre au store à demi baissé, les boîtes de cigares dont les bagues dorées les passionnent. Il y en a d'ordinaires, mais il en est d'autres aux larges écussons qui portent des emblèmes compliqués, parfois le profil de hauts personnages, la barbe blanche de Léopold II.

— Quand je serai plus grand, je ferai collection de bagues de cigares.

Ils vont et viennent, réfléchis, en quête d'un nouveau jeu, la cuisine-cave du coin leur envoie des bouffées de ragoût, la chienne, en se roulant dans un crottin fumant, exhibe son ventre rose à deux rangs de boutons et la petite fente douillettement bordée qui intrigue si fort Roger.

La maman d'Albert s'avance, abritant ses cheveux blonds d'une ombrelle mauve, et elle se penche comme une fleur sur sa tige.

— Tu viens dîner, Albert ?

Elle ne crie jamais de son seuil, comme les autres mères du quartier.

— Au revoir, Roger. A dans deux mois. Passe de bonnes vacances.

Élise a rentré seaux et brosses, et Roger, à cloche-pied, se dirige vers le carré de trottoir mouillé, construit encore une écluse de boue dans le ruisseau avant de pénétrer dans le corridor qu'envahit la vapeur bleue de la cuisine.

Il est passé deux heures. Désiré, qui vient de rentrer, est à table, Roger entend les heurts de sa fourchette, sa voix, puis celle d'Élise, car toutes les portes sont ouvertes ce samedi-là, même celle de la chambre de Mlle Frida, et des courants d'air frémissent dans tous les coins de la maison.

— Roger !

Il s'y attendait. Il sait déjà ce que sa mère va dire.

— Si tu restes sur le seuil, prends ton coussin.

Dommage. Il aime le contact de la pierre froide qui est d'un gris presque bleu, le contraste de cette fraîcheur avec la chaleur du soleil qu'il reçoit en plein visage. Il va prendre, sous le portemanteau, le coussin rouge que sa mère lui a confectionné avec un morceau de tapis.

Aussitôt assis, il referme les yeux, pour aller plus vite, car il joue à un jeu secret ; il se laisse envahir par un engourdissement qu'on n'obtient pas n'importe quel jour ni à n'importe quelle heure, il savoure le picotement de ses joues, de ses paupières que transpercent les rayons dorés, il surveille l'épaississement de son sang dans ses veines, brouille exprès les sons qui lui parviennent à travers l'air de cristal, mélange les images, crée des tourbillons de couleurs lumineuses.

Une main sur un œil, pour créer un contraste de noir, il épelle, sur la plaque de cuivre de l'école, dans l'ombre limpide de l'autre trottoir qui se teinte de vert : « Ins-ti-tut... Saint... » car sœur Adonie lui a appris à lire en cachette : il ne doit pas le dire, il n'a pas l'âge.

« Ins-ti-tut Saint... » La porte verte des frères est fermée. La petite porte, qui se découpe dans la grande et qui reste toujours ouverte, est fermée aussi.

— Je suis sûre que Mathilde Coomans...

C'est la voix de sa mère, dans la fraîcheur vibrante de la cuisine. Rue Pasteur, Armand doit être assis sur son seuil, sans coussin, ses pieds seuls dépassant de l'ombre qui, à cette heure, forme une étroite bande au ras des maisons. Est-ce qu'Albert est déjà parti ? Est-ce qu'une auto viendra le chercher, l'auto de M. Méline qui s'arrête chaque semaine devant la maison blanche et que guettent les voisins ?

— Tu verras que Mathilde ne nous refusera pas ça.

Roger souffle son haleine sur le dos de sa main, puis aussitôt respire l'odeur plus forte de sa peau. Il frémit en entendant la trompette du marchand de glaces qui vient de s'arrêter dans le désert brûlant de la place du Congrès, il croit voir sa voiture jaune citron aux couvercles de cuivre, aux panneaux peints, dont l'un représente la baie de Naples, d'un bleu turquoise, et l'autre une dramatique éruption du Vésuve.

— *Vanne d'ju d' la t' charrette !*

Le drôle de petit Italien à moustaches effilées se fâche quand les gamins grimpent sur les roues de sa charrette si soigneusement peinte. On le fait exprès de s'y accrocher en grappe dès qu'il a le dos tourné.

— *Vanne d' ju d' la t' charrette !*

On s'enfuit, pas loin, pour revenir bientôt, et Di Coco glapit en gesticulant des phrases où il mélange le patois wallon et celui de son pays.

— Tu ne crois pas, Désiré, que tu pourrais en parler à Victor ? Dis-lui que Mathilde n'aurait qu'à venir un quart d'heure chaque matin pour faire le lit de Mlle Frida et vider ses eaux.

Une mouche passe. Un tram. Roger peut, à volonté, quand il est ainsi gavé de soleil, entendre la mouche aussi fort que le tram. Il peut tout mélanger, entre ses cils mi-clos, le clocher de Saint-Nicolas si immobile dans un violet uni, la plaque de cuivre de l'école des Frères, les bosses d'un pavé que cerne un filet d'eau attestant le grand nettoyage du matin.

Il peut vivre des choses déjà passées et celles qui arriveront ; Désiré va se lever en poussant un soupir de bien-être, s'arrêter devant le portemanteau pour mettre son canotier et prendre sa canne de jonc. Alors, Élise accrochera un rideau — ce n'est pas un vrai rideau, mais un vieux drap de lit — derrière la porte vitrée de la cuisine. On entend déjà l'eau bouillir dans la bassine à lessive.

— Roger !

Non ! Pas encore, pas avant que son père ne soit parti, que sa mère ne soit allée au second étage chercher le linge propre, le savon à la glycérine, le gant-éponge qui devient mou et visqueux dans l'eau savonneuse, les ciseaux à ongles.

Roger, sans avoir besoin d'écouter ce que ses parents disent, devine de quoi ils parlent et il y a dans leurs projets une part d'inconnu qui l'angoisse et le surexcite.

Voilà trois dimanches qu'on ne va pas à Ans, au couvent des Ursulines, voir mère Marie-Madeleine, qui est sa tante et qu'il embrasse en se heurtant aux bords empesés de sa cornette. On n'est pas allé non plus à Coronmeuse, où les grandes personnes s'assoient sur des chaises de paille devant la boutique de tante Louisa pendant qu'Anna joue du piano dans le salon aux fenêtres ouvertes et que Roger, armé d'une baguette d'osier choisie dans l'atelier, se promène le long du quai ombragé et contemple les bateaux du canal.

Il ne sait pas pourquoi, un dimanche, tout à coup, on est allé à la campagne en compagnie de gens qu'il ne connaissait pas.

— Dis bonjour à tante Mathilde et à oncle Victor.

Il a appris après que ce n'étaient pas un vrai oncle ni une vraie tante. Ce sont des cousins d'oncle Charles, le sacristain de Saint-Denis. En tournant la tête, Roger pourrait apercevoir leur magasin, au coin de la rue de la Loi et de la rue de la Commune, dans cette partie qu'il n'aime pas, au-delà de la frontière invisible.

Il n'aime pas les Coomans non plus, ni leur fils qui est de six mois plus jeune que lui et qui est effronté.

On a emporté des tartines, des œufs durs, la gourde de garde civique pleine de café. On a pris le tram, traversé un monde d'usines, de petites maisons noires toutes les mêmes, puis, à pied, on a gravi une longue côte bordée de buissons, Désiré a déployé son mouchoir sur la nuque en le maintenant avec son canotier et il a retiré son veston.

On a mangé sur l'herbe, au bord d'un chemin de fine poudre blanche, et le soir on avait les vêtements ternis par cette poussière fade.

Roger ouvre un œil, le referme très vite ; une autre bouffée lui monte à la tête, l'odeur de la distribution des prix, le jardin de l'école gardienne où on les a placés sur trois rangs devant la serre, entre des plantes vertes, les enfants du premier rang assis en tailleur, pour les photographier. Où sa mère a-t-elle rangé la couronne de feuillage doré qu'il n'a pas voulu garder sur la tête dans la rue et à cause de laquelle il a pleuré ?

L'oncle Victor est typographe ; il parle politique, il parle du nez, un nez long, trop étroit ; ses maigres moustaches qui tombent sur ses lèvres ont l'air de sortir des narines. Tante Mathilde a voulu ouvrir un magasin d'épicerie, au coin de la rue de la Commune. C'est une vaste pièce trop claire, peinte en beige, qui sent le pétrole et où il n'entre jamais personne.

— Elle n'est pas commerçante, vois-tu, Désiré. Si c'était moi !

Les pas de Désiré se rapprochent. Il se penche un peu, frôle le front de Roger.

— A ce soir, fils.

— A ce soir, père.

Élise va l'appeler. Elle est montée chercher le linge.

Qu'est-ce qu'on doit demander à tante Mathilde ?

— Tu crois, Désiré, qu'ils ne nous donneraient pas une tasse de lait ? En payant, bien entendu.

Ils étaient sur la route poudreuse. Au-delà des prés où paissaient des vaches engourdies, on apercevait, très loin, dans le bleu et dans le vert de l'horizon, les taches blanches et rouges des villages, un clocher effilé au haut d'une colline.

Arrêtés à quelques mètres de trois petites maisons passées à la chaux, ils ont discuté un moment, puis Élise s'est bravement avancée vers la première porte ouverte au-dessus d'un seuil de cinq ou six marches.

— Excusez-moi, madame. Je vous demande pardon de vous déranger. C'est pour les enfants, vous comprenez.

C'est ainsi qu'on a fait la connaissance de Mme Laude, une femme vigoureuse taillée comme un homme, à la grosse voix, à la lèvre ombragée d'un duvet sombre, qui a tout de suite soulevé Roger dans ses fortes mains.

Mme Laude les a conduits sous la vigne vierge d'un jardin et une guêpe s'est enlisée dans le lait du gamin.

— Comme l'air est bon ! n'a cessé de répéter Élise qui avait des demi-cercles de sueur sous les bras.

— Pourquoi ne me laisseriez-vous pas le petit pendant les vacances ? C'est cela qui lui ferait des joues.

Roger a déclaré, alors que tout le monde croyait qu'il n'écoutait pas :

— Je ne veux pas rester avec elle.

On l'a envoyé jouer avec le petit Coomans qui est aussi mal élevé que les enfants de l'école gratuite. Les volets verts se sont ouverts, à l'étage, et Roger a bien vu que ses parents visitaient, discutaient en hochant la tête ; il a surpris les signes qu'Élise adressait à Désiré derrière le dos de Mme Laude.

Pendant le retour, les grandes personnes n'ont cessé de parler à mi-voix.

— Remarque, Mathilde, qu'il n'y aura plus que Mlle Frida dans la maison. M. Saft s'en va, Mlle Pauline aussi. Quant à M. Chechelowski, l'ingénieur dont je t'ai parlé, qui fait un stage à Ougrée-Marihaye, il attend une réponse d'un compatriote qu'il doit rejoindre à Charleroi pendant le mois d'août.

La preuve que c'est de cela qu'il était question, il y a un moment encore entre son père et sa mère, c'est que, jeudi, on a acheté à l'« Innovation » du tissu crème pour faire à Roger des blouses légères. Elles sont déjà coupées. Dans le courant d'air de sa chambre, dont la fenêtre et la porte sont ouvertes, Mlle Frida, sans doute, pour la première fois de sa vie, est occupée à coudre.

— Roger ! Il est l'heure. Roger ! Qu'est-ce que tu fais ?

Rien. Il est engourdi. Il se traîne. Dans la cuisine, sa mère le déshabille, non sans qu'il recommande :

— Ferme la porte à clef.

Car il a la terreur d'être surpris dans son bain.

— Lave bien tes oreilles, Roger.

On le coiffe, on lui coupe les ongles des pieds, une buée colle aux vitres et, quand il est enfin prêt, vêtu de propre des pieds à la tête, une autre sensation, sur sa peau, a succédé à la caresse du soleil, il est à la fois très lourd et très léger, un peu vide, et ses oreilles resteront cramoisies jusqu'au soir.

— Va te promener gentiment. Ne te salis pas.

Elle lui donne cinq centimes pour s'acheter une glace et il suce celle-ci longtemps, gravement, sur la place du Congrès où il est tout seul avec l'Italien.

Le bleu du ciel se colore de rose, puis de rouge, des flaques d'eau luisent sur les trottoirs qu'on a lavés et, du côté de l'ombre, les pierres de taille frottées à la brosse de fer sont d'un blanc implacable.

Désiré rentre une demi-heure plus tard que d'habitude, car il est allé prendre un bain rue des Pitteurs. Élise a eu le temps de ranger la cuisine, de préparer les provisions du lendemain et même de repasser du linge, car une sourde odeur de repassage persiste dans la cuisine.

— Qu'est-ce que Victor a répondu ?

— Que Mathilde ne demandera pas mieux.

— Demain, nous préviendrons Mme Laude, on pourrait partir dimanche prochain. Écoute, Roger : nous allons passer un mois à la campagne, à Embourg, chez Mme Laude, où père nous rejoindra tous les soirs.

La porte de la rue est restée ouverte sur la molle soirée d'été et Désiré, en manches de chemise, installe sa chaise sur le trottoir, la renverse en arrière, à deux mètres des Delcour, les gens d'à côté, assis comme lui devant leur seuil. Il y a une jeune fille de seize ans qui est à l'école normale, un grand garçon de vingt-deux ans déjà instituteur, un autre frère qui dessine dans une usine et l'aîné, de trente-cinq ans, celui qui plaisante toujours comme Arthur et qui est familier avec tout le monde, l'entrepreneur de peinture en bâtiments.

Plus loin, d'autres personnes prennent le frais. Mlle Pauline, toute rose du reflet du couchant dans le rose de sa chambre, est paresseusement accoudée à sa fenêtre et, par-dessus le mur de l'institut Saint-André, elle voit des frères qui se promènent dans la cour.

Désiré parle. Le cercle se forme autour de lui, les chaises se rapprochent, le peintre qui ressemble à Arthur lui donne la réplique et tout le monde rit, la jeune fille feint de s'indigner, on lève parfois la tête vers Mlle Pauline, Élise, qui a mis un tablier propre à petits volants vient, souriante aussi, jeter un coup d'œil avant de retourner aux mille travaux qui l'attendent dans la fraîcheur de la maison.

Les cloches sonnent le salut, mais il ne doit y avoir que quelques vieilles bigotes dans l'église vide. Toute la paroisse vit sa vie du samedi, les commerçants de la rue Puits-en-Sock prennent l'air sur leur seuil, Chrétien Mamelin fume sa pipe en silence à côté du vieux Kreutz tandis que les deux poupées — comme on appelle toujours les demoiselles Kreutz aux cheveux d'étoupe — tricotent comme si leur vie en dépendait.

Deux ou trois vitrines, qu'on s'obstine à éclairer, jettent un faux jour. Les boutiques exhalent leurs odeurs, bonbons sucrés et pain d'épice de chez Gruyelle-Marquant, carton et colle de pâte de l'Hôpital des Poupées, beurre et fromages, puis les tartes de chez Bonmersonne qui s'empileront demain dans les casiers. Une femme en cheveux traîne derrière elle, jusqu'à la prochaine impasse où elle s'enfonce, le relent gras des frites qu'elle porte dans un plat couvert d'une serviette à bord rouge.

Rue de la Loi, c'est Désiré qui les fait rire, sur les deux seuils qui n'en forment plus qu'un, et Mlle Frida elle-même, venue s'appuyer sans bruit au chambranle de la porte, étire les lèvres dans un sourire condescendant.

— Va jouer, Roger. C'est pour les grandes personnes. D'ailleurs, il est l'heure d'aller au lit.

— Encore cinq minutes, père ! Seulement cinq minutes !

— Tu sais bien que demain il faudra se lever de bonne heure.

Roger a plus peur du crépuscule que du noir. Ce froid éclairage, qui lui apparaît comme le reflet du soleil mort, l'impressionne, et il n'aime pas la couleur jaune, huileuse, de la flamme de sa veilleuse, ni la lumière qu'on distingue encore à travers le store.

— Tu es couché, Roger ?

Sa mère monte et le borde.

— Dors bien. Demain, nous irons à Embourg. Tu es content de passer tes vacances à Embourg ?

Il ne répond pas. Toute la journée, en un instant, palpite en lui et le gonfle, ses oreilles bourdonnent, son corps qui sent le samedi soir et le bain se recroqueville, il tire le drap de lit sur sa tête pour ne plus rien voir et il perçoit encore, très loin et très près tout ensemble, des rires aigus dans la rue, des éclats de voix, la voix de son père qui les domine, une bribe de chanson qui couvre tout à coup le vacarme du tramway.

— Eh bien, Élise ?

— Une minute...

La voici, elle vient, souriante, un peu lasse, refuse d'abord la chaise qu'on lui offre dans le cercle, s'assied enfin sur le bord, les deux mains immobiles sur son giron ; elle respire.

Il y a longtemps que les becs de gaz sont allumés quand, les unes après les autres, les portes se referment, et sans transition c'est dimanche, la messe de sept heures, l'odeur des œufs au lard dans la cuisine, Mlle Frida tout étonnée de la journée qu'elle va passer, Mlle Pauline à qui on confie la maison, les allées et venues, les voix, cette fièvre qui ne s'éteindra que quand enfin la porte se refermera et qu'on se retrouvera dans le vide de la rue.

— Tu n'as rien oublié ? Tu as mis le jambon dans le sac ?

Le tram. Roger obtient de rester sur la plate-forme avec son père, près de deux pêcheurs qu'encombrent leurs engins.

Il n'est pas encore dix heures et les voilà qui gravissent lentement la longue côte, entre deux haies de verdure, des mouches volent, des odeurs de vache passent dans l'air, Mlle Frida, en noir et blanc, son canotier plat sur la tête, se tient aussi raide qu'en ville et pique la poussière du bout de son ombrelle tandis que Désiré, outre les provisions, porte sur le bras son veston qu'il vient de retirer.

— Ne traîne pas, Roger, marche.

Et on sourit en regardant la ville derrière soi, on a la respiration brûlante ; faute d'habitude, on est un peu essoufflé.

4

C'est le 15 août 1908 que Désiré passa la moitié de sa matinée à essayer de faire partir un cerf-volant dans le pré des Piedbœuf, mais une risée soulevait-elle le léger appareil de calicot rouge et vert, l'espoir détendait-il enfin les traits de Roger qui devait se tenir à plusieurs mètres de son père, aussitôt l'air se refermait et on ne percevait plus dans l'espace bruissant d'insectes invisibles que les ondes chaudes, en forme de cercles, que le soleil émettait comme des anneaux.

La veille, dans le bleuté du crépuscule, Roger et sa mère attendaient, comme chaque jour, au sommet du Thiers des Grillons ; ils avaient bien vu que Désiré, qui gravissait la côte en lisant son journal, portait un paquet oblong. C'était le cerf-volant démonté, quatre baguettes fragiles, des croisillons, une bande de toile verte et une de toile rouge. Ce que Roger ignorait alors, c'est qu'il y avait une autre surprise.

Après souper, dans le jardin de Mme Laude, personne n'avait pensé à mettre l'enfant au lit, dans la chambre où il s'endormait, la fenêtre ouverte sur les étoiles, aux coassements des grenouilles de la briqueterie, et où des pâleurs de petit jour apportaient le meuglement des vaches de chez Halleux.

Un Désiré aux moustaches frémissantes d'impatience allait et venait en grand mystère et il ne put attendre la nuit complète, un pétard éclata sur la route, une fusée s'élança dans le ciel pour retomber lentement en un fin nuage d'étincelles.

Roger devait toujours revoir les trois maisons aux murs blancs qui s'estompaient à la brune, le talus, en face, et sa haie aux baies rouges, un seul arbre, tordu, au pied duquel il avait creusé naguère la tombe de son canari, des groupes silencieux, des silhouettes sans visage, des enfants venus sans bruit du carrefour de la pompe, et puis Désiré, important comme un machiniste de féerie qu'on ne fait qu'entrevoir, la flamme qui crépitait au bout d'une fusée, les vraies étoiles enfin qui s'allumaient dans le ciel. Une odeur inconnue jusqu'alors enveloppait ce coin de campagne que transformaient les feux de Bengale et, quand une fusée ratait, quand les étoiles vertes s'éteignaient trop tôt dans le ciel, Roger retenait son souffle, si ému qu'il ne pouvait répondre à sa mère.

— Tu es content ?

Il ne bougeait pas, n'osait ni avancer ni se retourner.

— Tu t'amuses bien ? Tu n'as pas peur ?

Il n'avait pas peur. Et pourtant les êtres qui bougeaient et chuchotaient dans l'ombre lui paraissaient étrangers. Il ne reconnaissait ni Mme Laude, ni les enfants en sabots des maisons d'à côté. Un tripe moulin d'étincelles donna du mal à Désiré. Un des moulins s'éteignit trop tôt et lui, plié en deux pour ne pas paraître dans la lumière, s'efforçait de le ranimer. Quand enfin il revint vers son fils, Roger le regarda autrement que d'habitude, un peu comme si ce n'eût pas été son père.

Il fut somnambule, cette nuit-là.

— Tu vois, Désiré, il est trop sensible.

Et le lendemain, il cherchait sur la route que le soleil faisait à nouveau familière les tubes bleu pâle des fusées, les fils de fer tordus qui sentaient encore la poudre, quand il aperçut son père, en manches de chemise, dans le pré des Piedbœuf, occupé à monter le cerf-volant.

Ce jour-là, dans un pré plus vaste, à trois kilomètres de Nevers, des milliers de personnes débouchaient des routes et des chemins, venant de tous les points de l'horizon, en carriole, en auto, à pied ; on avait dressé des palissades et tendu des toiles sur des pieux pour empêcher ceux qui ne payaient pas de voir dans l'enceinte. Malgré cela, il y avait davantage de monde hors du pré qu'entre les cordes qui délimitaient les places payantes, des familles mangeaient sur l'herbe, les attelages broutaient, des marchands ambulants, en veste blanche, vendaient de la limonade, du coco, de la bière et du vin, des gâteaux poussiéreux et des brioches.

Il faisait chaud. Des jeunes gens étaient juchés, jambes pendantes, sur les palissades, et d'aucuns défendaient le sommet d'un tertre herbeux, ou les branches d'un noyer, aussi farouchement qu'on défend sa place au théâtre.

Pour la première fois dans la région, on allait voir voler des aéroplanes. Les biplans aux ailes de toile et au fuselage fragile étaient là, au bord du terrain, entourés de quelques hommes affairés qui interrogeaient le ciel où étaient suspendus deux petits nuages blancs.

Jamais la gare de Nevers n'avait été aussi vide que ce matin-là quand le train de Paris arriva et que les wagons défilèrent au ralenti ; Félicien Miette pouvait se croire seul sur le quai baigné de soleil qu'il arpentait depuis une demi-heure. Tendu, crispé, il regardait intensément les rares portières qui s'ouvraient, les voyageurs qui saisissaient leurs valises et cherchaient la sortie.

Soudain, il se retourna. Isabelle était là, souriante, tellement elle-même, sans qu'il l'eût vue sortir de son compartiment de troisième classe.

Lui, bêtement, enrage de ne pas l'avoir découverte plus tôt, parmi les silhouettes clairsemées, il enrage d'avoir tressailli, de ne pas comprendre tout de suite pourquoi elle est seule, de le laisser voir, de se montrer si peu naturel, si dérouté devant elle, alors que pourtant il l'attendait, il enrage enfin de la voir telle qu'elle devait être, vêtue comme à l'ordinaire, calme et simple, une étincelle d'affectueuse moquerie dans les yeux.

Il ne pense même pas à l'embrasser.

— Qu'est-ce que tu as, mon grand ?

Il regarde au-delà d'elle, inquiet, sans comprendre, et elle explique pour mettre fin à son angoisse :

— Mon père a eu une crise hier au soir. Il voulait t'envoyer une dépêche. J'ai insisté pour venir et maman a soupiré : « Au point où ils en sont, Joseph ! »

Il questionne d'une voix neutre :

— Tu n'as pas de bagages ?

— A quoi bon, puisque je repars ce soir ?

Il va se détendre. Il se détend. Il est ému. Un instant il a failli pleurer sans raison.

— Viens.

Et déjà, tandis qu'elle cherche son billet dans son réticule, il l'embrasse, elle sent qu'il tremble ; alors, il lui tient la taille comme à Paris quand, le soir, ils arpentaient les quais déserts.

Il n'y a qu'un mois qu'ils sont séparés. Pendant un mois, il lui a écrit jusqu'à trois lettres par jour, des pages et des pages couvertes d'une écriture serrée, et pourtant il lui faut du temps pour la retrouver, il marche en silence en regardant par terre.

Il sait que du premier coup d'œil elle a tout remarqué, les cheveux qu'il a laissés pousser, ce qui le fait paraître plus maigre — d'ailleurs, il a maigri — la lavallière noire et le chapeau à large bord. Ses doigts s'emmêlent aux doigts d'Isabelle, leurs deux corps penchés l'un vers l'autre ne forment qu'une ombre sur les pavés.

Elle demande doucement :

— Tu es content ?

La mère de Roger Mamelin a posé la même question, la veille au soir, pendant le feu d'artifice, et l'enfant n'a pas répondu. Félicien Miette, lui, se contente d'une pression plus forte des doigts. Il a eu si peur, tout à l'heure, sans raison, peur qu'elle ne vienne pas, qu'elle ne soit plus la même, qu'elle ne l'aime plus, et, chose curieuse, il a eu plus peur encore en ne voyant pas ses parents qui devaient l'accompagner.

— Pauvre papa ! Je crois qu'il ne sera tranquille que quand nous serons mariés.

Puis, songeant enfin à regarder autour d'elle, sous les ombrages de l'avenue de la République tendus de vélums rayés :

— C'est loin ?

Il hésite, son front se rembrunit, ses traits deviennent plus aigus, ainsi qu'il arrive chaque fois qu'il est en proie à ses mauvaises pensées.

— Non ! A cinq minutes de marche. Tu m'aimes, Isabelle ?

— Déjà ?

Combien de fois ne lui a-t-il pas posé cette question, certaines fois alors qu'ils s'étaient quittés d'une heure à peine ?

— Réponds !

— Et si je disais que non ?

Elle ne peut même pas se permettre cette innocente plaisanterie sans qu'il se tende comme un arc.

— Allons, grand sot !

— Tu ne regrettes pas ?

— Non.

— Tu es sûre que tu ne regrettes rien, absolument rien, que tu ne regretteras jamais ?

— J'en suis sûre.

— Et pourtant...

Elle sent qu'il devient amer, elle sait qu'une violence soudaine, âcre, douloureuse, jaillissant du plus profond de lui, succédera à cette amertume, et tandis qu'ils marchent, enlacés, le long du trottoir où on se retourne à leur passage elle murmure :

— Tais-toi.

Il ne comprend pas qu'on puisse l'aimer. Il y a des moments où il se refuse à le croire, où il en veut à Isabelle de le leurrer et où il la regarde avec des yeux égarés.

— Parle-moi de ton journal, dit-elle.

— Pas maintenant.

C'est d'eux qu'il a besoin de parler, toujours, sans que jamais le sujet soit épuisé, de lui et d'elle, de leur amour. Combien de fois n'a-t-il pas cherché à élucider le même mystère :

— Le premier soir, à la sortie du Conservatoire, dans la petite rue, quand je me suis jeté sur toi comme un fou...

— Eh bien ?

— Tu ne m'aimais pas !

Il affirme. Elle affirme à son tour :

— Si !

— C'est impossible. Tu ne pouvais pas m'aimer, et pourtant tu m'as laissé te prendre dans mes bras. Si cela avait été n'importe quel autre homme...

— Non !

— Quand tu as su tout ce que j'avais fait...

— Tais-toi !

— Tu vois !

— Mais non, mon pauvre grand...

Il a honte du passé et il va encore tricher, il triche en la conduisant dans cette maison dont il tripote la clef dans sa poche.

— C'est ici que tu habites ?

Un coin de ville qui ressemble à un coin de campagne, une maison blanche à volets verts, ornée de bornes aux deux angles, où le silence les accueille, l'ombre fraîche, l'odeur intime d'un ménage, des jouets d'enfant dans le corridor et un attirail de pêcheur à la ligne derrière la porte. C'est à côté d'un pont de pierre, d'un ruisseau dont l'eau limpide glisse sur l'herbe couchée avant d'aller se perdre dans la Nièvre. La légumière, dans la boutique d'en face, les regarde entrer et parle d'eux à une cliente.

— Viens.

Les marches de l'escalier ciré craquent sous leurs pas. La fenêtre de la chambre au lit d'acajou est ouverte, mais Félicien Miette, indifférent à tout, a déjà pris Isabelle dans ses bras, farouchement, méchamment, il écrase ses lèvres contre les siennes comme s'il voulait l'étouffer.

Elle se dégage sans heurt et reprend son souffle, tournée vers le rectangle ensoleillé de la fenêtre qu'elle fixait par-dessus son épaule :

— On nous observe.

Il lui en veut d'avoir deviné la tache d'un visage de vieille femme derrière les vitres d'en face.

— Ferme les volets, au moins !

Il obéit nerveusement, puis la regarde, dans la chambre désormais rayée d'ombre et de lumière.

— Qu'est-ce que tu as ? questionne-t-elle.

— Tu ne le sais pas ? Tu ne désires rien ?

— Si.

Ce n'est pas tant de sa chair qu'il a envie, ni du plaisir, que de la sentir à lui, toujours davantage, tellement à lui que rien ni personne ne puisse plus faire d'eux des êtres distincts. Il l'étreint comme on se lancerait à l'assaut de l'impossible et quand enfin il s'immobilise dans le lit défait il est triste, elle le sait, elle le connaît si bien, elle qui regarde avec un tendre étonnement son corps maigre d'homme inachevé.

C'est lui qui, méfiant, rompt le silence.

— A quoi penses-tu ?

— A nous. Tu ne m'as encore mise au courant de rien.

Et s'il lui disait tout, vraiment tout, elle serait effrayée, ou indignée, ou écœurée, elle se rhabillerait avec des gestes secs et s'en irait pour toujours, sans un mot ni un regard.

Pourtant, il a envie de parler. Souvent, il est torturé par le besoin de tout lui avouer, peut-être d'en dire davantage, d'en ajouter. Elle croit le connaître parce qu'il lui a raconté son adolescence haineuse et l'acte qu'il a commis pour en finir.

Elle ne sait rien. La vérité sur les cinq cents francs, par exemple ? Il n'y pense qu'avec une sueur malsaine au front. Il lui arrive, la nuit, de se retourner dans son lit sans pouvoir chasser ce souvenir. Il revoit l'endroit, à la pointe de l'île Saint-Louis, juste derrière la masse éternelle de Notre-Dame, où il a prononcé un soir :

— J'ai reçu le mandat.

Ils ont marché en silence, trop impressionnés l'un et l'autre pour être capables de se réjouir.

— Quand allons-nous la voir ?

— Demain, si tu veux. Écoute, Isabelle...

A quoi bon revenir sur ce qui a été décidé ? Que faire d'autre, dans la situation où ils se trouvent ?

Il a attendu sur le palier de l'horrible vieille. Il pleuvait et la maison tout entière sentait la cuisine à l'oignon. Un bec papillon crachotait à l'étage au-dessous. Des locataires passaient et Miette se tournait vers le mur, comme un homme surpris dans un mauvais lieu. Quand Isabelle est sortie du logement où il entrevit des fauteuils de velours cramoisi, elle était pâle, un peu chancelante, ils ont rasé les façades et Félicien, dans la boutique du papetier, n'osait plus lever les yeux sur M. Brois.

Car Léopold n'a jamais envoyé l'argent. C'est M. Brois qui l'a prêté. Miette est allé le trouver chez lui, en banlieue, où il occupe seul un pavillon en moellons gris. Il lui a tout dit, tragique, véhément, en se tordant les poignets et en fixant le poêle à gaz, et depuis lors, chaque jour, Isabelle passe devant M. Brois.

— Qu'as-tu, mon grand ? Qu'est-ce qui te tracasse ?

Il s'emporte, contre lui, contre le monde entier qui s'acharne à freiner ses impatiences.

— Tu penses que cette chambre est la mienne, n'est-ce pas ? Eh bien, non ! Avec ce que je gagne à la *Gazette du Centre,* c'est à peine si je peux me payer un logement sordide dans le plus sinistre meublé de la ville.

Il ment, il triche toujours. C'est plus fort que lui. Avec ce qu'il gagne, il pourrait habiter une chambre à peu près convenable, il en a trouvé une, chez une dame veuve, mais sa solitude hargneuse ne s'accommode pas de l'ordre et du calme, c'est exprès qu'il a choisi l'hôtel borgne où, le soir, les filles amènent leurs clients de passage.

— Tu ne comprends pas ? C'est parce que tes parents devaient venir que j'ai emprunté cette chambre à Chapelle, un imbécile, le secrétaire de rédaction de la *Gazette*. Nous sommes dans sa maison. Il a conduit sa femme et ses enfants au meeting d'aviation. En ce moment, ils sont quelque part à manger sur l'herbe.

Elle regarde le lit défait : il devine sa pensée, il a honte. En rentrant, son ami saura à quoi devait servir cette clef qu'il a prêtée, sa femme s'arrêtera, interdite, devant les draps fripés.

Isabelle, qui se rhabille lentement, ne lui adresse aucun reproche.

— Et même s'il le sait ? attaque Miette.

— De quoi parles-tu ?

— Tu le comprends. Tu as honte d'être ma maîtresse. Tu crains que les gens le sachent.

— Non.

Il y a une différence qu'il feint de ne pas sentir entre savoir et se trouver soudain devant la crue révélation de ce lit défait.

— Vois-tu, Isabelle, tu es comme les autres. Tandis que moi...

Il se prend la tête à deux mains. Il souffre.

— Moi, je suis tout seul ! J'ai toujours été seul ! Je resterai seul toute ma vie ! Personne ne veut comprendre et pourtant si tu savais...

Elle va lui dire « je sais » quand il se redresse, farouche.

— Toi-même, tu ne me crois pas quand je répète que j'arriverai, qu'un jour je les tiendrai tous dans ma main, comme ceci, regarde !

Et, le poing si serré que des taches blêmes y apparaissent, il frappe le mur d'un geste convulsif, la brique résonne.

— Je t'assure, mon grand, que j'ai confiance.

— Si tu avais confiance, si tu sentais ce que je sens, tu ne t'inquiéterais pas à l'idée qu'un quelconque imbécile qui m'a prêté sa chambre et que sa grosse bête de femme sachent ou non que nous couchons ensemble...

— Je te demande pardon... Non, Félicien, ne pleure pas !

Les larmes sont inévitables. En pleurant, il se détend ; elle lui caresse les cheveux et parle à mi-voix.

— Tu verras, mon grand, que tout s'arrangera. Tout est déjà presque arrangé, puisque mon père...

Il ricane :

— Ton père !

— Avoue qu'il a été plus compréhensif qu'on ne pouvait raisonnablement s'y attendre.

— Parce qu'il a eu peur du scandale. Il a cru...

— Il a cru ce qui était.

Il n'aime pas non plus qu'on évoque cette partie trouble de leur vie et, plus tard, il faudra absolument l'effacer de leur mémoire. Des rues noires, l'hiver, de la pluie, des silhouettes glissant dans l'ombre visqueuse et cet hôtel de passe, rue Coquillière, où il n'a pas hésité, un soir, à pousser Isabelle devant lui, tout à côté de l'énorme femme qui racolait les passants sur le seuil voisin.

Il avait besoin qu'elle fût à lui coûte que coûte. Il l'a eue, glacée, docile.

— Je me demande comment tu peux m'aimer. Non, ce n'est pas possible !

Qui comprendra que ce n'est pas sa faute, qu'une force le pousse, l'oblige à aller de l'avant en dépit de tout ?

— C'est parce que moi, vois-tu, je t'aime plus que tout au monde, parce que je n'ai que toi, rien que toi.

— Mais oui.

Il s'est jeté à genoux, ce soir-là, dans la chambre innommable, en demandant pardon. Il a pleuré, là aussi, de rage, il a frappé la cloison de ses poings serrés.

— Je voudrais que la vie soit belle, que tout soit beau, que notre amour...

Est-ce que M. Vétu les avait déjà suivis dans l'ombre des rues ? Ils ne l'ont jamais su. Un soir, au moment où Isabelle poussait la porte de la boutique, elle a été surprise par la lumière. Son père était là, le chapeau sur la tête, très pâle, adossé aux rayons remplis de dossiers verts.

Il a regardé sa fille, puis il a détourné les yeux, il a reniflé avant d'articuler :

— Monte dans ta chambre.

Miette, plus calme, les paupières un peu rouges, renoue sa lavallière devant le miroir et Isabelle murmure en souriant :

— Cela te va bien !

Les longs cheveux ondulés, le costume noir, la lavallière, le sombrero soulignent encore ce qu'il y a en lui de tendu et d'ardent. M. Boquélus, lui, l'administrateur de la *Gazette du Centre,* lorsqu'il a vu pour la première fois son jeune rédacteur dans cet accoutrement, a hoché la tête, puis il a prononcé avec une candeur voulue, plus insultante qu'une réprimande :

— Je vois que vous êtes artiste.

Félicien ne veut plus y penser. Il questionne :

— C'est vrai ? Cela te plaît ?

Elle en profite pour refaire le lit et, s'il le remarque, il a soin de n'en rien dire.

— Viens. Maintenant, tu vas me raconter comment cela se passe à ton journal.

Ils retrouvent la rue, la légumière qui se dilue derrière sa vitrine, le chaud soleil qui les enveloppe, le pont de pierre, et le bras de Miette prend naturellement sa place autour de la taille d'Isabelle.

— Pour le moment, ils ne me donnent que cent francs par mois, plus un pourcentage sur les annonces que je pourrais apporter.

Il l'observe sans en avoir l'air, comme si elle allait se trahir.

— Il se passera peut-être du temps avant qu'on m'augmente, un an ou plus ?

Elle sait si bien ce qu'il pense. Elle a deviné son piège naïf. Elle lit en lui sans avoir besoin de le regarder et elle ne s'irrite pas de ce qu'elle peut découvrir d'enfantin ou de retors.

Il attend, comme s'il venait de poser une question capitale, et elle, pour ne pas l'exaspérer davantage, pour éviter une nouvelle scène, prononce en fixant leur ombre à leurs pieds :

— Nous nous marierons quand tu voudras, mon grand.

M. Vétu a d'abord déclaré :

— Quand il aura une situation, nous verrons.

Puis :

— Quand il gagnera deux cents francs par mois.

Miette affirmera qu'il gagne deux cents francs. Isabelle dira comme lui. Il le croira. Il croit tout. Il n'est pas venu à Nevers aujourd'hui, comme il l'avait annoncé, pour se rendre compte par lui-même, et sa maladie d'estomac n'est peut-être qu'un prétexte.

En un an à peine, Félicien a obtenu tout ce qu'il a voulu. Un matin, comme il entrait au magasin, son patron ne lui a pas donné le temps d'endosser sa blouse grise.

— Voulez-vous monter un instant, monsieur Miette ?

C'était la première fois qu'on l'invitait à gravir les marches de l'escalier en colimaçon, la première fois qu'il pénétrait dans cette vaste pièce sombre et basse de plafond servant de salon et de salle à manger et son regard fut aussitôt attiré par le piano d'Isabelle. Mme Vétu, qui n'était pas encore descendue, disparut comme sur un ordre muet.

M. Vétu, lui, ouvrait un tiroir et Félicien recevait un choc en reconnaissant ses lettres qu'on lui tendait sans un mot.

— Je vous prierai, dès maintenant, de reprendre votre liberté.

Où était Isabelle ? Sans doute à écouter derrière une porte qui devait être celle de sa chambre ?

— Il faut que je vous explique, monsieur...

Rien ne l'arrêta, ni la simple dignité, la réserve douloureuse de l'homme maladif qui se tenait debout devant lui, ni cette intimité étrangère qui l'enveloppait, ni la sonnette du magasin.

— Vous ne pouvez pas me chasser sans m'écouter. J'aime votre fille. Isabelle m'aime.

— Je vous en prie.

Combien de temps parla-t-il, la gorge pleine de sanglots contenus, les yeux fous ?

— Je partirai. J'irai où vous voudrez. Par contre, il faut, j'ai absolument besoin que vous me laissiez de l'espoir, j'ai besoin de savoir qu'un jour...

Il avait obtenu ce mot :

— Peut-être.

Et il avait vécu la plus noire des semaines, si noire qu'il ne s'en souvenait plus qu'en bloc, des allées et venues sans but, d'interminables stations devant la maison de la rue Montmartre d'où Isabelle ne sortait plus. Il lui était arrivé de coller son nez à la vitre comme un pauvre qui cherche à exciter la pitié.

Il courait derrière M. Brois.

— Elle ne vous a rien dit ? Je vous en supplie, monsieur Brois, remettez-lui cette lettre. Je suis capable de tout en ce moment. Dix fois j'ai failli me jeter dans la Seine.

M. Brois a remis la lettre à Isabelle. Le soir, il a rapporté une réponse.

Mon père est très malheureux. J'ai honte du mal que je lui ai fait. Il est resté deux jours malade. Il ne me parle plus, n'ose pas me regarder. Il faut attendre, mon grand, patienter...

Alors, il avait trouvé des accents déchirants pour contrebalancer, dans l'âme d'Isabelle, le spectacle de l'abattement parternel.

Non rasé, les vêtements en désordre, il traînait sous ses fenêtres par n'importe quel temps.

Ne crains rien. Tu seras bientôt débarrassée de moi et ton père retrouvera sa tranquillité...

Huit jours ? Dix ? Il ne savait plus. Un trou noir, vraiment, aussi noir que le souvenir de la rue Coquillière et des cinq cents francs.

Et voilà qu'un matin il la voyait sortir du magasin, en pleine lumière, se diriger vers lui.

— Mon père accepte que tu viennes ce soir à la maison. Il ne promet rien. Il ne te connaît pas.

On lui avait offert du café, une cigarette, un petit-beurre, et depuis lors, chaque soir, il avait passé deux heures dans la grande pièce basse de plafond pendant que Mme Vétu vaquait à son ménage et que M. Vétu mettait ses factures à jour sur la table débarrassée des couverts du dîner.

— Plus tard, quand vous aurez une situation, nous verrons.

M. Brois l'avait envoyé à l'imprimerie de la Bourse où on cherchait un correcteur. Il passait ses journées dans une cage vitrée, penché sur des épreuves encore humides, avec, pour horizon, deux rangs de linotypes. Des journalistes entraient et sortaient, importants, affairés.

— Dites-moi, mon petit...

Et lui, le soir, la lèvre frémissante de tout son jeune orgueil :

— Ton pauvre père se figure que je reprendrai un jour sa boutique et que je fabriquerai des timbres en caoutchouc !

Il accompagnait les Vétu, le dimanche, dans leur petite campagne des bords de la Marne, impatient, révolté contre leur existence calme et vide.

— Quand nous serons nous deux...

Il avait écrit longuement à Léopold :

Il faut absolument que vous me procuriez une formule d'extrait d'acte de naissance, soit de Liège, soit d'une commune des environs, de préférence d'une commune peu importante.

Et triomphalement, sans avouer que c'était Doms qui lui avait enseigné le moyen de se fabriquer une identité, il avait rempli lui-même les blancs. Le timbre en caoutchouc, aux armes de la ville de Huy — il se souvenait de son passage dans cette ville et des vêtements d'ouvrier peintre qu'il avait retirés dans les cabinets de la gare — il l'avait confectionné de ses mains, à l'aide de matériaux pris dans la boutique des Vétu.

— Tu vois ! Jamais personne n'écrira à la mairie de Huy pour s'assurer de l'authenticité de ce papier. Désormais, je m'appelle officiellement Félicien Miette et j'ai vingt et un ans, de sorte que j'en suis quitte avec le service militaire.

Il n'avait pas de remords. *Il fallait absolument,* comme il l'écrivait à Léopold, il fallait que sa destinée s'accomplît. Tant pis pour ceux qui n'y croyaient pas. Et si l'obstacle était trop résistant, il le contournait, sans honte.

— Que je mette seulement le doigt dans l'engrenage ! Tu verras, Isabelle, quelle vie je te ferai.

Un jour, deux journalistes parlaient entre eux, à la porte de la cage vitrée.

— Boquélus m'écrit qu'il cherche un jeune crabe pas trop exigeant pour son canard de Nevers. Tu n'as pas ça sous la main ?

— Pardon, monsieur. Vous dites qu'on cherche un journaliste ?

— Vous avez envie de faire du journalisme, vous ?

Aller au commissariat, rendre compte des conférences et des fêtes de bienfaisance, des foires et des accidents, prendre au téléphone, le casque sur la tête, les communications de Paris, c'était maintenant sa tâche depuis un mois.

M. Vétu avait promis :

— Quand il gagnera un minimum de deux cents francs...

Il n'en gagnait que cent, mais qu'importait, puisque Isabelle était d'accord ?

Il avait pensé à tout, même à faire légalement de Félicien Miette un orphelin de père et de mère.

Il plaisantait, à cette heure. Il avait repoussé bien loin tous les trous noirs du passé. Ils mangeaient en tête à tête, dans ce clair restaurant où ils étaient seuls et où, en franchissant le seuil flanqué de lauriers en caisses, ils avaient fait tressaillir le garçon somnolent.

— Deux couverts, messieurs-dames ?

Ses yeux riaient à l'avenir, la nappe était blanche, les verres pleins de reflets, la lumière douce, dans la salle aux stores baissés, mais la plus petite ombre suffisait encore à brouiller ses traits.

— Qu'est-ce que tu regardes ?

— Rien.

Il se retournait vivement, déjà jaloux, ne voyait personne derrière lui, rien qu'un rang de tables aux serviettes en éventail dans les verres, des chaises jaunes en bois courbé.

— Qu'est-ce que tu regardais ?

Lui ! C'était lui qu'elle regardait un instant auparavant, lui qu'elle regarde à nouveau, non pas son visage qui s'est animé, mais sa tête aux longs cheveux qui font paraître le cou plus maigre, ses épaules qui ne sont pas encore des épaules d'homme. Il parle, il mange et elle le voit de dos dans la glace qui cerne le restaurant, c'est curieux d'observer un homme à la fois de face et de dos et elle sourit vaguement, il se rebiffe.

— Tu te moques de moi !

Il est si sensible à la moindre ironie qu'elle s'empresse de le rassurer.

— Non, mon grand, je suis contente, je suis heureuse, nous sommes bien, ici, tous les deux.

C'est vrai. Le nuage est passé, gonflé de gris comme un vilain nuage d'été qui fond si vite en lourdes hachures de pluie, il ne reste que du soleil dans leurs yeux, et autour d'eux le calme ravissant de ce restaurant où ils sont entrés par hasard, à cause des lauriers naïfs, le garçon qui les appelle monsieur et madame et la patronne qui jette parfois un coup d'œil par l'entrebâillement de la porte jaune de la cuisine.

— A quoi penses-tu ?

— A rien.

A rien et à tout, à eux, à la vie qui va commencer ; ils parlent de tout et de rien, des heures durant, en errant à l'aventure dans les rues que le meeting d'aviation a vidées et où ils peuvent se croire seuls, où ils s'embrassent quand l'idée leur en passe par la tête.

— Tu verras. Je vais chercher tout de suite un logement. Je mettrai une annonce dans la *Gazette*. Quand tu viendras dans un mois...

Parfois un souffle d'air fait frémir le feuillage clair des platanes et les ombres bougent sur le trottoir.

Il est quatre heures. De la terrasse de la brasserie où ils se sont enfin arrêtés, ils voient l'horloge de la gare.

— Je ne pourrai pas rester un mois sans te voir. Dimanche prochain, j'irai à Paris ! Je dirai à M. Boquélus...

Il inventera n'importe quoi. Il n'est pas à cela près. Ce dont il est sûr d'avance, c'est qu'il ira.

— Tu m'aimes ?

— Il est l'heure, mon grand.

Elle s'est installée trop tôt dans son compartiment et il a froncé les sourcils en y voyant un jeune marin en permission. Ils ne parlent plus.

— Dans un mois.

— Dimanche prochain.

Allons ! On ferme les portières. Le train s'attarde encore. Miette détourne la tête pour cacher ses yeux que les nuages envahissent à nouveau.

— A dimanche. Promets-moi...

Il aperçoit le marin debout derrière elle. Le train part. Un mouchoir disparaît au tournant.

— Donnez-moi un Pernod, garçon, et ce qu'il faut pour écrire.

Il s'est assis à un guéridon, au « Café de Paris », où quatre musiciens jouent des valses viennoises.

Ma Grande,
Tu viens à peine de partir, je suis seul et...

Il s'enfièvre, passe les doigts dans ses longs cheveux, regarde vaguement, à la table en face de lui, quatre vieux joueurs de whist pour qui la vraie vie n'existe déjà plus.

Je te demande pardon, ma chérie, mon amour, mon tout, je te demande pardon à genoux de la scène que je t'ai faite une fois de plus, mais si tu savais comme je suis malheureux, comme, sans cesse, m'assaillent des pensées mauvaises ! Au dernier moment encore, quand j'ai vu cet homme derrière toi dans le compartiment, j'ai cru que j'allais sauter dans le train, tout abandonner pour...

— Garçon ! La même chose.

Quatre pages, six pages, de son écriture nerveuse et fine. La musique le porte, il perçoit vaguement le bruit des disques noirs et blancs dans les boîtes de jacquet, les soupirs des joueurs de cartes.

Quand, bientôt, nous serons tous les deux, enfin rien que nous deux, je sens que...

Il a chaud. Ses tempes bourdonnent. Il va lui-même jeter sa lettre dans la boîte de la poste centrale, puis il ne sait plus que faire, il n'a pas faim, il rôde dans le crépuscule, maigre et crispé, cependant que dans la maison blanche, près du pont de pierre, la famille de Chapelle s'attable autour de la soupière fumante et que M. Vétu, à Paris, dilue un médicament dans un demi-verre d'eau.

A Embourg, vacillant sur son banc, dans le jardin de Mme Laude, Roger attend que cette lourde journée du 15 août s'achève dans le concert rassurant des grenouilles.

5

Le jour de la Toussaint, on était allé au cimetière de Robermont, du côté de Désiré, comme on disait, et le lendemain, le jour des Morts, au cimetière de Sainte-Walburge. Car, pour les défunts comme pour les vivants, et même pour les objets, on distinguait le « côté Mamelin » et le « côté Peters ».

— C'est une arrière-cousine du côté de ton père, disait-on à Roger.

Ou encore :

— Cette boîte vient d'un oncle de mon côté.

La boîte à boutons ! Si Roger, qui allait à l'école des Frères, ne jouait plus avec les boutons, la boîte demeurait à sa place, sur la planche de cuisine, entre le réveil et le bougeoir de cuivre, une très vieille boîte décorée sur cinq de ses six faces de scènes tirées de Robinson Crusoé.

C'était une boîte du côté d'Élise et son contenu était plus Peters encore, puisqu'il provenait de la branche de la famille restée en Allemagne, de parents dont on ne savait à peu près rien, dont on ne possédait, dans l'album à coins de cuivre, que deux portraits jaunes, très glacés, avec un ovale bombé au milieu du carton : une femme ascétique, strictement vêtue de noir, qui appartenait à un tiers ordre, et un long jeune homme si effacé qu'on ne voyait plus ses traits. Élise était incapable d'expliquer à Roger ce qu'était le tiers ordre. Elle savait seulement que cette cousine habitait seule une grande maison, à Aix-la-Chapelle, où elle vivait comme une religieuse en habits séculiers.

Les boutons qui remplissaient la boîte provenaient de la même branche de la famille. Toute jeune, Élise avait été conduite en train, par ses parents, quelque part en Allemagne, elle avait oublié où, sur une hauteur couverte de bois de sapins (il faudra qu'elle se renseigne auprès de Léopold, mais elle oublie toujours) et elle avait visité une fabrique de boutons qui appartenait à un cousin.

Ces boutons-là, avec lesquels Roger avait joué pendant des années, étaient aussi étrangers à la maison, au quartier, à la ville, que les photographies et que les tasses décorées de carrés bruns qui pendaient dans la cuisine de tante Louisa, à Coronmeuse, et qui devaient avoir la même origine. Les plus jolis boutons, les plus frais, étaient blancs, pointillés de rouge, de bleu ou de vert. D'autres étaient ornés de cercles ou de croix ; certains étaient en cuivre, avec des personnages en relief, ou en os, avec de véritables scènes sculptées, surtout des scènes de chasse, des cerfs et des chiens. Enfin, au centre de quelques-uns, on admirait une fleur blanche comme il n'en existe pas en Belgique ; on savait depuis peu par l'instituteur d'à côté que c'était un « edelweiss » des hautes montagnes.

Le cimetière de Robermont, du même côté des ponts que la rue de la Loi, sur la hauteur, c'était en somme le prolongement du quartier où l'on vivait. De la paroisse Saint-Nicolas, on passait sans transition à la paroisse Saint-Remacle où habitait Arthur. On s'arrêtait devant sa maison, devant la vitrine pleine de casquettes, on disait bonjour à Juliette, toujours fraîche et dont les enfants étaient très propres, on gravissait lentement le Thiers de Robermont dont la montée n'était pas trop dure et l'on croisait des corbillards qui s'en revenaient à vide.

On rencontrait toute la rue Puits-en-Sock et Désiré ne cessait pas de saluer. Sur le plateau, les rues étaient claires, les maisons neuves, aux briques d'un rose encore vierge, avec entre elles des vides entourés de palissades derrière lesquelles Élise allait rattacher sa jarretelle.

« Parcelle à vendre. Dix francs le mètre. »

C'est dans une de ces rues qui n'avait pas encore de nom et qui n'était pavée qu'à moitié, que Roger, depuis deux semaines, allait le jeudi prendre une leçon de violon. Car on lui avait acheté un violon, parce qu'il y avait un violon d'enfant à vendre dans le quartier. Faute de vraie boîte à violon pour un instrument si petit, il l'emportait dans une boîte en carton et le bout de l'archet trop long passait par un trou.

Son professeur, l'organiste de Robermont, avait une mauvaise haleine qu'il lui soufflait dans la figure avec insistance ; avec la même férocité, il appuyait les doigts de l'enfant sur les cordes jusqu'à le faire frémir de douleur.

— C'est si beau, la musique ! disait Élise en extase. C'est si agréable de connaître un instrument !

Pourquoi, lorsqu'on se rendait au cimetière de Robermont, le temps était-il presque toujours clair ? C'était novembre, certes, mais un novembre aéré, aux larges éclaircies de soleil. Le cimetière était gai, un cimetière neuf entouré de murs de brique, avec une belle allée centrale, une chapelle, des monuments de pierre immaculée.

On saluait au passage le caveau des Gruyelle-Marquant, les confiseurs de la rue Puits-en-Sock, celui de la famille Velden, d'autres où on retrouvait les enseignes du quartier.

On ne s'égarait jamais dans le dédale des allées. Les bougies, dans les boîtes vitrées, devant les tombes, avaient une flamme claire, et des deux côtés de la grille du cimetière, des marchandes vendaient des gaufres et des chrysanthèmes.

— Bonjour, Lucien ; bonjour, Catherine. Comme les enfants grandissent !

— Tu es toujours contente de tes locataires, Élise ?

Chaque semaine, Chrétien Mamelin venait entretenir, comme un jardin, la tombe de sa femme, ornée d'une pierre droite que surmontait une croix.

Marie Demoulin, épouse Mamelin
née à Alleur le 5 octobre 1850
pieusement décédée dans la 61ᵉ année de son âge
Priez pour Elle

Un médaillon serti dans la pierre représentait un enfant aux traits flous, la petite fille morte en bas âge.

Désiré déposait un pot de fleurs, Élise allumait quelques bougies à la flamme de celles qui brûlaient déjà, puis, dans une vieille boîte à conserve cachée derrière la tombe, elle allait puiser un peu d'eau à une citerne proche pour la verser sur les pots.

— Personne ne pense à mettre de l'eau.

Un signe de croix. Désiré restait quelques instants penché, le regard sur la tombe, en remuant les lèvres, se signait à nouveau, prenait la main de son fils et s'éloignait en remettant son chapeau.

C'était le jour où on étrennait les nouveaux pardessus qui sentaient encore le tailleur.

— Si on rentrait par le champ de manœuvres ?

Le vent faisait claquer comme des drapeaux les voiles des femmes en deuil. Par une venelle aux pavés inégaux, moitié ville, moitié campagne, on atteignait la vaste plaine qui s'étend entre Jupille et Bressoux, on longeait les quais de la Dérivation, tout était rassurant et familier, à peine avait-on l'impression d'avoir quitté le quartier de la place du Congrès.

Le lendemain, le ciel était invariablement sombre, traversé de rafales qui emportaient les feuilles mortes et la poussière. Dès la messe, à cause des tentures noires et du catafalque, la journée prenait un caractère dramatique qui, dans l'esprit de Roger, s'associait naturellement au « côté Peters ».

Jusqu'aux mots qui changeaient de couleur. Robermont évoquait les rues larges et claires de Saint-Remacle, le quartier neuf sur le plateau et les parcelles de terrain à vendre, les tombes frottées à la brosse et les gaufres blondes des marchandes.

Sainte-Walburge, c'était d'abord le tram vert sombre qu'on prenait place Saint-Lambert, toujours si rempli qu'il fallait se séparer.

— Garde Roger avec toi, Désiré. Ne le laisse pas se pencher.

Le tram sentait la Toussaint, les chrysanthèmes, le crêpe et la cheviotte des habits de deuil. Tout le long du chemin, à travers les rues étroites et commerçantes du quartier Sainte-Marguerite, on voyait les têtes dodeliner de gauche à droite et de droite à gauche, le regard vide des voyageurs, et Roger, sur la plate-forme, était coincé entre les jambes des grandes personnes.

Ensuite, on marchait longtemps, sur une route toujours boueuse d'où l'on apercevait les terrils des charbonnages au milieu des champs de terre noire empestant la betterave pourrie.

On était sur la hauteur aussi, mais de l'autre côté de la Meuse, du côté Peters ; le cimetière Sainte-Walburge était un vieux cimetière aux allées tortueuses où l'on se perdait parmi les tombes grises qu'envahissaient le lierre et la mousse.

— Mon Dieu, Désiré ! Nous nous sommes encore trompés ! Il faut retourner en arrière et chercher le monument à colonnes de marbre rose.

Le froid engourdissait les doigts, les nez étaient rougis par la bise.

— Attends. Il me semble que j'aperçois ma sœur Louisa et ses enfants. C'est bien elle.

A Sainte-Walburge, on rencontre beaucoup de monde, des personnes qu'on ne voit pas pendant le reste de l'année et qui sont pourtant de la famille. Les femmes parlent flamand, sur un ton de lamentation, sans s'inquiéter de Désiré.

— Mon Dieu, Poldine ! Bonjour, Franz.

C'est un des frères d'Élise qui est vérificateur à la fabrique nationale d'armes et qui habite tout au bout de Coronmeuse.

— Tu ne trouves pas, Franz, que Poldine a maigri ?

Elle ajoute avec intention :

— Je suis venue hier arranger un peu la tombe de maman.

Elle a emprunté une bêche au gardien. Ses frères et sœurs n'y pensent pas, se contentent d'apporter, le jour des Morts, des fleurs et des bougies, et, sans Élise, la tombe de leur mère serait un fouillis de mauvaises herbes et de feuilles mortes.

— Figure-toi que des gens...

Elle ne dit pas des voisins, mais elle désigne les tombes proches.

— Figure-toi que des gens avaient jeté toutes leurs saletés derrière la pierre de maman. Tu vois, Louisa, j'ai repeint le grillage. Il en avait bien besoin.

Elle a encore, sur les doigts, de la peinture à l'émail dont la pierre ponce n'a pas eu raison.

— Bonjour, madame Smet. Bonjour, Valérie.

On s'embrasse. Les joues de Roger gardent l'odeur de tous ces baisers étrangers ; il attend, de station en station, car il y a beaucoup de tombes à visiter si on ne veut froisser personne. Désiré suit aussi, étranger à un monde dont il ne comprend même pas la langue.

— Tu n'as pas rencontré Marthe et Hubert Schroefs ?

— Ils doivent être sur la tombe du frère d'Hubert, au fond du cimetière, du côté du charbonnage.

— Quand on pense que Louis de Tongres n'est jamais venu sur la tombe de sa mère depuis l'enterrement ! Il serait incapable de la retrouver.

A Robermont, on n'est resté que quelques minutes. A Sainte-Walburge, le jour tombe qu'on est encore là, à former des groupes qui se disloquent pour se reconstituer devant d'autres caveaux.

— Comment va Félicie ?

— Il y a plus d'un mois que je ne l'ai vue. Pauvre fille ! Elle si délicate, tomber sur un individu comme Coucou !

On a enfin rencontré les Schroefs, et Hubert marche derrière les femmes en compagnie de Désiré.

La nuit est complète lorsqu'on arrive rue Sainte-Walburge où quelques magasins sont éclairés. On se retourne de temps en temps pour s'assurer que les autres suivent.

— Tiens ! Franz et Poldine sont partis sans dire au revoir.

— Tu sais comment est Poldine.

Un peu avant d'atteindre la vitrine la plus brillante, Élise proteste :

— Non, Marthe, ne nous arrêtons pas. Nous avons l'air de venir pour la tarte. D'ailleurs, nous, il faut que nous assistions au salut de Saint-Denis. Il y a un si bon prédicateur.

Mais Hubert Schroefs s'est arrêté avec Désiré devant la pâtisserie tenue par sa sœur. Marie Beckers les a aperçus à travers les vitres du

magasin. Elle leur fait déjà signe. Il est trop tard pour changer de
trottoir.

— Bonjour, Marie. Ne te dérange pas. On ne voulait pas passer
sans t'embrasser, mais tu as tant à faire, un jour comme aujourd'hui...

La porte s'ouvre sans cesse et se referme en déclenchant le timbre.
Marie Beckers qu'aide l'aînée de ses filles, secoue la boîte à sucre au-
dessus des tartes, enveloppe celles-ci de papier glacé, tapote la caisse
enregistreuse dont le tiroir s'ouvre tout seul.

— Entrez dans la cuisine. Je viens tout de suite.

Il y fait sombre. Il y a des tartes partout, jusque sur les chaises. Les
fenêtres donnent, non sur une cour, mais sur le fournil au toit de
verre où Beckers, les bras nus, le sous-vêtement blanc de farine, des
poils gris aux aisselles, les cheveux poudrés, s'agite avec ses deux
commis.

— Non, Marie, je t'affirme que nous n'avons pas faim. Nous ne
sommes pas venus pour ça. N'est-ce pas, Désiré, que nous sommes
pressés ? Françoise nous attend pour le salut à Saint-Denis.

C'est inutile, les tasses se remplissent de café au lait, on débarrasse
les chaises, on découpe de grands quartiers de tarte au riz tandis que
Marie Beckers, petite maigre aux yeux fiévreux, va et vient de la
cuisine au magasin.

Comme dit Élise, on a peine à croire qu'elle est la sœur de l'épais
Hubert Schroefs, elle est si sensible, si triste, si douloureuse. Élise la
suit dans le magasin pour lui demander à voix basse :

— Et ton mari ?

— Il est toujours le même. Tu l'as vu.

Comment a-t-elle pu épouser cet homme vulgaire qui parle plus
souvent le wallon que le français et qui a le plus gros nez que Roger
ait jamais vu ? S'il entrouvre la porte du fournil, c'est pour lancer
une plaisanterie grossière. Il n'a le respect de rien, pas même de ses
filles.

— Figure-toi, Élise, que l'autre soir, comme je lui demandais s'il
n'avait pas vu Germaine...

Germaine, c'est l'aînée des trois filles Beckers. Elle a dix-sept ans.
Elle est fraîche, accorte, malheureusement elle tient de son père des
traits épais. Sans en avoir l'air, elle tend l'oreille au chuchotement de
sa mère qui se met à parler plus bas encore en flamand.

— Ta fille, m'a-t-il répondu, elle doit être à « hanter » dans un
coin avec son galant ! J'en ai pleuré, Élise. Ce n'est pas ainsi que
nous avons été élevées, nous. Il ne se gêne pas pour parler crûment
devant elles de certaines choses.

» — A quoi une fille serait-elle bonne, si ce n'est à aller au garçon ?

Personne ne prend garde à Roger qui se gave de tarte sucrée dans le
brouhaha de la cuisine.

— Il faut venir nous voir, un jeudi après-midi, avec le petit, Élise.
Je suis si seule, vois-tu. Si ce n'était pas le commerce qui me change
un peu les idées, je ne sais pas ce que je deviendrais.

Élise promet, mais c'est loin, c'est haut.

— Un jeudi qu'il fera beau.

On redescend en ville par la rue Pierreuse que dégringolent à grand bruit de souliers ferrés les soldats de la Citadelle. On arrive en retard sur la place aux fromages, les vitraux de Saint-Denis sont masqués de tentures noires et, quand Désiré pousse la porte matelassée, on entend la voix ample et sonore du prédicateur.

— Ne traîne pas les pieds, Roger... Merci, monsieur, ne vous dérangez pas...

On reste debout derrière les chaises tournées vers la chaire. Un léger signe à Françoise assise près du retable. La voix du dominicain se heurte aux murs de la vaste nef et les visages levés vers lui semblent d'ivoire.

Une toux, parfois, des regards sévères, les pieds d'une chaise qui grincent sur les dalles.

— ... Au nom du Père, et du Fils, et du Saint-Esprit, ainsi soit-il !

Le dominicain souffle la bougie qui brûlait au bord de la chaire et disparaît dans l'escalier tournant, toutes les chaises sont remuées à la fois, les orgues tonnent, mille signes de croix, les doigts des fidèles qui tâtonnent sur la pierre gluante de la vasque en cherchant le froid contact de l'eau bénite.

On attend Françoise près de la fontaine, on embrasse Loulou qui a un profil de médaille et qui a représenté la Vierge à la dernière procession.

— Vous allez souper avec nous.

— Non, Françoise. On ne veut pas vous déranger. D'ailleurs, les locataires nous attendent.

C'est vrai. Moyennant cinquante centimes par jour, Mlle Pauline et M. Chechelowski soupent dans la cuisine de la rue de la Loi. Élise s'arrête chez Tonglet pour acheter du jambon, puis rue Puits-en-Sock, où elle a déposé en partant son plat à frites. On retrouve l'atmosphère d'Outremeuse, on y apporte de Sainte-Walburge comme des relents Peters, on garde dans les oreilles l'écho des lamentations en flamand, l'accent de tante Louisa et de Schroefs, on revoit la silhouette de carême de tante Poldine et le rictus de Franz qui a le même tic que son frère Louis et qui ferme les yeux à chaque instant. Combien de femmes en deuil, presque toutes de la famille, a-t-on rencontrées ! Élise répète souvent que c'est le sort des grandes familles d'être toujours en deuil.

— Si on comptait bien, je crois que j'ai porté le voile pendant les trois quarts de ma vie.

On rallume le feu, on met la nappe à carreaux rouges sur la moitié de la table seulement, la moitié réservée aux locataires, car les Mamelin mangent sur une toile cirée qu'on enroule ensuite sur un bâton.

Rituellement, Élise entrouvre la porte vitrée et crie dans l'obscurité du corridor :

— Mademoiselle Pauline ! Monseiur Chechelowski !

On entend du bruit à l'étage, puis dans la chambre du rez-de-chaussée. Les frites restent au chaud dans le four ouvert.

Élise fait les parts de jambon. La cuisine est petite. On est là les uns sur les autres. Les Mamelin, eux, mangent des tartines avec un petit morceau de fromage ou de la confiture. Désiré attend que ce soit fini pour se plonger dans la lecture de son journal où l'on parle de Guillaume II et de la guerre inévitable.

— Dépêchez-vous, mademoiselle Pauline, les frites vont sécher.

Car la Polonaise traîne toujours avant de descendre, perd du temps à se poudrer et à se parfumer.

— A quoi bon ? lui a demandé une fois Élise. A qui voulez-vous plaire ?

M. Chechelowski, qui est un vrai Russe, et Mlle Feinstein, qui est juive polonaise, ne s'adressent pas la parole, se contentent d'un salut roide, bien qu'ils mangent chaque soir à la même table.

— Tu sais ce qu'elle m'a répondu, Valérie, quand je lui ai demandé à qui elle voulait plaire ?

» — A moi !

Elle est grasse. Elle est rousse. Si elle se parfume, c'est qu'elle sent naturellement mauvais. Son nez est gros, ses lèvres sont épaisses, sa nuque forme bourrelet et ses chevilles sont si boursouflées qu'elle ne peut pas lacer entièrement ses bottines.

— Et vous, mademoiselle Pauline, si on vous donnait le pouvoir de vous refaire à votre goût, comment voudriez-vous être ?

Élise le raconte à tout le monde. La locataire de la chambre rose a répondu avec son air tranquille :

— Comme je suis !

Mlle Frida attend dans sa chambre que les autres aient fini. Alors seulement elle descendra, prendra sa boîte en fer-blanc sur la planche de cuisine, versera de l'eau bouillante dans sa petite cafetière d'émail bleu.

— Vous comprenez, mademoiselle Frida, c'est une question d'ordre et de propreté. Si chacun mangeait dans sa chambre, la maison ressemblerait à je ne sais quoi. Je vous donnerai une boîte pour mettre votre pain, votre beurre, votre café moulu, tout ce que vous voudrez.

Indifférente, le regard lointain, tandis qu'Élise commence la vaisselle sur un coin du poêle et que Désiré lit le journal, Mlle Frida mange lentement son pain sur lequel elle gratte le beurre et s'assure qu'il ne reste pas un fond de café dans sa cafetière.

Les jours ont encore raccourci. Dès trois heures, frère Mansuy a allumé les deux becs de gaz, créant cette atmosphère trouble, comme étouffée, qui envahit la classe les après-midi d'hiver. Les deux tableaux noirs, au-dessus de l'estrade, paraissent plus roux que noirs. Les litres, doubles litres et décalitres, sur la planche vernie, s'animent d'une vie

étrange ; on entend, dans la classe voisine, les élèves de M. Penders qui
scandent en cadence :

— L'ancienne Belgique était bornée au nord et à l'est par des maré-
cages, à l'ouest par la mer, au sud...

Dans les allées qui séparent les pupitres clairs, frère Mansuy va sans
bruit, sans déplacer d'air, sa soutane se meut mollement dans l'espace
et son contact vous fait tressaillir comme le frôlement d'une chauve-
souris qu'on n'entend pas venir.

C'est toujours d'un coin inattendu que part sa voix calme et douce.

— Qu'est-ce que Dieu ? Van Hamme, répondez.

La leçon de catéchisme est pour les élèves de seconde année qui
occupent la partie gauche de la classe. Ceux de première, dont est Roger,
couvrent leur ardoise de jambages qu'ils effacent avec une petite
éponge humide.

— Dieu est un pur esprit, infiniment parfait, éternel, créateur du ciel
et de la terre.

— Bien. Ledoux. Combien y a-t-il de personnes en Dieu ?

Un enfant se rassied pendant qu'un autre se lève.

— Il y a trois personnes en Dieu : le Père, le Fils et le Saint-Esprit.

— Chaque personne est-elle Dieu ? A vous, Gallet ! Van Hamme, je
vous défends de souffler. Chaque personne est-elle Dieu ?

Roger s'applique, retient sa respiration, les vagues de chaleur émises
par le poêle proche lui rougissent les joues. Frère Mansuy n'est pas loin
et peut-être, en passant, tirera-t-il de ses poches un bon point rose, ou
mieux : une gomme à la violette comme on n'en trouve pas chez
Gruyelle-Marquant et qu'il réserve à ses préférés.

Pour cela, il ne faut ni le regarder, ni lever la tête. C'est un jeu qui
a ses règles tacites. Il passe, et c'est seulement quand il atteint un autre
coin de la classe qu'on sait s'il a posé un bon point ou une gomme à
la violette sur un coin du pupitre.

Frère Mansuy est tout jeune, rose et blond et, si on le regarde alors,
il détourne la tête afin de cacher son sourire.

Il pleut. Des perles claires glissent sur le noir des vitres et on entend
dans la cour le bruissement discret de la pluie. On entend aussi la voix
de frère Médard, deux classes plus loin, qui déclenche des tonnerres
contre un mauvais élève et martèle l'estrade de son pilon de bois.

Les trois classes sont séparées par des cloisons vitrées. Le bas des
cloisons est en bois plein. Frère Mansuy est assez grand pour voir pardessus, mais les élèves n'aperçoivent les autres classes que de l'estrade.

Roger attend toujours, mais le frère ne vient pas jusqu'à lui. Il a
fait soudain demi-tour, laissant Gallet chercher sa réponse au plafond.
Des coups timides ont été frappés à la porte. On sent le courant d'air
humide, sans oser se retourner. On devine une voix de femme, et Roger
tressaille, car il croit l'avoir reconnue.

— Mamelin ! Prenez vos effets. On vient vous chercher.

Il est rouge. Les autres le regardent avec envie. Sa mère invisible
murmure dans la pluie.

— Merci, frère Mansuy. Il n'aurait trouvé personne à la maison à quatre heures, parce que tous les locataires sont à l'Université, vous comprenez ? Pardon de vous avoir dérangé.

Roger la rejoint et elle lui met le capuchon de son caban.

— Viens vite.

La main de sa mère frémit d'impatience. Elle a laissé la porte contre, en face ; elle rentre dans le corridor pour déposer le cartable sur le portemanteau, court à la cuisine s'assurer que rien ne peut brûler sur le feu.

Elle emmène son fils en coupant au court.

— On est venu me prévenir que tante Félicie est malade, très malade. Il ne faudra pas faire de bruit, Roger. Tu seras sage, n'est-ce pas ?

La pluie déforme les lumières des becs de gaz et des vitrines. On frôle un tram. Les arbres du boulevard s'égouttent près de la passerelle dont les planches crachent un peu d'eau sale à chaque pas qu'on fait. La ville n'est que lumières tremblotantes et silhouettes mouillées. Là-bas, quai de la Goffe, les grandes baies du « Café du Marché » sont éclairées, on aperçoit les garçons qui vont et viennent, leur plateau à la main, mais c'est vers la ruelle que sa mère entraîne Roger, elle toque à une porte qui s'ouvre aussitôt comme si quelqu'un se tenait derrière tout exprès.

Alors, on pénètre sans transition dans un monde chaotique où Roger, englué un peu plus tôt dans la quiète chaleur de la classe, ne se reconnaît plus.

Personne ne s'occupe de lui, pas même Élise qui est tombée dans les bras de Louisa et qui pleure.

Un corridor, que l'enfant ne connaissait pas, est à peine éclairé par un vasistas qui donne dans le café où se heurent des billes de billard et d'où parvient une forte odeur de bière. La porte d'une cave est grande ouverte sur le noir et parfois un garçon s'y précipite en répétant, affairé :

— Pardon... Pardon... Pardon...

Un escalier. Des personnes inconnues. Louisa qui chuchote en hochant la tête avec désespoir :

— Je viens d'y aller. Fais comme tu voudras. Jésus Maria ! Si on nous avait annoncé une chose pareille !

On attend quelque chose, mais quoi ? Ces gens qui ne se connaissent pas et qui se tiennent debout dans l'étroit espace évitent de se regarder.

Élise s'élance dans l'escalier. On l'entend qui s'arrête, hésitante, sur le premier palier. Quelqu'un descend, un homme en jaquette qui parle bas à Louisa.

Sa tête qui va de gauche à droite, gravement, veut dire :

— Il n'y a rien à faire.

Des sanglots, là-haut. C'est Élise, Roger en est sûr, et il se met à pleurer à son tour, une femme du marché se penche et lui essuie le visage avec son mouchoir, malgré ses protestations.

Pourquoi sa mère ne redescend-elle pas ? Quel est cet homme qui se tient le dos tourné, au fond du corridor, près de la porte de la cave ?

La femme du marché s'adresse à tante Louisa, lui désigne Roger.

— On ne devrait pas laisser cet enfant ici.

Où le mettre ? Peut-être va-t-on le faire entrer dans le café, mais à cet instant un fiacre s'arrête dans la rue, la porte s'ouvre, le gamin aperçoit la capote de la voiture, une lanterne, la croupe mouillée d'un cheval.

Trois hommes font grand bruit avec leurs souliers, aussi à leur aise que des croque-morts qui viennent chercher un corps.

Pourtant, tante Félicie n'est pas morte. Quand les hommes ont atteint le premier étage, on l'entend qui pousse des cris perçants, qui se débat, appelle au secours. Il paraît qu'elle essaie de mordre. Élise descend, bouleversée.

— Mon Dieu, Louisa ! C'est terrible. Je ne veux pas voir ça. Où est Roger ?

Elle le cherche des yeux. Un groupe indescriptible s'engage dans l'escalier, on devine une femme, tante Félicie que deux hommes portent par les pieds et par les épaules et qui se tord, le visage convulsé, les cheveux pendant sur les marches. Un autre suit avec une couverture.

Il faut se coller contre le mur. Élise mordille son mouchoir, Louisa fait le signe de la croix, la femme du marché essaie de pousser Roger derrière elle pour qu'il ne puisse rien voir.

Félicie hurle.

Cependant, ce que Roger contemple, les yeux écarquillés, la poitrine si serrée qu'il ne respire plus, c'est l'homme du fond du corridor. On a entendu un bruit rauque, un sanglot qui a dû lui déchirer la gorge, et soudain cet homme large et puissant s'est jeté contre le mur, la tête entre ses bras repliés et, penché en avant, il a les épaules spasmodiquement secouées.

Personne ne s'occupe de lui, personne ne lui fait l'aumône d'un regard ou d'une parole, car c'est Coucou, le mari de Félicie, qui l'a tellement battue qu'elle en est devenue folle.

La porte ouverte laisse entrer un peu de fraîcheur. Le cocher placide attend près de son cheval, le fouet sortant de la poche de sa houppelande. Des curieux se tiennent dans l'ombre. Le plus difficile, c'est de faire passer par la portière Félicie qui se débat toujours et qui se plie si fort en arrière qu'on pourrait craindre qu'elle ne se casse.

— On devrait lui mettre un mouchoir entre les dents.

Quelqu'un a dit ça, mais Roger ne saura jamais qui.

— Allons, Élise, courage.

Le visage d'Élise est méconnaissable, à la fois visage d'enfant et visage de vieille, tant les traits sont tordus par l'épouvante. Elle ne songe pas à se cacher. Elle veut se précipiter vers sa sœur qu'on emporte, qui a déjà la moitié du corps engagée dans le fiacre et que les infirmiers poussent comme un colis.

— Félicie !... Félicie !...

Tante Louisa la saisit à bras-le-corps. Elle résiste un peu. Les épaules de Coucou se soulèvent toujours à une lente cadence, un garçon a entrouvert la porte du café et regarde.

— Fermez la porte.

— Non, Louisa. Je veux la voir jusqu'au bout. Je veux aller avec elle.

— Tu es sotte. A quoi cela servirait-il ? Et ton fils ?

— Où est-il ?

— Il est ici, madame, répond la femme du marché.

La portière claque.

— Est-ce qu'elle a au moins tout ce qu'il lui faut ? Est-ce qu'elle ne risque pas de prendre froid ? Dites-moi, docteur...

L'homme en jaquette est le médecin. Il endosse son pardessus, cherche son chapeau que quelqu'un lui tend.

— Ne craignez rien, madame. Je serai là-bas avant elle. J'ai ma voiture au coin de la rue.

— Quand pourra-t-on la voir ?

— Dès demain, si elle est plus calme.

Élise en veut à Louisa qui reste là « comme une tour ».

— Tu ne comprends pas, Louisa. Tu ne la connaissais pas comme je la connaissais, moi. Si tu savais comme elle était malheureuse ! Viens, Roger. Et Désiré qui va rentrer...

Le corridor se vide, il ne reste que l'oncle Coucou qui gémit toujours contre son mur et dans quelques jours, quand on passera devant les noirs remparts de la prison Saint-Léonard, Élise ne pourra se retenir de dire à son fils :

— Coucou est là. Il battait ta pauvre tante Félicie. C'est lui qui l'a tuée. Mais ce n'est pas, ce n'est plus ton oncle. Il ne faut jamais dire que c'est ton oncle. Tu entends, Roger ?

— Oui, mère.

Tante Félicie va mourir, à l'asile d'aliénés, sans reconnaître personne, et Élise portera à nouveau le voile. Elle avait raison de dire, l'autre jour, au cimetière de Sainte-Walburge, que dans les grandes familles on ne quitte un deuil que pour en reprendre un autre.

On courra à Coronmeuse, après quatre heures, on prendra le tram pour aller plus vite, on traversera l'épicerie de tante Louisa.

— Tu as des nouvelles de l'autopsie ?

— Qu'est-ce que c'est, mère, une autopsie ?

Vite elles parlent flamand toutes les deux, debout, Louisa tenant comme toujours les mains croisées sur le tablier bleu que bombe son ventre. Le médecin légiste a relevé des traces de coups. Deux agents en civil sont venus, un soir, chercher Coucou, quai de la Goffe, et l'ont conduit à Saint-Léonard.

Il y a eu un enterrement, mais Roger ne s'en souvient pas, car son père seul y est allé, les femmes et les enfants ne suivent pas le cortège, Élise était agenouillée près d'un confessionnal dans la chapelle de l'asile.

— Six mois de prison, c'est trop peu pour un pareil monstre.

Pourquoi Désiré évite-t-il d'en parler ? Parfois, quand Élise s'indigne ou se lamente, il ouvre la bouche comme pour dire quelque chose, mais la prudence l'emporte et il se tait.

L'attitude de Léopold ressemble à la sienne.

— Elle était si bonne, Léopold. Tu ne peux pas savoir. Elle n'avait rien à elle. Elle n'aurait pas fait de mal à une mouche.

Léopold se tait, assis au coin du feu, tirant sur sa vieille pipe.

— C'était la meilleure de nous toutes, et c'est elle qui est partie, si jeune !

Longtemps Élise ne pourra en parler sans se mettre à pleurer. On dirait parfois qu'elle a comme un remords, que quelque chose lui pèse sur le cœur.

Est-ce parce qu'elle se souvient de la nuit où sa sœur, alors qu'elles étaient jeunes filles et qu'elles habitaient la rue Féronstrée, n'est rentrée qu'à trois heures du matin avec une odeur d'homme dans ses vêtements ?

Et le petit paquet que Félicie est venue lui apporter rue Léopold, au-dessus de chez Cession, en suppliant Élise de le cacher pendant quelques jours ?

C'était de l'argent, elle le sait, beaucoup d'argent ; sans le dire à personne, elle a ouvert le paquet. A qui sa sœur voulait-elle le donner ?

— Vois-tu, Léopold, Félicie n'était pas responsable.

Alors seulement il lève les yeux sur elle et la regarde longuement, sans un mot. A quoi pense-t-il ? Est-ce qu'il sait ? Est-ce qu'il devine ?

Est-ce parce qu'il n'est pas responsable, lui non plus ?

Félicie est morte et, à la Toussaint prochaine, il y aura une tombe de plus à visiter au cimetière Sainte-Walburge, dans le quartier neuf où on ne reconnaît pas les unes des autres les allées dont la glaise fraîchement remuée se colle en gros paquets aux semelles.

Parfois, on devra attendre un certain temps à distance.

— Qu'est-ce que nous attendons, mère ? Pourquoi reste-t-on ici ?

— Chut ! N'aie pas l'air de le regarder. C'est Coucou.

Ce ne sera jamais pour Roger qu'une silhouette ; comme par hasard il le verra toujours de dos, un dos qui lui paraît plus haut et plus large que les autres, le dos sombre d'un homme qui est allé en prison et qui n'est plus son oncle.

Est-ce parce qu'il a honte qu'il n'ose pas apporter de fleurs ?

— Viens, maintenant. Il est parti. Récite un « Pater » et un « Ave » pour tante Félicie qui t'aimait tant.

Élise ne peut plus parler. C'est plus fort qu'elle. Il n'y a que sur la tombe de Félicie que son cœur se gonfle ainsi, qu'elle se sent si peu de chose, que le monde lui paraît si misérable.

— Ne fais pas attention, Désiré. Emmène le petit.

Elle a besoin de rester seule, de fondre en larmes au point de ne plus voir que des taches troubles et de balbutier, les yeux fixés sur le bouquet de fleurs blanches qu'elle a apporté :

— Ma pauvre Félicie !

6

L'univers grandit, gens et choses changent d'aspect, des certitudes naissent en même temps que des inquiétudes, le monde se peuple de questions et un cerne de clair-obscur rend les contours moins rassurants, prolonge les perspectives jusqu'à l'infini.

M. Pain a été en prison, comme Coucou. Le père d'Armand est un assassin, un vrai ; il a tué une femme d'un coup de revolver.

Assis sur la banquette de molesquine du « Café de la Renaissance », ses petites jambes pendant dans le vide, Roger regarde à travers les vitraux. Sur la table de marbre blanc, son verre de grenadine est d'un rouge aussi somptueux que les vitraux triangulaires qui encadrent les vitraux laiteux en forme de losange.

Désiré joue aux cartes. Chaque dimanche, depuis cet hiver, après la grand-messe à Saint-Nicolas et une courte halte dans la cuisine de la rue Puits-en-Sock, le père emmène son fils, par la main, jusqu'à ce café du centre de la ville ; le garçon sait ce qu'il doit servir ; M. Reculé et Émile Grisard sont déjà là, Joseph Velden, qui n'est pas libre le dimanche matin, est remplacé par le gros M. Baudon.

A travers les vitraux, Roger contemple la façade en stuc du théâtre de la Renaissance et c'est pourquoi il pense au représentant en cafés de la rue Pasteur, car c'est là que M. Pain a tué une actrice, au temps où il était officier de cavalerie.

Roger a entendu sa mère qui racontait le drame à Mlle Pauline.

— Il a été dégradé. On lui a arraché les épaulettes devant tout le régiment.

Un colonel de lanciers passe chaque midi rue de la Loi et chaque fois Roger pense aux épaulettes arrachées. M. Pain, presque aussi grand que Désiré, mesure plus d'un mètre quatre-vingts. Roger imagine un sec et minuscule colonel aux jambes arquées se hissant sur la pointe des pieds et tirant de toutes ses forces sur les franges d'or.

Le monde se complique. Il n'y a pas si longtemps encore, les choses n'existaient que pendant le temps qu'on les voyait dans la lumière, puis elles retournaient au néant ou dans les limbes. M. Pain tournait-il le coin de la rue Jean-d'Outremeuse, ou bien l'ombre envahissait-elle un coin de la chambre, il n'y avait plus rien.

A présent, même quand il est assis à son pupitre, dans la classe de frère Mansuy, Roger peut suivre les gens en pensée, il le fait malgré lui, il voit par exemple, entrant dans les épiceries de Chênée, de Tilleur, de Seraing, M. Pain qui « voyage dans les cafés » et il l'imagine tirant des échantillons de ses poches, sans un mot, le visage toujours inerte.

La femme qu'il a tuée ressemblait à celle de l'affiche qui flanque la porte de la « Renaissance », avec une robe bordée de plumes et un diadème sur la tête.

C'est parce que M. Pain est un assassin qu'il a le visage si blanc, les cheveux gris, les traits figés, c'est à cause de son crime qu'il est toujours seul, que Julie, sa femme, est maladive et qu'Armand a les yeux bridés. N'est-il pas extraordinaire qu'un homme qui a tué et qui a fait de la prison habite la rue Pasteur, presque en face de la maison du juge, et que Roger joue avec son fils sur le trottoir ?

M. Reculé, qui est au Nord-Belge, voyage en première classe, Élise le répète souvent, il aura une pension et Roger essaie d'imaginer cette pension, de lui donner une forme, une consistance, il pose un regard lourd de questions sur le maigre visage du chef de bureau qu'il voit, en pantoufles et en chapeau de paille, finissant ses jours dans le jardin d'une maison de campagne.

Au temps où le monde était plus simple, Roger questionnait sa mère sans répit.

A présent, il se tait. Quand on le surprend à penser trop loin, il feint de jouer. Il tend l'oreille à ce que disent les grandes personnes ; certaines phrases, certains mots le préoccupent pendant des semaines, d'autres se traduisent par des images qui s'imposent à lui sans qu'il le veuille et qu'ensuite il s'efforce en vain d'effacer.

S'il entend sa mère se déshabiller dans la chambre voisine ou, le matin, vaquer à sa toilette, le mot *organes* lui revient, le plus laid, le plus angoissant de tous les mots.

— Ce sont les organes, vois-tu, Valérie ! Le docteur Matray voulait me les faire enlever. J'ai refusé, à cause de Roger, car on ne peut jamais prévoir ce que donnera une opération.

Et lui voit des choses sanglantes comme il en pend dans les boucheries, sortant d'un corps blême ouvert depuis le cou jusqu'aux jambes.

Oppressé, honteux, il a conscience de cheminer vers des découvertes dont il ne faut parler à personne et il se promet de ne plus rejoindre Ledoux dans un coin de la cour, près du robinet pendant les récréations.

Le crime de M. Pain est lié à cette découverte en cours, et en général tout ce dont les grandes personnes parlent en baissant la voix, y compris la mort de tante Félicie.

Comment Ledoux s'y est-il pris pour savoir ? Roger se détourne des joueurs de cartes pour essayer d'imiter son geste, bien que cela soit certainement un péché mortel.

Parlant de sa tante Cécile, Roger avait dit à Ledoux :

— On va m'acheter un nouveau petit cousin.

Ledoux, qui est en deuxième année, a un long visage enfariné de clown, une bouche qu'il étire et qu'il tord comme du caoutchouc, des cheveux raides qui reviennent en avant comme si on les avait brossés à rebrousse-poil.

— Tu crois encore qu'on achète les enfants ou qu'ils naissent dans les choux ?

C'est alors qu'il a fait le geste. Il a formé un cercle avec le pouce et l'index de la main gauche puis, une étrange lueur dans les yeux, il a poussé l'index droit dans cette ouverture.

— Qu'est-ce que ça veut dire ?

— Si tu ne sais pas, je ne peux pas te l'expliquer.

Dix fois Roger est revenu à la charge, suivant Ledoux à la piste pendant les récréations, se retournant en classe pour lui adresser de muets appels. L'autre esquisse, promet, se reprend.

— Je parie que tu ne sais pas seulement qui est saint Nicolas !

— C'est le patron des écoliers.

— C'est père et mère !

Or, sur ce point-là, Ledoux n'a pas menti. Roger y a longuement réfléchi, il s'est souvenu des Saint-Nicolas précédentes. Quelques semaines avant le grand jour, saint Nicolas passe dans les maisons à l'heure où les enfants font leurs devoirs pour s'assurer qu'ils sont sages et, s'il est satisfait, il lance, par un vasistas ou par l'entrebâillement d'une porte, une poignée d'amandes et de noix.

Roger a épié ses parents. Il a constaté que, chaque fois que saint Nicolas se manifestait de la sorte, son père était dans la cour et revenait ensuite en feignant l'étonnement.

Saint Nicolas, c'est père et mère. Il ne faut pas le dire. Roger fait semblant de ne pas le savoir et il écrira, comme les autres années, la lettre contenant la liste de ce qu'il désire recevoir. Il se tourne vers Ledoux quand, en classe, frère Mansuy leur fait chanter :

> *O grand saint Nicolas*
> *Descendez ici-bas ;*
> *Remplissez vos corbeilles...*

Puisque Ledoux a dit la vérité sur saint Nicolas, il doit savoir aussi au sujet des enfants.

— Dis-le-moi et je te donnerai ma toupie.

— Je ne peux pas. Tu es trop petit.

— Je suis aussi grand que toi.

— La preuve que non, c'est que tu es en première et moi en deuxième. Si tu veux savoir, regarde les chiens. C'est presque la même chose.

Roger rougit en évoquant les chiens que l'on rencontre, les jours d'été, attachés l'un à l'autre, l'air si malheureux. Non ! Ce n'est pas possible que tante Félicie et Coucou... Ce serait trop affreux. Il n'y pensera plus. Il ne parlera plus à Ledoux qui habite Bressoux et dont la mère va en ménage. C'est presque un petit crapuleux.

Élise a raison :

— Les frères ne devraient pas admettre certains enfants à l'institut Saint-André. L'école gratuite est là pour eux. Dans la classe de Roger, il y a un garçon dont la mère pousse une charrette de légumes dans la rue. Ces gens-là croient que du moment qu'ils payent ils sont chez eux partout.

C'est de Thioux qu'elle veut parler, un gros garçon roux, taillé à coups de serpe, aux cheveux carotte, aux naïfs yeux bleus, aux vêtements imprégnés de l'odeur particulière aux petites rues. Il a toujours les poches pleines de victuailles, il rumine du matin au soir, tressaille quand frère Mansuy prononce son nom et regarde autour de lui pour appeler à l'aide, car il ne sait jamais ses leçons.

Roger tressaille aussi en rencontrant le regard de son père et s'assure que ses doigts ne font plus le geste.

— Alors, fils ?

— Rien, père.

— Tu ne t'ennuies pas ?

— Non.

Les hommes aussi, comme Élise quand elle est avec ses sœurs ou avec Valérie, parlent parfois à mi-voix en s'assurant que Roger n'écoute pas. Ce n'est pas sur le même ton de lamentation ou d'effroi. Ils sourient. Ils sont guillerets. Chaque année, les joueurs de whist de chez Velden font un voyage de trois ou quatre jours avec la cagnotte. Cet été, ils sont allés à Paris. Dans un cabaret de Montmartre, le chansonnier s'est écrié à l'entrée du grand Désiré qu'encadraient les minuscules frères Grisard :

— Un ban pour le géant et ses deux barnums !

Roger n'a pas compris le ban. On s'asseyait donc sur des bancs et non sur des chaises ? Désiré a raconté aussi qu'ils avaient passé la soirée au *Paradis* et à l'*Enfer,* précisant que dans le premier cabaret les garçons étaient habillés en anges pour servir les bocks et les cerises à l'eau-de-vie tandis qu'à l'*Enfer* ils étaient habillés en diables.

Pourquoi son père lui-même cligne-t-il de l'œil à certaines allusions ?

— Tu te souviens de la petite brune qui voulait s'asseoir sur les genoux d'Émile et qui jurait qu'elle avait le béguin ?

Roger, qui s'était promis de ne plus poser de questions, a néanmoins demandé à sa mère :

— Qu'est-ce qu'un béguin ?

— Tu le sais bien, Roger. C'est un bonnet comme en portent les bébés, comme tu en portais toi-même quand tu étais tout petit.

Frère Mansuy leur fait chanter :

> *Quand j'étais petit, tout petit,*
> *Je dormais dans un petit lit,*
> *Ma mère chantait en cadence*
> *Petit mignon, endormez-vous...*

Et cette chanson lui donne chaque fois envie de pleurer. Sa mère. Les organes. La voiture qui devait toujours venir la chercher pour la conduire à l'hôpital. Ses yeux se gonflent quand on arrive au couplet :

> *Quand tu auras les cheveux blancs...*

Ses paupières picotent, il se bouche les oreilles pour ne pas entendre :

> *... C'est moi qui gagnerai des sous*
> *Beaucoup de sous pour que tu vives*
> *Tout doux, tout doucement.*

— A la soupe, fils !

La partie est finie. Désiré avale le fond crémeux de son bock, s'essuie les moustaches, serre les mains.

— A vendredi !

On rencontre la foule qui sort de la messe d'onze heures et demie à Saint-Denis. Désiré salue. Il est heureux. Les pas sont sonores, à cause de l'hiver, les lignes, surtout celles des pierres de taille, sont plus nettes.

On s'arrête chez les Espagnols dont le magasin aux senteurs exotiques est peint en jaune canari. Parmi les monceaux de noix du Brésil, de figues, d'oranges, de citrons et de grenadines, on choisit le dessert du dimanche, une orange acide que Roger sucera après y avoir enfoncé un morceau de sucre, ou une grenade aux pépins enrobés de gelée rose.

Les planches de la passerelle font ressort sous les pas. Désiré s'arrête encore pour acheter un paquet de cigarettes « Louxor ». Qu'a-t-il dit à la demoiselle du magasin au moment où son fils ne faisait pas attention ? Elle se détourne en murmurant :

— Taisez-vous, monsieur Mamelin !

On marche plus vite, car il est l'heure de rentrer si on veut arriver à temps au Wintergarten. Pour la première fois, Mayol va chanter à Liège. Élise ne voulait pas y aller, malgré son envie, à cause de l'enfant.

— On s'écrasera !

Comme tous les dimanches, il y a un rôti de bœuf, des frites et de la compote de pommes.

Sur le mur vert amande de la classe, juste en face de la planche qui supporte les mesures de capacité, il y a une image d'Épinal collée sur toile et vernie, couleur vieil ivoire, qui représente la foire d'hiver, sans doute dans une ville rhénane, car toutes les images de l'école viennent de Leipzig. Les maisons gothiques ont des pignons dentelés, un toit aigu, des fenêtres à petits carreaux. La ville est couverte de neige. Les hommes portent des houppelandes vert bouteille ou couleur rouille et des bonnets de fourrure ; une jeune fille, au premier plan, est assise dans un traîneau que conduit un cocher vêtu d'une peau d'ours. Sur la place, des baraques débordent de victuailles et de jouets ; on voit un singe savant et un joueur de flûte en culottes à lacets. L'animation est grande, Noël approche, la ville a la fièvre.

Frère Médard, dans la classe des grands, presse une poire électrique. Aussitôt, dans les trois classes aux cloisons vitrées, les élèves se lèvent d'un seul mouvement, font le signe de la croix, lancent la prière à la volée avant de se précipiter vers les cabans et les bérets.

Pendant que les autres sortent en rang dans la pénombre, sous la conduite de M. Penders, Roger n'a que la rue à traverser ; il aperçoit, au premier étage de la maison, deux fenêtres d'un rose tiède et doux. Les fenêtres n'ont pas de volets, pas de persiennes et, à travers les rideaux de guipure qui se croisent, on distingue le globe rose de l'abat-jour aux pendeloques de perles, les cheveux crépus et roux de Mlle Pauline penchée sur un cours.

Par la serrure à hauteur d'enfant, il observe, avant de toquer, la porte de la cuisine, la silhouette de sa mère ; il n'est sorti d'une chaleur familière que pour entrer dans une autre ; de l'eau chante dans la bouilloire d'émail blanc, le four de la cuisinière reste entrouvert, découvrant les briques réfractaires qu'on mettra le soir dans les lits ; mais, ce soir, il ne s'installera pas à la table couverte de la vieille toile cirée pour faire ses devoirs.

— Nous allons en ville, Roger. N'enlève pas ton caban. Laisse voir si tu as les mains propres.

Elle recharge le feu. En face, de la fenêtre, dans la cour noire, suinte le reflet d'une autre fenêtre, celle de Mlle Frida, située juste au-dessus de la cuisine. Dans la chambre de M. Saft aussi il y a de la lumière, tous les alvéoles de la maison sont remplis, seul M. Chechelowski ne rentrera qu'à l'heure du souper ; partout un poêle ronronne, flanqué de sa charbonnière, du tisonnier et d'une pelle, chacun vit au milieu d'une zone de silence et, quand l'un ou l'autre se lève pour recharger son feu, Élise dresse machinalement la tête.

N'a-t-elle rien oublié ? Son filet, son porte-monnaie, sa clef. On franchit vite le désert de la rue Jean-d'Outremeuse où il n'existe pas un vrai magasin et où l'on sent un vent de neige ; on pénètre, comme dans une pièce chauffée, dans la foule grouillante de la rue Puits-en-Sock.

— Tiens-moi, Roger.

L'haleine de la ville est chargée d'odeurs particulières aux jours qui précèdent la Saint-Nicolas. S'il ne neige pas encore, d'invisibles parcelles de glace flottent dans l'espace comme une poussière et s'amassent dans le halo lumineux des vitrines.

Tout le monde est dehors. Toutes les femmes courent, traînant derrière elles des enfants qui voudraient s'arrêter longuement aux étalages.

— Marche, Roger. Lève tes pieds.

Des milliers de mamans prononcent les mêmes mots :

— Attention au tram !

Les confiseries, les pâtisseries, les épiceries regorgent comme les baraques de l'image d'Épinal. Deux odeurs dominent les autres, si caractéristiques qu'aucun enfant ne s'y tromperait, l'odeur sucrée, aromatisée du pain d'épice et celle des sujets en chocolat, qui n'est pas la même que l'odeur du chocolat en tablettes. Du bas en haut des vitrines s'étagent des couques grasses de miel, certaines fourrées de fruits confits multicolores. Des saints Nicolas en pain d'épice, grandeur nature, givrés de sucre, se tiennent debout, la barbe en ouate blanche, entourés de moutons, d'ânes, d'animaux de basse-cour, tout cela brunâtre ou couleur de pain bis, sucré, parfumé, comestible. La tête en tourne.

— Regarde, mère.

— Marche, voyons.

On va acheter du beurre chez Salmon, dans une ruelle en dessous du pont des Arches, de l'autre côté de l'eau. Pour rien au monde Élise n'achèterait ailleurs les mottes oblongues qu'enveloppent de fraîches feuilles de choux. On garde dans une boîte de fer-blanc, près de la soupière, les tickets-prime qui, à la fin de l'année, donnent droit à une ristourne de trois pour cent.

On entre à la « Vierge Noire », rue Neuvice, acheter du café. Dans les étalages des pâtisseries, plus brillants que les autres, s'alignent les massepains qui représentent à s'y méprendre des fruits, des fromages, voire une côtelette garnie de frites et de petits pois d'un vert tendre.

— Regarde.

— Viens.

Plus loin, elle questionne, pour détourner son attention de tous ces étalages :

— Qu'est-ce que tu veux que saint Nicolas t'apporte ?

Il pense à Ledoux, au visage étroit que surmontent des cheveux rebelles.

— Une boîte de couleurs, des vraies, dans des tubes, avec une palette.

Les trottoirs débordent, on s'agite dans le milieu obscur des rues ; des trams, qui ne peuvent avancer qu'au pas, sonnaillent sans répit, une force mystérieuse vous tire en avant.

Parfois, pour échapper au vertige, Élise entraîne son fils dans une ruelle déserte et glaciale. On coupe au court. Bientôt on retrouve, comme au bout d'un tunnel, le grouillement lumineux des quartiers commerçants.

Dans chaque magasin, Roger reçoit quelque chose. Mme Salmon lui a tendu une mince tranche de Hollande au bout de son couteau. A la « Vierge Noire », on l'a laissé choisir lui-même un biscuit fourré dans la boîte à couvercle de verre. Par crainte de la perdre, il tient obstinément sa mère par son filet ou par sa jupe.

— On ne va pas au « Bazar » ?

Car ils passent devant pour aller dire bonjour à Valérie à l'« Innovation ». Mais il n'y a pas moyen d'entrer au « Grand Bazar ». On fait la queue devant les portes de cuivre qui battent sans arrêt et il faut se bagarrer pour approcher des étalages.

— Mon Dieu, Valérie ! Déjà six heures et Désiré qui va rentrer !

Le feu aux joues, essayant de regarder encore en arrière, accroché au filet de sa mère, Roger est entraîné par le chemin le plus court, par les ruelles les plus sombres qui ne sentent pas la Saint-Nicolas.

Il a beau savoir que Ledoux a raison, il n'est pas dans son état normal ; décembre, avec la Saint-Nicolas, puis Noël, le Nouvel An, est un mois lourd de mystères, d'impressions très douces et un tout petit peu inquiétantes qui se succèdent à un rythme échevelé.

La cour de l'école est livide. Les grands de troisième et de quatrième, dans la classe de M. Penders, récitent ensemble une leçon rythmée comme un chant. Qui a aperçu les premiers flocons ? Malgré l'attente des gommes à la violette de frère Mansuy qui se promène d'un air innocent, toutes les têtes, bientôt, se tournent vers la fenêtre et, au début, il faut regarder fixement le toit d'en face pour distinguer les légères parcelles de neige qui commencent à se détacher du ciel.

Les écoliers ont la fièvre. La nuit tombe et les flocons deviennent plus épais et plus lents. Dans la salle d'attente où le gaz est allumé, on reconnaît autour du poêle les mères de qui les lèvres remuent comme à vide.

La poire électrique de frère Médard, la prière qu'on lance à tous les échos et qui se répercute comme une dégringolade, les rangs qui se forment, la porte qui s'ouvre enfin : elle tient ! La neige tient !

Du coup, les enfants, qu'ils soient de première année ou de sixième, vêtus de cabans à capuchon ou de pardessus en ratine bleue à boutons dorés, tous ne sont plus qu'autant de gnomes surexcités que M. Penders maintient avec peine sur deux rangs jusqu'au coin de la rue.

Un signe mystérieux, et c'est la ruée à travers les flocons qui se collent tout à coup sur votre œil et transforment les réverbères en phares lointains sur l'océan.

La place du Congrès, avec ses vastes pans d'ombre, ses trois boutiques à peine éclairées, quelques stores faiblement lumineux, est trop vaste pour la troupe bruyante. Un tout petit morceau suffit, le plus proche de la rue Pasteur. Le long du terre-plein, l'eau du ruisseau a gelé ; les plus grands se sont déjà élancés, le cartable leur battant les reins, quelques-uns tombent et se ramassent. Les sabots glissent mieux, claquent au départ, les souliers à clous tracent des raies blanches. La fièvre monte, des plaques irrégulières de neige se forment sur le terre-plein, de la neige légère ourle les branches noires des ormes, il faut en ramasser à plusieurs endroits, par petits paquets qui ne pèsent rien, avant de pouvoir en former une boule qu'on lancera sur des joues froides ou sur le bleu d'un caban.

Un grand décide :

— Les petits n'ont pas droit à notre glissoire.

Et les petits les regardent glisser, bras étendus, ployant sur leurs jarrets comme sur des ressorts. Ils essayent de faire une autre glissoire à leur taille, un peu plus loin, mais il n'y a pas assez d'eau gelée et des cailloux grinçant sous les semelles les arrêtent dans leur élan.

Les doigts sont glacés, les narines humides, la peau des joues se tend, brûlante, les souffles sont courts et chauds, les prunelles brillent.

Une voix de femme appelle dans l'inconnu lointain :

— Jean !... Jean !...

— Oui, m'an.

— Rentre vite à la maison.

— Oui, m'an...

Encore un tour de glissoire, encore deux.

— Si jamais tu me forces à aller te chercher...

Et d'un ! Des grandes personnes passent, qu'on ne remarque pas, des hommes en pardessus sombre, des femmes serrant leur châle, les cheveux poudrés de neige. Le reflet de la vitrine de l'épicier s'étire sur la glissoire qui devient d'un noir bleuté.

On ouvre la bouche, on sort la langue, on essaie de happer un flocon de neige qui a un arrière-goût de poussière. On affirme avec conviction :

— C'est bon !

Et c'est bon, en effet, le premier froid, la première neige, un monde qui a perdu son aspect quotidien, des toits flous dans le mou du ciel, des lumières qui n'éclairent presque plus et des passants qui flottent dans l'espace. Il n'y a pas jusqu'au tram qui ne devienne un vaisseau mystérieux, avec les vitres pour hublots.

On n'ose pas encore penser à demain. Trop d'heures séparent de demain et l'attente ferait mal.

Le « Grand Bazar », ce soir, restera ouvert jusqu'à minuit, peut-être plus tard, et quand dégringoleront les volets de fer, vendeurs et vendeuses, exsangues, la tête vide et sonore comme un tambour, se retrouveront hébétés au milieu des rayons dévastés.

> *Saint Nicolas, patron des écoliers,*
> *Apportez-moi des pommes, des noix dans mes souliers.*
> *Je serai toujours sage comme un petit mouton,*
> *Je dirai mes prières pour avoir des bonbons.*
> *Sur l'air du tra la la la*
> *Sur l'air du tra.*

Une autre mère inquiète lance dans la nuit :

— Vic-tooooor !... Vic-tooooor...

Le groupe fond. Ceux de Bressoux sont partis en bande, ramassant encore de la neige le long du quai de la Dérivation. Armand regarde de son seuil les cabans qui s'agitent. Des petits crapuleux, venus Dieu sait d'où, ont envahi la glissoire et Roger, titubant, rase les murs de la rue Pasteur et de la rue de la Loi, et regarde par la serrure la quiète lumière de la cuisine avant de toquer à la boîte aux lettres.

Surpris par la chaleur, il sent ses yeux picoter ; il voudrait dormir tout de suite, se coucher sans souper pour être plus vite demain.

Désiré, en rentrant du bureau, n'endosse pas son vieux veston comme d'habitude et on ne lui a pas chauffé ses pantoufles sur la porte du four. Élise est habillée comme pour sortir ; Mlle Pauline elle-même a un sourire complice.

En hiver, Roger se déshabille dans la cuisine, près du feu, revêt sa longue robe de chambre en pilou blanc, ses chaussons, sa mère lui monte sa brique et le borde après s'être assurée que la veilleuse à huile ne fume pas.

— Sois sage. Dors.

Il écoute. Il prie.

— Mon Dieu, faites que je n'aie pas de mauvais rêves et que nous mourions tous les trois ensemble.

Car il ne peut souffrir l'idée de suivre un jour le corbillard emportant son père et sa mère.

— Mon Dieu, faites que je n'aie plus de mauvaises pensées. Je vous promets...

Ne faut-il pas qu'il donne quelque chose de son côté ?

— Je vous promets de ne plus parler à Ledoux.

Il lui parlera encore, c'est à peu près certain, mais ce qui compte, c'est qu'il prenne la résolution de ne plus lui parler. S'il lui arrive de le faire, il demandera pardon et promettra de nouveau.

Encore une preuve que Ledoux sait vraiment : un jeudi, comme on rentrait vers cinq heures, Élise a entendu des voix dans la chambre de M. Chechelowski et a écouté.

— Tais-toi donc, Roger. Ne fais pas de bruit.

Elle a frappé à la porte, pâle, décidée.

— Pardon, monsieur Chechelowski... Pardon, mademoiselle...

Il y avait dans la chambre une jeune femme assez laide qui regardait tranquillement Élise en fumant une cigarette à bout de carton.

— C'est tout juste, Valérie, si elle ne m'envoyait pas sa fumée à la figure. Quant à lui, j'ai cru qu'il allait me sauter à la gorge, tant il était furieux.

— Je suis chez moi, vous entendez, *je paie !*

Roger a entendu raconter l'histoire plusieurs fois, à tante Louisa, à Hubert Schroefs, à Cécile.

— Du moment que vous êtes fiancés et que vous avez de bonnes intentions, vous devez me comprendre et vous accepterez de passer dans la salle à manger. C'est la même chose pour vous.

Car M. Chechelowski a rencontré une compatriote qui étudie la médecine comme Mlle Frida et qu'il compte épouser dès qu'il aura fini son stage.

— Drôle de ménage ! prévoit Élise.

Peu importe. Ce qui compte, c'est qu'ils sont allés dans la salle à manger dont Élise, exprès, a laissé la porte entrouverte. Ce qui importe surtout, c'est qu'elle a dit textuellement à Valérie, le vendredi, quand Désiré est parti chez Velden :

— Tu comprends ! Je ne veux à aucun prix qu'ils viennent *faire ça* dans ma maison.

Roger répète en remuant les lèvres :

— Mon Dieu, faites que je n'aie plus de mauvaises pensées.

Non ! Il ne fera plus le geste avec ses doigts. Il ne veut même pas penser, ce soir, que saint Nicolas c'est père et mère.

Pourtant, il a entendu sortir ses parents. S'il descendait, il ne trouverait dans la cuisine que Mlle Pauline à qui on a demandé de garder la maison et qui recopie un cours près du feu.

C'est si rare que Désiré et Élise se trouvent dehors tous les deux, surtout le soir, comme jadis, quand Désiré allait attendre la jeune demoiselle de magasin à la sortie de l'« Innovation » !

Elle lui tient le bras, trop petite pour lui, elle est comme suspendue et, dès la rue Puits-en-Sock, on peut à peine avancer, ils sont pris à leur tour par la fièvre, voudraient tout acheter. Tout leur paraît beau, il y a des chevaux à bascule recouverts de vraie peau, avec le poil, des trains électriques, des poupées qu'on prendrait pour des bébés vivants et à qui il ne manque que la parole.

— C'est trop cher, Désiré. Mieux vaut peu, mais du bon.

Ce sont les ouvriers, les habitants des petites rues, qui font les pires folies et bousculent les passants à la porte des magasins, jouent brutalement des coudes pour être servis les premiers, transportent sur leurs épaules des vélos à trois roues, des forteresses, des couques à se cacher derrière.

— Tout ce qu'ils gagnent y passe et il ne leur restera pas de quoi payer leur loyer.

Ce sont leurs femmes qui achètent la viande ou la charcuterie, au début du mois, sans demander le poids, leurs enfants ont des trous à leurs chaussettes et, dès le quinze, il faut porter des objets au mont-de-piété.

Longtemps Désiré et Élise restent dehors dans la nuit neigeuse, passant de l'obscurité à la lumière, faisant la queue devant les rayons, et toujours la main d'Élise reprend sa place sur le bras du grand Désiré.

Mlle Pauline travaille en paix, les seins remontés sous le menton par son corset, dans la cuisine où la buée coule lentement sur la peinture à l'huile des murs.

Des bruits, des voix, des heurts de portes traversent le sommeil de Roger. Deux ou trois fois il s'éveille et regarde fixement la flamme de la veilleuse, mais il n'est pas encore l'heure.

Enfin lui arrivent les bruits familiers du poêle qu'on allume, l'odeur du pétrole qu'Élise s'obstine à verser sur le feu pour aller plus vite. Il saute du lit, pieds nus, les jambes embarrassées par sa chemise de nuit. Il n'a pas mis ses pantoufles. Les marches de l'escalier sont froides, les carreaux du corridor sont de glace.

La porte de la salle à manger est fermée à clef.

— Attends, Roger. Ton père va ouvrir.

Désiré descend, le pantalon mou sur sa chemise de nuit au col garni de points de croix au fil rouge.

Jamais toute la famille n'est levée d'aussi bonne heure et cela ajoute à ce qu'il y a d'exceptionnel dans cette journée.

La première Saint-Nicolas dont Roger se souvienne, quand on habitait encore rue Pasteur, il a éclaté en sanglots devant le spectacle qui s'offrait soudain à lui. C'était trop.

Maintenant encore, bien qu'il s'y attende, l'odeur le trouble, celle des couques, du chocolat, des oranges, des raisins secs. La salle à manger n'est plus une pièce quelconque dans la maison. Sur la nappe, des assiettes sont pleines de massepains, de fruits, de friandises, et on ne peut tout voir à la fois. Exprès, on n'a pas allumé le gaz et seule la flamme dansante d'une bougie éclaire ce spectacle.

Pourquoi a-t-il saisi une grosse orange qu'il tient comme on voit l'enfant Jésus de l'école tenir dans sa main une boule bleue surmontée d'une croix et qui figure le monde ?

Calme et grave, il procède à un inventaire méthodique, regarde à peine le cerceau et le képi de soldat (c'est oncle Arthur qui l'a fait, qui lui a même pris les mesures), le fusil « Euréka », les deux albums d'images, mais il va s'asseoir dans un coin pour examiner sa boîte de couleurs.

— Tu es content ?

Un oui distrait.

— Tu as vu ceci ?

C'est un « Meccano » auquel il ne s'attendait pas et il ne lui accorde qu'un vague coup d'œil. Quand il lève à nouveau les yeux, il voit Désiré qui s'est approché d'Élise. Il lui remet un petit écrin qui contient une broche. Il est gauche, comme toujours dans ces occasions-là, ses yeux brillent, ses moustaches frémissent. Roger a juré de ne plus avoir de mauvaises pensées.

— C'est trop, Désiré, c'est vraiment trop. Merci, sais-tu.

Pour un peu, elle pleurerait.

— Elle est beaucoup trop jolie. Pour toi, je n'ai trouvé que...

Une pipe, une pipe à fin tuyau courbe comme Élise les aime, parce qu'elles font distingué.

— Elle te plaît, au moins ?

Désiré la bourre tout de suite et l'allume, bien qu'on soit à jeun. Rien, aujourd'hui, n'a d'importance. Les locataires dorment. La famille est réunie dans la salle à manger aux volets fermés où on allume enfin le gaz comme si c'était le soir. On sent encore le lit et on ne s'aperçoit pas qu'il fait froid.

Roger mange un chocolat, une figue, un raisin sec, mordille avec précaution le bord d'un massepain, la corne d'une chèvre en couque de Dinant.

— Désiré, tu devrais aller chercher ses pantoufles, pendant que je verse l'eau sur le café.

C'est encore plus irréel que la place du Congrès sous la neige. L'odeur du café parvient de la cuisine, la voix d'Élise :

— Ne mange pas trop, Roger. On va se mettre à table.

Le premier tramway ouvrier passe rue Jean-d'Outremeuse, les cloches de la paroisse sonnent la première messe ; dans l'église que n'éclairent que deux cierges, l'enfant de chœur doit agiter sa sonnette, ou plutôt non, il n'y a pas d'enfant de chœur ce matin-là et c'est le sacristain qui sert l'office.

Dans la cuisine, on ne mange pas d'œufs, pas de lard comme les autres jours, rien que des choses sucrées qu'on a choisies dans les assiettes, chacun selon son goût ; la maison entière est sucrée et fade quand Désiré monte enfin faire sa toilette.

Chez les voisins, on entend une trompette grêle et à neuf heures, près de Mlle Frida qui déjeune, Roger est encore en chemise de nuit, le nez dans son assiette, l'estomac barbouillé, le corps vague comme quand on a trop peu dormi.

Il faut se résigner à ouvrir les volets et l'on découvre une rue de rêve. Le monde a disparu. L'école des Frères, si proche, se devine, lointaine, à travers un brouillard très blanc qui colle aux vitres et qu'on sent glacé. Des gens passent, le col du pardessus relevé, les mains enfoncées dans les poches et on les a à peine entrevus qu'ils sombrent dans le néant blafard. Le tram sonne, sonne, n'ose avancer qu'au pas et la charrette de l'homme aux poubelles devient un attelage de mystère.

C'est le seul jour de l'année où l'on a le droit de vivre comme on veut, par terre, de se traîner, de se salir, de manger n'importe quoi, à n'importe quel moment de la journée.

Mlle Frida, elle, n'a eu qu'un froid regard pour la salle à manger féerique, et s'en va à l'amphithéâtre où elle passera sa matinée à découper des cadavres.

On lave Roger dans la cuisine, à l'eau chaude.

— Entrez, mademoiselle Pauline, cela n'a pas d'importance.

Élise mouille le peigne pour partager par une raie les cheveux de l'enfant.

— Maintenant, tu vas me donner gentiment tes chocolats et tes pains d'épice.

Il faut les faire durer jusqu'à Noël. Alors, ce sera le boudin et les bouquettes, puis, presque tout de suite, les galettes pâles et les gaufres du Nouvel An, le petit verre de « Kempenaar » qu'on boit le matin de bonne heure rue Puits-en-Sock, car c'est par là qu'on commence la journée, le bordeaux rouge ou le porto de chez Schroefs, où l'on ouvre de pleines boîtes de biscuits, et où l'on en fourre plein les poches aux enfants, le vin blanc de Touraine, enfin, l'après-midi, à Coronmeuse.

Demain, à l'école, frère Mansuy jouera déjà à l'harmonium.

> *Venez, divin Messie,*
> *Sauver nos jours info-or-tunés*
> *Le peuple vous envie*
> *Venez, ve-ne-ez, venez...*

Sans doute la mère de Mlle Pauline, à Varsovie, enverra-t-elle à sa fille une oie fumée, comme l'année dernière ?

Les pinceaux, que Roger lave dans une soucoupe d'eau, y laissent des traînées mauves et roses ; furtivement le gamin essuie les soies entre ses lèvres, cela a un goût râpeux qui devient aussi un goût de Saint-Nicolas.

7

Pour se donner de l'avance, elle fait à fond la chambre verte, celle de M. Saft ; elle a déjà ciré le lit et les pieds de la table ; de temps en temps, elle entend Mlle Pauline qui remue dans sa chambre.

Le temps n'est ni beau ni laid, ce qu'elle appelle un temps de tous les jours, plus blanc que gris, assez froid ; parfois un coup de vent soulève la poussière sur les plates-formes de zinc. Pourtant, quand la récréation éclate à l'institut Saint-André et que Roger traverse la rue pour venir boire l'œuf battu dans de la bière que sa mère lui prépare avant de monter et qu'elle pose sur une marche de l'escalier, Élise est plutôt heureuse.

— C'est moi ! lance le gamin en poussant la porte qui reste contre toute la matinée.

Le bonheur d'Élise est à l'image du temps, un petit bonheur tiède qu'elle se fabrique en astiquant.

— Si tu voyais ses pauvres lettres, Louisa !

Élise pense beaucoup, en travaillant, comme pour donner un fil à sa pensée ; elle a besoin de s'adresser mentalement à quelqu'un et, si aucun son ne sort de ses lèvres, son visage n'en prend pas moins les expressions en harmonie avec son discours.

Son interlocuteur imaginaire change souvent, selon le sujet qui la préoccupe. Tout à l'heure, c'était Mme Corbion, parce que celle-ci a comme elle des locataires et peut comprendre certaines choses. Elle vient quelquefois l'après-midi, parée, vêtue de soie, poudrée, parfumée, une chaîne d'or en sautoir et un mouchoir de dentelle glissé dans la ceinture.

— Figurez-vous, madame Corbion, que sa maman est servante chez un docteur. Il n'en a pas honte. C'est ce que j'admire chez lui. Pauvre femme, qui se tue à travailler pour que son fils devienne quelqu'un !

Mme Corbion ne s'émeut pas, ne réagit pas. Ce qui l'intéresse, ce sont les étudiants comme les siens, des Roumains ou des Turcs de préférence, qui reçoivent beaucoup d'argent et dont les amours la passionnent. Elle affirme qu'elle ne permet pas l'entrée libre, mais elle ne doit pas regarder de trop près qui entre ou sort de chez elle.

— Si tu voyais ses lettres, Louisa.

Sa sœur de Coronmeuse devrait comprendre, elle qui fait étudier ses enfants. Évariste est à l'Université pour devenir avocat ; Anna, la moins douée, reste à la maison, mais étudie la musique, et Aimée, la cadette, suit les cours de l'École normale.

— ... Une pauvre écriture maladroite de quelqu'un qui n'est pas resté longtemps à l'école. Je suis incapable de lire, parce que c'est en polonais. Il y a des taches de graisse. Je suis sûre que c'est plein de fautes. Eh bien ! moi, je trouve ça beau, je trouve plus beau encore que M. Saft n'ait pas honte de sa mère. Il aurait pu me raconter n'importe quoi, qu'il est le fils d'un ceci ou d'un cela. Lui qui est toujours si propre, tiré à quatre épingles ! Le soir, figure-toi qu'il remet son pantalon dans ses plis et le glisse sous son matelas...

Elle va chercher de l'eau pour laver les vitres et, debout dans le cadre de la fenêtre ouverte, elle domine les cours et les jardinets enfermés dans le pâté de maisons.

— Il prend ses repas rue de la Casquette. Ce n'est pas un vrai restaurant, ni une pension de famille. Un étudiant polonais, qui n'avait plus d'argent pour continuer ses études, a eu l'idée de louer un rez-de-chaussée et de faire la popote pour ses camarades. Ceux-ci paient le prix coûtant, ou à peu près. Tu diras ce que tu voudras, moi, ces gens-là, je les admire.

Si elle était là, Louisa lui répondrait :

— Quand on n'a pas d'argent pour étudier, on ferait mieux d'apprendre un bon métier.

Elle a certainement prononcé cette phrase-là à une autre occasion. Il existe ainsi un certain nombre de phrases toutes faites qu'on croit entendre dès qu'on évoque sa silhouette. Peut-être parlait-on de Roger, de qui Élise veut faire quelqu'un aussi. Élise a sûrement répondu, avec ce frémissement qui agite ses lèvres quand elle dit quelque chose de désagréable :

— Tu fais bien étudier ton fils et tes filles, toi !

Car, enfin, le mari de Louisa n'est jamais qu'un vannier. Il travaille de ses mains. Louisa sert à boire au premier charretier venu et passe ses journées debout derrière un comptoir. Pourquoi ne veut-on pas voir les autres nourrir les mêmes ambitions que soi ?

— Frère Mansuy m'a dit que, si ce n'était pas son âge, il le ferait passer en deuxième année.

» — *Je n'ai rien à lui apprendre cette année-ci. Il est trop avancé.*

Les deux femmes de l'estaminet d'à côté, la vieille et la jeune, font la lessive dans leur cour.

— Sais-tu seulement pourquoi il y a tant de Polonais pauvres qui étudient ?

La première fois que, dans sa cuisine, elle a mis en présence M. Saft et M. Chechelowski, ils se sont tellement hérissés qu'on aurait pu croire qu'ils allaient faire des étincelles. En fin de compte, ils se sont dominés. M. Saft, très pâle, s'est assis sans un mot. Depuis, ils ne se sont jamais adressé la parole.

— Et cela parce que, depuis cent ans et plus, les Polonais sont sous la botte russe. Ils ne pensent, ils ne travaillent qu'à leur libération. N'est-ce pas beau ? Ils portent aux pieds des chaussettes trouées, ils ne mangent pas à leur faim, mais ils étudient pour pouvoir reconstruire un jour leur pays et, chaque semaine, M. Saft fait de l'escrime avec un professeur.

Son portrait est sur la cheminée, en pantalon blanc collant, en plastron piqué, le visage couvert du masque. Les fleurets sont derrière la garde-robe.

Ainsi passent les minutes, couleur du temps, la peau de chamois crisse sur les vitres, ce bruit irrite les dents, une voix crie dans le corridor :

— Charbon ?

Élise n'avait pas entendu la trompette du marchand. Elle se précipite.

— Trois seaux.

Pendant qu'on les remplit, elle court chercher son porte-monnaie dans la cuisine. On est vendredi. La vieille Mme Delcour, sur le seuil d'à côté, attend son tour et dit bonjour à Élise.

— Bien pleins, n'est-ce pas, monsieur Joseph ? Il ne diminue toujours pas de prix ?

— Il augmentera plutôt un de ces jours. Trois seaux à quarante centimes : un franc vingt, ma bonne dame. Vous n'avez pas la monnaie ?

Élise a l'oreille si fine ! Elle ne dit rien, mais elle a un imperceptible mouvement de la tête vers le haut de la maison et un sourire amer étire ses lèvres.

Comment Mlle Pauline a-t-elle pu s'abaisser à cela ? A se demander si ce n'est pas exprès qu'elle n'est pas allée à son cours. Juste au moment où le marchand lui rendait la monnaie, Élise a entendu la fenêtre du premier qu'on refermait avec précaution.

Voilà le charme rompu. Quand elle remonte chez M. Saft, elle ne songe pas à poursuivre son calme monologue, elle en oublie la lettre de la maman, la photographie en escrimeur, la bonne odeur de cire, cette atmosphère un peu sourde d'un matin banal.

Élise flaire le malheur de loin. C'est plus fort qu'elle. Pas seulement les vrais malheurs qu'on peut raconter et qui apitoient, mais tous ces petits riens qui font tant souffrir un être sensible.

Elle ne pense plus qu'à Mlle Pauline qui n'a pas voulu qu'on fasse sa chambre dès le matin parce qu'elle travaille. Ce qui arrive, c'est la faute à Désiré. Elle le lui a répété cent fois, il a tort de plaisanter avec des gens qui ne comprennent pas la plaisanterie.

— Tu ne vois donc pas, Désiré, qu'ils n'ont pas la même mentalité que nous ?

Il a soin de ne pas s'en prendre à Mlle Frida qui reste de glace, sans réaction, comme si on parlait à quelqu'un se trouvant derrière elle. La bête noire de Désiré, c'est Mlle Pauline qui, elle, le regard brillant, s'empourpre, gonflant ses seins que le corset remonte sous son menton grassouillet.

— Tu es bien de la rue Puits-en-Sock, va !

Elle-même ne comprend pas ce jeu — si c'est un jeu — qui consiste à dire des vérités désagréables en faisant mine de plaisanter.

Désiré recommence à propos de tout et de rien.

— Il ne la laisse pas un soir en paix, Valérie. Dès qu'elle entre dans la cuisine, il commence, c'est plus fort que lui, il saute sur n'importe quelle occasion.

Les mains, par exemple. Mlle Pauline soigne comme des objets précieux ses mains qu'elle a petites et potelées ; elle les contemple avec amour, ne s'en cache pas, raconte volontiers qu'elle les enduit chaque soir de crème et qu'elle porte des gants pour dormir. Lorsqu'elle mange, les coudes sur la table, elle remue délicatement ses doigts aux ongles laqués, comme s'il s'agissait d'instruments de précision : il faut la voir peler une pomme avec une minutie exaspérante, émietter le pain comme elle le ferait pour un oiseau. Elle est là, dans la cuisine de la rue de la Loi, où nul ne fait de façons, aussi digne qu'à un dîner d'apparat, aucunement gênée si tout le monde se lève alors qu'elle est encore à table.

— Madame Mamelin, je ne peux pas manger avec une fourchette en nickel.

Est-elle allée, comme c'était si simple, s'acheter un couvert en argent rue de la Régence ? Ce serait mal la connaître. Elle a écrit à sa mère et celle-ci a dû lui envoyer un couvert de Varsovie.

— A votre place, mademoiselle Pauline, lui a lancé Désiré, je ne mangerais que dans de la vaisselle d'or. Quand on en a l'habitude, n'est-ce pas ? Et puis, les mets doivent être tellement meilleurs !

Elle le déteste, elle le hait ; comme dit Élise, si ses yeux étaient des canons de fusil, il y a longtemps que Désiré serait mort. Peu de soirs passent sans escarmouche. Un jour qu'elle se plaignait de ne pas trouver à Liège, pour ses mains, sa marque de crème habituelle :

— Pourquoi n'essayeriez-vous pas du fromage ?

Ce fromage de Herve à l'odeur si forte qu'on ne peut le mettre à table que sous globe et qui fait fuir Mlle Pauline dès qu'elle en aperçoit !

Élise ne parvient pas à sourire à ce souvenir, ni au mot de Désiré décrivant sa locataire à Hubert Schroefs :

— En réalité, ses doigts ressemblent à des saucisses malades.

Soudain, elle écoute, crie :

— Je descends, Léopold.

Elle se penche, n'entend plus rien dans le corridor. Elle descend quelques marches et se penche de nouveau sur la rampe.

— Ah ! c'est vous... je viens...

C'est le vieux pauvre qui passe à jour fixe.

— Cela ne vous ferait rien de me donner deux semaines à la fois ? Je ne pourrai pas venir la semaine prochaine.

Élise ne peut oublier ce léger bruit qui lui a fait lever la tête quand le marchand de charbon lui rendait sa monnaie. On ne la trompe pas. Tout en essayant de chasser ce souvenir, elle commence déjà à se défendre.

— Nous sommes peut-être pauvres, mademoiselle Pauline, mais dans la famille nous avons toujours été honnêtes.

Pour un peu, elle ajouterait (oui, elle le dira si on la pousse à bout) :

— Nos parents n'ont pas fait fortune en vendant des bas et des caleçons dans le faubourg le plus miteux de Varsovie.

Car c'est le cas des Feinstein. Elles n'en sont pas moins orgueilleuses, et, quand la mère est venue à Liège l'année précédente, elle croyait que tout lui était dû, il fallait la voir aller et venir dans la maison, commander comme à des domestiques : pour rien au monde, elle ne se serait levée si une casserole brûlait sur le feu, oubliant qu'elle avait passé sa vie à la caisse, au fond d'une porte cochère transformée en boutique.

M. Saft les a connus et a tout raconté. Il déteste peut-être davantage encore les Juifs que les Russes.

— Ce ne sont pas des Polonais, madame. Il ne faut jamais dire que ce sont des Polonais, ce serait nous faire injure. Chez nous, ils vivent dans des quartiers spéciaux, où les vrais Polonais ne passent pas.

Mlle Pauline étudie pour devenir professeur de mathématiques et est incapable de cuire un œuf à la coque ; elle raccommode ses bas avec de la laine de n'importe quelle couleur — du moment que c'est aux pieds et que ça ne se voit pas ! — elle les raccommoderait avec de la ficelle rouge si elle n'avait rien d'autre sous la main.

— Comment ferez-vous quand vous aurez des enfants, mademoiselle Pauline ?

Car Élise, qui en veut à Désiré de plaisanter, ne peut s'empêcher de dire parfois à sa locataire ses quatre vérités.

— Je n'aurai pas d'enfants.

— Alors, c'est que vous êtes plus fine qu'une autre. Parce que les hommes...

— Jamais un homme n'aura de droits sur moi.

Elle est exaspérante de calme, de confiance en soi. Elle s'admire, s'aime éperdument. Une fois que Désiré lui demandait s'il ne lui arrivait pas de s'embrasser dans la glace, elle a répondu :

— Pourquoi pas ?

Roger rentre déjà. Il est temps de mettre la table. Élise se dépêche et toujours elle pense à cette chose désagréable qui va arriver ; pour un peu, tant l'impatience l'agace, elle irait au-devant du coup, frapperait à la porte de la chambre rose.

— Eh bien, mademoiselle Pauline, dites-moi donc ce que vous avez à me dire. Je sais que vous avez ouvert votre fenêtre comme une voleuse. Je n'ignore pas pourquoi. Il y a longtemps que je m'y attendais. Parlez, maintenant. Je vous écoute.

Car c'est exact qu'Élise s'attendait à ce qui arrive ou à une autre offensive. Un jour, elle n'a pu s'empêcher de dire devant tout le monde à sa locataire :

— Voici trois francs soixante, mademoiselle Pauline.

L'autre, qui avait compris, a préféré feindre l'étonnement.

— Vous avez la manie de laisser traîner de l'argent dans tous les coins. Il y avait même ce matin une pièce de vingt-cinq centimes sous votre descente de lit. Vous m'obligeriez en mettant votre argent de côté.

A bon entendeur, salut ! M. Chechelowski a souri dans ses moustaches. Mlle Frida a regardé sa logeuse avec attention.

— C'est vrai. Vous avez toujours l'air de soupçonner les gens d'en vouloir à votre argent. Vous n'avez que votre argent en tête. Sachez donc, mademoiselle Pauline, qu'il n'y a pas de voleurs dans la maison.

— Je n'ai jamais dit ça.

— Mais vous faites des marques à votre bouteille d'eau de Cologne et vous soupesez votre sachet de café moulu avant de le remettre dans votre boîte.

Élise rougit, toute seule, car il lui est arrivé une fois ou deux, manquant de café et ne voulant pas courir à la « Vierge Noire » de prendre un peu de café moulu dans la boîte de chaque locataire. Quant au charbon...

— Voyez-vous, madame Corbion, ce qui me met en colère, c'est qu'elle pourrait payer. Au début, elle mangeait à la pension bourgeoise de la rue de l'Enseignement, où l'on prend un franc par repas. Si ce n'est pas que Désiré m'empêche d'avoir des pensionnaires, je sais bien ce que je gagnerais à faire la même chose...

Elle s'affaire, le front soucieux, regrettant sa bonne journée gâchée par la faute de Mlle Pauline. Tout lui revient, c'était inévitable, les menues déceptions, les mesquines vexations que le sort s'ingénie à lui réserver. Dieu sait pourtant si elle fait tout ce qu'elle peut.

Pourquoi, dès le début, n'a-t-elle eu que des locataires pauvres ?

— Qu'est-ce que vous voulez ! J'ai dit à Mlle Frida :

» — Donnez-moi vos bas, votre linge, je me charge de les laver.

» Je lui compte à peine le prix du savon. Je prends cinq centimes par paire pour raccommoder les chaussettes de M. Saft et je fournis la laine.

» Pour une fois que m'arrive une locataire qui pourrait payer, le hasard veut qu'elle soit avare, méfiante, toujours à faire des comptes dans un petit calepin qui ne la quitte pas. Elle va jusqu'à compter ses morceaux de sucre.

Quand Mlle Pauline a vu que les autres mangeaient dans la cuisine et qu'on leur donnait de l'eau bouillante pour leur café, elle a calculé que cela lui reviendrait moins cher que de prendre ses repas dehors. Sa mère lui envoie des saucissons, des jambons, de l'oie fumée, des gâteaux de son pays. Jamais elle n'en a offert, pas même à l'enfant. Il a fallu qu'Élise chipe un morceau d'oie pour qu'on en connaisse le goût. Peu importe à Mlle Pauline que les autres aient mal au cœur ; au contraire, elle étale ses victuailles, s'installe à la meilleure place, reste une heure à table et, s'il n'y a personne dans la cuisine pendant la journée, elle descend avec ses livres et ses cours pour économiser le feu chez elle.

— Mademoiselle Pauline, vous avez laissé le lait se répandre sur le poêle. Comment ne sentez-vous pas le brûlé ?

— Je ne suis pas ici pour surveiller vos casseroles.

Elle est méchante, Élise le sait, elle envie tout le monde, parce qu'elle est laide, parce qu'elle est juive, parce que son père est né dans un ghetto de la frontière russe, un vieux Juif à longue barbe qui, là-bas, frôlait humblement les maisons. Voilà pourquoi il n'y a pas un seul portrait de son père dans la chambre : elle a honte de lui.

Elle se vengera, on peut s'y attendre, des plaisanteries de Désiré, elle se vengera sur Élise qui fait une différence entre elle et les autres locataires et qui, pour laver son linge, prend deux centimes de plus par pièce qu'à Mlle Frida.

La voilà qui descend, s'assied sans mot dire, attend, en tripotant sa serviette, que M. Chechelowski et Mlle Frida soient à table. Fébrile, Élise donne à manger à son fils sans les regarder. Elle sent l'attaque venir et l'attaque vient, doucereuse.

— Dites-moi, madame Mamelin, combien le marchand qui passe dans la rue vend-il le seau de charbon ?

— Quarante centimes, mademoiselle Pauline. Le charbon a augmenté de cinq centimes le mois dernier à la suite des grèves.

Silence. Les petites mains potelées retirent délicatement la peau transparente d'une tranche de saucisson à l'ail plantée sur la fourchette en argent.

— Pourquoi demandez-vous cela ? Est-ce parce que je vous le compte quarante-cinq centimes ? N'oubliez pas qu'il faut que je vous le monte, que je fournisse le petit bois, le papier, que j'allume le feu. Si vous trouvez que c'est trop de cinq centimes pour ma peine, rien ne vous empêche...

— Je n'ai pas dit ça. J'ai le droit de me renseigner, n'est-ce pas ?

— Mais oui, mademoiselle Pauline, vous avez tous les droits, y compris celui de monter vous-même le charbon dans votre chambre.

— Vous vous fâchez.

— Je ne me fâche pas. C'est vous qui insinuez...

— Je n'insinue pas. Je suis comme je suis.

On pourrait penser que c'est fini. Eh bien ! non, ce n'est pas fini, car Élise, qui a encore triché, se demande anxieusement si Mlle Pauline s'en rend compte.

C'est exact qu'elle ne compte le charbon que cinq centimes de plus que le prix du vieux Joseph. Ce qu'elle n'ajoute pas, c'est que les charbonnières des chambres en contiennent un bon tiers de moins que le seau du marchand.

— Tu comprends, Valérie, ce ne serait pas la peine de me donner le mal que je me donne si ce n'était pas pour gagner.

Voilà pourquoi ce n'est pas une simple escarmouche sans conséquence. C'est bel et bien un drame. Élise est honnête. Elle ne prendrait pas une pièce de dix centimes que ses locataires laisseraient traîner. Mais elle triche, sur tout, pour deux, pour trois centimes, et Mlle Pauline s'en doute, en sait peut-être davantage qu'elle ne dit.

Les autres, de leur côté, n'ont-ils rien remarqué ? Tout à l'heure, Mlle Frida a lancé à Élise un drôle de regard, comme si une idée la frappait.

— Moi qui ne sais comment leur rendre service !

C'est vrai. Et c'est justement le drame que personne, en dehors d'Élise, ne peut comprendre : elle souffre quand Mlle Frida n'a que du pain et du beurre à dîner et elle s'efforce de lui faire accepter une assiette de soupe ; c'est elle qui propose, quand elle sort le jeudi après-midi avec Roger :

— Descendez donc étudier dans la cuisine, monsieur Saft. Vous serez seul et il y fait plus chaud !

Malheureusement, après, elle compte. Il faut que chaque semaine elle porte de l'argent à la Caisse d'épargne, sur le livret de Roger ; elle cache de petites sommes un peu partout, dans la soupière de service, dans son tiroir à linge.

Lui donne-t-on quelque chose pour rien, à elle ? Pourquoi, puisqu'ils étudient tous, n'aurait-elle pas le droit de faire étudier son fils ?

— Si elle pouvait quitter la maison !

Maintenant, la présence de Mlle Pauline l'oppresse, comme si elle représentait une menace perpétuelle. Elle ne peut pas en parler à Désiré, avec qui elle triche aussi. Elle triche même sur le gaz et sur l'eau, car il ne pense jamais à vérifier les compteurs.

— Quand je prendrai de nouveaux locataires, je m'arrangerai pour qu'ils soient belges, dit-elle seulement tandis qu'il dîne à son tour dans un rayon de soleil qui a fini par percer les nuages. Si gentils soient-ils, les étrangers restent des étrangers. Ils ne sentent pas comme nous.

— Qui l'a voulu ? répond-il sans y penser davantage...

— Remarque que je ne me plains pas. Je dis simplement...

Comment un incident si futile peut-il la retourner à un tel point ? Elle est aussi fébrile que si elle couvait une maladie. Elle a beau se raisonner, elle reste anxieuse, dans l'attente d'un malheur. Elle a commencé à nettoyer ses cuivres, le travail qu'elle préfère, celui du vendredi après-midi ; tous les cuivres de la maison sont rassemblés sur la table : bougeoirs, cache-pot, cendriers, poêlons, lampes à pétrole qu'on garde pour le cas où le gaz viendrait à manquer et surtout parce qu'on a l'habitude de les voir sur la planche de la cuisine.

Désiré s'en va. Il ne doit pas avoir atteint la rue Puits-en-Sock qu'on sonne violemment, elle tressaille, car elle reconnaît d'habitude les gens à leur coup de sonnette et celui-ci est un coup de sonnette inconnu.

A tout hasard, elle a ouvert en passant la porte de la salle à manger.

— Monsieur...

Un homme bien mis la salue courtoisement, entre sans rien dire, pénètre avec aisance dans la pièce de devant qui sent toujours le renfermé, bien qu'on l'aère chaque semaine. Remarque-t-il qu'Élise a les mains crispées sur son tablier, qu'elle sourit jaune en lui avançant une chaise Henri II et qu'elle jette un coup d'œil vers le portail de l'institut Saint-André, comme pour y chercher la silhouette rassurante de frère Médard ?

— Je m'excuse de vous déranger, madame Mamelin.

Sa voix est douce, cordiale, tout est cordial en lui, bonhomme, presque familier, il fait penser à un médecin de famille ou à un commerçant prospère.

Élise ne soupçonne pas que bientôt elle l'appellera M. Charles et qu'il entrera dans la maison de la rue de la Loi aussi simplement que Léopold, s'installera sur cette chaise qu'elle lui a offerte aujourd'hui et allumera avec soin une belle pipe d'écume.

— Vos locataires sont tous sortis, n'est-ce pas ?

En parlant ainsi, il se tourne vers la porte qui communique avec la chambre de M. Chechelowski, comme s'il était au courant des habitudes de la maison.

— Pourquoi me demandez-vous cela ?

— Ne craignez rien, madame Mamelin. Nous avons sur vous les meilleurs renseignements. J'appartiens à la police.

Elle reste debout près de la porte qu'elle n'a pas refermée.

— Je m'occupe plus particulièrement des étrangers, entre autres des Russes, et il y a longtemps que j'aurais dû venir bavarder avec vous.

Il est assez gros, bedonnant, son teint est frais, ses cheveux blonds, qui deviennent rares, sont rejetés en arrière et elle remarque l'alliance qu'il porte au doigt ; ce détail, sans raison, la rassure.

— Vous étiez sans doute occupée ? Je serais ennuyé d'avoir mal choisi mon moment.

— Mon Dieu, je ne suis pas très présentable. Je faisais mes cuivres...

Elle en profite pour retirer son tablier et redresser son chignon.

— Vous avez bien ici une étudiante nommée...

Il cherche le nom dans son calepin, cependant qu'elle est persuadée qu'il le sait parfaitement.

— Voyons... Frida Stavitskaïa... Vous permettez que je fume ? Vous me mettriez tout à fait à l'aise si vous consentiez à vous asseoir.

Ne sait-il pas qu'on ne s'assied pas sur les bons sièges de la salle à manger en tenue de travail ?

— A propos de cette demoiselle, dites-moi, je vous prie, reçoit-elle souvent des amis ?

— Je ne permets pas l'entrée libre.

— Ah ! oui. Bien... Évidemment...

Sait-il ce qu'on appelle l'entrée libre ? Il est gai. On a peine à croire que ce soit un vrai policier. Il observe Élise d'un œil amusé où l'on pourrait presque déceler une certaine tendresse, quelque chose, en tout cas, d'affectueux et d'ironique tout ensemble. Peut-être parce qu'il a rencontré beaucoup d'Élise, il semble la connaître en détail.

— Si elle ne reçoit pas d'hommes, je suppose qu'elle peut recevoir des amies dans sa chambre ?

— On voit que vous ne la connaissez pas. Elle est bien trop sauvage pour avoir des amies.

Elle s'apprivoise déjà et lui, jouant la perplexité, contemple une lettre qu'il a tirée de sa poche et qui porte, sous le nom de Frida Stavitskaïa, une adresse raturée au crayon violet.

— Je suppose qu'il vous arrive de sortir pour aller aux provisions ? A ces moments-là, évidemment, il vous est impossible de savoir si quelqu'un entre ici.

Il vaut mieux changer de tactique. Élise n'aime pas qu'on soupçonne sa maison.

— Écoutez, madame Mamelin. Je ne jouerai pas au plus fin avec vous. J'appartiens au deuxième bureau. C'est nous qui sommes chargés de surveiller les étrangers suspects et je ne vous cache pas qu'ils pullulent en ce moment. Par hasard, grâce à une adresse incomplète, cette lettre, qui porte un timbre de Suisse, a été jetée au rebut et a échoué entre nos mains.

Il est comme chez lui et c'est Élise qui se sent étrangère dans sa propre maison, étrangère au point que la rue calme dont elle aperçoit les pavés lui apparaît comme un refuge.

— Je vous certifie, madame, que votre locataire, sans doute à votre insu, a reçu quelqu'un ici même et l'a hébergé pendant plusieurs jours.

Le front empourpré, Élise se met à parler très vite, pour ne pas donner au soupçon le temps de s'emparer de l'esprit de son interlocuteur.

— Je n'y pensais plus, je vous demande pardon. C'était il y a deux mois, n'est-ce pas ? Je pourrais retrouver le jour. Un jeudi, puisque je suis allée à l'« Innovation ». Vous voulez parler du « diable », je parie. Je vais vous raconter ce qui s'est passé.

» Mlle Frida m'avait annoncé qu'un de ses parents, un cousin, viendrait pour deux ou trois jours à Liège. Elle me demandait si je n'accepterais pas de lui dresser un lit dans cette salle à manger qui ne sert presque jamais. C'est Désiré, je veux dire mon mari, qui n'a pas voulu. Elle a paru fort contrariée et elle m'a boudée pendant deux jours. Il paraît que son cousin ne parle pas le français, qu'il est très timide. Bref, elle ne voulait pas le laisser seul dans un hôtel de la ville. Elle a couru pendant près d'une semaine. Moi, je n'y pensais déjà plus quand, un jeudi, comme je le disais en commençant, je l'ai trouvée, en rentrant, dans le corridor avec un homme que je ne connaissais pas. Ils m'attendaient. Il faisait déjà noir et j'ai dû allumer le gaz. Je me souviens surtout du long pardessus que l'homme portait.

» — Écoutez, madame Mamelin. J'ai amené mon cousin. Nous vous attendions pour vous prévenir. Il dormira dans ma chambre et moi j'irai coucher chez une amie.

» Je ne pouvais pas refuser, n'est-ce pas ? Ils ne sont pas restés ensemble deux minutes dans la chambre et, pendant ce temps-là, la porte est restée ouverte. Une fois la valise déposée, ils sont venus sur le palier où ils ont parlé longtemps en russe.

» — Entrez au moins dans la salle à manger, leur ai-je crié.

» Car je ne sais pas de quoi ils avaient l'air ainsi. Elle n'a pas voulu. L'homme, nous l'avons tout de suite appelé le diable, à cause de son toupet noir et de son bouc, mais nous l'avons à peine vu, il est resté toute la journée du lendemain dans la chambre. Je sais qu'il écrivait, car je lui ai monté une tasse de café et il m'a regardée fixement.

» Mais dites-moi, monsieur...

— Monsieur Charles.

— Dites-moi, monsieur Charles...

Elle a des remords. N'est-elle pas en train de perdre Mlle Frida ?

— Elle n'a rien fait de mal, au moins ?

— Continuez, je vous en prie.

— C'est tout. Il est resté quatre jours au lieu de deux. Il ne sortait que le soir, rentrait au milieu de la nuit, car Mlle Frida lui avait remis sa clef. Une nuit, il n'est pas rentré du tout et, le lendemain, ma locataire a repris possession de sa chambre, je lui ai fait remarquer que son cousin ne nous avait dit ni au revoir ni merci...

— Cela vous ennuyerait beaucoup que je jette un coup d'œil dans cette chambre ? Ne craignez rien, madame Mamelin. J'ai l'habitude et la demoiselle ne soupçonnera pas mon passage.

— Si elle rentrait ?

Il hausse les épaules. On dirait qu'il sait où elle est, ce qu'elle fait, qu'il connaît l'heure à laquelle elle reviendra.

— Allons, madame Mamelin, je ne veux pas vous effrayer, mais, puisque vous êtes une femme de tête — si, j'en suis sûr — et que vous saurez garder le silence, il est préférable que je vous confie que le diable, comme vous l'appelez, est un des nihilistes qui ont assassiné le Grand-Duc, à Saint-Pétersbourg, à l'aide d'une bombe qui a fait plus de cinquante victimes.

Élise sourit, incrédule.

— Non, monsieur Charles, ce n'est pas possible. Vous ne me ferez pas croire que chez moi...

Chez elle, voyons ! Rue de la Loi !

— Voulez-vous que je vous renseigne sur vos autres locataires ? Vous comprendrez alors que nous ne nous trompons pas. Savez-vous, par exemple, où est allé M. Saft lundi matin ?

Elle se trouble. Le lundi précédent, en effet, elle l'a entendu sortir alors qu'il ne faisait pas jour et, quand il est rentré, elle a vu qu'il cachait un paquet très long sous son pardessus.

— M. Saft est allé, à Cointe, se battre en duel avec un compatriote. Conduisez-moi, voulez-vous ?

Il laisse son chapeau dans la salle à manger, jette un coup d'œil sympathique à la cuisine où les cuivres qui ont l'air d'attendre se couvrent de buée à cause de l'eau qui bout. Pour un peu, il irait s'y asseoir et réclamerait une tasse de café.

— Mlle Frida reçoit-elle beaucoup de lettres ?

— Une lettre de Russie chaque semaine et un mandat à la fin du mois. Souvent le mandat est en retard.

— Vous avez la clef de cette armoire ?

— Il n'y a pas besoin de clef ; la serrure ne fonctionne pas.

Les mains de l'homme manient avec une délicatesse inattendue le linge et les vêtements. Il ouvre les tiroirs, une boîte à bonbons qui contient des cordons de toutes les couleurs et des épingles à cheveux. Élise, du palier, surveille la porte de la rue.

— Si vous la connaissiez comme je la connais...

— Vous a-t-elle dit que son père est depuis vingt ans dans un bagne de Sibérie ?

— Elle me l'a dit.

Avec les mêmes gestes prudents — elle a trouvé ce qu'elle cherchait : il a des mains de dentiste — il feuillette les livres de médecine sans rien y trouver.

— Allons ! Elle est maligne.

Il redescend et s'arrête devant la boîte aux lettres.

— Qui prend le courrier le matin dans cette boîte ?

— Cela dépend. Le plus souvent, chaque locataire prend le sien. On est à table quand le facteur passe. Nous, nous ne recevons guère que le journal.

— Dites-moi, madame Mamelin, j'ai fort envie de vous demander...

Non. Il préfère renoncer à son idée. Il vaut mieux revenir une autre fois, agir doucement.

— J'allais oublier mon chapeau. Surtout pas un mot, n'est-ce pas ? même à votre mari. J'y compte. A bientôt. Je m'excuse encore une fois.

Comment exprimer ce qu'elle ressent dès qu'elle est seule dans la maison ? Si elle s'écoutait, elle traverserait la rue pour aller tout raconter à frère Médard et lui demander conseil. Qui sait si cet homme appartient réellement à la Secrète ? Si c'était un voleur ?

Elle monte pour s'assurer que M. Charles n'a rien emporté. Elle est à peine redescendue, elle trempe son chiffon dans la pâte à métaux qui sent l'acide quand Mlle Frida rentre de l'Université.

A qui, à quoi se fier désormais ? Il semble à Élise qu'on lui a sali sa maison, qu'une trouble menace s'y est infiltrée. N'aurait-elle pas mieux fait de se taire ? Au lieu de cela, elle a parlé, parlé, elle a raconté tout ce qu'elle savait. Au fond, c'est la peur qui l'a poussée. Et aussi, il faut l'avouer, elle éprouvait le désir d'être bien considérée par cet homme si poli qu'elle ne connaît pourtant ni d'Ève ni d'Adam.

— Pas même à votre mari ! a-t-il insisté.

Pauvre Désiré ! Elle va encore devoir lui cacher quelque chose. Tricher ! Toujours tricher ! Elle en pleurerait bien ! M. Saft lui-même qui sort le matin sur la pointe des pieds pour aller se battre en duel !

Soudain son sang ne fait qu'un tour, elle se lève d'une détente, face à la porte vitrée, elle a entendu des pas précipités au-dessus de sa tête, la porte de l'annexe s'ouvre, se referme comme par un courant d'air, des pas furieux descendent l'escalier. Mlle Frida se précipite si lourdement vers la cuisine qu'on la croirait chaussée de gros souliers d'homme. Sur le seuil, elle s'arrête et, sous le coup de l'émotion, elle parle d'abord en russe, se reprend, questionne d'une voix sifflante :

— Qui est entré dans ma chambre ? Je veux savoir. Je veux que vous me disiez tout de suite qui est venu.

Un sourire s'est figé tant bien que mal sur les lèvres pâles d'Élise.

— Qu'est-ce qui vous arrive, mademoiselle Frida ?

— Je veux savoir, vous entendez ?

— Mais... Je vous assure qu'en dehors de moi...

La Russe déchaînée serait capable de frapper, ou de saisir les poignets de sa logeuse pour la secouer.

— Vous mentez ! hurle-t-elle.

— Sur la tête de Roger...

Elle ne l'a pas fait exprès, elle essaie de se rattraper.

— Sur ma tête, je vous jure...

— Alors, c'est vous !

— Qu'est-ce que vous me reprochez ?

— C'est vous qui avez touché à mes livres.

— Qu'est-ce que j'aurais fait avec vos livres ?

Frida frappe le sol du pied.

— Je vous ai défendu de toucher à mes livres.

— Quand je prends les poussières, il peut arriver que, sans le vouloir, je les pousse un peu.

— Non.

Elle est catégorique, Élise devine pourquoi et rougit davantage. Mais doit-elle, dans sa propre cuisine, supporter pareille scène ?

— Vous avez tourné exprès les pages de mes livres. Vous avez fouillé mes cours, ouvert le tiroir de la table. *Je sais !*

Elle ajoute enfin, les dents serrées :

— Je fais des marques, moi aussi.

Malgré cette allusion qui la démonte encore davantage, Élise a la présence d'esprit de s'écrier :

— Je vois ce que c'est. Mon Dieu ! Mademoiselle Frida, comment pouvez-vous vous mettre dans des états pareils pour si peu de chose ? Tout à l'heure, quand je montais le charbon, Roger m'a suivie dans votre chambre. Un enfant, quand on a le dos tourné, ça touche à tout. Je lui défends toujours d'entrer chez les locataires.

Après un regard aigu qui ne désarme pas tout à fait, Frida tourne le dos, ouvre la porte de la rue qu'elle referme avec une telle violence que la maison en tremble. Peut-être est-elle partie pour toujours ?

Alors, Élise n'hésite plus, elle arrache son tablier, se recoiffe, se lave les mains à la pompe. Frère Médard est là, sur le trottoir d'en face, à surveiller la sortie des élèves, non sans jeter parfois un regard à la maison des Mamelin.

Pourquoi ne lui a-t-il jamais paru ridicule ? Son corps, sous la soutane, a l'air d'une grosse boule mal d'aplomb sur laquelle est posée l'autre boule disproportionnée de la tête. Il fait penser à un bonhomme de neige qui serait noir, et pourtant il lui apparaît comme le seul être, peut-être, dont elle accepterait n'importe quel verdict.

— Viens avec moi, Roger. Attends que je prenne la clef.

Si elle oubliait de la prendre dans la boîte aux lettres, comme c'est arrivé, elle se trouverait à la porte et il lui faudrait attendre dehors le retour de Désiré ou d'un locataire.

— Excusez-moi, frère Médard. Vous me voyez toute désemparée. J'ai besoin d'un conseil. Il vient de m'arriver une chose tellement inattendue...

Majestueux — oui, il est vraiment majestueux — il lui désigne la petite porte ouverte au milieu du portail, la cour aux pavés inégaux, sa classe vide où les pupitres et les bancs presque neufs sont d'un jaune clair.

— Reste dans la cour, Roger.

C'est la première fois qu'elle entre dans une classe. Cela l'impressionne autant que quand, avec Charles, le mari de Françoise, elle a pénétré dans la sacristie de Saint-Denis pour admirer les chasubles.

— Asseyez-vous, madame Mamelin.

Il ne peut pas lui offrir sa chaise, car c'est une chaise très haute, faite pour le pupitre planté au bord de l'estrade. Il lui désigne le premier banc d'élèves, reste là, le ventre en avant, grave, sûr de lui, le regard si calme qu'on sent que le monde pourrait être bouleversé de fond en comble sans qu'il en soit troublé.

Elle raconte tout. Devant lui, elle n'a aucune honte. Un problème d'arithmétique est encore tracé sur le tableau noir. L'air sent la craie et l'eau sale du seau surmonté d'une serviette où les écoliers se lavent les mains. Une Vierge en plâtre peint baisse la tête vers Élise qui parle toujours et que frère Médard interrompt de temps en temps par une question.

— Je sais que c'est un mensonge et qu'on n'a pas le droit de mentir...

Il sourit. C'est un homme qui comprend.

— Le plus pénible, c'est d'obliger l'enfant à mentir à son tour. Comment faire autrement ?

Il réfléchit. Il est la statue même de la réflexion, son pilon un peu levé, l'œil fixé sur le vide de la cour où Roger, tout seul, ne sait que faire.

Enfin, il va vers la porte de sa démarche déhanchée, appelle :

— Roger !

Tout cela est exceptionnel, jamais un frère n'appelle un élève par son prénom. Roger s'avance, surpris, interroge sa mère du regard.

— Viens ici, mon petit bonhomme.

Frère Médard s'assied au bord d'un banc, fait jouer, à travers sa soutane, le déclic qui lui permet de plier sa jambe de bois, saisit l'enfant par les deux épaules et parle en lui soufflant au visage.

— Tu es un grand garçon, n'est-ce pas ? Et tu aimes bien ta maman. Puisque tu aimes ta maman et que tu ne voudrais pas qu'il lui arrive des malheurs, tu feras ce que je vais te dire. Tout à l'heure, pendant que ta mère montait le charbon dans la chambre de Mlle Frida, tu es entré et tu as joué avec les livres.

— Non, mon cher frère.

Ses oreilles sont devenues rouges, il ne sait pas pourquoi. Il n'ose pas détourner la tête et suffoque en respirant la forte haleine de frère Médard.

— Écoute ce que je te dis. Si on te questionne, si on te demande ce que tu as fait dans la chambre de Mlle Frida, tu dois répondre que tu as feuilleté les livres et ouvert le tiroir de la table.

Il a compris. Frère Médard le libère, se tourne avec satisfaction et une pointe d'orgueil vers la maman.

— Voilà, madame Mamelin. Quant à ce M. Charles, s'il revient, je vous conseille de...

Il lui donne ses instructions.

— Vous avez fort bien fait de m'en parler. N'hésitez pas à venir me trouver chaque fois que vous avez un ennui ou qu'une question vous tracasse.

— Merci, frère.

Elle n'ose pas dire mon cher frère, comme Roger. C'est extraordinaire, en sortant de la classe et en traversant la cour, elle se sent plus légère. Cela s'est passé si simplement ! Tout est redevenu familier, rassurant.

— Vous ne pouviez pas agir autrement, votre confesseur vous le dira comme moi.

Sur le trottoir, il lui adresse un grand salut qui la rend rouge de confusion.

— Viens, Roger.

Elle tient son fils par la main pour traverser la rue. Il lui semble que tout le monde la regarde, qu'elle a pris soudain beaucoup d'importance.

— Dis, mère, pourquoi frère Médard veut-il que je...

Elle le rappelle à l'ordre :

— Ne pose pas de questions. Tu sais bien que frère Médard te l'a défendu. Plus tard, quand tu seras grand, tu comprendras.

Elle finit ses cuivres. Parfois un sourire un peu triste, plus distingué que son sourire habituel, le sourire qu'elle avait devant frère Médard, lui remonte aux lèvres sans qu'elle s'en rende compte.

Et le plus étonnant, c'est que les choses se passent ensuite comme on lui a prédit qu'elles se passeraient. Mlle Frida rentre comme d'habitude, descend quand les autres sont déjà à table et prend sa boîte sur la planche, coupe son pain, beurre ses tartines. On dirait qu'il ne s'est rien passé ; seule Élise peut s'apercevoir que sa locataire est un peu gênée.

Quant à Roger, son regard va sans cesse de sa mère à Mlle Frida et, à la fin du souper, il est dépité qu'on ne lui ait pas posé une seule question, il se demande pourquoi frère Médard lui a fait un sermon si solennel.

8

— Lève les pieds, Roger.

Roger s'étonne en silence. Quand on a pris la rue Neuvice au lieu de la rue Léopold, il a pensé qu'on allait à la « Vierge Noire ». On est en avril, l'air est très pur, tiède et caressant du côté ensoleillé de la rue, frais et bleuté dans l'ombre, des hommes se promènent déjà sans pardessus et les fenêtres des logements sont ouvertes au-dessus des boutiques dont les marchandises débordent à nouveau sur les trottoirs.

On ne va pas à la « Vierge Noire ». Roger ne sait plus. Jamais, bien qu'on passe souvent rue Neuvice, on n'a gravi ce perron aux pierres si vieilles et si usées qu'à certains endroits les marches se confondent, jamais on n'a franchi cette porte rousse dont un seul battant est ouvert, puis cette seconde porte rembourrée qui se referme seule comme un piège. Dérouté par le contraste avec la vie frémissante du dehors, Roger est saisi par le vide et le silence de cette petite église inconnue que trois pinceaux de soleil traversent en diagonale.

Sa mère fait la génuflexion, lui tend deux doigts mouillés d'eau bénite, l'entraîne par la main, comme quelqu'un qui est déjà venu et qui sait, vers un bas-côté de la chapelle et s'agenouille devant un confessionnal.

Ils sont chez les Rédemptoristes. Le confessionnal qu'Élise a choisi est vide, surmonté d'un nom : « R.P. Meeus ». Près du grillage en bois qui protège la partie réservée au prêtre se trouve un bouton de sonnerie.

Plus loin, devant d'autres confessionnaux, des femmes en noir attendent ; on voit une petite vieille soulever la toile verte qui cache à demi les pénitents et sortir, aussitôt remplacée par une autre. Le silence est si profond qu'on entend le chuchotement d'une femme sans doute dure d'oreille qui confesse ses péchés avec frénésie et qui, parfois, s'arrête pour aspirer l'air avec un long sifflement.

Le visage caché dans les mains, le corps penché en avant, Élise reste immobile. On sent que ce n'est pas la première fois qu'elle vient et qu'elle n'a pas choisi au hasard le confessionnal du père Meeus. Une tache de soleil, oblongue, tremblote à côté du bouton de sonnerie et Roger essaie de savoir d'où elle vient, y renonce, s'amuse à faire disparaître avec la main une autre tache de soleil qui donne sur la tablette de sa chaise dont la grosse paille tressée lui entre dans les genoux.

Depuis quinze jours, Élise est en proie à une fièvre de grand nettoyage. Les unes après les autres, les pièces de la maison sont vidées de leur contenu qu'on entasse dans la cour, ou sur la plate-forme qui surmonte la chambre de Mlle Frida. On découd les matelas et les traversins dont on étale la laine au soleil.

Est-ce le départ de M. Chechelowski qui a déclenché cette rage de propreté intégrale ? Sans doute cet événement a-t-il joué un rôle, mais ce serait quand même arrivé un jour ou l'autre car Élise Mamelin se sentait comme dans une impasse et ses nerfs étaient à bout.

Presque chaque dimanche, elle se plaignait de migraines. Au moment de sortir, alors que tout était prêt, que Roger attendait déjà sur le trottoir, la scène rituelle éclatait, une crise de nerfs remettait en question la visite projetée rue des Carmes ou au couvent des Ursulines.

— Tu te fatigues trop. Je prévoyais que le moment viendrait où tu n'en pourrais plus.

Désiré dit évidemment ce qu'il ne faudrait pas dire. Au surplus, il se trompe. Élise supporterait ses fatigues comme elle l'a fait l'année précédente si tout, cet hiver, ne s'était ligué contre elle. La mort de sa sœur Félicie, d'abord, et cette ambiance équivoque dans laquelle le drame s'est misérablement dénoué. Puis la pleurésie de Françoise, bien que celle-ci ne soit que sa belle-sœur. Désiré s'en est à peine ému. Élise, elle, sait que Françoise est tuberculeuse, avec deux beaux petits enfants sur les bras. Elle en a parlé au docteur Matray qui a dit que la montagne seule pourrait la sauver et qu'en tout cas on devrait la séparer de ses enfants. Charles Daigne le sait. Il ne fait rien. Il promène sa tête de mouton résigné de la sacristie à la maison du fond de la cour et, quand Élise a essayé de lui parler sérieusement, il s'est contenté de soupirer :

— Que veux-tu que je fasse de plus ? Je prie. M. le curé dit une messe chaque semaine à son intention.

Françoise ne se doute de rien, croit qu'elle se porte mieux parce que deux disques rouges s'allument sur ses pommettes. Sa voix est déjà feutrée, lointaine, et quand Élise la voit embrasser son fils qui n'a que dix-huit mois, son sang ne fait qu'un tour.

— Si tu veux un bon conseil, ne t'occupe pas de cela ! répète Désiré.

Mlle Pauline n'a pas changé. Élise ne peut plus la sentir et pourtant elle n'ose pas la mettre à la porte ; peut-être, au fond, lui manquerait-elle, tant elle s'est habituée à cette ennemie installée dans sa maison, lui donnant matière, par ses vexations quotidiennes, à des réflexions moroses ou à de silencieuses révoltes.

Mlle Frida n'est pas partie non plus et M. Charles vient presque chaque semaine s'asseoir, cordial et familier, dans la salle à manger de la rue de la Loi. Au début, Élise n'a pas compris. Elle a cru qu'il faisait son métier. Quand un soupçon lui est venu, elle l'a rejeté comme impossible, et cependant c'est de plus en plus flagrant, il la regarde d'une façon qui ne peut tromper une femme, sa voix prend des inflexions qui la font rougir et il a la manie, en lui parlant, de lui poser une main faussement paternelle sur le genou ou sur les bras.

Quelle idée ! Un homme marié ! Un homme d'un certain âge, qui a une bonne situation, venir perdre son temps à bavarder avec une femme en tablier, toujours décoiffée, car on dirait qu'il le fait exprès de la surprendre en plein travail.

Elle a failli en parler au frère Médard qui observe toujours la maison en surveillant la sortie des élèves et qui adresse à Élise, dès qu'il l'aperçoit, des saluts exagérés. Elle n'a pas osé encore.

— Tu crois que c'est possible, Valérie ? Tu penses qu'il essayera d'aller plus loin ?

— Pourquoi n'en parles-tu pas à Désiré ?

— Jamais, malheureuse ! Si Désiré savait ça...

Ce ne serait pas de la jalousie. Désiré a confiance en elle. Jamais il ne s'abaisserait à soupçonner sa femme. Il a supporté mieux qu'elle ne le craignait l'envahissement de sa maison par les locataires, mais, s'il découvrait qu'il y a quoi que ce soit de louche sous cette vie qui l'entoure, il serait capable de chasser tout le monde à la fois, les bons et les mauvais.

Un père blanc, plus grand que Désiré, beau comme un saint, a prêché le carême à Saint-Nicolas, d'une voix chaude, aux accents de cuivre, qui forçait la plupart des femmes à tirer leur mouchoir de leur réticule. Élise n'a pas manqué un sermon et a pleuré comme les autres. Le carême a commencé juste après la scène avec M. Chechelowski.

De tous les locataires, c'était le moins encombrant, le moins difficile à vivre. Il sortait, rentrait sans rien dire, se servait lui-même, payait sans regarder la note et pourtant c'est sur lui que sont retombées toutes les rancœurs accumulées dans l'âme d'Élise.

— Savez-vous, madame Mamelin, que mon lit est plein de petites bêtes ?

— Qu'est-ce que vous dites, monsieur Chechelowski ? Ce n'est pas possible, voyons !

— Je dis ! Regardez mes bras.

Il remonte sa manchette, exhibe de petites taches rouges sur la peau velue.

— Pourquoi prétendez-vous que ce sont des piqûres de punaises ? Ma maison est propre. Il n'y a jamais eu de bêtes dans mes lits.

— Pourtant, ce sont des punaises que j'ai écrasées cette nuit.

— Vous ne savez pas ce que vous dites...

Mlles Frida et Pauline sont là qui écoutent.

— ... Ou plutôt, c'est vous qui avez attrapé des puces et qui les avez apportées ici.

Il s'obstine, riposte et elle ne peut se contenir davantage.

— Écoutez, si c'est pour venir m'injurier chez moi, en m'accusant d'être une sale femme, je préfère que vous vous cherchiez une chambre ailleurs. Il n'en manque pas dans le quartier. Sans doute vous permettra-t-on même de recevoir votre fiancée dans votre chambre, puisque vous avez l'air d'y tenir.

Pourtant, il y avait des punaises. Élise en a trouvé. Elles devaient être dans les murs quand les Mamelin se sont installés rue de la Loi. Ou alors elles sont venues de l'estaminet d'à côté. Lorsque M. Chechelowski est parti, sans un mot de protestation, Élise a dit, en proie à un remords :

— Même si c'était vrai, voyez-vous, vous ne deviez pas le crier devant tout le monde. Vous savez que je fais tout ce que je peux. Vous verrez que vous ne serez nulle part aussi bien soigné qu'ici.

Gentiment, il a admis :

— Je sais.

Elle a failli le retenir, mais il était trop tard. Et au lieu de ça, Dieu sait quel démon l'a poussée à ne pas lui parler du couteau. C'est si peu de chose et elle en sera si lontemps tourmentée ! Deux ou trois fois, déjà, elle a été sur le point de courir rue de la Province, où il habite maintenant, pour le lui rendre, ce fameux couteau. Elle s'en sert tous les jours, chaque fois avec le même malaise.

Vaut-il dix francs, vingt francs ? C'est un couteau d'une forme différente de ceux qu'on trouve en Belgique dans le commerce ; sans doute vient-il de Russie. Il coupe mieux que tous les couteaux de la maison et le manche en métal blanc est doux et lisse, il s'adapte si parfaitement à la main d'Élise que déjà du temps de M. Chechelowski elle le prenait, pour faire sa cuisine, dans la boîte de son locataire et l'y remettait avant son retour.

Le jour du départ, par hasard, le couteau était resté dans un seau avec les épluchures. Élise le savait. M. Chechelowski, lui, n'y a pas pensé. Elle a failli le lui rappeler. Elle ne l'a pas fait. On peut dire, en définitive, qu'elle l'a volé.

Les punaises ont déclenché la crise de grand nettoyage, les autres locataires l'ont compris, et la poudre jaune répandue dans les coins des chambres constituait un aveu.

Puis, alors que, dans la maison aux fenêtres ouvertes du matin au soir, se préparait une sorte de renouveau en harmonie avec le printemps naissant, le carême a commencé et cette soif de propreté s'est étendue. Élise a ressenti le besoin d'aérer les replis de son âme qu'elle aurait voulu étendre au soleil d'avril comme elle étendait la literie sur la plate-forme tiède.

Marie, la sœur de Valérie, qui est très bigote et qui traîne derrière elle une odeur de couturière, est venue un vendredi chercher sa mère. Elle est toujours fourrée dans les confessionnaux, elle épuise les uns après les autres les ordres religieux, des Jésuites aux Dominicains et aux Oblats.

— Si tu connaissais les pères Rédemptoristes de la rue Neuvice...

Le lendemain, comme elle était plus tourmentée, Élise y est allée, furtivement, un peu gênée, car elle s'est toujours contentée de remplir ses devoirs religieux dans sa paroisse, sans tomber dans les excès qu'elle appelle des simagrées.

— Mon père, je m'accuse...

A son retour, elle rapportait dans son filet des provisions achetées à la « Vierge Noire », en guise d'alibi, et ses yeux étaient rouges, Roger a été seul à le remarquer.

Enfin, aujourd'hui matin, Léopold est venu s'asseoir dans la cuisine de la rue de la Loi. Il y avait longtemps qu'on ne l'avait vu. Il paraissait las. Le soleil de printemps rendait plus vert son pardessus râpé, son teint plus sale sous la barbe.

Pour la première fois, Élise l'a étudié comme s'il n'était pas son frère, mais un étranger, et elle s'est sentie plus triste que jamais, elle a murmuré, gênée, après une longue hésitation :

— Je me demande parfois, mon pauvre Léopold, si, dans la famille, nous sommes tout à fait comme les autres.

Il n'a pas protesté, ne s'est pas indigné de cette phrase qui aurait mis Louisa de Coronmeuse hors de ses gonds.

— L'été dernier, je suis allée chez Louis, à Tongres, pour la première communion de leur fils. C'était la première fois qu'il m'invitait et je ne sais pas encore ce qui lui a pris. Je me demandais si j'accepterais, surtout qu'il n'avait pas pensé à Désiré ni à l'enfant. Je revois encore Désiré, tout triste, tenant Roger par la main, quand le train est parti...

Elle avait même acheté, sans rien dire, un cadeau de première communion, un chapelet mauve dans un étui de cuir.

— Louis habite un vrai château, avec un parc, des bois. Tout ce que le Limbourg compte de nobles et de gens riches, qu'il invite à la chasse à l'automne, était chez lui, ce jour-là. Eh bien ! Léopold, tu le croiras si tu veux, c'est moi que Louis cherchait sans cesse des yeux. On aurait dit qu'il éprouvait le besoin de me parler, qu'il en avait gros sur le cœur.

» — Tu es heureux, Louis ? lui ai-je demandé.

» Au lieu de répondre, il a regardé en soupirant autour de lui, puis, comme quelqu'un s'approchait, il a fait, en me serrant le bras :

» — Chut !

» Vois-tu, on ne m'enlèvera pas de la tête...

Qu'est-ce qu'on ne lui enlèvera pas de la tête ? Elle ne sait pas au juste. Elle cherche. Il y a longtemps déjà qu'elle cherche.

— C'est comme Franz. Dimanche dernier, nous sommes allés chez lui avec Désiré et Roger. Nous avions rencontré Poldine chez Hubert Schroefs et elle nous avait invités.

Ils habitent une petite maison en brique noircie, dans un faubourg plein de jardinets, de cabanes à poules ou à lapins, de fils de fer tendus entre les perches pour mettre le linge à sécher. Les voisins sont pour la plupart des ouvriers qui, après leur travail, jardinent en manches de chemise ou font concourir des pigeons.

Pourquoi Franz, qui a de l'instruction, a-t-il épousé, sans en parler à personne, une fille qui travaillait à la Linière, cette vaste usine sombre qui enlaidit le quai de Coronmeuse ?

Chez eux, on a bu du café, mangé de la tarte ; ils ont un piano dans un salon trop petit ; Poldine élève des poules et passe son temps à parler, debout dans les boutiques, des heures durant, ou sur les seuils ; leur fils joue dans les rues avec des gamins du quartier. C'est à peine si, de l'après-midi, Franz a desserré les dents, et Désiré a fait les frais de la conversation.

Élise est revenue toute triste. Franz a des petits yeux comme son frère Louis ; ils pétillent mais se dérobent dès qu'on le regarde. Il ne se plaint pas. Il n'a pas un seul ami à la fabrique nationale d'armes où il travaille. Il n'en compte pas davantage dans son quartier.

Il se promène la plupart du temps, tout seul, à pas égaux, sans se presser. Il boit. Pas comme Léopold, ni comme Marthe. Il ne fait pas de neuvaines, n'est jamais ivre. Simplement, sa promenade comporte quelques escales, toujours les mêmes, il entre dans un estaminet sans s'attabler, vide son petit verre et s'en va comme il est venu, le sourire un peu plus sarcastique.

— Est-ce que tu comprends ce que je veux dire, Léopold ? On dirait que quelque chose nous pousse, que c'est plus fort que nous...

Ainsi, rue de la Loi, il y a des périodes de calme plat, des jours pendant lesquels il ne se passe rien, des heures vides, comme certains ciels trop profonds, qui nous donnent l'impression de vivre sous une cloche. Une Cécile continuerait à repasser son linge sans s'en apercevoir, Juliette, la femme d'Arthur, pousserait, jusqu'au bout du monde si le trottoir y conduisait, la voiture de son dernier bébé.

Élise, elle, des jours comme ceux-là, se contient aussi longtemps qu'elle peut, la poitrine serrée, mais un moment vient où c'est plus fort qu'elle, où elle se lève, se secoue, cherche coûte que coûte un aliment à son angoisse, où il lui semble qu'il y a en elle quelque chose qui, à force de tourner à vide, va se briser.

Elle ferait n'importe quoi, saisirait Désiré par les épaules, le supplierait d'agir, de l'emmener, d'aller quelque part, de la battre au besoin.

Elle a une peur maladive d'un tas de choses et, par-dessus tout, de la misère. C'est ce qui lui a donné un choc, tout à l'heure, en regardant Léopold qui a l'air, aujourd'hui, d'un pauvre qui mendie dans la rue. Au souvenir de certaines heures qu'elle a vécues avec sa mère, dans la rue proche de la rue Féronstrée, son front devient moite et elle volerait, elle qui est foncièrement honnête, plutôt que d'en connaître encore de semblables.

C'est la peur de la misère qui l'a poussée à prendre des locataires. Elle rougit d'elle-même quand, toute seule, elle ouvre furtivement leur boîte pour y chiper quelques morceaux de sucre ou une tranche de saucisson.

— Mais Louisa, vois-tu, Léopold !... C'est mon aînée. Avec moi, elle ne parle pas beaucoup, car elle me considère toujours comme une gamine. Je suis sûre que Louisa, malgré son calme apparent, n'est pas heureuse. Sinon, pourquoi aurait-elle épousé un homme de vingt ans plus âgé qu'elle, qui a maintenant une barbe blanche de patriarche ? Il a l'air d'être son père. Des gens le croient.

Sombre hiver que celui qu'elle vient de passer et pendant lequel sa pensée a cheminé, solitaire, dans un dédale angoissant de souterrains. Ce n'est pas la fatigue, comme Désiré le prétend, qui la rend nerveuse et si sensible. Désiré explique toujours les choses trop simplement.

Un peu à la façon de Mme Laude, chez qui on a passé les vacances à Embourg. Élise l'envie. C'est une femme que rien n'embarrasse, que rien n'affecte. Elle mange, elle boit, elle dort, toujours contente, toujours prête à rire d'un rire vulgaire. Une fois qu'on se promenait avec Roger dans les bois du Fond des Cris, on entend soudain un bruit d'eau, on regarde partout, on s'aperçoit que c'est Mme Laude qui urine, debout, sans se donner la peine de se trousser. Son mari travaille à décharger les wagons à la gare de Chênée. Le soir, il rentre noir comme du charbon. Il se met tout nu dans une cuve, au fond du jardin, et Mme Laude lui lance de grands seaux d'eau sur le corps.

Il y a des gens qui vivent comme ça et qui sont heureux. Mlle Pauline a fait beaucoup de mal à Élise, elle aussi. Peut-être n'en est-elle pas responsable ? Mais pourquoi certaines femmes, qui n'ont pas plus de mérite que d'autres, n'ont-elles qu'à se laisser vivre et à étudier dans une atmosphère douillette, à se faire servir avec des airs de reine, alors que des mères de famille sont contraintes à se faire leurs servantes ? Si seulement elle vidait ses eaux sales et pensait parfois à dire merci !

C'est Mlle Pauline qu'Élise déteste et c'est à Mlle Frida qu'elle s'en prend depuis que M. Charles fréquente la maison de la rue de la Loi ! Elle l'attaque sournoisement. Pour rien au monde, elle n'admettrait qu'elle est sournoise.

— C'est vrai, mademoiselle Frida, que les gens de votre pays préparent la révolution ?

Son rire est nerveux, elle frémit comme les enfants qui touchent à un objet dont ils ont peur.

— Dites-nous donc ce que vous mettrez à la place de ce qui existe. Est-ce que tous les riches deviendront pauvres, tandis que les pauvres commanderont ?

Elle ne comprend pas le mépris glacé de sa locataire. Elle rit, du bout des dents, quand celle-ci laisse tomber :

— Les riches ne deviendront pas pauvres. Nous les tuerons.

— Vous seriez capable de tuer quelqu'un, vous ?

— Oui.

— Vous comptez, après la révolution, devenir un personnage haut placé ?

Frida soupire :

— Dans votre pays, les gens parlent, parlent, ils ne savent que parler et rire. Vous n'avez pas eu assez faim.

— Et vous, mademoiselle Pauline, vous tueriez quelqu'un aussi ?

Alors celle-ci, du haut de son ciel serein :

— C'est trop salissant !

La nuit, après ces conversations-là, Élise est comme un gamin qui a trop couru, trop joué, respiré trop de grand air, ses tempes battent, elle ne trouve pas le sommeil et elle se tourne fébrilement à côté du grand corps de Désiré.

Elle n'aime pas les riches. Elle déteste Hubert Schroefs. Elle ne pardonne pas à Louis de Tongres, bien que celui-ci l'ait invitée à la première communion de son fils.

De tous ses frères et sœurs, c'est Léopold qu'elle préfère, à présent que Félicie est morte.

Mais elle respecte les maisons en pierre de taille où il y a des domestiques et pour elle un docteur est un docteur, un avoué est quelqu'un, elle franchit sur la pointe des pieds le porche solennel qui aboutit à la courette de Françoise.

Quand Roger a mal agi, elle lui dit :

— Tu te conduis comme les enfants d'ouvriers.

Elle est allée une fois chez Poldine, parce qu'elle ne pouvait faire autrement, mais elle est décidée à ne pas y remettre les pieds. Poldine a travaillé à la Linière d'où on voit jaillir, le soir, un flot de filles débraillées au langage si cru qu'Élise fait un détour quand elle revient avec Roger.

Élise est bonne. Elle voudrait tant être bonne ! C'est un besoin. Elle donnerait tout ce qu'elle a, comme la pauvre Félicie, mais elle souffre quand les gens ne le lui rendent pas au centuple. Elle est honnête et elle triche du matin au soir, elle a encore porté hier vingt francs à la Caisse d'épargne, en cachette de Désiré qui ne fume plus son cigare du dimanche parce que c'est trop cher.

Doit-elle vraiment croire qu'elle n'est pas comme une autre ? Quand elle s'est présentée à l'« Innovation », à seize ans, et qu'elle a prétendu qu'elle en avait dix-neuf, M. Wilhems l'a regardée d'une façon étrange. On lisait de la surprise dans ses yeux, de la gaieté, et aussi un tout petit peu de pitié, comme s'il contemplait un curieux animal. Il a fait semblant de la croire.

Or, deux hommes la regardent à peu près de la même façon, frère Médard et M. Charles, surtout M. Charles, avec maintenant un autre sentiment en plus.

Ce n'est pas possible qu'ils devinent ce qu'elle pense et elle n'a pas de noir sur le nez pour les faire sourire de la sorte.

Sentent-ils qu'elle va, qu'elle va, toujours de l'avant, inconsciente des obstacles, poussée par une force dont elle n'est pas responsable ?

Valérie ne la comprend pas.

— Je me demande où tu vas chercher tes idées. Je finirai par croire que tu es romanesque.

Romanesque, elle !

Mathilde Coomans, dont le commerce ne marche plus du tout, a dit à son mari, qui l'a répété à son cousin qui travaille avec Désiré chez M. Monnoyeur :

— Élise est trop compliquée pour moi. Elle me ferait voir la vie en noir.

Parce qu'une fois Élise lui a parlé des Russes. Elle essaye de les comprendre, d'imaginer ce vaste pays où on ne pénètre qu'avec un passeport et où on circule en traîneau, ces familles, dont le père moud du sable en Sibérie et dont les enfants ne vivent que pour la révolution, comme celle de Mlle Frida.

Certains soirs, la sérénité de Désiré, qui ne veut rien voir, l'irrite au point qu'elle devient injuste envers lui et qu'elle lui dit ce qu'elle peut trouver de plus désagréable.

— Je me demande pourquoi tu m'as épousée. Tu aurais cent fois mieux fait de rester rue Puits-en-Sock.

Il lui apporte des paillettes de fer soluble pour la fortifier. Voilà la réponse de Désiré. Il l'a obligée à engager une femme de ménage pour la lessive, chaque lundi.

Encore une idée malheureuse. Mme Catteau, celle qu'Élise a choisie sans savoir, a son mari en prison depuis six mois. Il a été condamné pour avoir abusé de sa fille âgée de neuf ans.

Alors, tout en lavant le linge dans la cour, les deux femmes parlent.

— Si vous aviez pu voir la petite, madame Mamelin...

D'une voix peuple qui porte loin — et les murs des cours ne sont pas hauts — elle donne complaisamment des détails si crus qu'Élise est obligée de lui rappeler qu'il existe des voisins.

— Je connais les hommes, allez ! Je suis payée pour les connaître. Si vous saviez la moitié de ce qui se passe dans ma rue...

Elle habite rue Grande-Bêche, une des plus misérables d'Outremeuse, véritable Cour des Miracles, où Désiré, comme visiteur du bureau de bienfaisance, se rend une fois par mois.

Au début de leur mariage, quand Élise l'a questionné sur les pauvres qu'il secourait, il s'est contenté de répondre :

— Nous n'avons pas le droit de parler de ça.

— Même à ta femme ?

Comme si les autres avaient autant de scrupules que lui !

— Il y a des chambres, madame Mamelin, qui puent, sauf votre respect, que vous ne pourriez pas y entrer en vous bouchant le nez. Ils sont des dix, des douze là-dedans, des garçons, des filles, pêle-mêle, avec le père et la mère qui font ce qu'ils ont à faire devant les petits qui regardent et qui essayent avec leur sœur...

L'angoisse l'étreint lorsqu'elle passe devant la rue Grande-Bêche, comme si elle frôlait un gouffre capable de l'attirer, et elle n'a pu s'empêcher d'expliquer à Roger :

— Tu vois ! Il faut que tu travailles bien à l'école. Sinon, plus tard, tu seras pauvre et tu vivras dans cette rue-là.

Elle ne veut pas être pauvre. Le seul spectacle de la pauvreté la rend malade de peur et de dégoût. Elle hait les riches, mais elle n'aime pas les pauvres.

— Le mieux, vois-tu, lui a dit une fois Désiré, c'est de garder le juste milieu, comme nous.

Le juste milieu, c'est la rue de la Loi. Elle le sait. Elle parvient souvent à y être heureuse. Elle n'y peut rien, si, de temps en temps, elle s'y sent mal à l'aise et si l'envie la prend de faire n'importe quoi pour en sortir comme elle est sortie de chez Cession, puis de la rue Pasteur.

— C'est un peu, Léopold, comme si nous étions des étrangers partout, tous ceux de notre famille, tant que nous sommes.

Elle parle des Peters, garçons et filles.

— Marthe est malheureuse avec Hubert Schroefs, malgré tout son argent, parce qu'il n'a aucune délicatesse de sentiment. Louisa souffre de servir des petits verres au comptoir, on ne me fera pas croire le contraire. Louis n'est pas à son aise au milieu de la famille noble de sa femme qui doit lui faire sentir qu'il n'est pas du même monde. Ma meilleure amie, Valérie, me blesse tout le temps sans le savoir et je ne peux jamais lui parler à cœur ouvert.

Franz et Poldine... Félicie qui en est morte...

Et Léopold qui boit, qui a besoin de boire, dès son réveil, faute de quoi il est comme un malade qui attend sa potion.

— Ce n'est pas parce que nous sommes de la frontière, presque des étrangers. Mlle Pauline, par exemple, se trouve bien partout où elle va. Il y a, au coin du boulevard de la Constitution, des Juifs qui fréquentent la synagogue et qui sont comme chez eux dans le quartier.

On ne lui ôtera pas de l'idée que c'est plus personnel, qu'il y a une sorte de malédiction, une tare peut-être sur la famille ?

— De quoi notre père est-il mort exactement ?

— D'un cancer à la langue.

Léopold est sombre, ce matin-là. Il regarde fixement devant lui en oubliant de rallumer sa pipe. Il ne dit jamais ce qu'il pense, il faut le deviner ; parfois Élise, qui en a l'habitude, a l'impression qu'elle l'entend penser et elle lui donne tout naturellement la réplique.

Rue Puits-en-Sock, tous ces petits commerçants qui sont nés et qui mourront côte à côte, maison à maison, vivent comme une grande famille, sans inquiétudes, et c'est pourquoi elle a un involontaire mouvement d'humeur chaque fois qu'elle voit Désiré s'acheminer avec Roger vers la chapellerie de son père.

Éparpillés, étrangers dans leur quartier, les Peters tendent d'instinct l'un vers l'autre, parce qu'il n'y a qu'un des leurs pour les comprendre, mais, une fois en tête à tête, ils se taisent comme si leur démon leur faisait peur.

Parfois il semble à Élise qu'il y a plus de points communs entre elle et Mlle Frida, par exemple, ou entre elle et la maman de M. Saft, qui travaille comme servante pour faire étudier son fils, qu'entre elle et son propre mari.

Existe-t-il de par le monde une race d'êtres plus sensibles que les autres, qui souffrent davantage et que rien ne peut satisfaire ?

L'autre jour, elle montait la rue Haute-Sauvenière. Des mineurs descendaient la même rue, par groupes, le visage noir, les yeux blancs, faisant résonner leurs souliers ferrés sur les pavés, et elle a été prise d'un tremblement nerveux, elle a eu un geste instinctif vers Roger qu'elle a serré contre elle.

Elle ne l'a jamais avoué à Mme Laude : à Embourg, elle a peur, le soir, lorsque Frédéric rentre du travail, et elle ne se rassure que quand, sorti de son baquet, il redevient, avec ses longues moustaches blondes et son éternelle casquette, un homme paisible qui joue aux quilles ou bêche son jardin.

Elle a toujours l'impression qu'un événement va se produire, qu'il n'est pas possible que le monde reste comme suspendu dans l'espace, prolongeant à l'infini la minute présente, et elle interroge avec effroi les autres qui ne s'aperçoivent de rien, elle sent venir une catastrophe dont elle est seule à s'effrayer.

Léopold se lève lourdement, vide sa pipe en la frappant sur le bord du seau à charbon, avale un fond de café froid qui reste dans sa tasse.

— Au revoir, fille.

— Tu ne me dis rien, Léopold ?

Que lui dirait-il ? Ce qui est plus éloquent que ses paroles, c'est son pas lourd, indécis, qui s'arrête à quelques mètres sur le trottoir : il est entré dans l'estaminet d'à côté.

Voilà pourquoi Élise, emmenant son fils, est venue dans cette chapelle de la rue Neuvice, voilà pourquoi elle se lève en reniflant et presse le bouton électrique dont la sonnerie va retentir quelque part dans la cellule du confesseur.

C'est un très vieil homme tout cassé qui lui a dit la dernière fois :

— Priez, ma fille. Accomplissez vos devoirs d'épouse, de mère et de chrétienne et vous verrez que la paix de Dieu reviendra en vous.

Elle a hâte que cela s'accomplisse, elle voudrait que, pour le printemps qui commence, tout en elle soit aussi limpide et léger que dans la maison nettoyée de fond en comble où de frais courants d'air se jouent du matin au soir jusque dans les moindres recoins.

— Attends-moi sagement, Roger.

Elle s'agenouille derrière le tissu vert qui ne la cache que jusqu'à mi-corps et longtemps l'enfant entend son murmure monotone, il devine, à travers le grillage de bois, le visage du père Meeus qui ressemble à un personnage de livre de messe.

Tout à l'heure, quand on se retrouvera dans la rue vibrante, Élise s'efforcera de sourire au soleil et elle décidera au seuil d'une pâtisserie :

— Viens manger un gâteau, un cornet à la crème comme tu les aimes.

C'est bientôt Pâques, on coiffera pour la première fois son chapeau de paille, on étrennera les nouveaux vêtements d'été, on ira en pèlerinage à Chèvremont, butant des pieds dans l'épaisse poussière blanche du calvaire bordé d'aubépines. On récitera un « Pater » et trois « Ave » à chaque station fleurie et là-haut, à la laiterie, on mangera sur l'herbe près des escarpolettes, parmi l'essaim des communiantes en blanc comme des jeunes mariées et des premiers communiants.

Puis on reviendra par Fléron, bien que ce soit plus long, pour rester aussi tard que possible sur la hauteur.

9

On est en 1911. La vie qui gonfle la petite maison de la rue de la Loi fait craquer les murs et se répand sur le trottoir. Dans la cuisine où frémissent les couvercles de marmites, on parle du temps de Mlle Pauline et de M. Saft comme Chrétien Mamelin et son ami Kreutz parlent d'une époque qu'ils ont connue sans trams ni autos, comme Désiré parle de sa jeunesse, lorsqu'ils étaient douze enfants autour de la table, rue Puits-en-Sock, et qu'un regard du père vers sa cravache suffisait à imposer le silence.

Vieux Papa est mort. Il n'était pas malade. On n'avait pas de raison de s'y attendre ce soir-là plutôt qu'un autre et pourtant, dans son sommeil, Roger a vu une boule de feu qui traversait sa chambre, du plancher au plafond, à l'heure où l'âme de l'ancien mineur s'en allait furtivement, comme pour ne déranger personne, abandonnant sur le lit une énorme carcasse sans importance.

On n'a aucunes nouvelles de M. Saft qui, ses études terminées, a regagné son pays. Il avait pourtant promis à Roger de lui envoyer des cartes postales polonaises qui sont très belles. Par contre, Mlle Pauline écrit parfois, de Berlin, où elle est devenue élève du professeur Einstein. Il paraît que le savant la considère comme une de ses meilleures disciples et qu'elle a un cerveau extraordinaire. Élise n'en revient pas.

— Elle a peut-être la bosse des mathématiques, mais par contre tout le reste est creux. Vous vous souvenez, mademoiselle Frida ? Elle ne savait rien faire de ses mains et elle manquait tellement de finesse !

Certains mots de la Feinstein, certaines anecdotes, ses mains qu'elle soignait comme des objets précieux, ses colères quand Désiré la

taquinait, ses chevilles enflées pour lesquelles elle cherchait en vain des
bottines — elle en avait une pleine armoire ! — tout cela fait maintenant
partie des traditions de la maison et les nouveaux locataires les
apprennent dès leur arrivée.

Des anciens, il ne reste que Mlle Frida. Elle s'est toujours refusée à
changer de chambre, même quand Élise lui a proposé de lui donner la
chambre verte pour le même prix que son entresol mal éclairé.

La chambre verte, depuis quelques semaines, est occupée par
M. Bernard, un Belge, dont les parents tiennent une épicerie à Verviers.
Il fait sa médecine. C'est un petit jeune homme maigre et blond,
toujours à plaisanter, à taquiner, comme Désiré, et, quand ils se
mettent à deux pour harceler Mlle Lola, c'est un tel vacarme dans la
maison qu'Élise se demande comment la pauvre fille peut y tenir.

Il est vrai que rien n'émeut cette grasse Caucasienne un peu bébête.

— Il suffit de la voir sourire, Valérie. Elle sourit aux anges comme
un enfant.

Elle occupe la chambre rose de Mlle Pauline et cette chambre est
devenue plus féminine, presque trop, car Mlle Lola, qui est fort belle,
d'une paisible beauté d'odalisque, soigne et pare son corps avec amour,
passe des heures à sa toilette, va et vient dans la maison, demi-nue, les
seins visibles dans l'entrebâillement du peignoir, laissant dans l'air qui
sent généralement la cuisine des sillons parfumés.

Elle chante, elle rit, on ne la voit jamais étudier, ses parents sont
riches et elle avoue qu'elle n'est entrée à l'Université que pour échapper
à l'existence monotone de la maison familiale et pour voir du pays.

— Elle restera enfant toute sa vie. Je me dis parfois que c'est une
chance.

Elle parle si drôlement le français que des rires fusent à tout propos,
surtout quand on peut donner un sens équivoque à ses paroles ingénues.
Car, depuis l'arrivée de M. Bernard, le ton des plaisanteries s'est épicé
rue de la Loi et Désiré s'y est mis, lui aussi ; souvent il faut qu'Élise
fasse signe aux hommes que Roger les écoute sans en avoir l'air.

Il y a eu des périodes grises pendant lesquelles les locataires se
succédaient à une cadence si rapide qu'on n'avait pas le temps de faire
leur connaissance. Il y en a même eu un qui, on n'a jamais su
pourquoi, est parti sans rien dire le lendemain de son arrivée, en
laissant dans la chambre une vieille paire de chaussettes et un porte-
plume réservoir. Le porte-plume est toujours dans le tiroir de la cuisine.

Chose curieuse, M. Chechelowski, le seul qu'Élise ait mis dehors, a
donné de ses nouvelles. Marié, père d'un enfant qui va avoir trois ans,
il est ingénieur dans une usine électrique d'Anvers et il n'a pas
l'intention de retourner dans son pays.

Son couteau aussi est encore dans le tiroir de la table.

La chambre de derrière, au rez-de-chaussée, est louée à un autre
Russe, M. Bogdanowski, d'un type qu'on ne connaissait pas encore
dans la maison, une sorte d'Oriental — il est d'Astrakhan — gras et

soigné comme Mlle Lola, avec d'aussi beaux yeux qu'elle et des cheveux aux reflets bleutés qui frisent naturellement.

Comme la Caucasienne aussi, il manque de la plus élémentaire pudeur, se promène en pyjama, va dans cette tenue acheter son beurre à la petite crémerie de la rue Jean-d'Outremeuse. Une fois, comme il arpentait le corridor à grands pas, de la cuisine à sa chambre, Élise lui a lancé :

— Restez donc tranquille, monsieur Bogdanowski. Vous me donnez le vertige.

— Le lavement, madame !

En effet, quelques instants plus tard, il se précipitait comme un fou, les mains sur le ventre, vers le petit endroit qui se trouve au fond de la cour. Il parle avec complaisance de ses intestins, du lavement qu'il prend chaque semaine ; tous les matins, à dix heures, il mange un pot de « yaourt ».

— Pour les boyaux ! explique-t-il avec son accent si comique.

Il est crépu comme un nègre et se parfume à vous soulever le cœur.

Ce jour-là est un des plus longs de l'année. Toutes les portes, toutes les fenêtres sont ouvertes, il est nécessaire, quand la maisonnée est au complet, que la maison se prolonge dans la rue. Roger, qui a soupé à six heures, seul à un coin de table, pour faire de la place, est assis sur le seuil entouré de ses tubes de peinture, de godets pleins d'eau irisée, de pinceaux et de chiffons, de crayons et de gommes ; indifférent à la vie du dedans comme à celle du dehors qui se rejoignent par-dessus sa tête, il copie minutieusement une carte postale représentant un moulin près d'un ruisseau.

M. Bernard a tant insisté pour obtenir la pension complète que Désiré a cédé. Deux Belges, tous deux étudiants en médecine, qui ont leur chambre dans le quartier, viennent en outre chaque jour prendre le repas de midi.

— Mange vite, Roger. Les pensionnaires vont arriver.

Le fourneau déborde du matin au soir de casseroles au couvercle trépidant, on finit à peine de mettre la table pour les uns qu'il faut la débarrasser pour dresser le couvert des autres et à deux heures c'est le tour des plats sucrés qu'Élise prépare pour Désiré.

Mlle Frida, fidèle à sa boîte en fer, se faufile, imperturbable, verse l'eau bouillante dans sa petite cafetière d'émail bleu, étale son pain, son beurre, son œuf ou son fromage.

Quant à Mlle Lola, c'est le désordre fait chair. Tantôt elle mange en ville, on ne sait où, tantôt elle exige le repas des pensionnaires, tantôt elle prétend cuisiner en personne des plats de son pays, réclame des condiments inconnus, mélange les ingrédients les plus inattendus pour s'apercevoir enfin qu'elle a oublié la recette exacte.

On rit. On crie. On ne s'entend plus. Parfois, il y a une poursuite dans l'escalier, des portes claquent, la Caucasienne appelle au secours, c'est M. Bernard qui court après elle, la saisit à bras-le-corps, s'arrête, haletant, devant la chair haletante, devant la tête renversée où un souffle chaud fait frémir des lèvres d'un rouge sombre.

La semaine dernière, il a étendu dans le lit de Mlle Lola le squelette qu'il a apporté pour ses études. Poussant des cris perçants, elle est descendue, en chemise, et, comme il riait aux éclats, elle l'a griffé au visage ; il en porte encore les marques.

— Vous êtes un sale Belge ! Un sale Belge ! Vous entendez ?

— Voulez-vous que je vous demande pardon à genoux, mademoiselle Lola ?

Il l'a fait. Désiré riait aussi. Élise avait un sourire nerveux qui ne la quitte presque plus et dans les minces plis duquel sont embusquées mille inquiétudes.

Car jamais peut-être elle n'a été aussi inquiète qu'au milieu de cette agitation bruyante qu'elle a déclenchée et dont elle seule peut suivre le fil conducteur. Le soir, Désiré, au lieu d'aller lire son journal sur le pas de la porte, s'attarde volontiers dans la cuisine. Elle s'impatiente, bien qu'elle ne soit pas jalouse de Mlle Lola.

— Les Delcour sont déjà dans la rue, remarque-t-elle.

C'est devenu un rendez-vous de tous les soirs, à moins qu'il ne tombe une pluie d'été. La jeunesse de la maison d'à côté attend, sur le trottoir où on a rangé les chaises en demi-cercle. Le groupe s'est accru du fiancé de la jeune fille, Hélène, qui est maintenant institutrice.

Ainsi, à travers le corridor au bout duquel Roger, assis sur la pierre bleue, peint son moulin, les rires et les cris de la rue rejoignent ceux de la cuisine en attendant la fusion des deux groupes.

Roger ne pourrait même pas s'installer ailleurs. A quatre heures, il faut qu'il se dépêche de faire ses devoirs. La pièce de devant, le seul abri qui était encore disponible, est louée désormais, on y a mis un lit et un lavabo parmi les meubles de la salle à manger et c'est devenu le domaine de M. Schascher.

Celui-ci ne se mêle ni aux jeux ni aux repas. C'est un petit Juif roux, si laid qu'il fait peur aux enfants, si pauvre qu'il ne porte ni chaussettes dans ses souliers éculés, ni linge sous ses vêtements. Le soir, par la fenêtre, à travers les feuilles coupantes d'une plante verte, on peut l'entrevoir qui étudie, les doigts enfoncés dans ses oreilles, profitant des dernières lueurs du crépuscule pour économiser le gaz.

Bien qu'il lui arrive de passer la journée sans manger, il ne se plaint jamais. C'est par Mlle Frida qu'on a appris qu'une banque juive de son pays lui prête l'argent nécessaire à ses études. Ensuite, elle retiendra ses diplômes jusqu'à ce qu'il ait tout remboursé. Il en aura peut-être pour dix ans.

— C'est beau, Louisa, de s'entraider ainsi. Pourquoi faut-il que les Juifs soient les seuls à le faire ? Quelle différence avec un M. Bernard qui ne pense qu'à s'amuser, au point que je suis obligée de l'enfermer dans sa chambre pour le forcer à travailler. C'est sa pauvre mère qui m'a autorisée à le faire. Il ne mérite pas des parents comme les siens.

Le clocher de Saint-Nicolas se dresse, immobile, dans un ciel d'une immobilité menaçante. L'air est lourd. Élise, pendant qu'on s'attarde à table, a commencé sa vaisselle sur un coin du poêle.

— Dépêchez-vous, monsieur Bernard. Vous êtes toujours le dernier à manger.

C'est un gamin et elle le traite comme tel.

Elle a hâte de se retrouver seule avec son travail qui la prendra encore jusqu'à minuit et, tandis qu'ils s'ébattront dans la rue, elle pourra déposer ce sourire crispé qu'elle maintient du matin au soir sur un visage de plus en plus pointu et mobile.

Où va-t-on de la sorte ? Où va-t-elle ? Où va la maison qu'elle a lancée à l'aventure comme un bateau et dont il lui arrive de ne plus se sentir maîtresse ?

Dans la rue, ils jouent à des jeux innocents, même le grand Désiré, ils se poursuivent, se donnent des tapes, chahutent, s'excitent, on entend le rire en cascade de Mlle Lola que quelqu'un a encore prise par la taille et qui se débat avec un regard ardent, un rire gênant de belle fille en mal d'amour.

Elle tend soudain l'oreille à une voix plus lointaine, à des pas précipités sur les pavés de la rue Jean-d'Outremeuse.

— Demandez *la Meuse* !... Édition spéciale...

Le marchand de journaux va, penché en avant, s'arrête à peine devant les groupes pour détacher une feuille encore humide du tas qu'il porte sur le bras gauche, reprend sa course.

— Demandez *la Meuse* !... Le Coup d'Agadir... Insolente provocation de l'empereur d'Allemagne... La guerre...

A-t-elle bien entendu ? A-t-il prononcé le mot *guerre* ? Qu'a-t-il crié ensuite ? Elle se précipite, se penche au-dessus des tubes et des godets de son fils qui lui barrent le passage.

Les autres se sont figés. On les voit dans la posture où le mot les a surpris et il se passe un moment avant qu'ils n'achèvent machinalement le geste commencé, là, dans la rue où le silence vient soudain de tomber comme un voile.

Les rires se sont éteints, sauf celui de Mlle Lola qui n'a pas compris, un rire en cascade qui lui-même meurt lentement tandis que la grosse fille regarde autour d'elle avec une surprise teintée d'angoisse.

Désiré, le premier, se dirige vers le coin de la rue Jean-d'Outremeuse en cherchant déjà un sou dans sa poche ; on le voit qui attend, tourné vers la rue Puits-en-Sock. Les portes des maisons voisines s'ouvrent les unes après les autres, les gens se penchent, s'interpellent.

— Qu'est-ce qu'il a crié ?

Le marchand paraît enfin, Désiré reste debout au bord du trottoir à regarder la feuille imprimée, on voudrait savoir, on se demande pourquoi il ne revient pas tout de suite, il se retourne, fait un grand geste rassurant.

— Eh bien !

Le voici enfin. Les voisins l'entourent. Il est très calme.

— Mais non ! Mais non ! Il n'y a pas de quoi s'affoler. Ce n'est pas encore la guerre. Tout peut s'arranger et vous verrez que cela s'arrangera.

Il lit à voix haute, souligne du doigt, en homme qui sait, le point d'interrogation qui corrige la menace d'un titre en caractères d'affiche :

La guerre en Europe ?
L'empereur Guillaume a débarqué à Agadir.
M. Fallières réunit d'urgence le Conseil des Ministres.
La Mobilisation sera-t-elle décrétée ?

Là-bas, à Nevers, Félicien Miette, dans le soir qui tombe, est plié en deux, devant les bureaux du journal, s'efforçant de mettre en marche l'auto qu'il vient d'acheter. Isabelle, vêtue d'une peau de bique, une voilette maintenant son chapeau et serrée autour du cou, attend avec impatience que le moteur qui toussote par intermittence accepte enfin de partir.

Miette s'éponge le front, reprend la manivelle. Le moteur tourne. Au même instant, une fenêtre s'ouvre.

— Monsieur Miette ! Monsieur Miette !

Et, alors qu'Isabelle est enfin installée dans le baquet, le téléphoniste de garde au journal glapit en agitant les bras, d'une voix aiguë qu'on perçoit à travers le vacarme de la mécanique :

— La guerre !

Élise tient toujours à la main son torchon à vaisselle. M. Bernard, si pâle qu'il fait pitié, a tout à coup l'air d'un gamin mal portant. M. Schascher, un instant, a collé à la vitre de sa chambre un visage incolore couronné de cheveux rouges et il retourne à sa table comme si la guerre n'avait rien à voir avec lui.

Avec une inconscience qui ne fait rire personne, Mlle Lola questionne :

— Vous croyez qu'ils feront quelque chose aux femmes ?

Le jour n'en finit pas. La lune qui se lève est si brillante qu'on ne sent pas la transition avec la nuit, les groupes deviennent à peine plus flous, les voix plus sonores dans un monde qui paraît artificiel.

— On verra bien demain si c'est la guerre, déclare, en allant se coucher, l'aîné des Delcour.

Sa sœur Hélène reconduit son fiancé, la main dans la main, jusqu'à la place du Congrès ; ils ne trouvent pas un mot à dire, ils se serrent l'un contre l'autre et, quand il la quitte, elle est sur le point de le rappeler.

— Tu crois, Désiré, chuchote Élise, dans son lit, que les gardes civiques devront marcher ?

Alors que chacun s'est endormi en s'efforçant de repousser le cauchemar hideux de la guerre, un cri éclate dans la maison, déchirant, faisant penser à l'appel d'une bête au paroxysme de la terreur :

— Désiré !... Désiré !...

Assise sur son lit, Élise le secoue ; une voix étrangement calme questionne, dans la chambre voisine dont la porte reste toujours entrouverte :

— Qu'est-ce que c'est, mère ?

Élise passe les vêtements qui lui tombent sous la main, tord machinalement ses cheveux pour les relever, ouvre la porte tandis que d'autres portes s'ouvrent dans la maison. Mlle Lola, qui a poussé le cri, est sur le palier du premier, en chemise claire ; elle parle précipitamment, en russe, lançant autour d'elle des regards de folle.

— Pour l'amour de Dieu, faites-la taire, monsieur Bernard ! Qu'est-ce qu'elle a ? Qu'est-ce qu'elle dit ? Qu'est-il arrivé ?

Tout le monde est levé, tout le monde s'agite dans la maison et on remarque seulement qu'on y voit clair comme en plein jour sans qu'une seule lampe soit allumée. Quelqu'un prononce :

— Le feu !

— Vite, Désiré... L'enfant... Il y a le feu...

Elle n'attend pas Désiré, soulève Roger dans ses bras, l'emporte, tout chaud dans sa chemise de nuit blanche.

La guerre... Le feu...

Les bras lui tombent, ses jambes se dérobent, elle est obligée de s'asseoir sur une marche de l'escalier quand elle constate que ce n'est pas chez elle qu'il y a le feu, bien que la chambre de Mlle Lola soit éclairée par les lueurs d'incendie.

— L'institut Saint-André...

C'est derrière les toits d'ardoise de l'école qu'on voit monter des tourbillons de flammes que traversent parfois en flèche des choses noires violemment lancées vers le ciel.

Désiré est tout près d'elle ; il la calme, il dit :

— C'est l'atelier de Déom... Ne bougez pas... Je vais voir...

Des gens courent dans la rue, des fenêtres s'ouvrent, on entend la cloche lugubre des pompiers, une rumeur de foule rue Jean-d'Outremeuse.

Ce n'est pas seulement l'atelier d'ébénisterie de M. Déom qui flambe, mais la maison tout entière. Bien que les pompiers aient déjà mis les lances en batterie, des voisins crient :

— La chaîne ! Tout le monde à la chaîne...

D'autres apportent des brocs, des seaux. Deux agents de police essayent en vain d'écarter les curieux. Sur le trottoir d'en face, Désiré, sans veston, avec sa chemise de nuit au col orné de dessins rouges, retrouve Albert Velden, et tous deux regardent, muets, en allumant une cigarette.

— Va te coucher, Roger. Ce n'est rien.

L'enfant reste dans la chambre plus rose que jamais de Mlle Lola où les femmes se penchent aux fenêtres tandis que les hommes sont dehors.

— Avec tout le bois entassé dans l'atelier ! Il faisait de si beaux meubles !

M. Déom, long et maigre, les moustaches tombantes, erre comme un homme qui ne sait plus où il est ni ce qu'il fait. Certains murmurent en le regardant avec un respect craintif qu'il a perdu la tête. Hébété, il va parmi ces inconnus qui entrent chez lui en se cachant le nez d'un mouchoir et qui en sortent avec tout ce qui leur tombe sous la main.

— Là !... Là !... Quelqu'un !...

Une forme humaine, deux bras, s'agitent à une fenêtre du second étage d'où sort de la fumée. C'est une vieille locataire impotente qu'on a oubliée. Les pompiers déploient leur échelle.

Et toujours arrivent des hommes, des femmes, des enfants, de la rue de la Loi, de la rue Pasteur, de la rue Puits-en-Sock. C'est une procession. Il en vient des petites rues et on les reconnaît tout de suite. Parmi ceux qui s'agitent le plus, entrant sans cesse dans la maison pour en ressortir chargés d'ustensiles de toutes sortes, on reconnaît M. Bogdanowski, le visage noirci, les yeux blancs sous ses cheveux crépus.

La chambre rose sent l'eau de Cologne dont on a aspergé Mlle Lola. Par moments, une colonne de feu plus ardente se fraie une route dans l'embrasement du ciel et on entend comme le ronflement d'un poêle gigantesque qui serait prêt à éclater.

— Mon Dieu ! Si jamais nous avons la guerre... soupire Élise, en regardant les pompiers qui se hissent avec précaution sur les toits aigus de l'école des Frères. Les pauvres gens ! Que va-t-il rester de leur ménage ?

Elle mélange les menaces de guerre et la catastrophe qui s'abat sur la maison Déom. Son sang bat plus vite dans ses artères, elle s'agite à vide, il lui semble que ce qui arrive devait arriver, que c'est ce qu'elle avait prévu qui commence, ce qu'elle attendait, cette atroce fin dernière dont le pressentiment l'a toujours tourmentée.

Elle prie, du bout des lèvres :

— Mon Dieu, épargnez-nous, épargnez notre maison, épargnez Roger et Désiré. Prenez-moi s'il le faut, mais épargnez-les.

Elle tressaille en voyant Mlle Frida, pâle et droite dans la lumière dansante, tel un ange exterminateur.

— Est-ce que vous mettrez le feu aussi, quand vous ferez la révolution ?

Et l'autre, les dents incrustées dans la pulpe de ses lèvres :

— Ce sera *terrible !*

Elle roule longuement, dramatiquement les r de terrible.

Des matelas, des chaises, des casseroles, des objets sans nom s'entassent sur le trottoir inondé, aussi pitoyables qu'à une vente forcée. Mme Déom, qu'on a emmenée dans une maison voisine et qui attend un bébé, boit inconsciemment le rhum qu'on lui verse entre les lèvres.

— Ma maison... répète-t-elle sans cesse.

Des gamins des rues courent entre les jambes des grandes personnes, tandis que, tout naturellement, Velden et Désiré se sont mis à parler du coup d'Agadir.

— L'Allemagne n'osera pas. Personne ne se risquerait à déclencher une guerre à l'heure actuelle, avec les moyens de destruction dont les armées disposent.

Des curieux s'éloignent pour aller se recoucher. Il est trois heures quand le ciel s'obscurcit et la lune disparaît tandis que des cendres noires continuent à pleuvoir dans les rues.

M. Schascher s'est enfermé chez lui dès qu'il a vu que ce n'était pas la maison de la rue de la Loi qui brûlait. Pour remonter Mlle Lola, Élise est allée chercher la bouteille de madère qui sert pour les sauces et elle en a rempli des petits verres.

— C'est fini, Désiré ? Ils ont pu sauver quelque chose ? Pauvres gens ! Les voilà ruinés !

— Pourquoi ? L'assurance paiera.

— Est-ce que l'assurance leur rendra aussi les objets auxquels ils tenaient, les souvenirs qu'on ne remplace pas ? Il faut maintenant penser à dormir. Viens, Roger.

Roger dort, sur le canapé de Mlle Lola, la joue sur un jupon de celle-ci. Il ne se réveille pas quand son père le porte dans son lit et le borde.

Une heure plus tard, Élise, qui n'a pas encore trouvé le sommeil, perçoit un léger toc-toc de la boîte aux lettres, elle descend, pieds nus, questionne :

— Qui est là ?

— C'est moi.

C'est M. Bogdanowski, à qui on ne pensait plus, la chemise déchirée, une oreille maculée de sang.

— Où étiez-vous ? Qu'avez-vous fait ?

— Là-bas...

Sans parler à personne, il a travaillé jusqu'au bout avec les sauveteurs et il a fini dans une maison inconnue, en compagnie d'inconnus à qui on servait à boire.

Le réveille-matin, qui ignore l'incendie et les bruits de guerre, sonne comme les autres matins, à cinq heures et demie, dans la chambre de Roger qui tend le bras d'un geste machinal, arrête le mécanisme et reste un moment hésitant sous la couverture rouge où règne une bonne chaleur. Il a une excuse pour ne pas se lever ce matin-là, il n'y aurait aucune honte à rester au lit, mais, justement parce que c'est exceptionnel, il se lève et passe ses vêtements dans ce jour pâle et comme effacé de l'aube qu'il connaît si bien.

Quand il traverse, en chaussettes, la chambre de ses parents, sa mère questionne, de son lit d'où n'émergent que ses longs cheveux :

— Tu t'es levé, Roger ?

— Oui, mère.

— Tu aurais mieux fait de te reposer.

— Je ne suis pas fatigué.

Ainsi, il est le premier, après avoir refermé sans bruit la porte de la rue, à passer devant la maison noircie, aux fenêtres béantes, au toit défoncé, devant laquelle une voiture de pompiers stationne encore au bord du trottoir où il enjambe de gros tuyaux de caoutchouc.

Il est six heures moins le quart — il voit l'heure au clocher de Saint-Nicolas — quand il s'arrête au coin de la rue Jean-d'Outremeuse et de la rue Puits-en-Sock, près de la borne postale peinte en vert sombre ; de là, il découvre quatre rues à la fois, il entend les pas dans le lointain, il reconnaît celui de M. Pelcat qui, rue Entre-deux-Ponts, vient d'ouvrir et de refermer la porte de sa boutique.

C'est un homme énorme, qui pèse plus de cent dix kilos et de qui le fond du pantalon fait penser à l'arrière-train d'un éléphant du cirque. Il tient un commerce de tissus dont il traîne derrière lui l'odeur rancie, mais, ce matin-là, l'odeur qui domine dans tout le quartier est celle de brûlé, l'odeur spéciale des cendres noyées d'eau.

— Tu as vu l'incendie, fiston ?

Une autre porte s'ouvre, rue Puits-en-Sock, grand-père Mamelin s'avance de son pas qui ressemble à celui de Désiré, reçoit sur la joue un baiser furtif que Roger y dépose, et voilà qu'au bout de la rue Méan on distingue la menue silhouette trottinante de M. Repasse, le bottier de la rue de la Cathédrale.

Ceux-ci ne parlent pas tout de suite de la guerre et ils se mettent en marche machinalement, comme ils le font chaque matin ; tous les jours, ils se retrouvent à la même heure, venant de points différents de l'horizon, on dirait qu'ils s'attirent comme des aimants et leur petite troupe grossit comme on voit grossir, à mesure qu'on approche de l'école, la bande des écoliers.

Place du Congrès, dès qu'ils tournent le coin, M. Effantin, le commissaire de police, sort de chez lui, et le plus curieux c'est qu'ils se disent à peine bonjour, ils sont contents ainsi, bien que M. Repasse, qui a un visage ridé et un nez violet, paraisse toujours grognon.

Ils ont tous entre soixante et soixante-dix ans. Ils ont atteint le sommet de leur carrière. Ils n'attendent plus aucune surprise de la vie et, chaque jour, ils cheminent à pas comptés, dans la fraîcheur candide du matin, devant les maisons aux volets clos où les gens dorment encore.

Roger va et vient autour d'eux à la façon d'un jeune chien, du chien de M. Fourneau qui attend près du passage d'eau en faisant sauter l'animal par-dessus sa canne.

C'est l'heure où une buée odorante monte du fleuve aux larges reflets, où les péniches enduites de goudron luisant se détachent lentement des berges et où les remorqueurs, en sifflant, frémissent d'impatience devant l'écluse de Coronmeuse. C'est l'heure aussi où l'abattoir proche est plein de meuglements et où les bêtes des troupeaux qu'on pousse le long du quai se heurtent entre les trottoirs.

Roger n'écoute pas la conversation des vieillards. Ceux-ci parlent peu, se reposent en des silences pleins et lourds. On sent qu'ils ont leur langage à eux, comme les tout petits, un langage qu'ils sont seuls à comprendre, depuis quarante ans et plus qu'ils se connaissent.

Ils sont devenus amis jadis, quand ils débutaient dans la vie, maigres et ardents, quand M. Repasse, qui est maintenant le bottier de la haute société, travaillait encore dans une échoppe et que M. Pelcat, qui n'avait pas encore son ventre encombrant, courait les foires de campagne comme colporteur.

Peut-être se sont-ils un moment perdus de vue ? Ils ont travaillé, fondé des familles, puis ils se sont retrouvés sur l'autre versant de l'existence, et qui sait s'ils ne se croient pas encore les mêmes ?

Ont-ils parlé de la guerre ? Roger ne l'a pas entendu. Il joue avec Rita, la chienne malinoise de M. Fourneau qui a plusieurs prix de dressage, lui lance des bouts de bois dans l'eau du fleuve.

— Apporte, Rita... Apporte !...

M. Fallières ?... L'empereur Guillaume ?...

On approche de l'établissement de bains dont les plongeoirs émergent de la Meuse, tout au bout du quai, entourés de pilotis et de cordes tendues. On sent davantage la forte odeur de l'eau. En face, n'étaient les arbres, on apercevrait, quai de Coronmeuse, au bord du canal, la maison de tante Louisa.

Roger a les paupières un peu lourdes, un vide dans la poitrine, parce qu'il n'a pas assez dormi. Il revoit Mlle Lola sur son lit, quand on aspergeait son visage d'eau de Cologne, et il pense davantage à elle qu'à l'incendie.

Son père a dit qu'il n'y aurait pas la guerre.

On franchit une barrière, on suit une allée au sol de briques rouges, on tourne à gauche et on arrive devant les cabines. Le garçon se précipite vers la plus grande, la seule qui puisse contenir une douzaine de personnes.

Alors, les vieillards se déshabillent, tous ensemble, vont et viennent, leurs jambes maigres, tavelées ou veinées de bleu, jaillissant de leur chemise, ils plaisantent, se font des farces, se lancent une serviette ou un savon à la tête, tandis que Roger enfile son caleçon rayé de bleu qu'il a apporté sous le bras, roulé dans une serviette-éponge avec son peigne et sa savonnette rose.

On entend, de l'autre côté de l'eau, le vacarme des premiers trams. C'est l'heure où Élise descend pour allumer son feu et moudre le café. Les autres enfants de l'école sont encore au lit et la plupart s'éveilleront en geignant, cherchant des excuses pour retarder le moment de se lever.

Sous les pieds nus, les briques sont froides, même en plein été, à cette heure-là. L'eau est froide aussi, que Roger tâte d'un orteil avant de se diriger vers le plongeoir du grand bain. M. Effantin, le commissaire de police, a la peau aussi blanche que du papier et Roger détourne toujours les yeux avec gêne de son grand corps maigre dont on compte les os.

Les vieux continuent à se chamailler et à rire, sur les plongeoirs et, dans l'eau, on bouscule M. Repasse, qui a un sale caractère ; seul Chrétien Mamelin s'en va à pas réguliers jusqu'au bout du bain, se glisse lentement dans l'eau, sur le dos, en prenant soin de ne pas se mouiller la tête, et descend ainsi le fil du courant en remuant à peine les mains des deux côtés du corps. C'est à cause de sa maladie de cœur. Il rentre le premier dans la cabine, à pas égaux, des gouttes d'eau sur la peau, et Roger, nageant au-delà des cordes, peut le voir qui s'habille avec les mêmes gestes minutieux qu'il a pour repasser les chapeaux sur les têtes de bois dans l'arrière-boutique de la rue Puits-en-Sock.

Pendant des heures, on garde aux lèvres le goût du bain, le goût aussi de la gorgée de café au rhum que Roger a le droit de boire ensuite, dans la tasse de son grand-père, car on s'arrête quelques minutes dans la cuisine du tenancier.

Au retour, on voit davantage de fenêtres ouvertes, de femmes qui balayent leur seuil, ainsi on sent que pour la plupart des gens la vie commence à peine et qu'ils sont encore englués de la moiteur des lits.

— Toujours en retard, Van Hamme ! dira tout à l'heure M. Penders, l'instituteur. Demandez à Mamelin depuis quelle heure il est levé. Demandez-lui ce qu'il a fait avant de venir en classe.

Ainsi, la journée de Roger commence d'une façon exceptionnelle. Seul de tous les élèves, à dix heures, il a le droit de quitter l'école pour traverser la rue, pousser la porte qui reste contre et boire le verre de bière qui l'attend sur une marche de l'escalier, avec un œuf battu.

— C'est moi, mère.

— Essuie bien tes pieds. Le corridor est nettoyé.

Seul, parce qu'il habite tout près, il a assisté à l'incendie. Seul, à onze heures et demie, il ne prendra pas place dans le rang que M. Penders conduit jusqu'au coin de la rue, parce que sa maison est juste en face, et tout le monde sait déjà qu'il est le chouchou de frère Médard.

La preuve, c'est que sa mère rejoint celui-ci sur le trottoir où il est campé.

— Dites-moi, frère Médard, est-ce que vous croyez que nous aurons la guerre ?

Ne craint-il pas, en la rassurant trop vite, de perdre de son importance ?

— Qui sait, madame Mamelin ? Cela dépendra de l'attitude du gouvernement français. Sans doute serons-nous renseignés ce soir.

Des monceaux de frites attendent sur le coin du feu le moment de passer une seconde fois dans la friture grésillante.

— Mange vite, Roger. Les pensionnaires vont arriver.

Roger, ce midi-là, aura un petit pain frais que M. Bernard a laissé à son déjeuner.

10

Élise, comme d'habitude, s'est levée à six heures du matin. Il n'y a pas d'armoire ni de portemanteau dans la chambre blanchie à la chaux dont les petites fenêtres donnent sur la route et sur un horizon de prairies. Désiré dort encore, Roger dort dans la chambre voisine qui est en contrebas, carrelée de rouge comme une cuisine.

A quel point tout cela est nu ! Propre, certes. Chaque année, Mme Laude passe la maison entière, dehors et dedans, au lait de chaux. Ce n'en est pas moins une demeure pauvre. Les murs sont renflés ici, concaves plus loin, une poutre traverse la pièce sans rien soutenir, sans qu'on sache pourquoi elle a été posée, le crucifix est si vulgaire qu'Élise serait incapable de prier en le regardant, deux ou trois chromos sont encadrés de noir, le verre de l'un deux, qui représente Napoléon à Austerlitz, est fêlé depuis plusieurs générations.

— N'est-ce pas étrange, docteur, que je sois encore plus nerveuse à la campagne qu'en ville ?

Le docteur Matray, dont le visage carré est naturellement assez dur, a regardé Élise avec une certaine douceur, sans lui répondre.

— J'ai tout essayé, du fer, des fortifiants, les pilules que vous m'avez ordonnées...

Rien n'y fait et on dirait que le docteur sait que rien ne peut y faire. A-t-il découvert cette tare mystérieuse qu'Élise a de plus en plus la conviction de porter en elle et qui l'empêche d'être pareille aux autres ?

Le lit est net. Elle en a décousu le matelas. Pourtant, bourré de crin végétal, il vous imprègne, surtout quand on transpire par les chaudes nuits d'été, d'une odeur de foin un peu moisi. Désiré appelle ça l'odeur de la campagne, et aussi ce relent insaisissable de lait suri qu'on retrouve dans toute la maison bien que celle-ci soit loin d'une étable.

Élise, comme un prestidigitateur, attrape son linge épars sur la table ronde et sur les deux chaises à fond de paille, sa chemise, son pantalon, son corset, son cache-corset, son jupon de dessous, elle se lave, se coiffe devant le miroir piqueté de roux où l'on se voit un nez de travers, et pendant ce temps-là les vaches meuglent, tournées vers la ferme des Piedbœuf d'où les femmes sortent avec des seaux pour les traire.

Élise a beau répéter que l'air de la campagne est salutaire, elle n'y est jamais à son aise, tout la choque, l'effraie même un peu. Elle descend les quelques marches qui conduisent à la cuisine dont la porte est ouverte sur la fraîcheur matinale du jardin et elle trouve Mme Laude et Frédéric attablés face à face devant des bols de café et d'énormes tartines de pain gris.

Elle a toujours l'impression qu'elle dérange, elle s'excuse, prépare le café dans sa propre cafetière, comme Mlle Frida le fait rue de la Loi, mais Mlle Frida ne pense jamais qu'elle gêne. Frédéric, aux épaisses moustaches blondes, garde sa casquette sur la tête du matin au soir, sans la quitter quand il mange. C'est un ouvrier. Toute la semaine précédente, il a été en grève et on le voyait partir dans son costume noir des dimanches pour assister à quelque meeting.

— Viens ici, Frédéric.

Mme Laude l'appelle comme un enfant et, comme à un enfant, elle lui remet son argent de poche, car il lui donne tout ce qu'il gagne.

Désiré s'habille en chantant, éveille son fils en lui chatouillant le nez, Frédéric s'en va à vélo, sa musette sur le dos, avec les tartines et le bidon de café. Puis Mme Laude s'éloigne à son tour, deux seaux suspendus à une sorte de bât garni de chaînes qu'elle porte sur les épaules, pour aller chercher l'eau à la pompe qui se dresse à la croisée des chemins.

Alors Élise, qui a mangé debout, en travaillant, fait ses lits, prend les poussières, épluche les légumes pour le dîner.

— Dépêche-toi, Roger. Fais voir si ta chemise est encore propre.

Un peigne mouillé a séparé par une raie les cheveux de chanvre du gamin. Il porte une chemisette de tussor que sa mère lui a faite. Ils sont encore une fois en deuil, mais, à la campagne, elle le laisse user ses pantalons bleus. Elle-même, sur une jupe noire — une jupe de serge grise qu'elle a teinte — porte un corsage blanc à col rond.

Ils se dirigent lentement vers le Thiers des Grillons, dans un univers où ils peuvent se croire seuls. Élise est triste et, quand elle est triste, elle se ressent davantage de ses fatigues. Les derniers temps, elle a beaucoup souffert de sa descente de matrice. Il a été à nouveau question de l'opérer, le spécialiste insistait, le docteur Matray, lui, a déclaré :

— Vous avez un enfant, madame Mamelin. Soignez-vous, reposez-vous, mais ne vous laissez pas opérer.

A cause de Roger, il l'a dit ! Donc, elle pourrait mourir. On viendrait la chercher en voiture comme Félicie, on la conduirait à l'hôpital ou dans une clinique. La famille viendrait la voir, Désiré amènerait Roger par la main le long de ces couloirs livides où l'odeur de maladie et de mort vous prend à la gorge. Il y aurait des oranges et des raisins sur un guéridon ripoliné, près des médicaments, puis on l'endormirait et, quand l'enfant et son père viendraient à nouveau...

— Non ! Non ! Je ne veux pas !

Elle en rêve la nuit, elle y pense dans le soleil, dans ce merveilleux matin en robe vert pâle, tout auréolé de poudre d'or.

— Joue, Roger.

Il joue, c'est-à-dire qu'il frappe d'une baguette la poussière épaisse qui couvre la route et qui a déjà blanchi ses bottines.

Françoise est morte en avril. Elle a traîné un mois alors qu'on savait qu'il n'y avait plus rien à faire. Elle était condamnée. Élise courait la voir chaque fois qu'elle pouvait s'échapper de la rue de la Loi, trouvait des belles-sœurs, des voisines qui s'occupaient des enfants, le regard de Françoise, seule dans sa chambre, qui se fixait sur elle avec une expression qu'Élise n'a jamais vue à personne et qu'elle n'oubliera pas, dût-elle vivre cent ans.

Les stores étaient toujours baissés, car la lumière fatiguait la malade. Très maigre, les cheveux noirs répandus sur l'oreiller, la mâchoire déjà saillante comme celle des morts, la respiration saccadée, on ne voyait que ses grands yeux sombres, d'une immobilité terrible.

Elle pensait aux enfants, Élise le sait. Elle ne répond pas quand quelqu'un prétend :

— Elle ne s'est pas vue mourir.

Pourquoi donc, alors, ses yeux exprimaient-ils cette peur sans bornes chaque fois que la voix d'un des petits s'élevait dans la cuisine ? Pourquoi refusait-elle de les voir ? On les lui amenait parfois, croyant lui faire plaisir, et, avec un grand effort, elle s'en détournait ; on disait qu'elle n'avait pas sa tête à elle.

Élise seule a compris ce qui se passait chez Françoise. C'est pourquoi la mort de sa belle-sœur l'a brisée davantage que celle de Félicie, qui était pourtant sa sœur préférée.

Quelques instants avant de mourir, Françoise s'est dressée sur son lit, elle a poussé un cri pareil à un rugissement, il n'y a pas d'autre mot, en regardant si fixement la porte qu'on pouvait penser qu'elle voyait à travers. C'était un peu avant le lever du jour. Le bébé pleurait dans la chambre voisine et une voix étrangère, celle de la femme du suisse, Mme Collard, essayait de le rendormir.

— Tu vas déchirer tes vêtements, Roger.

Il joue à se faufiler par le trou d'une haie. Étonné par la voix de sa mère, il la regarde, s'aperçoit que ses yeux sont embués, mais il ne dit rien et continue à s'amuser tout seul sans conviction.

Le feuillage des arbres se rejoint au-dessus de la pente rapide du Thiers des Grillons et forme une voûte sombre que le soleil ne traverse que par places, mettant des taches brillantes sur les pavés inégaux. L'air bruisse. La ville, dans la vallée, est comme un lac bleuté couvert de vapeur d'où émergent les cheminées des usines et d'où fusent méchamment les coups de sifflet des locomotives. On devine les rames de wagons qui s'entrechoquent, des bennes qui se déversent au-dessus du vide, des marteaux monstrueux qui frappent du métal incandescent. Plus grêles dans cette symphonie puissante s'élèvent la sonnerie du tram qui s'arrête juste en bas de la côte, des cris d'enfants dans une école ; un bourdon maladroit frôle le visage d'Élise et un oiseau pépie, le bec ouvert, le jabot gonflé, légèrement posé sur un fil barbelé.

Élise s'assied dans l'herbe qu'elle a couverte de son mouchoir. Roger cherche des noisettes. Les rayons du soleil, pâles et légers, dans le petit matin, deviennent d'un jaune foncé de blés mûrs et se peuplent d'une vie bourdonnante.

Les locataires sont en vacances, Mlle Frida elle-même est allée passer un mois à Genève, ce qui prouve que M. Charles avait raison.

— Regarde, mère.

Le gamin, de temps en temps, vient montrer à Élise des noisettes, des glands, des fraises qu'il a trouvés dans le bois.

— Peut-être qu'oncle Charles a pris par la grand-route ?

Elle se le demande aussi, car il est au moins onze heures, à en juger par le soleil, et elle est sur le point de reprendre le chemin de la maison quand, tout en bas du Thiers des Grillons, dans une flaque de lumière, on aperçoit trois silhouettes.

— Mon Dieu ! soupire Élise, le cœur serré.

Pourquoi Charles Daigne fait-il porter le voile par sa fille qui n'a que dix ans ? Loulou est en grand deuil, comme une femme, et c'est à mi-côte seulement que la pauvre petite, qui doit avoir très chaud, s'arrête pour rejeter son crêpe en arrière.

Roger est déjà parti en courant à leur rencontre. Ils tiennent par la main un bonhomme de deux ans, Joseph, en culotte noire à un âge où d'autres garçonnets portent encore des robes, gravissant de ses petites jambes la côte empierrée.

Mathilde Coomans, qui habite le coin de la rue de la Loi où son commerce ne marche toujours pas, s'est chargée du plus jeune qu'Élise voulait prendre chez elle, un bébé de cinq mois qu'on nourrit au lait de vache.

— Comment ferais-tu, avec tes locataires ?

Elle souffre de voir le bébé chez Mathilde qui n'a pas d'ordre, n'est jamais habillée avant dix heures du matin et regarde autour d'elle d'un air hébété comme si elle ne s'y retrouvait pas dans sa boutique. Qu'une cliente lui demande une livre de flageolets ou de pois cassés, et la voilà perdue.

Le petit groupe s'est arrêté, car Joseph n'en peut plus. Son père, qui essaie de le porter, est obligé de reprendre son souffle tous les dix mètres.

— Mon Dieu, Charles, tu dois être en nage. Donne-le-moi. Bonjour, ma pauvre Loulou.

— Bonjour, tante.

Ils sont seuls sur cette longue route qui dégringole vers la ville, Charles et les enfants semblent surgir d'un autre monde, dans leurs vêtements noirs qui sentent encore le neuf.

— Comme elle est pâle, Charles !

Loulou a toujours été pâle. Son mince visage est d'une blancheur mate que souligne le crêpe de son voile taillé dans un crêpe de sa maman morte.

— Tu devrais me la laisser aussi, Charles. Ne fût-ce qu'un mois. L'air lui ferait tant de bien !

Et Charles de répondre simplement.

— J'ai besoin d'elle à la maison.

Élise pleurerait volontiers. Elle souffre de les voir si calmes, si simples après la catastrophe, comme s'ils n'avaient pas compris. Charles n'a pas changé. Son visage garde une douce expression de mouton qui devient exaspérante. Il n'a pas pu venir la veille, parce que c'était dimanche et que le dimanche il y a les offices. Jamais, depuis qu'il est sacristain à Saint-Denis, il n'a eu un dimanche de libre, jamais il n'a vu la couleur d'un dimanche ailleurs que dans le béguinage au porche silencieux qu'il habite et que dans la nef éclairée par les cierges.

— J'ai bien cru que je ne pourrais pas venir aujourd'hui, à cause de la demoiselle Tonglet qui est morte vendredi. C'est une chance qu'ils aient commandé l'absoute pour trois heures.

— Tu auras à peine le temps de dîner.

Comment peut-il encore tout ordonner pour des absoutes et des messes de mort ? Il y a des moments où on sent l'envie de le secouer. Il est trop doux, trop résigné. Il ne se rend pas compte, on le jurerait, du drame qui s'est abattu sur lui et sur les siens.

— Alors, Loulou, c'est toi qui soignes ton papa ?

— Oui, tante.

— Tu fais la cuisine, la vaisselle ?

— Oui, tante. Mme Collard vient m'aider pour les lits.

Loulou est si belle, si fine ! On l'a affublée de jupes trop longues qui lui donnent l'air non d'une enfant mais d'une naine. Chacun se retournait sur elle quand, à la procession, vêtue de blanc et de bleu ciel, elle incarnait la Vierge.

— Enlève ton veston, Charles. Il fait trop chaud.

Peu importe. Il a chaud, mais il ne se met pas à son aise alors même qu'il n'y a personne pour le voir. On ne sait que lui dire. C'est un supplice de lui arracher un mot, une phrase. Il marche, ne regarde ni la campagne, ni la maison de Mme Laude dans laquelle il entre comme il entrerait dans n'importe quel endroit où on voudrait le pousser.

— Tu vois, j'ai fait venir le lit-cage de Roger quand il était petit.

Joseph tient déjà de son père. Il n'a pas ouvert la bouche. Il s'est laissé embrasser par cette jument de Mme Laude et, s'il en a eu peur, il ne l'a pas montré.

— Tu t'amuseras bien ici, Joseph ?

Comme si on n'aurait pas pu lui trouver un nom plus gentil !

— Tu as apporté son linge et ses vêtements, Loulou ?

Un minuscule paquet enveloppé de papier gris, serré d'une ficelle rouge. Il n'y a presque rien de léger pour l'été.

— Peu importe. Je lui arrangerai quelque chose.

Pour un peu, elle serait obligée de saisir Charles Daigne comme un pion pour le poser sur la case suivante. A table, il consulte sa montre, ne pense qu'à son église, à ses absoutes, à ses offices. Sait-il ce qu'il a mangé ? Loulou s'occupe de lui comme elle s'occuperait de son petit frère.

Au moment de partir, il se penche, embrasse son fils sur les deux joues, simplement, et c'est à son nez que perle une goutte d'eau.

— Tu viendras le voir, Charles ?

— Dès que je pourrai.

Joseph ne pleure pas.

— Dis au revoir à ton père et à ta sœur, mon petit Jojo.

Elle vient de trouver un nom. L'enfant n'ouvre pas la bouche, les regarde partir de ses prunelles si douces qu'Élise se contient pour ne pas éclater en sanglots et elle pense que c'est déjà un oiseau pour le chat.

— Si vous saviez l'effet que cela m'a produit, madame Laude !

Maintenant encore, de voir le père et la fille, tout en noir, qui s'éloignent entre les deux haies, crûment dessinés sur la blancheur de la route, Charles avec son chapeau melon perché sur le sommet de son crâne, ses épaules tombantes, ses pantalons étriqués, cette main qu'il tend et dans laquelle Loulou glisse la sienne, ce regard qu'on devine glissant sur les choses avec une morne indifférence ! Ils viennent d'ailleurs, de ce monde enfumé qu'Élise contemplait en les attendant, si sombre quand on le découvre de loin, si plein pourtant de petites maisons quiètes, de bouilloires qui chantent sur un poêle bien astiqué, de petits coins rassurants, à la taille de ceux qui y vivent, de leurs besoins, de leurs joies, de leurs douleurs.

— Qu'est-ce que tu as, mère ?

Depuis que Roger est un grand garçon, elle doit sans cesse prendre garde à lui.

— Ce n'est rien. Ne fais pas attention.

Le petit de Françoise n'a même pas pleuré. Il ne sait pas encore qu'il est orphelin, peut-être de son côté Charles ne réalise-t-il pas qu'il est veuf ?

— Viens ici, Jojo. Tu as trop chaud comme ça.

Elle lui enlève sa blouse sombre et d'étroites épaules blanches comme du lait semblent surprises par l'éclat du soleil.

— Qu'est-ce qu'on lui mettrait bien, madame Laude ? Je ne peux pas le voir tout en noir. Demain, je lui ferai un petit costume.

Pas aujourd'hui, car il faut sortir. C'est l'heure. On n'est pas à la campagne pour tenir les enfants enfermés.

— Prends tes jouets, Roger. Donne gentiment la main à ton petit cousin.

— Où va-t-on ?

— Aux Marronniers.

Sa mère prépare le goûter qu'elle glisse dans son filet, avec un travail de crochet. Elle emporte un pliant, une ombrelle mauve.

— A tout à l'heure, madame Laude. Vous serez gentille de mettre la compote au feu, vers cinq heures. Avec un filet d'eau, n'est-ce pas ?

Elle a beau faire, elle ne parvient pas à chasser l'image de Charles et de ses deux enfants telle qu'elle est imprimée sur sa rétine quand ils gravissaient lentement le Thiers des Grillons. Ils étaient si seuls ! Ils avaient l'air des survivants d'un cataclysme qui aurait dévasté le monde, ne laissant qu'eux sur terre, trois êtres falots, vêtus de noir, errant dans l'immensité indifférente et vide.

Et cependant il n'y a que la maman qui s'en soit allée !

— Roger, il faut être gentil, très gentil avec ton cousin. Vois-tu, quand la maman est morte, il n'y a plus rien.

Elle pense à l'hôpital où elle irait si elle écoutait le spécialiste, à Désiré tenant Roger par la main et marchant avec lui le long d'une interminable rue déserte. Elle en a rêvé plusieurs fois, elle est persuadée qu'elle connaît cette rue, elle cherche dans ses souvenirs, en vain, elle ne l'a jamais vue et pourtant elle est sûre qu'elle existe et qu'un jour elle s'arrêtera soudain en s'écriant : « C'est là. »

— Tu le fais marcher trop vite, Roger. Pense qu'il a de toutes petites jambes.

Du vert, du vert, toujours du vert, les taches blanches des vaches affalées, puis des haies vives, de l'herbe encore sur l'étroit chemin, une barrière qu'on franchit en septembre pour aller cueillir des champignons dans les prés des Piedbœuf.

Élise est si lasse !

A l'écart de la route, là où le terrain en pente douce descend vers les bois touffus, ils atteignent enfin une quadruple allée de marronniers où l'on entre comme dans une cathédrale et où des petits frissons d'air vous caressent les joues. Elle ouvre son pliant, cherche son crochet nickelé, le coton blanc cru auquel un bout de dentelle est encore accroché comme un cordon ombilical.

La tête penchée sur son ouvrage, ses lèvres remuent comme si elle parlait à quelqu'un ou récitait une prière, elle lève parfois les yeux vers le fond de l'allée où l'on aperçoit le rose d'une construction qu'entourent des massifs de fleurs et des barrières peintes.

Elle explique déjà, comme si Mme Dossin était assise près d'elle :

— C'est le neveu dont je vous ai parlé, celui dont la pauvre maman...

Ils sont là comme dans un écrin et les grands arbres se dressent autour d'eux pour leur cacher l'immensité inquiétante de l'horizon. Ces arbres, Élise et Roger les connaissent comme des amis, comme des créatures humaines, chacun a sa physionomie propre, son caractère, le troisième est creux comme un vieux malade, un autre tend horizontalement une branche basse sur laquelle Roger aime à faire de l'équilibre, il y en a un, tout au bout de la rangée, qui a été frappé par la foudre et qui n'est plus qu'un blême squelette d'arbre.

L'écharpe rose saumon de Mme Dossin flotte dans le jardin dont le parfum arrive par bouffées, alternant avec des odeurs de mousse et de terre humide.

Elle ne viendra pas tout de suite. Elle appelle d'abord :

— Jacques ! Où es-tu ?

Elle ne crie pas après son fils comme les femmes d'Outremeuse qui fêlent de leur voix perçante le cristal de l'air. Elle module le nom en traînant un peu sur la première syllabe, ce qui donne à ce nom un charme de plus.

— Un si beau prénom, madame Laude ! Si je pouvais encore avoir un fils...

Jacques, pour elle, ce n'est pas seulement un enfant, c'est l'ombre douce des marronniers, l'herbe plus soyeuse qu'ailleurs, c'est une villa neuve, si jolie, si confortable, où tout est net, c'est Mme Dossin qui ne se précipite pas sur Élise comme la misère sur le pauvre monde, mais qui se promène encore un peu parmi les roses de son jardin.

— Où es-tu, Jacques ?

Celui-ci a rejoint Roger sous les arbres, et alors seulement sa mère paraît au bout de l'allée, vêtue de clair, une ombrelle à la main ; elle s'avance sans se presser, paraît surprise en apercevant Élise sur son pliant.

Aucune des deux femmes n'est dupe de ces rites qui se sont établis peu à peu et qui constituent maintenant un cérémonial secret et invariable. Mme Dossin, qui dispose d'une somptueuse véranda, d'un jardin rempli de fleurs qu'arrose du matin au soir un vieux jardinier au vaste chapeau de paille, Mme Dossin qui possède, dans le périmètre délimité par les barrières blanches, des chênes, des tilleuls, des hêtres pourpres artistement groupés, ombrageant des bancs placés aux meilleurs endroits, Mme Dossin n'a aucune raison de venir s'installer dehors et elle ne pourrait pas, comme Élise qui n'a que deux chambres chez Mme Laude, emporter un pliant pour s'asseoir ; elle salirait sa robe en s'asseyant dans l'herbe ; elle reste donc debout, s'attarde, cherchant son fils des yeux.

— Prenez mon pliant, madame Dossin. Je vous assure que je préfère l'herbe.

Alors, pourquoi emporte-t-elle un pliant ?

— Je ne suis pas fatiguée.

Elle est jeune, jolie, dolente, un peu triste ou plutôt mélancolique, avec des enjouements subits. Voilà deux hivers déjà que les médecins l'envoient à la montagne. Élise sait ce que cela signifie.

— Une personne si distinguée et si simple, madame Laude ! Son fils est si bien élevé !

A quoi cela tient-il qu'on sache du premier coup d'œil que c'est un enfant de riches ? Il ressemble à sa mère. L'ovale de son visage est très allongé, son teint diaphane, des cils très longs donnent de la langueur à un regard plein de gentillesse. On ne pourrait pas dire en quoi il est habillé autrement que les autres, et pourtant aucun enfant ne lui ressemble, il est fait pour vivre dans cette villa neuve au côté d'une maman jeune et gracieuse.

— Voici le fils de ma belle-sœur qui est morte, madame Dossin, celle dont je vous ai parlé. Son père me l'a amené ce matin, car il va passer ses vacances avec nous. Ne grimpe pas si haut, Roger. Reste près de Jacques. Faites-moi donc le plaisir de prendre le pliant.

Mme Dossin est lasse. Elle doit s'ennuyer. Un beau jour, elle s'en ira comme Françoise s'en est allée, mais lira-t-on la même terreur dans ses yeux ? Elle sait que son fils ne manquera de rien. Il a déjà une institutrice, car on le juge trop délicat pour l'envoyer en classe.

— Son petit frère est chez une de ses tantes. L'aînée, à dix ans, reste avec le père et tient son ménage comme une brave petite femme. Si vous l'aviez vue avec son voile !

Est-ce que Mme Dossin pense qu'elle mourra bientôt, que c'est peut-être son dernier été dans la maison que son mari a voulue aussi pimpante qu'un jouet ?

Élise ne l'envie pas. Elle la plaint. Et pourtant, aujourd'hui, elle lui en veut, de mauvaises pensées fermentent en elle, qu'elle tente de cacher, mais qui percent malgré tout.

— Pour les riches, n'est-ce pas ? Le malheur n'est jamais tout à fait le malheur. Vous comprenez ce que je veux dire ?

Elle a remarqué le col de vraie dentelle des Flandres, la broche en or, les boucles d'oreilles massives.

— Pensez-vous, par exemple, que la mort d'un mari soit aussi tragique pour quelqu'un qui a de l'argent que pour les malheureuses de Souverain-Wandre ?

Les journaux ont été remplis, les dernières semaines, par la catastrophe du charbonnage de Souverain-Wandre, quatre-vingt-cinq mineurs ensevelis par un coup de grisou ; on a vu, sur la couverture des illustrés du dimanche, les femmes et les enfants attendant parmi les gendarmes, autour du puits de mine où descendaient des équipes de sauveteurs en casque de cuir bouilli.

On a ouvert des souscriptions. Mais après ? Ce n'en sont pas moins des femmes en deuil, avec des enfants à nourrir. Beaucoup sont enceintes. Elles iront faire des ménages en ville, ou elles deviendront hiercheuses, on les apercevra, un mouchoir noué autour des cheveux, un sac sur le dos, un crochet de fer à la main, gravir le terril des hauts fourneaux pour chercher quelques morceaux de charbon parmi les scories fumantes.

Cela fait mal à Élise. Elle souffre quand, le soir, on reconduit quelqu'un jusqu'au sommet du Thiers des Grillons et qu'elle découvre les cheminées crachant le feu dans un halètement effroyable.

Elle plaint Mme Dossin qui est tuberculeuse. Elle se fait humble devant elle, d'instinct, parce qu'elle est riche, mais elle s'en veut de cette humilité, elle s'en veut de lui avoir offert son pliant, d'avoir insisté, de s'être assise elle-même par terre. C'est plus fort qu'elle. Elle a été élevée ainsi.

Elle prononce des paroles qui peuvent paraître banales :

— Il me semble que Jacques a déjà de meilleures couleurs.

Il s'en faudrait de peu qu'elle ne devînt vraiment méchante. Parce qu'elle a mal. Non seulement au dos et au ventre. Dans la paix lourde de la campagne, le sentiment de son impuissance devant le destin la point plus douloureusement que dans le havre de la rue de la Loi.

On est en train de célébrer à Saint-Denis les obsèques de Mlle Tonglet, la fille du charcutier de la rue de la Cathédrale. Elle souffrait d'une maladie des os. Des gens meurent chaque jour. Qui n'est pas malade ?

— Roger ! Si la branche casse, tout tombera, et tu te feras très mal. Il est si turbulent, madame Dossin ! Il est vrai que j'aime encore mieux ça que de le voir trop calme.

Il vaut mieux qu'elle se taise. Jacques, lui, est toujours calme, craintif, emprunté dans ses mouvements et, bien que plus grand, plus long que Roger, il regarde avec admiration son camarade qui grimpe aux arbres. L'hiver précédent, il s'est cassé un bras en tombant d'une chaise.

— Tu es content, Jojo, d'être à la campagne ?

Elle ne fera plus d'allusions, elle veut même se faire pardonner, elle se force à sourire de son sourire le plus aimable et le plus effacé.

— Quelle jolie dentelle vous avez, madame Dossin ! Comme elle est fine !

L'ombre des arbres s'allonge, la fraîcheur tombe sur les épaules, la maman de Jacques frissonne.

— Vous auriez dû emporter un châle.

— Je m'en vais, madame Mamelin. Il est l'heure.

On fait de nouveau le trajet, dans cette lumière angoissante, dans ce calme inhumain du jour à son déclin. On rejoint sur la grand-route Désiré qui marche à pas comptés en lisant son journal et, tandis que Roger se précipite dans ses grandes jambes, Élise pense encore à Charles Daigne qui parcourait tout à l'heure le même chemin en sens inverse, aux femmes que les gendarmes étaient obligés de repousser, autour du puits de mine sinistré, à l'enterrement interminable auquel le Roi a assisté.

On se met à table, dans le jardin où on sent l'ombre se resserrer autour de soi. Les grenouilles coassent dans les mares, d'invisibles grillons commencent leur concert énervant.

De l'écheveau embrouillé de ses pensées, Élise n'a retenu qu'un fil, qu'une idée qui se précise tandis qu'elle aide Mme Laude à desservir la table et qu'elle entend Désiré mettre les deux enfants au lit.

Des soldats passent sur la route, regagnant le fort d'Embourg dont les glacis s'étalent à huit cents mètres de la pompe, Frédéric, qui est rentré et qui a fait le tour de la maison sans se montrer, se lave bruyamment derrière une cloison de vieilles planches où il doit être tout nu.

C'est l'heure où, presque chaque soir, Élise et Désiré font les cent pas sur la route, allant et venant d'un point déterminé à un autre, tournant invariablement à hauteur de l'arbre rabougri qui émerge du talus, là où Roger a enterré jadis son canari.

Désiré fume sa pipe dont l'odeur se mêle à l'odeur de la nuit. Quand il a mangé, Frédéric, sa casquette sur la tête, vient s'asseoir à même le seuil de la maison et regarde vaguement devant lui, sourd au murmure confus de ses locataires.

Élise a pris le bras de Désiré. Même s'ils se regardaient en face, ils se verraient à peine. Comme il la sent soudain trembler, il questionne :
— Tu as froid ?
— Écoute, Désiré...
Il le faut. Elle n'y tient plus.
— Ne crois-tu pas que tu devrais prendre une assurance sur la vie ?
Elle croit, elle a toujours cru qu'il ne sentait pas, qu'il n'avait pas d'antennes. Elle l'a répété maintes fois à Valérie, à Louisa, à la pauvre Félicie. Il marche en silence et elle est loin de se douter que cette question, qu'elle vient enfin de poser après un long frémissement de tout son être, il l'attend depuis longtemps, depuis des mois, peut-être des années, et que son sang s'est figé dans ses veines.

Pourtant, il parvient à articuler d'une voix normale, à peine un peu blanche :
— Pourquoi me parles-tu de cela aujourd'hui ?
— J'ai déjà voulu t'en parler.

Comment expliquer que c'est la vue de Charles en deuil, le souvenir du regard de Françoise, sa conversation avec Mme Dossin qui est tuberculeuse, qui lui ont donné, Dieu sait par quels détours, un insupportable besoin de sécurité ? Cela remonte à plus loin, certes, aux années passées dans une petite rue sale avec sa mère, aux casseroles vides qu'on mettait sur le feu, au suicide de M. Marette, aux heures passées avec Mme Pain sur le banc de la place du Congrès. Même les journaux, qui ne parlent plus que de guerre et de catastrophes, ont aidé à cristalliser ses angoisses, même Mlle Frida et les visites de M. Charles.

Elle a mal aux reins, ce soir. Sa chair est malade.
— J'espérais toujours que tu y penserais de toi-même. On ne sait pas ce qui peut arriver. Qu'est-ce que je ferais, seule avec Roger ?

Le bras de son mari est devenu plus dur, Désiré est tout raide, on dirait qu'il a envie de marcher seul.
— Tu travaillerais.

Il a dit ça d'une voix si neutre qu'elle se demande si c'est bien lui qui a parlé.
— Mais, Désiré, si je n'avais pas la force de travailler ?

Ils sont à cinq pas de l'arbre tordu qui fait une tache sombre et presque humaine dans le ciel, des bras qui se tendent désespérément, un corps blessé. Toutes les étoiles brillent au-dessus d'eux, une brise légère fait frissonner les cheveux d'Élise, un train siffle dans la vallée.

Comment saurait-elle que les prunelles de Désiré sont fixes, que ses dents s'incrustent dans le tuyau de sa pipe, qu'il aurait tout donné, oui, tout, littéralement, pour qu'elle ne parle jamais de ça ? Et cependant il trouve des accents de gaieté pour lui lancer :
— Telle que je te connais, tu t'en tireras toujours, va !

Elle a détaché son bras du sien. Elle reste debout à la même place, tandis qu'il fait encore deux pas, mais il n'ose pas se retourner par crainte de laisser voir son visage, même dans l'ombre.

— Tu viens ?

— Jamais, Désiré, jamais, tu m'entends, je n'aurais cru qu'un homme serait capable de dire à sa femme...

Elle voudrait se tordre les bras comme les branches de l'arbre, se rouler dans la poussière, être battue comme plâtre, elle voudrait qu'il arrive n'importe quoi et elle reste immobile dans l'obscurité, sans aide, sans appui, elle a envie de se laisser tomber tout d'une pièce et de rester là éternellement.

— Et tu fumes ta pipe ! Tu es content de toi !

— Viens.

Il ne pourrait plus en dire davantage. Il y a des années qu'il a sollicité une assurance-vie, qu'il a passé la visite médicale et, comme par ironie, devant le médecin de sa propre compagnie, le docteur Fischer, presque un ami.

— Vous êtes un homme, n'est-ce pas, Mamelin ?

Le cœur. Il a déjà compris.

— En prenant des précautions, en évitant les fatigues, les émotions, vous pouvez encore...

Il est là, près de l'arbre crucifié, grand et fort en apparence, mais il a dû poser sa main sur sa poitrine, il presse un organe qui bat si vite qu'il a besoin de le retenir.

— Comment, comment, comment un homme peut-il dire froidement à sa femme ce que tu viens de me dire ? Non, vois-tu, Désiré, je...

Elle rentre. Elle préfère rentrer en titubant, enjamber Frédéric qui la regarde de bas en haut, toujours assis sur le seuil ; elle balbutie par habitude :

— Pardon.

Elle court. Elle n'a plus que quelques secondes à elle et elle s'abat sur le lit sans avoir allumé la lampe, ses dents mordent la courtepointe, elle voudrait mourir tout de suite tandis que Désiré, dehors, elle en est sûre, achève tranquillement sa pipe sous le ciel étoilé.

Tout à l'heure, il viendra s'asseoir, sans rien dire, sur une chaise à fond de paille. Et il faudra que Roger parle tout seul dans son sommeil pour arracher Élise à sa prostration.

Le corps vide, le goût du désespoir aux lèvres, elle sera bien obligée de prononcer :

— Tu as des allumettes ?

Elle se déshabille. La voilà en culotte bouffante et en cache-corset, dans la lumière rougeâtre de la lampe sans abat-jour. Le lit est comme un gros animal malade, l'édredon cramoisi prend des formes de baleine.

Désiré se couche le premier et se tourne vers le mur, ne voyant plus rien que la tache d'une mouche écrasée, puis la lampe s'éteint, le sommier grince.

Longtemps après, il avance prudemment la main, mais le bras qu'il frôle se retire d'une secousse brusque.

— Bonsoir, Élise.

Silence.

— Bonsoir, Élise.

Jamais, après les plus violentes disputes, ils ne se sont endormis côte à côte sans se souhaiter le bonsoir. La mort pourrait le prendre dans son sommeil comme c'est arrivé à d'autres, et il s'en irait sans un dernier mot de sa compagne.

Il attend, mordillant ses moustaches qui gardent le goût du tabac, cependant qu'Élise, dont les traits sont devenus durs et pointus, pense froidement, rageusement, à en finir.

11

Une année presque entière s'est écoulée depuis Embourg et la vie continue, on pourrait croire qu'il n'y a rien de changé rue de la Loi. Élise prépare des petits plats sucrés pour Désiré quand il rentre à deux heures et, par les belles soirées de printemps, afin d'être tranquille dans la cuisine, elle l'envoie causer sur le trottoir avec les locataires.

Au moment même, c'est grâce aux oreillons de Roger que la vie, les premiers temps tout au moins, n'a pas été plus difficile. Chez Élise, les impressions durent. Comme les neuvaines de sa sœur Marthe ou les plongeons de Léopold dans les estaminets des petites rues. La moindre dispute d'un dimanche déteint sur la semaine entière. Pour ne prendre qu'un cas, bien que Roger ait maintenant onze ans et qu'il soit en sixième année, dans la classe de frère Médard, sa mère lui reproche encore le chagrin qu'il lui a fait lors de sa première communion privée. Or, il avait alors sept ans. Il s'en souviendra toujours, lui aussi, pour une autre raison, une raison particulièrement secrète. La veille de ce jour, qui doit être le plus beau jour de la vie, après un bain encore plus minutieux que les autres samedis, il cheminait sur les trottoirs lavés à grande eau quand il a rencontré Lucile, la fille de la marchande de légumes de la rue Jean-d'Outremeuse, une gamine qui louche un peu et qui se cache toujours dans les coins avec les garçons.

Roger sort à peine du confessionnal, son âme, comme son corps, est propre pour le lendemain, et pourtant le voilà qui suit Lucile à la piste comme un chien, en proie à une lancinante curiosité, il lui parle d'une voix honteuse, invente un jeu accroupi pour voir entre ses jambes et supplie enfin, n'y tenant plus, rouge comme la crête d'un jeune coq :

— Laisse-moi toucher.

Depuis plusieurs semaines, sa mère lui répète :

— N'oublie pas que le jour de leur première communion les enfants doivent demander pardon à leurs parents de toutes les peines qu'ils leur ont faites.

Le matin, en s'habillant pour la messe, elle a attendu. Plusieurs fois, elle a répété :

— Roger.
— Quoi ?
— Tu n'oublies rien ?
— Non.

Il sait fort bien ce qu'elle attend. Profitant d'un moment où Désiré était seul, il est allé lui demander pardon d'une voix balbutiante, mais il ne demandera pas pardon à sa mère, il ne peut pas, justement parce qu'elle attend. Ce n'est pas méchanceté de sa part. C'est une impossibilité, tout simplement. Les mots ne franchiraient pas ses lèvres.

Élise en a fait un drame. On a quitté la maison, les yeux rouges, la tête vide d'avoir pleuré, et, maintenant encore, après tant d'années, chaque fois qu'elle est fâchée contre son fils, elle ne manque pas de rappeler :

— Quand je pense que tu m'as tant fait pleurer le jour de ta première communion.

Que serait-il arrivé si, après le soir d'Embourg, Roger n'avait pas été providentiellement malade ? La température montait en flèche avec une déroutante rapidité. A midi, il avait déjà 39°5. Mme Laude est allée chercher un docteur à Chênée. Pendant une semaine, les murs de la chambre, autour de Roger, ont été d'une matière à la fois molle et menaçante, la même matière que l'édredon cramoisi qui enflait jusqu'à toucher le plafond tandis que Roger se sentait une tête monstrueusement grosse qu'il tâtait avec effroi.

Quand Désiré est rentré, le premier soir, Élise a prononcé, comme s'il ne s'était rien passé entre eux :

— Il faut que tu ailles faire faire l'ordonnance à Chênée.

Puis, plus tard, comme son mari voulait veiller :

— Non ! Tu travailles demain matin. Moi, ici, je n'ai rien à faire.

Elle n'a rien oublié, comme il aurait pu le penser. Quand il a voulu l'embrasser comme d'habitude, elle a détourné la tête et ses lèvres n'ont frôlé que des cheveux.

Frédéric qui, du seuil, a presque assisté à la scène sur la grand-route, a dû en parler à Mme Laude. Celle-ci, de temps en temps, regardait Élise en cherchant à deviner, mais grâce à la maladie de Roger, Élise avait une bonne raison pour pleurer quand elle en avait envie, tout à son aise, et pour montrer un visage de *Mater Dolorosa*.

Voilà comment les choses se sont passées. On ne peut pas vivre éternellement dans le drame. Les forces humaines ont des limites, les plus violentes douleurs se diluent, quelque énergie qu'on dépense à les retenir. Il est arrivé à Élise de sourire à une plaisanterie de Mme Laude, puis d'adresser la parole à Désiré sur d'autres sujets que la santé de l'enfant. Ainsi Mme Laude a-t-elle pu annoncer à Frédéric :

— Ils sont raccommodés.

Désiré s'y est trompé un instant, car il prend volontiers ses désirs pour des réalités, il est sans malice, sans rancune.

Un regard, de temps en temps, aigu comme une invisible aiguille de glace jaillie des prunelles transparentes d'Élise, suffit à proclamer :

— Ne te fais pas d'illusions. Je ne suis pas morte, certes. Je vais, je viens, je m'occupe du ménage et des locataires comme autrefois, mais jamais plus je ne serai la même, il y a désormais en moi un ressort cassé, qu'il n'est du pouvoir de personne de réparer.

Il feint de ne pas s'en apercevoir, se montre gai, enjoué. Un petit rond de soleil sur sa joue, quand il se rase, suffit à le faire fredonner ; chaque matin il éveille son fils en lui tirant le nez.

Quand une dispute éclate encore, Élise sort son dard de glace et il lui suffit d'articuler, lèvres tendues :

— Tais-toi. Tu sais bien que tu n'es qu'un égoïste.

Il se tait, n'essaie pas de se disculper. « Égoïste » est devenu le maître mot. Confondu, il s'éloigne ou s'empresse de parler d'autre chose, de sorte que les gens pourraient s'imaginer qu'il existe un lourd secret entre eux.

Jusqu'à Roger qui s'entend dire, les jours de grande colère, quand sa mère lui reproche sa première communion :

— Tu ne vaux pas mieux que ton père.

Et cependant elle sent confusément que cet égoisme masculin qui l'a tant fait souffrir est involontaire, qu'il est peut-être une loi de la nature. Désiré ne voit pas ce qu'il ne veut pas voir. Il se figure presque sincèrement que les choses sont comme il voudrait qu'elles fussent. Il a réglé ses journées de telle sorte qu'elles sont un enchaînement harmonieux de petites joies et la moindre de ces petites joies qui vient à manquer menace tout l'édifice. Une tasse de café et une tartine, un plat de petits pois vert clair, la lecture du journal au coin du feu, une servante qui, sur un escabeau, lave une vitrine à grande eau, mille satisfactions paisibles qui l'attendent à chaque tournant de la vie, qu'il a prévues, dont il s'est réjoui d'avance, lui sont aussi nécessaires que l'air qu'il respire, et c'est grâce à elles qu'il est incapable d'une vraie souffrance.

— Si tu connaissais les hommes, ma pauvre Valérie !

Depuis Embourg, Élise ne prononce plus ces mots sur un ton résigné. Elle en a pris son parti. Elle s'est affranchie. Il y a en elle une force agressive qui confine parfois à la frénésie.

— Je ne me laisse plus faire, va ! Je le *strogne*, je les *strogne* tous, tant qu'ils sont.

Ce simple petit mot est plus que tout le reste révélateur de la transformation qui s'est opérée en elle. Elle a toujours eu horreur de la vulgarité du patois. C'est ce qui la hérissait le plus dans la maison de la rue Puits-en-Sock, où un Lucien, une Catherine, un Arthur, parlaient volontiers le wallon.

Strogner, dans ce langage, c'est voler, mais non pas voler ouvertement : c'est prendre par petites doses, subrepticement, c'est tricher, guetter l'occasion de s'approprier malignement les choses, et désormais Élise strogne sans cesse, sans remords, elle strogne Désiré, elle strogne ses locataires, elle strogne Mlle Frida, jamais la maison de la rue de la Loi n'a bourdonné d'une vie aussi pleine, on entre, on sort, on boit, on mange, on crie, Élise se dépense sans compter, sans regarder à sa peine, sans s'inquiéter de ses reins ou de son ventre, parce qu'à chaque instant elle strogne, c'est perpétuellement de l'argent qu'elle prend à l'un ou à l'autre et qu'elle glisse dans la poche de son jupon de dessous ou dans la soupière à fleurs roses avant d'aller le porter, le jeudi après-midi, à la Caisse d'épargne, sur le livret de Roger.

Grâce à cette activité débordante, à cette passion qu'elle satisfait avec une obstination rageuse, on ne la voit presque jamais douloureuse ou mélancolique comme autrefois, c'est comme une fièvre qui la rend plus alerte et plus jolie, à la façon des poitrinaires dont les yeux sont si brillants et les pommettes si colorées.

Seulement, il ne faut pas qu'elle s'arrête, qu'elle se détende un seul instant, car alors, peut-être que le vertige la prendrait.

Mme Corbion avait raison. Élise a eu tort de se méfier d'elle. On ne doit pas avoir trop de sentiment. Les autres en ont-ils à votre égard ?

Peu de gens s'aperçoivent du changement qui s'est produit en elle. Elle est toujours propre, toujours en mouvement, elle a gardé son sourire humble, sa tête se penche encore un peu, comme pour passer à travers les coups, mais, ce qu'on ne voit pas, c'est qu'elle possède un but qu'elle s'avoue enfin à elle-même ; elle a une passion, comme Léopold et Marthe ont la leur, elle strogne, calcule, ajoute les sous aux sous, les francs aux francs, elle se plaint toujours de n'avoir que le strict nécessaire et, pour rien au monde, elle ne toucherait à son magot.

Extérieurement, cette année-là marque l'apogée de la maison de la rue de la Loi. Les deux amis de M. Bernard, M. Jacques et M. Dollent, prennent la pension complète, M. Bogdanowski et Mlle Lola ont fini par se joindre à eux et, la cuisine étant devenue trop petite, surtout qu'ils amènent souvent des amis à dîner ou à souper, on a repris la salle à manger à M. Schascher qui a dû chercher un gîte ailleurs. Pour ce qu'il payait !

On n'arrête pas de faire des frites et de griller des côtelettes, la femme de ménage vient trois fois par semaine toute la journée, Élise voudrait que la maison fût plus grande, elle servirait vingt, trente repas, rien ne l'arrête et elle n'a même plus le temps d'aller dire bonjour à ses sœurs.

La vieille Mme Smet ne passe plus avec elle la journée du vendredi. Par délicatesse, elle prétend qu'elle a de trop vieilles jambes pour venir de si loin, mais le tram est à deux pas, la vérité c'est qu'elle est effrayée par le mouvement vertigineux dont Élise a fini par s'entourer, par ces hommes de partout qui parlent toutes les langues et qui sont là comme chez eux.

Élise sent bien qu'on ne peut pas vivre toujours à un pareil rythme et qu'un moment viendra sans doute où elle sera écœurée de strogner. Eh bien, elle imite Désiré, elle évite d'y penser, se refuse à rester en tête à tête avec elle-même, c'est d'une voix maussade, depuis quelque temps, qu'elle crie du premier étage, quand elle entend certain pas lourd et maladroit dans le corridor :

— Entre, Léopold. Je descends tout de suite.

Léopold a-t-il senti qu'il gênait ? C'est probable. Il se trompe s'il pense que c'est parce qu'il est mal habillé et qu'il a l'air d'un vieux pauvre, ou parce qu'ensuite il va boire son petit verre dans l'estaminet d'à côté. Élise s'en moque. Elle se moque de tout. Ce qui la gêne, c'est que, devant Léopold, elle redevient elle-même. Elle tente en vain de s'illusionner.

— Dans la vie, vois-tu, Léopold, on a toujours tort d'attendre que les gens vous donnent quelque chose, ne fût-ce qu'un peu de considération qu'on ne refuserait pas à un chien.

Le regard de Léopold ne l'approuve pas. Peut-être n'a-t-il jamais attendu qu'on lui donne ? Pour un peu il repousserait la tasse de café rituelle tant on sent que la vie d'Élise n'est plus qu'un calcul passionné.

Une fois, Désiré a eu la maladresse de murmurer :

— Tu ne crois pas que tu te fatigues trop ?

Elle lui a lancé son fameux regard.

— C'est toi qui oses me dire ça ? Faut-il que je te rappelle ce que tu m'as répondu certain soir ?

Ils vivent dans la même maison, dorment dans le même lit, comme par le passé. Elle le soigne du mieux qu'elle peut. Souvent elle est gaie, même quand ils sont seuls. Elle s'habille avec coquetterie. On se promène tous les dimanches en famille. Grâce à sa bourse, comme elle dit, car elle ne rend de comptes à personne, on pourra mettre Roger au collège.

Et pourtant on a parfois l'impression de vivre dans le vide, de faire des gestes qui ne correspondent à rien, d'agiter les lèvres pour articuler des sons sans signification aucune. Le dimanche, surtout. Élise a pris les dimanches en grippe, ces rues désertes dans lesquelles on gravite tous les trois comme si on ne savait où se mettre, le long cheminement fade vers Coronmeuse, le couvent des Ursulines, ou n'importe quel but d'excursion. Elle rentre la tête lourde, n'a rien de plus pressé que de ranimer son feu, de retirer sa bonne robe et de s'assurer que les locataires sont rentrés.

Elle a deux mille francs à la Caisse d'épargne et Désiré n'en sait rien. Il lui en faut beaucoup plus, il lui en faut tellement qu'il lui semble qu'elle s'acharnera toute sa vie à remplir ce livret qui se couvre lentement de timbres roses et bleus représentant de l'argent.

Comme Mme Marette, comme tant de veuves qu'elle connaît, elle collectionne, elle veut avoir sa maison, elle ne se sentira en sécurité que quand elle possédera sa maison bien à elle... Ainsi, quand il arrivera quelque chose à Désiré...

Pourquoi éprouve-t-elle soudain le besoin de sangloter, toute seule dans sa cuisine, comme si cette bête qui la ronge en dedans avait déjà détruit son équilibre, comme si une grosse bulle d'air, en essayant de se frayer un chemin dans sa gorge serrée, la soulevait tout entière ?

Ses traits se sont à peine brouillés dans une moue d'avant les larmes que la porte de la rue s'ouvre : vite elle épingle son sourire comme elle redresserait son chignon.

— Entrez, monsieur Jacques, M. Bernard a dû sortir. Il demande que vous l'attendiez dans sa chambre. Il revient tout de suite.

Elle a tout juste le temps de mettre la table. Elle pleurera une autre fois, plus tard. Parfois, elle souhaite que vienne bien vite l'époque où elle pourra pleurer à son aise en s'abandonnant à sa fatigue.

Cela, personne ne le sait, ne le soupçonne. On vit peu d'heures avec soi-même, les minutes de crise sont brèves, entrecoupées, pour qu'on puisse y tenir, de longs morceaux de vie de tous les jours, et, quand les locataires sont enfin réunis dans la salle à manger, Élise, plus fraîche que jamais, le teint animé par la chaleur de ses feux, a passé un joli tablier à bavette et à volants sur sa jupe, elle se penche pour poser la soupière au milieu de la nappe et pour s'assurer qu'il ne manque à table ni un verre, ni une fourchette, ni la salière, ni le bocal d'oignons confits.

Jamais Roger n'a connu été aussi radieux, n'a vécu un si long enchaînement d'heures graves et succulentes, d'une plénitude qui fait penser à la plénitude parfaite de l'œuf, d'une profondeur qu'atteignent seuls certains firmaments nocturnes peuplés d'astres jusqu'au tréfonds de l'infini.

Tout participe à tout, les objets se transfigurent, les gestes se transposent, la chambre rose que Mlle Lola a quittée l'avant-veille pour les vacances est si chaude et si colorée, si palpitante dans ses moindres recoins, que l'enfant s'en trouve assoupi, suspendu à l'extrême limite du réel et du rêve, filtrant ce qu'il s'incorpore du monde extérieur à travers la grille de ses cils mi-clos.

Les bruits lui parviennent, les moindres heurts familiers, le chuchotement secret des choses, mais depuis quinze jours il échappe aux règles communes : seul dans la maison, il n'est pas tenu à se plier à la discipline des heures qui passent, il vit en marge de la vie quotidienne qui glisse autour de lui avec la fluidité de l'eau.

C'est hier qu'a eu lieu à l'institut Saint-André la distribution solennelle des prix, événement d'autant plus mémorable que Roger a fini sa sixième et qu'à la rentrée il ira au collège des Jésuites. Il est premier. Il a été chaque année premier de sa classe, sauf en cinquième, à cause de Van Hamme, un garçon pâle, au front obstiné, fils d'un sculpteur sur bois de Bressoux, qui passe sa vie à étudier, la tête dans les mains, et qu'on n'a jamais vu jouer.

Peut-être, cette année, frère Médard a-t-il un peu triché pour que le fils de Mme Mamelin soit le premier malgré Van Hamme ? En tout cas, le directeur, lui, a triché.

Roger était dans la salle, parmi les parents, à cause de sa jambe plâtrée. Il avait fallu le porter.

— Mesdames, messieurs, mes chers enfants, a dit le frère directeur, il faut maintenant que je rende un hommage mérité à la conduite exceptionnelle d'un de nos élèves...

Un frisson. Roger attend et il se passe une éternité avant que son nom soit enfin prononcé, que les visages se tournent vers son visage rougissant.

— ... un de nos élèves, Roger Mamelin, qu'une blessure empêche de se trouver parmi ses condisciples, mais que j'ai la joie d'apercevoir, chargé de prix, au premier rang de l'assistance...

Le frère directeur lit le laïus que frère Médard a rédigé.

— Un matin du début de ce mois, alors qu'une chaleur accablante nous obligeait à fermer nos écoles...

C'est exact. Les écoles de la ville ont été fermées pendant trois jours et c'est le troisième que Roger est allé jouer sur le champ de manœuvres avec des camarades de la place du Congrès. Dans l'embrasement du soleil, près de la brillante coulée de la Meuse, du déversoir grondant dont l'écume s'émiettait en poussière brillante, les soldats faisaient l'exercice, des canons et des caissons tirés par quatre chevaux sautaient parmi les fosses et les bosses de la plaine.

— ... effrayé par un cheval qui se cabrait, continue le frère directeur.

Ce n'est pas vrai. La vérité est plus simple, si simple qu'elle est impossible à dire un jour comme aujourd'hui, alors que les enfants portent des couronnes dorées sur la tête. Le sang aux joues, ils étaient quatre, comme des petits crapuleux, à jeter de grosses pierres dans le fleuve, quand un des gamins a crié :

— Étienne !... Là !... Là !...

Et on voyait un chapeau de paille dériver, s'écarter de la berge, entraîné par le courant rapide d'où émergeait parfois un bras.

Roger a sauté dans la Meuse, presque sans le savoir. Il a nagé. Deux fois, il a failli abandonner la partie parce qu'Étienne se cramponnait à lui et que la peur le poignait.

En fin de compte, il l'a sauvé, Dieu sait comment, il a poussé sur les moellons de la rive le corps ruisselant, en proie à des convulsions. Après, ils ont marché vers la seule maison proche, une curieuse construction rose émergeant de la plaine des manœuvres, un café pour soldats, et on leur a fait boire du rhum. Roger est rentré chez lui, tout seul, piteux, parlant à mi-voix, gesticulant sur les trottoirs dans les vêtements trop grands que les gens du café lui ont prêtés.

C'est la première fois de sa vie qu'il a porté des pantalons d'homme si longs qu'il a fallu faire de larges ourlets et les maintenir avec des épingles de sûreté.

Le frère directeur évite de donner ces détails.

— Par suite de sa bravoure, Roger Mamelin est aujourd'hui immobilisé sur sa chaise, alors qu'il se réjouissait tant de tenir le rôle du Mois de Mai dans « La Ronde des Mois » qu'on vient de vous présenter...

Comment un frère des écoles chrétiennes, un directeur peut-il mentir ainsi ?

Le réel et l'irréel se confondent si bien dans la chaleur abrutissante que Roger finira par croire qu'il a attrapé son épanchement de synovie en repêchant son camarade.

Or, c'est le lendemain qu'il est tombé, sur une bordure en brique entourant une plate-forme, dans le jardin des frères. Il courait, un pied de chaque côté de la bordure, comme un petit mal élevé ; il a eu le pressentiment du malheur et il a continué quand même.

Il était seul dans le potager. Frère Médard, pendant la répétition de « La Ronde des Mois », avait envoyé son chouchou chercher un objet dans la classe dont il lui avait remis la clef.

Qu'importe ? C'est beaucoup plus joli comme le frère directeur le raconte et il vaut mieux ne pas avouer que des élèves de l'institut Saint-André s'amusent à jeter des pierres dans l'eau.

Tout le monde est gentil avec lui. On lui a remis solennellement un Bayard en zinc doré. La plupart des mamans d'élèves sont venues l'embrasser.

A la maison, ils sont trois étudiants en médecine à le soigner, à apporter des pansements et des bandes plâtrées qu'ils chipent à l'hôpital de Bavière où ils sont externes.

Roger a-t-il encore mal ? Son genou est-il encore gonflé ?

Il est si bien ainsi, dans la chambre rose de Mlle Lola, sur une chaise longue, jambes étendues, les bras sur de confortables accoudoirs, avec, à portée de la main, sur une chaise, son œuf à la bière, des bonbons multicolores et une collection de journaux illustrés qui sentent bon l'encre fraîche.

Il lit un peu, contemple les images, suit d'un regard paresseux le vol d'une mouche, ou les dessins d'ombre et de lumière sur le papier peint aux fleurs biscornues, il tend l'oreille aux allées et venues de sa mère, à la trompette du marchand de légumes qui tourne le coin de la rue Pasteur, aux marteaux de chez Halkin, au silence de l'école fermée pour deux longs mois.

N'est-ce pas extraordinaire qu'il ait déjà franchi cette première étape de sa vie d'écolier, qui lui paraissait si longue quand il a mis les pieds pour la première fois dans la classe de frère Mansuy ? Cette classe était sombre, par ce matin d'automne, et pourtant ses souvenirs d'école sont presque tous des souvenirs ensoleillés, sauf un peut-être, ou plutôt deux qui viennent jeter une ombre grise dans l'éblouissement de sa rêverie : d'abord ses chuchotements pervers, dans les coins, avec Ledoux à tête de clown, sur la différence entre les garçons et les filles ; puis l'histoire du catéchisme neuf.

Depuis cette histoire, il déteste frère Mansuy ; en tout cas, il l'évite, parce que frère Mansuy sait. On avait acheté à Roger un catéchisme d'occasion et sa couverture cartonnée était d'un bleu passé, les coins étaient cassés, on voyait les fils de la reliure, des taches rousses sur certaines pages. Roger désirait si ardemment un catéchisme neuf au dos craquant qu'un jour il est allé trouver frère Mansuy.

— Ma mère a dit que vous me donniez un nouveau catéchisme.

Comme il devait être petit, alors ! Il n'en revient pas d'avoir eu cette audace. Il a eu son catéchisme. Il en a joui secrètement, car il n'osait pas le montrer à la maison et, chaque soir, dans son lit, il était tourmenté par l'idée de la catastrophe inévitable. Avant les vacances de Pâques, ses parents recevaient, avec les notes du trimestre, la liste des fournitures scolaires. Il était urgent de parler à sa mère. Dix fois, il a failli le faire et, à la fin, il n'a pas osé, il est entré dans la classe à l'heure de la récréation, son catéchisme à la main, c'est au frère qu'il a parlé, Dieu sait comment, sans rien voir, tant il était ému.

— Ma mère m'a dit de vous le rendre. Elle a retrouvé le vieux.

Frère Mansuy n'a pas paru étonné. A croire qu'il avait tout deviné. Il a gardé son sourire si doux et peut-être même a-t-il donné à l'enfant une gomme à la violette.

Maintenant encore, Roger lui en garde rancune, justement parce qu'ayant tout deviné il a eu la générosité de se taire, d'épargner une humiliation à un gamin.

Cela n'a plus d'importance, puisque c'est fini et que Roger ne franchira plus en qualité d'élève le vaste portail vert. Sauf Mlle Lola qui est partie et qui fait des études pour rire, les autres locataires ont encore un ou deux examens à passer. Après, ils rentreront chez eux pour les vacances et on ira à Embourg.

Roger suce un bonbon, lit l'histoire d'« Onésime Pourceau sportsman » qui prend chaque semaine les deux pages de milieu du *Petit Illustré*. Il renifle l'odeur de la soupe aux tomates, se réjouit de descendre pour dîner, une jambe en l'air, en sautant et en se tenant à la rampe. Toutes les minutes sont bonnes et pourtant il se demande s'il aura encore longtemps mal au genou ou s'il ira un peu jouer dans la rue.

Il est déjà onze heures. Un tram passe rue Jean-d'Outremeuse. Élise met la table, on entend le heurt des assiettes, un courant d'air referme violemment la porte de la cuisine, Mlle Frida étudie dans sa chambre, fenêtre et porte ouvertes, face au mur blanc de la cour où chemine depuis quelques jours une colonne de fourmis dont on a en vain ébouillanté le nid.

Peut-on se douter que, d'une seconde à l'autre, cet ordre paisible sera bouleversé ? Élise elle-même pressent-elle que la frénésie anxieuse qui la pousse en avant va soudain trouver son point d'orgue ?

La porte de la rue s'ouvre. Elle regarde à travers le carreau. Tiens ! C'est M. Bernard qui est en avance. Qu'est-ce qu'il a ? Il paraît pressé, il se précipite dans l'escalier, se penche sur la rampe et crie :

— La guerre, madame Mamelin ! C'est la guerre ! Les Allemands sont entrés en Belgique ! On se bat aux alentours de Visé.

A Visé, où on va parfois le dimanche manger des gaufres avec la famille de tante Louisa ? Élise sourit, sceptique.

— Ce n'est pas possible, monsieur Bernard !

Sous un ciel si bleu et si vaste que, du clocher de Saint-Nicolas, on pourrait presque apercevoir la plaine verte des environs de Visé où la Meuse s'élargit !

Mlle Frida, toute raide, est debout sur le seuil de sa chambre.

— Savez-vous s'il y a encore des trains ?

Dès lors, tout s'embrouille, on ne sait plus qui entre et qui sort, ce qui se passe avant ou après. Élise n'a pas pris le temps de pleurer. Elle s'est contentée de frapper à la porte de la maison voisine ; la vieille Mme Delcour, toute cassée, a montré un visage surpris sous son bonnet noir.

— C'est la guerre, madame Delcour ! M. Bernard revient de l'hôpital. Il se met déjà en soldat.

A moitié couché sur deux chaises, squelettique, l'homme à la maladie du sommeil regarde Élise de ses yeux vides et il n'y a que le bout de ses doigts qui remue.

— Qu'est-ce que vous allez faire, mademoiselle Frida ?

— Je pars.

— Vous rentrez dans votre pays ? Vous ne pourrez pas passer par l'Allemagne.

— Je passerai par la France et la Suisse.

Elle fait ses bagages. M. Bogdanowski arrive à son tour, fiévreux. Plus prudent, il est déjà allé à la gare retenir sa place dans un train.

— Il faut se battre pour avoir un billet. Si vous voyiez la foule...

M. Bernard descend, en uniforme vert bouteille de chasseur à pied.

— Est-ce qu'on mange quand même ? plaisante-t-il sans beaucoup d'entrain.

— Je me demande, monsieur Bernard, pourquoi mon mari ne rentre pas. Je suppose qu'ils ne vont pas garder le bureau ouvert. Mon Dieu, Roger ! Pourquoi es-tu descendu ? Fais attention à ta jambe. Qu'est-ce que tu veux ?

— Qu'on m'enlève le plâtre.

— Qu'est-ce qu'il faut faire, monsieur Bernard ?

Voilà M. Jacques à la belle barbe noire, M. Dollent qui porte gauchement son uniforme, car il est déjà allé à l'hôpital de Bavière, où il est interne, se mettre en tenue.

— Vous ne voulez pas me recoudre un bouton, madame Mamelin ?

Elle pense machinalement, car c'est le mot favori de M. Dollent, qu'il dit mi-plaisamment, mi-sérieusement :

— Ma reconnaissance ne s'éteindra qu'avec mon dernier soupir...

Elle se tait. Elle y pensera plus tard, elle y pensera souvent.

— Vous allez vous battre ?

— Je n'en sais rien. Je dois rejoindre mon régiment au fort de Boncelles. Je cherche à emprunter un vélo pour aller plus vite.

— Écoutez...

On tend l'oreille. On n'entend rien.

— Le canon... Un bruit sourd... Ne remue pas les pieds, Roger...

On écoute encore et on perçoit un bourdonnement lointain. M. Bernard mange. M. Jacques, toujours calme, avec des gestes d'une délicatesse étonnante pour un homme, défait l'appareil qui emprisonne le genou de Roger.

« Ma reconnaissance ne s'éteindra qu'avec mon dernier soupir. »

Elle ne sera pas longue, hélas ! Ce soir même, M. Dollent, qui a les cheveux roux, M. Dollent qui cherche un vélo pour aller plus vite, sera tué dans ce bois du Sart-Tilmant, près de Boncelles, où on est allé si souvent en excursion le dimanche et où deux régiments de chasseurs s'extermineront, se prenant pour des ennemis.

Sait-on seulement comment les Allemands sont habillés ? On n'est pas fait pour la guerre. Tout cela est une effroyable erreur.

Élise sert à manger, n'importe où, n'importe comment, guettant toujours le cadre lumineux de la porte de la rue qui reste ouverte. On plaisante encore, surtout le petit Bernard qui, trouvant les études de médecine trop longues et trop ardues, se contentera d'un diplôme de dentiste.

— Bon voyage, mademoiselle Frida. Nous nous retrouverons peut-être à Berlin, puisque les Russes sont avec nous.

On va, on vient, on ne s'entend pas, on ne pense pas, on sait que c'est la guerre, puisque tout le monde le dit et que les gens qui reviennent du centre de la ville ont vu les affiches, mais une fièvre encore allègre soutient chacun, on pourrait croire qu'on s'attendait à ça, à être délivré enfin du tran-tran quotidien, de l'amas de soucis accumulés que chaque homme traîne après soi.

Peu à peu la maison se vide, les portes restent ouvertes comme après un déménagement et des choses traînent sur le plancher des chambres, un peigne cassé, un tube vide de pâte dentifrice, des boîtes en carton, des papiers froissés. Quand on reconnaît enfin le pas de Désiré, celui-ci marche comme d'habitude, se penche machinalement pour embrasser son fils au front.

— Alors, Désiré ?

Gravement, simplement, il prononce :

— C'est la guerre.

— On a appelé la garde civique ?

Il fait oui de la tête, puis se hâte de sourire.

— Nous devons garder les monuments publics. Sans doute a-t-on peur que l'Hôtel de Ville ou le Palais de justice s'en aillent ? Ne crains rien. On n'a pas le droit de nous envoyer au front.

Il s'habille, coiffe l'étrange chapeau à plumes mordorées qu'il a porté si souvent dans les revues, ou pour aller au tir communal où le meilleur tireur gagnait chaque année un couvert en argent. Désiré a déjà gagné deux couverts. On avait décidé de ne s'en servir que quand il y en aurait trois, un pour chacun.

Élise l'accompagne sur le seuil, s'efforce de sourire.

— Reviens vite, sais-tu.

Il n'ira pas loin. Avec quelques autres de sa compagnie, dont le petit Grisard, on les enverra garder l'abattoir, que les gens des petites rues ont commencé à piller. C'est là-bas, au bout du quai des Pêcheurs, Roger passait devant chaque matin avec son grand-père, MM. Pelcat, Repasse, Fourneau, quand on allait se baigner dans la Meuse à six heures et demie.

Maintenant, Roger joue aux billes, tout seul, devant la porte ; deux fois, il est allé jusqu'au coin de la rue, mais son ami Albert ne paraît pas.

Élise s'assied enfin dans sa cuisine et tout son être se détend, elle se retrouve sans fièvre, sans pensées ; un coude sur la table, la main sur le front, elle mange des mets refroidis qu'elle prend sur n'importe quelle assiette, cela n'a plus d'importance, et quand elle se lève, elle regarde autour d'elle sans savoir ce qu'elle doit faire, elle met de l'ordre, par habitude, bien que cela ne serve plus à rien, et elle se sent aussi lasse que si elle venait de faire une lessive de quinze jours.

TROISIÈME PARTIE

1

La voix du père Renchon, qui donne sa leçon d'histoire, coule, monotone et fluide comme la pluie qui n'arrête pas de tomber depuis des jours et des jours d'un ciel de crépuscule. Tout est humide et gris dans la classe, les murs nus passés au lait de chaux, les pupitres noirs qu'ont essuyés des manches mouillées, le sol de béton qui garde la trace des pas ; et quand Roger, dans son coin, près de la fenêtre, dodeline de la tête, il touche les pardessus pendus au portemanteau, avec des gouttelettes froides accrochées aux poils de laine.

Tassé sur un banc sans dossier, le dos rond, il feint d'écrire dans un cahier étalé devant lui, mais c'est plus bas qu'est fixé son regard, sur le livre à couverture de toile ouvert sur ses genoux, à l'abri du pupitre.

Le livre sent le cabinet de lecture, les vêtements en longue théorie du portemanteau sentent la laine mouillée, la classe sent l'encre croupie et la craie surie, tout est terne, tout paraît vieux et sale, avec des arêtes trop nettes, des contours trop durs dans du flou, comme les toits luisants qu'on aperçoit au-delà de la vaste cour du collège et comme cette lointaine fenêtre déjà éclairée derrière laquelle un être va et vient sans qu'on puisse savoir si c'est un homme ou une femme, ni à quelle mystérieuse besogne il s'affaire.

Cette ambiance-là, Roger Mamelin la pompe chaque fois qu'au moment de tourner la page il lève un instant les yeux, puis il baisse à nouveau la tête sur « La Dame de Monsoreau » pour laquelle il crée instantanément un décor en noir et gris, avec des pans d'un blanc blafard, comme les gravures du siècle passé.

Tout se lie, s'enchaîne, s'harmonise, tout, y compris la voix du père Renchon, vient se fondre dans son univers, à tel point qu'il sursaute quand cette voix change de ton. Alors, fermant précipitamment son livre, il se hâte de remonter à la surface.

La voix dit, avec une douceur et une politesse qui soulignent la valeur des mots :

— Monsieur Neef, si ce que je dis n'a pas l'heur de vous intéresser, puis-je vous demander de feindre tout au moins une attention courtoise ?

Roger, comme les autres, se tourne tour à tour vers les deux Neef, car il y en a deux dans la classe, deux Neef sans aucun lien de parenté, Neef-l'aristocrate, qui habite un château et vient chaque matin au collège à cheval, suivi d'un laquais, et Neef-le-paysan, fils d'un brasseur de la campagne, qui sursaute et rougit chaque fois qu'un professeur s'adresse à son homonyme.

Chose curieuse, malgré leur dissemblance, les deux Neef ont un point commun : ils ont dépassé depuis longtemps l'âge d'être en troisième année, parmi des gamins de quinze ans. Ce sont déjà des hommes, l'un, le fils du brasseur, aux lèvres ombragées de poils bruns et à la grosse voix de basse, l'autre, maigre et si racé qu'il en a le visage de travers, avec des allures précieuses de petit-maître.

— Vous ne m'avez pas entendu, monsieur Neef ? Oui, vous. C'est bien à vous que je m'adresse.

Le père Renchon précipite imperceptiblement son débit, ce qui est sa seule façon d'extérioriser sa colère.

— Étant donné que votre présence ne m'est pas plus agréable que ne paraît vous l'être mon cours, je vous autorise volontiers à aller vous promener en attendant la fin de celui-ci.

Sans aucune émotion, le Neef en culotte et en bottes d'équitation se lève, s'incline en passant devant la chaire comme pour remercier d'une faveur, se dirige vers la porte et se retourne, au moment de la franchir, afin d'adresser un clin d'œil à ses condisciples.

Roger baisse la tête, retrouve aussitôt la page, le fil de son histoire, lit une phrase par-ci, attrape un mot par-là, saute des passages entiers, des répliques qu'il a devinées d'avance ; tout rentre dans l'ordre autour de lui, y compris la voix du professeur qui reprend sa leçon sur un ton indécis comme s'il accordait un violon.

Il y a pourtant quelque chose qui ne va pas. Roger le sent, puisqu'il lève encore la tête au moment précis où le père Renchon s'interrompt de parler. Il voit les visages tournés vers les fenêtres, et, dehors, dans la galerie qui dessert tout un rang de classes et qui ressemble à une gigantesque passerelle de navire, un Neef qui paraît se donner la comédie à lui-même, mimant avec gravité une scène de salon, baisant la main d'une dame invisible, refusant avec grâce une tasse de thé, causant, faisant le joli cœur, invitant enfin sa compagne à danser.

Derrière lui, les lignes dures, dessinées à l'encre de Chine, de la balustrade de fer, les colonnes grêles, le ciel uni et morne en toile de fond de photographie. Ce décor, Neef ne semble pas le voir, il joue son personnage avec une telle conviction qu'il crée autour de lui des présences invisibles et il esquisse les premières mesures d'un tango, le corps tendu, les cils mi-clos, quand une monstrueuse silhouette entre dans le champ, sombre et dure comme la réalité, lente et implacable, le grand manitou en personne, le croquemitaine du collège, le père Van Bambeek, préfet de la discipline.

Alors les rires fusent des gorges contractées, les yeux picotent, on a envie de crier d'enthousiasme, le père Renchon lui-même ne parvient pas à transformer tout de suite son sourire en une grimace austère, mais un regard du préfet à travers les vitres suffit à figer les physionomies, le professeur psalmodie à nouveau, après un sec coup de règle sur sa chaire.

Roger a baissé les yeux sur son livre invisible du dehors, mais le charme est rompu, il lit sans comprendre, attentif aux deux silhouettes qui vont, pendant dix minutes, passer et repasser à pas égaux devant les fenêtres, apparaissant et disparaissant à intervalles réguliers, l'immense père jésuite en soutane, qui a été officier de cavalerie, flanqué du chétif Neef qui n'a rien perdu de sa désinvolture.

Tout à l'heure, pour amuser ses camarades, il leur jouait la comédie, et maintenant il fait presque les mêmes gestes, ou plutôt il est le même homme, plus exactement encore ils sont deux hommes, le père jésuite et le fils du châtelain, qui devisent sur un pied d'égalité mondaine, loin du collège et de ses classes, des cours et des pensums ; et, quand ils se séparent, au-delà de la fenêtre par laquelle Roger est le seul, de sa place privilégiée, à les apercevoir, ils échangent une poignée de main, Neef vient se rasseoir à son banc, aussi naturellement qu'il est parti tout à l'heure, cependant qu'une légère rougeur, Roger en est sûr, colore le front du père Renchon.

Les minutes passent, la pluie tombe, d'autres fenêtres se sont éclairées dans le lointain pâté de maisons, quand des pas résonnent dans la galerie et, cette fois, Roger, qui a reconnu le pion, sait que c'est pour lui, tout le monde le sait, tous le cherchent des yeux, l'autre Neef, le paysan aux souliers cloutés, essaye de l'encourager d'un triste et bon regard de chien.

— Monsieur Mamelin, veuillez me suivre chez le préfet des études.

On a beau s'y attendre, cela produit un choc. Roger se lève, traverse la classe, suit le surveillant le long de la galerie froide et entrevoit des élèves dans des classes, des professeurs à leur chaire, des équations sur un tableau noir. Le surveillant le précède et semble le tirer au bout d'une chaîne invisible. Il frappe à une porte vitrée, s'efface. Pas un bruit, rien qu'un grattement sur le papier, de l'ombre partout, sauf sur le bureau qu'éclaire une lampe à abat-jour vert, un visage fantastiquement sculpté par cette lumière, un nez bulbeux entouré de plis flasques et profonds, un imperceptible filet de regard sous les paupières baissées.

Le préfet des études, qui fait l'intérim de recteur, écrit d'une écriture fluide et régulière et de longues minutes passent sans qu'il paraisse soupçonner une présence. Puis sa main atteint un buvard, il sèche sa feuille avec soin, attire à lui, non sans dégoût, un papier dont Roger était si fier la veille encore et qui le déçoit soudain par sa vulgarité indécente.

C'est un journal qu'il a rédigé seul, tiré lui-même à la pâte à copier. La première page s'orne d'une caricature du préfet des études.

Celui-ci, qui a saisi le document entre deux doigts, comme une chose malpropre, le tient un instant en suspens dans la lumière de la lampe et lève enfin les yeux vers l'élève coupable.

Pour Roger, cela dure une éternité. La gorge sèche, les paumes moites, il ne peut détacher ses yeux du papier glacé sur lequel l'encre violette a imprimé ses salissures. Est-ce par pitié que le père jésuite laisse enfin tomber la feuille dans la corbeille placée à gauche de son pied ?

— Je suppose, monsieur Mamelin, que vous connaissez le règlement du collège ?

Le voudrait-il, aurait-il décidé farouchement de se taire que, sous le regard du préfet, il ne pourrait s'empêcher de balbutier :

— Oui, mon père.

— Vous savez donc que vous êtes passible de renvoi définitif.

Une image jaillit du chaos d'ombres et de lumières qui l'entoure, une suite d'images, un quai sous la pluie, un pont qui enjambe la rivière en crue et sur lequel passe un tram à l'œil jaune, un boulevard bordé de maisons basses, et lui, Mamelin, qui marche, qui va atteindre le coin de la rue des Maraîchers, la maison d'angle qui est la sienne depuis quelque temps, lui qui s'arrête en apercevant un peu de lumière tiède derrière le store de la cuisine et qui entend ou croit entendre le bruit familier du poêle qu'on tisonne. Il a sa clef en poche, mais il ne s'en sert pas, il ne veut pas entrer, il fait demi-tour, il marche, il va, il vient, dix fois il atteint le pont d'Amercœur et il en a encore pour longtemps à errer sous la pluie avant d'apercevoir la silhouette impassible de son père qui rentre de son bureau.

— Père, je suis...

Même en imagination, le mot ne passe pas.

— Je suis renvoyé du collège...

De tous les cauchemars qui l'ont fait hurler d'effroi, dressé dans son lit, c'est le plus terrible et pourtant il n'a pas bougé, il se réveille, s'étonne d'être immobile devant un abat-jour vert tandis que le préfet des études caresse doucement la croix passée dans sa ceinture de soie noire.

— Votre acte d'indiscipline, monsieur Mamelin, est d'autant plus grave, d'autant plus inexplicable que vous êtes ici, n'est-ce pas ? dans des conditions particulières. Je n'insisterai pas sur la reconnaissance que nous pourrions attendre de vous ni sur la pénible stupeur que nous a causée...

Oh ! Comme il en veut à sa mère de ce qu'il souffre en ce moment ! Comme il sent qu'il lui en voudra toute sa vie ! Comme il hait tante Louisa, comme il la revoit, dans son arrière-boutique de Coronmeuse où flottent des relents d'épices et de genièvre, les mains sur le ventre, la tête penchée, sermonnant en flamand une Élise humble et docile !

Car c'est de là, de cet antre de fausse bonté et de bigoterie, que l'idée est venue.

— Pourquoi n'en fais-tu pas un prêtre ? Lorsque les autorités ecclésiastiques sentent une vocation chez un enfant pauvre, elles n'hésitent pas à payer ses études et, plus tard...

Oui, plus tard ! C'est à plus tard qu'Élise a pensé, à son fameux veuvage qui la hante et que Louisa a résolu comme par enchantement. Il existe un vers là-dessus, qui bourdonne dans la tête de Roger :

« *Quand tu seras curé, je serai ta servante.* »

— Est-ce que vous croyez, frère Médard, que Roger ferait un bon prêtre ?

Parce qu'il servait la messe chaque matin !

« *Votre acte d'indiscipline, monsieur Mamelin, est d'autant plus grave, d'autant plus inexplicable que vous êtes ici, n'est-ce pas, dans des conditions...* »

Les dents serrées, il baisse la tête pour ne pas laisser voir sa haine. Il y a un souvenir qu'il voudrait effacer de sa mémoire, comme il voudrait oublier l'histoire du catéchisme, ou celle de la fille de la légumière qu'il suppliait, la veille de sa première communion, de se laisser toucher.

— Rien qu'une fois... Avec un doigt...

Comme c'était plus laid, cette course, derrière sa mère qui le tirait par la main vers la maison de M. le doyen de Saint-Nicolas, dans la petite cour au fond de l'impasse, près de l'école gardienne de sœur Adonie ! C'était vers le soir, en automne, un soir doux et bleuté ; des géraniums, sur l'appui des fenêtres, étaient d'un rouge saignant. Les lampes n'étaient pas allumées. On a attendu longtemps dans le parloir, sur des chaises garnies de crin noir, et l'air sentait mauvais, une odeur que maintenant Roger est capable de reconnaître entre mille autres, celle des maisons où vivent des hommes seuls, la même qui l'écœurait chez les frères de l'institut Saint-André, quand on l'envoyait faire une commission aux cuisines, la même qu'on retrouve, à peine atténuée, dans les locaux privés des pères jésuites.

— Tiens-toi, Roger. Surtout, dis comme moi. Ne va pas encore me contredire, comme toujours !

Et elle a parlé, quand le petit doyen large et sans cou, vulgaire comme un pot à tabac, le visage lie-de-vin, les a enfin reçus. Elle a parlé comme elle sait le faire quand elle veut passionnément quelque chose, humble et fière tout ensemble. Le « strict nécessaire » y a passé, et ses maux de reins du soir, et ses organes, et Désiré qui est le meilleur des hommes mais qui, comme tous les Mamelin, manque d'initiative et d'ambition.

Le doyen la regardait de ses gros yeux à fleur de tête en pensant sans doute que c'était l'heure de son dîner, mais toute la famille devait défiler, un cousin Peters qui est curé dans un village du Limbourg, un autre cousin, du côté Mamelin, professeur au grand séminaire de Louvain, la sœur de Désiré aux Ursulines, à Ans...

— Il ne pense qu'à étudier, monsieur le doyen. J'ai toutes les peines du monde à lui arracher ses cahiers pour l'obliger à jouer un peu. M. Jacques, un de mes anciens locataires qui n'a plus que son dernier examen à passer pour être médecin, dit qu'il n'a jamais vu un enfant aussi en avance sur son âge...

Elle a gagné. Elle a eu sa lettre, que le doyen a écrite du même air abruti.

Et Roger est entré au collège à demi-tarif.

Et aujourd'hui on le chasse, mais auparavant on a soin de lui faire payer sa dette.

« ... *La plus élémentaire reconnaissance...* »

— Eh bien ! monsieur Mamelin, vous rendez-vous compte de l'étendue de votre faute ?

— Oui, mon père.

Non, non et non ! Ce n'est pas vrai ! Il a envie de crier de toutes ses forces. Il n'a pas honte. Et, s'il s'appelait Neef, Neef-du-Château, bien entendu, et non Neef-le-paysan dont le collège n'a que faire, il serait sans doute à arpenter la galerie avec le R.P. Van Bambeek en devisant de la dernière vente de charité.

— Réfléchissez à la question que je vous pose. Avez-vous sincèrement l'intention, le ferme propos de vous amender, je veux dire de rompre une fois pour toutes avec un certain esprit qui n'est pas de mise dans cette maison ?

— Oui, mon père !

Quel non formidable résonnerait dans le bureau si on pouvait entendre sa voix intérieure !

— Votre cas a été discuté longuement. Je vous dis tout de suite que j'ai exposé la situation de vos parents. C'est par égard pour eux, monsieur Mamelin, par égard surtout pour votre mère dont nous connaissons le courage et l'abnégation, qu'une mesure de clémence a été prise en votre faveur.

Pas renvoyé !

Roger, soudain, en est moins soulagé que déçu.

Le père s'est levé, et il a pressé un timbre électrique et on aperçoit le visage du surveillant derrière la porte vitrée.

Encore une petite phrase, qui tombe sec et qui en dit si long :

— J'espère que nous n'aurons pas à y revenir.

C'est tout. C'est fini. Il continuera à venir au collège et il en veut au préfet des études de son indulgence menaçante et glacée comme le courant d'air qui l'accueille dans la galerie. Quand il pénètre dans la classe, les lampes sont allumées et il a peur de la lumière crue, des regards braqués sur lui, car il sent que son visage exprime, non la contrition et la reconnaissance, mais une volonté mauvaise.

Le père Renchon doit savoir, car il ne se tourne même pas de son côté tandis que le garçon se rassied à son banc. Peut-être a-t-il été consulté ? Est-ce que Roger va lui en vouloir aussi ?

On glisse sur son pupitre un billet qui a passé de main en main et Neef-le-paysan lui fait comprendre, en se contorsionnant, que c'est lui qui l'a envoyé, le supplie du regard de répondre.

Le grand idiot à la voix qui mue a écrit de son écriture de primaire :

« *Qu'est-ce qu'il a dit ?* »

Et Roger de tracer rageusement un seul mot en travers :

« *Merde.* »

Le billet s'en retourne comme il est venu mais le père Renchon, sans interrompre son cours, le suit à la piste de ses petits yeux malicieux. Au moment où le destinataire le déplie il prononce :

— Monsieur Neef.

Ils sont deux à se lever à la fois, les deux Neef, comme toujours.

— Ce n'est pas de vous qu'il s'agit, par exception, remarque avec une politesse exquise le professeur en s'adressant au Neef-du-Château.

Puis, se tournant vers l'autre :

— Monsieur Neef, veuillez m'apporter ce papier dont la lecture paraît si passionnante.

Le pauvre dadais traverse la classe en traînant ses semelles à clous sur le ciment où il arrive qu'elles fassent des étincelles. En rougissant, il pose l'objet sur un coin de la chaire et reste là, désespéré, demandant pardon du regard à Roger.

— Je vous remercie. Vous pouvez retourner à votre place.

Les lèvres minces du père Renchon se sont légèrement étirées. Roger seul s'en est aperçu. Neef, de loin, quémande toujours son pardon.

— Dites-moi, monsieur Neef, vous seriez bien aimable de me faire cinq cents lignes pour jeudi.

Neef-le-Châtelain a la malencontreuse inspiration de jouer une fois de trop sur l'équivoque.

— Moi ? questionne-t-il en se dressant.

— Vous aussi, bien entendu, puisque vous y tenez.

A-t-il regardé Roger ? Son regard a glissé très vite. Cependant le gamin a la conviction qu'il y a eu dans tout ceci quelque chose de voulu, un contact doux et subtil, une sorte de message bienveillant.

— Continuons, messieurs.

Et, tirant sa montre de sa large ceinture :

— Monsieur Mamelin, il est trois heures et demie.

2

C'était fin août 1915, par une de ces matinées où l'air bourdonne et où les choses s'auréolent comme d'une fumée frémissante. Roger était à Embourg, tout seul, dans la nouvelle maison que Mme Laude avait louée sur la grand-route et où elle réalisait enfin son rêve de tenir un café.

Rue de la Loi, Élise faisait les chambres, toutes fenêtres ouvertes, toute literie dehors, se penchant dès qu'elle entendait la petite trompette d'un marchand, comme avant, comme au bon temps, car, si elle n'avait plus ses locataires, si pendant de longs mois les chambres étaient restées vides, elles venaient d'être réquisitionnées par l'armée allemande.

Les pièces avaient de nouveau un nom, une odeur, Désiré était seul à bouder ses hôtes qu'il feignait d'ignorer, tandis qu'Élise s'affairait du matin au soir et parlait avec volubilité un curieux allemand qui lui revenait de sa petite enfance.

Elle pouvait à nouveau laver à grande eau, retourner les matelas, cirer les meubles, astiquer les cuivres ; des boîtes de cigarettes étrangères traînaient sur les tables, des lettres, des paquets de chocolat au goût amer. Elle avait découvert dans un tiroir du commandant Schorr, un bel homme sanguin qui sentait toujours l'eau de Cologne, une boîte d'ampoules pharmaceutiques dont elle avait parlé à l'occasion au Dr Matray.

— Figure-toi, Désiré, qu'il est atteint d'une mauvaise maladie.

— Tant mieux !

— Un si bel homme ! Quand on pense qu'il va choisir les filles Offenstadt, tu sais, celles dont les parents sont propriétaires des grands manèges...

La chambre de Mlle Pauline — car Mlle Lola n'a fait que passer sans laisser son empreinte — est occupée par un autre commandant, un de ceux qui portent une cape flottante et qui traînent leur sabre sur le trottoir, un homme racé, sanglé dans son uniforme sous lequel il doit y avoir un corset, monocle toujours à l'œil. Il paraît qu'il est banquier dans le civil.

Quant à la chambre de Mlle Frida, elle suffit à un lieutenant du « Landsturm », M. Kramp, un Bavarois court et tout rond, tout gras, tout rose, placier en champagne avant la guerre, qui a déjà fait venir deux fois sa femme en cachette. Inutile de dire que celle-ci était toujours fourrée avec Élise dans la cuisine.

— Je t'assure, Désiré, que ce sont des gens comme les autres. C'est parce que tu ne les comprends pas.

Mais Désiré ne tolère même pas ce sujet de conversation. Son visage prend une telle expression qu'on sent qu'il vaut mieux se taire. Un jour, un mois à peine après l'entrée des Allemands dans la ville, Élise a bien cru qu'il allait la battre et, pour la première fois depuis son mariage, elle a vraiment eu peur de lui.

En revenant de son bureau, à deux heures, il s'était figé devant un écriteau posé derrière les vitres de sa propre maison et qui faisait tache sur tout le quartier, avec ses caractères barbares, mal tracés au pinceau :

Wein, gute Qualität
I Mark 50

Au lieu d'entrer directement dans la cuisine, il est allé décrocher l'écriteau et, quand il s'est enfin approché d'Élise, il était si pâle, son visage s'était tellement fermé qu'elle avait reculé.

— Écoute, Désiré, ce n'est pas moi... Tout le monde en vend... Schroefs m'a conseillé de le faire et c'est lui qui a rédigé l'écriteau... Il a du vin plein sa cave, qu'il craint qu'on lui prenne un jour ou l'autre... Il me le fournit à un mark...

Désiré n'a pas mangé, n'a pas desserré les dents. Élise n'a pas insisté davantage et on est resté longtemps sans prononcer le nom d'Hubert Schroefs dans la maison.

Pendant que, rue de la Loi, Élise va et vient dans les courants d'air, Roger, à Embourg, dévale le long de la grand-route brûlante où les pieds enfoncent jusqu'aux chevilles dans la poussière dorée.

Il a douze ans et demi. Il vient de terminer, au collège Saint-Louis, sa sixième latine et il a remporté plusieurs prix. Il porte des culottes très courtes qui découvrent des jambes égratignées par les ronces, une chemise de tussor ouverte sur sa poitrine. Ses cheveux, l'été, tranchant sur son visage hâlé, paraissent plus blonds.

Il court à perdre haleine, poussant une brouette dans laquelle une grande fille de quinze ans rit aux éclats.

La route est déserte, d'un blanc aveuglant. Le village est déjà loin derrière eux et à un tournant où la brouette tangue dangereusement, Roger aperçoit une silhouette onduleuse, une jeune femme à la jupe qui balaie la poussière, au corsage de dentelle, marchant lentement en s'abritant d'une ombrelle à fleurs.

Il a beau faire, l'obstacle l'attire, la brouette l'entraîne et c'est aux pieds de la promeneuse effarouchée, qui recule en poussant un cri, que le véhicule vient verser tandis que son fardeau roule dans la poudre blanche.

Malgré la joie qui le gonfle, il va s'excuser en bégayant quand une voix, qui lui semble venir de très loin, d'un monde qu'il a oublié depuis longtemps, s'exclame avec une indignation pudique :

— Roger ! Mon Dieu...

Il reste là, ébahi ! La demoiselle, c'est Aimée, sa cousine, la plus jeune fille de tante Louisa de Coronmeuse, qui a passé son examen de régente et qui est professeur aux Filles-de-la-Croix.

Toutes les pâleurs, toutes les délicatesses romantiques sont dans son visage trop long, si étroit qu'il n'est qu'un profil. Aimée est aérienne, immatérielle au point de souffrir quand les circonstances l'obligent à se nourrir devant un étranger.

Or, voilà qu'une autre voix fait, avec un respect que contrarie une violente envie de pouffer :

— Mademoiselle !

— Renée !... Comment est-ce possible !... Vous, ici, dans cette tenue !... Vous, dans une brouette !

Ils sont là, dans l'éblouissement du soleil, au milieu d'une courbe harmonieuse de la route.

— J'espère que vos parents ne sont pas au courant de ce genre de distraction ?

— Ils m'ont laissée pour quatre jours à Embourg, mademoiselle. Ils viendront me chercher dimanche. Je suis chez Mme Laude, avec Roger.

C'est un de ces moments où, sans raison précise, les cœurs bondissent dans les poitrines, où rien n'existe plus que la joie de vivre qui vous soulève, fait briller les yeux, brûle les paupières.

— Tu viens, Roger ?

Cousine Aimée veut intervenir.

— Où allez-vous ?

— Au bois !

— Écoutez un instant...

Ils pouffent tous les deux, ensemble, comme s'ils s'étaient donné le mot. Ils n'en peuvent plus. Sa robe de pensionnaire à larges plis couverte de poussière, Renée se jette dans la brouette et quand Roger pousse celle-ci de toutes ses forces décuplées par le plaisir, elle se renverse les jambes en l'air.

— Tu as vu, dis, tu as vu ?

— C'est ton professeur ?

— Tu sais comment on l'appelle, aux Filles-de-la-Croix ? Mlle Guimauve. Cela lui va bien, dis ? Comment est-il possible que ce soit ta cousine ?

Ils sont fous. Le monde est à eux, le soleil n'éclaire, ne réchauffe qu'eux, c'est pour eux que les oiseaux chantent et ils rient en se regardant pour se gonfler d'allégresse cependant que la flexible silhouette à l'ombrelle chemine en ondulant vers le clocher du village.

Ils ont abandonné la brouette au bord du fossé. Ils ont grimpé dans le bois en pente qui borde la route et la relie au Thiers des Grillons. Ils ont couru. Ils se sont cachés. Ils ont bu dans le creux de leurs mains l'eau de la source, de leur source, car, s'ils ne l'ont découverte que d'hier, elle est déjà à eux. Puis ils ont aperçu un massif de houx aux baies rouges.

— Tu en veux ?

— Tu vas te piquer.

— Qu'est-ce que cela me fait ?

Bravement, pour atteindre les plus lourdes branches, il pénètre dans le buisson, se hisse, se faufile tandis que Renée, ses belles lèvres entrouvertes, rouges comme les baies de houx, le regarde en respirant plus fort.

— Reviens. Il y en a assez.

Il en veut davantage, va toujours plus haut, plus avant dans le fourré épineux et quand il parvient enfin à s'en dégager, il a les jambes et les mains marbrées de sang, une longue balafre vermeille sur la joue.

— Laisse-moi t'essuyer. Si ! Laisse-moi faire. Les femmes sont faites pour soigner les hommes.

C'est une fille admirable, une brune à la chair dorée, déjà mûre à quinze ans. Ses cheveux bouclés, d'un noir luisant, tombent en désordre sur ses épaules.

— Couche-toi ici... Reste tranquille...

Et, à genoux près de lui, elle éponge le sang avec son mouchoir qu'elle a trempé dans la source.

— Je te fais mal ?

— Non.

— Un tout petit peu ?

— Non.

— Cela ne pique pas ?

— Non.

— Tu dis cela pour faire le brave.

— Je le dis parce que c'est vrai. Je ne sens rien.

— Pourquoi as-tu fait ça ?

— Pour t'apporter du houx.

— Tu m'aimes bien ?

Il rougit, se trouble, ne répond pas. Ce n'est qu'en dedans, les yeux clos, qu'il prononce :

— Je t'aime.

Et alors il sent pour la première fois des lèvres s'écraser sur sa bouche. C'est si inattendu, si merveilleux que des larmes gonflent ses paupières pendant qu'une voix brouillée chuchote à son oreille :

— Tu m'aimes bien ?

Il ne peut répondre qu'en retenant la tête de Renée contre la sienne, à deux mains, en caressant sa joue de sa joue, en s'enfonçant dans les cheveux noirs qu'il respire.

— Tu es content ?

Il ne comprend pas pourquoi elle halète, pourquoi elle l'enveloppe si étroitement de son corps dur. Elle est contre lui des pieds à la tête, elle est sur lui, il sent la fraîcheur de ses jambes nouées aux siennes, il ne bouge plus, il a rougi une fois de plus, il a honte, il ne sait plus au juste ce qui se passe, mais il voudrait que cela dure longtemps, toujours, une chaleur inconnue l'a pénétré, ses mains tremblent, il a peur, surtout, qu'elle parle, ou qu'elle le regarde, il lui semble que tout ce qui se passe en lui d'étrange et de merveilleux doit se lire sur son visage.

C'est un rêve. Comme dans un rêve, la notion du temps s'efface, celle du lieu aussi, et pourtant il entend toujours couler la source et il y a parfois un craquement dans le sous-bois, une bête, sans doute, un écureuil ou une belette qui vient les contempler, il a chaud, il est imprégné d'une odeur de salive et de peau mouillée, des cheveux le chatouillent, un instant il en a plein la bouche, puis tout à coup il se tend, peut-être va-t-il crier, se dégager, elle le retient d'une pression de la main sur son bras, elle mord sa lèvre cruellement, comme pour lui ordonner de rester et des secondes s'écoulent, peut-être des minutes d'une vie qui n'a aucun rapport avec la vie qu'il connaît. Il a peur. Il est honteux. Sa lèvre lui fait mal. Il est pris de vertige. C'est trop violent. Cela ne peut pas durer une seconde de plus sans qu'il devienne fou, et voilà en effet qu'il se raidit, qu'il reste comme mort.

Quand il ose enfin ouvrir les yeux, Renée, apaisée, lui sourit de ses lèvres saignantes et il se cache la tête dans sa poitrine, se met à sangloter.

Combien de temps est-il resté ainsi ? Une voix murmure à son oreille :

— Tu es content ?

Il ne peut que répondre par une étreinte. Il essaie de faire oui de la tête.

— Tu es un petit garçon, n'est-ce pas ? Tu es mon petit garçon à moi.

Et c'est comme un petit garçon que, la lèvre gonflée par ses pleurs, une grande joie, un orgueil insensé brillant à travers ses larmes, il répond enfin oui.

C'est à cause de ces quatre journées d'Embourg, à cause de la brouette, de ce matin brûlant où ils ont tant ri de l'effroi pudibond de la cousine Aimée venue en visite et si mal récompensée, c'est à cause de Renée, qu'abandonnant le collège Saint-Louis et les humanités latines, Roger, un matin, avec cette gaucherie et cette angoisse des nouveaux, a gravi la rue Saint-Gilles en cherchant des yeux le collège Saint-Servais.

La rue Sainte-Véronique, où se trouve l'institution des Filles-de-la-Croix, est toute proche de la rue Saint-Gilles. Renée a dit, le dernier soir d'Embourg, alors qu'il avait pénétré dans sa chambre en passant d'une fenêtre à l'autre par l'extérieur, marchant sur l'étroite corniche de zinc qui surmonte le café de Mme Laude :

— Tu viendras me voir à la sortie des Filles-de-la-Croix. La bonne m'attend tous les jours, mais c'est une fille avec qui on pourra s'arranger. Nous passerons par le boulevard d'Avroy. L'hiver, il y fait très noir.

— Tu es sûre que la bonne ne dira rien ?

Eh oui, elle en était sûre, trop sûre, hélas ! Mais alors, il ne savait pas encore.

Quelle tâche il a dû accomplir en un mois, avant la rentrée d'octobre ! Pour changer de collège, il fallait d'abord abandonner les études latines car, s'il existe deux collèges dans la ville, chacun se réserve les élèves d'une rive de la Meuse.

— Mère, je ne veux plus être prêtre.

— Qu'est-ce que tu dis ? Je parie que c'est Mme Laude qui t'a mis en tête de pareilles idées.

Car Mme Laude est mécréante et lance volontiers de grosses plaisanteries sur les curés.

— Ce n'est pas Mme Laude. Ce n'est personne. Je ne veux plus être prêtre. Je veux devenir officier.

Car, ainsi, il devra faire ses humanités scientifiques, et ces cours ne se donnent qu'au collège Saint-Servais. Il a longuement réfléchi. Il a choisi avec soin la profession qui n'exige pas un établissement coûteux, ni de longues années d'université que ses parents seraient incapables de lui payer.

Enfin, il y a le prestige de l'uniforme, du titre, auquel, il ne l'ignore pas, sa mère est sensible.

— Tu sais bien, Roger, que c'est impossible. Si tu ne veux plus être prêtre, on ne t'accordera pas la demi-gratuité.

— Il paraît qu'on l'a accordée à d'autres.

— Qui t'a dit ça ?

— Des camarades.

On est allé voir frère Médard et Roger n'a pas bronché. On a fait une nouvelle visite à M. le doyen, puis au préfet du collège Saint-Louis, puis au collège Saint-Servais.

Un mois durant, il a vécu dans l'angoisse, toute son énergie tendue vers un même but, sans voir une seule fois Renée, que ses parents avaient emmenée à Ostende.

Le miracle s'est produit. Il a gagné la partie. Les Jésuites de la rue Saint-Gilles ont accordé, non la demi-gratuité, mais un rabais d'un tiers, peut-être pour se débarrasser de l'insistance d'Élise.

— Tu comprends, Louisa, s'il n'a pas la vocation, nous ne pouvons pas le forcer. Il n'y a rien de plus lamentable qu'un mauvais prêtre. Comme officier il aura sa carrière assurée et, une fois leurs épaulettes gagnées, ils n'ont plus rien à craindre de la vie.

La rue Saint-Gilles, à l'autre bout de la ville, est une artère étroite et commerçante comme la rue Puits-en-Sock, avec le même tram flottant entre les trottoirs. Et pourtant, tout de suite, Roger s'y est senti étranger.

Le premier jour, il a voulu entrer dans le vaste bâtiment de pierre flanqué d'une chapelle où il s'était présenté avec sa mère. Il a soulevé le marteau de bronze, le bruit s'est répercuté comme dans une maison vide ; longtemps après le battant s'est à peine entrouvert sur un couloir solennel et un frère lai, ahuri, a regardé le gamin sans comprendre ce qu'il venait faire, puis, mis au courant, lui a désigné le haut de la rue.

— L'entrée des élèves est par là.

Roger l'a cherchée longtemps, ne voulant pas croire que c'était cette vulgaire porte cochère mal peinte, coincée entre deux boutiques, qu'il prenait pour l'entrée d'une écurie ou d'une remise.

Mais qu'importait l'hostilité du décor et celle de tous ces élèves parmi lesquels il était un inconnu ? A quatre heures, il se précipiterait en courant vers la rue Sainte-Véronique — car elle sortait à quatre heures, elle aussi, mais il s'arrangerait pour sortir un des premiers et il la rattraperait. Il verrait Renée, il n'avait peur que de la bonne qu'il faudrait amadouer, il se demandait quelle somme d'argent serait nécessaire pour y réussir.

Renée ne rentra de vacances que vers le 15 octobre. Roger n'avait pu s'empêcher de parler d'elle à ses nouveaux camarades et il refusait de les croire, il les haïssait comme d'immondes menteurs quand ils prétendaient tous la connaître, il serrait les poings, prêt à se battre, quand, rien qu'à l'énoncé de son nom, les plus grands échangeaient des clins d'œil et des bourrades dans les côtes.

Un soir qu'il galopait derrière les jeunes filles sorties des Filles-de-la-Croix, il sentit son cœur battre, c'était Renée qui, devant lui, accompagnée d'une servante portant ses livres et ses cahiers, venait de passer sous un bec de gaz.

Elle avait sa robe à larges plis de pensionnaire, un chapeau d'uniforme, rond, luisant, à bord dur ; il y avait quelque chose de changé en elle, il ne savait pas quoi, il fut un bon moment à la suivre avant de découvrir qu'elle avait les cheveux relevés et roulés sur la nuque en lourdes tresses.

Elle tourne à gauche, dans une rue obscure et déserte. Il hâte le pas, ouvre déjà la bouche pour parler, ses genoux tremblent. Quand il tourne le coin à son tour, la servante marche toute seule, un peu en avant, au bord du trottoir, tandis que Renée, au bras d'un homme, frôle les maisons.

Il y a deux ans de cela, deux ans qu'il est élève à Saint-Servais. Le père Renchon vient de lui rappeler qu'il est trois heures et demie et le voilà qui quitte la classe dont la lumière le suit un instant tandis qu'il ouvre et referme la porte.

Il serait incapable de dire pourquoi le collège, à cette minute, lui rappelle si vivement la Linière, qu'une bouffée de sa petite enfance l'enveloppe, qu'il se sent la tête lourde, les membres gourds, l'esprit entre la veille et le rêve comme quand, le jeudi après-midi, il revenait avec sa mère de chez tante Louisa.

C'est un souvenir d'hiver car, au moment où on quittait la boutique pleine d'une lumière chaude et comme sirupeuse, Roger ressentait toujours une angoisse au seuil du quai tout noir où une pluie fine et glacée restait en suspens dans l'air à la façon d'un brouillard.

On se retournait pour dire une dernière fois au revoir à tante Louisa qui s'encadrait dans la porte, et, peut-être, pour se raccrocher un moment au rectangle rougeâtre de la vitrine, car, après, il n'y avait plus qu'un vaste monde humide et mystérieux où des becs de gaz entourés d'une auréole trouble clignotaient de loin en loin. Quant à ce qu'il y avait sur leur gauche, au-delà du terre-plein aux quatre rangées d'arbres nus, là où on entendait rouler les flots de la Meuse en crue, c'était le noir absolu, le chaos, la fin du monde.

On marchait vite, Élise elle aussi avait hâte d'atteindre le pont Maghin et les rangs de boutiques rassurantes. Or, à mi-chemin, se dressaient les murs de brique noircie, vertigineux, percés de ces hautes fenêtres étroites, comme des fenêtres de cathédrale. Ce n'étaient pas de vraies fenêtres avec des rideaux qui ont un regard bienveillant de maisons habitées, c'étaient des trous glauques, les vitres étaient dépolies et sales, il en manquait et, derrière, on sentait un vide aussi vaste que dans une église.

Dans ce vide inhumain, où sautait la lumière des lampes à arc, résonnaient des bruits de machines, des heurts de métaux, des sifflements de vapeur ; Roger savait, pour les avoir vues sortir quand on passait à six heures juste, au moment de la sirène, qu'elles étaient des milliers de filles sales, grossières et sans chapeau, venues des petites rues, qui s'agitaient sans fin, minuscules au fond du gouffre, écrasées par l'espace, traquées par les monstres mécaniques.

Presque aussi dur et hostile lui apparaît le monde dont il se détache en ce moment, qu'il a l'air de fuir, tout seul, qu'il a cru tout à l'heure, chez le préfet des études, quitter aujourd'hui pour toujours.

Son pardessus humide sur le dos, sa serviette à la main, il longe cette interminable galerie où des fenêtres toutes pareilles lui dévoilent le même spectacle de murs nus, de vêtements sombres qui pendent sur un rang, de bancs noirs, d'élèves mal assis, immobiles dans la lumière crue.

Au-delà de la balustrade de fer, c'est le noir d'une cour si vaste, si nue qu'on hésite à s'aventurer dans son immensité et, pour l'atteindre, il faut descendre l'escalier de fer trop à pic qui a des résonances d'usine.

De l'escalier, de la cour qu'il traverse de biais, on ne découvre plus rien du monde ordinaire. D'un côté, ce sont les murs aveugles de la salle des fêtes qui ne s'ouvre que dans de rares occasions. Au fond, un mur implacable comme celui d'une prison et, à gauche, ce bâtiment titanesque dont il vient de quitter une des cases et qui lui rappelle la Linière, trois étages de classes reliées entre elles par la ferraille des escaliers et des galeries.

Combien voit-on à la fois de fenêtres aussi nues, exhalant la même lumière sans chaleur ? Peut-être vingt par étage, il ne les a jamais comptées, rien ne distingue les classes les unes des autres, et il lui arrive souvent encore de se tromper, cela arrive à tous les élèves.

Ceux-ci sont trop, plus de mille. On ne peut pas se familiariser avec tous les visages, on connaît à peine de vue les professeurs, c'est une foule noire, où des petits en costume marin se faufilent entre les jambes de jeunes gens à moustache.

Aux récréations, il faut bien que chaque classe, chaque groupe se fasse un coin quelque part, de sorte que dans cette cour rigoureusement géométrique, sans un arbre, sans une poignée de terre, aux milliers de briques égales et soigneusement rejointoyées, il existe des endroits où Roger n'a jamais mis les pieds, des zones entourées d'une invisible frontière qui lui sont pour ainsi dire interdites.

Or, tandis qu'il marche, hypnotisé par le spectacle décourageant des fenêtres, il se heurte à quelqu'un, non, il l'évite de justesse, il y a un homme debout, tout seul au milieu du désert. Roger se fige, saisi d'une peur instinctive, quand enfin la voix du surveillant le rassure.

— Bonsoir, monsieur Mamelin.

— Bonsoir, monsieur Sacré.

Des vélos sont rangés à droite, sous un hangar, des centaines de vélos au repos, mais Roger n'aura pas le sien, n'en aura jamais, car cela coûte beaucoup trop cher. Il s'enfonce dans une sorte de goulot qui va se rétrécissant toujours. La cour se termine en entonnoir, deux murs qui se rapprochent, une voûte glaciale et enfin une porte cochère, celle-là qu'il a détestée dès le premier jour.

Il est dans la rue, son pas devient plus léger, un tram descend, un autre monte, ils s'attendent au croisement ; les vitrines, par crainte des avions, sont à peine éclairées ; en plein centre de la ville, on pourrait se croire dans une morne rue de faubourg et les magasins ont tous l'air, de loin, de ces pauvres boutiques des quartiers ouvriers où quelques légumes fanés voisinent avec des bougies, des bonbons et des savonnettes.

Il pleut, le pavé est mouillé, ses souliers prennent l'eau ; on ne peut plus acheter de souliers ; la plupart des gamins portent des semelles de bois, mais on ne peut pas venir ainsi chaussé au collège Saint-Servais, quoi qu'en dise Élise.

— Au moins, tu auras les pieds secs et tu pourras te moquer de ce que disent tes camarades.

Il y a trois ans maintenant que la guerre dure et que les vitres des réverbères sont passées au bleu, de sorte qu'ils éclairent à peine ; et quand, à six heures, les magasins ferment leurs volets, on erre dans les rues comme des fantômes en braquant devant soi le rayon dansant d'une lampe de poche. Parfois des rires fusent, surtout des rires de gamines. On découvre des couples collés contre un portail ou dans une encoignure. On le fait exprès. On s'acharne à éclairer un bout de cuisse pâle.

Roger a gardé au visage la chaleur qui l'a envahi dans le bureau du préfet des études, il tourne à droite dans une ruelle, pour couper au court. C'est une ruelle interdite aux élèves, mais il n'a jamais tenu compte de la défense. C'est interdit de fumer aussi, et il le fait exprès de bourrer sa pipe, le portail à peine franchi.

Ce soir, il est lourd de rancœurs imprécises et il donne de temps en temps un coup de pied dans le bord du trottoir comme un gamin des rues.

Il déteste le collège. Il était presque soulagé, tout à l'heure, à la perspective pourtant effrayante d'en être exclu, de n'avoir plus jamais à y revenir, et cependant, tandis que, débouchant de la ruelle, il traverse le boulevard d'Avroy, il envie les élèves de sa classe qu'il a laissés assis sur leurs bancs et qui attendent quatre heures en écoutant le discours monotone du père Renchon.

Il envie surtout leur sortie quand ils s'en vont par groupes, car ils habitent presque tous les mêmes quartiers, les quartiers riches de la ville ; leurs parents se connaissent, ont leur nom sur des plaques de cuivre, ce sont des médecins, des avocats, des avoués, des juges, des industriels ; les élèves parlent de leur bonne et de la mer où ils vont chaque année, ils ont des sœurs qui sont déjà des jeunes filles.

L'été, surtout, ils donnent une impression de vie radieuse quand, montés sur des vélos nickelés dont, désinvoltes, ils ne tiennent le guidon que d'une main, ils s'envolent en bandes, se faufilent en s'attendant les uns les autres dans la cohue de la rue Saint-Gilles pour se regrouper sur les pistes ombragées du boulevard.

Aucun élève ne suit le chemin de Mamelin et, s'il entend d'aventure un pas pressé derrière lui, si quelqu'un le rejoint, essoufflé, c'est Neef, Neef-le-paysan, bien sûr, qui se raccroche à lui jusqu'au pont d'Amercœur où il doit prendre le tram de Chênée. Roger le fuit, le rudoie. Le pauvre Neef a beau lui offrir humblement son amitié et son dévouement, il les refuse, il s'en veut parfois, mais c'est plus fort que lui, il préfère sa solitude à la compagnie du rustaud en vêtements de velours à côtes.

Il passe rue Hazinelle. Déjà, dans l'ombre des trottoirs, des deux côtés de l'École supérieure des filles, des jeunes gens, des hommes attendent la sortie. Il y a là une petite place à laquelle aboutissent deux ruelles et, à cause de ces silhouettes aux aguets, à cause aussi des choses qui se racontent, de certains scandales dont les journaux se sont fait l'écho, on y ressent une fièvre spéciale, les murs, les portes, les quelques arbres nus, les coins d'ombre surtout ont un autre aspect et comme une autre odeur qu'ailleurs.

On prétend qu'un certain nombre de jeunes filles de Hazinelle — certains disent trois, d'autres davantage — ont été découvertes par la police dans une chambre meublée de la rue de la Casquette en compagnie d'officiers allemands.

Chaque fois qu'il passe devant l'école, Roger revoit la même image qu'il a créée de toutes pièces, ou plutôt qui s'est composée en lui presque à son insu et qu'il retrouve toujours pareille, avec des parties floues, des pans d'ombre et, par contre, des détails d'une précision trop crue, comme sur certaines photographies que des camarades lui ont montrées et qui provoquent toujours chez lui le même malaise.

La chambre de la rue de la Casquette ressemble à la chambre de Mlle Lola, tout en étant éclairée en vert comme la chambre de M. Saft, et il s'y trouve en outre le fauteuil de cuir du salon. Un des officiers ressemble au commandant Schorr qui a une mauvaise maladie, l'autre aux caricatures du Kronprinz qu'on se passe sous le manteau. Des jeunes filles, il ne voit que des visages minces et pâles, des yeux cernés, des narines pincées, des taches laiteuses de chair sous les robes troussées.

Alors il marche plus vite, ne fait que traverser, comme des fleuves à gué, les rues passantes, coupant toujours au court à la façon d'Élise, moins pour gagner du temps que par goût pour ces venelles étroites aux maisons de guingois, où des bornes plantées de travers flanquent les portes cochères et où s'amorcent de noirs boyaux qui mènent Dieu sait où.

Parfois un pas le fait sursauter. Il a peur, mais c'est une peur voluptueuse, comme quand il allait, à six heures du matin, servir la messe à l'hôpital de Bavière. Invariablement, dans le noir des matins d'hiver, quelqu'un marchait à cent mètres derrière lui et, après s'être dominé un certain temps, Roger ne pouvait s'empêcher de courir à toutes jambes jusqu'au moment où il s'arrêtait enfin, haletant, dans la lumière pâle du portail dont il étreignait le marteau.

Presque tous ses souvenirs sont troubles, avec des lumières équivoques et de mystérieux reflets dans des décors noyés d'ombre, la guerre elle-même est quelque chose de noir, une oppression lourde : la cave où l'on se terrait en compagnie de voisins inconnus, pendant le bombardement ; le papier brûlé qui flottait dans l'air comme une neige infernale et qu'on voyait à travers les soupiraux recouvrir peu à peu les trottoirs quand la bibliothèque communale de la rue des Pitteurs a flambé ; puis les uhlans, les premiers à pénétrer dans la ville — on disait que c'étaient des parlementaires — qu'on regardait passer avec angoisse et dont on ne voyait que les bottes ; les lampes ou les bougies qu'il a fallu tenir allumées à toutes les fenêtres des maisons pendant que les troupes défilaient pendant des nuits et des nuits...

La rue Puits-en-Sock, la rue Jean-d'Outremeuse ont changé de couleur, et la maison de la rue de la Loi que les Mamelin n'habitent plus depuis six mois et qu'il reconnaît à peine, lui paraît étroite et sale, sans vie, sans personnalité. Il en a un peu honte. Il ressent un malaise à l'idée que c'est là qu'il a vécu la plus grande partie de son enfance, il rougit de son enfance elle-même et c'est avec répugnance qu'une fois encore, la dernière, il vient de le décider en route, il franchit le portail vert, indifférent à la plaque de cuivre où, de son seuil, il épelait jadis en fermant à demi ses paupières criblées de soleil les mots « Institut Saint-André ».

On n'éclaire plus la salle d'attente, à droite du porche, car il faut économiser le gaz ; Roger ne fait que deviner en passant les mères assises dans l'obscurité humide, serrant leur châle autour de leurs épaules.

Les classes sont moins claires, il le jurerait. Il traverse la cour. Il n'est plus un élève. Pour ceux assis sur les bancs de bois verni, il est un grand, presque un homme, il va droit aux cuisines ; la grande cuve de bouillie vient d'arriver du ravitaillement, jaune, sucrée, à base de maïs envoyé par la Croix-Rouge américaine.

A cette vue, Roger est écœuré, il n'en mangera même pas aujourd'hui ; ce soir, pour la dernière fois, il n'a pas un mot, pas un sourire pour le frère cuisinier au ventre lourd en forme de poire, au visage vulgaire, à la soutane souillée. Il sait que sa mère insistera pour qu'il continue à quitter le collège à trois heures et demie et à venir servir le goûter aux élèves de l'Institut Saint-André.

C'est encore une idée à elle. Elle est hantée par son désir de lui donner des forces. Le ravitaillement est devenu si difficile qu'il a fallu distribuer des rations supplémentaires dans les écoles.

Dans les classes supérieures, dans les collèges, les élèves ne reçoivent qu'un minuscule pain blanc, mais les petits des écoles primaires ont droit, en outre, à un bol de cette bouillie que Roger, aidé du frère cuisinier, emporte vers la classe de frère Mansuy.

Sur l'estrade, c'est lui qui remplit les bols que les enfants, en rang, lui tendent l'un après l'autre, c'est lui aussi qui surveille les petits pains qu'ils prennent ensuite dans une corbeille.

Moyennant quoi, quand il a fini la distribution dans toutes les classes, il a droit à autant de bouillie qu'il en peut manger et à trois ou quatre petits pains, car il y a toujours des absents et des malades.

Jamais plus il ne goûtera à cette pâte tiède et gluante, d'un vilain jaune, qu'il manie à la louche et dont il lui est arrivé de se gonfler l'estomac jusqu'à en avoir la respiration coupée. C'est une sorte de vengeance qu'il accomplit.

Il ne viendra plus rue de la Loi. Il sortira du collège en même temps que les autres. Il va l'annoncer tout de suite à sa mère. Il l'a déjà dit au frère Médard, en rougissant, comme chaque fois qu'il ment.

— Le père Renchon craint que mon absence à des cours, parfois importants, ne porte tort à mes études.

Mon Dieu ! Comme l'école est sombre et comme, sur les murs verts, sur les étagères, sur les pupitres, les choses ont l'air de stagner, les mesures de capacité, par exemple, et les cartes géographiques qui sont devenues presque brunes, les images glacées, imprimées à Leipzig, qui représentent les saisons. Roger souffre en regardant celle de l'hiver, avec la foire dans une petite ville, l'homme en pelisse vert bouteille, la jeune fille au traîneau, qui sont restés figés depuis son départ.

Il voudrait être sûr que c'est vraiment fini, qu'il ne reviendra jamais. Dans la cour, il renifle une dernière fois l'odeur des urinoirs d'ardoise, il aperçoit dans un coin l'évier blafard et le robinet dont, en sa qualité de chouchou du frère Médard, il détenait la clef.

Ce n'est plus sa rue, ni son quartier. Il franchit le pont d'Amercœur qu'on ne passait jadis que pour se rendre une fois par an au cimetière de Robermont, il tourne à gauche, suit un boulevard miteux bordé de maisons basses, d'entrepôts et de terrains vagues.

Le quartier l'humilie. C'est presque Bressoux, d'où venaient les petits voyous qui envahissaient la place du Congrès et que les mères essayaient en vain de chasser. Et, si leur maison est belle, au coin de la rue des Maraîchers, trop belle et trop grande pour eux, c'est par raccroc, presque par charité qu'ils l'occupent.

On dirait qu'Élise ne peut pas vivre comme tout le monde, qu'il y a un sort sur elle. Comment a-t-elle déniché cette maison qui était un important bureau de poste que des changements administratifs ont désaffecté ? Elle ne s'explique jamais à fond sur ce genre de questions, on sent toujours une tricherie à la base : un vieux médecin, qui vit seul dans la maison d'en face et qui est chargé de la location, a accepté, pour la durée de la guerre, un loyer dérisoire.

Il va y avoir une scène, à cause des petits pains. Car, puisque Roger peut manger de la bouillie de maïs à sa faim, les petits pains du frère Médard sont partagés par la famille.

Roger, selon son habitude, répète en marchant les phrases qu'il prononcera.

— Je ne vais plus servir le goûter à l'institut Saint-André.

Et quand on voudra savoir pourquoi ? Mentira-t-il comme au frère Médard ? Il a, au contraire, une méchante envie de déclarer catégoriquement :

— Parce que je ne veux plus.

— Pourquoi ne veux-tu plus ?

— Parce que je tiens à rester au collège jusqu'à quatre heures comme les autres.

Si sa mère insiste trop, il lui dira qu'il en a assez d'être un mendiant.

Il a hâte d'être arrivé, il croit déjà respirer l'atmosphère de bataille qui va envahir la cuisine dont, en tournant le coin, il entrevoit la lumière.

Il enfonce la clef dans la serrure. Il dépose sa serviette, accroche son pardessus au portemanteau. Tiens ! Il y a quelqu'un. Il découvre, accroché à la patère de cuivre, un vêtement de femme qu'il ne connaît pas et, au-dessus, un petit chapeau de vieille, à fleurs mauves.

Il sourcille, soupçonneux, jaloux de leur tranquillité, pousse la porte de la cuisine, les lèvres déjà entrouvertes pour une question, et il se heurte à sa mère qui s'est levée précipitamment avec un sourire qu'il lui connaît bien, son sourire le plus doucereux.

— Je vous présente mon fils, mademoiselle Rinquet. Mon Roger qui revient du collège Saint-Servais, où il étudie pour devenir officier. Entre, Roger, figure-toi que Mlle Rinquet, qui est retraitée des postes, va vivre avec nous.

Et elle sourit de plus belle, tournée vers le fauteuil de Désiré où est tassée une petite vieille à l'œil féroce occupée à ravauder un bas de laine noire.

— Eh bien ! Tu ne dis pas bonjour à Mlle Rinquet ? C'est la surprise, mademoiselle. Je n'en avais parlé ni à mon mari ni à mon fils. Mais vous verrez que vous serez tout de suite de la famille.

3

Ainsi que cela leur arrive de temps en temps, ils se sont retrouvés par hasard, le dimanche matin, chez tante Cécile. Autrefois, Désiré disait :

— Je vais chez moi.

Ou bien on allait rue Puits-en-Sock. Maintenant, on va chez Cécile, bien que Chrétien Mamelin soit encore là. Il tient moins de place, sa haute silhouette s'est comme tassée, on sursaute parfois quand on le voit surgir devant soi, tant il fait peu de bruit.

Par habitude, tout le monde vient encore passer un moment dans la cuisine dont l'odeur a un peu changé, a suri, à cause des trois enfants de Cécile. C'est à cause d'eux aussi, afin de les surveiller quand l'été ils jouent dans la cour, qu'on a gratté la vitrophanie d'une des vitres.

Cécile est malade. Pour la première fois, ce matin-là, on a trouvé dans la maison une personne étrangère occupée à faire le ménage et la cuisine, une forte fille qui est servante chez Gruyelle-Marquant, et cela choque tous les fils Mamelin de la voir préparer le bœuf à la mode des dimanches.

Cécile, enveloppée dans un châle, est assise près de la cuisinière et, quand Lucien entre, ou Arthur, ou Désiré, elle recommence à expliquer comment ça l'a prise, puis elle soulève sa robe une fois de plus pour laisser voir ses chevilles enflées, d'un blanc malade.

Elle est plus désolée qu'inquiète. C'est son inaction forcée qui la mine et lui fait honte, elle garde l'œil et l'oreille à tout, épie les gestes de la servante, il lui semble que tout va de travers, elle souffre physiquement de voir une forte fille de vingt-deux ans incapable d'habiller convenablement des enfants.

Pour lui remonter le moral, chacun plaisante, Désiré comme les autres, de sa voix sonore.

— Bonjour tout le monde ! Alors, Cécile, ça ne va pas ? Avoue que tu avais envie de te faire dorloter. Tiens, tu es ici, Roger ?

Désiré, qui sort de la grand-messe à Saint-Nicolas, se chauffe les mains au-dessus des casseroles dont il hume le fumet.

— Dites donc, mes enfants, devinez ce que nous allons manger à midi. Parle la première Cécile... Non, tu ne devinerais jamais. N'est-ce pas, Roger ? Des pommes de terre frites, rien que cela ! Figurez-vous qu'hier, au bureau, un client de la campagne à qui j'ai rendu quelques petits services m'a apporté un kilo de pommes de terre. On n'en trouve même pas à trente francs le kilo dans le commerce. Quand j'ai ouvert le paquet, à la maison, Roger en a eu les larmes aux yeux. Alors, j'ai dit à Élise :

« — On va faire une folie, tant pis ! Notre ration de saindoux y passera, mais, demain, il faut que nous mangions des pommes frites. »

On a bavardé encore un peu, à bâtons rompus, chacun dans son coin, enveloppés de bonne chaleur, et à la fin Cécile finissait par ne plus penser à tout son ménage qui allait de travers.

— Tu viens, fils ?

Ils rentrent ensemble, marchent du même pas. Il fait très froid. Ce matin, il a fallu casser avec le manche d'un marteau la couche de glace qui s'était formée pendant la nuit dans les brocs de faïence.

— Cécile a mauvaise mine, remarque Désiré qui a une prédilection marquée pour sa sœur cadette. Quand tu as un moment, pendant la semaine, tu devrais venir lui dire bonjour en passant.

Il parle à son fils comme à un égal. Ils se comprennent. Ils savent l'un et l'autre que le mari de Cécile, Marcel, est une brute éclatante de santé qui ne conçoit pas que sa femme puisse être sérieusement malade.

— Une cigarette, fils ?

Le geste touche Roger, ce geste familier du père qui tend tout naturellement son étui à son fils comme à un camarade. Puis, en marchant côte à côte, ils pensent tous les deux à autre chose, à la même chose, ils ont envie d'en parler, mais ils hésitent.

Il fait gris, ce matin-là, un gris dur et coupant. Ils ont la même répugnance pour le pont d'Amercœur qui leur restera toujours étranger, pour le boulevard miteux au bout duquel se trouve leur nouvelle maison à laquelle ils ne s'habituent pas.

Mlle Rinquet a gâché leur matinée du dimanche, le premier qu'elle passe chez eux. Certes, il fait vraiment très froid. Le thermomètre, quand on s'est levé, marquait — 12°. On est descendu avant de faire sa toilette, comme tous les dimanches. Élise, au bas de l'escalier, a appelé :

— Mademoiselle Rinquet ! Le déjeuner est servi.

On avait beau tisonner le poêle, il fallait se coller dessus pour sentir un peu de chaleur.

— Elle ne répond pas. Pourvu qu'elle ne soit pas malade.

Élise est montée, on l'a entendue parlementer à travers la porte.

— Elle ne veut pas descendre. Elle dit qu'elle ne se lèvera que quand j'aurai allumé du feu chez elle.

— J'espère que tu n'en feras rien ?

Élise a hésité. Si elle avait été seule, elle aurait sûrement cédé.

— Comment ? Nous n'avons déjà pas assez de charbon pour la cuisine, Dieu sait quand on en distribuera à nouveau et tu irais faire du feu chez cette femme ?

— Elle est vieille, Désiré.

— Ce n'est pas une raison pour qu'elle use toutes nos provisions.

On a mangé en silence. On a coupé le pain en quatre morceaux égaux, pesé ceux-ci sur la balance et, comme chaque matin, chacun a reçu sa ration de la journée.

— Prends le plus gros morceau, Désiré. Mais si. Tu travailles. C'est toi qui en as le plus besoin.

— Mais non. C'est Roger, qui grandit.

On était encore à table quand Mlle Rinquet est descendue. On ne pouvait en croire ses yeux tant l'apparition était inattendue. Sûrement qu'elle l'avait fait exprès de ne pas mettre son râtelier, si bien qu'elle n'avait plus de bouche, que le bas de son visage n'était plus qu'une vilaine chose molle ; sur le sommet de son crâne presque chauve se dressait un minuscule chignon noir agressif et, pour comble, elle était enveloppée dans une robe de chambre en pilou d'un violet à faire grincer des dents.

— Venez vite vous chauffer, mademoiselle Rinquet.

— Je n'ai jamais vu une maison aussi froide que celle-ci. Si j'avais su...

— Mais non, mademoiselle. Il fait froid partout. Regardez plutôt le thermomètre qui est dehors. Vous savez bien qu'il y a trois mois que personne n'a reçu de charbon.

— Vous en avez dans la cave, je l'ai vu.

— Nous en avons très peu, juste le strict nécessaire, et je ne vous dis pas au prix de quelles peines nous l'avons obtenu.

On lui donne la place de Désiré près du feu. Elle examine son morceau de pain, se lève pour le peser d'un air méfiant.

Il en est ainsi pour tout. Le four, par exemple, ne contient que trois briques réfractaires. La veille, elle en a pris deux pour elle seule, comme si la chose lui était due : Élise et Désiré ont dû s'en passer.

Même quand elle n'a plus faim, que ça crève les yeux, elle mange, méchamment, jusqu'à la dernière bouchée, pour avoir la certitude d'avoir pris toute sa part.

Et Élise qui insiste encore !

— Un peu de purée, mademoiselle Rinquet. Mais si. Il y en a assez, je vous assure. Moi, je n'ai plus faim.

Il va falloir lui donner des pommes frites, de ces miraculeuses pommes frites dont on n'a plus mangé depuis un an et auxquelles on ne cesse de penser depuis la veille. A cette idée, Roger devient pâle de rage.

En attendant, toute la matinée, on n'a su où se caser. Sans se laver, sans se rafraîchir le visage, sans mettre son râtelier, sentant mauvais dans son pilou violet, la vieille est restée collée à la cuisinière et Élise avait de la peine à atteindre ses casseroles et à surveiller son feu.

D'habitude, c'est le meilleur moment de la semaine. On traîne ; on attend de l'eau chaude pour se laver ; on va et vient sans but précis dans la maison jusqu'à l'heure de la grand-messe ; Désiré enfonce un clou ou raccommode quelque chose.

Roger a préféré s'en aller sans but par les rues froides et quasi désertes. Il a assisté à un bout de messe à l'église Saint-Remacle, il a erré au marché aux puces de la place Delcour, puis il est allé s'asseoir chez tante Cécile.

Son père, maintenant qu'ils rentrent chez eux, sait si bien ce qu'il pense qu'il murmure :

— Il vaut mieux ne rien dire, pour ta mère.

Puis il ajoute, ce qui touche Roger bien davantage :

— Elle croit bien faire.

C'est tout. Il ne faut plus parler de ça.

— Qu'est-ce que tu fais, cet après-midi ?

— Je ne sais pas encore.

— Il y a quelque chose de bien à lire à la maison ?

— De l'Eugène Sue.

Car Roger va deux fois la semaine chercher des livres à la bibliothèque communale de la rue des Chiroux (celle de la rue des Pitteurs a brûlé le jour où les Allemands ont fusillé trois cents personnes) et dans un cabinet de lecture de la rue Saint-Paul. Il choisit ce qui lui plaît. Le soir, ou le dimanche, Désiré lit un de ces livres, au petit bonheur, et tant pis si son fils le reporte avant qu'il l'ait fini, il ne le dit même pas, il en recommence un autre dont il ne connaîtra peut-être pas la fin.

Voilà comment ils sont tous les deux.

— Tu verras que la vieille chipie remplira son assiette de frites, ne peut s'empêcher de soupirer Roger au moment où on atteint le seuil. Et mère lui dira (il imite la servilité sucrée d'Élise) :

» — Servez-vous donc mieux que cela, mademoiselle Rinquet. Servez-vous. Moi, je n'y tiens pas.

Il en pleurerait et Désiré, en le faisant passer devant lui après avoir ouvert la porte, pose un instant la main sur son épaule comme pour lui rappeler :

« — Elle croit bien faire. »

L'air est tout bleu dans la maison, comme les dimanches d'avant la guerre, on entend la chanson de la graisse dans la lourde casserole de fer battu qu'on revoit après si longtemps, Élise, le feu aux joues, leur lance, affairée :

— Laissez un moment la porte ouverte, que la fumée s'en aille.

Puis elle va crier au bas de l'escalier :

— Mademoiselle Rinquet ! Vous pouvez descendre. C'est servi.

On n'a pas échappé à la lamentable discussion.

— Qu'est-ce que tu as envie de faire, Désiré ?

— Décide. Nous ferons ce que tu voudras.

— Tu tiens à sortir ?

Et Mlle Rinquet est là, immobile, silencieuse, les yeux dilatés dans sa tête d'oiseau de mauvais augure. Elle a mangé des frites, autant qu'elle a pu en avaler, avec l'air de narguer Roger qui ne pouvait détacher le regard de son assiette. Au moment où Élise fait la vaisselle, elle gêne plus que jamais, tout irait mieux si seulement elle reculait de quelques centimètres, on essaie de le lui faire discrètement comprendre, elle le comprend sûrement, mais elle resterait rien que pour les faire enrager, surtout Désiré et Roger qu'elle ne peut pas sentir.

— Où irait-on ? Chez Louisa de Coronmeuse ?

La vérité, c'est que Désiré aimerait rester à lire au coin du feu, à sa place, dans son fauteuil que la locataire lui a chipé et il se demande, sans oser lui poser la question, si elle compte y rester tout l'après-midi.

— Tu sors, Roger ?

— Oui, mère.

— Tu viendrais avec nous si nous allions dire bonjour à tante Louisa ?

— Non.

Cela va durer une heure au moins et il préfère s'échapper avant écœurement complet, il monte dans sa chambre, recommence toute sa toilette, malgré le froid. Ce matin, en se regardant dans une vitrine de la rue Entre-Deux-Ponts, il a eu l'impression que son col ne lui allait pas. Il change trois fois de cravate, pénètre sur la pointe des pieds dans la chambre de ses parents pour prendre le flacon de « Floramye » dont il imbibe son mouchoir. Il passe même ses doigts mouillés de parfum sur ses joues, autour de ses lèvres. Il est prêt. Un soleil coupant a percé la couche de nuages blancs. Roger descend, ne fait, à cause du parfum, qu'entrouvrir la porte de la cuisine.

— A ce soir.

— Roger, écoute...

Il a soin de ne pas écouter et déclenche un vacarme dans la maison en refermant sur lui la porte de la rue. Il a entrevu son père en pantoufles, la pipe allumée, un Eugène Sue à la main cherchant un coin où se caler. Leurs regards se sont croisés et Désiré a murmuré, le cœur sûrement gros :

— Amuse-toi bien.

Roger sait qu'il ne s'amusera pas. Comment, pourquoi s'amuserait-il ? Avec qui ? Il a déjà franchi le pont d'Amercœur, il a suivi la rue Puits-en-Sock et il traverse la Meuse à la Passerelle alors que la plupart des gens sont encore à traîner à table. Il est toujours trop tôt, partout où il va, comme s'il craignait de perdre la moindre miette d'un plaisir possible. Car quel plaisir prendrait-il, avec en poche les cinquante centimes de son dimanche, plus les dix centimes rituels de grand-père ?

Si peu qu'il en ait mangé, les frites lui barbouillent l'estomac, parce qu'on n'y est plus habitué et qu'il avait la poitrine serrée d'énervement en les mangeant. Il s'arrête aux étalages, moins pour contempler les paquets de cigarettes que pour s'assurer qu'il n'y a rien qui cloche dans sa tenue. L'idée du ridicule le hante. Souvent il épie les passants, cherchant à se rendre compte de l'effet qu'il produit sur eux.

Les jeunes gens de son âge, surtout ceux du collège, portent des culottes serrées aux genoux, lacées ou boutonnées sur le côté de la jambe à la façon des culottes de cavalier. Pour bien faire, les bas doivent être en grosse laine chinée et comporter un large rebord à dessins de couleur. Or, les siens, qu'Élise fait faire chez les vieilles demoiselles Chaineux parce qu'ils sont inusables, sont d'un gris terne avec deux bandes d'un gris plus sombre. Les culottes sont grises aussi, le veston est noir.

— C'est tout ce qu'il y a de beau comme drap ! affirme sa mère.

C'est peut-être vrai. On l'habille aux coupons achetés en solde. Cortleven, le cousin d'Élise, qui est coupeur dans une maison de confection, n'a jamais pu lui tailler un costume comme les autres, il y a toujours quelque chose d'indéfinissable qui fait étriqué, qui sent l'amateur.

Roger en souffre. Deux fois, ce jour-là, il a ciré ses souliers à bout verni, deux fois il a recommencé la raie qui sépare ses cheveux, et devant chaque vitrine il change un peu l'équilibre de son chapeau, il met un gant puis l'enlève, se demande s'ils ne sont pas trop jaunes pour la saison. Ce sont des gants en chevreau glacé, couleur caca d'oie, qu'il a trouvés dans le tiroir de son père et que celui-ci portait avant son mariage.

Il est une heure et demie et naturellement il n'y a encore personne au Carré. On appelle ainsi la rue de la Cathédrale, la plus commerçante et la plus chic de la ville, ou plutôt un tronçon de celle-ci, entre la rue de l'Université et le boulevard d'Avroy, là où le soir, et les dimanches après-midi, la foule va et vient lentement comme une procession.

Tout est laid à ses yeux, il a pour les choses autant que pour les gens un regard dur et hostile qui contient une menace ; et cette menace, il lui arrive de la formuler à mi-voix, en se regardant dans une vitre pour juger de l'expression de sa physionomie.

— Je m'en irai.

Qui est-ce qu'il punira en partant pour Dieu sait quelle destinée ? Est-ce la vitrine dans laquelle il se regarde, la plus laide sans doute de la ville, la plus déprimante, celle d'un photographe qui fait en série des photographies d'identité ? Dans l'encadrement jaune citron de la boutique, on voit des centaines de bandes d'épreuves en gris et noir et, sur chaque bande, le même visage se répète douze fois, les mêmes nez de travers, les mêmes mentons hargneux ou veules, les mêmes yeux effarés, un monde, une humanité de cauchemar qu'on ne voit jamais dans la rue et qui paraît invraisemblable.

— Les gens sont laids, la vie est bête. Mon Dieu ! Comme elle est bête !

Est-il possible que chez lui, par exemple, son père et sa mère, à cette heure, soient encore à se demander ce qu'ils feront de leur après-midi, sous le regard empoisonné de Mlle Rinquet ? Ce qu'ils feront, ils le savent bien. Ils ne feront rien. Ils vont en parler pendant une heure encore. Élise s'énervera. A certain moment, Désiré, plongé dans sa lecture, omettra de lui répondre, elle lui reprochera alors de ne pas avoir d'attentions à son égard, de n'être qu'un homme, et, si elle est dans un de ses mauvais jours, la scène éclatera, les larmes, les spasmes nerveux, Élise montera se jeter sur son lit dans la chambre glacée, Désiré ira la chercher.

— Non, laisse-moi, je t'en supplie. Et tout cela devant les gens ! Une personne qui est à peine arrivée chez nous et qui doit assister à des scènes pareilles...

Elle finira par se laver les yeux et par descendre en s'efforçant de sourire à Mlle Rinquet.

— Vous n'avez pas froid, mademoiselle ? Vous ne voulez pas une tasse de malt pour vous réchauffer ? Je peux vous en faire en quelques minutes...

Ils resteront là tous les trois, chacun incrusté dans son petit morceau d'espace, avec de temps en temps un plouf du poêle, le bruissement d'une page du livre de Désiré, le tintement d'une aiguille à tricoter tombée par terre.

— Laissez, mademoiselle, je vais vous la ramasser.

Et on appelle ça vivre ! Ils vivent ! Roger vit aussi. Il marche entre les rangs de magasins dont la plupart ont leurs volets clos, regardant avec haine les enseignes, certains noms trop familiers, en grosses lettres noires ou brunes, suivant des yeux les gens qui s'engouffrent frileusement dans les théâtres. Depuis quinze jours qu'il a remarqué que son gros pardessus l'engonce, il évite de le boutonner, malgré le froid, il le tient nonchalamment ouvert, une main dans la poche de son pantalon, car il est assez fier de ses culottes de cavalier qu'autrement on ne verrait pas.

Peu importe qu'il n'y ait personne pour le regarder. Il a besoin de se faire une image prestigieuse de lui-même. Il n'y arrive pas. Il sait que mille détails clochent, il a mis son épingle de cravate trop haut, il la change, maintenant elle est de travers, et la rue reste vide, les garçons attendent en rêvant derrière les vitres embuées des cafés et des tavernes.

Il partira, et jamais, jamais il ne vivra comme son père et sa mère, il se le promet, rien ne sera admis dans son existence qui puisse lui rappeler son enfance.

Cette enfance, il la hait. Il hait la rue de la Loi, la rue Pasteur, l'institut Saint-André comme le collège Saint-Servais, il hait frère Médard et Mme Laude, et toutes les petites laideurs, les petites lâchetés quotidiennes qui le font souffrir. Il est décidé à se venger, il ignore encore comment, mais il se vengera, il le sait, il y pense tandis que sa main, dans sa poche, tripote les douze sous dont il connaît d'avance la destination.

Dans une étroite rue transversale, la rue Lulay, on entend vibrer la sonnerie d'un cinéma, le premier qui se soit installé dans la ville quelques années plus tôt. Roger est allé jeter un coup d'œil sur les affiches bariolées qui représentent des cow-boys, mais ce n'est pas à ce cinéma-ci qu'il ira tout à l'heure, car il lui rappelle aussi des souvenirs humiliants.

Quand il était plus petit, il y venait le jeudi après-midi. Il n'avait pas assez d'argent pour payer sa place, mais le tenancier, moyennant deux sous, parfois un seul, laissait entrer quelques gamins afin de garnir le premier rang dont personne ne voulait et qui, vide, faisait mauvais effet. Quitte à les mettre dehors si la foule devenait trop nombreuse !

Il ira au « Mondain » rue de la Régence, où une bouffée chaude vous accueille dès l'entrée et où il y a des fauteuils rembourrés de gris perle et des loges. Là encore il souffrira, il ne pourra se payer qu'une place de secondes. La dernière fois qu'il y est allé, sa cousine Schroefs, Germaine, qui a les traits épais de son père, est passée près de lui, en manteau de petit-gris ; il l'a reconnue grâce à la lampe électrique de l'ouvreuse tandis qu'elle allait prendre place dans les fauteuils réservés.

L'ambiance du cinéma, l'obscurité traversée d'un pinceau de lumière blanche, les images qui sautent sur la toile, les ritournelles du piano, la foule invisible et chaude qu'on sent autour de soi lui donnent toujours une sorte de fièvre. Tous ses désirs, ses orgueils s'exacerbent, se multiplient par dix ou par cent, il voudrait tout vivre à la fois, et cet appétit immense se concrétise finalement par des regards furtifs et anxieux vers les loges. Il sait ce qui s'y passe, des camarades du collège le lui ont raconté ; il suffit d'ailleurs de les contourner comme en cherchant une place pour entrevoir des couples curieusement contorsionnés, deviner des jupes haut troussées, des mains qui s'égarent. Il jurerait qu'il se dégage de ces loges aux étreintes furtives une odeur spéciale qui lui rappelle celle du Carré à certaines heures du soir.

Car, tout à l'heure, le Carré vivra sa vraie vie, celle du moins pour laquelle Roger est là des heures d'avance. Quand les derniers volets seront fermés, que la nuit sera complète, que les réverbères ne seront que de vagues points de repère, l'ombre s'animera peu à peu, peuplée de pas sonores ou furtifs, de silhouettes à peine entrevues, de rires et de chuchotements.

Des groupes de jeunes filles viennent exprès se promener, bras dessus, bras dessous, dans le noir propice et des bandes d'étudiants les taquinent, les poursuivent et parfois les emmènent.

D'autres femmes vont seules, lentement, le long des murs, en s'arrêtant souvent ; on respire à leur passage une bouffée de parfum et il y a presque toujours dans leur sillage un homme au col de pardessus relevé.

Roger les frôle, le cœur gros. Il ne sait pas au juste ce qu'il désire. Ce n'est pas toujours la même chose. Une chaleur l'envahit rien qu'à la vue des globes laiteux qui, dans les petites rues, servent d'enseigne à certains hôtels où les couples se glissent furtivement. La porte, le plus souvent, bâille sur un corridor puant, mais cette vulgarité même lui donne le vertige, il imagine les lits douteux, les papiers peints en lambeaux, un canapé défoncé et couvert de taches, il voit, il veut voir un visage de femme aux yeux cernés, aux lèvres lasses, au corps souffreteux qui se dénude peu à peu, avec un morne dégoût, dans la lumière équivoque.

Comme il serait heureux de pleurer avec elle, de se tordre de désespoir, chair contre chair, avant de s'abîmer dans le plaisir !

Mais non ! Ce qu'il voudrait, c'est, élégant et désinvolte, pousser la porte tournante et bien huilée d'une de ces brasseries d'où sourd de la musique, une femme à son bras, et chercher dédaigneusement une table libre, appeler le garçon d'un geste blasé.

— Que prennent ces messieurs-dames ?

Puis tendre à sa compagne, occupée à rejeter de ses épaules son manteau de fourrure, un étui à cigarettes, un très bel étui en or ou en argent, contempler les gens de très loin, de très haut, comme sans les voir, sourire à peine, poser négligemment la main sur le genou tiède de son amie, se comporter avec elle de telle façon, — les amants ont une manière particulière de se sourire, à la fois émue, reconnaissante et attendrie, — se comporter avec elle de telle façon que chacun sente à les regarder qu'ils sortent des draps moites où ils ont épuisé toutes les joies que la chair peut donner.

Pourquoi, plus simplement, n'est-ce pas lui qui est debout dans ce renfoncement obscur, lèvres à lèvres avec une femme dont on ne fait que deviner en passant le profil perdu, le regard fixe ?

Un soir, peut-être, il aura le courage d'adresser la parole à Sidonie. Il y a des semaines qu'il fait le Carré avec l'espoir de la rencontrer seul à seule. Il connaît son prénom, parce que tout le monde le connaît, des jeunes gens le murmurent dans l'ombre quand elle passe au bras d'une amie, reconnaissable à sa toque et à son manchon de fausse hermine ; d'autres, des voyous, chantent ce nom sur l'air des lampions.

Elle n'a que seize ans, elle est mince, avec un visage diaphane ; ses yeux sont si clairs qu'on dirait les prunelles transparentes et, pour lui, elle incarne toute la fragilité humaine et toute la féminité. Elle a eu des amants, il a besoin qu'elle en ait eu. Il l'a vue avec son amie et des hommes pénétrer gaiement dans des restaurants. C'étaient des hommes et non des jeunes gens. On sait ce que les hommes exigent. Il l'a rencontrée en compagnie d'officiers allemands en longue cape, traînant le sabre sur les trottoirs.

Il sent cependant qu'elle est pure, il veut qu'elle soit pure, tout en imaginant son corps frêle et blanc souillé par ses amis d'un jour ; il l'aimerait, lui, de toute son âme, ils marcheraient côte à côte, enlacés, joue contre joue, sans rien dire, attentifs à une musique intérieure, de temps en temps leurs lèvres se chercheraient et une vie nouvelle commencerait.

— Qu'est-ce que tu fais là, Mamelin ?

Il ne faisait rien. Il pensait, en regardant les cigares à un étalage ; il se regardait sans doute un peu aussi. Il a une certaine peine, mis soudain face à face avec Gouin, à effacer l'expression farouche de son visage.

— Je ne fais rien, tu vois. J'attendais l'heure d'aller au cinéma.

Gouin a un an ou deux de plus que lui. Il y a des années qu'ils ne se sont pas rencontrés, depuis l'institut Saint-André.

Maintenant, il porte de longs pantalons, des souliers jaunes comme on n'en voit qu'aux accapareurs, un chapeau gris perle, un manteau ample et confortable et sa main joue avec une canne de jonc. Roger envie son assurance. Il est gros, sa chair est drue, sa peau rose et tendue.

— Tu te souviens de la rue de la Loi. A propos, qu'est-ce que tu fais maintenant ?

— Je suis au collège Saint-Servais. Et toi ?

— J'aide mon père dans le commerce.

Le père Gouin est charcutier à Bressoux. Depuis la guerre, c'est le métier le plus profitable.

— Dis donc, Mamelin, j'ai un rancart à trois heures avec deux poules. Je suis seul. Tu ne peux pas venir avec nous ? Tu t'occuperais de la copine.

— Où allez-vous ?

— Au cinéma pour commencer. Qu'est-ce que tu en dis ? Dans une loge, on peut déjà rigoler.

Un flot de sang a envahi le visage de Roger.

— C'est que...

— Quoi ?

— Je suis sorti sans emporter assez d'argent.

Alors Gouin éclate de rire, lui tape lourdement sur l'épaule, prend à même sa poche une poignée de billets, des marks et des francs, des petites coupures et des grosses.

— Regarde ! Si ce n'est que ça qui te gêne, je payerai pour tout le monde. Ou plutôt, tiens...

Il lui fourre des billets dans la main, sans compter.

— Moi, tu comprends, c'est facile : je chipe de temps en temps un jambon à la maison et je le revends. J'en ai justement pris un hier, un beau jambon de douze kilos.

Il ne s'aperçoit pas que, de rouge qu'il était, Roger est devenu pâle, plus effaré encore par la simplicité bon enfant avec laquelle les mots ont été prononcés que par les mots eux-mêmes.

— Tu crois que je ne vous gênerai pas ?

— Imbécile ! Puisque je te dis que ce sont des poules ! Après, on trouvera bien un endroit pour se les envoyer et le tour sera joué.

Filons. Elles doivent déjà nous attendre au coin de la rue du Pont-d'Ile.

Il a suivi Gouin. Un instant, rue du Pont-d'Ile, il a failli reculer en reconnaissant une des deux filles qui attendaient, car c'était l'amie de Sidonie. L'autre, qu'il voyait de dos, était grande et grasse. C'était celle-là que Gouin s'était choisie.

— Mon camarade Roger, Mlles Jeanne et Camille... C'est bien comme ça, n'est-ce pas ?

Gouin a ajouté devant elles, tout naturellement :

— Camille, c'est la tienne. Et maintenant, allons rigoler !

Il a marché devant avec la grosse fille tandis que Roger, derrière, restait silencieux à côté du bas-cul à figure ronde et vulgaire. Elle était vraiment petite. En outre, elle était trop formée pour son âge, ce qui contribuait à lui donner l'air d'une naine.

— Où allons-nous ? a-t-elle questionné pour dire quelque chose, en le voyant intimidé.

— Je crois que nous allons au « Mondain ».

— C'est votre ami ?

Gêné, il a répondu :

— J'étais à l'école avec lui.

— J'habite derrière chez eux. C'est ma mère qui fait leur lessive.

Le soleil a déjà disparu, les rues sont d'un gris froid, la sonnerie du cinéma tremblote, ils s'y sont engouffrés et ils ont dû attendre un bon moment pour qu'on leur trouve une loge libre.

Pas un instant Roger n'est à son aise. Devant lui, Gouin et sa compagne chuchotent, chahutent et rient si fort que des spectateurs se retournent et font « chut ».

— Ça va, derrière ?

Il répond :

— Ça va.

Mais il pense au jambon volé, à la mère de Camille qui lave le linge chez les gens, comme la femme qui venait chaque semaine rue de la Loi. C'est Camille qui finit par mettre timidement sur la sienne sa main déjà moite.

— Je vous déplais ?

Il dit non. Il pense aussi à ce qu'a dit Gouin.

« Après, on trouvera un endroit pour se les envoyer... »

Et la petite, qui fait tout ce qu'elle peut pour rompre la glace, murmure :

— Moi, je vous connais déjà. Je sais où vous habitez : la belle maison du coin de la rue des Maraîchers. Je passe presque tous les jours devant. L'été, je vous voyais lire dans votre chambre, en fumant votre pipe, les pieds sur l'appui de la fenêtre, et je vous appelais le jeune homme qui lit toujours. Puis, avec Sidonie, nous vous avons aperçu au Carré. Mais vous êtes fier. Vous ne parlez à personne. Vous êtes toujours si élégant, si bien habillé ! L'autre jour, vous nous avez presque bousculées et Sidonie était vexée que vous ne nous regardiez même pas.

— C'est vrai ?

Malgré les accords en cascade du piano, on continue à entendre la grêle sonnerie de l'entrée, on pense à la lumière bleue au-dessus de la porte matelassée, on entend aussi le bruit d'insecte que fait le film en se déroulant, des gens entrent et d'autres sortent, il fait chaud, Roger sent de la sueur sous ses bras, la main de Camille, dans la sienne, est molle et mouillée, la naine se rapproche de lui et, par contenance, pour ne pas lui faire de peine, car il sent qu'elle en a envie, il lui entoure la taille de son bras.

Cela le gêne qu'elle sente le pauvre. Longtemps il se demande s'il l'embrassera. Il n'en a pas envie, cela lui répugne un peu, mais elle pose une main sur sa cuisse et alors un contact s'établit, ses mains bougent aussi, cherchent la peau nue au-dessus des bas, puis montent insensiblement dans la chaleur.

Les deux autres en font autant devant eux, on le voit à leur pose, à une certaine sorte d'immobilité comme anxieuse qui les saisit soudain. Roger est mal placé. Son épaule s'ankylose, son bras se fatigue et, quand il se tourne vers sa compagne, il voit, dans le pâle halo de l'écran, une petite tête ronde et attentive, deux yeux qui suivent les péripéties du film comme s'il ne se passait rien plus près d'elle.

Il pose enfin une question.

— Pourquoi Sidonie n'est-elle pas avec vous aujourd'hui ?

— Comment ? Vous ne savez pas ? Je crois bien que vous êtes le seul, au Carré, à ne pas être au courant. La police s'en est occupée. C'était avant-hier soir, et aujourd'hui Sidonie n'a pas pu sortir à cause de sa robe déchirée que sa sœur est en train de raccommoder. C'est une couturière.

Elle s'interrompt un instant pour souffler :

— Attention. Tu me fais un peu mal.

Puis elle continue, naturelle :

— Deux types nous avaient offert à souper dans une friture, rue Lulay, sûrement des accapareurs, des paysans endimanchés comme on en voit le lundi à la Bourse, les poches pleines d'argent. Nous, on avait décidé de nous moquer d'eux. On a commencé par bien manger, par commander tout ce qu'il y avait de bon, de la salade russe, de la langouste, des entrecôtes. Nous étions au premier, dans le petit cabinet particulier, vous savez...

Non, il ne sait pas, il n'a jamais soupçonné qu'il existât des cabinets particuliers dans les fritures.

— On a beaucoup bu, de la bière anglaise, du champagne, du vin, puis encore de la bière anglaise. Les types étaient saouls. Sidonie était malade. Alors, au lieu de la soigner, ils ont voulu s'amuser et ils se sont mis en tête de déshabiller Sidonie qui ne voulait pas et qui leur criait des injures en se débattant. Plus elle criait et plus ils riaient. Le

plus gros des deux, un homme rouge comme un boucher, avec de gros
yeux de poisson, s'était déjà déboutonné et voulait à toute force...

Son amie, sans se retourner, observe :

— Parle plus bas, Camille. Les gens de la loge voisine t'écoutent.

Et, à Gouin qui la questionne :

— Je vais te raconter. Je n'y étais pas, mais Sidonie m'a tout dit.

Sidonie, en se défendant, s'est blessée au coude avec une bouteille
cassée. Camille, en voyant le sang, a perdu la tête et s'est précipitée
dans l'escalier en appelant au secours. Le patron est intervenu, essayant
en vain de calmer les deux gamines surexcitées.

— Pas de scandale, mes enfants ! On va arranger ça. D'ailleurs, si
vous êtes venues ici, n'est-ce pas ? vous deviez vous douter que ce
n'était pas pour enfiler des perles.

Elles étaient saoules, réclamaient la police à grands cris, des consommateurs du rez-de-chaussée se sont émus et ont appelé un agent.

Du coup, l'idée vient à Gouin d'aller souper tout à l'heure dans le
même cabinet particulier.

— Tu ne trouves pas, Mamelin, que ce serait farce ?

Mais Camille proteste.

— Le patron ne me laissera pas entrer. Il était furieux. Il a été jusqu'à
nous offrir de l'argent pour que nous nous taisions.

— Vous avez été bêtes ! fait l'amie.

— Puisque je te dis que nous étions *schlass*. Et puis ! quand même,
pas avec des brutes pareilles !

Roger en est malade. Il a beau faire, il ne parvient pas à chasser de
sa rétine l'image du cabinet particulier tel qu'il se le représente, Sidonie
demi-nue et sanglante, l'homme à la tête de boucher, l'agent enfin qui
ne sait que faire et qui les emmène.

Il voudrait bien rentrer chez lui. S'il n'était pas ici avec l'argent de
Gouin — l'argent du jambon ! — et s'il n'en avait pas encore dans sa
poche, il s'excuserait d'une façon quelconque et il s'en irait.

— Dites donc, mes enfants, j'ai l'impression que c'est le film que
nous avons déjà vu en arrivant. Si on filait ?

On file. De braves gens, qui doivent en avoir trop entendu, protestent
par un murmure à leur passage. On est happé, encore chaud, par l'obscurité glacée, il faut un moment pour s'orienter, pour se souvenir qu'on
est rue de la Régence, que la place Verte est à droite et la passerelle
à gauche.

— Qu'est-ce que nous faisons maintenant ?

Comme chez les Mamelin quand on discute des heures durant sur
l'emploi du dimanche après-midi ! On marche, sans savoir où on va,
Gouin devant avec son amie, Roger avec Camille suspendue à son
bras.

— Décidons de ce que nous faisons. Tu es sûre, toi, qu'on ne te
laissera pas entrer rue Lulay ?

— En tout cas, je n'essayerai pas. Allez-y si vous voulez.

— Et toi, Mamelin, qu'est-ce que tu proposes ?

La vérité, Roger la soupçonne, c'est que son camarade n'a plus envie de rien, que sans doute les plaisirs pris dans l'obscurité du cinéma l'ont apaisé. Il a perdu sa joie bruyante de tout à l'heure. C'est sans conviction qu'il veut s'amuser, parce qu'il se l'est promis et qu'il l'a promis aux autres. Il n'est que six heures.

— Si on commençait par aller boire un verre ?

Mais Roger répugne à se montrer dans un café en compagnie de son petit bas-cul mal habillé qui porte autour du cou un ahurissant boa aux plumes défraîchies.

C'est Jeanne, la grosse, qui le sauve en parlant bas à Gouin. Il n'entend pas ce qu'elle dit, mais il le devine.

— Laisse-les donc aller de leur côté. Il n'est pas rigolo, ton ami ! On ne pourra rien faire avec lui.

Du groupe, il n'y a sans doute que Gouin et Camille à envisager sans aucune gêne la partie à quatre projetée. Pour Roger, le récit de la soirée de la rue Lulay a suffi. Avec la meilleure volonté du monde, il n'aurait pas pu.

— Elle dit que vous avez peut-être envie de...

— Justement ! D'ailleurs, il faut que je rentre de bonne heure. Mes parents m'attendent.

— A dimanche ?

— A dimanche...

Ils ne précisent pas où ils se retrouveront. Cela vaut mieux. Ils se serrent les mains. Gouin questionne à mi-voix :

— Ça y est ?

Roger fait oui, bien qu'ils sachent l'un comme l'autre que ce n'est pas vrai. Puis il revient sur ses pas et fourre dans la poche de son camarade les billets que celui-ci lui avait donnés.

— Qu'est-ce que tu fais ?

— Rien... Bon amusement...

Camille le suit, accrochée à son bras, s'efforçant en vain de régler son pas sur le sien. Ils passent dans l'obscurité des rues comme les couples qu'il a tant enviés et, à cause de cela, l'idée lui vient, au moment de s'engager sur la passerelle d'entraîner sa compagne sur le quai désert et là, dans un coin bien noir, de la prendre tout à fait.

— Pourquoi t'arrêtes-tu ?

Oui ? Non ? Il le fait ? S'il la prend, il devra l'embrasser sur la bouche et cela le dégoûte. Il s'effraie aussi du froid, des gestes compliqués qu'il faudra accomplir. Et si, le lendemain, en plein jour, elle vient lui parler familièrement dans la rue et peut-être l'embrasser devant tout le monde ? En outre, elle le racontera sûrement à Sidonie.

C'est non.

— Il faut que je rentre. On m'attend vraiment.

— Cela ne t'ennuie pas que je t'accompagne jusque devant chez toi ? C'est mon chemin.

Rue Puits-en-Sock, il passe devant chez son grand-père, mais les volets sont baissés, tout est noir.

— On sent tout de suite que tu n'es pas du même genre que ton ami. Je parie que tu n'as pas dû sortir souvent avec lui.

— Pourquoi ?

— Pour rien. Ils sont sûrement à l'hôtel. Jeanne était gênée, je m'en suis aperçue, bien que ce ne soit pas la première fois et qu'elle ait déjà fait ça devant moi. C'est toi qui la gênais.

Il feint de rire. Il est flatté.

— Je suis donc si impressionnant ?

— Non. Mais, si on m'avait dit hier qu'on ferait des choses tous les deux, je n'aurais pas voulu le croire. Sidonie non plus.

— Tu le lui diras ?

— Pas si tu me demandes de ne pas le dire.

— Alors, ne le dis pas.

— Tu es amoureux d'elle, hein ?

Il ne répond pas.

— Avoue que tu en es amoureux. Tous les hommes sont amoureux de Sidonie. Je ne suis pas jalouse. Je vois bien la différence, va, et si tu voulais...

— Tu crois ?

— Je suis sûre que vous vous entendriez. Tu veux que je lui parle ?

Cette fois, il la serre contre lui sans avoir besoin d'un effort, il se penche, l'embrasse sur la joue.

— Tu penses que j'ai des chances ?

— Tu sais que c'est la première fois que tu m'embrasses ?

— Ah !

— Parce que je t'ai parlé de Sidonie. Viens jeudi au Carré.

— A quelle heure ?

— Comme toujours, entre cinq et six heures. Je te ferai signe. Si j'allume plusieurs fois ma lampe de poche quand tu passeras près de nous, c'est oui...

— Et si c'est non ?

— Puisque c'est oui d'avance !

Lui a-t-il seulement dit bonsoir ? Il ne sait plus comment il l'a quittée, il est chez lui, il a retrouvé les quelques mètres cubes lumineux et chauds de la cuisine, chacun à sa place, figé, serti dans l'immobilité de l'atmosphère comme les habitants de Pompéi dans la lave, son père qui lit, assis sur une chaise renversée en arrière, Mlle Rinquet qui tricote et compte les points de ses lèvres qui remuent sans bruit, sa mère qui raccommode, le chignon penché.

Pour dire quelque chose, et bien que la table soit dressée pour le souper, il lance le traditionnel :

— On mange ?

Et il sent pendant quelques instants les palpitations d'une vie immatérielle qui est celle de la maison, de celle-ci et de nulle autre, il perçoit comme le grignotement du temps — et ce n'est pas seulement le tic-tac du réveil posé sur la cheminée — le poêle a une respiration bien à lui, et la grosse bouilloire d'émail blanc avec un coup sur le bec en col de cygne ; l'air l'enveloppe, le touche, il le sent comme une chose qui a sa densité propre, sa température, sa douceur, peut-être ses intentions, l'air se referme sur lui et l'enveloppe ; des reflets ont trembloté comme des signaux, sur le bougeoir, sur une tasse à fleurs, sur le poêlon en cuivre rouge ; c'est d'abord un peu angoissant quand on vient du dehors, puis Roger s'accorde tout doucement à ce rythme mystérieux et s'apaise.

4

— Et pour Monsieur Mamelin, plaisante Raoul, ce sera sans doute une coupe à la Titus ?

— Je me le demande, répond sérieusement Roger en examinant dans la glace, au-dessus des flacons de lotions, son visage posé comme une tête postiche sur la molle pyramide du peignoir blanc.

Il y a douze ans que Raoul, qui est le coiffeur des Mamelin depuis qu'il existe des Mamelin rue Puits-en-Sock, lui coupe les cheveux. C'est lui qui a fait sauter d'un coup de ciseaux le toupet de bébé qu'Élise conserve religieusement dans du papier de soie, et, depuis cette lointaine époque, la sempiternelle plaisanterie se répète chaque quinzaine.

— A la Titus ?

Or, voilà que Roger qui, lui, ne plaisante pas, qui n'a jamais plaisanté quand il s'agissait de ses cheveux, à qui il est arrivé de piquer des colères bleues dans le salon de coiffure pour quelques millimètres en trop peu, voilà que Roger a l'air d'hésiter, hésite vraiment, cache un instant le haut de son front avec les deux mains comme pour juger de son aspect une fois tondu.

— Je me demande, Raoul, si ce ne serait pas le plus simple.

Raoul ressemble un peu à Désiré ; il a la même barbiche de mousquetaire, mais en roux ardent, le front fuyant aux tempes dégarnies, les yeux malicieux dans un visage qu'il garde imperturbable cependant que du matin au soir il dévide le chapelet de ses plaisanteries. C'est un Désiré plus fade, dont on aurait étiré le visage en longueur.

D'un des multiples petits tiroirs dont Roger, enfant, a épié tant de fois les secrets, il a extrait une tondeuse qu'il fait virevolter dans sa main.

— Alors, c'est oui ?

Roger réfléchit, hésite toujours, à peine ému. Que Raoul, le prenant au mot, commence l'opération et il le laissera faire. Déjà la tondeuse frôle sa nuque, il sent le contact froid du métal, mais c'est le coiffeur qui se dégonfle.

— Vous ne parlez pas sérieusement ?

— Pourquoi pas ?

Comment Raoul n'a-t-il pas remarqué que Roger, toujours soigné, a les ongles noirs et qu'il porte un vieux costume, une lavallière nouée à la diable et des souliers mal cirés ? Au lieu de sa fine pipe de bruyère, il fume une de ces grosses pipes en imitation d'écume, à long tuyau de merisier, comme on en voit pendre sur la poitrine des vieux qui prennent le frais sur le pas des boutiques. Comme eux, il tasse la cendre en enfonçant son index dans le fourneau et tout à l'heure, en venant chez Raoul, il a acheté du tabac à priser dont il s'est bourré les narines avec ostentation en pleine rue.

On est à la mi-mars. Les vacances de Pâques viennent de commencer. La veille, sous une pluie battante de printemps, Roger est allé en sabots faire la queue au ravitaillement, un filet à provisions à la main. Élise n'en est pas encore revenue de sa surprise.

— Non, monsieur Mamelin. Je ne prends pas la responsabilité de vous tondre. Je n'ai pas envie de me faire arracher les yeux ni de vous voir éclater en sanglots. Parlons sérieusement. Comment dois-je vous les couper ?

Roger, avec un sourire d'homme incompris, tire de petites bouffées voluptueuses de sa pipe.

— Comme vous voudrez, Raoul.

— La raie au milieu ou sur le côté ?

— Pas de raie du tout. Laissez-les donc longs.

— A l'artiste ?

Il se fera tondre plus tard, car il le fera un jour, il y a déjà plus d'une semaine qu'il y pense. C'est le moyen radical de se mettre une fois pour toutes au-dessus des mesquines vanités qu'il méprise.

Les gens ne devraient-ils pas comprendre, du premier coup d'œil, qu'il a changé du tout au tout ? La preuve, c'est qu'il est heureux dans cette boutique qu'il haïssait autrefois, et qu'au lieu de chercher dans la glace le reflet d'un visage tendu, au regard lointain et dédaigneux, il donne à ses traits toute la bonhomie dont ils sont capables, se gonfle, voudrait être gras et tout en rondeurs comme un brave bourgeois du quartier.

Il y a, ce matin-là, un soleil très léger. Depuis que, les mains dans les poches, des livres sous le bras, Roger a franchi le pont d'Amercœur, il a l'impression de vivre au milieu d'un décor de théâtre. Ses yeux sourient à tous les spectacles, il s'est amusé, un peu plus tôt, à contempler une grosse fille qui lavait à pleins seaux d'eau claire les carreaux blancs d'une poissonnerie, puis il a regardé les poissons, les grondins épineux et roses, les raies blafardes, les soles distinguées, il s'est penché sur les barils de harengs alignés le long du trottoir pour en respirer la forte odeur.

La boutique de Raoul est encore plus décor de théâtre que le reste. Elle participe d'ailleurs déjà au théâtre dont on aperçoit le portique un peu plus loin dans la rue Surlet. La vitrine étroite, en fausse équerre, ne contient que des perruques. On cherche la porte sans la trouver dès l'abord, car elle est prise dans la maison voisine ; le salon de coiffure est une sorte de réduit triangulaire, un mur est percé d'une ouverture qui contient un poêle et, par-dessus ce poêle, dans un réduit encore plus étroit et qui semble sans issue, on aperçoit le père de Raoul qui pique de longs cheveux filasses sur une tête de bois.

Raoul et son père sont les perruquiers et les maquilleurs en titre du pavillon de Flore, où l'opérette alterne avec le mélodrame. Les murs sont couverts de photographies dédicacées, on ne parle que barytons, basses chantantes et ténors légers, on évoque un monde invisible et pourtant présent, vêtu de costumes d'autrefois ; il flotte comme une odeur de coulisses, de tournées, de becs-papillons et de feux de Bengale, les armoires vitrées sont bourrées de fards gras et les années ne se comptent pas comme ailleurs.

« C'était la saison où Mercœur a créé la « Veuve Joyeuse » au pavillon de Flore. Quelle voix ! Quelle prestance ! Quel abattage dans le duo ! Depuis, je prétends que personne n'a joué Danilo. »

Par tous les temps, la porte reste ouverte, car autrement il n'y aurait ni assez d'air ni assez d'espace. On est dans la rue. La vie de la rue entre librement dans la boutique, les bruits, les voix, les odeurs, le soleil. Et les voisins viennent s'asseoir un petit moment comme dans un endroit public.

— Alors, Raoul, quoi de neuf ?

— Tout est vieux, surtout nous, hélas !

— Tu pourras me prendre tout à l'heure pour la barbe ? Je vais à l'enterrement.

— Narquet ?

— On se demande comment ce garçon-là a pu partir si vite. Un homme qui, voilà quinze jours encore, pêchait à côté de moi au barrage des Grosses-Battes. A propos, ce matin j'ai aperçu le grand Henry qui allait à la pêche. Il ne prendra rien. Les eaux sont trop grosses.

Roger les écoute en tirant doucement sur sa pipe. Il lui semble qu'il aspire ici la vie de tout le quartier, et ce quartier de la rue Puits-en-Sock, dont la rue Surlet, qui y débouche à angle aigu, n'est qu'une sorte de prolongement, il s'est mis soudainement à l'aimer.

Il voudrait, lui aussi, connaître chacun par son prénom, pouvoir dire comme Raoul et ses clients : « N'est-ce pas sa belle-sœur — tu te souviens, la petite qui boitait un peu et qui était si chaude ? — qui a filé avec le choriste aux dents gâtées un soir qu'on jouait la « Tour de Nesle » ? Je la vois encore dans ce fauteuil, quand elle est venue se faire friser pour sa première communion. »

Roger souhaiterait les maisons encore plus étroites, plus de travers, coupées d'angles vertigineux, de couloirs biscornus, peuplées de coins et de recoins mystérieux, d'odeurs variant à chaque pas. Il aime les gens qui portent le costume de leur métier et qui s'interpellent de seuil à seuil, des gens qui sont nés dans la maison qu'ils habitent et qui se connaissent depuis toujours, qui, déjà vieux et grands-pères, se chamaillent encore comme quand ils étaient écoliers ou quand ils servaient la messe à la paroisse.

Camille est morte. Elle est morte en janvier, dans la nuit du dimanche au lundi, vers le petit jour. Quelques heures avant, dans une loge du cinéma « Mondain », derrière Gouin et son amie, Roger fourrait encore les mains sous ses jupes.

Le lundi soir, alors qu'il ne pensait qu'au rendez-vous du jeudi et qu'aux signaux que Camille devait lui adresser avec sa lampe de poche pour le renseigner sur les intentions de Sidonie, Élise, s'adressant à l'inévitable Mlle Rinquet, s'est soudain lamentée :

— Comme si ce n'était pas assez de nos misères, voilà maintenant les épidémies qui commencent.

C'était en pleine époque noire, l'époque du Carré et des pérégrinations sans fin dans l'obscurité, à la poursuite de Dieu sait quel plaisir équivoque, une période où, pour Roger, tout était sombre et angoissant. Élise parlait en épluchant des rutabagas et Mlle Rinquet écoutait, noire comme les rues les plus noires.

— Rien qu'aujourd'hui, il y a eu trois cas de cholérine à Bressoux, entre autres une gamine qui est rentrée chez elle hier soir, bien portante et gaie, et qu'on a dû enterrer cet après-midi tant la décomposition était rapide. Il paraît que sa mère hurlait derrière le cercueil. C'est une pauvre femme qui fait des lessives.

Roger, le nez baissé sur son livre, a senti son sang se glacer.

— On m'a affirmé que, si les médecins parlent de cholérine pour ne pas effrayer la population, il s'agit bel et bien du choléra. Il paraît qu'on voit cela à chaque guerre. Pensez aux milliers et aux milliers de cadavres qui, sur les champs de bataille, restent des jours et des jours, parfois des semaines sans être enterrés !

Il est parvenu à questionner d'une voix blanche.

— Tu ne sais pas comment elle s'appelle ?

— On m'a dit son nom ce matin au ravitaillement, mais je l'ai oublié. Sa mère travaillait notamment chez un de tes anciens camarades de Saint-André, le charcutier de la rue Dorchain. En voilà un qui ne se plaint pas de la guerre, mais j'espère bien qu'un jour ces gens-là devront rendre gorge. Quand on pense à tant de pauvres petits enfants qui n'ont rien à manger !

Roger a vécu huit jours dans la terreur, une terreur blanche, si l'on peut dire, une terreur rentrée. Il n'est pas allé au Carré. Il n'y est pas retourné une seule fois depuis ! Il n'a pas revu Sidonie. Il a vécu seul, ne sachant où se mettre, se tassant dans n'importe quel coin avec un livre, des soirs et des soirs durant, des dimanches entiers. Au besoin, quand sa mère et Mlle Rinquet psalmodiaient en sourdine leurs lamentations, il s'enfonçait les doigts dans les oreilles et continuait farouchement sa lecture, ne sortant, en dehors du collège, que pour aller échanger ses livres rue Saint-Paul et à la bibliothèque des Chiroux.

Il a négligé sa toilette, il a pris goût au débraillé et il a envisagé de se faire tondre.

— Pourquoi ne t'installes-tu pas près du feu, Roger ? Que vas-tu encore faire là-haut ? Tu attraperas une bonne pleurésie, comme mon beau-frère Hubert, à rester dans une chambre glacée.

Il s'y enferme pourtant, s'enveloppe d'une robe de chambre que sa mère a taillée dans une vieille courtepointe à ramages roses. Il n'y a pas le gaz au premier étage. Il allume une bougie. Il a froid, ses doigts s'engourdissent, les engelures lui font mal. Il fume, arpente la chambre, contemple par la fenêtre, avec une émotion sans cause, l'obscurité humide du boulevard où passent des ombres et enfin, les paupières gonflées de larmes, il se met soudain à écrire.

> *Mélancolie du haut clocher,*
> *Si haut, si seul...*

C'est le clocher de Saint-Nicolas, froid et dur, qu'il voyait du seuil de la rue de la Loi pendant des journées entières quand il était petit. Il voudrait le décrire, figé dans l'immensité cruelle d'une nuit de lune, le clocher qu'on croit raide d'orgueil et qui pourtant contemple avec envie, sans jamais pouvoir descendre jusqu'à eux, les toits des maisons basses blotties à ses pieds, tous ces toits d'ardoises ou de tuiles, plats ou pointus, bossus, branlants, plantés de cheminées qui fument, percés de lucarnes d'où s'exhale une pâle lumière, ces toits fraternellement adossés qui essayent encore de s'unir par-dessus les ruelles où coule de la vie, et qui s'empêchent les uns les autres de s'écrouler.

La maladie de Cécile s'est aggravée. Elle reste immobile du matin au soir, les pieds dans un baquet d'émail, car l'eau suinte sans cesse de ses jambes enflées.

Roger a pris l'habitude d'aller la voir. Il se rend tous les jours rue Puits-en-Sock. C'est lui qui porte à sa tante les livres qu'elle dévore dans sa solitude, et peu à peu une nouvelle vie a commencé, la démarche de Roger est devenue plus lente et plus grave, on l'a vu errer sans but et sans rancœur dans les petites rues, sous le fouillis de toits que domine le clocher de Saint-Nicolas.

Il était presque sincère quand Raoul a proposé de lui couper les cheveux à la Titus et qu'il a répondu :

— Pourquoi pas ?

C'est à peine s'il a ressenti une légère angoisse. Il aurait laissé faire. Il est satisfait, à présent, de sa coiffure à l'artiste. Il faut qu'il laisse pousser ses cheveux beaucoup plus longs. Tout ou rien. Le crâne superbement rasé ou une tignasse en désordre qu'on secoue d'un mouvement de la tête et dans laquelle on passe ses doigts écartés.

— Je vous mets un peu de brillantine ?

— Non.

— Je les mouille ?

— Non.

Il les veut aussi hirsutes que possible. Il regrette de ne pas être venu en sabots, de n'être pas un apprenti dans une des échoppes moyenâgeuses du quartier.

— Merci, Raoul.

Il est content. Il jouit pleinement du rayon de soleil qui se joue dans les glaces, de toutes les images qui s'y bousculent en un chaos où on se retrouve à peine, où il ne s'y retrouvait pas du tout dans les plans et les arrière-plans quand il était petit ; il caresse le gros fourneau lisse et tiède de sa pipe et, en se regardant une dernière fois dans le miroir, il essaie de se donner les allures bonasses d'un vieil artisan d'Outremeuse.

Il n'y a pas de transition entre la boutique et la rue, c'est la même vie qui continue, vulgaire, bruyante et bariolée, une vie au fort goût de peuple. Ses narines se dilatent, ses yeux s'ouvrent tout grands, il est sans répugnance, l'odeur même des eaux bleuâtres qui coulent dans le ruisseau lui paraît savoureuse.

Il n'a que quelques pas à faire pour atteindre la vitrine du libraire et, en tout autre temps, la seule vue de l'étalage lui aurait causé une réelle souffrance, c'est presque le comble du sordide et de la laideur. A cause, sans doute, de la proximité du marché aux puces, la rue Surlet prend des allures de bric-à-brac où voisinent les choses les plus inattendues.

Ainsi cette vitrine, où sont rangés des romans populaires à soixante-cinq centimes, fatigués, déchirés pour la plupart, culottés comme de vieilles pipes, et où l'on voit tout à côté des piles électriques parmi les chaussures d'occasion, des peignes en celluloïd et un hallucinant mannequin de couturière.

Sur le plancher sale du magasin traînent toujours trois ou quatre marmots dont le plus jeune montre son derrière et que Roger a trouvé une fois tranquillement installé sur son pot à côté du comptoir. Une femme aux cheveux incolores, les bras couverts de mousse de savon, se montre un instant dans l'encadrement de la porte.

— Ah ! c'est vous. Je vous laisse vous servir, n'est-ce pas ?

Cette familiarité lui fait plaisir. Il est presque fier d'être là comme chez lui, de contourner le comptoir, de fouiller dans les rayons et de se pencher dans la vitrine. On entend des pas, des cris, des bordées de jurons à l'étage supérieur. La maison est pleine de marmaille et de femmes mal embouchées qui s'asticotent par les fenêtres ou à travers la zone neutre de l'escalier. Il n'existe pas d'entrée particulière et tout ce monde passe par la boutique. Roger y a vu une fois une fille au visage très maquillé, au luxe de pacotille, et cela a été une révélation pour lui de l'entendre crier dans la cage d'escalier :

— N'oublie pas mes chemises, m'an !

Ainsi, ces femmes, qu'il poursuit sans espoir au Carré, habitent des maisons comme celle-ci, elles ont une mère, peut-être des petits frères et des petites sœurs, et personne n'en est gêné, on trouve naturel qu'elles aillent faire le trottoir quand l'heure est venue, comme les hommes se rendent à l'atelier.

Il feuillette les livres avant de fixer son choix. Les premiers jours, il a porté à Cécile les livres qu'il lit d'habitude, ceux qu'il emprunte à la bibliothèque communale ou au cabinet de lecture, reliés de toile noire, sentant la moisissure. Mais Cécile ne les finissait jamais.

— Cela ne m'amuse pas, Roger. Je suis peut-être sotte, mais je ne comprends pas quel plaisir on peut avoir à lire ça.

— Qu'est-ce que vous aimeriez, tante ?

Elle n'a pour ainsi dire jamais lu. Elle n'en a pas eu le temps.

— Je ne sais pas, moi. Je me souviens d'un livre qu'on m'a prêté, il y a longtemps et qui était si passionnant. Je crois que cela s'intitulait « Chaste et Flétrie ». Voilà des romans comme j'en voudrais.

Il en a été ému. C'est étrange de constater comme Cécile, depuis qu'elle est malade, est devenue petite fille. Elle parle d'une voix faible et monotone. Ses cheveux noirs tombent sur ses épaules et sur son dos. Elle ne ressent aucune gêne devant lui, il est arrivé que son corsage s'écarte et qu'il aperçoive un pauvre sein tout mou.

— Je suis maigre, hein ? a-t-elle dit, sans honte, en surprenant son regard.

C'est pour elle qu'il a découvert cette boutique de la rue Surlet. La marchande, qui sait à peine lire, qui reconnaît surtout les livres d'après les couvertures, lui a appris comment on procède. Il faut d'abord payer le prix d'un livre neuf en manière de garantie, puis, à chaque fois qu'on vient l'échanger, verser vingt centimes.

Un jour, il a emporté deux livres au lieu d'un. Il y en avait un pour sa tante et un pour lui, car, à force de voir toute la série des Rocambole, sa curiosité s'était piquée.

Par crainte d'un sourire, il n'osait pas montrer ce livre à son père. Maintenant, il les lit tous, Désiré aussi. Malheureusement, on ne trouve jamais la série au complet.

— Le numéro 16 n'est pas encore rentré, madame Pissier ?

— Celui qui a un vampire sur la couverture ? Voilà bien dix fois qu'on me le demande, cette semaine. Si je savais quel est le cochon qui l'a emporté et qui le garde depuis plus d'un mois... Pourvu que ce ne soit pas quelqu'un qui est mort depuis !

Pour sa tante, il choisit, d'après le titre et l'image, une histoire sentimentale et très triste comme elle les aime.

— Je mets quarante centimes sur le comptoir. A demain, madame Pissier.

Il lit facilement un livre par jour, deux parfois quand il ne va pas au collège. Il commence déjà à lire dans la rue, ne referme le bouquin qu'en pénétrant dans le couloir de chez son grand-père. Il traverse la cour. Il ne vient pas en visite comme autrefois. Il est un peu chez lui. Il salue Thérèse, la sœur de Marcel, qui s'est installée dans la maison pour garder les enfants et qui a des pommettes roses de poitrinaire.

— Tante va mieux ?

— Toujours pareil. Elle a déjà demandé deux fois après toi.

Jamais, jadis, il n'allait plus loin que cette cuisine où on s'efface machinalement en passant près du coin où se tenait Vieux-Papa. Maintenant, il franchit la porte du fond et c'est tout le mystère de la rue Puits-en-Sock qu'il pénètre. Il se trouve d'abord dans un couloir sans air ni lumière, où il avance à tâtons. Il descend deux marches de pierre, sa main trouve une ficelle qui déclenche un mécanisme et le voilà dans la clarté d'une cuisine où règne une douce odeur de bonbons.

Des bonbons, il y en a sur tous les meubles, sur la table couverte d'une toile cirée, sur le buffet, sur une commode, sur les chaises, car Roger n'est plus dans la maison Mamelin, mais chez les Gruyelle-Marquant, les confiseurs d'à côté. Par la fenêtre, il découvre une courette avec, au fond, l'atelier qui est la confiserie, et il sait qu'en contournant le mur sans fenêtres il pourrait se rendre chez les demoiselles Kreutz, les vieilles filles aux poupées, et même, beaucoup plus loin, atteindre le fournil du pâtissier dont la boutique est presque au bout de la rue.

En réalité, ce sont des petites rues du temps jadis, le nom de l'une d'elles est encore gravé dans la pierre. Il a existé tout un réseau de ruelles et d'impasses où les artisans avaient leur atelier et qui n'ont plus d'issue aujourd'hui, de sorte que les maisons de la rue Puits-en-Sock, aux façades distinctes, ont gardé, sur leur derrière, comme des rapports clandestins.

Cela lui fait plaisir aussi d'entrer dans la familiarité des choses, d'être là comme chez lui, de crier, pour que personne ne se dérange :

— C'est moi !

Il aurait pu entrer par le magasin où il se trouve à présent, mais il préfère ce détour par les coulisses. Son oncle Marcel est à ranger des factures derrière un comptoir. La vendeuse, qu'on appelle « Pipi », il n'a jamais osé demander pourquoi, sert une cliente, une revendeuse de la campagne qui a posé devant elle un énorme cabas de paille noire.

— Tante est là-haut ?

Comme si la pauvre Cécile était encore capable de se promener ! On lui répète :

— Elle a déjà demandé deux fois après toi.

Les deux maisons n'en font plus qu'une. Les Gruyelle-Marquant, aux premiers bruits de guerre, en 1914, se sont réfugiés en Hollande et ils y attendent la fin des hostilités. Le magasin est resté fermé plusieurs mois, puis, par un moyen détourné, par un passeur, comme on les appelle, Marcel Wasselin a reçu une lettre lui demandant s'il voulait gérer le commerce jusqu'au retour des propriétaires.

Pipi, qui était déjà dans la maison avant la guerre, est revenue. C'est une forte fille courte et cambrée, à la croupe drue, à la chair si dure qu'on ne peut pas la pincer. Ils s'entendent fort bien, Marcel et elle, car ils sont de la même race. Devant les gens, Wasselin lui donne des claques sonores sur les fesses, ou bien lui saisit les seins à pleines mains, et derrière, dans la cuisine encombrée de bonbons roses, entre deux clients, il la renverse tout bonnement sur un coin de table. Roger les a surpris. C'est tout juste s'ils ont paru gênés et son oncle, en se rajustant, s'est contenté de lui adresser un clin d'œil complice.

C'est ce même magasin, immense et profond, avec ses deux vastes vitrines, qui était si impressionnant autrefois, surtout aux approches de la Saint-Nicolas, quand on pouvait à peine s'y faufiler tant il y avait de monde. Roger revoit encore M. Gruyelle, toujours un peu solennel, des favoris blancs encadrant un visage aussi rose que ses fondants, les mains derrière le dos, surveillant ses vendeuses ; il évoque les demoiselles Gruyelle-Marquant, dodues et fraîches, qui l'embrassaient en glissant deux ou trois dragées dans sa poche ou dans le creux de sa main.

A présent, Marcel Wasselin règne en maître avec Pipi, les rayons regorgent encore de sucreries et de chocolats de toutes sortes, le tiroir-caisse est bourré de billets qu'on y pousse n'importe comment, francs et marks mélangés, et là-haut Cécile est seule, les pieds dans son baquet, au milieu de la chambre des Gruyelle-Marquant.

Élise a soupiré quand on lui en a parlé :

— Mon Dieu, Désiré, ne trouves-tu pas que Marcel en prend trop à son aise ? Si M. Gruyelle, qui est si strict, savait ça ! Et il l'apprendra fatalement un jour.

— C'est son affaire, n'est-ce pas ?

— Je me demande comment il a pu confier une affaire comme la sienne, une maison si sérieuse, qui existe depuis plus de cent ans, à un Marcel. Vois-tu, on ne m'enlèvera pas de la tête que celui-ci en profite, qu'il n'est pas très scrupuleux. Et ce n'est pas Pipi qui doit le gêner beaucoup. Tout cet argent qui leur passe par les mains, sans contrôle !

Roger jette un coup d'œil vers le dernier comptoir, celui du fond, qui est protégé, jusqu'à une certaine hauteur, par un treillage, car c'est là que sont exposés, dans les coupes de verre, les bonbons et les chocolats les plus fins.

Si, quand il redescendra, il n'y a personne dans le magasin, comme c'est souvent le cas, il passera vivement le bras par-dessus le treillage. Il a déjà choisi l'endroit exact, car il a un faible pour les grosses bouchées de chocolat enveloppées de papier doré, qui coûtent cinquante centimes la pièce.

Les autres s'en font-ils faute ? Sa mère n'a-t-elle pas dit elle-même que Marcel et Pipi n'étaient pas des gens scrupuleux ? Son oncle aurait-il pu, avec ce qu'il gagne comme gérant et avec la chapellerie où le grand-père Mamelin fait toute la besogne, offrir à ses enfants la Saint-Nicolas qu'il leur a offerte la dernière fois, entre autres choses une poupée grandeur nature comme on n'en voit pas dans les magasins et à laquelle on a mis — Élise en a été outrée — les cheveux de tante Madeleine, ceux qu'on lui a coupés solennellement quand elle est entrée en religion ?

Ce n'est pas pour le chocolat que vient Roger. C'est réellement pour sa tante. Il a plaisir à s'engager dans l'escalier en colimaçon qui s'amorce au beau milieu du magasin et qui se perd dans le plafond. Il pousse gaiement une porte qui lui est devenue familière.

— Salut, tante ! Alors ?

Et c'est encore une joie de découvrir la rue Puits-en-Sock d'un premier étage, surtout par un matin de soleil. Il s'assure que sa tante a caché ses jambes sous la couverture étalée sur ses genoux, car leur vue lui cause un malaise, elle ne paraît pas s'en rendre compte, elle les montre à tout le monde, à tout propos.

— Tu m'avais promis de venir de bonne heure.

— C'est que je suis allé chez le coiffeur. Figurez-vous, tante, que je voulais me faire couper les cheveux à ras et que Raoul a refusé.

— Comme tu es sot, Roger. Quand tu as la chance d'avoir de si beaux cheveux ! Assieds-toi.

Il n'est pas avec elle comme avec une tante. C'est une femme. Elle a trois enfants. Elle connaît la vie, et pourtant ils sont ensemble comme s'ils avaient le même âge et même, depuis qu'elle est malade, c'est elle la plus enfant, elle a l'air d'une petite fille et il est arrivé à Roger, par inadvertance, de la tutoyer.

— Comment allez-vous aujourd'hui ?

— C'est toujours pareil. Le docteur prétend que j'irai mieux quand viendra l'été, mais je me demande s'il y comprend quelque chose. La nuit, c'est au cœur que cela me prend. Je le lui ai dit et il affirme que je me fais des idées. Comme si maman n'était pas morte d'une maladie de cœur, elle qui ne s'était jamais plainte de sa vie !

— Le docteur a raison, tante. Vous pensez trop.

— Qu'est-ce que tu m'as apporté de beau à lire ? Thérèse est chez nous ? Les enfants ne sont pas trop turbulents ? Ce qu'ils doivent la fatiguer, elle qui n'a déjà pas trop de santé ! Sans compter qu'elle ne sait pas s'y prendre avec eux. Je n'ose rien lui dire, parce que c'est la sœur de Marcel et qu'elle fait ce qu'elle peut. Moi, quand ils viennent me voir et qu'ils sont là de dix minutes, je me sens lasse. Tiens, maintenant, rien que de parler...

— Ne parlez pas, tante. Vous savez bien qu'avec moi il n'y a pas à se gêner.

— C'est vrai que des hauteurs on entend à nouveau le canon ?

— On le dit. Cela dépend du vent.

— Si seulement la guerre pouvait finir ! Il me semble que je serais capable de me lever. Tu ne veux pas manger un raisin ? Si. Fais-moi le plaisir d'en manger quelques grains. Tout le monde m'en apporte et je ne sais qu'en faire. C'est Pipi qui les mange chaque fois qu'elle monte.

Roger a peur de laisser voir sa répugnance pour ces gros raisins de serre qui ont séjourné dans la chambre de la malade et que Cécile a touchés de ses mains moites, peut-être après avoir caressé ses jambes comme elle le fait souvent d'un mouvement machinal. Les portraits de M. et Mme Gruyelle-Marquant les regardent. En face, dans les maisons étroites, on voit des gens qui vont et viennent derrière les fenêtres,

Cécile connaît la vie qui se déroule heure par heure dans tous les intérieurs, elle n'a qu'à tendre son bras maigre pour écarter les brise-bise, et les autres doivent l'observer de leur côté comme elle les observe. Cette promiscuité n'a-t-elle pas quelque chose de rassurant ? Les visages deviennent familiers, la vie se prolonge.

— Qu'est-ce que tu regardes, Roger ?

Il tressaille, elle s'en aperçoit et regarde à son tour une des fenêtres, sourit d'un sourire exempt d'ironie. Au-dessus de l'épicerie, à gauche du boulanger, habite une couturière qui vient de finir son ménage, comme chaque matin à cette heure-là, et qui vaque tranquillement à sa toilette. Elle est en jupon de dessous. Son corsage, d'un blanc cru, orné de minuscules festons, laisse à nu des épaules bien en chair ; ses bras musclés, qu'elle tient haut levés pendant qu'elle arrange son chignon, font bomber sa poitrine, et ses lèvres, entre lesquelles on devine les épingles à cheveux, avancent en une moue leur bourrelet charnu.

— Tu n'as pas encore de bonne amie ?

Il ne répond pas tout de suite, se fait prier.

— Tu peux tout me raconter, va. Ce n'est pas moi qui le dirai à ta mère.

— Surtout que ma mère fait des neuvaines pour que je reste pur jusqu'à mon mariage, comme elle dit. Elle le répète à tout le monde. L'autre jour, elle l'a dit à cette vieille chipie de Mlle Rinquet qui me déteste et qui déteste père presque autant que moi.

— Tu ne veux pas que la neuvaine soit exaucée ?

Il baisse la tête et rougit, en proie à des sentiments compliqués. C'est malgré tout sa tante ; justement parce que c'est sa tante, il éprouve plus de plaisir à lui parler de ces choses qu'à un camarade du collège, par exemple. C'est une femme. Et il a confiance en elle. Il est persuadé qu'elle lui gardera le secret.

— Tu ne réponds pas ?

Il se contente d'un sourire mystérieux.

— Cela veut dire que c'est déjà fait ? Dis, Roger ?

Il bat des paupières en manière d'affirmation.

— Il y a longtemps ?

— Oui.

— L'année dernière ?

— Non.

— Encore plus longtemps ?

— Il y a trois ans, à Embourg.

— Mais voyons, Roger, tu n'avais que douze ans et demi ! Ce n'est pas possible.

— Je le jure.

— Mon Dieu ! Et ta mère qui prie pour toi...

Il regrette déjà d'avoir parlé, car Cécile est devenue rêveuse. Quand elle fait allusion à Élise, on dirait qu'elle la plaint.

— Et maintenant ?

— Cela dépend.

Il ne peut pas lui dire la vérité. Cette vérité-là, il ne peut l'avouer à personne, même à ses camarades, même à ceux qui en font autant.

— Tu prends tes précautions, au moins, Roger ?

— Mais oui, tante.

Ce n'est pas vrai. Il n'a pris aucune précaution. Il ne sait même pas au juste ce que cela veut dire. Après le dimanche du cinéma « Mondain », un désir l'a hanté comme une idée fixe et si, pour revenir du collège, il a continué à se faufiler dans les petites rues, ce n'était pas pour gagner du temps, il faisait, au contraire, de longs détours afin de passer, le cœur battant, par ces ruelles où, derrière les rideaux de chaque maison, on voit une femme en chemise qui tricote ou qui fait du crochet.

Il savait que ces femmes qui, dans l'obscurité, le prenaient pour un homme, tapotaient la vitre à son passage en esquissant un sourire ou un geste obscène. Mais il était incapable de se retourner pour les voir, la puanteur de ces rues lui collait au corps, l'accompagnait longtemps alors qu'il s'enfuyait à pas précipités sans parvenir à calmer sa fièvre.

Il a découvert, un soir, une rue moins répugnante, près de la passerelle, une rue presque aussi décente en apparence que la rue de la Loi ou la rue Pasteur, des maisons propres, bien bâties, des femmes qui lui ont paru plus bourgeoises, encore qu'installées pareillement à l'affût derrière leur rideau de guipure.

Il n'a osé se renseigner auprès de personne sur le prix qu'il aurait à payer. Un soir qu'il avait deux marks en poche, il est entré en trébuchant, les jambes lasses d'avoir fait au moins dix fois le tour du pâté de maisons. Il entendait couler entre ses quais de pierre la Meuse toute proche, et les planches de la passerelle résonner sous les pas.

Une main a refermé la porte à clef derrière lui, un rideau épais a été tiré sur le rideau transparent.

— Tu veux boire quelque chose ?

Il a fait signe que non. Au prix d'un effort douloureux, il est parvenu à prononcer, les oreilles si bourdonnantes qu'il ne reconnaissait pas sa propre voix :

— Je n'ai que deux marks. Est-ce assez ?

— Fais voir.

Elle a glissé les deux marks dans son bas noir, poussé une porte, versé de l'eau dans une cuvette de faïence, près d'un grand lit couvert d'une courtepointe, comme il y en a dans les chambres des locataires, la même exactement que jadis dans la chambre de M. Saft.

— Viens te laver. Qu'est-ce que tu as ? Viens donc.

Puis elle l'a regardé et elle a compris.

— Ah ! c'est ça...

Elle a cru que c'était la première fois et c'était presque vrai.

— N'aie pas peur. Viens.

Il est ressorti de la maison cinq minutes plus tard et il s'est précipité vers le quai où il s'est mis à marcher à grands pas en refrénant son envie de courir à toutes jambes. Pourtant, il y retournera. Déjà deux ou trois fois, depuis lors, il est allé rôder dans la rue, la femme lui a fait signe, peut-être l'a-t-elle reconnu, mais il ne lui est plus arrivé d'avoir deux marks en poche et un soir — un lundi, il s'en souvient — son envie était si lancinante qu'il a failli entrer, tendre sa montre en balbutiant :

— Je n'ai pas d'argent sur moi, mais je vous laisserai ma montre.

Il n'a pas osé.

— C'est drôle, les garçons, murmure Cécile qui l'observe avec attention.

Et elle avoue, comme à une grande personne, comme si Roger n'était pas son neveu :

— Moi, ça ne m'a jamais fait plaisir. Pourtant, j'ai eu trois enfants. Pauvre Élise ! Quand je pense à ses neuvaines... A propos, j'allais oublier de te payer mon livre. Prends mon porte-monnaie sur la table, veux-tu ?

Elle lui donne les vingt centimes de la location. Puis, elle lui tend une pièce de cinquante centimes.

— Tiens, tu t'achèteras du tabac.

— Mais non, tante. Merci.

— Prends-les, voyons ! Je sais que le tabac est cher. Papa ose à peine fumer sa pipe et la laisse éteindre à chaque instant pour qu'elle dure plus longtemps.

Il accepte à regret, pour ne pas la froisser, car il n'aime pas que des questions d'argent interviennent entre Cécile et lui.

— Comment est-elle, ta bonne amie d'à présent ? Car je suppose que tu en as encore une ? Mais, dis-moi, comment fais-tu leur connaissance ? Tu les rencontres dans la rue !

— Oui.

— Et tu leur adresses la parole, comme ça, de but en blanc ?

Bien qu'il n'ait jamais osé le faire, il dit oui.

— Et elles t'écoutent ? C'est ce que je ne parviens pas à comprendre. Que des jeunes filles se laissent accoster par un homme qu'elles ne connaissent ni d'Eve ni d'Adam...

Elle a dit « un homme » et il éprouve le besoin d'affirmer :

— Elles sont même bien contentes.

— Et elles se laissent faire ?

— Pas toutes. La plupart.

— Le même jour ?

— Cela dépend.

— Quand je pense que j'ai vécu si longtemps sans me douter de tout ça ! Ta mère aussi, je parie, comme je la connais. Fais quand même attention, Roger.

— Mais oui, tante.

— Tu comprends ce que je veux dire ?

Elle fait allusion aux maladies qu'on risque d'attraper.

— Oui, je sais.

— Tu t'en vas déjà ?

— J'ai promis à mère d'aller chercher le pain au ravitaillement.

— On fait toujours la queue aussi longtemps ? Je ne sais plus rien de ce qui se passe dehors.

— On attend une petite heure, parfois plus. J'emporte toujours un livre. Au revoir, tante. A demain. Si votre roman ne vous amuse pas, j'irai vous en chercher un autre.

Il sent confusément que c'est une matinée qui compte, mais il ne sait pas encore pourquoi. Il est plus attentif aux détails, comme s'il pressentait que plus tard il éprouvera le besoin de les évoquer.

Le fauteuil dans lequel Cécile est assise, c'est le fauteuil de Vieux-Papa qu'on a apporté de chez Mamelin. Le papier peint des murs est d'un bleu passé. Au milieu de chaque brise-bise, il y a une cigogne au crochet. Sur le vieux plancher, on a étendu une couche de peinture rougeâtre qu'on a cirée ensuite et sur laquelle sont posées trois petites carpettes grises. Le boulanger, en face, se tient sur le seuil de sa porte, tout enfariné, les mains aux hanches, du soleil dans ses cheveux, et Roger attend qu'il rentre dans sa boutique, car il n'a pas oublié les chocolats qu'il veut chiper au passage et il craint d'être vu à travers la rue.

Il y a longtemps que la sonnerie du magasin n'a pas résonné. Il y a donc des chances pour qu'il ne rencontre personne en bas. C'est l'heure où Marcel doit être occupé à la cuisine.

— Alors, c'est entendu. A demain, tante.

— A demain, Roger. Ne viens pas trop tard. Si tu savais comme je m'ennuie, toute seule ! A propos, en passant, dis à Thérèse de me monter mon bouillon. Qu'elle fasse attention, si elle laisse les enfants seuls dans la cuisine, qu'il n'y ait rien sur le feu qu'ils puissent renverser. Cela me fait toujours peur !

Voilà. La porte est refermée. Il descend l'escalier en faisant le moins de bruit possible, découvre peu à peu toute l'étendue du magasin. Le boulanger d'en face a dû regagner son fournil, les passants ne s'occupent pas de Roger, celui-ci va se diriger vers le treillage aux bouchées de chocolat quand son regard tombe sur le tiroir entrouvert, bourré de billets en désordre.

Il y a trop peu de temps qu'il a évoqué l'image trouble de certaine fenêtre et d'un rideau qu'une main écarte, d'une femme qui attend, cette image lui saute à l'esprit, une chaleur cuisante l'envahit, il fait rapidement quelques pas, se penche par-dessus le comptoir et plonge dans les billets une main qu'il enfouit aussitôt au plus profond de sa poche.

Tout rouge, les yeux luisants, il se dirige vers la cuisine aux bonbons, tressaille, car Pipi est là, immobile, silencieuse, il reste un moment à se ressaisir, sans comprendre tout de suite qu'elle lui tourne le dos et que, mouillant un crayon de sa salive, elle est trop absorbée par la lettre dont elle ne trouve pas la suite pour s'être aperçue de quoi que ce soit.

A peine a-t-elle la notion de sa présence, elle le regarde sans le voir, murmure d'une voix lointaine :

— Vous partez ?

— Il faut que j'aille chercher le pain au ravitaillement.

Pourquoi s'attarde-t-il dans la cuisine où il n'a rien à faire ?

— Je m'en vais. Oui, il est temps.

— Votre tante n'a besoin de rien ?

— Non ! Si. J'ai une commission pour Thérèse.

Il est parvenu à s'arracher enfin, il passe côté Mamelin, où l'eau chante dans la bouilloire et où les enfants se traînent par terre. Si Cécile les voyait !

— Tante demande qu'on lui monte son bouillon.

Il emporte le souvenir des taches multicolores que le soleil met un peu partout après avoir traversé les faux vitraux, de la silhouette appliquée de son grand-père qu'il aperçoit, de la cour, penché sur des formes de feutre dans l'arrière-boutique. Il n'a pas le courage d'aller l'embrasser. Il court, s'écarte brusquement d'un tram qu'il n'avait pas entendu et se heurte à Marcel Wasselin qui sort du café du coin en s'essuyant les moustaches. Il dit, sans savoir :

— Je suis en retard.

Il a l'impression que son oncle se retourne sur lui, il va toujours, pris de vertige, ce n'est que passé le pont d'Amercœur, à cent mètres de l'école où se fait la distribution de pain, qu'il s'arrête enfin, les jambes tremblantes, sort de sa poche une main crispée, depuis le magasin des Gruyelle-Marquant, sur les billets que la sueur a ramollis.

Il y en a trois, deux petites coupures d'un mark comme il l'avait décidé, mais aussi un gros billet de cinquante marks qu'il contemple avec effroi, qu'il ne sait où mettre, où cacher, dont le souvenir ne cesse de le hanter pendant qu'il fait la queue parmi les ménagères en essayant vainement de s'intéresser à Rocambole.

Longtemps, ce jour-là, il va et vient dans la maison comme s'il cherchait un objet introuvable. A quatre heures enfin, Élise va acheter des légumes dans le quartier, l'inévitable Mlle Rinquet reste comme une méchante araignée noire dans la cuisine, il s'enferme dans sa chambre, monte sur une chaise, retire une des boules en bois tourné qui garnissent les coins de sa garde-robe.

Ces boules se fixent par des chevilles et c'est autour d'une de celles-ci que Roger enroule soigneusement son billet avant de l'enfoncer dans son trou.

C'est fini. Il respire. Il se jure de ne jamais y toucher. Peut-être même ne se servira-t-il pas des deux marks qu'il a cachés, pliés menu, au fond de sa blague à tabac. Oui, il se promet de ne pas les utiliser, de les donner à un pauvre, par exemple, mais il n'est pas encore sûr de le faire.

Il descend, chausse ses sabots et, sans pénétrer dans la cuisine où la vieille chipie est incrustée, il s'en va, les mains dans les poches. Il ne sait pas où il va. Il se dirige vers Bressoux à travers un quartier de petites gens, longe des maisons pauvres. Des enfants jouent sur les seuils et sur les trottoirs, des tombereaux ont l'air de vouloir moudre le pavé de leurs roues ferrées, il fait sale, tout est morne, le soleil décline déjà, on voit passer lentement de gros nuages blancs qui vont finir par envahir le ciel ; l'herbe, le long des terrains vagues, est d'un vert terne, une chèvre broute et s'interrompt parfois pour bêler, attachée à une palissade ; une femme crie après son fils ; il y a des hangars, des écuries, des ateliers où l'on cloue ; des poules et des coqs picorent dans les cours ; c'est un quartier de transition entre la ville et la campagne ; peut-être Roger ira-t-il ainsi, de son pas lourd et lent, les mains dans les poches, entendre le salut dans la crypte du Bouhay, où des pères ont édifié une grotte à l'imitation de Lourdes.

Il tasse du doigt les cendres de sa pipe, crache comme les gens du peuple, traîne ses sabots comme eux et, sous le ciel qui pâlit toujours, il regarde avec dégoût le monde sans joie qui l'entoure et qu'il sent à son image.

5

Il n'y en a plus pour une demi-minute avant que la cloche, en sonnant neuf heures et demie, ne donne le signal du changement de cours. Les briques, ce matin, dans la cour démesurée, sont d'un rose tendre sous le soleil ; le surveillant, un bras levé, balance déjà la chaîne sur laquelle il va tirer par saccades. Roger le voit, referme sa grammaire allemande d'un geste si sec, sans le vouloir, que cela fait dans la classe comme un bruit de claquettes.

Alors, sans une seconde de transition, comme s'il guettait depuis longtemps cette occasion, le professeur d'allemand laisse en suspens la phrase commencée pour prononcer :

— Monsieur Mamelin, vous me conjuguerez deux fois les verbes séparables et inséparables.

Les élèves se retournent sur Roger qui sourit dans un rayon de soleil. Tout le monde voit ainsi son nouveau costume et Neef-le-paysan s'efforce d'exprimer son admiration par de grands gestes maladroits qui pourraient lui coûter cher.

— Que dites-vous, monsieur Mamelin ?

— Je ne dis rien, monsieur.

— Dans ce cas, vous...

La cloche s'ébranle, déclenchant dans toutes les classes un brouhaha familier, des portes s'ouvrent, les professeurs passent d'une classe dans l'autre. L'air sent le printemps. On est saturé de printemps. On en porte l'odeur avec soi, en soi. Et c'est dans cette atmosphère capiteuse que le professeur d'allemand, continuant de parler, comme par la force acquise, rassemble ses livres, ses cahiers, avec des gestes d'automate, des roulements d'yeux furibonds, décroche son chapeau melon qu'il va — Roger attend ce geste rituel — essuyer d'un revers de manche avant de le poser sur le devant de son crâne.

— ... me les conjuguerez quatre fois.

Ce n'est pas un père jésuite. C'est un laïc. C'est un pauvre homme, un si pauvre homme qu'il éprouve le besoin de jouer les croquemitaines pour s'illusionner. Mamelin est le seul à l'avoir compris. Il ne l'a jamais rencontré en dehors du collège, mais il est certain qu'il habite une maison étriquée dans le genre de celle de la rue de la Loi, qu'il a une femme qui se plaint des reins, les jours de lessive, et que ronge la peur de rester veuve sans ressources et sans pension.

Comme il porte un nom compliqué, Roger l'a baptisé J.P.G., car il signe de ces initiales les compositions qu'il corrige à l'encre rouge, sauf celles de Mamelin qu'il ne se donne pas la peine de lire et sur lesquelles il se contente de tracer une croix vengeresse en travers des pages.

Combien les Jésuites peuvent-ils le payer ? Guère davantage, sans doute, que ce que M. Monnoyeur donne à Désiré. Il ne se sent jamais à son aise dans le vaste collège de la rue Saint-Gilles, il doit avoir l'impression d'entendre sur son passage un murmure dédaigneux (c'est pour cela qu'il a adopté une démarche aussi raide) :

— C'est J.P.G., un pauvre type de professeur d'allemand qui crevait de faim avant que les pères n'aillent le chercher !

Il s'habille tout en noir, sans une tache de couleur, avec un faux col trop haut qui l'empêche de tourner la tête. Il a toujours l'air de revenir d'une noce ou d'un enterrement, plutôt d'un enterrement. Il cire ses moustaches noires et les redresse farouchement en deux crocs rigides, roule de manière féroce ses gros yeux sombres et globuleux dans un visage de cire.

Tous les élèves en ont peur, sauf Roger qui ne le prend pas au sérieux, qui s'amuse de ses gesticulations saccadées d'automate et qui, indifférent à la leçon, sourit à ses pensées.

On croit qu'ils se détestent, le professeur et lui. Bon élève en général, premier dans certaines branches, comme la composition française, Roger est le dernier en allemand, tellement loin en arrière des autres qu'il ne se donne plus la peine d'étudier. Il ne s'occupe que des faits et gestes de J.P.G., qu'il épie comme il épierait un scarabée.

Le professeur s'en est aperçu et souffre, en poussant la porte de la classe, de sentir cette curiosité qu'il croit ironique. Il ne rougit pas, parce qu'il n'a pas de sang sous la peau, mais il se trouble et promène sur les élèves un dur regard qui n'ose pas s'appesantir sur Mamelin.

— Il est toujours entendu que ceux que la leçon n'intéresse pas, répète-t-il souvent à sa seule intention, ne m'intéressent pas non plus. Je les prie seulement de conserver une attitude décente, ce qui est le minimum que je puisse exiger d'eux.

Est-il possible qu'il sente que Roger a tout découvert, les fines crevasses de ses chaussures qu'il noircit avec de l'encre, le bord élimé des manches, toutes ces misères honteuses que le gamin connaît si bien, et aussi la terreur qu'inspirent au professeur ces jeunes gens élégants et bien nourris dont les parents sont des gens influents et qui pourraient lui faire perdre sa place ?

Ils sont les deux seuls, dans la classe, le professeur et l'élève, à appartenir au même milieu, à en souffrir, et, au lieu d'avoir pitié l'un de l'autre, ils se hérissent, comme furieux de retrouver chez autrui leur propre image, ils se sont pris en grippe dès le premier contact et ils se livrent une guerre acharnée.

Qui sait ? C'est peut-être en partie à cause de J.P.G. que Roger s'intéresse de moins en moins à ses études ? Dernier en allemand, il s'est familiarisé avec ce genre de honte, le titre de mauvais élève ne l'impressionne plus, il n'a fait aucun effort, les derniers mois, pour s'assimiler la trigonométrie et il se contente de copier sur un voisin ses devoirs d'algèbre.

Qu'importent les verbes à conjuguer quatre fois ? Il a de l'argent en poche. Il lui suffira, en sortant du collège, à midi, d'entrer dans la boutique du papetier de la rue Saint-Gilles, et un minable père de famille lui fera ses verbes pour cinq ou six francs.

Le père Renchon est entré dans la classe à son tour, mince et doux, les cheveux roux, le visage marqué de petite vérole. Ses yeux, d'un bleu-violet, ne vont pas tarder à se poser sur Roger, celui-ci le sait et l'impatience s'empare de lui, il a peur de ce premier regard du Jésuite, comme J.P.G. a peur du sien, il voudrait que ce contact eût déjà eu lieu pour en être quitte.

Ce n'est pas une journée ordinaire que ce premier jeudi après les vacances de Pâques. La rentrée, pour tout le monde, a eu lieu le lundi, pour Roger aussi en apparence, mais pour lui ce n'était pas la vraie rentrée, il s'est efforcé de passer inaperçu ; ces journées d'attente ne comptaient pas, il aurait voulu les vivre invisible jusqu'à ce matin de jeudi où, enfin, il est entré la tête haute au collège en s'efforçant en vain de contenir le frémissement orgueilleux de ses lèvres.

Des élèves ont feint de ne pas s'apercevoir de la transformation qui s'est opérée en lui, l'ont regardé à la dérobée, puis se sont plongés dans leurs cahiers, mais un Neef (Neef-le-paysan, bien sûr) ne s'y est pas trompé et, pendant toute la classe d'allemand, s'est efforcé de faire comprendre à Mamelin ses gestes et ses mimiques enthousiastes.

J.P.G. a tressailli aussi. Il n'a rien dû comprendre au miracle car ce n'est pas le costume seul qui a changé. Du jour au lendemain, Mamelin s'est transfiguré, est devenu semblable aux autres dans les moindres détails de sa toilette, ou plutôt il est un peu au-dessus des autres, d'une élégance plus appuyée, de sorte qu'il est impossible de ne pas le remarquer.

Pour la première fois, tout comme les élèves les plus âgés, il porte de longs pantalons. Son costume est beige, d'un beige délicat ; on le sent d'une laine anglaise souple et moelleuse. Ses chaussures jaunes sont éblouissantes, fines et pointues, avec des talons qui martèlent sèchement le pavé. Il porte une cravate en gros tricot de soie rouge et un mouchoir immaculé, à son chiffre, jaillit de sa poche. Ses cheveux, séparés par une raie, sont luisants de brillantine et on jurerait — sans d'ailleurs se tromper — qu'il a passé ses ongles au vernis rose.

Pourquoi, alors que le soleil lui-même sourit à un Mamelin transfiguré, J.P.G. a-t-il esquissé une moue où il a voulu mettre du dégoût ? Pour se venger de cette moue, Roger, pendant tout son cours, a fixé sur le professeur un regard provocant qui s'arrêtait avec insistance sur les manchettes en celluloïd, sur les bords effrangés des manches, sur les chaussures éculées.

Il attendait la riposte, il savait qu'elle viendrait, il aurait été déçu si, négligeant le prétexte d'une grammaire refermée quelques secondes avant le coup de cloche qu'on sentait dans l'air, J.P.G. n'avait enfin laissé jaillir sa rancune.

— *Monsieur Mamelin, vous me conjuguerez deux fois les verbes séparables et inséparables.*

Rien que la façon de prononcer le « monsieur », en articulant ce mot avec une lourde ironie, sentait la vengeance !

Le père Renchon, lui, sera sans mépris, car il aime Roger. Si l'un n'était pas un Jésuite de trente-deux ans et l'autre un élève de quinze ans et demi, ils seraient sans doute des amis. Oui, le père Renchon aurait pu être l'ami que Roger n'a jamais eu, qu'il n'aura sans doute jamais. Il arrive qu'en classe leurs regards se cherchent, restent un instant en suspens comme s'ils tentaient l'un et l'autre quelque impossible échange.

— Nous allons, si vous le voulez bien, continuer à étudier l'influence de Lamartine et celle de Victor Hugo sur le mouvement romantique.

Le père Renchon va se tourner vers lui, c'est fatal. Car les cours de littérature sont le plus souvent une sorte de controverse entre le professeur et Mamelin. Lamartine et Hugo ont déjà servi de prétexte à une discussion ardente, le père tenant pour l'élégance et la pureté du premier, Mamelin pour la puissance passionnée du second. Chacun, à la veille du cours, prépare ses arguments, fourbit les armes qu'il brandira.

Mais voilà que Roger attend avec crainte ce regard qui lui parvient enfin à travers la classe. Il a envie de se détourner, il ne peut pas, il lève la tête, il donnerait gros, il donnerait peut-être ses souliers jaunes, qu'il a eu tant de mal à obtenir, pour que ce qu'il redoute ne se produise pas.

Cela se produit, presque exactement comme il l'a prévu. D'abord, c'est un sourire amusé, c'est plutôt une gaieté furtive qui passe dans les prunelles claires du Jésuite à la vue du nouveau Mamelin. Celui-ci a-t-il vraiment trop plaqué ses cheveux sur son crâne, comme sa mère l'a prétendu ? Peut-on, de si loin, s'apercevoir qu'il a mis un soupçon de poudre de riz sur ses joues ? Une ombre succède au sourire, le père Renchon devient songeur, le voilà triste, non, plutôt découragé. C'est déjà passé. Personne, sauf Roger, ne s'en est aperçu, mais on dirait, quand il ouvre le livre posé devant lui, qu'il sait que sa voix, aujourd'hui, n'aura pas d'écho.

— Dites-nous donc, monsieur Chabot, ce que vous pensez de la bataille d'Hernani.

Ce n'est pas une injure, ce n'est pas une opinion, c'est pis que cela. Chabot-le-diplomate, comme Roger l'appelle, un grand garçon racé, au fin visage, à la courtoisie raffinée, est le seul élève de troisième que l'on puisse opposer à Mamelin en littérature. C'est d'ailleurs le sujet le plus brillant de la classe et il tient ce rôle avec une élégante discrétion ; timide, il semble s'excuser de ses succès qu'il accueille avec nonchalance.

Pourquoi, alors que c'était à Roger de parler de Victor Hugo, et surtout de la tumultueuse bataille d'Hernani, le père Renchon s'est-il adressé à son rival ? Chabot, qui ne s'y attendait pas, rougit, se tourne vers Mamelin comme pour s'excuser, cherche ses idées et ses mots.

Eh bien ! cela vaut mieux ainsi. D'ailleurs, Roger n'a rien préparé : au lieu d'employer ses vacances de Pâques à étudier les romantiques, il a dévoré toute la série des Rocambole. Il n'écoute pas ce que dit son camarade. Un sourire de défi aux lèvres, il pense à autre chose, ostensiblement, contemple par la fenêtre, ouverte pour la première fois de l'année, une femme qui repasse des langes d'enfant dans une chambre lointaine.

Cette femme du peuple lui rappelle la couturière qui faisait sa toilette rue Puits-en-Sock, en face de chez Gruyelle-Marquant, et sa tante Cécile aux pieds dans un baquet d'émail. Il lui monte à la tête comme des bouffées rances, honteuses, répugnantes, il se souvient d'un Mamelin en sabots de bois, à la tignasse hirsute, aux ongles noirs, qui fumait une pipe juteuse de vieux retraité et s'acheminait, les mains dans les poches, à travers les quartiers miteux, vers la crypte du Bouhay.

Ses traits se durcissent, ses lèvres deviennent plus minces, ses yeux se font minuscules, ne sont plus que des points brillants entre les paupières, comme ceux de son oncle Louis de Tongres, et ses doigts se crispent dans leur désir inconscient de broyer quelque chose.

Est-ce ainsi qu'ils ont passé leurs vacances de Pâques, ceux qui l'entourent ? Il ne s'occupe pas des quelques paysans, comme Neef, qui ne comptent pas, qui débarquent le matin de leur tram et repartent le soir sans avoir rien compris, rien cherché à comprendre d'un monde où personne ne s'est seulement aperçu de leur présence. Ceux-là, têtus, obstinés, pâles d'un effort trop grand pour leur cervelle fruste, vivent, sourds, aveugles et muets, dans une sorte de tunnel au bout duquel les attend le diplôme convoité.

Qu'importe qu'ils soient mal habillés, qu'ils sentent l'étable, que leur haleine empeste le saucisson qu'ils apportent, avec leurs tartines de gros pain, dans une toile cirée ? Souffrent-ils, à la récréation ou à la sortie, de ne faire partie d'aucun groupe ?

Mais les autres, tous ceux qui, comme Chabot, habitent de grandes maisons à cuisine-cave et à escalier intérieur de marbre, dans le quartier de Fragnée, avec des bonnes au tablier amidonné ? Est-ce que, la veille encore, ils devaient subir une scène ignoble avec une Élise déchaînée pour obtenir enfin les deux cents francs de ces souliers sans lesquels le costume n'aurait pas fait d'effet ?

C'est tous les jours, depuis qu'ils sont nés, qu'ils sont bien lavés, bien habillés, qu'ils mangent à leur faim malgré la guerre, et rien ne les oblige à aller, rue Surlet, échanger les romans écœurants d'une tante Cécile pour avoir accès ensuite, après Dieu sait quelles mortelles angoisses, au tiroir-caisse des Gruyelle-Marquant.

J.P.G. n'a jamais rien compris aux regards de Roger. Ou alors, il a peut-être compris, il y a lu une pitié dont il ne veut pas et sa fierté le fait se révolter contre elle.

Le père Renchon a compris et il est triste, déçu. C'est au tour de Roger d'avoir honte, de se hérisser contre cette honte, de se raidir et de protester rageusement.

Voilà. Aujourd'hui, il *leur* ressemble. Il est aussi bien habillé que Chabot, que Leclerc, que Neef-le-Château, que le gros Lourtie dont le père est le plus important brasseur de la ville et qui est si bête qu'à dix-neuf ans, déjà obèse, il est assis sur les bancs, trop petits pour lui, de troisième.

Tout à l'heure, au lieu de filer droit vers le quartier d'Outremeuse en rasant les maisons et en empruntant les ruelles, Roger s'arrêtera avec eux chez Mariette pour manger des glaces. Il y a trois ans qu'il en a envie, qu'il passe en détournant la tête devant la confiserie que la fraîche Mariette a ouverte à deux cents mètres du collège, une boutique si blanche, si luisante de propreté, si parfumée que l'eau vous en vient à la bouche, surtout quand on voit une bande de camarades franchir le seuil en se bousculant.

Que lui importent Hugo et Lamartine, Théophile Gautier et son gilet rouge ? Il n'y en a qu'un qui l'intéresse dans cette bataille d'Hernani, Dumas, pauvre et inconnu, gratte-papier dans un bureau où on l'a accueilli par charité, qui a fait la queue pendant de longues heures pour décrocher une place debout tout au fond du théâtre.

Est-ce que Dumas ne regardait pas la foule autour de lui du même œil que Roger regarde aujourd'hui ses camarades, et sa main, à son insu, ne se crispait-elle pas aussi sur une proie invisible ?

Qu'est-ce que le père Renchon attend de lui ? Pourquoi semble-t-il l'interroger en silence ? Espère-t-il qu'il va lever la main pour interrompre le récit monotone et trop châtié de Chabot ?

Que vient faire le père Van Bambeek dans la galerie ? Il s'est arrêté. A travers les vitres de la porte, il regarde dans la classe avec l'air d'attendre quelqu'un. Chabot, qui l'a enfin aperçu, se dirige vers le père Renchon, lui parle à voix basse et va rejoindre le préfet de discipline.

Mais il ne s'agit pas entre eux de discipline, car les choses ne se passeraient pas ainsi. C'est une rencontre entre hommes. Roger le sait, et cela aussi le met en fureur, car on ne lui parle jamais de la sorte, surtout le préfet.

Leur seule entrevue, qui a été brève, a laissé chez Mamelin un souvenir si cuisant que le rouge lui monte encore aux oreilles. C'était pendant la récréation, par une belle journée comme aujourd'hui. Roger courait. Une voix sèche l'a arrêté net dans son élan.

— Monsieur Mamelin.

Il s'est approché du père Van Bambeek en reprenant son souffle et en se demandant quelle faute il avait commise, et celui-ci, haut de deux mètres, bombant le torse comme un athlète de foire, est resté un bon moment sans le regarder, a paru enfin se souvenir de sa présence. Sa main s'est tendue, deux doigts ont saisi dans la poche de Roger la pipe dont le tuyau dépassait, l'en ont tirée à moitié, puis l'y ont remise.

Rien d'autre. Pas un mot. Un imperceptible haussement d'épaules, mais un air de mépris si total...

— Allez ! Je vous en prie.

Pas même une punition. Maintenant, avec Chabot, ils s'entretiennent du frère aîné de ce dernier, à qui les Jésuites ont fait passer la frontière pour rejoindre l'armée par la Hollande et l'Angleterre. Roger n'a pas de frère au front, ni, comme Neef-le-Château, de parents qui président des œuvres de bienfaisance. Il n'est rien. Il n'intéresse pas le père Van Bambeek qui lui abandonne dédaigneusement sa pipe.

— Vous n'avez rien à dire sur le sujet, monsieur Mamelin ?

— Non, père.

— Je pense qu'il est superflu de demander à M. Stievens ce qu'il pense de la question ?

C'est au tour de Roger de manifester son ironie et celle-ci atteint son but, amène du rose aux joues du professeur, car il est par trop facile de faire rire une classe par de tels procédés, de s'en prendre à l'élève le plus borné, qui, d'ailleurs, a depuis longtemps conscience du rôle d'amuseur qu'on lui fait jouer et qui, complaisamment, se montre plus bête que nature.

En voilà un avec qui Roger pourrait sortir cet après-midi. Car c'est à cela qu'il pense depuis le matin, depuis plusieurs jours, exactement depuis qu'il possède son nouveau complet. C'est un costume de son cousin Jacques Schroefs. Celui-ci, comme le frère de Chabot, a franchi la frontière, à travers les barbelés et les fils électriques, dès qu'il a atteint ses dix-huit ans, afin d'aller s'engager dans l'armée.

— Tu vois, Roger, que tu as toujours de mauvaises pensées et que tu te fais une idée fausse des gens. Tu as eu tort de prétendre que Hubert Schroefs n'a pas de cœur. Il a dit oui tout de suite quand ma sœur Marthe a proposé de te donner deux costumes de son fils.

C'est en vain que sa mère a essayé de lui arracher un mot de reconnaissance.

— S'il compte que je vais lui faire des bassesses, il se trompe.

— Il ne s'agit pas de bassesses, Roger. Il me semble que tu peux tout au moins aller le remercier. Des costumes à peu près neufs, qui ont été faits sur mesure chez Roskam.

— Pas sur mes mesures à moi, en tout cas !

Il y a eu une scène. Élise a pleuré, de fil en aiguille elle a rappelé à son fils tous ses chagrins passés, y compris la sempiternelle histoire de sa première communion, quand il avait sept ans et qu'il s'est obstiné à ne pas demander pardon à sa mère.

Rien n'est plus affreux que ces scènes-là, dans l'étroite cuisine surchauffée où ils ont l'air de s'entrechoquer, le sang à la tête, les yeux brillants. Le plus souvent, Roger parvient pendant un certain temps à se contenir, il se jure de rester calme, mais bientôt ils sont tous les deux comme des fous, ils deviennent vraiment fous, ils auraient honte d'eux s'ils pouvaient se voir ainsi déchaînés, incapables du moindre contrôle, et après, les nerfs endoloris, la tête vide, ils cherchent en vain à oublier les choses qu'ils ont dites, les paroles démesurées qu'ils ont prononcées.

Roger sait que sa mère déteste Schroefs presque autant que lui. Il n'ignore pas non plus par quel miracle elle a décroché enfin ces fameux complets dont on parle depuis longtemps sans espoir, Schroefs restant sourd à toutes les allusions de sa belle-sœur. N'est-ce pas Élise qui disait encore quelques jours plus tôt :

— Cet homme-là laisserait crever un chien de faim devant sa porte, et peut-être que, si c'était un pauvre au lieu d'un chien, il le regarderait froidement mourir.

Il a fallu que frère Médard fasse appeler Élise rue de la Loi, on s'est d'abord demandé pourquoi.

— Mon Dieu, Désiré, pourvu qu'ils n'aient pas encore une fois des ennuis avec les Allemands !

Car tous les frères de l'institut Saint-André ont été arrêtés un beau jour par les Allemands et enfermés dans la forteresse de la Chartreuse où on fusille les espions. On chuchotait que frère Médard et frère Maxime étaient au secret, chacun dans un cachot sans fenêtre. On guettait sur les murs les affiches rouges qui annoncent les exécutions.

Sans rien dire à Désiré, qui ne l'aurait sans doute pas laissée faire, Élise est allée à la Chartreuse, toute seule, emportant un gros paquet de provisions. Qui sait ce qu'elle a raconté, dans son mauvais allemand, aux sentinelles qui ont fini par la laisser passer ? Pendant un mois, elle a récolté rue de la Loi et dans leur ancien quartier des douceurs qu'elle portait ensuite aux prisonniers.

Eh bien ! c'est indirectement l'origine des deux costumes. Les frères ont été relâchés. Quand frère Médard a fait appeler Élise, c'était pour lui remettre une lettre de Jacques Schroefs. Les Allemands ne s'étaient donc pas trompés, comme tout le monde l'a prétendu, et le frère à la jambe de bois est bel et bien un personnage important dans le trafic des lettres à travers la frontière.

— Figure-toi, Désiré, qu'il y avait une lettre de Jacques. Une lettre de quatre pages ! Et son père qui, depuis trois mois qu'il est sans nouvelles, ne desserrait plus les dents ! J'ai couru comme une folle. Je ne sais pas comment je ne me suis pas fait écraser par un tram. Déjà dans le magasin, je criais : Hubert ! Hubert ! Et lui, debout sur le seuil de son bureau, me regardait d'un œil glacé. J'en avais perdu les jambes et la voix, de joie.

» — Hubert ! C'est... C'est de Jacques !

Elle se remettait à pleurer en le racontant.

— Il est devenu si blanc que j'ai cru qu'il allait s'évanouir. Il n'osait pas la lire. Il est monté, il s'est assis dans son fauteuil, sans un mot. Le papier tremblait dans sa main, il ne trouvait pas ses lunettes. Il y avait des larmes dans ses yeux, les seules larmes que je lui aie jamais vues. Sa femme et sa fille pourraient mourir sans qu'il bronche.

» — Lis tout haut, suppliait ma sœur, qui était heureusement dans un de ses bons jours.

» Ce n'est pas une fois, mais dix fois, qu'il a relu la lettre. Il est allé chercher son ami Magis. Comme par hasard, M. Van Camp est arrivé à l'improviste. Hubert a fait monter une vieille bouteille. Il ne pensait plus à moi. C'est Marthe qui a fini par me demander :

» — Et Roger, ma fille ?

» — Il va bien. Merci. Il est toujours au collège. Il grandit si vite que je ne sais plus comment l'habiller...

Élise a dû ajouter :

— Avec ce que gagne Désiré !

Telle est l'origine des deux complets. Elle est même encore plus compliquée. Jacques, dans sa lettre, parle du fils de Louisa de Coronmeuse, Évariste, qui est au front aussi, déjà officier, car il était étudiant avant la guerre.

« *J'étais mal ficelé dans mon uniforme d'ordonnance et, quand je me suis précipité vers lui pour l'embrasser, j'ai tout de suite compris que cela ne lui faisait pas plaisir. Il m'a laissé entendre qu'entre officier et soldat, fussent-ils cousins, les rapports doivent rester dignes. C'est le mot dont il s'est servi. Il a été très digne et même glacial. Je me suis retiré déçu, le cœur gros, car je n'ai pas un ami dans ma compagnie où je suis le seul intellectuel, ce qui me fait mal voir.* »

Alors, devant M. Magis et M. Van Camp, Marthe a proposé de donner à sa sœur, pour Roger, les costumes presque neufs « qui seront quand même trop petits au retour de Jacques ». Schroefs n'a pas osé refuser. Il a profité de l'occasion pour faire un beau geste.

— Jamais, tu entends, je n'irai lui dire merci. Je le hais. C'est un personnage répugnant.

— Tais-toi, Roger. Aie au moins le respect de ta famille.

— Elle est jolie, ma famille ! Oui, tu peux t'en vanter...

Et le ton monte, tous deux s'échauffent, sa mère pleurniche, il lui en veut de ses larmes qu'il appelle des larmes de crocodile.

— Sais-tu ce qu'il a dit derrière ton dos, Hubert Schroefs ? Que tu es une mendiante !

— Roger !

— Ce n'est d'ailleurs pas la première fois. Félicie t'avait dit la même chose avant lui.

— Je te défends de parler de Félicie.

— Puisque c'est la vérité. Oui, tu es une mendiante. Tu as ça dans le sang. Alors même que tu n'as besoin de rien, tu as l'air de demander quelque chose. Il faut que tu parles du strict nécessaire à tante Louisa de préférence, parce que tu sais que tout ce qui humilie père la fait jubiler...

— Tu n'as pas honte, Roger, de dire des choses pareilles après tout ce que j'ai fait pour toi ?

— Tu vas encore me rappeler ta descente de matrice, n'est-ce pas ? Est-ce ma faute, à moi, si tu souffres des organes, comme tu dis si élégamment ? Est-ce que j'ai demandé à venir au monde ? Il aurait peut-être mieux valu que je ne naisse pas, pour la vie qui m'attend...

— Roger... Si tu ne te tais pas, je...

Pourquoi donc est-il incapable de se taire ?

— Tu crois peut-être que je suis fier de la vie que nous menons ?

Elle se prend les cheveux à pleines mains, son visage se crispe, c'est la crise.

— Roger, pour l'amour de Dieu, tais-toi, tais-toi, tais-toi !

Elle hurle, elle le secoue de toutes ses forces décuplées, il a peur, il est collé au mur, elle voudrait le griffer et il esquisse un geste comme pour riposter. Enfin, elle se jette par terre de tout son long, sur le carrelage de la cuisine, elle pleure, il se met à pleurer aussi, la supplie de se relever, s'agenouille pour lui demander pardon, affolé par ce visage qui n'est plus un visage de mère mais de pauvre fille qui souffre et qui paraît si jeune et si vieux tout ensemble.

— Pardon ! Relève-toi vite ! Relève-toi, je te le demande à genoux. Pense que Mlle Rinquet pourrait entrer...

— Cela m'est égal. Je lui dirai tout ce que tu m'as fait souffrir. Oui, j'ai besoin de me soulager le cœur, puisque ton père te laisse faire tout ce que tu veux. Je n'en peux plus. Je voudrais être morte.

— Mère, je te défends...

On se demande, à ces moments-là, si on a toute sa raison, et on est étonné de voir par la fenêtre, comme dans un autre univers, des gens qui passent sur les trottoirs, des chevaux, des charrettes, la vie qui continue.

Et pourtant c'est après avoir touché au plus profond de l'odieux qu'il a trouvé le moyen, alors qu'endoloris tous les deux ils reniflaient leurs dernières larmes, de lui arracher les deux cents francs des souliers. Il préfère ne plus penser à la façon dont il s'y est pris. Il lui a fallu se représenter comme la victime des railleries de ses camarades et de ses professeurs.

— Tu comprends, mère, tu as cru bien faire, mais le tort que tu as eu, ç'a été de me mettre au collège. D'ailleurs, je sens bien que je ne dois pas y rester. Je travaillerai. J'entrerai dans un atelier comme apprenti.

Est-ce qu'ils se doutent de ça, tous ces beaux messieurs ; et le père Renchon, si malin, soupçonne-t-il seulement le quart de la vérité ? Les deux cents francs qu'il a obtenus par de tels moyens ? Eh bien ! ils ne suffisaient pas. Il y avait encore une tricherie, car il triche autant que sa mère. Les souliers, qu'il a vus en vitrine rue de la Cathédrale, coûtent exactement deux cent quatre-vingts francs, mais il a compris qu'un tel chiffre effrayerait Élise. L'appoint a été fourni par le tiroir-caisse des Gruyelle-Marquant.

Pour cet après-midi, un Stievens ne lui suffit pas, dont la mère et la sœur vont avec les Allemands et trafiquent d'on ne sait quoi. Un effort comme celui qu'il a accompli mérite mieux que cela et, quand Chabot rentre dans la classe, se glisse discrètement entre les bancs comme sans s'apercevoir de la curiosité qu'il provoque, Roger prend une décision.

La récréation est à peine commencée, les groupes se sont à peine formés au pied de l'escalier de fer, qu'évitant le père Renchon avec qui il s'entretient d'habitude, Mamelin s'approche de son condisciple. Le grand Chabot marche à pas lents en compagnie de Leclerc. Il évite de manifester sa surprise en voyant Roger qui s'approche.

— Je voudrais te demander quelque chose. Qu'est-ce que tu fais cet après-midi ?

— Mais... Je ne sais pas encore...

Ils ont eu, Leclerc et lui, le temps d'échanger un coup d'œil.

— Dans ce cas, je t'invite à venir voir la revue avec moi à la « Renaissance ». J'aurai des loges. Si Leclerc veut t'accompagner, je l'invite aussi, bien entendu.

— C'est que, justement, les jeudis après-midi, nous allons à Cointe jouer au tennis... N'est-ce pas, Leclerc ?

— Bien sûr. Tu dois venir chercher ma sœur à deux heures. Tu le lui as promis.

— Bien. Fort bien. Tant pis !

Du moment que Chabot a refusé, les autres refuseront, car tout le groupe de Fragnée se serre autour de lui. Pourquoi, s'il savait qu'il irait au tennis, avoir prétendu tout d'abord qu'il ignorait l'emploi de son temps ? Par crainte de voir Mamelin s'inviter, simplement. Ils tiennent à rester entre eux. Camarades dans la cour du collège, soit. Mais, une fois la porte franchie, on se retrouve entre gens d'un même milieu.

Se rabattra-t-il sur Stievens, qui a de l'argent aussi et qui est peut-être le plus richement habillé de tous ? Stievens est presque aussi isolé que lui. Il est même indésirable. Au Carré, on se montre en se poussant du coude sa mère et sa sœur qui ont l'air de deux cocottes.

Le père Renchon est debout, tout seul devant le mur ensoleillé. Qui sait s'il n'a pas deviné ce qui vient de se passer ? C'est pour ne pas gêner Roger qu'il feint de s'intéresser à une partie de barres quand celui-ci se tourne vers lui sans le vouloir.

Il ira seul au théâtre. Il y est déjà allé dimanche, mais il s'est contenté d'un fauteuil, car il n'avait pas encore son costume, que Cortleven a dû ajuster à sa taille. Il a repéré la loge où il s'installerait, la première, presque sur la scène. Il tiendra le bras négligemment posé sur le rebord de velours cramoisi, la main pendante, et il applaudira un des premiers à chaque couplet, avec une pointe de condescendance nonchalante, des regards complices aux acteurs.

— Dis-moi, Mamelin...

Verger, qui a couru pour le joindre, reprend son souffle. C'est un garçon maigre, au visage osseux et blafard, qui paraît plus vieux que son âge et qui a la réputation d'être vicieux. Ce n'est pas tout à fait un riche, mais ce n'est pas non plus un pauvre, ni un fils d'employé. Son père est un important entrepreneur de peinture en bâtiment.

— C'est vrai que tu as une loge pour la « Renaissance » et que tu cherches quelqu'un pour t'accompagner ?

— Qui te l'a dit ?

— Leclerc. Il vient de me dire que, si je voulais aller au théâtre cet après-midi, tu avais des places dont tu ne savais que faire. Tu m'emmènes ?

On dirait que chaque mot est choisi avec soin pour le blesser. Un goût d'amertume aux lèvres, Roger reste immobile, silencieux, il observe le grouillement de la cour à travers ses cils mi-clos, il sent que quelque part Chabot et Leclerc sont à l'épier, peut-être le père Renchon l'observe-t-il de son côté, il a besoin d'un grand effort pour garder son visage impassible, puis pour prononcer d'une voix naturelle :

— Si tu veux.

Qui sait qui on lui enverrait s'il avait le malheur de refuser à Verger ?

— C'est à quelle heure ?

— Deux heures.

— Tu as déjà les places ?

Il dit oui, mais ce n'est pas vrai. Peu importe. Il les prendra au guichet. Peut-être a-t-on cru qu'il disposait par hasard de places gratuites ? Pour un peu, on arrêterait les élèves au hasard.

— Tu ne veux pas aller au théâtre ? Si oui, va donc trouver Mamelin.

Il est écœuré, de lui et des autres, il voudrait être dans sa chambre pour pleurer. Parce qu'il ne peut pas le faire, il se raidit à l'extrême, son visage devient pointu comme celui d'Élise à certains moments, son sourire agressif. Il n'a rien à dire à Verger, qui n'est pas un camarade.

Une fois, une seule, voilà plus d'un an, ils sont allés ensemble, un jeudi après-midi, chez Lafont, un garçon qui a déjà dix-sept ans et dont le père tient un grand magasin de chaussures. Lafont les a reçus dans sa chambre. Le teint animé, les yeux brillants, il leur a tout de suite montré des photographies obscènes qu'il commentait avec les mots les plus crus. Il a fait monter du vin par la bonne. On entendait la mère et les sœurs aller et venir dans l'appartement, derrière les murs, la sonnerie du magasin résonnait de cinq en cinq minutes.

Pourquoi, alors que Lafont le frôlait en passant derrière lui, s'est-il mis sur la défensive comme s'il avait flairé un piège ? Il revoit les deux visages de ses condisciples, Lafont maladif et excité, aux yeux luisants qui provoquaient sa répugnance, Verger pâle et comme en proie à une idée fixe.

Soudain, Lafont s'est livré à des exhibitions ; Roger avait beau se détourner, il le trouvait toujours, obstiné, devant lui.

Quelle excuse a-t-il inventée pour s'en aller ? Il se souvient seulement qu'il est parti avec l'impression très nette qu'après son départ les deux autres allaient continuer leurs jeux ignobles.

— Tu as déjà vu la revue ?

— Oui.

— C'est bien ? Il y a des poules ?

— Tu verras.

— Où se retrouve-t-on ?

— Devant le théâtre, à deux heures.

Heureusement que la cloche sonne, car il ne trouverait plus rien à dire. Il a des remords en apercevant le pauvre Neef qui prend place dans le rang en traînant ses semelles cloutées, après avoir passé la récréation à rôder autour de lui. L'imbécile doit se figurer que maintenant que Mamelin est habillé comme les autres, il ne daignera plus lui adresser la parole.

C'est encore un cours du père Renchon, un cours de géographie. Cela n'a pas d'importance. Roger regarde par la fenêtre ouverte et son regard perdu dans le chaos lointain des toits devient toujours plus dur. Ce matin-là, son père n'a rien dit quand il l'a vu habillé de neuf des pieds à la tête. La veille, quand Roger a montré sa cravate de soie rouge qu'il venait d'acheter, Désiré l'a tâtée un instant.

— C'est un solde, tu comprends ? Sinon, je ne l'aurais pas eue pour six francs. Il paraît qu'il y a un défaut, mais cela ne se voit pas.

Élise l'a cru, elle qui est toujours à l'affût des soldes et des occasions. Elle a même demandé :

— Il y en a pas une plus sombre pour ton père ?

La cravate, dans la chemiserie la plus élégante de la rue du Pont-d'Ile, a coûté quarante-cinq francs. En huit jours, tant en francs qu'en marks, en petits et en gros billets, Roger a pris deux cents francs environ dans le tiroir de la rue Puits-en-Sock.

Dimanche matin, il a failli être pincé. Le magasin était désert. Roger revenait du tiroir en enfonçant rapidement sa main dans sa poche quand il a eu la sensation d'une présence. En levant la tête, il a vu son grand-père debout à la porte de la cuisine. Un dixième, un centième de seconde peut-être, il a cru que tout était perdu et il était sur le point de se jeter à genoux quand il s'est souvenu des bouchées au chocolat. Il a passé la main gauche par-dessus le treillage et, Dieu sait comment, il a pu articuler avec un petit rire nerveux :

— Je crois que je peux bien m'en offrir une pour mon dimanche, n'est-ce pas, grand-père ?

Le vieux Mamelin a-t-il été dupe ? A-t-il vu le premier geste ? A-t-il soupçonné la vérité ? Il n'a rien dit. Il s'est penché pour tracer la croix rituelle sur le front de son petit-fils et il est monté lentement chez Cécile.

Depuis qu'il a cédé son affaire à Marcel moyennant la nourriture, l'entretien et cinq francs d'argent de poche par semaine, il s'efface de plus en plus, évite la cuisine où tout le monde se retrouve, vit du matin au soir parmi les têtes de bois de l'arrière-magasin. Quand il sort, c'est pour aller prendre l'air avec son ami Kreutz.

Roger s'est promis de ne plus recommencer et, cette fois, il en a le ferme propos. Il a eu trop peur. La peur est la sensation la plus atroce et la plus dégradante qui soit. Il lui reste un peu plus de cent francs. Il ira à la « Renaissance » avec Verger. Il achètera des cigarettes de luxe dont il avait déjà envie quand il était encore au collège Saint-Louis et qu'on ne vend que dans un magasin de la rue de la Régence, de fines cigarettes de dame qu'on aperçoit, avec leur bout doré, à travers l'étui de cellophane rouge.

Si Chabot l'avait accompagné, ou un autre du groupe de Fragnée, s'était promis, comme si c'était le geste le plus naturel du monde, d'envoyer l'ouvreuse acheter des fleurs et de les jeter, après le deuxième acte qui se termine par un ballet, à une petite danseuse du second rang qui a un visage touchant de gamine mal portante.

Le fera-t-il pour Verger ? Peut-être. Pas tant pour Verger que parce que celui-ci ne manquera pas de le raconter aux autres.

Il s'est trop promis de cet après-midi-là. Maintenant, il a hâte d'y être, il s'impatiente, indifférent à ce qui l'entoure. La cloche sonne enfin, il continue d'éviter le père Renchon, bien qu'il passe rarement un jour sans échanger quelques mots avec lui. Dans la cour, il attend Neef, le seul qui aille de son côté, Neef-le-paysan qui n'en revient pas des souliers jaunes de son camarade.

— Où as-tu pu trouver des chaussures pareilles ?

— Rue de la Cathédrale.

— Elles ont dû te coûter cher.

— Deux cent quatre-vingts francs.

— Ton costume est d'un chic ! Qui te l'a fait ?

— Chez Roskam... Entrons donc chez Mariette manger des glaces... Mais si !... Puisque je t'invite...

Chabot et Leclerc passent à vélo sans s'arrêter. On dirait un fait exprès, il n'y a pas un seul élève de troisième chez Mariette ce jour-là. Le père de Neef doit avoir des sous, mais il n'en donne pas à son fils. Le grand jeune homme en mue est là, mal à l'aise, à supputer le prix des glaces qu'il lèche d'une langue respectueuse tandis que Roger joue à la désinvolture, dit « Mariette » comme un vieil habitué et goûte des bonbons qu'il prend par-ci par-là dans les coupes.

— Qu'est-ce que je vous dois, Mariette ? Le praliné était fameux.

Il tire tous les billets à la fois de sa poche, semble en piquer un au petit bonheur, ramasse sa monnaie avec indifférence.

— A demain, Mariette.

En sortant, il cherche son image dans un miroir, s'efforce de se sourire à lui-même.

— Tu es sûr qu'elle t'a rendu ton compte ? Tu n'as pas regardé. Je ne sais pas comment je te rendrai ça, mais, si tu acceptais de venir un dimanche à Beaufays, mes sœurs seraient bien contentes. Je leur parle si souvent de toi qu'elles te connaissent et me demandent toujours quand tu viendras.

Ses sœurs doivent lui ressembler. Elles sont toutes les trois plus âgées que lui, ce sont de vieilles filles, il y en a une, l'aînée, Laurence, qui louche un peu. Tout cela, Neef le lui a déjà dit, et aussi que, depuis la mort de sa mère, son père s'est mis à boire.

Roger le fait exprès de passer par la rue de la Cathédrale pour apercevoir, au coin de la rue Lulay, les affiches du théâtre de la « Renaissance ».

— Tiens ! J'y vais justement cet après-midi.

— On dit que c'est amusant.

— Je sais. J'y suis déjà allé.

— Et tu y retournes ?

Allons ! Il le faut. C'est plus fort que lui. Il a beau se rendre compte qu'il est ridicule, il parle de la petite danseuse, qu'il n'a vue que de loin, comme si elle n'avait plus rien à lui refuser, fait allusion aux fleurs du deuxième acte et à la loge qui est presque sur la scène.

Pendant qu'il parle ainsi d'abondance, devant un Neef ébloui qui l'envie, il ne cesse pas un seul instant de se sentir affreusement triste.

6

Cela a dû commencer entre trois et quatre heures, vers le moment où l'averse est tombée si dru qu'on a entendu toute circulation s'arrêter dans les rues et qu'il a fallu allumer le gaz. Roger garde un souvenir très net, sans aucune déformation, de ce qui a précédé la pluie. Il y avait du soleil, mais ses rayons trop aigus, d'un jaune épais, rougeâtre, ne présageaient rien de bon, on sentait une menace dans l'air où parfois un gros nuage rapide interceptait la lumière pendant quelques secondes, promenant sur la ville une grande ombre mouvante.

Il revoit dans ses détails les plus mesquins la chambre de son cousin Gaston, au second étage d'une maison de la rue Gérardrie. Il est assis devant la table dont on a retiré le tapis, l'armoire à glace lui renvoie son image, sans veston, manches de chemise retroussées, les cheveux déjà dépeignés. Son regard est un peu fixe, ses mouvements brusques et saccadés, mais on ne peut pas dire qu'il soit ivre.

Il n'a jamais été ivre de sa vie. Les seuls souvenirs qui peuvent vaguement ressembler à des souvenirs d'ivresse sont ceux du nouvel an quand, chez son grand-père, il avait droit, comme les hommes, à une petite goutte de Kempenaar. Au début de l'après-midi, on se dépêchait de gagner Coronmeuse où, dans le salon de tante Louisa, près du piano ouvert, on buvait du vin doux de Touraine en mangeant des biscuits en forme de demi-lune. Quelquefois, il fallait encore s'arrêter en chemin, chez une parente éloignée. Cela dépendait si l'on parvenait à passer sans être vus. Il faisait déjà noir. On buvait en vitesse, debout, on courait jusqu'à l'arrêt du tram, la lumière de celui-ci, qui voguait dans l'obscurité de la ville, paraissait à Roger plus sirupeuse et, dans le salon des Schroefs, il restait encore à déguster du vin chambré dont il revoyait, tremblant au centre du verre, le rubis scintillant.

En regagnant Outremeuse, il était lourd de bien-être. Il ne soupait presque pas et sombrait bientôt dans la mollesse sans fond de son lit.

Il en est tout autrement cette fois-ci. Il a commencé par être pâle, tendu, agressif, et, mettant une assurance exagérée de jongleur de music-hall dans ses gestes, il a cassé d'abord un verre, après quoi il a éprouvé le besoin d'en piétiner les morceaux sur le plancher.

— Passe-moi la Chartreuse, Gaston, que je goûte la différence avec la Bénédictine.

Il y a de l'extravagance dans l'air, il s'en rend compte et cela l'excite. Ils sont là, Gaston Van de Waele et lui, dans une chambre meublée de la rue Gérardrie, une chambre à peu près pareille à celles de la rue de la Loi, en moins propre, en miteux. Sur la table sont rangés les récipients de verre aux formes étranges qu'ils sont allés acheter tout à l'heure ; par terre se trouve une bonbonne entourée d'osier.

L'air est saturé d'alcool et ils n'osent pas ouvrir la fenêtre, par crainte que les gens d'en face ne voient ce qu'ils font. La porte est fermée à clef, le verrou tiré, ils tressaillent quand ils entendent des pas dans l'escalier, mais les visiteurs frappent invariablement chez la cartomancienne qui habite de l'autre côté du palier.

Ils goûtent tour à tour, dans le même verre, à un breuvage verdâtre, claquent la langue, se regardent sans rire.

— Il y a une différence ?

— Sûrement. Ceci a un parfum de dentifrice que l'autre n'a pas mais on retrouve toujours l'arrière-goût.

— Si on ajoutait quelques gouttes d'essence ?

Jusqu'ici, Roger garde conscience, et même une conscience très nette, de l'endroit où il se trouve. La rue Gérardrie est une drôle de rue qu'il connaissait mal. En plein centre, à deux pas de la rue Léopold où il est né, elle n'attire que les gens de la campagne, surtout par ses restaurants sans nappe où on peut apporter son manger et où d'épaisses servantes servent des œufs au lard et des tartes grandes comme des roues de charrette. Les magasins vendent du matériel pour la ferme et la basse-cour, on voit aux vitrines des œufs de plâtre, des paquets d'aliments en poudre pour les cochons, des paniers de forme bizarre dont les habitants des villes ignorent l'usage.

C'est ici, tout naturellement, que ce Flamand de Gaston Van de Waele, en arrivant de Neeroeteren, s'est installé. Il a beau avoir de l'argent et des prétentions à l'élégance, s'acheter les costumes les plus chers et ne porter que des souliers vernis, il n'y a qu'ici qu'il se sente à son aise.

Contrairement à Roger qui pâlit, il devient de plus en plus rouge et de plus en plus luisant à mesure que l'après-midi s'avance. Il en est répugnant. Il n'a que dix-huit ans, mais il en paraît davantage, c'est déjà un homme, une sorte de taureau tellement débordant de sève qu'il sue par tous les pores. Sa peau colorée est tendue sur une chair qui se gonfle, ses lèvres épaisses sont comme une viande frais tranchée, il a un gros nez informe aux narines dilatées, des yeux qui lui sortent de la tête sous un front bas où les cheveux rejoignent presque les sourcils.

Une bête que tourmentent de gros instincts. Et quand, revêtu de son complet bleu marine, un col trop blanc autour du cou, il enfile par surcroît des gants de peau, toute cette carapace civilisée semble devoir craquer sous la poussée des muscles.

C'est lui qui habite avec sa mère et ses frères et sœurs la propriété de Neeroeteren où ont vécu les parents d'Élise et dont Léopold a peint une reproduction à l'huile. Son père a été déporté en Allemagne parce qu'au début de la guerre il faisait le passeur, car il n'y avait que le canal à franchir, en face de la maison, pour se trouver en territoire hollandais.

Est-ce que déjà tout commence à s'embrouiller ? Un coup de tonnerre éclate, un seul. Il n'y en aura pas d'autres. C'est plutôt un signal et la grêle se met à tomber, les grêlons rebondissent sur l'appui de fenêtre, le ciel, d'un seul coup, devient si sombre que, dans toutes les maisons, on se précipite pour allumer le gaz. La preuve que Roger a encore tous ses esprits, c'est qu'il dit :

— Baisse le store, Gaston. Avec la lumière, on peut nous voir d'en face.

Dès ce moment, pourtant, il perd la notion de l'heure, commence à s'embrouiller dans l'enchaînement des événements. Il évolue dans un monde de plus en plus incohérent et il lui arrive, en se voyant soudain dans la glace devant un chaos de verres et d'éprouvettes, d'éclater d'un rire forcené.

— Dis donc, tu crois que le type voudra goûter de toutes les bouteilles ?

Son cousin Gaston a rapporté de Neeroeteren, en plusieurs voyages, par le tram vicinal, cent cinquante litres d'alcool qu'ils ont fait là-bas en distillant des pommes de terre avariées et du blé charançonné. Il a eu l'idée, au lieu de le vendre à assez bas prix comme alcool industriel, de le transformer en cognac et en liqueurs.

Ils sont entrés ensemble dans une boutique de la rue de la Casquette où un Arménien vend des essences qui permettent, affirme-t-il, de fabriquer chez soi, sans appareils spéciaux, du cognac ou du rhum, de la Bénédictine, de la Chartreuse, des amers et du curaçao.

Heureusement que Roger est là, car Gaston serait incapable de s'y retrouver dans la notice qu'on leur a remise en même temps que les flacons minuscules, et maintenant ils fabriquent à tour de bras, ils veulent essayer toutes les essences, s'agitent parmi les vapeurs d'alcool dont ils sont saturés, dégustant à tout bout de champ, retrouvant dans toutes leurs compositions le même arrière-goût d'alcool rectifié.

Qu'est-ce que cela peut faire ? Roger a déjà déniché un acheteur car Gaston, qui se montre plein d'assurance en d'autres occasions, n'ose pas se présenter chez les gens. Il est resté dans la rue. C'est Roger qui est entré dans une dizaine de petits cafés.

— Pardon, monsieur. Vous ne voudriez pas m'acheter du cognac, du rhum, des liqueurs ?

Depuis l'occupation par les Allemands, l'alcool est sévèrement défendu et on ne le sert qu'aux clients sûrs, dans l'arrière-boutique, au fond d'une tasse à Bovril.

— A quel prix ?

Il n'a qu'un défaut. Par crainte de rater l'affaire, ou d'être pris pour un profiteur, il cite toujours un prix trop bas qu'il regrette aussitôt.

— Cinquante francs la bouteille.

La plupart se sont méfiés de ce gamin trop bien habillé et trop poli. D'autres ont discuté, ont demandé à réfléchir. Ce soir, les deux cousins peuvent livrer dix bouteilles dans un caboulot, près du pont des Arches, sous des arcades, juste à côté du magasin où, quand Roger était petit, il venait chaque semaine avec sa mère acheter du beurre.

Qu'est-ce que Gaston aurait pu faire sans lui ? Pourquoi ne lui donne-t-il que le tiers, au lieu de la moitié des bénéfices ?

Il y pense. Il pense beaucoup, à plusieurs sujets qui se brouillent, il garde seulement la notion de l'endroit étrange où il se trouve, comme suspendu au-dessus de la ville dont on entend monter les bruits. Derrière le store baissé, il sent une vaste étendue grouillante et sombre, des tas de petits cafés, des boutiques, des gens qui marchent vite et d'autres qui s'abritent sur les seuils, les épaules basses, avec des mines de chiens mouillés.

— Tu n'es pas malade, Roger ?

— Non.

— Tu es tout pâle. Tu ferais peut-être mieux de vomir.

— Je n'ai pas envie de vomir.

Ce qu'il sait, c'est qu'il déteste Gaston. Il déteste aussi Verger, et le père Van Bambeek. Ce sont des lâches. Verger est un lâche. Roger revoit son visage blême, son front barré d'un pli profond, dans la loge de la « Renaissance ». Il n'a pas ri une seule fois. Il ne rit jamais. Seules ses lèvres s'étirent comme du caoutchouc. Dire que pendant tout le spectacle, et pendant les entractes au cours desquels ils allaient boire un verre à la brasserie, il roulait la même pensée dans sa grosse tête ! Il a bien fallu que ça sorte, après, quand ils se sont retrouvés dans l'obscurité du Carré.

— Je croyais qu'on t'avait donné des places.

— Eh bien ?

— J'ai vu les billets. Tu les as pris au guichet.

— Qu'est-ce que cela peut te faire ?

— Comment fais-tu pour avoir de l'argent ?

— Est-ce que cela te regarde ?

— Moi, je pourrais en avoir aussi.

— Qu'est-ce que tu attends ?

— Je sais où on trouve presque pour rien de vieux bacs d'accumulateurs. Je sais aussi comment me procurer des plaques de plomb et des acides.

Roger a laissé tomber :

— Chez ton père !

— Peu importe. Les accus, à présent, valent très cher, jusqu'à cent quatre-vingts francs. On m'a dit qu'il y a quelqu'un, rue de la Madeleine, qui les rachète à ce prix-là.

— Pourquoi n'y vas-tu pas ?

— Je n'ose pas. J'ai peur qu'on me reconnaisse. Si tu voulais, on pourrait s'arranger tous les deux.

— Comment ?

— On les porterait ensemble et c'est toi qui entrerais.

— Pendant que tu attendrais dans la rue !

— Je te donnerais vingt-cinq pour cent. J'ai de quoi faire au moins une dizaine de batteries. A quarante-cinq francs pièce, cela te procurerait quatre cent cinquante francs.

Il y a trois semaines de cela et ils ont vendu les dix batteries. Ils en portaient deux à la fois, car c'est lourd. Verger restait dans la rue, transi de peur, à lancer des regards anxieux vers la maison de M. Gugenheim.

Roger n'a pas eu peur, pas même la première fois. Par contre maintenant, peut-être à cause de l'alcool qu'il a bu, cela lui fait l'effet d'un cauchemar et il en veut terriblement à Verger, il ne sortira plus avec lui, d'ailleurs il n'a plus rien à vendre et Roger ne s'amuse pas en sa compagnie, il a toujours l'air d'être harcelé par des pensées honteuses, il s'effraie, croit qu'on le suit dans la rue.

— Regarde derrière toi.

— Eh bien ?

— Tu ne trouves pas que ce type-là ressemble à un policier en civil ? Tu as déjà dépensé tout ton argent ?

— Et toi ?

— Je le garde pour m'acheter une moto au moment des vacances. Je la cacherai quelque part en ville. On ne le saura pas chez moi.

— Et si tes parents te rencontrent ?

— Je leur dirai que c'est un camarade qui me l'a prêtée.

Verger est avare. Avant d'entrer dans un café, il suppute combien cela lui coûtera, fait des comptes, hésitant, tiraillé par des envies contraires.

— Paie pour les deux. Je te rembourserai après.

C'est un sale type, voilà ! Gaston Van de Waele dépense sans compter, à plein portefeuille, avec une sorte de frénésie, mais c'est un sale type à sa façon. Roger se comprend et le lui dira un jour. Et le fils Gugenheim est un plus sale type encore, avec son visage de travers, son nez de Juif, sa grande bouche vicieuse et les lourdes paupières qui lui tombent à moitié sur les yeux.

Roger voudrait vomir, mais il sent qu'il n'y parviendra pas. Son regard est sombre, anxieux, sa bouche amère, la chambre est laide, on y étouffe, les murs se resserrent comme ceux de la chambre d'Embourg quand il a eu les oreillons. Il se demande s'il n'a pas rêvé l'immense magasin des Gugenheim, si un endroit pareil existe réellement, sans que personne le connaisse. Car il n'en avait jamais entendu parler, il est passé cent fois devant sans seulement remarquer la porte étroite, à la vitre dépolie, à deux pas de chez Ramaekers où on lui a commandé des souliers sur mesure quand il est entré au collège Saint-Louis.

Or, à l'intérieur, on pourrait presque se croire au « Grand Bazar ». Il y a des rangées et des rangées de rayons, deux étages de galeries. Une lumière sale tombe du toit vitré et on ne voit personne, pas un client, pas un vendeur ; on sursaute quand surgit dans le vide sonore la silhouette disproportionnée d'un gamin de quatorze ans qui est le seul être vivant parmi les marchandises grotesques qui s'étalent ou s'empilent. Des centaines de masques de Mardi gras, par exemple, sont alignés le long d'un mur, des faux nez en carton, des barbes, des moustaches. Ailleurs, on voit des kilos de peignes bleus, verts ou roses semés de faux brillants, des ballots de châles multicolores, des jouets, des pipes en terre, des vêtements, des chemises comme personne n'en porte et d'invraisemblables articles de ménage. Tout est laid, vulgaire à faire grincer les dents.

Pourquoi le gamin dont la blouse noire couvre les pieds comme la jupe d'un enfant de chœur presse-t-il sur un timbre électrique ? A-t-il peur qu'on vienne l'assassiner, voler les masques ou les peignes, compte-t-il ranimer soudain le monde mort qui l'entoure ? La sonnerie résonne très loin ; longtemps après on perçoit un pas feutré qu'accompagne le martèlement régulier d'une canne, un vieillard à barbe blanche, caricature du Père Noël, surgit on ne sait d'où, une calotte de ghetto sur la tête.

C'est M. Gugenheim le père, qu'on a peine à comprendre quand il parle, à cause de son accent. Des accumulateurs ? Peut-être. Il ne dit pas non. Cela ne l'intéresse pas personnellement. Il ne vend, lui, que des articles pour colporteurs et pour forains. Sa maison est honorablement connue depuis soixante ans que son père l'a fondée. Mais peut-être un de ses amis accepterait-il de s'y intéresser ? Combien le jeune homme en veut-il ? Cent quatre-vingts francs ? Jamais il n'oserait citer un chiffre pareil à son ami.

Tiens ! Un nouveau personnage, qui n'a pas plus de vingt ans, a surgi sans qu'on l'entende venir et, debout près du père Gugenheim, il a exactement l'air d'un mannequin figé dans une vitrine de tailleur, un mannequin dont les yeux jaunes fixés sur Roger essayeraient de lui faire comprendre quelque chose.

— Apportez-moi toujours la marchandise et nous verrons. Je veux dire que mon ami verra, n'est-ce pas, Max ? A cent cinquante francs, qui sait si on ne pourra pas s'entendre. Vous vous êtes mis jeune dans les affaires, n'est-ce pas ? Je parierais que votre père est dans le commerce, qu'il vend des accumulateurs ?

On ne reconduit pas Mamelin. Il se trompe de porte, débouche dans une cour qui fait penser au fond d'une cheminée d'usine. Puis, quand il a atteint enfin la rue, Max Gugenheim se lance à sa poursuite.

— Attendez. J'ai deux mots à vous dire. Ce n'est pas la peine d'apporter la camelote au vieux, qui est bien assez riche comme ça. Moi, je vous les prends à cent quatre-vingts. Venez, que je vous montre où vous pouvez me trouver. Vous voyez ce couloir ? N'ayez pas peur. Au fond, à droite, il y a un escalier. Vous monterez au troisième. Ne vous trompez pas. Pas au second, mais au troisième. C'est un grenier. Vous n'avez qu'à me dire quand vous viendrez et je vous y attendrai.

Méfiant, il examine Verger qui s'est décidé à s'approcher d'eux et qui ne desserre pas les dents.

— Qui est-ce ?

— Un camarade. Nous sommes associés.

— Vous n'avez rien d'autre à vendre ?

Alors Verger, toujours bourré d'arrière-pensées :

— Qu'est-ce que vous voudriez acheter ?

— N'importe quoi : du beurre, des conserves, du sucre, de la farine, des pneus de vélo, des chaussures...

Qu'est-ce que Roger est en train de boire ? Cognac, rhum, Chartreuse verte ?

— Et moi, s'écrie-t-il en frappant la table de son poing, je te dis que ce sont des sales types.

— Mais oui, mais oui, approuve son cousin. De qui parles-tu ?

— De Gugenheim.

N'est-ce pas curieux que ce soit par Max Gugenheim que les deux cousins se sont retrouvés ? Un beau jour, ou plutôt un soir, dans le fameux grenier où on accède par un escalier sans rampe et où, faute de lumière, on s'éclaire d'une bougie, Mamelin s'est trouvé nez à nez avec Gaston Van de Waele qu'il n'avait pas vu depuis un an.

— Qu'est-ce que tu fais ici ?

— Des affaires. Et toi ?

A présent, Roger affirme, catégorique, souhaitant la contradiction :

— Et nous sommes de sales types aussi. Des types tout ce qu'il y a de sale ! Tant pis pour ceux qui n'ont pas le courage d'être des sales types !

Pleut-il toujours ? Il n'en sait rien. Son esprit tourne en rond autour de cette idée de sale type. Si on n'est pas un sale type, tant pis ! Son père, par exemple, n'est pas un sale type. Et où est-il, son père, à cet instant ? Dans un bureau de la rue Sohet, sous une lampe à abat-jour vert, à trembler devant un M. Monnoyeur qui est cent fois moins intelligent que lui. Quand il rentrera rue des Maraîchers, cette vieille chipie de Mlle Rinquet lui aura pris son fauteuil. Elle le fera exprès, quitte à en être malade, de dévorer la plus grosse part du dîner alors que Désiré a toujours été un fort mangeur. Elle a fait des gâteaux secs, à la farine blanche, ou plutôt c'est Élise qui a fait tout le travail. Elle les a enfermés aussitôt dans une boîte en fer qu'il a fallu lui prêter et on ne les a jamais revus, elle les enferme dans sa garde-robe, avec son linge — c'est dégoûtant ! — et elle porte toujours la clef sur elle. Élise n'est pas parvenue à chiper un seul gâteau.

— Tu comprends, Gaston ? Si on n'est pas un sale type, on n'a plus qu'à crever. Ainsi, toi tu es un accapareur. Car tu es un accapareur.

— Tu devrais essayer de vomir.

— Tu crois que je suis saoul ? Parce que je dis que tu es un accapareur ? Et ton père ? Pourquoi a-t-il fait le passeur, ton père, si ce n'est pour soutirer le plus d'argent possible aux jeunes gens qui allaient s'engager ? Et qu'est-ce qu'il fait en Allemagne, ton père ? Il trouve encore le moyen de gagner de l'argent, tout déporté qu'il est, en tenant une maison de bains pendant que les prisonniers meurent de faim. Veux-tu que je te dise ce qu'il est, ton père ? C'est un syphilitique ! Quand le Dr Matray est venu voir ta sœur à la maison, il l'a bien dit à ma mère, je l'ai entendu, tout en faisant semblant de ne pas écouter.

Un trou. Il se souvient seulement d'avoir trébuché dans l'escalier, de s'être collé contre le mur pour laisser passer une jeune femme qui sentait très bon et qui les a dévisagés curieusement, son cousin et lui. Il a levé la tête pour essayer de voir sous sa robe pendant qu'elle montait.

Il a été dérouté en trouvant les rues encore claires. On allumait seulement les becs de gaz peints en bleu. Il ne pleuvait plus. Une forte bise commençait à sécher les pavés, par plaques.

— Tu comprends, si le type exige d'y goûter, je lui dirai :

» — Pardon, monsieur...

» Oui, je lui dirai...

Il gesticule. Il ne reconnaît pas les chemins par lesquels on le fait passer. Il va où son cousin le pousse, dans une ville extraordinaire où s'agitent des milliers de sales types et il se retourne sur toutes les femmes avec le violent désir de les voir nues, salement nues, les chairs blêmes dans le demi-jour crépusculaire. Tout à l'heure, il ira en voir.

Où sont les bouteilles ? Ont-ils oublié les bouteilles ? Bon ! C'est Gaston qui les porte dans un paquet ficelé.

— Tu as pris la Chartreuse, Gaston ? Si le type veut goûter, tu comprends, moi, je débouche la Chartreuse. A cause de la couleur, c'est ce qui fait le plus d'effet.

— Écoute, Roger...

— Oui.

— Nous sommes arrivés. Est-ce que tu te sens capable d'y aller ?

— Donne ! Donne, te dis-je !

Il a descendu deux ou trois marches. Il y avait des hommes, quatre au moins, dans un coin d'une salle basse. Il a traversé celle-ci sans les regarder, s'est trompé de porte comme chez Gugenheim et a failli dégringoler dans le trou humide d'une cave. Il s'est retrouvé enfin au milieu d'une cuisine où il y avait une cafetière d'émail à fleurs bleues sur le poêle.

— Voilà. J'ai promis dix bouteilles et je vous apporte les dix bouteilles.

Il y avait aussi une vieille femme dans un fauteuil d'osier comme celui de Désiré ou plutôt de Mlle Rinquet, puisque la vieille chipie... Sale bête de Mlle Rinquet ! C'est un besoin chez Élise de toujours raccrocher les gens. Elle irait les chercher dans la rue. Si elle n'avait personne devant qui s'aplatir du matin au soir, elle en deviendrait malade !

— Vous ne voulez pas y goûter ?

Il a envie, lui, de déboucher une bouteille pour boire encore un verre. Le patron ne veut pas. Il est tout petit, tout rond comme M. Van Camp, et il a aussi l'air d'un marchand de fromages. Il regarde Roger en dessous, comme si celui-ci constituait pour lui un mystère indéchiffrable. Est-ce ainsi que les choses se passent pour les jambons de Gouin ? Roger ne compte pas les billets qu'on lui donne. A quoi bon ? Pourvu seulement qu'il ne se mette pas à vomir en traversant le café ! Quelle tête ferait le père Van Bambeek s'il le rencontrait à la sortie ? Où est Gaston ? Il n'y a plus personne dans le bout de rue. Il fait noir. La Meuse coule quelque part.

— Gaston ! Ga-aston !...

— Chut ! Eh bien ?...

— Où étais-tu ?

Il était occupé à pisser dans une encoignure.

— Tu as l'argent ?

— Bon ! Je ne sais plus dans quelle poche je l'ai mis. Cherche toi-même. Fouille-moi. Mais si, fouille-moi, puisque je te le dis !

Jamais il ne saura où ils ont mangé des tartines de fromage, mais c'était sûrement dans un de ces restaurants pour paysans où son cousin est comme chez lui.

Est-ce que Gaston est saoul aussi ?

— Tu es saoul, Gaston ? Quelle heure est-il ? Il faut que je rentre à la maison.

Encore une rue sombre où le vent souffle, une patrouille dans les jambes de laquelle Roger a failli se jeter, les pas lourds et cadencés des trois soldats allemands qui s'éloignent en fumant leur pipe. Ce sont des « bons », des Bavarois, avec une bande orange à leur béret.

— Si on allait dans une boîte de nuit ? Dis, Gaston, allons au « Gai-Moulin ».

Il ignore qu'il n'est que huit heures. L'obscurité lui suffit. Il voudrait entendre de la musique, payer le champagne à des danseuses, se carrer sur des banquettes de velours rouge.

— Dis, Gaston...

Qu'est-ce qu'il voulait dire ? Il ne sait déjà plus. Toute cette ville noire et visqueuse, dans laquelle ils errent comme dans un labyrinthe, c'est... Il ne parvient pas au bout de son idée, c'est bête, car l'idée était importante et même capitale. Il est triste, écœuré. Tout est hideux. C'est sale. Voilà le mot ! C'est sale ! Et il voudrait que ce soit encore plus sale, sale à en pleurer de dégoût ou de pitié, à se rouler par terre en gémissant !

— Qu'est-ce que tu as ?

Il s'est arrêté devant une porte et désigne gravement du doigt le volet en articulant :

— C'est chez Gugenheim.

— Et alors ?

— Alors rien. C'est chez Gugenheim. Si on sonnait ?

Où ont-ils bu un verre de bière ? Cela n'a pas d'importance. En tout cas, ils sont passés derrière l'Hôtel de Ville, au pied de l'escalier à double révolution où on vient voir les mariages.

Et maintenant, tout se mélange une fois de plus, les images se superposent, il fait un effort pour se réveiller, car il sent qu'il dort. Il est calé dans un coin de banquette, pas loin d'un poêle en forme de colonne devant lequel un chat noir et blanc ronronne sur une chaise.

— Ça va mieux ? lui lance Gaston d'une voix grasse.

Sale type !

Tiens ! Le mot lui revient. Est-ce que son esprit n'a pas tourné longtemps en rond autour de cette notion de sale type qu'il retrouve sans le vouloir à son réveil ? Mais quand ? Pourquoi ? De quel sale type s'agissait-il ?

— Je t'ai donné l'argent, au moins ? Tu l'as trouvé ?

Car il se revoit les bras en l'air au bord d'un trottoir pendant que Gaston tâtait ses poches.

Gaston n'a jamais été aussi rouge, n'a jamais eu la peau aussi tendue. On a l'impression déplaisante qu'il a besoin d'une saignée. Il est renversé en arrière sur la banquette de molesquine, la cravate dénouée, le col ouvert, et sa main triture le sein d'une grosse fille blonde assise à côté de lui.

Elle rit. Ils rient tous les deux aux éclats, Roger ne sait pas pourquoi, puis ils se mettent à parler flamand, pour rire bientôt de plus belle.

— Tu peux en profiter aussi, tu sais, lance Gaston en désignant sa compagne du regard. Il y en a pour deux. Approche. C'est du solide, n'aie pas peur.

Il la pelote de ses grosses mains, veut à toutes forces que son cousin tâte à son tour. Roger a dû le faire. La femme sent la bière, la poudre de riz et les aisselles chaudes.

Tous les deux croient qu'il s'est rendormi, mais ce n'est pas vrai. Ses cils battent de temps en temps. Il regarde autour de lui, par petits coups. Il voit tout. Le café est mal éclairé. Les tables sont en bois verni, d'une propreté méticuleuse, et de la sciure de bois forme des dessins sur les carreaux.

Près de la fenêtre, tendue d'un rideau brodé, deux Allemands sont attablés avec une femme qui est tout l'opposé de celle de Gaston, maigre et noiraude, le visage sérieux. Le menton sur sa main repliée, elle écoute avec patience et gravité ce qu'essaie de lui raconter un monumental feldwebel roux qui doit avoir dans les quarante ans et qui porte sur le front le curieux béret sans visière, gris à bande vert bouteille, avec la cocarde d'émail noir, blanc et rouge.

L'autre Allemand, encore plus vieux, est malingre, presque bossu, à moins que ce ne soit sa capote trop grande qui le déforme, et, tête basse, il sombre dans une noire mélancolie.

Le colosse roux a tiré de son portefeuille tout un lot de photographies qu'il étale sur la table, parmi les verres de bière que flanquent des verres de genièvre. Peut-être est-il saoul aussi ? Il explique, il voudrait expliquer, cherche des mots introuvables, s'obstine, sourcils froncés, sourit largement quand sa compagne fait mine de comprendre enfin et qu'elle lui parle à son tour en petit nègre. Sans quitter des yeux les photographies de sa femme et de ses gosses, il fourre, de contentement, sa main sous la jupe et fredonne une chanson sentimentale en se balançant en cadence.

C'est très loin et tout près. Entre Roger et les choses, flotte un brouillard jaune qui amortit les sons, donne du moelleux et du mystère aux images ; il ferme les yeux et continue à entendre la romance fredonnée à laquelle se mêlent bientôt les pas feutrés d'un cheval sur la neige durcie.

C'est sans doute à cause de la voix de Gaston, des mots flamands qui se chuchotent, des bouffées de chaleur que lui envoie le poêle. Il est dans un traîneau, avec Cécile, la seconde des filles Van de Waele, et Alice, la plus petite, celle qui a l'air d'une sauterelle ou d'un autre insecte. Le traîneau n'est pas large. Jef a pris place sur le siège et sert de cocher. On ne voit que son dos d'ours. A droite de Roger, Alice remue tout le temps, mais à gauche, Cécile, qui a presque le même âge que lui, se blottit contre son flanc.

Il a passé un bras autour de sa taille. Sa main droite est dans la sienne, sur son giron ; une épaisse couverture qui sent bon l'écurie les couvre jusqu'au menton.

Bien que la lune se soit cachée, on distingue les jambages noirs des peupliers sur la neige scintillante. La bise soufflette les visages bleus de froid, mais les mains sont brûlantes, une chaleur intime règne sous la couverture et, du giron de Cécile, dont Roger sent les contours à travers la robe, se dégage une chaleur plus pénétrante.

Il ne bouge pas. Il voudrait que cela dure très longtemps, qu'on n'arrive jamais à l'église du village où on va assister à la messe de minuit.

Il n'a vécu qu'une dizaine de jours à Neeroeteren. D'abord Mia, la sœur de Gaston, l'aînée des filles, est venue à Liège pour faire soigner les plaies qu'elle a un peu partout sur le corps et qui s'enveniment au lieu de guérir. Quand on a parlé de soins fréquents et délicats, Élise, comme il fallait s'y attendre, s'est proposée, et Mia est venue habiter la maison de la rue de la Loi qu'on n'avait pas encore quittée. Si Désiré se plaignait de l'odeur des pommades et des pansements peu ragoûtants qui traînaient jusque dans la cuisine, Élise répétait :

— Tu oublies qu'ils nous envoient du ravitaillement !

Roger a été invité à passer les vacances de Noël à Neeroeteren. Il revoit la grande cuisine où Gaston, au haut bout de la table, tenait gravement le rôle de père de famille, récitait le bénédicité, puis remplissait son assiette le premier tandis que sa mère s'affairait autour de lui comme une servante et que ses sœurs se taisaient respectueusement.

Nulle part ailleurs, il n'a été imprégné d'une chaleur aussi rassurante que dans cette pièce où pendaient des jambons et des quartiers de lard et où on grattait le givre sur les vitres pour voir les bestiaux passer lentement dans la cour.

Jef, le frère de Gaston, est un monstre à grosse tête, aux mains de géant. Il a emmené Roger dans les bois de sapins pour chasser les écureuils ; il en a tué deux à coups de pierres et les a dépecés encore chauds. Sous un toit où l'on fait la cuisine des cochons, il a allumé ensuite un feu de bûches et il a grillé au bout d'un bâton les cadavres dont le sang coulait dans les flammes.

— Tu n'en manges pas ? C'est très bon.

Il tue et mange aussi les chats, les mulots, des tas de bêtes. Il mange toute la journée, n'importe quoi. Roger, lui, emportait dans ses poches des pommes de terre qu'il faisait cuire sous la cendre.

La mère Van de Waele, dont les jupes pendent autour d'un corps en manche à balai, a, comme Élise, un visage craintif d'esclave. Les hommes seuls comptent dans la maison ; un seul homme, le maître et, en l'absence de son père, c'est Gaston ce maître-là. Les filles se serrent dans un coin à son arrivée, le silence se fait instantanément ; il s'assied, on se précipite pour lui retirer ses bottes et lui mettre ses pantoufles, on lui apporte sa pipe toute bourrée, un tison qu'on a saisi dans l'âtre au bout des pinces.

Peut-être Roger a-t-il été tenté de vivre ainsi dans l'immensité des champs que coupent les canaux gelés et les rideaux de peupliers penchés vers l'est ? Il aurait épousé Cécile à la peau douce et un peu molle qui le regardait déjà avec des yeux soumis.

Il s'agite dans son coin. Une rage s'empare de lui. Il va s'exciter à nouveau. Il s'excite. Qu'est-ce qu'il a dit à Gaston tout à l'heure ? La vérité ! Qu'ils sont tous syphilitiques. C'est le père qui a apporté ça dès les premiers temps de son mariage. Sa femme a dû se soigner presque aussitôt et maintenant ses cheveux tombent, elle n'a presque plus de dents. Jef, le second fils, est un anormal qu'on pourrait exhiber sur la foire comme homme des bois. Il lui arrive de rôder autour des enfants qui patinent sur les canaux comme il rôde autour des chats et des écureuils, et qui sait si un jour il ne lui arrivera pas d'en étrangler un ?

— Des sales types ! hurle Roger en se dressant.

— Qu'est-ce qu'il a, ton ami ? s'étonne la fille blonde. Ça lui prend souvent ?

— Assieds-toi, Roger. Tu ferais bien de boire une tasse de café.

— Je ne veux pas de café. Je veux de l'alcool.

Et, par crainte qu'on ne lui en refuse, il vide coup sur coup les deux verres qui sont sur la table, puis va se camper devant l'Allemand qu'il regarde d'un œil agressif.

— Pourquoi est-ce que je n'ai pas de femme, moi ?

— Chut ! Ne crie pas si fort. Je t'ai proposé de t'asseoir avec nous.

— Et si j'ai envie de faire l'amour ?

— Pas si haut, mon petit monsieur, intervient la patronne qu'il n'avait pas encore vue, cachée qu'elle était par son comptoir derrière lequel elle faisait un petit somme. On peut s'amuser, mais il ne faut pas crier comme ça des bêtises. Regardez votre ami, il s'amuse gentiment.

— C'est un sale type.

— Allons ! Allons !

— Et moi aussi, je suis un sale type. Et celui-là aussi est un sale type.

L'Allemand, qui ne comprend pas, lève son verre, fait mine de trinquer en prononçant :

— *Prosit !*

— Qu'on me donne à boire, gueule Roger déchaîné en se demandant ce qu'il pourrait bien faire pour se soulager. Qu'on me donne tout de suite à boire, ou je casse tout. Et d'abord, je veux pisser. Où est-ce qu'on pisse ici ?

La vieille le conduit, à travers la cuisine, jusqu'à une courette qui suinte l'humidité. Il doit s'appuyer au mur, car il se sent osciller. Quand il rentre dans le café, il trouve les deux groupes qui se sont rapprochés : Gaston, les soldats allemands et les deux femmes à la même table.

Une seconde, il est sur le point de se dégriser. Son œil se fait tout petit, haineux, mais il suffit qu'on lui mette un verre dans la main pour qu'il s'assoie docilement.

— Tu comprends, Gaston, ce qui me fait enrager, c'est que ça pourrait être si épatant...

Qu'est-ce qui pourrait être épatant ? Voilà ce qu'il est incapable d'exprimer. Il le sent. Il lui semble qu'il n'y aurait qu'un effort à accomplir une fois pour toutes et alors on ne serait plus des sales types, la vie serait belle et propre, harmonieuse comme certains souvenirs, on n'aurait plus l'impression, à chaque instant, de patauger dans l'ordure.

— Tiens ! Un exemple ! Un exemple et tu vas comprendre. L'argent que j'ai ici — il frappe un grand coup sur sa poitrine à la place du portefeuille — eh bien ! cet argent-là, c'est plus que ce qu'on gagne en deux mois avec Mlle Rinquet. Et qu'est-ce que je vais en faire, hein ? Essaie de dire ce que je vais en faire ? Pour commencer, voilà...

Il prend un billet au hasard et le pousse dans la main de la fille noiraude.

— Prends-le, va ! N'aie pas peur ! Je suis peut-être saoul, mais je sais ce que je fais et je ne viendrai pas demain te le réclamer. Quant à coucher avec toi, je n'en ai pas envie.

— Chut...

Ce n'est pas une maison close, mais un café comme on en trouve dans les rues paisibles qui environnent l'Hôtel de Ville. Certes, on a le droit de s'asseoir dans un coin avec une serveuse et de la lutiner. De jour, il règne un clair-obscur favorable et le soir l'éclairage est aussi discret que possible.

— Qu'est-ce que vous avez tous à me regarder ? Est-ce que j'ai du noir sur le nez ? Hein ? Vous n'osez pas répondre ?

Le feldwebel se lève et lui parle dans sa langue, s'approche de lui en faisant mine de vouloir l'embrasser.

— Reste tranquille, Roger. Prends garde à ce que tu fais. Il n'est pas méchant. Il dit que tu ressembles à son frère cadet qui a été tué en août 1914.

— *Prosit.*

La vieille a rempli les verres. Elle n'apparaît que quand on a besoin d'elle et disparaît aussitôt. Le bossu, qui a une voix de basse inattendue, se lève à son tour, monte sur sa chaise et entonne à pleins poumons une chanson lugubre.

— Viens t'asseoir ici. Allons ! Ne sois pas sot. Tu ne vas pas pleurer, maintenant ?

— Pourquoi pleurerais-je ?

Il obéit à la grosse fille qui l'enveloppe d'une caresse maternelle.

Plus tard, il a dû chanter aussi. Il est monté sur la banquette. Il a gesticulé. Dans un coin, Gaston, bleu de congestion, suppliait la vieille femme de le laisser monter dans une chambre avec sa compagne — une demi-heure, dix minutes, rien que cinq minutes, même pas !

— Je ne demanderais pas mieux, mon bon monsieur. Vous devez comprendre que je voudrais faire plaisir à un gentil garçon comme vous. Mais la police est très stricte. En outre, il y a les patrouilles qui passent presque toutes les nuits. On me fermerait ma maison. Je serais sur le pavé. Soyez sage. Reconduisez votre ami et allez vous coucher. Vous reviendrez demain.

Qu'est-il arrivé encore ? On a fait boire, de force, à Roger, du café bouillant, qu'il a renversé sur son beau costume. On a lavé les taches à l'eau tiède avec un coin de serviette. Il les méprisait, tous, autant qu'ils étaient à s'agiter autour de lui.

Ils ne comprenaient rien ! Un mois plus tôt, par exemple, est-ce qu'il ne voulait pas que Raoul lui coupe les cheveux à ras ? Il portait des sabots de bois, il fumait une pipe de vieux et il allait à pas lents assister au salut dans la crypte du Bouhay.

Et si maintenant son père le voyait assis à la même table que les soldats allemands ? Roger aurait beau lui expliquer, Désiré ne comprendrait pas non plus. Ce n'est pas un sale type, lui ! Il passe dans les rues sans voir les saletés. Jamais, comme son fils, il n'a été tenté de plonger dans les dessous de la ville. Il croit ce qu'on lui dit de croire et, pendant la grand-messe, il se tient tout droit à son banc, aussi serein qu'un saint de vitrail, pendant que Chrétien Mamelin va quêter de chaise en chaise pour le grand saint Roch.

Est-ce que saint Roch a besoin d'argent, lui aussi ?

Roger a eu un rendez-vous avec la petite danseuse de la « Renaissance ». Dans la rue, c'est une gamine quelconque, craintive, très pauvre. Quand il lui a remis le poudrier doré qu'il venait de payer trente-deux francs, elle l'a regardé avec plus d'effroi que de reconnaissance, tant ce cadeau lui paraissait somptueux.

— C'est beaucoup trop, a-t-elle balbutié sur le même ton qu'Élise quand sa sœur Marthe lui glisse du chocolat ou des boîtes de sardines dans son filet.

Il a voulu l'embrasser. Elle s'est laissé faire docilement en regardant fixement par-dessus son épaule.

— Il ne faut plus m'envoyer de fleurs comme l'autre jour. Mes camarades se demandent ce que cela signifie. On croit que je cherche à me faire valoir.

— Qu'est-ce qu'elles disent de moi, vos camarades ?

— Que vous avez l'air gentil et que vous êtes bien habillé.

— Et les acteurs ?

— Je ne sais pas. Ils ne nous parlent pas.

Le père Renchon affecte de ne pas s'occuper de lui, évite de le questionner, car il ne sait aucune leçon, bâcle ses devoirs n'importe comment, parfois en marchant dans la rue. Chez lui, il ne fait qu'entrer et sortir.

— On mange ?

Il se met à table et s'en va, le repas à peine fini, sort ou s'enferme dans sa chambre, évite surtout de se trouver en tête à tête avec son père. Quelquefois, il a l'impression que celui-ci le tient comme au bout d'un fil, qu'il sait tout, qu'il a peur d'intervenir et qu'il attend dans l'angoisse.

Il est complètement ivre. La preuve, c'est qu'il ne sait pas comment il quitte le petit café feutré. N'ont-ils pas marché un certain temps en compagnie des deux Allemands avec qui Gaston avait entrepris une interminable conversation ?

Il s'aperçoit pourtant qu'il franchit la passerelle dont il reconnaît les planches élastiques et toujours un peu visqueuses sous ses pas. Il a même voulu s'accouder au parapet pour pleurer en contemplant les reflets de lune sur l'eau. Son cousin l'a entraîné. Il le tient sous un bras, le fait marcher.

— Ne me brutalise pas, Gaston !

— Alors, avance ! La poule a promis de venir me retrouver chez moi dès que la patronne sera endormie.

— Et si tu attrapes la syphilis ? Dis, Gaston... Regarde... Nous sommes rue Puits-en-Sock... Je suis peut-être saoul, mais je la reconnais, car c'est la rue des Mamelin et là-bas, où il y a un gros gibus rouge au-dessus de la porte, c'est chez mon grand-père... A côté, c'est chez Gruyelle-Marquant... Tu crois que tu sais des tas de choses et tu ne sais rien du tout... Veux-tu que je te dise ?

Il a bien failli parler, mais son visage s'est soudain refermé comme s'il reprenait conscience de l'abîme séparant de lui un Gaston Van de Waele.

— Cela ne te regarde pas. Va coucher avec la grosse fille. Elle sent la bière et le petit-lait.

Pourquoi le petit-lait ? Il l'ignore. Cela va avec sa chair blanche et douce comme un pis de vache.

— Écoute, Roger, ce n'est pas la peine de dire à tes parents que tu es sorti avec moi. Ta mère, comme je la connais, en parlerait à toute la famille.

C'est vrai qu'à Neeroeteren Gaston récite le bénédicité à voix haute avant chaque repas !

— N'aie pas peur, va ! Maintenant, tu peux me laisser. Je suis presque arrivé.

Et il s'éloigne, en zigzaguant, de son cousin qui le surveille encore, tourne le coin de la rue des Maraîchers, aperçoit tout de suite un peu de lumière qui filtre sous le volet. Il n'a pas besoin de tirer sa clef de sa poche, ni de toquer à la boîte aux lettres. On allume déjà dans le corridor. La porte s'ouvre. Ce n'est pas son père. C'est Élise.

— D'où viens-tu à cette heure-ci, Roger ? Tu n'as pas honte ?

La première chose qui le frappe, c'est, sur le marbre noir de la cheminée, le disque familier du réveille-matin qui marque deux heures moins dix. A cette révélation, il est pris de panique, mais aussitôt il aperçoit Mlle Rinquet comme à l'affût dans le fauteuil de son père.

Alors la hargne lui remonte d'un seul coup, comme le sang vous monte à la tête. De rouge qu'il était, il devient exsangue, ses narines se pincent, ses prunelles se contractent, on sent que rien désormais ne sera capable de l'arrêter.

— Qu'est-ce qu'elle attend, la vieille chipie ?

— Roger, veux-tu te taire ? Ma parole, tu as bu ! Mlle Rinquet qui a eu la gentillesse d'attendre avec moi ! Vingt fois nous sommes allées jusqu'au pont d'Amercœur et je me suis même adressée au commissariat en pensant qu'il était arrivé un malheur.

— Elle aurait été bien contente !

— Roger ! Monte tout de suite te coucher. Demain, tu lui demanderas pardon.

— Moi ? Jamais de la vie ! Je la déteste. Je la méprise ! C'est une méchante femme qui ne mérite pas de vivre, et tu le sais bien. S'il y avait une justice, ce sont des vieux déchets comme elle qu'on enverrait sur les champs de bataille au lieu de tuer de pauvres soldats.

Élise s'affole, essaie en vain de le faire taire, ne trouve pas d'autre moyen que de crier plus fort que lui.

— Tu es fou ! Tu es vraiment fou ! Mademoiselle Rinquet, mon fils est devenu fou ! C'est une honte. Je n'ai pas mérité ça. Et, pendant ce temps-là, son père est à ce point malade d'inquiétude qu'il a été forcé de se coucher...

Au mot de père, Roger a soudain quitté la cuisine. Il monte l'escalier quatre à quatre, s'arrête un instant sur le palier pour laisser son effervescence se dissiper un peu. Alors qu'il est debout, immobile, une main sur son cœur qui bat à grands coups, une voix prononce doucement :

— C'est toi, fils ?

La porte est contre, la veilleuse qui servait quand il était petit est allumée. C'est si anormal que Roger frissonne, qu'une mortelle inquiétude s'empare de lui.

— C'est vrai que tu es malade ?

Le plus terrible, c'est que l'ivresse empâte encore sa langue et qu'il trébuche sur les syllabes.

— Ta mère exagère toujours. Enfin, tu es revenu. Va vite te coucher.

Alors, d'un élan, Roger se jette la tête sur le lit, sur la poitrine de son père, il sanglote, il attend de pouvoir balbutier le mot pardon, mais sa gorge est trop serrée, une main caresse sa chevelure mouillée — il ne sait pas pourquoi ses cheveux sont mouillés — on entend la voix d'Élise, la porte de la cuisine s'ouvre.

Et son père murmure, comme s'il n'y avait pas besoin d'autres explications entre eux :

— Va vite te coucher. Bonsoir, fils.

Le lendemain matin, il a retrouvé au fond d'une poche une petite photo toute craquelée qui représente un gamin de quatorze à quinze ans, en costume tyrolien, debout sur une montagne couverte de sapins. Le gamin tient par la main une petite fille en jupons courts qui doit être sa sœur.

Longtemps il reste perplexe quand enfin lui revient à la mémoire l'image d'un feldwebel aux moustaches rousses qui fredonnait une chanson de son pays en se balançant de gauche à droite sur une banquette, la main sous les jupes d'une fille maigrichonne.

Mlle Rinquet a couru toute la journée pour trouver une chambre et, le soir, elle est venue chercher ses affaires avec un commissionnaire.

Alors, Élise, qui a pleuré sans cesse en faisant son ménage, a prononcé avec soulagement, en refermant la porte derrière le vieux poison :

— Bon débarras !

7

— Donne-moi ton bras, Roger, veux-tu ? Si tu savais combien de fois, quand tu étais petit, j'ai répété à mes amies de l'« Innovation » :

» — Vous verrez, plus tard, lorsque je me promènerai au bras de mon grand fils et qu'on le prendra pour mon amoureux !

Élise s'efforce de sourire, d'effacer de ce sourire tout ce qui pourrait ressembler à de la mélancolie. Ainsi vont-ils bras dessus, bras dessous, ce matin-là, le long du quai de Coronmeuse. Demain, Roger remettra au collège un billet de Désiré disant que son fils a été souffrant, bien que le père Renchon connaisse déjà la vérité. Roger la lui a dite la veille :

— Je vais avec ma mère et des cousines chercher du ravitaillement à près de vingt kilomètres, au-delà de Visé, à deux pas de la frontière hollandaise.

Il est neuf heures du matin, l'heure qu'il préfère, quand les rues font leur toilette, que le soleil a encore toute sa légèreté prometteuse. Certes, dès que vient le soir, Roger est attiré par l'atmosphère équivoque de la ville mal éclairée et il a beau s'être juré de ne pas sortir, il lui suffit de voir par sa fenêtre le halo bleuâtre d'un bec de gaz, un couple anonyme qui passe en frôlant les maisons, pour se lancer pendant des heures dans des courses inavouables.

Malgré cela, il reste essentiellement l'homme du matin. De tous ses souvenirs, les meilleurs sont ceux de matins de printemps, la passerelle enjambant la Meuse scintillante, une buée ténue enveloppant encore les choses, le vacarme du marché aux légumes, place Cockerill, puis, au bord du fleuve, la Goffe et sa bousculade de paniers de fruits odorants et de commères fessues.

— Tu racontes à tout le monde que je pleure et que je me plains par plaisir, mais ce n'est pas vrai, Roger. Seulement, vois-tu, j'ai eu si peu de bons moments dans la vie ! Toi-même, tu m'as souvent fait souffrir. Est-ce que nous ne sommes pas bien, tous les deux ?

Mais oui, ils sont bien. Roger est ému de la sentir frémissante à son bras, si petite fille en somme, si désarmée qu'il en devient un homme.

— Si j'ai pris des locataires, si je les ai « strognés » autant que j'ai pu, c'est pour toi, pour qu'un jour tu sois quelqu'un. Et tu me fais si mal quand tu m'accables de reproches ! Ma seule joie, c'est de te voir bien portant, bien habillé, de savoir que tu ne manques de rien.

— Mais oui, mère.

Et il se demande sincèrement s'il ne va pas réaliser le rêve d'Élise. Il y a en lui plusieurs hommes en puissance et il est encore temps de choisir. L'idéal de sa mère c'est, par exemple, M. Hermann, le premier violon du Théâtre Royal, qui ne s'est pas marié afin de rester avec sa vieille maman. Elle est toute menue, si fraîche et si soignée qu'Élise ne peut regarder sans envie leur maison à porte blanche de la rue Pasteur où la mère et le fils se dorlotent comme des amoureux.

Roger n'est pas musicien. Il pourrait probablement fournir une carrière comme celle de Vriens, le poète wallon qu'il rencontre chaque matin sur le quai, coiffé d'un vaste chapeau noir, cravaté d'une lavallière, les yeux rêveurs, le sourire bienveillant. Il écrit en patois des chansons tendres que chacun fredonne et il n'est personne qui ne le connaisse, qui ne se retourne sur son passage quand, fumant sa pipe à bouffées quiètes et gourmandes, il va prendre son poste à la bibliothèque communale des Chiroux.

Il connaît Roger, qui est son client le plus assidu, sauf depuis quelques semaines. Il y a longtemps qu'il l'encourage à écrire des poésies.

Élise rêve aussi d'une pâtisserie où un Roger solide et bon enfant s'agiterait dans la chaleur savoureuse du fournil pendant qu'elle-même, très propre, en tablier blanc brodé et craquant d'amidon, servirait des tartes sur un comptoir de marbre.

— C'est un si bon métier, Roger ! As-tu jamais vu un pâtissier dans la misère ? D'ailleurs, tous les commerces où l'on vend à manger sont de bons commerces. Regarde les bouchers. Je ne voudrais pas que tu sois boucher, mais il n'y en a pas un qui ne soit prospère.

Des matins comme celui-ci, il semble que la ville, pour l'amadouer, s'efforce de lui montrer un visage simple et cordial. Là-bas, de l'autre côté du fleuve encombré de plusieurs rangs de péniches, ce sont les bains où il se rendait chaque matin en compagnie de son grand-père et des vieux habitués. Est-ce qu'un M. Fourneau, par exemple, toujours flanqué de sa chienne Rita qu'il faisait plonger après des cailloux, ne réalise pas le bonheur parfait ?

Il suffit de se créer pour la journée un certain nombre d'habitudes, de rites, de petites joies, et la vie coule doucement, sans heurt, sans presque qu'on s'aperçoive de la fuite du temps.

Dans le quartier Saint-Léonard, on dit de M. Fourneau, comme on dit, rue Puits-en-Sock, de Chrétien Mamelin :

« C'est un si brave homme ! »

Roger s'est engagé dans une autre voie et il lui arrive de s'effrayer, car il ignore où elle mène. Dans cette voie-là, où une force inconnue le pousse — sa mère dirait que ce sont ses mauvais instincts — il n'y aura personne pour l'approuver, pour l'aider, personne pour le consoler en cas de catastrophe.

— C'est comme ma sœur Louisa, Roger. Je sais que tu ne peux pas la sentir. Elle ne fait rien pour être aimée, j'en conviens. Un jour, je te raconterai sa vie et tu lui pardonneras, j'en suis sûre. En attendant, essaie de te montrer un peu plus aimable avec elle, ne serait-ce que pour me faire plaisir.

Il promet. Que ne promettrait-il pas aujourd'hui ? Un rien lui arracherait des larmes. C'est un peu de son enfance qui lui sourit, qui tente timidement de le retenir alors qu'il se sent entraîné par un engrenage où il s'est engagé comme à son insu.

— Tu vas voir mon amie Éléonore Dafnet, que tu ne connais pas encore. Elle te connaît bien, elle. A l'« Innovation », elle était au rayon voisin du mien. Elle n'était pas heureuse, car son père était un ivrogne. Quand tu es né, c'est elle qui t'a donné la petite cloche d'argent qui porte la marque de tes premières dents. Elle a épousé un fermier de Lanaeken. Cela a dû être pénible pour une jeune fille aussi délicate et aussi sensible qu'Éléonore. Je l'ai rencontrée un soir de la semaine dernière, rue Neuvice. Nous sommes tombées dans les bras l'une de l'autre. Tout de suite, elle m'a dit :

» — Tu sais, Élise, si tu as besoin de ravitaillement, ne te gêne pas. Nous habitons un peu loin, mais tu as maintenant un grand fils qui doit bien t'aider.

Il sent le reproche — involontaire, car sa mère voudrait, elle aussi, qu'il ne subsiste rien de désagréable entre eux. Voilà deux mois qu'il ne s'est pas une seule fois proposé pour aller au ravitaillement. Élise passe ses journées à faire la queue, tantôt pour le pain, tantôt pour le lard d'Amérique, pour le riz, les pommes de terre ou le charbon. Lundi, elle a loué une charrette à bras qu'elle a poussée dans les rues, chargée de deux sacs de charbon, et elle a dû interpeller un passant pour qu'il l'aide à les descendre à la cave.

— Si ce n'était pas la guerre, nous serions si heureux tous les trois !

Il s'enlise, il a conscience de s'enliser dans du tiède, dans du soleil, dans du rassurant. Encore un petit bout de trottoir et c'est la boutique de tante Louisa, la porte vitrée aux réclames transparentes qui n'ont jamais changé, l'odeur du genièvre et des épices, le calendrier aux deux jeunes filles, la brune et la blonde.

— Anna va être prête tout de suite. Les petites Duchêne sont allées chercher du pain. Entre, Élise. Entre, Roger. Mon Dieu, ce qu'il grandit ! Anna ! Anna ! Dépêche-toi. Élise est en bas.

On entend Anna, l'aînée des filles Jusseaume, qui s'habille au premier étage, où Roger n'est jamais monté. Dans la cuisine, on trouve Monique Duchêne, debout, vêtue d'une longue robe claire à fleurs, coiffée d'une capeline de paille d'Italie à ruban bleu pâle. Elle a pleuré. Elle tamponne encore ses yeux avec son mouchoir roulé en boule.

— Ma pauvre Monique, soupire Élise en l'embrassant. Tu viens avec nous ? Tu ne crains pas que ce soit trop fatigant ?

Longue et mince, elle fait penser à une fleur frêle dont la tige se ploie au moindre souffle d'air. Tout en elle est délicat et vaporeux comme un pastel.

Tante Louisa intervient :

— J'ai beau lui répéter que tout s'arrangera, que Dieu ne peut pas vouloir le malheur d'Évariste, elle ne cesse de se faire du mauvais sang. Ce matin, elle a appris par des voisins qu'il a encore écrit à cette femme.

Il n'y a pas si longtemps, on n'aurait jamais abordé ce sujet en présence de Roger. Sans doute considère-t-on maintenant qu'il est assez grand pour comprendre ?

— Qui sait les mensonges qu'elle peut lui raconter ? Mais j'ai écrit une longue lettre, moi aussi, qui est partie hier par un marinier. Quand Évariste la recevra, il verra de quel côté est la vérité.

Pourquoi faut-il qu'un matin pareil, alors qu'il était détendu, qu'il n'aspirait qu'à se détendre davantage, il tombe sur cette écœurante histoire de famille ?

Monique Duchêne est une cousine, non pas une cousine à lui, bien qu'il l'appelle ainsi, mais une cousine du côté Jusseaume, une cousine germaine d'Évariste, qui est au front et qui a si mal reçu le pauvre Jacques Schroefs.

Elle a deux sœurs cadettes, celles qui sont allées chercher du pain et qui vont les accompagner à Lanaeken. Elles habitent le quartier, rue Sainte-Foi, juste derrière le quai de Coronmeuse. Leur père est médecin. Il n'a pour ainsi dire pas de clientèle. On le voit rarement et on parle de lui le moins possible, car c'est un homme étrange qui a un vice : il s'adonne à l'éther. Roger l'a entrevu deux fois : un homme barbu, au poil et au teint gris, toujours sale et mal habillé, des pellicules sur le col de son veston, le regard aussi terne que le voisin de la rue de la Loi qui est mort de la maladie du sommeil.

Comment un tel homme peut-il être le père de la poétique Monique dont les pieds frôlent à peine la terre ?

Évariste et Monique étaient fiancés, jadis. Il n'y a pas eu de fiançailles officielles, mais il était convenu depuis toujours qu'on les marierait et qu'ils formeraient un beau couple. Évariste est grand et sec, le visage un peu sévère, car c'est un garçon consciencieux, qui prend la vie au sérieux. Il n'avait plus qu'une année d'études pour être avocat quand la guerre a éclaté.

Une autre catastrophe, pour lui, a précédé la guerre. Il a eu un enfant avec une fille du quartier, une fille du peuple dont le père, un petit homme carré et dru, est gardien de nuit dans une usine. C'est cet homme-là, têtu, buté, qui est venu trouver Louisa et qui, à tout ce qu'elle a pu lui objecter, s'est contenté de répéter :

— Il n'y a que le mariage.

Louisa a tenté l'impossible. Elle a offert de l'argent. Elle a consulté un grand avocat. On a même essayé de prouver, par des témoignages, que la fille Prunier avait eu des rapports avec d'autres hommes, de sorte qu'Évariste n'aurait pas été nécessairement le père de l'enfant.

Rien n'y fait. Dix fois par jour, ce Prunier venait la relancer, menaçant, mal poli, criant fort dans la boutique et jusque sur le trottoir où il menaçait d'ameuter les passants, gesticulant, revenant à son éternel refrain :

— Il n'y a que le mariage.

Ils se sont mariés deux mois avant la guerre, alors que Thérèse Prunier était enceinte de quatre mois. C'est une personne quelconque, gentillette et malingre comme il y en a tant, une gamine du peuple qui travaillait dans un atelier de couture.

Désiré a été le premier au courant, car c'est à lui qu'Évariste, dès le début, est venu faire part de ses ennuis. Désiré n'en a rien dit, même à Élise. On se demandait pourquoi Évariste, qu'on ne voyait jamais autrefois, était presque chaque soir rue de la Loi.

Il prend volontiers la vie au tragique. C'est dans son caractère. Il aime les attitudes et se regarde vivre. Le jour de son mariage, dans la cuisine du quai de Coronmeuse, pâle et les yeux rougis, il a déclaré à sa mère, qui le répète comme un texte sacré :

— Je vais à mon mariage comme à l'enterrement de mes jeunes espoirs.

Le couple n'a pas vécu ensemble. Il a été décidé que Thérèse continuerait à habiter chez ses parents et Évariste chez les siens jusqu'à la fin de ses études.

La guerre a éclaté, Évariste est parti avant la naissance de son fils qui est un enfant chétif et d'une nervosité excessive. Il a eu des convulsions. Sa mère a failli mourir en couches. Qui sait si Louisa ne priait pas pour que les choses s'arrangent de la sorte ?

Depuis, Monique Duchêne a pris l'habitude de venir chaque jour quai de Coronmeuse, où elle fait figure de bru.

— Vous n'avez pas de nouvelles, tante ?

Elle ne dit pas encore maman, mais le mot se devine, les deux femmes se comportent ensemble comme bru et belle-mère, elles ne doutent pas un instant que c'est ainsi que cela finira, parce qu'il ne peut pas en être autrement, Dieu ne le voudrait pas. Elles vont à la messe ensemble et ensemble on les voit aux vêpres et au salut, priant, comme dit Désiré, « le bon Dieu à bas de la croix ». Elles font brûler des cierges. Monique s'occupe de toutes les bonnes œuvres de la paroisse. Elle écrit à Évariste presque chaque jour, encore que les occasions d'acheminer le courrier par la Hollande soient assez rares.

Au début, les Prunier ont refusé que l'enfant aille passer une journée de temps en temps chez sa grand-mère paternelle.

« Si la mère n'est pas assez bonne pour eux, ils n'ont pas besoin du fils non plus. »

On a couru de plus belle les avocats. On est allé devant le tribunal. Louisa a obtenu gain de cause. Une fois la semaine, la mère de Thérèse, qui ne met un chapeau qu'à cette occasion, amène l'enfant jusqu'au seuil de la boutique puis s'en va, sans un salut, sans un mot. Et le soir, c'est Anna qui le reconduit jusqu'à la petite maison ouvrière où elle sonne, mais dont elle s'éloigne vivement avant qu'on ouvre la porte.

Toute la famille plaint Monique, admire son héroïsme.

— Si tu la voyais avec l'enfant, Désiré, tu en aurais les larmes aux yeux. Alors qu'elle a toutes les raisons de le détester, elle l'aime comme une vraie maman parce que, dit-elle, c'est l'enfant d'Évariste. Le jour où le petit est chez Louisa, elle y passe toute la journée. C'est elle qui le promène. Elle l'a rhabillé des pieds à la tête, et sais-tu ce que ces gens-là ont fait ? Ils ont renvoyé les vêtements et le linge dans un paquet qu'ils sont venus déposer sur le seuil, comme des voleurs.

Thérèse continue à écrire à Évariste. Comme si elle pouvait l'aimer !

— Tu comprends, Élise, ils n'ont vu qu'une chose : c'est que nous avons de l'argent. Qu'Évariste soit au front, cela n'empêche pas cette fille de courir avec des hommes. On m'a affirmé qu'on l'avait rencontrée avec des Allemands. Je l'ai écrit à Évariste. L'avocat, que j'ai encore vu hier, prétend que si Évariste écrivait une lettre dont il m'a remis le modèle, j'obtiendrais la garde de l'enfant. Monique serait si heureuse !

Et celle-ci soupire :

— Évariste ne le fera pas.

— Pourquoi, puisqu'il n'aime pas cette femme ?

— C'est un homme trop scrupuleux. Il veut accomplir son devoir malgré tout, boire le calice jusqu'à la lie. Je sais que Thérèse lui a écrit sur nous les pires mensonges. Il doit être si malheureux, là-bas, tout seul, tiraillé en tous sens !

Anna est descendue, solidement charpentée comme sa mère, le visage hommasse. Elle met ses gants, cherche son ombrelle.

— Tes sœurs ne sont pas encore là, Monique ? Moi qui croyais être en retard. Bonjour, tante. Roger n'est pas avec toi ?

Roger a préféré gagner l'atelier qui donne sur la cour ensoleillée, là où son oncle, dans l'ombre bleue, tresse des osiers parfumés en compagnie de l'ouvrier bossu. On se sent dans un autre monde. On entend les marteaux de chez Sauveur ; les trams qui passent sur le quai et dans la rue Sainte-Foi ; les sirènes des remorqueurs, des mouches qui bourdonnent. Roger voudrait être encore au temps qui lui paraît si lointain où il venait choisir une baguette d'osier qu'il épluchait ensuite patiemment, au temps plus lointain où, petit bonhomme court sur pattes, il rôdait autour de son oncle, qu'il ne connaissait pas, pour lui demander enfin avec anxiété :

— Dites-moi, ouvrier, on ne mange pas, dans cette maison-ci ?

La cour était plus vaste, le mur plus haut, énorme le seul arbre qui jaillissait d'entre les pavés inégaux et dont, en se soulevant à peine sur la pointe des pieds, il caresse aujourd'hui les feuilles veloutées.

— Roger ! Où es-tu, Roger ? Nous partons !

Il était plein de bonne volonté, ce matin, quand il donnait le bras à sa mère et qu'il essayait de l'évoquer, jeune fille, perdue dans l'immensité de l'« Innovation ». Il se réjouissait d'aller à Lanaeken avec ses cousines Duchêne.

L'une d'elles, Colette, à peine plus âgée que lui, est une jolie fille au regard audacieux. Ses cheveux d'un blond éteint lui tombent sur le dos en deux lourdes tresses. Elle s'habille plus court que les demoiselles de son âge, elle a des gestes de garçon, plusieurs fois ils ont feint de se chamailler pour avoir l'occasion de rouler ensemble dans l'herbe ou dans les blés.

L'année dernière, quand on avait pris l'habitude d'aller, le dimanche, pique-niquer tous ensemble dans l'île Moncin, à trois kilomètres de Coronmeuse, il était amoureux de Colette, dans le bon sens, sans curiosités malsaines, sans aucune pensée qui le fît rougir.

Il admirait sa sœur Monique qui marchait nonchalamment derrière eux avec les grandes personnes en tenant son ombrelle penchée. Monique lui rappelait la maman de son petit ami Jacques, à Embourg, sous les sapins, et la villa si jolie parmi les roses du parc.

Colette, encore un peu sèche et anguleuse, deviendrait, pensait-il, le portrait de sa sœur aînée, dont elle avait le visage allongé et les prunelles d'un bleu d'aquarelle.

Maintenant, il sait. Colette est comme les gamines qu'on poursuit dans l'ombre du Carré. Elle court avec les garçons, se laisse trousser par eux et fait de sales choses dans les coins. On la connaît dans le quartier. Son autre sœur, qui n'a pas tout à fait quinze ans, est encore plus déchaînée qu'elle. On dit :

« Les petites Duchêne. »

Cela suffit. Elles provoquent les hommes, même des hommes mariés. On défend aux jeunes filles comme il faut de sortir avec « les petites du docteur ».

Si Roger disait cela à sa mère, elle ne le croirait pas. Elle ne croit rien de ce qui est laid, surtout si cela a un lien quelconque avec la famille.

— Veux-tu te taire, Roger ? Je me demande où tu vas chercher des idées pareilles.

Simplement en ouvrant les yeux et les oreilles. A présent encore, tandis qu'on marche le long du canal en suivant le chemin de halage où les arbres tracent une diagonale d'ombre tous les dix pas, il écoute sans le vouloir. Il aimerait mieux déambuler en se laissant bercer par sa rêverie, car, de tous les paysages de son enfance, c'est lui qu'il préfère.

Un havresac sur le dos, un bâton à la main, tête nue et le col de sa chemise ouvert, il va devant avec ses deux cousines. Élise, Anna et

Monique suivent en parlant à mi-voix, en s'arrêtant de temps en temps parce que Monique est vite essoufflée.

Parfois ils dépassent une péniche qui glisse avec un léger froissement d'eau sur le canal où, sans raison apparente, des bulles montent à la surface. Ils frôlent le câble tendu, grimpent sur le talus pour éviter le cheval au pas lent que suit un charretier, parfois un enfant brandissant une baguette.

Le feuillage, au-dessus des têtes, forme une voûte immobile et fraîche, d'un vert sombre, qui se reflète dans l'eau, et à cent mètres à peine sur la droite, la Meuse coule librement, sans entraves, jusqu'à la mer, s'étale, scintillante, entre des rives basses ; un pêcheur, de loin en loin, est immobile sous son chapeau de paille, dans un bateau plat que des fiches maintiennent au milieu du courant. Tout est si tranquille qu'à un kilomètre on entend grincer la mécanique d'une écluse ; un gros bourdon passe, ou bien, très loin, au pied des collines que voile un instant un long panache de fumée blanche, un train siffle éperdument.

— Elle est allée au cinéma avec le fils Sauveur. Bête comme il est, encore plus timide que son père, tu penses si elle a eu du plaisir ! Je lui ai dit : ma fille, tant que de choisir un homme...

Elles parlent, parlent sans répit, ne s'interrompent que pour éclater de rire.

— Depuis que Simone n'est plus avec Georges, elle s'est mise à courir les petits vieux. Tu te souviens de celui qui porte des guêtres blanches et qui nous a suivies tout un dimanche après-midi ? Il paraît qu'il a une garçonnière, pas loin de l'école Hazinelle. C'est un noble, mais il n'a plus le sou. Sa famille le tient serré. Eh bien ! Elle y est allée. Tu ne devinerais jamais ce qu'il lui a demandé...

Elles chuchotent, visage contre visage, lancent des regards provocants à leur cousin.

— Qu'est-ce que tu aurais fait à sa place, toi ?

Pourquoi, bon Dieu, Roger s'abaisse-t-il à leur demander, soudain cramoisi :

— Qu'est-ce qu'il lui a demandé ?

— Je ne peux pas te le dire.

— Pourquoi ?

— Yolande ! Il demande pourquoi !

Elles pouffent, continuent à le tenir en haleine.

— Je lui dis ?

— Tu es folle ? Si tu lui racontes des choses pareilles, je ne reste pas une minute de plus avec vous.

— Dis-le-moi, Colette.

— Devine. Si tu devines, je te dirai si c'est ça.

Le voilà à nouveau avec sa mauvaise fièvre et son regard oblique. Il y a des mots qu'il n'ose pas prononcer, fût-ce devant un camarade. Il essaie de s'exprimer par des périphrases, par des gestes à peine esquissés.

— C'est ça ?

— Tu es bête ! Si ça avait été ça, Simone n'aurait pas demandé mieux. On voit bien que tu ne la connais pas.

— Alors, avec la bouche ?

— Dis, Yolande... Il demande si c'est... Répète, Roger !... Si tu voyais la tête que tu fais !... Tu as déjà essayé toi ?... Avec qui ?... Raconte... Où était-ce ?

Il se raccroche à la pure perspective du canal, il voudrait secouer cette fièvre sourde qui s'est emparée de lui. Il méprise ses cousines, et toutes les filles dont elles parlent.

— Dis-moi ce qu'il lui a demandé de faire.

— Qui t'a parlé de faire quelque chose ?

— Alors, de se laisser faire ?

— Il brûle, hein, Yolande ? On lui dit ?

— Si tu parles, je raconte à Monique où tu es allée hier au soir.

— Où es-tu allée, Colette ?

Elles le tiennent, se jouent de lui en échangeant des coups d'œil complices.

— Est-ce que je te demande ce que tu fais avec les filles, toi ?

Il entend, plus proches, les voix des trois femmes qui les suivent.

— Je sais bien qu'Évariste ne divorcera jamais. D'ailleurs Louisa ne le permettrait pas. Elle est trop foncièrement catholique. C'est assez d'un exemple dans la famille. Si vous saviez ce que ma sœur a souffert d'épouser un homme divorcé ! Et pourtant ce n'était pas sa faute, à lui. C'est sa femme qui est partie avec un de ses ouvriers.

Roger tend l'oreille, comprend que c'est le mari de tante Louisa, ce paisible vieillard à barbe de patriarche, qui est un homme divorcé. Donc, du point de vue religieux, sa tante n'est pas mariée ; elle a beau aller à l'église matin et soir, elle vit en état permanent de péché mortel.

— Crois-moi, ma pauvre Monique. Comme dit ma sœur, tout s'arrangera, car il y a un Bon Dieu au ciel.

Est-ce que, vraiment, au prix d'un effort surhumain, Roger ne parviendrait pas à secouer d'un terrible éclat de rire cette atmosphère qui l'oppresse ? Sont-ils inconscients, tous, autant qu'ils sont ? Sont-ils des monstres ? Est-il possible qu'ils soient sincères avec eux-mêmes ?

Tante Louisa prie le Bon Dieu pour qu'il « arrange les choses » sans divorce ! Qu'est-ce que cela signifie, sinon que le Bon Dieu, afin qu'Évariste soit heureux et puisse épouser sa cousine, doit rappeler à lui la pauvre couturière qui n'a pas su éviter de faire un enfant ?

Et Monique prie Dieu, elle aussi, se dévoue aux bonnes œuvres, chante à la grand-messe ! Pour un peu, elles se mettraient toutes ensemble pour faire une neuvaine :

— Seigneur Jésus, sainte Vierge Marie, rappelez à vous cette fille qui empêche le monde d'être heureux !

Il entend Élise qui murmure :

— D'ailleurs, elle n'a aucune santé. Anna me disait tout à l'heure qu'elle sait, par la femme qui lave leur linge, qu'elle s'est mise depuis peu à cracher le sang. Elle souffre aussi du ventre. Elle n'était pas assez forte pour accoucher et il a fallu pratiquer la césarienne.

C'est honteux. C'est ignoble. Et pourtant rien ne craque, le ciel est d'un bleu inouï qui vous enveloppe de sérénité, des pâquerettes, par milliers, poussent leur petite tête innocente entre les herbes de velours, il n'est pas jusqu'au poisson qu'un pêcheur tire de l'eau qui n'ait l'air de frétiller joyeusement au bout de son fil.

Est-ce que la poétique Monique, quand elle était une gamine, se faisait tripoter par les hommes dans l'ombre des terrains vagues et dans les urinoirs ? Est-ce qu'elle s'excitait comme ses sœurs à évoquer devant un garçon des scènes graveleuses ?

La peau lui cuit sous le soleil. Il entend le rire saccadé des deux filles Duchêne. Il se retourne et voit les trois femmes sur un rang, l'ombrelle candide de Monique, l'ombrelle noire d'Anna qui n'est pas coquette, le visage penché d'Élise qui voudrait que tout le monde fût content et qui, pour cela, souhaite sans méchanceté la mort de Thérèse.

Sur le canal, une femme aux cheveux couleur de corde pousse de ses reins le gouvernail d'une péniche qui glisse en silence ; une petite fille en rouge, maigre et nue sous sa robe, joue à ses pieds sur le pont encore humide qu'on vient de laver ; la femme donne le sein à un bébé, ce sein est la seule tache blanche dans la nature, et au loin, à l'ombre des arbres, le mari marche, penché en avant, attelé à un filin d'acier ; c'est lui qui, d'un effort lent et continu, fait glisser le chaland entre les berges du canal.

Pourquoi les petites Duchêne ont-elles soudain éclaté de rire ? Il n'a rien dit. Il n'a rien fait. Il se rend compte qu'il les interroge d'un œil stupide et il est un bon moment avant de deviner l'ignoble vérité : elles se sont esclaffées parce qu'elles ont pensé qu'il ne pouvait détacher son regard du sein laiteux de la marinière !

On a mangé à Visé, qu'on appelle la ville martyre parce que la plupart de ses habitants ont été fusillés par les Allemands en août 1914 et que la ville a été complètement incendiée.

Ils étaient assis sur un talus et ils déballaient leurs provisions en regardant vaguement ce qui demeure de la cité. Des maisons, des églises, des monuments publics, il ne subsiste rien. On a depuis longtemps achevé de démolir les quelques murs qui restaient debout et maintenant pierres et briques sont rangées en tas réguliers. Les rues et les trottoirs intacts se dessinent avec une netteté stupéfiante, de sorte que c'est encore une ville, une ville où les pâtés de maisons sont remplacés par des tas de pierres d'un mètre ou deux de haut.

En face d'eux, une guinguette en planches a surgi, flanquée d'une amorce de tonnelle.

— Ce n'est pas la peine d'aller dépenser notre argent, mes enfants. Pour boire quoi ? Rien de bon. J'ai apporté du café pour tout le monde.

Le pont est cassé en deux comme un jouet. On voit au loin, sur une rive de la Meuse, le poste frontière, on devine, malgré le soleil qui éblouit, le câble tendu en travers du fleuve. Les éclairs qu'on observe parfois ne sont que des reflets sur les baïonnettes des sentinelles.

Le premier hiver de la guerre, deux cents jeunes gens se sont réunis dans la cale d'un remorqueur sans attirer l'attention des Allemands. Plusieurs jours durant, ils ont dû attendre que le plus fort de la crue permît au bateau de passer par-dessus les barrages et, une nuit enfin, le remorqueur s'est détaché de la rive et s'est lancé à toute vapeur dans le courant, sans feu de position, tandis que les coups de fusil crépitaient sur les berges.

Les Allemands avaient déjà tendu un câble, mais le patron risquant le tout pour le tout, comptant sur la violence du flot, a foncé droit devant lui et le câble a cédé, le remorqueur a tournoyé un instant sur lui-même tandis que les jeunes gens, enfin libres, se précipitaient en hurlant sur le pont.

Roger était trop jeune. Il l'est encore. Ses mâchoires se serrent tandis qu'il contemple la frontière. Que pourrait-il faire pour que la vie fût belle et propre, surtout propre ?

Tête basse, il marche derrière les autres.

— Qu'est-ce que tu as, Roger ?

— Rien, mère.

— Tu ne t'amuses pas ?

Ses cousines se moquent de lui. Cela lui est égal. On emprunte des petits chemins. Élise commence à expliquer :

— Le plus dangereux, tout à l'heure, ce sera le passage à niveau. Vous avez vu la sentinelle. Heureusement que c'est un Bavarois. S'il arrive quelque chose, on pourra peut-être s'arranger avec lui. Tu passeras la première, Monique. Jolie et élégante comme tu l'es, il ne regardera que toi et nous en profiterons pour nous glisser de l'autre côté.

On a atteint enfin la ferme d'Éléonore Dafnet qui les attend et qui se récrie :

— Comment ! Vous avez mangé ! Je reconnais bien là Élise. Et moi qui vous avais préparé un bon dîner !

Elle est maigre. C'est la même race qu'Élise, de ces femmes qui n'ont pas l'air d'avoir deux sous de santé et qui sont plus résistantes que les hommes. Pourquoi Roger pense-t-il soudain qu'elles semblent nées pour faire des veuves ?

— C'est cela, ton fils ? Mon Dieu ! Je n'oserais pas l'embrasser !

Elle est vêtue de noir comme une bourgeoise. La ferme est bien entretenue, la cuisine luisante de propreté. On entend quelque part les sons d'un accordéon et Élise, facilement inquiète, interroge son amie du regard.

— Ne fais pas attention. Ce sont mes locataires. Car figure-toi, Élise, que j'ai des locataires, moi aussi. Ils sont venus sans que j'aie besoin d'aller les chercher. Ce sont quatre Allemands, dont trois vieux. Je les ai dressés et, quand ils ne montent pas la garde, ils m'aident à traire les vaches.

Elle entrouvre une porte.

— Hé ! Franz... Viens donc dire bonjour à mes amies...

Comme il ne porte pas sa tunique ni ses bottes, et qu'il est chaussé de sabots pleins de paille, on n'a pas l'impression de se trouver devant un soldat allemand.

— Tu dois encore pouvoir t'expliquer avec eux, Élise ? Ils sont bien gentils, tu sais. Je me réjouis qu'ils s'en aillent et que mon mari revienne, mais on ne peut pas dire que ceux-ci soient tracassants. Va me chercher une bouteille à la cave, Franz... *Flasche, ja... Wein...* C'est cela... Tu vois, il a compris !... Tu en auras un verre aussi, gros cochon !... Si je te disais que rien ne l'amuse, celui-là, comme de s'entendre appeler gros cochon...

— Tu n'as pas peur ?

— De quoi ?... Son père est bourgmestre de son village... Je lui ai raconté que le tien l'a été aussi... Mais dans quoi allez-vous emporter les victuailles, mes enfants ?

— Dis-moi, Éléonore, tu ne crois pas qu'ils comprennent tout ce que tu dis ?

— Qu'est-ce que cela peut faire ? Ils sont au courant. Je leur donne assez de beurre qu'ils envoient en Allemagne, où on crève de faim... Où il faudra faire attention, c'est au passage à niveau... Surtout si tu vois un adjudant... Celui-là, c'est une brute qui n'hésiterait pas à vous faire déshabiller sur la route pour s'assurer que vous ne cachez rien... La semaine dernière, il a ordonné à ses hommes de tirer sur un pauvre type qui fraudait...

Roger regarde gravement Élise, s'étonne que sa mère ait pu être jadis l'amie de cette femme qui est devant lui. Est-ce qu'à cette époque de l'« Innovation » elles se ressemblaient, et la vie a-t-elle suffi à les faire si différentes l'une de l'autre ?

Élise parle à mi-voix. L'autre répond à voix haute.

— Ne t'en fais pas, ma fille ! Je m'arrange pour ne pas y perdre. Si je te disais combien je leur prends pour laver leurs chemises et leurs chaussettes, tu ne me croirais pas. Tu n'as pas encore vu mon préféré. Attends... Éthel !... Éthel !... Viens ici, mon garçon, qu'on admire ton joli museau... Eh bien, ne dirait-on pas un enfant ?... Je ne sais pas pourquoi on l'a mis avec les vieux, au lieu de l'envoyer en première ligne... Il a une peau tendre de fille et un rien le fait rougir... Des amies, Éthel, du temps où j'étais demoiselle... *Fräulein,* oui... Moi, *Fräulein...* Tu vois ! Il ne sait plus où se mettre... Son père est notaire, à Mayence... Il a une sœur mariée à un baron... Un verre de vin, Éthel ?... *Ja...* Prends les verres dans l'armoire... Essaie de te rendre utile... Tu vois comme je les fais marcher ?

— Tu n'as toujours pas de nouvelles de ton mari ?

— Rien. Je n'ai pas reçu une seule lettre depuis un an.

Elle pousse un soupir, mais continue à remplir les verres.

— Dans quoi vas-tu mettre le blé ?

— Tu verras. Je te montrerai quand ils ne seront plus là. Je me suis fait un jupon de dessous à deux épaisseurs, avec des coutures verticales tous les cinq centimètres...

On a mangé de la tarte avec les Allemands. Seule Monique se tenait un peu à l'écart. Puis soudain on s'est aperçu que le temps passait vite. Au grenier, on a dû chercher un entonnoir pour verser le blé dans les sortes de poches étroites dont le jupon d'Élise est composé. On a pesé le beurre, le lard.

Roger a compris le manège de Colette qui, après l'avoir regardé dans les yeux, est entrée comme par désœuvrement dans une remise mal éclairée. Il l'a suivie. Elle lui a demandé d'une voix un peu nerveuse :

— Qu'est-ce que tu veux ?

Elle a dû avoir peur, car il la haïssait vraiment ; c'est par haine qu'il l'a renversée dans ses bras et que ses dents se sont heurtées aux siennes, ses mains rageuses ont déchiré du linge. Si sa sœur Yolande n'était pas entrée à ce moment, il aurait sans doute été jusqu'au bout, pour la salir.

— Eh bien ! vous autres, vous ne vous embêtez pas.

— Brute ! Sale brute ! a grondé Colette en essayant de se rajuster.

Elle ne se moque plus de lui. Elle en a peur. Elle le respecte. C'est elle qui, tout au long du chemin du retour, va courir après lui.

Élise, un peu déçue, n'ose pas le montrer.

— Combien nous a-t-elle compté le blé ?

— Vingt-cinq francs le kilo.

— C'est cinq francs moins cher qu'en ville. Son beurre a un bon goût de noisette. Ce n'est pas comme le beurre du ravitaillement qui est toujours rance et plein d'eau.

Avait-elle espéré qu'Éléonore lui donnerait tout cela pour rien, ou au prix d'avant la guerre ?

Monique Duchêne est envoyée en avant pour franchir le dangereux passage à niveau. Roger et ses cousines rampent sur le talus et franchissent la ligne de chemin de fer à cent mètres des sentinelles. Élise, dans son jupon plein de froment qui se gonfle en crinoline, a l'air d'attendre famille ; elle ressemble un peu à ces figurines Louis XV en pâte tendre et son visage paraît plus délicat, plus fin.

— Laissez-moi porter quelque chose, tante.

— Mais non, Monique, tu as les mains trop délicates.

On évite le chemin de halage et on suit, près de la Meuse, un sentier entre les roseaux. On parle de moins en moins. On finit par ne plus parler du tout, tandis que le ciel tourne au vert pâle et que la brise couvre le fleuve de vaguelettes blanches.

Roger envie le jeune soldat qu'il a vu tout à l'heure à la ferme et qu'Éléonore Dafnet couvait de regards attendris. Ce garçon-là n'est-il pas heureux d'échapper à la vie quotidienne, à sa famille, aux maisons toujours les mêmes qu'il voyait depuis son enfance, dressées autour de lui comme des murs de prison ?

Dans une arrière-cuisine blanchie à la chaux, on a étendu quatre paillasses côte à côte. Des casques, des ceinturons traînaient sur des chaises à fond de paille et il y a un rasoir et un blaireau sur l'appui de la lucarne, un bout de miroir fixé avec des clous. On entend les vaches et les chevaux de l'autre côté du mur. Assis sur sa couche, pieds nus, la chemise ouverte sur un torse velu, un soldat de quarante ans qui est dentiste dans le civil joue de l'accordéon.

Et tante Louisa écrit à Évariste, qui est au front, pour l'entretenir de tous les ragots qui courent sur le compte de sa femme.

Elle le supplie de signer la lettre qui permettrait peut-être de reprendre l'enfant à Thérèse. Monique écrit de son côté pour lui faire entendre à demi-mot, car elle est pleine de délicatesse, qu'elle l'attend et qu'il la trouvera quoi qu'il advienne.

Éléonore Dafnet ne s'inquiète pas de son mari dont elle est sans nouvelles et qui est sans doute mort. Pour sa fête, elle s'est offert une broche de deux mille francs. Elle l'a montrée à Élise.

Désiré, ce soir, devra préparer son souper en rentrant du bureau, car on n'arrivera pas avant la nuit rue des Maraîchers. Il reste encore des endroits dangereux à passer. Non seulement on risque plusieurs années de prison, mais les sentinelles ont l'ordre de tirer.

— Qu'est-ce que tu fais, le dimanche ? demande Colette à Roger.

Il sait où elle veut en venir, mais il ne lui donnera pas le rendez-vous qu'elle espère. Il est content que Yolande soit survenue pour l'empêcher d'aller jusqu'au bout, car Colette se serait probablement raccrochée à lui.

Est-ce sa famille qui pèse à Roger ? Il y a des moments où il se demande si, comme Élise le prétend au cours de ses crises, il n'est pas un monstre. Il a beau faire. Ce matin, il était plein de bonne volonté. Qu'ont-elles eu besoin de remuer toutes leurs saletés devant lui ?

La solitude l'angoisse parfois. Mais comment faire pour ne pas être seul ?

On finit par marcher à la file indienne, les pieds butent, l'herbe est devenue grise et le soir a comme un arrière-goût de cendres refroidies. La lourde tarte d'Éléonore Dafnet — la pâte était mal cuite — pèse encore sur l'estomac.

Que lui reste-t-il de sa journée ? Quelques minutes de légèreté et d'espoir quand, le matin, quai de Coronmeuse, sa mère lui a demandé avec une touchante timidité de lui donner son bras et qu'il a eu l'impression de respirer des bouffées d'une époque qu'il n'a pas connue, qu'il ne peut reconstituer que par Valérie et par quelques amies éparpillées.

Une petite fille en rouge, une femme qui donnait le sein en pesant sur la barre du gouvernail, un homme qui là-bas, dans l'ombre des arbres, peinait patiemment comme un cheval.

Puis ces paillasses, ces couvertures grises, cette odeur de caserne, ces quatre hommes fraternels et détachés du monde qui erraient dans la ferme de Lanaeken.

— Vous marchez trop vite, mes enfants. Monique ne peut pas suivre. C'est toi, Roger, qui vas de l'avant comme un fou.

Il ralentit son allure. Il fera tout ce qu'on voudra. Peu lui importe. Il n'a rien de commun avec eux. Il moudra docilement le grain dans le moulin à café, il le passera au tamis.

Sa vie est ailleurs, il ne sait pas encore où, il la cherche dehors et il continuera à la chercher.

Élise croit devoir se cacher de lui. Elle se figure qu'il n'a pas entendu. A certain moment, comme Éléonore Dafnet commençait une phrase, elle lui a fait signe de se taire en désignant Roger du regard. Les deux femmes ont continué en flamand, il a compris sans le vouloir.

Éléonore demandait à Élise si elle prenait encore des pensionnaires, car deux filles de fermiers des environs, qui suivent des cours à l'école Pigier, cherchent une chambre en ville.

Maintenant, sa mère explique à voix basse à Anna :

— Tu comprends, je n'ai pas dit non. Des filles de fermiers nous apporteront toujours quelque chose à manger. Je n'en parle pas encore à Roger, car il devient plus intraitable que son père. On dirait qu'il est jaloux de tout ce qui entre à la maison. Avec ça qu'il n'y est jamais.

Il ne réagit pas. Qu'elle prenne des pensionnaires autant qu'elle en voudra, qu'elle en remplisse la maison, qu'on le fasse à nouveau coucher au grenier comme rue de la Loi, cela lui est indifférent. Comme sa mère le dit si bien, il n'y est jamais.

On retrouve le quai de Coronmeuse dans la nuit, on entre un instant chez tante Louisa, on échange des paquets et on fait des comptes compliqués.

Puis ils ne sont plus que deux à traîner leur chargement le long des maisons noires. Élise est lasse. Elle s'efforce de suivre son fils sans se plaindre. Ils ne se parlent plus. Ils n'ont rien à se dire.

On traverse le pont Maghin, on passe par la place du Congrès et machinalement on jette un coup d'œil dans la rue Pasteur où il n'y a pas une âme et qui paraît morte.

Encore le pont d'Amercœur pour franchir la dérivation et ils seront chez eux, ils entreront enfin dans la cuisine où Désiré, en bras de chemise, a mis la table et les attend en lisant le journal dans son fauteuil reconquis.

— Alors, Élise ? Alors, fils ? L'expédition s'est bien passée ?

Chacun se déharnache. Élise parle d'abondance, comme chaque fois qu'elle a quelque chose à cacher et Roger, à la dérobée, regarde son père, le cœur gros.

Élise lui a rapporté un morceau de tarte qui fait piteuse figure sur la table, avec son papier qui colle et les fruits qui ont imprégné la pâte.

8

Il est quatre heures. Le surveillant, qui a ouvert le portail à deux battants, va se planter au milieu de la rue Saint-Gilles afin d'arrêter le flot des élèves au passage des tramways.

On est en juin 1918. Sur les hauteurs, on entend de plus en plus nettement le canon. Les Allemands qu'on rencontre dans la ville sont de vieux soldats du « Landsturm », des barbus, des chauves, des trop petits, ou des trop grands, ou des tordus. Ils ne jettent plus dans le ruisseau le trop-plein de leur gamelle. On les voit qui traînent par petits groupes leurs courtes bottes le long des trottoirs, et qui s'arrêtent avec des concupiscences d'enfants devant les étalages.

L'autre jour, comme Élise sortait du ravitaillement américain où elle avait attendu plus de trois heures, elle en a vu un qui lui a fait pitié et elle n'a pu s'empêcher d'en parler au souper. Il était campé au bord du trottoir, en face de la sortie. Dans sa grande pipe de porcelaine, il fumait quelque chose qui n'était pas du tabac, qui sentait comme les feux qu'on allume dans les campagnes, du foin sans doute, ou des feuilles de chêne. Il devait être grand-père. Cela se devinait à sa façon de regarder les enfants d'un certain âge. Il avait été gros et son uniforme était maintenant trop large, la boucle de son ceinturon pendait sur son ventre dégonflé.

— Si tu avais vu, Désiré, le regard qu'il lançait au morceau de lard qu'on apercevait dans mon filet ! L'eau lui en montait à la bouche.

S'ils ont faim, la population a faim aussi et on reconnaît depuis quelque temps des gens aisés qui viennent gauchement se glisser dans la queue des soupes populaires.

On porte des canotiers de paille rustique, de la « paille-rocher » comme disent les chapeliers. La coiffe doit être excessivement haute, le bord aussi étroit que possible, le ruban inexistant. C'est le dernier chic, avec les souliers jaunes à bout américain et les pantalons très larges. On a lancé aussi les cols souples, en piqué, dont on retient les pointes, des deux côtés de la cravate, par une barrette que terminent deux boules en métal.

Roger est mis à la mode, à part les pantalons qui sont de largeur moyenne. Le portail franchi, il cherche quelqu'un des yeux et, quand il aperçoit Stievens, lui emboîte le pas.

— On va faire un billard ?

Car il en est arrivé là : à guetter un Stievens et à descendre avec lui la rue Saint-Gilles, le regard et la démarche exagérément assurés. Il n'emporte plus sa serviette de toile cirée mais, comme les étudiants de l'Université, il tient ses livres et ses cahiers à la main, serrés par une courroie. Il s'embarrasse du strict minimum. Tout le monde sait que maintenant, par exemple, ils ne rentrent pas chez eux pour étudier, mais qu'une vie étrangère au collège les attend.

Stievens, comme Mamelin, est coiffé d'un de ces chapeaux de paille qu'on voit surtout aux accapareurs. On dirait qu'ils ont rompu l'un et l'autre avec le reste de la classe. Ils y viennent encore, s'assoient à leur banc, ouvrent un cahier, par contenance, mais il est évident qu'ils ne participent plus à la vie commune. Ils ne préparent pas non plus les examens qui sont proches.

Neef-le-paysan se perd en conjectures. Son regard exprime sa stupeur et son désespoir de voir Roger, qui était parmi les meilleurs élèves, se mettre délibérément, de lui-même, sur le plan de Stievens.

Ils marchent tous les deux, dédaigneux des camarades qui les dépassent. En dépit des règlements, ils pénètrent, sans se donner la peine de se cacher, sous le porche du « Palace ». Il existe une cage vitrée, à droite, où les spectateurs doivent prendre leur billet d'entrée, mais ils ne s'y arrêtent pas, ils passent, avec un bonjour familier et protecteur, devant l'employé chargé du contrôle, qui soulève pour eux la tenture de velours.

La salle est pleine de monde. Les spectateurs, assis autour des tables, boivent de la bière ou de la grenadine. Un film à épisodes se déroule sur l'écran. Les deux jeunes gens restent un moment debout ; la lumière se fait pour une attraction, les musiciens reprennent leur place à l'orchestre, on tend un filet au-dessus des têtes tandis que des acrobates moulés dans leur maillot couleur de plâtre se hissent jusqu'au cintre le long des cordes tendues.

— On y va ?

Ils passent, comme indifférents aux amusements de la foule. Au fond de la salle, près du bar où traînent quelques professionnelles, ils soulèvent une tenture, s'engagent dans un escalier où leur parvient, en même temps que la musique du hall, le bruit des billes qui s'entrechoquent.

Roger n'a pas seize ans. Stievens est son aîné de quelques mois. Graves, imbus de l'importance de leurs gestes, ils pénètrent d'une démarche lente dans les salons lourdement décorés de l'académie de billard.

— Le 9 est libre, Albert ?

— Mais oui, messieurs. Comme d'habitude ?

La lumière du jour ne pénètre pas dans les salons. A peine devine-t-on la musique du « Palace », surtout quand un roulement des tambours et des caisses souligne l'exercice périlleux d'un acrobate.

Ici, tout est austérité, élégance. Les réflecteurs n'éclairent que le vert des tapis et les têtes sont comme des figures de cire dans la pénombre. Chacun, qu'il joue ou qu'il attende son tour, surveille ses attitudes, interroge les miroirs des panneaux, il y a une qualité toute particulière de désinvolture difficile à acquérir, un sourire blasé qui est comme la marque du cercle.

Le calme est tel qu'un éclat de voix suspendrait tous les gestes commencés. Et pourtant, alors qu'il va et vient avec raideur au plus profond de ce silence, Roger sent une force intérieure qui l'emporte à une vitesse vertigineuse et rien, désormais, sinon la catastrophe, ne pourra l'arrêter.

Il a besoin de Stievens. Cela l'humilie d'en être réduit à l'attendre à la sortie du collège, mais que ferait-il d'autre, à quatre heures de l'après-midi, puisqu'il ne peut pas rentrer chez lui ? Il a déjà vu le programme des trois cinémas de la ville. Les théâtres ne jouent pas en matinée. Il a assisté, la veille, au spectacle du « Palace », il en a même vu deux fois une partie. Et quand il est seul ainsi, assis au milieu de la foule, il lui arrive d'être empoigné soudain par une angoisse intolérable. Il a peur, il ne sait pas de quoi. Il a besoin d'une présence pour le rassurer et il va chez Gaston, ou chez Stievens, car il lui est arrivé d'aller chercher celui-ci chez lui.

Faute de connaître les gens, on se fait d'eux une idée fausse. Les Stievens, par exemple, habitent une maison fort simple, à peine un peu plus élégante que celle de la rue des Maraîchers. La vraie différence, en dehors de quelques bibelots, est qu'ils ont un salon et qu'ils prennent leurs repas dans la salle à manger. Le père, mort peu avant la guerre, était courtier. La mère continue ses affaires.

Les deux femmes, la mère et la fille, qui paraissent si extravagantes quand on les rencontre au Carré, emplumées ou couvertes de fourrures, sont, chez elles, des personnes tout à fait quelconques, désirables ni l'une ni l'autre. La jeune fille a les mêmes traits épais, la même chair grossière que son frère. Toutes deux traînent dans la maison en savates et en négligé. Les Stievens, qui ne jettent pas l'argent par les fenêtres, ne dépensent que pour s'habiller.

— Je sais bien que je ne passerai pas de classe, dit simplement Stievens qui n'en a aucun regret. Cela m'est égal. J'entrerai comme employé dans une maison de commerce pour apprendre la partie, puis je me mettrai à mon compte.

— Tu auras de l'argent pour t'installer ?

— J'épouserai une jeune fille qui m'en apportera.

La plupart du temps, quand il rentre, il n'y a personne à la maison. Il mange n'importe quoi, ouvre une boîte de conserve et va se coucher. Si, en ville, il rencontre sa mère et sa sœur, il leur dit bonjour de loin, qu'elles soient seules ou en compagnie, et chacun continue son chemin de son côté.

Ils jouent au billard et cela rappelle à Roger des souvenirs. Il y a si peu de temps de cela et c'est déjà si loin ! A l'époque où il passait ses doigts dans ses cheveux longs et où il sortait volontiers en sabots, il lui est arrivé deux ou trois fois, le soir, d'aller faire un billard avec son père dans un café d'Outremeuse.

Tout le monde reconnaissait Désiré, savait que c'était les Mamelin père et fils qui jouaient ensemble comme des égaux.

— A toi, fils.

— Comment ferais-tu ce point-là, toi ? En coulé ?

— Par deux bandes avec effet contraire.

L'atmosphère était lourde et familière. Les demis de bière étaient posés sur un guéridon où on allait de temps en temps boire une gorgée. On s'essuyait les lèvres du revers de la main. Là aussi, Roger s'observait à la dérobée dans les glaces, mais c'était pour s'assurer de la bonhomie plébéienne de son visage.

On venait les regarder jouer.

— Alors, Désiré, tu enseignes le billard à ton garçon ?

— En attendant que ce soit lui qui me rende des points.

Maintenant, ils osent à peine se regarder, son père et lui. Roger s'enfuit de la maison la bouche encore pleine et des remords le poursuivent à l'idée qu'il laisse Désiré seul en tête à tête avec sa mère.

Cécile est morte. Elle est restée couchée toute une semaine et on n'a jamais vu autant de mouches que cette semaine-là, l'atmosphère a rarement été aussi orageuse. La voix de sa tante était si faible qu'il fallait approcher l'oreille de sa bouche et qu'on devinait plutôt ce qu'elle voulait dire. Pourtant, elle ne se rendait pas compte de son état.

— Si tu savais comme je suis maigre, Roger ! Regarde. Il n'y a plus rien. Les os eux-mêmes ont fondu...

Elle levait la couverture. C'était affreux. Roger ne voulait plus aller la voir. Une odeur, qui lui apparaissait comme une odeur d'agonie, le prenait à la gorge. Sa tante le réclamait sans cesse. Elle voulait qu'il lui lût la fin d'un roman populaire qu'elle avait commencé et qu'elle ne pouvait plus lire elle-même.

— Tu n'es pas gentil, Roger, grondait Élise. Toi qui étais tout le temps fourré chez Cécile, tu n'y mets plus les pieds à un moment où elle a tant besoin de toi.

Est-ce sa faute ? Il se sent pâlir rien que de la regarder, ses tempes deviennent moites, la tête lui tourne. Quand elle lui a serré la main de ses doigts qui collent, il évite de toucher quoi que ce soit avant de s'être savonné deux ou trois fois les mains au robinet.

Ce n'est que tout à la fin qu'elle s'est vue mourir. Au lieu de se débattre et de se révolter comme Félicie, elle a montré une sérénité inattendue. Elle était presque gaie. Elle lui disait :

— Mon Dieu, Roger, je vais faire une bien vilaine morte ! Si tu voyais mon portrait quand j'étais jeune fille ! Tu le demanderas à Marcel, s'il le retrouve. Il n'y a que mes cheveux qui soient restés beaux. A l'école, on m'appelait la petite qui a de si beaux cheveux.

On a dû promettre qu'on lui mettrait des fleurs sur la tête, une fois morte, comme quand elle suivait la procession, et elle est entrée doucement dans le coma, qui a duré vingt-quatre heures.

Toute la famille a été d'accord pour ne pas porter le deuil, à cause de la guerre. Les femmes ont encore leur voile de crêpe dans leur armoire et elles auraient pu le mettre. Comme dit Catherine, la femme de Lucien :

— Tu nous vois, Élise, faisant la queue au ravitaillement ou poussant une charrette de pommes de terre dans les rues avec un crêpe sur la tête ?

Le costume de Désiré est noir. Il s'est toujours habillé en sombre. Roger porte un brassard sur son complet beige. Chrétien Mamelin vit désormais dans une maison étrangère, puisque c'est maintenant la maison d'un gendre.

— Pauvre papa ! Lui qui n'a jamais beaucoup aimé Marcel ! Si seulement, comme nous le lui avons tous conseillé, il avait remis la chapellerie à Arthur, qui est du métier ! Il ne voulait pas quitter Cécile et maintenant c'est Cécile qui le quitte...

Marcel ne sera pas long à se remarier, tout le monde est d'accord sur ce point. Il n'y a que Désiré à ne rien dire. Il a été fortement ébranlé par la mort de sa sœur préférée. Quand Élise en parle, on sent qu'il souffre et il ne tarde pas à sortir de la cuisine.

Comment Élise a-t-elle pu garder au moins dix jours un secret qui devait l'étouffer ? Pendant tout ce temps-là, elle a embrassé son fils comme si rien n'était, mais elle l'observait sans cesse, il s'en rendait compte, sans parvenir à en deviner la raison. Plusieurs fois, il a eu nettement l'impression qu'elle avait quelque chose sur le cœur. Il ne s'en est pas inquiété car, avec sa mère, il en a toujours été ainsi, on pourrait dire que cela ressemble aux neuvaines de Marthe ou de Léopold, qu'on ne voit plus depuis des mois. Pendant des semaines, elle est gaie, enjouée même, aux petits soins pour chacun. Peu à peu son visage devient plus pointu, elle commence à regarder les gens en dessous et à soupirer.

— Mais non, Désiré ! Je t'assure que je n'ai rien. Pourquoi aurais-je quelque chose ? Tu me donnes tout ce qu'il me faut, n'est-ce pas ?

C'est signe que l'orage est proche. Il couve plus ou moins longtemps en attendant une occasion d'éclater, un prétexte le plus souvent futile, sans aucun rapport avec la cause véritable. Et c'est la scène : les larmes, les reproches à n'en plus finir, la crise de nerfs.

Cette fois, c'est venu à propos de fromages, des petits fromages de Herve qu'on a rapportés de chez Éléonore Dafnet et qu'on a mis à la cave où, paraît-il, ils peuvent se conserver des mois. Un après-midi qu'il était seul à la maison, Roger a mangé deux de ces fromages et il n'en a rien dit, persuadé que dans le nombre cela ne se remarquerait pas.

Cette histoire de fromages aussi, Élise l'a gardée sur le cœur pendant deux ou trois jours.

— Où vas-tu, Roger ?

— Je sors.

— Tu ferais mieux d'apprendre tes leçons.

— Je les sais déjà.

— Qui vas-tu retrouver ?

— Personne. Des camarades.

— Tu ne crois pas que ce serait plus joli de ta part de te proposer pour aller à ma place au ravitaillement ?

Il se tait, décidé à ne pas y aller, car il a rendez-vous avec Gaston Van de Waele.

— Mais non ! Je te connais, va ! Tu aimes mieux attendre que je passe mon après-midi à faire la queue en plein soleil pour voler des fromages dans la cave. Ne t'en va pas. Je n'ai pas fini. C'est honteux, alors qu'un homme grand et fort comme ton père a la même ration que nous...

— Écoute, mère...

— Non, Roger. Vois-tu, tu me fais trop de peine et il faut que je te le dise une bonne fois. Ton père est trop bon avec toi. Il en est bête. Si je lui parle de toi, il prend toujours ta défense.

— Je t'en prie, mère. Si nous commençons, tu sais bien comment cela va encore finir.

— J'en parlais hier à ma sœur Louisa...

C'est mauvais signe que, depuis quelque temps, elle soit toujours à courir à Coronmeuse. Pourtant, il ne se doute pas encore que c'est si grave. Élise elle-même ne sait comment en venir où elle veut en venir.

— Si on laissait tante Louisa tranquille ? propose-t-il. J'aime encore mieux aller au ravitaillement et que ce soit fini. Donne-moi les cartes et le filet.

— Tu n'as pas honte, Roger ?

— J'ai eu tort de manger les fromages, c'est vrai. Voilà. Tu es contente ?

— Il ne s'agit pas de fromages. Il s'agit de toi. Moi qui ai tant prié pour que tu sois un honnête homme.

Il pâlit. Son cœur cesse de battre. Il est soudain persuadé que ses vols dans le tiroir-caisse des Gruyelle-Marquant sont découverts, que son grand-père l'a vu, qu'il en a parlé. Il reste là, rigide, comme un condamné.

— Cécile m'a tout appris avant de mourir. Pauvre fille ! Sur son lit de mort, elle se faisait encore du mauvais sang pour toi et elle m'a suppliée de veiller sur ta conduite.

— De quoi s'est-elle mêlée ?

— Ne fais pas l'innocent, Roger. Tu le sais bien. Dire que je me saignais aux quatre veines pour que, malgré la guerre, tu ailles prendre le bon air à Embourg ! Ta pauvre cousine allait te voir, sans se douter de ce que tu faisais avec une de ses élèves. Quand j'ai appris cela, j'ai cru que j'allais devenir folle. Je ne voulais pas le croire. Et toi, tu t'en vantais auprès de Cécile, pendant que je priais pour que mon fils...

— ... reste pur jusqu'au soir de son mariage, je sais.

— Tu as encore le courage de te moquer de moi ?

— Mais non, mère, je ne me moque pas. Essayons seulement de ne pas être ridicules. Je te jure qu'il est encore temps de nous arrêter. Tout à l'heure, tu vas te rouler par terre et dire des mots que tu regretteras.

C'est arrivé, évidemment. Il s'est emballé à son tour. Pourquoi s'en est-il pris à tante Louisa, à Évariste, à Monique ? Il était tellement ulcéré par la trahison de Cécile, qui est morte, qu'il est vite devenu odieux. Il ne veut pas se souvenir de ses paroles. Les choses sont allées si loin qu'une Élise déchaînée a fini par hurler :

— Je te maudis, Roger, tu entends ?

Elle lui a jeté un objet à la tête, un soulier de Désiré qu'elle venait de rapporter de chez le cordonnier. Il s'est enfui. Il n'était que cinq heures. Il est allé à la rencontre de son père qui a compris rien qu'en voyant sa tête.

— Qu'est-ce qu'il y a encore, fils ?

— Une scène avec mère.

— Pourquoi t'y prends-tu si mal avec elle ? Tu sais combien elle est nerveuse et tu t'obstines à lui répondre.

— Cette fois-ci, c'est plus grave. Tante Cécile lui a raconté des choses que je lui avais confiées comme à un camarade. Des histoires de filles. C'était elle qui me questionnait toujours.

Il est plus gêné d'aborder ce sujet avec son père qu'avec sa mère.

— Tu as une bonne amie ? C'est ça ?

— Pas tout à fait. Tu sais les neuvaines que mère et tante Louisa s'obstinent à faire à mon intention. Eh bien ! quand mère a appris qu'elles étaient inutiles...

Désiré ne l'a pas questionné.

— Viens. Surtout, si ta mère en parle encore, ne réponds sous aucun prétexte, n'essaie pas de lui prouver que tu as raison.

— Elle est déchaînée. Tu vas voir.

On n'a rien vu ce soir-là, grâce aux deux locataires envoyées par Éléonore Dafnet qui sont arrivées providentiellement. Ce sont deux filles aussi différentes l'une de l'autre que la blonde et la brune du calendrier de chez tante Louisa. Élise s'efforce de sourire en dépit de ses yeux rouges et des regards haineux qu'elle lance à son fils dès que les autres ont le dos tourné.

— Excusez-moi, mesdemoiselles. Je ne vous attendais pas aujourd'hui et la maison est un peu sens dessus dessous. Nous venons de perdre une sœur de mon mari qui laisse trois petits enfants.

Depuis lors, on vit en plein drame, en pleine incohérence. Pourquoi Roger n'a-t-il pas le courage de suivre le conseil que son père lui a donné ?

— Évite de sortir pendant quelques jours. Ingénie-toi à rendre service à ta mère. Elle est si sensible aux petites attentions. Si tu t'y prends gentiment avec elle, dans huit jours elle aura tout oublié.

Il fait le contraire, presque malgré lui.

Alors, Désiré lui parle avec fermeté.

— Ta mère a raison, Roger. A ton âge, on n'a pas le droit de rentrer à minuit, quand ce n'est pas à des deux heures du matin. Tu n'étudies plus. On ne te voit jamais un livre à la main. Tu es sans cesse dehors, avec des camarades qui ne te conviennent pas...

Mais Désiré n'a-t-il pas l'air de lui faire comprendre par un clignement d'yeux :

— Je dis cela pour avoir la paix. Je te comprends. N'est-ce pas assez que je reste à la maison tous les soirs ? J'y reste depuis que je suis marié. Tu es jeune, toi. Tu as toute la vie devant toi...

Élise le sent et les épie, cherchant à saisir des preuves de leur complicité.

— Demande-lui où il est encore allé traîner hier. Il a dû boire et il a vomi tout son dîner. Il ne pourrait pas prétendre le contraire, car j'ai trouvé son complet couvert de taches de vomissure et j'ai eu toutes les peines du monde à le nettoyer.

— Réponds, Roger. Où étais-tu ?

— Avec Gaston. C'est le jour des étudiants.

Gaston Van de Waele, qui est inscrit dans une école commerciale où il met rarement les pieds, ne s'en considère pas moins comme étudiant et, le vendredi soir, il se coiffe d'une casquette de velours vert à longue visière, comme ceux de l'Université. Ils sont des centaines à se retrouver au pavillon de Flore où la représentation leur est réservée.

Roger les suit. On fait du chahut. Après le théâtre, des monômes s'organisent, on parcourt les rues en chantant, on grimpe aux becs de gaz et on tire les sonnettes, on pénètre bruyamment dans les cafés encore ouverts et dans les boîtes de nuit ; cela finit presque toujours dans quelque mauvais lieu, par une beuverie crapuleuse que scandent des cris d'animaux et des chansons obscènes de corps de garde.

— Demande-lui donc où il trouve l'argent pour sortir ainsi.

Roger rougit et répond trop vivement :

— C'est Gaston qui paie.

— Et tu n'as pas honte de te laisser toujours inviter par ton cousin ? Tu es moins fier que je ne le pensais. D'ailleurs, je le lui dirai, à Gaston. Je lui interdirai de t'emmener.

Il fuit la maison. Il fuit sa mère. Il a peur du regard inquiet et triste de son père qui, parfois, a l'air de le supplier en silence. Est-ce que Désiré comprend que, s'il contrecarrait son fils, le résultat serait plus rapide et plus désastreux encore ?

En attendant, c'est sur lui que retombent les colères d'Élise, Roger le sait. Son père n'a de répit que quand les deux locataires sont dans la cuisine, mais elles n'y traînent pas après les repas, elles montent dans leur chambre ou vont au cinéma sans se douter que leur départ marque la fin de la tranquillité de Désiré.

Roger en a honte comme d'une trahison. Son seul frein, c'est la pensée de son père en tête à tête avec Élise dans la cuisine, mais un démon le pousse malgré tout à faire ce qu'il devrait éviter.

— J'espère que, tout au moins, tu voudras bien respecter mes locataires ?

Elles ne sont pas séduisantes. Ce sont de frustes filles de la campagne et Roger ne se serait pas retourné sur elles dans la rue. L'une, Marie, au visage en forme de lune, aux grands yeux sans expression, est amoureuse de Roger, bêtement, à en bêler. L'autre, une maigre aux cheveux roux, le visage encroûté de fards mal plaqués, joue les coquettes avec une naïveté désarmante.

Par défi, il leur a donné rendez-vous dehors. Il les a attendues au coin de la rue, à deux pas de la maison. Ils sont sortis ensemble et toute la soirée ils se sont moqués d'Élise et de ses neuvaines. Maintenant, à dîner, ils se lancent des regards complices et se retiennent mal de pouffer en se faisant du pied sous la table.

La catastrophe est fatale. Roger en est arrivé à la souhaiter. Il est sans cesse à court d'argent. La dernière fois qu'il est sorti avec les deux locataires, la rousse lui a glissé un billet dans la main pour payer les places de cinéma. Il le lui a remboursé le lendemain, mais pour cela il a dû emprunter de l'argent à Gaston qui n'a plus de liqueurs à vendre.

Il a déjà vendu à un bouquiniste de la rue Saint-Paul la moitié de ses livres de classe. Il a revendu aussi la montre en argent que son père lui a donnée quand il est entré au collège.

Tout est préférable à l'atmosphère de la maison, même l'académie de billard où, en se regardant dans les glaces, il se donne l'illusion d'être un homme. N'en est-il pas arrivé à envier Stievens qui lui, du moins, ne craint pas les reproches de sa mère et qui, un jour qu'ils se disputaient, l'a froidement traitée de putain ?

On est en plein été et cependant il lui semble que tout est sombre et menaçant autour de lui. Il fuit le soleil des rues, cherche comme Gaston Van de Waele le clair-obscur douteux de certains cafés borgnes.

Il lui arrive souvent de ne pas dîner. On a créé, pour la population sous-nourrie, un restaurant économique où, pour un franc, on a droit à un repas substantiel. C'est dans l'ancien Palais de Glace, boulevard de la Sauvenière, une salle immense qu'une verrière éclaire d'un jour cru. On fait la queue devant des comptoirs successifs, on reçoit une assiette ici, un couvert là, on passe devant des marmites où des jeunes filles puisent la soupe, plus loin les légumes, plus loin encore la viande et le pain, après quoi il ne reste qu'à trouver une petite place assise le long des tables de sapin.

Tout a le même goût. Tout est insipide avec, quel que soit le plat du jour, la même odeur de lard rance et d'eau de vaisselle, mais c'est quand même de la nourriture et il y a abondance de corps gras.

Souvent Roger garde le franc et se promène dans les rues le ventre vide, sous le soleil de midi, en attendant l'heure de rentrer en classe.

Élise va chaque soir au Bouhay. Elle raconte ses peines à un confesseur devant qui elle doit pleurer toutes les larmes de son corps et qui doit se faire une jolie idée de Roger. Dès qu'elle a un moment, elle se précipite à Coronmeuse, d'où elle revient avec son plus mauvais regard.

Les locataires habitent la même chambre, celle de Mlle Rinquet, qui est la belle chambre d'angle. Roger a celle de droite, qui donne sur le boulevard, ses parents celle de gauche, côté rue des Maraîchers.

Les portes de communication, entre les trois pièces, sont condamnées. En outre, chez les jeunes filles, une armoire bouche la porte de Roger.

Celui-ci, la veille, n'a pas pu sortir, faute d'argent. Il n'a pas voulu rester dans la cuisine et il est monté tout de suite après le souper, en proie à des pensées hargneuses. Il est resté longtemps étendu sur son lit, dans l'obscurité, les yeux ouverts, le regard fixé sur les rideaux de guipure dont la lune découpait les dessins compliqués.

Puis il a entendu Marie et Alice qui montaient et qui chuchotaient dans leur chambre. L'une d'elles a frappé à petits coups contre le mur tandis qu'elles étouffaient des rires.

— Tu dors ?

Il s'est d'abord tu, boudeur, puis il a fini par répondre :

— Non.

— Qu'est-ce que tu fais ?

— Rien.

Elles étaient en joie. Il entendait toujours leurs voix et leurs rires. Ensuite, il a perçu un bruit sourd et il a compris qu'elles s'efforçaient de déplacer l'armoire.

Il a eu peur, vraiment peur. Il a eu conscience que rien ne les arrêterait et que, de son côté, il était prêt à toutes les imprudences.

— Tu es là, Roger ? Tu entends ?

— Oui.

— Tu veux venir manger des chocolats avec nous ?

Elles se bousculent, toujours sur le point de pouffer, comme c'est la manie des filles. Le verrou est tiré, la porte s'ouvre, il distingue à peine les silhouettes dans l'obscurité de la chambre dont l'odeur est différente de la sienne et il a l'impression que les deux jeunes filles ont aussi peur que lui.

C'est un défi. En bas, juste en dessous d'eux, Élise et Désiré sont assis dans la pesante atmosphère de la cuisine et le calme est tel dans la maison sonore qu'on entend parfois le plouf du poêle, qu'on a l'impression d'entendre Désiré qui tourne les pages de son journal.

Est-il possible qu'Élise ne tende pas l'oreille aux allées et venues furtives des deux filles et de Roger ?

— Où sont-ils les chocolats ? demande-t-il, la gorge serrée.

— Il n'y en a pas. C'était un truc pour te faire venir.

Qu'ont-elles à rire de la sorte ? Elles sont forcenées. On dirait qu'elles ont bu, ou qu'elles ont une idée de derrière la tête.

— Eh bien, Marie, tu es contente ? fait Alice. Ne vous occupez pas de moi, tous les deux. Je dors.

Et la rousse s'étend sur le lit non défait tandis que la grosse Marie proteste et doit être toute rouge.

— Qu'est-ce qui te prend, Alice ? Il ne faut pas la croire, Roger. Je n'ai rien dit.

— Avec ça que tu ne m'as pas avoué que tu donnerais gros pour qu'il t'embrasse !

— Tais-toi !

— Qu'est-ce que tu attends, Roger ? Je te jure que c'est vrai. Elle est folle de toi. Elle en parle toute la journée. L'autre jour, elle voulait chiper ton portrait dans l'album de ta mère.

Il est encore temps. Roger n'a qu'à s'en aller, mais il n'ose pas, le respect humain le retient, et peut-être un sentiment plus complexe. Pour rien au monde, il ne veut montrer qu'il a peur de sa mère, et pourtant, à cet instant, il en a vraiment peur. Elle est occupée à éplucher des carottes, il le sait, il a l'impression qu'il la voit, maniant le couteau à légumes, qu'il voit son père dans le fauteuil d'osier, son journal déployé devant lui.

— Attends, Roger. Puisqu'elle fait des manières, je vais la tenir.

Et Alice se lève d'un bond, court après Marie, les jeunes filles se poursuivent aux quatre coins de la chambre sur la pointe des pieds, font « chut » et roulent enfin sur le lit.

— Tu peux venir. Je la tiens. Ne me griffe pas, toi, grosse bête ! Puisque tu en as envie ! Tu sais, Roger, je crois qu'elle n'a jamais été embrassée par un garçon, et je la connais depuis longtemps.

Roger s'est trouvé couché entre elles dans l'obscurité. Ses lèvres se sont collées aux lèvres de l'amoureuse Marie en même temps que ses mains cherchaient les mains de l'autre et que leurs doigts s'étreignaient avec l'air de dire :

— C'est de la blague. Nous nous amusons de la pauvre fille. Elle est si bête !

Alice questionne, énervée :

— Tu es contente, Marie ? C'est bon ?

Et les mains de Roger quittent ses mains pour se glisser dans son corsage. Il pèse sur elles de tout son poids. Les rires ne fusent plus. Peut-être ont-ils tous les trois un peu honte, mais on ne peut voir les visages et ils ne savent comment se dépêtrer de la situation dans laquelle ils se sont mis. Parfois les ressorts crient et alors Roger tend l'oreille, la respiration coupée, sûr d'entendre d'un moment à l'autre la porte de la cuisine.

Les mains d'Alice sont aussi audacieuses que les siennes. Il reste visage à visage avec Marie, mais c'est sur son amie qu'il glisse peu à peu.

Tout à l'heure, en entrant, il n'avait pas l'intention de faire quoi que ce soit. Maintenant encore, il n'y a aucun désir en lui. Pourquoi alors s'acharne-t-il à trousser la grosse fille qu'il finit par dénuder jusqu'au ventre et qui, pour toute défense, tient désespérément la main sur son sexe ?

— Vas-y ! lui souffle Alice. Fais-le-lui !

Alors, poussé par Dieu sait quel désir compliqué de vengeance, c'est sur Alice qu'il mime l'amour. Il ne le fait pas. L'idée ne lui en vient pas. Mais il en exagère l'apparence et Marie est là, à côté d'eux, le ventre découvert, à n'y plus rien comprendre et à souffrir tandis que l'autre, pour parfaire l'illusion, se met à pousser des soupirs.

La porte de la cuisine s'est ouverte. Il y a eu un silence. On devine Élise, debout dans le corridor, le visage tendu vers la cage d'escalier, à écouter. Tous les trois retiennent leur souffle pendant qu'elle monte enfin à pas furtifs et qu'elle vient coller son oreille à la porte.

— Vous m'avez appelée, mesdemoiselles ?

C'est Alice qui parvient à répondre d'une voix blanche :

— Non, madame.

Élise, alors, a ouvert la porte de Roger. Il n'y avait plus rien entre eux, puisque la porte de communication était ouverte. On entendait distinctement sa respiration. Elle a hésité. Elle a dû être tentée d'entrer.

Enfin elle est redescendue et, après un long moment d'immobilité silencieuse, Alice a éclaté enfin d'un rire hystérique.

— Qu'est-ce qu'elle va dire ? Tu ne crois pas qu'elle va nous mettre à la porte ?

— Il n'y a pas de danger. Elle tient trop à ses locataires !

Il avait honte de cette méchanceté gratuite, mais il fallait bien dire quelque chose. Marie pleurait, se relevait enfin en tirant sur sa robe.

— Je crois que je ferais mieux de vous laisser tous les deux.

— Ce n'est plus la peine, répondait l'autre. Nous avons fini. Tu n'avais qu'à te laisser faire. N'est-ce pas, Roger ?

— Bien sûr.

Tout cela était grinçant. Roger avait mal aux nerfs et il aurait voulu pouvoir piquer une crise de nerfs comme sa mère pour se soulager.

— Où vas-tu ?

— Me coucher.

L'imbécile de Marie avait eu l'idée d'allumer la lampe à pétrole et ils avaient tous les trois l'air de fantômes. En bas, on entendait la voix monotone d'Élise et, de temps en temps, la basse de Désiré qui essayait de la calmer dans un murmure.

Roger n'est pas descendu. Il a mal dormi. Il a été deux fois somnambule, ce qui lui arrive à nouveau souvent, comme quand il était petit. Il a dû crier, car ses parents se sont levés. Il se souvient de son père, en chemise, pieds nus sur le plancher, qui le forçait doucement à se recoucher. On a laissé sa veilleuse allumée sur un coin de la cheminée.

Le matin, il l'a fait exprès de descendre quand tout le monde était déjà à table. Marie était aussi rouge qu'une tomate, incapable d'avaler une bouchée. Alice, au contraire, faisait tous les frais de la conversation et Élise lui répondait en s'efforçant de prendre un air aimable.

Il a embrassé sa mère comme chaque matin. Elle ne lui a pas rendu son baiser. Cependant, elle l'a servi. Elle lui a donné un franc pour les Dîners Economiques. Elle a annoncé qu'elle passerait l'après-midi chez tante Louisa et elle a demandé aux locataires de jeter un coup d'œil au feu en rentrant.

Son père, il l'a à peine vu. Il a préféré ne pas le voir. S'il avait seulement un an de plus, il franchirait la frontière pour aller s'engager, car on a accepté des jeunes gens qui n'avaient pas dix-sept ans. Que fera-t-il quand, dans deux mois, on proclamera les résultats des examens ? Il ne veut pas les passer. C'est une humiliation inutile, ne fût-ce que vis-à-vis du père Renchon qui feint d'avoir oublié son existence.

Il joue au billard avec Stievens dont l'ambition est de ressembler à une gravure de modes. Il tourne autour du tapis vert d'une démarche machinale et il envie tous ceux qui sont là, tous ces hommes placides qui n'ont pas à affronter de pareils problèmes.

Ce sont des notables de la ville, des notaires, de gros commerçants. Presque tous ont atteint ou dépassé la cinquantaine et ils n'ont pas un regard pour ces deux adolescents qui copient avec application leurs gestes et leurs attitudes.

— Qu'est-ce que tu fais, ce soir ?

— Je vais me coucher, répond Stievens qui est gros dormeur.

Gaston Van de Waele est parti pour quelques jours à Neeroeteren où il récitera tout à l'heure, sans rire, le bénédicité au haut bout de la table.

Rarement Roger a ressenti aussi lourdement sa solitude. Il lui semble que son destin ne ressemble à aucun autre et que par conséquent personne au monde n'est capable de le comprendre.

— On fait une autre partie ?

— Non. Ma mère a des invités et j'ai promis de rentrer de bonne heure.

Jusqu'à Stievens qui le lâche ! Ils traversent le hall du « Palace » au moment où l'orchestre joue à pleins cuivres le morceau final et où mille personnes se hâtent à la fois vers la sortie avec le même bruit de pas qu'à la fin d'une grand-messe.

Dehors, il fait encore jour. La lumière du soleil, sans que celui-ci soit visible, jette encore dans les rues cette clarté uniforme qui ne vient de nulle part. Tel pignon rouge devient aussi ardent qu'un incendie et une lucarne, au milieu d'un toit d'ardoises, flambe de mille feux qui blessent les prunelles.

— Tu viens de mon côté ? s'étonne Stievens qui habite à l'opposé de Roger.

— Je te reconduis un bout de chemin.

Et, quand il quitte son camarade sur son seuil, il est encore plus désemparé, il ne sait que faire, où aller, il recule le moment de pousser la porte de la cuisine de la rue des Maraîchers. Il ne lui reste pas un centime en poche. Il n'a pas osé demander à Stievens de payer pour lui et il s'est contenté d'un bock. Il n'a pas faim à proprement parler, bien qu'il n'ait rien mangé depuis le matin. C'est une sensation plus lourde, un malaise qu'on ne peut pas localiser.

Il s'étonne de se retrouver au milieu de la Passerelle et il contemple la Meuse qui prend des tons métalliques, les visages trop roses des passants dans le couchant.

Chez lui, tout le monde doit être à table. Il a eu tort de s'attarder. Devant les locataires, Élise n'aurait sans doute rien osé dire et cela lui aurait donné le temps de manger. Il hâte le pas, finit par presque courir. C'est un fait, et, plus tard, il sera tenté de croire à un pressentiment.

Il ouvre la porte avec sa clef. Tout de suite, il sent qu'il y a quelque chose d'anormal dans la maison. A travers le rideau tendu sur la porte vitrée de la cuisine, il ne voit personne. La table n'est pas mise. Il crie, affolé comme un enfant :

— Mère !

On remue, en haut. Il va s'élancer dans l'escalier. Il s'élance. Une porte s'ouvre, celle de la chambre de ses parents, mais c'est sa cousine Anna qui paraît, toute droite, toute raide, un doigt sur la bouche, et qui lui fait :

— Chut, Roger.

Un malheur est arrivé. La seule présence d'Anna sur le seuil de cette chambre est un signe de malheur. La première idée de Roger est que sa mère a eu un geste désespéré. Il écarte sa cousine, reste immobile, en proie à une sensation affreuse, devant le spectacle de la chambre où pénètre la clarté rose du soir.

Désiré est couché sur son lit, la tête appuyée à plusieurs oreillers. Sur la table de nuit, on voit des flacons de pharmacie, et une forte odeur d'hôpital flotte dans l'air. Élise est debout, qui renifle, s'efforce de sourire pour ne pas pleurer.

— Entre, Roger. Ferme la porte, Anna. Ne fais pas de bruit. Va tout doucement embrasser ton père.

Désiré le regarde et on lit un tel bonheur dans ses prunelles marron à la vue de son fils qu'on comprend tout de suite qu'il a cru ne jamais le revoir.

Roger l'embrasse, près des moustaches rêches qui sentent encore le tabac.

— Ce n'est rien, fils. Ne pleure pas.

— Mais non, se hâte d'affirmer Élise. Ce n'est rien. Une crise de névralgies intercostales, n'est-ce pas, Anna ? Le docteur vient de nous le dire. C'est effrayant sur le moment, mais dans huit jours il n'y paraîtra plus.

Elle parle comme on parle aux malades, pour les rassurer. Roger sent que son père ne la croit pas. Il voudrait rester seul avec lui. Désiré est faible. Sa voix ressemble à celle de Cécile.

— Va vite manger, fils. On m'a donné un médicament pour me faire dormir. Surtout, il faut que tu manges.

C'est Anna qui descend avec lui à la cuisine et qui le sert sur un coin de la table, tout en le mettant au courant.

— Figure-toi que ta mère était chez nous quand on est venu de chez Sauveur nous dire qu'on la demandait au téléphone. Nous venions de nous mettre à table pour goûter. Monique, qui était chez nous aussi, a eu tout de suite le sentiment d'un malheur et elle n'a pas voulu laisser ta mère aller seule. C'était une de vos locataires, je ne sais pas laquelle, qui téléphonait de chez le médecin qui habite en face d'ici.

Roger mange sans en avoir conscience. Il mange, mais il n'a pas faim et il guette les mots que prononce sa cousine et qui se transforment instantanément en images.

Quai de Coronmeuse, bon ! Il voit la maison de M. Sauveur aussi. Et Alice, affolée, chez le docteur d'en face. Car c'est Alice. Marie n'aurait pas eu l'idée de téléphoner. Elle n'aurait pas su s'y prendre.

— C'est encore une chance qu'elles étaient par hasard à la maison. Elles venaient justement de rentrer quand on a sonné. Par la fenêtre, elles ont aperçu une voiture d'ambulance. C'était ton père qu'on ramenait de la rue Sohet. Il a été pris d'une crise à son bureau. On l'a soigné, puis le Dr Fischer, un spécialiste que M. Monnoyeur avait fait appeler, l'a accompagné lui-même jusqu'ici. Fallait-il que ta mère ne soit pas à la maison ! Nous sommes accourues comme des folles. Je crois que nous sommes allées plus vite que le tram. Le docteur était encore ici quand nous sommes arrivées.

— Qu'est-ce qu'il a dit ?

— Mange, Roger.

— Je veux savoir exactement ce qu'il a dit.

— Tu comprends, il ne peut encore rien affirmer, il croit que cette fois-ci ce ne sera pas grave. Le plus dangereux est passé.

— Pourquoi dis-tu cette fois-ci ?

— Parce qu'il peut y avoir d'autres crises.

— Des crises de quoi ?

— Ton père souffre du cœur. Le Dr Fischer doit revenir demain. Il savait d'avance de quoi il s'agissait, car Désiré l'a déjà consulté plusieurs fois. Tu es un homme maintenant, Roger. Il faut que tu sois un homme, car ta maman doit pouvoir compter sur toi, quoi qu'il arrive. Ton père a besoin de ménagements. Il lui faut une vie calme, sans émotions.

La voix d'Élise, là-haut, étouffée :

— Tu veux monter, Anna ?

Sa mère descend et s'assied sur une chaise comme si ses jambes lui refusaient tout service. Sa tête dans les mains, elle se met à pleurer, sans bruit. Roger s'approche d'elle et lui passe un bras autour des épaules.

— Ne pleure pas, mère.

Il dit n'importe quoi, tout bas. Les mots n'ont pas d'importance, il la caresse. Puis, agenouillé devant elle comme le petit garçon de jadis, il met sa tête dans son giron.

— Nous le soignerons bien et tu verras que nous le guérirons. Ne pleure pas. Je vais être un homme, je te le promets. Je travaillerai. Vois-tu...

Comment exprimer ce qu'il ressent, alors qu'il n'ose même pas le penser ? Et pourtant, il y a en lui comme la certitude que cela devait arriver. Personne ne le savait, mais cela faisait partie des choses décidées d'avance. C'est affreux à dire. Il n'y a pas de mots pour préciser pareille idée. Il n'est pas possible que ce soit vrai. Cependant, tout à l'heure, quand il est entré dans la chambre, il lui a semblé que son père aurait pu murmurer :

— Tu vois, fils. Je t'ai délivré...

Car Roger est sauvé, à présent. Il en est sûr. Il presse entre les siennes les mains de sa mère et regarde avidement le visage dévasté qui pleure encore.

— Anna dit que la crise n'est pas grave...

— Il y en aura d'autres. Je le sais. Le Dr Fischer m'a avertie. Il m'a demandé si j'étais assez forte pour entendre la vérité. Ce n'est pas un de ces docteurs qui mentent jusqu'au bout à la famille. Désiré est depuis longtemps atteint d'une angine de poitrine et il nous le cachait pour ne pas nous alarmer. Et moi qui étais si cruelle avec lui !

— Que dis-tu, mère ?

— Tu ne peux pas savoir. Je m'en voudrai toute ma vie. Quand je pense que je lui reprochais de ne pas s'inquiéter de ce que je deviendrais s'il lui arrivait quelque chose ! Maintenant, je sais, par le Dr Fischer, qu'il a sollicité depuis longtemps une assurance-vie et qu'elle lui a été refusée.

Elle regarde machinalement l'heure au réveil.

— Il faut quand même que je donne à manger à mes locataires. Il est trop tard pour qu'Anna retourne chez elle. Tu lui céderas ton lit et tu dormiras sur la chaise longue de la salle à manger. Il paraît qu'il pourra déjà se lever dans deux ou trois jours. Il est possible qu'il reste des années sans avoir de crise, mais il est possible aussi qu'il soit emporté d'une minute à l'autre. C'est bien la plus terrible des maladies. Pense que je vais vivre désormais avec l'idée qu'on peut toujours m'appeler au téléphone pour m'annoncer...

Elle met la table, accomplit les gestes de tous les jours, recharge le feu, verse l'eau bouillante sur le café.

— Où vas-tu, Roger ?

Il ne sait pas où il allait, peut-être dans la salle à manger où on ne met jamais les pieds et où les volets restent baissés d'un bout de l'année à l'autre ? Il avait envie d'être seul. La tête lui tourne. Il a cru sentir un reproche dans la voix de sa mère et il reste, pour la rassurer.

— Tu verras que je t'aiderai. Dès demain, je vais me chercher une place.

Mais non, ce n'est pas possible ! Est-il vrai qu'il se sente soulagé par la maladie de son père ? Il éprouve le besoin de protester et cette protestation même le blesse. Il ferait tout pour que son père soit bien portant et pour que disparaisse à jamais la menace suspendue sur sa vie.

Pourtant, voilà que, d'une minute à l'autre, tout s'arrange de ce qui était encore tout à l'heure si lourd de malheurs en puissance. On ne lui a pas parlé de la scène odieuse de la veille. On n'en parlera peut-être plus, en tout cas pas d'ici longtemps. Il n'ira plus au collège. Il n'aura pas à passer ses examens, ni à subir l'affront d'un échec inévitable.

Sa mère appelle machinalement au pied de l'escalier :

— Mademoiselle Alice ! Mademoiselle Marie !

Elles viennent s'asseoir à table, un peu furtives. Pour faire la brave, Élise s'efforce à l'optimisme.

— Vous verrez que ce ne sera rien. Le docteur dit que, dans une semaine, ce ne sera plus qu'un mauvais souvenir. Vous devez avoir eu peur, mesdemoiselles. Fallait-il que vous fussiez précisément seules à la maison ! Heureusement que vous saviez où j'étais et que vous avez eu l'idée de me téléphoner.

Pendant ce temps-là, Roger jouait au billard, au-dessus du « Palace », tournait avec d'autres mannequins autour des tapis verts qu'éclairaient les réflecteurs. Puis il reconduisait Stievens jusque chez lui, et il n'en finissait pas de déambuler dans les rues.

— Je monte remplacer Anna, annonce-t-il. Est-ce qu'il y a des gouttes à donner ?

— Plus rien avant onze heures. Ce qu'il lui faut maintenant, c'est le repos absolu. Il doit d'ailleurs dormir.

C'est la veilleuse de Roger qui sert à nouveau. Sur la pointe des pieds, il s'approche d'Anna à qui il fait signe et qui se lève pour lui céder la place. Les charnières de la porte grincent légèrement, puis on n'entend plus rien qu'un léger murmure de voix, des heurts d'assiettes dans la cuisine. Roger, le menton dans les mains, regarde avidement son père qui dort et de qui les moustaches frémissent à chaque expiration.

9

Contrairement à ce qu'il se serait figuré autrefois, ce sont les passants qui sont dans l'aquarium et c'est lui qui, à travers les vitres de la librairie, les observe avec une curiosité légèrement apitoyée.

Le plus étonnant, c'est le sérieux, voire la solennité dont le visage des gens s'empreint au moment où ils se livrent à leurs pantomimes les plus saugrenues.

Le cadre — l'aquarium — est plus ou moins vaste selon que Roger se tient près de la vitrine ou au fond de la librairie. Quand il est dans l'arrière-boutique, appelée le bureau, ce champ visuel se réduit, dans l'encadrement de la baie de communication tapissée de livres, aux proportions d'un écran de cinéma.

Eh bien ! en dépit de ce qu'on s'imagine quand on est soi-même dans la rue, les promeneurs ont exactement la démarche saccadée des personnages de l'écran, en particulier des personnages comiques, ceux qui gesticulent le plus inconsidérément.

Qu'ils entrent par la gauche ou par la droite, ils ont l'air d'être lancés par une catapulte dans le morceau d'univers long de vingt mètres à peine et c'est à qui le traversera le plus vite, le front soucieux, le regard fixe, la mâchoire farouche, pour disparaître à nouveau dans le néant.

Toute la journée, Roger peut lire à l'envers, sur la vitrine, les mots « Librairie Germain » et, en lettres d'émail plus petites, « Cabinet de Lecture ». Toute la journée, au-delà de cette frontière, les gens s'arrêtent net, comme si un ressort cassait en eux.

On les voit alors de face, en gros plan. Ils ne bougent pas. Ils restent là les uns à côté des autres, parfois cinq, parfois six de rang, sans se connaître, abîmés dans la contemplation des livres à couverture jaune de l'étalage.

Il est impossible qu'ils pensent, en dépit de leurs traits tendus, de l'expression souvent dramatique de leur visage. Ils attendent tout simplement le déclic contraire, qui les rejettera dans leur course saccadée et les emportera hors du décor.

Les trams jaunes, qui passent de minute en minute en faisant tant de vacarme, ne sont pas plus sérieux, avec le wattman figé sur la plate-forme de devant, le receveur sur celle de derrière, deux rangées de têtes dodelinantes à l'intérieur, et il n'y aurait rien d'étonnant à ce que, comme un jouet mal réglé, ils aillent se briser contre un vrai mur.

Les dessins d'ombre et de lumière changent d'heure en heure, presque de minute en minute. En face, il y a un magasin de chaussures aux deux vitrines élégantes, à la porte toujours ouverte, où les demoiselles qui portent un col blanc sur une robe noire vont et viennent dans la pénombre. Parfois l'une d'elles, qui reconduit une cliente, est sur le point de franchir la frontière de la rue ; elle se penche à l'extérieur ; il s'en faudrait de peu qu'elle ne soit happée par la mécanique, mais elle flaire le danger et replonge prestement dans son univers de boîtes blanches empilées comme des briques.

Tout cela est minuscule et sans vérité. Le monde solide commence, près de la vitrine de la librairie, par Mlle Georgette assise devant un haut pupitre. Roger, perché sur une échelle de bambou, tousse pour attirer son attention et prononce d'une voix qu'il ne se connaissait pas auparavant, qu'il a acquise dans cette boutique :

— 843.

A sa caisse, Mlle Georgette, la nièce du patron, tourne les pages d'un registre, à la recherche du numéro 843, qui est le numéro d'abonnement d'un client. Quand elle s'arrête de feuilleter le livre et qu'elle abaisse sa plume sur une page, il sait qu'il peut continuer.

— Rendu : 2656.

Elle répète à mi-voix, sans lever la tête :

— 2656.

C'est le numéro de catalogue d'un livre. Tous les livres du cabinet de lecture se reconnaissent de ceux mis en vente à ce qu'ils sont reliés en toile noire avec, dans le bas du dos, une toute petite étiquette portant un numéro à l'encre violette.

— Sortie : 4562.

Qui pourrait dire pourquoi c'est un plaisir ? Car c'en est un comme cela doit en être un pour le jongleur de voir ses boules blanches arriver à point nommé dans sa main comme des êtres obéissants et disciplinés. Un client demande-t-il un livre ? Hop ! Roger atteint le catalogue spécial qui pend entre deux rayons. O... O... Voila O... « Le Maître de Forges »... 4562. Satisfaction, car il se souvenait que c'était dans les 4000... Troisième rayon à gauche en partant de l'angle du comptoir... « Le Maître de Forges » est rentré la veille, il le sait... Deux cases en dessous du plafond... Hop ! Il fait glisser sur sa tringle l'échelle de bambou... Hop ! il monte, en touchant à peine les échelons et pas du tout les montants... Il reste en équilibre, là-haut, sans se tenir avec les mains... Il en profite pour, au prix d'une acrobatie, remettre en place le 2656. Un Halévy, probablement... Il jurerait que c'est un Halévy...

La preuve que c'est un plaisir, c'est que M. Germain est sorti de sa tanière.

— Qu'est-ce que vous attendez pour descendre ?

— Je descends, monsieur.

— Assurez-vous, Georgette, que ce ne soit pas une nouveauté.

Roger dit :

— Non, monsieur. C'est un Georges Ohnet.

Il a tort. Il a beau faire, il a toujours tort, et M. Germain le lui fait comprendre d'un coup d'œil féroce.

— Vous avez fini de couper les pages ?

— Oui, monsieur.

— Vous avez collé les nouvelles étiquettes ?

— Oui, monsieur.

Est-il possible qu'un homme d'âge comme M. Germain, qui a dépassé soixante-dix ans et qui passe pour le libraire le plus sérieux de la ville, joue à des jeux pareils ? Il est là, agacé, contrarié, malheureux, parce qu'il ne trouve rien à faire faire à Roger afin de l'éloigner des clients. Et cela, uniquement parce qu'il sent que cela amuse Roger de les servir.

On n'est pas sur la terre, et encore moins à la librairie Germain, pour s'amuser. Le travail est une punition du ciel.

— Allez préparer un nouveau jeu d'étiquettes, de 1 à 10 000.

Il y en a déjà trois jeux de prêts et on ne change les étiquettes, sur les dos des volumes, que quand elles se décollent. Tant pis ! Il ne sera pas dit que Roger prendra du plaisir à servir les abonnés et à faire de l'équilibre comme un singe sur les échelles.

— Pourquoi, monsieur Hiquet, n'est-ce pas vous qui vous êtes occupé de madame ?

— Je vous demande pardon, monsieur...

A la bonne heure ! Le premier commis, lui, se trouble comme il se doit, paraît encore plus malheureux qu'à l'état normal et finit par balbutier comme un coupable :

— J'étais au petit endroit.

Car on sait qu'il est obligé de s'y rendre vingt fois par jour à cause de sa vessie en mauvais état, que c'est pour lui un supplice et qu'il en revient le visage décomposé. Or, M. Germain a, lui aussi, des ennuis avec sa vessie, comme la plupart des hommes de son âge. En voyant Hiquet blêmir, il peut s'assurer sans cesse que son mal est bénin à côté des souffrances de son employé.

Tout cela est vrai. Il y a longtemps que Roger l'a découvert. Extérieurement, M. Germain est un homme grave, impressionnant. Ses cheveux blancs et drus sont coupés en brosse. Tous les poils blancs de son visage sont plantés horizontalement et ses sourcils sont aussi longs et aussi épais que ses moustaches. On ne l'entend jamais approcher. Il doit porter des chaussures spéciales qui ne font pas de bruit. Malgré sa carrure, on dirait que, dans ses amples vêtements, il n'y a qu'un corps sans os ni muscles qui flotte silencieusement dans l'espace.

Il n'a rien à faire. Il dispose d'un bureau au fond de la seconde pièce, mais c'est pour se donner de l'importance, car son plus gros travail consiste à épingler les unes aux autres les factures qui arrivent par le courrier afin de les remettre au comptable qui vient deux soirs par semaine.

Le reste du temps, il guette. Il est impossible de savoir ce qu'il guettait avant d'embaucher Roger. Peut-être sa nièce et le triste Hiquet ? Depuis deux mois que Roger est là, c'est sur sa piste que le vieux libraire aux gros sourcils est du matin au soir. Diabolique, il devine tout. Dès qu'un travail plaît à Roger, il s'en aperçoit. Il en souffre. Il est littéralement à la torture jusqu'au moment où il trouve autre chose à lui faire faire, fût-ce une besogne d'une flagrante inutilité.

Cette guerre s'est déclarée dès leur première rencontre. Un avis était collé à l'aide de pains à cacheter sur la devanture : « On demande jeune homme débutant. »

C'était un matin de gai soleil, vers dix heures. Désiré allait mieux. Il gardait encore la chambre, mais ne tenait plus le lit. Il lisait, près de la fenêtre. Roger, qui cherchait une place, a cru sincèrement que le destin lui souriait et, souriant lui aussi, frais et naïf comme cette riante matinée, il est entré dans le magasin.

— Vous désirez ?

— C'est pour la place. Elle n'est pas prise ?

C'est à Mlle Georgette qu'il s'adressait et il a dit ça, avec une anxiété si visible, un désir si passionné que la miraculeuse place ne fût pas prise, qu'elle lui a tout de suite souri avec sympathie.

Or, M. Germain était là, tapi dans quelque coin. Il a surpris ce sourire, ce qui constituait déjà une manière de catastrophe.

— De quoi s'agit-il, jeune homme ?

Roger, ce jour-là, était incapable de se raidir, fût-ce devant l'hostilité la plus déclarée.

— Je vous demande pardon, monsieur. Je ne vous avais pas vu. J'ai lu votre avis et je me suis permis de me présenter. Je serais très heureux de pouvoir faire votre affaire, car mon père est malade et je suis obligé de gagner ma vie au plus vite.

— Quelle instruction avez-vous ?

— Je suis encore au collège. C'est-à-dire que j'y étais encore il y a quatre jours, quand mon père a eu sa crise. Je termine ma troisième année.

— Ce n'est donc pas un emploi pour vous. J'ai besoin d'un débutant pour les petits travaux et pour les courses.

— Cela ne fait rien, monsieur. Je suis prêt à accepter tout ce que vous voudrez.

En quelques secondes, tout à l'heure, tandis qu'il regardait l'étalage, il s'est créé un nouvel idéal de vie et cet idéal, il le sent maintenant, il ne pourra le réaliser que dans le cadre de la librairie Germain. Il perçoit de la résistance en face de lui, mais rien ne le décourage.

— Je ne puis donner que cinquante francs par mois.

M. Germain le fait exprès pour s'en débarrasser, car le prédécesseur, moins instruit que Roger, et qu'on a dû mettre à la porte parce qu'il chipait des timbres, gagnait soixante-quinze francs par mois.

— Je m'en contenterai, monsieur.

Il travaillerait pour rien au besoin, dans sa hâte d'annoncer chez lui qu'il a trouvé une place et d'en finir avec le collège, où il n'est pas allé depuis quatre jours, mais où on ne sait encore rien de sa décision.

— Vous avez des références ?

— Je n'ai pas encore travaillé.

— Je veux dire des lettres de personnes qui répondent de votre honorabilité.

— Je vais vous en apporter, monsieur. Je vous demande seulement une heure. Surtout, n'engagez personne d'autre pendant ce temps-là.

Il a couru chez Schroefs. Tout s'efface en effet devant cette place qu'il s'agit d'obtenir coûte que coûte.

— Monsieur Germain ? Je le connais fort bien. Nous faisons partie du conseil d'administration de la même banque. Germaine est abonnée à son cabinet de lecture. J'espère que tu ne me feras pas regretter ma recommandation ?

— Je le promets, mon oncle.

Il emporte sa lettre. Les rues sont comme un bain léger et capiteux. Il vole vers le Jardin botanique où habite un cousin de sa mère qu'on voit très rarement et qui est juge de paix.

— Voilà, cousin : père est très malade, il peut lui arriver quelque chose d'un moment à l'autre et il faut que je travaille. J'ai presque trouvé une place, à la librairie Germain, rue de la Cathédrale.

Tout le monde est avec lui. Il est résolu, à force de gentillesse, à se faire aimer du monde entier. Son idéal a changé. Plus de cravate lavallière ni de souliers jaunes. Plus de raie dans les cheveux, ni de cosmétique. Il regrette que son complet soit beige. Il le préférerait sombre et neutre. Il voudrait avoir cette tenue et ces allures discrètes des employés qu'on voit passer à heure fixe comme Désiré et qu'on cite comme des modèles de conscience et d'honorabilité.

Il a annoncé qu'il reviendrait dans une heure ? Il ne lui a fallu que quarante-cinq minutes pour obtenir ses deux lettres. Il a couru. Il rentre en coup de vent dans la librairie et ses yeux brillent de triomphe, son souffle est bruyant.

— Voici, monsieur. Celle-ci est de mon oncle Hubert Schroefs, l'épicier en gros de la rue des Carmes. L'autre, c'est de mon cousin Liévens, le juge de paix.

— Vous leur avez dit qu'il s'agissait d'un tout petit emploi ?

— Oui, monsieur.

Que peut faire M. Germain ? Furieux, il cède.

— Quand pourrez-vous commencer ?

— Tout de suite, si vous voulez.

— Mettons demain matin. Soyez ici à huit heures et demie précises.

Il y a plus de deux mois de cela et le libraire ne le lui a pas encore pardonné. C'est la première fois que quelqu'un s'est dressé contre sa volonté et est arrivé à ses fins, en souriant, comme en se jouant.

Le préfet des études, au collège Saint-Servais, a fait une chose étonnante. Quoique Roger n'ait pas passé ses examens — et tout le monde savait qu'il ne les passerait pas — il lui a remis un diplôme comme s'il avait terminé normalement sa troisième.

Cette générosité excessive n'est-elle pas, au fond, un tout petit peu méprisante ? Roger se refuse à le croire. Non seulement il calque sa tenue et sa démarche sur celles des petites gens, mais il veut adopter leur façon de penser.

Il n'est pas malheureux du tout. Il vit dans un monde rassurant. Il passe volontiers par son ancien quartier qu'habitent des comptables et des employés de banque et les petites maisons neuves, cet été-là, avec leurs fenêtres ouvertes sur les chambres à coucher qu'on aère, lui paraissent intimes et accueillantes. Il pense sérieusement à s'inscrire au Cercle catholique où, jadis, Désiré était souffleur de la dramatique. Il fera partie de l'Association des Anciens Élèves de l'École des Frères.

Désiré est retourné à son bureau. Il est obligé de partir plus tôt et de prendre le tram 4 au coin de la rue Puits-en-Sock et de la rue Jean-d'Outremeuse, car il ne pourrait plus faire à pied le long chemin qui le sépare de la rue Sohet. Roger s'attarde dans la cuisine avec sa mère. C'est la saison des fruits et on a commencé les confitures. Il épie le réveille-matin, se lève, coiffe son chapeau de paille et prend sa canne, car il lui apparaît qu'une canne fait davantage « homme qui va à son bureau ».

Souvent, avant d'atteindre le pont d'Amercœur, il aperçoit son père debout devant une vitrine. Il y a un quart d'heure que Désiré est parti. Avec ses longues jambes, il devrait déjà être loin. Mais il est forcé de s'arrêter presque tous les cent mètres, d'attendre que le spasme qui l'immobilise soit passé.

C'est un malade honteux. Autant que possible, il s'arrête devant un étalage, feint de s'intéresser aux marchandises exposées, fût-ce aux légumes défraîchis d'une boutique minable. Une bonne langue a déjà trouvé le moyen de dire à Élise :

— C'est curieux, madame Mamelin. Votre mari, qui paraissait si sérieux, se met à lorgner les jeunes filles.

— Qu'est-ce que vous racontez ?

— Il s'arrête aux étalages et reste parfois un quart d'heure à lutiner les demoiselles de magasin.

Pauvre Désiré. Il sourit d'un sourire un peu gêné quand son fils le rattrape. Roger a bien pensé faire le détour par le pont de Bressoux, mais son père ne serait pas dupe.

— Alors, fils ?

— Alors, père ? Un peu essoufflé ?

— C'est passé. Ne m'attends pas. Tu marches plus vite que moi et il est ton heure. Cela va toujours, à ton bureau ?

Il dit exprès le bureau, comme on dit le bureau de la rue Sohet, parce que cela crée un lien de plus entre eux, une sorte d'égalité.

— Cela va très bien. Je suis au courant de tout. Je pourrais remplacer M. Hiquet d'une heure à l'autre si c'était nécessaire. Il y a des clients qui s'adressent à moi de préférence, car je connais mieux les livres. Certains me demandent conseil. Au lieu de réclamer tel ou tel titre, ils me disent :

» — Donnez-moi donc un roman du même genre que le dernier. C'était très bien.

Malheureusement, M. Germain veille. Sa haine prend volontiers des formes enfantines. N'est-ce pas enfantin de retirer à son employé tous les travaux qu'il accomplit volontiers et sans faute ?

C'est Roger, le matin, qui va prendre dans le corridor une perche munie d'un crochet à l'aide de laquelle il lève les volets. Pendant ce temps, Hiquet, qui, le matin, est invariablement pâle, les yeux bordés de rouge comme s'il n'avait pas dormi de la nuit, change de veston dans un cagibi et endosse sa blouse de lustrine noire.

Roger, pourtant coquet, a proposé à M. Germain de se commander une blouse semblable. Au lieu de lui être reconnaissant de ce zèle, le farouche vieillard a grogné :

— C'est inutile.

Parce qu'il ne compte pas le garder, c'est clair ! On lui a imposé ce jeune homme exubérant qui paraît jongler avec son travail. Il n'est pas encore parvenu à le prendre en faute, mais il est patient, obstiné, il sait que cela viendra tôt ou tard. Le tout est de ne pas manquer l'occasion.

Les livraisons en ville, assez rares, incombaient naturellement au nouveau venu. Mamelin revenait le teint trop animé de ces courses en plein air, comme d'une récréation. M. Germain n'a pu le souffrir. Le cas était difficile à résoudre car, si Hiquet faisait les courses, il fallait bien, pendant ce temps, permettre à Roger de servir les clients.

On attend désormais de grouper les envois. Le soir, au moment de la fermeture, M. Germain murmure :

— A propos... Ayez l'obligeance, monsieur Hiquet, de livrer ces deux ou trois paquets en rentrant chez vous... C'est sur votre chemin... M. Mamelin se chargera des autres...

Après journée ! Le vieux se frotte les mains. Il serait plus heureux encore si Roger protestait contre ce travail supplémentaire.

Roger s'est juré de faire l'impossible pour désarmer cette haine imméritée. Élise lui a-t-elle souvent reproché d'être incapable de respect ? Si elle pouvait le voir aujourd'hui, l'entendre répondre d'une voix angélique qu'elle ne lui connaît pas, avec une légère inclination de tête :

— Oui, monsieur... Non, monsieur... Tout de suite, monsieur...

Mlle Georgette est déçue. Elle a dû espérer, en le voyant entrer dans la librairie un matin de soleil, que ce jeune homme à l'œil audacieux oserait enfin ce que personne n'a osé : parler plus haut et clair et secouer la tyrannie du vieil oncle maniaque.

Or, nul n'a jamais été plus docile que Mamelin.

Bien des fois, des camarades du collège sont venus, entre autres Chabot, qui est abonné au salon de lecture. Si Roger s'était avancé un tant soit peu, ils lui auraient tendu la main. Il aurait même pu se permettre de les tutoyer. Qui sait si M. Germain ne l'espérait pas ?

Il ne l'a pas fait. Il est resté « à sa place », comme on dit chez tante Louisa, sans rancœur, en y prenant même un secret plaisir.

C'est ainsi qu'il faut envisager la vie quand on a été élevé dans le quartier de la place du Congrès et qu'on est destiné à y finir ses jours.

Sa cousine Schroefs aussi vient échanger ses romans. Germaine est gênée, il le sent. Elle questionne avec un sourire condescendant :

— Vous êtes toujours satisfait de mon jeune cousin, monsieur Germain ?

Et celui-ci ne répond que par son grognement d'ours.

Une autre jeune femme, d'une élégance remarquable, est entrée un après-midi au magasin suivie de sa demoiselle de compagnie. Le libraire s'est précipité au-devant d'elle comme au-devant d'une personnalité importante. Elle a acheté toutes les nouveautés. Elle touchait les livres les uns après les autres de ses doigts gantés de chevreau clair.

— Vous me le mettrez aussi... Et celui-ci... Celui-ci encore, si vous voulez...

— Je vous les expédie comme d'habitude ?

Elle n'a pas payé. Les gens du monde ne paient pas et on leur adresse leur facture en fin d'année. Au moment de sortir, elle est revenue sur ses pas.

— Faites donc couper les pages par votre commis. J'ai horreur de couper les pages de livres.

L'instant d'après, M. Germain dictait à sa nièce :

— Débit au nom de Mlle Estelle Peters, à Tongres...

Il a cherché Roger des yeux et Roger n'a pas bronché.

— Au fait, monsieur Mamelin, ne s'agit-il pas d'une de vos parentes ?

— Je suppose, monsieur, que c'est ma cousine.

— Pourquoi dites-vous que vous supposez ?

Le vieux a flairé une impertinence. Voilà le grand mot ! Il soupçonne toujours Roger d'impertinence et il a autant horreur de ça qu'Estelle Peters de couper les pages de ses livres.

— Je dis je suppose, monsieur, parce que je ne l'ai jamais vue.

A peine connaît-il son oncle Louis de Tongres, qu'il a aperçu à un enterrement. Il sait qu'il a deux enfants, un garçon et une fille, que le fils est médecin et que c'est à sa première communion qu'Élise est allée le jour où elle a tant pleuré et où son père et lui l'ont conduite à la gare.

Des années ont passé depuis et maintenant, dans l'arrière-boutique de chez Germain, le fils d'Élise coupe les pages pour la fille de Louis. Sans révolte. Sa décision est prise une fois pour toutes. Il ne se révoltera plus. La vie n'est pas désagréable ainsi. Il y a de la douceur dans la résignation. Il soupçonne que certains, comme sa mère, y puisent une volupté un peu perverse. S'il arrive une catastrophe, nul ne pourra prétendre que c'est par sa faute.

Les vacances sont finies. Pour être moins dense que dans l'étroite rue Saint-Gilles, le défilé des élèves du collège Saint-Servais, à la sortie des classes, change cependant la physionomie de la rue. Roger en voit, le matin, qui montent isolément, à pas pressés. Il les voit au retour qui repassent par groupes et l'idée qu'ils sont allés s'enfermer dans ces grandes cages blanches suspendues au-dessus de la cour lui paraît aussi incongrue que l'agitation désordonnée des passants.

Il devine de quoi ils parlent en prenant des airs importants et il sourit de pitié. Il revoit parfois la tête pâle et tourmentée de Verger, qui a encore grandi et qui court la ville en quête d'un trafic louche, d'accumulateurs ou d'autres marchandises à acheter et à vendre. Stievens passe aussi, grave comme un homme de quarante ans, persuadé que chacun est attentif au brillant de ses chaussures et au pli de son pantalon.

Roger ne voit plus Gaston Van de Waele qui, raconte-t-on, s'est lancé dans les affaires et va en Bourse le lundi, comme un Louis de Tongres.

Tout cela, dans les jeux d'ombre et de soleil de la rue, dans le vacarme qui, à la longue, forme une musique de fond indispensable, est à peine réel et prend des proportions ridicules, comme un monde que l'on regarde par le gros bout de la lunette.

Les gens ne retrouvent leur densité et leur taille véritable qu'au moment où ils franchissent le seuil et s'avancent entre les rayons chargés de livres noirs — sauf les rayons qui se trouvent derrière le comptoir et qui contiennent les nouveautés à couverture jaune. Voilà ce qui compte, ce qui est tangible, important, le catalogue qui pend à une ficelle, la boîte à timbres, le tiroir aux étiquettes et jusqu'à l'essuie-mains pendu derrière une porte.

— Rendu : 1267.

C'est un Dumas. Personne ne connaît mieux que lui l'œuvre d'Alexandre Dumas, qu'il a lue de la première à la dernière ligne, y compris les Notes de Voyage et les Mémoires. Il sait les volumes qui sont en main et ceux qui sont disponibles. Il les atteint d'un geste encore plus désinvolte que les autres, comme le prestidigitateur dont les mains attirent à elles les objets.

— « Le Capitaine Pamphile ? » Un instant, madame, s'il vous plaît.

C'est un après-midi d'octobre, une des dernières belles journées de l'année. Il y a dans les rues une animation inaccoutumée car, depuis quelques jours, les Allemands relâchent les prisonniers russes. On voit errer, venus à pied d'on ne sait quelle province allemande où on ne peut plus les nourrir, des hommes vêtus d'uniformes inconnus, de capotes trop grandes pour eux, trop larges surtout, car ils sont maigres et, pour la plupart, au dernier degré de la misère physique.

La population a commencé à les recueillir. Des comités sont en formation. Déjà les particuliers s'efforcent d'héberger chacun un ou deux errants. Et si, dans les quartiers pauvres, on les prend au hasard, on voit, au Carré, des dames et des jeunes filles qui dévisagent les rescapés avant d'en choisir un à leur convenance.

Ils le savent. Ces garçons-là ont un instinct étonnamment sûr. Ils se promènent avec des airs de chiens galeux et parfois, devant une bourgeoise à mine prospère, ils découvrent leurs dents blanches et pointues dans un sourire racoleur.

La librairie est pleine de monde. La dame acariâtre, vêtue d'astrakan noir, qui s'est adressée à Roger, est la femme d'un président de tribunal. M. Germain ne l'a pas vue, car il se serait précipité pour la servir en personne.

— Voyons... « Acté »... « Amaury »... « Ange Pitou »... « Aventures de John Davis »...

Le doigt de Roger court sur la liste.

— « Les Blancs et les Bleus »... « Boule de Neige »... « Cadet de Famille »... « Le Capitaine Richard »...

Tiens ! Surpris, il revient en arrière, relit d'un bout à l'autre la liste des Dumas. Sans doute a-t-on oublié d'inscrire « Le Capitaine Pamphile » au catalogue ? Il grimpe à l'échelle, sort les bouquins l'un après l'autre du rayon, contrôle les titres.

— Qu'est-ce que vous cherchez là-haut, monsieur Mamelin ?

— « Le Capitaine Pamphile », monsieur.

— Pourquoi le cherchez-vous dans les Dumas, s'il vous plaît ?

Il flaire la catastrophe, prend son ton le plus humble, sa voix la plus timide pour murmurer :

— Parce que c'est de Dumas.

— Qui vous a dit que « Le Capitaine Pamphile » était d'Alexandre Dumas ? Sachez, monsieur, que Dumas père n'a jamais écrit « Le Capitaine Pamphile ». Cherchez dans Théophile Gautier et vous trouverez. Voilà ce que vous auriez fait tout de suite si vous étiez moins brouillon et moins sûr de vous.

Roger obéit. Il sait qu'il ne trouvera rien chez Gautier. Il le sait d'autant mieux qu'il n'y a pas six mois qu'il a lu « Le Capitaine Pamphile ».

— Eh bien, monsieur, y êtes-vous enfin ?

— Non, monsieur.

D'un geste sec, on lui arrache des mains le catalogue qui pend à sa ficelle. Pourquoi la cliente, que le libraire a vexée, encourage-t-elle Roger des yeux ?

Il murmure tout bas, de façon que le patron seul puisse l'entendre :

— Je vous assure, monsieur, que « Le Capitaine Pamphile » est d'Alexandre Dumas. Nous ne l'avons pas, mais il est bien de lui.

— Que racontez-vous, jeune homme ? Je crois que j'ai mal entendu. Auriez-vous la prétention de venir chez moi m'apprendre mon métier ?

— Je l'ai lu.

— Eh bien, vous l'avez lu de travers, comme d'ailleurs vous faites toutes choses. Qui vous a demandé « Le Capitaine Pamphile » ?

— C'est Madame.

Il est encore plus furieux en reconnaissant l'importante et difficile cliente.

— Excusez, madame, ce jeune homme qui s'imagine tout connaître.

Et elle de répliquer :

— « Le Capitaine Pamphile » est bien d'Alexandre Dumas.

Les oreilles du vieillard en deviennent pourpres, tous ses poils se hérissent. Sans un mot, il se dirige vers le comptoir, ouvre d'une main fébrile le manuel du libraire. Il va brandir la page vengeresse, la preuve qu'il ne s'est pas trompé, qu'il ne s'est jamais trompé et que « Le Capitaine Pamphile »...

Patatras ! Sur la liste des œuvres complètes d'Alexandre Dumas, il est bien obligé de lire, malgré la colère qui lui brouille la vue : ... « Cadet de Famille »... « Capitaine Arena »... « Capitaine Pamphile »...

Il lève ses sourcils broussailleux et feint de prendre Mamelin en faute.

— Monsieur Mamelin, je ne puis tolérer qu'un de mes employés, si recommandé soit-il, se permette chez moi des attitudes insolentes. Veuillez m'attendre dans mon bureau.

Roger n'a rien dit, n'a rien fait, n'a pas souri.

Ce qui était insolent, c'était évidemment son calme, sa confiance en lui et en Dumas.

Il ignore comment le vieux s'en est tiré avec sa cliente. Un peu soulagé par l'exécution du jeune homme, il a dû se répandre en courbettes, mais il retrouve toute sa hargne dès qu'il pénètre dans le bureau.

— Je suppose que cet incident, que je prévoyais depuis longtemps, suffira pour vous démontrer que vous n'êtes pas à votre place dans cette maison.

Roger va s'excuser. Il y est décidé. Il est prêt à jurer qu'Alexandre Dumas n'a jamais écrit « Le Capitaine Pamphile », mais déjà le tiroir du bureau s'est ouvert, les mains aux veines saillantes, les mains de vieillard comptent des pièces de monnaie et des coupures.

— Voici cinquante francs. Voici en outre vingt-cinq francs pour votre congé. Je serais en droit de ne pas vous les donner, étant donné votre attitude déplacée. Je tiens à ce que votre oncle constate que je me conduis plus correctement avec vous que vous avec moi. Adieu, monsieur. Je vous souhaite bonne chance et un peu plus de respect pour vos aînés.

Hiquet, qui le voit sortir, ne sait pas qu'il s'en va pour toujours.

Et voilà comment Roger est replongé dans l'aquarium. Après un moment de flottement, le ressort se déclenche, ses sourcils se froncent, son front se durcit, il se met à marcher à la même cadence que les passants, agitant bras et jambes toujours plus vite comme si une tâche capitale l'attendait à l'autre bout du décor.

Le plus extravagant, c'est qu'il en a conscience. Il se sent rapetissé, revenu à la taille des automates à grosse tête qu'il voyait, à travers les vitres de la librairie, s'agiter sans fin dans le bocal.

10

Des tranches du film à épisodes alternent avec les numéros de music-hall et avec des morceaux d'orchestre pendant lesquels les garçons s'affairent au renouvellement des consommations. La salle du Palace est archicomble. Dehors, il pleut toujours, on le voit aux gouttelettes qui couvrent les manteaux des gens qui entrent. De même, chaque fois que se soulève la portière de l'entrée, on constate les progrès de l'obscurité sur le bout de trottoir où les guirlandes électriques jettent une flaque de lumière rouge.

Il fait chaud de chaleur humaine. Les coudes se touchent aux deux côtés des tables de marbre mises bout à bout. Cela sent la bière, la laine mouillée et le cigare. La présence des Russes en uniforme gris apporte une note d'étrangeté.

Ce n'est pas un malaise à proprement parler qu'on ressent depuis quelques jours, mais comme le tourment de l'attente.

Tout le monde attend sans savoir quoi. Le pâtissier du pont de Longdoz, à qui Roger s'est présenté voilà huit jours, a eu l'air embarrassé.

— Je ne dis pas non. Il est certain que j'ai besoin de quelqu'un. Oui, je pourrais prendre un apprenti. Je connais bien votre grand-père. Revenez donc me voir dans une dizaine de jours. Nous en reparlerons.

Élise attend aussi pour s'en réjouir. Quant à Roger, il a fait tout ce qu'il devait faire, mais au fond, il n'y croit pas

On vit un entracte pendant lequel les choses n'ont pas d'importance. Le temps est mauvais. Pluie et vent se succèdent sans répit. Il fait noir de bonne heure et souvent il faut allumer les lampes en plein jour. Les Russes arrivent de plus en plus nombreux. On ne sait plus où les mettre. Élise en a pris deux qui dorment dans la salle à manger et Roger passe le plus clair de son temps à les promener à travers la ville.

Au « Palace », comme dans les cinémas, on les laisse entrer gratuitement. Il paraît que, dans certains camps, ils en étaient réduits à manger des excréments.

Dans les casernes de la ville, les troupes allemandes, dit-on, ont été consignées. En tout cas on ne voit presque plus d'officiers dans les rues, casque à pointe en tête, le dolman flottant, le sabre traînant sur les pavés.

Roger et ses deux Russes fument des cigarettes moisies qu'on vend, rue du Pont-Neuf, vingt-cinq centimes la pièce au lieu d'un franc.

L'écran de toile s'est roulé sous la frise, la scène s'éclaire, un comique troupier s'avance, hilare, en perruque rousse.

> *Caroline, pan pan pan pan*
> *Elle est malade, pan pan pan pan*
> *Elle est malade*
> *Du mal d'amour.*

Il porte l'uniforme français d'avant la guerre, les culottes garance et les houseaux noirs des dragons. Les yeux en vrille, il entraîne, avec de grands gestes d'épileptique, toute la salle à chanter en cœur.

> *Pour la guérir,*
> *Pan pan pan pan*
> *Faut d'la salade,*
> *Pan pan pan pan...*

Et peu à peu le murmure de la salle, d'abord hésitant, devient une vaste clameur que scande l'orchestre, les applaudissements éclatent, le troupier disparaît en sautillant derrière un portant, revient pour saluer.

Que se passe-t-il à ce moment ? On a entrevu dans la coulisse la silhouette d'un personnage vêtu de noir. Le comique, encore à moitié sur la scène, discute avec lui sans se soucier du public.

On le réclame. Il remonte à la rampe, se penche vers le chef d'orchestre qui se dresse, s'accoude à la scène et, surpris, visiblement hésitant, interroge du regard l'homme en noir des coulisses...

... et, enfin, se rassied, dit quelques mots aux musiciens, lève son bâton...

Alors...

> *Allons enfants de la patrie...*

Un moment, personne n'en croit ses yeux ni ses oreilles. D'un geste emphatique, le troufion a arraché sa perruque rousse et rejeté en arrière ses cheveux bruns. Du revers de sa manche, il efface son masque niais. C'est un homme jeune, au visage intelligent, qui lance à pleins poumons :

> *Aux armes, citoyens*
> *Formez vos bataillons...*

Personne ne tient en place. On se lève sans savoir pourquoi, parce qu'il est impossible de rester assis, parce que quelque chose vous transporte. Les yeux picotent. Les voix tremblantes répètent les syllabes de *La Marseillaise.*

> *Qu'un sang impur*
> *Abreuve nos sillons...*

Le chanteur s'élance vers la coulisse. On lui tend un objet qu'il brandit d'un vaste geste et c'est un immense drapeau français qui se déploie dans la lumière des projecteurs.

On lui en tend un second ; le même geste et c'est le drapeau belge : noir, jaune et rouge.

Alors, les yeux fous, l'homme qui a gardé son costume de troupier de music-hall hurle à pleins poumons aux deux mille personnes serrées les unes contre les autres, tandis que l'orchestre attaque *La Brabançonne :*

— C'est l'armistice !... La guerre est finie !...

Tout n'est plus que chaos. On pleure, on rit, on s'embrasse, on se bouscule. Il y en a qui se précipitent dehors pour crier la nouvelle aux passants, mais ceux-ci la connaissent déjà, toute la ville vient de l'apprendre en quelques instants, les commerçants sont sur leurs seuils, des femmes se penchent aux fenêtres, certains se demandent, devant la foule qui monte, s'il ne serait pas prudent de baisser les volets de fer.

La guerre est finie ! Les rues, malgré la pluie, se remplissent d'une cohue de plus en plus agitée, on entend des chants, puis soudain, comme un signal, le fracas d'une vitrine qui vole en éclats.

C'est une charcuterie dont le patron a travaillé avec les Allemands. Des hommes s'engouffrent dans le magasin et lancent à la volée jambons et boudins. Les meubles y passent à leur tour, lancés des fenêtres du premier et du second étage, des armoires, des lits, une table de nuit, un piano. La police ne sait que faire et des pillards courent le long des maisons en emportant leur butin.

— Qu'on détruise, mais qu'on n'emporte rien ! essaie de crier un brigadier.

Dix, vingt, cinquante charcuteries subissent le même sort et la foule est toujours plus mélangée, on rencontre en pleine rue de la Cathédrale des bandes entières de gens des bas quartiers, certains cafés ont commencé à servir à boire gratuitement et les autres sont bien forcés d'en faire autant, car la foule maintenant l'exige.

Dans un coin sombre, une forme humaine se débat contre une demi-douzaine d'hommes acharnés et Roger regarde sans comprendre. Ils sont en train de déshabiller une femme, de lui arracher ses vêtements jusqu'au dernier. Elle est nue, à genoux sur le trottoir visqueux, et un des agresseurs lui coupe à grands coups de ciseaux les cheveux au ras du crâne.

— Elle peut s'en aller, maintenant. On en fera autant à toutes celles qui ont couché avec les Allemands. Comme ça, les maris, quand ils reviendront du front, sauront à quoi s'en tenir.

Elle fuit sous les huées, livide et glacée dans le courant d'air des rues. Des gamins la poursuivent tandis que la même scène se renouvelle un peu partout et qu'on sursaute soudain, dans l'obscurité, en apercevant un corps blême et nu qui rase les maisons.

Roger a perdu ses deux Russes. Il s'est trouvé pris dans une farandole et la suit de café en café, chantant avec les autres, sans reconnaître les quartiers où on promène une joie bruyante et agressive.

Il boit comme tout le monde. La bière épuisée, c'est du genièvre qu'on sert à pleins verres et les bandes se disloquent pour se souder à d'autres, et il a à sa gauche une belle fille du peuple qui a eu le temps d'aller mettre sa robe de satin vert pâle.

Pour la première fois, il a pénétré au fond des ruelles les plus secrètes d'Outremeuse, traversé en monôme des caboulots insoupçonnés. Une sorte de marchande des quatre-saisons, à certain moment, s'est approchée de sa compagne et, après avoir lancé à Roger un regard méfiant, lui a retiré ses bagues des doigts.

Il se souvient aussi être resté un moment accoudé au marbre du café où il jouait au billard avec son père.

Dix fois, peut-être, il s'est rapproché de chez lui, et chaque fois une vague l'a refoulé. Il n'a pas mangé. Il ne se rappelle pas avoir mangé. Ce qui domine dans son souvenir, ce sont des centaines, des milliers de visages inconnus qu'il voyait pour la première fois de si près, des joues qu'on embrassait, des bouches qui s'ouvraient toutes grandes pour gueuler une chanson ou un cri de triomphe, des yeux dans lesquels on lisait un délire menaçant. Puis encore des cafés, puis les trottoirs noirs et luisants, des éclats de verre, des hachures de pluie.

S'il a été ivre, il est dégrisé au moment où, alors que le petit jour pâlit le ciel et rend l'air plus froid, il franchit le pont d'Amercœur. Il sait que ses parents ne lui diront rien, qu'ils ne se seront sans doute pas inquiétés. C'est l'armistice. Ses vêtements détrempés lui collent au corps. Ses souliers ont pris l'eau. Il a froid partout et fort mal à la tête.

Pourtant, il lui semble qu'il n'a jamais été aussi calme, aussi lucide de sa vie que ce matin-là.

A-t-il réellement hurlé avec les autres ? Peut-être a-t-il essayé. Oui, au fond, il s'est conduit cette nuit comme il s'est conduit pendant les deux mois qu'il est resté chez Germain. Il s'est appliqué à bien faire, à ne pas se singulariser, à se comporter comme tout le monde.

Il n'a pas pu. En ce qui le concerne, il y parvient, à force de bonne volonté. Mais les autres ne sont pas dupes. Ce sont eux qui le regardent comme un étranger et qui s'écartent. La preuve cette femme du peuple qui est venue retirer les bagues de sa fille !

Toute sa vie, il se souviendra du chanteur comique au faciès écœurant d'imbécillité voulue. Sans l'armistice, Roger allait retourner, dans deux jours exactement — c'était prévu — chez le pâtissier du pont de Longdoz. Celui-ci l'accepterait peut-être. Roger deviendrait pâtissier et il n'est pas né davantage pour être pâtissier que pour être commis de librairie.

Il n'est pas triste. C'est un autre sentiment qui lui fait baisser la tête en marchant. La nuit de l'armistice est finie, la guerre est finie, et avec elle toute une période de sa vie à laquelle il voudrait ne plus jamais penser.

Le jour qui se lève est un jour glauque. Il pleut toujours. Les maisons sont noires.

Il n'y a plus la moindre fièvre en lui. Il ouvre la porte avec sa clef, monte tout de suite dans la chambre de ses parents qui ne sont pas encore levés.

— C'est toi, Roger ?

— C'est moi. J'espère que vous ne vous êtes pas inquiétés à mon sujet ? J'aurais voulu vous prévenir, revenir plus tôt, mais j'étais sans cesse entraîné par la foule.

Il a l'impression que sa mère le regarde avec étonnement. C'est son calme qui doit la surprendre.

— Tu n'as pas trop bu ?

— Pas trop non. Je n'ai pas été malade.

Il parle d'une voix égale, non comme un homme qui vient de passer la nuit à chanter et à boire, mais comme un homme qui aurait longuement, mûrement réfléchi.

— On dirait que tu n'es pas content ?

— Mais si, mère. Je suis très content. Je ne t'ai pas encore embrassée. Pardon.

Il l'embrasse, embrasse son père, respire avec gêne l'odeur de leur lit.

— Et voilà. Je vais me coucher. Tu m'éveilleras quand tu voudras.

Les deux jeunes filles, Alice et Marie, ne sont pas encore rentrées. Un seul des Russes est revenu tôt dans la soirée, déjà malade d'avoir trop bu, Roger a enjambé sa vomissure dans le corridor. Au fait, il va falloir quitter la maison, puisqu'on ne l'a louée que pour la durée de la guerre.

— Bonsoir.

Il est seul dans sa chambre et il aperçoit sur le boulevard des files de vaincus qui commencent à passer, suivant tête basse, sous la pluie monotone, les canons et les cuisines roulantes.

Les yeux clos, il les entend encore. Il a l'impression de les voir, marchant sans fin, et il se souvient soudain d'une carte postale polonaise que Mlle Feinstein avait reçue autrefois. Il doit l'avoir encore dans son album, car elle la lui a donnée. C'est un vieillard assis au bord d'un trottoir, les bras pendants, près d'un enfant en haillons qui se serre contre lui. Il braque sur le vide un regard plein d'une interrogation pathétique.

Mlle Pauline lui a traduit la légende imprimée en polonais sous l'image : *Où aller ?*

Le convoi défile sous sa fenêtre et continuera à défiler au même pas morne pendant des jours et des jours. Roger dort et s'agite dans l'aube froide de la chambre sans volets.

Il dort si profondément que, quand il se réveille, les yeux encore clos, sa première sensation est une sensation de lassitude. Puis il se dresse en sursaut, se frotte les paupières, inquiet de la lueur inaccoutumée qui parvient jusqu'à lui.

La guerre est finie, il s'en souvient. La nuit est tombée. Le bec de gaz d'en face est allumé et on a débarrassé ses vitres de leur couche de peinture bleue, les rayons aigus, d'un blanc qu'on ne connaissait plus depuis longtemps, traversent la guipure des rideaux et dessinent d'étranges figures sur les murs.

En bas, on entend un bourdonnement de voix et des heurts de faïence. Sa mère tisonne le poêle. On doit être à table.

Il a faim. Et pourtant il reste debout, pieds nus, devant la fenêtre, jusqu'à ce que s'ouvre la porte de la cuisine et que la voix d'Élise s'élève dans la cage d'escalier.

— Tu es éveillé, Roger ? Tu ne descends pas manger ?

Il répond :

— Je viens, mère.

Le temps de s'habiller sans allumer la lampe, et il y va.

Saint-Mesmin-le-Vieux, 27 janvier 1943.

TOUT SIMENON

L'œuvre romanesque

Composé par Nord Compo, Villeneuve-d'Ascq, Nord
Imprimé par Normandie Roto Impression s.a.s., 61250 Lonrai, France
en mai 2003 - N° d'impression : 031464
pour Omnibus, 12, avenue d'Italie, 75013 Paris